黑暗塔系列Ⅶ THE DARK TOWER

THE DARK TOWER

黑暗塔

STEPHEN KING

〔美〕斯蒂芬·金 著

于是 译

人民文学出版社
PEOPLE'S LITERATURE PUBLISHING HOUSE

著作权合同登记号　图字 01-2016-6295

THE DARK TOWER
by Stephen King
Copyright © Stephen King, 2004
This edition arranged with Ralph M. Vicananza, LTD.
through Andrew Nurnberg Associates International Limited
Simplified Chinese edition copyright ©
Shanghai 99 culture consulting Co., Ltd. 2013
All rights reserved.

图书在版编目(CIP)数据

黑暗塔/(美)斯蒂芬·金著；于是译.—北京：
人民文学出版社，2016
（黑暗塔系列）
ISBN 978-7-02-012070-3

Ⅰ.①黑… Ⅱ.①斯… ②于… Ⅲ.①长篇小说-美国-现代　Ⅳ.①I712.45

中国版本图书馆CIP数据核字(2016)第235860号

出 品 人　黄育海
责任编辑　甘　慧　任　战　张玉贞
封面设计　陈　晔
封面插图　郝　钰

出版发行　人民文学出版社
社　　址　北京市朝内大街166号
邮政编码　100705
网　　址　http://www.rw-cn.com

印　　刷　上海利丰雅高印刷有限公司
经　　销　全国新华书店等

字　　数　729千字
开　　本　670毫米×960毫米　1/16
印　　张　45.5
版　　次　2009年2月北京第1版
印　　次　2016年12月第1次印刷

书　　号　978-7-02-012070-3
定　　价　75.00元

如有印装质量问题，请与本社图书销售中心调换。电话：01065233595

无倾听之耳,叙述无异于沉默。
因此,我将《黑暗塔》的终结篇献给你们,追随至此的读者们。
祝天长,夜爽。

目录

序言：关于十九岁　　　　　　　　　　1

第一部　红色小国王　婴神丹-特特　1
- 第一章　卡拉汉和吸血鬼　　　　　3
- 第二章　升起在波浪上　　　　　　15
- 第三章　埃蒂打了个电话　　　　　26
- 第四章　婴神丹-特特　　　　　　 46
- 第五章　在丛林里，那苍莽无边的丛林　70
- 第六章　龟背大道　　　　　　　　99
- 第七章　重逢　　　　　　　　　 116

第二部　蓝色天堂　底凹-托阿　121
- 第一章　底凹-特特　　　　　　　123
- 第二章　观望者　　　　　　　　 135
- 第三章　闪光的索　　　　　　　 149
- 第四章　通往雷劈之门　　　　　 164
- 第五章　缝-特特　　　　　　　　172
- 第六章　蓝色天堂之主　　　　　 191
- 第七章　卡-倏弥　　　　　　　　214
- 第八章　来自姜饼屋的口信　　　 229
- 第九章　小路上的足迹　　　　　 269
- 第十章　最后的闲聊（锡弥的梦）　278
- 第十一章　进攻厄戈锡耶托　　　 297
- 第十二章　失去伙伴的泰特　　　 333

第三部　在绿色和金色的阴霾中　乾神之歌　359
- 第一章　苔瑟宝慕夫人开车向南去　361
- 第二章　乾神之歌　　　　　　　 386
- 第三章　重返纽约（罗兰出示身份证）414
- 第四章　法蒂（两重视角）　　　 451

第四部　神会之地的白域　丹底罗　465
第一章　古堡之下的东西　467
第二章　劣土大道　490
第三章　血王城堡　506
第四章　兽皮　532
第五章　奇之巷的乔·柯林斯　547
第六章　派屈克·丹维尔　578

第五部　殷红的玫瑰地　坎-卡无蕊　601
第一章　痛处，与，门（再见，亲爱的人）　603
第二章　莫俊德　634
第三章　血王和黑暗塔　653

结语　苏珊娜在纽约　675

尾声　找　到　683

附录　"去黑暗塔的罗兰少爷归来"
　　　　罗伯特·布朗宁　697
作者的话　711

序言:关于十九岁

(及一些零散杂忆)

1

在我十九岁时,霍比特人正在成为街谈巷议(在你即将要翻阅的故事里就有他们的身影)。

那年,在马克思·雅斯格牧场上举办的伍德斯托克音乐节上,就有半打的"梅利"和"皮平"在泥泞里跋涉,另外还有至少十几个"佛罗多",以及数不清的嬉皮"甘道夫"。在那个时代,约翰·罗奈尔得·瑞尔·托尔金的《魔戒》让人痴迷狂热,尽管我没能去成伍德斯托克音乐节(这里说声抱歉),我想我至少还够得上半个嬉皮。话说回来,他的那些作品我全都读了,并且深为喜爱,从这点看就算得上一个完整的嬉皮了。和大多数我这一代男女作家笔下的长篇奇幻故事一样(史蒂芬·唐纳森的《汤玛斯·考文南特的编年史》以及特里·布鲁克斯的《沙娜拉之剑》就是众多小说中的两部),《黑暗塔》系列也是在托尔金的影响下产生的故事。

尽管我是在一九六六和一九六七年间读的《魔戒》系列,我却迟迟未动笔写作。我对托尔金的想象力的广度深为折服(是相当动情的全身心的折服),对他的故事所具有的那种抱负心领神会。但是,我想写具有自己特色的故事,如果那时我便开始动笔,我只会写出他那样的东西。那样的话,正如已故的"善辩的"迪克·尼克松喜欢说的,就会一错到底了。感谢托尔金先生,二十世纪享有了它所需要的所有的精灵和魔法师。

一九六七年时,我根本不知道自己想写什么样的故事,不过那倒也并不碍事;因为我坚信在大街上它从身边闪过时,我不会放过去的。我正值十九岁,一副牛哄哄的样子,感觉还等得起我的缪斯女神和我的杰作(仿佛我能肯定自己的作品将来能够成为杰作似的)。十九岁时,我好像认为一个人有本钱趾高气扬;通常岁月尚未开始不动声色地催人衰老的侵蚀。正像一首乡村歌曲唱的那样,岁月会拔去你的头发,夺走你跳步的活力,但事实上,时间带走的远不止这些。在一九六六和一九六七年间,我还不懂岁月无情,而且即使我懂了,也不会在乎。我想象不到——简直难以想象——活到四十岁会怎样?退一步说五十岁会怎样?再退一步。六十岁?永远不会!六十岁想都没想过。十九岁,正是什么都不想的时候。十九岁这个年龄只会让你说:当心,世界,我正抽着TNT①,喝着黄色炸药,你若是识相的话,别挡我的道儿——斯蒂芬在此!

　　十九岁是个自私的年纪,关心的事物少得可怜。我有许多追求的目标,这些是我关心的。我的众多抱负,也是我所在乎的。我带着我的打字机,从一个破旧狭小的公寓搬到另一个,兜里总是装着一盒烟,脸上始终挂着笑容。中年人的妥协离我尚远,而年老的耻辱更是远在天边。正像鲍勃·西格歌中唱到的主人公那样——那首歌现在被用做了售卖卡车的广告歌——我觉得自己力量无边,而且自信满满;我的口袋空空如也,但脑中满是想法,心中都是故事,急于想要表述。现在听起来似乎干巴无味的东西,在当时却让自己飘上过九重天呢。那时的我感到自己很"酷"。我对别的事情毫无兴趣,一心只想突破读者的防线,用我的故事冲击他们,让他们沉迷、陶醉,彻底改变他们。那时的我认为自己完全可以做到,因为我相信自己生来就是干这个的。

　　这听上去是不是狂傲自大?过于自大还是有那么一点?不管怎样,我不会道歉。那时的我正值十九岁,胡须尚无一丝灰白。我有三条牛仔裤,一双靴子,心中认为这个世界就是我稳握在手的牡蛎,而且接下去的二十年证明自己的想法没有错误。然而,当我到了三十九岁上下,麻烦接踵而至:酗酒,吸毒,一场车祸改变了我走路的样子(当然还造成了其他变化)。我曾详细地叙述过那些事,因此不必在此旧事重提。况且,你也有过类似经历,不是吗?最终,世上会出现一个难缠的巡警,来放慢你前进的脚步,并让你看看谁才是真正的主宰。毫无疑问,正在读这些文字的你已经碰上了你的"巡警"(或者没准哪一天就会碰到他);我已经和我的巡警打过交道,而且我知道他肯定还会回来,因为他有我的地址。他是个卑鄙的家伙,是个"坏警察",他和愚蠢、荒淫、自满、野心、吵闹的音乐势不两立,和所有十九岁的特征都是死对头。

　　但我仍然认为那是一个美好的年龄,也许是一个人能拥有的最好的岁

---

① 一种烈性炸药。

月。你可以整晚放摇滚乐,但当音乐声渐止、啤酒瓶见底后,你还能思考,勾画你心中的宏伟蓝图。而最终,难缠的巡警让你认识到自己的斤两;可如果你一开始便胸无大志,那当他处理完你后,你也许除了自己的裤脚之外就什么都不剩了。"又抓住一个!"他高声叫道,手里拿着记录本大步流星地走过来。所以,有一点傲气(甚至是傲气冲天)并不是件坏事——尽管你的母亲肯定教你要谦虚谨慎。我的母亲就一直这么教导我。她总说,**斯蒂芬,骄者必败**……结果,我发现当人到了三十八岁左右时,无论如何,最终总是会摔跟头,或者被人推到水沟里。十九岁时,人们能在酒吧里故意逼你掏出身份证,叫喊着让你滚出去,让你可怜巴巴地回到大街上,但是当你坐下画画、写诗或是讲故事时,他们可没法排挤你。哦,上帝,如果正在读这些文字的你正值年少,可别让那些年长者或自以为是的有识之士告诉你该怎么做。当然,你可能从来没去过巴黎;你也从来没在潘普洛纳奔牛节上和公牛一起狂奔。不错,你只是个毛头小伙,三年前腋下才开始长毛——但这又怎样?如果你不一开始就准备拼命长来撑坏你的裤子,难道是想留着等你长大后再怎么设法填满裤子吗?我的态度一贯是,不管别人怎么说你,年轻时就要有大动作,别怕撑破了裤子;坐下,抽根烟。

2

我认为小说家可以分成两种,其中就包括像一九七〇年初出茅庐的我那样的新手。那些天生就更在乎维护写作的文学性或是"严肃性"的作家总会仔细地掂量每一个可能的写作题材,而且总免不了问这个问题:**写这一类的故事对我有什么意义?** 而那些命运与通俗小说紧密相连的作家更倾向于提出另一个迥异的问题:**写这一类的故事会对其他人有什么意义?** "严肃"小说家在为自我寻找答案和钥匙;然而,"通俗"小说家寻找的却是读者。这些作家分属两种类型,但却同样自私。我见识过太多的作家,因此可以摘下自己的手表为我的断言做担保。

总之,我相信即使是在十九岁时,我就已经意识到佛罗多和他奋力摆脱那个伟大的指环的故事属于第二类。这个故事基本上能算是以古代斯堪的纳维亚的神话为背景的一群本质上具有英国特征的朝圣者的冒险故事。我喜欢探险这个主题——事实上,我深爱这一主题——但我对托尔金笔下这些壮实的农民式的人物不感兴趣(这并不是说我不喜欢他们,相反我确实喜欢这些人物),对那种树木成荫的斯堪的纳维亚场景也没有兴趣。如果我试图朝这个方向创作的话,肯定会把一切都搞砸。

所以我一直在等待。一九七〇年时我二十二岁,胡子中出现了第一缕灰白(我猜这可能与我一天抽两包半香烟有关),但即便人到了二十二岁,还是有资本再等一等的。二十二岁的时候,时间还在自己的手里,尽管那时难缠的巡警已经开始向街坊四处打探了。

有一天,在一个几乎空无一人的电影院里(如果你真好奇的话,我可以告诉你是在缅因州班戈市的百玖电影院里),我看了场瑟吉欧·莱昂内执导的《独行侠勇破地狱门》。在电影尚未过半时,我就意识到我想写部小说,要包含托尔金小说中探险和奇幻的色彩,但却要以莱昂内创造的气势恢弘得几乎荒唐的西部为背景。如果你只在电视屏幕上看过这部怪诞的西部片,你不会明白我的感受——也许这对你有些得罪,但的确是事实。经过潘纳维申①镜头的精确投射,宽银幕上的《独行侠勇破地狱门》简直就是一部能和《宾虚》相媲美的史诗巨作。克林特·伊斯特伍德看上去足有十八英尺高,双颊上挺着的每根硬如钢丝的胡楂都有如小红杉一般。李·范·克里夫嘴角两边的纹路足有峡谷那么深,在每条纹路的底部可能都有一个无阻隔界(见《巫师与玻璃球》)。而望不到边的沙漠看上去至少延伸到海王星的轨道边了。片中人物用的枪的枪管直径都如同荷兰隧道般大小。

除了这种场景设置之外,我所想要获得的是这种**尺寸**所带来的史诗般的世界末日的感觉。莱昂内对美国地理一窍不通(正如片中的一个角色所说,芝加哥位于亚利桑那州的凤凰城边上),但正由于这一点,影片得以形成这种恢弘的错位感。我的热情——一种只有年轻人才能迸发出的激情——驱使我想写一部长篇,不仅仅是**长篇**,而且是**历史上最长的通俗小说**。我并未如愿以偿,但觉得写出的故事也足够体面;《黑暗塔》,从第一卷到第七卷

---

① 一种制作宽银幕电影的工艺,商标名。——译者注。如无特别说明,后文中的注解一律为译者注。

讲述的是一个故事,而前四卷的平装本就已经超过了两千页。后三卷的手稿也逾两千五百页。我列举这些数字并不是为了说明长度和质量有任何关联;我只是为了表明我想创作一部史诗,而从某些方面来看,我实现了早年的愿望。如果你想知道我为何有这么一种目标,我也说不出原因。也许这是不断成长的美国的一部分:建最高的楼,挖最深的洞,写最长的文章。我的动力来自哪里?也许你会抓着头皮大喊琢磨不透。在我看来,也许这也是作为一个美国人的一部分。最终,我们都只能说:那时这听上去像个好主意。

3

另一个关于十九岁的事实——不知道你还爱不爱看——就是处于这个年龄时,许多人都觉得身处困境(如果不是生理上,至少也是精神和感情上)。光阴荏苒,突然有一天你站在镜子跟前,充满迷惑。为什么那些皱纹长在我脸上?你百思不得其解,这个丑陋的啤酒肚是从哪来的?天哪,我才十九岁呢!这几乎算不上是个有创意的想法,但这也并不会减轻你的惊讶程度。

岁月让你的胡须变得灰白,让你无法再轻松地起跳投篮,然而一直以来你却始终认为——无知的你啊——时间还掌握在你的手里。也许理智的那个你十分清醒,只是你的内心拒绝接受这一事实。如果你走运的话,那个因为你步伐太快,一路上享乐太多而给你开罚单的巡警还会顺手给你一剂嗅盐①。我在二十世纪末的遭遇差不多就是如此。这一剂嗅盐就是我在家乡被一辆普利茅斯捷龙厢式旅行车撞到了路边的水沟里。

在那场车祸三年后,我到密歇根州蒂尔博市的柏德书店参加新书《缘起别克8》的签售会。当一位男士排到我面前时,他说他真的非常非常高兴我还活着。(我听了非常感动,这比"你怎么还没死?"这种话要令人振奋得多。)

---

① 嗅盐,是一种芳香碳酸铵合剂,用作苏醒剂。

"当我听说你被车撞了时,我正和一个好朋友在一起,"他说,"当时,我们只能遗憾地摇头,还一边说'这下塔完了,已经倾斜了,马上要塌,啊,天哪,他现在再也写不完了。'"

相仿的念头也曾出现在我的脑袋里——这让我很焦急,我已经在百万读者集体的想象中建造起了这一座"黑暗塔",只要有人仍有兴趣继续读下去,我就有责任保证它的安全——即使只是为了下五年的读者;但据我了解,这也可能是能流传五百年的故事。奇幻故事,不论优劣(即使是现在,可能仍有人在读《吸血鬼瓦涅爵士》或者《僧侣》),似乎都能在书架上摆放很长时间。罗兰保护塔的方法是消灭那些威胁到梁柱的势力,这样塔才能站得住。我在车祸后意识到,只有完成枪侠的故事,才能保护我的塔。

在"黑暗塔"系列前四卷的写作和出版之间长长的间歇中,我收到过几百封信,说"理好行囊,我们将踏上负疚之旅"之类的话。一九九八年(那时我还当自己只有十九岁似的,狂热劲头十足),我收到一位八十二岁老太太的来信,她"并无意要来打搅你,但是这些天病情加重",这位老太太告诉我,她也许只有一年的时间了("最多十四个月,癌细胞已经遍布全身"),而她清楚我不可能因为她就能在这段时间里完成罗兰的故事,她只是想知道我能否("求你了")告诉她结局会怎样。她发誓"绝不会告诉另一个灵魂",这句话很是让我揪心(尽管还没到能让我继续创作的程度)。一年之后——好像就是在车祸后我住院的那段时间里——我的一位助手,马莎·德菲力朴,送来一封信,作者是得克萨斯州或是佛罗里达州的一位临危病人,他提了完全一样的要求:想知道故事以怎样的结局收场?(他发誓会将这一秘密带到坟墓里去,这让我起了一身鸡皮疙瘩。)

我会满足这两位的愿望——帮他们总结一下罗兰将来的冒险历程——如果我能做到的话,但是,唉,我也不能。那时,我自己并不知道枪侠和他的伙伴们会怎么样。要想知道,我必须开始写作。我曾经有过一个大纲,但一路写下来,大纲也丢了。(反正,它可能本来也是一文不值。)剩下的就只是几张便条(当我写这篇文章时,还有一张"阒茨,栖茨,蓂茨,某某—某某—篮子"①贴在我桌上)。最终,在二〇〇一年七月,我又开始写作了。那

---

① 这是在"黑暗塔"中出现过多次的一段童谣。

时我已经接受了自己不再是十九岁的事实,知道我也免不了肉体之躯必定要经受的病灾。我清楚自己会活到六十岁,也许还能到七十。我想在坏巡警最后一次找我麻烦之前完成我的故事。而我也并不急于奢望自己的故事能和《坎特伯雷故事集》或是《艾德温·德鲁德之谜》归档在一起。

  我忠实的读者,不论你看到这些话时是在翻开第一卷还是正准备开始第五卷的征程,我写作的结果——孰优孰劣——就摆在你的面前。不管你是爱它还是恨它,罗兰的故事已经结束了。我希望你能喜欢。

  至于我自己,我也拥有过了意气风发的岁月。

斯蒂芬·金
二〇〇三年一月二十五日

没听见吗？声音已无处不在！如响铃
钟声递强。传到我耳里的名字
所有那些迷失的探险者，我的同族——
如此强壮、如此大胆，
　　如此幸运的人啊，个个苍老
迷失，迷失！丧钟瞬间敲响数年悲哀。

他们站在那里，沿着山坡排开，相逢
　　目睹弥留的我，为这幅生之画卷
　　添一页吧！在火舌中的纸面
　　我看到了他们也都认得他们。但
　　无畏的话语脱口而出，
喊道．"去黑暗塔的罗兰少爷来了。"
　　　　　　　　——罗伯特·布朗宁《去黑暗塔的罗兰少爷归来》

我出生时
六响左轮手枪在手里，
有一把枪开路
我将做最后的抵抗。
　　　　　　　　　　　　——坏伙伴乐队①

我已变成了什么？
我最可爱的朋友
每一个我认识的人
最后都将离去
你原本可以拥有一切
我的尘土帝国
我将令人失望
我将令你受伤
　　　　　　　　　　　　——川特·雷诺②

---

① 坏伙伴乐队，是一支流行于欧美的现代摇滚乐队。上文为该乐队题为《坏伙伴》的歌词摘录。
② 川特·雷诺，摇滚乐队"九寸钉"的灵魂人物。

19

99

再生
REPRODUCTION

启示
REVELATION

救赎
REDEMPTION

新的开始
RESUMPTION

第一部

红色小国王

婴神丹-特特

第一章

卡拉汉和吸血鬼

1

　　神父唐·卡拉汉曾是一个小镇上的天主教牧师,那个名为耶路撒冷的小镇早已匿迹于任何一张地图。他并不太在乎。诸如现实这样的概念对他早就不重要了。

　　这个昔日的牧师现在正手握一件异教徒的信物:象牙雕刻的龟。龟嘴上有一道裂痕,龟背上还有一道问号形状的刮痕,但不管怎么说,这东西很漂亮。

　　漂亮并且强大。他可以感受到手中的能量像电流一般。

　　"它多可爱啊,"他悄声对身旁站着的男孩说道,"这是乌龟马图林吗?就是它,是不是?"

　　男孩便是杰克·钱伯斯,他走了很长的路,就为了回到曼哈顿,几乎等于回到他跋涉的起点。"我不知道,"他说,"她把它叫做斯呆葩达①,它也许能帮我们,但它不能杀死在那里等我们的恶棍。"他朝迪克西匹格饭店点点头,思忖着他所说的"她"究竟指的是苏珊娜还是米阿。也许他以前会说这无关紧要,因为这两个女人曾紧紧纠结在一起。但是,现在,他想这个问题很要紧,或是很快将变得很要紧。

　　"你会吗?"杰克问神父,言下之意是你会顽抗吗?你会苦战吗?你会杀吗?

　　"哦,是的。"卡拉汉沉静地说。他把象牙龟放进胸前的口袋里,连同它圆睁的双眼、背壳的花纹,和备用子弹放在一起,接着轻轻拍了拍胸脯,确保这个雕工精妙的小东西会安全地跟随他。"我会开枪,直到把子弹都打光,如果在他们杀了我之前我弹尽粮绝,我会痛打他们……就用枪柄。"

　　言语中的停顿是那样微小,杰克根本没有留意到。但是,就在那个停顿中,白界②对卡拉汉神父说了话。那是他所知的古老力量,甚至在他少年时代就很清楚,尽管这几年来邪恶的信仰一路跟随,他对那古老的自然力的领悟一开始只是变得模糊,随后则彻底遗失。但那些时日已去,白界的力量又

---

① 斯呆葩达(Skoldpadda),是一种护身符,详情参见"黑暗塔"之六《苏珊娜之歌》。
② 白界,本书中象征和平与光明的力量。

回到他这里,为此他对上帝说谢啦。

杰克正点着脑袋,说了什么,卡拉汉几乎什么也没听进去。其实杰克说什么并不要紧。另一个声音所言才至关重要——某种声音

(乾神)①。

也许伟大得不能用上帝来称呼。

那个声音对他说:男孩必须走下去。不管这里会发生什么,不管局面如何,男孩必须继续。你在这个故事里的角色差不多已经完成了。他却还没有。

他们走过一块铬合金标牌(写着:私人用途,暂停营业),杰克的特殊朋友奥伊在两人中间跟着,一路小跑,它抬起脑袋,像平常一样龇牙咧嘴地笑着,鼻子皱成一团。走上台阶最顶层时,杰克伸手探进苏珊娜-米阿从卡拉·布林·斯特吉斯那儿带出来的编织袋,一把抓出两个圆盘——欧丽莎。他把它们拍拢在一起,听到沉闷的撞击声后轻轻点点头,说:"让我们瞧瞧你们的威力。"

卡拉汉举起鲁格手枪,杰克从卡拉纽约把它带出来,现在又带了回来;生命就是个轮回,而我们都得说谢啦。有那么一小会儿,神父手握鲁格,枪管贴近右脸颊,像个决斗者。然后,他又摸了摸胸前的口袋,鼓鼓囊囊装满了子弹,以及那只龟。斯果葩达。

杰克点点头。"一旦我们进去了,我们就并肩作战。始终在一起,奥伊在我们中间。我们三个。一旦我们开始,就决不停止。"

"决不停止。"

"正是。你准备好了吗?"

"是的。上帝爱你,孩子。"

"也保佑你,神父。一……二……三。"杰克推开了大门,他们并肩走入昏暗的光线以及甜香刺鼻的烤肉味中。

2

抱着必死决心的杰克想起了两句话,是罗兰·德都,他真正的父亲曾说的。五分钟的战斗能成就千年传说。以及,时日已尽之时,你不必死得高高兴兴,但却必须死而无憾,因为你已经从头至尾地活过了你的生命,一切为

---

① Gan,译作乾神,全世界和黑暗塔所有塔层的主神,即宇宙的创造力量。

卡服务。

杰克·钱伯斯带着死而无憾的心，四顾勘视迪克西匹格。

3

同样，也带着水晶般的透彻。他的感官是被激亮了，因而他闻得出这里不仅有烧烤鲜肉的味道，还有磨成齑粉的迷迭香；他还听得出不仅有他呼吸的沉静韵律，还有潮汐般的血脉暗涌，从脖颈的一边涌向大脑，又从另一边涌向心脏。

他也记起罗兰曾说，从第一发射出的子弹到最后一具尸首倒下，哪怕最短暂的战斗，对于身处其境的人来说也感觉很漫长。时间变得很有弹性；能拉伸一切灰飞烟灭的瞬间。杰克曾边听边点头，就好像他听懂了似的，其实当时他并不能懂。

现在他懂了。

他的第一个念头便是：他们太多了——实在实在是太多了。他估计敌人的数量接近一百，显然，其中大多数都像是卡拉汉神父曾提到过的"低等人"。（还有一些低等女人，但杰克毫不怀疑，无论男女，辨认他们的标准是一样的。）分散在低等人中间的是比低等乡民更死气沉沉的生物，有一些纤细得像长矛，他们面色死灰，身躯被幽暗昏蓝的光晕笼罩着，他们显然是吸血鬼。

奥伊站在杰克的脚后跟旁，狐狸般的小脸孔上一副严峻表情，喉咙里发出低沉的嘶吼声。

空气中弥漫的烧烤味，并不是猪肉。

4

神父，只要我们能够保持十英尺的距离，我们之间就要保持十英尺——杰克在门外的人行道上曾这样说过，甚至就在他们靠近餐厅领班所在的大平台时，卡拉汉仍远远走在杰克的右手边，他们之间的距离正如杰克所要求的那样。

杰克也告诉他，要尽可能地大声喊叫，尽可能喊得长久，卡拉汉正打算张大嘴巴照做时,白界的言语又在他身体内响起。只有一个词,却足够了。

那声音说,斯果菹达。

卡拉汉仍然举着鲁格手枪,贴近右脸颊。现在他的左手探入胸前的口袋。面对眼前的场景,他并不如身旁的少年那样兴奋警觉,但他的确看到了很多:支在墙上的电子烛台放射出赤橙色的火焰,每张桌上都有好多支蜡烛,嵌插在玻璃烛台中,万圣节般的橙色,桌布在光影中摇曳。餐室的左侧有一幅挂毯,编织出骑士和他们的贵妇人们坐在长条型餐桌旁的盛宴。这里有一种微妙的气氛——卡拉汉不是很确定这感觉是被什么激起的,各种迹象或暗示都太过隐晦——但似乎这些人刚刚从一种极度兴奋状态中平息下来:比方说,厨房里刚有过一次不大不小的火灾,或是大街上偶发的一起交通事故。

要不就是一个女士刚刚生了孩子,卡拉汉想着,把左手合拢在龟身上。开胃小菜和主菜之间有点间歇,总是好的。

"蓟犁的傻瓜卡到啦!蓟犁的傻瓜卡!"一声兴奋而紧张的大喊突然响起。不是人类的喊声,卡拉汉几乎能肯定这一点。这嗡嗡的声音对人类来说太过低沉了。他看到了,那是一种鸟和人的杂交兽,这怪物远远地站在房间另一端的尽头。他穿着直筒牛仔裤和普通的白衬衫,但从衬衫领口伸出来的头却布满光溜溜的暗黄色羽毛。鸟头上的双眼就仿佛两滴柏油。

"抓住他们!"那既可怕又可笑的生物大声喊道,一把扯下一张桌上的盖布,露出掩藏在下面的像是武器的东西。卡拉汉猜想,那该是枪,但看起来是你在《星际旅行》中看到的那种枪。他们管它叫什么来着?相位器?击昏器?

叫什么都没关系。卡拉汉拥有厉害得多的武器,他想确保敌人们都能看到它。他用胳膊扫去邻近一张餐桌上的餐具和玻璃烛台,又拽下桌布,好像一个魔术师正准备变一套大戏法。他最不想看到的莫过于在残酷厮杀的当口被一块亚麻桌布绊倒。接着,他踏上一把椅子,再一步踏上了桌子,一周前的他根本无法相信自己有如此敏捷的身手。刚在桌上站定,他就高高举起斯果菹达,手指托在龟身平坦的腹部,以便让所有人都能好好地看到神龟。

卡拉汉心想,我可以嘟囔些什么词儿,说不定可以背背"月光变为你"或是"我把我的心留在了旧金山"。

此时,他们进入迪克西匹格刚好三十四秒钟。

5

　　面对自修室里或是集会日讲座班上的一大群学生,中学老师会这样告诉你:青春期少年总是散发着浓郁的荷尔蒙气息,甚至在他们刚冲完澡打扮一新的时候也一样,那正是他们的身体忙于大批量生产的东西。而身处巨大压力下的一群人也会散发出同样的臭气,而杰克,感官已调到最高灵敏度,现在也闻到了这种强烈的体味。当他们走过餐室入口的前台(勒索中心,他父亲喜欢这样称呼这类小岗哨)时,迪克西匹格里的晚宴气味便淡化了,骚动过后,生物群体的气味又恢复了常态。但是,当远处角落里那个鸟人怪兽大喊时,杰克已经闻出顾客们的气味变得更浓烈了。那是一种金属味的芳香,酷似足以煽动他的脾气和情绪的鲜血。是的,他看到了那只翠儿鸟①掀翻了身旁桌上的盖布;是的,他也看到了那下面的武器;是的,他明白,要击中卡拉汉——此时正高高地站在桌子上——是多么轻而易举的事情。对杰克来说,与其去关心那杆彪悍待发的武器,不如去瞄准翠儿鸟的小嘴。当卡拉汉高高举起神龟的时候,杰克的右臂在向后滑动,想甩出十九枚圆盘中的第一发,命中那张嘴所在的脑袋,把它飞快地切下来。

　　那没用的,至少在这里是不会有用的。杰克想,但这念头甚至还来不及清晰地在他脑子里成形,他就立刻明白了,它是有用的。是气味让他明白了。攻击力从龟身上盛气凌人地发散出来。那些刚从桌边站起来的家伙——低等人的前额上那些红色小洞眼正要大大裂开,吸血鬼们的蓝色妖光似乎正要增强,并欲升腾而起——突然又坐了回去,重重地坐下去,仿佛他们的肌肉都瞬间失去了指令。

　　"抓住他们,他们就是赛尔说的……"突然,翠儿鸟不往下说了。他的左手——如果你愿意把这么一只丑陋的爪子叫做手的话——刚刚碰到那杆高科技武器的枪柄,此时突然垂下了。他眼中的光亮似乎已经离去。"他们就是赛尔……赛、赛赛尔……"又来了一次停顿。接着,这个鸟状的生物说:"哦,先生,你拿着的漂亮玩意儿是什么?"

　　"你知道这是什么。"卡拉汉回答。杰克正在向前走,卡拉汉当然记得少

---

① 翠儿鸟(Tweety Bird),华纳动画中的著名小鸟形象。作者用这个称呼嘲讽鸟人怪兽。

年枪侠在门外叮嘱他的事情——要保证每次我往右边看,都能看到你的脸——他从桌子上跳下来,跟上杰克的步调,手里的龟仍然举得高高的。他几乎能品味到这间屋子里静谧的滋味,但是——

但是这里还有另一间屋子。粗野的笑声、嘶哑而放荡的尖声呼喊——从声音来判断,另一场寻欢作乐的派对就在附近。在左边。就在绘着骑士和他们的贵妇人在享用晚宴的挂毯之后。卡拉汉心想,那后面正闹着什么事儿,反正不太会是救济麋鹿慈善纸牌晚会。

他听见奥伊喘着粗气,那张似乎永远咧着嘴的笑脸下面,气息急速而低沉,像一台完美运转的小马达。不仅如此。一阵刺耳的咔嗒咔嗒声从脚下传来,像是快速低哑的敲打声。这两种声响瞬间混合在一起,卡拉汉不禁浑身冰凉。桌子下面藏着什么东西。

奥伊第一个看到涌出的昆虫,它按兵不动,这反应和貉獭的身份非常匹配,一只前爪抬起,短鼻子冲前探去。有那么片刻,它周身上下只有黑如天鹅绒的鼻翼在颤动,先是猛抽回去,露出铁钳般的利齿,再松一下,牙齿看不到了,接着,再抽搐着露出牙齿。

虫子们继续向前爬行。不管它们到了哪里,神父手中高举的马图林神龟似乎都对它们毫无影响力。一个胖家伙穿着格子花呢翻领晚礼服,有气无力地开口说话,几乎毋庸置疑地对鸟形怪兽说:"他们走到这儿就算到头了,梅曼,也不会离开了。我们得到的盼咐是……"

奥伊猛地前冲,咬牙切齿间窜出一声咆哮。这绝对不是奥伊该有的声音,卡拉汉不禁觉得应该在奥伊头像旁边用连环漫画书中的气球标出:啊啊啊啊!

"不!"杰克大声地发出警告,"不行,奥伊!"

随着男孩这声大吼,挂毯背后的狂笑高喊戛然停止了,仿佛挂毯后的乡亲们猛然意识到:前屋里已经发生了某种剧变。

奥伊并没有留意杰克的警告。它以飞快的速度踩碎了三只虫子,昆虫的脆壳发出噼啪的破裂声,在这番新的绝对静谧中听来极其可怖。奥伊并不打算吃掉它们,只是拨弄这些尸体,每一只都像老鼠般大小,然后,它把死虫甩到空中,一口咬断脖子,下巴一松,咧嘴一笑。

其余的虫子都撤回去,躲在桌子下面。

卡拉汉心想,它天生就该干这事儿,也许很久很久以前所有貉獭都是这把好手。有一些梗狗就继承了这方面的优势——

"类人！"一声嘶哑的喊叫突然从挂毯后面爆发出来,打断了卡拉汉的念头。紧接着,又来了第二声喊叫:"类人！"

卡拉汉有一种不可遏制的、荒唐透顶的冲动,想大叫一声:祝你长命百岁！

在他喊出这个词、或是别的任何字词之前,罗兰的声音猛然充满了他的头脑。

6

"杰克,走！"

少年转向卡拉汉神父,一脸困惑。他正交叉着双臂,往前走去,拉开架势准备瞄准第一个动弹一下的低等男人、或是低等女人掷出欧丽莎。奥伊已经回到了他的脚边,但还是不停地来回转动脑袋,双眼熠熠有光,追索着更多猎物。

"我们得一起走！"杰克说,"他们已经被镇住了,神父！我们已经离目的地很近了呀！他们带着她来过这里……这个房间……还穿过了厨房——"

卡拉汉没有任何反应。仍然高高举着神龟(就像是身陷深穴的人高举灯笼),他转过身,面对着挂毯。和先前的喧哗狂热的浪笑声相比,挂毯背后现在的沉寂更可怕。就像上了膛、瞄准人的武器般沉寂。这时,少年也停下了脚步。

"能走时你就走,"卡拉汉说,竭力想表现出镇定,"只要你可以脱身,就去追她。这是首领对你的指令。这也是白界的意愿。"

"可是你不能——"

"快走！杰克！"

不管有没有被斯果葩达的魔力镇住,迪克西匹格餐馆中的低等男人和低等女人在听到这声大吼后全都开始不安地低语,即便之前没被镇住,现在也可能被震慑了,因为——从卡拉汉口中爆发出的声音竟不是卡拉汉本人的。

"你眼前有这样一个机会,你就必须抓牢它！去把她找回来！我以首领的名义命令你！"

杰克瞪大双眼,似乎要看透从卡拉汉嗓子眼里冲出来的这声音。他目瞪口呆,茫然四顾。

就在他们左侧挂毯被掀起前的一秒钟,卡拉汉窥出了其中暗藏的黑色幽默,漫不经心的一瞥很可能会忽视:盛宴桌上的主菜烧烤,竟是人形;骑士和贵妇们正在饕餮人肉,生饮人血。挂毯上的图景俨然是食人族集会。

此刻,正在饕餮盛宴的古老生物们掀开了这猥亵的挂帘,个个耷拉着畸形的、永不能闭合的裂嘴,里面支着硕大尖利的犬齿,一起迸发出恐怖的狂笑。他们的眼睛黑漆漆的就像是盲的,脸颊和眉毛处的皮肤——甚至连手背上都是——布满锐齿般的鳞片。和在大餐室里的吸血鬼们一样,他们的身边笼罩着阴森光晕,但这些家伙的光色就如浸于毒液的紫罗兰,深深的紫色看起来几乎等同于黑。看似腐烂的脓水从他们的眼角、嘴角滴淌而下。他们中有人正叽里呱啦地乱语,不少人则在嗤笑:听来却不像是发声、而更像是从空气中捕获来的,仿佛那声音能被活生生撕扯下来。

卡拉汉认得他们。当然啦,他是认得的。要是他没有因这些怪物之一而被遣派至此呢?聚在这里的都是真正的吸血鬼,第一型的,历来都像个秘密,世人历来对他们讳莫如深,现在则完全暴露于这三个入侵者面前。

手中的乌龟马图林丝毫没能让他们恍惚。

卡拉汉看到杰克的脸孔变得刷白,正凝视屋内的景象,恐惧在他眼底颤动闪烁,眼珠子都快从眼窝里瞪出来了。在这群怪物面前,所有的企图都似乎被忘了个干干净净。

卡拉汉根本没有意识到自己在喊叫,直到他听到口中说出的声音是什么:"他们会先杀了奥伊!他们会在你眼皮底下杀了它,再喝它的血!"

奥伊听到有人呼喊自己的名字,大声叫起来。杰克震颤的双眸却被这喊话叫醒了,但是卡拉汉已没有时间再跟随少年的命运了。

神龟不能阻止他们,但至少能逼退其他怪物。子弹也不能阻止他们,除非——

一段似曾相识的幻觉感出现了——为什么不呢,他早已经历了这种事,那时他是在小男孩马克·派特瑞的家里——卡拉汉伸手摸进衬衫的开领处,拉出吊在脖子上的十字架。小十字架轻轻撞到了鲁格手枪的枪柄,又垂吊在枪下面。十字架泛出蓝白色的明亮光焰。有两个古老的吸血鬼走在最前头,刚想攫住他、把他拽入怪物身边的深紫色迷雾中。而现在,他们却往后退了一步,带着痛苦高声嘶叫起来。卡拉汉眼看着他们的皮肤发出咝咝的烧灼声,并开始溶解。这情景带来的凶残野蛮的快感充溢了他的全身上下。

"别来碰我！以上帝的力量命令你们！以基督的力量命令你们！以中世界的卡命令你们！以白界的力量命令你们！"卡拉汉高声诵道。

一个吸血鬼不管不顾地冲上来，那是个奇形怪状的骷髅，套着年头久远、苔藓都结成硬壳的晚宴礼服。他的脖子上还挂着类似于古代勋章的东西……大概是马耳他十字架？这东西迅猛地探出一只长指甲的手，直指卡拉汉手中正要举起的十字架。就在即将被他抓住的最后一瞬，卡拉汉的手猛地向下一坠，吸血鬼的爪子就在一英寸之上，错过了。卡拉汉想也不想就疾步冲向前，用十字架的尖端戳中那鬼怪的前额，扎进了那有如泛黄羊皮纸一般的皮肤里。金灿灿的十字架顺利地扎进去，像是烧红的串肉扦轻松地刺入一块黄油。穿着腐烂晚宴礼服的吸血鬼发出一声惊惶而痛苦的惨叫，连叫声都好像是融化了的液态，他跌跌撞撞地朝后退去。卡拉汉抽回了拿着十字架的手。有那么一瞬间、就在那老怪物抬起爪子想抚摸眼眉之前，卡拉汉看清了自己的十字架戳出的洞眼。接着，浓稠的黄色脓液顺着老怪物的手指尖滴溅出来。他膝盖颤抖不停，再也站不住了，踉跄着一下摔倒在两张餐桌之间。这东西的脸孔已彻底塌陷，而那恰好被两只扭曲的爪子捂住了。笼罩他的光晕也如风中残烛一般扑闪几下，随后完全消隐，只剩下一摊黄色的液体，溶解了的血肉像呕吐物般从袖口和裤管喷溅而出。

卡拉汉机敏地大步迈向别的吸血鬼。他的恐惧消失了。甚至于，巴洛夺走并摔裂了他的十字架之后长久萦绕于他心中的羞耻的阴影也消失了。

终于自由了。他想着。到了最后，终于自由了，伟大的全能的上帝啊，我终于自由了。接着，他又想到：我相信这就是救赎。而且还挺不错的，不是吗？非常不错，真的。

"把它拿开！"一个吸血鬼喊道，他也张开手掌，遮住自己的脸孔，"羊羔们的上帝的下流小玩意儿，你怎么敢！快拿开！"

羊羔们的上帝的下流小玩意儿，说得真对。可如果真像你说的那样，你干吗要躲？

面对巴洛时他曾不敢招架，那就意味了他的毁灭。在迪克西匹格，卡拉汉却将十字架指向那些胆敢说话的怪物。

"我没必要为了挑战你这种东西而赌上我的信仰，先生。"他的一字一句清晰嘹亮，响彻了整个房间。他已经把那只老东西逼退到了门廊，也就是他们刚才进来的地方。大个儿的脓瘤出现在靠前一排的吸血鬼们的手上、脸上，像浓酸般蚕食着那些古老的皮肤。"而且，不管发生什么事，我也绝不会扔掉这么一个老朋友。但要是把它挪开呢？当然了，如果您喜欢。"他收回手臂，把十字架放回了衬衫衣领里。

几个吸血鬼顿时猛扑上来，被长长的利齿阻碍的嘴唇怪异地扭曲着，也许应该看做是他们的狞笑。卡拉汉迎着他们伸出手去。他的手指（也包含鲁格手枪的枪柄）在发光，仿佛它们曾在蓝火中浸染过。同样，神龟的双眼也充满了光芒；连它的背壳都熠熠闪亮。

"都离我远一点！"卡拉汉高声喊着，"我以上帝之名和白界之名命令你们！"

7

当那个可怖的巫师转身面对诸多吸血鬼长老时，鸟头人梅曼感到神龟那威严美丽的光芒减弱了几分。他也看到少年走了，这令他惊惶万分，但好歹他是在往里走，而不是从现在的场景中溜出去，所以这可能还算是好事。但如果这男孩找到了通往法蒂的门、并使用了那道门，梅曼就将发现自己有麻烦了，真的是极其糟糕的麻烦。因为赛尔听命于沃特·奥·迪姆。沃特则只听命于血王本人。

没关系。事情总得一件一件处理。先搞定那巫师的骚扰。把长老们解救出来。接着就去追踪小男孩，也许只需大声告诉他：他的朋友还需要他，那会管用的——

梅曼（也就是米阿认为的金丝雀，杰克认为的翠儿鸟）蹑手蹑脚地朝前蹭，一手抓住了安德鲁——那个穿着格子花呢翻领晚礼服的胖家伙，另一只手则扣住比安德鲁更胖的女人的一只胳膊。卡拉汉完全背对着他们，梅曼做了个手势，让他们注意到这一点。

提拉娜剧烈地摇着脑袋。梅曼张开鸟嘴，咝咝地恐吓她。她立刻退缩了。黛塔·沃克已撕破了提拉娜的面具，这面庞悬挂在残破的下巴和脖颈之上。在她前额的正中央，一个红色的伤口洞开、又合拢，就像将死之鱼翕动的鳃。

梅曼又转向安德鲁，并尽可能地伸长手臂，将巫师卡拉汉的身影指点得明明白白，然后用那权当是手的鸟爪子交叉在覆盖着羽毛的喉管，做了一个残酷的哑语，那动作很有表现力。安德鲁点点头，拨弄掉他太太粗胖的手指，她的手指正竭力地想拉住他、阻止他走。人类形体这时就显示出了好处,好到足以让你看得出来:低等人正在艳俗的礼服里面努力集聚勇气。接着,他发出一声被人紧紧扼住喉咙般的大吼,跳出去,紧紧环绕住卡拉汉的脖子——但不是用他的手掌,而是那多肉的前臂。与此同时,他的女人冷不丁地冲上去,从卡拉汉手里把象牙雕刻的神龟撞下来,她这么做的时候一路嘶喊不断。斯果葩达跌落在红色的地毯上,又在一张餐桌下反弹了一下,就在那里(就像是某条纸折的小船,你可能还会记得)永远地从这个故事里消失了。

长老们仍在受挫中,外餐室里的第三型吸血鬼们也没有清醒过来,但是低等男人和低等女人们却意识到微弱的胜算,他们反攻了,一开始还是犹犹豫豫的,接着就越来越有信心了。他们将卡拉汉团团围住,踌躇了一下,便全体扑了上去。

"放开我,以上帝的名义!"卡拉汉大声喊叫着,但显而易见,这声指令是无效的。和吸血鬼们不一样,这些脑门上有红色伤洞的家伙们丝毫不为卡拉汉所谓的上帝所动。他能做的一切只是希望,希望杰克不要停下脚步,一个人去,两个人回;他只希望杰克和奥伊像阵风一样奔向苏珊娜。救出她来,只要他俩能成功;和她一起死去,如果他俩不能成功。并且,只要有机会,还要杀死她的小孩。上帝是帮他的,可是他之前却完全误解了。他们本该在卡拉就扼杀那婴孩,那时他们有机会。

有什么东西深深咬进了他的脖颈。吸血鬼们现在也过来了,有没有十字架都一样。一旦他们吸入第一口他活生生的鲜血,他们就会像鲨群一样扑倒在他身上。卡拉汉在想:帮帮我,上帝,给我力量;于是,他感到力量流入了他的生命。他翻身滚向左边,这时候,那些爪子正撕扯他的衬衫,撕成了一条又一条断带。在这个当口,他的右手空出来了,而鲁格手枪始终握在手里。他把枪对准了那个名叫安德鲁的胖家伙,他正大汗淋漓地埋头苦干,满脸愤恨;卡拉汉将枪管(那枪是很久很久以前杰克的父亲买来用以捍卫家庭的,这个电视台高管父亲比罹患狂想偏执症的人好不到哪里去)对准了这个低等男人前额中央那个绵软的红色洞口。

"不——不,你不能!"提拉娜哭喊起来,就在她伸手想去抢夺手枪的时候,胸前的礼服终于胀裂了,硕大无朋的乳房涌出来。乳房上布满了粗糙的毛皮。

卡拉汉扣动了扳机。鲁格枪的枪声在餐室里震耳欲聋。安德鲁的脑袋像个灌满血的葫芦,现在炸裂了,血肉溅到了密密拥挤在他身后的怪物们。

13

满是惊悚的尖叫,也是难以置信的尖呼。卡拉汉有时间去想一想,事情本来不该是这样的,对吗?他还想到:这样是不是足够让我入伙了?我现在是不是个枪侠了?

也许还不是。但是,那里有一个鸟头人,就站在他面前,站在两张桌子中间,鸟嘴一张一合,还能清楚地看到他的喉结因为兴奋而颤动不已。

卡拉汉微笑着,勉强用一只手肘支撑起自己,这时候,鲜血从他那被撕裂的喉管喷涌到了地毯上,他又端平了杰克的鲁格手枪。

"不!"梅曼大喊着,抬起奇形怪状的"手",捂住自己的脸孔,这无疑是一个彻底无用的保护动作,"不!你不可以——"

当然可以,卡拉汉一边想着,一边孩子气地咯咯笑起来,再次开火。梅曼向后趔跄了两步,接着,第三步。他撞翻了一张餐桌,接着瘫倒在这张桌子上。三根黄色羽毛在他倒下之后还悬在空中,懒洋洋地飘来荡去。

卡拉汉听到了野蛮的嚎叫,那不是出于愤怒或是恐惧,而是饥饿。鲜血的香味终于渗进了这些远古生物不知疲倦的嗅觉,现在,没什么能再阻挡他们了。所以,如果他不想加入他们——

卡拉汉,曾经是耶路撒冷镇的卡拉汉神父,将枪口掉转,对准他自己。他没有时间了,不能再浪费分秒去探索黑洞洞的枪管里孕育的无限或永恒,他将它深深抵在下巴上。

"向你致敬,罗兰!"他说完,并知道

(波浪,托起的波浪)

他的话被听到了,"向你致敬,枪侠!"

手指控紧了扳机,此刻,古老怪物们向他的身体倾倒。他完全被他们冰冷无情、不含血气的气息所淹没,但并未因此而感到沮丧。他从未感到自己是如此强大。在他生命的所有年月里,最快乐的事并不是身为神父,而是单纯地做一个漂泊的卡拉汉,他知道:很快他就将获得自由,如他所愿的那样去继续过游荡生活,他的职责已彻底完成,这非常好。

"愿你找到你的塔,罗兰,冲进去,也愿你爬到塔顶!"

这些自远古而生的兄弟姐妹们,以及那个自称为柯特·巴洛的家伙,他的这些老牌敌手的利齿像针芒一样刺入他。卡拉汉一点儿都感觉不到。他在扣动扳机的时候,正在微笑,并永生永世地逃离了他们。

第二章

升起在波浪上

1

埃蒂和罗兰行驶在土路上，他们曾沿着这条路到达作者的家所在的布里奇屯，他们遇到一辆橘黄色的卡车，车停靠在路边，车厢侧面用油漆写着"缅因中部电力维护"。不远处有个男人，戴着黄色安全帽、身穿显眼的黄色工作背心，正把一些可能威胁到低垂的电线的枝条砍下来。那时，埃蒂是否感觉到什么诸如集聚中的能量？可能是一次预兆吗？预感到波正冲下光束的路径、并冲着他们而来？后来他想到了这点，但也没法确定。上帝知道他陷入异感已久，那又为什么不可以有这种预感呢？有多少人能够和他们的创造者见面呢？好吧……斯蒂芬·金还没有创造出埃蒂·迪恩，在这个年轻人所在的世界里，合作城在布鲁克林、而非在布朗克斯，金还没有造出他来呢，不是在一九七七年，但埃蒂有某种强烈的确定感：金迟早都会这么做的。否则他现在怎么会在这里？

埃蒂下了车，走到电力卡车的前面，向汗流浃背、手握剪枝器的工人询问去龟背大道该怎么走，就在洛弗尔镇上。缅因中部电力公司的工人很热情地指了路，又补充了一句："如果你们今天真的要去洛弗尔，最好走93号公路。不少人还把那条路叫做沼泽路。"

这男人伸出一只手，对着埃蒂，又摇摇头，那模样就像是要先发制人的辩论者，尽管埃蒂自打提出那个问题之后只字未说。

"那条路有七公里长，我知道，而且坑坑洼洼，像鸡奸者那么讨人厌，可是你今天没办法通过东斯通翰姆。条子把它封锁了。还有政府大头头、本地庄稼汉，甚至还有牛津镇行政司法部。"

"你开玩笑吧。"埃蒂说。这看起来是个最保险的回应。

电力工冷冷地摇摇头，说："好像没人确切知道发生了什么事儿，但那儿有枪声——自动武器吧，可能是——还有爆炸。"他拍了拍挂在腰带上的步话机，那东西磨损得很厉害，上头还有不少锯木屑。"就今天下午，我甚至还听到一两次T打头的词儿。也不算稀奇啦。"

埃蒂根本不明白"T打头的词儿"是什么意思,但很清楚罗兰只想继续前进。他能够感受到枪侠脑子里的不耐烦;几乎都能够看到罗兰不耐烦地旋动手指,意思只有一个:我们走,我们走。

"我是在说恐怖主义①,"电力工说着,故意压低声音,"伙计,人们不相信这种狗屁事儿会发生在美国,可我倒有新闻说给你听听,那事儿是会发生的。就算不是今天,迟早都会发生。会有人炸了自由女神像,要不就是帝国大厦,我就是这么想的——右翼啦、左翼啦,要不就是天杀的阿拉伯人。疯子太多太多了。"

埃蒂频频点头,就算他和一个十多年交情的老熟人点头也不会那么卖力。"你说得大概很对头。不管怎样,谢谢你的消息。"

"只不过是想有朝一日能救你一命,"当埃蒂打开约翰·卡伦的福特车驾驶座车门时,那人又说,"你是不是刚打了场硬仗,先生?你看起来像是被恶打了一顿,而且腿脚也跛了呢。"

埃蒂的确刚经历了恶战,没错;而且手臂被划了一道血口子、右小腿中了一枪。两处伤势都不算严重,在匆忙赶路的途中他几乎真的忘记自己受了伤。现在可好,它们都疼起来了。看在上帝的分上,为什么他那时要打翻亚伦·深纽那个装满止痛药片的小瓶子呢?

他回答说:"是啊,所以我得去洛弗尔。有个家伙的狗咬了我。我和他得好好谈谈这档子事儿。"满口胡说八道,一点儿都不像是考虑周全的情节,但他又不是作家。那是金的份内事。无论怎样,这番谎话够圆滑了,足够让他赶在电力工东问西问之前回到卡伦的福特车里了,埃蒂自认为这小把戏还算管用。他利索地把车开走了。

"你知道怎么走了?"罗兰问。

"是啊。"

"很好。每件事情都被突然截断了,埃蒂。我们必须尽快赶到苏珊娜那里。杰克和卡拉汉神父也得如此。而且那个孩子就要出生了,不管那小东西是什么。有可能已经出生了。"

开出去,到了堪萨斯大路之后左转,电力工就是这么对埃蒂说的(堪萨斯路就像在多萝西、托托和艾姆婶婶的故事②里那样,每样东西都在一瞬间

---

① "恐怖主义"就是T打头的词儿(terrorism)。
② 多萝西、托托和艾姆婶婶,都是《绿野仙踪》里的人物。

16

断裂了),埃蒂左转了。这条路将带他们往北走。太阳光在他们的左侧,透过树丛射过来,将两车道的柏油马路彻底投入阴影。埃蒂几乎能明显地触摸到时间,时间从他的指缝间滑走,像是极其昂贵的布料滑爽得几乎难以抓牢。他把脚掌压在油门上,卡伦的银河车系老福特跑得气喘吁吁,但还能跑。埃蒂把速度加到五十五,就保持这样的速度开下去。再快一点也不是不可以,但堪萨斯大路不仅弯道多,路面也维护得很差劲。

　　罗兰从衬衫口袋里取出了一张从笔记本里撕下的纸片,把它展开,现在正费神盯着看呢(虽然埃蒂很怀疑枪侠是否真能读懂这些文件;这世界的文字对他而言似乎总是状如天书)。在这张纸片的最上端,也就是在亚伦·深纽看来颤颤巍巍、却很容易读懂的手写体(以及凯文·塔尔至关重要的签名)之上,画着一只笑眯眯的卡通海狸,还有一行字:要命事规划。就算是话里有话,也是傻乎乎的双关语。

　　不要问我傻问题,我也不玩笨游戏,埃蒂心里想着,突然咧嘴笑起来。罗兰仍然抱有一种观点,埃蒂对此很确定,但也没什么好感,但事实就是:在单轨列车布莱因上,他们的生命就是被几句时机恰到好处的傻问题拯救了。埃蒂便想张口说出来:事实证明了,在这个世界的历史进程中,最最重要的文件——甚至比基本宪章、独立宣言、爱因斯坦的相对论都重要得多——竟然有一个傻乎乎的双关语页眉,那么罗兰该如何喜欢纽约大苹果呢?可是,他尚未开口,波浪袭来了。

2

　　他的脚掌从油门上滑下去了,这是个好兆头。如果还像刚才那样一直压在上面,他和罗兰两人肯定会受重伤,甚至死亡。当波浪袭来,要想操控约翰·卡伦的银河车系老福特车显然变得无比重要,以至于名列埃蒂·迪恩的优先级别列表中的其他事件统统被勾销了。那一瞬间,仿佛过山车慢慢爬升到第一个峰顶、迟疑了一秒……倾斜……俯冲……而你就猛然陷落,犹如夏日热风一般的空气扑面而来,胸口遭到强力压迫,而你的胃则落在你身后,飘荡在别的什么地方。

　　就在那个瞬间,埃蒂看到了在卡伦车里的每一样小东西,它们全都变得无拘无束,都在漂浮——烟斗里的灰、两支钢笔和一只从仪表板里飘出来的纸夹、埃蒂的首领;他明白了,他首领的灵伴,老好人埃蒂·迪恩。怪不得胃里翻江倒海!(他没有意识到,车子本身也在漂浮之中,已经被冲到了路边的一个汽车站旁,仿佛在一片看不见的大海中漂浮着的一艘小船,在高于地面五六英寸的高度来来回回、懒洋洋地倾斜摇摆。)

然后,三车道的乡村大路不见了。布里奇屯镇不见了。这个世界都不见了。隔界又出现了,时空转换时钟鸣般的啸叫、冲撞声令人深恶痛绝、恶心难忍,令他直想咬紧牙关并大声抗议……可就连牙齿也都消失了。

3

罗兰和埃蒂一模一样,清楚地感知到先是被抬起、接着被悬浮,就好像失去了地球重力。他也听到了钟鸣般的啸叫,感觉自己被高高举起、通过了一切存在之壁垒,但他明白:这不是真正的隔界——至少不像是他们以前经历过的那几次。这酷似范内所说的光潮,意思是:在风潮中升起,或是被波浪卷挟。只不过,风与潮的合并暗示着有灾害性的自然力,也就是说:不是"风",而是龙卷风;不是"浪",而是海啸。

独一无二的光束要和你交谈,饶舌鬼,范内的声音回放在他的思绪里——饶舌鬼,是范内给他取的绰号,颇有讽刺意味,因为斯蒂文·德鄩家的男孩总是紧抿嘴唇、惜字如金。这位柔弱、机敏的家庭教师一直到罗兰十一岁那年才不再使用这个绰号(可能是在柯特的坚持之下)。*如果懂得聆听,你会做得很好。*

我会好好聆听的,罗兰这样回答,接着狠狠地掉落下去。他感到窒息、失重、想吐。

敲钟声越来越响。接着,突然,他又开始漂浮,这一次却是在一间满是空床的房间上方。只需一眼他就能认出来,绝不会错:狼群把他们从卡拉劫来的孩子们带到了这里。在这个房间的另一头——

一只手攫住了他的胳膊,罗兰觉得在这种状态下是不可能发生这种事的。他朝左边看去,看到埃蒂就在他旁边,浑身赤裸地漂浮着。他们两人都是赤裸的,衣服留在了作家所在的世界。

罗兰已经看到了埃蒂的手指向的地方。在房间的尽头,两张床被推到了一起。一个白种女人躺在其中的一张床上。她的两条腿——也就是苏珊娜在他们穿过隔界造访纽约的时候所使用过的那双腿,对此罗兰毫不怀疑——劈开着。一个长着老鼠脑袋的女人——他也能肯定,这必是獭辛怪物中的一个——正弯着腰,在那双腿之间。

躺在白种女人身边的是黑皮肤女人,两腿仅到膝盖为止。不管是否赤裸着漂浮在空中,也不管恶心不恶心,不管是不是隔界,罗兰在他一生中见到任何人都没这么高兴过。埃蒂也深有同感。罗兰听到埃蒂在脑子里喜悦万分地叫出声来,便伸出手去制止这个比他年轻的朋友。他不得不让埃蒂保持安静,因为苏珊娜正看着他们,几乎已经肯定地看到了他们,倘若她开口和他们说话,他就需要听清楚她说出的每一个字。因为尽管言词会从苏珊娜的口中说出来,但那也非常可能是由光束说出来的;熊之言,或是龟之言。

两个女人都戴着金属头罩,拢在她们的头发上。一段钢制的管子连接着两个头罩。

有点像火神星大脑合并,埃蒂说,这一次也是"说"在他大脑的中心,他的思绪里满是这个念头,掩盖了所有别的想法。或者,也可能是——

安静!罗兰闯入埃蒂的大脑,打断他。安静,埃蒂,看在你父亲的分上!

一个穿着白外套的男人从盘子里抓起一对形状狰狞的镊子,把老鼠头的怪物女护士推到一边去。他弯下腰,在米阿的两腿间仔细探视,镊子则举在他的头顶。旁边还站着一个怪物,长着凶险恶毒的棕色鸟头,穿着一件T恤——用埃蒂和苏珊娜那个世界的词汇来说。

他会感觉到我们的,罗兰想。如果我们待的时间足够长,他肯定会感觉到我们的存在,提高警觉。

可是苏珊娜正看着他,钳住她的头罩夹子下面是一双流露着狂热的眼睛。明亮亮的,充满了理解。看着他们,是的,当真是。

她说出了一个词,罗兰则在难以言喻的瞬间、依靠足以信赖的完美直觉领悟到:那不是苏珊娜说的,而是米阿。当然,这也是光之语,那种力量也许有足够的感知力,因而明白它受到了多么严重的威胁,并企图保护它自己。

荚茨,这就是米阿说的字;他是在脑子里"听"到的,因为这是同命运的卡-泰特之间才有的情感交流;他也看到,当她仰视着他们漂浮着的方位时,这个字汇成无声的嘴形反映在她的唇上,就在这个瞬间,她的神情像是一个旁观者,远望着发生在别处、别时的什么事情。

鹰头怪物抬头看了一眼,可能是顺着她凝视的目光而上,也可能是因为拥有超自然的听觉而听到了敲钟声。然后,医生放低了钳子,猛力刺入米阿的长裙下。她厉声惨叫。苏珊娜也跟着她一起惨叫。这两种浑然一体的尖叫声像是一股能量,几乎能把罗兰实质上无形的肉身抛出去,抛得远远的,就仿佛蒲公英生长到高处,接着被十月里的一阵风带走了种子,枪侠只觉得自己猛烈地升腾而起,越飞越远,仅仅附着在这个字上,而失去和这个地点的一切联系。这同样带来一份鲜明的回忆,他躺在床上,母亲俯身靠着他。那时候,婴儿室里色彩丰富,他现在回想起来当然能明白;那只是他作为一个小男孩所能接受的一些颜色,是刚刚离开襁褓的小孩子们才能接受的颜色,是接纳了万事万物的颜色:带着无可置疑的困惑,带着不可言喻的假想,他认定那统统是魔法。

幼儿园的窗户是彩色玻璃,代表着彩虹,那是当然的啦。他想起母亲弯下腰亲近他,彩色玻璃透进来五颜六色的光彩,都映照在她的脸上,衣服连着的兜帽垂在后面,这样一来他就可以睁大孩童才有的双眸,追索她脖颈上的每一道褶皱

(那统统是魔法)

还带着情人般的灵魂;他记得自己去思索,他该如何殷勤地讨好她,把她从父亲身边赢过来,如果她拥有他的话;又想他和母亲该会怎样结婚、怎么拥有属于他们的孩子、并永远幸福地生活在名叫"全盛光明"的童话王国里;还想着她是怎样吟着歌曲给他听,是佳碧艾拉·德鄢对着她的小男孩哼着歌曲,他睁着大眼睛,躺在枕头上庄严肃穆地向上看着她,小脸蛋上映满了游动着的五彩斑斓的光影,那是他漂泊的一生所拥有的颜色,她哼唱着一支轻快的小曲,歌词没什么意思,听起来就像是这样:

蜡烛包包,亲亲宝宝,
宝宝,带着你的草莓来这里。
阚茨,栖茨,荬茨
多带点来装满你的小篮子!

多带点来装满我的篮子,他在隔界中想着这句话,身体完全没有重量了,穿过黑暗和恐怖的敲钟声。这些词儿不是胡言乱语,而是古老的数字,有一次他问起来,她就是这样告诉他的。阚茨,栖茨,荬茨。

荬茨是十九,他想到了,当然了,这都是十九。接着,他和埃蒂再次回到光束里,一道高热般病态的橙色光线,而那里,还有杰克和卡拉汉。他甚至看到了奥伊站在杰克的左脚边,它的毛发竖起,吸着鼻子,露出一口利齿。

阆茨,栖茨,荬茨,罗兰仍思忖着,一边注视着他的儿子,那么纤弱瘦小的男孩,在迪克西匹格的餐室里面对数量众多的怪物。荬茨是十九。足够装满我的篮子。可是,什么篮子? 这是什么意思?

4

布里奇屯镇的堪萨斯大路边,约翰·卡伦所有的十二年车龄的福特(行驶里程十万六千公里才刚算热了身,卡伦最喜欢这么对别人说)如今靠在马路牙子上,像个前后摇摆的跷跷板,慵懒晃荡着,先是前轮压下去,又再抬起来,于是,后车轮就能轻吻大地。车里的两个男人似乎不仅仅是失去了知觉,还恍如透明人一般,两人都像是倒在沉没的小船里的尸体,随着车厢的摇晃软绵绵地摇来晃去。他们身边还飘荡着丰富的残骸,任何一部被狠狠使用多年的老车里都可以找到的杂物: 烟灰、钢笔、曲别针、这个世界里最老掉牙的花生米、后座上的一便士硬币、蹭在脚垫上的松针,甚至连某块脚垫都整个飘了起来。所有这些东西都在这个黑漆漆的封闭车体里,轻微地碰撞紧闭着的车门。

要是有人路过,肯定会被眼前的这番奇景惊得活像被雷劈中!——奇景中还包括那两个男人,两个很可能死了的人!——他们在车里漂浮的样子,活像是在太空舱里,所有用品都缓慢飘起。可是没有人此时真的路过此地。住在长湖这边的人们通常是越过整片湖面望向东斯通翰姆这边,他们甚至会认为湖水那一边根本没什么可看的。甚至连烟雾都几乎消散殆尽了。

车子懒懒地漂着,那里面,蓟犁的罗兰缓慢地升到了车厢顶,脖子蹭上了脏脏的天花板衬板,两条腿已经掠过了前座靠背,毫无生气地拖曳在身后。埃蒂一开始还陷在驾驶座里,身子被方向盘卡着,后来,随着车子漫无目的的摇晃,他被巧妙地晃出来,现在他也在向上升,面容松弛凝滞,恍如在梦中。一道口水从他的嘴角溜出来,划出一道银色的流线,一串儿细小的泡泡,闪闪发着光,也在飘浮中,就在一侧结了血痂的脸颊近旁。

5

罗兰知道,苏珊娜已经看到他了,还可能同时看到了埃蒂。所以她才会

21

艰辛万分地吐出那个字眼。不过，杰克和卡拉汉却都没有看到他们。那孩子和神父已经进入了迪克西匹格，这个举动既是非常勇敢的、又是非常愚蠢的，餐馆里的状况吸光了他们所有的注意力，这是在所难免的。

且不说那是不是有勇无谋之举，罗兰只觉得为杰克感到强烈的自豪。他看到那孩子在自己和卡拉汉之间建立了战友关系：始终保持的距离确保了以一当十的一对枪侠绝不可能被一发子弹同时杀死。两人都随时准备开火。卡拉汉一手握着杰克的枪……另一只手还拿着一样雕刻出来的东西。罗兰基本上能肯定：那是一种神器，带着小神的福佑。杰克则带着苏珊娜的欧丽莎，以及装盘子用的提袋，大概只有上帝才知道那是从什么地方重新拿回来的。

枪侠还特别注意到一个胖女人，说是"女人"，其实人类形体只在脖子以下。下巴上的肥肉一层又一层地叠着，戴在其上的面具早已毁坏得不成样了。罗兰看着面具下面的老鼠头，突然明白了很多事情。要不是当时他的注意力还被别的太多事情牵引着——比如说男孩和神父在那一瞬间的一举一动，他应该会更迅速地明白过来。

比方说，卡拉汉面对的低等人中，有些大概是獭辛怪物，那种生物既不来自纯贞世界，也不存在于自然世界中，只能说是从两个世界之间的什么地方杂交而生的物种。他们显然不是罗兰所说的缓型突变异种，他们之所以会出现，完全是因为发生在过去的一些不明智的战争，以及多种多样灾害性的实验。不，他们可能是真正的獭辛，有时候也被认为是第三种人类、或叫坎-托阿；是的，罗兰应该早就知道这一点。现在，有多少獭辛正臣服在那所谓的血王的统领下？是有一些？还是很多很多？

抑或是，所有的獭辛？

如果最后一个答案才是正确的，罗兰便要预想到：通往塔的道路将会极其艰难。但是，凡事都往坏处想并不在枪侠的天性范围内，而且，在这个问题上，他那缺乏想象力的特点显然是一种福气。

6

他看见了他需要看到的。尽管坎-托阿——卡拉汉所认为的低等乡民——已经从每一个方向、每一个缝隙将杰克和卡拉汉团团围住（而且他们两人连看都没看到曾经看守着通往六十一号街大门的那两个怪物就站在他们身后),神父用神龟定住了他们,就好像杰克曾经使用他在空地上找到的钥匙定住别人、并让他们神思困迷。在一个柠檬黄鸟头人身的獭辛怪物的手边,放着一样貌似枪械的武器,但他怎么使劲也抓不起它。

还有另一个问题,罗兰训练有素的眼睛能够一眼洞穿每一个陷阱、每一种可能存在的埋伏,此刻那双眼睛一下子就盯上了另一个问题所在。他看到了墙上那幅亵渎神明的挂毯,拙劣地模仿了"艾尔德最后的欢聚",他甚至在挂毯被掀开前的几秒钟就彻底明白了它的重要性。还有气味:不止是鲜肉,而且是人类的鲜肉。要是他还有时间去思考一下的话,这一点,他也理应早一点明白;可在卡拉·布林·斯特吉斯的生活不允许他有思索的余地。在卡拉的日子像是小说情节,生活像是被诅咒的事无休止的叠加。

不过现在一切都明了了,不是吗?低等人可能就是獭辛;孩童眼中的食人妖魔,假使他们真这样幻想的话。至于那些躲在挂毯后面的家伙,卡拉汉认为是第一型吸血鬼,而罗兰则认得他们:那就是长老,也许是很久以前的纯贞世界衰退后遗留下来的最可怕、最强大的幸存者。就当这些獭辛怪物别无他法地站在原地、眼巴巴地呆望着卡拉汉手里的神器时,长老们却压根儿不会浪费时间朝那小玩意儿瞥一眼。

现在,小虫子们哗啦哗啦地从桌子下面涌现出来。这种东西罗兰以前也见识过,所以虽然对于挂毯后藏匿着什么他仍然有所存疑,但虫子的出现就让他确认无疑了。那都是寄生虫,吸血虫,随军小贩——长老们的跳蚤。也许貉獭的在场会让它们显得不那么有杀伤力,但当你观察到这些小畜生竟有如此之多时,显而易见,长老们也就很近很近了。

奥伊对着虫子们展开攻势,此时,蓟犁的罗兰做出了他唯一能想到的决定:游下去,潜入卡拉汉。

进入卡拉汉。

7

神父,我在这儿。

是,罗兰,怎么——

没时间了。让他离开这里。你必须这么做。趁着还有时机,让他脱身!

23

8

卡拉汉的确这么做了。当然，男孩并不想走。罗兰透过神父的双眼看着他，带着苦涩的心情想到：我本该教会他更善于背叛。虽然所有的神明都知道，我已经尽我所能做到最好了。

"能走时你就走，"卡拉汉说，竭力想表现出镇定，"只要你可以，就去追上她。这是首领对你的指令。这也是白界的意愿。"

这句话本该可以打动他，但却没有，他仍在争辩——众神啊，他差不多要和埃蒂一样坏了！——罗兰已经没法再等下去了。

神父，让我来。

罗兰没等卡拉汉回复就直接插手了。他已经能感到波浪，那光潮，要震回去了。而长老们随时都可能赶到。

"快走！杰克！"罗兰大声喊出来，用了神父的嘴巴和声带，就好像用了一个扩音器。如果他想过一个人可以做出这样的事情，他很可能彻底迷失了自己，但凡事思忖也不是罗兰的行事方式。他很高兴地看到少年的双眼瞪得大大的。"你眼前有这样一个机会，你就必须抓牢它！去把她找回来！我以首领的名义命令你！"

随后，就像在医院病房里飘离苏珊娜那样，他再次感到自己被抛上去，身子毫无重量可言，像一截蛛网或是一棵蒲公英球一般被吹出了卡拉汉的头脑和身体。在那个刹那，他使劲地想把自己拽回去，如同一个游泳的人和湍急的河流奋力顶撞，只想搏出一小段距离让自己上岸，但一切只是徒劳。

罗兰！那是埃蒂的声音，听来惊惶失措。基督啊，罗兰，以上帝的名义我问你那些都是什么玩意儿？

挂毯被扯到了一边。冲杀出来的都是古代怪兽般的生物，魔鬼似的面孔上凸起尖利的利齿，大嘴前努着咧出又大又长、粗得像枪侠手腕的毒牙，脸颊上深纹纵横、硬毛茬茬，还挂着鲜血和碎肉。

可那男孩——众神啊，哦，众神啊——竟然还留在那里！

"他们会先杀了奥伊！"卡拉汉大声喊叫，只有罗兰知道那不是卡拉汉的喊叫。他相信那是埃蒂，就像他罗兰所做的那样，借用了卡拉汉的声音。可能出于某种原因，埃蒂要么碰到了更平缓的水流，要么找到了更强的力量。

那足以让埃蒂在罗兰被吹跑之后进入卡拉汉。"他们会在你眼皮底下杀了它,再喝它的血!"

总算有用了。男孩转过身跑了,奥伊也跟在他身旁奔跑。他直接从鸟头獭辛的面前穿过去,再从两个低等家伙之间跑过去,但没有谁企图去截他。他们还在呆望着卡拉汉手掌中的神龟,都没从催眠态中醒过来。

长老们丝毫没有留意飞奔而去的男孩,罗兰清楚地感知到他们不会去留意杰克。从卡拉汉神父的故事里,他得知曾有一个长老到过耶路撒冷镇,也就是卡拉汉身为牧师传教的地方。这个神父经历了那次事件,并活了下来——对于那些丢失了武器和神器神力、再面对如此恐怖的魔鬼的人们来说,这绝非普通的幸存——但在那个东西放走卡拉汉之前,曾逼迫他喝下了它腐败的鲜血。对这些长老来说,他就是带着标记的人。

卡拉汉对着他们,伸出了十字架神器,但罗兰还来不及多看一眼,就被完全掀回了黑暗中。钟鸣般的啸叫又开始了,恶劣到极点的敲钟声差一点就把他逼疯了。他听到埃蒂的呼喊,很微弱,不晓得在哪里。罗兰在黑暗中伸出手想摸到他,一会儿抚到了埃蒂的胳膊,一会儿又什么都触不到了,又过了一会儿他找到了埃蒂的手,这下才抓紧了不放。他们一圈又一圈地翻滚着,紧紧地抓牢对方,使尽全身气力就为了不再分开,满心祈祷着:千万别在这无门无缝的黑暗中、在世界与世界之间的混沌交界处彻底迷失。

第三章

埃蒂打了个电话

1

埃蒂回到了约翰·卡伦的老爷车里，感觉很像是他少年时从噩梦中醒来：糊里糊涂、床上乱七八糟，他喘着粗气，完全摸不着头脑，既不明白自己是谁，也不知道独处何处。

一刹那间他清醒过来，但一切看来简直难以置信，他和罗兰飘浮在半空，他的手拉着他的手，像一对安睡在子宫里的未出生的孪生婴孩，只不过，这当然不是子宫。一支笔和一只曲别针就飘摇在他的眼前。还有一个黄色塑料扁盒子，他认出来那是一盒八音轨的卡带。他心想：别浪费你的时间，伙计。那里没有一线生机，要是真有那么点希望，也不过是套小把戏，死路一条。

有什么东西正在摩擦他的后脖颈。是不是约翰·卡伦的千疮百孔的老银河里的穹顶灯？向上帝发誓他想那是——

突然，地心引力归位了，他们掉下来，所有杂七杂八的零碎也像雨点一样掉落在他们身边。在福特车厢里畅游的脚垫降落在方向盘上。埃蒂的小肚子撞在了前座靠背上，撞出了一个粗鲁的响屁。罗兰掉在他身边，伤痛不已的屁股最先着地。埃蒂狂野地大喊一声后，费力地翻过身钻回驾驶座里。

埃蒂刚想张口说点什么，可还没有出声，卡拉汉的声音突然灌满了他的脑海：向您致敬，罗兰！向您致敬，枪侠！

神父究竟花费了多少心力、多少意念才能让他的声音从另一个世界里传来？并且，在这句话之外，极其微弱、但确实存在的，还有野兽般残忍的、胜利的咆哮。显然不能使用嚎啕哭闹这样的形容词。

他们的眼神相遇了，埃蒂因震惊而瞪大了双眼，罗兰的蓝眼睛里生息微弱。埃蒂伸出手，握住枪侠的左手，想着：他要死了。伟大的上帝啊，我想神父要死了。

"愿你找到你的塔，罗兰，冲进去——"

"——也愿你爬到塔顶！"埃蒂悄声地说出来。

他们的身心都已回到了约翰·卡伦的车里，车子停靠在堪萨斯大路路边——固然停得歪歪斜斜,但总算是平安到家了——仍然是绿树成荫的夏日傍晚,但埃蒂看到的却还是餐馆里地狱般赤橙色的光影,那地方哪里是餐馆呀,分明是彻头彻尾的食人狂老巢。埃蒂突然想到:那种东西真的可能存在于什么地方,人们每天都可能从他们的栖身地轻松散步而过,却丝毫不知道里面掩藏着什么,也丝毫感觉不到那些贪婪的眼睛或许已经瞄上了他们,甚至揣测着他们的味道——

就这样,他实在想不下去了,他痛苦地狂叫起来,似乎正有幻影无形的獠牙啃进了他的脖子、他的脸颊、他的肚子;嘴唇也似乎针扎般疼、睾丸被串在烤肉的铁叉上。他凄厉地尖叫着,另一只手在空中胡乱抓,罗兰好不容易才按住他,强迫那只手静下来。

"别这样,埃蒂。住手。他们不在了。"说完便是一刻停顿。幻觉的连线断裂了,痛苦消退了。罗兰说得对,那是当然。和神父不同,他们已经逃脱了。埃蒂看到罗兰的眼中有泪水晶晶亮着。"他,也不在了。神父。"

"吸血鬼?你知道,那些个食人族?他们是不是……是不是……?"埃蒂没办法想到头。卡拉汉神父如果也成了他们中的一分子——这念头实在太可怕,他无法大声地说出口。

"不,埃蒂。根本没有。他——"罗兰拔出了随身带着的枪。绘有螺旋花纹的钢制枪管在黄昏的光线里微微反光。他把枪管深深抵在下巴颏上,这个动作保持了一小会儿,而他的眼睛一直看着埃蒂。

"他逃过这一劫了。"埃蒂说。

"是的,再想想他们该有多么恼怒。"

埃蒂点了点头,转瞬间顿感精疲力竭。他的伤口也再次疼起来。不,哭泣。他说:"哦上帝啊,就现在,趁你还没有用它崩了你自己,把那家伙放回它该待的地方。"罗兰这样做了。埃蒂又说:"刚才到底发生了什么事儿?我们是进入了隔界,还是另一场光震?"

"我想,两者都是吧,"罗兰说,"有一种名称叫做:光潮,就像是跟着光之道奔跑的潮汐。我们被推到了光潮之上。"

"而且还能让我们看到我们想看到的东西。"

罗兰对这个说法思忖了片刻,接着坚定地摇了摇头。"我们看到的是光束想让我们看到的东西。去它想让我们去的地方。"

"罗兰,是不是你还是个娃娃的时候就学过这档子事儿?你那个老朋友范内是不是就教了你这些?……我不知道,光的解剖学?彩虹分析论?"

27

罗兰笑了。"是的。我想我们是在历史和中世纪逻辑百科课上学了这些。"

　　"中世纪逻什么？"

　　罗兰没再回答。他正从卡伦的车窗望出去，仍在努力平息——除了说肉体上的平息，也是一种象征性的平息。在这里，做起来真的并不算困难；布里奇屯镇的这个角落似乎和曼哈顿某个废弃闲置地近如毗邻。这是因为一切的发生器就在附近。发生器并不单纯是说金先生，罗兰先前相信是他，但现在，他觉得应该说是金先生的潜能……是金先生或许能创造出的什么，如果给予他足够的世界和时间的话。莫非金同样被光潮托起并卷挟而去？甚至因此才导致了刚才卷挟罗兰的这场光潮？

　　不管一个人多么使劲，他都不能拽着自己的鞋带把自己拖起来，柯特曾经这样教导，那时候罗兰、库斯伯特、阿兰和杰米的见识不比蹒跚学步的小孩多多少。柯特的语调里有种愉悦的信心，后来，随着他最后一组少年学生渐渐长大，他的语气也变得越来越冷酷无情，直至孩子们要面临成人礼的考验时，他的生硬苛刻也就到了顶点。可是，在鞋带这个问题上，柯特也许是错了。也许，在一些特定的情况下，有人可以亲手用鞋带把自己拖起来。或像传说中的乾神那样，从他的肚脐眼里生出了整个宇宙。著作等身的作家金，不正是一个创造者么？说到底，所谓创造不就是从无到有吗——从一颗沙砾里看到整个世界，或是自力更生创造书里的世界。

　　那么，此刻他又在干什么呢？坐在这里，思考着复杂冗长的哲学概念，而他的泰特里有两位灵伴仍然下落不明？

　　"让这辆车动起来，"罗兰说话了，尽力不去注意耳内还残留的可人的嗡嗡声——且不管是光之语还是创造者之语，他无法知道，"我们得赶到这个洛弗尔镇上的龟背大道，看看是不是能找出一条路通往苏珊娜所在的地方。"

　　当然，这也不止是为了苏珊娜。如果杰克成功地从迪克西匹格餐馆里的恶魔手中逃脱，他也要前往苏珊娜所在之地。对此，罗兰毫不怀疑。

　　埃蒂摸到了变速杆——就算是经过了所有这些颠来倒去的怪事，卡伦的老爷车从没停止奔跑——接着，他的手又从变速杆上滑下来了。他转身看着罗兰，眼神凄凉黯淡。

　　"是什么在折磨你，埃蒂？不管是什么，快点清空头脑。孩子正在出世——可能已经出世了。很快他们就将不再需要她了！"

　　"我知道，"埃蒂回答，"可是我们不能去洛弗尔了。"他的脸孔歪扭出一个古怪的表情,似乎他说的话导致了肉体的疼痛。罗兰猜想可能的确如此。

"还不行。"

2

他俩安静地坐了片刻,聆听着光束那甜蜜和谐的余音,有时候这种嗡嗡鸣叫会变成令人快乐的声音。他们坐在那里,看着树影越来越暗,似乎潜伏着成千上万的面孔、成千上万的故事,哦,你是不是也可以说,藏着找不到的门,能不能说,那里藏着迷失。

埃蒂抱着另一种期待,他挺希望罗兰能冲他大喊大叫——反正也不是第一次——如果不是喊叫,也可以是朝天一记勾拳,打在他埃蒂的下巴上,正如很久以前,一旦枪侠以前的导师柯特发现他的小学生们反应太慢或是太执拗,就常常这么来一下。埃蒂似乎希望罗兰能这样做。下巴上挨一拳可能会令他头脑清醒,语出《沙迪克》①。

只有泥沼似的乱想并不成问题,这一点你是知道的。你的脑子比他的清楚。如果不是的话,你可以离开这个世界,再去追索你那下落不明的妻子。

最后,罗兰开口了。"那个,是什么?这个?"他弯下腰,捡起一张折叠过的纸片,上面有亚伦·深纽颤颤巍巍的签名。罗兰看了一会儿,随后扮一个嫌恶的鬼脸,把它轻轻弹到埃蒂的膝头。

"你知道我有多么爱她,"埃蒂的声音很低,很紧张,"你知道的。"

罗兰点点头,但没有抬脸看他。他似乎在盯着自己脚上那双破破烂烂、沾满尘土的靴子,还有座位下的脏兮兮的地板。这双低垂的眼睛、不愿意正视他的眼神来自于他视为偶像崇拜的蓟犁的罗兰,这几乎令埃蒂·迪恩心碎。但他还是强忍着继续说下去。即便有挽回过失的时机,现在也已经消失了。现在就是游戏的终结。

"如果我认为这是正确的、应该去做的事情,我会在这一分钟内去找她。罗兰,就是此时此刻!但是我们必须完成在这个世界里的任务。因为这个世界是单向的。一旦我们今天走了,今天:一九七七年七月十九日,我们就再也回不到这里了。我们——"

---

① 《沙迪克》,小说,作者为理查·亚当斯,创作于一九七四年。

"埃蒂,我们撑过了所有磨难。"他还是没有看着他说话。

"是的,但是你不明白吗?只能打出一颗子弹,只能抛出一枚欧丽莎。这就是为什么我们先得到布里奇屯镇来!上帝作证,约翰·卡伦告诉我们这事儿的时候我就想立刻飞到龟背大道,但我想我们必须见一见作者,和他谈谈。所以我想的是对的,是不是?"现在,听起来很像是辩护,"是不是?"

罗兰终于正视了他,这让埃蒂很高兴。要忍受首领低垂闪躲的眼神,这实在太辛苦,太悲惨了。

"而且,也许我们再多待一会儿也不要紧的。如果我们集中所有精神去想躺在那两张床上的两个女人,罗兰——如果我们使劲想着我们最后一次看到的苏希和米阿——那么,我们就可以在关键时刻插入她们所在的时空,那是有可能的。是吗?"

枪侠陷入一段长长的思索,埃蒂屏息凝神,几乎意识不到自己呼过一次气,终于,枪侠点了点头。要是在龟背大道上他们找到枪侠所说的"先人的门",那这事儿就没戏了,因为那样的"先人的门"是专用的,总是出现在同一个地方。但是,如果他们能找到一扇魔法门,只要在洛弗尔镇龟背大道沿途找到一扇就行,那将是纯贞年代堕落之际遗留在那里的,那就成了,他们或许就能插入别的时空,随心所欲地跳到别处。但是,这样的魔法门也会捉弄人;他们以前就在声音洞里找到过一次,结果那扇门阴差阳错地把杰克和卡拉汉送去了纽约,而本来该是罗兰和埃蒂去的,因而才打乱了他们进入十九之地的全盘计划。

"还有什么事儿是我们必须去做的?"罗兰说。他的声音里没有丝毫怒气,但埃蒂听来,却是既疲惫又犹疑。

埃蒂拿起那份抵押书,严酷而沉静地看着它,戏剧史上任何一位哈姆雷特都会用这样的表情凝视可怜的尤里克的头颅。然后,他的眼睛转向罗兰。"这东西让我们有资格去玫瑰所在的闲置地。我们需要带着它去找霍姆斯牙医技术公司的莫斯·卡佛。可是他在哪儿?我们不知道。"

"关于这件事,埃蒂,我们甚至不知道他是不是还活着。"

埃蒂爆发出一阵狂笑。"你说得对,我说谢啦!罗兰,我干吗不掉头去兜兜风呢?我要把车开回去,回斯蒂芬·金的家。我们可以向他讨点钱,也就二三十块吧——就因为,我的兄弟,我不知道你是否注意到了,但我们俩真的身无分文,连一个要命的铜板都没有——不过,更重要的是,我们可以让他再写出一个地道老辣的私家侦探,只写给我们用,那家伙最好长得像博加特①,还得像克林特·伊斯特伍德②那样身手厉害。让他为我们去追踪卡佛那家伙吧!"

他摇晃着脑袋,好像要把这主意颠出来。嗡嗡声还在耳朵里萦绕,听来还算悦耳,真是治疗恶心的隔界钟声的最佳解毒剂。

"我的意思是,我的妻子生死未卜,不知道在哪里,但她掉了队,我所能知道的一切就是她马上要被吸血鬼、或是吸血虫们生吞活咽了,而我呢,我坐在乡村路边,和一个'基本技能项——开枪杀人'的家伙在一起,绞尽脑汁地琢磨:我该怎么开始一次操他妈的合作!"

"放松点,"罗兰说道,既然他已经决定留在这个世界,多待一小会儿,他所表现出的冷静就已经足够用了,"告诉我你是怎么想的,你认为我们需要做什么,然后我们才可以甩掉这张垃圾,随便扔在什么时间、什么地点,从我们脚边永远地甩出去。"

埃蒂照做了。

3

之前,罗兰已经听闻不少传言,但并没有充分理解他们目前处境到底有多艰难。他们拥有了第二大道上的闲置地,这是没错,但他们对它的所有权只是建立于一纸手写文件之上,若是放到法庭上,尤其是由索姆布拉公司指派律师的话,他们的胜算就太小了,这张证明很可能不堪一击。

埃蒂则想得到能和莫斯·卡佛做交易的有效法律文书,如果他能做到的话,他还需要卡佛的外孙女奥黛塔·霍姆斯的消息,奥黛塔是在一九七七年,也就是她十三岁时失踪的,如果她还活着、而且活得很健康、并且最重要的是——她愿意承认和卡佛之间有监护关系,那么不止是空地,他们还能拿到那株生长在其境内的野玫瑰。

他们不得不用充足的理由让莫斯·卡佛——如果还健在的话——相信:他应该把那家叫做泰特的公司收购到霍姆斯产业中(或是反之,被收

---

① 博加特,汉弗莱·德福雷斯特(1899—1957),美国演员,在影片中扮演刚强、沉默寡言却热心肠的英雄人物。他演的电影有《卡萨布兰卡》和《非洲女王号》,并因此荣获奥斯卡奖。

② 克林特·伊斯特伍德(1930—),美国演员、导演、制片人。曾出演《廊桥遗梦》《独行侠勇破地狱门》等百余部电影。

购)。这还没完！他还必须将余生岁月奉献出来把自己打造成企业巨头(而埃蒂估摸着，即便卡佛还活着，也至少和亚伦·深纽一样老了)，其唯一的目的就是，在每一次重要转折点时，去阻碍另外两大巨头：索姆布拉公司和北方中央电子公司。然后，如果有可能，就把这两个对手置于死地，以免他们壮大成魔鬼，以免让毁灭者一路追索，穿越中世界垂死的浩瀚领土，更要防止这个魔鬼令黑暗塔遭受致命打击。

"也许我们当初应该把这张交易书留给深纽先生？"当埃蒂长篇大论作分析时，罗兰一直在独自深思，"至少，他能知道这个卡佛在哪里，然后把他找出来，把我们的故事告诉他。"

"不，我们保留这张纸肯定没错，"这恐怕是埃蒂完全确信的为数不多的事情之一，"如果我们把这张纸留在亚伦·深纽那儿，现在肯定早被烧成灰烬，随风消逝了。"

"你相信塔尔可能已经后悔和他做交易了吗，还说服了他的朋友去搞破坏？"

"我知道，"埃蒂说，"可是即便深纽可以勇敢地挺身而出和他的老朋友唱对台戏，在他耳边不停地嘀咕几个小时——'烧了它，亚伦，他们是强迫我的，现在他们就是想骗我、把我整惨，这一点你知道，就像我也知道一样，烧了它吧，然后我们打电话让警察去对付那些禽兽'——你觉得莫斯·卡佛会相信这么疯狂的说法吗？"

罗兰苍凉一笑，说："我不认为他相信与否将是个问题，埃蒂。因为，你好好想一想吧，亚伦·深纽真正听说过多少我们那些疯狂的故事呢？"

"是不够多，"埃蒂表示同意，他闭上眼睛，双手的虎口抵在眼窝上使劲，"我只能想出来一个人，她确实可以说服莫斯·卡佛答应我们不得不请求他做的事，可她现在无论如何都用不上。她在一九九九年。到了那年头，卡佛指不定早死了，和深纽一样死了，说不定塔尔也死了。"

"好吧，要是没有她，我们能做些什么？什么能让你满意？"

埃蒂正在想，也许苏珊娜能够不需要他们帮助而回到一九七七年，因为她，至少，还没有去过那里。好吧……她是通过隔界来这里的，可他认为那并不算数。他觉得，如果她不能去到一九七七年，理由只能是：她是他和罗兰的卡-泰特。或许还有别的理由。埃蒂不知道。读懂艰涩的文章历来不是他埃蒂的强项。他转身去问罗兰在想什么，可罗兰却抢先开口了。

"那我们的丹-特特怎么办？"他问。

虽然埃蒂明白这个词儿——它的意思是：婴神，或是：小救世主——一开始他也没明白罗兰说的这个词儿是什么意思。但很快他就领悟了。岂不是他们的沃特福特小救世主借给他们一辆车吗，说谢啦？他们正坐在这辆车里。"卡伦？罗兰，你说的是这个人？带着一箱子签名棒球的家伙？"

"你说对了，"罗兰这样回答他，他的语气干巴巴的，表明这并不是玩笑，相反还有点恼怒，"别用你对这个想法的激动来打击我。"

"可是……你跟他说，让他走开！而且他也同意了，闪了！"

"那么，说要去拜访佛蒙特州的朋友时，你觉得他有多激动呢？"

"佛蒙特。"埃蒂回了一句，忍不住笑起来。可是，不管笑没笑，他心中最强烈的感触却是灰心丧气。干巴巴的笑声难听死了，他觉得，那分明是罗兰用右手的两根手指来回摩挲枪柄才能发出的噪音。

罗兰耸耸双肩，好像在说，他才不在乎卡伦要去佛蒙特州①或迦兰男爵地："回答我的问题。"

"唔……"

事实上，卡伦对这个主意不算起劲。从一开始，他的反应就不太像是他那一圈吸草的人（埃蒂轻而易举就能认出谁吸毒，他自己就是，直到罗兰二话不说劫持了他，紧接着还上了一堂杀气腾腾的枪战实践课），倒更像是他们中的一员。卡伦显然是被枪侠们激起了兴致，对他们在他所在的小镇上的活动好奇得不得了。但是罗兰非常清楚他要什么，别人也会遵照他的指令。

现在他的右手手指下意识地绕着圈儿，不耐烦时的招牌动作。快点儿啊，看在你父亲的分上。别占着茅坑不拉屎。

"我猜想，他真的是不想去，"埃蒂说道，"可是，那也不能表示他仍待在东斯通翰姆的家里。"

"但是，他是在家里。他是不想走。"

埃蒂惊得都快合不拢嘴了。"你怎么能知道呢？你能接触到他，是不是这么回事儿？"

罗兰摇摇头。

"那么，怎么——"

"卡。"

"卡？卡？这说的他妈的到底是哪门子事儿呀？"

---

① 佛蒙特州，美国东北部的一个州，与加拿大接壤。

罗兰的神情憔悴极了,他很累,晒成棕褐色的皮肤也遮掩不住苍白的脸色。"在这个世界里,我们还认识别的什么人吗?"

"没了,除了——"

"那么,就是他了。"罗兰有气无力地说完,好像在对一个小孩陈述一套显而易见的生活真理:上,就是你脑袋的上面;下,就是你脚站着的地方。

埃蒂很想告诉他,这事儿太愚蠢了,简直就是迷信,但终于还是没说。暂且把深纽、塔尔、斯蒂芬·金和讨厌的杰克·安多里尼都放在一边不谈,约翰·卡伦的确是他们在世界的这一区域(要是你愿意用塔的思想,那就是在塔的这一层)唯一认识的人。所以,在埃蒂有了最近几个月的所见所闻之后——尤其是上个星期,看到的都是地狱——他还能嘲笑谁是迷信的呢?

埃蒂说:"好吧。我想咱们最好还是试试。"

"我们怎么联系到他呢?"

"我们可以从布里奇屯镇给他打电话。可是在一个故事里,罗兰,一个像约翰·卡伦这等小配角绝对只会干坐在长板凳上等着时来运转。那样的话,人们会觉得那故事太不现实了。"

"在生活里,我确定总有这样的事儿发生。"罗兰说。

埃蒂笑了。你难道还能有话可说吗?这就是地地道道的罗兰。

4

布里奇屯大街 1

高地湖 2

哈利逊 3

沃特福特 6

斯维敦 9

洛弗尔 18

弗赖伊堡 24

他们路过这些路标时,埃蒂说:"在仪表盘下面摸一摸,罗兰。看看卡,或光束,或随便别的什么有没有留给我们一些零钱去打电话。"

"仪表——?你是说这边的小门板?"

"对。"

罗兰先是打算扭动前面的铬合金旋钮,随后很快就摸着了门道,往里一推。里面本来就是一堆七零八碎,银河系轿车刚刚经历的无重力状态并没有对这里头的杂乱有所改良。有几张信用卡收据;一段旧巴巴的管子——埃蒂称之为"牙膏"(罗兰非常确定上面标有霍姆斯牙医的字样);一张相片——上面有个笑眯眯的小姑娘,坐在小马驹上,大概是卡伦的侄女;一根棍子——起初罗兰认定这该是雷管,可埃蒂解释说,那是车辆发生故障时用的警示器;一份看起来叫做"拉扯我"①的杂志……以及一个雪茄盒。罗兰看不出来上面写的到底是什么,他猜该是"旋转"②。他把小盒子拿出来,埃蒂一看就两眼放光。

"那叫长途电话,"他说,"你的卡,或是卡伦的救世主之说大概是对头了。打开它,罗兰,快打开,求求你了。"

很久以前,可能有个小孩从大人那里得了这个盒子,为了让盒子能关严实,他还在盒面上做了一个可爱的(倒不如说是刻得笨手笨脚的)钩子。罗兰滑开钩子,翻开盒盖,把里面一堆银币凑近给埃蒂看。"这些够给卡伦家打电话了吗?"

"是啦是啦,"埃蒂回答,"打到阿拉斯加费尔班克斯③都足够啦。可是,如果卡伦已经上路去佛蒙特州了,打电话也帮不了我们什么。"

5

布里奇屯镇的市镇广场一边有个药店和一个比萨连锁店,另一边有个电影院(名为"魔灯")和一个百货商场(名为"蕊妮")。在电影院和商店中间有一小块空地,横放着几条长椅,还竖着三个投币电话亭。

埃蒂把小盒子里的角币全部倒出来,凑了一把二角五分的硬币递给了罗兰,总共六美元。"我想让你去那儿,"埃蒂说着,指了指药店,"给我买一小瓶阿司匹林。你看到了药瓶就会知道的,对不?"

"阿司丁,我会认出来的。"

---

① 指的是美国杂志《美国佬》,罗兰不明白这是俚语。
② 指的是罗兰分不清 trolls(旋转)和 tolls(长途电话费)之间的区别。
③ 费尔班克斯,美国阿拉斯加中部的一座城市,位于安克雷奇东北偏北。建于一九〇二年,初始为金矿营。

"我想要的是他们卖的最小片的阿司匹林,因为六美元实在不算多。买完了你就去下一个门,那个叫做布里奇屯比萨和三明治的店。如果还能剩下十六个小硬币,就去跟他们说,你要一个潜水艇。"

罗兰点点头,但埃蒂觉得这种表态远远不够:"你重复一遍,我听着。"

"咸水梯。"

"潜水艇。"

"咸——水梯。"

"潜——"埃蒂决定放弃了,"罗兰,你再试试说'穷小子'①。"

"穷小子。"

"好极了。如果这把角币还能剩十六个,你就去要一个穷小子。你能说'很多蛋黄酱'吗?"

"很多蛋黄酱。"

"是啦。如果剩下的角币不足十六个了,就要一个腊肠奶酪三明治。三、明、治,不是仨谜子。"

"骡肠杀名字。"

"差不多吧。记住,除非是不得不说话,否则就不要多说一个字。"

罗兰点点头。埃蒂说得对,他说得越少越好。别人只要稍微多看他一眼,就会在他们的小心眼里嘀咕一句:他不是地球上这一国的人。而且,人们很可能远远避开他。罗兰最好还是别主动恶化这种局面。

枪侠朝着街道走去,一只手搭在左边屁股上,这是他习惯的老动作,但这次却没太大作用:两支连发左轮手枪都留在卡伦的银河系轿车里了,被子弹带牢牢地包起来。

他还没走几步远,埃蒂又扳住他的肩膀。枪侠顺势回过身去,眉毛一挑,无神的双眼落在老朋友身上。

"罗兰,在我们这个世界里有一个说法——抓住最后一根稻草。"

"这话是什么意思?"

"这话,"埃蒂凄凉地说,"说的就是我们正在干的事情。伙计,祝我好运。"

罗兰点了下头:"是啊,我祝你好运。我们都好运。"

他转身继续朝店家走去,可埃蒂再次叫住了他。这一次,罗兰的脸上闪过一丝不耐烦的神情。

---

① "潜水艇"和"穷小子"都指的是三明治。

"过马路时小心点,别被车轧死了,"埃蒂说着,转而模仿起卡伦的腔调,"车子多如牛毛,个个都不像小马驹儿。"

"埃蒂,去打你的电话。"罗兰应了一声,转身穿过了布里奇屯大街,缓慢而沉着,正是他在成百上千条这样的小镇大街上走过时所惯用的步态。

埃蒂看着他走远,才转身进了电话亭翻找电话簿。随后他拿起听筒,拨通了查号台。

6

枪侠已经说了,约翰·卡伦没有离开,他说得那般斩钉截铁。可是凭什么呢?因为卡伦是这条线索的终点,除了卡伦,他们没有别人可以呼叫了。换句话说,该死的老卡,蓟犁的罗兰啊。

只等了一会儿,查号台的小姐似乎蛮不情愿地报出了卡伦的号码。埃蒂本想用脑子记住这串号码——他以前背电话号码是很拿手的,亨利有时候都会把他叫做"小爱因斯坦"——可这时他却对拿手绝活失去了信心。要么是他的思维程序发生了整体故障(他才不信呢),要么就是他对这个世界的人造产物的记忆力出了毛病(这看来像是问题所在)。他让查号小姐重复一遍——同时记在了狭小的电话机壳的积灰上——埃蒂在怀疑自己还能不能读懂一部小说、看懂电影银幕上一截一截的活动影像所演绎的情节?他真的很怀疑。可是那还有什么关系呢?隔壁的魔灯电影院正在上映《星球大战》,埃蒂心想,就算他死前不能再多看一眼天行者卢克、也不能多听一下黑武士达斯·维达吵得要死的呼吸声,他还是能过得蛮不错呀。

"谢谢,女士。"他对查号小姐说,正打算再拨下一个号码,身后突然爆发出一阵炸裂巨响。埃蒂飞快地转过身去,心跳曲线升到高峰,右手条件反射地向下摸去,做好了一切准备就等着看到狼群、鹞鹰人,说不定还有弗莱格那个婊子养的——

可他看到的是一群高中男孩爽声大笑着,个个都长着愚蠢的面孔和晒得黑黑的后脖颈。有一个男孩刚刚扔了一串鞭炮——在卡拉·布林·斯特吉斯,这种年纪的小孩也都把那些东西叫做鞭炮,估计是七月四日国庆日那天剩下的存货。

要是我屁股上插着一把枪,指不定就打中那几个小屁孩了。埃蒂心想,你想和傻瓜交谈,就用枪击开场吧。是的。很好。也可能不至于开枪。且不管有没有带枪,他不得不承认这样一种可能性:即便生活在一个更文明的地方,对他而言也不再是绝对安全了。

"就这么活着吧。"埃蒂兀自嘟囔。接着,又加上一句伟大圣贤和著名瘾君子在处理人生小问题时最钟爱的至理名言:"成交。"

他在老式拨盘电话机上拨完了约翰·卡伦的号码,很快就传来一个机器回答的声音——搞不好是小火车布莱因的曾曾曾曾曾曾祖母——让他投入九十美分,埃蒂扔了一美元的硬币进去。搞什么鬼!他可是在拯救世界啊!

电话铃声响了一遍······两遍······然后,有人接了!

"约翰!"埃蒂几乎是在大喊大叫,"太他妈棒了!约翰,我是——"

然而,电话那头的声音已经开始喋喋不休了。身为一个成长于八十年代末期的孩子,埃蒂意识到,这不是什么好兆头。

"——掌管卡伦物业公司也兼职看门的约翰·卡伦,"传来的声音无疑是埃蒂早就熟悉了的卡伦,懒洋洋、慢悠悠的美国佬吞字儿腔,"刚才突然有人把我叫走了,你知道的,实在说不准什么时候才能回来。如果给你添麻烦了,我先道个歉,可是你也不妨打给盖瑞·克洛威尔,他的电话是926-5555,或是小银行家,电话是929-4211。"

当答录磁带里的声音晃晃悠悠地说到他,即卡伦说不准什么时候回来的时候,埃蒂最初的沮丧已经解除了——要是让卡伦来说,估计就是"挤—挤—除"。因为卡伦就在那里,在基沃丁湖西岸那些霍比特小矮人才喜欢住的乡村小别墅里,要么正坐在厚厚的软垫小沙发里,要么就是别的厚厚软垫堆起的小椅子里。他就坐在那里,监听着口信从那台笨拙无比、七十年代中期制造的电话答录机里传出来。而埃蒂之所以能知道这些是因为······这个······

因为他就是知道。

答录机里的声音固然粗糙,但仍然掩饰不了卡伦特有的狡黠,录音快结束时说道:"要是你仍然一往无前地想自言自语,当然也是对着您真挚的朋友自言自语,你可以在听到嘀一声之后给我留言。少说点。"收尾的词儿听来就像是:谁说的。

埃蒂等到"嘀"一声响起,赶紧说:"我是埃蒂·迪恩,约翰,我知道你在,而且我认为你一直在等我的电话。不要问我为什么会这样认为,因为我也不太明白,但是——"

突然,很响的一声"咔嗒"传入埃蒂的耳朵,接着又传来卡伦的声音——

活生生的他本人的声音:"你好哇,孩子,你有没有好好照顾我的车?"

埃蒂恍然间愣在那里,不知道该怎么回答,卡伦的东部口音把这个简单的问题演绎成了截然不同的另一个提问:你有没有好好照顾我的卡?

"孩子?"卡伦问道,突然间感觉到了对方的沉默,"你还在听吗?"

"是的,"埃蒂回答,"你也在听。我以为你去佛蒙特了,约翰。"

"哦,我来告诉你怎么回事儿。像今儿这么热闹的日子,是去不成那地方了,自打一九二三年南斯托纳姆鞋厂烧成废墟之后这里就没这么热闹过。警察把所有出镇的路都封锁了。"

埃蒂很清楚,警察可以让人们通过路障,只要你能够出示有效证明,但是他惦记着别的事情,所以顾不上和卡伦在这个问题上较真儿。"你是想说你没法避开警察找到出镇的路吗,这么说是不是符合你的想象?"

电话那头出现了片刻沉默。就是这当口,埃蒂感到有人凑近了他的胳膊。他不用转身看就知道那是罗兰。这个世界上还会有别人闻起来像是——微妙、但无可非议——像是另一个世界来的人吗?

"唔,好吧,"卡伦好歹又开口了,"也许,我确实知道一两条林间小路能出镇,去洛弗尔。今天很干燥,又是大夏天,我猜想我可以开我的卡车去。"

"一两条小路?"

"好吧,那就说是有三四条路吧。"卡伦又停顿不说了,这一次,埃蒂没有打破对面的沉默。他正在享受莫大的快乐。"五,或是六。"卡伦再次订正自己,埃蒂决定还是不予表态。终于,卡伦在那头说:"八。"埃蒂一听就乐了。卡伦也笑起来:"你在想什么,孩子。"

埃蒂瞄了一眼罗兰,他右手仅剩的两根手指之间正夹着一小瓶阿司匹林。埃蒂高高兴兴地接过来。"我想让你出来,来洛弗尔,"他对卡伦说,"看起来,说到底,我们还有几轮谈判。"

"啊哟,看起来我也得搞清楚这一点喽,虽然我从来没把这个当作头等大事儿;我一直在琢磨的头等大事儿是'我很快就会上路,去蒙彼利埃①',而且我也不停地在这里给自己找事儿做,一档子事接着一档子事。要是你早五分钟打给我,那就只能听到忙音——我刚才在给查理·毕门打电话。他老婆的嫂子在自由市场里被人杀死啦,你不知道,于是我就琢磨着,'这到底是怎么回事儿呀,我刚刚把这里的几摊子事打点干净,都打算把行李放到

---

① 蒙彼利埃,法国南部城市。

卡车后车厢里准备上路呢。'我要说的就是,没什么是头等大事,但要说次等大事的话,我猜想就是一直在等你的电话,自从我回到这里之后就一直在等。你们现在在哪里?龟背大道?"

埃蒂砰的一声打开阿司匹林药瓶,贪婪地看着整齐排列的小药片。一朝上瘾,永世上瘾,他心里如此揣测着。甚至于对这种玩意儿也会上瘾。"嗯哼,"他说着,含含糊糊地;自从他在飞机上认识罗兰、然后降落在肯尼迪机场之后,他就变得非常善于模仿地方口音,"你说过那条路只有两英里长,环形路,就在七号街过去一点儿,是不是?"

"我是这样说的。龟背大道上有一些很不错的人家,"接着的一小段沉默显得若有所思,"而且其中很多都准备出售。就是在最近,有不少闲杂流民在那一带流窜。可能对此我也有所提及。这类事情会让居民们神经紧张,至少,是那些有钱的人家,巴不得快点躲开那些让他们晚上睡不着觉的事情。"

埃蒂等不及了,他取出三粒药片,全都扔进嘴里,阿司匹林在他的舌头上慢慢溶解,他品味着那种苦涩的滋味。现在的他感觉很痛苦,但如果他能够得到苏珊娜的任何消息,他还可以忍受双倍的痛苦。可是没有任何消息传来,一切静悄悄的。他有一种想法:就在米阿那个该遭诅咒的婴孩出世之时,他和苏珊娜之间的情感连线——哪怕充其量只能说是"不稳定的"沟通——也彻底不存在了。

"要是你们准备前去洛弗尔镇的龟背大道,孩子们,你们也许应该枪不离手吧,"卡伦又说,"至于我嘛,我想我出发前只需要把自己的猎枪塞进卡车就行了。"

"干吗不呢?"埃蒂很赞同他的计划,"你就沿着环路找你的车,好吗?你肯定能找着。"

"嗯哼,那辆老银河可显眼了,"卡伦也很赞同埃蒂的计划,"孩子,再跟我透句实话。我不打算去佛蒙特了,但是我有一种感觉,你们打算把我带去什么地方,要是我同意去的话。你介意告诉我吗?我们要去哪里?"

埃蒂想到了马克·吐温,马克·吐温可能会把约翰·卡伦绝对精彩的人生故事之下一章节命名为"一个缅因州美国佬在血王的宫殿里",可是他决定不这么说。"你以前去过纽约城吗?"

"上帝作证,我去过。在那里逗留过四十八个钟头,那是我在军队的时候,"他在说"军队"一词时故意压低了声调,做作得滑稽可笑,"去了无线电城大剧院和帝国大厦,我就记得这些了。不过肯定还去了别的旅游景点,因为我钱包里少了三十美元,个把月后,才搞明白我是遭了那种毒手。"

"这次你压根儿没时间被人下黑手。带上几张信用卡。我知道你有不止一张,因为我看到你的发票啦,就在汽车仪表板里。"他像疯了一样忍不住想拖长最后几个音,念成仪表波——霸——板里。

"里面乱七八糟,嗯?"卡伦镇定自若地问。

"嗯哼,看起来活像是被狗咬剩下的鞋子。约翰,咱们洛弗尔见。"埃蒂挂了电话。他直勾勾地看着罗兰捧着的纸袋,挑动眉毛。

"这个是穷男孩啥名字,好多蛋黄酱,呃,随便是什么啦,"罗兰这样对他说,"我想要正经点的沙司酱,但看起来没有,希望这能让你满意。"

埃蒂翻着白眼。"天呀,真让人胃口大开啊。"

"你真这么想吗?"

埃蒂不得不再次提醒自己,罗兰几乎毫无幽默感。"我真这么想,真的。拜托。我可以一边开着车一边吃我的骡肠三明治。还有,我们得谈谈接下去怎么办。"

7

接下去怎么办,两个人都同意,要把他们的经历尽可能都告诉约翰·卡伦——在他所能轻易接受的范围(以及理性)之内。然后,如果进展得不坏,他们就委托他带上那张至关重要的手写契约,让他去找亚伦·深纽。还要特别指出:当他和深纽交谈时,务必要单独进行,为的是避开凯文·塔尔,那家伙并不值得彻底信赖。

埃蒂还说:"卡伦和深纽可以联手追查莫斯·卡佛,我还想告诉卡伦一些苏希的消息——秘密、私事什么的——足以让他说服卡佛相信她还活着。那之后嘛,尽管……好吧,很大程度上取决于那两人对这件事情究竟相信到什么地步。还有就是,看他们有多么渴望在黄昏暮年效力于泰特公司。嘿,说不定他们能让我们大惊大喜呢!我实在想不出卡伦穿着西装系着领带,跑遍全国,还要用万能扳手砸垮索姆布拉公司的招牌?"他兀自假想起来,头抬着,最后笑着说:"耶。我能想象得出来。"

"苏珊娜的教父可能是个怪老头,"罗兰则如此评说道,"只是异端的一种而已。这种人要是和你成为泰特,经常会自行其是,自说自话。也许我可以给约翰·卡伦什么东西,那会帮助他说服卡佛与我们为伍。"

"神器?"

"是的。"

埃蒂的好奇心被勾起来了:"什么样的?"

可是,还没等罗兰开口回答,他们就看到了一样东西,这令埃蒂慌忙狠踩刹车。他们已经行驶在洛弗尔境内了,车行于七号街上。就在他们前方不远处,一个老人满头蓬乱纠结的白发,步履蹒跚不稳。他身上裹着一件臃肿的衣服,几乎毋庸置疑地该被称为长袍。双臂和双腿骨瘦伶仃,布满鞭笞的伤痕。甚至还有化脓的恶疮,暗红的伤口如灼烧般星星点点。这老头光着脚,该长脚趾的地方却只见一对恶丑的黄色脚爪,其形其状可怖狰狞。夹在他胳膊下的一条木制物事看上去枯槁易裂,很可能是摔断的七弦琴。埃蒂心想,在这条乡村小路上,没什么比这家伙更不合时宜的了,至今为止,他们看到的步行者都是些正儿八经的在锻炼的人,凛然不可侵犯的姿态显而易见,个个都装束得一丝不苟,穿着尼龙慢跑运动短裤,戴着棒球帽,穿着T恤衫(有一个慢跑者的汗衫上还写着这么句标语:请勿拍摄游客)。

那东西刚才还在七号街街沿上跌跌撞撞,现在转过身来对着他俩,埃蒂不禁吓得大叫一声。它鼻梁上的一对眼睛鲜血涌淌,埃蒂立刻想到平底煎锅里的双黄蛋。一只大獠牙从鼻孔里伸出来,活像鼻屎干,只不过是骨头做的。但是,不论怎样,排除其他先不谈,最糟糕的是,有一层惨绿的暗光烘托在这东西的脸庞上。活像是用黏糊糊的荧光粉胶涂遍了全身皮肤。

那东西看到了他们,立刻闪身冲进树丛,情急之间,干巴破裂的七弦琴都被丢下了。

"基督啊!"埃蒂大叫。若说这是一个不速之客,没错,但他只希望千万不要再看到一个。

"停,埃蒂!"罗兰大喊一声,卡伦的老福特在急刹车时激起一阵尘土,罗兰用一只手抵在仪表板上才不致冲出去。停下的车子很靠近那东西消失的地点。

"打开后箱子,"罗兰一边打开车门一边说道,"去拿我的寡妇制造者①。"

"罗兰,我们赶时间呢,龟背大道还得往北走三公里。我真的认为我们应该——"

---

① 寡妇制造者,指的是枪侠的枪支装备。

"闭上你愚蠢的嘴巴,快去拿!"罗兰咆哮了,接着便跑到了树丛边。他深吸了一口气,跟在那劣种生物之后的罗兰高声怒吼着,那嗓音直接将鸡皮疙瘩急速送达埃蒂的双臂。埃蒂以前曾听到罗兰这样说话,顶多一两次,但一旦他不这样怒吼,就很容易令人忘却流动在罗兰身体中的王者血脉。

他又说了几句话,但埃蒂完全听不懂,接着,终于说了一句他听得懂的:"出来吧,罗德里克之子,已被损弃、已迷途的你,在我面前行礼吧,我是罗兰——斯蒂文之子,艾尔德的后裔。"

一时间,什么都没有出现。埃蒂打开福特车门,递给罗兰他的枪。罗兰抓住枪,没有向埃蒂瞥去一眼,更别说道声谢了。

也许又过了三十秒钟。埃蒂张嘴想说点什么,刚一开口,街沿边茂密的树叶抖动起来。又过了一会儿,那只怪形怪状的生物才重现。它依旧摇摇摆摆,但头却低垂着。长袍的正面有一摊湿漉漉的污迹。埃蒂闻到这恶心东西身上散发出野蛮而浓重的尿味。

然而它屈下一膝,抬起畸形的手掌,举至齐眉,那是表示效忠的宿命姿势,但埃蒂觉得它是在哭。"向蓟犁的罗兰、艾尔德的罗兰致敬!尊者,您能否向我展现神器?"

曾有一个名为河岔口的小镇,一个老妇人自称泰力莎姑母,她给了罗兰一条精美的银链、坠着同样精美的银色十字架。打那以后,罗兰就一直戴着它。现在,他把手探进衬衫领口,掏出来给跪拜着的生物看——埃蒂很肯定,这东西正遭受放射性疾病的灼烧而在慢慢垂死中——此时,它用嘶哑的嗓音喊出了一声惊叹。

"罗德里克之子,你是否愿意在命程尽头得到平静?你是否愿得取祥和的消亡?"

"是的,我可敬的尊者。"它说着,一边呜咽地低泣,又加上了一些埃蒂听不懂的快速低语。埃蒂朝七号街的两头张望,担心会有车辆经过——毕竟,这是夏季最热的时候——但两边都没有任何动静。就此时此刻而言,他们的运气至少还在有效期。

"你们有多少人在这个地域?"罗兰问,打断了这位时光闯客的喃喃自语。就在发问的同时,他举起了左轮手枪,并将这把古老的死亡引擎慢慢贴近他的衬衫。

罗德里克之子将手平举,但仍然没有抬头看一眼。它说:"很多很多,尊敬的枪侠,众世界已荒疏,即所谓之稀界。战界犬牙交错,生者流离失所。

因我为他们感到悲伤,落入狱营,一路颠沛,所见无数低等人种、大小魔怪,乃至迪斯寇迪亚之神魔纷纷升腾而出,何处是家? 苦不堪——"

"有多少丹-底凹?"

它努力思考着枪侠的问题,然后摊开它所有的手指(埃蒂注意到,两双手爪一共有十个手指),且摊开有五次。五十。但五十个什么,埃蒂一无所知。

"那么迪斯寇迪亚呢?"罗兰又断然问道,"你说的可当真?"

"哦是的,我是伽凡的谢纹,罕觅尔之子,南方平原的游吟诗人,那里曾是我的家乡。"

"说出位于迪斯寇迪亚城堡旁的小镇之名,我就让你自由。"

"啊,枪侠呀,那里早就死荒一片了。"

"我可不这么想。说。"

"法蒂!"伽凡的谢纹声嘶力竭,终于喊出这个名字来,一个四海为家的音乐家终生都不会想到自己的生命将在如此偏远陌生之地结束——不是中土平原,而是西缅因州的山里。突然,它仰起可怖的、绿光闪闪的脸庞,看着罗兰。又将双臂长长地展开,仿佛被钉在十字架上的什么东西。"法蒂在那雷劈遥远的尽头,在光束的路径上! 在沙迪克,在马图林,在通往黑暗塔——"

罗兰的左轮手枪发声了,仅仅一声。子弹打中了跪拜着的生物的前额,彻底崩溃了它那张早已损毁的脸面。就在它向后倾倒的时候,埃蒂看到它的血肉化作惨绿色的烟雾,转瞬即逝。片刻之间,埃蒂看到伽凡的谢纹的牙齿漂浮起来,活像鬼气的珊瑚戒指,但须臾之间它们全都消散得无影无踪。

罗兰将左轮放回枪套,接着,伸出右手的两根手指,在自己面前做了一个手指向下的姿势,如果埃蒂曾见识过一次,就会知道那是在祈福。

"愿你安息。"罗兰说。接着又解开枪套,再次掏出左轮。

"罗兰,那是不是……缓型突变异种?"

"是的,我认为你说得对,可怜的老东西。可是罗德里克家族来自非常遥远的地域,我曾有所耳闻,在世界转换之前,他们也曾臣服于亚瑟·艾尔德,"他扭头望着埃蒂,纵是容颜苍凉疲惫,蓝眼睛却炯炯有神,"法蒂,米阿正是去了那里生孩子,我对此毫不怀疑。也在那里,她控制了苏珊娜。就在最后那个城堡里。我们最终必须回溯到雷劈,可是法蒂却是我们最先要赶到的地点。很高兴能了解这一点。"

"他说他因为某人感到很悲伤。是谁?"

罗兰只是摇摇头,没有回答埃蒂的问题。一辆可口可乐大卡车像阵狂风般沉重地飞驶而过,西边的天际传来隆隆的雷声。

"迪斯寇迪亚的法蒂,"枪侠不回答任何问题,只是喃喃自语,"红色死域的法蒂。如果我们能够救出苏珊娜——还有杰克——我们就要原路回溯到卡拉。但我们得先把这里的事情处理完才能回去。等我们再次转回东南方之后……"

"什么?"埃蒂不安地问,"罗兰,那样的话会怎样?"

"之后,我们直奔黑暗塔,决不歇息。"他伸出自己的手,看着它们微微颤抖不停。随后,他抬头看着埃蒂,神情倦怠,却毫无恐惧:"我从来都没有这么靠近过它。我听得到所有已经失去了的朋友、他们失去了的父辈都在对我耳语。他们的耳语就随着塔的呼吸声声而来。"

埃蒂对着罗兰目瞪口呆,几乎有整整一分钟,被这番话惊得又神迷又惶恐,为了打破这种心境,他几乎只能依靠身体的机械动作。"好吧,"他说着,走向福特车的驾驶座,"要是那些耳语中有谁告诉你怎么对卡伦说才好——让他相信我们想要什么的最佳说辞——你得保证让我也知道。"

埃蒂钻进了车,没等罗兰应声就关上了车门。在他的脑海中,似乎始终看得见那一幕:罗兰举起粗壮的左轮手枪,瞄准了跪拜在地的身影,扣动扳机。这个罗兰,就是成为他的首领和朋友的人。可是他能百分百确定地说,罗兰不会对他……对苏希……或是对杰克做出同样的事情吗?要是他的心告诉他:这样做能让他更靠近他的塔呢?埃蒂不能确定。但即便如此,他也愿意跟着他。甚至,即便他在心中已能肯定——哦上帝啊,请千万别——苏珊娜死了,他还会愿意跟着他。因为他不得不。因为罗兰对于他来说远远胜过了"首领"或是"朋友"。

"我父亲。"埃蒂低沉自语,恰是罗兰拉开辅座车门钻进来时。

"你说什么,埃蒂?"罗兰问。

"还有一点路①,我就是说这个。"埃蒂答。

罗兰点点头。埃蒂发动了汽车,老福特朝着龟背大道一路奔去。远方的雷声再次隆隆翻滚——但比方才要近了一点。

---

① 因为"我父亲"(My Father)和"还有一点路"(Just a little farther)读音相近,所以埃蒂撒了个小谎。

第四章

婴神丹-特特

1

婴儿即将出生,苏珊娜·迪恩朝四周望去,把对手的人数又数了一遍,这是罗兰曾经教过她的。知道有多少人会对着你干之前,他说,千万不能开火,除非你心甘情愿永远不知道死在几个人手里,或是决意要死。她希望自己不用应付罩在脑袋上的铁头盔,那东西模样可怖,侵犯思维,但无论那是什么,似乎并不影响苏珊娜数清共有多少人来迎接米阿的小家伙到来。这还算不错。

赛尔,那伙人的头领,是个低等人,前额中心有个血红点微微脉动。斯高瑟,俯在米阿双腿间的医生,做好了一切准备履行接生的职责。每当斯高瑟表现出一点高傲姿态,赛尔就会对他拳打脚踢,但还不至于影响到他的医务工作。除了赛尔之外,还有五个低等人,但她只能叫出其中两人的名字。下半张脸孔长得像牛头犬、大肚子笨重凸起的家伙叫哈柏。哈柏旁边的家伙活像只鸟,鸟头上覆满褐色羽毛,一对阴毒的小眼睛像是鹰才有的。这家伙的名字似乎是杰、或是奇。这就有七个人了,都佩戴着仿似自动手枪的武器。斯高瑟的枪套松松垮垮地吊在白大褂下面,每次他弯下腰都会露出来。苏珊娜早已认定那枪是她的了。

还有三个家伙站在米阿身旁紧张地看守,面色苍白灰暗,身形多少有点像人。这三个笼罩在深蓝色光晕中的,苏珊娜很肯定,是吸血鬼。也许是卡拉汉曾提到过的:第三型。(神父提到他们时,曾以"领头鲨"来形容)加起来就是十个。两个吸血鬼手拿棍棒,另一个手持类似电光剑的东西,现在则处于休眠态,看起来比一盏日光灯好不了多少。如果她能夺取斯高瑟的枪(亲爱的,是当你夺取那把枪时——她不禁修正自己,因为她已经读过《积极思维的力量》[①],并仍然坚信作者皮尔教士所写的每个字),她就会向这个持电光剑的家伙开第一枪。上帝也许知道这种武器到底能造成多么惨重的伤

---

① 《积极思维的力量》由美国著名教士诺尔曼·文森特·皮尔撰写,出版于一九五二年,是当时的热门书。

害,但是苏珊娜·迪恩才不想以身试法呢。

在场的还有一个护士,长着棕色的鼠头。她前额脉动的红眼令苏珊娜确信:其余的大多数低等乡民都戴着人面面具,这样他们在纽约大街上进出时就不会吓到别人。面具之下,也许并不都是长着鼠头的脑袋,但她很肯定绝不可能有一张罗伯特·戈利[①]的俊脸。在苏珊娜视野之内,只有鼠头护士是这些人中不带武器的。

一共十一人,在这个辽阔空荡、几乎是废弃的医院里,一共有十一个敌人,苏珊娜凭直觉确信,这不是在曼哈顿辖区内。如果她打算趁这十一人之不备,就只有等他们的注意力都被米阿的小孩所攫住——她心爱的小家伙。

"快生了,医生!"护士紧张地喊起来,声音里掩饰不住一丝狂喜。

是快生了。当最凄惨的疼痛翻滚着传遍全身时,苏珊娜数不下去了。疼痛汹涌袭遍她们两人。简直能被疼痛活埋。她们一前一后凄厉地尖叫起来。斯高瑟一直冲着米阿叫嚷着,用力,使劲,现在!

苏珊娜闭上双眼,同样使出浑身的气力,因为那是她的孩子,也是她的……至少曾经是。渐渐的,她感到痛楚从身体里流逝而去,像水打着急漩流进暗沟,这时,她体验到有生以来所知的最深重的悲哀。婴孩是流入了米阿的身体,那是苏珊娜的身体所传送的最后几行活生生的信息。这时便是终结。不管下面会发生什么,这个段落已告终结,苏珊娜·迪恩从心底发出一声惨叫,混杂着解脱和遗憾,这声呼喊听来就像一首歌。

就在恐怖开始之前——那事情实在太过可怕,她知道直到生命尽头也不会忘记,甚而能把每个细节都一直记得清清楚楚,仿佛曝于强光之下——她感觉到有一只热烘烘的小手钳住了她的手腕。苏珊娜扭过头,费力转动着沉重的铁头盔。她听得到自己气喘吁吁。她与米阿四目相对。米阿张开嘴唇,说出一个字。苏珊娜听不清,此刻斯高瑟还在高喊不停(他现在正猫着腰,聚精会神地关注米阿的双腿间,手上捏着的手术钳也举起来了)。但毕竟她是听到了,也明白米阿正试图实现她的诺言。

我会让你自由,如果有机会,绑架她的人曾这样说过,而现在苏珊娜在头脑中听到的那个词、同时也看到那产妇的双唇上读出的词——是蕙茨。

苏珊娜,你听得见吗?

[①] 罗伯特·戈利(1933—2007),著名歌手、演员,曾获加拿大美国格莱美和托尼大奖。

我听得很清楚,苏珊娜说。

你也理解我们之间的约定?

是的。我会帮你离开这里,和你的小家伙一起走,只要我能做到,还……

如果你做不到就杀死我们!对方就此凶狠地收了声。从来没有听过这样大声的话。苏珊娜明白,连接她们大脑的光缆显然起到了作用。重复一遍,苏珊娜,丹的女儿!

我会杀死你们两个,如果你——

她停下,不说下去了。不过,米阿看来很满意,那很好,因为如果他们俩的生命都取决于此,苏珊娜实在无法继续。她恰好看到这间空旷大房间的天花板,下面是摆放着几张病床的走廊。就是那时,她看到了埃蒂和罗兰。他们身影朦胧,在天花板上浮进浮出,像幻影鱼一样向下注视着她。

另一阵痛楚袭来,但这一次不算太厉害。她感到自己的大腿因用力而僵硬,她在使劲推送,但下身发生的一切看来都遥不可及。都不重要。要紧的是,她是真的看到了他们,还是她以为她看到了他们?会不会是她备受压力的头脑因渴求援助而创造出了这种幻觉,以求慰藉她自己?

她几乎可以相信她看到了。如果他们不是浑身赤裸、周围也没有漂浮着奇奇怪怪的垃圾,那么她也许会认为那只是幻觉。可那些垃圾琐碎得很:一盒纸板火柴,一粒花生米,一枚硬币,居然还有一块脚垫,天哪!一辆放在汽车里的脚垫,上面还印着"福特"的商标。

"医生,我能看到头——"

斯高瑟医生实在不是个绅士,听到这声急叫,他粗鲁地一肘撞开鼠女护士,将弯下的上身越发贴近米阿叉开的大腿根部。似乎他打算用自己的牙齿把米阿的小家伙拽出来,可能吧。鹰头怪物、杰、或是奇,则激动地对另一个叫哈柏的用嗡嗡作响的方言说着话。

他们真的在这里,苏珊娜心想。脚垫就能证明这一点。她也说不清脚垫如何能证明所见并非幻觉,但它确实有用。她又用自己的双唇模仿着重复了米阿刚才告诉她的字眼:蓂茨。那是个暗号。那个字眼至少能开启一扇门,甚至可能是很多门。也让苏珊娜疑惑:米阿是否吐露了什么苏珊娜从未想到过的实情。她们被紧紧地连在一起,不止是由钢缆和铁制头盔,还有更原始(也更有力量)的生产体验。不,米阿没有撒谎。

"使劲往外推,你这个天杀的懒婆娘!"斯高瑟差不多是在嚎叫,而罗兰和埃蒂突然从天花板边缘消失了,再也没有出现,似乎是被这医生一口气吹跑的。苏珊娜所知道的一切便是:他们刚刚在这里。

她扭头看向身边,汗湿的头发黏糊糊地搭在头上,也清醒地感知到全身毛孔倾吐的汗水大概都得用加仑做单位。她费劲地挪动身子,向米阿靠近了一点,向斯高瑟靠近了一点,也向斯高瑟腰间那十字交叉型枪套里的自动手枪靠近了一点。

"别动,小姐,请您听我的。"一个低等人说着,碰了碰苏珊娜的胳膊。那只手冰凉凉、软绵绵,肥厚的小圆瘤布满手背。这等爱抚只能让她浑身颤抖。"再熬一分钟吧,一切都会结束,众世界随之改变。当这一个加入雷劈的饮血者——"

"闭嘴,斯卓!"哈柏猛然截断了低等人的话头,把企图安慰苏珊娜的那家伙狠狠向后推了一把。随后,他继续殷切地转去关注分娩现场。

米阿拱起了背脊,呻吟着。鼠头护士的双手把住米阿的胯部,轻轻地将她的身子往床上摁:"赶紧啊,赶紧啊,用你的肚子使劲儿!"

"去吃屎吧,你个婊子!"米阿尖叫起来,苏珊娜感知到她的痛楚轻轻拉扯了她一下,只是拉扯了一下。她们两人间的纽带已经减弱了。

苏珊娜集中自己所有的注意力,从意识深处高喊起来。嘿!嘿!电子女郎!你还在那儿吗?

"连接……在断。"回答她的是那个可爱的女人声音。和之前一样,这声音在苏珊娜的头脑里响起,但又和之前不一样,它听来微弱得很,比广播里受尽干扰、来自遥远信号的声音清楚不了多少。"重复一遍:连接……正在断裂。我们希望为了增强心智的需要,你会记得北方中央电子公司,以及索姆布拉公司!自万年起,始终是心智沟通领域的领路先锋。"

一阵简直能让牙齿打战的哗哗声在苏珊娜的意识里响起,接着,连接消失了。并不止是令人毛骨悚然的女声消失了;一切都消失了。她仿佛觉得自己被遗留在某个令人痛苦的缩骨箱里。

米阿又尖叫起来,苏珊娜也随之叫嚷,但那是来自她自己的尖叫。原因之一显然是不想让赛尔和他的众弟兄发现她和米阿之间的连接已失效;此外,她也是真心诚意的悲恸。她刚刚失去了她,从某种意义上说,这个女人已经变成了她真正的姐妹。

苏珊娜!苏希,你在吗?

听到这声新来的呼唤,她一下子用肘支撑,坐了起来,刹那间几乎忘却了身边躺着的米阿。那曾是——

杰克？是你吗,亲爱的？是不是？你能听到我吗？

是的！他高喊着。总算啊！上帝,你刚才在和谁说话？继续喊呀,这样我才能在意识里追踪到——

杰克的声音也突然断了,但在那之前,还传来一阵遥远的、鬼吼般可怕的枪声。杰克在朝什么人开枪？哦。不是的。她真正在想的是,什么人正在朝他开枪？

2

"就现在！"斯高瑟喊个不停,"就现在,米阿！使劲推！看在你自个儿小命的分上！拿出你所有的劲儿啊！往外推！"

苏珊娜试图朝身边的米阿再蹭近一点——哦,我被人挂念着,想要得到安慰,看看我是如何挂念你的吧,关怀备至就得这样干——可是那个名叫斯卓的低等人又把她拉回了原位。联结她俩的那段钢索又被抻直了。"婊子,待在你的位置上！"斯卓说,而这是苏珊娜的第一次尝试,她企图夺取斯高瑟的枪,或别人的、任何一支枪。

米阿再次凄厉地喊叫,喊出了一种奇异的语言,似乎在对一位奇异的神高声诉求。当她想拱起腰部时,护士——阿莉亚,苏珊娜猜想这个护士的名字应该是阿莉亚——强迫她躺下,令那身体贴在产床上。这时,斯高瑟轻快地叫了一声,听来似乎是很满意。他把手上一直攥着的手术钳扔在了一边。

"你这是干吗？"赛尔发问。米阿双腿下的床单湿漉漉的,已被鲜血染红,这个现场指挥官的发问显得极其慌张。

"不需要了呗！"斯高瑟又来了个轻快的旋身,"她天生就是生孩子的好料儿,怎么折腾都万无一失。孩子就要生了,如您所愿,生得又利落又干净！"

斯高瑟似乎打算坐在隔壁的床上,手抓大脸盆,坐等孩子的出生,可又意识到他没有足够的时间了,便索性伸出一双粉红色的、没戴手套的手滑入了米阿叉开的大腿中间。这时,当苏珊娜再一次悄悄靠近米阿时,斯卓没有阻止。所有人——低等人和吸血鬼——都全神贯注于孩子出世的最后时刻,注意力彻底被吸引,好几个家伙凑成一堆,挤在米阿床头,她们俩的床早就被推拢在一起了。只有斯卓一人还站在苏珊娜这边。手持电光剑的吸血鬼刚刚垂下了武器,退在一边;所以她决定第一个该干掉斯卓。

"再来一次!"斯高瑟冲着米阿喊,"为了你的宝宝!"

米阿也像低等人、吸血鬼似的,已然忘却了苏珊娜的存在。她的双眼贮满了痛苦和伤痛,紧紧盯着赛尔:"我可以留着他吗,先生?请你说我可以留下他,哪怕只有一小会儿都行。"

赛尔拉着她的手。罩住他真实面容的人形面具上现出一个微笑:"是的,我亲爱的,小家伙永远永远都是你的。现在就使出最后的气力吧。"

米阿,别相信他的鬼话!苏珊娜喊着,可没人能收听这声呼喊了。但看起来,这样也不坏。最好的事情莫过于此刻在场的所有人都忘却了她。

苏珊娜立刻将思维转向另一个方向。杰克!杰克,你在哪里?

没有回音。不太妙。上帝啊求求你,让他还活着。

也许他只是在忙,跑啊……躲啊……打呀。沉默并不是非得意味着他——

米阿嚎起来,像是一串恶毒的下流话,与此同时,使出了最后的气力。阴道口早已扩开,现在那两瓣唇张得更开了。一股鲜血喷涌而出,她身下的血迹三角洲又蔓延开一圈。这时,苏珊娜透过血腥的潮涌,看见了一顶黑白双色的头冠。白色的,是皮肤。黑色的,是头发。

黑白交杂的头顶很快又缩回了鲜红色之中,苏珊娜心想,这婴孩是在撤退,还没有真正准备好降临这个世界,但是米阿已经结束了等待。她将仅剩的力气再次推送出去,双手举在眼前,紧紧攥着,拳头激烈地颤动;眼睛狠狠地拧合起来,牙齿暴露在外。米阿的前额上,一根青筋暴凸而起;还有一根粗粗的血管暴凸于颈项。

"啊啊啊啊!!!"她不停地叫着:"考玛辣!你这个小混蛋!——来呀!"

"婴—神。"鹰头的杰低声念道,其余的人也都跟着念起来,带着无比尊崇地悄声重复:婴神……婴神……来呀,婴神。婴神的降临。

这一次,婴儿不止是露出了头,而是整个儿冲了出来。苏珊娜看到他的小手抵在鲜血模糊的胸前,握成小小的拳头,颤动着生命力。她还看到了蓝色的眼睛,大大地睁着,瞪着,看来是那么像罗兰的双眼,同样充溢着警觉的自知。她还能看到炭黑的眼睫毛。细小的血珠子挂在上面,是初生儿野蛮无忌的华丽饰物。苏珊娜看着——也永远不会忘记——男婴的下唇是如何叼着母亲的内阴唇。婴儿的嘴巴因此被轻轻扯开,展露出下牙床一排完美的小齿——然而就算再完美,新生儿已长成的牙齿仍令苏珊娜战栗不已。

看到这小家伙的生殖器时,苏珊娜的感觉也是一样的,大得与肢体不成比例,甚至完全勃起。苏珊娜暗想,那东西比自己的小手指还长。

苏珊娜痛苦万分,发出最后一声胜利的怒吼,紧接着用手肘撑着直起身子,瞪得外凸的双眼泪如泉涌。就在斯高瑟熟练地接住婴孩的瞬间,她伸出手,紧紧钳住赛尔的手。赛尔疼得叫起来,使劲地甩开她,好像在使劲摆脱……好吧,就算是密西西比州牛津镇的代理治安官。婴孩的啼哭声已经听不到了,突然之间,一片骇人的死寂。令人屏息的沉默中,苏珊娜的听觉固然紧张过度,却还是无比清晰地听到赛尔的腕骨被捏得咯咯作响。

"他还活着吗?"米阿冲着神色震惊的赛尔尖声喊道,唾沫横飞,"跟我说,你个满身疙瘩的怪胎,我的孩子是不是还活着?"

斯高瑟把婴儿托高,这样就能面对面地看清楚。医生棕色的双眼注视着婴孩蓝色的瞳孔。男婴被斯高瑟紧紧托抱着,悬在半空,这当口,他的阴茎似乎挑衅般地向上挺着,苏珊娜则清楚地看到婴孩左脚后跟处的猩红胎记。仿佛他离开米阿的子宫前,那只脚刚刚在鲜血里狠狠浸染过。

斯高瑟没有像惯常做的那样一巴掌拍上初生儿的屁股蛋,而是鼓起一口气,径直吹入这个男婴的双眼。米阿的男婴似乎被吓了一跳,滑稽地眨巴着眼睛(令人无法否定的是,这一切动作无疑带有人类的特征)。男婴也深吸了一口气,屏住几秒,再呼出来。也许,他会是王中之王,或是众世界的摧毁者,但他的生命起始时,他却要面对这些暴怒尖叫的人们。一听到这声哭喊,米阿破涕为笑。聚集在初生儿的母亲周围的这些恶魔般的生物都是将永生契给血王为奴仆的,但刚刚目睹的这一幕几乎让他们忘记了自己的身份。他们兴奋地又是拍手又是欢笑。苏珊娜发现自己也在和他们一起笑,似乎一点儿反感都没有。婴孩扭过头,跟着这些笑声转来转去,露出明白无误的惊愕表情。

米阿任凭眼泪流淌在双颊,毫不掩饰地使劲回吸鼻涕,她伸出了双臂,用哭腔说:"把他给我!"米阿,她不是任何人的女儿,如今却成了某人的母亲。"让我抱抱他,行行好吧,让我抱抱我的儿子!让我抱抱我的小家伙!让我抱抱我的宝贝呀!"

婴孩听到了母亲的说话声便转过头去。若是以前,苏珊娜肯定会说这种事情是不可能发生的,但是显然在她看来——婴孩出生时就长好了一排小牙齿乃至勃起的生殖器——更是不可能发生的。可是除了这几点之外,这孩子不管从哪方面看都很正常:圆滚滚的健全躯体,标准的人类外形,因此也显得很可爱。他的脚踝上有红色标记,是的,但这并非异兆,要知道有多少人生来带着胎记?根据家族传说,她自己的父亲不就是生来长着红色的双手吗?这胎记永远不会当众显露,除非这孩子去海滩玩耍。

斯高瑟望向赛尔,手里仍然托着初生儿。苏珊娜能够轻而易举地抓取斯高瑟腰间的自动手枪,但这时她处在一段短暂的静止中。她甚至连想都没想那么做。她也忘却了杰克通过意念传来的呼唤,甚至几乎忘掉了刚才罗兰和她丈夫曾怪异地来到此地。她和杰、斯卓、哈柏,以及所有人一样,狂喜至极,被这个婴孩的顺利出生搞得神魂颠倒。

赛尔似乎点了点头,几乎令人觉察不到,斯高瑟这才放低了莫俊德宝宝,孩子仍在哭(也仍旧扭过头去,显然是在看着母亲),他把孩子送入了米阿焦急等待的双臂里。

米阿立刻调整了他的姿势,以便能面对面地看他。苏珊娜只觉得沮丧和恐怖冻结了心田。因为米阿正在走向疯狂。眼里的疯狂是那异常明亮的光芒;嘴角的微笑里还含着某种癫狂的讥讽,与此同时,粉红色的黏稠唾液混杂着血丝从她刚刚紧咬过的舌上滴下来,一路淌到下巴上,两边都是;而在那得意洋洋的笑声中,她的疯狂最是明显。她或许会在日后恢复理智和清醒,但是——

母狗永远不会回来。黛塔说,丝毫不带同情心。这通苦熬已经把她毁了,她说着口音极重的土话,伊知道,偶也知道!

"哦!多漂亮啊!"米阿低吟着,"哦,瞧你的蓝眼睛啊,瞧你皮肤多白啊,像宽土初雪前的天空啊!瞧你的小奶头,漂亮的小浆果似的,瞧你的小鸡鸡啊,小蛋蛋啊滑溜溜得像小桃子!"她朝四周望去,第一眼就看到了苏珊娜——可那眼神冰凉地滑过苏珊娜的脸面,一点儿都没有认出来——接着又看到了其他人。"瞧我的小家伙,你们这些倒霉蛋,你们这些恶魔头,瞧瞧我的宝贝儿啊,我的小宝宝,我的小男孩呀!"她冲他们大喊大叫,期求他们瞧瞧婴孩,眼神癫狂地大笑着,嘴角歪斜地大叫着,"看哪,我放弃了永恒而得到了什么!看哪,我的莫俊德,瞧他多棒,你们再也见不到像他这样的小孩了呀!"

米阿激烈的亲吻落满了婴孩沾染血污的脸蛋,孩子目不转睛,直到她看起来像个妄想涂抹口红的烂醉酒鬼,米阿才抹了抹嘴唇。接着,她又笑着去亲吻婴儿肥肥的双下巴,他胸前的小乳头,肚脐眼,接着是昂挺的生殖器的顶端,最后——用她颤抖的双臂把孩子一次比一次举得更高,这个她打算唤作莫俊德的男孩正眼巴巴地低头盯着她看,一副大惊小怪的滑稽面孔——她亲过了他的双膝,最后轮到小小的脚丫子。苏珊娜听到房间里的第一轮吮吸声:但那不是婴孩俯在母亲怀中吮奶,而是米阿的嘴唇在每一只完美无缺的脚趾头上吮过的声响。

3

那孩子是我的泰特首领的厄运,苏珊娜冷漠地思忖着,要是我能干点别的,就该是一把抓过斯高瑟的枪,崩了他。那不过是两秒钟的事情。

以她的速度——确切地说,是难以置信的枪侠的身手——很可能只需要两秒钟。但是现在,她发现自己根本无法动弹。她预想过这出戏会有各种各样的结果,但独独没有想到米阿会疯掉,从来不曾动过这个念头,而现在她却被这疯态震惊了,完完全全地镇住了。这时,还有一个闪念滑过苏珊娜的脑海:在米阿疯狂之前,她们之间的电子连接就终止了,这真算是她走运。若是两人还连在一体,她可能也会像米阿一样失去意识。

但连接可能会反冲回去的,好姐妹——难道你不觉得最好趁自己还能动的时候赶紧动手吗?

可是她做不到,这便是事实。她冻结在惊诧感中,尚未摆脱束缚。

"住手!"赛尔愤然打断了米阿的沉迷,"你的任务不是啧啧地吃他,而是喂饱他!要是你还想留着他在你身边,那就赶紧!给他吃奶!要不然,我是不是该招来一个奶妈呢?好多双红眼睛都巴巴地瞅着这个机会呢!"

"你……这辈子……都甭想!"米阿恶狠狠地喊着,狂笑不已,但她还是放下了婴儿,让他靠在自己的胸前,她很不耐烦地扯开惨白色的病号袍,一把撸起紧身胸衣,袒露右乳。苏珊娜看得出来:为什么男人们都被她迷得神魂颠倒;即便在这种情景下,米阿的胸脯都显得那么完美,珊瑚红的乳头挺立在半球之上,比起哺乳婴孩,它们看起来更适宜男人的手、男人的欲望。米阿抱着婴儿凑近了乳头。一开始,他愣愣地呆在那里,还瞪着她看,他的脸孔在乳头上撞来蹭去,随后才慢慢开始试探。再一次触碰到时,终于,他粉红色的小嘴叼住了凸起的玫瑰色乳头,吮了起来。

米阿柔情地抚摸着男孩的黑色鬈发,头发尚且杂乱着,浸着血水。她仍在大声地笑。在苏珊娜听来,这狂笑就仿佛尖叫声。

地板上传来一阵呆板的脚步声,有个机器人正在靠近他们。它看起来很像是安迪、那个报信机器人——一样瘦长,也是七八英尺高,同样电气蓝色的眼珠,上上下下也有很多接缝机关,微微反光的金属身躯。它的双臂抱着一只大玻璃盒,里面贮满了绿色的光。

"那东西他妈的来干吗?"赛尔突然问道。听上去,他很生气,对面前的机器人也非常不信任。

"保育器,"斯高瑟回答说,"我想,万无一失总比抱憾终生强得多。"

在他转身去看机器人的时候,背在肩膀上的枪袋,以及套在里面的自动手枪就正好甩向了苏珊娜。这是迄今为止的最佳时机,她知道这比刚才任何一次机会都要完美,但她还没来得及伸手,米阿的小家伙就变了。

4

苏珊娜只见红光顺着光滑的肌肤直冲而下,从天灵盖直到右脚跟上的胎记。那绝不是红润血色,苏珊娜可以向天发誓:那是红光,将那婴孩从外到内地点亮了。米阿的腹部已经空空如也了,孩子伏卧在她塌陷的腹部,小嘴紧紧叼住母亲的乳头吮个不停,紧接那道红光之后,又是一道黑光,黑光则是从脚心反上头顶,转瞬间蔓延到浑身上下,将婴孩变幻一个无光无色的小妖怪,和刚才出自米阿腹中的粉色小可爱判若两人。也就是在这个瞬间,婴孩开始皱缩,双腿向上抬升、竟然融入了腹部,脑袋反而滑下来——米阿的胸脯也就同时被拉扯着下去——大半个脑袋缩入了颈腔,留下一截鼓凸在脖子上,活像是蟾蜍的喉咙。蓝色的双眼也在瞬间变为焦黑色,接着,又变回了蓝色。

苏珊娜很想大声惊叫,但根本叫不出来。

在黑漆漆的身躯两侧,许许多多的瘤状物不断滋生、密密蔓延,很快,它们突然迸裂,从中蹬出许多腿脚。此时,还能看得见原来脚踝处的红色印记,但现在,它衍变为一团模模糊糊的红斑,酷似黑寡妇蜘蛛腹部的猩红标记。那是为了昭示它究竟是什么东西——蜘蛛。此刻,婴孩还未完成走样消形。蜘蛛的背部隆起了一个白色的突出体。苏珊娜明明白白地看到:看似白色赘疣的突出体上,分明有一张变形的脸孔,上面,那双深蓝色的闪光点便是眼睛之所在。

"什么——?"米阿问了一句。再一次用手肘撑起身子。鲜血从她的乳房里喷涌而出。那婴孩贪婪地大口吸饮着鲜血,仿佛那才是乳汁,饮得一滴都不剩。米阿身边的赛尔像个石头雕像似的一动不动,张口结舌,眼睛都快要从眼窝里瞪出来了。无论他曾对这场生产有过怎样的期待和设想——也不管什么人曾告诉他应该等待怎样的场景——显然,绝不是这样的一幕。藏在苏珊娜体内的黛塔看到赛尔露出如此震惊的傻表情,简直像是杰克·本尼[①]硬挤笑容,她顿生一丝孩子恶作剧般的快感。

在这惊悚时刻,似乎只有米阿明白发生了什么事,因为她的脸孔开始因恐惧——以及,很可能还有痛苦——越拉越长。可过了一会儿,笑容又回到她的脸上,那是圣母马利亚似的微笑。她探出手去,爱抚着仍在她怀中突变的怪物:一只长着小小人类头颅的黑色蜘蛛,长着硬毛的肚子上留着鲜明的猩红印记。

"他美不美?"米阿叫嚷着,"我儿子多漂亮啊,像不像夏天的阳光那么美好呀?"

这便是她的遗言。

5

准确地来说,她的脸尚未死寂,而只是彻底凝滞了。仅在片刻之前,她的双颊、眉头和喉咙都因竭力生产而屏成暗红,刹那间,奔腾的血色褪尽,变成兰花瓣似的蜡白色。闪亮的双眼凝固不转了,死死钉在了眼窝里。仿佛眨眼之间,苏珊娜不再是目不转睛注视着一个躺在病床上的女人,而是一幅女人的肖像。可无论这幅佳作如何惟妙惟肖,却不过是用炭笔勾勒、加之惨淡描色的纸上的画。

苏珊娜记起她是如何在抵达幻境中的迪斯寇迪亚城堡之后又回到了纽约公园广场君悦大酒店;又是如何来到了法蒂,就在城齿的隐蔽处,她最后一次与米阿闲聊。天空、城堡和城齿的那块石头是如何被撕裂的。这时,仿佛被她的思绪所牵动,米阿的脸孔被撕扯成了两半,从发际线到下巴,从正中间分裂了。呆滞不动的混沌双眼分别向左右歪斜。双唇也裂开,露出左

[①] 杰克·本尼,著名美国喜剧演员。一九二九年在银幕上初试身手,他的优点在于能准确地计算和充分运用笑声的间歇时间。一九七四年他死于癌症。

右两个令人惊疯的半笑。可是,从这张脸的裂沟中涌出的不是红色的鲜血,而是气味腐败的白色粉末。还没等米阿的婴神从第一餐中抬起那无法言语的脑袋,苏珊娜突然想起艾略特①的诗句

(空心人实心人脑里塞满稻草)

还有路易斯·卡罗尔②的

(为什么你们啥也不是,不过是一副纸牌)

浸满鲜血的嘴巴张开了,丹-特特挺了起来,下面那些腿摸索着支棱起来,想在空瘪瘪的母体腹部悬吊起它的身子,而上面的一些腿似乎影影绰绰地要指向苏珊娜,似乎她是新一轮出击的假想敌。

这东西尖声嘶叫起来,带着胜利的神气,它若在那个瞬间决定攻击另一个作为营养源的女人,毫无疑问,苏珊娜·迪恩将死在米阿的身边。可是它并没有那样做,它转向刚才吸吮过的乳房,现在那只不过是挂在米阿胸前的瘪了的袋子。它把乳房挖了下来。它咀嚼,咂咂有声,似乎那又滋润又松软。片刻之后,它探身埋进了自己噬咬出的空洞里,那张微小的人脸渐渐消失了似的,而同时消失的还有米阿的脸,从她越来越小的脑袋里涌出的尘屑渐渐抹杀了那张脸。空气里响着一种刺耳的、犹如金属机械般的吸吮声,苏珊娜在想:它要夺取她所有的营养,所有仅剩的汁液。瞧它呀!瞧它是怎么膨胀的!简直像是马脖子上趴着的水蛭!

就在这当口,一个滑稽的标准英国口音突然说起话来了——绝对是绅士家族世袭终生的绅士才会用的上等语调——"先生,请原谅我插嘴,可是,如果您不介意我这么说的话,鉴于目前的情况似乎已有些许变化,您是否还将需要这款育婴设备?"

这突发的插话打破了苏珊娜的麻痹态。她用一只手将自己撑坐起来,另一只手则灵敏地抓住了斯高瑟的自动手枪。她猛地一拉,枪却没有被拔出来,它被横跨在枪柄上的皮带绊住了。食指急迫地一动,她摸到了活动按钮,那便是保险装置,她摁了下去。自动手枪还在枪套里,甚至连着所有挂件,她就这样将枪口对准了斯高瑟的胸膛。

---

① T.S.艾略特(T.S.Eliot,1888—1965),伟大的诗人,出生于美国,大部分时间生活在英国,著有《荒原》,这句诗出自《空心人》。

② 路易斯·卡罗尔(Lewis Carroll,1832—1898),著有《爱丽斯漫游奇境》和《爱丽丝镜中奇遇记》。他拥有数学学位,二十二岁时毕业于牛津的基督教学院,并终身留在那个学院担任数学老师。

"什么该死——"他刚一开口,她就动了中指扣了扳机,几乎就在子弹出膛的同时,她用尽全力把枪套肩带往自己怀里拉。背缚在斯高瑟身上的几条粗粗的枪套带都挂在原处,只有连接自动手枪的那最细的部分被猛地拽断了,于是,斯高瑟一边倒下去,一边低头看着白大褂上冒着黑烟的枪洞。苏珊娜夺了他的枪。她击毙了斯卓和他身边的吸血鬼,也就是那个持光剑的家伙。纵然中了弹,那个吸血鬼还是立在当地,目光依然盯着那由婴孩异变而成的蜘蛛—神,似乎又看了一会儿,笼罩它的紫色光雾才渐熄渐灭。吸血鬼的躯体也随之而去。有那么一瞬间,那里只有一件空空荡荡的衬衫立在一条空空荡荡的牛仔裤上,似乎里面没有存在过一个人。接着,衣服飘然坠地。

"杀了她!"赛尔吼起来,伸手掏枪,"杀了那个婊子!"

苏珊娜翻滚起身,离开那只黑蜘蛛,它还趴在越来越缩减的母体上,米阿的半个身子已经翻落床边,头上的铁罩子仍斜斜地罩着她。一个闪念滑向苏珊娜:它根本不想放开她,这想法带来酷刑般的痛楚,就在这时,米阿落到了地板上,终于摆脱了它。尸体半搭在床沿,头发混乱地悬在半空。就在母亲的尸体突然掉落的瞬间,那个蜘蛛模样的东西立刻失去了依附地,它不得不更改立足点,并生气地嘶叫起来。

一阵枪声爆发而起,苏珊娜翻身躲到床下时,子弹落在一秒前她的位置。一颗子弹打中了某处的弹簧,她听到一声尖利的崩裂声。在床下,她一眼看到鼠头护士的脚和长满毛发的下肢,二话不说就送了颗子弹给她的膝盖。护士尖叫一声,转身就跑,拖着受伤的腿,一路跛行,还哇哇地哭嚎。

赛尔躲在临时拼凑成的双人病床后,就在米阿支离破碎的残尸后面,身子伏向前,勉强举枪瞄准。地板上的防潮布上已有三个枪眼在冒着烟闷烧。就在他可能打上第四个洞时,一只蜘蛛脚撩上了他的脸颊,撕开了他始终戴着的人形面具,揭露出其下毛茸茸的真面目。赛尔吓得往后一缩,大叫大嚷。蜘蛛这才转向他,发出了一声呜咽。蜘蛛背上高高隆起的白色东西——长着人脸的突起物——面对赛尔,怒目而视,似乎在警告他远离它的美食佳肴。随后,它又转身回到母亲的身边,此刻几乎已经无法辨认出那曾是个女人了;她,看来就像是某个难以置信的远古木乃伊的出土遗迹,如今已是一堆粉屑。

"我说,这确实有点令人困惑,"抱着育婴箱的机器人又说话了,"我可否引退?也许当事态多多少少明朗化了些的时候,我可以再回来。"

苏珊娜倒转了方向,从床下翻滚而出。她看到有两个低等人正拔腿要跑。杰、那个鹰头人似乎还拿不定主意。留下，还是逃跑呢？苏珊娜就主动地帮他拿了主意，一枪击中他光溜溜的圆脑袋。鲜血和羽毛应声飞落。

苏珊娜尽可能地站起来，一只手紧紧抓住床架以保持平衡，始终将斯高瑟的枪举在眼前。她已经干掉了四个。鼠头护士和另一个已经跑了。赛尔的枪都掉了，正死命把自个儿猫在捧着育婴箱的机器人身后。

苏珊娜击毙了剩下的两个吸血鬼和另一个牛头犬低等人。那个——哈柏——并没有忘了苏珊娜；他一直稳稳地站在原地，等候时机能让他打出致命一击。但她比他更快一步，枪响后，她心满意足地看着他向后倒下。她想道，哈柏刚才还是头号危险分子呢。

"夫人，我在想您是否能告诉我——"机器人再次开口，苏珊娜立刻给了那张钢脸两颗飞快的子弹，打灭了电气蓝的眼睛。这招她是从埃蒂那里学来的。巨大的汽笛声顿时消失了。苏珊娜只觉得：要是自己再多听它唠叨两句，准保就聋了。

"我已被枪击致盲！"机器人怒吼起来，却仍然是用荒谬得不合时宜的"夫人您还想再来一杯茶吗"式的腔调，"视觉：零度，我需要帮助，密码7，我说，求救！"

赛尔从机器人后面跑开了，双手举得高高的。机器人正在喋喋不休发出警报，苏珊娜根本听不见他在说什么，但好歹能根据那个混蛋的口形明白他的意思：我投降！你能接受我发誓投降吗？

对这个可笑的建议，她不禁笑了起来，却也没意识到自己竟然在笑。那笑不代表幽默，不代表仁慈，只意味着一点：她真想让他去舔她的残肢，因为正是他强迫米阿去舔他的靴子。但没那么多时间了。他在她嘴角的笑容中看清了自己的命运，他转身就跑，而苏珊娜开了两枪，两枪都击中了后脑勺——一枪为米阿，一枪为卡拉汉神父。赛尔的头颅被炸得粉碎，血浆激烈迸散。他的手还在抓着墙壁，在一个放满装备补给的搁架上胡乱摸索，然后才倒下来，死了。

现在，苏珊娜将目标转向了蜘蛛—神。黑背上覆着短短的硬毛，最突出的白色小人脸扭过来，看着她。那双蓝眼睛闪啊闪，不止是酷似罗兰的，而且相似得过于诡异。

不，你不能！你绝对不能！因为我是王的唯一的儿子！

我不能吗？她后退一步，举平了手枪。哦，甜心儿，你只是个……大错特错！

她还未扣动扳机,身后却传来一声枪击。一颗火烫的子弹擦着她的脖颈飞过。苏珊娜即刻做出反应,转身跃到一旁。刚才逃跑的一个低等人居然良心发现,又折了回来。苏珊娜射入他胸膛的两颗子弹将令他对此后悔不已。

她灵活地转身四顾,想找到更多可以射击的敌人——是的,这就是她想要的,是她与生俱来的天赋,一直以来她都万分敬畏罗兰,是他指引她走上命定的枪侠之路——可是敌人不是死了就是逃了。只有蜘蛛,众多的细腿精妙地移动起来,将它从产床上运送下来,将纸人状的母体留在了身后。蜘蛛直截了当地扭过婴儿脸,正视着苏珊娜。

你会放我走的,黑美人,要不然——

她朝它开火了,但自己却被鹰头人摊开的手臂绊了一跤。那发子弹本该能射死万恶之极的东西,现在却偏离了目的,飞向八条刚毛短硬的蜘蛛腿,子弹咬进了其中的一段肢体。黄黄红红的黏液从那条腿联结躯干的根部流淌出来,与其说是血,倒不如说是脓液。那东西又疼又惊地对着她惨叫起来。与此同时,机器人循环不停的唠叨仍未停止,以至于这声惨叫有点含糊不清,但她却在自己的意识里听到了,那么清晰,那么大声——

我要你偿还!我父亲和我,我们会让你为此付出代价!让你痛不欲生,巴不得一死,等着吧!我们会这样做的!

甜心儿,你没那机会了。苏珊娜向后立好重心,企图摆出信心十足的射击姿势,她不想让那东西知道:她认为斯高瑟的自动手枪里很可能没子弹了。她从容冷静地瞄准目标,然而那又是完全没必要的,蜘蛛的八条腿一起急速移动,飞快地逃离她的视野,先是躲藏在没完没了求救的机器人身后,接着又迅速地移向黑漆漆的门口。

好吧。没什么大不了的,无论如何都算不上是最佳方案,但她还活着,这显然是最要紧的。

而且,赛尔先生的小分队几乎全军覆没了吧?死的死,跑的跑,那也不算太坏。

苏珊娜扔掉斯高瑟的手枪,挑中了另一把:沃尔特PPK。她从斯卓背着的枪袋里拔出这把枪,同时探入他的口袋里一通摸索,找到了半打弹匣。闪念之间,她还想过要不要带上吸血鬼的电光长剑以便扩充装备?但很快她就打消了这个念头,把它留在原处。别挑那些你不了解的武器,还是用了如指掌的枪吧。

她很想联系上杰克,但无法集中意识去思考,于是她转向机器人。"嘿!

大男孩！要关闭那该死的警报,你该怎么说?"

她根本不知道这么说会不会有用,可竟然是立竿见影。沉默即刻降临四周,完美无瑕,拥有波纹丝绸般的美妙触感。安静将很有用。如果有人打算向她反攻,她最好能率先听到他们逼近的声音。而更阴暗的心理是什么?是她希望有一场反攻大战,想要他们过来和她火拼,至于那是不是有意义的举动她根本无所谓。她手上有枪,热血沸腾。这是至关重要的。

(杰克!老弟,你听见我了吗?要是听见了,快点回复你的老大姐啊!)

万籁俱寂。甚至连混战枪声都听不见了。他已经消——

突然,出现一个词儿——那究竟是不是一句话?

(嗡未恩)

更重要的疑问在于:那是不是杰克在说话?

她不能确定,但又觉得是。不知道为什么,那个字眼听来还觉得有几分熟悉。

苏珊娜收拢起所有的注意力,决定这一次要更大声更用心地呼唤杰克,可就在这时,一个怪异的想法出现在她脑海里,正因为太怪异,她不得不相信那才是直觉。杰克也在努力保持安静。那么,他是在……隐蔽?也许是在布置埋伏、设下圈套?这念头真够疯狂的,但也许他也是热血沸腾中呢?她不知道,不过他可能是故意发送了这个古怪的字眼儿给她:

(嗡未恩)

也可能只是漫不经心的一个怪声儿。不管怎样,最好还是让杰克先搅和搅和他面前的那锅粥吧。

"我说,我遭到枪击,双目失明了!"机器人又重申了一番,虽然还是高声粗气,但至少不像刚才那么愤愤然了,几乎又回到了正常的口气,"我什么东西都看不见,而且我还抱着这个育婴箱——"

"扔掉它。"苏珊娜说。

"可是——"

"扔掉它,笨瓜。"

"夫人,很抱歉①,可是我的名字是:奈杰儿,奈杰儿管家,而且我真的不能——"

就在你一言我一语中,苏珊娜慢慢蹭过去了——就算有一阵子没动弹

---

① 此时机器人已经被打坏了,所以言词不再精准。

了,她发现自己也绝不至于忘记残腿的行动方式——她读出了标在机器人铬合金钢躯干上的名字和序列号。

"奈杰儿DNK 45932,扔掉那该死的玻璃盒子,多谢。"

机器人(序列号下还印刻着"内部使用"二字)松了手,育婴箱在它的钢脚下摔了个粉碎,它还痛苦地哀叹了一声。

苏珊娜径直走向奈杰儿,知道自己克服了瞬间产生的恐惧,随后抬起手,握住了三只钢手指的机器手。她必须提醒自己注意:这不是卡拉·布林·斯特吉斯的安迪,奈杰儿也不可能知道有安迪的存在。管家型机器人还不至于有渴求复仇的高智商,当然也可能那么发达——显然安迪就是,但无论如何,假如你对情况一无所知,也就无所谓报仇不报仇了。

她希望如此。

"奈杰儿,把我举起来。"

机器人俯身向下时,伺服传动的马达发出一阵变了调的哀鸣。

"不,宝贝,你必须再过来一点儿。你站的地方满地碎玻璃。"

"夫人,很抱谢,可我瞎了。我相信就是你开枪打瞎了我。"

哦。那事儿。

"好吧,"她说,指望自己多多少少能用愤怒的语调掩盖内心的害怕,"要是你不背我走,我就肯定不能去弄双新眼睛给你,是不是?现在你得再挪过来一点,希望你能做到。时间都白白浪费了。"

奈杰儿朝前迈了一步,脚底的碎玻璃声音尖利地又碎了一次,这声音全部传到她的耳朵里。苏珊娜竭力克制着想要退缩的冲动,可是没想到,这个家用机器人用机器手抓住她时,动作竟然很温柔。他把她举起来,抱在怀里。

"现在带我去门口。"

"抱谢,夫人,可是十六号里有很多门。城堡下面还有更多的门呢。"

苏珊娜难耐好奇心,追问道:"有多少扇门?"

机器人没有马上回答,想了想,说:"我想说,共有五百九十五扇门正在使用中。"她立刻注意到:五—九—五加起来正好是十九。合计:十九。

"你能不能带我去我来时走的那扇门?当然是在枪战之前。"苏珊娜手指着房间尽头说。

"当然,夫人,我很愿意。但我得很遗憾地告诉你:那对您并无好处,"奈杰儿用矫情的贵族口音说道,"那扇门,编号:纽约7号/法蒂,是单向出入口。"他停下不说了。继而电器的转动声从它圆滚滚的脑壳里传出来:"而且,在最后一次使用后,那扇门已被烧毁。您可能会这样说:那扇门已经消失在此路尽头的空旷之中。"

"哦,那真是太棒了!"苏珊娜叫得很响,但心里明白:听到奈杰儿的新闻,自己并不感到意外。她记得很清楚,当赛尔粗暴地推着她走过那扇门时,她听见门在发出粗砾的嗡鸣声,也记得:即便自己身陷痛苦,她还是先想到了那门本身正奄奄一息。没错,它已经寿终正寝了。"真是太棒了!"

"夫人,我感觉到了,您很苦恼。"

"你说的真他妈对,我是很苦恼。那该死的东西只能朝一个方向开门,真是坏透了!现在可好,索性彻底关门了!"

"只能使用默认缺省值开启。"奈杰儿自以为是在赞成她的看法。

"默认?你这是什么意思,缺省值?"

"那说的是编号:纽约9号/法蒂的门。在同一时间内,在纽约和法蒂之间,总共有三十条单向通路,但我有理由相信,9号端口是现存的唯一通路。所有适用于编号:纽约7号/法蒂的指令现在都能被编号:纽约9号/法蒂端口所识别,也就是所谓的默认值。"

蓑茨,她琢磨着……几乎是在以祈祷的方式思考。他在说的就是蓑茨,我认为就是如此,哦,上帝啊,但愿他就是这个意思。

"奈杰儿,你说的是不是密码,诸如此类的数字?"

"哦,正是。夫人。"

"带我去9号门。"

"如您所愿。"

奈杰儿开始行动,健步如飞地穿过走廊,在数百张空荡荡的病床间灵活穿梭,床上铺着整洁的白床单,在明晃晃的顶灯照射下反射着微光。突然,苏珊娜的脑海中幻想出另一番场景:这个房间里满是高声呼喊的小孩,都吓坏了,他们都是刚刚到这里的,那些家伙从卡拉·布林·斯特吉斯劫持了他们,甚至还可能是卡拉周边的地区。她似乎还能看到不止一个鼠头护士,而是一整营的鼠头护士,个个都跃跃欲试,迫不及待地把面罩、头盔戴在绑架来的孩子们的头上,着手准备……究竟是要干什么呢?反正,不管是什么勾当,总之要把孩子们毁了。吸干他们脑袋里所有滋润的精髓,打乱他们的成长激素分泌,直至永生永世地把他们给毁了。苏珊娜猜想,一开始孩子们可能还会很兴奋地听到脑子里响起声音来,让人愉悦的、嗓音好听的欢迎词,欢迎他们来到北方中央电子和索姆布拉集团这个美妙无比的新世界。他们的哭喊声就这样逐渐停止,眼睛里充满了新鲜的希望。也许,他们还会认为那一整排穿着白制服的护士小姐们其实心眼不坏,尽管她们长着毛拉拉的吓人脸孔、还有长而尖利的黄牙齿。同样,在他们脑袋里说话的女士,也应该是不错的人吧。

这时,嗡鸣声出现了,以极快的频率冲入他们脑体的中心部位,越来越响,越来越响,于是,孩子们的尖叫声再次响彻此处——

"夫人?您没事儿吧?"

"是的。你干吗这么问?奈杰儿?"

"我认为您在发抖。"

"没关系的。你只管带我去那扇门,通往纽约的门,那扇仍能运转的门。"

6

一等他们离开了医院病房,奈杰儿就抱着她急速走过一条又一条走道。他们来到一排自动扶梯口,那里的情形仿佛封冻了几个世纪之久。他们上了其中的一条扶梯,下降到半途时,看到一双琥珀色双眼的机器人,圆球形的脑袋支在两条钢腿上,他看到奈杰儿就吵吵:"嗨普!嗨普!"奈杰儿也忙不迭地回应:"嗨普!嗨普!"接着又神秘兮兮地对苏珊娜说(那口气就好像人们背地里议论着"那些个倒霉的家伙!"):"他是个技工领班,留守这里都有八百多年啦——主板烧毁了,我可以想象得出来。可怜的人儿!不过他仍在尽心尽力地工作。"

接着,奈杰儿又问了她两遍:是否真的还能换一副新眼睛?问第一遍时,苏珊娜回答说不知道。问第二遍时,她感到对他(的确是"他",而不再是"它"了)有点过意不去,于是她反问他对这事儿有何感想。

"我想,我的服务期限就要到了,"说完,他又加上一句口头禅,这却让苏珊娜浑身惊栗,"噢,迪斯寇迪亚!"

吴庭艳和吴庭儒①死了,她想起来了——那是个梦吗?还是幻景?一瞥窥进了她的塔?——那是她和米阿在一起时发生的事情。或者,是她在密西西比州牛津镇上的时光里发生的?还是共同出现于两个时段?爸爸医

---

① 参见《苏珊娜之歌》,这两人是越南革命领袖。这段话是苏珊娜在牢房中听到的新闻广播。

生杜瓦利埃①死了。克莉斯塔·麦考利夫②死了。斯蒂芬·金也死了,著名作家在午后散步途中遭到谋杀,噢,迪斯寇迪亚,哦,都失去了!

等等,斯蒂芬·金是谁?谁又是克莉斯塔·麦考利夫?

途中,他们还走过了一个低等人身边,米阿产出怪物时他也在场。现在他歪歪扭扭地倒在尘土厚积的走道地板上,蜷成虾米状,手里拿着枪,脑袋上则有一个枪孔。苏珊娜猜想,他一定是把自己打死了。从某种角度去推想,苏珊娜认为这很说得通。因为所有事情都走了样,都大错特错,难道不是吗?除非米阿的宝宝已经找到了它真正的归宿,否则,红色大个儿爹爹就快要抓狂了。不过,就算莫俊德找得到回家的路,他也可能疯。

那是他另一个父亲。因为这是一个孪生的世界,互为镜像,而苏珊娜现在明白了更多她耳闻目睹之怪事,但她压根儿不想知道那么多。莫俊德也有一个孪生存在体,像"哲基尔和海德"③那样有善恶两种人格,而他——或者说,它——记得两个父亲的面孔。

他们一路上看到不少尸体;在苏珊娜看来,全都是举枪自尽的。她问奈杰儿,他能否凭借味觉、或是别的什么感应——确切说出他们的死因?可是他声称自己无法对此做出解释。

"这里还剩下多少人,你觉得呢?"她又问。刚才她曾热血沸腾,现在已经冷却了几分,而且,她还有点紧张。

"不太多了,夫人。我相信大多数人已经转移了。很有可能都去了德珐。"

"德珐是什么?"

奈杰儿说他万分抱歉,因为相关资讯都受到严格的保密管理,他需要正确的密码才能进入那个资料库。苏珊娜以"蕤茨"为密码试了一次,可显示说无效。她改用"19"也无济于事,最后她甚至还试了试"99",都没用。不过,知道大多数敌人都已离开此地,她觉得自己应该心满意足了。

---

① 参见《三张牌》,杜瓦利埃(Francois Duvalier, 1907—1971),一九五七至一九七一年任海地总统,依恃名叫"恶魔"的私人卫队和将其神化的巫术实行独裁统治,一九六四年宣布为"终身总统"。其早年行医,有"爸爸医生"之称。

② 参见《三张牌》,克莉斯塔·麦考利夫(Christa McAuliff, 1949—1986),美国新罕布什尔州康科德中学女教师。一九八六年搭乘"挑战者号"航天飞机升空,本拟在太空向中学生授课,因航天飞机爆炸,与机组人员一同殉命。

③ 哲基尔医生是英国小说《化身博士》的主人公,后来用他的两个典型人格为名,指代具有双重性格的人。

奈杰儿左转了,来到一条新的走廊,两边摆列着一扇又一扇门。她命他停下,进入其中的一个房间,花好长时间研究了一番,但里面实在没什么特别的东西。那是间办公室,从厚厚的积灰上能看出已经很长时间没人使用了。她饶有兴趣地看着墙上的一幅海报,上面画着少男少女疯狂地跳着吉特巴舞。画面之下有一句标语,大号的蓝色字体,写着:

嗨,酷酷的小姐,时髦的小猫咪!
我和阿兰·弗里德在啤酒花里摇滚!
俄亥俄州,克利夫兰市,一九五四年十月

苏珊娜几乎非常确定,这张海报说的表演者是理查德·潘尼曼①。在乡村俱乐部里窜来窜去的乐迷们就像她以前一样,对任何一个比菲尔·奥克斯②摇滚得更火爆的乐手都会表示一致的蔑视,但苏希留有一点柔软的私心给"小理查德",喜欢听他唱:好心的神呀,茉莉小姐,你肯定喜欢去跳舞吧。她猜想这一定是骨子里属于黛塔的那部分基因。

很久以前,这些人是不是随心所欲地使用这么多扇门呢?可以通往不同的地点、不同的年代。他们是否利用了光束的能量,把塔的某些层面改成了旅游胜地?

她这样问奈杰儿,他说自己能确定:对此一无所知。听起来奈杰儿还在为了他丧失了双眼而伤心。

终于,他们走入了一间圆形大厅,一扇又一扇门环列在颇有气派的圆周形墙壁上,空气中传来脚步的回音。地板上的大理石地砖排列成黑白相间的棋盘格,苏珊娜想起米阿怀孕时的噩梦里就有这样的场景。头顶上,天花板高之又高,无数小电灯闪烁着微光,汇成星云密布的景象,而作为蓝色天幕的天花板上已经有了不少裂痕。这地方让苏珊娜想到了剌德的摇篮,她甚至还不可遏制地联想到了中央车站。环形墙壁里的某处,有类似空调、通风扇等的机械在运转,荒废而锈蚀已久的零件的摩擦声很粗糙。空气里的气味竟然很熟悉,这很诡异,经过一番挣扎的回忆,苏珊娜想起来了:彗星牌

---

① 理查德·潘尼曼,美国著名摇滚音乐人,人称"小理查德",是五十年代美国摇滚的前驱传奇人物。文中所说的阿兰·弗里德曾是他的搭档。
② 六十年代出色的民谣歌手菲尔·奥克斯一直是坚定的反种族主义者。他在一九六八年写了一首反越战歌曲《战争结束了》,影响深远。

清洁剂。这个品牌赞助了"价格正确"节目,以前,要是她早上刚好在家,就会在电视上看到这个节目。"我是汤·帕杜,热烈欢迎你们的主持人,比尔·库伦先生!"苏珊娜只觉得一阵晕眩,不由得闭上双眼。

比尔·库伦已经死了。汤·帕杜也死了。马丁·路德·金死了,在孟菲斯被人开枪打死了。迪斯寇迪亚之法则啊!

哦,基督,那些声音,难道停不下来吗?

她睁开眼睛,看到门上标志着"上海/法蒂","孟买/法蒂",还有一扇门上写着"达拉斯(一九六三年十一月)/法蒂"。其他的门上用北欧古文字写着什么,那对她来说就毫无意义了。最后,奈杰儿停在一扇门前,门上的标志她完全认得。

北方中央电子有限公司
纽约/法蒂
安全保密　最高级别

这些苏珊娜都明白,但那都不是最重要的,门上还有一行字:进入此门,务必需要口头密令,就在这句话下面,还有一行短短的红字,闪着不祥的红光:

♯9 终极默认

7

"夫人,您接下去想怎么办呢?"奈杰儿问。

"放我下来吧,小甜饼。"

她有时间思忖一下,如果奈杰儿拒绝这么做,她该做何反应,但他一点儿都没犹豫就将她平稳地放到地上。她还是用单足跳的老办法,蹦到了门边,双手搭在门上。触感既非木质、又非金属。她觉得能够听到里面轻微的嗡嗡声。她在想,要不要用"葵茨"做暗语——其实她心中的幻想类似于阿里巴巴念出了"芝麻开门!"——但最后还是放弃了。那绝不止是个门把手。单向出入口就意味着这是条单行道,她想到了这一点,那可不是开玩笑。

(杰克!)

她聚集精力,发送出了这条意念。

没有回答。甚至连微弱的

(嗡未恩)

都没有,哪怕那是个无意义的词儿。她又等了一会儿,然后转过身来,背靠着门,一屁股坐下来。她把备用弹匣放在两膝之间,又将沃尔特PPK紧紧握在右手里。她心里念叨着:当你背靠一扇上了锁的门时,最好手里有个厉害的武器;而且,她很喜爱这把枪的手感,沉甸甸的。曾几何时,她和其他人接受过"消极抵挡"的抗议技巧训练。躺在学校食堂的地板上,遮掩住柔软的腹部,以及更柔软的私部。对那些辱骂你、殴打你、诅咒你父母双亲的人,不要反击。在镣铐中歌唱,就像大海那样。要是她的那些老朋友看到她现在变成这个样子,是否能够理解呢?

苏珊娜说道:"你们知道吗?我才不管呢。消极反抗主义也死了。"

"夫人?"

"没什么,奈杰儿。"

"夫人,我可否问一句——"

"我在干什么?"

"正是这个问题,夫人。"

"等一个朋友,笨瓜。只是在等一个朋友。"

她突然想起,序列号DNK45932的机器人又要提醒她说:他的名字是奈杰儿,可他却没提这茬儿。他只是问,她要在这里等多久。苏珊娜回答说,等到地狱都结了冰。于是,两人之间开始一段相当长的沉默。终于,奈杰儿问:"那么,夫人,我可以退下吗?"

"你看不见,怎么办?"

"我已转换到了红外线引导装置。比起3X宏观仪,当然要差一点,但已经足够帮我去维修港了。"

"维修港里有人能帮你修眼睛吗?"苏珊娜略带好奇地问道。她将沃尔特手枪上了膛,听到金属撞击发出"啪嗒"一声响,不由感到一丝本能的满足感。

"我确定我不知道,夫人,"奈杰儿说,"虽然能修好我眼睛的可能性极低,确切地说,概率低于百分之一。如果没有人来修理,那么我,就和您一样,会等下去。"

她点了点头,突然间觉得累了,也非常肯定她所寻求的终极地点就在这里——靠在这扇门上。可是你还没有放弃,对不对?只有懦夫才放弃,枪侠不会。

"愿你一切如意,奈杰儿——谢谢你让我坐在你肩膀上。祝天长,夜爽。但愿你能换上新眼睛。很抱歉我把它们打坏了,但是当时我处于紧张戒备状态,也不知道你到底站在哪一边。"

"也同样衷心祝福您,夫人。"

苏珊娜又点点头。奈杰儿噔噔噔地走了,随后便是她独自一人,背靠在通往纽约的门上。等待杰克。聆听杰克的声息。

她只能听见四周的墙壁里传来生锈零件的摩擦声响,如同垂死的喘息。

第五章

在丛林里，那苍莽无边的丛林

1

杰克没有和神父死在一起，阻止他去死的理由只有一个：低等人和吸血鬼群会把奥伊杀死。心意已决时，便不再有极度痛苦的折磨；杰克用尽一切意念，

（奥伊，过来！）

听到这无声的喊叫，奥伊飞快地跑到他的脚边。身边还傻站着被神龟催眠的低等人，他们一动不动地立在原地。杰克和奥伊从他们身边跑过，飞奔着冲进一扇标着"仅限员工出入"的门，饭店里橘黄泛红的昏暗光线一下子转变成耀眼的白炽灯光，还闻到一股刺鼻的焦味。空气里翻腾着浓浓的水蒸汽，高热而湿润的触觉扑面而来，

（丛林）

也许正在布置下一个场景所需的舞台吧，

（苍莽无边的丛林）

也可能不是。瞳孔收缩，他又能看到东西了，发现自己站在迪克西匹格饭店的厨房里。并不是第一次闯入此地。不久以前，也就是卡拉·布林·斯特吉斯的狼群出现之前，杰克曾跟着苏珊娜（只不过，那时她是米阿）进入了一场梦境，梦里，她在一间巨大而荒废的厨房里寻找食物。就是这间厨房，只不过现在这地方活物纷乱。一只体形庞大的猪摊在铁架子上，被熊熊燃烧的炉火烤得嗞嗞冒油，每一滴饱含脂肪的油水坠落都会激起一阵火苗蹿上烧烤架。烤架两边都支着和杰克等高的巨型黄铜火炉，烟熏火燎，喷出浓烈的蒸汽。搅动其中一口大锅的生物浑身灰色皮肤，它长得实在太丑太恶了，杰克的眼睛都不知道该往哪里看好。从灰色的厚唇两边探出长长的獠牙，肥厚的两颊沉沉下垂，分不清是疣还是松弛的皮肉。身上的白色厨袍沾满了食渣油渍，头顶的厨师帽像爆米花似的半鼓半瘪，但好歹这身装束遮掩了它噩梦般的长相。第一眼就被这家伙攫住，杰克几乎漏掉了在腾腾蒸汽中还站着两人，都是一身白衣裤，站在双水槽的工作台旁洗盘子。这两

人都围着颈巾。其中一个是人类,约莫十七岁的男孩。另一个则是人身兽头的怪物,躯干上顶着一只家猫的脑袋。

"快点!快点!你们这些个废物手脚咋那么慢!"长着獠牙的厨师尖着嗓子对洗碗的男孩喊道。那家伙没注意到杰克。但另一个——猫头人——看到了。它别过耳廓,发出嘶嘶的恐吓声。杰克想都没想就抛出了一直抓在右手里的欧丽莎。飞盘顺畅无阻地穿过浓浓蒸汽,再顺畅无阻地切入猫头人的头颈,像把餐刀顺畅插入一块猪油里。猫头掉在了水槽里,溅起一阵肥皂泡,那双绿色瞳孔还闪闪地亮着。

"废话少说,废物!"厨师又喊起来。看情形,他要么就是没看到刚才发生了什么,要么就是看到了也没能明白。他转向了杰克。巨凸的额头上皱巴巴的皮肤紧缩成疙瘩,额头下面的灰蓝色眼睛浑浊不清,却显示出这个生物颇为警觉灵敏。杰克看到它正面的脸孔,就当即领悟了那是什么东西:某种长相畸形、头脑聪明的疣猪。这就意味着:它是在烹饪同类。这事情发生在迪克西匹格饭店里,倒显得非常相得益彰。

"来这鬼地方的尽是些没用的东西!你倒是快干活啊!"这话显然是说给杰克听的。接着,又加上一句,为了能让这些疯狂举动更圆满地完成:"要是你不把碗刷干净,今儿就甭想活了!"

另一个洗碗工,也就是那个人类男孩,大声喊了几句,大概是想提醒厨师注意杰克,可后者压根儿没正眼瞧他一眼。看起来,厨师相信,这个刚刚杀了他的帮手的杰克就得义不容辞地顶替猫头人的位置,并且甚感荣耀地投入工作。

杰克抄起另一只飞盘甩出去,再一次命中要害,结果了那头多嘴多舌的疣猪。喷出来的鲜血大概有一加仑之多,全部流入它生前搅动不停的大炉里,可怕的嗞嗞声更响了些,血肉烧焦的煳味也更浓了,令人越发毛骨悚然。疣猪的脑袋歪向了左边,但仍然挂在脖子上,接着,又向后歪去,但还是没有掉下来。这东西——大约有七英尺高——跌跌冲冲地向左摇晃了几步,最后一把抱住了那只滴着油的死猪。半连在脖子上的脑袋又往下掉了一点,现在完全平躺在疣猪主厨先生的右肩膀上,一只眼睛向上翻着,可怖地凝视着蒸汽缭绕中的荧光灯管。高热一下子就烤煳了厨子双手的皮肤,没过多久,那双手就开始溶化。再然后,那东西便栽向敞开式的火堆,白袍子烧起来了。

杰克终于将视线从这场景中挪开了,刚好看到那个洗碗男孩正向他逼近,一只手拿着屠刀,另一只手还举着把切肉刀。杰克从袋中抓起另一只欧丽莎,却没有立刻抛出去,尽管脑海中有某种急迫的声音要他赶紧、赶紧、快扔出武器呀,就像他曾经听玛格丽特·艾森哈特说的"深度理发"那样,给那混蛋致命一击。"深度理发"这个词儿曾让欧丽莎姐妹们笑痛了肚皮。但尽管他那么迫切地想要抛出圆盘,终于还是顿住了手。

他看着眼前的这个男孩,刺眼的厨房灯光令蜡黄色的皮肤更加黯淡发灰。看起来,这小伙子吓坏了,并且明显营养不良。杰克警告性地抬了抬手里的武器,对方果然停下了脚步。可那并不是因为欧丽莎,而是,奥伊,站在杰克脚边的貉獭。奥伊毛发直竖,似乎个头都因此膨胀了一倍,并且还呲着牙。

"你——"杰克刚想开口,连接厨房和餐厅的门突然被撞开了。一个低等人闯了进来。杰克毫不犹豫地抛出手中的武器。圆盘轻响一声,眨眼之间飞越了蒸汽团涌、刺眼刺鼻的雾气,精确地取下了闯入者的首级,血淋淋的切口刚好在喉结上方。掉了脑袋的尸体先是猛然歪向左边,再是右边,活像是个滑稽演员为了接受观众们的鼓掌和喝彩而在舞台上乖张地扭来摆去,最后,砰然倒地。

此时,杰克已经准备好了下一轮武器,两只手里各抓着一只圆盘,双臂再次交叉在胸前,那正是艾森哈特所说的"交叉抛掷"。他还是看着洗碗男孩,后者也还是握着屠刀和切肉刀。没什么威胁了,杰克心想。他打算再试一次,并且,这一次能够完整地说出他的问题了:"你会说英语吗?"

"是哇,"男孩回答。他扔掉了屠刀,这样他才能用被水浸泡得发红的大拇指和食指比划出一个手势:四分之一英寸那么长,"可惜只会一点点。我来这里以后才学的。"他又松开了另一只手,切肉刀也落了地。

"你是从中世界来的吗?"杰克问,"是,还是,不是?"

他觉得这孩子实在不能算聪明("小鬼不够机灵",艾默·钱伯斯一定会这样冷嘲一句吧),但仅有的才智无论如何也够让他想家的吧;固然恐惧未减半分,杰克还是很确定:在洗碗男孩的眼底看到思乡的忧伤一闪而过。"是哇,"那男孩说,"从刺德威格来,我。"

"靠近刺德城吗?"

"刺德再往北,要是你是想或者你是不想,"那男孩的语法一塌糊涂,"你会杀死我吗,我不是想死,我伤心很。"

"只要你能对我说实话,我就不会是杀死你的人。有没有一个女人从这里经过?"

洗碗男孩犹豫了一下,才回答:"啊是。赛尔和他的手下带着她。她是走着出去的,我是说,头靠在肩膀上,耷拉着……"他索性演示起来,转动着他的脑袋,这使他越发像个乡下白痴。杰克想到锡弥,罗兰讲到他在眉脊泗的故事时提到的家伙。

"但是并没有死。"

"没哇。听到她呵气的,我。"

杰克朝门口看去,但没有人破门而入。是还没有。他应该离开此地,但是——

"伙计,你叫什么名字?"

"瞿卡必穆,就是我,赫萨的儿子。"

"好吧,听着,瞿卡必穆,就在这间厨房外面有一座叫做纽约的城市,像你这样嘴上没毛的小家伙都在城里自由自在的。我建议你逮到任何机会就赶紧出去。"

"他们会把我揪回来的,还拿鞭子揍我。"

"不,你不知道纽约城有多大。就像是刺德城,在刺德还……"

他看着瞿卡必穆呆滞的双眼,心想:不,我才是不明白状况的家伙。要是我还耗在这里劝说他逃跑,毫无疑问我就——

通往餐厅的那扇门再次被撞开了。这次,有两个低等人想冲进来,但他们谁也不肯让谁,肩撞肩地卡在了门口。杰克顺势抛出两手中的圆盘,看着它们在雾气腾腾中划出十字形的轨迹,就在那两人冲进门口的一刹那削去了他们的脑袋。他们双双向后倒下,那扇门再次砰然关闭。杰克记得在派珀中学曾听过塞莫皮莱①之战的故事,希腊军队在那里战胜了波斯军队,敌我双方的人数比例是一比十。希腊军队把波斯人引入一条窄窄的山口;而他现在有一扇厨房门,也是一夫当关。只要他们出现在门口,一次一个或是一次俩——当然不能让他们两边夹击他——他就能各个攻破。

至少,在他用完欧丽莎之前是一夫当关。

"枪?"他问瞿卡必穆,"这里有没有枪?"

瞿卡必穆摇摇头,这表态语焉不详,似乎洗碗男孩又变得恼怒起来,实在难以搞明白,他说的是厨房里没有枪,还是我又不认识你,干吗要告诉你。

"好吧,我要走了,"杰克说,"不过你要是不抓紧时机离开这里,瞿卡必

---

① 塞莫皮莱,希腊东部地名,多岩石的平原,古时曾是山口要塞。

穆,你就是个超级大笨蛋,比你看起来还要笨。我已经说得够多了。外面有的是电子游戏,小子——好好琢磨吧。"

瞿卡必穆还是瞪着杰克,满脸不信任,所以,杰克算是彻底放弃了。他正打算吩咐奥伊,门外传来某人喊话的声音。

"嘿,臭小子,"粗鲁的、卖弄的、知道小秘密的声音,这样说话的人仿佛随时能痛殴你一顿、或是随心所欲地睡你的女朋友,杰克这样想着,"你的神父好朋友已经死啦。说明白点,神父已经变成晚餐啦。现在你给我出来,废话少说,乖乖出来的话你可能还不至于变成甜点。"

"撅起你丫的屁股蛋滚一边儿去吧!"杰克愤怒地喊出来。这话甚至穿透了瞿卡必穆愚钝的厚墙,他看上去吃惊不小。

"最后的机会了!"外面那粗鲁而狡猾的声音接着喊道,"出来吧。"

"有种你进来呀!"杰克毫不示弱,"我还有好多会飞的盘子呢!"说实在的,他有一种可谓是极端疯狂甚至愚蠢的冲动,想要不顾一切地冲出门去,甩开那扇该死的门,投身到门那边的餐厅战场上去,狠狠地干掉那些低等男人、低等女人。这念头固然疯狂,但罗兰会明白他的;若是还有一线生机,他就能甩出半打疾如闪电的圆盘,将他们打得落花流水,而这恰恰是出乎敌人意料之外的。

难题是挂毯后饕餮中的怪物们。吸血鬼。他们一点儿不惊惶,杰克很明白这一点。他想过:要是那些长老们刚才进了厨房(很可能他们对这等小事毫无兴趣,所以才留在了餐室内——更何况神父的尸体尚有一杯羹可分),他大概早就死了。瞿卡必穆也是,非常可能。

他单腿跪下,轻声吩咐奥伊:"奥伊,去找苏珊娜!"为了增强这个命令的效果,他还集中精神制造了一幅意念图景发送给奥伊。

奥伊最后又狠狠瞪了瞿卡必穆一眼,它到现在都不能信任他,接着聚精会神地埋头嗅起了地板。地砖潮湿得很,前不久还被人用拖把清扫了一遍,杰克很担心奥伊还能不能嗅到线索。很快,奥伊就发出短促有力的叫声——更像是狗吠,而不像人声——接着便急急忙忙沿着厨房中央的走道一路跟踪下去,在大锅炉和食品台中间穿过,鼻子紧紧地贴着地板,只不过它必须绕过疣猪主厨闷烧中的尸体,兜了个圈子再继续往前追踪。

"听着,给我听好了,你个小王八蛋!"门外的低等人又气势汹汹地吼起来,"我已经对你没耐心了!"

"好极了!"杰克高喊,"那就进来呀!我们瞧瞧你还能不能回去?"

他把手指夹在嘴唇间,眼睛看着瞿卡必穆,吹出一声尖哨。他准备好了,一转身就跑——他实在不知道洗碗男孩会在什么时候喊出声来,通知门外的低等人说:男孩和他的貂獭已经失守塞莫皮莱要塞了——就在这时,瞿卡必穆压低了声音对他说了句话,声音轻得比耳语高不了多少。

"什么?"杰克问,不可思议地看着那男孩。听起来,他似乎说的是:留心意念陷阱,可这实在讲不通啊。难道不是吗?

"留心意念陷阱。"瞿卡必穆又重复了一遍,这一次口齿清楚多了,说完就转身对着一池子肥皂泡和锅碗瓢盆。

"什么意念陷阱?"杰克又问,可是瞿卡必穆好像什么都没听见,杰克没有时间反复盘问了。他跑出去,追上奥伊,也不忘回头观望。要是有低等人一冲而入,杰克希望自己能在第一时间就有所反应。

然而没有人闯入,至少在他跟着奥伊穿过另一扇门、进入饭店的食品储藏室前,还没有人跟上来。储藏室里昏昏暗暗,各种各样的盒子堆得高高的,充满了咖啡和香料的气味。这很像东斯通翰姆百货商店后面的仓库,只不过要干净些。

2

在迪克西匹格饭店食品储藏室的角落里,有一扇紧闭的小门。门后还有一条平铺的楼梯,通往哪里?要走多久?大概只有上帝才知道。低瓦数的电灯泡只能照出模模糊糊的光影,灯泡玻璃上粘有死苍蝇。奥伊毫不犹豫地往下走,用一种前、后、前、后的节奏,之字形的线路往下走,着实有点滑稽。他将鼻子凑近阶梯的地面,杰克明白他是在紧跟苏珊娜的踪迹;他可以从这位小朋友的意识中看到这种想法。

杰克试图记住台阶的数目,一直数到一百二十时,突然就数不下去了。他在想:他们是否还在纽约(或说是在纽约的地下)?还有一瞬间,他认为自己听到了一声微弱却熟悉的隆隆声,他认为那应该是地铁的声响,并猜测着它们的方位。

最后,他们终于走完了楼梯。这里有一间宽阔的拱顶式大厅,像一间巨型酒店的大堂,只不过大堂后面没有任何豪华房间。奥伊径直横穿了大厅,外突的鼻子依然低低地贴着地面,脚步也和刚才一样来回波动。杰克不得不慢跑才能跟上他。欧丽莎袋已经没先前那么满了,圆盘在包袋里磕碰着,发出刺耳的金属轻撞声。拱顶大厅的尽头有一个小房间,积灰厚厚的玻璃窗上贴着张字条,上面这样写着:购买纽约纪念品的最后机会,另一张字条上则写着:参观二〇〇一年九月十一日!仍有存票供应,参观绝世事件!谢绝哮喘病患者,需有医嘱证明!杰克很想知道二〇〇一年九月十一日究竟有什么绝世秘密,接着又想:也许自己并不想知道。

突然,在他的脑海里响起高分贝的呼喊,那声音清晰逼真得仿佛径直刺入了他的耳朵:嘿!嘿!电子女郎!你还在那儿吗?

杰克根本想不出来所谓"电子女郎"会是谁,但他能听出来那是谁。

苏珊娜!他呼叫她,就在游客休息亭前停下了脚步。一丝喜出望外、出乎意料的笑容绽放在他一直紧绷绷的面孔上,回复成孩子的脸庞。苏希,你在吗?

接着,他听到她同样欢欣又惊愕地叫出声来。

奥伊,突然发现杰克没有紧紧跟在他身后,转过身来,带着不耐烦的急躁低吼两声:阿克!阿克!① 至少在这个当口,杰克忽视了它。

"我听到你了!"杰克继续呼叫,"总算啊!上帝,你刚才在和谁说话?继续喊呀,这样我才能在意识里追踪到——"

有人在他身后——也许是在长阶梯的顶部,说不定已经下了阶梯——突然叫起来:"是他!"接着便是一阵枪声,但是杰克几乎没能听到。在他的意识里只有高密度的恐惧感,有什么东西正蠕动着潜入他的脑体。仿佛是金属手般的东西。他以为那大概是低等人,那个隔着门冲他喊话的家伙。说不定低等人染指于杰克·钱伯斯道根的拨号盘,正胡乱拨弄呢。试试

(镇住我吧把我钉在当地吧让我的双脚结结实实钉在地上吧)

看看能不能阻止低等人的搜寻。那声音之所以能闯入他的世界,就因为当他忙于发送和接受意识信息时,他是开放的——

杰克!杰克!你在哪里?

现在没机会回应她了。杰克试图打开声音洞穴里那扇找不到的门时,曾唤起一幅幻象:让成千上万的门全部洞开。而现在,他得召唤出另一幅幻景:让其中的一扇门紧紧关闭,砰的巨响,那声音响极了,就像是上帝本人制造的音爆。

---

① 阿克(Ake),指杰克,因为奥伊没法读出杰克(Jake)的名字。

而且，很及时。他凝固般站在原地，保持了一段时间，接着，又有什么痛苦不堪地尖叫起来，把他从中拉扯出来。让他走。

杰克又开始挪动脚步了，一开始还一惊一乍的，慢慢地才加快了速度。上帝啊，那一定是很接近了！他能听到苏珊娜再一次呼喊他的名字，声音微弱极了，但他实在不敢彻底暴露自己，因而无法痛快地答应一声。他只能寄希望于奥伊，愿它继续顺着气味追踪，同样，也满心希望苏珊娜能继续呼喊。

3

后来，杰克才会意识到，就在苏珊娜最后一次微弱的呼喊之后不久，他准是放声大唱了，就是肖太太的收音机里播送的那些歌曲，但也说不清究竟何时开始唱的。这感觉就像是：你很想搞清楚头痛欲裂的终极根源，或是确定自己究竟哪分哪秒着凉了。杰克所能确定的是：的确又有枪响，还有一声像是跳弹，但都很远，到了最后，他不再费劲隐蔽自己（甚至不再朝后观望）。更何况，奥伊现在加快了行进速度，跑得屁颠屁颠的。地下的机械体砰然轰响，如同重重的喘息。人行道地板上铺设着纵横交错的钢轨，杰克相信曾有电车，或是别的什么班车在此穿梭。每隔一段间距就能看到贴在墙上的官方告示（前方到站：帕特里夏—法蒂；你携带蓝色证件了吗？）。有些地方的瓷砖脱落了，有的地段甚至连钢轨都不见了，还有些泥坑看起来年代久远，满是臭虫的污水潭则怎么看都像是壶穴。杰克和奥伊路过了两三辆搁浅的车辆，模样像是平台货车和高尔夫球场车的结合体。他们还从一个萝卜头的机器人身边走过去，它的球形眼珠发出幽暗的红光，还嘶哑无力地呻吟了一声，听上去像是在说：立定。杰克举起了一只欧丽莎，也不晓得若是这东西朝他扑来，圆盘会不会有用呢？不过，机器人丝毫未动。那星点红色微光似乎正在耗尽最后的电力，或是能量细胞、或是原子能条块、或是随便什么动力能源。这里、那里，随处都可见涂鸦和标语。有两处看来甚为熟悉。第一句是：向血王致敬，还在每一撇上画了红色的眼睛。另一条写着：班戈·斯干克，八四年。杰克分心了：好家伙，班戈也来过这里。随后，他第一次清楚地听到自己轻轻哼着歌。没有歌词，准确地说是想不起歌词来，只不过是一段反反复复的副歌，那是肖太太家厨房的收音机里播放的老曲子："阿嗡未恩，阿——伊嗡未恩，阿——伊伊——嗡姆——伊姆——噢未恩……"

77

他终于从那反复无穷的歌中跳脱出来,停下了,不再受呢呢喃喃咒语般的蛊惑。他也让奥伊停下来。"哥们儿,我得撒泡尿了。"

"奥伊!"他的耳朵支棱起来,眼睛炯炯有神,剩下的意思就不言而喻了:可别耽误太久!

杰克面朝瓷砖墙壁尿起来。黄绿色的脏东西从正方形的瓷砖缝里流淌下来。即便这时候他也留神聆听远处追兵的动静,一点儿都不失望。有多少人会追上来?追踪小分队的素质如何?要是罗兰在这儿,肯定早就知道了,但是杰克没法知道。从声音来判断,应该是有一大帮人。

尿完了,他习惯性地抖了抖,就在这个瞬间,杰克·钱伯斯突然意识到:神父再也不会做这样的动作了,也不再伸出手指点着他,再也不会微笑,更不会在吃饭前划着十字念祈祷文了。他们杀了他。夺走了他的性命。停止了他的呼吸和心脏的跳动。神父就此消失在这个故事里,除了,在梦中也许还会出现。杰克哭了起来。就和他的笑容一样,眼泪令那张脸孔再次变得像小孩。奥伊始终急迫地想去嗅气味,但现在却特意扭过头来,眼神里的关切毋庸置疑。

"没事儿。"杰克说着,扣好裤子,又用手背抹了抹脸颊。只不过,他不是像说的那样没事儿。对循着他的足迹追来的残忍怪物们,他感到更悲伤,更愤怒,也更害怕。他已经不像先前那般高度紧张了,于是,他感到饥饿像悲伤一样强烈地涌来。而且,很累。累?倒不如说快要精疲力竭了。他想不起来自己最后一觉是什么时候睡的了。被吸入通往纽约的那扇门时,这一点他还记得,奥伊差一点被一辆出租车撞死,那个传教士的名字让他想起小时候躲在自己房间里看的某部黑白老电影中由 吉米·卡格内[①]扮演的乔治·科汉。现在,他终于想起来了,电影里就有那首歌,歌词是关于一个叫哈里根的男人:"哈—阿—阿—里;哈里根,就是我。"他能够记起那些遥远的往事了,却想不起来最后一次进食是在何时——

"阿克!"奥伊叫他,它就像命运本身那样不安分。杰克虚弱地想着,如果貉獭也会有耗尽精力的临界点,那么奥伊离崩溃还早着呢,远远比他强。"阿克!阿克!"

"是、是,"他对奥伊的催促表示赞同,便反推一把墙壁,挪动步子,"阿克阿克现在该是跑啊跑了。去吧。去找苏珊娜。"

---

① 吉米·卡格内,美国著名演员(1899—1986),活跃于四五十年代的好莱坞电影界,曾以《胜利之歌》获得奥斯卡最佳男演员奖。

他只想慢慢拖着沉重的脚步往前蹭,但那似乎太不够用。甚至以正常速度行走也跟不上奥伊的速度。他鞭策自己,命令自己的双腿慢慢跑起来,于是,又再次跟着喘息哼起歌来,这一次,还哼出了词儿:"在丛林里,苍莽无边的丛林里,狮子今晚要睡觉……在丛林里,万籁俱寂的丛林里,狮子今晚要睡觉……哦哦……"接着,又没词儿了,阿伊嗡未恩,阿伊嗡未恩,阿伊嗡未恩,变成了厨房收音机里的含糊哼唱,通常,那台收音机都被调在纽约WCBS频道……莫非有什么电影留存在他的记忆里,才带来这首特别的歌曲?难道不是《胜利之歌》中的插曲吗?是别的电影里的?电影里有没有吓人的大怪物?他还是个小屁孩时看过好多那种怪兽片,可能那时候他

(娃娃衣服)

还包着尿布?

"在村庄旁,安静祥和的小村庄,狮子今晚要睡觉……在村庄旁,安静祥和的小村庄,狮子今晚要睡觉……呼——噢,阿伊嗡未恩……"

他停下来,喘着粗气,揉了揉体侧的伤口,那里缝过一针,但情况不算太坏,至少还没恶化到太坏的程度,还没有疼到让他非得停下不可的地步。可是,那些黏糊糊的……顺着瓷砖缝流淌下来的黄绿色黏液……从远古泥浆和破裂的陶瓷中渗透出来,因为这就是

(丛林)

城市深深的地下世界,深得就像是墓穴

(嗡未恩)

或是像——

"奥伊,"声音从皱裂的双唇间传出来,基督啊,他太渴了!"奥伊,这不是黏液,这是草。或是说野草……或是……"

奥伊叫着好哥们的名字,可杰克几乎没听见。追杀者的回声还在继续(事实上,听起来更逼近了),但这个时刻,他连那些声音都不去管了。

绿草,从瓷砖墙壁生长出来。

遍布在整堵墙上。

他低头看,看到了更多的绿草,鲜明的草绿色在荧光灯下几乎像是紫色的,从地板缝里长出来、冒上来。一些瓷砖碎裂成残片和粉屑,仿佛老人的尸骸,那是在光束开始断裂、世界开始转换之前生活在此、建造城市的祖先们。

他蹲下来。伸手探入草间。在尖锐的瓷砖碎片间摸索,是的,但这也是大地,

(丛林)

深埋地下的墓穴或坟墓或甚而是——

就在他用手指挖掘的泥土里,一只甲虫缓慢地爬出来,背上有道红条纹,红得像是血淋淋的笑,杰克恶心地大叫一声,同时将小虫子狠狠地甩开。国王的标记!绝对是!他缓过神来,发现自己单腿跪在地上,像那些老电影中的英雄们一样模仿考古学家探索现场,他们的猎犬在一旁嗅这嗅那。可是奥伊此刻正看着他,眼里闪动着焦急难耐的热望。

"阿克!阿克—阿克!"

"好,"他应了一声,站起来,"我过来了。不过,奥伊……这到底是什么地方呀?"

奥伊不明白,为什么从灵伴的言语中听得出焦虑;它看到的一切和刚才没任何两样,它闻到的气味也和刚才一模一样:她的气味,这个男孩让它去找、去跟踪的气味。现在这气味越发清晰可辨了。它一路沿着那鲜明的标志跑下去。

4

五分钟后,杰克又驻足不前了,大喊大叫着:"奥伊!等我一分钟!"

体侧的伤口缝线迸开了,伤口更深了,但让他停下脚步的仍然不是这道伤口。一切都变了。抑或应当说,正在变。上帝助他,他想他知道一切会变成什么样。

头顶上的荧光灯管依旧照亮着他,但瓷砖墙壁已变得绿茸茸的。空气也变得湿润,潮气袭入他的衬衫,黏上他的皮肤。一只美丽的橙色蝴蝶大得惊人,他目瞪口呆地看着它飞过眼前。杰克伸手去捉,蝴蝶轻盈地躲开了。他觉得,那甚至是可爱的嬉戏。

铺满瓷砖的走廊已经变成丛林秘径。尽头似有植物繁密,缓缓的斜坡导向一个粗糙的洞口,或许是一块森林空地。就在那之后,杰克可以看到极其伟岸古老的大树在浓雾中参天而起,树干上覆着厚厚的苔藓,枝干上藤蔓缭绕。他能看到向外扩延的巨型蕨类植物,透过树叶层层密密有如蕾丝的叠影,还有一片炽红色的丛林天空。他很清楚自己正站在纽约城的地下,只能是在纽约,但——

听起来像是猴子在吱吱叫,那声音离得那么近,杰克下意识地闪躲了一下,再抬头张望,显然他会在头顶看到一只猴子龇牙咧嘴地从灯光后跳出来。突然又传来一声狮子的吼叫,足以惊骇得他血液凝固。显然,那咆哮的狮子绝对不在沉睡中。

他想立刻拔腿就跑,全力全速地奔跑,但与此同时,他明白自己不可以那样做:低等人(领头的大概就是那个告诉他神父已经成了盘中餐的家伙)就在后面这条路上。而奥伊明亮的眼睛瞪得大大的,眼神越来越焦急,它显然急迫地想要前进。奥伊不傻,但它一点儿警觉的反应都没有,至少对于前面发生的这一切无动于衷。

奥伊始终不明白这男孩到底出了什么问题。它知道男孩极其乏累——它可以通过嗅觉确定这一点——所以它也知道阿克很害怕。害怕什么呢?这地方的确充溢着难闻的味道,似乎有很多人围绕着他们,但他们并没有把奥伊当作敌人因而立刻发动攻击。更何况,她的气味就在这里。现在,非常明显。几乎可以说是簇新的痕迹。

"阿克!"它又叫唤了一声。

杰克多多少少缓过神来。"好吧,"他向四周张望着,说,"行。不过要慢一点。"

"噢。"奥伊答应了。但是,即使是杰克也感觉得到:貉獭嘴上答应了,却一肚子不满意。

杰克继续往前走,那只是因为别无选择。他走上了斜坡,钢轨上遍布繁盛的绿草(在奥伊看来,这条路笔笔直直,一点儿倾斜都没有,事实上,从他们下完楼梯之后,路一直很平坦),并且朝着蕨类藤蔓纠缠的洞口走去,同时也在走向疯狂嘶叫的猴子,以及狩猎中的狮子,每一声咆哮都把人吓得两腿发软。那首歌还在他脑海中反反复复地唱个没完

(在村庄里……在丛林里……嘘!我亲爱的,别吵醒我亲爱的宝贝……)

现在,他完全想起这首歌的名字了,甚至演唱团的名字

(以下是护身符乐队的《狮子今晚要安睡》,虽然跃出了排行榜,但是留在了我们心中)

杰克爬到了斜坡的顶端,也就是丛林空地的边缘。他从浓密交叠的鲜绿阔叶和亮紫花朵间看过去(一条小青虫悠闲地在一朵花心游荡),就在他张望出去的那个瞬间,电影的名字突然冒出来了,全都想起来了,他浑身战栗着,从后脖颈一路凉到脚底心。片刻之后,第一只恐龙从密林里(苍茫无

边的古树林)走了出来,走到了这片空地上。

5

很久很久以前

(小得咪咪点儿)

当他还是个小小孩儿;

(给你一点再给我一点)

很久很久以前,母亲跟她的艺术俱乐部去了蒙特利尔,父亲去了维加斯参加年度秋季演出展;

(黑莓酱和黑莓茶)

很久很久以前,巴玛只有四岁——

6

只有巴玛是个好名字

(肖太太,格丽塔·肖太太)

她切下三明治的硬面包皮,她把他在幼儿园画的画用塑料小水果形的磁铁吸在冰箱门上,她叫他"巴玛",这是对他意义非凡的昵称

(对他们)

因为他父亲在某个醉醺醺的周六下午教他唱歌。"野一点,野一点,摇动你的红潮旗,我们不跑,我们不藏,我们是巴玛红潮队①!"所以她就叫他"巴玛",这是个秘密的名字,他们知道那是什么意思,也没有别人知道那是什么意思,这感觉就像是有一栋小屋可以让你钻进去,在吓人的树林里有一间安全舒服的小屋子,屋子外面阴影密布,看起来都像是怪物和食人大魔鬼和老虎。

("老虎,老虎,太聪明,真聪明。"母亲唱给他听,因为她觉得编点儿歌挺不错。还有就是"我听到一只苍蝇嗡嗡飞……就是我死的时候",这首儿歌让巴玛·钱伯斯害怕得浑身发抖,但他从来没有跟她说过;有时在夜里,有

---

① 指的是美国著名的"阿拉巴玛红潮"橄榄球队。

时候也会是午睡时,他躺在床上想:我会听到一只苍蝇飞来飞去的,那就会是我的死神苍蝇,我的心跳会停止、舌头会耷拉下来堵在嗓子眼,就好像石头压在了井里,这些就是他拒绝承认的回忆。)

有一个秘密的名字感觉很好,当得知母亲要为了艺术去蒙特利尔、父亲要去维加斯出席有线新闻网的新节目时,他就让母亲要求格丽塔·肖太太留下来照看他,他母亲最终让了步、同意了。小杰克知道肖太太不是妈妈,而且格丽塔·肖太太不止一次地对他讲过:她不是妈妈

("我希望你能明白我不是你妈妈,巴玛,"说着,她给他一个盘子,上面有花生酱、培根和香蕉三明治,硬边都切去了,好像世界上只有格丽塔·肖才知道怎么切硬面包皮似的,"因为那超出了我的工作范围。"

(而杰克——在这里他只是巴玛,他在他们中间就是巴玛——不知道如何能准确地告诉她他很清楚,很明白,很知道,但是他要和她待在一起,直到真妈妈出现,或是等到他长大、直到不再害怕死神苍蝇的时候)

杰克说别担心,我很好,可是他还是很高兴是肖太太留下来、而不是那些看孩子打工的外国留学生,她们穿着短短的小裙子,总是玩她们的头发和口红,可对他小杰克却一点不在意,也不知道在他那隐秘的心中他叫巴玛,那些小雏菊梅

(他父亲把所有靠看孩子赚零花钱的女孩们叫作"雏菊梅")

都蠢蠢蠢蠢蠢。肖太太不蠢。肖太太给他吃小点心,有时候她说那是下午茶,有时候甚至说:高级茶,不去管那到底是什么吧——乡村奶酪和水果,还有一块切去了硬边的三明治,奶油冻和蛋糕,前夜鸡尾酒会上剩下的鱼子面包——她把这些小点心端出来时总是唱着同一首小曲儿:"一块小点心,小得咪咪点儿,给你一点再给我一点,黑莓酱和黑莓茶。"

他的房间里有台电视机,每天大人们一走他就在房间里吃放学后的小点心、一边看啊看啊看啊,他听得到厨房里她的小收音机,老是在放老歌,老是 WCBS 频道,有时候他还听见她、格丽塔·肖太太跟着四季乐队、旺达·杰克逊、李·多赛①一起唱,有时候他还假装相信大人们都死于飞机坠毁,而她不知道怎么的就真的变成了他的母亲,她会叫他可怜的小家伙或是可怜的小孤儿,然后会有某种魔力转换生效,她就会爱他,而不是照料他,爱他爱他爱他就像他爱她那样,她是他的母亲(也或许是他的妻子,对于这两

---

① 这些都是二十世纪六十年代美国著名的乐队和歌手。

者的区别他不是很清楚),但是她会叫他巴玛,而不是亲爱的甜心

(他真正的母亲)

或是性感宝贝儿

(他的父亲)

尽管他知道这念头实在够傻,但躺在床上胡思乱想很好玩,想着死神苍蝇飞来、围着他的尸体嗡嗡叫,他的舌头堵在嗓子眼就好像石头压在井里,想得都快尿床也很过瘾。下午他从幼儿园回来(那时候他已经不小了,知道他其实早晚要离开幼儿园),就在自己房间里看"百万美元电影"节目。一个星期里,"百万美元电影"节目每天准时——四点钟——播放同一部电影。他的父母离开之前的那个星期,也就是格丽塔·肖太太没有回自己家、而是留下来陪他之前的那个星期

(哦,这是多大的福气啊,因为格丽塔·肖太太反抗迪斯寇迪亚,你能不说阿门吗?)

每天都有音乐从两个方向传来,厨房里有老歌

(WCBS,你能说说上帝炸弹吗)

电视机里,詹姆斯·卡格内戴了顶圆礼帽,昂首阔步地唱着哈里根之歌——哈—阿—阿—里;哈里根,就是我。还有一首歌唱的是:我是山姆大叔的亲侄子。

然后,新的一星期到来了,他的父母出门了,电视机里播放了新的电影,第一次看的时候差点儿把他吓得屁滚尿流。电影的名字是《遗失的大陆》,由西泽·罗梅罗①先生出演;当杰克看第二遍时(十岁,长大了)他就纳闷:自己怎么会被这样一部傻兮兮的电影吓死呢?因为那电影说的是一群探险家在丛林里迷路了,瞧,丛林里还有恐龙,可是在四岁那么大的时候,他根本不知道那些恐龙其实屁也不是、只是他妈的动画效果,和翠儿鸟和希尔维斯、大力水手没啥两样,哎呀呀,你还可以说给我奥利薇②呢!他看到的第一只恐龙是三角龙,大脚笨重地砸在地上,从丛林里走出来,那个女探险者

(波大无脑,他父亲肯定会这样说的,她母亲说"那种类型的女孩"时,他

---

① 西泽·罗梅罗(Cesar Romero,1907—1994),祖籍古巴,生于纽约市,被誉为二十世纪三十至五十年代电影界的"拉丁情人"。曾主演以"西斯戈小子"为主角的片集,也曾参与电视连续剧《蝙蝠侠》的拍摄。但他并没有出演电影《遗失的大陆》,疑为作者笔误。
② 《翠儿鸟和希尔维斯》、《大力水手》都是著名的动画片,文中的奥利薇是《大力水手》中的女主人公。

父亲准保这么说。)

　　撕心裂肺地尖叫起来,说不定他也想这样叫、活生生把肺都叫出来,但他做不到,他的胸脯已经被恐惧压得敦敦实实,哦!这儿是迪斯寇迪亚的化身!在怪兽的眼睛里,他看到全然彻底的空无意味着万事万物的终结,因为哀声恳求对这样一个怪物是毫无作用的,尖叫也是毫无作用的,事实上哑口无言也是毫无作用的,尖叫只能吸引怪兽的注意力,确实如此,它转向波大无脑的雏菊梅,接着又冲向雏菊梅的无脑大波,就在厨房里(苍茫无边的厨房里)他听见了护身符乐队的歌声,不是发自内心而是来自畅销排行榜,他们在唱一首关于丛林的歌,平静祥和的远古丛林,但在这里、在小男孩惊恐无助的大眼睛面前有一座怎么看都不平静祥和的远古丛林,也没有狮子,只有一个笨手笨脚的大家伙,看起来有点像犀牛,但是个头要大得多,头颈还有一圈骨头领结,后来杰克才知道长成这样的恐龙有个学名是"三角龙",但是当时当地儿的它是没有名号的,这就让事情变得更糟糕,无名无姓就更糟糕。"嗡伊嗡未恩",令牌乐队唱啊唱,"嗡——阿姆——阿伊嗡未恩",当然啦,西泽·罗梅罗在千钧一发之际开了枪,怪兽刚好没来得及把女孩的大波和无脑撕成碎片,看起来结果不错,可到了晚上那怪物又回来了,是三角龙回来了,它就在他的壁橱里,因为即便只有四岁他也明白有时候他房间里的壁橱绝对不止是个壁橱,那是一扇通往其他地方的门,很多坏东西都在其他地方等着呢。

　　他开始尖叫,到了晚上他可以尖叫,格丽塔·肖太太就会进来。她坐在他的床边,她的脸上敷着像鬼脸一样的蓝灰色美颜泥巴,她会问:巴玛,出什么事儿了?然后他就真的会告诉她出了什么事儿。他决不会告诉他父亲或母亲,就算他俩之一亲自到这里坐下听他讲也没用,因为他们显然是不会来的,但是他可以告诉肖太太因为她和别的看护者——那些尚在读书的小女生靠给别人家看小孩赚零花钱——没有太大的不同,她只是和她们有小小的不同,但已经足够啦,足以让她把他画的小画用可爱的小磁铁吸在冰箱门上,足以让一切都不一样,让她帮助这个傻兮兮的小男孩构筑自己的理智之塔,她说:哈利路亚,说找到了,而不说不见了,还说:阿门。

　　她听他说的每一句话,点着头,他跟着她读"三、角——龙",一直读到他能完全读对。能读对恐龙的名字就感觉好多了。然后她就说:"那些东西以前真的存在过,可它们早死啦,死了有一亿年了,巴玛,说不定年头更久呢。好了,现在别再烦我了,因为我得去睡觉了。"

　　那一整个星期,杰克每天都看一遍"百万美元电影"栏目播放的《遗失的大陆》。每看一遍,他的害怕就少一点。还有一次,格丽塔·肖太太走进来,和他一起看了一会儿。她端来了他的小点心,一大碗夏威夷蛋白酥皮饼(她自己也有一碗),一边还唱着她那无与伦比的小曲儿:"一块小点心,小得咪咪点儿,给你一点再给我一点,黑莓酱和黑莓茶。"当然啦,夏威夷蛋白酥皮饼里面可没有黑莓,不过他们喝光了最后一点维尔奇葡萄汁,所以没有喝茶,不过格丽塔·肖太太说,关键在于有那样的想法。她已经教会他要在喝饮料前说"祝您长命百岁",还要碰碰玻璃杯碰得叮当响。杰克想那绝对是最酷的动作,酷毙了。

很快,恐龙出现了。巴玛和格丽塔·肖太太并排坐着,一边吃着夏威夷蛋白酥皮饼,一边看着一只大恐龙(格丽塔·肖太太说你可以把那种样子的恐龙叫做:暴龙)吃掉了探险者中的坏蛋。"卡通恐龙!"格丽塔·肖太太对那玩意儿嗤之以鼻,"你不觉得他们应该可以做得更好吗?"就杰克而言,这是他此生听过的最精辟的电影评论。精辟,而且有用。

到了最后,他的父亲母亲都回家了。新的一个星期里,"百万美元电影"栏目播放的是《高帽子》,而谁也没有提起过小杰克的夜晚恐怖事件。最终,他忘了自己如此害怕三角龙和暴龙。

7

此时此刻,躺在高高的绿草丛里,视线穿透一株蕨草层叠的锯齿形叶缘,看进迷雾中的丛林空地,杰克终于发现了:有些事情你从来都不曾忘记。

留心意念陷阱,瞿卡必穆这样说过,看到下面空地上笨拙踱步的庞大恐龙——在切实森林中的一只卡通三角龙,犹如在自家真实的花园里看到了一只想象中的蟾蜍——杰克明白了,这就是了。所谓的意念陷阱。三角龙不是真的,不管它的巨声咆哮如何让人闻风丧胆,也不管杰克是否当真能够闻到它的气味——粗壮如树桩的四肢连接肚腹处的柔韧褶皱里有深蚀的腐烂草叶、硬如铠甲的庞大尾部干涸的粪便、托起利齿的下巴黏腻着似乎永无止境的反刍物,他甚至还能听到它粗重的喘息声呢,但它不可能是真实存在的,那只是个卡通形象,看在上帝的分儿上!

但是他也很清楚,这怪兽又真实得足以把他杀死。要是他真的走下去,走到空地上,卡通三角龙就会把他撕个稀巴烂,就好像——要不是西泽·罗梅罗没有及时出现、扣动那把专门用于猎杀猛兽的来复枪、将子弹准确地射入恐龙的某个致命弱点——它必然把波大无脑的雏菊梅小姐撕烂一样。杰克已经甩开了那只企图玩弄他头脑中的电机控制器的魔手——他得狠狠关上那些门,力道大到足以生生压断那些偷偷摸摸潜入的手指,他很明白——但这次不一样。他无法闭上双眼,然后轻轻松松地离开;这是追踪他意念的敌人创造出的真实怪兽,而它真的可以将他撕成碎片。

没有西泽·罗梅罗于千钧一发之际阻止悲剧的发生。同样,这里也没有罗兰。

只有低等人,沿着他的踪迹跑来,一直追,离他越来越近。

仿佛要强调这一点似的,奥伊扭头远望着他们的来路,又吠了一声,凶暴而响亮。

三角龙也听到了,咆哮着,似乎在回应奥伊。杰克期望恐龙的吼叫能让奥伊明白他们应该退缩,可是奥伊继续看着杰克身后的方向。奥伊只是在担心低等人,而不是他们下方的三角龙、或是即将窜出来的暴龙、或是别的——

因为奥伊看不到,他想到了。

他把玩着这个新念头,无法抛开或是置之不理。奥伊没有闻到恐龙的气味,也没有听到什么。这个结论便是不可避免的了:对奥伊来说,在苍莽古森林中的可怕恐龙压根儿不存在。

但这个结论于事无补。这是一个针对我而摆下的陷阱,或是别的被某种想象纠缠的过路人。毫无疑问,是老奸巨猾的家伙才想得出来的小诡计。这陷阱没有像其他机械一样失效,真是太糟糕了。我见我所见,却无可奈——

不,等一下。

只是等一秒。

杰克不太清楚此时他和奥伊之间的意念纽带是否能够运转正常,但他想,好不好都能立竿见影了。

"奥伊!"

低等人呼三喝四的响声逼近得令人惊恐。很快他们就能看到男孩和他的貉獭在这里止步不前,那样他们就能发动进攻了。奥伊可以闻到他们正在逼近,但又冷静沉着地看着杰克。如果有此必要,它可以为深爱的杰克去死。

"奥伊,你可以和我对换一下吗?"

事实证明，它可以。

8

奥伊站在阿克的身体里，直挺挺地伸着两条胳膊，禁不住前后摇摆不停，惊惶失措地发现：直立行走的平衡感可真难把握啊！一想到只能靠两条腿走路、哪怕只是走一小段路，奥伊都发憷，可这事情不得不办，而且马上就得办。阿克这样说了。

另一边的杰克则知道自己不得不闭上那双不属于自己的眼睛，不再透过那双眼睛看世界。现在他在奥伊的脑体里，但他竟然还是看得到三角龙；现在他还能瞥见一只翼龙，在丛林空地上方的湿热天空中飞来飞去，如同皮革质地的双翼尽情伸展开来，鼓动着换气扇里吹出来的热风。

奥伊！你必须靠自己。要是我们还想领先于他们，你现在就必须行动！

阿克！奥伊回应道，试探着迈前一步。男孩的身体从这边晃到那边，每晃一次都几乎要跌倒，又被扳回来，却又扳过了头，倒向了另一边。阿克这两腿行走的愚蠢之极的身体不可遏制地朝旁边歪下去。奥伊尽力克制着不要摔倒，但仓皇的摇摆只有让局面更恶劣，男孩的身体不听使唤地朝右边栽下去，还磕伤了乱发蓬蓬的脑袋。

奥伊想叫唤一下，驱走挫败感。可从阿克嘴里冒出来的声音又难听又滑稽，与其说是吠叫，不如说夹进了人语。"汪！阿克！他妈的——汪！"

"我听到他的声音了！"有人大喊起来，"快跑！跑啊，快点挪动你们的腿，你们这些没用的婊子养的！不能让那个小王八蛋找到门！"

阿克的耳朵不够灵敏，一点儿不好使，但铺着瓷砖的长廊恰好放大了回声，所以就没问题了。奥伊可以听到他们奔跑中的脚步声。

"你非得站起来不可！你得走过去！"杰克想如此大叫，可脱口而出的句子却是连吠带嚷的可笑音调："阿克——阿克！非啊！起来——汪——走！"若是在别的场合里，这一定太滑稽了，可此时此刻没人笑得出来。

奥伊费力地让阿克的背脊靠着墙，再用两条腿使劲地站起来。最后，它慢慢摸索出了杰克意念中的电动控制旋扭；他们是在一个被阿克称为道根的地方，而且事态并不复杂。向左而去，一条拱形走廊通往一个巨大的房间，放满了锃亮如镜的机器。奥伊知道要是它走进了那个地方——阿克把他所有非凡而惊奇的想法、所有储存的词汇都收藏在那房间里了——他一定会迷失自己,直至永远。

幸运的是,它不需要走进那里。它只需待在道根。左脚……向前。(停顿不动)右脚……向前。(停顿不动)稳住这两条腿,抱上貂獭——实际上却是你的好朋友,再用另一条手臂来保持平衡。要克制四肢着地往前爬行的冲动。如果它爬,追来的敌人就会抓住它;它就再也闻不到他们的气味(用阿克那愚蠢到家的圆灯泡似的鼻子可不行),但是它依然很确定,追兵已近。

杰克倒是可以异常清楚地闻到他们,至少有十一二人,或许还要多,十六个。他们的身体都是喷发臭气的绝佳引擎,他们将那股臭味向前推动,仿佛罩在他们前方的是一片肮脏的乌云。他可以闻到有人刚刚在饭桌上吃了芦笋;肉味;还有另一人身体里正在滋生的癌细胞发出的坏味道,可能长在那家伙的脑袋里,不过也可能是在喉咙里。

接着,他听到三角龙又愤怒咆哮了。这一次,回应它的是盘旋在空中的鸟状生物。

杰克闭上他的——嗯,应该说是奥伊的——双眼。在黑暗中,貂獭的左右摇晃就显得更糟糕。杰克仔细地想了一下:如果奥伊必须忍受这些(尤其是在紧闭双眼的情况下),他肯定会把五脏六腑都吐出来。不如唤他作"晕海的水手巴玛"吧。

他只想着,奥伊,走啊,尽你全力地走快点。别再摔倒了,可是……用你最快的速度,快啊!

9

要是埃蒂在这里,他可能会回想起同街区的米斯拉布斯吉夫人:在二月时节的米斯拉布斯吉夫人,一场夹雪霰大暴雨刚刚过去,人行道上结满了亮晶晶的冰,还没来得及化成泥水。不过,不管有没有冰,什么都不能阻挡她去城堡大街自由市场买每天需要的排骨或鲜鱼(但如果是礼拜日,也就没什么能阻挡她去做礼拜,因为米斯拉布斯吉夫人可能是合作城里最虔诚的天主教徒)。所以她就那么走来了,粗粗的腿向两边撇着,裹着的弹力长袜是粉红糖果色的,一条胳膊紧紧夹着她的小钱包并且挤向她硕大无朋的乳房,另一条手臂甩在一边,以便保持身体平衡,她埋着头,双眼奋力搜寻着某些负责任的大楼管理员清扫出的干净通道(愿基督和圣母马利亚赐福那些好人),同样也小心翼翼留神着可能绊倒她的那种危险的碎石块,那会让她呜呼一声跌倒,粉红色的肥大膝盖跌个粉碎,接着就是个屁股墩儿,还可能摔成伤背,一个女人当然可能摔断脊梁骨,一个女人还可能摔得半身不遂呢,就像伯恩斯坦夫人那可怜的女儿在马玛欧耐克①遇到车祸后就成了瘫子,这种事情是会有的。所以她自然不去理会孩子们(亨利·迪恩和他的弟弟埃蒂通常就会是其中的一分子)的尖哨嘘声,而是走她自己的路,闷着头走,胳膊向外支棱着以保持平衡,老女人用的黑色硬质钱包在她的胸脯中间被挤弯了,似乎在坚定不移地表态:如果她真的不走运摔了个跟头,她一定会不惜任何代价死死抱紧她的小钱包,当然还有钱包里所有的分币,她会扑倒在这钱包上,就像乔·纳马仕②成功跑垒后死死抱着橄榄球冲扑倒地。

中世界的奥伊也如此行走在杰克的身躯里,在地下长廊里走上一小段之后(至少,对它而言),后面的路也就没啥不一样了。唯一的不同点在于:它现在能看到两边都有三个小洞眼,大大的玻璃珠眼睛直勾勾盯着他们,还发出低哑的嗡嗡声。

在他的怀抱里,躺着一个貉獭,双眼紧闭着。要是这眼睛睁开了,杰克就会认出墙上的眼睛是些投影放映设备。不过,估计杰克刚才丝毫没有注意到它们的存在。

很慢、很慢地走着(奥伊知道他们是在争分夺秒,但同样也很清楚:走得慢总比摔倒强得多),两条腿向外撇着,一条腿拖着另一条腿往前挪步子,怀里还抱着阿克,阿克被揉成一团压在前胸上,活像米斯拉布斯吉夫人在冰封的大街上怀揣着自己的小钱包,他就这样走过了一只又一只玻璃眼珠子。嗡嗡声减弱了。走得够远了吗?他希望是这样。像一个人类般行走,实在是太困难了,太让它神经紧张了。同样,如此贴近阿克的思维机制也让它紧张。它感觉到心中的冲动,很想扭头看一眼——那么多,亮晃晃如明镜啊!——但他终于还是忍住了。哪怕只是看一眼,都可能令自己被催眠。说不定还有更糟的后果。

它停下来。"杰克!看!看呀!"

杰克想答一声:好的,却张嘴吠起来。真好笑。他小心翼翼地把眼盖抬

---

① 马玛欧耐克(Mamaroneck),美国纽约州东南部一村庄,是纽约市的一个居民和工业郊区。
② 乔·纳马仕(Joe Namath),著名美国橄榄球运动员,是纽约喷射机队的四分卫。

起来,睁开一条缝隙,接着看到了两边的瓷砖墙。瓷砖缝里有绿草和细微的水沫滋生外溢,非常真实,但这的确是瓷砖。这也确实是一条走廊。他朝身后望去,看到了丛林空地。三角龙已经彻底忘记他们了。现在它和暴龙扭打在一起,陷入了你死我活的恶战,他无比清晰地记得,这一幕同样来自《遗失的大陆》。波大无脑的女孩倚在西泽·罗梅罗的怀抱里观望了这场恶斗,当卡通暴龙最终将铁钳般的大嘴对准三角龙的脸并咬下致命一口时,那女孩不禁把脸埋进了西泽·罗梅罗富有男子气概的胸膛。

"奥伊!"杰克吠了一声,可是吠叫实在难以明确表达,因此他立刻转换到了意念沟通。

和我换回来!

奥伊巴不得遵从这道指令——没什么比这件事更让它急不可耐了——可就当他们准备完成换位时,追兵们看到了他们的身影。

"是他们!"喊话的声音带着波士顿口音——就是这个家伙刚刚宣布:神父已成了晚餐,"他们在那里呢! 逮住他们! 开枪!"

就在杰克和奥伊将自己的意念重新置入各自的身躯时,第一波子弹呼啸而来,把他们围在枪林弹雨之中。

10

追兵的首领名叫弗莱厄蒂。在这十七人中,只有他是纯粹的类人。其余的幸存者都是低等人和吸血鬼。还有一个獭辛,长着一个聪明机灵的白鼬头,两条长长的人腿从百慕大牌短裤下面伸出来。可人腿之下,却是窄小的双足,他的身体终止于足尖那些尖利可怖的刺状爪子。拉姆拉只需抬腿踢一下,就能把一个成年男人一切两半。

弗莱厄蒂——从小在波士顿长大,过去二十年里一直是国王手下的一员干将,活动于二十世纪末的纽约城区——在恐惧和暴怒的折磨中,他尽可能迅速地组织了这队追兵,他的每根神经都在火烧火燎。没人能攻入饭店。这是赛尔曾对梅曼说的。而不论在什么情况下,进入了饭店的任何人、任何东西都不允许再出去。这条戒律放在枪侠和任何卡-泰特成员身上都必须加倍执行。他们制造的种种干扰已远远超出了烦人的界限,你不需要当个精英知识分子就能明白这一点。但是现在的梅曼、也就是这些新朋友们所称呼的"金丝雀儿",已经死了,而那个小男孩不知道怎么就在他们眼皮底下逃脱了。小男孩,看在上帝的分上!一个他妈的挨千刀的小屁孩!可他们事先怎会知道这两人怀揣着像那只乌龟一样威力巨大的图腾神器呢?要不是那该死的乌龟在桌子底下反弹了一下跳到了旁边,他们说不定还被它镇在原地像个傻瓜一样一动不动呢!

弗莱厄蒂知道,这次是玩真的了,也知道赛尔永远不会接受这种现实。也许根本不会给他、弗莱厄蒂一个辩白的机会。不,到那时他肯定早就死了,根本等不到那个机会,其他人也一样会死。四肢瘫在地板上,长老们的宠物小虫子尽情痛饮着他们的鲜血。

说起来是很简单的,那男孩会驻足于门前,因为他不会——不可能知道任何开启大门的暗语,但是弗莱厄蒂不再相信这类"天经地义"的想法了,只不过是在假装说服自己而已。所有的赌注都输光了,因此,当弗莱厄蒂看到男孩和他毛茸茸的小宠物在不远处停下脚步时,他突然感到如释重负。追兵小队中不少人都及时开了枪,但都没有打中。弗莱厄蒂一点儿不奇怪。在他们和男孩之间,竟然有一大片绿色区域,他妈的,看起来活像是寄存于城市地下的森林标本,还有一阵浓雾升起来,令瞄准更艰难。更何况,还有一些可笑至极、令人难以置信的卡通恐龙!其中一只昂起鲜血淋淋的脑袋,在朝他们怒吼,一只小小的前爪抬起来,放在鳞光闪闪的胸前。

看起来真像龙啊,弗莱厄蒂刚这样想着,眼前的卡通恐龙就变成了一条龙。它咆哮着,喷出一条熊熊的火焰,不少悬垂的藤蔓和一整片绿苔瞬间被点燃了。与此同时,那个男孩,又开始移动脚步了。

拉姆拉——长着白鼬头的獭辛正挤过人群冲到最前面,长着兽皮的拳头举上了前额。弗莱厄蒂很不耐烦地回了一个举手礼:"下面是什么东西,拉姆?你知道不?"

弗莱厄蒂自己从来没有来过饭店的地下。他要是执行外出任务,总是在纽约市区间来来往往,也就是说,要么使用四十七街上一号和二号之间的通道门,位于布力克街上的一间空荡荡的大仓库里(只有在某些世界里,有些建筑物是永远不会完工的);要么就是走另一条路线,在九十四号大街住宅区里。(后面这条线路早就出了机械故障,停用很久了,显然,没有一个人知道该怎么修好它。)城里还有别的通路——纽约城里通向其他时间、其他地点的门户可谓多如牛毛——但是,现如今仍能正常启用的门却只剩寥寥几扇了。

还有,通往法蒂的门,显而易见。也就是他们头顶上那地方。

"这是幻景制造仪,"白鼬头回答,这家伙的嗓子眼里叽里咕噜满是唾液,说起话来隆隆嗡嗡的,和人类说话简直不是一回事儿,"这机器能勾出你害怕的东西,再把它造得跟真的一样。大概是赛尔和他的人带着那黑皮儿娘们路过这里时把机器打开噜。保证后路安全,你知道的咯。"

弗莱厄蒂点点头。一个意念陷阱。真聪明。不过这玩意儿够好使吗?真的有用吗?遭恶咒的男孩不晓得怎么回事儿好像已经走出了陷阱,是不是?

"不管那男孩看到了什么,那些东西会转变成我们所害怕的东里,"獭辛接着说道,"它作用于想象力。"

想象力。弗莱厄蒂扣住了这个关键字眼。"好极了。不管他们在下面看到了什么,告诉他们,只要甭理睬就行了。"

他挥动手臂,示意手下人前进,听了拉姆拉的话,他可算是松了一口气。因为他们不得不推进追踪,难道不是吗?要是他们连这个乳臭未干的小家伙都阻止不了,赛尔(或是沃特·奥·迪姆,这家伙就更糟糕)很可能会把他们一票人都杀了。而且,弗莱厄蒂真的非常害怕龙,这当然是另一码事了;要是他老爹在他还是个孩子时没给他讲过龙吃人的故事就好了。

没想到,他刚一挥手,獭辛就阻止了他。

"又怎么了,拉姆拉?"弗莱厄蒂问。

"你没有明白。你得把下面那些东西当真,因为他们真的可以杀死你。杀死我们所有人。"

"那么,你看到了什么?"这当口并没有时间用来满足好奇心,但是科纳·弗莱厄蒂历来的祸根就是总忍不住好奇心。

拉姆拉垂下了脑袋。"我不想说。那太糟了。问题在于,先生,如果我们不小心点,我们都会死在那下面。发生在你身上的景象可能会像老头子中风,或是心脏病暴发,但不管怎么说,你都会在下面看到那厄运。谁要是不相信想象力能杀人,谁就是大傻瓜。"

其余的人现在都站在獭辛身后。他们看看拉姆拉,又看看雾气沼沼的丛林空地。弗莱厄蒂可不喜欢他们现在的表情,一点儿都不喜欢。杀死一两个意志薄弱的家伙也许能重振士气,可万一拉姆拉说得都没错,杀鸡儆猴又有什么好处呢?挨千刀的老家伙们,总是一边走一边扔下玩具!危险的玩具!这些鬼把戏让别人的日子变得多复杂难搞啊!谁都逃不了!

"那么我们该怎么过去呢?"弗莱厄蒂气急败坏地喊起来,"既然有这玩意儿,那小鬼头刚才是怎么过去的呢?"

"不晓得那个家伙怎么搞的,"拉姆拉说,"但是我们只需要开枪打坏投影仪就行了。"

"什么他妈的狗屁投影仪?"

拉姆拉朝下面指了指……也可能是指向走廊,如果那个丑八怪混蛋说的都属实的话。他说:"在那儿。我知道你看不到,但你要相信我,它们就在那儿。两边都是。"

弗莱厄蒂眼睁睁地看着下面的状况瞬息万变,属于杰克的雾蒙蒙的原始丛林已经转变为一个黑漆漆的森林,就在他眼皮底下,难以置信,活脱脱就像是故事里说的那样:"很久很久以前,人们住在黑漆漆的森林深处,根本没有人住在别处,一条龙狂怒地冲过来……"

弗莱厄蒂不知道拉姆拉和其他人都看到了什么,但是龙就在他眼前(甚至就在几秒钟之前,那还是名叫暴龙的恐龙),完全符合童话里描述的"暴跳如雷",在森林里喷火,四顾寻找可以吞进肚子里去的天主教小男孩。

"我什么都没看到!"他冲着拉姆拉狂叫,"我认为你他妈的就是疯了。"

"我见过他们是怎么关机器的,"拉姆拉平静地说,"也记得住机器大致在什么方位。要是你能让我带四个人手过去,让他们朝两边墙上扫射一通,我相信用不了多久我们就能关上机器。"

弗莱厄蒂完全可以这样说:要是我去跟赛尔说我们把他的宝贝陷阱打了个稀巴烂,他到时候会怎么说?嗯?还有沃特·奥·迪姆又会说啥?因为那东西永远不可能修好的,就凭我们这些个只知道用两根手指头开枪别的啥也不会的家伙怎么可能修得好?

应该这样说,但他没说出口。因为眼下追上男孩要比老家伙们的古董鬼把戏重要一千倍,就算是了不起的让人目瞪口呆的意念陷阱也一样。是赛尔把机关打开的,不是吗?大声地承认吧!要是必须解释这里发生的事情,就让赛尔去说吧!就让他双膝跪拜在老家伙们面前一路喟呗喟呗直到他们听烦了喝令他闭嘴!就在这时候,上帝恶咒过的拖着鼻涕的小鬼头还在前头牵着他们,而弗莱厄蒂(属于他的幻象已经变为:破除陈规,因而饱受嘉奖)和他的手下却止步不前、士气大减。刚才明明已经看到了那男孩和那只裹着狗皮的小朋友,如果有一个人能走好运击中他们该多好啊!啊!一手是美好希望,一手是狗屎霉运!就看最终好运霉运哪个捷足先登吧!

"带上你手下最好的枪手,"弗莱厄蒂操着典型的巴克湾①、也就是约翰·肯尼迪式的口音说道,"动手吧。"

拉姆拉命令三个低等人和一个吸血鬼出列,分成两两一组,用另一种语言飞快地下达指令。弗莱厄蒂猜想这几个手下以前也下来过,和拉姆拉一样,记得投影仪藏匿在墙面的什么位置。

就在这个当口,弗莱厄蒂的龙——或者,更确切地说,是他老爹的龙——继续气势汹汹地在森林(远古丛林现在已经彻底消失了)深处横冲直撞,看到什么就喷一通火。

最后——虽然在弗莱厄蒂看来经过了漫长的等待,但其实最多也就是过了三十秒钟——几个神枪手开火了。几乎就在枪声响起的瞬间,森林也好、火龙也好,都在弗莱厄蒂的眼前消隐了,看起来就像是电影胶片曝光时的景象。

"蠢货!那也是陷阱!"拉姆拉尖叫起来,不幸的是,他一旦提高嗓门,声音就变得像绵羊一样,"继续扫射!为了你挚爱的老爹狠狠扫射啊!"

这里一半以上的成员大概从来都没有过名叫老爹的东西。弗莱厄蒂愁眉苦脸地想着。接着,传来刺耳而明确的玻璃碎裂的声响,那条龙的动作凝固不动了,而波涛般的火焰仍持续不断地从它的口中、鼻孔中向外喷射,甚至于长着硬甲的喉咙两边的鳃里也源源不断地喷着火。

神枪手们备受鼓舞,扫射得更欢了,只用了一会儿,空地、呆滞不动的喷火巨龙都消失了。只有铺遍瓷砖的长走廊,除此之外啥也没有,这么说也还不够精确,因为在地面的尘埃上还有前面的一行人留下的足迹。两边的墙壁上千疮百孔,投影仪设备完全碎了。

"行了!"弗莱厄蒂点点头,对拉姆拉表示了赞许,接着对所有人高声喝令,"现在我们要追上那孩子,我们得跑快点,还得把他的脑袋带回来,戳在棍子上!你们跟我走吗?"

这群人发出野蛮的赞同声,就数拉姆拉的喊声最响亮,他两眼放光,像火龙的喘息般闪着橙黄色的光芒。

"好极了,那就动身!"弗莱厄蒂迈步就走,接着压低嗓音喊出任何一个西点军校军官都擅长的调门,"我们才不在乎你跑到多远——"

"我们才不在乎你跑到多远!"他们也以同样的调门重复道,四个人一排

---

① 巴克湾,波士顿市的一个地区,位于马萨诸塞州。

地往前跑,眨眼间就跑过了刚才杰克所在的丛林。破碎的玻璃在他们脚下,被一遍又一遍地踩碎。

"我们要在死之前把你先带回老家!"

"我们要在死之前把你先带回老家!"

"你可以跑去找该隐或是刺德——"

"你可以跑去找该隐或是刺德!"

"我们会啃掉你的鸡巴再喝干你的血!"

"我们会啃掉你的鸡巴再喝干你的血!"

手下人应声呼喝,弗莱厄蒂还要比他们跑得更快一点。

11

杰克听到他们又跟上来了,来吧—来吧—考玛辣。也听到了他们发誓要啃掉他的鸡巴再喝干他的血。

吹牛,吹牛,吹牛,他心里想着,脚下却跑动得更快了。但他很警觉地发现自己跑不快。和意念陷阱搏斗了一阵,他和奥伊都身心俱疲——

不行。

罗兰曾教过他,自我欺骗只需傲然伪装、一心否认,并无别的秘籍。杰克尽力领会这种教导,也就不容许再用"累"这样的字眼来形容自己的处境。肋部的伤口迸裂后,豁得更开了,尖锐的痛楚深深咬进他的腋窝。他知道自己比追兵们领先了一段路;但听着他们有节奏的口号,他也很清楚:所谓领先,可能只能维持一小会儿,他们正在迅速拉近彼此的距离。很快他们又能开枪射杀他和奥伊了,而他们一边跑一边放纵地扫射时,一定会有人侥幸射中。

现在,他看到前面有什么东西,挡在走廊尽头。一扇门。他越跑越接近那扇门时,不由催促自己去想:要是打开门,却发现苏珊娜不在对面,那他又该怎么办呢?或许,她就在门背后,但不知道该怎么帮他?

好吧,他和奥伊决定停下来,孤注一掷,只能这样了。没有人掩护,这次也没有地形优势能让他重新上演塞莫皮莱之役,但他还可以抛掷圆盘、取下他们的首级,直到他们把自己击败。

要是他不得不那么做,那就认了吧。

说不定还不会那么惨呢。

杰克跌跌撞撞地朝门跑去,呼吸是如此燥热,他感到嗓子眼里火辣辣的——都快烧起来了——接着又想,那样也好。我再也跑不动了,怎么着都不行了。

奥伊先跑到了门口。前爪搭在鬼影幢幢的门上,它直立起来向上看,似乎想看清贴在门上的门牌,下面还有一排闪闪发光的小字。随后它回头看着杰克,杰克气喘如牛,一只手紧紧压着腋窝的伤口,剩下的欧丽莎在身后的背袋里碰撞着,发出吵人的金属声。

北方中央电子有限公司
纽约/法蒂

安全保密　最高级别
进入此门,务必需要口头密令
♯9 终极默认

他拉了拉门把手,纹丝不动。冰凉的金属门把手拒绝听从他手掌的旨意,他也不再做无谓的尝试,而是握紧了双拳狠狠砸在木质的门板上,死命地捶着,呼喊着:"苏珊娜!要是你在里面,让我进去啊!"

下巴下巴小下巴上的小头发,他听到父亲这样哼唱,母亲呢,就会更加严峻肃穆,在她看来,给孩子讲故事似乎是相当正经的大事:我听到一只苍蝇嗡嗡飞……就是我死的时候。

门的那一边悄无声息。而杰克身后,血王的追兵团唱着军歌越来越近。

"苏珊娜!"杰克声嘶力竭,再次确定对面根本没人回答后,他一转身,整个背靠在了门上(莫非他一直都知道事情会这样结束吗?背靠着一扇上了锁的门?)又掏出了欧丽莎,双手各握一枚。奥伊站在他两腿之间,只不过,现在它浑身的毛发都惊恐万状地蓬起来,鼻头下天鹅绒般柔软的皮肤如今可怖地皱缩起来,露出两排寒森森的利齿。

杰克交叉手臂,摆出交叉抛掷的姿势。

"那就来吧,你们这群王八蛋,"他喃喃自语,"为了蓟犁和伟大的艾尔德。为了罗兰,斯蒂文之子。为了我和奥伊。"

一开始,他的注意力近乎暴烈地聚焦于枯井的想象之中,至少要让一个敌人跟着他堕入万丈深渊(那个跟他说神父已成盘中餐的家伙毫无疑问成为首选),当然,能多干掉几个就更好,所以,他几乎难以辨认出某些声音并非来自于想象,而确实是从门背后发出来的。

"杰克!真的是你吗,我的小甜心?"

他的眼睛顿时瞪大了。哦千万别又是一个什么鬼把戏。要是这次也是陷阱,杰克可再也不想奉陪到底了。

"苏珊娜,他们追来了!你知道怎么——"

"是的!应该还是蓁茨,你听到我的话了吗?如果奈杰儿说得对,暗号就应该是蓁——"

杰克可等不及让她再重复一遍了。现在他已经能看到追兵团乌泱泱地朝这里跑来,几乎是以全力冲刺的速度。一些枪杆已经挪动起来,甚至已经开火了!

"蓁茨!"他用尽全力地喊着,"塔之蓁茨!开门啊!开啊,你这个狗娘养的。"

他用背狠狠地一顶,联结纽约和法蒂的门咔嗒一声开了。弗莱厄蒂跑在追兵队的最前头,眼睁睁地看着这一切发生,不由怒火中烧,从他的私人字典里抠出最恶劣的咒语骂起来,同时,也扣动了扳机。他是个不错的枪手,跟随枪管中的那颗子弹飞啸而出的还有他并非微不足道的意志力,那咒骂指引了子弹。毫无疑问,子弹会击中杰克的脑门,就在左眼上去一点的位置,然后窜入他的大脑,终结他的生命,但这一切的前提是——没有出现一只强壮有力、有着棕褐色手指的臂膀,也没有一只手一把揪住杰克的衣领在最关键的那一秒钟把他猛地后拽,而犹如电梯井发出的尖利啸声似乎永无止境地萦绕不去,在黑暗塔的各层各界中回旋不已。那颗子弹擦着他的脑门飞过,而不是长驱直入。

奥伊跟着他,刺耳地叫着他好朋友的名字——阿克!阿克!阿克阿克!——门在它身后砰的一声撞合了。弗莱厄蒂在二十秒钟后跑到门前,愤然地双拳砸门,直到拳头都捶出了血(当拉姆拉想拉住他、劝他住手时,弗莱厄蒂恶狠狠地把他撞开,用的力气实在太大,獭辛竟然被抛撞在地,摔了个四仰八叉),可他除此之外,什么也干不了了。砸门无济于事;恶咒于事无补;干什么都没用了。

就在最后的那一秒,男孩和貉獭从他们眼皮底下溜走了。就此而言,罗兰率领的卡-泰特核心依然坚不可摧。

第六章

龟背大道

1

看看吧,请接受我的恳求,好好看看吧,这是美国所剩无几的最美丽的风景地之一。

我将带你去观赏缅因州西部的一条乡村土路,沿着山脊的曲线,周围树木繁盛极了,小路的南北两端与七号街汇合,并各自延伸了两英里左右。就在这条山脊以西,有一片深绿色的波光摇曳,如同珠宝挂坠般点缀在这片风景中。就在山下——有如挂坠中的宝石——便是奇嘉湖。和所有山区湖泊一样,奇嘉湖在一日之内就有五六种不同的景致,因为此处的气候太有戏剧性了;你可以说这样多变的天气大抵是疯了,而又精准无比。当地人会非常高兴地告诉你:在地球上的这个区域,八月天也会飘雪(应该是在一九四八年),还有一次下雪天竟然巧合了荣耀的国庆日(一九五九年)。他们还会更加兴致勃勃地告诉你:在一九七一年一月,有一场厉害的龙卷风冲上奇嘉湖冰封的湖面,吸起纷飞雪花,制造了一场急旋而上的迷你大风雪,风柱里还卷着一枚噼啪作响的闪雷。实在很难想象这种狂暴的气候吧,但如果你不相信我说的话,尽可以去找盖瑞·巴克;他保留着好多照片可以证明此事。

今天,湖底的颜色比往日里更深黑几分,倒是有点儿不同寻常,不仅反照出天边聚拢一团的雷暴云,也强化了它们所携带的气氛。空中的云层里时不时有几条闪电撕裂出明亮的刺痕,同时,如黑曜石玻璃般的湖水里也有一条条的银光闪动着碎影。乌云密集的天空里,隆隆的雷声从西到东地滚动着,像是天上有许多石辘轳的马车疾驶下来。周围的松柏、橡树、白桦,所有的树木都纹丝不动,整个世界仿佛屏气凝神,悄无声息。所有的影子都消失了。连鸟都保持寂静。天空中似乎又有一辆巨型车马庄严地隆隆而过,在它发出的诸如"醒吧——听啊!"这样的低吼中,我们听到了汽车引擎声。不消一会儿,约翰·卡伦那辆风尘仆仆的福特牌银河系老轿车就将出现,埃蒂·迪恩焦虑不堪的脸孔则出现在方向盘后面,车前灯照亮了过早聚拢起的黑暗。

2

埃蒂开了口,问罗兰他们还要走多远,其实,他显然是知道的。有一块路牌用粗黑体的"1"标明了龟背大道的南端,在他们左边有通向湖边的车道,每一条车道口都有同样的指示牌,以数字依次排列下去。他们不经意地看了看从树叶间露出的湖面,但还看不到房舍,因为所有房子都聚集在斜坡下,现在还不在视野内。埃蒂大口呼吸着,简直像是在品尝新鲜的空气以及车辆的废气,还连连拍弄后脖颈的头发,想确保根根头发都能精神抖擞地站起来。明明知道这样做不会缓解紧张。他始终感到一股迷惑人心的振奋,那兴奋刺激了太阳神经丛,如同加压的电流,并以腹部为中心向全身蔓延,但这并不是因为他兴奋而紧张。当然,是因为暴风雨;他刚好是能以神经感知暴风雨即将袭来的那类人。但从来没有哪次暴风雨的前兆像现在这般强烈。

不只是暴风雨那么简单,你很清楚这一点。

不,当然不是。但他也萌生了另外的念头:最好那些狂野的高压闪电能激活他和苏珊娜之间的联络,随便以怎样的方式都好。意念连接的信号时有时无,就像是夜晚听收音机里来自遥远国度的声音,但自从他们遇到了

(罗德里克之子,已被损弃、已迷途的你)

伽凡的谢纹,信号就变得稍微强一点。他猜想,因为整个缅因州是稀薄地带,因而和别的世界更接近。他们的卡-泰特也在彼此靠拢,又将团聚。因为杰克和苏珊娜在一起,并且此时两人都似乎很安全,在他们和追兵之间有一扇坚实的门。不过,前路等待他俩的还有别的事儿——甚至苏珊娜也不想谈论那件事儿,或许也没办法讲清楚。即便如此,埃蒂还是感知到了她对那件事的极度恐惧,她是那么害怕那东西会回来,他认为自己能猜到原因:米阿的婴孩。从某种意义上说,也曾经是苏珊娜的孩子,但其中的纠葛和过渡他并不能完全理解。为什么一个全副武装的女人会恐惧刚出生的婴儿呢?埃蒂不明白,但他能确定的是:如果她害怕,就必定有充足的理由。

他们经过了一块标明"芬恩11"的牌子,又过了一块"以色列12"的牌子。沿着蜿蜒的小路又转了个小弯,埃蒂突然踩了刹车,轿车遏制着前冲

惯性急停下来。停在"贝克哈特13"号牌子下的福特牌敞篷小货车分外眼熟,那个若无其事地靠在生锈的车前横档上的男人则更眼熟,他下身着翻裤边的牛仔裤,上身一件格子衬衫熨烫得一丝不苟,纽扣一路系到顶,死掐着刮得干干净净的双下巴。他还戴了一顶波士顿红袜队的棒球帽,帽檐稍微倾向一边,一副"伙计,我早就瞄到你啦"的表情。他叼着个烟斗,青蓝色的烟气幽幽升腾,在暴风雨到来前的凝滞空气中像是悬吊在空中的蓝线,围绕着他那张棱角分明、好脾气的脸。

埃蒂清楚地瞧见了自己加了高压电的紧张神经,也明白自己下意识地露出了微笑,那种在一个奇怪的场合——比方说:埃及金字塔啦、丹吉尔①市场啦、福摩萨②海湾上的某个小岛啦,或是一九七七年夏日黄昏一场雷电暴雨来临前的洛弗尔镇上的龟背大道——撞上多年未见的老友时会露出的笑容。老样子,高个子,丑八怪,还总是笑眯眯的!看起来,奇迹总不会消失。

他们都下了车,走向约翰·卡伦。罗兰抬起一只拳头放在前额上,略微屈了屈膝:"你好,约翰!我看你别来无恙。"

"嗯哼,你也不错呀,"约翰·卡伦说,"这不是明摆着的嘛。"说着,还撇手敬了美式军礼,压在眉骨之上、帽檐之下的手掌利落地一甩。然后,用下巴点了点埃蒂:"小伙子。"

"祝天长,夜爽。"埃蒂说,手背也在眉头处碰一下。他不是来自这个世界,不再是了,索性抛去虚假的借口对他而言已是种安慰。

"有好多话得好好聊呢,"约翰接着说,"我比你们早到。我估摸着也能赢你们。"

罗兰看看两边的树丛,小路尽头的天际淤积着越来越深的黑暗。"我觉得这地方不那么……"语调里的疑惑毫无遮掩。

"可不,这儿不是你想要的终点站,"约翰应声回答,松开烟斗嘴,喷出一口青烟,"我过来的时候路过了你们的终点站,所以我得跟你们讲:如果你们打算谈交易,最好是在这里谈好,别去那儿谈。你们一旦到了那里,啥也干不成,只会呵欠连天。我跟你们说啊,我可从来没见过那种场面。"说这话的时候,他的脸上闪现出小孩子第一次捉到萤火虫般的狡黠神色,埃蒂看出来

---

① 丹吉尔,摩洛哥北部港市。
② 福摩萨,这是个已经被废弃的词汇,原是十六世纪葡萄牙殖民主义者对中国台湾省的称呼。

他很当真。

"为什么?"他赶忙问道,"那里出了什么事儿?是不是有时空闯客?要不就是一扇门?"闪念猛然袭来……紧紧攥住他的心。"那里就有一扇门,是不是?而且门还是开着的!"

约翰开始摇头,又似乎重新思量了一下。"可能是个门。"最后这个名词被严重地抻拉拖延,好像什么贵重的奢侈品不得不被说出口,又像是过了艰难乏累的一整天之后发出的长吁长叹:姆姆——门。"看上去并不像是门,但是……嗯哼。可能是吧。在那片光下的什么地方?"他试图找到精准的描述,"嗯哼。但是我认为你们这些大男孩想要谈生意的话,要是走进卡兰之笑,就压根儿谈不了生意啦;你们就光傻站着,傻得下巴都掉了。"卡伦不再摇头了,而是大笑起来:"我,我也准保一样!"

"卡兰之笑是什么?"埃蒂问。

约翰耸耸肩:"很多拥有湖景房产的人会给自家的房子取名字。我想那是因为买那些房子花了他们不少钱,他们想赚点回来。不管怎么说吧,卡兰的房子现在空着没人住。有一家姓麦克库力的人拥有那房子的产权,但是已经挂牌出售了。他们最近走霉运了。那家伙中风了,而他老婆……"他做了一个瓶子倒翻的手势。

埃蒂点点头。寻塔路上有太多事情他弄不明白,但好歹也有些事情他不用开口问就一清二楚。显然约翰·卡伦观察发现:在这个世界的这个地区,时空闯客活动的核心点就在龟背大道里的卡兰之笑。而且他们只要到了那里,就会发现通往那栋湖景房的车道号码必定是19。

他抬头看看天,风暴云团笃定地沉积在奇嘉湖的西边。也正是白山以西——那是迪斯寇迪亚之所在,那个世界距离这里不远——同时,也是沿着光束的路径移动。

总是沿着光束的路径。

"你有什么好主意,约翰?"罗兰问道。

卡伦冲着"贝克哈特"的牌子点了点头:"从五十年代后期开始,我就负责照管迪克·贝克哈特的房子。非常不错的人。现在他人在华—斯—顿,和卡特行政官谈事儿去了。"卡——特①。"我有钥匙。我想,说不定我们应

---

① 原文中卡特(Carter)的发音近似"卡-泰特",因而在埃蒂和罗兰听来很容易被误解,此处用变体表示听者又一惊一乍了。

该去他那里。屋子里暖和又干燥,从这里走过去只有几步路,而且我认为这附近也找不出第二家可以落脚的地方了。你们俩可以对着我讲故事,我可以好好听故事——这事儿我可算是最拿手了——然后我们再上去看看卡拉家。我……唔……真的从没……"他又使劲摇摇头,拿出叼在嘴里的烟斗,带着完全不加掩饰的惊喜看着他们,"我从来没有看过那种节拍,我跟你说啊。简直都不知道该怎么去看。"

"走吧,"罗兰说,"我们都坐你的机动轿车,如果你不介意的话。"

"我没问题。"约翰说着,转身走向驾驶室。

3

迪克·贝克哈特的小别墅在山下一英里处,松木建筑,温馨宜人。起居室里有一个壁炉,地板上铺着手工编织地毯。西向墙壁索性是一整面玻璃,从这头到那头,埃蒂不得不在落地窗前站上一会儿,尽管背负着紧迫使命,还是免不了观望一下外面的景致。湖水的颜色俨如死气沉沉的黑檀木,说不出为什么,只觉得看了让人害怕——怎么看怎么像僵尸的眼睛,他心里暗想,自己也不明白为什么要这样联想。他总觉得,等会儿狂风吹过(只要雨一下,肯定会起风的),湖面上白花花的泡沫飞卷而起,看着湖水应该就会容易些。就不会感到有什么东西正从湖底盯着你看。

约翰·卡伦坐在迪克·贝克哈特抛光松木制的书桌前,摘下棒球帽,握在右手里。他一脸严峻地看着罗兰和埃蒂。"我们相识实在不能算有很长时间,就此而言,我们互相之间也算交往不浅啰,"他说,"你们是不是也这样觉得?"

他们都点头。埃蒂还在心里期待外面能有大风呼啸而起,但是这个世界好像完全屏住了呼吸一般。他很愿意和谁打个赌:待会儿一旦起风了,必定是场吓坏人的大风暴。

"在军队里人们就是用这种方式结交朋友的,"约翰接着说,"在战争年代。"军——墩。还有战——昂——阵,这些词儿都是标准的美国佬吞字腔。"我会得出这样的结论:筹码下完,事情就该那么办。"

"是的,"罗兰应声说道,"在我们那里,有一个差不多的说法:炮火之下更紧密。"

"是吗?!我知道现在你们有话对我讲,但你们开讲之前,有一件事情我得先跟你们说说。要是这个段子不能让你们乐翻天,我就笑着去和母猪亲嘴儿。"

"什么事?"埃蒂问。

"本郡治安长官艾东·罗伊斯特去沃本巡逻时逮捕了四个家伙,就在几个小时前。事情看起来像是这样:他们想鬼鬼祟祟地绕过警方在一片林子里设下的路障,要去处理他们自个儿的麻烦事儿。"约翰把烟嘴儿塞到嘴里,从衬衫前胸的口袋里摸出一根火柴,拇指抵在火柴头上。但是好一会儿他都没有擦亮火柴,只是那么拿在手里。"他们想偷偷溜出去的原因好像是他们携带了一大批枪支弹药。"当——药。"机关枪,手榴弹,还有一些他们叫做 C-4 的玩意儿。他们当中有个人,我相信你们提到过这个名字——杰克·安多里尼?"说完,他才擦亮了钻石蓝头火柴。

埃蒂倒头靠在贝克哈特先生一尘不染的豪华沙发按摩椅上,仰头冲着天花板,像是对着天幕橡爆发出一阵大笑。就在他咯咯笑不停的时候,罗兰则在一旁重新想到:这世上恐怕没人会像埃蒂·迪恩这样狂笑了。至少在库斯伯特·奥古特消失在旷地之后,就不再有了。"英俊小生杰克·安多里尼,坐在缅因州的乡村拘留所里!"埃蒂边笑边说,"让我在糖里打个滚儿,就能把我当作他妈的果冻甜甜圈! 真希望我哥哥亨利能活着亲眼看到这事儿。"

就在这时,埃蒂突然想到,此时此刻亨利大概真的还活着——总之,就算作别的版本的亨利好了。想象一下吧,迪恩兄弟俩就在这个世界里生龙活虎。

"啊哈,我就想这事儿能把你逗乐。"约翰说着,把迅速烧黑的火柴头上颤巍巍的火苗伸进烟斗里。显然,他自己也被逗乐了。他咧着嘴笑得太厉害,连点烟都点不好。

"哦亲爱的亲爱的,"埃蒂说着,抹掉笑出来的眼泪,"这能让我乐一整天。差不多都能乐上一整年啦。"

"我还有别的事儿可以说呢,"约翰又说,"但是现在暂且放下不谈。"烟斗总算成功地点燃了,他满足地把它拿在手里,眼神在两个陌生人之间转来转去,这两个流浪汉是他早先认识的。他们的命运已经和他自己的纠缠不清了,不管他们比以前更好或更坏、更穷或更富。"眼下我想听听你们的事儿。还有你们到底想让我做什么。"

"约翰,请问贵庚?"罗兰问他。

"还没老到没了精气神儿,"约翰答道,口气有点冷淡,"好伙计,你自己呢？有多少次觉得自己快不行了？"

罗兰朝他一笑——那种笑是在说"说到点子上了，现在我们该换个话题"。于是，罗兰接着说："埃蒂会把我们两个的经历都说一遍。"从布里奇屯镇开车过来的一路上，他们已经这样说好了。"我自己的故事，说来话长了。"

"你这样觉得？"约翰问。

"的确如此，"罗兰接着说，"就让埃蒂告诉你他经历的事情吧，只要时间允许，有多少就说多少，然后我们会告诉你我们需要你做什么，然后么，如果你同意，他会给你一样东西，让你带给一个名叫莫斯·卡佛的男人……我也会给你一样东西。"

约翰·卡伦听了这话想了想，随后点了头。他转向了埃蒂。

埃蒂作了一次深呼吸。"首先你应该知道的是：我是在一架飞机上遇到这哥们的，从巴拿马拿骚飞往纽约肯尼迪机场。那时候我吸毒成瘾，我哥哥也吸。当时我身上正带着一大包卡洛因。"

"孩子，这事儿发生在什么时候？"约翰·卡伦问。

"一九八七年的夏天。"

他们看到卡伦露出惊讶的神情，但看不出有一丝不信任。"你果然来自未来！天哪！"他的身子探向前，穿过一团好闻的青烟，"孩子，把你的故事告诉我。而且，一个词儿都不要拉下！"

4

埃蒂花了一个半小时才说完——为了说得简洁些，他的确落下了一些情节。他终于说完时，湖面上已一片漆黑，夜晚过早降临了。同样，暴雨云层依然一副威慑的模样，却既没有散开、又没有爆发风雨。雷声时不时地在迪克·贝克哈特的别墅上空闷声翻滚，偶尔也会炸响，把他们惊得一跳。一道闪电笔直地刺入窄小的湖面，瞬间照亮整个湖面那精美的浓紫珠光色。还起过一阵风，吹得树叶急速翻飞，埃蒂就想：要来啦，显然现在是要来了，可是风过后一切照旧，暴风雨还是没有来。但也没有离去，就那么怪异地悬置在空中，如同一把剑被最细的线吊在头顶，让他联想到苏珊娜那长时间的怪异孕期现在终于终结了。七点钟左右，突然断电了，约翰在厨房橱柜里找了一圈，想翻出一些蜡烛，那时候刚好埃蒂说到——河岔口的老人，刺德城里的疯子,卡拉·布林·斯特吉斯惊恐万状的人们,就是在那里,他们遇到了一个昔日的神父,活像是从书里走出来的人物。约翰把蜡烛放在书桌上,还拿来了一些饼干、干奶酪,还有一瓶红色奇格冰茶饮。埃蒂说完他们如何拜访了斯蒂芬·金,说了枪侠如何施展了催眠术让作家忘却他们的出现,又说了和他们的朋友苏珊娜短暂的相遇,最后怎么给约翰·卡伦打了电话,正如罗兰所说,他们在世界的这个地区别无他人可联系。埃蒂说完,陷入了沉默,罗兰还说了来龟背大道的途中遇到了伽凡的谢纹。他把那个曾给伽凡看过的银十字架放了桌上,挨着放奶酪的小碟子,约翰用粗粗的大拇指挑起了这条链子。

接着,有很长一段沉默。

直到埃蒂实在忍不住了,问卡伦到底信到什么程度。

"全都信,"约翰毫不犹豫地回答,"你们要去纽约照料那朵玫瑰吧,是不是?"

"是的。"罗兰答。

"因为只有那样才能保证那条光束安全,其余的很多通道都已经断裂了,你们所说的那种心灵感应术、时空闯客们打断了联结。"

埃蒂惊讶地发现,卡伦竟如此轻松而快速地领会了他们的意图,但也许这种事情是没道理可讲的。眼睛雪亮,自然看清一切,苏珊娜可能会这样评说。卡伦就像是刺德的老人们说的"一点就通的人"。

"是的,你说得没错。"罗兰回答。

"玫瑰在照管那条光束。斯蒂芬·金负责管好另一条光束。至少你们是这样想的。"

埃蒂也说:"他得负担照看的责任,约翰——抛开别的不说,他有好多恶心人的习惯——但是一旦我们离开了一九七七的世界,就再也回不来了,也不能再检验他是怎么做的了。"

"金不存在于别的世界里吗?"约翰问。

"几乎可以肯定地说:不。"罗兰说。

"就算他存在于别的世界,"埃蒂插话,"他在那些世界里干什么都与此无关。这里才是最关键的世界。就是这个世界,罗兰也来自于这个世界。这个世界和那个世界是孪生的。"

他看了看罗兰,想征得他的同意。罗兰也就点点头,点燃了约翰刚才递给他的香烟。

"我倒是可以留意一下斯蒂芬·金,"约翰说,"他也不需要知道我在观察他。当然,前提是,如果我去纽约办完你们那档子事儿之后还能够再回来。我已经很清楚是怎么一回事儿了,但好记性不如烂笔头。"他从牛仔裤后袋里抽出一本皱巴巴的笔记本,绿色封面上写着"草地备忘录"。他一口气翻过去很多页,才找到一页空白的,又从衬衫口袋里不可思议地抽出一支铅笔来,舔了舔笔尖(埃蒂好不容易忍住了一阵寒战),随后便满怀期待地望着他俩,好像第一天坐进高中教室的新学生。

"亲爱的孩子们,就现在吧,"他说,"为什么不把剩下的故事都告诉你们的约翰叔叔呢?"

5

这一次主要是罗兰在讲述,虽然他要说的没有埃蒂那么多,但仍耗去了半个小时,因为他叙述得极其谨慎,还时不时扭头求助地看着埃蒂,为了能找到恰当的词汇。埃蒂早已见识过来自蓟犁的"杀手罗兰"和"外交官罗兰",但这却是第一次近距离观察罗兰的使者身份,那意味着字斟句酌,精于表达。窗外,暴风雨仍不肯爆发,更不愿远离。

最后,枪侠往椅背上一靠。暖黄的烛光里,他的面容既有古意,又呈现出某种难以言喻的优美。看着看着,埃蒂头一回对自己的判断产生了怀疑,罗兰的病况甚至可能比罗莎丽塔·穆诺兹曾说的"灼拧痛"更糟,他瘦了很多,眼窝下深深的黑眼圈秘而不宣地透露了病情。他一口气喝完了一整杯红茶,又问道:"你能明白我所说的这些事情吗?"

"嗯哼。"别无他言。

"确定无疑?"罗兰追问了一下,"真的没有疑问?"

"我觉得没有。"

"那么,把事情重复一遍给我们听。"

约翰松散潦草的字记满了两页纸。现在他正来回翻看着,独自一人对着字里行间的含义频频点头。然后又兀自咕哝了一句,把小笔记本塞回了牛仔裤后袋。他可能是个乡巴佬,但一点儿都不笨,埃蒂也在揣测,能碰到他也绝对不止是运气;是卡安排了这一切。

"去纽约,"约翰开口了,"找到名叫亚伦·深纽的家伙。把他身边的伙计们都支走。再说服深纽去空地照料玫瑰,让他明白这是世上头等重要的大事。"

"基本上都说到点子上了。"埃蒂说。

约翰只是点了点头,似乎表示那无可厚非。他接过那张页眉上露出卡通海狸图案的便条,塞进自己肥大的钱包里。对于埃蒂·迪恩来说,自从他被找不到的门吸进了东斯通翰姆之后,将这张交易凭证亲手交给别人竟然成了最艰难的决定,他差一点就要趁着那张薄薄的纸片消失在老管家皱巴巴的巴克斯牌老钱包前一把夺回来。他想,现在他终于明白凯文·塔尔的感受了。

"因为你们这两个孩子现在拥有那片地,玫瑰就是你们的。"约翰说。

"现在是泰特公司拥有玫瑰,"埃蒂说,"而且你即将成为这个公司的执行副总裁。"

约翰·卡伦似乎对这个新头衔毫不惊讶。他说:"深纽应该起草公司合并的文书,并且确保泰特公司的合法性。然后我们就去拜访这个叫莫斯·卡佛的人,再确保他也入伙。这估计是最困难的一步——"困——步"——但是我们会全力以赴的。"

"把姑母的十字架戴在脖子上,"罗兰则说,"等你见到卡佛先生的时候,把十字架给他看。这样你能省下不少口舌。但是首先你必须吹口气,像这样——"

他们从布里奇屯镇驱车过来时,罗兰曾问过埃蒂,是否能想出什么秘密——不管是微不足道的暗语还是了不起的秘闻——只要是苏珊娜和她祖父都可能知道的事情。事实上,埃蒂确实知道这么个小秘密,但现在他听到苏珊娜的声音从放在迪克·贝克哈特的松木书桌上的十字架里传出来仍十分惊讶。

她的声音在说:"我们把皮姆西埋在了苹果树下,这样他就能看到春天百花盛开。莫斯叔叔还叫我不要再哭了,因为上帝会认为为哀悼一只小宠物而花太多时间……"

就从这里开始,声音越来越轻微,从轻声嘀咕终于变成了寂静无声。但是埃蒂还记得,所以他现在接着讲下去:"……'花太多时间是种罪过。'她说莫斯叔叔对她说,她可以偶尔去皮姆西的墓前待一会儿,轻轻说句'在天堂要高高兴兴的',但绝对不可以告诉别人,因为牧师们不太会赞同让动物们上天堂。她保守了这个秘密,除了我之外从来没有告诉过任何人。"埃蒂,也许想起了深夜交欢后的私语,痛苦地微笑了。

约翰·卡伦看着这条十字架项链,又抬头看了看罗兰,双眼瞪得大大的。"这是什么？类似于录音机吗？就是吧，是不是？"

"这是个神器，"罗兰耐心地解释说，"要是卡佛的表现如同埃蒂说的'死硬派'的话，它能帮助你和他打交道。"枪侠微微一笑。死硬派是他喜欢的一个词儿。是他能领会的。"戴上吧。"

但卡伦并没有拿起项链套上脖子，至少是没有立刻动手。自从这老首领和他们打成一片之后——也包括他们在杂货店经历枪林弹雨那时候——他第一次表现出心神不安的样子。"这是魔法吗？"他问。

罗兰有点不耐烦地耸耸肩，似乎在告诉约翰：在眼下这种情况里，魔法一词实在形同虚设，他只是简单地重复了一句："戴上吧。"

约翰·卡伦谨慎地拿起了项链，好像他认为泰力莎姑妈的十字架随时都可能发出红光、再给他留下严重的灼伤。他低下头去凑近项链（那一刻他长长的美国佬脸孔挤出了一个地道的双下巴），最后，将十字架隐入衬衫领口里。

"天哪。"他又咕哝了一句，这一次语气十分柔和。

6

意识到他现在又能像刚才那样说话了，埃蒂·迪恩说："把剩下的课程也复习一下，东斯通翰姆的约翰，要说对哦。"

这天早上起床时，卡伦不过是个乡间别墅看管员，这世上无数无人多看一眼的无名小卒之一。可这天晚上上床睡觉时，他就可能成了世界上最最要紧的人物之一，货真价实的地球王子。要是他为此有所恐惧，那可一点儿都没有表现出来。也许他还没来得及领会个中要义。

但是埃蒂不信。这是卡送来的人，塞到了他们前进的路上，而且他又机灵又大胆。如果现在坐在这里的不是埃蒂，而是沃特（或是弗莱格，有时候沃特会这样称呼自己），他相信约翰就会吓得浑身发抖了。

"好吧，"约翰接了他的话茬，"对你们来说谁经营公司其实无关紧要，但你们想要泰特吞并霍姆斯，因为从现在开始霍姆斯干的活儿就不再是制造牙膏、也不再卖假牙，虽然表面看上去的确是那么回事儿。"

"而且——"

埃蒂没往下说。约翰伸出一只粗糙大手阻止了他。埃蒂试想那只手里应该拿一只得克萨斯工具厂出品的计算器，结果发现这种想象简直轻而易举。真够怪的。

"给我个机会,年轻人,我会答对的。"

埃蒂坐回了椅子里,在嘴唇上做了个拉上拉链的手势。

"保证玫瑰安全,这是第一位的。保证作家安全,这是第二位的。但除此之外,我和深纽,还有这个叫卡佛的家伙应该创建全世界最具权势的大公司。我们会做房地产生意,和那个谁合作……那个谁来着……"他从后袋里抽出绿皮笔记本,快速地看了几眼,又合上本子,"我们会和'软件开发商们'合作,且不管他们是什么啦,因为总之他们将会是下一股科技风潮。我们应该牢记这三个名字。"他轻快利落地说出来。"微软。微芯片。英特尔。且不管我们会扩展到多大规模——或是多快——我们真正要执行的三个工作是不变的:保护玫瑰,保护斯蒂芬·金,逮着机会就好好整整另两个公司,一个叫索姆布拉,另一个叫……"这次,他只是犹豫了一下,"另一个叫北方中央电子。索姆布拉主要致力于地产,根据你们说的来看是这样。中央电子……呃,科学和装置,这个即便对我来说都是再明显不过的了。要是索姆布拉想要一块土地,泰特就要抢先下手。要是北方中央电子想要一份专利许可,我们也试试先抢到手,至少也要搅搅局。如果抢不到手,宁可扔给第三方。"

埃蒂赞同地点着头。最后那些话不是他告诉约翰的,而是老家伙自己得出的结论。

"我们是三个没牙的火枪手,我们应该使出浑身解数,不管他们要什么,就是不让他们得手,用下流手段和上流手段都没问题。肮脏交易显然是被允许的。"约翰嘿嘿一笑,"我从来没上过哈佛商学院"——哈—方—善学院——"但我也能踢踢别人的裤裆,和别人一样。"

"好的。"罗兰说。他站了起来,"我觉得时候差不多了,我们——"

埃蒂拦住了他。当然,他也急不可耐想见到苏珊娜和杰克;迫切地想把心爱的人揽在怀里,吻遍她的脸。他们最后一次见面是在卡拉·布林·斯特吉斯的东路,想来竟恍如隔世。但是他无法像罗兰那样说走就走,罗兰这一辈子都在要别人顺从听命,也总是和彻头彻尾的陌生人结成生死同盟。但在埃蒂看来,迪克·贝克哈特家书桌对面的男子不是另一个工具,而是独立意识充分的地道美国人,他意志坚强,也精明得很……但对于他们提出的任务,他似乎显得太老了点。提到老,那亚伦·深纽也好不到哪里去,难道还得叫他化学小子?

"我的朋友想要动身了,我也是,"埃蒂说着,"我们还有长路要赶。"

"我知道。都写在你脸上了,孩子。像伤疤一样。"

埃蒂一下子便对这种讲法着了迷,责任和卡留下了痕迹,装点了一只眼睛,又让另一只看似毁了容。窗外,雷声霹雳,闪电犀利。

"但你为什么要答应做这件事呢?"埃蒂问,"我必须明白这一点。为什么你可以接受两个素昧平生的陌生人交付的使命?"

约翰思索了片刻。他的手指在十字架上轻轻抚摸,在某个无法被忘却的小镇上,一个老妇人把它给了罗兰。他刚刚戴上了这条项链,还会一直戴着它,直到他死于一九八九年。他抚摸着它,数年之后当他思索一个重要决策时(其中最重要的一项决策当属泰特公司和IBM的合营,因为IBM表现出极想和北方中央电子公司做大生意的意愿),或是预谋一些隐秘行动时(比方说,就在他去世前一年,索姆布拉的新德里分公司遭受炮弹袭击),他也会做出一模一样的动作。这个十字架把心里话都告诉了莫斯·卡佛,从此之后再也没有在卡伦面前发过声音,不管他怎么朝他吹气都没用,但有时候,他在半梦半醒时分将它抓在手心里,会想到:这是个神器。这是个神器,宝贝儿——是从另一个世界来的东西。

如果说他终有遗憾(这项使命免不了使用卑鄙手段,代价太大,绝不只是一个人的生命),那便是:他从未有过机会涉足另一个世界,除了在洛弗尔镇的龟背大道的暴风雨之夜他大略地瞥了一眼。罗兰的神器一次又一次将他带入同一个梦境:旷野里遍地玫瑰,乌黑高塔矗立在远方。还有几次,他感到被一双可怖的血红眼睛紧紧盯着,那眼睛漂浮着、悬空着,并不依附于某个身体,并用残酷无情的眼神恶狠狠地审视着地平线。偶尔他还能梦到声音,有人不依不饶地吹着手里的号角。从这几个梦境中醒来,他总是被那种渴望、那些失落,还有那么多的爱激动得泪流满面。他会在醒来时发现双手合拢着握紧十字架,并想到:我反抗了迪斯寇迪亚,但绝无悔恨;我唾弃也蔑视了血王的无身之眼,并因此欢欣鼓舞;我将自己这一份加入了枪侠的卡-泰特,加入了白界,并从未质疑过自己的选择。

无论如何,他一心盼望的只是能够走进另一个世界,盼望能踏入那扇门后的"另一片土地",哪怕一次也好。

现在,他这样回答埃蒂:"你们两个小伙子要干的都是正确的事情。我不能解释得更清楚了。我,相信你们。"他又犹豫了一下,说:"我信任你们。我从你眼睛里看到的东西都很真实。"

埃蒂觉得这回答绝了,这时,卡伦笑了,笑得就像个小孩子。

"还有,在我看来,你们是提供了一把钥匙,能启动一台威力无穷的巨大引擎。"引器。"会有人不想去启动它吗?瞧瞧会有什么大动静?"

"你害怕吗?"罗兰问。

约翰·卡伦郑重地思考了一下,接着,点点头:"嗯哼。"

罗兰也点点头,他说:"很好。"

7

他们坐在卡伦的车里,开回了龟背大道的主路,头顶的天空黑压压的,乌云剧烈翻滚。虽然这是夏季最燥热的时段,奇嘉湖畔的大多数别墅大概都有度假者居住,但没有人看到一辆车驶过。湖面的船只也都空空荡荡,人们早就进屋躲风雨去了。

"说起来,我还有点东西给你们看。"约翰说着,走到了后车厢,有个上锁的箱子用螺栓固定在车厢里。这时,起风了。大风吹乱了他稀疏的白发。他连跑几步,啪嗒一声打开挂锁,拉开了箱子盖。从里面拎出两只脏兮兮的口袋,这可让两个漂泊客分外眼熟。一只口袋相对新一点,另一只口袋尘埃积累,已被磨损得瞧不出原来的颜色了,用来束口的是长长的生皮条。

"我们的枪!"埃蒂叫出声儿来——他是那么惊喜、那么高兴——以至于说话声儿简直像是尖叫,"这他妈的怎么可——"

约翰浅浅一笑,足以显示未来数年里他身为卑鄙交易主的潜质:看似呆头呆脑,骨子里却精明又狡猾。"这惊喜不错吧,是不是啊?我自个儿也这么想呢。我回去过,瞧了一眼齐普的杂货店——瞧瞧我们拉下了什么——那时候还有一脑子疑惑不解呢。人们跑过来、跑过去,我是说那些人;给尸首盖上布,拉上黄色警戒线,拍照片。有人把这两个袋子扔在一边,可怜巴巴的也没人要,所以我……"瘦肩膀无所谓似的耸了耸,"我就把它们捡起来了。"

"那很可能是在我们去见凯文·塔尔和亚伦·深纽的时候,"埃蒂说,"在你回家之后,我猜想你收拾行李准备去佛蒙特州了。我说得对不对?"他开始拍打自己的包袋。他太了解枪袋光滑的皮质表面了;他不是开枪打了那头窜出来的鹿吗?后来,他不是用罗兰的刀扯下它的毛皮,在苏珊娜的帮助下亲手缝制了兽皮吗?就在机器熊沙迪克差一点撕烂埃蒂的肚子后不久,就是那会儿。看上去,这就像是发生在上一个世纪。

"嗯哼。"卡伦说着,笑得更开心了,埃蒂仅剩的一点儿怀疑如今也烟消云散了。他们果真找到了最适当的人选,为了拯救这个世界。果真是,得感谢大大的乾神。

"埃蒂,背上你的枪。"罗兰说话的时候,拿出了那把连发左轮手枪,白色檀香木的枪柄旧痕累累。

我的。现在他说这枪是我的了。埃蒂感到一丝寒意。

他心满意足地接过了左轮枪,背上带子,扣好。"我想我们现在该去找苏珊娜和杰克了。"

罗兰点了头。"但我觉得,为了对付杀死卡拉汉、也打算杀死杰克的那些人,还得干点别的事儿。"说这话时,罗兰面不改色,但是埃蒂·迪恩和约翰·卡伦都不约而同地背后发凉。接着,便有那么一会儿,他们几乎不可能直视枪侠。

就这样,死刑判决已经定下了——弗莱厄蒂、獬辛拉姆拉,还有他们的追兵小队,都已死路一条——虽然他们还毫不知情,也就不知道相对于他们理所应得的惩罚来说,死刑几乎算得上是种仁慈。

8

哦,我的上帝啊。埃蒂很想这样说,却哑口无言。

当他们开车在龟背大道一路向北时,卡伦货车的尾灯在前面亮着,但埃蒂看到另一种光明在前方渐渐扩展。一开始他还以为是哪个富人的别墅车道上的灯光,后来又觉得可能是强力泛光灯。但是,当那光亮越来越明亮时,一道蓝金色的光辉出现在他们左侧,那正是山脊缓坡向湖里而去的方向。当他们到达光亮的源头(卡伦的卡车现在几乎是在蠕动),埃蒂屏息凝神一看,几乎透不过气来,那发光体呈辐射状散开,并朝他们径直飞来,一边奇异地变幻色彩:从蓝到金再是红色,鲜红又变成绿色,绿色又转向金色,再变回了蓝色。发光体的中心像是一种带翅昆虫。接着,它逐渐高飞,升腾在卡伦的卡车车厢上方,又飞入暗黑一片的树丛,朝路的东边移去,那东西正面冲着他们,所以埃蒂分明看到那只昆虫长着一张人脸。

"那是……万能的上帝,罗兰,那是——"

"獬辛。"罗兰答了之后,再没有说一个字。在越来越亮的彩光照耀中,他的面容冷静中有几分倦意。

发光体散射出更多圆形光环,越过小路向东飞去,拖曳如彗星般的光彩。埃蒂看到有苍蝇、精致的小蜂雀,乃至活像长了翅膀的青蛙的形象。在这些东西后面……

卡伦的尾灯闪亮了一下,但是埃蒂正只顾目瞪口呆,要不是罗兰及时喝令,他可能一头撞上卡伦的货车。埃蒂把银河系福特车扔在停车位上,既没有拉手闸,也懒得关闭引擎。他们直接下了车,走向了柏油铺路的车道,那条陡峭的小路两边密布树丛,通向下方。埃蒂两眼瞪得大大的,注视着这些奇幻的光芒,嘴巴也似乎合不上了。卡伦走到他身边,也向下望去。这条车道的入口一侧有两个指示牌:左边的写着"卡拉之笑",右边的写着"19"。

"不一般。是吧?"卡伦平静地说。

你说对了。埃蒂想如此答一句,却什么都说不出来,只是艰难地喘息。

大部分亮光都发自路东的树丛,也就是通往"卡拉之笑"小屋车道的左侧。这里有很多树木——大部分是松树和云杉,还有被早春的冰雪压弯了枝头的白桦——彼此相距很远,成百条身影肃穆地在树影间穿梭,活像是乡村舞会一景,他们光光的脚丫拖着步子在落叶上移动。有一些显然是罗德里克的孩子们,和伽凡的谢纹一样丑陋。他们浑身的皮肤都感染上了易扩散的脓疮,只有极少数还残留着稀疏的毛发,但他们如今都漫步在这片奇幻的光影中,几乎都要显出高贵来,以至于让人不敢看。埃蒂看到一个女人只剩一只眼睛,怀抱里似乎理应是个死婴。她满怀悲伤地看到埃蒂,嘴唇轻微翕合,但埃蒂没听见她说什么。他握拳在前额,屈了一下膝。然后,他指了指眼角,又指了指她。我看到你了,那手势在说,或是他这样希望。我也看到你了。抱着死婴孩或是熟睡婴孩的女人也回复了同样的手势,然后走出了他的视野。

就在头顶上,响雷又炸裂了,闪电凄厉地切下来,插入正在发光的中心地。一棵古老的冷杉,健壮的树干上环绕着丰饶的绿苔,猛地被闪电劈中,从正中央裂成了两半,一半树体倒下来,接着是另一半。树心里着火了。一阵猛烈的火星蹿出来——并不是火,这显然不是火,而是如沼气火那般轻盈的焰态——旋着风往上升腾,直冲向沉沉欲坠的云团。就在这些小火星里,埃蒂看到小小的舞蹈着的身体,他好半天都喘不上气来,就好像在观赏一群小飞侠表演空中飞舞。但小仙女们转瞬即逝。

"看他们啊,"约翰虔诚地说,"时空闯客!天啦,这里有几百个!真希望我朋友唐尼也能看到。"

埃蒂想他可能是对的:几百个男人、女人,还有孩子,就在他们脚下的树林里走来走去,在光芒中走来走去,时隐时现。就在他痴迷地观看时,第一滴冰凉的雨水溅落在他的脖颈上,然后,雨珠接二连三地落下来。大风突然从大树枝叶间横扫而过,劈头盖脸地刮来,又激起一阵飞腾的精灵状的小生物,还令被劈成两半的大树噼噼啪啪地燃成一株巨大的火炬。

"走吧,"罗兰说话了,一只手像钳子一样握住埃蒂的胳膊,"马上就要下起倾盆大雨了,这些都会像蜡烛那般熄灭。要是等雨下下来,我们还在这一边,我们就永远被困在这里了。"

"哪里——"埃蒂刚想问就看到了。就在车道的下坡尽头,森林渐渐让位于散落四处的大石头,再过去就是湖水了,那里,便是发光体的核心点,现在已经变得太亮,几乎无法用肉眼去看。罗兰拉着他朝那个方向走去。约翰·卡伦像是被时空闯客催眠了一般,恋恋不舍地又看了一会儿,才拔腿跑去,跟上他们。

"别过来!"罗兰回头大喊起来,现在的雨水下得更猛了,钱币大的雨点冰凉地砸在他身上,"你还有你的事情要做,约翰!我们就此别过!"

"你们也保重!小伙子们!"约翰也高喊着告别。他停下了脚步,奋力挥动手臂。一条凶恶的闪电划过天空,凄蓝色的冷光瞬间照亮他的脸,再瞬间落入更深的漆黑一片中。"保重!"

"埃蒂,我们要跑进亮光的核心里去,"罗兰说,"这不是老家伙的门,而是通往纯贞世界的门——那真的是魔法,你看出来了吗。这门可以把我们带到我们想去的地方,只要我们充分地集中意念。"

"哪里——"

"没时间了!杰克告诉我是哪里了,用意识联络了我!你只要攥紧我的手,保持脑袋里一片空白!我可以带我们俩!"

埃蒂很想问问他是否绝对有把握?可真的没有时间了。罗兰开始狂跑。埃蒂跟着他一起跑。他们冲下了斜坡,冲进了光里。埃蒂只觉光吸附在周身的皮肤上就像成千上万张小嘴在吐气。他们的靴子踩在厚厚落叶上沙沙作响。在他的右手边,是那棵燃烧中的大树,他能清楚闻到树脂的气息、听到树皮哔哔燃烧。现在他们逼近了那光亮。埃蒂一开始还能透过光芒看到后面的奇嘉湖面,接着便感到一股不可遏制的猛力抓住了他,推着他在冰冷的大雨里向前冲,冲进那耀人眼目又嗡嗡作响的光团中去。刹那间,他瞥到了一扇门的轮廓。接着,他加倍用力地攥紧罗兰的手,并紧紧闭合双眼。落叶沙沙的大地落在了他脚下,他们飞了起来。

115

第七章

重　逢

1

弗莱厄蒂站在纽约/法蒂的门前,门上枪痕累累,但仍然不屈不挠地抵挡着他,狗屎男孩不知道怎么就过去了,但对于他们而言这门还是无法通行的坚固障碍。拉姆拉一言不发地站在他身后,等待弗莱厄蒂的怒火熄灭。其他人也在等待,一律小心翼翼地不吭一声。

好不容易,弗莱厄蒂雨点般的捶打减慢了速度。他最后一次双手狠狠砸下,作为终止符。拉姆拉向后一缩,好像要躲开从类人手指关节那里飞溅的血滴。

"怎么了?"弗莱厄蒂问道,一眼看到他扭曲作怪的愁眉苦脸,"怎么了?你有什么话要说吗?"

拉姆拉并不在意弗莱厄蒂惨无人色的两个眼圈,也不在乎他脸上深红色的气晕。但他多少还是注意到了弗莱厄蒂的手,那手已经抬起来,摸上了挂在腋下的格洛克自动手枪。"不,"他说,"没有,先生。"

"说吧,把你脑子里想的都说出来吧,请吧,说吧。"弗莱厄蒂固执地说着。他很想咧出一个笑容,结果弄巧成拙,露出一个令人憎恶的邪笑——疯子才有的恶狠狠的表情。其余的人悄然无声地向后退,几乎只听得见鞋底蹭地面的沙沙声。"其他人都有很多话要讲;为什么不从你开始呢,我的小傻蛋?我把他跟丢了!你就当第一个吹毛求疵的家伙吧,你这个狗娘养的丑八怪!"

我死定了。拉姆拉心想,侍奉国王一辈子,现在有人出其不备地要给自己找个替罪羊了,我死定了。

他朝旁边看了一圈,确证了不会有人为了解救他而挺身而出,于是,他说:"弗莱厄蒂,如果我曾以某种方式冒犯了您,我非常抱——"

"哦!你冒犯了我,显然没错!"弗莱厄蒂尖声怪气地喊起来,他的波士顿口音随着怒火暴升而愈加明显,"我能极其肯定地说,你会为今晚的事儿付出代价,是是是,但是我想你会付出——"

空气里传出一阵阵剧烈的喘息声,仿佛走廊本身在做急速的深呼吸。弗莱厄蒂的头发和拉姆拉的毛发都被吹得起伏不定。弗莱厄蒂手下那些低等人和吸血鬼开始掉转方向。突然,其中一人,一个名叫艾尔布莱奇的吸血鬼怪叫一声,冲了出去,腾出了空间让弗莱厄蒂看到新来的两个人,浑身都被雨打得湿淋淋的,牛仔裤、衬衫和长靴都印上了深色的雨渍。他俩的双足沾满泥泞,臀部都垂着左轮手枪。还没等另一个年轻人被拖进来,弗莱厄蒂就一眼瞥见了白檀木枪柄,他们的动作比蓝色火焰更快几分,于是他立刻明白了为什么艾尔布莱奇会拔腿就跑。只有某种人才会佩戴这样的枪。

年轻人先开了火。艾尔布莱奇金色的头发跳跃起来,好像被一只看不见的手掌掸拨了一下,接着便栽倒在地,与此同时,他的身躯在衣衫内消退得无影无踪。

"你们好哇,国王的精兵强将。"年纪大一点的男人这样说着,完全是善意对谈的口吻。弗莱厄蒂——双手骨节仍在滴血,那是过分执著于捶打大门的后果,因为那乳臭未干的敌人消失在门后了——一时间没有领悟对方用意何在。显然就是这个人,他们一直以来都被警告要留心的,蓟犁的罗兰,可是,他怎么会到了这里,还突袭了他们?怎么搞的?

罗兰冰蓝色的双眼将他们打量一番。"谁会自称是这支可怜的畜群的首领呢?这位首领会不会主动站出来向我们致敬呢,会还是不会?不站出来吗?"他的眼神又扫视了一圈;左手已经离开了枪柄,继而周游到了自己的嘴角,那里正有一个讽刺的笑容越来越深,"没有人吗?太糟了。我很遗憾,我看出来了,这是一群懦夫。他们杀死了一个牧师,又追着小伙子一路跑,却不敢挺身站出来,声称这一切都是他们干的。这就是一群懦夫,也是懦夫的子孙——"

弗莱厄蒂走向前去,滴血的右手松松垮垮地握着左腋下枪套里的枪柄,"我是首领,斯蒂文的罗兰。"

"你知道我的姓氏,是不是?"

"是是是!我一看你的脸就知道你的姓氏,瞧你的嘴就知道你长了谁的脸。你和你娘长了一模一样的嘴巴,她就用这张嘴兴高采烈地给约翰·法僧口交直到他射——"

弗莱厄蒂一边大放厥词一边准备开火,他肯定早就练习过无数次这种丛林开伐者的惯用伎俩,也在实际作战中使用过多次,屡屡得手,先发制人。

尽管当他拔枪时罗兰的手指还指点着微笑的唇边，尽管他已经很快了，但枪侠还是轻轻松松胜他一着。第一发子弹从追踪杰克的主力干将的双唇间射入，打爆了牙齿，上牙膛也被轰成了碎片，弗莱厄蒂哽咽喘息中吞下血肉模糊的烂嘴骨屑，那便是他死前的最后一次呼吸。第二颗子弹刺穿了弗莱厄蒂的前额，正中眉心。他向后倒去，正抵在纽约/法蒂的大门上，根本没找到时机开火的格洛克手枪从掌心里滑落时终于对着长廊地板射出了最后一颗子弹。

稍后，其余人几乎不约而同地开火。埃蒂射中了前排的六人，还能从容地在杀死艾尔布莱奇的枪里再装填子弹。当左轮手枪又射完时，他翻身躲在首领罗兰的身后，再次填满子弹，这便是他所受的调教。罗兰消灭了另外五人，又灵活地旋身躲在埃蒂身后，而埃蒂轻松地干掉了剩下的一个人。

狡猾的拉姆拉不想加入无希望的对战，于是他成了最后一个傻站在那儿的人。他举起空空如也的双手，十只手指上兽毛茸茸，但手掌心却光滑如人类。"枪侠，你们能接受我的诚意投降吗，如果我保证让你们安全？"

"才不呢！"罗兰说着，左轮枪口对准了他。

"那就诅咒你，小心眼。"獭辛一说完，蓟犁的罗兰就开了枪，而来自迦砾的拉姆拉应声倒下，死了。

2

弗莱厄蒂的手下活像一捆捆干木头，东倒西歪地伏在门前，拉姆拉的尸体首当其冲，面朝下。没有一个人有机会开枪。狭长的瓷砖长廊里充满了枪火烟气，蓝蒙蒙地泛成一层青雾。于是，自动空气调节装置咔嗒启动了，在墙里发出乏味的工作声响，枪侠们先是感到空气被搅动起来，接着，烟雾蒙过他们的脸庞，被吸走了。

埃蒂再次装满了子弹——他的枪，现在是了，刚才罗兰说了——再归位于枪套。接着，他走向尸体聚集之地，漫不经心地把四个死人拉到一边，这样他才能靠近门口。"苏珊娜！苏希，你在吗？"

你是否有过这样的心情——不是在梦中——当最心爱的人背负重任、离开你的身边时，哪怕只有几分几秒，都感觉恍如三秋，你无比迫切地想与之重逢？不，并不都是这样。每一次他们从我们视野里消失，我们在心底最隐秘的角落里已认定他们死了。我们说服自己，只有假设生离死别，才不会堕落到路西法①所在的地狱深渊。

所以埃蒂并不指望她会回答,直到她真的答出了声——从另一个世界,并隔着这样一扇孤零零、又厚重无比的大木门:"埃蒂,甜心,是你么?"

埃蒂的头脑刚才还如普通人一样完全正常,此刻突然变得沉重不堪仿佛难以举挺。他靠在了门上。眼睛也一样沉重不堪,简直再也无力睁开了,于是他闭上了双眼。那突如其来的沉重分量,一定是泪水,刹那间,他彻底沉浸在泪水的海洋里。他可以感到泪水在脸庞徐徐流淌,热热的,像血。这时,罗兰的手按在了他的背上。

"苏珊娜,"埃蒂说着,眼睛仍然紧闭着,十指张开了,按住了大门,"你可以打开门吗?"

杰克回答了:"我们不能,但是你可以。"

"暗语是什么?"罗兰问。他始终前后观望着,看着门,又往后面的走廊里看,他几乎是在期待敌人有援兵赶上(因为他已经热血沸腾),但是铺着瓷砖的长廊里空空如也。"杰克,是什么词儿?"

稍有间歇——非常短暂,埃蒂却感到漫长得无法容忍——接着,那两人异口同声地说道:"荚茨"。

埃蒂不相信自己还能说出来,因为他的嗓子眼里都是泪。罗兰就没有这种问题。他又拉走了几具尸体(其中便有弗莱厄蒂的,死者的神情凝固着生前最后的咆哮),腾出门口的空位,接着,便说出了那个词儿。两个世界之间的大门再一次开启。是埃蒂把它推开,让它敞开,接着,他们四个人便再次面对面地站在了一起,苏珊娜和杰克在一个世界,罗兰和埃蒂在另一个世界,之间恍如隔着一层微微闪光的透明隔膜,好像鲜活的云母石一般。苏珊娜伸出双手,穿越了那层薄膜,如同探出水面。

埃蒂握住了那双手。任凭她的手指紧紧扣住他的,将他拉进了法蒂。

3

当罗兰跨过门时,埃蒂已经举起了苏珊娜,他的双臂紧紧抱着她。男孩抬头看着枪侠。谁也没有笑。奥伊站在杰克的脚边,却乐呵呵地看着他俩。

---

① 路西法,圣经中的撒旦。传说中路西法起初是大天使长,后来叛变,成为撒旦。

"嗨,杰克。"罗兰说。

"嗨,父亲。"

"你会这样叫我?"

杰克点点头:"是的,只要我愿意。"

"这可真让我高兴。"罗兰说着,慢慢地——仿佛在扮演某个他极不熟稔的角色而不得不做出生硬的动作——他伸出了双臂。杰克始终严肃地仰头看着他,始终不允许自己的视线离开罗兰的脸孔,现在终于走到了这位杀手的臂膀间,等着,直到那臂膀死死扣住了他的背。他早就梦想着这一时刻,可他从来不敢说出口。

这时候,苏珊娜正热烈地亲吻埃蒂的脸。"他们差一点就抓住杰克了,"她刚才在说这个,"我坐在我这边的门旁边……实在太累了所以就打了个盹。他一定喊了有三四遍我才……"

等一下他会听她原原本本地说一遍的,一字一句都不拉地从头说到尾。等一下有的是时间闲聊说笑。而现在他捧着她的胸脯——左边的乳房,因而能够清楚地感受到她心脏强有力的、稳健的跳动——接着,便用他的吻阻止了她的叙说。

杰克,这时候,什么都没说。他站在那里,扭着头,脸颊靠在罗兰的胸膛上。他没有睁开眼睛。他闻得出枪侠衬衫上有雨水、尘土还有鲜血的味道。他想到了他的父母,他们早已不知在何处了;还有他的朋友本尼,他已经死了;还有神父,他自己逃脱了怪物的追杀,而神父却被他们彻底蹂躏了。他拥抱着的这个男人曾为了塔背叛过自己一次,眼看着他坠落深渊,而杰克却不能说:同样的事情就不会再次发生。显然,前头还有长长的路要走,而且必定是一路艰险。但是,此时此刻,他是满足的。他的灵魂如此安宁,剧烈疼过的心现在也已平静。能这样拥抱着已经足够,所以他就这样拥抱着他。

足够了,就这样站在这里,双眼紧紧闭上,心里想着:我的父亲来找我了。

第二部

蓝色天堂
底凹-托阿

第一章

底凹-特特

1

重聚的四个漂泊者（五个，算上来自中世界的奥伊）站在米阿的床边，看着苏珊娜孪生姐妹的残骸。若没有空瘪的衣衫作证，可能没人能辨认出这片残骸曾经是什么。甚至于，纠结在米阿破葫芦般的头颅上的乱发也不像是曾属于人类的；很可能会被认为是团大得出奇的尘埃毛球。

罗兰俯身细看这骤然消逝的人形，思忖着，这个女人只留下这点残余，而她几乎差一点就毁了他们的大业——就因为那个小家伙、小家伙，总是小家伙。要是他们死了，谁还会留下来反抗血王和他恶魔般的机智大臣？约翰·卡伦、亚伦·深纽和莫斯·卡佛。三个老男人，其中之一还有黑口病，所以埃蒂才说，没戏，先生。

你做了这么多事儿，他想，全神贯注地端详这张尘土般消散无状的脸孔。你做了这么多事儿，本可以不用这么费心的，是啊是啊，也不够小心谨慎，所以世界就会终结，不过我想，因爱而成为受害者，总比因恨要好。因为爱永远是更有毁灭力的武器，显而易见。

他俯下身去闻，那气味有如古老干花或远古香料，然后，他长吐了一口气。模模糊糊可以辨认出的头部粉屑现在又被吹散了，好像乳草植物的绒毛，或是蒲公英花球。

"她不想对整个宇宙造成危害，"苏珊娜的声音并非十分沉稳，"她只是想得到任何一个女人都该享有的特权：生个孩子。有个人让自己去爱去疼去抚养。"

"是的，"罗兰表示同意，"你说得对。这就让她的下场如此凄凉。"

"有时候我会想：如果好人总是没好报，那我们最好还是歇了吧。"埃蒂说。

"那将是我们的末日，大个儿埃德。"杰克指出了这一点。

他们都在思索这个问题，而埃蒂意识到自己在想：自从他们出于良好意愿插手之后，已经杀死了多少人？他当然不在乎那些坏蛋，但也有别人——

罗兰昔日的恋人,苏姗,就是其中之一。

罗兰从米阿的粉屑残尸旁走开,径直走向苏珊娜,她正坐在旁边的床上,双手夹在大腿间。"把一切都告诉我,自从你们在东路离开了我们之后,那场战斗之后,"他说,"我们需要——"

"罗兰,我从来没想要离开你们。是米阿。她接手了。要是我没有一个地方可以去——一个道根——她很可能彻底掌控一切事态。"

罗兰点头示意:他完全理解。"无论如何,告诉我你是怎么来到这个底凹-特特的。还有杰克,我也要听你说一遍。"

"底凹-特特。"埃蒂重复着念一遍。这个词儿听来有点熟悉。是不是和伽凡的谢纹有关呢?在洛弗尔,罗兰一枪终结了那个缓型突变异种的悲惨人生。埃蒂觉得是这么回事儿。"那是什么?"

罗兰伸手一扫房间里所有的空床,每一张床上都备有头盔状的设备和一段一段的钢管;只有上帝才知道在这些床上有多少个来自卡拉的孩子们曾躺下、然后被毁掉。"意思是:小型监狱,或者说,酷刑室。"

"在我看来可一点不小。"杰克说。他说不上来这里共有多少张床,但估摸着数量该上三百。至少有三百。

"也许我们完事儿前还能遇上个更大型的。跟我说说你的经历,苏珊娜,你也一样,杰克。"

"我们从这里出发再去哪儿?"埃蒂问。

"大概他们讲的故事能告诉我们答案。"这就是罗兰的回答。

2

罗兰和埃蒂静默地听着,苏珊娜和杰克回忆着他们的历险,反复、再反复地回忆每一个细节,他们都听得入神了。当苏珊娜提到马特森·范·崴克,那个给她钱、还租了间酒店套房给她的外交官时,罗兰第一次打断了她。枪侠转而询问埃蒂,袋子衬里里的乌龟是怎么回事儿。

"我不知道那是只乌龟。我以为就是块石头。"

"如果你能把这一段再讲一遍,我会仔细听。"罗兰说。

所以,埃蒂绞尽脑汁,想记起所有的细节(因为那些事儿感觉上已是很久很久以前发生的),他提到了自己和卡拉汉神父是如何到达门口洞穴、又如何打开了鬼木盒,里面放着黑十三。他们期待着黑十三是开门的钥匙,但是首先——

"我们把木盒放进包里,"埃蒂说,"那个在纽约印着'中城保龄球馆,一击即中'、在卡拉·布林·斯特吉斯那边是'中世界保龄球馆'的袋子,记得吗?"

他们都记得。

"我感觉到衬里里有什么东西。我告诉卡拉汉了,然后他说……"埃蒂不得不苦苦回忆,"他说,'现在不是研究它的时候'。或者类似这个意思的回答。我就同意了。我一直在想我们手里已经有不少神秘物事,足够了,我们可以把这个留下来,留给别的日子用。罗兰,究竟谁以上帝的名义把这东西塞进包里的,你觉得?"

"如此说来,又是谁把这个包留在空地的?"苏珊娜问道。

"还有钥匙?"杰克也插了一句,"我找到了荷兰山上那栋房子的钥匙,也是在同一片闲置地里。是玫瑰吗?是不是玫瑰……不知道怎么说,我不知道……干了这些事儿?"

罗兰想了想,说:"要我猜的话,我会说,是金先生留下了这些标记和神器。"

"大作家。"埃蒂应了一声。他揣测着这个答案,然后慢慢地点了点头。他依稀记得高中时学到的一个说法——来自机器的上帝,好像是这么说的①。还有一个出神入化的拉丁谚语呢,但他记不得了。别的同学乖乖做笔记的时候,他大概在书桌上描绘玛丽·卢·凯侬潘丝奇的名字呢。其基本概念是:如果一个剧作家把戏写到死角了,便可以降下上帝,让他坐在堆满鲜花的吊板小车里,再从舞台上方放下来,以便解救深陷困境的主人公。这无疑更能取悦那些笃信宗教的看戏人,他们相信上帝——绝不是从观众们看不见的舞台上方垂吊而下的特殊布景效果,而是真在天堂里的那个——当真会解救那些值得受此待遇的好人们。这种想法在现代显然是太过时了,但是埃蒂想到,那些畅销书作家——其中也包括了金先生,看起来他正走在那条康庄大道上——说不定仍在使用这种技巧,只不过加以更纯熟的伪装。用在逃脱险境时的小花招。写有"无罪出狱"或"逃离海盗魔爪"

---

① 这句谚语应该是:上帝从机器中来(deus ex machine)。在希腊和罗马人的戏剧中,常有一个演员饰演上帝从天上降到舞台上,解决燃眉之急。这种效果是用起重机来完成的,因此有了这一说法。

125

或"反常的暴风雨导致电力故障,行刑延后"的小卡片。从机器里(实际上是作家笔下)冒出来的上帝,坚忍不拔地努力着,以保证主人公安全脱险,这样一来,他的故事就不至于让人失望地终结于这样一句结束语:"因此卡-泰特在界砾口山被消灭,坏蛋赢了,统治了迪斯寇迪亚,真的太让人遗憾了,祝下次好运(什么下次呀,哈一哈!),完。"

小小安全网,好比是一把万能钥匙。更不用说什么贝雕乌龟啦。

"如果是他把这些东西写进了他的小说,"埃蒂说,"那也该是我们见过他之后很久的事情了,那是在一九七七年啊。"

"是啊。"罗兰赞同地说。

"而且我不认为是他把它们想象出来的,"埃蒂又说,"真不像是这么回事儿。他只是……我不知道怎么说,只不过是一个……"

"一个蹩脚小人物?"苏珊娜笑着问。

"不!"杰克叫起来,听上去有点震惊,"不是你说的那样。他是一个发报员。电视里的播报员。"他是在想他的父亲以及父亲在有线广播网的工作。

"说对了!"埃蒂说着朝小男孩竖起了大拇指。杰克的说法让他又想到了另一点:要是斯蒂芬·金活得不够长,也就不能把这些写进小说,那么当他们需要那把钥匙和乌龟时,就压根儿什么也找不到。那么,杰克很可能已经在荷兰山上被看门人吃掉了……首先要假设他已经走到这一步,因为他很可能去不成。而且,即便他逃脱了荷兰山上的怪物,他还可能已经在迪克西匹格饭店被长老们吃掉了——卡拉汉的第一型吸血鬼们。

苏珊娜想对他们讲述当米阿离开君悦酒店前往迪克西匹格饭店、也就是她人生最后一程时,她所看到的幻象。幻象中,她被关押在密西西比牛津镇上的一所监狱里,不知道哪里有台电视机喋喋不休地发出声音。切特·亨特利①、沃尔特·克隆凯特②、弗兰克·麦基③:这几个播音员们念诵着死者的名字。其中有些名字她听说过,比如肯尼迪总统、吴庭艳和吴庭儒。另一些诸如克莉斯塔·麦考利夫,她就从来没听说过。但是其中便有斯蒂芬·金的名字,她对此非常肯定。切特·亨特利的合作伙伴

(晚安切特,晚安戴维)

---

① 切特·亨特利,美国著名电视主播。
② 沃尔特·克隆凯特,美国著名大众媒体评论家,也曾担任过电视节目主持,曾直播肯尼迪遇刺身亡的新闻。
③ 弗兰克·麦基,美国著名媒体记者。

说道:斯蒂芬·金在寓所附近散步时被一辆道奇牌小型货车撞死了。根据布林克灵①所称,金终年五十二岁。

假如苏珊娜对他们说了,那就有太多事情大相径庭,或是完全不同。她动了动嘴巴,刚想说说这段幻景——好比是山坡上一块石子的松动必将砸中另一块石头,再砸中更大的石头,如此滚雪球一般引发山崩——就在这时,传来沉闷的开门声,紧接着便是一连串啪啪作响的脚步声。他们全都转过身去,杰克的手里已经拿上了一枚欧丽莎,其余几人则掏出了手枪。

"放松点,伙计们,"苏珊娜轻声说,"没事儿。我认得这个家伙。"接着便出现了内部使用DNK 45932。她转而对机器人说:"我真没想到这么快就能再见到你。事实上,我一点儿都不希望再见到你。出什么事儿了,老奈杰儿?"

所以这一次,某些本可以说出来的事情最终还是没有被说出口,"来自机器的上帝"原本已经可以降落了,为了拯救一个在一九九九年晚春黄昏和道奇货车有约的作家,但现在"上帝"仍留守原位,高高在上,而在下方的主人公们继续他们的表演。

3

苏珊娜认为,绝大多数机器人不会怀恨在心,这是他们最大的优点。奈杰儿告诉她:没找到人能修理他的视觉系统故障(他说,只要有适合的零部件、磁盘和维修手册,他说不定可以自己搞定),所以他不得不再回到这里,沿途完全仰仗红外线导视系统,希望能找到一些育婴箱的碎片(彻底没用了)。他感谢了她,因为她对他的关心,还有把他介绍给了她的朋友们。

"非常高兴认识你,奈杰儿。不过,我猜想你还得着手修理那些东西吧,所以我们就不留你了。"埃蒂说话时显得挺开心,也将手枪放回枪套,但是他的手还搭在枪柄上。事实上他有点害怕,因为面前的奈杰儿和卡拉·布林·斯特吉斯镇上的那个信使机器人实在太相像了。那个机器人真的很记仇。

---

① 戴维·布林克灵,美国著名媒体记者、节目主持人。曾于一九五六年和切特·亨特利合作主持名牌节目。

127

"不，留下吧，"罗兰则说，"我们或许有些杂事指望着你帮忙，不过眼下我希望你能保持安静。关机吧，如果你愿意的话。"他的语调则在暗示：如果你不愿意的话，那也一样。

"当然愿意，先生，"奈杰儿依然用没得挑的英国口音回答，"您只要说'奈杰儿，我需要你'，就能再次激活我。"

"很好。"罗兰答。

奈杰儿将瘦骨嶙峋的不锈钢前臂（但无疑是强有力的）叠放在胸前，接着便悄无声息了。

"回来收拾这些碎玻璃，"埃蒂惊讶地说，"泰特公司兴许可以出售它们呢。每一个美国主妇都会想要俩机器人——一个收拾屋子，另一个收拾后花园。"

"我们和高科技关系越少越好，"苏珊娜阴沉着脸，尽管背靠在连接法蒂和纽约的大门上打了个小盹，但她还是憔悴极了，看起来简直就像快死了，"瞧瞧高科技把这个世界搞到什么地步了吧。"

罗兰朝杰克点点头，男孩刚刚说到他和卡拉汉神父在一九九九年的纽约城历险，从一辆出租车开始——那车几乎把奥伊撞死，一直到他俩携手攻入了迪克西匹格饭店，以两人组合对付餐厅里的低等人和吸血鬼。他也没忘记告诉他们，自己和卡拉汉是怎么处置黑色十三的：把它放入了世贸中心的仓库保险柜里，那地方非常安全——直到二〇〇二年六月为止；也说了他们如何在迪克西匹格饭店外面的排水沟里找到了神龟，也就是苏珊娜遗落的那个乌龟，仿佛藏在漂流瓶里的口信。

"真勇敢！"苏珊娜听完，用手亲昵地拨弄他的头发。接着她又弯下腰抚摸奥伊的脑袋。貉獭伸长脖子，尽力去获得她的爱抚，眼睛微微合着，狐狸般的小脸蛋上露出笑容。"真他妈的勇敢。说谢啦，杰克。"

"谢谢阿克！"奥伊也赞同地叫。

"要不是有那只神龟，他们早就拿下我们了。"杰克的声音很稳重，但脸色又变得苍白了。"但他们拿下了……神父……他……"杰克用手背抹去一滴泪，扭头凝视着罗兰，"你借用他的声音喝令我走。我听见了。"

"是的，我必须那么做，"枪侠肯定了他的说法，"那也是他最想看到的结果。"

杰克接着说："吸血鬼没有捕获他。在他们能够吸到他的血、把他变成他们之一前，他扣动了我的鲁格枪。不管怎样，我认为他们没有吸到他的鲜血。他们可能把他撕烂了,把他吃了。他们真疯狂。"

罗兰只是点点头。

"他最后说出的话——我认为他是大声喊出来的,不过我已经不能确定了——他说……"杰克仔细回忆着。现在他的泪已肆意流淌。"他说,'愿你找到你的塔,罗兰,冲进去,也愿你爬到塔顶!'接着……"杰克抿紧了嘴唇,轻轻抽泣了一声,"走了。像是蜡烛熄了火。去了那个世界,不管它在哪儿。"

他陷入了沉默。好一会儿,他们都沉默无语,那份安静之中包含着某种沉思。随后,埃蒂说道:"好吧,我们现在又回到一起了。我们接下去到底该干吗?"

4

罗兰坐下来时,嘴角牵出一丝苦笑,投向埃蒂·迪恩的一瞥仿佛在说——比任何话语来得更明晰——何苦又来试探我的耐心呢?

"好,没事儿。"埃蒂只能自己接着说:"只是我的习惯而已。别再那么瞅着我了。"

"什么习惯,埃蒂?"

埃蒂突然想起最后一次与人打架打得鼻青脸肿,其实近日来他已经不太去想他早年和亨利在一起吸毒的时光了,但此时此刻他的确在追忆。他只是不想承认,倒并非是觉得害臊——埃蒂真的认为自己已经过了那一关了——真正的原因在于:他已经感受到枪侠越来越不耐烦了,因为埃蒂老是用他大哥亨利的话来解释问题。可能这很公平。亨利在埃蒂的人生中扮演了决定性的重要角色,这没错。就好像柯特确立并塑造了罗兰在未来人生中的形象……不过,如此说起来,枪侠并不总把老师挂在嘴边的。

"明知故问。"埃蒂说。

"那么这一次你明知的答案又是什么呢?"

"我们要原路返回到雷劈,之后才能继续去找塔。我们要去把断破者们消灭干净,要不就把他们全部放了,给他们自由。不管怎样,都是为了保护光束的安全。我们还要干掉沃特,或者说是弗莱格,或者随便他管自己叫什么吧,反正就是他。因为他是这片战场的大元首,是不是?"

"他是。"罗兰点头赞同。"不过现在的游戏里出现了一个新角色，"他的视线移向了机器人，"奈杰儿，我需要你。"

奈杰儿应声放下交叉在前胸的手臂，同时抬起头，说："我能为您效劳吗？"

"你能帮我拿点可以书写的工具吗？这里有这些东西吗？"

"先生，这里有钢笔、铅笔，还有总监房间里的粉笔，就在抽取室的另一头。应该还在那里吧，上次我偶然去那儿时还见到的。"

"抽取室。"罗兰一听这话，不禁陷入沉思，眼神在密密麻麻排列如林的病床间逡巡。"你刚才是这么说的吗？"

"是的，先生，"接着，奈杰儿几乎有点胆怯地说，"元音省略并夹杂唇齿摩擦音暗示您很愤怒。情况属实吗？"

"他们从另一个世界把成千上万的孩子们带过来——都是些健康的孩子，至少大部分都是，而那个世界里太多婴孩生来就有残缺——他们把健康孩子的意识全吸走了。你是问我为什么愤怒吗？"

"先生，我确信自己对此一无所知。"奈杰儿应了一声。他很可能正在为转回这里而懊恼呢。"可是我从不曾参与抽取流程，我向您保证。我的工作是负责内部设备，包括维修养护。"

"给我去拿一支铅笔、一支粉笔吧。"

"先生，您不会摧毁我吧，会不会？过去十二年或十四年间，抽取流程都由斯高瑟博士负责，而斯高瑟博士已经死了。这位女先生开枪击中了他，用的还是博士自己的枪。"奈杰儿的言词之间颇有几分责怪之意，这也难怪，他的嗓音本来就很尖细。

罗兰只是重复了一遍："给我去拿一支铅笔和一支粉笔，要快。"

奈杰儿转身履行使命去了。

"刚才你说有一个新角色，指的是那婴孩吧。"苏珊娜说。

"当然是。那个小家伙，他有两个父亲。"

苏珊娜沉默着点点头。她一直在想米阿跟她讲的故事，那时候的一场隔界把她俩带去了法蒂境内的荒弃村镇——确实是被人遗弃的地方，但所言之"人"显然不包括赛尔、斯高瑟和嗜血如命的狼群。这两个女人，一黑一白，一个怀着孕、另一个则没有，双双坐在杜松小狗酒吧外面的长椅上。就是在那里，米阿对埃蒂·迪恩的妻子谈了许多——可能比他们谁知道的都多。

他们就是在这地儿改变了我。米阿告诉她,"他们"应该指的是斯高瑟和其手下的一队医生。也许还要算上一群术士?就像曼尼人,最善于在世界间穿梭?也许吧。谁说得清呢?就是在抽取室里,她被制成了人类。随后,因为罗兰的精液已经在她体内了,另外一些事情就相继发生了。米阿对这部分的细节记忆不详,模模糊糊只剩下红晕晕的一片黑暗。现在,苏珊娜很想知道:血王是否亲自出现?那远古蜘蛛般的巨大肢体是否爬上了米阿的身体?又或者,它那不可名状的精虫通过什么诡异的方式融入了罗兰的精液?不论真相符合哪种猜测,婴孩总归是长大了,并长成了苏珊娜亲眼所见的杂交后的恐怖形体:不是狼人,而是蜘蛛人。此时此刻,它就在外面,外面的某处。也可能它就在这里,观望着他们,甚至聆听着他们的交谈,也看到奈杰儿带着各种各样的文具回来。

没错,她心想,它就是在观望我们。还恨我们……不过恨的方式不尽相同。丹-特特最恨的是罗兰。它的第一个父亲。

她忍不住打了个寒战。

"莫俊德一心要杀死你,罗兰,"她说,"这是它的职责。它生来的使命即是如此。终结你,还有你的不懈追索,还有塔。"

"是的,"罗兰答道,"它还要统治它父亲的领地。因为血王已经老了,而且我越来越确信血王被囚禁起来了,我也说不清是为什么。但如果事实如此,那他就不再是我们真正要对付的敌人了。"

"我们要不要去他在迪斯寇迪亚另一边的古堡?"杰克提出问题,这是半小时来他第一次开口说话,"我们是要去的,对吗?"

"我想是这样的,没错,"罗兰答道,"我们整个卡-泰特一起去歼灭那里存活的敌人。"

"那就这么办吧,"埃蒂说,"以上帝的名义,就这么办吧。"

"是啊,"罗兰再次肯定道,"但是,我们的首要任务是对付断破者们。就在到达这里前不久,我们在卡拉·布林·斯特吉斯感受到一场光震,这说明他们的使命近乎完成了。而且即便没有——"

"终结他们的所作所为就是我们的任务。"埃蒂说。

罗兰点了头。他看起来比平时更乏累。"是啊。屠杀他们,或是让他们自由。不管怎么做,我们都必须让他们不再扰乱仅剩的两条光束。而且,我们必须消灭婴神丹-特特。它属于血王……也属于我。"

5

奈杰儿满载而归(让人感觉似乎不只是为了帮助罗兰一行人)。一开始,他掏出两支铅笔、两支钢笔(其中一管古董钢笔活像是狄更斯①小说里的公证员使用的),又取出三支粉笔,其中一支插在银色套子里,看起来很像是女士唇膏。罗兰就选中了这支粉笔,又给了杰克一支。"我写不好你们能看懂的文字,"他说,"但是我们的数字是一样的,至少看起来差不多。杰克,把我说的写在这一边,字要清楚些。"

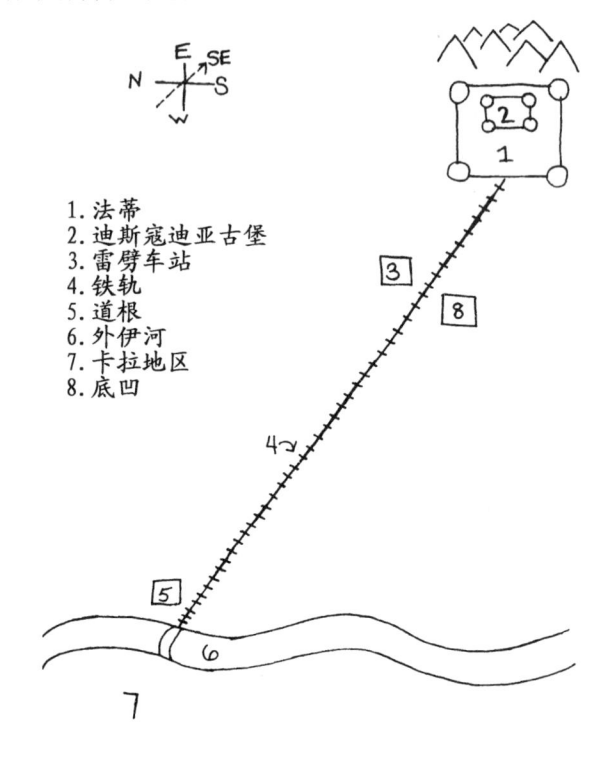

杰克听从了他的吩咐。于是,出现了一张粗糙、但足够说明问题的地图——一份带有传说的地图。

1. 法蒂
2. 迪斯寇迪亚古堡
3. 雷劈车站
4. 铁轨
5. 道根
6. 外伊河
7. 卡拉地区
8. 底凹

"法蒂,"罗兰指着标号 1 的地方说道,又用粉笔画了条短线,指向 2,

---

① 狄更斯(1812—1870),英国作家,以描写维多利亚女王时代的生活和境况而出名。

"这里是迪斯寇迪亚古堡,下面有几扇门。根据我们听到的消息,那是一片混乱的电磁场。有一条通道能让我们从这里到达那里,也就是城堡的地下。现在,苏珊娜,再说一遍狼群是怎么走的,还有他们干了些什么。"说着,他将装在手柄里的粉笔交给了她。

她接下粉笔,满意地看了一眼削得很尖细的笔尖。不过是个小把戏,但确实很好写。

"他们骑着马通过了一道单向门,将他们送出了这里,"她在 2 和 3 之间连上一条线,杰克刚才已在标号 3 旁标注了"雷劈车站","我们一旦看到这扇门就应该能判断出来,因为它很大,除非他们是一个一个地冲进门去的。"

"有可能,"埃蒂插话说,"他们坚持按照老一代的方法行事,除非我的感觉出错了。"

"你没错,"罗兰答道,"苏珊娜,你接着说。"他坐着,但没有双腿盘起,右腿僵硬地向外伸着。埃蒂很想了解罗兰的臀部到底有多疼,试着回忆刚刚失而复得的装备大包里是否还剩了点罗莎丽塔的猫油——不太乐观。

苏珊娜接着说:"狼群骑马从雷劈出去,一路沿着铁轨跑,至少是一直跑出了阴影……或者说黑暗……或者……随便怎么说吧。你明白吗,罗兰?"

"不太清楚,但我们很快就能见识到了。"他的左手又下意识地绕啊绕,那是不耐烦的手势。

"他们过了河,去了卡拉,然后抓走了不少孩子。当他们回到雷劈车站时,我想他们一定是把坐骑和捕获的孩子都送上了火车,然后再走那条路返回法蒂,因为门对他们已经没用了。"

"是的。我想是这么回事儿。他们绕过了底凹——就是我们用数字 8 来标记的小监狱——就目前来说,是这样。"罗兰赞同她的分析。

苏珊娜继续说:"斯高瑟和他的法西斯医护人员用床上这些像头罩的物事从孩子们身体里抽取了什么东西。他们就是把这些东西给了断破者们。以此喂养他们,我猜想,或者也会通过注射的方式输给他们。孩子们和类似大脑物质的东西再通过门返回雷劈车站。孩子们则被送回卡拉·布林·斯特吉斯,也许还有别的卡拉地区,而且,在你说的底凹-托阿那里——"

"大师,晚餐准备好了。"埃蒂用阴森的口气说道。

奈杰儿插上话来,听起来颇为欢欣:"先生们,你们想尝尝吗?"

杰克这才想到自己还有胃,不想则已,一想顿时觉得饥肠辘辘。这几乎有点恐怖——神父死了才没多久,他竟然会这么饥饿——况且他还在迪克西匹格饭店里见到了那些东西——可是他确实听到肚子咕咕直叫。"有什么食物吗？奈杰儿？真的有吗？"

"是的,确实有食物,年轻人,"奈杰儿回答,"但我担心,只是一些罐头食品,不过我还有二十多种更好的选择,包括烤豆子、金枪鱼,几种不同的汤——"

"我要灰鱼,"罗兰打断他的菜单,说道,"不过要整整一排,如果您乐意就最好了。"

"当然乐意,先生。"

"我认为你不可能找到猫王特辑,"杰克带着渴望的口吻说道,"所以我只要花生酱、香蕉和培根。"

"天哪,孩子!"埃蒂听罢惊呼道,"我不知道你能不能在这种光线下看出来,我都快饿成绿色儿的了。"

"很遗憾,我没有培根,也没有香蕉,"奈杰儿说着(这次的"香蕉"又被念成了高贵的英式口音),"但是我还有花生酱和三种不同的果子冻。还有苹果黄油。"

"苹果黄油不错。"杰克说。

"接着说,苏珊娜,"等奈杰儿再次奔赴使命后,罗兰才说道,"尽管不需要催促你们一路讲啊讲；等我们吃完,还需稍事休息。"听起来,罗兰很不喜欢这个主意。

"我觉得没什么需要再说的了,"苏珊娜道,"听起来是有点让人摸不着头脑——看起来其实也一样,大概因为我们的小地图没有标出距离吧——不过他们大约每隔二十四年就会这样循环一次：从法蒂到卡拉·布林·斯特吉斯,再带着孩子们回法蒂,这样他们就能完成抽取。接着他们带着孩子返回卡拉,还带上大脑食物去这个监狱,那里关押着断破者们。"

"是底凹-托阿。"杰克说。

苏珊娜点点头："问题在于：我们怎么做才能打破这种循环。"

"我们穿过门,去雷劈车站,"罗兰回答,"然后,从车站出发,去关押着断破者们的地方。在那里……"罗兰的视线在卡-泰特身上——逗留,接着抬起手指,做了个干巴巴的枪击动作。

"那里会有守卫。说不定会有很多。要是我们实在寡不敌众呢？"埃蒂问。

"又不是第一次了。"罗兰这样回答。

第二章

观望者

1

奈杰儿回来时,端着一个大如马车轮的盘子。上面盛放着几个三明治,两个保温汤杯(一杯是牛肉汤,另一杯是鸡肉汤),再有一些罐装饮料。有可乐、雪碧、诺兹阿拉,还有一种名叫"绿色小机灵"。埃蒂拿起最后这种喝了一口,立刻声称难喝得无法形容。

他们都看得出来:奈杰儿不再像先前那样手脚利索又好脾气了,天晓得他当了多少年、多少个世纪的好管家。菱形的脑袋时不时就抽筋般地扭向一边,再歪向另一边。一旦脑袋向左,他就用法语说:"一、二、三!"扭到右边时就用德语喊:"一、二、三!"从他的胸腔里开始传出持续不断的噼噼啪啪声。

他们都坐在地板上,苏珊娜看着家用机器人弯下腰,把餐盘放在他们中间,她关心地问:"甜心,你怎么了?"

"自我诊断检测系统报告显示:整套系统将于随后二至六小时内停止运转,"奈杰儿的声音颇为阴郁,但同时不失冷静,"先天逻辑故障,至今方被隔离,但程序错误已渗入 GMS。"说完,他又剧烈晃动脑袋,歪在右边:"一、二、三!(德语)自由生活,或是死亡,你的眼睛里有格雷格!"

"GMS 是什么?"杰克问。

"还有,谁是格雷格?"埃蒂也问。

"GMS 是整体心理系统的简称,"奈杰儿回答,"还有两套这样的系统,理性和非理性。你们可能会说是意识和潜意识。至于格雷格,那应该是格雷格·斯蒂尔森,是我正在阅读的小说中的一个人物。非常享受的阅读。那本书叫做《死亡区域》,由斯蒂芬·金著。要说刚才为什么会突然冒出这个名字,我也不太明白。"

2

奈杰儿解释说,在他这种名为"阿西莫夫①"型机器人中,逻辑错误非常普遍。越是聪明的机器人,存在的逻辑错误就会越多……所以,出现故障也就越早。老一代人(奈杰儿称其为"制造者们")为了弥补这一缺陷,又设置了一套严格的查错隔离系统,以便处理心智方面的小故障,就好像对付天花或霍乱一样。(杰克心想:这听起来倒真是个对付精神错乱者的好办法,不过他猜想,精神病学家才不会喜欢这套法子呢,因为如此一来,他们明摆着就要失业了。)奈杰儿相信是因为眼球遭受枪击所受的外伤导致隔离系统减弱,所以现在他体内电路中所有的坏东西都能肆意活动,并损坏了演绎推理和感应推理能力,还扰乱了逻辑系统中的左右平衡。他还告诉苏珊娜,自己压根儿没有怪罪她的意思。苏珊娜举起拳头,放在额头前,好好地谢了他。但说实话,她并非完全信任老好人 DNK 45932,如果能知道自己为什么对他有所怀疑就好了!也许这种错觉不过是从卡拉·布林·斯特吉斯带来的惯性,那里的一个机器人实在是又恐怖又记仇的蠢货,和奈杰儿有天壤之别。不过,还有一些别的原因让她这样想。

用我的小眼睛侦察一下。苏珊娜这样想。

"奈杰儿,伸出你的手。"

机器人照办了,他们都看到有一些细小的毛发夹在他的钢手指的接缝里。还有一滴鲜血在……你可以称之为指关节吗?"这是什么?"她问道,捻起了几根毛发。

"夫人,我很抱歉,我没法——"

没法看。不,当然看不见。奈杰儿有红外线,但真正的视觉系统已经失灵了,拜苏珊娜·迪恩、丹的女儿、十九之卡-泰特枪侠之赐。

"这些都是头发。我还注意到有血迹。"

"啊,是的,"奈杰儿回答说,"夫人,是厨房里的老鼠。程序设置我一旦看到害虫就立刻处理掉。这些天来出现了不少老鼠,我很抱歉这么说;世界

---

① 艾萨克·阿西莫夫(Isaac Asimov, 1920—1992),当代美国最著名的科普作家、科幻小说家,与儒勒·凡尔纳、H.G.威尔斯并称为科幻历史上的三巨头,代表作为"基地"系列、"机器人"系列和《银河帝国三部曲》。

在转换。"说着说着,他又猛然把头扭转向左,用法语说道:"一、二、三!米妮米老鼠是我的老鼠/是为我而生的老鼠!"

"呃……你是在做三明治之前还是之后杀死了米妮和米奇,老朋友奈吉?"埃蒂问道。

"之后,先生,我向您保证。"

"好吧,我放你一马,随便啦,"埃蒂又说,"我在缅因州吃了个穷小子,那鬼玩意儿死死黏在我的肠胃里。"

"你应该用法语说一、二、三。"苏珊娜对他说。她想都没想就说出了这些法语单词。

"拜托你再说一遍?"埃蒂坐着,手臂环绕在她腰间。自从他们四人重聚于此,他一有机会就抚摸苏珊娜,仿佛必须用肌肤触碰的方式才能确认她不再是充满希冀的幻象,而是活生生地坐在他身边。

"没什么。"她想等奈杰儿走出房间、或是系统彻底崩溃停止运转时,再告诉他自己的直觉。她觉得奈杰儿和安迪——也就是她小时候读过的阿西莫夫故事书里提到的机器人应该不太会撒谎。也许安迪经过了某些改良,也可能是他自动升级了,所以撒谎对他而言就不再是个问题。至于奈杰儿,她觉得撒谎就会成问题,真正的大问题:你可以说问题大大。她有一个想法,奈杰儿和安迪不同,奈杰儿真的是好心眼儿,但是——在食品储藏室的老鼠这件事上,他撒了谎,至少也是粉饰太平。说不定,在别的事情上他也会这么做。一、二、三(法语)和一、二、三(德语),这就是他释放压力的办法。不管怎么说,能解除暂时的压力。

那是莫俊德。她想到了,随即环视一周。她拿起一份三明治,因为她不得不吃——和杰克一样,她迫不及待想要狼吞虎咽——但她已经没有胃口了,她知道自己对硬生生吞下喉咙里的东西丝毫没有享受之心了。他刚才和奈杰儿在一起,而现在他就在什么地方观望我们,我知道这一点——我感觉得到。

并且,当她咬下第一口经过长期储存、真空包装,却吃不出是什么动物的肉时:

做母亲的总能知道这一点。

3

谁也不想在抽取室里睡觉(哪怕那里足有三百张、甚或更多新铺好的床位),也不想到外面荒僻的镇上去睡觉,所以,奈杰儿将他们带到他自己的地盘,途中时不时地停下来,剧烈地左右摇摆脑袋,好像要把脏东西甩出来,也始终用德语和法语数数。没过多久,他开始用他们不懂的语言数出更多的数字。

在奈杰儿的带领下,他们走过了厨房——全部器械都是亮闪闪的不锈钢,轻稳地嗡嗡鸣响,和苏珊娜在隔界中造访的迪斯寇迪亚古堡下面的古老厨房截然不同——并且,他们看到了奈杰儿刚才准备食物时留下的些许杂物,但是根本没有老鼠的痕迹,不管是活着的还是死了的。没有人开口谈及此事。

直觉告诉苏珊娜自己正在被人紧紧盯着,这感觉一会儿强烈,一会儿又消隐了。

在食品室后面有一套洁净整齐的小公寓,里面有三个房间,奈杰儿大概就是在这里挂帽子吧。没有卧室,但是,在起居室和放满了监控设备的配膳室后面,有一间四壁书架的小书房,配有一个橡木书桌、一把简易坐椅,上方还有一盏卤素阅读灯。书桌上的电脑由北方中央电子制造,这一点毫不出人意料。奈杰儿给他们拿来了毯子、枕头,还保证说都是干净的、没人用过的。

"可能你是站着睡觉的,但我想你更喜欢坐下来看会儿书,和普通人一样。"埃蒂说。

"哦,确实是的,一——二——三!"奈杰儿回答,"我很喜欢看书。这是我程序的一部分。"

"我们将睡六个小时,接着就起来赶路。"罗兰如此告诉大家。

与此同时,杰克正凑近书架浏览书脊上各种各样的名字,偶尔也抽出一本来仔细瞧瞧。奥伊跟着他走,总是蹲在他脚边。杰克说:"他几乎收齐了所有狄更斯的书,好像差不多……还有斯坦贝克[1]……托马斯·沃尔夫[2]……好多好多赞恩·葛雷[3]……还有个叫马克西·布莱德[4]的什么人……叫艾尔莫·伦纳德[5]的家伙……还有总是畅销的斯蒂芬·金。"

---

[1] 约翰·斯坦贝克(1902—1968),美国作家,曾获一九六二年诺贝尔文学奖。代表作有《伊甸园之东》、《愤怒的葡萄》等。
[2] 托马斯·沃尔夫(1900—1938),美国小说家。他短暂的一生中留下四部长篇小说:《天使,望家乡》、《时间和河流》、《蛛网和岩石》、《你不能再回家》,还有数十篇中短篇小说。
[3] 赞恩·葛雷(1872—1939),美国小说家,素以西部小说、传奇小说著称。
[4] 马克西·布莱德(1892—1944),美国作家、剧作家,以多产著称,出版了约五百篇小说和短篇故事。
[5] 艾尔莫·伦纳德(1925—   ),美国著名畅销书作家,以另类黑色喜剧著称,其作品《矮子当道》系列、《危险关系》等被搬上银幕。

他们都花了一点时间打量整整两排书架上的金的作品,统共不下三十本,至少有四本书厚得惊人,还有两本的尺寸和制门器差不离。看起来,布里奇屯岁月之后,金忙于笔耕,像是辛勤的蜜蜂。最新出版的一本书叫做《亚特兰蒂斯之心》,出版年份也是他们尤其熟悉的:一九九九年。独独缺少那本关于他们的,假设金真的写过。杰克翻到版权页查看了一下,但是那页上有几个明显的窟窿。当然,这可能什么意味都没有,毕竟他已经写了那么多了。

苏珊娜向奈杰儿询问此事,后者回答说他从来不曾在任何一本斯蒂芬·金的书里看到有关蓟犁的罗兰,或是黑暗塔之类的内容。这时,他边说边又突然狠狠扭歪脑袋用法语数起数来,这一次一直数到了十才罢休。

奈杰儿告退了,一路喀喇嘛啪地响着走出了房间。"不管怎么说,"埃蒂这才说道,"我打赌这里有很多资料我们都用得上。罗兰,你觉得我们可否把斯蒂芬·金的书打包带走,随身带着?"

"可能有帮助,"罗兰答,"但我们不用带着书。它们会让我们困惑的。"

"为什么这么说?"

罗兰只是摇摇头。他不知道自己为什么那么说,但他很清楚,自己说的完全正确。

4

电弧 16 实验站的中心位于抽取室、厨房和奈杰儿的书房之下第四层。需要通过一扇太空舱形的前厅,再进入控制组。前厅的门只能使用身份识别卡从外部打开,即便有几个人也只能一个一个地进。在法蒂最底层的道根安放的背景音乐播放系统通过电讯设备传送,听起来像是甲壳虫乐队的曲调,但其实是"昏迷弦乐四重奏"乐队翻奏的。

控制组中心里面有十几个房间,但是我们需要着力关注的只是其中一间,里面满是电视屏幕和保安设备。保安设备之一控制着一些小型猎杀型机器人,虽小,但却凶恶难当,全都装备着燃烧弹和激光枪;另一种设备则掌控毒气释放(和布莱因在剌德施行大屠杀时所用的方式一样),以供在敌方接管此地时使用。这些,在莫俊德·德都的眼里,都已经发生了。他曾试图激活这两者:猎杀型机器人和毒气装置;可两者都没有反应。现在,莫俊德有一只血淋淋的鼻子,前额有一处淤青,下唇也肿胀起来,这都是因为他从刚才坐着的椅子里跌了下来,滚到地板上,尖细的嗓音痛苦地嘶叫,但纯然孩童般的哭泣根本不足以表达他心中真正的狂躁暴怒。

能在五个屏幕上看到他们,却不能杀死他们,甚至伤不到他们!难怪他胸中怒火飙升!他能感到活生生的黑暗渐渐围拢过来——标志身体变形的盲暗色,所以他强令自己保持冷静,不要这么快变形。他已经发现了其中的奥妙:从人形变为蜘蛛形(再变回去,如此反复)——这一过程必需耗费巨量的体力。如果是日后那倒没关系,但眼下的他不得不留点神,万一自己像只倒霉的蜜蜂一般在烧成废墟的森林里忍饥挨饿那就太惨了。

我向您展示的这一幕远比先前所见的任何情景都要诡异,并且我要预先提示:您的第一反应将是哈哈大笑。那没关系。如果必须要笑,那就得笑。只是,千万不要将视线从这一生物身上移走,因为,它甚至能在您的想象中制造伤害。请切记:它来自两个父亲,个个皆是杀手。

5

现在,出生仅几个小时后,米阿的小家伙已有二十磅重了,看起来像是个健康可爱的六个月的宝宝。莫俊德身上有一件姑且能称为衣服的东西,那是用毛巾勉强凑成的尿布,那是奈杰儿给他带去第一顿道根野味时顺便给他围上的。这个婴儿需要尿布,因为他还无法自控排泄。他知道这一控制能力很快就会有了——如果以现在的速度继续生长,也许今天之内就能完成——尿布也会很快嫌小了。现在,他不得不桎梏于白痴一样的新生儿的身体。

围着这么一条尿布,实在是种耻辱。更不用说从椅子上摔落了,除了躺在原地之外别的什么能力都没有,他挥舞着淤痕处处的胳膊和腿,还流着血,哇哇啼哭。DNK 45932应该前来抱起他,他绝不能抵抗王子的命令,仿佛悬吊于高窗外的重物根本无法抵抗地心引力,可是,莫俊德没敢去叫他。褐色皮肤的婊子已经觉得奈杰儿有点不对劲了。褐色婊子的感知力真是坏透了,而莫俊德自己此时也极脆弱,不堪一击。他有能力控制整个电弧16实验站中的每一台机械,和机器合而为一只是他众多天赋中的一项本领而已,然而当他躺在地板上、门口标志着**中心**(很久很久以前,这里也被叫做"首领",那已是世界转换之前的事儿了),莫俊德渐渐明白了:这里可供操控的机械其实已经寥寥无几。怪不得他父亲想要推倒塔,从头再来!这个世界已经崩溃了。

140

为了能重新爬上椅子,他想过要变回蜘蛛,只要坐在椅子上,他就能再次变回婴儿人形……可是当他这样尝试时,顿时觉得肚子饿得直叫,嘴巴里也因饥饿泛出酸楚的味道。并非只是变形耗费了大量体能,他开始如此怀疑;蜘蛛的身体更接近于他的真实形态,当他一成为蜘蛛,体内的新陈代谢就会变得快速而激烈。他的想法也会随之改变,这一点颇让他着迷,因为他作为人类的想法多姿多彩,实在太情绪化了(他觉得自己似乎无法控制好这些情绪,但应该做得到,及时就好),大多数情况下又都是些不令人愉悦的感情。身为一只蜘蛛,他的想法其实并非真正的"思想",至少以人类的角度看那根本不能算;那些念头是阴森咆哮的东西,好像从某个阴湿的地底深处耸升上来的。那些念头是关于

(吃)

和

(吼叫)

和

(强暴)

和

(杀)

用很多方法能愉悦地做成这些事情,这些念头在婴神尚未发育完全的意识里像亮着前灯的大机器一样轰隆隆激烈奔行,不知不觉间加速到极点,就这样在全世界最阴晦的日子里飞驰。这样的想法——释放他身为人类的那一半——充满诱惑,但是他想到了:在他几乎毫无防范力的情况下,现在这么做等于自取灭亡。

现在就几乎要灭亡了。他抬起右胳膊——粉嫩光滑、完美无瑕的赤裸胳膊——这样他就能看到自己的右臀。褐色婊子开枪击中了这个位置,尽管从枪战到现在莫俊德已经长大了一些,无论身长还是体重都增加了一倍,但那伤口依然豁裂着,鲜血和奶油冻般的东西也仍然在不断外渗,看上去深黄色一片,还发出恶臭。他想,人形上的这个伤口大概永远都不会痊愈了。同样,他的另一种身体也恐怕不能再伸展这条被婊子的子弹击中的蜘蛛腿了。要不是她被绊倒了——卡,啊,是的,他对此毫不怀疑——这颗子弹绝不会击中他的腿,肯定进入了他的脑袋,那这场游戏早就结束了,因为——

这时,传来一阵嘎嘎嗡嗡的刺耳声音。他看了看显示主要进出口另一边通道的监视器屏幕,看到家用机器人站在那里,一只手里提着个袋子。袋

子在猛烈地抽搐,于是,笨拙地裹着尿布的黑头发婴孩坐在一整排屏幕前,顿时垂涎欲滴。他伸出一只胖乎乎的、非常逗人喜爱的小手臂,按动了几个按钮。向外拱的安全门滑动起来,外门开了,奈杰儿一步迈入了前厅,这地方建造得就像个气压过渡舱。莫俊德立刻扑向打开内门的按钮,并依次输入 2-5-4-1-3-1-2-1,可是专属于他的电动操控体系甚至还不曾创建呢,于是,他得到的回报只是一阵尖锐的蜂鸣声,还有一个听起来让人抓狂的女人的声音(令人抓狂,是因为这让他立刻联想到了褐色皮肤的婊子说话的嗓音)在说:"您输入了错误的安全密码,您不能开启此门,您可以在十秒之内再试一次。十……九……"

要是莫俊德能说话,他早就大骂一句"去你妈的"了,但是他不能。他现在至多能像个宝宝一样咿咿呀呀,这一定能把米阿逗得咯咯直笑、满心都是身为母亲的骄傲。现在,他不在按钮上浪费时间了;他实在太想得到机器人手中的袋子了。这次的老鼠(他猜想那应该是老鼠)都是活蹦乱跳的。活的,哦上帝啊,鲜血还奔流在它们的血管里呢!

莫俊德闭上双眼,集聚精神。苏珊娜曾在他第一次变形时见过的红光再次从他娇嫩的皮肤下泛出来,从头顶到带着胎记的脚后跟。当红光蔓延到婴孩臀部的伤口时,一股鲜血缓缓地流淌出来,脓状的液体也突然变得更黏稠,莫俊德痛苦地低吟了一声。他伸手捂了捂伤口,又顺手将鲜血涂抹在自己肚脐眼的小凹坑里,这动作有欠思量,却似乎能带来安慰。一时间,黑色的感觉出现了,它将替代红潮,随之而来的是婴孩身体的颤抖。但是,这一次并没有变形。婴孩重重跌进椅子里,气喘吁吁,一股清澈的尿液从他的生殖器口流淌出来,濡湿了臀间包裹的毛巾。椅子前面是控制面板,一个按钮无声地跳起来。

房间对面,标有"主要通路"的内门开启了。奈杰儿一步一步迟钝地重踏而入,现在几乎是一刻不停地在甩动他的脑容器,数起数来也不止是两种语言,听起来几乎有一打外语。

"先生,我真的无法继续——"

莫俊德发出婴孩才有的咯咯呷呷的语声,听来甚至很欢欣,还冲着袋子伸出了手。而他以此传达出的思想却清晰准确又冷酷无情:闭嘴。把我需要的东西给我。

奈杰儿将袋子放在他的膝头。袋子里传出吱吱的叫声,几乎像是人类的言语,莫俊德第一次意识到袋子猛烈的抽搐其实只来自于一个生物。那么,显然不是老鼠了!是更大的动物!更大也就有更多的血!

他打开袋子,朝里一瞄。一对金色眼睑的眼睛可怜巴巴地看着他。一时间,他以为那是只在夜里飞行的鸟,呼呼扇动翅膀的鸟,他说不上名字,但接着,他又看到这动物身上有毛皮,而不是羽毛。在中世界的许多地区,人们称这种动物为貉獭。眼下的这只,小得刚能叼住它母亲的奶头。

总算有了,有了,他这样想着,嘴里溢满了口水。我的小伙伴,我们是在一条船上的——我们都是没娘的娃儿,活在一个艰险残酷的世界上。别动,我会好好安抚你的。

与这么个年幼的生物打交道,和与机械交流并没有太大区别,莫俊德窥进它的脑海里,在它简单的思想里轻松地找到控制点。他探出意念之手触碰到了那一点,并抓牢了它。那时候,他可以听到这个小生物胆怯无比、又满怀希望的心声:

(别伤害我求你了别伤害我;请你让我活;我想活着多玩一会儿;别伤害我求你了别伤害我让我活)

于是,他回应它:

一切都会好的,别害怕,小朋友,一切都好好的呢。

袋子里的貉獭(奈杰儿是在发动机区找到的,它孤零零的,一扇关闭的自动门将它和母亲、兄弟姐妹隔开了)放松了下来——确切地说,那不是因为相信,而是宁愿相信。

6

奈杰儿的书房里,灯光已被调成微亮。奥伊发出哀鸣时,杰克立刻醒来。其余人都在沉睡中,至少眼下他们都还没醒。

奥伊,出什么事儿了?

貉獭没有应声,只是继续发出深喉中的呜咽。它那双金色眼睑的眼睛向书房阴沉角落的深处凝视着,仿佛看到了什么可怕的事情。杰克还记得自己在清晨的噩梦中惊醒后也是同样凝望着自己卧室的角落,梦见了弗兰肯斯坦或是吸血僵尸或是

(暴龙争斗)

别的什么妖怪,上帝知道那到底是什么。而现在,他想可能貉獭也会做

噩梦,因而更努力地去接触奥伊的意念。一开始那里并没什么,接着,出现了一种深沉而又模糊不清的影像

(眼睛 从黑暗中望出来的眼睛)

看似袋子里的貂獭。

"嘘——"他凑近奥伊的耳朵轻轻说着,伸出双臂搂住它,"别吵醒他们,他们需要好好睡一觉。"

"睡觉。"奥伊回应了一句,声音压得很低。

"你只是做了个噩梦,"杰克轻声说道,"有时候我也会做的。那都不是真的。没有人把你抓进袋子里。回去睡觉吧。"

"睡觉,"奥伊又把鼻子耷在右前爪上,"奥伊—要—安静。"

这就对了,杰克知道它在想什么,奥伊要安静。

金色眼睑的双眼看起来仍是忧心忡忡,继续圆圆地睁了片刻。然后,奥伊的一只眼睛朝杰克眨了眨,接着,两只眼睛合上了。没过多久,貂獭又睡着了。就在不远处,它的一个同类死了……但这世界总是继续着死亡;这是个艰险的世界,也将永远艰险下去。

奥伊梦见自己和杰克在浪人之月巨大的橙色弧光下面。杰克,也在睡觉,在意念的交流中拾起这个梦境,于是,他们一起梦到了老流浪汉的月亮。

奥伊,是谁死了?杰克在浪人独目般的月光下问道,默契地眨眨眼。

奥伊,他的朋友回答。很多。

在老流浪汉之月空空的橙色注视下,奥伊没再说什么;事实上,它在梦里又发现了另一个梦,同样,杰克在另一个里也和自己在一起。这个梦境要好多了。梦里,他俩在明媚的阳光下嬉戏。它很想告诉他们,但杰克和奥伊都不明白它在说什么,因为它说的可不是英语。

7

莫俊德没有力气,连把貂獭从袋子里提出来都觉得吃力,奈杰儿既不想也不能帮他。机器人只是站在控制组的内门口,剧烈地扭动脑袋,一会儿向左、一会儿向右,数着数,喀喇噼啪的噪音也更大声了。从他的体内散发出热乎乎的焦味。

莫俊德成功地将袋子翻转过来,于是,貂獭滚到了他的膝头,这个小东

西大约只有半岁,双眼微睁微闭,但黄黑色的眼珠子显得迟钝又呆滞。

莫俊德将头后仰,狞笑着聚集精神。红色光潮自上而下泛遍全身,根根头发倒竖。就当头发简直要飞离头顶的时候,连同头发附着的婴儿身体都不见了。蜘蛛显形了。它用七条腿中的四条腿钩住貉獭,再毫不费力地吊起来,送进饕餮的嘴里。在二十秒之内,它就将貉獭吸吮得干干净净。接着,它的嘴巴探入小生物柔软的下腹,将它撕裂,再稍微举高一点,便开始吞食滚落下来的内脏:美味至极、汁液丰润的肉食足以供给力量。它更深地吃下去,发出心满意足的吮吸声,又猛一口叼住貉獭的脊椎骨,稀里呼噜地吸起黏稠的骨髓。大部分的能量物质都在血里——是的,总是在血里,正如那些长老们一贯所知的那样——可是吃肉也会长力气。身为一个人类婴孩(罗兰会用古老的蓟犁语说,宝宝),从果汁或肉类中吸取不到能量,或许还可能噎住、呛住。但作为一只蜘蛛——

他吃完了,将尸体随手扔在地上,上次他也是这样扔弃吸食殆尽的老鼠干瘪的尸体。奈杰儿曾清理了那些老鼠,这次也是他带来了惶恐的貉獭,但现在,他不能清理这具尸体了。无论莫俊德喊了多少遍"奈杰儿,我需要你!"他还是静静地站在原地。机器人身边弥漫着塑料烧焦的煳味儿,浓重得足以激活天花板上的排风扇了。DNK 45932保持着脑袋左转的姿势,脸上没有眼睛。他因而永远带有某种困惑的表情,仿佛在死的瞬间,他正在四处询问一个至关重要的问题:生命的意义何在?也许,或是,谁在墨菲太太的杂烩汤里加了料?不管所问为何,总之,他所担负的"老鼠和貉獭捕猎者"短期工已告结束。

此时此刻,莫俊德浑身都是劲儿——这顿大餐新鲜又美味——可是也维持不了多长时间。如果他继续保持蜘蛛形,刚刚获取的能量就会更快被耗尽。但是,如果他转回婴孩的形体,甚至连跳下这把椅子都做不到,也不能再次围上尿布——刚才的那条尿布显然在这次变形中被扯开了。不过他必须变回去,因为在蜘蛛的身体里他根本不能清晰地思考。难道还指望能推理演绎吗?这笑话够冷的。

蜘蛛背上的白色小头闭上了那双人类的眼睛,之下那庞大的黑色躯体闪现出一片闹腾的红光。蜘蛛腿都向躯干缩了回去,随即消失无影。小小的白色节点般的头部渐渐长大、逐步增添了该有的细节,又成为婴孩的脑袋,与此同时,皮肤也向苍白色褪变,再次塑成了人形;婴孩那蓝色的眸子——轰炸者的眼神,枪侠的眼神——又熠熠生光了。食了貉獭的血肉,婴孩的他浑身是劲儿,但在变形过程中他能清楚感受到能量正在令人悲伤地慢慢消散(像是一大杯啤酒上面厚厚的泡沫)。能量消耗不仅是因为来回变形。真正的原因是：他在以一种惊人的快速生长。这种增长迫切需要持续不断的营养供给,可在该死的电弧16实验站里压根儿没多少有营养的东西。即便出去也无济于事,法蒂的情况也一样。的确有一些罐头食品,肉食用锡箔纸包着,还有饮料冲剂,但他是需要喂养的,所以这里的一切食物都喂不饱他。他要的是新鲜的生肉,而比肉更重要的是新鲜的血。而且,迄今为止,动物的血还能勉强维持这种生长。很快,他就需要人类的鲜血,否则,生长的速度就会减慢,直至停止。饥饿的痛楚将来袭,犹如螺丝电钻在内脏里无情转动似的,但那只是肌体的痛,与目睹他们在各个监视屏上带来的心智和精神的痛苦相比就根本不算什么,他们依然活着,团结在一起,为了同一个目标互相安慰鼓励。

看到他就是痛苦。蓟犁的罗兰。

他也想不通,究竟他是怎么知道他已获知的这些事情的？从他母亲那里吗？当然,一部分是,当他扑在她身上吞噬的时候,他感到米阿心中千千万万的思绪和回忆(其中很多都是从苏珊娜的记忆中取得的)。这也是长老们所用的方式,长老们固然知道,但他是怎么知道的呢？比如说,一个德国吸血鬼在一个法国人身上痛饮了一番鲜血,也许就能说上一星期、甚或十天的法语,说得好像自己的母语一般流畅,随后,这种语言能力就和这位法籍受害者的记忆一样,会开始慢慢消隐……

他是怎么明白这种道理的？

这又有什么关系呢？

现在他就看着他们在睡觉。男孩杰克醒了一次,不过也就醒了一小会儿。再早一点的时候,莫俊德还看着他们吃东西,四个傻瓜和一个貉獭——无异于一包包鲜血,一餐餐能量——围坐成一圈,一起进食。他们总是坐成一个圈,即便只是在路途上暂休五分钟,他们都会坐成一个圈,似乎坐下来的时候丝毫没有感觉那总是一个圆圈,这个圈将外部世界隔绝在外。莫俊德没有圈。虽然他是新生儿,但他却十分明白：外面才是他的卡,就像是冬日的寒风只在半个世界里猛烈吹刮,从北方刮向东方,接着又刮回荒凉凛冽的北方。他接受这样的命运,虽然他现在满怀外来者的愤恨怒视着他们,清楚地知道他将令他们疼得很,但紧接着,这份满足感又变得苦涩起来。他是属于两个世界的,预兆着魔法世界和纯贞世界的联合、天堂和人间的结合,以及乾神和蓟犁的合并。他在某一点上类似耶稣基督,但是从另一方面来看,他比牧羊人神要更纯洁,因为牧羊人神只有一个货真价实的父亲,那天父是在假想中高高在上的天堂,另外一个继父则在地球上。可怜的老约瑟①,身上的号角是上帝亲自给他挂上的。

莫俊德·德鄢,从另一方面说,有两个真正的父亲。其中一位正在他面前的屏幕里睡觉。

你老了,父亲,他心想。这念头带给他邪恶的快感;也同样让他感到渺小而卑鄙,不比……好吧……不比一只从蛛网中俯视的蜘蛛好多少。莫俊德是双生儿,也将继续这双生儿的身份,直到艾尔德的罗兰死去、最后的卡-泰特土崩瓦解之时。另有一种热切的呼喊催促他去找罗兰,去唤他父亲?还要叫杰克和埃蒂为兄、苏珊娜为姊?那是来自他母亲的声音,蛊惑人心。他们不会等他开口说一个字眼(假设他再长大一点、上了新台阶之后就不止是说咿咿呀呀的婴儿话了)就杀了他。他们会割下他的睾丸去喂那臭小子的狗貂獭。他们还会把阉割完了的尸体埋在土里,再在他沉睡之地拉屎撒尿,最后扬长而去。

你终于还是老了,父亲,现在你走起路来像个瘸子,今天夜里我还看到你用一只手去捂屁股上的伤,小心翼翼生怕弄疼了。

如果你能看到,那就看看吧。这里坐着一个宝宝,光滑的身子上沾染了血污。这里坐着一个宝宝,默默哭泣,流着怪诞离奇的泪珠。这里坐着一个宝宝,懂得太多又懂得太少,尽管我们无论如何都不能把手指放进他的小嘴里(他要咂吧着狠狠咬上一口,活像条小鳄鱼),但少许同情则将得到许可。如果卡是列火车——其实它就是,巨大无比,飞驰电掣,并且只有一条单轨,可能疯了,也可能不是疯——那么这个让人恶心的变狼狂小患者就是最薄弱的环节、最脆弱的人质,他可不是绑在铁轨上的无助小儿,而是在飞速前冲的前灯上,难以自拔。

他可能会说自己有两个父亲,也许这多多少少就是真相,但这里没有父亲,也没有母亲。他把母亲生吃了,说真的,狠狠——一点不剩地吃完了,她就是他的第一餐,他还能怎么选择?他是最后一个神迹,由这依然矗立着的黑暗塔所孕育而生,理性和无理性、自然和超自然的存在全都伤痕累累地融合于他之身,但他如此孤独,甚而如此饥渴。命运或许已准备好了,想让他统领锁链般纠结的众世宇宙(也或许是要毁灭众世宇宙),但至今,他所能成功掌控的对象却几乎没有,除了一个老掉牙的家用机器人——连他也已迈入了生命尽头的空无

---

① 约瑟,《圣经·新约》中耶稣母亲马利亚的丈夫。

之地。

　　他看着沉睡中的枪侠，带着恨与爱、憎恶与渴盼。但是假若他出现在他们面前，并且没有被杀死呢？万一，他们欢迎他加入呢？真是荒谬至极的念头，是啊，但请允许他持有保留意见。即便到了那个时刻，他们也希望他俯身尊崇罗兰、承认罗兰是首领——而这种事情他决不去做，决不，永远不，坚决不。

第三章

闪光的索

1

"你一直在看着他们。"一声柔和的轻笑。接着,又哼唱出一小段摇篮曲,罗兰可能记忆犹新,那是他儿时的歌谣:"'分分,花花,杰克的小鼻鼻!你会不会说呀?是呀是呀,我会呀!他是我的小鬼头、小机灵,亲亲爱爱的小宝贝儿!你喜欢睡着前看到的景象吗?你有没有看到他们和支离破碎的世界一起继续向前?"

从家用机器人奈杰儿值完最后一班岗到现在,大约过了十个小时了。莫俊德实实在在地睡着了,现在他听到了这陌生的声音才转过头去,丝毫不惊讶,也丝毫不困顿。他看到一个男人,身穿蓝色牛仔裤和一件连帽大氅,站在控制中心灰色的瓷砖地上。他的装备——不过是一只破旧的圆形帆布大袋子——放在脚边。这男人两颊泛红,长得很英俊,双眼闪着热烈的神采。他手里握着一把自动手枪,当他的视线落入黑洞洞的枪口时,莫俊德·德鄯第二次领悟到:一旦他们的神性被人类鲜血所稀释,即便是众神也会死。但是他不害怕。不害怕这一个。他确实回头看了一眼显示着奈杰儿公寓的监视屏,因此能确定这个新出现的男人说得没错:房间已经空了。

面露微笑的陌生人仿佛是从这一层地板里冒出的,抬起那只没有握着枪的手够着了大氅的帽檐,并略微拨开了一点。莫俊德看到金属光色一闪。在大氅的兜帽内连有一层编织起来的状如金属线的东西。

"我把它称作我的'思想帽',"陌生人说,"我听不到你的思想,这是个缺陷,但你无法进入我的脑海,这就——"

(无疑是个优点,你说呢?)

"——无疑是个优点,你说呢?"

外衣上有两个补缀。一个上面绣着"美军"的字样和一只鸟——鹰,可不是唧唧叫的小夜鸟。另一片上面绣着个名字:兰德尔·弗莱格。莫俊德这才发现(同样不出意料):他轻而易举地能识字了。

"因为,如果你有一点儿像你的父亲——红色的那个,那就是说,你的心

149

智能力可能大大超出思想交流的范围。"穿大氅的男人吃吃笑起来。他不想让莫俊德知道他是害怕的。也许他已经说服了自己:我才不怕哩,因而才依着自由的意志来到这里。也许他就是这么做的。对莫俊德来说,怎样都无所谓。同样,陌生人的计划也像热汤一样跳入他的脑海,但也无关紧要。难道这个男人真的相信"思想帽"能阻断他的想法吗?莫俊德凑近了些,看得更深刻一点,便瞧见了答案:是的。非常方便。

"不论情况如何,我都相信必须有所防范才能非常谨慎。谨慎,总是最聪明的选择;否则我怎么能从法僧的崩溃、蓟犁的死亡中存活下来呢?我本来不想让你进入我的头脑、再送我去一幢高高的建筑物,现在为什么又想呢?你又为什么想呢?你需要我,或是别的人,就因为你那些老子弟兵静悄悄地走了,可你却还是个小宝宝,连给自己的臭屎屁股扎条破布都不行!"

陌生人——现在已经不算是陌生人了——大笑起来。莫俊德坐在椅子里,望着他。一侧的小脸蛋上有一道粉色的印痕,因为刚才睡觉时他用小手撑着那半边脸。

不速之客又说:"我想我们可以好好沟通,如果我说的话你同意就点头,不同意就摇头。如果你听不明白就敲敲椅子。够简单吧!你同意吗?"

莫俊德点点头。不速之客注意到他坚定的蓝色眼眸底的不安——极其不安——但同时又假装不表露出这一发现。他再次产生疑惑:到这里来是不是正确的做法呢?但自从米阿怀孕,他就一直跟踪着她,可是为什么,万一不是为了来这里呢?这是一场玩命儿的危险游戏,十分同意,可是,在塔倒塌之前,现在只有两个幸存的生物可以开启塔脚下的门……然而塔当然会倒,甚至很快就要倒了,因为那个作家在他的世界里活不了几天了,而关于塔的最后几卷书——三本——还没提笔写呢。已经完成的最后一卷书中,写到了罗兰和他的卡-泰特已经在那个紧要的世界里驱逐了兰德尔·弗莱格先生,就在州际高速公路上,把他从梦幻宫殿里赶了出去,在埃蒂、苏珊娜和杰克眼里,那个宫殿简直像是伟大的奥兹、可怕的奥兹(伟大的奥兹王,如果这么说能让您高兴的话)的大城堡。实际上,他们几乎杀死了老坏蛋沃特·奥·迪姆,因此制造出某些人所认为的当之无愧的大团圆结尾。但是,在《巫师与玻璃球》一书第六百七十六页之后,斯蒂芬·金就再没写过关于罗兰和黑暗塔的只字片语,于是,沃特思忖着:这才是真正的大团圆结尾。卡拉·布林·斯特吉斯的人们也好,下落不明的小孩们也好,还有米阿和米阿的婴儿——所有这些事情都潜藏在作家尚未成熟的潜意识里沉睡着呢,所有这些生物都没有呼吸,都锁在找不到的门背后。而现在沃特判定:要放他们自由已经太晚了。尽管斯蒂芬·金在整个写作生涯中都是该死的、厉害的快笔头——那本是个禀赋甚优的天才作家,却把自己变成个劣质的(但有钱)速写艺术家,如果要愉悦您,当然还可以说他是个不讲韵律的阿尔杰农·斯温伯恩①——在他的有生之年里,无论如何都不可能写完剩下的故事,哪怕一百页都写不完,哪怕他没日没夜地写啊写。

太晚了。

沃特很清楚,他曾有所选择:当时他在拉什宫,并在玻璃球里看到了这一天,那时候玻璃球还在红色老家伙手里(时至今日,那玻璃球无疑还躺在某个城堡被人遗忘的角落里)。到一九九七年夏天为止,斯蒂芬·金非常清楚狼群、双生儿,乃至名叫欧丽莎的飞来飞去的盘子……都是怎么回事儿。但对作者来说,实在是有太多东西要写了。相反,他决定写一本与黑暗塔的故事不那么紧密相关的新书,书名是《亚特兰蒂斯之心》,而且,甚至就在此时,他还在龟背大道(在那里,他从未见过哪怕一个时空闯客)的寓所里浪费生命的最后时光,尽写些关于和平、爱和越南的东西。也许他手头的这本书就是他人生里的最后一本著作,诚然,其中的一个人物可能在黑暗塔的故事里也扮演了一个重要角色,但这个人物——拥有超异头脑的老首领——永远都得不到机会说一些真正有用的台词。太美妙了。

在真正要紧的这个独一无二的世界上,时间从不回转,也从没有第二次机会(说实在的,时不再来),只有在一九九九年六月十二日那一天。作家的余生缩减到了不足两百个小时。

沃特·奥·迪姆知道他不用那么长时间就能抵达塔,因为时间(就像某些蜘蛛的新陈代谢一样)在世界的这一边走得越来越快、越来越热。比方说,五天。在外面就等于五天半。他得先把莫俊德·德郜带着胎记的足切下来,放进自己的装备包袋里,再花些时间抵达塔……打开塔底的大门、攀上喃喃低语的长长阶梯……绕过身陷囹圄的血王……

如果他能找到一种通行工具……或是一扇正确的门……

变成万物之神是不是太晚了呢?

也许不算太晚。不管发生什么事,试试看又有何妨?

---

① 阿尔杰农·斯温伯恩(1837—1909),英国著名诗人和批评家,其作品以音乐性的韵律感著称。

沃特·奥·迪姆游荡太久了,改用过一百个姓名,但是塔始终都是他的目标。就像罗兰,他想爬上塔去,看看塔顶上住着什么。如果确实有的话。

自从塔开始摇摇欲坠之后,他从未加入过任何兴起于乱世的密党、帮派或异教徒团体,尽管有时候他也佩带他们的神器——只要是适合他的,来者不拒。他侍奉血王是不久以前的事情,之前他是约翰·法僧的部下,这个好人在惨无人寰的大屠杀中攻陷了蓟犁,血流成河,文明世界的最后堡垒灭绝了。沃特在那些年里执行着份内的杀人任务,半人半鬼地活了很久。他也在界砾口山见证了他所认定是罗兰的最后一名卡-泰特。见证?看在所有的神和鱼的分上,这么说就有点谦虚了!他以鲁丁·费拉罗的身份,把脸涂抹成蓝色,和其余浑身臭烘烘的野蛮人一起吼叫、厮杀,打垮了库斯伯特·奥古特的军队,并一箭穿眼,杀死了库斯伯特。然而,即便经历了这么多,他的注意力却从未离开过塔。或许也因为如此,那遭千刀的枪侠——当那天的使命结束,太阳西沉,蓟犁的罗兰就会是最后的枪侠——屡次侥幸逃匿,并将他埋在一辆载满尸体的大车里,日落时,他从尸体废墟里爬出来,紧接着,大火就燃烧起来了。

多年前他曾见过罗兰,在眉脊泗,但那次他失手了,又没能抓住他(他将此归罪于艾尔德雷德·乔纳斯,嗓音打战、灰色长发的家伙,最终,乔纳斯也为此付出了生命的代价)。国王曾告诉他,他们和罗兰之间还没完,枪侠将开始众事众物之终结,并最终亲手导致他一心期望拯救之物的倒塌。沃特一开始不肯相信,直到在墨海呐沙漠的一天,他环顾四周,发现某个枪侠在追踪之路上跋涉,他历经多年坎坷已然苍老,然而他还不能完全相信;后来米阿再现了,应验了一个万分古老、意义深重的预言——血王之子的诞生;他终于信了。当然,红色老国王对他来说已经没太大用处了,但是,即使他已被囚禁、甚而神志错乱,他——它——依然是相当危险的。

他依然利用罗兰来完善自己——让自己更强壮更伟大,而罗兰的作用甚至比他自己的命运都要大,也许——沃特·奥·迪姆不止是一个从久远年代遗留至今的游荡者;也不仅是个雇佣兵,内心的野心虽说不清道不明,却想在塔轰然塌下之前走进去。这是不是令他臣服于血王的初衷呢?是的。而且,仓皇的蜘蛛国王变得疯癫也不是他的过错。

不要紧。现在这里坐着他的儿子,和他一样脚踝上留着鲜明印记——就在这个瞬间,沃特正凝视着那胎记——一切都平衡了。当然,他还得小心点。坐在椅子里的这东西看起来如此无助,也许它也认为自己是无助的,但绝不能仅仅看到婴儿的外表就低估了它。

沃特的枪滑入了口袋（暂时的；只是一小会儿而已），并摊开双手，两手空空。接着，他将一只手握成拳头，慢慢举至前额。缓慢地，并且，双眼紧紧盯着莫俊德，惟恐婴儿再次变形（沃特早就见识过那番变形了，也目睹了发生在小野兽生母身上的一切），如此谨慎地，这位不速之客跪下了单膝。

"向莫俊德·德鄙致敬，向蓟犁的罗兰之子、也是血王之子致敬——他的威名传遍末世界和外世界；您的两位父亲都是亚瑟·艾尔德之嫡系子孙，一位是纯贞世界回归后崛起的第一位王，另一位是黑暗塔的监守人。"

随后，在很长一段时间里，什么也没有发生。控制中心里只有静默，以及奈杰儿体内电路烧焦的余味。

最后，婴儿举起胖乎乎的小拳头，张开手掌，并抬了抬手：平身，奴隶，过来。

2

"不管在什么情况下，你最好不要'使劲想'。"不速之客说着，又走近了一步，"他们知道你在这里，况且，罗兰聪明绝顶，鬼点子很多。有一次他跟上了我，你知道，我当时想自己一定玩完了。我真那么想。"这个有时会称呼自己为弗莱格（在塔的另一层，他以这个身份摧毁了整个世界）的男人从装备包里取出花生酱和饼干。刚才他向自己的新首领征询过了，而婴孩（尽管饿得前胸贴后背）如帝王般首肯了。现在，沃特盘腿坐在地板上，大口咀嚼，自以为受到"思想帽"的庇护，根本没有意识到已经有人入侵到他的头脑里，他只知道自己的确在接受全盘考查。只有当这种考验彻底结束时，他才会真正安全，但是其后——

莫俊德将胖乎乎的小手抬起来，在空中划出一道优雅的曲线，那是一个问号。

"我怎么逃脱的？"沃特问，"哦，任何骗子在那种情形下都会像我那么做——告诉他事实！把塔指给他看，至少是其中的几个层面。那可把他吓坏了，真是恰如其分，而就在他全心投入这番新景象时，我从他的书里撕下了一页，催眠了他。当时我们是在一条时间的细道里，有时候时间会从塔里扭旋而出，好像一条细管子那样，而就当我们在那个荒瘠之地交谈时，围绕我们的世界继续向前挪动，没错！我带了很多骨头——人骨——所以当他睡着时,我把自己剩下的衣服给骨头穿上。那时我可以杀了他,但如果我那么做塔会怎么样呢,嗯?还有对你,又会怎样呢?你就永远不会有机会出世了。莫俊德,这么说很公平,因为我让罗兰活下去,再让他抽出三张牌,所以我救了你的命,甚至在你还没在娘胎里成形之前,我就是这么逃了一命。我溜走了,去了海滩——感觉像放假了,嘿!罗兰到了那儿以后,朝着三道门走上了他的路。我走了另一条路,莫俊德我亲爱的,所以现在我到了这里!"

他大笑起来,满嘴都是饼干屑,喷得下巴上、衬衫上都是。莫俊德微笑了,但他其实厌恶极了。他就得和这么个家伙共事吗?这个?一个咬着饼干狼吞虎咽、唾沫横飞的白痴,被自己过去的功绩烧昏了头脑,以至于对眼下的危险毫无感知,莫非他已经知道自己的防线已被攻破?众神啊,他活该去死!但在那之前,他还需要他做两件事。其一,得知道罗兰和他的朋友们去了哪里。其二,便是喂养他。这个白痴能干好这两桩差事。而且,让他办事不是挺容易吗?唉,沃特也老了——都老糊涂了,所以自信满满——但他过于自负,根本意识不到这一点。

"你可能在想,为什么我来这里,而不是为你父亲效劳,"沃特又问,"是不是?"

莫俊德才没想这个呢,但他还是点了点头。他的胃都饿得疼了。

"实际上,我确实是在为他效劳。"沃特说着,露出他最迷人的笑容(但被牙齿上黏着的花生酱搅和了)。他也许曾经获知,任何以"实际上"开头的论述其实总是谎言。没别的了。太老了,所以不知道了。太自负太狂妄了,所以不知道了。太愚蠢了,所以记不住了。但他仍然是机警的,这和以前一样。他可以感受到这婴孩的能量。是在他头脑中吗?在他脑袋里翻箱倒柜一般搜查?显然不是。束缚在这婴孩小小身体里的东西是强大的,但显然还没那么强大。

沃特殷勤地往前靠靠,环抱住膝盖。

"你的红色父亲……生了点小病。这也难免,他和塔贴得这么近、又生活了这么久,还费尽了心思,我对此毫不怀疑。现在责任落到了你身上,你要完成他所开创的一切。我来就是为了帮助你完成大业。"

莫俊德又点了点头,似乎被取悦了。他的确很高兴。但是,唉,他也很饥饿。

"你可能还会想,我怎么能进入这间理应是有安全措施的房间?"沃特继续说着,"老实说我也参与建设了这地方,罗兰会说那是很久很久以前的事儿了。"

这番豪言壮语,无疑又是一次显摆。

他把枪放进了大氅的左衣袋里。现在又从右边口袋里取出一个像烟盒的小玩意儿,拉出了银色的天线,再按下了一个按钮。几块灰色瓷砖地板悄然滑向一边,露出一段向下的阶梯。莫俊德点点头。沃特——或者说是兰德尔·弗莱格,也许他现在愿意这样自称——果然是从地板里冒出来的。干净利落的小把戏,不过他确实曾在蓟犁的皇宫里以御用魔法师的身份侍奉罗兰的父亲斯蒂文,不是吗?所用之名为马藤。面目众多、把戏纷呈的男人就是沃特·奥·迪姆,但他绝不像自认为的那样聪明无敌。连聪明无敌的一半儿都不及。因为莫俊德已经知道了他最终要探询的答案,那就是罗兰和他的朋友们遁离此地的路径。毕竟,没必要从沃特脑子的隐秘角落里刨根问底。他只需要沿着这傻瓜来的路走就行了。

那么,首先……

沃特的笑容收敛了一些。"您说了什么吗?主人?因为我觉得在我意识的深处听到了您的声音。"

宝宝摇摇头。还有谁能比宝宝更可信吗?他们的脸蛋不就是无辜和纯洁的最好定义吗?

"我会带着你一起走,去追他们,如果你愿意的话,"沃特说,"瞧瞧,我们组了个什么样的队伍!他们已经去雷劈的底凹,去释放断破者们。我已经许诺了,只要他们还敢继续,我就在那里和你父亲碰头——你的白色父亲——还有他的卡-泰特,我可不想食言。所以,好好听我说,莫俊德,枪侠罗兰·德鄱每一次都和我对着干,而我已经忍无可忍了。忍无可忍!你听明白了吗?"怒气在他的语调中升起。

莫俊德天真地点点头,睁大了他无邪的婴儿眼睛,那可能是因为害怕、或是惊喜才会有的表情,也可能两者都有。显然沃特·奥·迪姆除了表达恼怒之外,更想炫耀自己的决心,现在,真正的、也是唯一的问题便是:什么时候带他走?——是立刻动身还是稍等片刻?莫俊德仍然饿得要命,但他现在愿意稍微忍耐一下。面对面瞅着这个白痴带着如此高涨的热忱一丝一丝靠近命运的终点,这让莫俊德感到有种怪异的压迫感。

莫俊德再次在空中划出一个问号。

最后一丝笑容从沃特脸上退尽了。"我真正想要的是什么?你问的是这个吗?"

莫俊德点头说是。

"根本不是黑暗塔,如果你想听我说实话,那就听好了,是一直占据着我的头脑和内心的罗兰。我想让他死,"沃特用毫无起伏的冰冷语调说完这句话,"因为他追我追出了个漫长而肮脏的联盟;因为他给我带来了那么多麻烦;也为了血王——真正的国王,你知道;因为罗兰死都不肯放弃使命,不管路上有多少障碍;而最重要的原因是他母亲的死,我曾经爱过她。"这时,他压低了声音说道:"或者说,至少我渴望得到她。再说了,就是他亲手杀了她。且不管我和库斯的蕻在那件事中扮演了什么角色,总归是那男孩结束了她的生命,用他那把该死的枪、木鱼脑子,还有太快的手脚。

"至于宇宙的终结……要我说,就随它去好了,终结在冰里、火里,或是黑暗里。宇宙到底对我做过什么好事以至于我要替它的福利担忧?我所知道的一切就是:蓟犁的罗兰已经活得太久了,所以我想让这个狗娘养的小子死在地狱里。还有他牵扯来的同伴们,都一样去死吧。"

莫俊德第三次、也是最后一次在半空里划了个问号。

"从这里到底凹,只有一道门还能使用,我的少主人。那就是狼群使用的一道……或者说一条通道;我认为他们走了之后不会再回来了,我也不会回来了。罗兰和他的朋友们已经通过了那扇门,但是,没关系,他们出了门还有一大堆事儿要处理呢——他们大概会觉得那里的欢迎仪式热情得过头了!也许我们可以等他们照料完了断破者们和幸存的罗德里克之子们,还有真正的看守人之后,再出手收拾他们。你觉得怎么样?"

婴孩毫不犹豫地点点头。接着他把手指伸进嘴巴里,吮了起来。

"是啊,"沃特说着,又咧嘴笑了,"饿了,你当然饿了。可是我保证我们可以有比老鼠和半大的貉獭更好的东西当晚饭。你说呢?"

莫俊德再次点了点头。他对此也很确定。

"我可以扮演爸爸抱着你吗?"沃特问,"这样你就不用变回蜘蛛了。呃!我必须得说,那样子可不惹人爱,连让人喜欢都谈不上。"

莫俊德已经抬起了胳膊。

"你不会在我身上拉屎吧,嗯?"沃特随便问了一句,直起身子跪立在地板上。他的手探入了衣袋里,莫俊德立刻产生了一丝警觉,意识到这个狡猾的混蛋一直在藏着什么没让他知道,还是老样子:他知道所谓的"思想帽"根本没用。现在,他终于打算用上手枪了。

3

事实上,莫俊德有点过分信任沃特·奥·迪姆了,但是,这难道不是年轻人的特点吗?甚或是一个幸存的求生技巧?对一个瞪着天真的大眼睛的小孩来说,世界上最笨手笨脚的魔术师所玩弄的最拙劣的戏法都像是奇迹。在这场游戏尚未进入最终章时,沃特没有真的弄明白究竟发生了什么。但他是个老谋深算的资深亡命徒,跟你这么说吧,当他明白时,那就是彻头彻尾地明白了。

有这样一句俗语:起居室里的大象,用来形容和沉溺于毒瘾、酗酒和暴力的人一起生活的情形。有时候,旁观者会这样发问:"你怎么会眼看着这种事情持续这么多年呢?你难道看不到起居室里的大象吗?"任何一个生活得相对正常一点的人都很难理解当局者的回答,而事实上这种回答几乎迫近了真相:"我很抱歉,但是我搬进来的时候事情就是这样的。我压根不知道那东西是头大象!我以为那也是家具!"这时候,当他们突然辨认出了两者的区别——有些人就会发出"啊哈"一声——那就是幸运者。沃特也会有发出"啊哈"一声的时刻。可惜太晚了,但也并非晚到不可救药。

你不会在我身上拉屎吧,嗯?——这是他问的话,但是就在说出"我身上"和"拉屎"之间,他幡然醒悟道:他的房子里有一个侵入者……而且一直都在里面待着。不是婴孩。而是个身形瘦长、歪着头的成年人,麻点皮肤,迟钝的双眼里瞪出好奇来。这番模样可能是沃特根据存在于此时此地的莫俊德·德鄂所描绘出的最好、最贴近真实的未来幻象:一个年方十几的闯入者,也许正热衷于某个喷雾清洁器。

况且他一直都在那里!上帝啊,他怎么可能毫无察觉呢?这个私闯民宅的小子甚至都没打算偷偷摸摸地藏起自己!他就那么大大咧咧地靠墙站着,一副目瞪口呆的傻样,却把一切都看在了眼里。

他原本的计划是带上莫俊德——借他之手结果罗兰的性命(前提是底凹的守卫兵们无法干掉他),接着就杀了这个小王八蛋,取下珍贵的左脚。就在刚才这一瞬间,这计划全盘崩溃了。可是,紧接着他又萌生了第二方案,这次更加简明扼要。坚决不能让他看出来我已经知道了。就一枪,我只能冒一枪的险,只是因为我必须冒这个险。接着我就跑。要是他死了,很好。要是没死,也许他就得饿死,至少在那之前——

这时,沃特意识到自己的手凝滞了。四只手指在衣袋里凑近了枪柄,但此刻却凝滞了。一只手指非常靠近扳机,却动不了。就好像被封在水泥中似的。现在沃特第一次清楚万分地看到了闪光的金索。它从坐在椅子里的婴孩那尚未长牙、只见粉嫩牙床的嘴里蔓延出来,穿过整个房间,在灯光下荧荧发亮,接着,沿胸际围住他,将他的双臂紧紧捆绑在身体两侧。他明白那条金属线并非真的存在……但同时,它又确实是真的。

他无法动弹。

4

莫俊德没有看到那条索,也许因为他从来没看过《沃特希普荒原》①。他曾有机会检索一遍苏珊娜的意识,所以,现在所见到的场景就很像苏珊娜的道根。只不过这里没有一些类似"小家伙"和"临时情感"的控制键,他看到的只有控制沃特移动能力(他飞快地摁下去:关闭)、思考能力和机动能力的开关。显然,和年幼无知的貂獭的脑子相比——在那儿他只找到了个别简单的节点,就像老奶奶绑的结——这儿的设置复杂多了,但操作起来并不算困难。

唯一的困难就是:他只是个婴孩。

坐在椅子里的该死的宝宝。

要是他真的想把这个活动的熟食店改变成冷冻切肉,他就必须得手脚快点。

5

沃特·奥·迪姆还不算老朽到能被轻易骗倒,他现在彻底明白了——他刚才低估了这个小魔鬼,太轻信他的外表而又无法运用他自己的经验去充分判断它到底是什么——还好,在完全落入年轻人的圈套之前,他还没大乱阵脚。

---

① 著名的动画电影,根据理查德·亚当斯的小说改编。讲述五只兔子逃离养兔场的故事。首映于一九七八年。

如果他不想只是坐在椅子里、瞧着我,而想做任何别的动作,那他就必须得变形。一旦他变形了,控制力就有漏洞。那么,我的机会就来了。不算万无一失的好时机,但留给我的机会只有这一次了。

就在他思忖的当口,他看到一道明亮耀眼的红光从婴孩的头顶向下蔓延到脚趾头。在红光苏醒的同时,圆滚滚的粉红色婴孩肌肤开始变黑变暗、并膨胀起来,蜘蛛腿从体侧伸出。与此同时,婴孩嘴里滋生出的金光闪闪的细索消失了,先前将他捆绑困顿在原地的感觉也随之消散。

没时间冒险了,哪怕只是开一枪,现在不是时候。跑。从他身边逃跑……从它身边。你只能这么干了。你一开始就不该来这里。你太憎恨枪侠了,这蒙蔽了你的眼,但还不算太迟——

他转身想往地板上的暗门跑去,这念头和动作几乎同时爆发,而就在他迈出第一步的瞬间,闪光索骤然变幻了形态,这一次不再是绕着他的双臂和胸背,而是紧紧收拢在他的脖子上,仿佛施行绞刑一般。

憋气、咳嗽、呛得唾沫四溅,沃特的眼球都快从眼窝里迸出来了,手足无措地在原地挣扎。脖子上的索似乎放松了一丝。同时,他又感到有只无形之手撩上他的眉骨,轻轻推下了遮在前额的帽檐。只要条件允许,他总是这样穿戴的;在南方的某些省、甚至是在伽兰,人们称呼他为沃特·黑衣,这个姓氏无疑是黑衣黑帽的意思。但是,这带着特别意味的兜帽(从威斯康星州法属地小镇上的一栋废弃小屋里借来的)对他来说根本没用,难道不是吗?

我想我的命数到头了,他想道,看着蜘蛛支起七条腿朝自己大摇大摆地走来,这生物突浮在半空傲慢至极(比宝宝活泼几分,却丑陋了四百倍),背上还顶着一只畸形的人头,眼神从硬生生的毛发间滑过背部的弧线盯住他。在它的肚腹上,沃特可以看到原本长在婴孩脚踝处的红色胎记。现在的形状酷似沙漏,和黑寡妇身上的那个标记一样,而他十分明白:那是他曾渴望得到的印记;曾打算杀了婴孩、切下小脚而得到的东西,现在看来,这绝不会给他带来任何好处。似乎,他已经一路从头错到底了。

蜘蛛用四条后肢升腾起来。前面的三条腿则抓着沃特的牛仔裤,发出嘶哑而吓人的摩擦声。这东西的双眼鼓凸而起,盯准他看,眼里充满他早已想象得过分逼真的茫然闯入者眼中的好奇。

哦是的,恐怕这就是你生命之路的尽头了。这声音轰然震响在他的头脑里。如同用扩音器喊出来一般。你打算也让我就地终结,是不是?

不!至少不是马上——

可是你就是这样想的!就好像苏珊娜会说的那样:"别去骗骗子。"所以现在我打算帮他一个小忙——就是你说的我的白色父亲。你应该就是他长期以来的头号敌人,沃特·帕蒂克(你出道时就是用这个名字的吧,在很久很久以前),但是我确信,你也是他最老的老对头了。现在,我来帮他清除障碍。

沃特自己都不曾意识到他仍然心怀一丝隐晦的逃生希望,即便眼看着这个令人惊恐憎恶的东西就在他身前升腾而起,眼神贪婪,嘴角流涎。然而,当他听到那个名字时——一千多年来第一次听见这个名字——当他还住在德兰农场、还是个小男孩时应答如流的名字:沃特·帕蒂克,蓟犁领地的山姆·米勒之子,他知道一切都完了。十三岁那年他离家出走了,虽然一年后被另一个漂泊客肛交强暴,但也并没有因此打道回府,相反,他继续前行,走向自己的命运。

沃特·帕蒂克。

一听此言,有时自称马藤、理查德·范内、鲁丁·费拉罗以及兰德尔·弗莱格(此外还有很多很多别名)的男人,放弃了所有希望,只盼能死得好些。

我饿,莫俊德饿,沃特头脑里又响彻了无情的言语,那声音沿着由小国王意念发出的闪光索抵达他的意识深处。可我要吃得好一点,要有开胃冷盘。你的两只眼睛,我想,比较好。把眼睛给我。

沃特微微挣扎了一下,不过只得逞了一瞬间。闪光索的力量太强大了。他分明看到自己的双手慢慢举起来,游弋在脸孔前。他还看见手指痉挛般扭曲起来,像两只钩子。这双手撩起了眼帘,就好像拨起一扇遮阳窗,随后,将两只眼球从上往下地刨了出来。他能听到撕扯筋腱的声响,此刻的视觉神经依然传送着惊人的画面。汁液挤压的低微声响也意味着视觉的终结。鲜明的血红色光潮骤然涌进他的头脑,接着,黑暗永远地冲压而下。在沃特看来,所谓永远并不会持续多久,但如果时间是主观的(我们中大多数人都明白这一点),那所谓永远又实在是太长了。

把眼睛给我,我说过了!别再磨磨蹭蹭的!我饿!

沃特·奥·迪姆——现在已是沃特·奥·黑暗①——扭动手掌,眼球双双滚落。跌落时又如藕断丝连般牵扯着细腻的神经,看起来几乎像是一对蝌蚪。蜘蛛没等它们跌到地上,在半空中抓取一只眼珠。另一只眼珠扑通一声落在瓷砖地上,恰好滚在一条骇人的蜘蛛腿前,它轻巧地夹起眼珠送

---

① "迪姆(Dim)"和"黑暗(Dark)"都是 D 打头,所以作者故意这么写。后者并非沃特所用过的名字。

入嘴里。莫俊德没有将它们一口吞下去,而是像品尝葡萄那样,砰一声迸碎了;他宁可让鲜美的汁液顺畅地滑入嗓子眼。

下一道是舌头,请。

沃特顺从的手便裹住了舌头,并死命拉扯起来,可最终只撕下了一半。到最后,血水滑腻了他的手,太滑了。如果曾装载着眼球的流血的眼窝还能制造眼泪的话,他大概早已挫败地痛哭流涕。

他又努力扯了一次,但蜘蛛已经急不可耐了。

弯下腰!就像你在小甜心的下身里一样把舌头伸出来。快点,看在你老爹的分上!莫俊德饿!

沃特,依然神志清晰,完全明白自己在干什么,现在他已顾不上前一次的剧痛,只能死命抵御新一轮的恐惧。他将双手抵在大腿上,慢慢地弯下腰,血流如注的舌头歪斜地荡在双唇间颤颤悠悠晃个不停,仿佛鲜血喷涌的舌后根仍在勉强地连着它。他再一次听到莫俊德的前肢刮擦斜纹粗布牛仔裤的声音。蜘蛛毛茸茸的口洞完全罩在了沃特的舌头上,如同吮吸棒棒糖一般津津有味地咂吧了几秒钟,接着才恶狠狠地拽了一下,将舌头完全扯下来了。沃特——如今既没法看也没法言语——含糊而痛苦地咕哝着歪倒在地,揪着面目全非的脸孔在瓷砖地上打滚。

莫俊德从他嘴里生生揪下了舌头,也仿佛扯开了鲜血的涌闸,汩汩而流似乎能暂时冲刷尽所有思绪。沃特歪着身子滚躺在地,还想盲目地凑近地板暗门,内心仍有一丝生的欲望凄惨尖叫,叫他不该放弃,叫他想方设法从这个打算生吃他的怪物眼皮底下逃脱。

嘴里充盈着鲜血的美味,莫俊德这才满足了前戏。他要直奔主题了,那便是吃个饱。他猛然发动了攻击,扑向了兰德尔·弗莱格、沃特·奥·迪姆以及沃特·帕蒂克。撕心裂肺的喊声接续传来,但也只响了几声。随后,罗兰的老牌头号敌人便再也不存在了。

6

这个男人曾是半人半神(这种讲法愚蠢得就像是"世上独一无二"),于是,这一餐简直像是传说中才有的盛宴。莫俊德在饕餮后的第一个冲动——虽然很强烈,但也不至于忍不住——便是呕吐。他控制了自己的肠胃，同时也克制了餐后的第二个冲动——变回婴孩状态，再好好睡一觉，这感觉似乎比呕吐欲更强烈。

要是他打算找到沃特刚才提到过的门，最好的时机莫过于现在，此时他是蜘蛛的身形，想要快速行动就非常方便。于是，莫俊德抛下干尸，没有多看上一眼，便敏捷地钻入地板上的暗门，几条腿灵巧地支着阶梯往下行，很快就到达地下的走廊。这条地道里有浓重的碱味，似乎是在沙漠基础岩里开凿出来的。

沃特所知的所有信息——至少经历了一千五百年的积淀——统统在他的脑海里翻腾咆哮。

逆向跟踪黑衣人的来路，莫俊德终于走到了一个电梯口。刚毛覆盖的爪子摁动了"向上"的按钮，但什么反应都没有，从遥远的上端传来有气无力的嗡嗡声，除此之外，便只有类似皮鞋烧焦的味道从控制面板后面散发出来，莫俊德探身爬进去，用一条灵巧的蜘蛛腿拉着用以悬挂电梯舱的钢索，挤着身子爬起来。他不得不缩手缩脚地爬——对此他一点儿不惊讶，因为他现在又长大了一点。

他顺着钢索往上爬

（蜘蛛蜘蛛爬在水管里）

爬到直觉出现，告诉他：沃特是从一扇门里走入电梯的，他便进门去，走上了最后一程。二十分钟后（始终沉醉在那些完美的鲜血余味中，似乎有几加仑那么多），他到了一个地方，从那里开始，就不再是沿着沃特的痕迹了。说起来，他还只是一个孩子，那里众多人的复杂气味和感觉可能会令他彷徨，但莫俊德走对了路，现在不该再盯着魔术师的踪迹了，而该跟踪罗兰和他的卡-泰特。沃特想必是跟在他们后面走了一小段，接着才掉转方向去找莫俊德。只为了找寻他宿命里的终结。

二十分钟后，我们的小朋友走到了一扇门前，门上没有标记任何字样，只有一个符号，但他一眼就看明白了：

剩下的问题只有一个：现在就推开门呢，还是等一会儿？孩子气的焦急在他心中大声喧闹，要求他立即推门闯入，而逐渐成熟起来的谨慎则要他稳

妥等待。他刚刚饱餐了一顿,不需要立刻补充更多营养了,更何况他还可以变回婴孩。何况,罗兰和他的伙伴们可能还远远地待在这扇门后。假如他们还在,那他们所有的武器都会瞄准他吗？他们都如恶魔般神速,他很可能被击中、被打死。

他完全可以等待；不再像个孩子似的想要什么就非得立刻拿到手才罢休。当然,他用不着继承沃特记忆中高浓度的恨意。他自己的情感要复杂得多,因沉醉于悲伤和孤独——是的,他最好还是承认吧——还有爱——而几至酩酊。莫俊德觉得他想独自品味这种悲愁,就一小会儿。在这扇门后有充沛的食粮,对此他确信无疑；待会儿他就会去吃。然后,长大。然后,观望。他会远远望着自己的父亲,母亲的姊妹,还有命定的兄弟埃蒂和杰克。到了夜里他会看着他们扎营、点起篝火,再围成一个圆圈席地而坐。他会待在自己的地盘里往外面观望。说不定他们也会感应到他,于是神情不安地四顾,疑惑黑暗中究竟躲藏着什么东西。

他向那扇门靠近,对着它升腾起身躯,再用爪子试探性地敲了敲门。太糟糕了,真的太糟糕了,门上竟然没有窥视孔。那么,也许现在就穿过门去才是安全的选择。沃特怎么说来着？罗兰的卡-泰特打算释放断破者们,不管那会是些什么东西(确实在沃特的脑海中,但莫俊德懒得去瞧一眼)。

他们出了门还有一大堆事儿要处理呢——他们大概会觉得那里的欢迎仪式热情得都过头了！

要是罗兰和他的伙计们已经在那边被消灭了呢？说不定有埋伏？莫俊德相信,要是果真如此,他必定会有所感知。那会在他的头脑里如光震般剧烈震荡。

无论如何,他先休息一会儿,然后再爬出这扇画着——云和闪电——神符的大门。那么,什么时候破门而出呢？啊,时候到了他总归会知道的。就偷听他们的闲扯。就偷窥他们吧,不管他们醒着还是睡了。最关键的是,他要看那个人,沃特说的他的白色的父亲。如果沃特所言血王已然疯癫属实,那么现在,他就是自己唯一的、真正的父亲。

那么眼下呢？

眼下,就一小会儿,我要睡觉。

蜘蛛攀上了这间房的墙壁,墙上挂满了乱七八糟的东西,他吐织了一张网。但是,是婴孩——浑身赤裸,如今看来已满周岁的模样——躺在网中央,俯下头睡着,他就如此高高在上,任何可能逡巡而来的捕食动物都够不到他。

第四章

通往雷劈之门

1

四个漂泊者从睡梦中醒来(罗兰第一个醒,睡眠时间刚好六个小时整),垫着餐布的托盘里还堆着些粕粕客①,饮料也剩了一些。但是家用机器人却不见了。

"好吧,够了,"罗兰连呼三遍奈杰儿之后,说道,"他告诉过我们系统已经不行了;看起来在我们睡觉时,他熄火了。"

"他做了一些他不想做的事情。"杰克则说道。他脸色苍白,有些浮肿。罗兰先是猜想这孩子是睡得太死了,但随后又觉得自己怎么会像个傻瓜一样那么想。这孩子一直在为卡拉汉神父流泪。

"做什么事儿?"埃蒂问,把包裹滑到一侧肩膀上,然后把苏珊娜驮在他背上,"为谁做事?为什么?"

"我不知道,"杰克说,"他不想让我知道,而且我感觉去刺探他的事儿也不太妥当。我知道他只是个机器人,英国口音很棒,但也就这么多了,他看起来并不那么简单。"

"你需要克服这种猜忌心。"罗兰尽可能温和地对他说话。

"我有多重,甜心?"苏珊娜开心地问埃蒂,"或者我应该这么问,'丢了超好的老轮椅你感觉有多坏?'更别提还有枪托了。"

"苏希,你打一开始就恨死那笨重的装束啦,我俩都明白着呢。"

"你明知道我可没提那茬。"

每当苏珊娜说话隐约暴露黛塔的嗓音时,罗兰都感到迷惑不解,而看到她的面容——那就更如鬼魅般神秘了。她自己似乎根本没意识到黛塔的这种泄漏,但她丈夫现在感觉到了。

"我会背着你直到世界末日,"埃蒂多情地说道,并扭过脸亲吻她的鼻尖,"不过你要是再长十磅肉,那就算了。那样我就不得不离开你,再去找个

---

① popkin,作者杜撰的词,在罗兰的世界里与三明治类似的一种食物。

苗条姑娘。"

她捣了他一下——可不算轻——接着又转向罗兰说道:"一旦你走到下面就会发现这该死的地方大得出奇。我们该怎么找到通向雷劈的门呢?"

罗兰摇摇头。他不知道。

"你怎么样,小思科①?"埃蒂问杰克,"就数你的灵感最强烈了。你能用感觉找到我们想要的门吗?"

"如果我能知道怎么感觉倒好了,"杰克答,"可我真不知道。"

于是,听了这话,三人都扭头望着罗兰。不,其实是四个,因为甚至连被众神诅咒了的貉獭也在盯着他看。在众目睽睽的尴尬之时,若是埃蒂就会说笑话调侃一下,而罗兰此刻也在绞尽脑汁,想琢磨出一两句来。多少双眼睛能搞砸一只饼,或许就这么说? 不行,那句话是从苏珊娜那里听来的,关于厨子和炖汤的俏皮话。最后,他只能言简意赅:"我们会想出办法的,就像猎人们失去猎物遗臭的时候,看看我们能找到什么吧。"

"说不定能找到另一把轮椅让我坐坐,"苏珊娜兴致勃勃地接了话茬,"这下流的白小子的手摸来摸去,都要摸走我的贞操了。"

埃蒂故作诚挚地斜睨着她,说:"亲爱的,要是真的贞洁,那就不会像这样咧开缝儿了。"

2

真正掌握了主动权并带领他们前进的,其实是奥伊,不过那是他们回到厨房之后的事情。他们几个盲目地东翻西找,杰克甚至显得心神不宁,直到奥伊开始吠叫他的名字:"阿克! 阿克—阿克!"

他们都凑到了貉獭旁边,一扇门用制门器顶住了,敞开着,门上标着"C层"。奥伊独自沿着走廊小跑几步,又转身望着他们几个,眼光炯炯有神。当它发现他们并没有跟上时,便吠叫出它的失望。

"你怎么看?"罗兰问,"我们该跟着他吗?"

"是的。"杰克答。

"他跟住了什么气味?"埃蒂问,"你知道吗?"

---

① 思科,美国系统公司,成立于一九八四年。埃蒂这样称呼杰克是临时的昵称。

"也许是从道根来的什么东西吧，"杰克说，"真正的道根，在外伊河那边的那个。奥伊和我在那里偷听了本·斯莱特曼的父亲和……你知道，和机器人的对话。"

"杰克？"埃蒂问，"你没事儿吧，孩子？"

"没事儿。"杰克说，他记起了本的父亲是如何凄厉尖叫的，但他知道这种回忆于事无补。信使机器人安迪，显然是听腻了斯莱特曼的满腹牢骚，便推了他一下，或是用什么东西戳进了他的手肘——也许，戳中了神经——斯莱特曼便"像个猫头鹰一样大喊大叫"，罗兰大概会如此形容吧（至少带有少许轻蔑）。小斯莱特曼和这些事无关，现在，当然了，正是这番恍然彻悟——曾是那么活泼快乐的小男孩，现在却如河岸淤泥般冰凉——让埃尔默之子停顿不说了。你不得不死，是，可杰克希望死期降临时他起码能稍有尊严。毕竟，他已经接受了某些训练，知道该怎么做。下坟墓的联想让他不寒而栗。那是入土之时。静静安睡继续安睡死死安睡之时。

安迪的气味——冷冷的，但很油腻，因而很好辨认——遍布外伊河另一边的道根，因为在狼群的突袭遭受罗兰和临时凑成的反抗军迎面招呼之前，他和老斯莱特曼在那里碰了好几次头。这次的气味并非一模一样，但很有意思。显然就是奥伊叮了这么久的气味，而且还要继续跟踪。

"等一下，等一下，"埃蒂说，"我看到我们需要的东西了。"

他放下苏珊娜，穿过厨房，回来时推着一个不锈钢桌子，可能本来是用于传送新洗好的成堆的盘子，或是别的大器皿的。

"乖乖起来啦，别太疯了。"埃蒂说着，将苏珊娜举起来，放在桌子上。

她坐在上面非常舒服，手抓着桌边，但看起来却颇有几分怀疑。"可要是我们得上下楼梯呢？那怎么办，甜心？"

"等到了那里，你的甜心就会过河拆桥，"埃蒂说着，把带滚轮的桌子推向大厅，"走，奥伊！快，你这个强人！"

"奥伊！强人！"貂獭欢快地小跑在前，时不时地凑下脑袋闻闻气味，但总的来说不用那么费劲。那气味太新鲜太浓重、范围也太广了，以至于不需要过多留意。他找到的是狼群的遗臭。大约走了一个小时，他们过了一道飞机棚那么宽的大门，上面写着"马匹"。门后，气味又导引他们走向另一扇门，写着"工作台区"，以及"仅供内部人员使用"。（这期间，谁也没有留神他们被跟踪了，甚至杰克也因为凝神于意念感觉而丝毫未有怀疑。至少对男孩来说，黑衣人沃特·奥·迪姆的"思想帽"总算起了作用。当沃特确信貉獭带领他们往何处去之后,他才折回去,去和莫俊德谈判——结果则昭示:这是一次失误,唯一可聊以自慰的是:他再不会犯另一个错误了。)

奥伊停坐在一堵关闭的门前,看起来是那种能来回推开的门,尾巴紧紧贴在后腿和臀部之间摇摆着,好像卡通画里常见的那样,他叫起来:"阿克,开——开!开!阿克!"

"好,好的,"杰克回应,"马上就开。省点儿你的口水。"

"工作台区,"埃蒂念着门上的字,说,"听起来有那么点苗头了。"

他们一直推着小桌子走,苏珊娜坐在上面,只遇到了一段楼梯(比较短),他们商量了一下便走了下去,没费多少劲儿。苏珊娜第一个下去,坐在地上挪动屁股——这是她通常使用的下行方式,随后,罗兰和埃蒂抬着桌子跟在她后面。杰克走在女人和男人们中间,手里举着埃蒂的枪,雕着涡旋花纹、又粗又长的枪柄抵在左肩胛上,这个姿势被称作"戒备态"。

此时,罗兰拔出了他的枪,枪柄抵在右肩窝里,这才推开了门。他猫着身子走进去,如果情况有变,他随时准备匍匐或是跳回来。

局面并不坏。要是埃蒂先进去,很可能坚信(哪怕只有一瞬间)他必定会遭到飞狼的围剿,情形酷似《绿野仙踪》①中的飞猴那般。但是,罗兰不用负担太多联想,在这个近乎辽阔的谷仓似的大屋子里,天花板上大部分日光灯都不亮了,但即便如此他也不能在东猜西想中浪费时间——或是浪费激动的错觉,悬吊在黑暗中的东西并不可怕:是破损待修的攻击型机器人。

"进来吧。"罗兰的话语在身后引出遥远的回声。在不可知的某处,高高的阴暗地里,传来翅膀扑棱的响声。燕子,或是别的动物从外面钻了进来。"我觉得一切平安。"

他们都进来了,却静默地站立着,带着敬畏仰头看着。只有杰克的四足伙伴没觉得有什么可惊奇的。奥伊利用这片刻的休憩舔舔毛,先舔左边,再舔右边。最后,苏珊娜说道:"跟你们说实话吧,我也算见识过不少场面,可从来没有见过像这样的东西。"

他们谁都没见过。这间巨大的屋子里满是悬挂而起、似在飞翔的狼群。有一些披挂着暗黑恶魔的黑长袍和披肩;其余的则赤身裸体,露出所有的钢铁身躯。有一些没了头,有的则缺胳膊少腿。它们灰暗的脸孔似乎不是咆哮

---

① 美国电影,摄制于一九三九年,由维克多·弗莱明导演。又名《奥兹国的巫师》。

167

就是在狞笑,神情似何只取决于光线。一些绿色斗篷披肩和绿色手套随意地散落在地。大约四十码外(从屋子这头到那头至少有二百码长),孤零零躺着一匹灰马,四肢僵硬地踢舞在空中,但动作早已定格。它的头不见了。从颈部暴露出乱成一团的电线,金属丝外包裹着黄色、绿色或红色的绝缘体。

他们慢慢地跟着奥伊走,后者轻快地小跑,根本无视这间屋子里的事物。小桌轮子滚动的响声在这里显得很大,回声隆隆的似乎隐匿着险恶。苏珊娜始终在仰头张望。一开始——这里本来必定灯火通明,但现在却只剩下稀疏的光线——她总觉得狼群在飘浮,似乎受到某种反重力装置的摆布。后来,他们走到了一处,日光灯大都亮着,于是她看到了绳索吊柱。

"他们肯定是在这里修理它们的,"她说,"要是还有人留下来干活的话,就是这里。"

"我觉得他们是在这里给它们充电。"埃蒂说,伸手指了指。现在他们都能在灯光下清楚地看到,远处的墙上有一排电力架。有些狼群依然笔直僵硬地站在里面。有些电力架上则空空荡荡,所以他们还能看到一些插头。

杰克突然冒失地爆发出一阵大笑。

"怎么了?"苏珊娜说,"什么事儿?"

"没什么,只是……"他又忍不住笑起来,笑声在这间阴森的大房子里听来年轻得不可思议,"只是,它们看起来真像纽约中央火车站里的通勤乘客,在付费电话前排成一排,等着给家里或办公室打电话。"

埃蒂和苏珊娜听罢思忖了一会儿,接着也迸发出大笑。罗兰想,所以,杰克所见一定是真的。毕竟,他们都经历过,他对此并不惊讶。让他高兴的是听到了男孩开朗的大笑。杰克会为昔日的好友神父哭泣,这没错,但他还能开怀大笑这实在是太好了。非常好,真的。

3

他们要找的门就在电力架的左边。他们都一眼认出了标有云朵和闪电的神符,因为曾在"R.F"留给他们的奥兹日常电话那页纸条背后看到过这个符号。但这扇门却迥异于他们曾遇到过的门;除了云朵和闪电,还显得尤其实用。虽然门被漆成了绿色,但他们能看得出来是钢铁材料,既不是硬木也不是鬼木。还有一圈灰色的门框,也是钢制的,门两边各伸出一根大腿粗细的绝缘光缆。光缆都嵌入了墙里。从这扇门后头传来粗暴的咕隆咕隆声,埃蒂心想,我可认得出这种怪声音。

"罗兰,"他压低了嗓门说,"你还记得我们去过的光束入口吗,在开始那阵子?那时候杰克还没有加入到我们的欢乐组合呢。就是这个。"

罗兰点点头:"我们在那里打中了沙迪克的守卫者。那些入口还没失效。"

埃蒂也点头称是。"我把耳朵凑到门上去听。这亡灵的石殿里一切都很寂静。我想,这就是亡灵的殿堂,蛛网联结,强大的电路板一个接着一个归于沉寂。"

事实上埃蒂是大声地在说,他一点儿不记得自己做了些什么,这也在罗兰的意料之内;那时候他被催眠了,或是差不多接近恍惚状态。

"那么,我们当时是在外面,"埃蒂又说,"现在我们是在门里面。"他指着通往雷劈的大门,并用手指轻轻摸了摸那些粗极了的光缆:"给这扇门供给电能的机器听上去运转得不太正常。随时都可能熄火,永远打不开,那该怎么办呢?"

"该称作三星豪华游。"苏珊娜像做梦一样说道。

"我可不这么想。我们最好烧炭……罗兰你那句话怎么说来着?"

"热炉子里烧炭。你的说法大概是,'有的是地方存垃圾',记得吗?"

"我说过吗?大声而清楚地说过这种话?"

"是啊。"罗兰把他们领到门前。他探出手,碰了碰门把手,又缩了回来。

"很烫吗?"杰克问。

罗兰摇摇头。

"带电?"苏珊娜又问。

枪侠还是摇摇头。

"那就走吧,"埃蒂说,"我们去扭扭屁股。"

他们凑紧在罗兰身后。埃蒂又把苏珊娜背了起来,杰克也抱起了奥伊。貉獭兴高采烈地笑着趴在杰克怀里呼哧喘气,金色的双眼明亮极了,如同抛了光的玛瑙石。

"要是——"要是门锁了我们怎么办,杰克本想这么问一句,但终究是没机会问了。罗兰用右手转动了门把手(枪则握在左手),推开了大门。在墙的另一面,机械体的巨大光缆深深勒在墙的凹槽里,听起来,运转声音现在几乎是无可救药了。杰克觉得自己闻到了什么热乎乎的味道:绝缘体在闷

169

烧,有可能。当好多吊扇同时转动时,杰克告诫自己赶紧停止联想。电风扇呼呼直响,如同二战影片中滑翔的战斗机,而且,它们全都一颠一颠的。苏珊娜还伸出手挡在头上,似乎惟恐上面掉落什么。

"来吧,"罗兰斩钉截铁地喊道,"快!"他向前迈步,头都没有回一下。就在罗兰迈步穿过门槛的瞬间,好像他裂成了两半。在枪侠身后,杰克眼见一间阴暗幽深、仿佛大得无边无际的屋子出现了,比工作台区还要宽阔。还有银光闪闪、十字交叉形的光线,犹如纯光在疾驰。

"去吧,杰克,"苏珊娜说,"你跟上。"

杰克深深吸了口气,迈出步子。没有出现在声音洞穴经历的激流,也没有刺耳的钟鸣声。没有迹象表明将要经历一场隔界,哪怕一瞬间都没有。取而代之的却是从里到外被翻了过来的感觉,这可是前所未有的恐怖体验,他有生以来从未感受过这么可怕的晕眩。杰克弯下腰,双腿一软跪在地上了。奥伊从他怀里滑出去,他甚至都没有发现。他呕吐起来。罗兰就在他身边,也是四肢撑地,一模一样,也在呕吐。不知从何处传来低沉稳重的轧轧声,是叮——叮——叮——的钟鸣声,而且在清晰的回声中越来越响。

杰克扭过头,想对罗兰说,现在他总算明白了为什么他们要派遣机器人奇袭兵穿越这道该死的门,可话还没出口,他又吐了起来。最后一餐稀里哗啦地全倒出来了。

就在这时,苏珊娜也发狂一般大叫着"不!不"。接着又传来"放我下来!埃蒂,快放我下来,趁我还没——"随后,话语就被猛烈的翻江倒海的呕吐声淹没了。埃蒂坚忍地先把她安放在裂了缝的水泥地上,然后立刻扭过头,加入了这支呕吐四人合唱团。

奥伊跌倒在地,剧烈地干咳了一阵,才重新站起来。它两眼无光,头昏目眩,东南西北都分不清……或许是杰克把自己的感受力传染给了貉獭。

恶心的感觉渐渐缓和下来,这时,他听到脚步声,在回声中噼啪噼啪地靠近。三个男人急匆匆地朝他们跑来,全都穿着牛仔裤、蓝格纹衬衫,还都穿着仿佛自家缝制的古怪鞋子。其中最年长的绅士一头蓬乱的白头发,跑在最前面。三个人都双手高举在空中。

"枪侠!"白发老人高呼起来,"你们是枪侠吗?如果是,千万别开枪!我们是你们的人。"

罗兰看起来也无法瞄准任何人(那我也不想以身试法,杰克心想),他努力想起身,刚直起半截身子,却又单膝跪下,发出又一轮剧烈的呕吐声。白发老人一把抓住他的手腕,拽着他站起来,也顾不得任何见面礼了。

"反胃得太厉害,"老人说,"没人比我更知道了。幸运的是,恶心很快就会过去了。你们必须立刻跟我们走。我知道你们压根儿不想走,但你瞧,畸-达目书房里已经响起了警报声,所以——"

他停下不说了。几乎和罗兰一样湛蓝色的双眼惊得瞪大了。即便在阴暗的光线里,杰克依然看得见老人家的脸色瞬间变得煞白。他的两个伙伴也跟上了他,但他好像根本没看到他们。老人正直勾勾看着的,恰是杰克·钱伯斯。

"鲍比?"这声呼唤轻微之极,"我的上帝啊,这是鲍比·加菲尔德吗?"

第五章

缝-特特

1

白发先生的两位随从都比他年轻得多(罗兰认为其中之一甚至不到二十岁),两人看来都害怕极了。当然,是害怕被误认为敌人而中弹身亡——因此当他们从暗处跑来时才会高举双手——但是,还另有原因,显然他们清楚地意识到自己不会当即被暗杀了。

老者的样子恍如痉挛,似乎要把自己从什么隐秘的地方使劲拽出来。"你当然不是鲍比,"他喃喃自语,"头发颜色不一样,这是其一……而且——"

"泰德,我们必须离开这里,"三人中最年轻的男子火急火燎地说,"我的意思是,马上就走!"

"是的。"老者嘴上这么说,眼睛却依然死死盯着杰克。他举起一只手捂住了双眼(在埃蒂看来,他就像流浪的算命先生,正准备表演了不起的读心术),随后又放下手来。"是的,当然要走,"他看着罗兰说,"你是首领吗?蓟犁的罗兰?艾尔德的罗兰?"

"是的,我——"罗兰刚一开口,又忍不住弯下腰继续呕吐。再也吐不出什么了,只有拖得长长的口水;他早已吐光了奈杰儿精心准备的汤和三明治。他抬起一个微微颤抖的拳头放在前额,一边行礼一边说:"是的,您比我强,先生。"

"那无关紧要,"白发老人回答,"你们会跟我走吗?您和您的卡-泰特?"

"毫无疑问。"罗兰答。

在他身后,埃蒂再次勾起身子吐起来。"真他妈的!"他的声音哽住了,"我以前觉得坐灰狗就够糟糕的了!可是和这东西比起来,那长途车就像……像……"

"像是玛丽皇后号上的头等舱。"苏珊娜替他把话说完,她也虚弱至极。

"快……快走吧!"年轻人着急地催促道,"要是黄鼠狼已经带着獭辛分队出发了,五分钟内就会到这里!那只猫爬得可快了!"

"没错,"白发老人表示同意,"我们真的不得不走了,德都先生。"

"带路!"罗兰说,"我们会跟上的。"

2

  出口不是火车站,大棚顶下,似乎是个无边无际的轨道中转站。杰克先前看到的银光闪闪的线条是纵横交错的铁轨,差不多有七十条不同方向的轨道。两三条铁轨上还有来回工作不休的自动驾驶火车头,粗笨得像木桩似的,想必都过时几个世纪了。一辆火车头拉着一节平台型货车,里面堆满了生锈的工字钢。另一辆火车头则用录音反复播报:"卡玛 A 号车请求通过 9 号月台。卡玛 A 号车请求通过 9 号月台,请求通过。"

  苏珊娜在埃蒂背上颠上颠下的,又觉得胃里翻腾得厉害,但是她明白白发老人的催促可不是假的。因为她现在知道了什么是獭辛:人形身躯上长着鸟头或是兽头的怪物。那番怪异情景令她不禁联想到波许①所作的名为"俗世喜悦之园"的油画。

  "甜心,我大概又要吐了,"她说,"要是吐了,你也别想跑慢点。"

  埃蒂含糊地应了一声,她觉得他答应了。苏珊娜见豆大的汗珠在他苍白的脸颊上流淌不断,心里很难受。他和她一样头晕恶心。她已经明白了,若想通过一道年久失修的时空转换科学装置,情况就会如此恶劣。接着她不禁怀疑,如果下一道关口还是如此,自己是否还撑得住呢。

  杰克抬起头,看到的屋顶由成千上万、形态各异的窗格玻璃组成;极像一幅通篇使用暗灰色系的瓷砖镶拼画。接着,一只鸟从其中一块看似有玻璃的地方飞了进来,杰克这才确信,那些碎影不是什么瓷砖画,而是一格一格的玻璃,只不过其中很多玻璃都碎裂了。那满天的暗黑色,便是屋外的雷劈所惯有的模样。像是终年累月的日食,他想着,不由打了个哆嗦。在他身后,奥伊又发出一阵嘶哑的剧烈呛咳,随后才摇晃着脑袋一路小跑跟了上来。

3

  他们走过了一堆废弃机械——也许是发动机之类的——然后走进了火

---

① 希罗尼莫斯·波许(1450—1516),荷兰画家,其大量的宗教作品以糅入造型怪诞而富于想象力的怪物而独树一帜。

173

车车厢排成的迷宫里,曲里拐弯,令人慌张,和布莱因小火车拖拉的列车大不相同。苏珊娜觉得这些废车很像一九六四年她在纽约中央车站看到的那种市郊客运车。似乎为了应验这种直感,她又看到一辆车的车身上印有"客运"字样。但无论如何,许多车都显得更有年头;绝不是电镀铬合金,只是些黑色铆钉锡皮车或铁皮的客车,你会觉得只能在早期西部片或类似电视综艺节目里看到。就在这样一辆车旁,站着一个机器人,从颈部爆出无数繁杂的电线。他还捧着自己的脑袋——头上戴着顶别有"一等售票员"徽章的帽子——就夹在一条胳膊弯里。

起初走入这条迷宫般的车巷时,苏珊娜还留神去数左转、右转,但很快就放弃了。最后,他们看到大约五十码开外有间贴着护墙板的小屋,门上写着押头韵的指示牌:"行李装载/挂失处①"。他们不得不走过一片裂了缝的水泥地,到处丢弃着行李车和成堆的板条箱,还躺着两匹死狼。苏珊娜心里直说:不!索性凑成三个吧。果然,第三具尸体倚在墙上,陷在深深的阴影里,就在"行李装载/挂失处"不远处的转角里。

"来吧,"一头蓬乱白发的老人说道,"现在已经不远了。但是我们必须得快,要是心碎屋的獭辛追来,他们会杀了你们。"

"他们也会杀了我们,"三人中最年轻的男子说,他将挡在眼前的头发往后捋了捋,"除了泰德。我们中间只有泰德是不可或缺的。他太谦让了,所以自己不会这么说。"

过了"行李装载/挂失处"便是"装运办公室"(苏珊娜心想,真是够受了)。白发老人试了试门。门锁上了。看起来他并不像发火、反倒挺高兴地问:"丁克?"

丁克,便是三人中最年少的小伙子。他握住了门把手,苏珊娜听到里面传来短促的扭锁声。丁克后退了一步。又是白发老人试门,这一次没费什么气力门就开了。他们一齐走进昏暗的办公室,整个房间被高高的柜台分隔成内外两半。柜台上贴着提示语:取号等待,这让苏珊娜几乎开始想家了。

门关上之后,丁克再次抓住了门把手。又传来轻微的锁动声。

"你刚才又把它锁上了,"杰克说,他的言语间似乎有责备之意,但脸上却挂着微笑,气血正慢慢地恢复到男孩的双颊,"是吗?"

"现在不能详谈,对不起,"白发老人——泰德的声音,"没时间了。请跟

---

① 所谓押韵,是指这三个单词的开头都是 L:Luggage、Lading 和 Lost。

着我。"

他翻起柜台的一截，让大家陆续通过。走到柜台后面便是办公区域了，那里有两个机器人，看起来死了很久，另外还有三具骷髅。

"我们干嘛总是不停地找死人骨头？"埃蒂问。和杰克一样，他已经感觉好多了，此问不过是放大了的心声，并未指望得到任何回答。但是，确实有人回答他了。泰德。

"你知道血王吗？年轻人？你知道，你当然知道。我认为在某个时候，血王用毒气掩埋了这整个地区。可能只是闹着玩。差不多每个人都因此而死了。你们看到的阴沉沉的空气就是那次事故的残留。当然，他疯了。这是问题的关键。在这里。"

他指引大家走入一扇标有"闲人莫入"的房门，想必在和平盛世时，人们曾在这间屋子里忙忙碌碌地装货、发货。苏珊娜观察地板上的足迹，猜想有人不久前来过此地。也许就是他们面前的这三个男人。一张书桌被掩在六英寸的灰尘之下，此外还有两把椅子和一张沙发。书桌后面有一扇窗。曾几何时，这窗曾有软百叶帘遮阳蔽日，但如今，帘子都掉在地板上了，于是，窗外露出的街景仿佛中了邪一般令人害怕。雷劈车站背后的这片土地，让苏珊娜不可遏制地想到外伊河畔那一马平川的荒漠，只不过，这里有更多岩石，也显得更难以接近。

显然，这里也更加黑暗。

铁轨（一些列车永生永世地停在一些铁轨上）发散状地延伸出去，像一张巨大的钢铁蛛网。其上的天空有着最暗沉的石板灰色，低低压着，近得似乎伸手可及。天地之间的空气浓稠得难以言喻；苏珊娜发现自己正眯缝着眼睛向外看，然而，空气中并没有任何水雾或烟雾。

"丁克。"白发老人说。

"是，泰德。"

"你留了点什么让我们的朋友黄鼠狼去找？"

"一架无人驾驶维修飞机，"丁克答，"那可以制造假象，好像它找到了前往法蒂的门，并引发了警铃，然后就在中转站那头的轨道上爆炸了。那里的铁轨很多都是热乎乎的。你总能看到死鸟围在那里，烤得焦脆焦脆的，但就算是最大个儿的鸟要想碰响警铃也还嫌太小，但是一架小飞机就……我很肯定，他肯定会被骗的。那黄鼠狼不是笨蛋，但看上去很容易轻信。"

"好极了。那就太好了。看看远方，枪侠们。"泰德指着地平线上一处向上陡升的岩壁。苏珊娜一眼就看到了,在这个阴沉沉的乡野,每个方向的地平线都看来很近。她看不出那块岩石有什么特别的,只不过,阴影的层次更厚重些,贫瘠的山坡上堆满了摇摇欲坠的大石头。"那就是缝-特特。"

"细针。"罗兰说。

"翻译得真精准。我们就是要去那里。"

苏珊娜的心一沉。那座山——你也不妨称其为类似小山丘的东西——距离此地至少有八英里乃至十英里。不管怎么说,视野里空空的,很难估算确切距离。埃蒂和罗兰,就算加上泰德带来的两个年轻人,都无法背着她走那么远,她不信。而且,他们怎么能确定这几个新伙伴完全值得信任呢?

反过来说,我们还有别的选择吗?她在心里自问。

"你不需要别人背,"泰德对她说,"斯坦利可以帮忙。我们得手拉手,就像参加降神会那样。通过的时候,我希望你们都能默默念想那岩石的形象。并且在意志的中心点牢牢记住这个名字:缝-特特,细针。"

"哇哦!哇哦!"埃蒂说。他们已经走到了另一扇门前,通过此门就该是衣橱。里面挂着些金属衣架和一件年代久远的鲜红夹克衫。埃蒂抓住泰德的肩膀,把他扳转身来。"通过什么?通过什么地方?因为要是这扇门也跟刚才那扇——"

泰德仰头盯着埃蒂——不得不仰视,因为埃蒂比他高——而苏珊娜则目睹了一幕令人称奇的情景:泰德的双眼似乎在眼窝里晃动。转瞬之后,她明白自己看错了。是老人的瞳孔变大了,紧接着又以快得怪诞的速度骤然缩小。仿佛那双眼睛无法分辨此时此地是在光明还是黑暗中。

"我们要通过的根本不是一扇门,至少不像你们所熟悉的那些门。你们不得不信赖我,年轻人,你听好了。"

他们全都屏气凝神,苏珊娜便听见渐近的摩托机车的轰鸣声。

"那就是黄鼠狼,"泰德对他们说,"他带着獭辛,少说有四个,搞不好有六个。要是他们看到我们在这里,丁克和斯坦利就必死无疑。他们不需要抓住我们,只需要看到我们就行了。为了你们,我们搭上了性命。这可不是开玩笑,我要你停止提问,跟我走。"

"我们会的,"罗兰说,"而且我们还会牢牢记着细针。"

"缝-特特,"苏珊娜以此表示赞同。

"你们不会再犯恶心了,"丁克说,"我保证。"

"感谢上帝。"杰克说。

"感感-奥帝。"奥伊也应声说道。

斯坦利,泰德小队的第三个成员,依然一言不发。

4

这只是个衣橱而已,普普通通的办公室衣橱——狭窄,还带着霉味。年头久远的红夹克前胸口袋上缀了个标牌,上面写着"装运主管"。斯坦利带路,引导大家往衣橱里走,里面除了一堵空荡荡的墙壁之外别无他物。金属衣架被碰得叮当直响。杰克不得不蹭着奥伊的后脚小心翼翼地往前挪步。他一向有轻微的幽闭恐惧症,现在好像感到有什么人用胖手指掐上了他的脖子:先是一边,再是另一边。欧丽莎在袋子里叮叮当当地轻轻相撞。七个人和一只貂獭在久已废弃的办公室衣橱里摸索潜行?说出来都没人信。杰克仍然听得见正向这里逼近的摩托机车的马达声。领头的家伙据说叫黄鼠狼。

"拉紧手,"泰德喃喃地说道,"再集中精神。"

"缝-特特。"苏珊娜应声又念叨了一遍。但在杰克听来,这次她的语气略带犹疑。

"细——"埃蒂刚一开口,又顿住了。衣橱内侧尽头的空墙不见了。原本是墙的地方突然出现了一小片空地,一边散落了几块大石头,另一边则是粗砾斑驳的陡峭山壁。杰克很愿意打个赌:那就是缝-特特;而且,如果那是离开这个幽闭小室的唯一出路,他会喜悦万分地迎上去。

斯坦利发出一声轻微的呻吟,也许是因为疼痛,也许是因为用力,又或许两者兼有。这个男子双眼紧闭,泪水兀自流下来。

"现在,"泰德说,"斯坦利,你带我们走出去。"接着又对众人说:"你们要尽全力帮助他!帮他一把吧,看在老父的分上!"

杰克努力集中精神去想泰德先前在办公室窗口指出的岩壁图景,接着又朝前走,一手拉着前面的罗兰,另一手拉着后面的苏珊娜。他浑身汗湿,又感到冰凉的气息吹拂在凉凉的身上,于是,他一步跨上了斜坡上的雷劈之缝-特特,甚至一闪念想到了C.S.路易斯[①]先生他笔下神妙的魔力衣橱,以及通过衣橱到达的纳尼亚。

[①] C.S.路易斯,英国作家,代表作为《纳尼亚传奇》。

5

他们走出来了,但不是纳尼亚。

荒凉的山坡上非常冷,杰克当即冻出一身鸡皮疙瘩。他回头去看,却根本看不到他们刚刚通过的出入口。空气的颜色非常黯淡,还有股刺鼻的气味,一点儿不好闻,有点儿像煤油。山腰处掩着一个小洞口(它真是比刚才的衣橱大不了多少),泰德从里面取出了一叠毯子,还有一个盛满浓重碱味水的水壶。杰克和罗兰各用一条毯子披裹全身。埃蒂拿了两条,将自己和苏珊娜裹在一起。杰克正努力克制着不让牙齿咯咯直响(一旦开始,就没法止住了),很嫉妒他俩能相拥着取暖。

丁克也披上了一条毯子,但是泰德和斯坦利好像都不觉得冷。

"看那下面。"泰德叫来了罗兰和其他人,手指着蛛网四散般的铁轨。杰克这下能俯视中转站顶棚上的破玻璃,也看清了附近约半英里旁的一栋绿屋顶建筑。铁轨向四面八方延伸出去。杰克大为讶异,雷劈车站。狼群就是在这里把掠夺来的小孩子送上了火车,再沿着光束的路径送往法蒂。孩子们被吸干后,也就是在这里再被送回来。

无论怎么想象,杰克仍很难相信他们一分多钟前还在那里,距离此地六英里或八英里之远。他怀疑他们每个人都出了一份力,打开了时空入口,但前提是名叫斯坦利的男子创造了这个独一无二的通路。现在,他面色惨白,几乎精疲力竭。斯坦利一旦脚下不稳,丁克(杰克有点不怀好意地想,有这样的绰号真是太不走运了)就会抓住他的胳膊搀住他。斯坦利对此却仿佛毫无知觉。他正满怀敬意地注视着罗兰。

不止是敬畏,杰克想,准确地说也不是恐惧。还有别的什么。是什么呢?

正接近火车站的两部机动布卡都有着硕大的气圈轮胎——全地形车的。杰克猜想那便是黄鼠狼和手下的獭辛伙计。

"你们可能已经发现了,"泰德说,"在底凹-托阿的总管办公室里安置了一个警报器。如果你们想说是典狱长办公室也可以。只要有任何人、或任何东西使用了位于法蒂工作区和这个火车站之间的门——"

"我认为你们称呼他不会说总管或典狱长,"罗兰干巴巴地说,"而是畸-达目。"

丁克笑了："你还真是跟得上趟儿,大侠。"

"什么是畸-达目?"杰克问,虽然他模模糊糊有点概念。在卡拉,有这样一系列俗语:头匣,心匣,畸匣。这三个词的意思依次是一个人的思维方式、情感方式,以及低等本能。有些人可能会认为最后一条说的是动物本能;如果你脑子里有的是粗俗的念头,那不妨把"畸匣"翻译为"屎匣子"。

泰德一耸肩。"畸-达目就是脑子里有屎。这是丁克给底凹总管佩锐绨思先生起的绰号。不过你已经猜到了,是不是?"

"我想是吧,"杰克答,"差不离。"

泰德又怔怔地盯着他看,当杰克思忖那表情究竟意味着什么时,也正好想通了斯坦利注视罗兰时的眼神:不是因为恐惧,而是着迷。杰克非常清楚,泰德此刻仍在思索他和鲍比长得有多像,同时,他也很确定泰德对他的意念触及能力心知肚明。斯坦利又是为了什么着迷呢?大概是自己想得太多了吧。也许斯坦利只是从未想过能看到活生生的枪侠。

泰德很突然地将视线抽离杰克,转向罗兰说:"现在看这边。"

"哇哦!"埃蒂叫起来,"什么鬼东西!"

苏珊娜半是好笑、半是惊讶。泰德举手示意远方的动作让她想起塞西尔·B.戴米尔①导演的圣经电影《十诫》,尤其是摩西开红海的那段,海水就像是果子冻,上帝的声音从燃烧的树丛间传出来,听起来酷似查尔斯·劳顿②。无论如何,这实在太令人吃惊了。眼前的景象就仿佛粗制滥造的好莱坞特效。

眼前,仅一束丰盈壮丽的阳光,从低沉的密云层中斜插而下。阳光强烈得像是探照灯,刺破暗黑的诡谲空气,仅仅照耀着距离雷劈车站约六英里之外的一片围墙四闭的场所。所谓"六英里之外"只是一种模糊的表达,因为在这个世界里没有东南西北,你不能凭借任何参照物去定量距离。现在,只有光束的道路。

"丁克,有一副望远镜在——"

"在下层山洞里,对吗?"

"不,上次我们来这里时我已经拿上来了,"泰德依然保持着罕有的耐心

---

① 塞西尔·B.戴米尔(1881—1959),美国著名电影导演、演员。《十诫》是他于一九五六年执导的电影。

② 查尔斯·劳顿(1889—1962),英裔美国著名演员。曾获第六届奥斯卡金像奖最佳男主角奖。

说道,"就放在里面的板条箱里。请你去拿来吧。"

埃蒂几乎对这一段插曲毫不在意。他实在被那束宽广的光柱迷住了(很开心),阳光洒在一片绿油油、充满欢声笑语的土地上,和脚下这广漠荒芜的黑暗贫瘠的沙漠俨然有着天壤之别……埃蒂心想,好比是在中西部土生土长的人第一次来到纽约看到中央公园。

他看到阳光下有一些类似大学宿舍的建筑——不错的宿舍楼——还有一些楼就像是舒适的庄园小别墅,绿油油的草地铺展在屋子前。在阳光照射的尽头,隐约可见一条街道,沿街都是商店,如同典型的美国式主干道大街的迷你版,但只有一点例外:商业街无论往哪个方向走,都终止在黑暗崎岖的沙漠里。他望见了四座石头塔,塔身四周都绕满悦目的常春藤。不,是有六座塔。漏数的两座塔几乎完全掩映在茂密的老榆树丛中。沙漠里的榆树林!

丁克带着望远镜折回来了,并把它递给罗兰,罗兰摇了摇头。

"别硬塞给他,"埃蒂在旁说,"他那双眼睛……好吧,我们只当那是别的什么东西吧。不过,我倒不介意好好瞅瞅。"

"我也要。"苏珊娜说。

埃蒂将望远镜递给她。"女士优先。"

"不用,真的,我——"

"别玩了,"泰德几乎是咆哮着说,"我们在这里时间紧迫,危难当头。别一次又一次地浪费时间了,我请求你们。"

苏珊娜被批了一顿,却忍住了没有反唇相讥。她二话不说接过望远镜,放在眼前调整焦距。放大了的远景只是验证了她起初的印象,那只是个小巧玲珑、处处完美的大学校园,毗邻着美丽乡村。她默想:我敢打赌说,那儿可没剑拔弩张的阶层争斗。乡村小屋和古镇像花生酱和果子冻一样完美融合,艾博特和科斯蒂洛①心贴心,好像手掌和手套。只要《周六晚报》上有雷·布莱德贝利②的科幻短篇,她一定搁下别的不管,先一睹为快,她真的很爱布莱德贝利,而眼前的望远镜拉近的图景就令她想到了布莱德贝利笔下的乌托邦伊利诺伊乡村——绿镇。大人们坐在门廊上,喝着柠檬水,孩子们在夏日黄昏握着手电筒嬉闹,引来飞虫乱舞。那边的大学校园呢?那里

---

① 艾博特和科斯蒂洛,美国一九二九年至一九五八年间舞台剧、广播剧和电视剧、电影中极受欢迎的喜剧搭档。

② 布莱德贝利是六十年代美国的畅销科幻作家。著有《火星纪事》、《华氏451》等名作。

没有人喝得醉醺醺的,就算喝一点吧,也绝不过量。也没有游戏机、镇静剂或是摇滚乐。在那里,少女们满怀热烈的贞洁和男友们互吻着道晚安,再高高兴兴地回宿舍,连宿监阿姨也觉得她们都是乖乖女。那是个阳光终日普照的地方,广播里播放佩瑞·科摩和安德鲁姐妹①的歌声,没有一个人会怀疑他们其实活在转换后的世界废墟中。

不对。她又冷冷地想道,有些人是知道的。所以才会出现这三位迎候我们。

"那是底凹-托阿。"罗兰直截了当地说。并不是在询问。

"是啊,"丁克应声说,"好一个古老的底凹-托阿。"他正站在罗兰身旁,伸手指着宿舍楼旁的一栋白色建筑,说:"看到那白楼了吗?那就是心碎屋,坎-托阿住的地方。泰德把他们叫做低等人。都是些獭辛和人类杂交的混种。而且他们不把那里叫做底凹-托阿,而是厄戈锡耶托,意思是——"

"蓝色天堂。"罗兰截下他的话语,而杰克也明白了个中原因:除了几座石塔之外,所有建筑都是蓝瓦屋顶。不是纳尼亚,而是蓝色天堂。那里有一群人忙忙碌碌地推进世界的灭亡。

众世界的灭亡。

6

"看来是现存的最美妙之地了,至少是从内世界陷落之后吧,"泰德说,"是不是?"

"非常美妙,您说得完全正确。"埃蒂点头称是。他至少攒着一千个疑问,估摸着苏珊娜还存了一千个,但现在绝不是提问的好时机。不管怎么说,他目不转睛地欣赏山下这片百余亩的完美小世界。整片雷劈土地上唯一一处阳光灿烂的草地。一个美好的地方。为什么不呢?绝对是我们的断破者朋友们的最佳住址。

不过,不管他如何遏制好奇,有一个问题还是脱口而出。

"泰德,为什么血王想推倒塔?你知道吗?"

泰德瞥了他一眼。在他终于笑起来之前,埃蒂以为那一眼很酷,也许还是彻底的冷酷。泰德笑的时候,整个脸庞仿佛亮了起来。同样,他的双眼也

---

① 佩瑞·科摩和安德鲁姐妹都是美国二十世纪中期深受欢迎的歌手。

不再吓人地放大缩小了,那可是不小的进展啊。

"他疯了,"他对埃蒂说,"疯得厉害。骑着童话里的橡皮自行车。我没有跟你说过这些吗?"还没等埃蒂作答,他急着说了下去:"是的,那里非常美好。不管你把它叫做底凹-托阿还是大型监狱,或是厄戈锡耶托,它确实赏心悦目。确实是。"

"很时髦的小区。"丁克也这么说。甚至斯坦利也凝视着阳光照耀下的小区,面露些许向往。

"食物是最好的,"泰德继续说,"而且,宝石电影院里的双片连映一星期里就更换两次。如果你不想去电影院,还可以带 DVD 回家去看。"

"那是什么东西?"埃蒂问,又赶忙摇摇头说,"没关系,你接着说。"

泰德耸耸肩,好像在说,你还需要知道什么呢?

"还有一点值得一提。绝对超现实的性爱,"丁克说,"虽然是仿真的,但还是妙得不可思议——我在一个星期里和玛丽莲·梦露、麦当娜,还有妮可·基德曼都做过了。"说着这话的丁克明显露出局促不安的自豪。"要是我想的话,甚至可以同时和她们一起做。只有一种情况下你才会发现她们不是真的——正面朝她们呼气,贴近一点。那样的话,你呼气吹到的那部分……就像消失了一样。那可就倒胃口了。"

"能喝个烂醉吗?"

"喝酒要限量,"泰德回答说,"如果你研究酿造学,比方说吧,就可以每餐饮用一点新鲜货色。"

"什么是酿造学?"杰克问。

"假冒内行骗葡萄酒喝的一门科学,小甜心。"苏珊娜说。

"要是你在蓝色天堂对什么东西上了瘾,"丁克又说,"他们就会让你戒掉。出于善意。事实已经证明,有一两个家伙在这方面特别拿手……"他匆匆瞥了一眼泰德。后者一耸肩,点点头。"那些酒鬼就消失了。"

"事实上,低等人不再需要更多的断破者了,"泰德说,"他们现在已经有了足够多的人手完成任务。"

"多少人?"罗兰问。

"大约三百人。"丁克答。

"准确地说,是三百零七人,"泰德补充道,"我们被分成五个宿舍,虽然'宿舍'这个词会误导你们的想象。我们有自己的随从,和我们的断破者伙伴们保持一定的联系,或者说,少量的联系。"

"你们知道自己在做什么吗?"苏珊娜问。

"是的。虽然大部分人不会花时间去想这个问题。"

"我不明白他们为什么不造反呢?"

"夫人,您是什么年代的?"丁克问她。

"我……?"她很快就明白了,"一九六四年。"

他叹了口气,摇摇头,说:"所以你不知道吉米·琼斯和人民殿堂。要是你知道这些,解释起来就容易多了。大约有上千人在那个邪教殿堂里自杀了,殿堂是由旧金山的一个自称耶稣基督的人在圭那亚建造的。他站在门廊里,拿着扩音器对他们讲述他母亲的故事,然后眼看着他们从桶里倒出酷艾德甜饮①,再喝下那些下了毒的水。"

苏珊娜惊得目瞪口呆,不敢相信这事儿,泰德在一旁勉强掩饰着焦躁,只不过他的演技实在糟糕。但是他必定认为谈论此事自有其重要性,因此保持着沉默。

"几乎有一千人,"丁克反复重复着这个数字,"因为他们困惑不解又极其孤独,他们认为吉米·琼斯是自己的朋友。因为——好好想想这个——他们即便回头也没有岸。这里的情形也一样。要是断破者们联合起来了,他们可以制造出意念榔头把佩锐绨思、黄鼠狼、獭辛和坎-托阿全都打到下一个银河系去。但是,没有人,除了我、斯坦利和人见人爱的超级断破者、最后一个来自康涅狄格州米尔福德②的西奥多·布劳缇甘先生,二十年代哈佛毕业,参加过戏剧公社、辩论俱乐部,担任《哈佛深红报》主编,还有——当然了!——优秀大学生联谊会!"

"我们可以信任你们三位吗?"罗兰问。似乎假装问得漫不经心,只不过比打发时间稍微严肃一点。

"你们不得不信,"泰德说,"你们没有其他人帮忙了。我们也一样。"

"如果我们是他们的人,"丁克说,"难道你不觉得我们能搞到更好的东西穿在脚上吗?而不是这些用他妈的橡胶轮胎做的软趴趴的拖鞋,嗯?在蓝色天堂,除了最基本的需求,你什么都有。尽塞给你一些绝不是普通人想要的那种必需品,而是……好吧,让我们直说吧,当你浑身上下除了拖鞋什么都没穿的时候,实在很难逃走。"

---

① 原文 Kool Aid,一种甜饮料品牌。
② 米尔福德,美国康涅狄格州西南部一城市,位于纽黑文西南的长岛海湾。

183

“我还是很难相信这些，”杰克说，“那些人都在为摧毁光束而工作，我的意思是，我不想冒犯你们，但是——”

丁克转身对着他，拳头握得紧紧的，脸上的一丝紧绷绷的笑容压抑着暴怒。奥伊立刻冲到杰克前头，龇牙低吼。丁克似乎根本没有看到奥伊，或许只是没把它放在眼里。“是吗？想知道吗，小鬼头？我被冒犯了。我他妈的生气了。你知道些什么，嗯？一辈子都被人排挤在外，每一次都被当作笑柄，去他妈的舞会上总是当嘉莉[1]？”

“谁？”埃蒂一头雾水，追问了一句，可是丁克仍在滔滔不绝，根本没留意他的提问。

“下面有好多人不能走路，或是不能说话。一个小孩出生时就没有双臂。有些人脑积水，那就是说他们的脑袋都涨到了他妈的新泽西了。”他伸出两只手各摆在脑后两尺远的一边，所有人都认为这是个夸张的手势。结果，不久以后，他们都发现那并不是夸张。“可怜的老斯坦利，他也是不能说话的。”

罗兰定睛打量着斯坦利，惨白的脸上残留着胡楂，浓密的黑发鬈曲着。然后，枪侠似乎是笑了。“我认为他可以说话。斯坦利，你是否在心里念着父亲的名字？我相信你在念。”

斯坦利垂下头，脸颊上泛起一阵红晕，并且微笑了。但与此同时，他又开始掉眼泪。埃蒂心里说：这里到底在发生什么鬼事儿啊。

泰德显然也在揣测，“德鄯先生，我在想是否可以问——”

“不，不，我请求你的原谅，”罗兰说，“时间紧迫，如您所言，我们都感觉到了。断破者们知道他们都被喂什么吃吗？为了增强能量，他们要吃下什么东西？”

泰德一屁股坐在岩石上，远眺泛着寒光的铁轨蛛网。“这和被他们带去车站的孩子们有关，是吗？”

“是的。”

“他们不知道，我也不知道，”泰德沉重不堪地说下去，“不是很清楚。我们每天都要被迫吃下几十种药片。他们早上来、中午来、晚上再来。有一些是维他命。有一些药片无疑可以让我们更听话、更驯服。我运气不错，可以

---

① 嘉莉，斯蒂芬·金成名作中的女主人公，曾被改编成电影《魔女嘉莉》，嘉莉是一个可怜自卑的女孩，总是受到同龄女孩的嘲讽，但她拥有超能力，最后在舞会上被浇了一身血，她愤怒地用超能力杀死了所有人。下文中埃蒂追问嘉莉是谁，是因为他没有看过斯蒂芬·金的书。

把药物从我体内清除出去,还有丁克的、斯坦利的。只是……为了让这种清泻起作用,枪侠,你必须先想让它起作用。你明白吗?"

罗兰点点头。

"我为这件事情想了很长时间,他们肯定还给了我们一些……我不知道……脑力增强器……可是还有那么多药片,根本不可能区分哪个是哪个。哪一种会让我们变成食人族,或是吸血鬼,或者两者兼备。"他停顿下来,垂头看着那道不可能存在的阳光光柱。他向两边伸出双手。丁克握住了一只手,斯坦利握住了另一只。

"看着,"丁克说,"这事儿妙。"

泰德闭上了双眼。其余两人也同样如此。一开始,什么也看不见,只见这三人透过沉沉的阴暗望向塞西尔·B.戴米尔的阳光束……罗兰知道,他们真的在看。即便两眼紧闭着。

那道阳光渐渐熄灭了。大约在几十秒的光景里,底凹-托阿就像周遭的沙漠、雷劈车站以及缝-特特山坡一样黑暗阴森。然后,那道荒谬的金色光辉又回来了。丁克长叹一声(并非很不满意的样子),向后退一步,松开了紧握泰德的手。片刻之后,泰德也松开了斯坦利,他转向罗兰。

"是你们办到的吗?"枪侠问。

"我们三个一起,"泰德说,"主要是靠斯坦利。他是能力超强的意念传送者。佩锐绋思、低等人和獭辛族害怕的稀罕事之一,就是失去他们的人造阳光。最近,这事儿越来越频繁地发生了,你知道,并不总是因为我们在和机械物捣乱。那机器只是……"他耸耸肩,说:"只是老化了。"

"万事万物都是。"埃蒂说。

泰德看着埃蒂,没有笑容。"可是还不够快,迪恩先生。必须阻止他们干扰余下的两条光束,不能再拖了,否则等于坐以待毙。丁克、斯坦利和我会尽全力帮助你们,哪怕这意味着要把剩下的人都杀死。"

"当然,"丁克空落落地一笑,"吉米·琼斯可以那么做,为什么我们不可以呢?"

泰德颇有几分不满地瞥了他一眼,但没说什么,又转头对罗兰和他的同伴们说:"也许事情还不至于那么糟。但是如果迫不得已……"他猛然站起来,揪住罗兰的手臂。"我们是不是食人族?"泰德的嗓音仿佛被撕裂了般刺耳,"我们是不是一直在吃绿斗篷从卡拉带走的孩子们?"

罗兰沉默不语。

泰德又转向埃蒂。"我想知道。"

埃蒂也默不作声。

"女士?"泰德将眼光投向正跨坐在埃蒂腿上的女人,"我们已经打算帮你们了。难道你们不愿意帮帮我、回答我的问题吗?"

"知道了又能改变什么呢?"苏珊娜反问。

泰德默默地看了她一会儿,最后转向杰克。"你真的可能是我朋友的孪生兄弟,"他说,"孩子,你知道吗?"

"不知道,但我也不觉得奇怪,"杰克回答,"在这里,事情总是这样。每一件事……嗯……都很匹配。"

"你会回答我的问题吗?要是鲍比,他一定会说。"

所以你就可以生吃你自己了吗?杰克心想,不吃他们,而改吃自己吗?

他摇摇头。"不管看上去有多像,我都不是鲍比。"

泰德沉重地叹气,点了点头。"你们真是一条心,我又何必大惊小怪呢?毕竟,你们是同一个卡-泰特。"

"我们得动身了,"丁克对泰德说,"我们在这里逗留得太久了。倒不是说要赶上查房;斯坦利已经搞定了他们该死的遥控传感器,等佩锐绨思和黄鼠狼查房时,他们一定会说:'泰德·B一直都在房间里。丁克·恩肖和斯坦利·鲁伊兹也好好待着呢。那几个男生都很乖。'"

"说得对。我觉得你的建议很好。但是,再等五分钟好吗?"

丁克不情不愿地点点头。这时,从远方隐约传来一阵警报声,随风而至。年轻人的脸上真正露出了笑意。"太阳没了,他们可得暴跳如雷呢,那就不得不勇敢面对假象被撕破后的真实境地,好家伙,简直好比核战后的寒冬之景。"

泰德双手抄在口袋里,低头呆呆地看着脚尖,过了好一会儿才抬起头,对罗兰说:"是时候了……这出奇怪的闹剧该收场了。我们三个明天会回来,如果不出意外的话。还有,这里有个大一点的山洞,顺着山坡下去四十码就到了,但不是往雷劈车站和厄戈锡耶托去的那条山坡。洞里有食物和睡袋,以及烧丙烷气的炉子。还有一张厄戈地区的地图,但很粗略。我还给你们留了一台录音机、一些磁带。也许无法解释你们想知道的所有情况,但至少能解答一些困惑。眼下,只需要明白蓝色天堂并不如亲眼所见那样美好就够了。常春藤塔都是瞭望塔。共有三道防线将整个地区包围起来。要是你想从里面逃出来,第一道封锁线就会给你一下——"

"就像铁丝网。"丁克说。

"第二波防线的装备足以猛打你一通,直到你爬不起来,"泰德接着又说道,"第三波——"

"我想我们可以想象得出来。"苏珊娜说。

"罗德里克之子们怎么样了?"罗兰问,"他们和底凹多少也有点关系,我们在路上遇到了一个,他是这么说的。"

苏珊娜看着埃蒂,眉毛一挑。埃蒂使了个眼色,待会儿告诉你。相爱中的人对这种简单而无声的完美沟通都很在行。

"那些下流胚,"丁克嘴上这么说,却显露出几分同情,"他们是……在电影里他们怎么说来着?模范囚犯,我猜是这个词儿吧。他们在车站后两英里地方有个小村子,就在那个方向。"说着,他用手指了一下:"在厄戈,他们主要从事修整草坪的工作,还有三四个本事大一点,还能修修屋顶……换换木瓦什么的。不管这里的空气里有怎样的污染物,那些可怜的笨蛋们好像特别容易受到感染。只有在他们身上才会看到真正的放射后遗症,绝对不止是小丘疹或是湿疹之类。"

"跟我详细说说。"埃蒂的脑海中已浮现出那个可怜的老家伙:伽凡的谢纹,那张被腐化蚕食的脸孔,那浸透尿液的长衫。

"他们都是游民,"泰德插入这场谈话,"贝多因人①。我想他们是沿着铁轨四处游荡,大部分是这样。在车站和厄戈锡耶托地表下有很多茔窟。罗德里克族人知道怎样在那些地穴间周旋。那下面有数以吨计的食物,他们还会用雪橇每星期两次把食物送进底凹。很有可能就是我们现在吃的东西。食物还不错,但是……"他一耸肩。

"事情每况愈下,"丁克以平淡的忧伤语气说了下去,"但如他所言,酒确实不错。"

"如果我请求你们明天带一个罗德里克之子一起来,"罗兰说,"你们能做到吗?"

泰德和丁克惊惶地互看一眼。接着,两人都扭头望向斯坦利。斯坦利点了头,耸耸肩,又摊出双手,掌心向上:为什么,枪侠?

罗兰痴痴地站在哪里,似乎一时间乱了头绪。之后,他看着泰德。"带一个只剩下半个脑子的来,"他继续指示说,"对他说,'丹瑟,丹忒,丹罗兰,

---

① 贝多因人,是一个居无定所的阿拉伯游牧民族。

丹蓟犁。"

泰德毫不犹豫地重复了一遍。

罗兰点头称是。"如果他还有犹豫,告诉他,伽凡的谢纹说他必须来。他们说话有点不清楚,是不是?"

"当然了,"丁克接过话茬,"但是,先生……你不能让一个罗德里克族人到这上面来见你,再把他送回去过自在日子。他们的那些舌头就骑在墙头,随时准备两头跑。"

"带一个来吧,我们会看到该看到的。用我的伙伴埃蒂的话来说,我有一个预感。你们相信预感之说吗?"

泰德和丁克都点了头。

"如果真如预感所示,那就好。如果预感错了……就要确保你们带来的那人永远不会把在这里的所言所闻透露出去。"

"你的预感错了,就会杀了他吗?"泰德问。

罗兰点了下头。

泰德苦笑起来。"显然你会这么做的。这让我想起来了,在《哈克贝利·费恩历险记》①中有这么一段:哈克看到有船上来,就跑去对华珍小姐和道格拉斯寡妇讲了这条大新闻,其中一人问道是否有人被杀了,哈克泰然自若地说,'不,夫人,只不过是个黑鬼。'在我们这档子事里,就可以说:'不过是个罗德。枪侠有了个预感,但感觉失误。'"

罗兰冷酷地送上一个笑,极不自然地露出两排牙齿。埃蒂见识过这种所谓的笑容,现在则庆幸被瞄准的不是自己。他说:"我觉得你们知道该把赌注压在哪儿,泰德先生。还是我会错了意?"

泰德若有所思地盯着他看了片刻,再低下头看着地面,也不知道他的嘴里在念叨什么。

这当口,丁克似乎在无语中和斯坦利沟通想法。于是,他说:"如果你们想要一个罗德,我们会带一个来。这不算什么大麻烦。真正的麻烦在于要带到这里。要是我们不能……"

罗兰耐心十足地等年轻人说完。但对方却没了下文,枪侠不得不问:"如果你们做不到,你们希望我们怎么办?"

泰德耸耸肩。这个动作完全是在模仿丁克,显得很滑稽。"尽你们所能

---

① 《哈克贝利·费恩历险记》,马克·吐温的名著。

吧。在下面的山洞里还有些武器。一打电子燃烧弹，他们称之为飞贼。几支机械枪，我听那些低等人管这种枪叫神速枪手，都是美军 AR-15 卡宾枪。还有一些武器的来龙去脉我们就不知道了。"

"其中还有一种科幻电影里有的激光枪。我估摸着，那枪能把人分成几块儿，但要么是我太笨所以玩不转，要么就是电池用光了，"丁克说完，焦急万状地盯着白发老人，"五分钟了，都过了。我们得快马加鞭，泰德，快闪吧。"

"是这样。好吧，我们明天再回来。也许到了明天，你们已经想出方案了。"

"难道你不想点法子吗？"埃蒂惊讶地问。

"我的法子就是跑，小伙子，现在看起来当然像是糟糕透顶的蠢主意。我一直跑、一直跑，直到一九六〇年的春天。多亏了我的小朋友鲍比的母亲，他们才逮到了我，把我送回来。现在我们真的必须——"

"再多一分钟，请求你了。"罗兰说着，迈步走到斯坦利面前。斯坦利的眼睛盯着脚尖，但胡楂杂乱的双颊上又泛起了红晕。而且——

他在发抖。苏珊娜心里说，好像树林里的小动物第一次看到人类。

斯坦利的模样大约有三十五岁，但很可能更老些；皮肤却有种无忧无虑般的光洁，苏珊娜不禁猜想，那是由心理缺陷所致。泰德和丁克的脸上都有小丘疹，但斯坦利却连一个疱都没有。罗兰双手抓住他的双臂，诚恳地看着他。一开始，枪侠只看到一片黑暗，别无他物，斯坦利饱满的头型以及鬈曲的头发。

丁克刚想开口，泰德却默不作声地拦住了他。

"你不愿看着我的脸吗？"罗兰的问话是如此温和亲切，苏珊娜从不知道他竟可以这样说话，"你不愿意吗，在你走之前，斯坦利，斯坦利之子？是锡弥吧？"

苏珊娜惊得下巴都快掉了。她身旁的埃蒂咕哝着，仿佛被人揍昏了头。她心里说：可是罗兰很老……那么老了！那就是说，如果这是他在眉脊泗酒馆认识的男孩……牵着驴子、戴顶粉红色阔边帽子……那他也肯定……

那男子缓缓抬起头来。泪水无声地涌出来。

"老好人威尔·迪尔伯恩，"他说话了，声音嘶哑，仿佛长置不用的乐器只能发出高低不稳的声响，"先生，我非常抱歉。如果你拔出枪来打死我，我也完全能理解。我真的理解。"

"锡弥，为什么要这么说？"罗兰的声音依然那么柔和。

斯坦利的泪水奔涌得更猛了。"您救了我的命。还有,亚瑟和理查德,但主要是多亏了您,老好人威尔·迪尔伯恩原来是真正的蓟犁的罗兰。而我却让她死了!她是您深爱的人啊!我也是那么、那么爱她啊!"

他的脸被痛苦扭曲了,他挣扎着想脱开罗兰的手。但罗兰还是握着他。"那都不是你的错,锡弥。"

"我应该替她去死的!"他哭喊起来,"死的应该是我!我太笨了!就像他们说的那么愚蠢!"他抬起巴掌朝自己的脸扇去,一边一下,再一边一下,留下了红彤彤的手印。他还想无休止地扇下去,罗兰却抓住他的手,使劲按下来。

"是蕤下的手。"罗兰说。

斯坦利——万世之前,他曾是锡弥——正视着罗兰,索求着他的眼神。

"是啊,"罗兰一边说着,一边点着头,"是库思……还有我。我本应该留在她身边。在那件事情里,若有人是无罪过的,那就是你——锡弥——斯坦利。"

"你真这么说吗,枪侠?千真万确?"

罗兰用力地点了头。"如果时间允许,我们可以好好聊这事儿,还有那些久远的岁月,但不能是现在。已经没时间了。你必须和你的朋友们一起走,而我也必须和我的伙伴们待在一起。"

锡弥又定定地凝视了他片刻,哦,是的,苏珊娜现在看出来了,很久以前,是这个酒馆男孩在旅者之家里忙忙碌碌东奔西跑,捡起空酒杯,再扔进洗碗桶里,他站在双头麝鹿下,酒馆的乡亲们总是称其为"顽皮小鹿"。他躲躲闪闪,避开克拉尔·托林防不胜防的推搡,还得小心那名叫佩蒂·德·特罗特的老妓女冷不丁地踢来一脚。她甚至都能看到这个男孩因为不小心把酒洒在壮硕的罗伊·德佩普的靴子上而差点儿被打死。那个晚上,是库斯伯特救了锡弥的命……但是罗兰,村里人只知道他叫做威尔·迪尔伯恩,却救了他们所有人的命。

锡弥环抱住罗兰的脖子,紧紧地拥抱他。罗兰笑了,伸出畸形的右手捋着那鬈曲的黑发。锡弥终于爆发出大声的哭号。苏珊娜还能见到枪侠的眼角聚满了闪光的泪。

"好了,"罗兰的声音低得几乎听不见,"我始终都知道,你是独一无二的;库斯伯特和阿兰也一样。现在我们找到对方了,沿着这条路相遇。我们团聚了,锡弥,斯坦利之子。我们团聚了。团聚了。"

第六章

蓝色天堂之主

1

芬力敲门时,平力·佩锐绨思——厄戈锡耶托的当家人——正待在浴室里。佩锐绨思借着洗脸池上方的荧光灯那不可饶恕的昏暗光线,检查自己脸部的皮肤。在放大镜里,他的皮肤呈现浅灰色,坑坑洼洼得像是被轰炸过的平原,相比于向四面八方延展的厄戈地表倒没什么两样。眼下,他聚精会神照料的、钻心疼的小疱俨然是座喷发中的小火山。

"谁找我?"佩锐绨思叫骂了一声,尽管他脑子里闪出一个绝妙的主意。

"泰勾的芬力!"

"进来,芬力!"佩锐绨思的眼神根本没从镜子里移开。捏挤在感染化脓的疱疹旁的手指头看上去粗笨极了,正对着小疱施加压力。

芬力径直穿过佩锐绨思的办公室,止步在浴室门口。他不得不略微弯下腰才能看到门里面。若是笔直站着,他的身高超过七英尺,即便在獭辛族人中间也是当之无愧的高个子。

"从车站回来了,就跟没去过一样。"芬力说。和大部分獭辛一样,他说起话来嗓门很大,狂野得似乎时而尖叫时而咆哮。在平力听来,这种嗓音很像 H.G.威尔斯①在《莫罗博士岛》描写的杂种人,他总盼着有朝一日他们会突然齐声合唱一曲"我们不是人类吗?"有一次,芬力从千头万绪中揪出了这个问题,甚至问出了口。佩锐绨思报以诚实无比的回答,他当然知道在这个充满低等级的心灵感应的小社会里,诚实永远是上上策。也是当你和獭辛打交道时,唯一的原则。更何况,他还挺喜欢来自泰勾的芬力。

"从车站回来啦,很好,"平力说,"发现什么情况了?"

"一架自动维修遥控机。看情况,它稀里糊涂地跑到电弧16实验站那边去了,还——"

"等一下,"佩锐绨思打断他,说,"稍等片刻,请求你了,多谢。"

---

① H.G.威尔斯(1866—1946),著名科幻大师,重要著作有《时间机器》、《隐形人》、《星际争争》等。

191

芬力便开始等待。佩锐绨思向镜子更凑近了点,聚精会神地蹙眉紧盯着脸上的一点。这位蓝色天堂之主个子也很高,大约六英尺二寸,两条又长又壮的粗腿上,撑起一只巨大的、弧形向下倾斜的肚子。头发渐秃,还有资深酒鬼特有的酒糟鼻。看模样,似乎有五十岁了。他感觉自己看上去顶多五十岁(前夜若没有和芬力还有其他坎-托阿喝醉了耍酒疯,还能再年轻一点)。他刚到这里时已经五十岁,那是很多年前了;至少有二十五年,说不定还少算了好几年。在世界的这一边,时间感变得愚钝,恰如方向感,你很容易就会丧失这些判断力。有些乡巴佬甚至还疯了。而一旦他们永远失去了阳光制造机——

疱疹的尖端鼓胀起来……微微颤抖……爆破。啊!

一股带血丝的脓液从被感染的伤口飙出来,径直喷上了镜子,又沿着微微凸起的镜面迟缓地滑下。平力·佩锐绨思用指尖将它抹去,转而弹向马桶,又将指头伸向芬力。

芬力摇了摇头,似乎被激怒般发出一阵低沉的呻吟,恐怕任何一个资深的节食者都很熟悉这番低吼,于是,他指引着蓝色天堂之主将手指伸进自己的嘴里。他将脓液吮了个干干净净,之后,带着咂吧声松开了手指。

"真不应该,但真的忍不住,"芬力说,"你是不是告诉过我,那一边的乡巴佬就喜欢吃半生的牛肉,明知道没好处?"

"没错。"平力用舒洁面巾纸擦拭着疱疹伤口(仍在滋滋不断地渗出脓血)。他来这儿已经很久了,不会再回去了,有万千理由留在这里,但是最近他开始关注时事了,就在前不久——可以说一年前吧?——他开始看《纽约时报》,报纸送得基本上还算规律。他非常喜欢这份时报,最爱做每天都有的填字游戏。就算是和家乡扯上一点关系吧。

"可他们照样吃下去。都一样。"

"嗯哼,我认为很多人都这样。"他打开医药柜,拿出一瓶雷氏药业生产的过氧化氢。

"是你不好,伸到我眼皮底下,"芬力说,"这东西对我们没什么坏处;有股天然的甜味,就像蜂蜜和草莓。问题在于,这是在雷劈。"接着,生怕他的老板没听明白似的,芬力又补充道:"不管它吃起来有多甜,跑出来的味道却不对劲儿。有毒,就这么说吧。"

佩锐绨思捏着一只棉花球浸在过氧化氢里,再擦拭脸颊上的伤。他非常明白芬力在说什么,他怎么可能不知道呢?来这里之前、也就是披上这里的总管大袍之前,他大概有三十多年没在自己脸上发现一个疱疹的影儿了。可现在呢,两颊和前额上都有疱疹,鬓角和太阳穴还有痤疮,鼻子上下满是恶心人的黑头粉刺,甚至,脖子上还长了个囊肿,得马上找冈林——这里的药剂师——除掉它。(佩锐绨思认为一个医生名为"冈林"真是糟透了;这种发音让他无法不想到"腐烂"和"神经节"①。)相对来说,獭辛和坎-托阿都不太会染上皮肤病,但他们的皮肉却常常莫名其妙、自作主张地裂开口子,而且,他们还得忍受流鼻血和其他的小毛病——被岩石和荆棘划破、扎破的外伤若不好好处理,便很容易因感染致死。一开始,使用抗生素还有点用;但很快就无效了。被誉为"制药学史上的奇迹"的同维甲酸②也面临同样无奈的处境。显然,问题出在环境上;死亡从周遭的每块岩石、每撮泥土中散发出来。要是你想看看情况最坏时能到何种程度,那就去看看罗德人吧,这些日子以来,罗德里克之子们不比缓型突变异种好多少。当然啦,因为他们四处游荡,游走到很远……那里还算是东南部吗?他们游荡向某个方向,到了夜里,会见到微弱的红光泛在天际,不管怎样,每个人都说万事万物到了那个地方都将糟到极点。平力不知道这种传言是否属实,但他打心眼里觉得那该是事实。他们不会把法蒂后面的土地称为迪斯寇迪亚,因为那儿是观光点。

"还想来点吗?"他问芬力,"我的额头上还有一点,都熟透了。"

"不了,我想把报告写了,再复查一遍录像带和自动遥感勘测,还得去阅读室瞄一眼,之后,签了名就能闪了。下班后我想洗个热水澡,再看三个小时的书。我正在看《收藏家》呢。"

"你很喜欢呢。"佩锐绨思说,似乎被吸引了。

"喜欢极了,说谢啦。那本书让我联想到我们在这里的情形。不同的是,我认为我们的理想更伟大一些,我们的动因也比性吸引力更高尚一些。"

"高尚?你用这个词?"

芬力一耸肩,没言语。在蓝色天堂,不谈论蓝色天堂的真相是默认的规则。

芬力跟着佩锐绨思走进他的图书馆兼书房,从这里可以俯瞰蓝色天堂里人称"林荫道"的商业街。芬力一猫腰,躲在灯下,多年训练有素的敏捷身手在不经意间显出几分优雅。佩锐绨思曾对他说过(几枪射击之后),他真

---

① 冈林(Gangli)的发音与"神经节"(ganglion)和"腐烂、坏疽"(gangrene)相近。
② 同维甲酸(Accutane),一种颇有争议的痤疮、重度粉刺的治疗药物。

他妈的该去NBA当中锋。"第一支全部由獭辛组成的球队。他们会管你们叫怪胎,但那又怎么样呢?"

"这些篮球运动员们,他们凡事都能得最好的那份儿吗?"芬力曾如此询问。他长了一个圆溜溜的黄鼠狼脑袋,眼睛黑黑大大的。在平力看来,比洋娃娃的眼珠多不了几分人气儿。他还戴了好几串金链子——最近在蓝色天堂的员工中,这已是最时髦的打扮,过去几年间,甚而兴起一个小型交易市场,专卖这类货色。同样,他也顺着时髦趋势,把发辫剪了。很可能是次失误,因为有一天晚上他和佩锐绨思双双醉倒时,他提到了这么一句。当他的生命终结时,迷失信仰的痛苦注定将他送往漆黑地狱,除非……

没什么除非。平力倾心倾力地想要否认这个事实,如果他否认(哪怕只是对他自己的良心),这种念头有时会在夜色里鬼影般缠住他不放,那他就将是个谎话精。为了对付这种绝望,他有安眠药。还有上帝,毫无疑问。他的信仰告诉他:万事万物都将侍奉上帝的旨意,甚至于塔本身的存在。

无论如何,平力确信了这一点,篮球运动员——至少,美国的篮球运动员们——凡事都能获得最好的那份,包括更多的漂亮小姐儿,总比守着他妈的一个坐便器要强得多。这番评论逗得芬力哈哈大笑,笑得微红的眼泪都从那毫无表情、古怪之极的眼角里渗出来了。

"而最好的那份,"平力接着说,"是这个:根据NBA的标准来说,你要去打球就可以永远打下去。比如说,你听好了,在我们以前那个国家里,最受推崇的运动员名叫迈克尔·乔丹(虽然我从没看过他的比赛;他是在我后面的那个年代),他——"

"要是他是个獭辛,会是怎样的呢?"芬力插了一嘴。他们经常玩这种游戏,尤其是稍稍多喝了几杯的时候。

"黄鼠狼,千真万确,而且是个他妈的英俊潇洒的黄鼠狼。"平力说,带着夸张的惊讶语气,这让芬力觉得自己在看喜剧表演。所以,他再一次哈哈大笑,又笑出了眼泪。

"不过,"平力还在说,"他的职业生涯不足十五年,其中还包括了一次退役休息、然后再回来打球、甚至不止一次。芬,要是你必须沿着一块赛场来回跑、除此之外啥也不干的话,你能玩上几年呢?"

来自泰勾的芬力,至今已超过三百岁了,轻松地一耸肩,一条手臂在地平线上洒脱地一挥。达拉赫①,年头多得数不清。

对于新居民而言,蓝色天堂——底凹-托阿——存在了多少年?对獭辛和罗德人来说,厄戈锡耶托这整片监狱又存在了多少年?同样,达拉赫。但若芬力是对的(平力心想,芬力几乎毫无疑问是正确的),那么达拉赫也快终结了。或果真如此,那么来自新泽西州罗韦市的保罗·佩锐绨思——也就是如今身在厄戈锡耶托的平力·佩锐绨思能做点什么呢?

他的工作又是什么。

该死的工作。

2

"好吧,"平力坐在窗边的双扶手坐椅里说,"你找到了一架自动维修遥控机。在哪?"

"靠近97号铁轨与中转站分界的地方。那段铁轨还是很烫——你管那段路叫'第三轨'——所以就好解释了。随后,等我们走了之后,你打电话来说,警报又响了一次。"

"是的。你发现——"

"什么也没有。那一次,什么也没发现。也许是故障吧,搞不好是由第一次警报引起的机械故障。"芬力一耸肩,他俩都明白这个小动作背后不言自明之意:全都完蛋了。越是接近终结时,完蛋得就越快。

"你和你的手下好好检查过了,是不是?"

"当然。没有入侵者。"

但是他们俩所认为的入侵者只包括类人、獭辛、坎-托阿,或是机械体。在芬力的搜查小队里,没有人想到要抬起头搜查,但即便张望到了莫俊德也不太可能提高警惕:这只蜘蛛现在的体形约等于一只中型犬,蜷缩在主站屋檐下深深的阴影里,身下有张小小的蛛网。

"因为这第二声警报,你会再查一遍遥感勘测器吗?"

"可能会吧,"芬力答,"主要是因为我总觉得苗头不对。"苗头这个词儿是他从最近阅读的众多另类犯罪小说中拣来的——他太迷恋这些小说

---

① Delah,也是斯蒂芬·金在《黑暗塔》中创造的异世界语言,意为许多。

了——所以逮着机会就会拿出来用。

"怎样的苗头?"

芬力只是摇摇头,他也说不上来。"但是遥感勘测器从不撒谎。我也接受了同样的训练。"

"你对那机器有质疑?"

芬力犹豫了——他感觉如履薄冰,他俩都是——旋即又下了决心,不如一吐为快。"老板,都快到终结点了。我他妈的差不多质疑每一件事情。"

"你的意思是,也质疑你的职责吗,泰勾的芬力?"

芬力毫不迟疑地摇了摇头。不,其中不包括他的职责。其余人的回答也将是一样的,昔日罗韦的保罗·佩锐绨思也免不了。平力还记得以前有些士兵——也许是"独木舟"窦·麦克阿瑟——说过:"先生们,我死的时候就算双眼紧闭,临终也会想着部队。想着部队。想着部队。"平力觉得自己临终时应该会惦记着厄戈锡耶托。还剩下什么呢? 用另一个伟大的美国人的话来说——玛莎和范德拉斯乐队里的玛莎·利维斯——宝贝儿,他们没有地方可逃,没有地方可躲。全都失控了,没有刹车地一路滑下山去,也就没剩下什么事情还可以做,除了享受这一趟。

"要让你再转一圈的话,介意有人同行吗?"平力问。

"干吗要介意呢?"黄鼠狼答。他笑起来,露出一口尖利如针的牙。还唱了起来,用他奇怪又飘忽的嗓音:"'和我一起梦想……我在路上,要去我爸爸爸的月亮……'"

"等我一下。"平力说着站起身来。

"祷告?"芬力问。

平力在门口停下说:"是的。既然你这么问了,那还有什么评论要讲,泰勾的芬力?"

"就一句话,大概吧,"有着人类身躯和圆溜溜的黄鼠狼脑袋的芬力微笑着,"要是祈祷是尊贵无比的大事,为什么你要跪在自己坐着拉屎的地方呢?"

"因为《圣经》告诫我们,当一个人身边有旁人时,就该躲进壁橱里做这件事。还有什么话要说吗?"

"没了,没了,"芬力漫不经心地摆摆手,"尽力而为,也尽力不为,如同曼尼人所言。"

3

浴室里，罗韦的保罗翻下马桶盖，跪在瓷砖地板上，合拢了双手。

要是祈祷是尊贵无比的大事，为什么你要跪在自己坐着拉屎的地方呢？

他心想——也许我该这样回答：因为这能让我保持谦卑。因为这让我不能自大。这就是我们生于斯并死于斯的尘土，要是真有一间屋子能让我永不忘记这一点，这里便是。

"上帝啊，"他说，"当我软弱时请赐予我力量，当我困惑时请给予我回答，当我害怕时请给我勇气。帮助我莫要伤害不该被伤害的人，至于那些咎由自取的人，除非我别无选择。主啊……"

就当他跪在翻下盖子的马桶前时，这个男子将短促地请求他的上帝原谅他从事终结造物的事业（毫无疑问，言辞中绝无讽刺之意），我们也不妨借用这段时间好好看看这个人。不会花费太长时间的，因为平力·佩锐绨思在罗兰和他同伴的故事中不是中心人物。但无论怎么说，他是个让人着迷的家伙，经历坎坷，矛盾重重，却只认死理。他是个酗酒狂，但内心坚信他的私人神，此人极富同情心，并即将推倒倾斜了的塔，将亿万个围绕塔的轴心旋转的众世界送往黑暗，任凭世界向亿万个不同的方向飞逝而去。一旦他知道丁克·恩肖和斯坦利·鲁伊兹在捣什么鬼，便会立刻送他们上西天……并且，每当母亲节到来时，他几乎总是在热泪中度过一整天，因他深爱自己的妈妈，也苦苦地思念着她。若有一天《启示录》预兆的局面出现，他便是担当重任的最佳人选，因他最知道如何虔诚地跪下，还能和众神之神说说心里话，就像个老朋友似的。

所以，此时便显得很讽刺：保罗·佩锐绨思理应不会是宣称"我是在《纽约时报》上找到工作的！"的那种人。早在二十世纪七十年代，世人皆知的阿提卡监狱（至少他和尼尔森·洛克菲勒都有点怀念那场震惊世界的监狱暴动①）在裁员时解聘了他，之后，他在《时代》周刊上发现了一条招聘广告：

---

① 阿提卡（Attica）监狱暴动发生在一九七一年九月九日，是美国历史上流血最多的一次监狱暴动。阿提卡监狱位于纽约州的怀俄明县。监狱的主管文森特·曼库西实行极为严厉的管理。这次暴动被镇压下去以后，当局对犯人进行了残酷的报复，而阿提卡监狱也成了美国"自由民主"的绝妙讽刺。尼尔森·洛克菲勒是当时的副总统，下令以武力镇压暴动。

招聘:资深高级教养官

私人机构

寻觅高级教养官担负重责

高薪！顶级福利！必须适应出差和外地工作！

  他深爱的妈妈要是知道这所谓的"高薪"其实是分文没有,想必会说这是"天字一号大骗局!"这确实是任何一位美国监狱管制教养都无法理解的事情,但说到福利……没错,福利是异乎寻常的。一开始,他沉迷于性,就好像现在他沉迷于酒精和食物,但问题不在于此。真正的问题——在佩锐绨思先生看来——在于:你想从生命中得到什么?如果你想啥也不干,光瞅着银行账号尾数的零不断增加,那么很显然,厄戈锡耶托不是你该去的地方……甚至会是个可怕的选择,因为你一旦签署了合同,就绝无退路了;只能在营中度过一生。除了厄戈锡耶托,还是厄戈锡耶托。偶尔也会有人以身试法,于是,时不时地会出现一两具死尸。

  但这个职位对佩锐绨思总管来说,却是百分之百的合适。大约十二年前,他通过了更换獭辛名的庄严仪式,对此他从不后悔。保罗·佩锐绨思变成了平力·佩锐绨思。也正是在更名的那一刻,他彻底更改了他曾自诩为"美国式"的心思和想法。并非因为他在这里尝遍了阿拉斯拉火焰雪山①、饮够了此生所品最好的香槟。也不是因为他和数以百计的美女仿真性交。真正的原因在于:这是他的工作,所以他打算完成它。他渐渐相信,他们在底凹-托阿的工作全是为了上帝以及血王的旨意。而且,在上帝之信念的背后还潜藏着某种更强有力的执念:想象一下吧——十亿万个宇宙全部缩进一只蛋里,就握在他摊开的手掌心,而他——昔日罗韦的保罗·佩锐绨思,曾经年薪四万,虽罹患胃溃疡却只能在贪污腐败的工会里忍受最不近人情的医疗福利。他明白,自己也在那只蛋里,当他亲手打碎这只脆弱的蛋时,自己的血肉之躯也将不复存在,但毋庸置疑的是,如果真的有天堂、里面还真的有一个上帝,那么,这两者之存在必将取代塔的能量。他就将去那样一个天堂,也将跪在那样一个王位前祈求宽恕他的罪。那个天堂也会欣然接纳他,那个上帝会衷心地说:干得漂亮,你这个善良而忠诚的仆人。他的妈妈也会在那里,她会紧紧拥抱他,于是,他们会一起陪伴在耶稣身旁。那一天会到来的,平力非

---

① 阿拉斯拉火焰雪山,甜点,类似于烤冰淇淋。

常确定,或许在下一轮收割季节的满月升起前,那一天就到了。

他并不以为自己是个宗教狂热分子。他才不是呢。他只在自己心里坚信这些关于上帝和天堂的念头。对于他以外的世界而言,他不过是个打工的小兵,他只是打定主意要把这份工打到底而已。当然,他不认为自己是个恶徒,但也不是与世无争、毫无危险的人。想想内战时的将军尤利塞斯·格兰特①是怎么说的吧:"我主张在这条战线上一直打到底,即使打上一个夏天也在所不惜。"

在厄戈锡耶托,夏天就快要结束了。

4

总管的私人寓所位于林荫道尽头,状如科德角②向外探伸,里面收拾得干干净净。人们称呼这里为"夏普林③屋"(平力根本不知道这名儿的由来),所以,断破者们也都顺势称之为"屎屋"。在林荫道的另一端,还有一个更宽敞的住所——构造曲线不尽规范,却不失优雅,安妮女王则称之为丹慕林屋(同样,由来不详)。这样的房屋若在克莱姆森大学或密西西比大学里的兄弟会出现大概会自然一些吧。断破者们把这一处叫做"心碎屋",有时候则称"心碎酒店"。很好。几乎相同人数的獭辛和坎-托阿都在这里居住和工作。至于断破者们,就让他们开开玩笑吧,再千方百计让他们相信:身在其中的职员们对此一无所知。

平力·佩锐绨思和来自泰勾的芬力并排行走在林荫道上,两人都沉默无语……但路过下了班的断破者们——不管他们是独自一人还是结伴而行——时,他们就会说点什么。平力谦恭有礼地和他们打招呼,那是他一贯的姿态。他们也得到回礼,有的人兴高采烈,有的人却愠怒地咕哝一声。尽管回礼各式各样,但每个人都会有所表示,平力认为这就是一种胜利。他在

---

① 尤利塞斯·格兰特(1822—1885),于一八六九年当选为美国第十八任总统,是美国历史上第一位从西点军校毕业的总统,在美国南北战争中屡建奇功,有"常胜将军"之称。
② 科德角,其形状有点像一只蝎子,弯伸出美国大陆,靠大西洋的一面大约有一百多公里都是海滩。
③ 夏普林是缅因州的一处地名,因作者斯蒂芬·金常年居住在缅因州,经常在小说中使用那里的地名。因其以 Sh 开头,下文中断破者们便以"Shit"代称之。

乎他们。不管他们喜欢与否——很多人不喜欢——但他确实关心他们。他们要比阿提卡监狱里那些杀人犯、强奸犯和武装暴徒好管多了。

有些人在阅读过期报纸或杂志。有四个人凑成一组玩掷马蹄铁。另一个四人组在高尔夫轻击区玩球。坦尼亚·利兹和乔伊·拉斯特苏维奇坐在一株优美的古榆树下下国际象棋,阳光透过密叶在他们脸庞上投下轻颤的斑纹。他们带着真心的愉悦向他问好,为什么不呢?坦尼亚·利兹现在已是坦尼亚·拉斯特苏维奇了,就在上个月,平力亲自主持了他们的婚礼,就像一艘战舰上的船长。平力心里确有这样的想法:这艘名为厄戈·锡耶托的精良战舰,在雷劈漆黑的大海中巡航,点亮船上灿烂无比的阳光灯。老实说,阳光一次次熄灭过,但今天的损耗值几乎算得上最小了,只有四十三秒。

"你们好吗?坦尼亚?约瑟夫?"总得叫他约瑟夫,而不是本名乔伊,至少当着他面时不能叫乔伊;他不喜欢那个名字。

他们说一切都好,再献上新婚燕尔的人儿才有的迷死人的笑容。芬力没有对拉斯特苏维奇夫妇说什么,但是在林荫道尽头、靠近丹慕林屋的地方,他在一个年轻人面前停下了脚步,那人坐在人造大理石长椅上,正低头看着书。

"恩肖先生?"獭辛问。

丁克抬起头,眉头轻轻一挑,不失礼貌的征询表情。他脸上的情况不容乐观,满是痤疮粉刺,但脸色却和眉头一样守着毫无表情的礼貌。

"我注意到你正在读《大法师》,"芬力说着,似乎有点不好意思,"我自己正在读《收藏家》,真巧啊!"

"您说什么就是什么。"丁克答。表情一丝未变。

"我在想,你对福尔斯[①]有何高见?我现在正忙着,但也许稍后空暇时我们可以聊聊他?"

丁克·恩肖仍然"冰冰有礼"地说:"也许稍后空暇时您可以拿着您那本《收藏家》——硬皮精装,我希望是——捅进您毛茸茸的屁股里,横着。"

芬力满怀期待的笑容消失了。他一欠身,做了个标准的鞠躬动作:"先生,很遗憾你会那样想。"

---

① 约翰·福尔斯是英国当代著名小说家。有三部长篇小说拍成电影:《收藏家》(电影中文译名为《蝴蝶春梦》),《大法师》以及《法国中尉的女人》。

"那就他妈的滚蛋吧。"丁克说着,又打开书,笔直地竖起来,遮住自己的脸。

平力和芬力继续巡逻,又陷入了沉默。厄戈锡耶托的总管尝试以不同的方式接近芬力,想知道他被那年轻人的言语伤得多深。平力只知道,这个獭辛对自己的阅读能力颇为自豪,也非常喜爱人类的文学作品。接着,芬力自己消解了这场尴尬的麻烦,用两只长有尖利长指甲的双手——他的屁股其实并不是毛茸茸的,但手指却确实是——放在了两条大腿之间。

"只不过检查一下我的卵蛋是不是还在那儿。"他这样说,平力觉得在这位保安主管的话语中听到的幽默感是真的,而不像装的。

"很遗憾,发生这样的事情,"平力说,"要是在蓝色天堂有后青春期躁狂症的确凿病例,那便是恩肖先生。"

"'你要把我撕碎了!'"芬力呻吟着痛喊一声,当他的总管惊吓地瞪着他时,芬力咧嘴一笑,露出尖利细长的两排牙,"这是一句有名的台词!电影《无由反抗》①里的,丁克·恩肖让我想到了詹姆斯·迪恩。"接着,他又思忖了一下,说:"当然啰,他没迪恩那勾人心魄的俊俏脸蛋儿。"

"他这个案例很有意思,"平力接着说,"他曾被征入一个暗杀计划小组,由附属电子公司掌控。他杀了管他的机器人,跑了。当然,我们逮住了他。他从来都不算是真正的麻烦——对我们来说不是——但他总带着一副浑身不爽的臭屁态度。"

"可是你觉得他不会惹麻烦。"

平力斜睨了他一眼。"你觉得我应该知道什么呢?"

"不,不。最近几个星期以来,我发现你特别神经质,从来没见过你这样。嘿!一就是一、二就是二,别那么——妄想狂。"

"我爷爷常说一句谚语,"平力说,"越是快到家,越要担心怀里的鸡蛋别掉下,我们现在就快到家了"。

这话说得对。十七天以前,也就是最后一批狼群飞驰而过电弧16实验站大门之前不久,放置在丹慕林屋地下室里的机械设备第一次观测评估到了熊和龟光束的弯曲。从那之后,鹰和狮的光束也突然折断了。很快,就不再需要断破者了;很快,倒数第二柱光束就会彻底瓦解,不管有没有断破者

---

① 《无由反抗》,一九五五年的美国电影,詹姆斯·迪恩是其中的男主角。电影讲述一个反叛青年在一晚之间面对亲情、爱情和友情冲击的故事。

们的帮助。原本岌岌可危不牢靠的平衡体现在突然迎来了震动。很快,完美的平衡态就将毁于一旦,塔就会倾倒。而光束必将断裂。闪亮一时,再不复存在。倾倒的将是那座塔。最后一柱光束,也就是狼与象之光束,可能只能再撑一个星期,最多撑不过一个月,不会更久了。

这么想一想可能会让平力高兴起来,但他却乐不起来。他的思绪更多地转向绿斗篷们。上一次约有六十多人通过了卡拉边界,惯常的人数、惯常的装备,他们理应也像惯常那样于七十二小时后返回,并像惯常那样掠来卡拉的小孩。

然而……什么都没有发生。

他问芬力对此有何看法。

芬力停下脚步,神色转而黯淡。"我认为那可能是一次病毒。"

"什么?你再说一遍?"

"电脑病毒。丹慕林屋的电脑设备就经常发生这种事故,而且你要记住——不管绿斗篷在一群农场主们眼里有多可怕,他们毕竟只是长着腿的电脑。"他停顿一下,又说:"要不就是卡拉的乡巴佬说不定想到什么法子能杀死他们。难道他们撑着后肢爬起来进行反抗会让我感到惊讶吗?是有一点,但不算太惊讶。特别是当一些有胆量的人站出来、愿意领导他们的时候。"

"或许,一些像是枪侠的人?"

芬力凝视着他,直到觉得自己有点不近人情了才撤回目光。

泰德·布劳缇甘和斯坦利·鲁伊兹骑着十变速自行车出现在人行道旁,总管大人和保安总管向他们挥手打招呼,他们也都挥了挥手。布劳缇甘的脸上没有笑容,但鲁伊兹却露出智障者特有的快乐而松弛的微笑。他的两只眼角都挂着眼屎,脸颊上的胡楂粗粗硬硬,嘴边还耷拉着闪闪亮的口水,但即便如此,这家伙惹起麻烦来也不可小觑,向上帝发誓他确实如此,这么个家伙现在却和布劳缇甘混在一起,要知道他完全可以干出些更糟糕的勾当来;而布劳缇甘呢,自从这家伙被他们从康涅狄格州的短暂"假期"里拖回来之后就彻底变乖了。平力看到他俩戴着两顶一模一样的斜纹软呢帽,不禁觉得很好笑——连他们的自行车都是一模一样的。但芬力的表情却让他笑不出来。

"别这样。"平力说。

"别哪样,先生?"芬力问。

"这样盯着我看,好像我是个小孩子,刚刚摔掉了尖圆筒上的冰淇淋球,却笨兮兮地根本没发现。"

但芬力并未因此放弃表态。他不太会改变初衷,这也是平力喜欢他的原因之一。"要是您不想让别人把你当小孩看,那你就绝不能表现得像小孩。近来有不少谣传,说枪侠们从中世界来,想要拯救世界,至少将'那一天'的到来拖延一千年,甚至更久。但从未出现过确凿的证人或是证据。就我个人而言,我倒更倾向于期待您的耶稣基督能亲自造访。"

"罗德人说——"

芬力躲闪一下,似乎这真的会碰伤他的脑袋。"别提罗德人是怎么说的。显然你还尊重我的智力——还有你自己的智慧,我们总比他们强。他们的脑子早都腐烂了,烂得比他们的皮肤还快。至于狼群,让我提出一个激进的主张:他们现在在哪里,或是他们遇到了什么事情,这些全都无关紧要。我们有充足的人手来完成工作,这才是我关心的。"

保安总管在通往丹慕林屋的石阶上站立了片刻。他的目光追随那两个骑着一模一样自行车的人远去,蹙起眉头陷入深思。"布劳缇甘总是惹一大堆麻烦事儿。"

"难道还没惹够吗?"平力愁容满面地笑了,"但是他的倒霉日子就快终结了。已经有人告诉他了,要是他再惹出什么事情,他在康涅狄格州的两个特殊好友——叫罗伯特·加菲尔德的男孩和叫卡罗·葛勃的女孩——就会死。而且,他也慢慢缓过神来了,虽然有不少断破者同僚尊他为贤明导师,其中一些,诸如他身边那些没什么主见的小男孩甚至非常崇敬他,但我们不妨这么说,没有人对他的……哲学观点感兴趣。假定现在有人追随他,那也追不了多久了。所以,等他回来的时候,我要和他谈谈。交交心。"

这对芬力来说可是条新闻。"谈什么?"

"生活的诸多真相。布劳缇甘先生已经明白了,他的特殊感召力不会像以前那么重要了。事情已经发展到了新阶段。不管有没有他,剩下的两柱光束都快要断裂了。而且他很清楚,到了最后将会……导致混乱。恐惧和混乱,"平力缓缓地点点头,"布劳缇甘想在这里待到终结时刻,却不过是要在天空裂开大口子的时候,安慰安慰像斯坦利·鲁伊兹这样的家伙。"

"来吧,我们再去检查一遍录影带和遥感勘测仪。以防万一。"

他们肩并肩,走上了丹慕林屋外宽宽的木台阶。

5

　　两个坎-托阿正等待着，准备陪同总管和保安部主管下楼。平力突然回想起来，这里的每个人——包括断破者们和厄戈锡耶托各部员工——都开始称他们为"低等人"，这事儿真的很古怪。因为最先是布劳缇甘发明了这个词儿。"说起天使，就能听见他们扇动双翼的声音。"佩锐绨思深爱的妈妈大概会这么说，平力猜想若真有这种生物存在于真实世界的最后时日，说不定坎-托阿就能比獭辛更加出类拔萃了。如果你有机会看到他们不戴面具，你可能真的会以为他们就是獭辛，都长着老鼠头。可是真正的不同在于：真正的獭辛族人视人类为劣等种族，而坎-托阿则崇拜人类，视其为神圣的生物。他们崇拜时是否也戴着面具呢？他们对这个话题讳莫如深，但平力却认为不太会。他认为他们会慢慢变成人类——也就是他们为什么、或是何时开始以面具(活生生的皮肉材料，与其说是制造出来的，倒不如说是长出来的)示人的原因，他们不仅有人类的装扮，还起人类的名字。平力知道，他们心中存有这样的信仰：一旦世界塌陷，他们就将取代人类……尽管，他们是怎样有这种信念的，平力完全无从得知。塌陷之后，应该会有天堂，任何读过《启示录》的人显然都很清楚……但是，还会有地球吗？

　　也许，会有个新的地球，但平力也不能肯定。

　　这两个坎-托阿守卫兵一个叫毕曼、一个叫特瑞劳内，正站在大厅的尽头，守在通向地下室的楼梯口。在平力眼里，所有的坎-托阿族人——即便是那些金色头发、身形瘦削——看起来都像是四五十年代电影里的演员，比如：克拉克·盖博。好像他们都有一样性感的厚嘴唇，还有招风耳。可是，当你凑近些，就会看到颈项间、耳朵后的人造皱纹，人类面具就是在那些地方绕缩成小发辫，最后淹没在毛茸茸、长着细小凸齿的皮肉里，那才是他们的真面目(不管他们是否愿意接受)。还有眼睛。周边有毛发遮挡着，你若再凑近点，就能发现起先你以为的眼窝，事实上是那些新鲜人皮面具上的两个洞。有时候你还能听到那些面具自身的呼吸声，平力总觉得既诡异又憎恶。

　　"您好！"毕曼说。

　　"您好！"特瑞劳内说。

　　平力和芬力都回了礼，双双握拳顶在前额上，随后，平力在前，一行人走下楼梯。在地下室的走廊里贴着两条标语，一条写着："团结一致创建无火安全环境！"另一条则写着："坎-托阿族万岁！"走过标语时，芬力压低了声音说："他们可真够怪的。"

平力笑了，拍拍他的背。这便是他喜欢泰勾的芬力的真正原因：他们就像双胞胎一样，想的都一样。

6

丹慕林屋的地下室几乎完全被设备占满了。并非所有设备都能正常运转，还有些固然能工作、但也没什么用处（还有许多机器他们甚至不明白是干什么的），但是，对于监视设备和遥感勘测器他们却非常熟悉，这些都是用来测量黑区的——精神能量消耗值的计算单位。这里的规矩是：断破者们在阅读室以外的任何地方都不得动用精神能力，更不用说其中还有些人根本无法动脑子。很多人就好比经受过严格的如厕训练、因而在受不到视觉刺激时便无法小便，除非他们接受了刺激确认，是的，已身在厕所了，是的，可以轻松一下了。另外一些人，则好比尚未受到排泄训练的小孩，根本管不住精神动能的偶尔喷发。这种规定比起让某些人接受他们不喜欢的事情——诸如间歇性头疼，或打翻林荫道上的长条椅子——好不了多少。但是平力的手下会严密监控，被认定为"故意"的精神动能喷发将受到处罚，对待初犯将处罚得轻些，再犯者就将被加倍严苛地惩治。正如平力最喜欢对新人（时光回溯，那时候还有新人被送来）演讲时所说的那样："你们的罪必将揭发出你们自己。"而芬力的信条则更加简单明了：遥感勘测器从不撒谎。

今天，他们没发现任何异常，遥感勘测器的读出器上只显示有些短促的反射脉冲。在为时四小时的磁带中，这些标记几乎毫无意义，可能只是某些人放屁、打嗝留下的痕迹。无论是监视录像带，还是巡逻守卫的工作日志都没有任何可供研究的疑点。

"满意了，先生？"芬力问道，其话语中似乎隐藏了什么，这让平力当即挺起身来，用尖锐的眼光盯住他。

"你呢？"

泰勾的芬力叹了口气。每当这种时刻，平力都希望芬力是人类，或者自己是獭辛也成。问题出在芬力毫无表情的黑眼睛上，活像安迪玩偶布脸蛋

205

上的黑纽扣小眼睛,根本无法看透它们在想什么。除非——也许吧——你是另一个獭辛。

"几个星期以来,我一直感觉不太对头,"芬力终于说出了口,"为了让自己睡着,我喝了太多催眠药酒,到了白天就得使劲清醒,恶狠狠地只想把人家的脑袋啃下来。部分原因应该是上一柱光束消失了,我们失去了沟通——"

"你知道那是不可避免的——"

"是的,我当然很清楚。我是想说,我想为非理性的感觉找到理性的解释,但这种事儿历来都不是好兆头。"

远处的墙上挂着一副尼亚加拉大瀑布的招贴画。一些坎-托阿卫兵将它倒过来了。低等人觉得倒挂瀑布无疑是一流幽默感的表现。平力搞不懂他们是怎么想的。但是,到了最后,谁会在乎这个呢?我知道该怎么做好我份内的事,他心里想着该把尼亚加拉大瀑布倒回去挂好。我知道该怎么做,可其余的都他妈的无关紧要,去跟上帝和耶稣基督说声谢谢吧。

"到了最后,我们总能发现,出了点什么纰漏,"芬力说,"所以,我告诉自己说,就是这样了。这……你懂的………"

"你的这种感觉么,"昔日的保罗·佩锐绨思一边说着,一边咧嘴笑起来,右手食指在左手拇指和食指上绕着圈,这是一个獭辛族人间的手语,意思是:说实在的,"非理性的感觉。"

"是啊。我当然明白,流血的雄狮不会再现于北方,也不相信太阳从里到外凉透了。我听说过血王发疯的故事,人们还说,婴神已经来接替他的王位了,而我只能说——我只信亲眼所见的事情。除了这个绝妙的故事,还流传着另一个传说:关于来自西方的枪侠要拯救塔,正如古老的典故和民谣所传颂的那样。狗屎,一点一滴全都是。"

平力拍拍他的背。"听你这么说我真的感觉很好。"

当然很好。来自泰勾的芬力在担任保安主管的任期里确实贡献卓著。这些年来,他手下的保安部骨干们杀死了六七名断破者——全都是想家想疯了最后就想逃跑——另外,还有两名因切除了前额脑叶而变成了痴呆,只有布劳缇甘一人确实"穿越了警戒线"(平力是从电影《十七号战俘营》[1]里学到这种说法的),但他们把他揪回来了,上帝有眼。坎-托阿居功自赏,保

---

[1] 《十七号战俘营》,一九五三年的美国电影。

安主管也任其洋洋得意,但平力知道:事实上,是芬力部署了每一次行动,从头到尾都是他的功劳。

"不过,我的感觉可能不止是神经紧张,"芬力继续说,"我真的相信:有些人的直觉非常准确。"他大笑起来:"怎么可能不相信呢? 待在这么个先知者、后知者全都吵吵嚷嚷的鬼地方。"

"但没有意念移动者,"平力说,"对吗?"

意念移动,说的是一种运用心智力量搬运物体乃至人体的强大天赋,底凹的员工尤其害怕这种特异功能,理由也相当充分。但凡一个意念移动者报起仇来,那就会有无休止的大浩劫。比方说,搬来外太空的四亩八分地,或是制造一场真空龙卷风。幸运的是,他们有便利的测试法(操作起来极其简便,但所需要的设备是由上一代人留下来的,因而他们无人能知这些机器还能运转多久)和一套简单有效的程序(同样,也是先人留下来的),能轻松地将危险的特异功能者从人群中挑出来,因为他们的潜能会导致短路。冈林医生能在两分钟内照顾好被检测出来的潜在意念移动者。有一次,他曾这样说:"这太好使了,简直能把脑部手术搞得像输精管切除术那样轻松。"

"绝对没有他妈的意念移动者。"芬力此时这样回答,他带领佩锐绲思走向一套设备的控制台,那东西怪诞阴森之极,很像苏珊娜·迪恩可视化了的道根。芬力指着两组留有前人抓痕的刻度盘(酷似找不到的门上的印记)。刻度盘上的每个指针都指向左侧的 O 标记。芬力用毛茸茸的拇指轻拍几下,两支指针都轻跳一下,又落回了原位。

"我们不能很明确地了解这套刻度盘究竟是用来检测什么的,"他说,"但有一种指标确实可以测得出,那就是意念移动潜能。我们曾把企图遮掩这种特异功能的断破者带来测试,他们被识别出来了。新泽西的平力先生,即便意念移动者藏在木料堆里,这些指针也会战战兢兢地跳起来,指在五十甚至八十的位置。"

"所以呢,"平力掩着微笑,半是严肃地扳起了手指,"没有意念移动者。没有流血的雄狮矗立在北方。没有枪侠。哦!绿斗篷们死在电脑病毒之下。如果就是这么一回事,你骨子里的直觉到底是什么? 到底是什么样的苗头?"

"我想,是越来越逼近终点了,"芬力沉重地长叹一声,"今晚我要派双倍守卫兵在瞭望塔上执勤,还有,警戒线周围的类人和罗德人也要加倍。"

"就因为你觉得苗头不对。"平力微微一笑。

"对,对,苗头不对。"芬力的脸上一丝笑容都没有,漂亮精细的小利齿都掩在光泽饱满的褐色嘴唇里。

平力拍拍他的肩,"来吧,我们上去看看阅读室。也许看到所有断破者们都在安心工作你就会放宽心了。"

"也许会吧。"芬力应声答道,但依然紧绷着脸。

平力温和地说:"芬,没关系的。"

"大概是吧。"獭辛说着,满脸狐疑地环顾一圈设备机房,又看了看毕曼和特瑞劳内这两个低等人,他们恭恭敬敬地站在门口,等待两大主管闲聊完毕。"大概是吧。"只有他的心对此并不确信。他心里唯一确信的是:厄戈锡耶托里没有意念移动者。

遥感勘测器从不撒谎。

7

毕曼和特瑞劳内目送他们沿着嵌贴橡木护墙板的地下室走廊一路走到了员工电梯,同样,电梯也由橡木护墙板包着。电梯间的墙上挂着一只灭火器,旁边又有一条标语,提醒底凹-乡民团结一致、万众一心创建无火安全环境。

这条标语同样倒挂着。

平力和芬力的视线相遇了。总管觉得自己看出来保安主管露出想笑的表情,但也可能只是他自己的幽默感作祟,好像照镜子一般在对方身上映出了自己。芬力一言不发地扯下标语,倒过来,再挂上墙。电梯发出吱吱嘎嘎的噪音,对此两人都未加评论。电梯在上升时颤颤巍巍地摇摆不停,同样,他们也没有说什么。要是电梯出了故障半道停住了,顺着上面的缆绳爬出去就行了,即便是像佩锐绨思这样稍稍超重(呃……其实是严重超重)的人也没问题。丹慕林屋算不上高楼大厦,到处都是可以帮忙的人。

他们到了第三层,闭合的电梯门上的标语正挂着。仅限员工使用。请使用钥匙。若误停这一层请当即下行;若立即上报则可免责。

芬力掏出了钥匙卡,他似乎故作漫不经心(上帝诅咒他那对没有表情的黑眼睛)地问了一句:"你有没有赛尔先生的消息?"

"没有,"平力说道(几乎有点执拗),"我其实也不希望听到他那边的消息。我们与世隔绝待在这里是有道理的,就好比退回到二十世纪四十年代,像曼哈顿项目里的科学家们一样,我们被故意遗忘在这片沙漠里。上次我看到他时,他告诉我可能……唔,就是上次我看到他那会儿。"

"别紧张,"芬力说,"我只是问问。"他将钥匙卡插入密钥槽里刷了一下,电梯门张开时,发出极恐怖的尖利噪音。

8

阅读室位于丹慕林屋的中心地区,是一间又长又高的大屋子,同样围着橡木护墙板,并有一片玻璃天花板,以便厄戈那稀世珍贵的阳光能顺着三层楼高的窗子洒下来。在他们进门正对面的阳台上,站立着怪诞的三重唱组合,一个是乌鸦头的獭辛杰克李,一个是坎-托阿机械师,名叫康罗伊,还有两个类人卫兵,平力一下子想不起他们的名字了。獭辛、类人和坎-托阿能共事数小时,这完全得仰仗小心翼翼的——有时也是脆弱不堪的——谦恭有礼,不过下班之后,没有人会乐于看到他们是如何打交道的。而且,若提到"打交道"的话,阳台绝对是禁区。下面的断破者们既不是动物园里的野兽,也不是水族馆里招摇异国风情的漂亮小鱼儿;平力(芬力也是)向员工们反复强调过这一点。在多年任职中,厄戈锡耶托的总管只对一个员工动过怒,那个地道的白痴类人守卫名叫大卫·勃克,他当真朝下面的断破者们扔了点垃圾——是花生米皮儿吗?当勃克意识到总管大人要严厉惩办他时,忍不住恳求再给他一次机会,并发誓再也不做这等辱没身份的蠢事。平力只当没听见。他看到一个杀鸡儆猴的好机会,足以在其后数年乃至数十年间让其他人闻风丧胆,于是他抓住了这个机会。如今,你能看到真切的白痴勃克先生走在林荫道或是边界左路上,嘴角耷拉着,双目无神而又困惑——我差不多知道我是谁,我差不多记得我做了什么才得了这番下场——那双眼睛仿佛在这样说。他是个活生生的例子,提醒各级员工:当着断破者的面不能肆意妄为。不过,倒没有规定员工不得到阳台上来,所以他们总喜欢一次又一次地上这儿来。

因为这里风清气爽。

原因之一,在工作中的断破者们近旁就意味着不需要交谈。只要你从另一边第三层楼的大厅走下来,或是从两架电梯中的任何一间走出来,一推开通往阳台的小门,所谓的"好心情"就会迎面扑来、涌入你的心扉、打开五官六欲。平力不止一次想过:要是赫胥黎①在此,说不定会欣喜若狂的。有时候,人们发现自己离开三楼阳台时脚步轻盈得就像在飘。掩在口袋下的东西竖起来、悬在半空里。你转念发现:原本令你感到丧气困惑的局面仿佛自行消解、荡然无存了。如果你忘记了什么,比如说五点钟的约会、姐夫姓氏的中间名,那你尽可以到阳台上来。甚至在你意识到自己忘却的事情极其重要时你也不必沮丧。不管带着多么恶劣的心情而来(首先,恶劣心情总是上阳台来的最佳理由),人们总带着微笑离开阳台。仿佛,这里充盈着某种"快乐气体",源源不断地从下方的断破者那儿升腾上来,肉眼看不见,哪怕用最精湛的遥感勘测器也测不出。

两人在路过时向三重组合卫兵打了招呼,随后,搭着熏色橡木扶栏往下望去。下面的房间堪比于伦敦某些绅士俱乐部捐资筹建的豪华图书馆。小书桌和墙壁(当然,也是橡木的)上的灯发出柔和的光芒,有些闪光甚至来自于货真价实的蒂凡尼珠宝配饰。地毯全都是土耳其产上等货。一面墙上挂着马蒂斯的画,对面的墙上是伦勃朗……第三面墙上则是蒙娜丽莎。蒙娜丽莎的真迹,和摆放在楔石地球上的卢浮宫里的赝品可不一样。一个男人双手背在身后,站在这幅画前。从上面看下去,他好像是在研读这幅画作——大概,是想努力解开那闻名于世的神秘笑容背后的隐语——但平力心里明镜一般。捧着杂志,仿佛正在仔细阅读的男男女女也都一样,你若也在下面,和他们在一起,就会发现他们目光空茫地停在《哈泼》或《麦考》的封面或是某一页上。还有个十一二岁的小姑娘穿着华美的吊带夏裙——那可能是在罗迪欧大道上的童装成衣店里一掷千金买来的,现在她坐在壁炉旁的玩具小屋前,但是平力非常清楚:她绝不会对丹慕林屋的精美复制品感兴趣。

三十三人在下面。共有三十三人。八点钟,亦即人造阳光消失后的一小时后,三十三名精力充沛的断破者将组队来这里集合。还有一人——独一无二的一个人——似乎随心所欲地来了又走了。这家伙曾冒死翻出了警戒线,并且未受到任何惩戒……只是被抓了回来,而对这个男人来说,这惩罚已经足够了。

---

① 阿道司·赫胥黎(1894—1963),英国作家,代表作有《旋律与对位》和《美妙的新世界》等。

房间尽头的门被推开了,似乎在平力思绪的牵引下,泰德·布劳缇甘轻手轻脚地走了进来。他依然戴着那顶软呢自行车帽。坐在玩具小屋前的丹妮卡·罗斯特夫抬起头来,朝他轻轻一笑。布劳缇甘也朝她一眨眼。平力用手肘轻轻碰了碰芬力。

芬力:(我看见他了)

那可不止是看见。他们感觉到了他。布劳缇甘迈进大门的一刹那间,在阳台上的几个人——以及,更为重要的,在下面地板上的断破者们——都感觉到能量值的上升。他们依然不能确定自己从布劳缇甘身上获得的究竟是什么,探测设备在这一点上也无能为力(那条老狗亲自损毁了机器上的几个零件,并且是蓄意为之,总管对此坚信不疑)。如果再有几个像他这样的天才,低等人肯定没法再用潜能捕获装置逮住什么天才了(现在此事已被搁置,他们手下的天才已经足够多了,完全能够完成任务)。有一点似乎毋庸置疑,布劳缇甘在刺激他人方面确实颇有天赋,就像是个协动者,不仅自身能量强大,还能够最大限度地提升他人的潜能,为此,他只需靠近他人就行了。一般来说,即便是断破者也很难猜透芬力的想法,但此时此刻,芬力的心里话却在平力的脑子里好像霓虹灯一般闪闪发亮。

芬力:(他真是与众不同)

平力:(而且,就目前我们所掌握的情况来看,简直是独一无二。你见识过这种事情吗?)

图像:双眼瞪大了,瞳孔缩小了,瞪大了,缩小了。

芬力:(没错。你知道是什么导致了这种现象吗?)

平力:(毫无头绪。亲爱的芬力也不知道。那老东西)

图像:一个上了岁数的混种生物,纠结的毛发中夹杂着牛蒡,用三条腿一瘸一拐地走着。

(已经快要完成他的工作了 差不多就快完了)

图像:枪,类人卫兵使用的布莱塔双枪之一,对着老杂种的脑袋。

就在他们之下三层楼的位置,断破者们的话题聚焦于一份报纸(都是些旧报纸,现在全都和布劳缇甘一样老,过期太久了),布劳缇甘坐在一张硕大的像是将他吞没了的皮质软垫靠背椅里,假装在阅读。

平力感觉到精神之强力升腾而起、超越他们,并透过他们指向天空,也穿透了天空,升向径直矗立在厄戈上空的光束,并抵制着那柱光束,将它削成碎片,再蚀透它,最后无情地碾过它碎败的颗粒。在魔法中咬出漏洞。以耐心的工作磨灭熊之双眼。再击裂龟之背。摧毁跨越自沙迪克至马图林的光束。颠覆矗立在这两者之间的黑暗塔。

平力转向身边的陪伴者，并不惊讶地发现他现在看到了来自泰勾的芬力露出了尖利的牙齿。总算笑了！他也并不惊讶地发现：自己其实能够读懂那双黑眼睛。獭辛族人，在一般情况下，可以发送并接收非常简单的心智交流信息，但在不开放的前提下你无法攫取。在这儿，毕竟，一切都改变了。这儿——

——在这儿，来自泰勾的芬力是平和的。他的担忧

（苗头）

已经消失了。至少此时此刻是。

平力向芬力发送了一系列光明美好的图景：在船尾敲碎的香槟酒；成千上万的平顶黑色学位帽被抛到了半空；珠穆朗玛峰上飘扬的旗帜；欢笑的夫妻低头抵挡砸向他们的米粒；一个星球——地球——突然爆发出夺目的光辉。

所有图景都在讲述同一件事情。

"是的。"芬力应答了，平力却想不通：为何以前会觉得那双黑眼睛难以揣摩呢？"是的，真的是。到了最后一天，胜利就将到来。"

在那一瞬间，他们两人都没有向下看。如果他们能瞄一眼，就会看到泰德·布劳缇甘——一条老狗，是啊，还很疲惫，但也许并不像某些人以为的那么疲惫——抬头望着他们。

带着一丝鬼魅般的冷笑。

9

这里从没下过雨。至少在平力任职期间没有下过一滴，但是，有时在这里漆黑如冥河般的深夜里，会传来阵阵干雷声。大部分在底凹-托阿工作的员工都已习惯了在炮轰般的巨响中睡去，但平力却经常醒来，心怦怦地跳到嗓子眼，天父急急跑过他毫无意识的思绪，恍如一条旋转划圈的红色丝带。

这天白日里和芬力谈话时，厄戈锡耶托的总管提到了"苗头"这样的词儿，说的时候还露出完全自知的狡黠笑容，可干吗不呢？这是小孩子的讲法，差不多吧，就好像：吃饭饭、睡觉觉。

现在，躺在夏普林屋（断破者只当这里是屎屋），距离丹慕林屋整整一条林荫道的距离，平力想起了那种感觉——直截了当的确定感——一切都将没问题；胜利在望，只是时间的问题。在阳台上时，他和芬力分享了这种感觉，但平力在想：此时此刻，保安部主管是否也和自己一样难以成眠，并思忖着：当你和断破者一起工作时，是多么容易被误导啊。因为，老实说吧，他们发送的那种快乐气体。让人心情愉悦的心灵感应。

但是，假设……仅仅是假设，现在……有人确实在播送那种感觉呢？就像是催眠曲一般，慢慢传送上来？睡吧，平力，睡觉吧，芬力，你们这些好孩子都乖乖睡觉吧……

荒唐的想法，完全是妄想。但是，当雷声再次从东南方——法蒂和迪斯寇迪亚之所在——滚滚传来时，平力起身打开了床边的台灯。

芬力说过，今晚会安排双倍守卫，瞭望塔上和警戒线周围都一样。也许到了明天，人数得变成三倍。不怕一万，就怕万一。因为临到终点时自鸣得意是最坏不过的事情，当真是。

平力下了床，这个高高的男人大腹便便，还长着胸毛，如今，周身上下只穿着蓝色的睡裤。他小完便，再跪在翻下盖子的马桶前，合拢双手，一直祈祷到起了睡意。他祈祷自己能功德圆满。他祈祷麻烦没有找上他之前，他就能消灭麻烦。他为他亲爱的妈妈祈祷，正如吉米·琼斯曾为他深爱的母亲祈祷一样，眼看着人群走向盛放着下了毒药的酷艾德甜饮的大水桶。他一直祈祷，直到雷声渐息，如同奄奄一息的呻吟，这才重新上了床，再次平静下来。即将昏睡之前，他脑海中最后一个念头就是要在次日清晨将守卫兵的人数增加到三倍，而这也将是他在洒满灿烂的人造阳光的房间里醒来时，出现在脑海中的第一个念头。因为，你还没到家时，必须小心怀里的鸡蛋。

第七章

卡-倏弥

1

　　布劳缇甘和两个同伴离去之后，忧郁而诡异的气氛魅影般游弋于枪侠们之间，但起先谁也没有谈论。每个人都以为那是自己的多愁善感。罗兰最有可能明白该如何定义这种情绪（卡-倏弥，柯特大概会这么说），但他宁可将其归因于对来日，甚而对雷劈那令人虚弱无力的诡谲氛围的深深忧虑，这里昼夜都一片漆黑，似乎被茫茫的黑色笼罩一般。

　　显然，布劳缇甘、恩肖和锡弥·鲁伊兹——罗兰少年时的朋友——离开后，有足够多的事务让他们忙个不停。（苏珊娜和埃蒂试图和枪侠提及锡弥，但罗兰调转了话题。意念感触力最强的杰克，则根本没试图接近枪侠。罗兰还没有做好谈论往事的准备，至少现在还没有准备好。）有一条下行的小路绕着缝-特特的山窝，他们找到了老人提到的山洞，洞口用石块和覆盖沙尘的小树枝精心掩藏起来。这个洞要比上一个大好多，一排煤气灯吊在凿入岩石壁的长钉子下。杰克和埃蒂点燃了两盏灯，一边一盏，于是，四人沉默不语地审视藏在洞内的种种器物。

　　罗兰最先注意到的是睡袋：四个一组，靠左边的墙排列着，每个睡袋下都垫放着膨胀的气垫。袋上有标签，显示出"美军物资"的字样。除了这四个以外，还有第五个气垫，上面盖着一条浴巾。枪侠心想：他们料到了会有四个人和一只小动物。是先知？还是一直关注着我们的行踪？是怎么回事儿？而这又有什么关系呢？

　　还有一只标明"危险！军需品！"的桶，里面放着塑料襁褓似的东西。埃蒂取走了塑料保护壳，露出一台机器，上面放了几盘卷轴状的带子。其中一盘已经装入了录音机的盒舱。罗兰实在想不出这台会说话的机器是什么，便向苏珊娜询问。

　　"乌伦萨克，"她答，"一个德国品牌。在生产这种机器的领域里，他们是最棒的。"

　　"不不不！我的小甜心，"埃蒂在一旁叫起来，"在我们那个时代里，最喜欢说'索尼！绝不吹牛！'他们生产出了可以别在皮带上的放录机——叫做'随身听'。我敢打赌，这台大恐龙得有二十磅重，还不止，如果加上电池的话。"

苏珊娜正在查看堆放在乌伦萨克录音机旁边的磁带盒，盒上都没有标记。一共有三盒。"我等不及想听了。"她说。

"最好等日光消失了再听，或许，"罗兰说，"现在，让我们看看这里还有些什么。"

"罗兰？"杰克问。

枪侠转身看着他。这男孩总有一种能够柔化罗兰神色的表情。注视着杰克并不会让罗兰变得更英俊，但似乎会给予他的五官某种平日里缺失的特质。苏珊娜心想，那就是爱的神色。也或许是对未来的稀薄希望。

"杰克，什么事？"

"我知道我们要去战斗——"

"'请观赏由范·赫夫林和李·范·克里夫①主演的《重返大决战》，下周同一时间不见不散！'"埃蒂喃喃自语，走到山洞的尽里头。那里摆放着什么大家伙，盖着一块看似搬家公司毛毡毯的大布。

"——但什么时候开战？"杰克继续问道，"会是明天吗？"

"有可能，"罗兰答，"我认为最有可能是后天。"

"我有一种很坏的感觉，"杰克说，"不是害怕，确切地说——"

"小甜心，你觉得他们会打败我们吗？"苏珊娜问。她伸出手抚在杰克的颈项间，正视着他的小脸蛋。她越来越重视他的直觉了。有时候她不免想：为了成为今天的他，这男孩应付了多少怪物：荷兰山大屋里的一切。那里没有机器人，没有生了锈的时钟玩具。看门人是真正从纯贞世界遗留下来的人。"你闻到风中有胜利的味儿了？是不是？"

"我不那么想，"杰克说，"我也说不清楚。我只是感觉到了什么，像以前，就在那之前……"

"在什么之前？"苏珊娜追问着，但还没等杰克张口，埃蒂插了进来。罗兰感到很庆幸。就在我坠落之前。这就是杰克想要说的。就在罗兰眼看着

---

① 范·赫夫林(1910—1971)，美国男演员，曾获奥斯卡电影最佳男配角奖。李·范·克里夫(1925—1989)，美国著名的西部片明星。文中《重返大决战》疑为埃蒂杜撰的片名。

我坠落之前。

"真他妈的见鬼了!过来,你们都过来!都过来看看这个!"

埃蒂已经掀去了搬运用的毡毛毯,呈现在他们眼前的是一辆机动车,模样似是全地形汽车,又有点像庞大的三轮车。轮胎宽大而鼓胀,胎面布满了又粗又深的锯齿状花纹。所有操控键都在手把上。而且,在简洁的仪表盘上放着一张扑克牌。罗兰很清楚那是什么,甚至在埃蒂用两只手指将它拣起并翻转过来之前,他就已经一清二楚。牌面上有一个蒙着头巾的女人,垂着头,正在摇纺车。那是影子女士。

"甜心,看起来我们的好朋友泰德给你备了坐骑。"埃蒂说。

苏珊娜以最快的速度挪动过去。现在她举起了双臂。"抱我起来!埃蒂,抱我上去!"

他照她的吩咐做了。她坐在了驾驶座上,手里握着操控杆,而不是缰绳。这辆车简直是为她度身定制的。苏珊娜摁了一下红色按钮,引擎便活动起来,但噪音很轻微,你几乎听不到它在响。电动的,而非使用汽油,埃蒂对此非常肯定。就像一辆高尔夫场内车,但说不定跑起来更快些。

苏珊娜转向同伴们,一脸灿烂的笑容。她拍了拍深棕色的三轮车引擎盖,说:"请叫我人马星夫人!我这一辈子都在等这个,虽然都不知道它该长什么样儿。"

没有人注意到罗兰脸上似被击中般的僵硬表情。他弯下腰,拾起被埃蒂扔在地上的纸牌,因此也没有人能够看到他的脸。

是的。就是她,没错——影子女士。罩着头巾的她看似狡诈地微笑并在饮泣,在同一时刻既笑又哭。他上一次看到这张纸牌时,是在那个名叫沃特有时又叫弗莱格的黑衣人的手里。

他曾说,你并不知道你现在离塔有多近。各个世界都在绕着你的脑袋旋转。

现在他明白鬼魅般游弋于他们之间的感觉究竟是什么了:不是忧虑,不是疲乏,而是卡-倏弥。无法精准地译出这个满负悲哀和懊悔的古语,但它将意味着他的卡-泰特将迎来某人的死亡。

沃特·奥·迪姆,他的宿敌,已经死了。罗兰一看到影子女士的脸就意识到了这一点。同样,很快他也会失去一个同伴,也许就在即将到来的、消灭底凹-托阿的大战之中。目前朝有利于他们这一方倾斜的天平将很快再次趋于平衡。

罗兰从未萌生过这样一种念头:下一个要死的人,可能是他自己。

2

埃蒂当即授予"苏希的巡航三轮车"三个响亮的品牌名。第一个是本田;第二个是塔库罗精神(曾盛极一时的舶来品牌);第三个则是北方中央电子。还有第四个,当然就是:美军物资。

苏珊娜实在不想下车,但最终还是下来了。上帝都知道这儿还有很多东西需要仔细瞧瞧:这山洞简直是个聚宝盆。狭窄的洞口处堆满了食物(大部分是冷冻的干食品,可能不如奈杰儿的储备那么可口,但至少能给他们补充营养),瓶装水,罐头饮料(很多可乐和诺兹阿拉,但没有任何酒精饮品),以及泰德提过的丙烷气炉。还有满满几个板条箱的武器装备。有些枪弹箱属于美军物资,但另外一些箱子绝不是产于美国。

现在,他们最本能的能力都显露出来了:真材实料,柯特大概会这么形容。如果罗兰不曾刻意而彻底地唤醒他们……亲手栽培他们……并终将其利齿打磨出致命的力度,那么,沉睡于他们一生中大半时间里的这些天赋和直觉只会间歇性地搅动翻滚,将他们拖到偶然的麻烦中。

当罗兰从包里取出宽大的探测器置于这些板条箱上方时,他们每个人都屏气凝神。苏珊娜已然忘却了她一辈子都在渴盼的巡航车;埃蒂忘记了开玩笑;罗兰忘记了先前不祥的征兆。他们都被这些留给他们使用的武器吸走了全部注意力,而且无需即时或随后的研究,他们就弄懂了每一件武器。

有一个板条箱里全都是 AR-15 步枪,每一条枪筒都吃饱了油,每一个扳机都散发着香蕉油的芬芳。埃蒂注意到了还有别的选择,并看向 AR-15 步枪旁边的箱子。里面露出了金属弹鼓,铺着塑料防护物,同样得到了精心养护。它们看起来很像匪帮电影杰作《白热杀机》[①]里的汤普森冲锋枪,只不过眼前的这些体形更庞大些。埃蒂拿起一条 AR-15 步枪,翻转枪身,便看到了他期待找到的——转换夹,由此便能将这些金属桶一般的大枪管接合在枪身上,摇身一变,成为快速开火的割麦机。每支粗枪管能连

[①] 《白热杀机》,美国一九四九年的枪战动作片。

发多少弹？一百？一百二十五？反正足够撂倒整整一连的人，毫无疑问。

还有一箱装满了状如火箭弹的武器，每支弹身上都标有 STS 字样的钢印。旁边有个小架子，从山洞石壁中凸伸出来，放着半打手握式发射器。罗兰指了指上面的原子标志，摇了摇头。他不想扣动任何将引发致命辐射的武器，不管它们的威力有多大。假如能阻止断破者们对光束的干扰，他很愿意亲手杀死他们，但无论如何，那都将是最后选择的下下策。

防毒面具（在杰克眼里这些东西非常令人厌恶，仿佛长着几个脑袋的怪异昆虫）堆在金属盘上，除此之外，两只板条箱里还装满了手枪：短枪筒的是机动枪，枪把底部上标有浮雕式的"草原狼"商标，而手感沉重的自动型手枪则名为"眼镜蛇之星"。杰克被这两种手枪迷住了（说实在的，他是被这里所有的武器迷住了），他拿起一把"眼镜蛇之星"，因为这枪看起来有点像他丢了的那把。枪把上的弹夹能供给十五或十六发子弹。根本不用数清楚，一望便知。

"嘿！"苏珊娜说着，从山洞深处往洞口处走，"过来看看这个。飞贼。"

"检查一下箱盖。"杰克说着，走到她的身旁。苏珊娜刚才把盖子掀走了；杰克又拾起来，带着赞赏的神情仔细打量了一番。盖子上刻着一个男孩的笑脸，额头上有一道闪电状的疤痕。这男孩戴着圆溜溜的眼镜，挥动着一根看似魔法师魔杖的小棒，棒尖指着一只飘浮在半空的飞贼。画下有一排钢印字：

449 骑兵中队所属物资
24 "飞贼"
哈利·波特型

序列号：♯465-17-cc NDJKR

"别和 449 队搞乱！"
我们会踢爆你们"斯莱特林[①]"！

箱子里有两打飞贼，在塑料碎屑堆成的小洞里像一排排鸡蛋似的整

[①] 哈利·波特系列小说中的学院名。飞贼，是《黑暗塔》中的武器，作者巧借《哈利·波特》中魁地奇比赛中的飞贼之名，也就是《卡拉之狼》中提到的"轻弹"、"嗡嗡球"、"飞贼"。

齐排列。罗兰和同伴从来没有机会在与狼群交战时近距离观看这些武器,现在总算有充足的时间了,他们尽可以投入最纯粹的好奇心,津津有味地把玩一番。每个人都拿出一只来。大小和网球差不多,但要重得多。弹身上刻了坐标网格,所以看起来活像是标明了经纬线的微型地球仪。虽然从外表看酷似钢制,但手感却有一丝柔软,像是很硬的橡胶制品。

每个飞贼上都标有序列号,并有一个按钮置于号码下方。"这样就能唤醒它。"埃蒂轻声低语,杰克点了点头。在弧形弯曲的弹身上还有一处微小的下凹,大小恰如一只手指头。杰克将拇指按了下去,丝毫都不担心会引爆这小东西或弹出一圈旋转的锯齿把他的手指头削去。你摁下底部下凹的按钮,就是为了进入启动程序。他不知道自己怎么会知道这些,但就是千真万确地知道。

燃烧弹表面的一段弧形滑动起来,"吱扭"一声轻响,露出四只小灯泡,除了一只灯泡闪烁着琥珀色的光亮,其余三只都暗着。并露出七扇小窗,显示 0 00 00 00。每一对数字下面都有一个极其微小的按钮,你无法用手指,只能用回形针尖去触碰它。"小得跟虫子屁眼儿一样。"后来埃蒂就是这样抱怨的,那时他正费劲地想启动一枚燃烧弹。在小窗口的右侧,另有两组按钮,标志着 S 和 W。

杰克把这两个字母指给罗兰看,"这个是设置键,这个是待机键。你觉得对吗? 我想是这么回事儿。"

罗兰点了头。他以前不曾见过这种武器——无论如何,没有这样凑近地看过——但是,就像其他同伴一样,他也觉得这些按钮的含义明白无误。同时,他还想到:对那些身在远方带着原子壳层防护衣的射手们来说,这些燃烧弹恐怕在某些场合下更有用。设置和待机。

设置……待机。

"泰德和他那两个同伴是不是把这些东西都留给我们了?"苏珊娜问。

罗兰几乎认为谁给他们留下了武器根本无关紧要——它们就在手边,这就足够了——但他还是点点头。

"怎么弄来的? 还有,是从哪里搞到的?"

罗兰不知道。他只知道:这个山洞相当于战备处。就在山下,人们为了艾尔德后裔誓死捍卫的塔而宣战、开火。他和同伴们将神不知鬼不觉地偷袭他们的驻地,在这些战备物资的帮助下,他们将猛攻、猛攻,直到敌人们全都四脚朝天。

或者,直到他们自己全都四脚朝天。

"也许他在留给我们的磁带里做出了解释。"杰克说。

他对眼镜蛇自动手枪颇为心仪,揣进了肩包里,和剩下的欧丽莎放在一起。苏珊娜也拿起一把眼镜蛇,绕在手指上飞快地转了一两圈,就像安妮·奥克莉①似的。

"可能是的。"她说着朝杰克莞尔一笑。苏珊娜的身体状况好多了,这已经持续了挺久。不再是那种怀孕的感觉。但她的心神还是困扰重重。或许,那就是她的精神本该有的状况。

埃蒂手里拿着一卷布走过来了,布卷成了一筒,并用三条细绳捆上了。"泰德那家伙说还给我们留了张狱营的地图。我敢打赌,就是这个。除了我谁还想来瞅瞅?"

都想。杰克帮着埃蒂解开绳索铺开地图。布劳缇甘曾告诫过:地图非常粗糙,果然没错:除了几个圈、几个方块之外别无他示。苏珊娜看到了小镇的名字——欢乐谷——便再次想到了雷·布莱德贝利。杰克则觉得潦草手绘的坐标很扎眼,绘制地图的人在"北"的标记旁边加了一个问号。

就在他们迫不及待地研究这张手绘地图时,自洞外的黑暗中传来一声悠长而颤动的吼叫。埃蒂、苏珊娜、杰克全都紧张地向外望去。奥伊抬起垫在前爪上的脑袋,短促地低吼一声,又垂下头,似乎准备入睡:地狱巫师,坏坏男孩,我待家里,才不出去呢。

"什么东西?"埃蒂问,"山狗?豺狼?"

"沙漠野狗之类的吧。"罗兰心不在焉地说。他正盘坐在地(这个动作说明他臀部的情况有好转,至少暂时如此),将双臂环抱在胫骨上。他的眼神死死盯着粗布上画着的圆圈和方块,没有挪开过半秒。"坎-托阿-特特"。

"是不是就像是婴神丹-特特?"杰克问。

罗兰没顾上回答他。他一把撩起地图捏在手里,大步走出了山洞,都没有回头看一眼同伴们。余下的三人互相交换了眼神,便都跟着他走了出去,再次将毛毯披上肩头。

---

① 安妮·奥克莉(1860—1926),美国女神枪手。

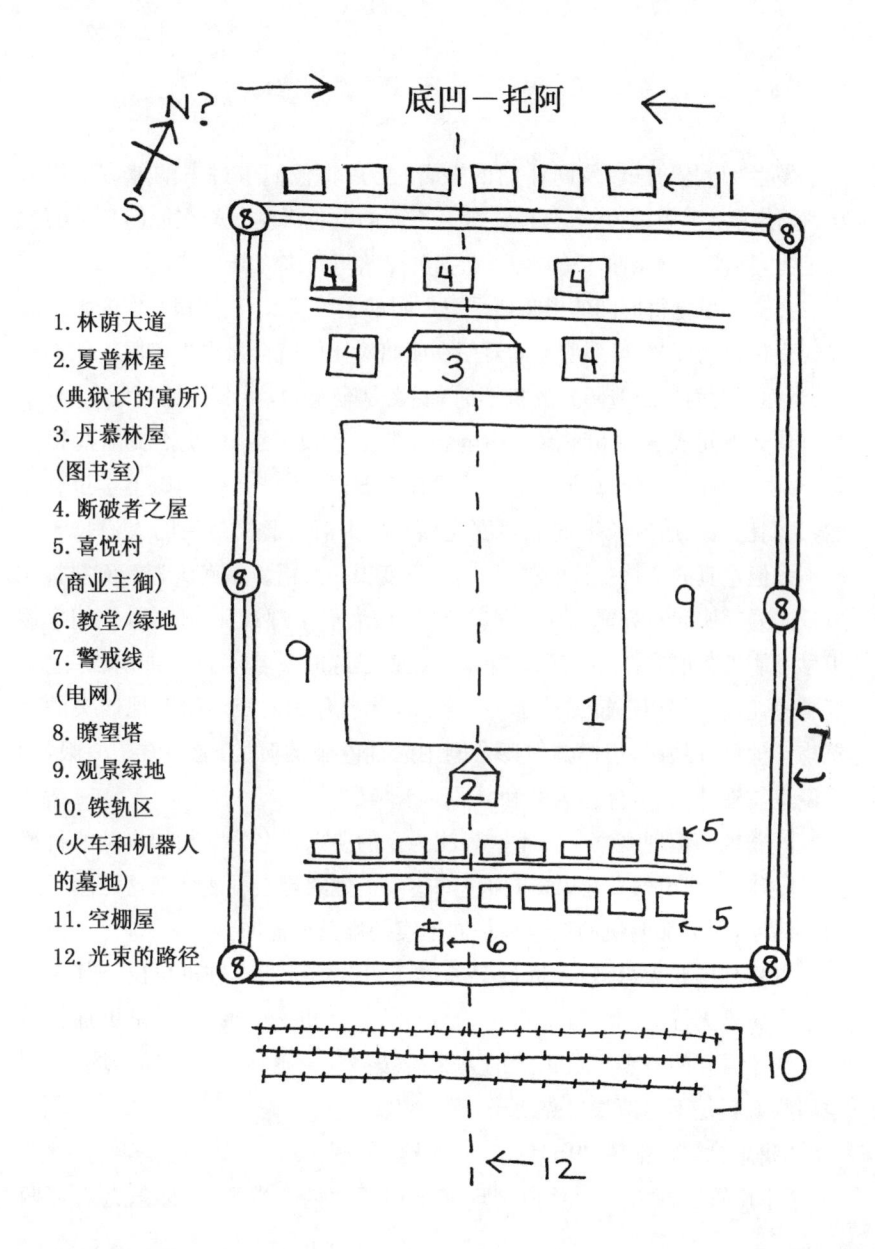

底凹－托阿

1. 林荫大道
2. 夏普林屋
（典狱长的寓所）
3. 丹慕林屋
（图书室）
4. 断破者之屋
5. 喜悦村
（商业主御）
6. 教堂/绿地
7. 警戒线
（电网）
8. 瞭望塔
9. 观景绿地
10. 铁轨区
（火车和机器人的墓地）
11. 空棚屋
12. 光束的路径

3

　　罗兰回到锡弥(以及同伴们的一臂之力)将他们带过来的地方。这一次,枪侠用上了望远镜,久久地注视着下面的蓝色天堂。就在他们身后的什么地方,沙漠野狗又吼了一嗓子,在沉沉黑暗里听来尤其孤独。

　　杰克心里觉得周围的黑暗似乎更加阴郁了。当太阳下山时,你的眼睛随光线变化自动调节,可那明亮的日照在明暗对比中就会显得更耀眼。他很确定:当你面对的是制造阳光的机器时,要么是全电力,要么就是全无电力,不会有什么中间状态。也许他们甚至会让阳光彻夜通明,可是杰克对此很怀疑。人类的神经系统适应于规则的黑夜和日照,他曾在科学课上学过。当然,人们也可以适应长期的低强度光照——生活在北极地区的人们长年如此——但这真的会扰乱你的神经,脑子里变得一团糟。杰克认为下面掌管人造日光的家伙们不会冒这样的风险:让断破者们生理紊乱。同样,他们也该想尽可能长久地节省"日光";这里的一切都已陈旧不堪,随时可能崩溃失效。

　　罗兰终于将望远镜递给了苏珊娜。"你要仔细看矩形绿草地四头的建筑物,"他展开地图,模样颇似舞台剧中念诵卷轴的演员,匆匆看了一眼,然后说道,"在地图上,标注为2和3。"

　　苏珊娜谨慎地观察了一番。标注为2的典狱长办公室状如小型的科德角,外墙喷涂成电气蓝色,饰以白色的边线。她的母亲可能会把这种屋子称为童话屋,因为那明快的颜色和华而不实的扇贝形檐饰。

　　丹慕林屋要大得多,她透过望远镜还能看到一些人进进出出。其中一些看来像是无忧无虑的普通市民。另一些人就更——哦,就说是更加警惕吧。她还看到两三个背负重担的人影缓缓移动。她将望远镜递给埃蒂,问他那些人影是不是罗德里克之子。

　　"我想是吧,"他说,"但是我不能完全——"

　　"不用管罗德人,"罗兰说,"现在不用管他们。苏珊娜,你怎么看那两栋楼?"

　　"唔,"她三思后说(事实上,她并没有他期望的敏锐感觉),"那两栋建筑物都维护得很好,尤其是和我们沿途看到的残壁颓垣相比而言。他们称之为丹慕林屋的楼特别漂亮。我们把这种建筑风格称为安妮女王式,而且——"

"你觉得是木结构吗？或者只是制造出木制的假象？我对丹慕林屋特别感兴趣。"

苏珊娜再次调整望远镜看着那栋建筑物，接着又递给埃蒂看。他看完了，再递给杰克。就在杰克看的时候，几英里之外传来清晰可闻的"咔嗒"声……随后，原本一直照耀底凹-托阿的、塞西尔·B.戴米尔制造的阳光柱就像聚光灯熄灭一样渐渐褪去了光影，将他们四人留在暗紫色的黄昏里，又将立刻转为彻底而决绝的黑暗。

黑暗中，那条野狗又开始悲鸣，杰克的手臂顿起一层疙瘩。这吼声增强……增强……最后以一声呛住般的顿音戛然而止。听起来就像是惊极而泣的最后呼喊。杰克毫不怀疑：那条野狗已经死了。有什么东西潜行到它的身后，就在头顶那条巨大的光束熄灭的瞬间——

下面还有一些灯光，他看到了：两道并行的白色灯光，可能是"欢乐谷"两旁的街灯，黄色的一圈灯光可能是苏珊娜称为"古镇市集"的数条小路旁的弧形霓虹灯，以及散落于黑暗各处的聚光灯。

不，杰克心想，不是聚光灯。应该说是探照灯。就像在监狱题材的电影中常见的那种扫来扫去的强光灯。"我们回去吧，"他说，"没什么可以再看的了，而且我不太喜欢站在这里，黑漆漆的。"

罗兰同意了。他们跟着他走成一列，埃蒂背着苏珊娜，杰克和脚边的奥伊跟在其后。他始终在期待再有一条野狗能接着第一条的悲鸣继续吠叫，但什么声音都不再有了。

4

"是木头的。"杰克说。他盘腿坐在一盏煤气灯下，任那宜人的白光照在脸上。

"木头。"埃蒂附和道。

苏珊娜迟疑了片刻，她意识到这是个至关重要的问题，因而回想了一遍亲眼所见的情形。接着，她也点头同意了。"木头，我几乎可以确信。特别是他们称为丹慕林屋的那栋楼。一栋砖头或石头造的安妮女王式大楼，再伪装成全木结构？那说不过去。"

"如果那是用来愚弄那些想烧毁它的人，"罗兰说，"那就果真达到了目的。这就说得过去了。"

苏珊娜思索起来。他说得对，当然，但是——

"我还是认为是木制的。"

罗兰也点点头。"我也这么想。"先前他找到了一个绿色的大瓶子，上面的标签写着：佩瑞尔。现在他拧开了瓶口，确定这所谓的"佩瑞尔"其实就是纯水。他取来五只杯子，分别倒了些水。之后，他将水杯依次摆放在杰克、苏珊娜、埃蒂、奥伊和自己面前。

"你是否称我为首领？"他问埃蒂。

"是啊，罗兰，你知道我是这么称呼你的。"

"你愿意与我分享楷覆功，并喝了这些水吗？"

"当然，如果你愿意。"埃蒂刚才一直乐呵呵的，可现在笑容不见了。那种感觉又回来了，非常之强烈。卡-倏弥，他甚至还不知道有这个负载强烈悲哀的词儿。

"喝了它，奴隶。"

埃蒂并不太喜欢被唤作奴隶，但他还是依照罗兰的吩咐，喝下了水。罗兰跪在他面前，在埃蒂的唇上快速地轻轻吻了一下，干巴巴的吻。"我爱你，埃蒂。"他这么说时，外面被称为雷劈的废墟旷野里，一阵沙漠尘风吹起来，卷起一片受过毒侵的沙砾。

"这是干吗……我也爱你，"埃蒂说。这场面太出乎他的意料，"出什么事儿了？可别告诉我啥事儿也没有，因为我感觉到了。"

"没出什么事儿。"罗兰说着，微笑了，但是杰克从未听过枪侠如此悲凉的嗓音。这让男孩害怕。"只不过是卡-倏弥，每当卡-泰特的成员……但是现在，我们是完整的一行人，我们分享我们的水。分享我们的楷覆功。因为这是一件欢悦的事情。"

他的目光转向了苏珊娜。

"你是否称我为首领？"

"是的。罗兰，我称呼你为首领。"她看来十分苍白，但也许只是因为煤气灯白色的灯光。

"你愿意与我分享楷覆功，并喝了这些水吗？"

"非常荣幸。"她说着，拿起了塑料杯。

"喝了它，奴隶。"

她喝光了水，但漆黑的眼睛并未离开他的视线。她想起了在牛津镇监狱里时那个梦中的声音:这一个死了,那一个死了;哦!迪斯寇迪亚,阴影更深重了。

罗兰亲吻了她的嘴唇:"我爱你,苏珊娜。"

"我也爱您。"

枪侠转向了杰克:"你是否称我为首领?"

"是的,"杰克答,他的苍白是不容置疑了;甚至双唇都退尽血色,变得惨灰,"卡-倏弥意味着死亡,是不是?我们中哪一个会死?"

"我不知道,"罗兰说,"而那阴影会从我们之间升起,因卡之轮仍在转动。你和卡拉汉走入吸血鬼之屋时,你没有感觉到卡-倏弥吗?"

"感觉到了。"

"感觉到两个人的卡-倏弥吗?"

"是的。"

"可你还在。我们的卡-泰特是强大的,历经数劫但死里逃生。也会逃脱这一劫的。"

"可我感到——"

"是的。"罗兰说。他的语音是如此慈祥,但眼里却露出威严。那神情不仅是悲哀,那是在默认:无论这是什么感觉,塔总在其后,黑暗塔在其后,而那才是他的归宿,心与神之所在,卡和楷覆功之所归。"是的,我也感觉到了。我们都感觉到了。这就是我们分享水的原因,也就是说,是因由友爱,一人对他人的友爱。你愿意与我分享楷覆功,并喝了这些水吗?"

"是的。"

"喝了它,奴隶。"

杰克照做了。接着,就在罗兰准备亲吻他时,杰克扔掉了杯子,张开双臂扑向枪侠,紧紧搂住了他的脖子,在他耳边轻声而又激烈地低诉:"罗兰,我爱你。"

"我也爱你。"他说着松开他的胳膊。洞外又狂风大作。杰克等待着嚎叫声——也许是胜利的呼叫——但依然什么声音都没有。

微笑着,罗兰转向了貉獭。

"中世界的奥伊,你是否称我为首领?"

"首领!"奥伊答。

"你愿意与我分享楷覆功,并喝了这些水吗?"

"楷覆!水!"

"喝了它,奴隶。"

奥伊的鼻子探进了塑料杯里——堪称灵巧优美的动作——舌头卷着舔,直到水见了底。随后,它满怀期待地抬头看着。它的胡须上挂着佩瑞尔的水珠。

"奥伊,我爱你。"罗兰说着,侧过脸凑向貉獭露着尖利牙齿的嘴巴。奥伊舔了一下他的脸颊,又将外突的口鼻伸进了水瓶里,指望着还剩下一两滴纯水。

罗兰伸出双手。杰克握住一只手,苏珊娜握住了另一只手。很快他们就将联结在一起了。就像一群酒鬼在戒酒聚会结束时那样,埃蒂心想。

"我们是卡-泰特,"罗兰说,"我们合而为一。我们已分饮了我们的水,正如分享了生命和追寻。即便有人跌倒,也不致迷失,因我们是一,因我们不会忘记彼此,至死不渝。"

他们手拉手又沉默了一阵。罗兰最先放开了手。

"你有什么计划?"苏珊娜问他,她没有称呼他甜心;她对他从未用过这个或其他昵称,恰如杰克意识到的那样,"你会告诉我们吗?"

罗兰朝乌伦萨克录音机点点头,"可能我们应该先听听。我的确有一个所谓的计划,但是听听布劳缇甘说了什么可能会有助于细节的布置。"

5

雷劈的夜是对黑暗的最佳诠释:没有月亮,没有星星。但是,如果我们能走出洞外——罗兰和他的泰特刚刚在这里分享了楷覆功,即将聆听泰德·布劳缇甘留下的磁带——就能看到刮着狂风的黑暗里飘浮着两条炭红光影。要是我们能朝那两条光影爬上缝-特特的上坡路(黑暗里的一个危险的建议),我们终将遇上一只七条腿的蜘蛛,现在它蹲伏于一具山狗的尸体旁,而那尸体早已怪异地萎缩。这只坎-托阿-特特应被确切地描述为私生而得的非法生命,自胸部支出第五条腿的残肢,后腿之间还悬荡着一团凝胶状的血肉,看似畸形的乳房,但它所蕴含的营养滋润着莫俊德,还有那血——每次都是长饮一口,那热腾腾的鲜血——仿佛甜酒般甘甜。实际上,这里有各种各样的食物。莫俊德已经没有朋友了,没有人再可以把他抱上抱下、恍如脚蹬一步千里的意念移动魔靴,但他轻易地找到从雷劈车站到缝-特特的路,不费吹灰之力。

他已经偷听得够多了,也已确信其父亲的计划:偷袭山下的蓝色天堂。人数对比实在过于悬殊,但罗兰的同伴们都死心塌地跟随他,而且,偷袭本身是一道利器。

这些枪侠,杰克会说他们都是傻子,热血一沸腾就变得像疯子,无所畏惧。这样的疯狂是更有杀伤力的武器。

莫俊德生来就具有不少知识,看起来是如此。比方说,他知道他那拥有的情报和莫俊德现在一样多的红色父亲,将会即刻通知底凹-托阿的总管和保安部主管:枪侠们到了。待到那时,也就是今夜稍晚些的时候,来自中世界的卡-泰特就会发现遭到反偷袭,敌人埋伏在周围,也许会趁他们沉睡时就动手杀了他们,由此,便能确保断破者们继续为血王的大业而奋斗。莫俊德并非生来就知道父王的大业是什么,但他脑子很灵,耳朵也很尖。现在他已经明白了枪侠们的意图:他们来这里是为了击溃断破者们。

他可以阻止他们,真的,他可以,但莫俊德对他红色父王的谋略或野心丝毫不感兴趣。真正能愉悦他的,他发现,是身在外界而感到的苦涩的孤独。以一个孩童冷漠的好奇心,观赏着自己小房间里的宠物蚁房,隔着玻璃观望着里面的生与死、战斗与和平。

他真的会任凭别人杀死他的白色父亲吗?哦,大概不会。莫俊德要把这种欢娱留给自己,而且他有充足的理由;他已经给自己找好了理由。至于其他人——那年轻人、断腿女人、男孩——没错,如果佩锐绨思大总管真的占了上风,那就让他把他们、或是其中之一杀死吧。莫俊德·德都会让这场游戏公平地进行下去。他会看。他会听。他会听到尖叫闻到火烧的气味还会看着鲜血浸染大地。随后,如果以他的评判标准来看,罗兰赢不了,他莫俊德就会挺身而出。可以作为血王的代表人,如果这个主意看起来还不错的话,但他其实只代表自己,并且有充分的个人理由,很简单的理由:莫俊德很饿。

但是,如果罗兰和他的同伴们赢了呢?不但赢了,还继续向塔推进呢?莫俊德不认为这种事情真的会发生,因为出于某种诡谲的途径,他已然是他们卡-泰特的一员,他分享了他们的楷覆功并感觉到他们要干什么。他还感觉到他们的友情即将破裂。

卡-倏弥!莫俊德想着想着,笑了。野狗脸上仅剩下一只眼睛了。一条黑毛茸茸的蜘蛛腿撩过眼珠子,再一把揪出来。莫俊德吃着眼珠,好像品味着一颗葡萄,接着,他再次转过身去,对着罗兰用一条毛毯遮挂住的洞口,白色的煤气灯光从毯子四边透出来。

他能不能再走下去一点？再靠近一点，能不能听得更清楚些？

莫俊德觉得这么做是可行的，特别是在呼啸而起的狂风掩饰下，他的行踪不会被发现。真是个令人兴奋的好主意。

他沿着崎岖的岩石下坡路走向灯影晃动之所在，走向录音机里传出的喃喃低语，也走向那些聆听者们的思绪：他的兄弟，他的姨母，宠物貂獭，还有，当然啦，高高在他们之上的，伟大的白色卡之父。

莫俊德蹑手蹑脚，潜行到近得他再也不敢前进之处，然后在凛冽狂风和墨黑夜色里蹲伏下来，为他的痛苦而痛苦，同时享受着这痛苦，梦想着他身在外界的美梦。就在洞口里，毯子后面，便是光明。就让他们拥有光明吧，如果他们喜欢；就让他们暂时拥有光明。最终他，莫俊德，将扑灭那光，并在黑暗里自得其乐。

第八章

来自姜饼屋的口信

1

埃蒂环视着同伴们。杰克和罗兰坐在各自的睡袋上。奥伊在杰克脚边,身子蜷成一个圆毛团。苏珊娜舒服地倚靠在巡航三轮车的坐垫上。埃蒂点了点头,心满意足,按下了录音机上的"播放"键。磁带卷开始旋转……静默……旋转……还是静默……接着,泰德·布劳缇甘清了清嗓子,说起话来。他们听了足足四个小时,每当一卷磁带放完时,埃蒂顾不上将磁带倒回头,便换上新的一卷。

没有人提议他们应该停下来,尤其是罗兰,他一言不发,全神贯注地听着,甚至当臀部又疼得抽搐起来时他也不愿意喊停。罗兰觉得他现在懂得更多了;当然他本来就知道:他们确实拥有机会,可以阻止山下狱营中发生的种种事件。但听到的新信息却让他害怕,因为他们取胜的可能性微乎其微。强烈感受到的卡-倏弥,越发明确了这种渺茫。一个人若不瞥见身穿白袍的女神,就不会真正明了自己的处境,那狗娘养的女神伸手召唤他,袖子因此而滑落,露出清秀白皙的手臂:到我这儿来,奔向我吧。是的,这是可能的,你可以达成目标,你可以赢,所以奔向我吧,把全部心意都给我。怎么,怕我伤了你的心?万一你的哪个同伴坠落了、坠进考芬(你的新朋友们称为地狱的所在)的深渊里?那就太糟了。

没错,万一有哪个同伴落入万劫不复的考芬、被喷涌之水灼伤,那就太糟糕了,是的。但狗娘养的穿白袍女人呢?哦,她不过是双手搭在臀上,甩一下头,在世界终结时大笑。现在,一切都命悬一线,这老人沙哑疲惫而又清醒异常的话语回荡在山洞里。连黑暗塔本身都取决于他,因为布劳缇甘这个老人,他拥有令人无比惊愕的巨能。

同样惊人的巨能,也储藏在锡弥的体内。

2

"测试,一、二……测试,一、二……测试、测试、测试。这是泰德·史蒂文斯·布劳缇甘,现在是测试……"

一阵停顿。磁带转到头了,一小卷放完了,新的一卷紧跟而上。

"好吧,很好。实际上太好了。我并不确定这台机器还能运转,尤其是在这里,不过看来一切正常。我一直在为此做准备,通过试图幻想你们四个——五个,再算上男孩的小朋友——你们在听我说。因为我早就发现了,如果要为一次重要陈述做准备,视觉化思维将是一项极完美的技巧。可惜的是,这次没有奏效。锡弥可以向我发送非常优异的意念画面——实际上,是很明亮的画面——但只有罗兰一人是他确实见过的,而且自蓟犁陷落之后就没有再见,那时,你们两人都还非常年轻。我不想冒犯你们,伙计们,但我怀疑现在正向雷劈赶来的罗兰不再是那个锡弥崇拜不已的年轻人了。

"罗兰,现在你在哪里?在缅因寻找作家吗?那人同样创造了我,勉强算是吧?还是在纽约寻找埃蒂的妻子?你们几个是不是还活着呢?我知道你们来雷劈的前景并不乐观;命运将你们拖向底凹-托阿,但还有反命运之力量,也是非常强大的,那随时随地会来自血王,他始终千方百计地阻挠你和你的泰特。仍然是……

"是不是爱米莉·狄金森?她说,希望是长着翅膀的?我记不清了。好多事情我都不再记得了,但我似乎依然牢记如何战斗。也许这样不错。我希望这是好事——记住如何战斗。

"女士和先生们,你们是否曾经想过我是在哪里录音呢?"

他们没想过这个问题。他们只是坐着,如同被布劳缇甘稍显含糊的语音催眠了一般,一言不发地来回传递着佩瑞尔矿泉水瓶和一罐粗麦饼干。

"我来告诉你们,"布劳缇甘继续说道,"部分原因是你们之中有三人来自美国,所以必定会觉得这事儿很滑稽,但是更主要的原因是,这可能对你们制定摧毁厄戈锡耶托的计划有帮助。

"我说这些时,是坐在一把用巧克力厚板制成的椅子上。这个座位是只大大的蓝色棉花糖,坐在我们打算留给你们的气垫上是否会更舒服一点呢?我很怀疑。你们大概会以为这样一把椅子会黏糊糊的吧,其实一点儿也不。这个房间的墙壁——还有厨房,要是我从左侧的橡皮糖拱门看出去,就能看到厨房——都是由绿色、黄色和红色的糖果制成的。舔一下绿色的地方,你能尝出来酸橙。舔一下红色的,那就是覆盆子口味。尽管这些所谓的口味(无论是变化多端的词指向哪种含义)和锡弥的抉择毫不相干,我是这么以为的;我认为他只对明快的纯色拥有孩童般的热爱。"

罗兰点了点头,微微一笑。

"但是我必须告诉你们,"从录音机里传出的话语干涩得很,"我还是很高兴,毕竟还有一间屋子稍微保留了些装饰。也许,是蓝色的。若是大地色系那就更好了。

"说到大地色系,楼梯也是巧克力的。扶梯是甘蔗糖。但无论如何,你无法说这些楼梯是通往二层楼的,因为这里根本没有第二层楼。透过窗玻璃,你能看到一辆辆汽车,活像是溜来滑去的夹心糖,甚至街道本身也像是甘草精。但是,如果你打开门,朝着灯心草大道迈出几步,就会立刻发现,自己又回到了起步的地方。我们也许会将这里称为'真实世界',因为找不到更贴切的词汇。

"姜饼屋——我们起这个名儿,是因为在这里你总能闻到这股味道,热腾腾的姜饼,刚刚出炉——这地方是丁克创造的,也是锡弥的。有一天晚上,丁克在科贝特屋的宿舍里听见锡弥对自己大呼小叫,想要自己睡着。若是碰到这种情况,大多数人都会置若罔闻,而我意识到,这个世界上没有人比丁克·恩肖更像善良的撒玛利亚人,他没有从门外漠然走过,而是敲响了锡弥的房门,询问他是否可以进去。

"如果你现在去问,丁克还是会回答说,那没什么大不了的。'在这里我算是新来的,我很孤独,我想交些朋友,'他会这么说,'听到有人那样大吼大叫,我心念一动,觉得他可能也想有个朋友。'就好像这是世上最自然不过的事情。在很多地方,这可能是很自然,但在厄戈锡耶托可不是。如果你打算理解我们的话,你们就需要最先理解这一点,这比什么都重要,我想是的。所以请原谅我好像离题太远。

"有些类人守卫兵把我们称为莫克,这名字来自某部讲述外星人的喜剧连续剧。莫克是世上最自私的人。反社会吗?倒也不算是。有一些人甚而是极端的社会化,但那是有前提的,社会给予他们此时想要的东西,他们就绝不反社会。只有少数莫克是反社会者,但大多数反社会者都是莫克,但愿你们能明白我的意思。而最著名的一个就是杀人如麻的凶手,感谢上帝,低等人从来不把他带到这里来,他的名字是:泰德·班迪。

"但愿你们还多一两支香烟,没有人可以比一个迫切想抽烟的莫克更值得同情了——或许,也更值得赞赏。可是,一旦他得到烟,他就完了。

"大多数莫克——我说的是百分之九十八,甚或九十九——听到一扇紧闭的房门里传来呼喊声时,绝不会放慢脚步,无论他们要去哪里。即便丁克刚来不久,完全有理由申辩说他还搞不清这里的规矩(他还想到,他即将因谋杀了他的前任老板而被处罚,但这事儿容后详谈),他却敲响了房门,还问了问是否可以进屋。

"我们也该看看锡弥这方面。请允许我再重复一遍,百分之九十八,甚或九十九的莫克在听到敲门人提出这样的请求时,必定会大喊'快点消失'!甚至'滚蛋'!为什么呢?因为我们非常敏感地意识到:我们和大多数人不一样,而那种不同之处又是大部分人所不喜欢的。只要比穴居人好一点,都会喜欢克鲁马努人①当自己的邻居,我可以想象得到。莫克不喜欢被别人看到自己毫无防备的样子。"

一阵停顿。磁带在旋转。四人都感觉到布劳缇甘在沉思。

"不,那么说不完全正确,"他终于又说起来,"莫克不喜欢被别人看到自己情绪失控、弱点尽现的状态。愤怒,高兴,哭泣,或是爆发出歇斯底里的狂笑声,诸如此类的状态。那就好比你们连枪都没有就闯入了险境。

"在很长一段时间里,我独自在这里。我是个相当留神的莫克,不管留神的事物我喜不喜欢。接着,有了锡弥,非常勇敢,只要有人给予慰藉,他就会接受。而丁克,就是愿意伸出援手的人。大多数莫克都带着自私而内向的伪装,就好像穿着最浪荡不羁的个人主义者——他们想要整个世界把他们当作丹尼尔·布恩②那型的人——而厄戈的员工们都很喜欢这一点,请相信我。没什么比操控一个抵制社团这一概念的社团更容易的了。你们明白了吗,为什么我会被锡弥和丁克吸引?我是多么幸运啊,能找到他们?"

苏珊娜默默地将手放在埃蒂的手里。他拉住她,轻柔地握着。

"锡弥很害怕黑暗,"泰德的声音继续,"低等人——哦,虽然在这里工作的有类人、獭辛、还有坎-托阿,但我把他们全都称为低等人——他们有十几种高端的测试系统,用来检测潜在的特异功能,但是他们似乎没有意识到:他们用机器发现的一些人只不过是害怕黑暗。那些人运气真糟。

"丁克立刻明白了问题之所在,并且讲故事给锡弥听,从而解决了这个问题。第一组故事都是童话,其中之一是'汉森和葛瑞塔'③。锡弥对故事里的糖果屋很着迷,盯着丁克问细节问题。所以,你们看到了,其实是丁克想出了巧克力椅子和棉花糖坐席,还有橡皮糖拱门和甘蔗糖扶梯。曾经一

---

① 克鲁马努人,旧石器时代晚期在欧洲的高加索人种。
② 丹尼尔·布恩(1734—1820),美国早期著名的开拓者。
③ 格林童话中的一则,又译为《奇幻森林历险记》。

度,这里确实有第二层楼;楼上有张床,就和'三只小熊'故事里的床一模一样。可是锡弥历来对那个故事不感兴趣,当这念头闪现在他头脑里时,姜饼屋的二层楼就……"泰德·布劳缇甘咯咯笑起来,"好吧,我觉得你们可以说那层楼降解了。"

"不管怎么说,我认为现在我所在的地方其实是时间中的瘘管,或是说……"他又停顿下来。叹息了一声。接着说:"瞧,有十亿个宇宙,包含着十亿种现实。自从我被他们抓回来之后,我便开始明白这一点,嗯,畸-达目坚称那是'我在康涅狄格州的短暂假期',这群狗娘养的混蛋!"

布劳缇甘的声音里有着确凿的愤恨,罗兰心想,这是好事。愤恨是好的。很有用。

"这些现实世界就如同叠放镜子的大房间,没有两面镜子反照出的景象是完全相同的。最终我会回到那个形象,但现在还不行。就目前而言,我想让你们理解的是——哪怕只是简单地接受也行——那现实是有机的,现实是活生生的。就好像是肌肉。锡弥所做的,便是使用意念牌皮下注射器在那块肌肉上刺出了一个洞。他就是有那么一种针,只因为他特殊地——"

"因为他是个莫克,"埃蒂嘟囔了一句。

"嘘!"苏珊娜立刻阻止他。

"——使用着它。"布劳缇甘的声音在继续。

(罗兰想过要倒带,补上刚才没有听到的几个词,最终觉得那无关紧要,便作罢了。)

"这个地方是在时间之外,现实之外的。我知道你们多少了解一些黑暗塔的功能;你们明白它的终极目的是要将世界和时间一体化。那好吧,就把姜饼屋理解成塔的阳台:每当我们到了这里,我们就在塔身之外了,但始终和塔附着在一起。这是个真实的处所——真实到每次我从这里回到现实,手上、衣服上都可能沾着糖果渍——但是,只有锡弥·鲁伊兹可以进来。一旦我们回到那里,他想让那儿变成什么地方都可以。别人可能会纳闷,但罗兰,你和你的伙伴们对于'锡弥究竟是什么人',以及'当你在眉脊泗初遇他时,他能干什么'这两个问题是否略知一二呢?"

听到这里,罗兰伸出手,摁下了录音机的"停止"键。"以前我们就知道他……很古怪,"他这样对其他人说,"我们知道他很特别。有时候库斯伯特会说,'那男孩到底怎么回事儿?他让我浑身发痒!'而后,他就出现在蓟犁,他和他的骡子,卡布里裘斯。他声称是一路跟着我们。但我们却很清楚,那是不可能的,但是到那时为止,也只是发生了这些事情,他不过是个眉脊泗的酒吧伙计——不算聪明伶俐,但天性愉快,干活也很卖力——我们根本不曾为他费神。"

"意念移动,是不是?"杰克问。

尽管罗兰此前从未听说过"意念移动"这个词儿,他还是不假思索地点了头。"至少移动了一小段距离;他不得不。比如说,除此之外,他还有别的什么办法能通过埃克斯蕊河呢? 只有一座桥,其实只是一段绳索,而我们通过之后,阿兰就割断了绳索。我们亲眼看着那桥落入千余英尺下的急流里。"

"也许他绕道而行了呢。"杰克说。

罗兰点点头。"可能……但是那就得耗费他六百倍的脚力。"

苏珊娜吹了一声口哨。

埃蒂等着罗兰把话说完。看起来,罗兰确实没什么补充了,他便倾向前,按动了"播放"键。泰德的声音再次回荡在山洞里。

"锡弥是个意念移动者。丁克则是个先知……也还有其他的特异功能。但不幸的是,很多通往未来的大路都对他封锁了。如果你们问,恩肖先生知不知道所有障碍是否能被铲除呢,那么我来告诉你们,答案是否定的。

"无论如何,在现实的鲜活血肉之下,有这样一个注射口……在黑暗塔侧翼上有这样一个小阳台……这间姜饼屋。固然真实到家,但也难以置信。我们就是在这里储藏武器和住宿装备的,这些东西将放在缝-特特的山洞里,都是留给你们使用的。我也是在这里录下这卷磁带的。刚才,我的胳膊下面夹着这台让人不放心的老古董走出我的房间时,时间是上午十点十四分——蓝色天堂标准时间。而当我回到我的房间时,时间依然显示为上午十点十四分。无论我在这里逗留多久。这只是姜饼屋了不起的便利优点之一。

"你们要理解——也许锡弥的老朋友罗兰已经充分理解了——我们三个是叛逆者,身在一个众人同心致力于和谐共处的社会里,即便那将意味着一切存在之终结……而且宁早勿晚。我们拥有一系列极其有用的特异天赋,一旦将这些禀赋使用出来,我们完全可以抢先一步。但如果佩锐绨思和他手下的保安部头子——泰勾的芬力——发现我们正在谋划的事情,丁克在天黑前就会去喂虫子。锡弥也一样,非常可能。我可能还会安全一阵子,其原因我随后会谈到的。可是,一旦平力·佩锐绨思发现我们竟然倾尽全力要带来一个真正的枪侠插手他的活计——可能正是那个在距离此地不远的地方指挥了战斗、刚刚消灭了六十多个绿斗篷的枪侠——那么,甚至连我的命也保不住。"停顿,"我的命不值一提。"

接下去是长时间的沉默。原本空空的卷轴现在已绕上了半满的磁带。"现在,听着,"布劳缇甘又开始说了,"我会告诉你们一个故事,关于一个不幸的、让人遗憾的人。故事很长,你们可能没有足够的时间听完;如果确实如此,我非常确定你们中至少有三人知道如何使用快进键。至于我,我身在一个时钟已被荒废的地方,花椰菜无疑被法律禁止。我拥有全世界所有的时间。"

埃蒂再次被这个老男人精疲力竭的嗓音所震撼。

"我刚才已经提议过,除非真的没有时间,否则就不要快进。正如我所说,总还有些信息对你们的行动有帮助,虽然我也不知道是哪种信息。我只是非常接近这一目的了。并且,我也努力地保持高度警惕,不止是醒来之后,甚至睡着时也是。如果我不能随时随地溜进姜饼屋、并且毫无防备地入睡,芬力手下的坎-托阿们老早以前就把我们三个逮住了。角落里有一个沙发,也是用毫不黏手的完美棉花糖制成的。我可以走过去躺下来,做一场噩梦——为了保持神志清醒,我需要做噩梦。然后我可以回底凹-托阿去,在那里,我的工作不仅是保护自己,还要保证锡弥和丁克的安全。确保每次我们转换时空时,让守卫兵和他们那狗屁的遥感勘测器依然认为我们身在原地,并且始终待在理应逗留的地方:在我们自己的房间里,在阅读室,也许在宝石电影院里看部片子,或是在亨利·葛雷汉姆的杂货店里,手里抓着一瓶冰淇淋苏打汽水,随后又走到喷泉那里。这也意味着我们要继续工作,每一天我都能感觉到:现在被我们破坏的光束——熊和龟——弯曲得越来越厉害。

"孩子们,快点来吧。这是我对你们的希冀。尽你们所能,越快越好。因为这不仅是我个人疏忽的问题,你们懂的。丁克的脾气很暴躁,还养成了个坏习惯:只要有人触动了那根筋,他就脏话连篇地滔滔不绝。在那种口不择言的状态下,他很容易说错话。而锡弥呢,虽然他尽了全力,但如果有人问了奇怪的问题,或是发现他举止怪异,而我恰好不在他身边因而无法弥补,那就……"

布劳缇甘没有说完这句话。据这几位聆听者的理解,他无需说完。

3

当他再次开口时,告诉了他们自己生于一八九八年,出生地在康涅狄格州米尔福德。听到这样的开场白,我们都很清楚——这总是标志语——且不论效果好坏——意味着将有一篇自传随之而来。就在定心聆听的时候,枪侠们又遇到另一种熟稔的感受;甚至奥伊也觉得有点耳熟。一开始,谁也不曾有这样的联想,但那念头终于及时地闪现在他们的头脑里。泰德·布劳缇甘,这个四处流浪的会计师,虽然不是四处流浪的牧师,但在很多方面都酷似唐纳德·卡拉汉神父。他们可能是双胞胎。而这六个聆听者——算上在洞口毛毯帘外的狂风中蹲伏的那一个——带着越发强烈的同情心和谅解聆听他的故事。为什么不可能呢?在布劳缇甘的故事里,酗酒并非如同在神父的故事中那样身为主角,但这同样是一个关于沉溺和与世隔绝的人生故事,是一个世外之人的故事。

4

十八岁那年,西塞罗·布劳缇甘被哈佛大学录取了,他的蒂姆叔叔也曾毕业于哈佛,那时膝下无子,求之不得地自掏腰包,让侄子泰德接受最高等的教育。而蒂莫西·艾特伍德当时只知道,一切都顺利极了:申请入学,录取通知,亲侄子在任何领域都表现完美,光荣毕业,准备在一战后的欧洲做为期六个月的旅行之后,继承叔叔的家具业。

而蒂姆叔叔所不知道的是:在入读哈佛之前,泰德一心想入伍——也就是很快将为世人所知的"美国第三远征军"。可医生对他说:"孩子,你的心脏杂音太厉害了,听力也不合格。现在你打算对我说,来之前你压根儿不晓得这回事儿吗?你以为这样能蒙混过关吗?听着,要是我说话太难听了你就包涵着点,小子,你没表面看起来那么机灵呢!"

然而,泰德·布劳缇甘却决计施展手脚,这之前他从来没真正出手过,甚至发过毒誓:他将永远不出手。但那时,他要求军医随便选一个数字,可不是从1到10那么简单,而是在1到1,000里面随便选一个数字。军医心里想着748,完全是为了看他出洋相(那天,哈特福德①在下雨,也就是说,征兵办公室里很清闲)。泰德二话不说把这个数字说出来了。接着再来。419……89……997。随后,泰德再请求他心想着某位名人、无论在世与否,

---

① 哈特福德是美国康涅狄格州首府。

接着,他对医生说出了那个名字:安德鲁·约翰逊①,可不是安德鲁·杰克逊②,而是安德鲁·约翰逊,医生先生终于惊呆了。他叫来了另一位医生,是他的朋友,泰德二话不说,又从头来了一遍……但这次有一处例外。他让第二位医生随便地在1到1,000,000之间挑选数字,接着告诉他说,他想的数字是87,416。这第二位医生在听到答案后的一刹那间面露惊诧之色——事实上,该说是,懵了。"对不住,小子,"他说,"你只是少说了130,000。"泰德看着他,可没有笑,看着对方满脸猥琐甚而毫不自觉的奸笑没有做出任何表态。但他才十八岁,对这种纯粹信口雌黄、尽说着毫无意义的谎言的家伙没有经验,他还年轻着哩,目瞪口呆地看着对方占了暂时上风。但与此同时,二号医生那下流的邪笑却自动消失了。二号医生转向一号医生,说道,"山姆,瞧他的眼珠子——瞧他的眼珠子怎么回事儿?"

一号医生举起一只检查镜想去照照泰德的眼珠子,可被泰德不耐烦地一把拨开了。他走向镜子,看到了自己的瞳孔一会儿扩大、一会儿缩小,他很清楚,即便没有看到一闪一闪晃眼的景象或是镜子的反光,这种事情也会发生的,但他对眼珠子的变化毫无兴趣,尤其是眼下这当口。现在,唯一挑起他兴趣的事情是:二号医生要了他,而自己不明白为什么会被要了。"这一次,你把数字先写下来,"他再次发出邀请,"写下来,你就不能作弊了。"

二号医生气得大吼大叫。泰德只是再三重复自己发起的挑战。山姆医生拿来了一张纸、一支笔,二号医生也收下了。他正打算写下一个新的数字,却又左思右想,最后把笔摔在山姆的书桌上,说道:"这都是街头卖艺的把戏,山姆。要是你连这个都看不出来,你可真是个瞎子。"说完拂袖而去。

泰德邀请山姆医生再来想一个家人,随便哪门子亲戚都成,片刻之后,他对医生说:他心想的是自己的兄弟盖伊,盖伊四岁时死于阑尾炎;从那以后,他们的母亲就把盖伊称为山姆的守护天使。这一次,山姆医生的模样活像是被人扇了一巴掌。到了最后,他害怕了。不管是因为泰德眼珠子忽大忽小的模样,还是这种毫不费劲的心灵感应术表演,还是泰德又开始说"我能看到一幅景象……稍等……"总之,山姆医生终于怕得不行了。他在泰德的入伍申请表上死命敲下"不合格"的大红戳,使出浑身解数只想摆脱他——下一个,谁想去法国闻闻芥子气?——但泰德一把揪住他的胳膊,虽

---

① 安德鲁·约翰逊,于一八六五年任美国副总统。
② 安德鲁·杰克逊,美国第七任总统。任期自一八二九年至一八三七年。

然不算很使劲,但绝不是闹着玩儿的。

"听我说,"泰德·史蒂文斯·布劳缇甘说道,"我是天生的心灵感应者。六七岁时我就感觉到了——六七岁不小了,绝对能明白什么叫心灵感应了——而直到十六岁,我才对此确信无疑。只要进了陆军情报部,我就可以帮上大忙,听力不合标准也好、心脏杂音厉害也好,对情报部的职位根本毫无影响。至于我的眼睛么?"他把手伸进前胸口袋,取出一副太阳眼镜迅速戴上,"乌拉!"

他试探着朝山姆医生笑了笑。于事无补。在那间暂时用作哈特福德东部征兵委员会体检办公室的门外,站着一个全副武装的大兵,此刻,医生把他唤了进来。"这家伙是个 4-F,还和我争个不停。也许你能帮帮忙把他送出去。"

于是,现在轮到泰德的胳膊被揪住了,而且,很使劲。

"等一下!"泰德说,"我还有别的要说!更重要的一点!我不知道是不是有确切的词儿能形容,但……"

话还没说完,武装大兵就把他拖了出去,推搡着他疾步走下楼梯,一路上路过不少鲁钝愚笨的男孩女孩,看起来都和他同龄。其实,确实有这么一个词儿可以用来形容他没机会说完的事儿,但那是很久以后了,直到他到了蓝色天堂才知道那个词儿是——协动者,并且,依照保罗·"平力"·佩锐绨思的想法,这个词儿(以及包涵的意义)令泰德·布劳缇甘几乎是整个宇宙范围中最有价值的人类。

但不是在一九一六年的那天。一九一六年的那天,他被一路推出了门庭,最后倒在大门外的花岗石台阶上,还有一个操着浓重口音的人警告他说:"臭小子,你只能滚在外面,蟒蛇。"经过了一番思索,泰德才能确定,武装大兵并不是真的把他叫做"蛇";在这种语境里,蟒蛇的意思应该就是男孩①。

泰德独自在那里站了一会儿。他在思忖:这究竟给你带来什么好处?以及,你会变得多么盲目?他只是无法相信刚刚发生在自己眼前的事实。

但是,他必须相信,因为他正站在这里、站在大门外。他步行了六英里离开哈特福德,走到最后终于想通了。他们永远不会相信他。谁也不会。永远不会。他们就是拒绝相信:有一个人能读出德国最高指挥部里的巨头

---

① Boa(蟒蛇)和 Boy(男孩)音近,大兵有口音,所以布劳缇甘误解了。

们脑袋里在想什么,而这可能会增加不少胜率。一个可以清楚告知盟军最高指挥部德国人下一步举措是什么的人。一个说不定可以如此出手几次——哪怕只是一两次!——就能令战争在圣诞节前就结束的人。但是他已经没有这个机会了,因为他们不愿意给他这个机会。可是,为什么呢?这和二号医生在听到泰德报出正确数字的时候更改了答案有关,而且他还拒绝写下新数字。因为在内心深处,他们就是想打仗,而像他这样的人则会坏了他们的好事儿。

事情大致就是如此。

那么,去他妈的吧。他会花着叔叔的钱,去哈佛读书。

他去了。除了丁克所提到的哈佛事务之外,他还参加了戏剧社、辩论社、哈佛深红报、数学怪才俱乐部,还有——毋庸置疑——优异学生荣誉社团①。他甚至提前毕业,省下叔叔不少钱。

战后很久,他才第一次到了法国南部,就在那时,一封电报送到他手中:叔父亡故句号尽快返乡句号

似乎关键词是句号。

上帝知道,这就是所谓的分水岭。他回了家,是的,他尽职尽责,该安抚时就安抚,该悼念时就悼念。但他没有步入家具产业,而是决意给赚金生涯画上句号,并开始他的败金长途。在这个男人漫长的故事里,罗兰的卡-泰特没有听到泰德·布劳缇甘有过一次怨言,既不曾责怨要蓄意隐匿这份特异天赋,也不曾在这种神迹显灵时抱怨:看似无价之宝的天赋,这世上竟没人真想要。

上帝啊,他是如何领悟的啊!首先,这种"狂野的天赋"(通俗科幻杂志上有时会用这样的定语来描述)即便在恰当的环境下也会对身体有危害。更不用说错误的环境了。

一九三五年,俄亥俄州,泰德·布劳缇甘因此成了谋杀犯。

他当然知道,某些人会觉得谋杀犯这个词儿相当刺耳,但在那个特定的状况中他才是自己的法官,非常谢谢你的理解,他认为"谋杀"应被定义为"有谋杀企图"。那是阿克伦城一个恹恹的夏日黄昏,孩子们在斯道斯大街上玩"踢罐子",另一条街上的孩子玩的则是"棍子球",布劳缇甘就在这两条

---

① 是美国的一个荣誉团体的名称。该团体的格言是"哲学是人生的导引",大学里成绩优异的学生会被选入该团体。

街的街口,穿着一套夏日便装,站在一条白线的端点。地上的这条白线意味着公共汽车将在这里停靠。他身后有一片关张已久的糖果店,一块窗玻璃上贴着一只蓝色NRA①老鹰,另一块玻璃上则是一张几乎褪成白色的告示,上面写着:他们杀了那小子。泰德背着科尔多瓦皮革皮包,抱着一只棕色纸袋——里面是他从戴乐先生的奇妙肉铺店买来的一块猪排,是他的晚餐,突然,有人从他背后蹿上来,将他推到白线顶端处的电话线杆上。是鼻子最先撞上去的。他的鼻梁断了。鲜血顿时涌淌下来。接着的瞬间里,嘴巴也撞上去了,他感觉到牙齿狠狠咬进了下唇肉里,嘴里立刻涌出一股咸腥味,就像滚烫的番茄酱。有人在他背后狠命拽了一下,还传来口袋撕破的声音。他的裤子被半拉下来,勒在屁股上,活像小丑身上的裤子。与此同时,一个穿T恤、斜纹长裤——屁股部分是闪亮的布料——的家伙飞快地沿着斯道斯大街跑向"棍子球"游戏团,而他右手中一上一下挥着的正是泰德·布劳缇甘的钱包。上帝啊,他刚刚被生生抢走了钱包!

深紫色的黄昏即刻变得更黯淡了,夜色眨眼之间降临,路灯也亮了起来,周围甚至变得更黑了。在他的眼底,二十年前曾让体检军医骇然的情景又再现了,但泰德根本没想到这一点。他的注意力统统集中在逃跑的男人身上,这个狗娘养的混蛋居然为了抢钱包而毁了他的容。他这一生中从未如此愤怒过,从来没有,但他发送给逃跑的男人的念头却是无伤大雅的,几乎算得上文雅

(听着混蛋我一块钱都不会给你的,就算你开口多要两块都没门儿)

这念头分量极重,却似离弦之箭。而也就确实有了箭。他迟疑了片刻才接受了这个事实,但为时已晚,他已经是个杀人犯了,假如真有上帝,泰德·布劳缇甘终有一天不得不站在神座旁,承诺愿为自己所做的事情担负罪责。刚才还在奔跑的男人就好像被什么利器刺中一般,但实际上,那里什么也没有,只是人行道的裂缝中有一行磨去了不少的粉笔字:"哈里爱贝琳达"。孩子气的涂写总显得那么多愁善感——画了星星,一颗彗星,一轮新月——而这些都将是日后他所恐惧的。泰德感到自己的脊椎正中仿佛刚刚吃了一箭,但他至少还活生生地站在这里。他没想那么做的。一切只是发生了。他知道自己诚心诚意没想这么做的。他只不过……一时又惊又怒。

他捡起自己的钱包,再看着玩棍子球的孩子们死死盯着他看,个个张口

---

① NRA 的全称是:National Recovery Administration,即国家复兴署。标志物是蓝色老鹰。

结舌。他指了指钱包,示意给他们看,那手势就好像握着一把枪,而枪把软趴趴的,接着又指了指拿着锯断的扫把挥来挥去①的小男孩。那挥来挥去的动作甚至比倒地的尸体更让泰德后来噩梦连连,且如鬼魂冥扰不休,在他的整段余生中不断地挥来挥去。因为他很喜欢孩子,决不会故意地吓坏他们。而且他知道孩子们都看到了什么:一个裤子拉到屁股蛋上的男人,连拳击短裤都露了出来(他还猜得到,那玩意儿也可能从前门襟里露了出来,要是没露出来,那可真算是不幸中的万幸),手里捏着个钱包,下半张脸鲜血模糊,表情则像个疯子。

"你们什么也没有看到!"他冲着孩子们大喊,"你们听到我的话了,听好了!你们要听我说!你们什么也没有看到!"

随后,他扯上了裤子。走回去捡起他的皮包,但没有捡起棕色纸袋里的猪排,操蛋的猪排,他胃口丧尽,同时丢了一颗门牙。接着,他又望了一眼人行道上的尸体,以及惊吓坏了的孩子们。然后,他开始跑。

而逃跑,自此变成了他的事业。

5

第二卷录音带放完了,空旋的卷轴发出轻柔的扑啦—扑啦—扑啦的声音。

"主啊,"苏珊娜说,"主啊,可怜的人。"

"那么久以前了。"杰克一边说一边摇着头,好像要把这故事从脑海中涤除。对他来说,他的年代和布劳缇甘先生的生涯之间似乎有一条无法逾越的鸿沟。

埃蒂取来了第三卷磁带,放进录音机后对着罗兰扬了扬眉毛。枪侠的手指绕了绕,这个习惯动作无疑在说:继续、继续、继续。

埃蒂调整好了磁带卷入的位置。在此之前,他从来没有把玩过这样一台录音机,但正如老话所言,你无需是个火箭专家。苍老的声音再次响起,他依然坐在丁克·恩肖为锡弥描绘出来的姜饼屋里,当之无愧的无中生有之处所,除了想象力别无其他源头。黑暗塔身侧的一个小阳台,布劳缇甘这

---

① 棍子球,是美国街头类似棒球的游戏,男孩使用扫帚把当球棒。

么说过。

他杀了小偷(意外,他们会一致同意这种讲法;自从他们的生活与枪为伴后就特别明白:什么是意外,什么是故意,这是不存在争议的话题),时间约为夜晚七点。当夜九点,布劳缇甘登上了西行列车。三天后,他便在得梅因市①浏览报章上招聘会计师的广告。现在,他对自身了解得越发透彻了,也就明白了:自己应该多么谨慎小心。他可能再也不能任凭怒火狂暴于心,即便那怒火事出有因。一般来说,他只是和你说些无关痛痒的心灵感应小游戏——可以告诉你午餐吃了什么,也可以指出那张牌是红桃皇后,因为街角耍西班牙纸牌把戏的江湖艺人也会知道——但当怒火来临时,这支利箭就会径直而来,这可恶而骇人的利箭……

"顺便说一句,那么说不确切,"录音机里传出这样的话来,"我的意思是,我并不是无关痛痒的那种心灵感应者,我早就明白这一点了,当我还是个乳臭未干的小孩子、一心想参军时就明白了。但我一直不知道该用什么确切的术语来表达。"

这个术语终于还是露面了,协动者。后来他变得越发确信,某些人——某些天赋优异的侦察兵——始终在监视他,甚至从那时候起就盯上他了,他们知道他和所谓的心灵感应者不同,却又不清楚到底是哪里不同。首先,并非来自楔石地球(他们这样称呼地球)的心灵感应者是相当罕见的。其次,泰德在二十世纪三十年代中期就领悟到了——他实际上是一个传染源:只要他接触到处于情绪高涨状态中的某个人,这个人就会迅速转变为一个心灵感应者。只不过,当时他还没有机会意识到:假如那个人本身已有心灵感应的天赋,那么,他就能使对方的感应能力大大增强。

指数倍率地增强。

"不过我的故事还没走到那一步。"他说。

他从一个镇子搬去另一个镇子,一个流浪汉,坐公车也不买票,穿西装,而不再穿着奥什科什罩衬衫②坐在货车后车厢里,在任何一个地方都待不久,还没等扎下根就离开。回顾这段颠沛流离的生活,他猜想自己已被那些人盯上了。这种事凭直觉或是偶尔眼角余光扫到的某些古怪细节就能知

---

① 得梅因,美国衣阿华州的首府。
② 奥什科什,美国威斯康星州东部城市,位于方迪拉克西北偏北,温尼贝戈湖畔。

道。他开始意识到有某种特殊的人在身边。大部分是男人,女人很少,但都偏好色彩俗丽的衣着、半熟的牛排、开快车,而那些车子被漆得五彩斑斓,像他们的衣服那样招摇过市。他们的脸孔大都阴沉,显得颇为怪异,更奇怪的是,他们几乎鲜有表情。后来,他才有机会把这些人和那些去庸医诊所做了整容手术的蠢货们联系起来,两者的容貌的确有可比性。也就是在那二十年的光景里——不知不觉的二十年,弹指一挥间——他渐渐明白了:不管他躲藏在哪个大城小镇,那些孩子气的象征符号似的涂鸦总会时不时出现栅栏上、门阶上、人行道上。星星和彗星,带环状星云的星球,还有新月。有时会有一只红色的眼睛。在同一片区域经常会有跳房子用的小格子,但也不是总能看到。过了很久,他说,它们才以一种疯狂的方式匹配起来,可是回到三四十年代中期,以至于五十年代早期,当他四处为家时,根本没有意识到一切皆能吻合。不,确切地说,在那段时间里,他就和一号医生和二号医生一样,根本不想看到眼前发生的一切,只因为那……太让人心烦意乱了。

后来,差不多就在朝鲜战争结束的时候,他看到了那则广告。承诺了一份可托付终身的好工作,如果你能符合特定标准,那就能无条件拥有这份工作。附列了一系列所需的技能,财务也在其中。布劳缇甘可以确定这则广告刊登在全国各家报纸上;而他碰巧是在《萨克拉曼多①蜂报》上看到的。

"我的天哪!"杰克叫起来,"卡拉汉神父也是在那份报纸上看到他朋友玛格鲁德——"

"别说话,"罗兰打断了他,"听。"

他们继续听了下去。

6

面试是由类人们(泰德·布劳缇甘还得再过几个星期才能知晓这个名词——直到他离开一九五五年,迈入厄戈的无年代时空之后)负责的。他在旧金山面见的面试考官也是类人。泰德很快也会知道,这些低等人的伪装——尤其是他们戴的人类面具——并不精巧,尤其是当你凑近看时,一眼便能瞧出真相:他们是类人/獭辛的混种生物,并怀抱着宗教般的狂热期待

---

① 萨克拉曼多,美国加州首府。

他们将变成人类。若你和这样一个低等人亲热地熊抱在一起,那排足以杀人的利齿试探在你的颈动脉周围,那时候就最容易发现:他们除了会变得更老更丑之外,什么也变不了。他们前额的红色标记——血王之眼——通常是看不见的,因为他们身在美国这边(或者只是暂时干涸了,就像隐匿不发的小疱疹),那些覆在脸上的面具诡异地饱含有机体的特性,唯一的例外就是耳朵后面,毛茸茸、齿痂累累的皮肤真正地露出来,并且,你还能在他们鼻孔里面看到许多细小的绒毛在蠕动。可话说回来,谁会那么失礼地抬头盯着别人的鼻孔看呢?

不管他们怎么想,即便他们身处美国那一边,别人只要凑近了看,就会发现他们绝对有什么不对劲儿。但鱼儿尚未落网之前,谁也不想仓促收网。所以,是类人们(坎-托阿们从不会使用这样的简称;他们觉得这个词儿有辱身份,如同"黑鬼"或"破鞋")来负责考试,类人们出现在面试室里,至此为止只有类人们,他们会通过通往美国的大门进出两个世界,门的另一边便是雷劈。

泰德,以及一百多个应聘者参加了笔试,他们坐在一个宽敞的室内体育馆里,这令他想起多年前在哈特福德东部的经历。但这个大厅里放了一排又一排书桌(为了保护涂过清漆的硬木地板,在每张老式书桌的圆柱形铁桌脚下面都周到地铺上了摔跤运动员们使用的防护垫)。第一轮测试——历时九十分钟,题目涵盖了数学、阅读和词汇问答——之后,为数一半的座位空了。第二轮之后,为数四分之三的座位空了。第二轮考试中有一些极其怪异、极其主观的题目,泰德好几次都选中了自己都不相信的答案,因为他想的是——也许是他知道——出这些考题的人希望得到不一样的答案,即不是普通状态的他(以及大多数人)会选择的答案。比方说,有这样一道题目:

23. 在一条人迹罕至的小路上,你看到有一辆汽车倾覆在地,便停了下来。困在车里的是个年轻人,正在大声呼救。你问:"年轻人,你受伤了吗?"他答道:"我认为没受伤!"就在不远处,有一个帆布口袋,里面装满了钱。你会:

    A. 搭救年轻人,并把钱归还给他。
    B. 搭救年轻人,但坚持把钱送到当地警察局。

C. 拿走包里的钱继续赶路,虽然不太有人会走这条小路,但总会有人来救年轻人的。

D. 以上答案皆不是。

如果这是萨克拉曼多市警察局的招聘考试,泰德会不假思索地圈出答案B。他也许比浪迹天涯的流浪汉好不了多少,但他妈妈抚育长大的这个孩子却显然不是笨蛋。那个选择在其他很多场合都是正确答案——万无一失的答案,怎么都不会错的答案。而退后一万步说,心想"我根本不明白这道题在说什么,但至少我够老实"的人会选中答案D。

于是泰德选了C,根本不是因为他在那种情况下真会这么做。大体上,他认为自己会倾向于A,假设他还能再问年轻人几个问题——诸如,是从哪里抢来的钱?如果这钱很干净,没有涉及侵犯他人(他肯定能知道的,怎么会不知道呢?不管这"年轻人"怎么回答),当然了,就把钱还给你,祝您与上帝同在①!为什么呢?因为泰德·布劳缇甘碰巧相信多年前那间死气沉沉的糖果店窗玻璃上的招贴道出了重点:他们杀了那小子。

但是他最终圈中了C。五天后,他发现自己站在旧金山(火车票是在萨克拉曼多市预支的)某个倒闭的舞蹈房外的接待室里,身边还有三名男子和一个闷闷不乐的十几岁的小姑娘(她便是日后的坦尼亚·利兹,来自科罗拉多的布莱斯)。前去体育馆应聘的人数要超过四百,都是被那个蜜糖罐似的广告诱惑而来的。大多数,都是山羊。但是在这里的,是四只小绵羊。百分之一。但布劳缇甘不久就会在绵绵无尽的时间里发现,即便是百分之一,也是相当高的捕获率了。

最终,他被带入一间标明为"私人房间"的办公室。大部分空间都被布满尘埃的芭蕾舞器械堆满了。一个肩膀阔厚、板着面孔的男人坐在折叠椅上,身穿棕色西服,而簇拥着他的却是轻薄粉色芭蕾舞裙,场面极不谐调。泰德心想,幻想花园里的癞蛤蟆,如假包换。

这个男人坐着往前一探身,前臂搭在结实如象腿的大腿上。"布劳缇甘先生,"他说,"我可能是癞蛤蟆但也可能不是,但我可以给你一个终生职位。同样,我只要和你握握手就能把感激涕零的你从这里带出去。这取决于你对一个问题做出怎样的回答。事实上,是一个关于问题的问题。"

---

① 原文为西班牙语。

这个男人,布劳缇甘后来才知道他的名字是弗兰克·阿密特奇,递给泰德一张纸。上面以大号字体列出了第23题,关于年轻人和一袋钱的问题。

"你选了C,"弗兰克·阿密特奇说,"现在,请别迟疑,告诉我为什么?"

"因为C就是你们想要的答案。"泰德毫不迟疑地回答了。

"问题是,你是怎么知道的?"

"因为我有心灵感应,"泰德答,"而那正是你们在寻找的。"他试着继续摆出毫无表情的脸孔,并自认为做得很好,但内心却充斥着一股伟大的、高歌欢畅的解脱感。因为他找到一份工作了?不。那是因为他们立刻就会给他一份好薪水、以至于从此之后看到电视台智力游戏节目的奖金只会觉得寡然无趣?不。

因为终于有人想要他的能力了。

因为终于有人需要他了。

7

提到工薪,又是一个蜜糖罐,可是布劳缇甘很坦诚地在录音备忘录中谈到:即便他当时就知道真相,可能还是会义无反顾地接受这份工作。

"因为天赋不会沉默,不知道如何保持沉默,"他说道,"不管那天赋是读心术、开保险箱,还是巧计十位数,总之天赋会尖叫着要你用它。从来不会闭上嘴。它会在你累得要死的夜里突然让你惊醒,大喊大叫,'用我,用我,用我!老是坐在这里我都烦透了!用我,操蛋脑袋,用我呀!'"

杰克突然像个真正的小孩那样哈哈大笑起来。他马上捂起嘴巴,但捂在手掌里的笑声却没停止。奥伊抬头望着他,那双温柔的黑眼睛荡漾在金色环边里,像个小魔鬼一样可爱地笑起来。

在那间堆满轻飘飘的粉色芭蕾舞裙的小屋里,软毡帽反戴在平头上,阿密特奇问泰德有否听过"南美海军工兵"的传闻?泰德说没有。阿密特奇告诉他:那是个南美富商组成的财团,其中大部分是巴西人,在一九四六年雇用了很多美国工程师、建筑工、钻工。总共有一百人。这就是"南美海军工兵"。财团雇佣他们的合同为期四年,薪水分为几个等级,但无论是哪个等级的薪水都高得惊人——几乎高得令人尴尬。比如说,他们会和推土机操作工签下年薪两万美元的合同,在当时无疑是天价。但是,除此之外还有:

等价于一年工资的奖金。如果，你还可以接受额外条件，一年总共可拿到高达十万美金，这所谓的附加条件就是：你去那里工作，但不许回家，直至四年期满或是工程竣工。每周有两天假日，和在美国一样，每年还有一次休假，也和在美国一样，但只能在南美草原度假。只有当四年合同期满，你才可以回到北美（或任何地方）。如果你死在了南美，就只能葬在那里——没有人会愿意出钱把你的尸首装箱托运到威尔克斯-巴里①。但是你眼前还有五万美元、加上六天的长假，你完全可以好好消遣一下，再把钱攒下来投资，或者像骑着小马驹似的坐在一摞钞票上。如果你选择投资，五万元可能会变成七万五千元，那时你就会从热带丛林里跳着华尔兹转出来，浑身晒成黑色、几乎都黑到骨子里去了，浑身肌肉也像是重塑过一般，还攒下了够说上一辈子的奇闻逸事。当然，要是投资失败，就像英国水手们说的那样，还有"另一半"可以押下去。

　　差不多就是这样，阿密特奇诚挚地对泰德说。光是"前一半"薪水就有二十五万，付清工资时会再给你后面的五十万。

　　"听上去简直不可能，"泰德的声音从乌伦萨克录音机里传出来，"当真如此，我的天哪！直到后来我才发现，我们实在是太廉价了，即便他们出了那样的价格也还是远远不够。关于他们吝啬到什么程度，丁克有一段特别的高论……我所说的'他们'是指所有血王旗下的官僚。丁克说血王打算在有限预算之内解决所有在世生物，他当然没错，但我觉得，即便是丁克也未曾意识到——当然啦，他死也不会承认的——如果你付给一个人太多钱，他只会拒绝相信。或者说，仰仗于他的想象力（很多心灵感应者和先知都几乎毫无想象力可言），这一切难以置信。我们的情况是，契约为期六年，合同期满后可以续约，并且，阿密特奇需要我即刻回复。女士和先生们，想把目标对象的脑袋弄得昏昏沉沉，其实没什么技巧可言，只需用贪婪冻结他的思想，再闪电般地说服他。

　　"我顺应时机地被说服了，立刻就答应了他。阿密特奇对我说，首付款将在当日下午打入我在西蔓银行旧金山分行的账户里，只要我过去即刻就能提取。我问他，是否要签署合约。他伸出一只手——大手，像火腿一般的大手——对我说，这，就是我们的合约。我再问他，我该去哪里、去干什么——所有我理应早先就提出的问题，我相信你们都会同意我这么说，但当

---

① 宾夕法尼亚州一地名。

时我太震惊了,这些问题压根儿没蹿到我脑子里。

"此外,我也相当肯定我知道答案。我以为我将为政府效力。类似于冷战时期的某些地下工作。中情局或联邦调查局的心灵感应特异功能分部,基地设在太平洋的某个小岛上。我记得自己是这样想的,几乎把一个地狱变成一出广播剧。

"阿密特奇还告诉我,'泰德,你会去很远的地方,但也不过是一门之隔。至于眼下么,我只能说到这里了。还有就是,未来的八星期内,你必须对我们之间的约定守口如瓶,直到你真正开始……唔……出航。记住:泄密的嘴会让船沉没。假设你已经被我们跟踪了的话,尽管这么说可能会引发你的疑心病。

"毫无疑问,我一直被跟踪。后来——太迟了——当我可以回顾自己在旧金山度过的最后两个月时,才真正意识到坎-托阿始终紧紧盯着我。

"低等人。"

8

磁带继续旋转。"阿密特奇带着两个类人约我在马克·霍普金斯医院门口见面。那天是一九五五年的万圣节,我记得非常清楚,下午五点。我、杰斯·麦嘉文、戴富·依大维、迪克……我想不起来迪克姓什么了,大约六个月后他就死了,乌鸦说他死于肺炎,别的畸坎们也附和他——畸坎,意思差不多就是烂人,如果你们有兴趣了解的话——但就算别人不知道,我也很清楚他是自杀而亡。别的人……你们还记得二号医生吗?别的人就有点像他。'先生,别对我说些我不想知道的事,别扰乱我的视线。'随便吧,还有一个人就是坦尼亚·利兹。坚强的小东西………"

他停下不说了,传来喀哒一声。随后,泰德的声音又响起来,似乎休息了片刻,又有了精神。第三卷磁带快要放完了。埃蒂心想:为了把这个故事说完,他必定口干舌燥、累得不行了吧。他觉得这种想法很令自己失望。不管他是什么怪才,泰德首先是个无与伦比的磁带杀手。

"阿密特奇和两个同事出现在福德车站货车上,在那个年代,我们都把那种车子叫做木迪。他们载上我们往内陆开,停在一个名为圣塔米拉的小镇。镇上的主干道是铺好的路,别的小路都是土路。我记得那里有很多钻井机,好像是……当时天已经黑了,我只能看到它们高耸的轮廓。

"我指望着能看到火车站,或是窗玻璃上写着'特许通行证'的公共汽车。可是,我们的车却停在一间空荡荡的货物运输站前,门前歪歪斜斜的招牌上面写着:圣塔米拉货运站,一个念头闯入我的脑海,清晰得如同白昼,来自于迪克:他们要杀了我们,他们把我们带到这里来就是为了杀了我们偷我们的东西。

"如果你不是心灵感应者,就永远体会不到那种事情有多么吓人。唯一能确定的感觉就好像是……入侵你的头脑。我看到戴富·依大维面色刷白,虽然坦尼亚一声不吭——我说过了,她是个坚强的小孩——但车厢里的光线足以让人看到她眼角的泪水。

"我俯身凑近坦尼亚,又摁住迪克的双手,但他很想把手拽开,我就使劲往下压。我用想法告诉他:他们没有给我们每个人二十五万美元,大部分钱仍然安全地躺在西蔓银行里,所以,就算他们把我们带到这种鬼地方来,也顶多能抢走我们的手表。杰斯也无语地对我说:我甚至连手表都没有。我两年前就在阿尔伯克基①当掉了依路云表,等到我再想买一块时——确切地说,就是昨天半夜——所有的店都关张了,而我也醉得不行,只能从酒吧间的高脚凳上爬下来。

"这让我们都放松了些,都笑了起来。阿密特奇问我们在笑什么,而这让我们更舒坦了些,因为我们拥有一些他们所没有的沟通方式,他们无法加入。我告诉他没什么坏事,再用力地拉了一下迪克的双手。我猜想,那很有用……我,协助了他。这是我第一次使用这种能力。从此之后,便使用了无数次。这就是我如此乏累的一部分原因;每一次这样的协动都让我精疲力竭。

"阿密特奇和那两个家伙带我们走进去。那地方早就没人用了,但是尽头处有一扇门,门上有两个粉笔字,旁边自然还有那些星星月亮的涂鸦。标志着:雷劈车站。不错,但是压根儿没有车站:没有铁轨、没有汽车,除了我们刚才过来时的那条路之外连第二条路都没有。门的那边有一排窗户,而窗户外面也什么都没有,只有几栋小楼——倒不如说是废弃了的工棚,其中一间索性烧了个精光,只剩下了房架;除此之外,只有稀稀拉拉几摊杂草,混杂着垃圾。

"戴富·依大维问:'我们为什么来这里?'有个人回答说:'你会明白

---

① 阿尔伯克基,美国新墨西哥州中部格兰德河上游的一个城市。

的。'当然,我们很快都明白了。

"'女士优先,'阿密特奇说了一句,便打开了那门。

"门那边看起来黑洞洞的,但和黑夜的黑洞洞并不是一回事儿。那是比黑更黑的黑暗。如果你们曾见过夜里的雷劈,就会明白的。而且听起来也不同寻常。迪克这个老家伙又有了什么新想法,转身想走。有个人立刻掏出枪来。这时,阿密特奇说话了,我永远不会忘记他是怎么说的,因为……听起来很和善。'现在收手太迟了。'他说,'现在你们只能往前走。'

"我那时候刚好想到:若是我的朋友鲍比·加菲尔德和他的朋友笨蛋约翰知道有这种六年合约、期满还可续约的事情,他们肯定会说——喝着牡蛎汤、比赛吹牛皮①。这并非是因为我们能知道他们在想什么。你知道,他们总是戴着帽子。你绝不会看到任何一个低等人不戴帽子——也包括任何一个低等女人。男性的帽子貌似扁平的软呢费多拉帽,但那绝不是普通的帽子,而是思想帽。倒不如更确切地说,是'抗思想帽';谁戴上这种帽子,就能对外人屏蔽自己的思想。要是你想掠夺戴着'抗思想帽'的人脑子里的想法——掠夺,这是丁克用来指读心术的词——你只能听到帽檐下嗡嗡响成一片杂音。令人非常难受,酷似隔界的钟鸣。如果曾经听到过,你就会明白。那太能挫伤你的积极性,而积极性是厄戈的心灵感应者最不感兴趣的事情。女士和先生们,断破者们最感兴趣的事情是融洽相处。这恰好暴露了他们的真相——极丑陋的真相——如果你抽身而出退到别处远远观望的话,而这是另一件断破者们最不喜欢的事。你们经常会听到一个说法——一首小诗——在校园里,或是看到有人用粉笔写在墙上:'美美地坐在邮轮上,开起电风扇,什么都不会失去,就好好晒成古铜色吧。'其含义大抵就是'没什么大不了的'。但这首打油诗的寓意却让人极端不悦。我猜想你们能明白。"

埃蒂认为至少他能明白,他突然想到了哥哥,亨利绝对能当一个完美的断破者。不过,得允许他带着海洛因和"克里登斯清水河复兴"乐队的专辑才行。

泰德这次停顿了好久,最后发出一阵悔恨的笑声。

"我相信,现在该是长话短说的时候了。我们走过了那扇门,之后就再

---

① 这句俏皮话的原文是 shuck and jive,最早在美国黑人中间较为流行,来源是美国黑人奴隶制时期的自娱活动:一边吃饭,一边看谁更能吹牛。

也没多看一眼。如果你们曾经通过那样一扇门,并且门运转得不是太好,就会知道那有多难受。而比起后来我走过的其他门,连接加利福尼亚州圣塔米拉镇和雷劈的门还算保养得不错。

"到了门那边之后,有好一会儿只是黑暗一片,还有獭辛所说的沙漠野狗的吠叫。接着,一束光明亮起来,我们就看到了……这些长着鸟头、黄鼠狼头的东西,还有一只甚至长着公牛头、头上还有角。杰斯尖叫起来,我也一样。戴富·依大维转身就想跑,但阿密特奇一手擒住了他。就算他不出手,戴富又能跑到哪里去呢?从那扇门跑回去?门已经关上了,并且就我所知,那是单向的。在我们这几个人中,唯一没有发出惊叫声的人是坦尼亚,当她看向我的时候,我也用力地直视她的眼睛,解读了她的想法后我释怀了。因为我们知道,你们明白的。不是所有疑惑都得到了解答,但两个至关重要的疑问有了答案。我们身在何处?在另一个世界。我们什么时候能回去?永生都不能了。我们的钱会躺在旧金山的西蒙银行生钱,直到变成百万美元,但我们谁也无法花掉那些钱了。我们从此之后都将在这里。

"那里有一辆公共汽车,司机是个机器人,名叫菲尔。'我的名字是菲尔,我已经上了年纪,但最好的消息莫过于我还没出现过信息漏失的毛病。'机器人这么说。他闻起来像劣等威士忌酒,胸腔机壳深处传出别扭的咔嗒咔嗒的怪响。老菲尔现在已经死了,被扔在了火车上和机器人墓地里,上帝才知道有多少这样的地方,但我能肯定,为了完成使命,他们经历过足够多的维修。

"我们真正到达雷劈这边时,迪克已经昏过去了,但在我们可以看到照耀狱区的阳光前,他就苏醒了。坦尼亚让他的脑袋枕靠在她的膝头,我至今仍然记得他是那么感激地仰望她的脸。人能记住这些小事儿真是不可思议,不是吗?到了大门口,他们点了我们的名。给我们指派了宿舍楼、私人套间,还检查了给我们吃的东西……该死的,那顿饭真是美味极了。无数顿美餐中的第一顿。

"第二天,我们开始工作。此后,我们都一直在这里工作,除了我'在康涅狄格州度过的短暂假期'之外。"

又是长久的间歇,之后:

"上帝帮助我们,我们从那之后就一直在这里工作。而且,上帝宽恕我们,大部分人都很快乐。因为天赋唯一渴望的事就是被使用。"

9

他对他们描述了最初在阅读室当班的情况,以及他的领悟——并非慢慢形成,因而毋宁说是顿悟——他们在那里并非要寻找间谍,或读出苏联科学家们的心念,"也绝不是那些星球大战的无稽之谈"——丁克可能会这么说吧(顺便说一句,丁克不是最早来这里的人,但锡弥是)。不,他们所做的事情是在破坏什么。他可以感受得到,不仅是从笼罩在厄戈锡耶托上方的天空、还能从周围的任何地方感受到,甚至从脚底下。

但是他确实很满足。食物丰盛美味,并且,尽管他的性欲经历这些年后已经平息了,但他一点儿不反对另类性交,只不过每次都提醒自己:仿真性交不过是变相的自慰。不过,从此他就和另类妓女们干上了,好像那些长年累月在外游荡的男人,并且,他也可以亲身体验佐证:这种性交方式和手淫并没太大区别:充分勃起之后放到她体内,甜心会让你一泄如注,而她则"宝贝!宝贝儿!宝贝儿!"地直叫唤,并从头到尾都在琢磨她是不是本该去给汽车加油并试图牢记每个月那事儿前后的安全期。就和生命中大部分事情一样,你必须运用自己的想象力,泰德可以运用,他是视觉化老把戏方面的行家,真要说太谢谢啦。他喜欢居有定所,喜欢这家公司——守卫兵就是保安,是的,但是当他们提及自己的工作只是确保没有坏东西进入、以及防止断破者们逃出时,他完全相信。同样,他尤其喜欢大伙儿亲密友爱的关系,并且意识到:一两年后,反倒是这种亲密关系在需要他,以某种奇怪的方式。当冲动情绪产生时,他能够安抚他们;当他们遭受思乡症潮涌般的折磨时,他可以舒缓他们的痛苦,只需要轻轻呢喃般地交谈个把钟头就行了。显而易见这是好事情。也许这真的是大好事——感觉上当然是美妙的事。犯思乡症的是人类,而破坏是神圣的。他试图向罗兰和同伴们解释,但他所做出的最好最接近他本意的表述是:那就像是终于挠到了后背中间、手够不着的地方那持续不断又轻微熬人的痒处。他喜欢去阅读室,其他所有人也都爱去。他喜欢坐在那里的感受,一边闻着优质木料和皮革的香气,一边去搜寻……搜寻……然后,终于,突然的,啊哈!原来你在这里,你沉迷于此,像个悬吊在枝头的猴子般悠然地荡来荡去。你正在破坏,宝贝儿,而破坏是神圣的。

有一次,丁克曾说:阅读室是在全世界唯一能让他感触到自我的地方,因此他想亲眼看到它崩塌。如果可能的话,最好是烧个精光再崩塌。"因为我知道感触到自我时的自己会达到什么样的狗屁境界,"他就是这样对泰德说的,"你知道,那时候我就到了真正的精神高潮。"泰德非常明白他的意思。因为阅读室总是太完美,完美得不真实。你坐下来,也许随手拿起一本杂志,翻看照片:时装模特和人造黄油;电影明星和香车宝马,接着你就感到你的意念在上升。光束笼罩一切,就仿佛站在一条贮满能量的走廊里,但你的意念总是升腾到天花板,就是在那里,灵魂找到了那古老、庞大、缓缓滑移的喜悦。

可能一去不复返了。纯贞世界倾颓后不久,乾神的声音依然回荡在宏宇,众条光束尚且光滑明亮,但那些日子早已逝去。如今,熊和龟的光路都已阻块丛生、深腐浅蚀,千疮百孔,布满了大裂小缝,有很多孔洞足以让你探入手指去握住它,有时候你甚至可以拽引它,有时候你可以感觉自己就像一滴可以思考的酸液,蠕行般钻入了它。所有这些触感都令人甚觉享受。性感。

当然,对于泰德来说还有别的意味,尽管他不知道自己是唯一一个有这种感念的人,直到川帕斯告诉了他。川帕斯从来没有故意告诉他任何事情,但他长了一身恶心的湿疹,你知道,那就改变了一切。难以相信吧,竟是这么个古里古怪的东西对拯救黑暗塔负有责任,但这个念头不算太牵强。

绝对不牵强。

10

"在厄戈全职工作人员大概有一百八十个人,"泰德说,"我不是发号施令的人,但接下来有些事情可能需要你们用笔记下来,或是至少牢牢记住。笼统地说,每八小时为一档工作班次,每次有六十人一起工作,并均分为二十人一组。在瞭望塔里的通常都是獭辛,他们的眼睛最锐利。类人们在护栏外围巡逻执勤。提醒你们一句,他们都带着枪——大口径的家伙。最高长官是佩锐绨思,总管;还有泰勾的芬力,他是保安部的主管——顺便说一句,前者是类人,后者是獭辛,但大多数闲杂工都是坎-托阿……你们应该明白的,就是低等人。

"大部分低等人都跟断破者处不好;些许僵硬的同事友情已经是最好的情况了。丁克曾经告诉过我,他们都很嫉妒我们,因为他们称呼我们为'终结版的类人'。和类人守卫兵一样，这些坎-托阿当班时都戴着思想帽，所以我们无法探取他们的想法。事实上，多年来，断破者们从来不曾企图探取任何人、任何东西的想法——除了经年累月地探取光束，并且，可能不能再探取了；这意念也是一种肌肉，和别的有机体一样，一旦你不使用它就会萎缩。"

停顿。咔嗒一响。接续而上：

"我无法讲完了。我很失望，但也不太意外。这次我不得不讲完最后一段，伙计们，对不起。"

低低的杂音。吸水的声音，苏珊娜很肯定地想到：泰德又在喝水了。

"我有没有告诉过你们，獭辛不需要思想帽？他们会说相当地道的英语，并且我已经不止一次地感觉到他们互相之间可以用有限的探取能力进行交流，可以发送和接受——至少是一点点吧——但如果你稍加留意，就会发现这些令心智麻木的冲击波听来就像是精神静电——白噪音。我估计那是一种类似保护装置的机制；丁克则相信那确实就是他们思考的方式。不管怎样，这套法子让他们行事更方便。他们不用牢记出门前得戴帽子！

"川帕斯是一个流浪的坎-托阿。有朝一日你会看到他沿着欢乐谷的主街道逛来逛去，或是坐在林荫道当中的长条椅上，通常来说，他总会带着一本自助书——比方说：《迈上积极思考的七个台阶》。再后来一天，又能看到他靠在心碎屋的外墙上晒太阳。别的坎-托阿流浪汉们也差不多。要问有什么固定路线，我倒是从没指望过，丁克也一样。我们不认为有那么个路线。

"但川帕斯总显得与众不同，因为他完全缺乏那种嫉妒心。他真的非常友好——确切地说，是曾经非常友好；从某些角度来说，他几乎一点儿不像是个低等人。他身边的坎-托阿同事们似乎根本不喜欢他。但讽刺的是，如果世上确实有进化这种事，那么，川帕斯就是罕见的成功例子。比方说，简单的笑声。大多数低等人笑的声音就像是一篮子石头滚下锡制的输煤管：用坦尼亚的话来说就是，让你浑身抖一遍寒战。可是，川帕斯笑起来不过是有点大嗓门，此外一切正常如人。因为他是在笑，我想是这么回事儿。发自内心的笑。其余的坎-托阿不过是在强迫自己笑。

"总之，有一天我和他聊起来。是在宝石电影院外的主街道上，《星球大战》放了无数遍，可还要重放下去。要说有什么电影是断破者们永远看不腻的，那只能是《星球大战》了。

"我问他是否知道自己名字的由来。他说是的，当然知道，是他的家族命名的。每个坎-托阿都会在成长史的某个特定时刻被家族赋予一个类人的名字;有点像是成人礼。丁克说他们第一次手淫的时候就会得到那个重要的名字,但那只是丁克之所以成为丁克的原因。我们并不知道事实如何,而且这也无关紧要,但有些名字确实很有趣。有一个家伙模样酷似三十年代的电影明星隆多·哈顿——他得了肢端肥大症后受尽折磨,只能出演魔鬼和变态,但这个坎-托阿的名字是托马斯·卡莱尔①。还有一个家伙名为贝奥武夫②,甚至有一个名为凡高·拜亚③。"

苏珊娜,曾是家住布力克街的地道美国人,现在忍不住咯咯地笑起来,双手捂着脸庞。

"无论如何,我告诉了他,川帕斯是著名小说《弗吉尼亚人》中的人物。除了真正的英雄之外就数这个川帕斯最惹人注目,他有一句人尽皆知的台词:'骂我不要紧,记得要笑嘻嘻!'④这把我们的川帕斯逗得直乐,最后,我俩在药房里喝了好几杯咖啡,直到我讲完了那本小说的情节。

"我们成了朋友。我会对他说断破者小社区中正在发生什么事情,他也会告诉我他们在警戒线干了什么,所有那些有趣又清白的事情。他还向我抱怨过湿疹,整个脑袋都痒极了。所以他总是时不时摘下帽子——不带帽檐的便帽,有点像犹太人祷告和吃饭时戴的小圆帽,只不过是由粗纹棉布制成——为了好好挠痒痒。他宣称头顶心是最痒的地方,比下身那块儿还要让人受不了。渐渐地,我发现每次他摘下帽子挠痒,我都可以听到他的想法。不止是浮于表层的想法,而是所有的思想。如果我够利落——我已经学会如此了——就可以挑挑拣拣,就像你们在百科全书里检索条目,哦不,这个比喻不太恰当,应该说:更像是有人在新闻播送时段开关收音机。"

"真该死。"埃蒂说,手里拿着一包新的全麦饼干。他迫切地想要一杯牛奶,可以用饼干蘸着吃,没有牛奶的饼干就好比奥利奥夹心饼干少了当中的白色奶油。

---

① 托马斯·卡莱尔是英国维多利亚时代著名的散文家,被尊为"切尔西的圣哲"。
② 贝奥武夫是由英国无名氏创作于公元八世纪早期的一部古老史诗中的传奇英雄。他杀死妖怪格伦德尔及妖怪的母亲,成为耶牙特的国王,死于与一条龙的争斗中。
③ 这个名字疑为画家文森特·凡高和著名歌手琼·贝兹的"合并体"。
④ 《弗吉尼亚人》的作者是欧文·威士特,书中有一段写歹徒川帕斯对南方来的绰号"弗吉尼亚人"的牛仔英雄看不顺眼,骂了他。弗吉尼亚人掏出手枪放在赌桌上,冷冷地说出了这句台词。意为:你最好是在开玩笑,不然我就请你吃枪子! 此后,这话成了美国人不鼓励骂人的名句。

255

"想象一下,打开收音机或是电视机,扭到最大音量,"泰德以嘶哑的嗓音说下去,"接着又把它关掉……动作要快。"这一句他故意说得特别快,他们都笑了——甚至罗兰也在微笑。"如此一想,你们就有概念了吧。现在我要告诉你们我学到了什么。我怀疑你们早就已经知道了,但我惟恐你们万一不知道,不能冒这种险。这实在太重要了,性命攸关。

"有一座塔,女士和先生们,这一点你们必定是知道的。曾经,塔在六条光束的交汇点上,光束既从塔获取能量——塔犹如某种不可思议的能量源——又向塔供给能量,有点像是电台发射塔由众多光缆电线组建而成。四条光束已经消失了,第四条是前不久才消亡的。现在仅剩下两条光束:熊之光柱,龟之路——也就是沙迪克的光束;以及象之光束,狼之路——也有人称其为乾神之光束。

"我想知道你们能否想象得出来:当我终于发现自己在阅读室里真正的所作所为时有多么惊恐!一直以来,我都在挠那处无罪的痒。尽管我始终都知道那是某件至关重要的大事,我知道。

"还有更糟的事呢,我根本不曾料到的事情,此事只对我一人公开了。我也知道自己在某一方面和别人不一样;其一便是:我似乎是唯一一个在伪装之下存有一丁点儿同情心的断破者。当断破者们情绪不稳时,他们只能来找我排解,这一点我已经说过了。总管平力·佩锐绨思主持了坦尼亚和乔伊·拉斯特苏维奇的婚礼——他坚持要这么做,听不进任何反对意见,始终坚称这是他的特权和责任,他的身份就好比是古老邮轮上的老船长——显而易见,他们也让他如愿以偿。但是后来,他俩来到我的房间,坦尼亚说,'泰德,是你把我们结合在一起的。所以我们才真的成婚了。'

"有时候我问自己,'你觉得事情就是这样了吗?在你开始和川帕斯交朋友、每次趁他摘下帽子挠痒时偷听他的思想之前,你是否曾经真正思忖过:难道仅仅是因为你的心中残存着同情、怜悯和爱,所以才和大家不一样吗?或者,你自己也在自欺欺人?'

"我不知道,但也许我会发现自己是无辜的,用不着担起那个罪名。我真的不明白,我的天赋远远不止是探取意念和貌似休憩的破坏。我就像是——歌手面前的麦克风,或是肌肉所需的类固醇。我……欺骗他们。比方说,有一种能量体——就叫它黑暗体,好吗?在没有我帮助的情况下,在阅读室里的二三十个人可以在一个小时内压灭五十个黑暗体。有了我呢?也许一小时内被消灭的黑暗体就蹿升到五百个!而且是一刹那间蹿升上去的。

"探取了川帕斯的思想之后,我才恍然大悟,他们认为我是本世纪最了不起的猎物,也许是自古以来最了不起的,一个真正不可或缺的断破者。我已经成功地辅助他们折弯了一条光柱,令破坏沙迪克光束的工作量骤减了几百年。尊敬的女士和先生们,在沙迪克光束被折弯时,乾神光束也就只能再维持片刻了。当乾神光束也扭曲时,黑暗塔就将崩塌,天地万物将终结,存在之眼也将变盲。

"我不知道自己是如何在川帕斯面前掩饰悲痛的。我有理由相信,在内心波涛汹涌的当时,我的面部并没有像我自以的那样不动声色。

"我知道自己必须出去。那时锡弥第一次来找我。我猜想他一直都在读我的思想,但我至今都无法确认,丁克也不能。我只知道,有天晚上他到我的房间来,用思想和我交流,'我会为你制造一个洞,先生,如果你想要的话,那样你就能和这里说拜拜了。'我问他这是什么意思,而他只是看着我。只是一眼却有无穷的意义,这太有趣了,不是吗?不要侮辱我的智慧。不要浪费我的时间。不要浪费你的时间。我没有在他的脑海中攫取到任何这样的想法,完全没有。我是从他表情中看到这些意思的。"

罗兰咕哝了一句,表示同意。炯炯有神的眼睛盯着录音机上旋转的磁带,一动不动。

"我也确实问了他,那个洞将通往何方。他说他不知道——我得听命于抽签般的运气。同样,对此我没有思考太久。我担心自己一旦去琢磨,就会找到各种各样的理由让自己留下来。于是,我说:'锡弥,那就来吧——让我说拜拜吧。'

"他闭上了双眼,聚集精力,突然之间我房间的那个角落就消失了。我能看到汽车跑来跑去。它们都是扭曲的,但千真万确都是美国小汽车。我没有争辩或是再提问,我只是迈出去了。当时,我并不十分确定自己能借此迈入另一个世界,但已经临近我几乎从未关注过的那个点。我想过,也许死才是我可以做到的最好的事情。至少这样能减慢他们的速度。

"就在我即将纵身投入那个世界时,锡弥的意念转达给了我,'去找我的朋友威尔·迪尔伯恩。他的真名叫罗兰。他的朋友们都死了,但我知道他还没死,因为我可以听到他的声音。他是个枪侠,而且还找到了新伙伴。带他们到这里来,他们会让那些坏蛋收手,停止对光束的伤害,就好像当年乔纳斯和他的朋友要杀我时,他阻止了他们一样。'对锡弥来说,这是一次布道。

"我闭上了眼睛通过去了。有短暂的一瞬间我感觉到了什么,但那只是一闪而过。没有钟鸣,没有反胃。真是相当舒服,至少比圣塔米拉的那扇门要舒服多了。我出来了,双手双脚撑在地上,身旁是一条交通繁忙的高速公路。不远处的野草丛中有一张废报纸被吹得到处飞。我捡起来一看,发现自己着陆于一九六〇年的四月,差不多是阿密特奇和他的手下将我们像放牧一般赶过了圣塔米拉之门之后的第五年,并且是在美国的另一边。你们要知道,我看到的报纸是哈特福德的晚报。那条公路则是梅里特园道。"

"锡弥能制造魔法门!"罗兰叫道。他一边听着录音,一边在擦拭自己的连发式左轮手枪,可听到这里,他把枪放到了一边,"这就是意念移动!这个词是这个意思!"

"别说话,罗兰,"苏珊娜说,"现在肯定要说他的康涅狄格历险记了。我想听听这段。"

11

但是,谁也没听到泰德的康涅狄格历险记。他只是简略地称之为"改日再说的一个故事",并告诉几位听众,他是在布里奇顿被抓住的,当时他正在努力集聚现金,打算永远消失。低等人把他捆起来塞入车里,开车直奔纽约,带他去了名为迪克西匹格的接驳地。从那里去了法蒂,从法蒂又到了雷劈车站;从车站直接回到了底凹-托阿,哦,泰德,见到你真是太高兴了,欢迎回家。

第四卷磁带只剩下三分之一了,泰德的嗓子几乎都哑了。但不管怎样,他还是不屈不挠地继续说。

"我没有走多久,但这里的时间很古怪地流转。泰勾的乌鸦已经走了,有可能是因为我,来了个新泽西的佩锐绨思,这个畸-达目。他和芬力在总管套间里审问了我许多次。没有实施刑罚——我猜想他们依然记得我有多重要,所以不敢毁了我——但他们还是用了很多法子让我难受,也玩了不少心理游戏。他们还再三强调,如果我以后还计划逃跑,我在康涅狄格的朋友就会被杀死。我说:'你们这些小子还没明白吗?如果我继续工作,他们也会完蛋的,随便怎样都是死路一条。每个人都要完蛋,大概只有被你们称为血王的那位还能幸存。'

"佩锐绨思十指交叠,摆出一副被惹恼的样子,说道:'先生,你说的可能是真的,也可能不是,但如果确有其事,按照你的说法——我们完蛋的时候——也不会有任何痛苦。不过,小鲍比和小卡罗尔……就不一定了,更不要说卡罗尔的母亲和鲍比的朋友笨蛋约翰……'他的话没有讲完。我仍然在想,他们是否知道当我得知我的小朋友们受到了生命威胁时,我有多么害怕,也就有多么愤怒。

"他们的提问归根结底是两个问题,他们很想知道:我为什么要逃跑,又是谁帮了我。我可以玩回老把戏,按照黄页电话薄的人名顺序来一遍,但我决计赌一把,玩得再野一点。所以我说,我想到要逃跑,因为我从某些坎-托阿那里听到了风声,大概明白了我们正在从事什么样的工作,而我一点儿也不喜欢。至于我是怎么跑出去的,我说连我自己都不知道。有天晚上我上床睡觉,醒来的时候就在梅里特公路旁了。一开始他们只是取笑我在胡说八道,慢慢地有点半信半疑,主要是因为不管他们审问我多少次,我从来没有添油加醋,也没有模棱两可。而且,他们显然早已知道我拥有强大的能量,和别人有着天壤之别。

"'你认为在某种潜意识层面你是个意念移动者吗,先生?'芬力这样问我。

"'我能说什么呀?'我这样反问他——我觉得,在审问时,用问题去回答问题总是最佳的办法,相对来说这是一场客客气气的审问,至少这一次是,'我从来没有感觉到任何特异功能,但是,我们当然不可能知道潜伏在潜意识下的是什么,难道不是吗?'

"'你最好希望逃跑的人不是你,'佩锐绨思说,'我们几乎可以和这儿任何一种狂野有力的特异功能者和平共处,但绝对不能是那种天赋。那一种,布劳缇甘先生,那一种禀赋甚至可以毁了像您这样出色宝贵的员工。'我不能确定自己是不是相信这话,但后来,从川帕斯那里我得知,佩锐绨思的话很可能是真的。无论如何,这就是我的经历,从那以后我就再也没有离开此地。

"佩锐绨思的门童名叫獭卅——如果有必要交代清楚的话,那我要说,他是个类人——会端来曲奇和诺兹阿拉罐装饮料——我喜欢喝这个,因为口感有点像根汁汽水——而佩锐绨思总会把我想要的所有东西送到我面前……随后,我告诉他们,我是从哪里获取了信息,又是如何逃离了厄戈锡耶托。接着,整个流程又会重复一遍,只不过这一次是和佩锐绨思及黄鼠狼一起吃曲奇喝诺兹阿拉。不过,总是到了某个关口,他们会让步,允许我吃一点、喝一点。要说审讯嘛,我担心他们还没有足够的纳粹素质,也就无法强迫我吐出真话。他们也曾试图探取我的思想,这是当然的啦,但是……你们有没有听过一句俗语:不要对胡说八道者胡说八道?"

埃蒂和苏珊娜双双点头。杰克也是,他以前曾听他父亲在无数次有线电视网的谈话节目中说过。

"我打赌你们明白这意思,"泰德继续,"好吧,以此类推,你也无法探取一个探取者,至少别想探入一个禀赋程度更高的探取者。接下来,在声音彻底哑了之前,我最好切入正题。

"低等人把我抓回来之后三个星期,有一天川帕斯在欢乐谷的主街道上向我走来。那时候我已经见到丁克了,也确定了他和我是同类人,同样,在他的帮助下,我更加了解锡弥了。除了每日在典狱长办公室接受审讯,还发生了很多别的事情。因而回到这里后,我几乎没有想起过川帕斯,但他可没少想我。我很快就发现了这一点。

"'我知道他们一直在问你,也知道真正的答案,'他对我说,'但我不知道的是:为什么你不把我供出来。'

"我说自己从来没想过要这么做——我打小接受的教育就不会允许我去做一个告密者。况且,就算他们动用电牛棒①,或是拔指甲,我也不会松口的……如果被审讯的人不是我,他们确实很可能用这种酷刑。他们对我所施行的最重的惩罚不过是让我看着佩锐绋思书桌上的一盘曲奇,眼巴巴地看一个半小时,再宽容地让我吃一块。

"'一开始我很生气,'川帕斯说,'不过后来我明白了——不太情愿——如果是我在你那种处境下,我也会这么做的。你回来后的第一个星期我夜不能寐,我可以老实地告诉你。我躺在丹慕林的房间里,随时预备他们进来把我带走。你知道,如果他们发现是我泄了密,他们会怎么对付我吗?你不知道吗?'

"我告诉他,我真的不知道。他说,芬力手下的二号人物——尕司旗会先狠狠鞭打他,然后,把后背烂成一片的他扔进垃圾场,要么任凭他死在迪斯寇迪亚,要么让他在血王的城堡里谋一份苦差。但那一路绝非易事。在法带的东南部,你很可能感染上诸如食人疾病(很可能就是癌症,但那种病扩散极快,极其痛苦,也极其恶心),或他们称之为疯狂的怪症。罗德里克之

---

① 电牛棒,一种武器,使用电力,能让人失去知觉。

子大多同时忍受这两种病痛的折磨,同时,还有其他感染症状。盛行于雷劈的皮肤小病变——诸如湿疹、丘疹、皮疹——显而易见就是末世界痼疾的发端。但对一个流放者而言,在血王的宫廷里当差是唯一的希望。显然,像川帕斯这样的坎-托阿根本无法去卡拉。那里更近一点,更有保障,还有真正的阳光,但你可以想象低等人或獭辛在新月卡拉会遭受什么样的待遇。"

罗兰的泰特都能想象得出来。

"'别多虑了,'我对他说,'就像新伙伴丁克说的那样,我不会咋咋呼呼沿街叫卖。真的就是那么简单。不存在什么伟大的骑士精神。'

"他说,不管怎么说,他还是非常感激我,接着又四处看看,压低了声音对我说,'泰德,我会回报你的,告诉你该如何尽可能地应付他们。我不是说你应该给我找麻烦,但我也不想让你给自己找麻烦。他们可能不会那么需要你了,不像你想的那样迫切需要。'

"所以,现在我能让你们听到我说了这么多,女士和先生们,因为这一点可能至关重要;我只是不知道。我所能确定的就是:川帕斯接下来告诉我的一切让我不寒而栗。他说,在所有其余的众世界里,有一个世界是独一无二的。他们称之为真实世界。对于这个世界,川帕斯所知有限,但能确定那就像曾经的中土一样真实——在众光束未曾被削弱、世界未曾被转换之前的中世界。在这个真实的、独一无二的世界之美国境内,他说,时间有时候会颠簸一下,但总体来说一直是单向流转的:时间始终向前走。有一个男人活在那个世界里,担任着类似协动者的职责;他甚至还可能是乾神光束的人类守护者。"

12

罗兰看向埃蒂,两人的视线相遇时,双双念出一个姓氏:金。

13

"川帕斯告诉我,血王曾经试图杀死此人,但卡始终在袒护他的生命。'他们说他的歌在循环,'川帕斯说,'但好像没有人确切地知道这到底是什么意思。'不过现在呢,卡——可不是血王,而是古老的命运——判决了此人必死,这个守护者或者管他到底是谁呢。他已经住手了,你们明白的。不管他打算唱什么歌儿,反正他已经罢手了,这最终令他变得薄弱不堪。但血王却不会。川帕斯一直在对我说明这一点。不,他是因卡而受伤。'他不再唱了,'川帕斯说,'他的歌,确切地说是至关紧要的那支歌,已经终结了。他已经忘记了玫瑰。'"

14

洞外一片死寂,莫俊德听到了这番话,但最终决定不加以深思。

15

"川帕斯就告诉我这些,所以我明白了,我不再是真正不可或缺的人物。当然了,他们想留住我;如果能在那个男人死去、并导致乾神之光束崩塌之前就能推倒沙迪克之光束,想必会是他们的荣耀吧。"

停顿。

"他们是否能看到:一个种族濒临灭绝的边缘时、甚至是随后跨越了临界线后,会爆发出多么致命的疯狂吗?显然没有。如果他们有所预见,就绝不会开始这样一轮较量。也许,这只是一次想象力的小小失败?不喜欢把这种起步时的失败想象成终极结果,但是……"

16

罗兰已然被惹恼的样子,焦急地旋动着手指,好像他们聆听着的这声音的主人当真能看到似的。他想好好听,非常想,一字一句都不想错过,他想知道这个坎-托阿守卫兵了解多少斯蒂芬·金的情况,可是布劳缇甘总是不说到点子上,尽在绕圈子。这当然可以理解——这个老人显然已是精疲力竭——但这是比其他任何事情都要重要得多的要紧事。埃蒂也很明白这一点。罗兰可以从年轻人紧张的神态中看出来。他们两人都死死盯着棕褐色的磁带——现在,只剩下不到八分之一英寸厚了——磁带令人焦急地缓缓消融在声音里。

17

"……但是我们只是可怜而愚昧的类人族,我猜想我们不可能知道那些事情了,既不能确定、更无法了解详情……"

他长长地叹了口气,极度疲倦。磁带转动,最后几圈静悄悄地、毫无用处似的转向另一个磁头。终于:

"我问了这个魔力男子的姓名,但川帕斯说,'这个我也不知道,泰德,但我确实知道:他本人并无任何魔力,因为不管卡示意他做什么,反正他已经罢手了。如果我们任由他去,那么十九之卡——也就是他那个世界的命运;和九十九之卡——也就是我们这个世界的命运,将会结合——"

但是,就此结束了。磁带全部播完了。

18

磁头空转起来,闪亮的棕褐色磁带末端轻轻拍动着,发出扑啦—扑啦—扑啦的响声。埃蒂这才探过身去,摁下了"停止"键。他轻轻骂着:"妈的!"

"精彩的内容刚刚开始,"杰克也说,"而且又是这些数字。九十九……十九。"他停了一拍,又尝试着把两个数字连在一起,重复着念出来:"一九九九。在楔石世界里的楔石年份。是米阿去生小孩的地方。也就是黑色十三现在所在的地方。"

"楔石世界,楔石年份,"苏珊娜念叨着,她把最后这卷磁带从录音机里取出来,对着一盏灯举起来看了一会儿,接着才放回了磁带盒里,"在那里,时间总是朝一个方向流逝。好像假设是如此。"

"乾神创造了时间,"罗兰说,"这就是古老的传说讲述的故事。乾神自空无中升起——有一些传说里则说是从海里升起,但两者都无疑是意味着纯贞世界——并缔造了世界。接着他用手指尖一点,令它滚动起来,那便是时间。"

有什么东西正在山洞内聚集。一些已被揭露的真相。他们都感觉到了，就仿佛某种东西终于饱胀欲裂了，像米阿曾经的肚子。九十九。十九。他们被这些鬼魅般的数字纠缠不放。它们出现在任何地方。他们会在天空中见到它们，在宽宽的栅栏上看到它们，在梦里听到它们。

奥伊抬起脸，耳朵精神地立着，双眼炯炯有神。

苏珊娜说："米阿离开我们在君悦酒店的房间、准备前往迪克西匹格时——那个房间号码是1919——我感到有一阵子恍恍惚惚的。我做了好多梦……梦到自己被关在监狱里……新闻广播里在说这个人死了、那个人死了，还有另一个——"

"你说过了。"埃蒂说。

她使劲地摇起头来。"我没有，没有全部都说。因为当时某些内容似乎不着边际，只会让你们听不懂。比方说，我听到戴维·甘若威①说：肯尼迪总统的儿子去世了，小乔乔，也就是灵车驶过时向父亲的棺椁敬礼的小男孩。我没有告诉你们，是因为那一段是废话。杰克，埃蒂，在你们的时代里，小乔乔·肯尼迪死了吗？你的，还是你的？"

两人都摇了摇头。杰克甚至不太清楚苏珊娜到底在说谁。

"但是他确实死了。在楔石世界里，在我们任何一个人所经历的时代之后。我敢打赌那该是一九九九年。所以，迪斯寇迪亚最后的枪侠之子死了。现在，我想当时我听到的该是《时代旅行家周报》的讣告栏。它把所有不同年代的讣告都混杂在一起了。乔乔·肯尼迪，接着就是斯蒂芬·金。我从来没有听说过此人，但是戴维·布林克灵提到他撰写了《撒冷镇》。那本书里有卡拉汉神父，对不？"

罗兰和埃蒂点点头。

"卡拉汉神父跟我们说过他的事儿。"

"是啊，"杰克跟着说，"但是——"

她甚至没让杰克说完。苏珊娜的迷梦般的眼里朦朦胧胧。仿佛是一双百思不得其解的眼睛。"接下来就是布劳缇甘走进了十九之卡，也说了他的故事。快看！看录音机的计数器！"

他们都凑过去看。小小的窗格里

---

① 美国著名主持人。

1999

"我认为金可能也写了泰德的故事,"她说,"有谁想猜猜那本书写成于哪一年吗?或是即将出版于何年?在楔石世界里。"

"一九九九,"杰克低声说,"但不会是我们听到的这部分。而是我们没听到的那部分。泰德的康涅狄格历险记。"

"可你们见到他了,"苏珊娜望着首领和自己的丈夫说道,"你们见过斯蒂芬·金了。"

他们再次若有所思地点点头。

"他创造了神父,也创造了布劳缇甘,他缔造了我们,"她仿佛自言自语,但接着又摇摇头,"不,'万事万物都侍奉于光束',他……他协动了我们。"

"是的。没错,"埃蒂点头附和,"这么想就对头了。"

"在梦里,我被关在牢房里,"苏珊娜说,"身上穿着我被捕时的衣服。听到戴维·布林克灵在说:斯蒂芬·金去世、沉痛悼念、迪斯寇迪亚——诸如此类的一番话。布林克灵说他是……"她顿住了,皱起眉头。如果实在有必要的话,她可以要求罗兰使用催眠术令回忆完整倾吐,但她使劲想了想,发现没有催眠的必要。"布林克灵说,金是在散步时被小货车撞死的,这场意外发生在他位于缅因州洛弗尔镇上的私宅附近。"

埃蒂像是受到当头一棒。坐在地上的罗兰也探身向前,两眼都要冒火了。"你说的可当真?"

苏珊娜坚定地点点头。

"他买下了龟背大道的房子!"枪侠咆哮起来。他伸手抓住埃蒂的衬衫。埃蒂却好像没有察觉。"他当然要买了!卡发号施令了,狂风大作了!他沿着光束的路径搬家了,往前搬了一小点,在能量最密集之处住下了!在我们看到时空闯客的地方!我们和约翰·卡伦交谈后再走出来的那条路!你不信吗?会有该死的哪怕一丁点儿怀疑吗?"

埃蒂摇摇头。他当然毫不怀疑。这就好像你去嘉年华玩大锤子游戏时用尽全身气力砸下去,指针就会飞弹而上,撞上顶端的铃铛。就是有那么个铃铛。铃铛响了,你就可以获得一只丘比特仙童公仔,而那是因为斯蒂芬·金认为奖品是一只丘比特仙童公仔吗?因为金来自于乾神用手指点了一下才开始转动并有了时间的那个世界吗?因为,如果金说那是丘比特,我们所有人都得承认那是丘比特,还得说声谢啦?如果他出于某种原因想要

"大力测试"的游戏奖品是一只魔鬼公仔,他们就会承认那是魔鬼公仔吗?埃蒂觉得答案是肯定的。他对此非常确定,就如同确定合作城是在布鲁克林一样。

"戴维·布林克灵还说,金享年五十二岁。你们两个见过他,现在快来做做算术题吧。有没有可能——他在一九九九年时刚好五十二岁?"

"赌定了,"埃蒂说,他沮丧而阴沉地瞥了罗兰一眼,"由于我们总是会走到十九那条路上——泰德·史蒂文斯·布劳缇甘,继续啊,数数啊!——我敢打赌,不止是年份吻合。十九——"

"是个日子,"杰克有气无力地接下话头,"肯定是。楔石的日子,在楔石世界里的楔石年份里。在一九九九年的某个十九日里。很有可能是夏天的某个月份,因为他当时在外散步。"

"那一边眼下就是夏季!"苏珊娜说,"是六月。第六个月。你把 6 倒过来就是 9。"

"啊哈,把狗倒过来拼还是上帝呢①!"听起来,埃蒂有点恼火。

"我想她说得对,"杰克则说,"我觉得是六月十九日。那时候金正要回去工作也就是撰写《黑暗塔》的故事——我们的故事——就刚好被路上的车撞死了,机会没有了。乾神光束因为超负荷而完蛋了。沙迪克光束留存下来,但已经被侵蚀得千疮百孔。"他看着罗兰,脸色苍白,嘴唇都快发紫了。"它就会像根牙签一样断掉。"

"也许这事儿已经发生了。"苏珊娜说。

"不。"罗兰说。

"你为什么能这么肯定?"她问。

他给了她冷漠而严肃的一笑。"因为如果已经发生了,我们根本不可能来到这里。"

19

"我们怎么才能阻止这事儿发生?"埃蒂问,"川帕斯那家伙对泰德说,那是卡。"

---

① 狗(Dog),上帝(God)。

"也许他说得不对呢,"杰克虽然这么说,但语气却单薄而犹疑,"那不过是谣言,所以他可能说得不对。而且,嘿,也许金能活到七月呢。说不定八月。万一连九月也活下来了呢?很可能是九月,难道不像吗?毕竟,九月就是第九个月啊……"

他们都看着罗兰,他一条腿伸直地坐着。"它是在这里受伤的。"他似乎是在自言自语。一只手轻抚右臀……接着又是肋骨……最后轻轻按上了脑侧。"我一直都在头疼。越来越厉害了。想不出什么原因可说,"他伸出少了手指的右手撑在右侧,"他将在这里被撞。尾骨碎了。肋骨断了。头也撞裂了。死气沉沉地被撞进沟里。卡……而且是卡的终点。"说着,他的眼神聚焦,突然着急地转向苏珊娜,问道:"那是几号?你在纽约的时候?提醒我一下。"

"一九九九年的六月一日。"

罗兰点点头,又看了一眼埃蒂。"你呢?一样,是吗?"

"是的。"

"接着就去了法蒂……歇了歇……接着就来了雷劈,"他停下来想了想,随后,加重了语气坚定地说出四个字,"还有时间。"

"可是在那边时间流逝得更快——"

"而且万一有什么闪失——"

"卡——"

这些话交叠不清地冒出来。随后又都陷入了沉默,再次望着他。

"我们可以改变卡,"罗兰说,"以前也改变过。总会付出些代价——卡-倏弥,或许吧——但确实可以改变。"

"我们怎么去那里?"埃蒂问。

"只有一条路,"罗兰说,"锡弥必须送我们过去。"

山洞里一片寂静,除了从远方传来的低密的雷声,这片土地正是因此而得名。

"我们有两件事情要做,"埃蒂说,"大作家和断破者。哪个先来?"

"作家,"杰克说,"趁现在还有时间去救他。"

可是罗兰却摇了摇头。

"为什么不?"埃蒂叫起来,"啊?伙计,干吗不先救他?你知道那一边的时间溜得有多快!而且流过就没了,是单向的时间!要是错过了时机,就再也无法弥补了!"

"可是我们也必须先确保沙迪克之光束的安全。"罗兰说。

"你是说——如果我们不先帮助他们,泰德和他的朋友丁克就不会让锡弥帮我们?"

"不是这个意思。锡弥会帮我们的,为了我,对此我能肯定。可是假设我们转去了楔石世界的时候他出了什么事儿呢?我们就被搁浅在一九九九年了!"

"在龟背大道有一扇门——"埃蒂仍然坚持己见。

"埃蒂,就算那一边仍然是一九九九年,可泰德告诉我们:沙迪克之光束已经开始弯曲了,"罗兰摇摇头,"我的心告诉我,应该从那边的狱营开始拯救。如果你们各位有不同意见,我愿洗耳恭听。"

他们都沉默了。洞外,大风呼啸。

"我们应该问问泰德,在我们做出任何决定之前。"好半天后,苏珊娜才开口。

"不。"杰克说。

"不!"奥伊附和。毫无惊异了;如果阿克说不,你就没法把貉獭拉回头,至少奥伊是这么想的。

"应该问问锡弥,"杰克接着说,"问问锡弥认为我们应该怎么做。"

罗兰慢慢地点了头。

第九章

小路上的足迹

1

杰克从噩梦中醒来,梦中他又置身于迪克西匹格饭店,抬眼看到一盏小灯,黯淡而倦怠的灯光晕入山洞石壁里。若是在纽约,这种灯光总让他想逃课,最好一整天窝在沙发里,看看书,瞄几眼电视里的体育比赛,最后睡个午觉就把下午打发了。埃蒂和苏珊娜抱拥在一起,两人挤在一个睡袋里。奥伊没有躺在专门留给它的床铺上,而是挨近杰克躺下来。小家伙蜷成U字形,鼻子搭在左脚掌上。别人看到它这样肯定认为它睡着了,但杰克却发现它的眼盖微开微闭,金黄色的眼圈下泄出一道狡黠的眼神,他知道奥伊在偷看自己。枪侠的睡袋是打开着的,里面空空如也。

杰克想了一会儿,然后起身走到洞外。奥伊也跟着起来,轻手轻脚地踩在夯实的土面上,一路跟随着杰克的踪迹。

2

罗兰的模样病恹恹的,几乎显得枯槁,但仍然坚持盘坐在地,杰克心里纳闷他怎么还能支撑着摆出那样柔软的坐姿,他看起来似乎还行。他在枪侠身边也盘腿坐下,双手放松地搭在大腿上。罗兰看了他一眼,没说什么,又转头看着狱舍——那个被称为厄戈锡耶托的地方,知情人则称之为底凹-托阿。在他们的下方很远处,一片微明的朦胧笼罩着。太阳还没有升起——电动的、自动的,或是由任何装置设定的太阳。

奥伊贴着杰克也一屁股坐下来,轻轻地"呜"了一声,接着又好像睡起了回笼觉。杰克可不会被骗倒。

"向您问好,祝你一天好心情。"杰克说道,两人之间长久的沉默令他有些不安。

罗兰点了一下头。"但愿好心情。"看起来,他所说的好心情就像是葬礼的前奏曲。曾在卡拉·布林·斯特吉斯的火炬下奔放地跳起考玛辣舞的那个枪侠似乎已经在坟墓里待了一千年了。

"罗兰,你好吗?"

"好到可以打坐。"

"是啊,可是,你好吗?"

罗兰扫了他一眼,又伸手从口袋里掏出了烟草袋。"老不堪言,外加满身伤痛,你肯定都知道的。你抽烟吗?"

杰克想了想,点了头。

"只有手卷的,"罗兰提醒道,"在我包里还有好多,我很乐意为你去取,那些烟劲儿不算大。"

"留着你自己抽吧,如果你愿意的话。"

罗兰笑了。"总忍不住让别人分享自己的嗜好,此人便需要戒烟了。"他将一片草叶撕成两半,卷成两支烟,递给杰克一支,又用大拇指搓亮火柴,点上。寂静之中,坎—缝-特特的山坡上凉风不断,烟雾在他们面前散开,慢慢飘起,又在半空聚成一团。杰克心想,这烟又辣又冲,还受了潮,但他没有抱怨。他喜欢。他曾经无数次想过,还对自己许诺绝不像父亲那样吞云吐雾——此生绝不抽——可现在,他在这里,点燃了这种嗜好。并且,还有一位新父亲的欣然同意。

罗兰探出一只手指,点在杰克的前额……接着是左脸蛋……鼻尖……下巴。最后一点还有点疼。"小疱疹,"罗兰说,"是这里的空气有问题。"他暗想,也可能是情绪波动所致——神父的牺牲带给男孩的悲恸——可是一旦让男孩知道他是这样想的,可能反而会加深他的忧愁。

"你一点儿都没有,"杰克说,"皮肤光滑得就像铃铛。真走运。"

"没有疱疹。"罗兰赞同地应和一声,又抽了口烟。在他们的下方,村子里依稀闪动着些许灯光。和平安宁的小村庄,杰克心想,但它看上去绝对不止是安静;安静得就像是死亡。这时,他看到了两个人影,从山坡上望下去,人影不过是两个小黑点,慢慢地向彼此走去。他估计这就是夜晚巡逻的类人守卫兵。最终,两个黑点碰头了,合并在一起很长时间,这让杰克觉得他们是在好好闲聊,好半天后,两个黑点又分开。"没有疱疹,但我的臀部疼得像有母狗在踢。感觉像是有人在夜里切开了它,往里面倒满碎玻璃。烫人的玻璃。不过这儿更糟糕,"他指了指右半脑,"像是裂了一样。"

"你真的认为你感受到的疼痛代表着斯蒂芬·金受了伤?"

无需言语,罗兰用左手食指伸入右手拇指和小手指组成的小圈里。这个手势的意思是:我说的都是真话。

"真是不幸,"杰克说,"对他是,对你也是。"

"也许是;也许不是。因为——杰克,好好想想,你要好好动脑子。只有活生生的人才会感到痛。我所感觉到的一切都在暗示:金没有被当场撞死。这就意味着他很可能侥幸存活下来了。"

杰克想说:那大概是因为金正半昏迷地躺在路边,忍受临终前的剧痛。但他不想这么说。让罗兰相信自己愿意相信的吧。但是,还有别的需要关心。杰克眼下更关心另一件事,他为此不安已久。

"罗兰,我可以和您,首领谈谈吗?"

枪侠点点头。"只要你想,"罗兰的左嘴角轻轻一扯,固然不算是充分的笑,但无疑是笑意,"如您所愿。"

杰克鼓起勇气。"为什么你现在这么愤怒?你是因为什么事发火?对谁发火?"现在,轮到杰克话说一半略有停顿了,"是我吗?"

罗兰抬了抬眼眉,终于忍不住笑出声来。"不是你,杰克。当然不是。我此生从未对你不满过。"

杰克高兴得脸都涨红了。

"我一直想忘记这一点:你的感知力已经变得如此强悍了。毫无疑问,你本可以成为一个出色的断破者。"

这不算是回答,但杰克不愿意再问下去了。况且,当一个出色的断破者——想到这个,他不禁打了个寒战。

"你不知道吗?"罗兰问,"如果我就像埃蒂说的那样气得发疯,你怎么会不知原因呢?"

"我可以看,但那显得不太礼貌。"不仅如此。杰克依稀记得《圣经》里有这样一个故事:诺亚上了方舟,和几个儿子等待洪水到来。有一个儿子走到醉倒在床上的父亲身前,嘲笑了他。上帝为此诅咒了这个儿子。偷窥罗兰的思绪固然不完全像是诺亚的儿子趁父亲醉睡时的嘲笑,但也差不多了。

"你是个好孩子,"罗兰说,"善良忠厚,真的是。"虽然枪侠说这话时仿佛神思恍惚,可杰克此刻只觉得死而无憾。从空中某处传来嘀嗒嘀嗒的声音,在广漠的地界泛起空旷的回音,突然间,特效的阳光穿插出来照耀着底凹-托阿。片刻之后,他们隐约听到了音乐声:"嗨,裘德",那是专为自动电梯和超市设置的背景音乐。时辰一到,便要阳光普照。断破者们的新一天就这么开始了。杰克揣测着,尽管太阳有起有落,山下的破坏光束的"大业"却从未真正停止过。

"我们来做个游戏吧,就你和我,"罗兰建议说,"你试试进入我的头脑,看看我在生谁的气。我呢,会尽力阻止你。"

杰克稍稍变动一下坐姿,说:"罗兰,听上去不像是个好玩的游戏。"

"别管好玩不好玩,我和你当当对手吧。"

"好吧,如果你真想这样。"

杰克闭上双眼,召唤出罗兰那疲倦万分、长出硬胡楂的脸庞的样子。还有明澈深邃的蓝眼睛。就在双眼正中央、再偏上一点的位置上,他创出一扇门——极小的一扇门,还带一个黄铜把手——再打算扭动一下、推门进去。过了几秒钟,把手转动了。但即刻又止住了。杰克使了点劲。把手再次转动起来,但接着又转不动了。杰克睁开眼睛,看到罗兰的眉头上渗出了汗珠。

"这事儿不好玩,我会让你的头疼加剧的。"他说。

"别担心。尽你的全力。"

应该是不尽全力,杰克暗想。但是如果他俩不得不玩一把,他就不能故意输掉。于是,杰克重新闭起双眼,又看到了罗兰那杂乱的眉宇间的小门。这一次,他使上了更大的劲儿,并指望着一下子就能推门而入。这感觉就像是掰手腕。又过了一会儿,门把手松动了,门开了。罗兰咕哝了一声,似乎一边疼痛一边笑出声儿来。"我撑不住了,"他说,"众神作证,你很强!"

杰克无心回复。他睁开了眼睛。"那个作家?金?为什么你被他气得要死?"

罗兰长叹一声,扔掉抽到头的卷烟;杰克早就已经抽完了。"因为我们本该只专心完成一个任务,现在却不得不照顾两件大事。第二件事情会突然冒出来,这全是金先生的错。他明明知道自己该干什么,而且,我相信他很明了:自己的所作所为决定了是生还是死。但他害怕了。他累了,"罗兰撇撇嘴,"现在呢,他泥菩萨过河自身难保,我们必须把他拉出来。这事儿会让我们付出代价,很可能,非常惨痛的代价。"

"你生他的气,就因为他害怕了?可是……"杰克皱起了眉头,"可是他为什么不能害怕呢?他只是个作者啊。一个讲故事的高手,却不是枪侠。"

"我明白,"罗兰说,"但是我认为不是胆怯令他却步,杰克,或者不止是胆怯。他还很懒惰。我见到他时就感觉到了这一点,我确定埃蒂也有同感。他看着分配给自己的工作,只觉得沮丧怯懦,所以他对自己说:'好吧,我要找一个轻松点的闲差,更符合我喜好的,也与我的能力更匹配的。要是出了麻烦,他们会来救我的。他们不得不来救我。'所以,我们别无选择。"

"你不喜欢他。"

"不,"罗兰的回答很干脆,"我不喜欢他。一点儿都不。也不信赖他。我以前也见识过讲故事高手,杰克,他们都是差不多质地的人。他们讲故事是因为他们畏惧生活。"

"此话当真?"杰克觉得这个定义过分消沉。同时,又觉得很精辟。

"当真。但……"他耸耸肩,那意思是说:事情就是这样。

卡-佟弥,杰克想道。如果他们的卡-泰特破裂了,那就是金的错儿……假如应该问罪于金,那又怎样呢?报复他?这是枪侠的想法之一;实在是个愚蠢的念头,就好像人要报复上帝一样。

"但这事儿我们干定了。"杰克说完了自己的意思。

"没错。即便如此也不会改变我的想法,如果真有机会,我定会狠狠踢他又丑又懒的屁股。"

杰克听了忍不住大笑起来,枪侠也轻笑了一声。随后,罗兰疼得龇牙咧嘴地站起来,两只手都捂在右臀上。"混账。"他轻吼道。

"疼得厉害,嗯?"

"别管我的伤了。跟我来。我给你看点更有意思的东西。"

罗兰似乎一瘸一拐的,领着杰克走上了环绕山腰的小路,估计是通往丘顶的。走到拐弯处,枪侠再次打算盘腿坐下,可最后疼得一咧嘴,只能单腿跪坐。他用右手指着地面,说:"你看到什么了?"

杰克也屈下一膝。地上满是小圆石头和碎裂的大石块。此处的坡面已有破乱迹象,划痕复杂。就在他俩蹲下的身后,有一两处灌木被折断了,杰克觉得那看似牧豆树。他凑过去闻了闻,新近断裂的分叉处渗出微微辛辣的树汁。接着,他又仔细检查了碎石斜坡上的划痕。有很多又细又浅的印记。如果这些是足迹的话,显然不是人类留下的。同样,也不会是荒漠野狗之流。

"你知道这些划痕是怎么留下的吗?"杰克问,"你要是心知肚明,就说出来吧——别再让我和你掰手腕。"

罗兰露出一个仓促的苦笑。"再跟着踪迹看下去。看看你能发现什么。"

杰克站起来,慢慢地跟着这些划痕往前走,同时佝着身子凑近地面,就像个胃疼的小男孩。碎石路面上的划痕逐渐绕住了一块大石头。石头上浮着一层尘土,分明也留下了那种踪迹——就好像有什么东西路过时,轻快地扫了一下石头。

还有几根硬直的黑色毛发。

杰克捡起一根来,接着,立刻松开手指,又狠命吹了吹,确定它没有黏在身上,他像是触了电一般微微颤抖。罗兰敏锐地观察着他的每一个细微动作。

"你就像是走过自己坟地的鹅。"

"这太可怕了!"杰克发现自己竟然有点结巴,"哦,上帝啊,这是什么东西?是什么在偷、偷看我们?"

"就是米阿所称的莫俊德,"罗兰的嗓音没有一丝变化,但杰克发现自己几乎不敢抬头正视罗兰的双眼;那双眼睛,此刻是那么凄凉黯淡,"她说我是那小家伙的父亲。"

"他在这儿吗?晚上也在?"

罗兰点点头。

"听到……"杰克几乎无法说下去。

但罗兰可以。"听到了我们的谈话,是啊,还有我们下一步的计划,我想是这样的。也听到了泰德的录音。"

"可是你不能确定啊。这些踪迹可能是其他东西留下的。"虽然嘴上这么说,可既然已经听苏珊娜描述过当时的情景,这些踪迹只能让杰克联想到那只长腿的蜘蛛怪。

"再往前走走。"罗兰说。

杰克犹疑地看了他一眼。风儿在吹,送来了狱营地的背景音乐(现在播放的是"忧愁河上的金桥"),也传来了远处的雷鸣,巨石滚动一般的低吼声。

"什么——"

"跟我来。"罗兰说着,下巴一点,指向滚满碎石的斜坡。

杰克跟了上去,心里明白这又是一堂课——跟着罗兰你永远像是学校里的学生。即使在被死亡的阴影笼罩时,你仍需要学习。

在那巨石的另一边,小路笔直地向前延伸了约三十码,接着再一次急转,消失在视野里。在这段短短的直路上,那些划痕尤其鲜明。一边三条,另一边四条。

"她说她开枪打中了他的一条腿。"杰克说道。

"她是这么说的。"

杰克试图去想象一只七条腿、和人一样高矮的大蜘蛛，可最终发现自己办不到。他猜想，其实是自己根本不愿意去想。

过了第二个转角，便可见到那具完全干瘪的尸体。杰克非常肯定，这只小兽曾被活生生地开膛破肚，但也许未必吧。没有外泄的内脏，没有一滴血，更没有嗡嗡飞的苍蝇。只像是一大块尘土，隐约可辨——极其难以辨认出——是类似犬类的躯体。

奥伊走过去，用力闻了闻，接着抬起一条腿，在这块"尘土"上撒了一泡尿。它回到杰克的脚边时的神情就像是刚刚谈好一笔大生意。

"这是我们的访客昨夜的晚宴。"罗兰说。

杰克赶忙四顾张望起来，"他现在也在偷窥我们吗？你觉得是吗？"

罗兰说："我觉得，还在长个儿的男孩子需要好好休息。"

杰克只觉被某种异样的情绪刺痛了，他不想仔细揣测原因，便抛诸脑后。嫉妒？显然不是。他怎么可能嫉妒一个刚出生就吞噬生母的家伙呢？但他和罗兰血脉相系，没错——如果你非得较真儿的话，那确实是他的亲生儿子——但那只是一次意外事故。

难道不是吗？

杰克的直觉告诉自己：罗兰在谨慎地观察他，他的凝视令杰克感到很不自在。

"在想什么呢？"枪侠问。

"没什么，"杰克答，"只是在琢磨，他会在哪里栖息。"

"很难说，"罗兰说，"光是这座小山上就有上百个洞穴。来吧。"

罗兰走在前头，两人又折回到刚才杰克找到黑毛的大石头前。一到那里，罗兰就有条不紊地刮去莫俊德留下的足迹。

"你干吗要这么做？"杰克脱口而出，他本不想用这么尖锐的语气发问的。

"没必要让埃蒂和苏珊娜知道这事儿，"罗兰说，"他只想观望事态，不想插手介入我们的事情。至少就眼下的情况而言，他不想介入。"

你是怎么知道的呢？杰克很想反问一句，但刺痛感再次袭来——这一次更明显了，绝不可能是嫉妒——于是他决计把问题埋在心里。让罗兰爱怎么想就怎么想吧。这时候，杰克宁愿睁大眼睛，提高警惕。就好像莫俊德会傻到暴露自己似的……

"我最在意的是苏珊娜，"罗兰说，"小家伙显身一事，最可能会严重干扰

275

她。而且对他来说,看透她的思绪也是最容易的。"

"因为她是它的母亲。"杰克说着,一点儿没意识到自己改换了人称,将"他"说成了"它",但罗兰听到了。

"没错,他和她是紧密相联的。我可以信任你吗?保守秘密?"

"当然。"

"还要尽力守护好你自己的意念——这同样非常重要。"

"我会尽力的,但是……"杰克耸耸肩,仿佛在说,他真的不知道怎么才能守护意念。

"好,"罗兰说,"我也会尽力守护自己的。"

大风又刮起来了。"忧愁河上的金桥"已经放完了,现在跟上一首(杰克可以非常肯定)甲壳虫乐队的歌,副歌结尾是哼唱着"哗—哗—哗—哗—哗,耶!"杰克想知道:在眉脊泗和蓟犁间的尘土飞扬、死气沉沉的小镇上,他们知道这首歌么?当众光束渐渐黯淡、联结众世界的纽带缓缓松开,而每一个世界都默默沉沦时,在有席伯酒吧的那些小村子里,可有谢伯·伍利①在走调的钢琴上弹奏甲壳虫的"开我的小车"?

他使劲地甩了一下头,恨不得能将这些默想甩到九霄云外。罗兰仍在观察他,杰克分明感到一股异样的恼怒正涌上心头。"我会闭上嘴巴的,罗兰,也至少会努力看牢自己的意念。别担心我。"

"我不是担心。"罗兰说道,而杰克发现正在努力克制自己窥视首领脑海的冲动:想要看看他这话是否当真。他仍然认为偷窥别人的意念是下策,不仅因为那很失礼。不信任感酷似酸性物质。他们的卡-泰特已经够脆弱了,还有那么多任务要完成。

"好的,"杰克说,"那就好。"

"好!"奥伊附和道,仿佛也打心眼里喊出一句,"那就说好了!"这让他俩都微笑起来。

"我们知道他在这里,"罗兰接着说,"看起来他还不知道我们发现了他的踪迹。在这种情况下,没有更好的办法了。"

杰克点点头。这种论断让他重新有了几分镇定。

苏珊娜用惯常的步态来到洞口,他俩也正走在回洞的路上。她深深呼吸,兀自微笑。当她看到他俩时,笑得就更灿烂了。"我看见帅哥了!你们

---

① 谢伯·伍利,美国二十世纪中期著名演员和乡村乐歌手。

起来多久了?"

"就一会儿。"罗兰答。

"你感觉如何?"

"很好!"罗兰说,"我醒来的时候有点头疼,但现在已经不疼了。"

"真的吗?"杰克问。

罗兰点点头,用力揽了一把男孩的肩膀。

苏珊娜问他们是不是饿了。罗兰说是。杰克也说是。

"那好吧,进来吧,"她说,"让我们瞧瞧有什么吃的。"

3

苏珊娜找到一些鸡蛋粉、几罐"普鲁登斯牌"玉米杂烩牛肉。埃蒂取来了开罐器和一只小小的燃气烧烤盆。他兀自嘟哝了几句,然后启动了燃气烧烤盆。那东西突然说话时,他有点儿吓了一跳。

"您好!我的嘎木锐牌罐装燃气已贮满四分之三。在沃尔玛、本那比和其他连锁超市都能找到嘎木锐!选择嘎木锐,就锁定了优质!这里有点暗,是不是?我可以帮您挑选菜谱并设定烹调时间吗?"

"你可以帮我让你闭嘴吗?"埃蒂话音刚落,烤盆就不再吱声了。他不免暗想:自己是否冒犯了这东西?接着又想,也许应该自杀,为这世界省下一些问题。

罗兰打开了四罐糖水蜜桃,闻了闻,满意地点点头,说:"不错,我想是的,很甜。"

等他们吃完早餐,洞口的光线略有闪动。过了一会儿,泰德·布劳缇甘、丁克·恩肖和锡弥·鲁伊兹就出现了。一起来的还有一个缩头缩脑、战战兢兢的人,他衣衫褴褛、颜色褪尽,正是罗兰要求他们带来的罗德里克之子。

"请进,吃点东西吧,"罗兰和蔼可亲地说道,仿佛被意念搬移过来几个人不过是司空见惯的平常事儿,"还有很多呢。"

"也许我们可以不吃早餐了,"丁克说,"我们没有太多时——"

他的话还没说完,锡弥突然双膝一软瘫倒在洞口,翻着白眼,干裂的唇间吐出稀薄的白沫。他开始浑身痉挛,两腿漫无目的地蹬着,一双橡皮拖鞋在碎石土地擦刮出划痕。

第十章

最后的闲聊（锡弥的梦）

1

在苏珊娜看来,你无法将眼前的景象简单地描绘为"嘈杂";说实话,要制造出这样的喧哗至少得有一打人,而这儿只有七个人。算上罗德人是八个,你不得不算他一份,因为恰恰是他吼得最响。他一看到罗兰便立刻跪倒在地,高高举起双手来回挥动,俨然是裁判员在宣布成功获得附加踢球得分[1];接着开始飞速地重复额手礼。每一次俯身叩首,他的额头都重重地撞击地面。同时,嘴里还用发音古怪的元音尖声念叨着。就在他展示这一套起落有致的体操动作时,其双眼一直直勾勾地盯着罗兰。苏珊娜有些怀疑此刻的罗兰是正在接受膜拜的某个神。

泰德也跪在地上,但他关注的只是锡弥。老人将两只手掌覆在锡弥的头部两边,想竭力制止它的前后颠动;罗兰在眉脊泗就熟悉的这位老朋友已经被地上尖利的小碎石擦破了脸颊,那一处伤差一点就划进了眼睛里。此刻,鲜血正从锡弥的嘴角涌出,流淌在微微留有胡楂的脸颊。

"快给我点什么东西堵在他嘴里！"泰德高喊着,"快呀！不管是谁！醒醒吧！他会把自己咬死的！"

装有飞贼的板条箱旁还支棱着木盖子。罗兰敏捷地拿过来,摆在自己撑起的一只膝盖上——苏珊娜注意到,那半边臀部似乎没有痉挛的迹象了——罗兰一掌将木板劈成几块。苏珊娜一把接住迸飞到半空中的一块碎木,转手递到锡弥跟前。她不需要像别人那样跪下了,因为,无论如何她总是这个姿势。碎木的一端留有折断后的尖利豁齿。她将这一段包起来,再塞入锡弥的唇间。他是那么狠狠地咬下去,以至于她清楚地听到了咔嚓一声。

与此同时,罗德人继续用尖利得几乎像是假声的高音吟唱着。她只模糊地听懂了几个字词——向您致敬,罗兰。蓟犁,艾尔德。

"有谁能让这家伙闭嘴吗？"丁克喊起来,奥伊也开始狂吠。

---

[1] 此处的"附加踢球得分"是美式橄榄球术语。

"别管罗德人,抓住锡弥的脚!"泰德打断丁克的话,"让他安静下来!"

丁克立即蹲下身子,抓住锡弥的两只脚踝。一只脚已经光着了,另一只脚上还穿着可笑的橡胶拖鞋。

"奥伊,别叫!"杰克一说,奥伊就不叫了。但是它用它的短脚挺立着,肚子鼓鼓地贴近地面,毛发蓬张,看起来似乎个头膨胀了一倍。

罗兰蹲伏在锡弥的头边,前臂支撑在山洞的碎石地面上,再凑近锡弥的耳边,喃喃地念诵起来。苏珊娜只能听到只字片语,因为罗德人的高音呼号仍在继续。但她确实听到了一点:是威尔·迪尔伯恩……一切都好……停歇吧——她想是这些词句。

不管罗兰说的是什么,似乎奏效了。渐渐地,锡弥放松下来。她能看到丁克抓住锡弥脚踝的手也放轻了些,但依然预备着他再次抽搐蹬脚时能再次紧紧扣住。锡弥嘴边的肌肉也明显松弛下来,不再咬紧牙关了。那片碎木依然夹在他唇间,上门牙还嵌在里面,现在似乎也松动了。苏珊娜轻手轻脚地将木块取走,并惊讶地看着软木上浸血的两排齿痕,有几处甚至被咬进了半英寸深。锡弥的舌头有气无力地耷拉在嘴边,让她想起奥伊某天午睡时四脚朝天的模样。

现在便只剩下罗德人喋喋不休犹如拍卖商的高呼了,还有低沉的怒吼潜藏在奥伊的小胸膛里,它正戒备森严地站在杰克脚边,眯瞪着双眼审视这位不速之客。

"闭上你的嘴,安静点。"罗兰如此吩咐罗德人,接着又补上了几句异族语言。

罗德人惊愕地停了一会儿,接着又开始了一段新的念诵,双手依然高高举过头顶,瞪着罗兰。埃蒂则盯着这家伙的鼻子看,他的半拉鼻翼被黏稠的伤口吞噬了,红彤彤的像只草莓。这个罗德人摊开布满血痂的脏手掌挡在眼前,仿佛枪侠过于明亮,晃得他无法正视,他向一旁栽倒。一对膝盖靠向前胸,同时迸发出一声响屁。

"哈泼①开演了。"埃蒂这句爽快的玩笑足以让苏珊娜笑起来。然后,洞内终于一片寂静,只能听到洞外的大风呜咽,还有从底凹-托阿传来的微弱的音乐,再有便是天边仿佛碎骨滚动一般的隆隆雷声。

---

① 哈泼(Harpo),美国三十年代好莱坞喜剧明星。同时也是美国"脱口秀"女皇奥普拉创办的制作公司的旗号(Harpo 是其名字 Oprah 的反拼写),成立于一九八六年。考虑到埃蒂和苏珊娜来自不同的年代,所以这里的 Harpo 可能两种意思都有。

五分钟后,锡弥睁开了双眼坐了起来,却像个不知身在何处、为何在此、又如何到达这里的人一般茫然四顾。最后,他的目光落定在罗兰身上,终于,他那可怜而倦态的脸上泛起了一丝笑容。

罗兰也回报给他一个微笑,并伸出手臂。"你能来我这儿吗,锡弥？来不了,我就过去拥抱你,一定的。"

锡弥四肢撑地地爬到蓟犁的罗兰跟前,灰扑扑的黑发垂在眼前,他将头倚靠在了罗兰的肩头。苏珊娜感到泪水刺痛了她的双眼,于是将视线移开。

2

没过多久,锡弥就能背靠洞壁坐起来了,脑后和背后垫着原本盖在"苏希巡航三轮车"上的搬运用毛毯。埃蒂递给他苏打水,但泰德建议喝白水更好些。锡弥一口气喝完了一整瓶佩瑞尔,又接着喝第二瓶。泰德在喝罐装诺兹阿拉;其余的人都在喝速溶咖啡。

"真不知道你怎么能忍受那玩意儿。"埃蒂说。

"萝卜青菜各有所爱,这句话好像是个女仆亲吻奶牛时说的。"泰德这么答。

只有罗德里克之子什么也没喝。他还躺在原处,靠近洞口,双手紧紧捂着双眼。还在微微发抖。

泰德趁锡弥喝两瓶水的间歇为他做了一番体检,搭了脉,看了口腔,还用手指按了按他的脑壳。每一次他问起锡弥是否受伤,锡弥都庄重地摇摇头,接受体检的过程中,他依然直直地凝视罗兰。泰德检查完锡弥的两侧肋骨("有点痒,先生,就是有点痒。"锡弥微笑地说),这才宣称他完好无损。

近旁的一盏煤气灯正好将最强光打在锡弥的脸上,因而埃蒂可以非常清楚地端详那双眼睛,心中暗自揣度:他这谎撒得都能得总统品质奖啦。

此刻,苏珊娜正把一捧新鲜的鸡蛋粉和玉米杂烩牛肉混合起来。(烧烤盆又说话了——"来一点,嗯?"语气甚为欢欣鼓舞。)埃蒂的视线转向丁克·恩肖,说:"想不想趁苏珊娜做饭菜的时候和我出去透透气？"

丁克瞥了一眼泰德,后者点点头,他便转回来对埃蒂说:"如果你想,那就走吧。今天早上我们还有点时间,但不是说可以用来浪费。"

"我明白。"埃蒂应道。

3

风越来越猛烈了,但空气竟没有因此而更新鲜,反而更腐臭了。有一次,还是在高中时,埃蒂去过新泽西一家炼油厂做实地考察。至今他都觉得那里的味道是他有生以来闻过的最恶心的;两个女生和三个男生都吐了。他还记得实习活动的导游哈哈大笑地说:"你们就记着这是钞票的味道吧——会有帮助的!"也许沛思石油气公司仍然占据恶臭排行榜的冠军地位,仅仅因为现在他闻到的味道还不算太浓烈。不过既然说到这个,似乎有什么跟沛思石油气公司相关的东西让他觉得很熟悉?他不知道,这也许没什么要紧的,但确实很古怪,在这里记忆总是会闪回。只是"闪回"得不太对路,不是吗?

"回声,"埃蒂喃喃自语,"就是回声。"

"你说什么,哥们?"丁克问。他们再次站在小路上,俯瞰远处的蓝色屋顶建筑群,以及乱成一团的停运火车车厢,还有看起来完美之极的小村子。是很完美,只要你别去想围住小村子的是一排三股电线网,其中有些高压段落,一碰就会被电死。

"没什么,"埃蒂应了一声,"这是什么味道?知道吗?"

丁克摇摇头,但伸手指了指封闭式狱舍的后方,那个方向可能既不是南也不是东。"我只知道从那里散发出某些毒素,"他说,"有一次我问过芬力,他说那一片地曾经是厂房。属于电子公司。你知道这名号吗?"

"知道。等等,芬力是谁?"

"泰勾的芬力。保安部头子,也是佩锐绨思手下的一号干将,被称为黄鼠狼。是个獭辛。不管你有什么计划,只有他同意了才能实施。他一般不会让你轻松地达到目的。要是能看到他四仰八叉倒地而亡,我会像过国庆大假一样高兴。对了,我的真名是理查德·恩肖。认识您真是高兴死了。"他伸出手,埃蒂握住了它。

"我叫埃蒂·迪恩。也被称为佩科斯河以西纽约的迪恩。那位女士是苏珊娜,我妻子。"

丁克点点头。"嗯哼!那男孩叫杰克。也是纽约来的。"

"杰克·钱伯斯,是的。听着,理查——"

"非常感谢您的尊敬,"他边说边笑起来,"不过他们叫我丁克已经很长

281

时间了,现在再改回去也不可能了,我猜是吧。也可能会更糟糕。以前我在超级市场干过一阵子,和一个二十多岁的家伙搭档,人们都叫他JJ,操蛋的小蓝鸟。就算他七老八十裹着尿片了,人们还是照样会这么称呼他。"

"除非我们又勇敢又走运,而且表现良好,"埃蒂接茬说,"否则,没人可以混到七老八十。不管是在这个世界还是任何其他世界。"

丁克似乎被这话震住了,脸色旋即阴沉下来。"你说到点子上了。"

"罗兰以前认识的那伙计看上去很糟啊,"埃蒂说,"你注意过他的眼睛吗?"

丁克点点头,甚至比前一分钟更阴郁了几分。"我认为眼白中的那些小血点就是所谓的淤斑。"随后,埃蒂发现他用一种在这种情形下显得尤其古怪的抱歉口吻补充道:"我不知道自己说得对不对。"

"我不在乎你管那东西叫什么,反正那不太妙。况且他还那样颠了一阵子——"

"真的不太好说。"丁克说。

埃蒂才不在乎该怎么说呢。"以前有过这种情况吗?"

丁克的眼神躲闪起来,低头看着自己脚步拖沓的双足,不再正视埃蒂。埃蒂心想,这明摆着就是回答了。

"共有几次?"埃蒂希望自己的语气不要暴露出心底的震惊。锡弥眼底的针眼大小的红点密密麻麻,就好像有人撒了一把红辣椒粉。更不要说聚在眼角更大个儿的血斑了。

丁克还是不敢看他的眼睛,默默地伸出四只手指。

"四次?"

"唔。"丁克支吾了一声。他似乎还在研究那双凑合穿着的软拖鞋。"最早一次是一九六〇年,也就是他送泰德去康涅狄格的那次。好像他身体里有什么东西被撕开了,"他终于抬起头来,想努力挤出一个笑容,"但昨天他把我们三个送回底凹后并没有昏倒。"

"让我来确认一下自己是不是搞明白了。在下面的大监狱里,你们若犯了别的罪过都可以被饶恕,但唯独不可以使用意念移动,否则就是死路一条。"

丁克想了想。对獭辛和坎-托阿来说,种种规章制度并不算宽大;他们可能因各种原因遭到流放或被迫接受前额脑叶切除手术,所谓的过错包括疏忽怠慢,或嗤笑断破者们,以及偶然的暴力行为。有一次他还听说一个断破者被低等人强暴了,那家伙诚挚无比地向前任总管申辩说,那是转变过程中的一个环节——是血王本人亲自现身于他的梦境中指示他这么做。这个坎-托阿因此被判死刑。断破者们都受到邀请,出席在欢乐谷主干道上举行的死刑执行仪式。(一枪击中脑部,行刑就此终结。)

丁克对埃蒂说了这些,同时也肯定地说:对狱营中的断破者而言,意念移动确实是唯一一项死罪。就他所知是这样。

"而锡弥正是你们的意念移动者,"埃蒂说,"你们几个能帮助他——协动他,这是转述泰德老兄的原话——还要帮他蒙混过关,遮掩事实。"

"他们根本不知道,要想摆弄那个遥感勘测仪器简直易如反掌,"丁克说道,几乎要大笑起来,"哥们,他们会大吃一惊!其中最难的是确认我们没有颠覆整个工程。"

埃蒂也不在乎这事儿。破坏正在进行。这才是唯一要紧的事。锡弥也在工作……但是,有多久呢?

"——不过,他才是真正能用意念移动的人,"埃蒂说,"锡弥。"

"喔。"

"唯一有本事这么做的人。"

"喔。"

埃蒂想起他们面前的两份重任:解放断破者们(或是消灭他们,如果无法阻止他们的话),还要确保作家没有在散步时被小货车撞死。罗兰认为他们可以胜任这两份重任,但至少需要利用锡弥的意念移动力两次。另外,他们这几位访客在今天的商谈结束后,还得安全返回到三股电线网内,并且很有可能明天再来一轮。

"他说,这么做对他不会有伤害的,"丁克说,"如果你是在担心这个的话。"

洞内,其他人为什么事情笑起来,锡弥恢复了知觉,并开始用餐,身边个个都是好朋友。

"并非如此,"埃蒂说,"泰德认为锡弥使用意念移动力会有什么后果?"

"他认为那会导致脑出血,"丁克说得很快,"就在大脑表层上,会有很多细小的冲击点。"他用一只手指在自己脑袋上胡乱地戳着示意。"嘣、嘣、嘣。"

"会恶化吗?肯定会的,是不是?"

"听着,要是你认为让他带着我们郊游是我的主意,你最好再想清楚。"

埃蒂举起手,像个交警似的敬了个礼。"哦不,不。我只不过想搞清楚究竟发生了什么事儿。"以及,我们的机会有多大。

"我憎恶这样利用他！"丁克终于忍不住爆发了。但他克制着压低了声音，这样一来洞里的人们都听不见了，但埃蒂丝毫不觉得他是故作姿态。丁克相当恼火。"他不在乎——他想那么干——但这样事情只会变得更糟，而不可能越来越好。他看着泰德的模样……"他一耸肩，"就好像一条忠良的小狗眼巴巴望着全宇宙里最了不起的主人。他也那么盯着你们的首领，而且我肯定你也注意到了。"

"他正为我们的首领这么做着，"埃蒂说，"一切都会顺利的。你也许不信，但——"

"但你相信。"

"彻头彻尾地相信。好了，现在有一个真正重要的问题：泰德知不知道锡弥还能撑多久？记住现在他在我们这边多得到了一点帮助？"

兄弟，你到底在为谁乐得屁颠屁颠的？亨利的声音突然在他脑海中响起，照例一股冷嘲热讽的劲儿：为他还是为你自己？

丁克瞅着埃蒂，好像看到了疯子，或至少是脑子进水了。"泰德是个会计师。有时候也当别人的个人辅导。除了当好一个日班长工，别的啥也不会。他又不是医生。"

但埃蒂不理这套，紧追不舍。"他怎么想？"

丁克不说话了。风在吹。音乐隐隐飘荡。更远处，雷声在黑暗的天际隆隆闷响。最后他说："三次，或是最多四次……但是效果会越来越差。也许只能再来两次。但也没法保证，行了吗？说不定下次他造出一个洞让我们通过之后，就被一次重击敲中脑袋倒地不起。"

埃蒂很想继续追问，但再也想不出什么问题了。丁克最后的一番话几乎说明了一切。当苏珊娜叫他们回去吃饭时，他求之不得。

4

锡弥·鲁伊兹重新有了食欲，大口大口吃得很欢，大伙儿都认为这是好兆头。他眼中的出血点已经褪了一些，但依然清晰可见。埃蒂不知道如果这被蓝色天堂的守卫兵注意到了该怎么办；也不知道如果锡弥戴一副太阳眼镜会不会招致众人的议论。

罗兰已经让罗德人站起来了，此刻正和他在山洞紧里头单独谈话。嗯……

差不多就是在谈话。枪侠一直在说,罗德人一直在听,偶尔敬畏无比地偷偷瞄一眼罗兰的脸。在埃蒂听来,那无异于胡言乱语,但他好歹听到了两个熟悉的词儿:谢纹,伽凡。罗兰正在询问这个罗德人,关于他们在洛弗尔小路上撞见的那个步履蹒跚的罗德人。

"他有名字吗?"埃蒂问丁克和泰德,手中接下第二盘食物。

"我叫他查基,"丁克答,"因为他的模样有点儿像那个布娃娃,我以前看过那个恐怖电影①。"

埃蒂咧嘴笑了。"儿童电影,是的。我也看过一部。杰克,是在你的年代之后了。也在你之后,苏希,"罗德人的头发不一样,但圆滚滚布满雀斑的脸庞和蓝眼睛的确有些像查基,"你觉得他会保守秘密吗?"

"如果没人问的话,他会。"泰德说。在埃蒂看来,这可不算很令人满意的答案。

差不多五分钟之后,罗兰似乎心满意足地回到大伙儿身边。他盘腿坐下——完全没有问题,关节灵活得很——并望向泰德。"他的名字是:伽凡的黑李嗣。会有人惦记着他吗?"

"不太会,"泰德说,"罗德人经常聚在宿舍的后门口,几个人一组地找工作。主要是取物和搬运。干完活可以分得一顿饭或是一点饮料作为报酬。要是他们不露面,就没人惦记他们。"

"好。现在——这里的一天有多长?也是二十四小时一整天吗?"

泰德似乎被问住了,他饶有兴趣地想了一会儿,才回答说:"就算是二十五小时吧。也许还要再长一点。因为时间被拖慢了,至少在这里是慢了。由于光束都受到损毁而减弱了势能,所以在不同世界间的流逝速度都不一致。这恐怕是症结所在。"

罗兰点头称是。苏珊娜把饭菜递给他,可他摇摇头说了声谢谢。在他身后的罗德人坐在一个板条箱上,低着头,直勾勾看着自己没穿鞋的光脚。埃蒂惊讶地看到奥伊走向那家伙,更令他吃惊的是:貉獭允许查基(或者说,黑李嗣)伸出畸形的手爪抚摸自己的脑袋。

"那么是不是到了早上,下面的状况会有点……我不知道……"

"有一点儿混乱?"泰德尝试着问。

---

① 指美国著名的系列恐怖玩偶电影《鬼娃》,自一九八六年至二〇〇四年间出品了《鬼娃自杀》、《鬼娃和蒂凡尼》、《鬼娃新娘》、《鬼娃孽种》等,其主人公查基是个杀人狂。

罗兰点点头。

"刚才你有没有听到一声号角?"泰德问,"就在我们出现前不久。"

他们都摇摇头。

泰德似乎一点不奇怪。"但是你们听到音乐声响了起来,对吗?"

"是的。"苏珊娜说着,递给泰德一罐诺兹阿拉。他接下来,心满意足地喝了起来。埃蒂努力不让自己颤抖。

"谢谢您,夫人。不管在什么情况下,号角声意味着换班。接着,音乐就会响起来。"

"我恨死那音乐了。"丁克一脸愠怒。

"要说有戒备松懈的时候,"泰德继续说道,"应该就是换班的当口。"

"那会是几点钟?"罗兰问。

泰德和丁克交换了一个犹疑不定的眼神。丁克伸出八只手指,眉毛挑一挑,好像很不确定的样子。看到泰德随之点头应和,他才松了一口气。

"是的,八点钟,"泰德边说边自嘲地摇摇头,"在一个监狱总是稳稳地矗立在东方、有些日子偏东南一点、有些日子就是正东方的世界里,八点钟又算是什么呢。"

想当初,布劳缇甘做梦都想不到会有一个地方名叫厄戈锡耶托,而那时候罗兰已经在逐渐瓦解的世界里生活了很长时间了,因而对于时间变得蜿蜒萎缩这一事实早已安之若素了。这时,他说:"从现在算起,大约再过二十五个小时,也可能少几分钟。"

丁克点点头。"但是,如果你们数不清楚,那就算了吧。反正他们知道要去哪里。都是些老手了。"

"不管怎样,"罗兰说,"我们最好能适应。"说完,他又望向眉脊泗时代的老朋友,还招呼他了一声。

5

锡弥立刻放下手中的餐盘,走向罗兰,并握拳致意。"向您问安,罗兰,昔日的威尔·迪尔伯恩。"

罗兰回了礼,接着转向杰克。男孩不置可否地看着他。罗兰冲他点点头,杰克便也跟了过来。于是,杰克和锡弥面对面地站在一起,罗兰盘腿坐在他俩中间,又仿佛谁也没看,因为他俩已经被引到了一处。

杰克握拳,碰了碰前额。

锡弥同样回了礼。

杰克低头看着罗兰,说:"你想干什么?"

罗兰没有回答,继续安详地望着洞口,仿佛那无尽的黑暗中有什么物事吸引了他所有的注意力。而杰克很清楚他想干什么,就好像用意念触感了罗兰的思想似的(当然,他没有这么做)。他们正在一条分岔口。是杰克提议由锡弥来决定他们应该怎么走。此时这似乎是个怪异又理智的主意——谁也不知道为什么。现在,正视着这人热忱而略显晦暗的脸庞以及布满血点的双眼,杰克心里只有两个念头:是什么促使他提出这种请求,以及,为什么没有人——可能该是埃蒂,尽管他们经历了无数险情,但他相对来说还是个死硬派——告诉他,宽容但坚定地告诉他,将他们的未来置于锡弥·鲁伊兹的手中其实是个傻办法。用昔日派珀中学同学的口头禅来说,真是笨到家了。因此,罗兰想要杰克亲口说出自己昨夜的提议,罗兰这个人即便深陷死亡的阴影中仍然相信会有收获,但杰克很清楚,锡弥的答案只会反衬自己是个少根筋的傻小子。但话说回来,为什么不索性问问他呢? 就好比是抛硬币,两面皆有可能,那为什么不问问呢? 他已进入这个世界——很可能已经步入短暂又不容置疑的有趣生命之终结——这里有的是魔法门、机器人管家、心灵感应者(他自己也是其中一员,至少在初级层面上他能施行),还有吸血鬼、蜘蛛鬼。所以,为什么不能让锡弥来抉择呢? 毕竟,他们总归是要选择一条路先走的,况且,他像个白痴一样在伙伴们面前傻站了好久了,一直为了这么件小事思前想后。此外,他想,如果我没有成为这些伙伴们中的一员,我就永远不会有机会加盟其中了。

"锡弥,"他开口了,正视那双血红的眼睛多少有点恐怖,但他还是强迫自己这么做了,"我们担负着一项使命。就是说我们有个活儿得去完成。我们——"

"你们必须拯救塔,"锡弥说,"我的老朋友还要走进去,攀到最高处,看看能发现什么。可能意味着新生,也可能意味着死亡,或是两者皆有。他曾是威尔·迪尔伯恩,是啊,就是他。我的威尔·迪尔伯恩。"

杰克看了看罗兰,后者已然岿然不动地盘坐在地,望着洞外黑黢黢的空无。但是杰克认为他的脸已变得苍白而陌生。

罗兰的一只手指开始下意识地旋动,期盼推进的小动作。

"是的。我们是要去拯救黑暗塔。"杰克赞同道。他想他有些理解罗兰对于找到塔并进入塔的渴望了,哪怕那会杀死他。宇宙的中央究竟埋伏着什么?一旦这个问题被触及,一个男人(甚或是个男孩)除了好奇并向往亲见之外,还能怎样呢?

哪怕这番追求会将他逼疯?

"不过为了完成这个目标,我们必须先承担两项重任。其一是回到我们的世界去救一个人。那个讲述我们的故事的作家。其二就是我们一直在谈论的,解救断破者们。"极度的诚实迫使他又补充了一句:"或至少是阻止他们。你明白吗?"

这一次锡弥没有作出回答。他痴痴地望着罗兰注视的方向,望向虚无的黑暗。神态恍如被催眠了一般。看着这样一张脸孔,杰克很不自在,但强令自己继续说下去。毕竟,他已经提出了问题,除了继续说下去之外别无选择。

"问题在于,我们应该先做哪件事?看起来是救作家更容易些,因为那里没什么对手……就我们所知是这样……但有可能……呃……"杰克不想直白地说出:有可能这次意念移动会杀死你的,所以,他有气无力、令人不满地停顿下来。

此时他没有指望锡弥会作出任何回应,只是艰难地考虑着要不要试着再说一次。没想到,昔日的酒吧伙计率先开口了。他说话时没有看在场的任何人,只是望着洞外雷劈的昏暗。

"昨晚我做梦了,是这样,"眉脊泗的锡弥说道,他的性命曾被三个蓟犁来的年轻枪侠救出来,"我梦到自己又回到了旅者之家,只不过,克拉尔不在那里,斯坦利和佩蒂,还有弹钢琴的席伯也都不在。那里只有我,而我在拖地板,还哼着歌,'无忧之爱'。接着,对开木门吱吱嘎嘎响起来,是的,门发出这种滑稽的声音,当它……"

杰克看到罗兰在默默点头,唇间荡漾出一丝微笑。

"我抬头看,"锡弥继续说道,"这男孩走进来。"他空茫的视线迅速落在杰克身上,又很快转回了洞口。"他看起来很像您,年轻的先生,很像,几乎如同孪生儿。但他的面孔上覆着血迹,一只眼睛也被掏空了,毁了他俊俏的容貌,而且,他走起路来一瘸一拐,像个跛子。看似已经死了,是的,我被吓坏了,看到他又觉得很悲哀。但我继续拖着地板,心想这样他也许就不会注意我,或就算看到我也会走开。"

杰克发现自己知道这个故事。他亲眼目睹过这一幕吗?他就是那个血淋淋的男孩吗?

"但是他径直地看着你……"罗兰兀自呢喃起来,仍然盘坐在原地,望着外面昏暗的世界。

"是啊,那是威尔·迪尔伯恩,直直地看着我,就是这样,还说:'为什么你们一定要伤害我,在我如此爱你们时?在我什么也做不了、什么也不想要时,因为爱创造并滋养了我——"

"'并让我留守在美好的岁月里。'"埃蒂呢喃道。一滴泪涌出来,径直跌落,在地上留下一滴深色的湿迹,

"'——并让我留守在美好的岁月里?为什么你们要割伤我、再损毁我的容颜,让悲哀充满我心田?我不过是在众世界尚未转变前因你们的美而爱你们,正如你们也因我的美而爱我。现在你们用指甲划得我伤痕累累,再用滚烫的水银浇毁我的鼻梁;你们将兽类置于我身,是的,你们这样做了,它们已咬噬了我最柔软的部分。在我身边,坎-托阿聚集起来,听着他们的狂笑声,我再无法找到宁静。但我仍然爱你们,愿意侍奉你们,甚至愿将魔力再次带来,只要你们容许我这么做,因为自我从纯贞世界升腾至此,这就是我心之所向。曾经,我强悍而美丽的,但现在,力量已经荡然无存。'"

"你哭了。"苏珊娜说道,杰克心想:当然他哭了。他在为自己而哭泣。泰德也哭了;丁克·恩肖也哭了。只有罗兰的眼眶没有湿润,但枪侠此刻面色惨白。如此惨白。

"他哭了,"锡弥说下去(在他叙述他的梦境里,泪水滚滚地滑下脸颊),"我也哭了,因为我可以看出来他曾像阳光那般明媚美好。他说:'如果折磨现在即能停止,我还能恢复如初——即便容颜已无法修复,至少我的力量——"

"'和我的凯丝。'"杰克脱口而出,而在此之前,他从未听说过这个词,现在却准确地读出来,好像这一直以来就是"吻"的发音,

"'——和我的凯丝如初。但再有一星期……或五天……甚至三天后……一切都将太晚了。就算那时候折磨终止,我也将死去。而且,你们也会死去,因为当爱远离这世界,所有的心都静止了。把我的爱告诉他们,把我的痛苦告诉他们,把我的希望告诉他们吧,告诉那些还活着的人。因为我所拥有的只是这些,我只是这些,我只能请求这些。'随后,男孩转身走了出去。对开木门又发出和刚才一样的声响,嘎拉—嘎拉。"

他此时看着杰克,如大梦初醒般微笑着。"我不能回答您的问题,先

生,"他握拳碰了碰前额,"我这里的脑筋不太好用,我——一团乱麻。科蒂利亚·德尔伽朵这么说过,我猜她说得对。"

杰克没有出声。他只觉晕眩。他也曾梦见过同一个毁了容的男孩,但不是在任何酒吧,而是在盖奇公园,他们曾在那里见到了小火车查理。昨晚。一定是昨晚。之前他一直不曾记起这个梦,若是锡弥没有讲述自己的梦境,他可能永远不会想起来。而罗兰、埃蒂和苏珊娜是否也同时梦到了同样的情景呢?是的。他可以从他们的神色中明了这一点,就如同他能洞悉泰德和丁克看起来很感动,但其实更迷茫。

罗兰站了起来,似乎疼痛又袭来,令他一趔趄,他摊开手掌捂在臀侧,接着说道:"谢谢你,先生,锡弥,你帮了我们不少忙。"

锡弥迟疑地笑了笑。"我怎么帮上忙了呢?"

"不用管它了,我亲爱的锡弥,"罗兰将注意力转向了泰德,"我和朋友们要出去待一会儿。我们需要私下谈谈。"

"没问题。"泰德说。他轻摇了下头,好像要把这一切插曲忘掉。

"别耽误太久就能帮我的小忙。"丁克说,"我们现在可能还好,但我不想冒任何风险。"

"你需要他把你们送回去吗?"埃蒂问道,并努了努下巴指向锡弥。这是个委婉的提问;他们三个还能怎么回去呢?

"呃,是啊,但……"丁克支吾起来。

"那么,你们已经冒了不少风险了。"埃蒂说着,便和苏珊娜、杰克跟着罗兰走到了洞外。奥伊待在洞里没有走,和它的新朋友——伽凡的黑李嗣——坐在一起。杰克觉得这事儿有点烦心。与其说是忌妒心作祟,倒不如说是一种畏惧感。就好像他看到了有人比自己更有预见力——比如曼尼人,也许——可以这样解释。但他想知道吗?

也许不想。

6

"我一点不记得那个梦,直到他说出来,"苏珊娜说,"要是他没说,我大概永远都想不起来。"

"是啊。"杰克附和道。

"但我现在却记得非常清楚,"她接着说,"我是在地铁站里,那男孩走下楼梯——"

杰克也插嘴说:"我是在盖奇公园——"

"而我是在马凯大道的游乐场,以前我和亨利总在那儿玩单挑,"埃蒂说,"在我的梦里,那孩子满脸都是血,穿一件T恤,上面还写着:永无无聊瞬间——"

"——在中世界里。"杰克总算把自己的话说完了,埃蒂不禁震骇地盯着他。

杰克没留意埃蒂的眼神;他的思路正转向他方。"我在想,斯蒂芬·金是不是曾经在写作中使用过梦境。你们知道的,就好像用酵母让面团涨起来。"

这个问题,他们谁也答不上来。

"罗兰?"埃蒂问,"你梦见在哪儿?"

"在旅者之家,还能在哪里?我不是和锡弥同处在那里吗,很久很久以前。"还有我的朋友们,如今都不在了,他本可以加上这么一句,但终是没说出口。"我坐在艾尔德雷德?乔纳斯以前最偏爱的座位上,玩单手'看我的'游戏。"

苏珊娜静静地说:"梦里的男孩就是光束,是吗?"

看到罗兰点了头,杰克恍然大悟,锡弥已经明确地告诉他们哪个任务更为紧迫。

"你们谁还有疑问吗?"罗兰问。

他的同伴们一个跟着一个摇了摇头。

"我们是卡-泰特。"罗兰的话音一落,其余的人就齐声跟上:"我们合而为一。"

罗兰又延宕片刻,逐一凝视他们——与其说是凝视,不如说是在品味他们的神色——随后,才带领他们走回了洞内。

"锡弥。"他说。

"是的,先生!是的,罗兰,昔日的威尔·迪尔伯恩。"

"我们决定先拯救你说到的小男孩。我们要阻止那些坏蛋继续伤害他。"

锡弥笑了,但那是一个疑惑的笑容。他已经不记得什么小男孩了,也不记得那个梦了。"好的,先生,那就太好了!"

罗兰转向泰德,说:"锡弥一把你们送回去,就送他上床休息。或者,要是不幸引来什么异样的关注，就确保让他轻松些。"

"我们可以说他感冒了，不让他去阅读室，"泰德表示赞同，"雷劈有很多人伤风。但是你们要明白，凡事都没法打包票。他可以把我们送回去，然后——"旋即他打了个响指。

锡弥大笑着模仿他的动作，还两只手一起打。苏珊娜转开了视线，只觉郁闷难受。

"我知道。"罗兰说，虽然他的语调没太大变化，但他的同伴们都舒了一口气：这场商谈即将结束，是件大好事。罗兰的耐心已经快撑到头了。"就算他自我感觉良好，也要让他安静休息。我们正在计划的行动不需要他的帮助，并且，非常感激你们留给我们的武器弹药。"

"都是些好家伙哩，"泰德说，"但是，要消灭六十人，包括坎-托阿和獭辛，这些武器够用了吗？"

"战斗打响的时候，你们两个会不会和我们联手呢？"罗兰反问道。

"乐意之至。"丁克说，并开朗地大笑起来，尽管露出的牙齿有点恶心。

"是的，"泰德也说，"到时我可能还有另一种武器。你们听我的录音磁带了吗？"

"听了。"杰克答。

"所以你们知道偷我钱包的小偷那事儿了？"

他们都默默地点点头。

"那位年轻女士如何？"苏珊娜问，"你说的坚强的小东西。坦尼亚和她的男友怎么样？哦不，是她丈夫了。"

泰德和丁克匆匆对视一眼，满脸犹疑，接着，不约而同地摇起头来。

"以前也许可以吧，"泰德说，"现在不行了。现在她已经结婚了。现在她只想着和老公耳鬓厮磨。"

"还有破坏。"丁克补充道。

"可是，难道他们不明白……"她觉得自己无法说下去了。脑海中，锡弥梦境，以及自己梦境中那小男孩的哭诉挥之不去。现在你们用指甲划得我伤痕累累，男孩就是这样对锡弥说的。曾是明媚而美好的梦中男孩。

"他们不想明白。"泰德慈祥地对她说。他瞥了一眼埃蒂阴沉的脸色，摇了摇头。"但是我不允许你们因此而憎恶他们。你们——是我们——可能不得不杀死其中的一些人，但我们不允许你们去恨他们。他们并不是出于贪婪或恐惧才不愿意醒悟，而是因为绝望。"

"而且，因为破坏是神圣的，"丁克说，他也注视着埃蒂，"你们开火半小时后，道路也将变得神圣。如果你明白我的意思的话。"

埃蒂深叹一声，双手揣在裤兜里，什么也不说了。

锡弥却取出一只"草原狼"机动手枪，又举起来来回挥动，这让众人大吃一惊。要是枪已上了膛，拯救黑暗塔之使命将就地终止。"我也要战斗！"他高呼起来，"砰！砰！砰！嘣嘣嘣——嘣嘣嘣！"

埃蒂和苏珊娜当即俯身卧倒；杰克则本能地扑到奥伊身边；泰德和丁克抬起双手遮住了脸孔，仿佛这样就能抵挡住一梭子裹着钢壳的大口径子弹。罗兰从容不迫地从锡弥手中撤下那柄枪。

"你帮我们的时机就快到了，"他说，"但是要等我们打赢第一场战斗之后。锡弥，你看到杰克的貉獭了吗？"

"是的，它和罗德人待在一起。"

"它会说话。看看你能不能让它和你聊上几句？"

锡弥顺从地走过去，查基/黑李嗣还在一下一下抚摸奥伊的小脑袋。锡弥单腿蹲下，想让奥伊说出自己的名字。貉獭几乎未加丝毫迟疑地答复，喊声嘹亮又清晰。锡弥笑了，黑李嗣也笑了。听上去他们就像是卡拉的一对小孩。可能是被吸干后的那种。

这时候，罗兰转向丁克和泰德，刚毅的脸上，嘴唇惨白而犀利。

7

"战斗开始后，他就应该避开，"枪侠模仿了一下扭动锁匙的动作，"如果我们失败了，不管随后发生什么事都不会影响到他。如果打赢了，我们还会需要他的帮助，至少一次。也许两次。"

"去哪儿？"泰德问。

"楔石世界之美国，"埃蒂说，"在缅因州西部一个叫洛弗尔的小镇上。若用当地单向时间来说，大约比一九九九年六月十九日早一点。"

"锡弥第一次出手似乎就是送我去康涅狄格的那次，"泰德心事重重地说，"你们明知道，要把你们送回美国那边会让他的情况恶化，是不是？他甚至会因此而丧命？"他的语调似乎只是在陈述某个事实。只是随口问问，先生们。

"我们知道。"罗兰说,"性命攸关时,我会冒险先挑明这一点,询问他是否——"

"嘿,伙计,你可以到没有阳光普照的地方去提那个问题,"丁克说,埃蒂一下子回想起自己——最初在西海岸的那些时日,困惑不解,气急败坏,时刻念着海洛因——此刻他只觉得似曾相识,"要是你对他说,你希望他引火烧身,他唯一想知道的会是你有没有火柴。在他心眼里你就是饼干上的基督像。"

苏珊娜忍耐着等在一边,心中五味杂陈,半是惧怕又似乎半是渴望地期待着罗兰的应答。但却没等到。罗兰只是瞪着丁克,双手的大拇指死死抠在枪带里。

"显然,你能明白一个死人是不能送你们回美国那边的。"泰德打起圆场,用更为理智的口吻说道。

"如果我们走到那一步,就会跃过那层阻碍,"罗兰说,"而且,到了那一步,我们还有无数障碍需要逾越。"

"我们很高兴能先处理底凹-托阿这边的事情,不管风险有多高,"苏珊娜说,"下面那地方搞的鬼实在让人讨厌。"

"说对了,夫人,"丁克懒洋洋地跟上一句,还假装抬了抬帽子——当然,只是一个假动作,"我觉得搞鬼是个恰当的词儿。"

洞内紧张的气氛缓和了一些。在他们身后,锡弥正在叫奥伊翻身,貉獭便兴高采烈地就地打滚。罗德人的脸上绽放着松弛而又呆滞的笑容。苏珊娜却在想,伽凡的黑李嗣上一次开怀大笑是在什么时候呢?那天真孩童般的笑容是那样动人。

她本想问泰德:有没有办法知道此时的美国是哪天,但想想又算了。如果斯蒂芬·金死了,他们都会即刻知晓的;根据罗兰的讲法是这样,而她无条件地信赖他所言之实。眼下的作家好端端的,快乐地选择一堆毫无意义的项目浪费时间、浪费想象力,任凭他与生俱来就该幻想下去的另一个世界在他的脑袋里积灰。如果罗兰对他怒气冲冲,那也丝毫不奇怪。就是她自己也对大作家有些不满。

"罗兰,你有什么计划?"泰德问。

"计划的制订基于两种假设:我们可以偷袭,杀他们个措手不及。我不认为他们料得到在这最后的关头会遭遇强攻;不管是平力·佩锐绨思还是守卫在警戒线旁的低等类人守卫兵,他们都有理由相信:大功即将告成,不再会有什么阻碍,更不可能被火力攻击。如果我的推断正确,我们就赢定了。即便失败,我们至少也不会活着看到众光束被破坏殆尽、塔崩塌陷落。"

罗兰找出厄戈锡耶托的手绘地图,摊放在地上,众人聚拢过来。

"这些铁轨道岔,"他指着10号标注说道,"停放了一些废弃的火车头和车厢,从望远镜中看来,距离南面的警戒线不足二十码,对吗?"

"是的,"丁克边说,边指着最靠近10号标注的一条线的中心点,有的眼神,"可以说是南面吧,随便啦——反正说啥方位都一样。在这条铁轨上有一辆闷罐厢车,那是距离警戒线最近的地方。差不多只有十码。车厢皮上写着单轨。"

泰德边听边点头。

"很好的掩护,"罗兰说,"非常完美的掩体。"现在,他指向封闭式狱舍北端的一片空地。"这里呢,是不是有各种各样的小棚户?"

"以前,那里是用来放置各类供给品的,"泰德说,"但现在大部分都空了,我想是的。前一阵子还有一帮罗德人睡在里面,大约是六个月或是八个月之前,平力和黄鼠狼喝令他们搬出来了。"

"但不管是空的还是满的,毕竟是有更多的掩体,"罗兰说,"这片空地前后和周围是不是没有障碍物,并且地面平整?能让那东西来回无阻吗?"他伸手指了指"苏希巡航三轮车"。

泰德和丁克对看一眼,说:"没问题。"

苏珊娜等待着,想看看埃蒂会不会表示反对,其而在得知罗兰的计划之前就跳出来反对。他什么也没有说。好极了。她已经在琢磨自己需要哪些武器了。哪些枪。

罗兰安静地在原地坐了几分钟,眼睛停留在地图上,似乎是在和它交心。泰德递给他一根烟,枪侠接下了。随后他才接着说下去。用粉笔在装有武器的板条箱侧划了两次示意图。又在地图上画了两道箭头,一个箭头指向他们称之为"北"的位置,另一个则指向"南"。泰德先提问;丁克接着又问了什么。在他们身后,锡弥和黑李嗣一起和奥伊嬉闹着,像一对小伙伴。貂獭活灵活现地模仿着他们的笑声,多少显得有点怪诞。

等罗兰说完,泰德·布劳缇甘说道:"你的意思是,会有一次大放血。"

"的确如此。我会尽力而为。"

"对女士而言可有点危险啊。"丁克说着,先看了一眼苏珊娜,又看了看她的丈夫。

苏珊娜沉默不言。埃蒂也是。他知道什么叫做危险。他也明白为什么罗兰想要苏希独自守在狱舍北端。巡航车能让她移动，而他们需要它。至于危险，他们六个人计划着对付六十个人。也许还不止六十。他们当然有危险，也当然将会出现大放血的场面。

鲜血和火焰。

"我还可以多备上一些枪支。"苏珊娜说。炯炯的瞳仁里透出黛塔·沃克特有的眼神，"无线操控，就好像玩具飞机，我也说不清。但我可以移动，没事儿的。我会像热煎锅里的黄油那样飞快地滑来滑去。"

"这有用吗？"丁克鲁莽地问道。

罗兰露出一丝严谨有余的微笑。"会有用的。"

"你怎么能这么肯定呢？"泰德问。

埃蒂突然想到他们给约翰·卡伦打电话前罗兰说过的理由，他觉得自己也可以回答这个问题，但答案总要留给他们卡-泰特的首领去说——只要他愿意——因而这个问题还是留给了罗兰。

"因为不得不，"枪侠说，"我没看到别的办法。"

第十一章

进攻厄戈锡耶托

1

次日,标志着早晨换班的号角响起前不久。音乐将很快开始放送,阳光也将瞬间普照,晚班断破者将鱼贯而出,而早班断破者也将同时步入阅读室。一切都有条不紊,但平力·佩锐绨思整夜连一个小时都没有睡足,就连短暂的昏睡也被杂乱的怪梦侵扰。后来,大约四点的时候(床边的小钟显示着四点,但谁又知道究竟是几点呢,可有什么关系呢,反正时间本身也快走到尽头了),他起床坐在办公室的椅子里,看着窗外黑漆漆的林荫道,整条商业街此时悄无声息,只有一个孤零零的、似乎漫无目的的机器人在巡逻执勤,两只铁钳般的手臂在空中挥来挥去。如今的机器人都不太好使了,但拔掉电池又很危险,因为有的电池板后面藏着小机关,你要是鲁莽地拔下来,他说不定会爆炸。所以,别无他法,只能任由他们丑态百出,并不断提醒自己:这一切很快就会终结了,赞美耶稣基督,赞美万能的主。昔日的保罗·佩锐绨思打开大腿上方、办公桌正中央的抽屉,取出了点四〇口径的柯尔特"决斗者"型转轮枪,将之平放在膝头。前任总管,乌鸦,就是用这支枪处决强奸犯卡美龙的,平力在任职期间从未判处任何人死刑,他对此深感欣慰,但握着腿上的这把枪、体会那沉甸甸的质感,总能令他感到特殊的宽慰。尽管他并不知道为什么在戒备森严的夜里,尤其是一切按部就班之时,自己却需要宽慰。他唯一能确认的只是:芬力和首席技师杰金司在深层遥感勘测器上发现了一些反常的脉冲信号,那仪器仿佛能探测到深海底部的动静,神通广大,绝不止是地下室里别的壁橱设备那么简单。平力很清楚直觉——有一说一的直觉——在预告:末日迫近。他企图说服自己,情况不过是爷爷的口头禅将付诸实施了,也就是说,他快到家了,所以是该担心鸡蛋安危的时候了。

最终,他还是走进了浴室,照例翻下了马桶盖,跪下来祷告。在这里,他心静如水,气氛也有了微妙的改变。这一次他没有听到脚步声,但依然能知道有人走进了他的办公室。很容易就能推断出来者何人——只能是他。眼睛都没有睁开,双手也依然握紧在翻下的马桶盖上,他喊了一声:"芬力?泰勾的芬力?是你吗?"

"是,老板,是我。"

他在这里做什么?号角还没吹响呢!每个人、甚至每个断破者都知道,黄鼠狼芬力嗜睡如命。但只有太平日子里能嗜睡如命。此刻,平力正在讨好上帝(说实话,他跪在那里的时候几乎都要瞌睡了,直到潜意识提醒他:典狱长办公室的底层除了自己之外,还有别人)。正如万能仁慈的主,他不会斥责这位重要访客,而是即刻念叨了结束语——"主啊,请赐予我您的意旨,阿门!"——之后便站起来,两腿直发软。该死的后背一点儿不懂得要体恤一下挺在前头的大肚子。

芬力正站在窗边,在昏暗的光线里把玩"决斗者"型转轮枪,来回翻转着,欣赏握把上雕饰精美的漩涡状纹饰。

"就是这把枪和卡美龙说晚安的,当真?"芬力问,"强奸犯卡美龙。"

平力点点头:"我的孩子,小心点儿。里面有子弹。"

"六发?"

"八发!你瞎了吗?瞧瞧转轮的尺寸就知道了,看在上帝的分上。"

芬力没找麻烦。他把枪还给平力。"我知道怎么扣动扳机,是的,我知道,要说懂不懂枪,知道怎么扣动扳机就足够了。"

"没错,只要装了子弹。你这个钟点跑来这里干什么?打扰一个做晨祷的信徒?"

芬力注视着他:"要是我来问你,为什么我发现你在晨祷时穿戴整齐,而不是披着浴袍和穿着拖鞋、睁一只眼闭一只眼,你又会怎么回答呢?"

"我会有点战战兢兢。就这么简单。我猜你也差不多。"

芬力笑了,着迷地说:"战战兢兢!就好像神经兮兮、冒冒失失,还有苗头?"

"差不多——吧?"

芬力笑得更开心了,但平力却觉得他有点笑不由衷。"我喜欢!我真喜欢这些词儿!战战兢兢!战战兢兢兮兮!"

"不!"平力打断他说,"你得说'我有点战战兢兢!',这词儿得这么用。"

芬力的笑容消失了:"我也有点战战兢兢。我还有点神经兮兮。我感到了苗头。我很冒冒,你很失失。"

"深层遥感勘测器上又有反常脉冲了?"

芬力一耸肩,接着才点点头。有关深层遥感勘测器的问题在于:谁也不清楚这套机器究竟在探测什么指标。有可能是心灵感应术,或是(请求上帝宽恕)意念移动术,甚至也可能是现实构造中的深层震颤——亦即,熊之光束即将折断的预兆。但最近四个月左右,这套古老、阴沉又安静的机器屏幕变得越来越活跃了。

"杰金司怎么说?"平力问道。他将点四〇口径的柯尔特"决斗者"型转轮枪插进了枪套里,几乎想都没想,于是,事态就向你们不想知晓、而我也不想叙述的方向又迈进了一步。

"杰金司只会信口开河,"泰勾人边说边粗鲁地抬抬肩膀,"因为他根本不知道深层遥感勘测器上的脉冲标记代表了什么意思,你又怎么能询问他的意见呢?"

"别紧张,"平力说着,将一只手搭在保安部主管的肩上,他有点吃惊地发现(同时也有点恐慌)芬力浆洗完美的T&A衬衫下的肌肉竟然在轻微弹跳,或者应该说是颤抖,"放松点,伙计!我只是问问。"

"我没法睡觉,没法看书,甚至没法做爱,"芬力说,"这三样我都试过了,乾神作证!跟我去一下丹慕林屋吧,好吗?去看一眼那些该死的数据。也许你会想出什么点子。"

"我是领头的,又不是工程师,"平力嘴上推脱,脚步却已走向了门口,"不过,考虑到我现在也无事可做——"

"也许,那只是意味着大限将至,"芬力说,在走廊里停了下来,"好像也不太会有别的可能了吧。"

"大概是吧,"平力不动声色地附和着,"况且,在清晨的微风里散散步总归没什么坏——嘿!嘿!你!你给我站住!罗德人!我和你说话时你得转过身来,听见没有?"

这个罗德人骨瘦如柴,身穿粗斜纹双色方格棉布裤子(后袋部分垂荡下来,早已磨成了白色),顺从地转过身来。脸蛋倒是圆圆的,长满了雀斑,湛蓝的双眼即便在这种警觉的神色下仍然显得很好看。要不是他的鼻子烂掉大半、只留下一个鼻孔,他的相貌原本并不难看。他的手里托着一个篮子。平力记得很清楚,以前曾在农场附近见过这个脚步蹒跚的家伙,但又似乎没法肯定;对他来说,所有的罗德人都长得差不多。

这倒无关紧要。查明身份是芬力的份内事,他显然要行使职责了。此刻的平力正从皮带间拽出一副橡胶手套,一边戴上一边大步迈向罗德人,罗德人畏畏缩缩地往墙根蹭,紧紧抱着怀中的柳条篮,并放了一声响屁——这只能是神经紧张的表现。平力需要恶狠狠地咬一口,咬在他脸蛋上,才能遏制自己想笑的冲动。

"不,不,不!"保安部主管吼起来,刚刚戴上橡皮手套的手飞快地扇了罗德人一巴掌(绝不可触碰罗德里克族人的皮肤;那上面携带了太多太多病原体),打得罗德人唾沫飞溅,唯一的鼻孔里也淌出了鲜血,"别用你的畸匣子①和我说话,黑李嗣先生!你脑袋上的洞虽然好不到哪里去,但至少可以给我说一点尊敬人的话。最好那个洞还能放点声音出来!"

"向您问安,泰勾的芬力!"黑李嗣嗫嚅了一句,并抬起拳头触碰前额,但拳头却大力地砸在脑门上,结果后脑勺重重地撞在了墙上——砰!就是这样,平力不由自主地哈哈大笑。就算等会儿他和芬力一起走去丹慕林屋时会因此受到芬力的责备也不管了。而且,平力猜想那个名叫黑李嗣的罗德人会在他的笑声中感到些许慰藉。他大笑时露出了太多尖利的牙齿。"向您问安,保安部的芬力,祝天长夜爽,先生!"

"好点了,"芬力接受了致敬,"没好太多,但总归是好点了。号角还没吹、太阳还没升,那么你他妈的到底在这儿干什么勾当呢?还得告诉我,你的小盆筐里装了什么,维京家②的?"

黑李嗣将篮子抱得更紧了,两眼警觉而惊恐地瞪圆了。芬力一下子收起了笑容。

"马上掀开盖子让我看看里面装了什么,你个蠢货!否则我打得你满地找牙!"芬力低声咆哮着吼完这些话。

有那么一瞬间,平力认为罗德人绝不会顺从,他只感到一阵尖锐的警觉。可是,那家伙随后竟慢慢地掀开了柳条篮的盖子。在芬力的家乡,这类带有把手的篮子被称为盆筐。罗德人不情不愿地将篮子往前一递。与此同时,他闭上了看似痛苦万状、黏着眼屎的双眼,并扭过头去,仿佛做好了准备接受一次重击。

芬力低头去看,好半天都没说话,随后爆发出一阵狂笑,还邀请平力也来瞅一眼。总管虽然一眼瞧见了篮子里的东西,却愣了片刻才反应过来。

---

① 参见前文泰德的解释,畸匣子的意思就是:动物本能。
② 芬力喜欢引用人类图书中的典故,所以"维京家的"这一称呼可能源自《太阳溪农场的丽贝卡》,凯特·道格拉斯·史密斯·维吉著。同名电影由著名童星秀兰·邓波儿主演,标志形象就是挎着小篮子的小女孩。

接着,他的思绪闪回到那天挤破疱疹,并将脓血弹给芬力享用的场景,就好像把前夜盛宴后的高级甜点送给朋友吃。在罗德人的篮子里,有一些用过的纸巾。确切地说,是舒洁牌纸巾。

"是坦迷·凯利让你今天早上过来收垃圾的吗?"平力问。

罗德人害怕地点点头。

"她有没有告诉你,不管在垃圾桶里拣到什么,只要你喜欢就可以拿走?"

他心想,这罗德人必定要扯谎。一旦他扯谎了,总管大人自然就可以命令芬力好好教训他一顿,就当是上一堂诚信课。

可是罗德人——黑李嗣——摇了摇头,看起来很悲伤。

"好吧,"平力说着,感到释然了,在这么早的清晨,痛殴、咆哮、眼泪都似乎来得太早了,会毁了一个人的早餐情绪,"你可以走了,带上你的奖品吧。但下一次,蠢货,记住要征得许可,要不然就得横着出去。明白了吗?"

罗德人使劲地点点头。

"走吧走吧!赶紧离开我的屋子,别再让我看到你。"

他们看着他离去,手中紧紧抱着装有擦过鼻涕的纸巾的篮子,毫无疑问,他会好好享用所有的脏纸巾,好像呓着奶油杏仁糖。两人都假装板着脸,直到那畸形的小杂种走远了。然后,他俩不约而同地放声大笑。泰勾的芬力转身靠在墙上,力道太大,结果撞下了一副钉在钩子上的小画,他又顺势滑到了地板上,歇斯底里地吼笑不停。平力则用手捂住脸,上气不接下气地一直笑到肚子疼。这一通大笑总算化解了这天开始时的紧张气氛,仿佛将坏情绪统统一笑泻之。

"危险分子,绝对是!"芬力好不容易可以说话了,他用毛茸茸的手爪背抹去笑出来的眼泪。

"下贱的破坏分子!"平力应和着,此刻,他也笑得满面通红。

他们互看一眼,又忍不住爆发出一阵大笑,这股子轻松释怀的笑声甚至惊醒了睡在三楼的女管家。坦迷·凯利正躺在窄小的床上,听着楼下吼声般的大笑,不以为然地抬眼望向黑暗的天花板。男人都差不多,在她看来,不管他们披挂着哪种皮肤。

就在外面,类人总管和獭辛保安主管走在了商业街林荫道上。与此同时,罗德里克之子疾步走出了北门,低低压着脸,疯狂跳动的心简直快蹿出嗓子眼了。差一点啊!天啊!要是刚才黄鼠狼头这样问他——"黑李嗣,你藏掖着什么呢?"他就只能尽全力去撒谎,但要他在泰勾的芬力眼皮底下吹牛——这种事情怎么可能发生呢？这辈子都甭想！那样的话，他的秘密就会被发现，肯定会。不过，感激乾神，没有人发现他的小秘密。他已经偷偷地把枪侠给他的圆形小玩意儿藏在卧室里了，任由它轻轻地嗡嗡叫唤起来。他把那只小球放进了废纸篓里，这便是枪侠吩咐的事情，并从盥洗台上的面巾纸盒里抽取了几张新纸巾，盖在小球的上面，这也是枪侠吩咐过的。没有人跟他说过：他可以取走废纸篓里已经用过的脏纸巾，但他实在无法抵抗那浓汤汁般的美妙气味。没想到，这些脏纸巾救了他的命！天啊！他们没有提出任何让他难以回答的刁钻问题，而是嘲笑了他一通，并放他走了。他期盼着能够再次爬上远处的小山丘，和貉獭再玩儿上一会儿，是的他就是这样想的，但那白头发的老人泰德却叮嘱他走得越远越好，只要他的任务完成了，就该逃得越远越好。并且，要是他听到了枪响，黑李嗣就该找地方藏身，等到枪声再也不响了才能出来。他会听话的——哦，是的，一定要听话。他不是已经完成蓟犁的罗兰要求他做的事情了吗？第一只嗡嗡响的小球放进了一间宿舍——费佛里，另外两只则放进了丹慕林屋，也就是断破者和下班的守卫兵们睡觉的地方，最后一只小球也放进了总管的房间……就是在那里，他差一点被抓住！黑李嗣不知道那些嗡嗡叫的小球是派什么用处的，他也不想知道。他会远走高飞的，说不定还带上一个朋友，尕玛，只要他能找到她。如果枪战开始了，他们就会躲在深深的地洞里，而他就可以拿出这些脏纸巾，和她一起享用。有些纸巾上啥也没有，只有一些剃须皂沫，但还有好几张上抹上了湿答答的鼻涕和大坨眼屎，他现在就能闻到那股诱人的香味。他会把最丰盛的留到最后，留给尕玛，就是沾有脓血的那张纸巾，说不定她会让他尝一口的。黑李嗣快步走着，想到即将和尕玛分享美食，不由地露出微笑。

2

巡航车停靠在封闭式狱舍北端空地中的一间空棚屋里，苏珊娜坐在其上，看着黑李嗣走出了视野。她注意到那身躯畸变的可怜人一路在为什么事情笑着，看起来，事情进展顺利。这是个好消息，确实是。他的身影刚一消失，她的注意力就全部转回厄戈锡耶托的北门。

在这个位置，她能看清石头岗哨塔（只能看到位于她左侧的顶端部分，以下的部分都被山坡遮掩住了）。类似常春藤的藤蔓植物将整个塔层层叠叠地包裹起来。苏珊娜觉得，那并不是野生态的植物，而是经过精心培植的，毕竟，周围的荒漠乡野里全都寸草不生。西塔上有一个人影，似乎坐在一把非常舒服的椅子里，甚至可能是"懒骨头"之类的软垫。朝东头的铁轨旁站着一个海狸头的獭辛和一个低等人（苏珊娜心想：要是此人是类人，那实在是丑到家了），这两人正在交谈，很明显，都在等待号角响起，他们便可以离开工作岗位，并直接奔向早餐供应点。在两座岗哨塔之间，她能清晰地看到三排电线网组成的警戒边境，电线网之间的间距很宽，守卫兵尽可放心地走在电网之间，不用担心会因触碰到高压电而亡。但是，她发现这个清晨，那个地段上没有一个人影。电网内倒是有一些人影闲散地移动，似乎没人露出着急奔赴某处的迹象。除非她眼前的这情景是本世纪以来最成功的骗局，罗兰说得对。他们毫无防备，就像一群小肥猪高高兴兴地在屠宰场门外享用最后一顿盛宴；来吧来吧考玛辣，肋排大餐献上了。由于他们几人没能找到带无线操控功能的武器，但运气也不算太糟，他们最终找到三杆标志有"计时间隔"、仿佛科幻小说中才有的自动步枪。埃蒂说，他相信这些都是激光枪，但苏珊娜丝毫不觉得这枪有什么懒骨头①迹象。杰克提议说，他们可以去远一点的地方试试枪，只要底凹-托阿的人看不见就行了，但罗兰立刻否决了这一提案。那是前一天晚上的事情，他们几人反复熟悉作战计划，几乎谨慎地斟酌了上百遍。

"孩子，他说得对，"埃蒂说，"下面那些蠢货很可能会发现的，就算他们看不到、听不到，但说不定还是会知道我们放枪了。我们不晓得那些遥感勘测器能探出什么样的震动。"

在黑夜的掩护下，苏珊娜已经设置好了三杆"懒骨头"枪。等时机一到，她还会设置好控制时间间隔的按钮。这些枪的表现会很好，这才不至于辜负它们的外表给人留下的深刻印象；但也可能是哑炮。她只能等到战斗打响时才能好好试一下，她别无选择。

苏珊娜听着自己重重的心跳声，等待着音乐响起。等待着号角。还等待着大火，如果罗德人按照罗兰吩咐的那样布置好了飞贼的话，罗兰确信那会有用。

罗兰说过："最理想的状况莫过于在换班的五分钟或十分钟之内他们全

---

① 因为激光（laser）和懒鬼（lazer）的拼写相近，而在苏珊娜生活的时代尚未有激光枪，所以她误解了。

都陷入火情。每个人都东奔西跑,招呼朋友,互相闲聊几句。我们不能预期——不能当真这么预期——但确实希望如此。"

是的,可能如愿……但人们总是一手持着希望,一手拖着狗屎,就看哪只手先被填满。无论如何,将由她来决定何时打响第一枪。之后,一切就会热闹起来。

求你了,上帝,帮我挑好时机。

她在等待,手握"草原狼"手枪,枪把抵在肩窝里。当音乐响起——她认为那是《这是爱》的录音棚版本——坐在巡航车上的苏珊娜不由自主地倾身向前半扣扳机。要不是早已设置好保险,她可能已经扫出了一梭子子弹、轰烂小棚屋的破屋顶,当然也就毫无疑问地搞砸这次行动。但罗兰早已将她调教成一流枪手,手指下的扳机依然静止不动。但她的心跳加速了——也许还在颤抖——还能感到汗珠缓缓滑下来,尽管天气又变得阴冷起来。

曼妙的音乐响彻西方。但是,光有歌声还不够。她安坐在巡航车上,静候号角声。

3

"迪诺·马提诺。"埃蒂说道,声音轻得几乎听不见。

"嗯?"杰克问。

他们三人已经顺利通过了布满破旧车厢和火车头的铁轨段,此刻身在标有"单轨"的闷罐车厢后。车厢两边的门都敞开着,三人都可以透过电网望见南面的岗哨塔和欢乐谷——欢乐谷说是"村",其实不过是一条街道而已。六条胳膊的机器人先前在林荫道上逡巡,现在又晃荡到了主街上,路过一间又一间装饰精致(并挂着"歇业"牌子)的小商店,从他的……胸腔里传出低吼的语音,听上去像是数学方程式?

"迪诺·马提诺。"埃蒂重复一遍。奥伊坐在杰克的脚边,抬起闪亮的金边眼睛;埃蒂蹲下来,轻轻拍拍它的头,接着说道:"这首歌是迪恩·马汀原创的。"

"是吗?"杰克满腹疑惑地问。

"当然啰。只不过以前我们总唱改了词儿的,'当月光罩上你的双唇,活像是一摊屎,那就是我的爱——'"

"别出声,求你了。"罗兰咕哝了一句。

"还没烟味呢,还是你们闻到了?"埃蒂问。

杰克和罗兰双双摇头。罗兰手握着檀木粗枪柄。杰克的装备则是AR-15卡宾枪,并且,那袋欧丽莎又背在了身后,显然不是为了祈求好运。如果万事顺利,他和罗兰很快就要用上圆盘了。

4

和大多数备有"家仆"的男人一样,平力·佩锐绨思很不了解各位雇员,不曾意识到他们各有目的、野心和感情——换句话来说,他没把他们当人看。自然会有人按时端上下午的威士忌酒杯,到了晚上六点半再端来他专享的排骨(生的),除此之外,他几乎都想不到他们的存在。所以,假如他有朝一日发现坦迷(他的管家)和獭卅(他的男仆)彼此憎恶,一定会惊讶不已。毕竟,当他们出现在他身边时,总是表现得彬彬有礼——倒不如说是冷淡。

当厄戈锡耶托的广播里传出"那就是爱"的歌声时(并被另一首《千言万语诉柔情》打断),只有平力不在屋子里。总管已经走在了林荫道上,现在,正在贾克利——乌鸦头的獭辛工程师——以及保安主管芬力的陪同下,听大家讨论深层遥感勘测器。平力压根儿没有惦记过刚刚离开的总管私宅。显然,他也不可能想到:此时此刻,坦迷·凯利(还穿着她的睡袍)和桑乃什的獭卅(还穿着他那条丝绸短睡裤)正在厨房里剑拔弩张。

"瞧瞧这个!"她在喊叫。他们双双站在厨房里,屋子里很阴暗。这是一间很宽大的屋子,但统共只有三盏电灯亮着。储藏室里只剩下几只电灯泡了,他们已经预留下来,以供阅读室备用。

"瞧什么?"绷着脸,撅着嘴。"丘比特之箭"般弓形的嘴唇上是不是残留着唇膏印?她觉得那一定是。

"你没看到架子上都空了吗?"她怒气冲冲地提高嗓门,"瞧瞧!没有烤豆子了——"

"他才不要吃烤豆子呢,你明明知道的——"

"也没有金枪鱼了,难道你还要跟我说他不吃那东西吗?他会吃到肚爆!吃到鱼儿从耳朵里蹦出来!你又不是不知道——"

"你能不能别——"

"汤也没了——"

"不是还有吗?"他也尖叫起来,"瞧瞧那儿!那儿是什么,还有——"

"不是他最喜欢的坎贝尔牌的番茄汤,"她愤而压过他的声音,任凭怒气膨胀,他俩之间的争执还从未发展到动手的地步过,但獭卅此时感到也许今天该打破纪录了,如果非得动手,那就来吧——哈!他非常愿意冲这个信口开河的又肥又老的婆娘的眼珠子来上一拳,"你看到哪里有坎贝尔牌的番茄汤了,啊?獭卅?我才不管你从哪儿来的呢。"

"你就不能自己带回来一盒吗?"他反问道,并同样迈出了一步;现在,他俩几乎鼻尖碰鼻尖了,尽管她身形庞大,而他细胳膊细腿,但总管家的男仆却丝毫没有害怕。坦迷眨巴眨巴眼睛,自打獭卅拖拉着脚步出现在这间厨房以来——谢天谢地,他不过是想要杯咖啡——她第一次露出了不像是恼怒的表情。这种表情也许可以说是紧张;甚至可以被形容为恐惧。"你的胳膊那么没劲儿吗,坦迷?我也不管你从哪儿来的,难道你抬不动一盒汤罐头吗?没法从储藏室里拿出来?"

她挺直腰板尽可能显得高壮,像被刺痛了一般。她的几重下巴(肥硕的下巴泛着类似涂抹晚霜后的油光)自以为是地抖动起来。"取用储藏食品一贯是男仆的职责!你明明很清楚!"

"那也没有法律规定你不能出手帮忙!昨天我一直在修剪他的草坪,你显然知道;我看到你坐在厨房里喝着一杯冰茶,不是吗?像个老埃利似的舒服地躺在你的椅子里。"

她怒了,在暴怒中变得丝毫不胆怯了:"我和别人一样有权利休息!我那时候刚刚刷完地板——"

"在我看来好像是嘟毕刷的地板。"他丝毫不口软。嘟毕是被用作"男仆"的家用机器人,很老旧了,但颇为管用。

坦迷越发气血冲头:"你怎么知道该怎么管好家务事?娘娘腔的小屁精!"

獭卅一向苍白的两颊变得红彤彤的。他清醒地意识到拳头已经握紧了,但究其原因不过是他修剪完美的指甲扎痛了手掌心。他突然觉得,和这么个婊子吹胡子瞪眼睛、火气简直能把周围的东西都烤焦的情形实在很滑稽;他们像一对儿傻瓜,不顾颜面地互相辱骂,但他顾不上这些了。这只老肥猪多年来一直对他吹毛求疵,现在真正的原因总算暴露了。这会儿终于赤裸裸地被她说了出来。

"先生,就是这件事情困扰您吗?"他几乎用上了甜蜜的口吻,"就因为我没有插插小洞、而是亲亲棒子吗,没别的原因了吧?"

现在,坦迷·凯利的脸颊上已不是红红气血,而升华至明晃晃的怒火。她没想把事情搞得这么大,但既然已经搞大了——是他们一起挑起事端的,所以,如果不得不打一架,那他和她怎么都得各打五十大板——她才不会退缩呢。当缩头乌龟那就太糟了。

"总管的《圣经》里说了,同性恋是罪,"她义正词严地对他说道,"我读过,是的我读过了。《利未记》,第三章,第——"

"那么请问《利未记》里对贪食者又是如何定论的呢?"他反唇相讥,"如果一个女人的乳房大得像桌面、屁股像厨台,《圣经》上又是怎么说——"

"少来管我的屁股有多大,你这个舔鸡巴的货色!"

"至少我还能勾到一个男人,"他故作甜蜜地说,"也不必拿一把扫帚躺在床上——"

"你好大胆!"她的嗓音顿时刺耳,"在我让你闭嘴之前你最好自动收声!"

"——可以把那下面的蜘蛛网扫扫干净——"

"再不闭嘴我就敲掉你满嘴的牙——"

"——捻捻下面的老菜皮,"说完,他又灵机一动,想出更能冒犯她的词儿,"又累又脏的老菜皮儿!"

她操起了拳头,显然比他的要大。"至少我从来没有——"

"别太过分了,先生,我警告你。"

"——从来没有碰过哪个下流男人的……下流……男人……"

她的声音轻下去了,满脸困惑地四处张望,并吸嗅着空气。他也是如此,并方才意识到:这味道并不是刚刚蹿出来的。自争吵开始以来,他就一直闻着这股气味,只不过现在越来越浓烈了。

坦迷说:"你有没有闻到——"

"——烟味!"他替她说出来了。他俩警觉地对视了一眼,就在互相饱以老拳前的五秒钟,这场争吵被抛到了九霄云外。坦迷的视线落在垂于炉子上方的指示牌上。这样的小牌子在厄戈锡耶托随处可见,因为狱舍里大部分房屋都是木质结构。老木头。牌子上写着:团结一致 创建无火安全环境!

就在附近的什么地方——后头的走廊里——一盏仍然有用的烟雾警报器爆发出尖厉吓人的警铃声。坦迷慌忙跑向食品储藏室,去找放在那里的灭火器。

"快去拿书房里的那只灭火器!"她大声喊着,而獭卅毫无怨言地拔腿就跑。火灾，是他们都害怕的事。

5

泰勾的尕司旗，保安部的总管助理，正站在丹慕林屋正后方住宿楼的费佛里前厅里，和詹姆斯·卡格尼说着话。卡格尼一头红发，是个崇尚西部牛仔风格的坎-托阿，穿着牛仔衬衫，脚蹬高跟靴——原本的五尺五寸的身材又增高了三英寸。两人手中都拿着笔记板，正商讨着随后几周内丹慕林屋必要的保安人手变更。有六名守卫兵病倒了，据冈林医生说，那是一种流行于类人族中的疾病，名叫"毛普斯症"。在雷劈，生病实在是再普通不过的事情——因为这儿的空气，每个人都知道，还有上一代人留下的携带毒菌的遗留物——但总体来说不至于引发太多麻烦。冈林说这儿从未有过真正的瘟疫，比如黑死病或是伤寒症，已经够走运了。

在他们身后，也就是丹慕林屋后铺砌的小广场上，一场清早篮球比赛正打得热火朝天，一些獬辛和坎-托阿卫兵们（理论上说，号角一吹响，他们就得立刻奔赴岗位）合起来，同参差不齐的断破者之队进行较量。尕司旗望着乔伊·拉斯特苏维奇在外线抛出三分球——漂亮！川帕斯想抢下篮板球，却不小心犯规了，他飞快地抬起帽子挠了挠头顶。尕司旗历来对川帕斯没什么好感，这家伙极不妥当地热衷于和那些有点特异天赋的动物囚犯们打成一片。再近一点，还有一个人坐在住宿楼前的台阶上观战，泰德·布劳缇甘。和平常一样，他啜饮着一罐诺兹阿拉。

"那就这样吧，"詹姆斯·卡格尼说，听来很像巴不得结束这场无趣的商议，"只要你不介意从警戒线巡逻兵力里抽调出一两个类人兵，就一两天——"

"布劳缇甘这么早出来干什么？"尕司旗打断了他的话，"他好像总是不到中午不出来活动的。老跟在他旁边的那小子也是。他叫什么来着？"

"恩肖？"布劳缇甘身旁还有一个半疯半痴的鲁伊兹，但鲁伊兹已经不是小子了。

尕司旗点点头。"对，恩肖，就是他。他今天早上当班。我刚才看到他在阅读室里。"

卡卡（他的朋友们都这么叫他）才懒得管布劳缇甘为什么一早起来看鸟人们（这话倒不是说还有很多鸟人，至少在雷劈范围内已经为数不多了）比赛；他只想尽快搞定人事安排,这样才能悠闲地穿过丹慕林屋,去吃一碟炒鸡蛋。有个罗德人不晓得从哪里找来了一些新鲜的细葱,他是听人家说的,所以——

"卡卡,你闻到什么味儿了没有?"泰勾的尕司旗突然问了一句。

这个幻想自己是詹姆斯·卡格尼①的坎-托阿脱口而出,问尕司旗是不是刚刚放了个屁?接着,又斟酌起自己这句俏皮的回答——因为,事实上,他确实闻到了什么。烟味?

卡卡心想,是的。

6

泰德坐在冷冰冰的费佛里前厅台阶上,呼吸着难闻的空气,听着从篮球场上传来的类人和獭辛间的闲话。(绝不会有坎-托阿;他们拒绝纵情于这等粗俗的勾当。)他的心跳得很重,但又不算很快。他意识到,如果有一条卢比孔河②等着他去穿越,他很久以前就已经越过了。很可能就是低等人把他从康涅狄格带回来的那个夜晚,更可能是在锡弥·鲁伊兹坚称枪侠们就在附近、他说服丁克一起出去找枪侠的那天。现在的他非常激动(激动到顶了,丁克大概会这么说吧),但是,紧张?不。他心想,只有那些举棋不定的人才会紧张。

他听到身后不远处有一个白痴(尕司旗)问另一个白痴(卡格尼)有没有闻到什么气味,于是泰德知道黑李嗣已经完成了任务;好戏就要上演了。泰德将手探进口袋里,摸出一张小纸片。纸上写着一行韵律完美的五步格诗,不过不是出自莎士比亚之手:双手高举往南走,就会安然无恙。

他定定地看着这行字,做好了广为传播的准备。

位于他身后的费佛里广播室里,一盏烟雾警报器骤然响起,发出刺耳的尖声鸣叫。

我们来了,这就来了,他边想边望向北方,他希望第一声枪响就来自于北方——那位女枪侠——正埋伏着。

---

① 詹姆斯·卡格尼(1899—1986),出生在美国纽约,一九二五年开始在百老汇的舞台剧中担任主角,一九三一年因出演《人民公敌》而获得第十五届奥斯卡最佳男主角金像奖。
② 卢比孔河,发源于意大利中北部,公元前四十九年朱利斯·恺撒及其军队渡过此河,从此开始了内战。因此,这个词常常来表示一旦越过就无可挽回、会带来不可改变之责任的界线。

7

距离丹慕林屋只有三分之一的路程了,佩锐绛思总管和芬力止步于林荫道上,另一侧站着杰克李。号角声尚未响起,他们身后却传来喧闹的警铃声。他们还没来得及转身去看,又有一阵尖厉的警报声从封闭狱舍的另一端传过来——那是住宿楼的方向。

"这到底——"平力说。

——是怎么回事儿还没说出口,坦迷·凯利就从典狱长屋的前门旋风般地跑出来,还有獭丗,他的男仆,跌跌冲冲地跑在女管家的右侧。两人都高举双手奋力挥动着。

"着火了!"坦迷大声喊道,"着火了!"

火?但这不可能吧,平力暗想。如果我听到的烟雾警铃声来自于我的房子,并且还有一栋住宿楼里也传出了警铃,那么显然是——

"肯定是误报,"他这样对芬力说,"那些烟雾警报器只要没电了就会——"

他那满怀希望的乐观臆测还没说完,典狱长私宅的一整面玻璃就炸裂了。碎玻璃被一阵灼热的橙色烟火冲撞而出。

"上帝啊!"杰克李带着嗡嗡的鼻音说道,"是着火了!"

平力目瞪口呆。突然间,另外一声警报器爆发了,这一次的啸声更响亮,更刺激人心。仁慈的上帝,亲爱的耶稣,那是丹慕林屋里的警报!显然那儿没出什么——

泰勾的芬力抓住了他的胳膊。"首领,"他极其冷峻地说道,"我们真的有麻烦了。"

平力什么都来不及说,标志换班的号角声又响起。就在那一刹那,他猛然意识到:在随后的七分多钟里,他们是多么可能腹背受敌。任何事物都可能乘虚而入、攻打他们。

平力始终拒绝容许攻击这一字眼进入他的脑海。至少眼下他还不愿意承认。

8

丁克·恩肖一直坐在松软的懒人椅里,不耐烦地等待好戏上演,再短暂的时刻仿佛也像永生永世那么难熬。一般来说,身在阅读室里会令他愉悦振奋——该死的,每个人都乐悠悠的,那就是"美好意愿"的功效——但是今天,他只觉得体内的神经绷得越来越紧、越来越紧,连睾丸都缩紧了。他能感觉到獭辛和坎-托阿卫兵时不时地出现在高高的阳台上,享受着美好意愿的舒缓波涛,他倒不用担心自己会引起他们的注意,至少,眼下他还是很安全的。

外面传来的声音是火警吗?从费佛里方向,应该是吧?

有可能。但也可能不是。身旁的人似乎没有一个东张西望。

等待,他对自己说。泰德告诉过你这是最艰难的一程,不是吗?不管怎样,锡祢没在其中。他正安全地躺在自己的房间里,而科贝特屋并不会着火。所以冷静下来。放松。

确实是烟雾警报器发出的警铃。丁克很有把握。嗯……基本上算有把握。

摊在膝头的是一本填字游戏杂志。刚才的一刻钟里,他根本不去看词汇谜面,只是胡乱地在格子里写上牛头不对马嘴的乱码。但此刻,他正在填字表格的上方用大号的黑体字写着:双手高举往南走,就会安然——

写到这里,楼上的一盏烟雾警报器也响了起来,很可能是在西翼,警铃声颤颤的。几个断破者如梦初醒一般惊跳起来。丁克也随之大叫,但他的喊声是因为如释重负。不仅是轻松感,还有……喜悦?是的,很像是喜悦。因为警铃大作时,他分明感到"美好意愿"那令人晕眩似的强大能势骤然消失了。此刻,由断破者们协力构成的诡谲能量仿佛电线短路了一样。无论如何,在这个时段里,对光束的攻袭停止了。

与此同时,他还有份内事儿要做。不能再等了。他站起来,任凭填字游戏杂志滑落到土耳其地毯上,全神贯注地将唯一的意念灌输到房间里的断破者们的头脑里。这很难;他在泰德的帮助下几乎每天练习。养兵千日,但愿真能用兵一时。如果断破者们都能获取他散布的意念,并将这一他建议为指示级别的意念加大音量广而告之?很快就会见分晓了。这将成为一种崭新的"美好意愿"的格式塔的主旋律。

至少是有希望的。

（是火情朋友们这栋楼着火了）

如同他这一无声意念下划出的着重号，一阵凌乱的破碎声传来，好像有什么东西爆炸了，并且，第一阵烟雾也正从通风扇口弥漫进来。断破者们无不睁大眼睛，迷茫惊恐地四顾张望，有的人索性站了起来。

于是，丁克继续无声地"说"道：

（别担心别惊惶一切都会好的走到）

此刻，他聚念想着北楼梯的场景，并幻想着加入断破者们。他们走上了北楼梯。他们穿过了厨房。着火的木头噼啪作响，烟雾呛人，但那都是从西翼守卫兵睡觉的区域传来的。会有人质疑这些意念传播的真实性吗？会有人去猜度是谁以及为什么要传播这些意念吗？现在还没有。现在他们只是害怕。现在他们确实希望有人告诉他们应该怎么做，而丁克·恩肖就是这个人。

（北楼梯去走北楼梯走到后面的草地上去）

起作用了。他们纷纷往那个方向涌去。像是由公羊带领的一群小绵羊，也像跟着领头马的一群小马驹。有一些人只是接收了两条最基本的指示。

（别惊惶别惊惶）

（北楼梯北楼梯）

重复发送它们。而且，丁克还听到从上方传来同样的反馈，这就更好了。那是一直在阳台上监督他们的坎-托阿和獭辛。

没有人慌不择路，没有人奔跑，没有人惊惶失措，人们只是向北楼梯走去。

9

苏珊娜坐在巡航车的坐椅上，身在小棚屋的窗前，她刚才一直躲在下面，现在已经不再担心被人发现了。烟雾警报——起码有三盏——在呼啸。一盏火警甚至叫嚣得更嘹亮；那是从丹慕林屋里传来的，她对此非常肯定。如同回应般，一组刺耳的电鹅嘶吼声此起彼伏，响彻从欢乐谷到狱舍尽头的区域。还掺入了众多叮叮当当的钟鸣。

在南面发生了这一切之后，位于底凹-托阿北端的女人只能看到藤蔓覆盖的岗哨塔上三个背影便不足为奇了。三个并不算很多，只是敌人总数的百分之五。只是开端。

苏珊娜端平了枪,瞄准其中一人,并开始祈祷。上帝保佑我瞄准……一定要很准……

很快。

一切将会很快。

10

芬力拽着总管的手臂。平力甩掉了他,掉头就往自己的屋子走,不敢相信似的干瞪着烟雾滚滚地从左侧所有的窗户里涌出来。

"首领!"芬力喊起来,再次伸手拽住他,"首领,别管那个了!我们必须担心的是断破者!断破者!"

总管对此置若罔闻,但丹慕林屋颤抖的火警铃声却最终拽回了他。平力又掉头走回来,就在这个瞬间,他一眼看到了杰克李玻璃珠般的小鸟眼睛。除了惊惶之外,他没有看出别的内容,这不应该,但却极好地帮助平力定下神来。警报声和蜂鸣器从每个角落传来。其中还有一个间隔规律的喇叭声,他以前从未听见过。是从欢乐谷那边传来的吗?

"走吧,首领!"泰勾的芬力几乎是在央求,"我们必须确保断破者们平安——"

"烟!"杰克李惊叫起来,并鼓动起黑色羽翼(全然无用的举动),"丹慕林屋冒烟了,费佛里也冒烟了!"

平力没有理睬他。他从枪套里毅然拔出了"决斗者",一闪念想到是什么前兆促使他拔枪的。他不知道,但手中沉甸甸的质感令他颇为欣慰。獭卅在他身后尖叫——坦迷也是——但平力同样没有理睬他们。他的心狂暴地跳动着,但他已经冷静下来。芬力说得对。眼下的头等大事是断破者。要确保他们没有因电路火灾或是任何混账的破坏行为而损失三分之一训练有素的特异功能者。他冲着保安部总管点了点头,于是,他俩肩并肩地朝丹慕林屋跑去,留下杰克李嘶叫着扇动羽翼,活像华纳出品的动画片里的逃难者。前面不远处,尕司旗正在大吼大叫。接着,来自新泽西的平力听到一阵快速的哩—哩—哩,这声音简直惊得他透心凉。枪声!要是哪个蠢货胆敢朝断破者开枪,以上帝的名义,那家伙必会丢了脑袋。但他始终没有想到,被攻击的也许不是断破者而是卫兵,看更狡诈一些的芬力对此也同样浑然

313

不觉。毕竟,有太多的事情在一瞬间发生了。

11

底凹狱舍的南端,急促的火警铃声震耳欲聋。"天啊!"埃蒂抱怨了一句,却听不到自己的声音。

南边的岗哨塔里,几个卫兵背对着他们,全都注视着北面。埃蒂还看不到烟火。也许卫兵们在制高点上能看得一清二楚。

罗兰扳住杰克的肩膀,又指了指单轨闷罐车厢。杰克点点头,带着奥伊猫着腰从车厢下爬过去。罗兰双手一按,指示埃蒂——待在原地!——接着也爬了出去。不消一会儿,枪侠和男孩出现在车厢的另一侧,并排地站起来。若没有狱舍内部的火情警报和滚滚浓烟夺走岗哨卫兵的注意力,他们就等于完全暴露在敌人的视野里。

突然,欢乐谷硬件公司前的整片地剧烈下沉。一辆机器人救火车似乎自古就停在车库里,如今则周身红漆鲜亮、铬壳闪烁地冲将出来。加长型车身中段的一排红灯一闪一闪,扩音器里的声音喊叫道:"让开!这是救火敢死队!让开!请给救火敢死队让路!"

底凹狱舍的这一区域还不能有枪声,现在还不行。得让厄戈锡耶托里受惊的伙伴们相信狱舍南端是安全的。别担心,伙计们,这里是避风港,让你们逃离这场不期之灾。

枪侠从杰克所剩不多的欧丽莎中取出一枚,又抬抬下巴指示男孩也取出一枚。罗兰指向右边的岗哨塔,再示意杰克。男孩点点头,双臂交叉于胸前,就等着罗兰一声令下。

12

只要你听到标志换班的号角声,罗兰是这样对苏珊娜说的,就动手。尽你的全力,能消灭几个就算几个,但看在天父的分上!千万别让他们发现对手只是单枪匹马。

好像他需要这样告诫她似的。

她完全可以在号角声尚未结束时就干掉岗哨塔楼上的三个卫兵,但她延迟了一会儿。几秒钟之后,她便庆幸自己没有过早下手。安妮女王的大宅子后门被猛烈地撞开,上方的铰链都挣脱了。断破者们涌出来(她心想,这些人想成为宇宙终极毁灭者,就是这些羔羊),忙不迭地抓着前面的人,混迹于他们之中的还有六七个长着动物脑袋的怪胎,以及至少四个戴着让人毛骨悚然的人类面具的家伙。

苏珊娜先拿下了西塔上的卫兵,还没等厄戈锡耶托战役的第一名阵亡者倒身翻出栏杆坠落地面、肝脑涂地,她已经转而瞄准了东塔上的一对儿。"草原狼"机动手枪已被调准在中速挡,以稳健的低音三弹连发:嗖—嗖—嗖!

东塔上的獭辛和低等人双双逆向半旋后倒下,活像一对默契的舞蹈家。獭辛的尸体砸在岗哨塔顶平台的狭窄过道上;低等人卫兵则拦腰撞上横梁,靴子底朝天一头栽下来。她清晰地听见坠地时他脖子折断的脆响。

几个正慌得团团转的断破者目睹了这个不幸卫兵坠落的全过程,便失声尖叫起来。

"举起双手!"她认得出那是丁克的声音,"只要是断破者就把双手举起来!"

无人对此质疑;在这种情形下,只要有人语气坚定地高喊,就毫无疑问地成为领头人。一些断破者——但还不是所有人——已经高举了双手。这对苏珊娜来说没什么两样。她不需要靠高举的双手来辨认羔羊和领头公羊。她的视野已变得令人悚然的明晰。

她将发射控制开关从**连发**拨到了**单发**,并开始锁定从阅读室逃出来、混迹于断破者中间的卫兵们。獭辛……坎-托阿……一个类人,但不能射杀她,就算她没有举起双手她依然是断破者……不要问我是怎么知道的,但我就是……

苏珊娜扣动了"草原狼"的扳机,只见一个类人——紧贴在一个穿艳红宽松裤的女断破者身旁——脑袋顿时爆裂出一阵夹杂碎骨的血雾。断破者们像一群小孩似的尖叫起来,眼珠都快瞪出来了,都高高举起手臂。现在,苏珊娜又听见了丁克,但这一次不是嗓音。她听到的是他的意念发出的声音、十分响亮:

(双手高举往南走,就会安然无恙)

这提醒了她该转移了。算上岗哨里的三个,她已经干掉了血王手下的八个坏小子——考虑到他们如此惊惶失措,战绩并不算显赫——而且现在看来并没有更多的敌人。

苏珊娜旋动油门,"苏希巡航车"灵活地朝另一间废弃小棚驶去。这辆小车走得太顺畅,她差点儿从座位上滑下来。她使劲屏住笑(但还是笑了出来),并使出全身气力用黛塔·沃克特有的粗鄙嚣张高喊道:

"出来吧,操你妈的!往南边来啊!把手高高举起来,这样我们就能知道你不是他妈的坏小子!只要不举手就等着脑门吃枪子儿吧!你们信我的!"

走进隔壁小棚屋的门口,巡航车的轮胎擦过门柱,还好不太重,因而没有将车撞翻。感谢上帝,因为凭她自己的力气根本无法扶起这辆车。她在这里支起了"懒骨头"枪专用的轻便三角支架。她摁下了双态选择开关,显示为"开",当枪口放射出一道刺眼的红紫光束,箭一般飞速越过狱舍边缘的三道电网并在丹慕林屋的顶楼射出一个大洞时,她甚至还在考虑是否还需要设置"时间间隔"键。对苏珊娜来说,这个洞大得就像短程导弹轰出来的。

这家伙不错,她想,我要把另外几支枪都用上。

但她又想到,时机还不够成熟。尽管其他断破者都已接收到丁克的讯息,并在互相交流中推进出逃的进程:

(双手高举!往南走!就会安然无恙!)

她将"草原狼"的选择按钮调到"**全自动**",然后对准最近的一栋住宿楼的高层来了一通强力扫射。子弹呼啸着迸发。玻璃碎裂。断破者们尖叫着高举双手往丹慕林屋方向奔跑。苏珊娜看到泰德也在其中。很难看不到他,因为他和人流反向而行。丁克和他匆忙地拥抱一下,再举起双手,融入向南奔走的人流。这些断破者们眨眼之间就会失去 VIP 待遇,变成最普通不过的逃难者,在黑暗无边、毒害侵染的土地上苦苦求生。

她已经消灭了八人,但这远远不够。杀敌的欲望升腾而起,难以压制。她的双眼能看到一切蛛丝马迹。双眼随着血流兴奋地跳动着,头也随之微微疼痛,但它们确实洞察一切。她满心期待还会有獭辛、低等人或是类人守卫兵走到丹慕林屋的这一边来。

她还想杀更多。

13

锡弥·鲁伊兹就住在科贝特屋,碰巧此时苏珊娜——在毫不知情的前提下——全火力射出不下百发子弹的目标。如果他正躺在床上,几乎无疑会死。可是他正跪在床脚,为朋友们的平安祈祷。窗户玻璃被击碎飞溅时,

他连头都没抬一下,只是反复了一遍挚情祷告。他还能听到丁克的思绪

(往南走!)

如重锤般砸响在他头脑里,然后听到其他流动的想法

(双手高举!)

汇聚成河。而且,也有泰德的声音,不止是加入其中,而是刻意地加大分贝,令那条小河

(就会安然无恙!)

涌动成汪洋。锡弥毫无意识地改变了祷词。"我们的父"、"保佑我的朋友们"变成了"双手高举往南走就会安然无恙"。当放置于丹慕林屋自助餐厅后的丙烷罐在一声暴响中爆炸时,他都不曾停止祈祷。

14

从很多方面来说,冈林·特里斯藤(也就是您所知的冈林医生)是丹慕林屋里最让人害怕的人。他是个坎-托阿,但没有人类的名字——而是倔强无比地取了个獭辛的名字,并以铁拳政策经营西翼三楼的医务室。还穿着四轮滚轴溜冰鞋。

冈林待在办公室处理文件,或出去巡查(通常来说,这意味着去断破者的房间探视得了感冒的患者),但当他回来时,这整个地方——所有护士、勤务兵和病人们——顿时陷入谦恭的(神经紧张的)安静。若有人第一次看到他必定会哑然失笑,这个脸色铁黑、轮廓铁硬的矮胖子拖着步子走在床位之间的过道里,双手叠放在胸前的听诊器上,长长的白大褂拖荡在身后。(曾有个断破者点评:"他就像是犯了大错、又掩饰失败的约翰·欧文①。")但不管怎样,哑然失笑之人一旦被他发现,就再也笑不出来了。冈林医生有张刀子嘴,千真万确,有人胆敢取笑他的溜冰鞋绝不会有好果子吃。

现在,他可没有拖着步子,而是在病床间的过道里飞上飞下,钢制滚轮碾过硬木地板发出隆隆声响(因为直排轮滑鞋还没有被发明使用呢)。"所有的文件!"他高声尖叫,"你们听到没有?……要是在这场该死的混乱中丢了一张资料,哪怕一张他妈的资料,我就要挖出谁的眼珠子来当下午茶点。"

---

① 约翰·欧文,美国著名作家,著有《寡居的一年》、《心尘往事》等小说。

病人们都已经走了，这是自然的；第一遍烟雾警报器响起时，他就让他们统统下床，而第一阵烟雾飘起时，病人们已经下楼去了。一些勤务兵——没种的废物，他认得他们每一个人，哦是的，等这事儿过去了他必定要写份完整的报告——和病号们一起跑了，但还有五个人留下来了，其中有他的私人助理，杰克·伦敦。冈林为这几个人感到骄傲，尽管在浓重的烟雾中踩着溜冰鞋一上一下地滑行时他无法用吓人的嗓音说出这种心情。

"去拿文件，你们听见没有？最好都听清楚了，看在上帝的分上别再磨磨蹭蹭地散步了，更别爬来爬去！你们最好都听明白了！"

一道红光射穿了窗户。一定是某种武器，因为它把隔开他的办公室和病区的玻璃墙炸得纷飞，并且将他最心爱的安乐椅烧成了焦炭。

冈林一猫腰，滑到激光光束之下，但仍然不曾减速。

"真他妈该死！"一个勤务兵吼起来，他是个类人，丑得非同寻常，两只圆鼓鼓的眼珠子从惨无血色的脸庞上暴凸出来，"这他妈的到底是——"

"甭理它！"冈林咆哮起来，"甭去管那是什么玩意儿，你个屎脸蠢货！去拿文件！去拿我那些操他妈的文件！"

从前面——林荫道？——某种救护车当啷当啷发着巨响迫近。"让开！"冈林听见机器人高喊道，"这是救火敢死队！"

冈林从没听说这里还有什么"救火敢死队"，但这儿确实有很多事情他们闻所未闻。为什么，他只能吩咐手下仅仅三分之一外科人员？不去管了，眼下至关重要的是——

他甚至都来不及多想，厨房后的煤气罐就爆炸了。在震耳欲聋的巨响中——爆炸似乎就发生在他们身下——冈林·特里斯藤被震掀到半空中，溜冰鞋底的轮子还在飞转。别的人也被抛到空中，就在这一刹那，熏人的烟雾中突然纸片飞扬。眼巴巴看着这些飞腾的纸片，冈林医生意识到文件将被尽数烧毁，而他幸运地不必和它们一起葬身火海，他明明白白地想到：结局已提前降临。

15

罗兰听得见意念指令

(双手高举！往南走！就会安然无恙！)

开始在脑海中阵阵敲响。是时候了。他冲杰克点点头,欧丽莎即刻飞将出去。圆盘诡谲的飞转声在一片喧嚣中并不分明,但一个卫兵肯定听到有什么物事向自己奔去,就在圆盘的利刃取下他的首级时,他刚好想转身瞧个究竟,刹那间,头颅跌落,睫毛仍在惊异茫然地闪动。无头的身躯又向前走了两步才瘫软倒地,双臂伸在栏杆外,鲜血从脖子的开口处汩汩而出,流成一道华丽的溪流。另一个卫兵也已经栽下去了。

埃蒂不费吹灰之力地从单轨闷罐车下翻身出来,站在了狱舍门前。又有两辆自动驾驶的救火车从五金商店前的空地下隆隆驶出,那是尘封至今的车库基地。这些车都没有轮子,看似拥有压缩气垫机动装置。狱舍北端的某处(在埃蒂看来,那儿才是底凹-托阿的地标),有什么东西剧烈爆炸了。太好了。妙极了。

罗兰和杰克又从包袋里取出几枚圆盘,抛出去之后,三道电网应声断裂。高压电线爆闪出一阵激烈的蓝火,嘶嘶作响。接着,他们走了进去。无声亦无言地快速奔跑,越过了此时已成空塔的岗哨,奥伊紧紧跟在杰克的脚边。从这里开始,有一条小巷夹在亨利·葛雷汉姆的苏打水喷泉饮料杂货店以及欢乐谷书店之间。

他们从小巷尽头望出去,看到主街道上已经空无一人,但那两辆救火车却发散出刺鼻的电器金属气味(埃蒂心想,一股子地铁味儿),令这里本来就糟糕的空气更显恶臭。远处,火警警报器和烟雾探测器齐鸣。在欢乐谷,埃蒂遏制不住地想起迪斯尼乐园里的主街道:水槽里没有垃圾,墙上没有痞气涂鸦,甚至厚厚的窗玻璃上都纤尘未染。当思乡的断破者们需要满足一丝美国式的乡愁时,他们便来到这里,埃蒂揣测着,但是,难道他们之中就没有人想要更好的安慰吗?想要一点比这种仿造的宁静童话仙境更现实的东西吗?也许人行道和商铺里有人时看起来会更有吸引力,但仍然令人难以置信。至少,埃蒂认为这一切都难以置信。也许,这只是一个城市男孩的沙文主义。

欢乐谷的鞋店就在他们正对面,欢乐巴黎时装,今日理发店,以及宝石电影院(帐篷式迎宾处的横幅上写着:进来瞧瞧吧,很酷!)罗兰挥一挥手,示意埃蒂和杰克横穿街道。就在那里,如果一切如他所料(但几乎从未如此),他们会在那里遭遇伏兵。他俩猫着腰跑过去,奥伊依然一路小跑不离杰克半步。至此,每一步都如有神助,而恰是这一点令枪侠紧张起来,千真万确。

16

任何久经沙场的将军都会告诉你,哪怕是一场小规模交锋(恰如此地发生的),也总会出现这样一种临界点:连贯性被打破,事态转折了,对战况的真实判断突然消失。日后,这类事件会被历史学家们转述再创。所谓"历史"存在的原因之一,首当其冲,恐怕正是因为需要再现这神话般的一气呵成。

没关系。我们已经抵达了这个临界点,亦即厄戈锡耶托战役以其自身的生命力继续下去的时刻,我现在所能做的不过是指出这里那里的事件,希望您可以在全然的混乱中理出属于您自己的头绪。

17

川帕斯,这位罹患湿疹的低等人不经意间让泰德介入了自己的思想,也冲进从丹慕林屋撤离的断破者人群,并拽住一人——瘦骨嶙峋、发际线已退后的前任木匠,他的名字是柏迪·麦卡恩。

"柏迪,是什么?"川帕斯大喊着问道,他正戴着思想帽,也就是说,他无法分享身边众人都接收到的意念指令,"发生了什么事儿?你知——"

"枪击!"柏迪喊着,想挣脱他的手,"枪击!他们在那里!"他的手含糊地指了指身后。

"谁?多少——"

"小心着点你们这群白痴!它不会减速的!"喊话的人是泰勾的尕司旗,他就在川帕斯和麦卡恩的身后。

川帕斯抬头一看,惊恐万状地看着冲在最前头的救火车一路呼啸着行驶在林荫道的正中央,红灯闪个不停,两个不锈钢机器人救火员正攀附在车后。平力、芬力和杰克李统统纵身跃开。男仆獭卅也躲开了。但是坦迷·凯利却脸盘冲下倒在草地上,血泊蔓延。她被一辆尘封了八百多年、从未赴过火场的救火车碾平了。她抱怨不断的时日已告终结。

并且——

"让开!"救火车呼号不断。后面,又有两辆车招摇地驶在典狱长之屋的两侧。獭丗再次跃起来,逃过一劫。"这是救火队!"救火车的肚腹部的金属分叉处升起,骤然劈裂,露出一条钢制陀螺式喷管,于是,八条高压水柱向不同的方向喷洒出去。"让开!请给救火队让路!"

并且——

詹姆斯·卡格尼——当事故爆发时和尕司旗一起站在费佛里住宿楼大厅前的獭辛,记得吗?——看出了即将发生什么,便冲着从丹慕林屋西翼踉踉跄跄走出来、眼睛通红、咳个不停、裤子上还带着火苗的守卫兵们大喊起来,其中有几个——哦,感谢乾神和众神——带着武器。

虽然卡卡声嘶力竭地喊着叫他们从人流中走出来,但在一片嘈杂中那喊声几乎连他自己都听不见。他看到乔伊·拉斯特苏维奇把两个卫兵推到一边,又看到恩肖抬脚踹走了另一个。还有几个人咳得上气不接下气、流泪不止,眼看着救火车径直冲来,都各自逃散去了。救火队的车丝毫不减速地从逃自西翼的守卫兵中穿过,尖声呼啸着冲向丹慕林屋,并开始向四面八方喷洒水柱。

并且——

"亲爱的基督啊,不!"平力·佩锐绲思痛苦地呻吟起来。他的双手遮上了双眼。另一边,芬力四顾张望却无能为力。他看到一个低等人——本·亚历山大,他很肯定是叫这个名字——被救火车的巨轮碾了个粉碎。他还看到另一辆救火车撞上了丹慕林屋的铁栏窗格,并继续以捣碎一切的态势进出木板和玻璃碎屑,再冲破原本被一排病恹恹的小花丛遮掩的地下室门壁。一只轮子嵌在了通往地下室的阶梯上,于是,救火车机器人大吼大叫地宣称:"发生事故!通报状况!发生事故!"

不,夏洛克,芬力暗自叫苦,恶心又惊讶地看着草丛中的血迹。究竟有多少个手下以及他负责看管的价值连城的断破者犯人们已经被这些挨千刀的机械控制救火车铲倒碾碎了?六人?八人?还是操他妈的十多个?

从丹慕林屋后再次传来那种令人胆战心惊的嗖——嗖——嗖——自动武器开火的声音。

一个名叫威富利的肥胖的断破者撞了他一下。芬力趁他还没跑开就一把抓住他。"出什么事儿了?谁跟你们说要往南跑?"因为芬力不像川帕斯,他没有戴任何种类的思想帽,因而那指令

(双手高举!往南走!就会安然无恙!)

同样响彻于他的意识,嘹亮又清晰,以至于他根本无法想别的。

芬力，在他身边——挣扎着想聚拢他所有的智慧——揪住这震天响的意念，并好不容易守住了一条属于他自己的执念：那几乎肯定是布劳缇甘干的，逮住一个想法就那样放大。除了他还有谁呀？

并且——

尕司旗先揪住卡卡，再死拽住杰克李，提高嗓门让他们召集所有武装卫兵，包抄涌向林荫道南端以及通往林荫道的大街小巷的断破者们。这两人瞪着茫然惊惧的双眼——空洞的双眼——看着他，他都快要因暴怒而嘶吼了。这时，又来了两辆庞大而吵闹的救火车。其中更威武的一辆撞翻了两个断破者，拖着他们倒在地上，又从他们的身上碾了过去。牺牲者之一便是乔伊·拉斯特苏维奇。当救火车碾过、压缩空气管的气体吹着草地时，坦尼亚双腿一软跪倒在丈夫的尸体边，双手举向天空。她倾尽全力哭喊起来，但尕司旗却几乎听不见。败意和恐惧激发的泪水刺痛了他的眼角。脏狗！他暗骂，卑鄙肮脏的恶狗！

并且——

厄戈狱营地的北端，苏珊娜从掩蔽处蹿了出来，驶向三道电网组成的警戒边线。计划中并没有这一步，但她需要继续射击，继续把敌人打趴下，这念头前所未有地在她心头高涨。她只是无法遏制住自己，而罗兰会理解的。更何况，从丹慕林屋里翻腾而出的浓浓黑烟遮掩了视线，从狱营这一端已经无法看清目标。"懒骨头"枪发出的红色射线刺穿烟雾——开了又关、关了又开，好像某种霓虹招牌——苏珊娜提醒自己：千万别走近这些光线，除非她想让自己身上多一个两英寸深的大洞。

她开动"草原狼"，用子弹击断了电网——外环命中、中环命中、靶心命中——接着便消失在浓浓烟雾中，一边行进一边重装子弹。

并且——

名叫威富利的断破者使劲地想挣脱芬力。不，不，不是说这个，就算我求你了，芬力暗想。他死死扣住这人——在他开始厄戈生涯之前，曾是个书店老板——将他拉近自己，又狠狠扇了他两大巴掌，力气大到自己的手掌都疼了。威富利又痛又惊地尖叫起来。

"到底是他妈的谁在那后面？"芬力咆哮着，"谁他妈的下了毒手？"跟上来的救火车戛然停于丹慕林屋前，对着浓烟喷出水柱。芬力不知道管不管用，但也许总不至于有害处。至少这辆车没有像前一辆那样——径直冲入了那栋他们本该保护的建筑物。

"先生,我不知道!"威富利抽泣着答道。鲜血从他的鼻孔和嘴角流下来,"我不知道!但一定有五十个、也许一百个魔鬼!丁克带我们出去的!上帝保佑丁克·恩肖!"

泰勾的芬力听罢此言,伸出巨型的大手抓住詹姆斯·卡格尼的脖子,另一只手再扣住杰克李的脑袋。尕司旗隐约感到,狗娘养的乌鸦头杰克李差一点儿就要撒丫子跑了,但此时他已无暇旁顾。他需要这两人。

并且——

"老板!"芬力高呼,"老板,抓住恩肖那小子!那家伙有问题!"

并且——

卡卡的一边脸颊死死压着杰克李的一边脸颊,黄鼠狼(在这个可怕的清早,他和别人想得一样明白了)的喊声终于被对方听清楚了。与此同时,尕司旗重申了一遍指令:召集所有武装卫兵,去包围撤退中的断破者们。"不要去阻止他们,而是和他们待在一起!看在上帝的分上,千万别让他们触碰电网烧焦而亡!要是他们走过了主干道就一定不能让他们靠近警戒线——"

他的警世语录尚未说完,一个身影穿过浓浓烟雾砸下来。那是冈林,狱舍医生,他的白大褂都着火了,溜冰鞋也仍然套在他脚上。

并且——

苏珊娜·迪恩栖身在丹慕林屋左后方的角落里,咳嗽起来。她看到了那三个混蛋——尕司旗、杰克李和卡格尼,她不认识他们却很清楚他们是谁。就在她可以瞄准他们的当口,滚旋的浓烟遮掩了她的视线。烟雾散去,杰克李和卡卡已经走了,去四处拉拢备有武器的守卫兵们,就像牧羊犬一般紧跟而上,试图保护惊惶的羊羔们,哪怕根本无法让他们即刻止步。尕司旗还站在那里,苏珊娜一枪击中脑门,结果了他的性命。

平力没有看到这些。他渐渐领悟到,所有混乱都只是表象。这极像一场蓄意行动。断破者们决定撤离以躲开来自厄戈北端的攻击者,这似乎决定得太快,也太有组织性了。

别去管恩肖,他心想,布劳缇甘才是我想去问问的人。

但他还没来得及接近泰德,獭卅就一下子抱住总管,惊惧失措地胡言乱语道,典狱长之屋着火了,他很害怕,害怕得要死,总管大人所有的衣服、所有的书都——

平力·佩锐绨思狠狠砸了他的脑袋,将他推向一边。断破者们统一而唯一的意念脉冲(现在不是美好意愿而是恶劣意愿了)仍在念叨

(双手高举！往南走！就会安然无恙！)

疯了一般响彻他的脑海，威胁着驱赶所有其他思考。操他妈的布劳缇甘干了这档子事儿，他明白着呢，可那家伙已经走到很前头了……除非……

平力瞧了瞧手中的"决斗者"，略为思忖，便将它塞回左胳膊下的枪套里。他想要该死的布劳缇甘活下来。该死的布劳缇甘这么做必定有其原因。更别提其他什么该诅咒的破坏行为了。

嗖—嗖—嗖。子弹从他身边飞过。类人卫兵、獭辛和坎-托阿在他周围跑来跑去。而且，基督啊，只有个别人是全副武装的，大多数类人刚刚从巡逻岗位上下来。那些监督断破者们的卫兵真的并不需要配备武器，从很大程度上说，断破者们都如长尾巴小鹦鹉般温驯可爱，而遭受外来武装攻击的想法曾显得那么荒谬可笑……直到……

直到一切发生在眼前，他想着，并一眼瞥见了川帕斯。

"川帕斯！"他大叫起来，"川帕斯！嘿，小牛仔！去把恩肖抓来，带他来见我！去抓住恩肖！"

这里是林荫道中段，噪音相对来说小一点，因而川帕斯清楚地听见佩锐绨思先生的喊话。他一路疾跑跟上丁克，并拽住这年轻人的一只胳膊。

并且——

十一岁的丹妮卡·罗斯特夫从此时已将丹慕林屋的下半截完全遮掩的滚滚浓烟中跑出来，身后拖着两辆红色小车。丹妮卡的小脸蛋又红又肿；泪水像断了线的珠子一样流淌；她几乎压弯了腰，使出全身力气拉着坐在一辆无线操控车中的巴吉，塞吉坐在另一辆车里。这两个家伙都有着巨大的脑袋和脑积水专家特有的机灵的小眼睛，塞吉装备有手臂，而巴吉什么都没有。此时，这两者都口吐白沫，并发出嘶哑骇人的嘎嘎声。

"救救我！"丹妮喊出了声，也咳得更凶了，"有人吗，救救我，趁他们还没窒息！"

丁克看到了她，便往那个方向跑去。川帕斯却拦住他，虽然在他心里并不想这么做。"不，丁克，"他说，语调透着歉意却又斩钉截铁，"让别人去吧。老板想和你谈——"

这时布劳缇甘又出现了，他脸色刷白，双唇紧敛，仿佛是脸上的一道疤痕。"让他去，川帕斯。我喜欢你，兄弟，但你今天别想插手我们的事儿。"

"泰德？什么——"

丁克再次走向丹妮。可川帕斯又拉住他。在他们身后，巴吉虚脱了，脑袋向前栽倒出小车。虽然他倒在柔软的草地上,但还是传来可怕的脑壳碎裂的声响,丹妮卡·罗斯特夫凄厉地尖叫起来。

丁克奔向她。川帕斯却再次拽住他,这次的力气更大了。与此同时,他拔出了枪套里那三八口径的"科尔特森林人"。

再也没工夫和他理论了。泰德·布劳缇甘没有抛掷出一九三五年在阿克伦城对付抢钱包的小偷时的意念之箭;当一九六〇年低等人把他从康涅狄格州布里奇波特城重新押回监狱时,尽管很想但他最终还是没有使用。他曾向自己许诺,此生永远不再抛出那样的箭,显然他更不想将这意念武器对准

(骂我不要紧,记得要笑嘻嘻!)

一直对他十分友善的川帕斯。但是,他必须在秩序重整之前抵达狱营南门,并且他决意要与丁克同行。

同样,他也暴怒了。可怜的小巴吉,不管看到谁总是挂着一脸微笑!

他聚集精神,感到大脑仿佛撕裂般疼痛。意念之箭飞出去了。川帕斯放走了丁克,并带着一脸难以置信的神色凝视着泰德,那神情泰德到死都不会忘记。接着,如同得了全宇宙最严重的头痛病般,川帕斯双手抱头倒地而亡,他喉咙肿胀、舌头耷拉着伸出来。

"来吧!"泰德喊着,抓紧丁克的手臂。此时,佩锐绺思正在远处观望着,感谢上帝,他被另一声爆炸巨响夺去了视线。

"可是丹妮……和塞吉!"

"她可以带上塞吉!"剩下的话便用意念传达:

(因为她不用再带上巴吉了)

泰德和丁克一溜烟地跑了,而这当口,平力·佩锐绺思扭回头来,不能置信地瞪着川帕斯,并嚎叫着命令他们止步——以血王的名义命令他们止步。

泰勾的芬力握紧了自己的手枪,但他还没来得及开火,丹妮卡·罗斯特夫就跳上来了,又是抓又是咬。她的身子轻得很,几乎没什么分量,可她扑上来那一刹那,芬力毫无防备,他惊得几乎被她撞倒。接着,他折起粗壮有力、毛茸茸的手臂,环扣住她的细脖子,将她抛到一边,但此时泰德和丁克都快要跑出射程了,紧挨着典狱长之屋的左侧而行,消失在烟雾中。

芬力用双手稳住手枪,深深呼吸,再屏住一口气,仅仅开了一枪。鲜血从老人的手臂上滋出来;芬力听到他喊了一声并突然折转方向。接着,那年轻的小家伙抓住老家伙侧身转入屋角。

"我就来找你们!"芬力跟在他们身后吼道,"是啊我来了,我一逮住你们,我保证让你们恨不得没生下来过!"但这恫吓不知为什么感觉空洞得令人恐惧。

现在,厄戈锡耶托的全体居民——断破者们、獭辛、类人守卫兵以及前额上闪着恍如第三只眼睛的血红斑点的坎-托阿——都潮汐般涌向了同一个方向,南面。芬力看到一个令他非常不悦的情况:断破者,并且只有断破者在行进中高举双手。如果那边有更多的入侵者,他们就能轻易地分辨出谁该杀谁不该杀,不是吗?

并且——

在科贝特屋的三楼,锡弥·鲁伊兹依然跪在早已撒满碎玻璃的床边,因吸入破窗而入的烟雾而剧咳不止,但他发现了新大陆……或者说,在想象中正听人说话,您尽可两者选一。不管您选择哪种解释,总之,他一跃而起。他的双眼——平日里友好善意,也总像是困惑于一个他不太明了的世界——变得明澈而充满喜悦。

"光束说了,谢谢你们!"他对着空荡荡的屋子高喊道。

他环顾空屋,高兴得如同守财奴爱博尼发现一夜之间魂灵成全了一切,他穿着拖鞋踩着碎玻璃奔向房门。一片锋利的玻璃碴刺穿鞋底,扎伤了他的脚——死亡上路了,但他只是不知道,对不住了,哦,迪斯寇迪亚——但他沉浸于欢愉之中,根本不曾感到疼痛。他奔进门厅然后下了楼。

在二层楼的走廊上,锡弥遇见了一位名叫贝拉·奥·罗卡拉的上了年纪的女断破者,他抓住她的双臂,使劲摇晃她。"光束说了,谢谢你们!"他冲着老妇人那张困惑而不明所以的脸大声嚷嚷,"光束说了,一切都会好起来的! 还不算太晚! 刚刚来得及!"

他冲出去要宣布这个好消息(无论如何,对他来说这是个好消息),并且——

在主干道上,罗兰先是看了看埃蒂·迪恩,然后看了看杰克·钱伯斯。"他们来了,我们必须在这里带上他们。等候我的指令,就站在原地。"

18

最先出现的是三个断破者,高高举着手一路跑出来。他们横穿过主干道,但没有人看到埃蒂——他躲在宝石电影院的售票小亭里(他已用白檀木枪托将几面玻璃窗击碎了,那是昔日属于罗兰、现在属于他的枪),也没人发现杰克(坐在一辆没有引擎的福特牌私人轿车里,就停靠在欢乐谷糕点店门前),更没人发现罗兰(掩身在欢乐巴黎时装店橱窗里的模特后面)。

他们跑到了对面的人行道上,接着四处张望,不知所措。

走!罗兰用意念对他们说。继续走,走出这里,沿着小巷,一有机会就逃出去。

"往这边走!"其中一人喊起来,于是,他们沿着杂货店和书店之间的巷子奔跑起来。又有人出现了,三三两两的断破者,接着,第一拨守卫兵到了,那是一个类人,紧张地瞪大双眼,手枪举至脸旁。罗兰看准了他……忍住了没有开枪。

越来越多的底凹员工到来了,从房屋中间的主干道上奔出来。他们分散得很开。正如罗兰曾希望并预期的那样,他们试图包围住狱民、渐渐施加控制。并努力防止这场撤退沦陷为暴乱。

"排成两列!"一个长着乌鸦头的獭辛高喊着,上气不接下气的嗓音嗡嗡刺耳,"排成两列,把他们围在当中,看在你们老爹的分上!"

另一个人也在扯着嗓子喊,是个红发獭辛,衬衫后摆都拉出了裤腰,飘荡在身后。"警戒线情况如何,杰克李?要是他们撞上电网怎么办?"

"无能为力,卡卡,只——"

话没说完,一个尖声喊叫的断破者就从这只乌鸦头獭辛身边跑过,而乌鸦头——杰克李——轻轻推了他一下,那可怜人便趴倒在了街道中央。"蛆虫们,别乱跑!"他怒骂道,"想跑你就跑吧,但要跑得有点该死的秩序!"说得仿佛这儿还真有秩序这回事似的,罗兰心想(对此不无满意)。接着,被唤作杰克李的獭辛对着红头发喊道:"把一两个油炸了吧——剩下的那些看到了就会停下来的!"

要是在这个节骨眼上,埃蒂和杰克都开了枪,事态就将复杂化,但他俩都没有动作。三个枪侠从掩身之处观望着,如同生长于混沌中的秩序井然的玫瑰。更多的卫兵冒出来了。在杰克李和红头发獭辛的指挥下,卫兵们分成两列,形成一道人形走廊,从街道的这边通向那边。在这条走廊完全成形前,有个别断破者从中走过,但只有几个而已。

又来了一个獭辛,长着黄鼠狼头,顶替下了杰克李。他推搡着一对奔跑的断破者的背,催促他们跟上。

从主街的南端又传来一声迷茫的大喊:"警戒线被切断啦!"接着,又有人叫道:"我想岗哨兵们都死了!"后一句话引发了一阵惊恐的哭号,罗兰就算没有亲眼看到也非常清楚:一定是某些不走运的断破者撞见了跌落在草地上的岗哨兵的头颅。

丁克·恩肖和泰德·布劳缇甘现身于糕点店和鞋店之间时,那边的断破者还没尖叫完呢,他们所经之处非常挨近杰克藏身的轿车,男孩只要从车窗里一伸手就能碰到他们。泰德受伤了。右边的袖子自手肘以下都被鲜血染红,他的脚步没有停顿——借助于丁克的小小帮助,年轻人正用一条胳膊挽住老人。当两人跑过守卫兵组成的人形过道后,泰德转身笔直地朝罗兰此时的掩身地方向跑去。接着,他和恩肖钻进巷子不见了。

眼下,他们已经安全了,这样很好。但是,大头目在哪里呢?佩锐绨思,这个可恶的地方的总管大人哪里去了?罗兰想找到他和黄鼠狼头先生——所谓擒贼先擒王。但是他们不能再等很久了。逃跑的断破者人流已经快收尾了。枪侠不认为黄鼠狼先生会等着最后一个掉了队的狱民;他应该更想要这些珍贵的囚犯们安全走出已被切断的电网警戒线。他知道他们跑不远,周围只有一片贫瘠荒芜、黑暗阴森的荒野,但是他也会很清楚:如果狱营北端埋伏有偷袭者,那么说不定会有援兵搭救断破者们,说不定就等在——

他来了,感谢众神和乾神——平力·佩锐绨思跌跌冲冲、气喘吁吁地跑来,明显地带着一脸震惊的神色,揣着手枪的枪袋背带在肉鼓鼓的胳膊下甩来甩去。一只鼻孔流血了,一只眼角也有血迹,仿佛这场骚乱导致总管内脑中的某部分撕裂了。他走向了黄鼠狼,脚步蹒跚,摇来晃去——就是这种醉态般的摇摆,将使罗兰烦乱的内心为这个清晨的行动后果深深自责——也许意味着他将主掌现场的领导权。他俩借短暂而热烈的拥抱,互相给予并汲取了安慰,也告知了罗兰所有他需要了解的他们之间的密切关系。

他端平了手枪,瞄准佩锐绨思的脑袋扣动了扳机,并看到鲜血和头发应声飞溅。佩锐绨思总管的双手被轰飞了,几根手指冲向阴暗的天空,随后,他瘫倒在地,几乎就在目瞪口呆的黄鼠狼的脚边。

仿佛是对此的响应,自动阳光出来了,这个世界顿时一片明媚。

"嗨,枪侠们,把他们全部消灭!"罗兰高喊着,连连扣动连发左轮手枪的扳机,这台古老的杀人机器在他右掌心里激烈地开动了。卫兵们如射击场里整齐的黏土鸭子般排成一列,眨眼间就有四个卫兵中弹倒下,其余的人方才辨认出枪声,哪里来得及反应。"为了蓟犁,为了纽约,为了光束,为了你们的父辈!听我说!一个活的都不许留!全部消灭!"

他们——来自蓟犁的枪侠,来自布鲁克林的前瘾君子,还有一个一度被格丽塔·肖太太称作"巴玛"的孤独男孩——便这样做了。从他们的南后方,冲来了第四个枪侠,坐在"苏希巡航车"上、披斩层层浓烟(笔直的行进路线只拐过一个弯,为了避让一具扁平的管家尸首,它生前的名字是坦迷):旧日里的她尽受非暴力的教育,现在却无怨无悔、满心热望地紧抱枪支。苏珊娜结果了三个掉队的卫兵和一个逃窜的獭辛。那獭辛的肩上还扛着一杆来复枪,却根本没机会使用。相反,他抬起覆满亮闪闪羽毛的手臂——脑袋却像熊一般笨拙——高呼请求饶恕和仁慈。只要想到这里发生过的一切,想到他们如何用孩童纯净的大脑喂养光束杀手们以令其保持最高效率,苏珊娜就不可能施予他们饶恕与仁慈,但她也不会让他再忍受或再等着恐惧宿命。

此时她的巡航车已经驶到了电影院和理发店之间的小巷,枪声停止了。芬力和杰克李已奄奄一息;詹姆斯·卡格尼死的时候类人面具被挣开了,露出下面令人憎恶的老鼠头;和他躺在一起的还有另外三十个卫兵,都死了。片刻之前还是纤尘不染的欢乐谷的大街水槽里现在贮满了他们的鲜血。

毫无疑问,肯定还有其余的守卫兵,但现在他们藏匿起来了,原因很可能是他们估计自己遭到了起码百余人、甚至更多人的攻击,只有上帝才知道究竟有多少经验老到的将士!厄戈锡耶托的绝大部分断破者们已经到达了位于主街道后面和南岗哨之间的草地上,挤作一团,形如真正的羔羊。泰德,不顾流血的手臂,已经开始点名了。

接着,整个北方突击小分队出现在紧挨着电影院的巷口:一个断了腿的黑女人,跨坐在一辆全地形三轮车上。她用一只手驾驶、另一只手上稳稳握着"草原狼"机动手枪。她环顾街上叠堆的死尸,带着毫无喜悦的满意点点头。

埃蒂从售票亭里冲出来,紧紧拥抱她。

"嘿,甜心,嘿。"她轻轻念叨着,在他的脖子上连连亲吻,这样子令埃蒂忍不住浑身颤抖起来。随后,杰克也过来了——带着杀人后的苍白面色,却极其镇定——她便分出一条胳膊揽住他的肩膀,搂紧他。她的视线无意中落在罗兰身上,他定定地站在这三个被他拽进中世界的枪侠身后。他的枪在左大腿侧垂着,而他能感知自己脸上热望的神情吗?他知道自己有这种表情吗?她怀疑着,打心眼里同情他。

329

"过来吧，蓟犁人，"她说，"这是个集体拥抱，你是集体的一分子。"

有那么一瞬间，她以为他会听不懂这邀请，要不就是假装听不懂。但他确实过来了，先停下来把枪放入枪套并抱起了奥伊。他走到了杰克和埃蒂之间。奥伊跳上了苏珊娜的膝头，就好像这是全世界最自然不过的动作。随后，枪侠将一只手搭在埃蒂的腰间，另一只手搭在杰克的腰间。苏珊娜探起身子（貉獭在她膝头一个不稳，在突然升起的膝头滑稽地抓挠着），双臂环住罗兰的颈项，并在他那有晒斑的前额上热络地拍了一下。杰克和埃蒂都笑起来。罗兰也加入了欢笑，那是我们惊喜时才会有的轻笑。

我让你们看到了这一幕；我已经让你们看得很清晰了。您看到了吗？他们围在苏希巡航车旁，在胜利会师后紧紧拥抱。我让你们看到这一幕，并不是因为他们刚刚打赢了一场大仗——他们心中清楚得很，每个人都清楚——而是因为这是最后一次，他们作为卡-泰特在一起的最后一次。他们结伴同行的友情故事也将在此终结，在伪装成一尘不染的街道上、在人造阳光的普照下；和这之前所发生的一切相比，剩下的故事将会变得很短、很残忍。因为，当卡-泰特破裂时，结局总会很快到来。

要说对不起。

19

平力·佩锐绨思透过血肉模糊、垂死的双眼看出去，那两个年轻人之一正从大拥抱中抽身而出，走向泰勾的芬力。这年轻人看到了芬力仍在摇摇晃晃，在他身边挣扎着单膝倒下。那女人，现在已下了机动车，那男孩开始检查敌人的死伤情况，为个别尚存一息的卫兵补上一枪。即便自己的脑袋里也装了一颗致命的子弹，垂死地躺在地上，平力也能理解那与其说是残酷，倒不如说是仁慈。等这里的事儿都完成了，平力估计他们就将会和那些胆小如鼠、偷偷逃窜的朋友们聚首，并搜索厄戈锡耶托境内所有尚未着火的房屋，寻找剩下的卫兵，毫无疑问，找到几个就会毙了几个。你们不会找到很多个的，我的贱人伙计们，他心想，你们在这儿已经扫荡了我三分之二的兵力。而平力总管、保安部芬力主管，以及他们的人又消灭了几个偷袭者呢？就平力所知，一个人影都没伤着。

但也许他还可以做点什么。他的右手开始慢慢摸索，痛苦不堪地缓缓移向背带上的枪套,"决斗者"就在里面。

这时,埃蒂正举着蓟犁枪侠给他的枪,握住白檀木枪托,对准了黄鼠狼的头。当他看到黄鼠狼头尽管被击中了胸部、血流如注、很明显立刻就要断气了,却还神志清晰地盯着他看时,埃蒂的手指在扳机上加了一点儿劲道。还有别的情况,埃蒂却没有多加关注。他认为那只是轻蔑。他抬起头,看到苏珊娜和杰克在战场东边检查尸首,又看到罗兰在远一点的人行道上,和丁克和泰德说着什么,并在后者受伤的手臂上绑上布条。这两个昔日的断破者正全神贯注地聆听,埃蒂觉得他俩看起来都有点疑惑,但都频频点头。

埃蒂的注意力重新回到这个垂死的獭辛身上:"我的朋友,你已经走到头儿了。插头已经拔掉了,在我看来就是如此。临死前还想说点什么吗?"

芬力点点头。

"说吧,那就说吧,哥们。不过你要是想一吐为快我就只能拦腰截断了。"

"你和他们都是一群贱狗。"芬力说出来了。他可能被击中了心脏——感觉如此,随便啦——可他还可以说这些;也有必要说出来,他会强令自己受损的心坚持跳动、直到话都说完。那样,他就可以死去,接受黑暗的拥抱。"恶臭烂屎的贱狗,偷偷摸摸地杀人。这就是我要说的。"

埃蒂冷冰冰地一笑:"那你们这些贱狗呢,偷偷摸摸地利用孩子们来杀死整个世界,我的好哥们?整个的宇宙?"

听到这话,黄鼠狼眨眨眼,似乎没料想会听到这样的答复。也许他根本没指望有任何答复。"我有……自己的任务。"

"我对此毫不怀疑,"埃蒂说,"而且会一路信到底。去享受地狱吧——随便你管那地儿叫什么。"他抬起枪,对准芬力的太阳穴扣动了扳机。黄鼠狼最后抽搐了一下,终于不再动弹了。苦笑着,埃蒂迈步走了。

有一丝小动静映入他的眼角,他看见了另一个——这场演出的大头目——已经挣扎着用手肘撑起了上半身。他的枪,点四〇的"决斗者",曾处决过一个强奸犯,现在已经举平了。埃蒂的反应极快,但却没时间好好使用这一长处了。"决斗者"只低吼了一声,枪口微微冒着烟,而鲜血从埃蒂·迪恩的眉角流下来。脑后的一缕头发随着枪响飘振了一下。他伸手捂住右眼上方的伤口,看起来,就像个突然想起什么极其重要的事情、却还是迟了一步的人。

罗兰立刻转过身,掏枪的动作飞快得几乎看不见。杰克和苏珊娜也转过身。苏珊娜看到她的丈夫站在街上,一只手压在眉头。

"埃蒂?甜心?"

平力倾尽全力地想再抬起"决斗者",牙齿紧紧咬着上唇,嘴里顽强地闷声咕哝着什么。罗兰射中了他的喉咙,厄戈锡耶托的总管登时断气,倒向了左边,仍未再次举起的手枪从他手中跳出去,咔嗒一声跌落在他的好朋友、黄鼠狼的尸体旁。这一切都发生在埃蒂的脚边。

"埃蒂!"苏珊娜尖叫起来,并急速地爬向他,双手使劲地把自己往前运送。他伤得不重,她这样对自己说,伤得不算重,亲爱的上帝啊别让我的男人重伤——

这时,她眼见着鲜血从他压在眉头的手掌下流淌下来,啪嗒啪嗒滴落到街面上,于是,她知道了,重伤。

"苏希?"他问,那声音清澈极了,"苏希,你在哪儿?我看不见。"

他迈出一步、两步、三步……接着脸向下倒下了。逊安的祖父杰米·扎佛兹第一眼看到他时便知道会这样,正是如此①。因为这男孩是个枪侠,说真的,他是,而这便是像他这样的人唯一可以想见的结局。

---

① 参见《卡拉之狼》,杰米·扎佛兹第一次和埃蒂交谈时就觉得"这位来自纽约的埃蒂……他可能命不长,最后面土而死……"

第十二章

失去伙伴的泰特

1

那天晚上,你可以在欢乐谷主街东头的三叶草酒馆门外找到杰克·钱伯斯。街上的守卫兵尸体都已被一队机器人环卫队用车运走,至少,在这件事情上能松口气了。奥伊在男孩的膝头已经坐了一个多小时。一般来说,他从来不会在如此挨近杰克的情况下待上这么久,但他似乎很理解,杰克此时需要他。时不时地,男孩的眼泪滴落在貉獭的毛皮中。

这一天似乎没个尽头,杰克发现自己大部分时间都在两种不同的思绪里沉陷。这种事情以前也发生过,但已是多年以前了;那时他还是个小孩子,他总怀疑自己会因父母特有的雷达监控而遭受某种古怪的伤害。

埃蒂要死了,第一个声音说道(这种声音曾让他确信衣橱里藏着好多魔鬼,而且它们很快就会跑出来,把他生吃了),他躺在科贝特屋里的一个房间里,苏珊娜陪着他,而他总不愿意闭嘴,但他要死了。

不,第二个声音这样说(这种声音曾让他确信——柔弱无力的——根本没有什么魔鬼)。不,这不可能。埃蒂就是……埃蒂!而且,他是卡-泰特。等我们到达了黑暗塔他就可以死了,等我们到了那里就都可以死了,但不是现在,不是在这里,这太疯狂了。

埃蒂要死了,第一种声音如此回答。这声音毫不留情。他的脑袋上被打出了一个枪洞,那枪洞大得足够你把拳头塞进去,所以他快死了。

对此,第二种声音可以给予更多的否定,但越说越弱。

尽管知道他们可能就此拯救了光束——(锡弥显然对此坚信不疑;他在死寂的底凹-托阿的营地里来回奔跑,用尽力气高喊着宣告:光束说一切都会好起来的!光束说谢谢你们!)——杰克也没有因此觉得好受些。即便赢得了这样的胜利,失去埃蒂仍然是太大的代价。而泰特破碎这一代价更是惨重。杰克每想到这个,就觉得心痛不已,他语无伦次地向上帝、乾神、耶稣,或任何一个及所有能够显示神迹的神祷告,祈求他们拯救埃蒂的性命。

他甚至向作家祈祷。

救救我朋友的命吧,我们就会去救你的命,他对斯蒂芬·金、一个从未谋面的陌生人祷告,救了埃蒂我们就不让那辆货车撞你。我发誓。

然后,他再次想起苏珊娜呼叫着埃蒂的名字,使劲地想把他翻个身,而罗兰扶着她,说道:你不能这么做,苏珊娜,你绝对不能打扰他,而她又是如何挣脱他、打他,她的脸疯狂扭曲,面容变化不断,就好像身体里住满了不同性格的人,每个闪现一两秒钟又匆匆逃跑。我必须帮他!她用杰克所熟悉的苏珊娜的嗓音啜泣着,接着又用另一种更尖利粗鲁的嗓音吼叫着:放开我,让我对他施施巫术吧,他会爬起来、能走,你等着瞧!埃蒂躺在街头这会儿,罗兰一直紧紧揽住她,抱着她摇晃,埃蒂还没有死,尽管要是他已经死了(即便说"死了"就意味着停止讨论神迹,也不再有希望),也许还更好一点,但杰克看得到埃蒂的手指时不时抽搐一下,还能听到他喃喃的胡言乱语,像是说着梦话。

后来泰德过来了,丁克尾随其后,两三个断破者犹疑地跟着他们。泰德也跪倒在挣扎着哭泣的女人身边,并示意丁克也屈膝跪下,守在女人的另一边。泰德握住她的一只手,又抬抬下巴让丁克握住另一只手。接着,有什么东西从他们那里流散出来——某种深沉的、安抚人心的东西。这并不是为了杰克,不,完全不是,但他同样可以感受到,不管怎样解释都可以,总之他感到原本狂跳的心渐渐平缓下来。他凝视着泰德·布劳缇甘的脸,并看到泰德双眼正在闪动:瞳孔一会儿膨胀,一会儿又骤缩,膨胀、骤缩。

苏珊娜的哭号声颤抖着渐息,衰减成痛不欲生的呻吟。她低头看着埃蒂,可一低头,眼泪就像断线的珠子一样落在埃蒂衬衫的后背上,印出深色的痕迹,像雨点。就在这时,锡弥出现在一条小巷里,兴高采烈地用每个人都能听到的高音欢呼着:"光束说还不算太迟!光束说刚好来得及,光束说谢谢你们,我们一定让他康复!"他的一条腿跛得很厉害(但当时没有人关心这个,甚至都没人注意到)。越来越多的断破者聚集过来,围观着受了致命伤的枪侠,丁克对他们低声说了些什么,便有一些断破者走向了锡弥,让他渐渐安静了下来。从底凹-托阿的中心地带依然传来刺耳的警铃声,但那两辆救火车确实控制住了三处最严重的火势(分别位于:丹慕林屋、典狱长之屋以及费佛里屋)。

接下来杰克记得的是泰德的手指——温柔得不可思议的手指——轻轻捋了捋埃蒂脑后的头发,随即便显露出一个大洞,堵满了黑乎乎的血浆。还有一些白色的小斑点夹杂在血色里。杰克很想相信那些斑点是骨屑。总比想那可能是埃蒂的脑浆要好。

看到如此可怕的脑部伤口,苏珊娜惊得抬起身子,再次撕心裂肺地哭号起来。她又开始奋力挣扎。泰德和丁克(他的脸色比白纸还要惨白)交换了一下眼神,更牢地捉紧她的双手,再一次传达

(平静　宁馨　安静　等待　冷静　缓和　平静)

安抚人心的意念,还有更多的色彩——冷调的蓝色映照着安宁的烟灰色——辅以更多的言词。此时,罗兰扳着她的肩膀。

"能为他做点什么吗?"罗兰问泰德,"什么都不行了吗?"

"可以让他感觉好受点,"泰德说,"至少,我们还能做到这一点。"接着,他指了指底凹:"你们不是还有事儿没做完吗,罗兰?"

一时间,罗兰似乎不太明白。随后,他看了看满地东倒西歪的尸体,便明白了。"是的,"他答,"我想确实如此。杰克,你能帮我吗?要是剩下的卫兵又找出个新的领导,再次武装起来……那就前功尽弃了。"

"苏珊娜怎么办?"杰克这样问道。

"苏珊娜要帮我们,为她的男人找一个地方,能让他舒服一点,尽可能平静地死去,"泰德·布劳缇甘说,"难道你不愿意吗,亲爱的女士?"

她看着他,那表情并非彻底的茫然;苏珊娜眼神中的谅解(以及恳求)像尖针一样刺痛了杰克的心。"他必须死吗?"她这样问他。

泰德握起她的手送到嘴边,亲吻了一下。"是的,"他说,"他肯定会死的,而你必须要承受。"

"那你就必须为我做点什么。"她说着,伸出手指抚了抚泰德的脸颊。在杰克看来,那手指是冰凉冰凉的。

"什么,亲爱的?任何事,只要我能做到。"他握住她的手指,包在自己的掌心里。

(平静　宁馨　安静　等待　冷静　缓和　平静)

"停止你正在做的事情,除非我要你改变。"她说。

他盯着她看,惊讶极了。接着,他瞥了一眼丁克,他只是耸耸肩。于是泰德又转而看着苏珊娜。

"你绝不可以用你们那套美好意愿偷走我的悲哀,"苏珊娜对他说,"因为我要张开嘴一口一口地咽下去。每一滴。"

好一会儿,泰德只是垂着头愣在那里,眉宇紧缩。随后,他抬起头来,对苏珊娜献上了杰克见过的最美好的笑容。

"是的,女士,"泰德答,"我们听从你的意愿。但如果你需要我们……当

你需要我们的时候……"

"我会叫你们的。"苏珊娜说,再次屈身伏在躺在街头喃喃呻吟的男人身上。

2

罗兰和杰克走进了小巷,这条路将带他们回到底凹-托阿的中心地带,在那里,他们会要暂时搁置对垂死的朋友的哀悼,并准备应付那些可能继续顽抗的敌人。就在这时,锡弥跑了出来,拉住罗兰衬衫的袖子。

"光束说谢谢你,威尔·迪尔伯恩,"他已经不再歇斯底里地尖叫了,相反,现在他的嗓音嘶哑极了,"光束说一切都会好起来的。好得像崭新的。好多了。"

"太好了。"罗兰说,杰克也这么觉得。但是,现在还不是放心喜悦的时候,因为现在已经不可能有真心的喜悦了。杰克始终摆脱不了刚才的景象,泰德·布劳缇甘的手指拨弄着,露出一个枪洞。堵满了血块的大洞。

罗兰伸手揽住锡弥的双肩紧紧抱了一下,还亲吻了他。锡弥笑了,兴高采烈。"我要跟你走,罗兰。你会带着我吗,亲爱的?"

"这次不行。"罗兰说。

"为什么你在哭?"锡弥问。杰克看到他脸上的欢欣渐渐褪去,转而显出了担忧的神情。与此同时,更多的断破者们回到了主街道上,三三两两地结伴而行。杰克看到他们打量枪侠时脸上露出惊愕……还分明有一些茫然和好奇……当然,从某些层面上,还有明显的不喜欢的表情。几乎是,恨。他没有看到感激、哪怕一丝感激的影子,为此,他已经开始恨他们。

"我的朋友受伤了,"罗兰说,"我为他而哭,锡弥。也为他的妻子而哭,她也是我的朋友。你能不能去泰德和丁克先生那里,如果她需要安慰的话,那就试试安慰她。"

"只要你愿意,那就好!为你愿做任何事!"

"谢谢你,斯坦利之子。还有,假如他们要搬动我的朋友,也请你帮忙。"

"你的朋友埃蒂!是他受伤了!"

"是的,他的名字叫埃蒂,你说得没错。你愿意帮助埃蒂吗?"

"是的!"

"还有——"

"什么?"锡弥问,又好像想起了什么似的,"对啊!帮助你们离开,到很远的地方去,你和你的朋友们!泰德对我说了,'做个洞,'他说,'就像你为我做过的那个。'不过他们又把他带回来了。那些坏蛋。但他们不会把你们带回来,因为坏蛋们都死了!光束安全了!"说完,锡弥大笑起来,震耳欲聋的笑声又刺痛了杰克此刻忧伤的双耳。

也许,罗兰的感受也一样,因为他的笑容是僵硬的。"抓紧时间,锡弥……虽然我希望等我们回来的时候苏珊娜还待在这里。"

如果我们能够回来。杰克心想。

"不过还有一件小事儿,也许你可以帮上忙。不是要帮助谁到别的世界去,不是那样的事情,但有一点点类似。我已经告诉泰德和丁克了,一旦埃蒂平息了,他们就会告诉你的。你会听吗?"

"是的!只要我能做到,就一定帮忙!"

罗兰拍拍他的肩。"好极了!"接着,杰克和枪侠就走向了可能是北的方向,继续执行已经开了头的任务。

3

在随后的三小时里,他们俘虏了十四个守卫兵,大部分都是类人。罗兰让杰克吃了一惊——稍有一点——因为他只打死了两个躲藏在那辆轮子嵌入台阶的救火车后面并想朝他们放冷枪的家伙。罗兰缴了其余人的武器,并接受他们的投降,还对他们说:到下午换班号角响起时,仍然逗留在底凹-托阿狱营地的士兵都将无条件地被处死。

"可是我们能去哪里?"一个长着雪白公鸡头,还顶着雄赳赳的鲜红鸡冠的獭辛问道(他让杰克联想到动画片里的来亨鸡)。

罗兰摇摇头。"我不管你们去哪里,"他说,"只要等下次号角响起时你们不在这里,明白吗?你们在此干尽了地狱的勾当,但地狱已经关门,我永不想再看到这扇门开启。"

"你这是什么意思?"公鸡头獭辛问道,几乎是怯生生的口气,但是罗兰没有回答,只是告诉这个生物:如果看到有别的守卫,就将这条口信广为传播。

剩下的獭辛和坎-托阿三三两两地离开了厄戈锡耶托,走时并未争执,但始终紧张地回头看。杰克心想,他们完全有理由害怕,因为今天他的首领有一张深不可测的可怕面孔,布满了忧伤。埃蒂·迪恩正躺在自己的墓床上,而蓟犁的罗兰无法忍受。

"你打算怎么处置这个地方?"下午的号角吹响后,杰克这样问罗兰。他们正走过丹慕林屋烟熏火燎后的废墟(机器人救火车在此地每隔二十英尺就贴上一副告示:**禁止进入,由火灾调查部门待决**),也就是走在前往看望埃蒂的路上。

罗兰只是摇摇头,没有回答这个问题。

在林荫道上,杰克一眼看到六个断破者手拉着手站成一个圆圈。他们就像是在施行降神会。有锡弥、泰德、丹妮卡·罗斯特夫,还有一个年轻女子,一个老妇人,以及一个活像银行家的矮胖男人。在他们后面,躺着一排尸体,脚从盖在身上的毯子下露出来,大约有五十具,都是死于清晨短平快的枪战。

"你知道他们在做什么吗?"杰克问,指的是那些降神会中的人——他们身后的只是死人,从今往后死亡就是他们的全职工作。

罗兰瞥了一眼手拉手围成圈的断破者,说:"是的。"

"什么?"

"现在不行,"枪侠说,"现在我们要向埃蒂致敬。你要尽你可能地保持安宁,那就是说要清空你的意识。"

4

此时,杰克和奥伊坐在三叶草酒馆门外,陪伴他们的还有啤酒广告的霓虹灯和沉默的点唱机。杰克领会到罗兰的举动是多么明智,而自己又是多么感激——大约四十五分钟前,枪侠看向他时发现了他深切的悲痛,便让他从埃蒂躺着的屋里出来,埃迪每分每秒都在丧失活力,而他那令人惊异的意志力烙印在生命这幅锦绣画卷的最后分厘间。

泰德·布劳缇甘召集的救援小组早就把年轻的枪侠抬进了科贝特屋底层舍监套间的宽敞卧室里。这个临时小组的成员逗留在宿舍楼外的院子里,整个下午过去了,其余的断破者们也加入了其中。当罗兰和杰克赶到时,一个矮胖的红发女人走向了罗兰。

夫人,我做不到,杰克当时是这样想的,今天下午真的不行。

尽管这一天过得慌乱不堪，又是警报又是疏散，但这位夫人——她看着杰克的模样就像他母亲参加的园艺俱乐部的终身制主席——还是挤出了足够多的时间，为自己的脸覆上了厚厚的浓妆：蜜粉、胭脂、唇膏红艳艳的如同底凹的救火车标志色。她自我介绍说她叫葛雷丝·伦慕贝娄（来自英国汉普郡奥尔德肖特市），并要求枪侠告诉她，接下去又该做点什么——他们该去哪里，他们该干什么，谁又将照顾他们的生活。之前，公鸡头的獭辛卫兵也曾提出同样的问题，只不过是用别的语言。

"考虑到我们始终都被人精心照料，"葛雷丝·伦慕贝娄说话的声音悦耳动听，像是小铃铛在响（当她说到"当"和"料"的时候，杰克都听呆了），"并且，至少就眼下的情况而言，要想照顾自己都适无其所。"

不少人附和此言。

罗兰将她上上下下打量了一番，因为她抑扬顿挫颇有风度的愤慨声讨，罗兰的神色都变了。"从我面前让开，"枪侠说，"否则我就把你推倒。"

即便盖了厚厚的蜜粉，还是能看出她的脸孔一下子没了血色，她再也说不出话来。直到杰克和罗兰走进了科贝特屋，身后还能听到叽叽喳喳的抱怨，但好歹这些反对声浪等罗兰走出他们视野后才鼎沸起来，因为那样他们就不需要害怕枪侠冰蓝色的注视了。这些断破者让杰克想到派珀中学的同学，那些傻瓜们会大吵大闹——什么狗屁考题呀！——但也只会在老师离开教室后才嚷嚷。

科贝特屋的底楼被数盏日光灯照得通明，从丹慕林屋和费佛里屋传来的烟火味儿依然十分浓重。丁克·恩肖坐在标明为"舍监房"的门口右边的折叠椅上，抽着烟。他仰头看着罗兰和杰克走近，奥伊如平时一样，跟在杰克的脚边。

"他怎么样？"罗兰问。

"要死了，伙计。"丁克说着，耸耸肩。

"苏珊娜呢？"

"很坚强。有一次他——"丁克又一耸肩，仿佛要说，他这样、那样。

罗兰轻轻地敲了敲门。

"谁？"门内传来苏珊娜的声音，闷闷的。

"罗兰和杰克，"枪侠说，"你愿意让我们进去吗？"

在杰克看来，对这个问题的回答是一段不自然的、非同寻常的沉默。但是，罗兰似乎一点儿不惊讶。丁克也是。

最终，苏珊娜说："进来吧。"

他们进去了。

5

　　和奥伊一起,坐在舒缓神经的暗夜里,等待着罗兰的召唤,杰克回想着在那间昏暗的房间里发生过的每一幕。在那仿佛没有尽头的四十五分钟里,罗兰渐渐注意到他的不适,便允许他离开,还说,"到时候了"便会来叫杰克回去。

　　杰克自从来到中世界后,已经目睹了很多人的死亡,也接受了甚至经历了自身的死亡,尽管他只能依稀记得。但现在,是灵伴的死亡,并且,在舍监人套间里发生的事情似乎都是无谓的。而且,没有尽头。杰克满心希望自己能和丁克一起待在门外;他不愿想起埃蒂的俏皮话、偶尔也会动不动就发脾气的朋友做派。

　　首先,埃蒂躺在舍监的卧床上,苏珊娜握着他的手,比虚弱更糟糕的是,他看起来又老又蠢(杰克讨厌这种想法)。或许,应该用"衰老"这个词儿来描述。他的双唇往里陷进去,褶皱深厚。苏珊娜已经帮他洗了脸,但脸颊上的胡楂似乎还是显得脏。双眼下挂着肿肿的青紫色眼袋,好像佩锐绨思那个混蛋在开枪之前还揍了他两拳。双眼闭拢着,但眼珠似乎不停歇地转动,在眼皮覆盖下清晰可见,似乎埃蒂不过是在做一场梦。

　　而且他还在说话。一阵又一阵喃喃低语。有一些话杰克可以听得出来,但另一些他就完全听不明白了。有些话是略有些意义,但大部分都是胡言乱语,他的朋友本尼会说那都是彻头彻尾的废话。苏珊娜一次又一次地用浸湿的毛巾擦拭埃蒂的眉眼和干裂的嘴唇,水盆就放在床边桌上。有一次,罗兰站起来,拿起水盆到浴室里把水倒掉,换成清水再端回来给她。她低声谢了他,听上去显得很高兴。过了一会儿,杰克也去换水,她也这样感谢了他。仿佛她根本不知道他们就在身边似的。

　　我们是为她而去的,罗兰这样对杰克说过,因为以后她会想起谁在她身边,并因此感激。

　　可是她会吗?杰克现在却这样想,坐在三叶草酒馆的门外。她会感激吗?都是因为罗兰,埃蒂·迪恩才会二十五六岁就垂死地躺在床上,不是吗?但从另一方面讲,要不是因为罗兰,她也就不可能结识埃蒂。这一切太复杂了。如同每个人都把纽约想成不同的世界,这让杰克头痛。

　　躺在墓床上,埃蒂曾问他哥哥亨利,为什么你从来不记得抢篮板球。

他还问杰克·安多里尼,谁用难看的棍子打了他。

他喊道:"小心,罗兰!那是大鼻子乔治,他回来了!"

又喊:"苏希,要是你可以跟他讲讲多萝西和锡皮樵夫的故事,剩下所有的都由我来讲。"

接着,又让杰克心寒:"我不用手射击;用手射击的人已经忘了他父亲的脸。"

听到最后这句,罗兰在暗色里(夜色已经降临)抓住杰克的手,用力攥着。"是啊,埃蒂,你说得没错。你会睁开眼睛看看我的模样吗,亲爱的?"

可是埃蒂并没有睁开眼睛。相反,头上绑着无济于事的绷带的年轻人含糊地咕哝道:"一切都被忘记了,在死人的石头大厅里。这一间间房都是废墟,只有蜘蛛织网,强大的电路板一个接一个归于沉寂。"这令杰克凉透了的心更低沉了几分。

随后,只是些没有意思的呢喃,却毫不停歇。杰克又换来了一盆清水,就当他回来的时候,罗兰看到他苍白的脸色,便对他说,他可以离开。

"可是——"

"走吧走吧,小甜心,"苏珊娜说,"就是要小心点。也许还有些家伙留在外面,等着报仇呢。"

"可是我怎么能——"

"到时候了我会叫你的,"罗兰说,用残缺了手指的右手点点他的太阳穴,"你会听到我的。"

杰克走之前想要亲吻一下埃蒂,但他害怕。不是害怕他可能触碰到冰凉如死亡的埃蒂——他知道情况会比那稍好——而是害怕哪怕轻轻落下的双唇都可能将埃蒂往不归路上再推一步。

那样的话,苏珊娜会责怪他的。

6

丁克坐在外面的走廊里,问他里面情况如何。

"很糟糕,"杰克说,"你还有香烟吗?"

丁克眉毛一挑,还是把烟递给了他。男孩在大拇指盖上敲了敲烟头,他以前总见枪侠抽着手卷烟卷时这样做,接着才凑近火,深深吸了一口。烟的味道还是很呛,但不像第一次时那样呛得出眼泪。他只是头晕了一下,但没有咳嗽。很快我就会成个老手的,他心想着,要是现在回到纽约,说不定我可以去有线电视网上班,就在我爸爸的部门里。我已经能做好杀手节目了。

他举起烟放在眼前,一股青烟从烟嘴里冒出来,而不是从烟头。"骆驼"的字样就印在过滤嘴的下方。"我对自己说,永不抽烟,"杰克对丁克说,"一辈子都不抽。可现在我手上就有一支。"他笑了。一声苦笑,一声成年人的笑,可从自己嘴里发出的这种声音令他不寒而栗。

"我来这里之前为一个家伙工作过,"丁克说,"夏普顿先生,这是他的姓。他曾经对我说,每当上帝听到'永不'这种话时,就要笑上一笑。"

杰克没有作答。他在想埃蒂是如何谈到废墟之屋的。杰克曾跟随米阿去过这样的一间屋子,很久以前在梦里。现在米阿死了。卡拉汉死了。而埃蒂马上也要死了。他想到所有的死尸盖着毯子躺在那里,远处传来压抑的雷声,就像骨头在摩擦。他想到开枪打中埃蒂的那个人,当罗兰的子弹真正结果他的时候他猛地向左一倒。他想去记忆他们刚到卡拉·布林·斯特吉斯时受到的欢迎、歌声、舞影和光明的火炬,可是脑海中却只有清晰的死亡,另一个朋友、本尼·斯莱特曼的死亡。今晚的世界仿佛是由死亡创造的。

他自己也死过,又复活了:回到了中世界,也回到了罗兰身边。整个下午,他一直企图去相信这样的事情也会发生在埃蒂身上,但不知道为什么,又知道那不可能。在这个故事里,杰克的戏份还没有完。埃蒂的却已经完了。杰克情愿拿出自己生命里的二十年——三十!——去拒绝相信,但他还是信了。说不清,他猜想自己已经得出了结论。

这一间间房都是废墟,只有蜘蛛织网,强大的电路板一个接一个归于沉寂。

杰克知道有一只蜘蛛。米阿的孩子是否正在观望这一切?看得津津有味吗?说不定这儿看一眼、那儿望一眼,活像露天看台上某个该死的扬基队球迷?

他在看。我知道他在看。我感觉得到他。

"你没事儿吧,孩子?"丁克问。

"没事,"杰克说,"一点儿都没事儿。"丁克点点头,似乎听到了最有理有据的回答。杰克心中不由暗想:好吧,也许他猜到了。毕竟,他是个心灵感应者。

似乎是为了证实这一点,丁克问道,莫俊德是谁。

"你不会想知道的,"杰克说,"相信我。"他掐灭了只抽到一半的香烟("你的肺癌全都在这儿了",他父亲以前总是言之凿凿地这么说,像个电视导购员一样指着自己手里没过滤嘴的香烟),并离开了科贝特屋。他是从后门出去的,希望可以避开门前聚集的心焦如焚的断破者们,在这一点上,他做得很成功。现在,他在欢乐谷,像是你在纽约经常可见的无家可归的流浪汉一般坐在路边,等着罗兰叫他。等着终结。

他想过要走进酒馆,也许还可以为自己要一杯啤酒(既然他的年龄已够抽烟,并能伏击杀人,那自然也可以喝酒了),也许只是进去看看不用扔分币是不是也可以让点唱机唱起来。他老爸曾宣称,美国终将及时地变成无纸币社会,他敢打赌,厄戈锡耶托就是这么个地方,那台老旧的"思博歌"点唱机早被设定好了,所以你只需要摁下按钮就能听到音乐。而且,他还敢打赌,假如翻动歌目盘,一直翻到第十九页,他一定会看到《今晚有人救了我的命》这首歌,由艾尔顿·约翰演唱。

他站起来了,因为呼唤声已经传来了。他不止是唯一一个听到呼唤的人;奥伊也发出一声短促、悲伤的吠叫。罗兰很可能一直站在他们身边。

来,杰克,快点儿。他要走了。

7

杰克赶忙跑进围绕在依然烟雾腾腾的典狱长之屋外(男仆獭卅,好像漠视罗兰的指令似的,又好像从未有人通告他,正安静地坐在门阶上,穿着苏格兰短裙和运动衫,双手抱着头)的小巷,再一路小跑着上了林荫道,飞快而又不安地瞥一眼排成一长溜的尸体。早先他看到的"降神会"小组已经不在了。

我不会哭的,他严酷地对自己许诺,要是我已经长大,大到可以抽烟、大到想给自己来杯啤酒,也就大到可以控制住我那愚蠢的泪水。我不会哭。

与此同时,他几乎很肯定自己将遏制不住眼泪。

8

舍监套间的门外,除了丁克之外还有锡弥和泰德。丁克把椅子让给锡弥坐。泰德看上去很疲惫,但在杰克眼里锡弥却乐得一塌糊涂:双眼又充满了血丝,鼻孔和一只耳朵上都留着血痂,两颊呈现铁灰色。他脱下了一只拖鞋,一直在按摩脚底心,似乎很疼。但是,他的喜悦却是再明显不过了。也许,甚至该说是兴奋过度。

"光束说一切都会好起来的,小杰克,"锡弥说,"光束说一切还不算太迟。光束说谢谢。"

"很好。"杰克答,伸手抓住了门把手。他几乎没有听到锡弥在说什么。他正在集中注意力

(不要哭,那会让她更难受)

想要在进门后能控制住自己的情绪。接着,锡弥又说了什么,这让他慌忙止步。

"现实世界里也不算太晚,"锡弥说,"我们知道。我们偷看了一眼。看到了移动的征兆。是不是,泰德?"

"是的,我们确实看到了。"泰德在膝头握着一罐诺兹阿拉。现在又拿起来喝了一口。"你进去的时候,杰克,请告诉罗兰,如果你们感兴趣的是一九九九年六月十九日,那一切都没问题。但是成功的机会开始越来越小。"

"我会转告他的。"杰克说。

"还要提醒他,那里的时间有时候会活络一下,就像老变速器那样滑进一下。很可能还要持续一段时间,暂且不考虑光束在愈合的话。所以一旦十九号过去了……"

"那就再也不会重来了,"杰克说,"在那里是不会了。我们懂。"他开了门,钻进了舍监套间的黑暗中。

9

床边桌上的一盏小灯投射下一轮压抑的黄色光亮,照亮埃蒂·迪恩的脸庞。灯光将鼻翼的黑影映在脸颊上,也将两个眼窝投上深黑的阴影。苏珊娜在他身边,跪坐在地板上,抓着他的双手,低头凝视他。她的身影被拉得长长的,映在墙上。罗兰坐在床另一边的浓重黑暗里。将死之人的喃喃独语已休止了,呼吸也已失去了规律。他会突然停止呼气,凝滞一会儿,再缓缓长长地带着胸腔啸声吐出来。他的胸脯长久地停顿不动时,苏珊娜便会抬眼盯着他的脸庞,闪着焦虑的眼神,直到那口痛苦不堪的呼气继续下去。

杰克在罗兰的身旁坐下,也靠着床望着埃蒂,又望着苏珊娜,再犹疑地看着枪侠的神情。在昏暗之中,他只能看到他的疲惫。

"泰德要我告诉你,美国那边已经快到六月十九日了,感谢老天。而且,时间可能会在缺口里活络一下。"

罗兰点点头。"但我们还要等一下,我想,等这里的一切结束。不会太久了,这是我们欠他的。"

"多久?"他低沉地问。

"我不知道。你来之前我以为他已经走了,即便你跑着来——"

"我是跑来的,路过草地那儿时——"

"——可是,你也看到了……"

"他很顽强,"苏珊娜说,如今她只能以此为傲了,这更令杰克心寒,"我的男人很顽强。也许他还有什么话要说。"

10

他确实有话。杰克悄悄回到屋里的五分钟后,埃蒂的眼睛睁开了。"苏……"他说,"苏……希——"

她凑过去,依然握着他的双手,对着他的脸微笑,她完全聚焦于这一情景,什么都不能再夺走她的心。杰克几乎难以置信的是,埃蒂松开一只手,略微抬向右边,然后抓住了她纠结的鬈发。即便那手臂垂在发间会拽疼发根,她也丝毫没感觉似的。绽放在她唇边的笑容是那般欢喜,那般欢迎他,也许甚而该说是美好的。

"埃蒂!欢迎你回来!"

"别胡说八……八道,"他耳语着,"我要走了,亲爱的,不是回来。"

"不过是点轻——"

"嘘——"他耳语着,她顺从地不再出声。抓着她头发的手又拉动了一下。她将脸颊殷切地凑上去,最后一次亲吻他尚存声息的双唇。"我……会……等你的。"他说,每个字都使了全身的劲。

杰克瞧见他的皮肤上渗出豆大的汗珠,将死之人留给活生生的世界的最后信息,那一瞬间,男孩的心终于顿悟了他的意识早已知晓的事情。他开始哭泣。泪水滚烫,收不住地往下淌。罗兰抓住他的手时,他也狠狠地握紧他的。他害怕,也伤心。如果这样的事情会发生在埃蒂身上,就会发生在任何人身上。会发生在他自己的身上。

"是的,埃蒂。我知道你会等我的。"她说。

"在……"他又要深深的、痛苦地撕扯出一口气来,可他的双眼却明亮如宝石,"在空旷之地。"又是一次艰难的喘息。手抚着她的头发。灯光在其上投下神秘的黄色光环。"道路尽头的那片空旷之地。"

"是的,亲爱的,"现在,她的声音很平静,但有一滴泪流落在埃蒂的脸颊上,慢慢地滑向下巴,"我听到你的话了。等我,我会找到你的,我们一起走。那时候我就能走动了,用自己的双腿走路。"

埃蒂朝她浅笑,随即,视线转向了杰克。

"杰克……过来。"

不,杰克心想,紧张得不知所措。不,我不行,我不行。

但是他已经俯下身去,凑得那么近,都闻得到终点的气息。他能够清楚地看到埃蒂的发际线下渗出越来越多的细密汗水。

"也请,等我,"杰克突然变得笨嘴拙舌,"好吗,埃蒂?我们都可以一起走。我们还会是卡-泰特,就像以前一直那样。"他很想笑一下,但笑不出来。他的心太疼了,根本没法笑。他在想,这心疼会不会索性将他的胸腔爆炸,就像热火中的石子有时候会爆裂那样。这样的事情,是他的朋友本尼·斯莱特曼告诉他的。本尼的死就很伤人,但埃蒂的死将糟上一千倍。百万倍!

埃蒂却在摇头:"不……没那么快,哥们。"他费力地喘一口气,接着痛苦地扮了个鬼脸,好像空气中长出扎人的刚毛,却只有他一人感觉到了似的。他又开始低低耳语——并非因为虚弱而低声,杰克后来才想到这一点,但当时却心无旁骛。"小心……莫俊德。小心点……丹底罗。"

"丹底罗?埃蒂,我不——"

"丹底罗。"双目瞪大了。更大的气力被拽出来。"保护……你的……首领……防着莫俊德。防着丹底罗。你……奥伊……你们的职责,"他的视线指向了罗兰,又转回来看着杰克,"要……"然后,"保护好……"

"我……我会的。我们会的。"

埃蒂轻点一下头,又看向罗兰。杰克让到一边,枪侠便俯身来倾听埃蒂致他的遗言。

11

罗兰从来不曾、也再不会看到这样明亮的一双眼睛,甚至在界砾口山上,当库斯伯特·奥古德微笑着和他告别时也不曾见到。

埃蒂笑着:"我们……来日方长。"

罗兰又点了下头。

"你……你们……"可是埃蒂没有说完这句话。他抬起一只手,做了一个虚弱无力的旋绕动作。

"我跳舞了,"罗兰说着,一边点着头,"跳了考玛辣。"

是的。埃蒂无声地动动嘴皮,又吸出一声肺音,极度痛楚地呼吸。最后的一次。

"谢谢你给我第二次机会,"他说,"谢谢你……父亲。"

就是这样。埃蒂的双眼依然看着他,依然清醒明晰,但他不再能吸入新的空气去接续那最后的吐字,父亲。灯光照在他赤裸的手臂上,映出金灿灿的颜色。雷声低吟。随后,埃蒂的双眼阖拢了,头倒向了一边。他的使命完成了。他已经走完了长路,到达了尽头的空旷地。他们围绕在他身边,却已经不再是卡-泰特了。

12

就这样,三十分钟后。

罗兰、杰克、泰德和锡弥一齐坐在林荫道街心的长椅上。丹妮卡·罗斯特夫和貌似银行家的矮胖男人也在附近。苏珊娜还在舍监的卧室里,擦拭丈夫的身体,为随后的葬礼准备。他们坐在这里也能够听到她的声音。她在唱歌。所有的歌,似乎都是埃蒂一路上唱过的。一首是《生来奔命》。另一首是《稻谷歌》,是卡拉·布林·斯特吉斯的歌谣。

"我们必须要出发了,马上。"罗兰说道。他的手又放在了臀上,轻轻揉按着、揉按着。刚才杰克看到他从包袋里(天知道哪里来的)拿出一瓶阿司匹林,干吞了三片。"锡弥,你会送我们过去吗?"

锡弥点点头。他一瘸一拐地走到长椅子这儿,靠在丁克身上,直到现在也没有人得空细看他脚底的伤。和其他事件相比,他的脚伤似乎只是件微不足道的小事;的确,如果锡弥·鲁伊兹今晚会死去,那只会是由创建一扇连通雷劈和美国的门洞而造成的。再来一次倾尽生命力的意念移动,很可能要了他的命——还需要去在意他脚上的擦伤吗?

"我会尽力的,"他说,"我会用尽我的全力,我会的。"

"帮我们偷看纽约的那些人也会再次伸出援手的。"泰德说。

为了能窥探一眼楔石世界之美国的当下时间,泰德想出了最佳方案。他、丁克、弗莱德·沃辛顿(看似银行家的矮胖男人)和丹妮卡·罗斯特夫都曾在纽约待过,也都能在脑海中重现时代广场的清晰图景:灯光、人群、电子影画字幕……以及最重要的,巨大的新闻播报屏幕,能向屏幕下方的人群滚动播送每日的即时新闻,大约每隔三十秒钟就从百老汇街到四十八街环绕一圈。锡弥创造的窥视洞足够久,他们得知:联合国专家小组正在科索沃搜寻阿族人的集体墓穴;副总统戈尔在纽约市花了一整天时间为竞选总统拉票;尽管"火箭人"罗杰·克莱门斯勇夺十六分,但扬基队还是在前一夜的比赛中输给了得克萨斯游骑兵队。

在其他人的协助下,锡弥可以让这个门洞坚持得更长久一点(其余的人带着一种饥渴的惊讶,瞪大眼睛遥望着纽约夜晚熙熙攘攘的人流胜景,不再是断破者,而是洞开者、看者),直到没必要坚持这样做为止。在棒球赛的得分表之后,巨大的电子屏幕上就显示出正在他们眼前流逝的日期和时间,鲜亮的黄绿色电子数字足有一层楼那么高大:一九九九年六月十八日下午九点十九分。

杰克本想张口问他们怎么能确认自己是在观望楔石世界,也就是斯蒂芬·金只有不到一天好活了的那个世界呢?但他忍住了没有问。答案就在于那个时间,笨蛋,答案如往常一样:九点十九分各数字加起来也是十九。

13

"那么,你们看到纽约时间是在多久以前?"罗兰问。

丁克算了算,说:"该有五个小时了,至少。当时是换班号角响起来的时候,太阳没了,晚上来了。"

也就是说,那一边现在已经是凌晨两点半了。杰克也用自己的手指掐着小时默算了一遍。现在,思想变得很艰难,因为始终想着埃蒂,连最基本的加减法都变得缓慢了,但他也发现:只要他努力试一下还是可以办到。只不过,你不能指望只过去了五个小时,因为时间在美国那边过得更快。情况可能有所改善,因为断破者已经不在破坏光束了——它可能已经自我修复了——但也许还没那么快。眼下,那里的时间可能还会跑得很快。

而且,还可能突然跳跃一下。

六月十九日的清早某一时刻,斯蒂芬·金还坐在办公室的打字机前,像幅画儿般美好,接下来……砰!晚上就躺在附近的殡仪馆里,八个小时乃至十二个小时一闪而过,他那些悲痛的家人在灯光下坐成一圈,想要商量金先生会喜欢哪一种葬礼,却总是违背他的遗嘱;说不定甚至会商量要把他土葬在何处。那么,黑暗塔呢?斯蒂芬·金版本的黑暗塔呢?或是乾神的版本?或是纯贞世界的版本?就将永远失去,所有这些版本。那么,你听到的声音又是什么呢?啊哈,一定是血王在笑,笑啊笑啊,不知道在迪斯寇迪亚的什么地方笑个不停。说不定,还有那个蜘蛛男孩莫俊德,跟着血王一起狂笑。

自从埃蒂死后,终于有了悲痛以外的思绪进入了杰克的大脑。那是一阵微弱的钟表走动的响声,就像是罗兰和埃蒂测试飞贼时的响动。就在他们把飞贼交给黑李嗣去埋伏之前。那是时间的声音,而时间从来都不是他们的朋友。

"他说得对,"杰克说,"我们必须趁早走。"

泰德:"苏珊娜要不要——"

"不!"罗兰说,"苏珊娜要留在这里,你们也要帮助她安葬埃蒂。同意吗?"

"好的,"泰德答,"那是当然的,只要你们开口。"

"如果我们没有回来……"罗兰算了算,一只眼微微闭起来,另一只眼则直勾勾地望进黑暗里,"如果到了明天晚上这个时候,我们还没有回来,那么估计我们就是回到了末世界的法蒂。"是的,估计是法蒂,杰克心想,当然啰。因为把别的推断说出来又有什么好处呢,那甚至是更合情合理的推断:我们要不就是死了,要不就迷失在众世界中,永永远远的在隔界?

"你们知道法蒂吗?"罗兰在问。

"在南边,是吗?"沃辛顿反问道,他一直和丹妮,那个小姑娘在一起,"不过,到底哪边才是南呢?川帕斯和别的一些坎-托阿以前说到那里时总是谈虎色变,好像那里神神怪怪的。"

"那里确实神神怪怪的,没错,"罗兰冷酷地附和,"如果我们不能按时回到这里,你们可以把苏珊娜送上去法蒂的火车吗?我知道起码还有几辆火车可以运行,因为——"

"绿斗篷?"丁克边说边点头,"或者说狼群,你们是这么叫他们的。所有D线火车都能跑起来。那些都是自动操作的。"

"他们是不是小火车?会说话吗?"杰克问。他想到了布莱因。

丁克和泰德狐疑地对视一眼，接着，丁克转而看着杰克，一耸肩："我们怎么会知道？与 D 线相比，我倒是更了解 D 罩杯，而且我相信这里的每个人都差不多。至少，断破者们是这样。我猜想有些守卫兵可能知道得更多。或者试试那家伙。"他一摇大拇指，指向了獭卅，他还呆呆地坐在典狱长之屋的门阶上，双手抱头。

"不管怎样，我们不能让苏珊娜再出乱子。"罗兰轻轻地对杰克说。杰克点点头。他认为他们也只能这么做了，可他还有别的疑问。要是条件允许，他会在罗兰听不见的时候用意念传达给泰德或丁克。他不喜欢这个决定——把苏珊娜独自留下来——内心里的每一个直觉都在大声抵抗这个决定——但他也明白，埃蒂不被安葬的话，苏珊娜是不会走的，罗兰也一样很清楚。他们可以带她走，但只能绑着她、捆着她走，那样的话事态只会比现在更糟。

"或许，"泰德说，"会有一些断破者愿意陪苏珊娜坐上南下的火车。"

丹妮点点头。"我们在这儿不讨好，因为要帮你们出去。泰德和丁克已经让事情糟糕透顶了，可是半个小时前还有人朝我吐唾沫，就在我房间里，我去拿这个，"她举起怀里的小熊维尼，那是个击球手模样的小公仔，显然深得她的宠爱，"我觉得，你们在这儿的时候他们不会干出什么事儿，但一旦你们走了……"她一耸肩。

"嘿，我不太明白，"杰克说，"他们自由了。"

"自由了又能干什么？"丁克反问，"好好想想吧。他们大多数人在美国那边都活得不舒坦。完全是多余的人。可在这儿，我们是贵宾，VIP！一切应有尽有，都是最好的。现在可好，啥都没了。你们要是能这样想一想，还会想不明白吗？"

"是的。"杰克硬生生地回答。他认为自己是不想去明白。

"他们还失去了某些东西，"泰德低沉地说，"雷·布莱伯利写过一部小说，名叫《华氏 451 度》，开头第一句话就是：'烧东西是一种快乐'。好吧，这里也一样，破坏也是一种快乐。"

丁克在默默点头。沃辛顿和丹尼也一样。

甚至锡弥也在不停地点头。

14

埃蒂平躺在一成不变的灯光下，但现在他的脸孔很干净，身上铺着舍监卧床上的被单,整齐地叠在前胸。苏珊娜为他穿上了一件洁净的白色衬衫,不知道是从哪里找来的(杰克猜想是从舍监人的衣橱里),而且,她必定还找到了刮胡刀,因为他的双颊和下巴光滑极了。杰克尝试着去想象她坐在这里为死去的丈夫刮面的情景——一边还唱着"来吧来吧考玛辣,稻谷开始收割啦"——一开始他想象不出来。接着,仿佛突然之间,这情景闪现出来,并强有力地触动他的神经,以至于他的泪水几乎再次汹涌。

她静静地听着罗兰对她讲话,坐在床边,十指交叉地放在膝盖上,眼帘低垂。在枪侠看来,她就像个含羞的处女,正在聆听婚约安排。

他说完了,她没有说什么。

"苏珊娜,你明白我刚才对你说的吗?"

"是的,"她答,但依然没有抬起眼睛,"我要葬了我的男人。泰德和丁克会帮助我的,以免他们的朋友们——"她苦涩而略带挖苦地着重于"朋友"这个字眼,事实上,这也让枪侠有点动容;看起来,她依然深陷悲哀,"——会把他从我身边抢走,并处以私刑,把他的尸体吊在一棵酸苹果树上。"

"还有呢?"

"你们会找到办法回到这里、然后我们一起去法蒂,要不然就让泰德和丁克把我送上火车,我独自去那里。"

杰克不止是恨她声音中冷冰冰、无法接近的语气;这还让他害怕。"你知道我们为什么必须去那边,是吗?"他焦急地问,"我的意思是,你是知道的,对吗?"

"趁早救下作家的命。"她握住了埃蒂的一只手,杰克惊愕地发现:连他的指甲都变得干干净净。他纳闷,她是怎么把指甲缝里的污垢都清理得一干二净的?也许舍监还有一套剪指甲工具,就像他爸爸总在口袋里揣着的钥匙链上挂的小玩意儿?"锡弥说熊之光束和龟之光束感激我们。我们认为,我们已经拯救了玫瑰。可是至少还有一个任务要完成。作家。懒鬼作家。"现在,她终于抬起头来了,双目炯炯有光。杰克突然意识到,也许苏珊娜不和他们一起去见——能见着的话——斯蒂芬·金反而是好事。

"你们最好把他救活,"她说,罗兰和杰克都能感觉到,老朋友、贼骨头黛塔潜入了苏珊娜的声音,"发生了今天的事情之后,你们就最好让他活下来。而且,这一次,罗兰,你要告诉他——不许停止写作。不管是去地狱,爽到极点,还是得癌症,哪怕鸡巴烂掉都要写下去。也别去觊觎什么普利策奖了。你们告诉他,一路写下去,直到把他操他妈的故事写完了为止!"

"我会转达的。"罗兰说。

她点了一下头。

"等这事儿处理完了你就来找我们,"罗兰说,说到"处理完了"的时候,他的语调略有升高,仿佛这是一个疑问句,"你会找到我们,然后去完成最终的使命,好吗?"

"好的,"她说,"不是因为我想去——我的魂灵都没了——而是因为他想让我去。"她温柔地,极其温柔地,将埃蒂的手放回他的胸前,叠放在另一只手上。接着,她用手指着罗兰。指尖微微颤抖着。"但是,不要再用'我们是卡-泰特,我们合而为一'这样的废话来当开场白。因为那些日子已经完了。不是吗?"

"是的,"罗兰说,"但是塔还矗立着。在等待。"

"大小伙儿,我对那玩意儿也没兴趣了,"虽然不完全是黛塔的口吻,但也差不离,"跟你说实话吧。"

可是杰克明白,她并非在说实话。她还没有失去看一眼黑暗塔的渴望,那渴望一点儿不比罗兰心中的弱。甚至不比杰克的弱。他们的泰特或许是破裂了,但卡依然留存。她和他们一样能感觉到它。

15

出发之前,他们亲吻了她(奥伊舔了她的脸颊)。

"你小心点儿,杰克,"苏珊娜说,"要安全无恙地回来,听见了吗?埃蒂也会这样对你说的。"

"我知道。"杰克说着,又亲吻了她。他在微笑,因为他可以听见埃蒂正在跟他说,小心屁股蛋儿,已经破成两瓣啦——可又因为同样的原因,他再次哭起来。苏珊娜紧紧拥抱了他一会儿,接着便放手让他走,转身回到丈夫身边。他纹丝不动、冰冰凉凉地躺在舍监的卧床上。杰克很能理解,眼下她真的没有更多时间可以分给杰克·钱伯斯和杰克·钱伯斯的悲恸。她自己的那份已经够庞大的了。

16

房门外,丁克靠在墙上等待着。罗兰和泰德一起走了出去,两人在走廊尽头紧张地深谈。杰克猜想他们会回到林荫道,锡弥(借助于其他几人)可以在那里将他们送到美国那边。这倒提醒了他。

"D线火车往南走,"杰克说,"也就是通常被认为是南的那个方向——对吗?"

"差不离吧,伙计,"丁克答,"有些火车头还有名字呢,像什么美味雨、雪国之魂,但它们都有字母和数字。"

"D是不是代表丹底罗?"杰克问。

丁克疑惑地皱起眉头,看着他问:"丹底罗?这又是什么鬼东西?"

杰克摇摇头。他甚至不想提及在哪里听到这个名字的。

"好吧,我不知道,不太清楚,"丁克说着,两人继续往外走,"可是我总以为D代表着迪斯寇迪亚。因为所有火车的终点站理应都在那里,你知道——在宇宙深处某个最恶劣的劣土。"

杰克默默点了下头。D代表迪斯寇迪亚。很有道理。无论如何,很像是真的。

"你还没有回答我的问题,"丁克说,"丹底罗是什么?"

"不过是我在雷劈火车站的墙上看到的一个词儿。可能什么意思也没有。"

17

科贝特屋外,一群断破者代表正等候着。他们个个面目冷峻,也显得很害怕。D代表迪斯寇迪亚,杰克暗想,D代表迪斯寇迪亚。D也代表绝望。

罗兰双手抱在胸前,面对着他们说:"谁是代言人?如果有人能代言全体,就让他现在过来吧,因为我们的时间已经很紧了。"

一个灰发绅士——老实说,又是一个矮矮墩墩、很像是银行家的男人——站了出来。他身穿灰色西服,雪白的衬衫已经松了最上面的领扣,灰色背心也解开了扣子。背心松松垮垮,这男人就这么穿着它。

"你们夺走了我们的生活,"他说,言语之间似有阴郁乖僻的满足感——好像他一直都知道会有这么一天(或是会发生这样的事情),"我们过去所熟知的生活。请问蓟犁先生,作为回报,您给我们什么呢?"

后面的人群吵吵嚷嚷地附和。杰克·钱伯斯一听,突然前所未有的怒火中烧。双手仿佛有了自主的意念,探向了"草原狼"机动手枪的枪把,紧紧握在手心里,并在这种触感中获得了冰冷的抚慰。连悲恸也暂时舒缓了几分。罗兰全知道,即使不用回头看都知道,因为他已经按住了杰克的那只手。他紧紧捏着它,直到杰克松开了枪把。

"既然你们问了,我就告诉你们我将给予什么,"罗兰说道,"我欲将此地——为了摧毁宇宙,你们在此被喂以孤苦无依的孩子们的大脑——烧为平地;是啊,片甲不留。我本想布下某种飞行球,令其在我们的掌控之下爆炸,在不伤害任何人的前提下将这里焚毁殆尽。我也打算为你们指出通向外伊河及其后方的绿色卡拉之路,并以我父亲当年教给我的一句诅咒送你们上路:愿您长寿,但不享安康。"

愤慨的怨声四起,但没有人敢正视罗兰的视线。刚才挺身发言的男子(即使怒火尚未消却,杰克也指望他能拿出更多勇气)连站都站不稳了,好像须臾之间就会昏倒。

"卡拉仍然矗立在那个方向,"罗兰用手指着说,"如果你们去那里,一些人——甚至可能很多——会死于途中,因为沿途会有饥饿的野兽,水也可能有毒。我毫不怀疑卡拉人会认出你们是谁,曾经逗留何方,即便你们说谎也没用,因为他们之中有曼尼人,而曼尼人洞察一切。然而,在那里你们也许会获得宽恕,而不是死亡,因为那儿的人们对宽恕的理解远远不是你们这些人的理解力所能企及的。连我也不能,在那件事上。

"他们会迫令你们做苦工,如你们所知,余生将不会在安逸中度过,我毫不怀疑,你们将在汗水和辛劳中过下半生,但我依然极力奉劝你们前往卡拉,除此之外,别无他法能赎清你们所犯下的罪。"

"我们不知道自己一直在做什么,你这个装好心肠的家伙!"后排的一个女人暴怒地喊起来。

"你们知道!"杰克使出全身的气力大喊回去,眼前甚至能看到黑点,罗兰的手掌再次按上他的,想按捺住他的冲动。他会不会真的一时冲动,用"草原狼"扫射这些人,为这个万恶之地增添更多的死尸?他真的不知道。他所知的,只是一旦自己的手触上了武器,枪侠的双手就会来制止。"你们怎么敢说自己不知道!你们明明知道!"

"我就说这么多,愿你们满意,"罗兰说,"我和我的朋友们——存活的朋友们,但我也很确定,已去遥远之地的亡友也会赞同我所说的一切——会让此地留存。这里有足够的食物,够你们吃完这辈子的了,还有机器人给你们做饭、洗衣服,甚至能给你们擦屁股。如果你们情愿在炼狱里涤罪而不愿意赎罪，那就待这儿吧。如果换成是我，我就心甘情愿奔赴苦旅。沿着黑暗中的铁轨往前走。在他们揭发你们之前就自觉坦白，并双膝跪下，俯下你们的头，乞求他们的原谅。"

"绝不！"有人斩钉截铁般高喊道，但杰克认为部分断破者似乎踌躇起来。

"随你们的便吧，"罗兰说，"关于这事儿我已经说完了，下一个冲我问话的人可能将永远保持沉默了，因为我的朋友正在准备安葬我们的亡友、她的丈夫，因而我悲痛难忍，也狂暴难当。你们还有什么要说的？你们想激起我的怒火吗？如果敢，就来吧。"说着，他拔出枪，抵在肩窝。杰克迈前一步与他并肩而立，终于一把拔出了枪。

片刻之间，只有静默，接着，刚才的发言人转身走了。

"别射杀我们，先生，你们已经杀得够多了。"有人辛酸地说道。

罗兰没有作答，人们渐次退去。有些人跑了，有些人去追。他们都陷入了沉默，除了个别几个在低泣，很快，黑暗就吞没了他们的身影。

"哇喔。"丁克的话音里充满敬意，听上去很温和。

"罗兰，"泰德说，"他们所做的一切并非完全是他们的过错。我想我已经做出了解释，但我猜想，我还没有尽责。"

罗兰收起手枪，说："你非常尽责尽力。所以他们才会活到现在。"

此时他们又在林荫道尽头、丹慕林屋前，锡弥蹲到罗兰面前，双目圆睁，神情严肃。"亲爱的罗兰，你会指给我看你们要去哪里吧？"他问，"你会把那个地方指给我看吗？"

那个地方。罗兰一直都聚神于何时，几乎没想过何方的问题。他们曾经仓促经过的洛弗尔小路只留下了稀疏黯淡的印象。那时候，埃迪开着约翰·卡伦的老爷车，罗兰则深陷在思绪里，专心致志地在想如何说服看门人出手相帮。

"你送泰德过去的时候，他有没有指示你看一个场所？"他问锡弥。

"是啊，他给我看了。只不过他并不知道他在意念中显示给我看了。那是张宝宝的照片……我不知道怎么才能精确地说给你听……傻乎乎的头！满是蜘蛛网！"锡弥握拳在双眼间轻叩一下。

趁锡弥还没有再次砸向他自己前，罗兰抓住了他的手掰开紧锁的手指。他这么做时，流露出惊人的温柔。"不，锡弥。我想我能领会。你找到了一条思路……那是他还是小孩时的回忆。"

泰德走过来。"那当然是了，"他说，"我不明白之前我怎么没想到。实在太简单了,也许。我在米尔福德长大,直到一九六〇年才离家出走,就地理意义而言,那地方实在微不足道。锡弥一定是发现了一段马车旅行的记忆,或是搭乘哈特福德有轨电车去桥港看望吉姆叔叔和茉莉阿姨时的情景。某些潜意识里的印象。"他又摇摇头:"我知道我出来的地方有点眼熟,但显然已是多年以后。我还是个小孩时,那里还没有梅里特花园道。"

"你可以给我一幅那样的图景吗?"锡弥满怀希望地问罗兰。

罗兰再次回忆洛弗尔,他们把车停在七号街上,就是在那里,他们遇到了走出树丛的伽凡的谢纹,但那显然还不够;沿途既没有路标也没有别的地标,只有一条光秃秃的路。无论如何,他也想不出来。

这时,另一个主意跳出来了。这主意与埃蒂有关。

"锡弥!"

"是的,蓟犁的罗兰!昔日的威尔·迪尔伯恩!"

罗兰伸出手,抚在锡弥的头部两侧。"闭上双眼,锡弥,斯坦利之子。"

锡弥照做了,同时也伸出自己的双手,从两侧扣住了罗兰的头。罗兰闭上了双眼。

"锡弥,看看我所看到的吧,"罗兰说,"看看我们要去哪里。好好看看。"

锡弥照做了。

18

就当他们站在那里,罗兰指示锡弥看他脑子里的回忆时,丹妮卡·罗斯特夫轻声叫住了杰克。

可一旦他走到她面前,她又犹豫了,仿佛没把握要不要说什么。他便想主动问她,可还没张口,丹妮就用一个吻封住了他的嘴。她的双唇柔软得不可思议。

"为了好运。"她说,看到他惊诧的神情,明白自己的举动起到了效果,那番羞怯便略微舒缓了。她的胳膊环绕住杰克(另一只手依然抱着维尼公仔小熊;他能感到它轻轻地抵靠在自己胸口),又吻了一次。他也感觉到她那小巧结实的乳房推向了自己,这感觉将永远留存在他的余生。关于她的记忆也将永远留存于他的余生里。

"还有,为了我。"说完,不等杰克有所表示,她便退到了泰德·布劳缇甘身边,满脸通红地垂下双眼。他什么也说不上来,仿佛整条命都悬在了这里,嗓子哽得厉害。

泰德看着他笑了:"你可以从这第一个来判断剩下的人。相信我。我知道。"

杰克还是无法言语。好像她狠狠打一下他的脑袋,而不是在唇上留下一吻。他的头晕目眩就有那么严重。

19

十五分钟后,四个男人,一个女孩,一个貂獭和一个神魂颠倒、惊诧莫名(并且十分乏累)的男孩站在了林荫道上。看起来,他们像是要在草地上围成个小圈子;别的断破者已踪影全无。从他所站立之处,杰克可以看到科贝特屋底层楼亮着灯光的小屋,苏珊娜在那里照料她的亡夫。雷声翻滚。泰德又像他们当初走入雷劈火车站办公室里的壁橱时——那儿曾挂着一件亮闪闪的红夹克,上面别着"装运主管"的标牌,那时,埃蒂的死根本是不可想象的事情——一样说话了:"手拉手。集中精力。"

杰克想要拉住丹妮卡·罗斯特夫的手,可丁克却摇摇头,微微一笑:"大概有朝一日你还能牵她的手,但现在你是站在中间的小猴子。而且你的首领是只大猴子。"

"你们互相拉起手,"锡弥在说,之前,杰克从未在他的声音里听到如此安详的威慑力,"会有用的。"

杰克把奥伊塞进衬衫里:"罗兰,你可以给锡弥看——"

"看,"罗兰说着,拉起他的手,现在,别的人都围绕着他们站成紧密的小圈,"看着,我想你会看到的。"

一道犀利的裂缝在黑夜中乍现,在杰克看来,锡弥和泰德都已被吃进去了。过了好一会儿,这道大裂缝颤动着,变得更阴暗,杰克心想那大概会消失了吧。但很快,裂缝里的光越来越明亮,缝隙随之扩张。他听到了极其微弱的轿车或是卡车驶过的响声(就仿佛你闷在水底所听到的声音)。又看到了一栋楼,门前有一小块沥青铺就的空地。三辆轿车和一辆敞篷小货车停在那里。

阳光!他想到了,顿时一惊。如果时光在楔石世界绝不会回折,那这就意味着时间已经跳过去了。如果那正是楔石世界,那就将是星期六,六月十九日,一九——

"快点儿!"泰德身在现实中的一个耀眼的洞口,大声喊道,"要是你们打算走,就趁现在!要是你们打算走——"

罗兰猛地拽上杰克朝前冲,他的包袋在背上颠得一上一下。

等一下!杰克本想高呼一声,等一下,我忘了东西!

但是,已经太迟了。仿佛有一双大手摁在他胸上,他只觉得肺里的空气呼啸而出。他想到:气压变化。还感觉到双脚被提到空中、却在往下掉,随后便在沥青停车场上盘旋,影子紧紧粘在脚后跟上,仿佛他也在一个劲儿地斜睨着扮着苦脸,并在他意念中遥远的角落里微微思忖着:距离上一次自己的眼睛暴露在平淡无奇、再自然不过的日光下究竟过了多久了?也许,从进入门口洞穴追踪苏珊娜开始,就再也没见过日光了。

相当微弱的,他也听到有谁——他想那是刚刚亲吻过自己的小女孩——在高喊:祝你好运,随后,一切消失了。雷劈消失了,底凹-托阿消失了,漫无边际的黑暗也不见了。他们到了美国这边,站在某个存在于罗兰和锡弥的印象中的停车场上——在四个断破者的协力推送下,回忆将他们送到了这里。这是东斯通翰姆杂货店,也就是罗兰和埃蒂遭受杰克·安多里尼埋伏袭击之地。但那一次出现了恐怖的错误,比他们预期的早了整整二十年。现在,这里是一九九九年的六月十九日,窗上的钟(钟面上还写了一圈字:**总有时间吃份猪头肉!**)显示的时间是下午三点四十一分。距离四点钟还有十九分钟。

时间就快到了。

第三部

在绿色和金色的阴霾中

乾神之歌

第一章

苔瑟宝慕夫人开车向南去

1

杰克·钱伯斯从不知道自己双手神速几非尘世所有。他现在只知道：跌跌撞撞冲出底凹-托阿、重返美国的时候，他的衬衫——因为奥伊在里面，所以鼓起一道怀孕了似的圆弧线条——在无可名状的冲力中被拉脱出了牛仔裤腰带。这之前还从未有幸在不同世界间穿梭（上一次还差一点被一辆出租车轧死）的貉獭便滑落下去。这世界上几乎没有人能阻止这样一种重力下的掉落（事实上，这很可能根本不会伤及貉獭），但杰克可不是别的什么人。卡太青睐于他，以至于把他从死亡线上拉到了罗兰的那一边。现在，他的双手飞速地弹伸出去，太快了，简直看不清手的动作。当那双手再次显形时，方才让人看明白：一手弯曲着托住貉獭项背处厚实的粗毛，另一手则托在它长长身尾的短毛下。杰克将他的好朋友轻轻放在地上。奥伊抬头看他，送上一声短促亲热的回报。一声吠叫似乎含着两种意味：谢谢，以及，别再这么做啦。

"来吧，"罗兰说，"我们必须要快。"

杰克跟着他走向店门，奥伊还是跟定他的脚后跟，老位置。门上，用一只橡皮小吸盘挂着一块招贴，写着：**我们开张了，快进来吧！** 就像一九七七年时一样。门框左边的窗玻璃上还贴着这样的告示：

一传十　十传百　大伙儿都要来
第一届教堂事务公理会
豆筵晚餐
一九九九年六月十九日
七号街和客来特街十字路口

教区事务大楼（后门）
下午五点至七点

第一 刚果

"时刻欢迎您,好邻居!"

杰克心想,豆筵晚餐还有个把钟头就要开始了。他们已经铺好餐布、布好餐桌了吧。门右的窗玻璃上则是一条更让人瞠目结舌的消息:

第一届洛弗尔—斯通翰姆时空闯客教堂
您会加入我们的崇拜吗?

周日祈祷时:上午十点
周四祈祷时:下午七点

每周周三为青年教友之夜!!!晚上七点至九点
游戏!音乐!经文念诵!
……还有……
时空闯客的时闻播报!
嗨,孩子们!
"不见不散!"
"我们寻找天堂之门——愿意和我们一起追寻吗?"

杰克发觉自己正想着哈里根,在第二大道和四十六街的街角布道的牧师,并自问:在这两个教堂的面前,他会觉得哪个更有吸引力?他的头脑可能会让他选择第一公理会教堂,但他的心——

"快点,杰克!"罗兰又催了起来,当枪侠推开门时,门上方传来一声轻灵的铃铛响。诱人的气味扑面而来,不禁让杰克一下子想起卡拉主街上图克的小店:咖啡和薄荷糖,烟草香和意大利腊肠,橄榄油,以及盐水、甘糖和香料那浓郁的芳香。

他跟着罗兰进了店,并意识到他至少还是随身带了两样法宝。"草原狼"机动手枪在牛仔裤后腰上结结实实地插着,放有欧丽莎的背袋还吊在肩头、垂在左侧,这样,他用右手一探就可轻松取得。

2

  文德尔·齐普·麦卡佛伊正在熟食柜台后面，费力地举起苔瑟宝慕太太所点的那份超足量香辣蜜腌火鸡，他们正聊着齐瓦丁湖上时髦摩托艇的兴起……确切地说，是苔瑟宝慕太太在慷慨陈词，而当门铃这一响，他的齐普生涯又将变得动荡不安（老人们看到你的车翻进小沟，总会说：你翻身当乌龟了）。

  齐普心想，苔瑟宝慕太太或多或少可以说是典型的夏季游客：和克罗伊斯国王一样富可敌国（至少她那位互联网新贵的先生是），还像个喝多了威士忌的鹦鹉一样说个没完，而且疯得像是打了吗啡的霍华德·休斯①。她完全负担得起豪华私人游艇，却开着一艘破破烂烂的小划艇来到了湖的这一边，恰好在当年约翰·卡伦经常拴船索的船坞上系好了小船——在那天以前（时光流逝，将这段逸事提纯到更高的境界，就如同再三打磨抛光的柚木家具般，齐普说起那天的事儿时，会越来越字正腔圆，如同令人尊敬的电台牧师提及"我们的主"时所必用的强调语气）。苔瑟宝慕太太喜欢说话，爱管闲事，长得还不错（差不多吧……他觉得……只要你不介意她的浓妆和发胶就行），钱包鼓鼓，还是个共和党人。在这种情况下，齐普·麦卡佛伊觉得大可放心地将大拇指偷偷摁在了秤盘的一角……这是他父亲教他的小诡计，父亲告诉他：理论上你可以欺骗外乡人，只要他们付得出钱就行，但你绝不可以在家乡人面前做什么手脚，即便是在富得像洛弗尔镇的大作家金先生一类的人面前也不行。为啥呢？因为一旦风言风语传出去，接下去的事情便可想而知，你不得不遵循搬离小镇的陈规，还得在寒冬二月、也就是洛弗尔镇七号街边的积雪深达九英寸时搬走。不过，现在还不到二月，况且，苔瑟宝慕太太——希伯来人之女，如果他有幸见识过的话——显然不是本地人。不，苔瑟宝慕太太和她那位富得像克罗伊斯国王的互联网新贵丈夫会在目睹第一片秋叶飘零时搬回纽约城。所以，他才心安理得地摁下拇指，将原价六美元的火鸡变成了七美元八十美分。同样，也就无所谓地听她转换话题指责比尔·克林顿是个多么可恶的男人，要知道，齐普已经两次投了比尔，只要宪法允许，他还准备再投上第三票。比尔很聪明，能说服傻瓜蛋们为自

---

① 霍华德·休斯，美国第一位亿万富翁、飞行探险家、电影人。

己卖命,他也没有彻底忘记工人阶级,况且他占用的女人比马桶还多。

"可现在戈尔无非是指望着……裙带关系!"苔瑟宝慕太太念叨着,一边埋头写着支票(磅秤上的火鸡眨眼间就增重了两盎司,齐普决定最好还是点到为止,谨慎至上),"宣称是他发明了互联网! 哈! 没人比我更知道了! 实际上,我还真的认识那个发明互联网的人呢!"她抬起眼睛(现在,齐普的拇指离电子秤远远的,他对于这种事情总是很有预感,要是没有那可就该死了),俏皮地朝齐普笑了笑。她压低嗓门,摆出一副"我只告诉你一个"的神情说道:"我当然认识了,我和他躺在一张床上都快有二十年啦!"

齐普由衷地一笑,将香辣火鸡搬下了秤盘,放在一张白纸上。他很乐意抛开摩托艇之类的话题,虽然他自己也在牛津镇"北欧海盗摩托"("大玩具男孩")公司订购了一台。

"我明白你的意思! 戈尔那家伙,滑头!"苔瑟宝慕太太兴致勃勃地点着头,所以齐普决定再加一点码,基督作证,绝不会伤害她的,"比如说他的头发——你怎么能信赖那种抹了一头黏糊糊发胶的男人呢——"

这时,门上的铃铛响了。齐普抬头一望。看见了。惊呆了。那天之后,桥下的水干涸了一大半,但引发那一切麻烦事的男人一进门,文德尔·齐普·麦卡佛伊就认出他来。有些事情,你就是永远不会忘记。可是说来也怪,在他心中最隐秘的角落里,他其实都知道:长着那双骇人的蓝眼睛的男人并未做完自己的事儿,所以早晚还得回来?

回来找他?

这一闪念令他惊醒过来,齐普转身就跑。他还没跑离柜台三步,就听见震雷般的一声枪响——店面虽比一九七七年时扩大了一点,也新装修了,现在总算得感谢上帝让他的父亲坚持买下昂贵的保险——苔瑟宝慕太太也发出刺耳的尖叫。原本在店里浏览货品的三四个顾客震惊地应声转过来,其中一人当即昏倒在地。齐普甚至还来得及瞥了一眼,倒地之人是罗达·碧门,正是死于那天的两名妇女之一的长女。于是,在他看来,时间折回去,躺在地上正是罗达的妈妈露丝,失去知觉的手里滚下一罐奶油玉米。他听见一颗子弹像只愤怒的蜜蜂呼啸着从耳际飞过,便急刹脚步,高高举起双手。

"别开枪,先生!"他听见自己用如老头般细弱颤抖的声音喊道,"您看中什么尽管拿走,但别朝我开枪!"

"转过身来,"说话的就是那天让齐普翻身做乌龟的男人,甚至差点儿结果他的小命,(他在布里奇屯镇医院躺了足足两星期,复活的基督作证!)而现在,他又出现了,还是像某些小孩衣橱里钻出来的大魔鬼,"别的人都趴在地上,但你要转过身来,店主。转过来,看着我。"

"好好看看我。"

3

这男人摇摇摆摆,罗兰一时还以为他转不了身而要晕倒。也许是大脑中某种求生机制告诉他:晕倒的话,更可能小命不保;所以,店主终于还是站稳了,转过身面对枪侠。他的衣着竟然和罗兰上次来这里时极其相似,很可能是同一条黑色的领带,腰间也紧紧扎着似乎是同一条屠夫围裙。头发还是朝后贴着头皮梳得光溜溜的,只是现在完全白了,不再是灰白交杂,好像盐里撒了胡椒似的。罗兰还记得当年的血是怎样冲溅出来的,那是一颗子弹射中这个店主的左太阳穴的瞬间——其实,那是安多里尼亲手射出的子弹,别的不说,这一点枪侠是相当肯定的。如今,在那个位置留下了一个浅灰色的疤结。罗兰猜想这个店主这样梳头,与其说是要遮掩伤疤,还不如说是要展示它。那天他大难不死,要么是傻人有傻福,要么就是被卡拯救了。罗兰认为后者的可能性更大。

揣测着店主眼中紧张的神色,罗兰知道他已经认出了自己。

"你有没有卧(货)车、或是盖(卡)车、或是粗足(出租)车?"罗兰问,手中的枪指向店主的前胸。

杰克走上一步,站到罗兰身旁。"你开什么车?"他问店主,"他问的是这个意思。"

"卡车!"店主明白了,"国际丰收者,皮卡!就停在外面的停车场里!"他的手突然伸进了围裙,罗兰差一丁点儿就开枪了。店主——真仁慈——并没有注意到这一点。店里所有的顾客都脸朝下趴在地板上,包括那个在柜台付账的女人。罗兰可以闻到她所购买的鸡肉的浓香,不禁饿得胃疼。他累极了,饿极了,并且悲伤过度,还有太多的事情需要他去想,太多了。他的思维几乎跟不上。杰克会说他需要"叫停休息",但罗兰在即将发生的未来态中丝毫找不到能停歇的时间。

店主是在掏一串钥匙。手指抖个不停,钥匙也叮当碰响。近黄昏时的阳光透过窗玻璃斜照在他们身上,并在枪侠的眼里反射出斑驳的光影。系着白围裙的店主先是未经同意突然地把一只手伸出了视野(动作还不慢);而现在,又拎起一串耀眼反光的物件晃了晃拿着枪的对手的双眼。简直像是在找死。不过,那天的伏击也是这样的,不是吗?店主(那时候腿脚更机灵,也还没有鳏夫似的驼背)跟着他和埃蒂到处转,像只免不了被踩一脚的小猫咪,好像对枪林弹雨视若无睹(恰如他无视开枪击中他的人)。但站在另一个立场上,罗兰也记得,他曾谈到他儿子,口吻就像是在剃头店里排队等着坐到剪刀底下的顾客。接着,卡-霾①,总是安危骤转。至少要等卡厌烦了他们的滑稽把戏,才会一掌将他们掴出世界。

"去取皮卡,开着车走吧!"店主在对他说,"归你们了!我把车给你们了!真的!"

"要是你再让那些该死的闪亮的钥匙在我眼前晃个不停,先生,我取走的就将是你的命。"罗兰说。柜台里还有一只钟。他已经注意到了,这个世界里到处都是钟表,仿佛活在这里的人们妄想用这种办法囚禁时间。再过十分钟就是四点了,也就是说他们到达美国这边已经有九分钟了。时间在奔跑,狂跑。斯蒂芬·金就在附近,差不多准备好了要去散步,哪怕他自己一无所知,还是性命垂危。要不,这事儿已经发生了?他们——至少,罗兰——曾经坚持认为作家的死会让他们大受挫败,好比是另一次光震,但也许并非是事实。也许,他死了,其后果会更加不堪设想。

"从这里到龟背大道要多久?"罗兰冲着店主厉声问道。

老先生只是呆立着,两眼瞪得圆圆的,惊惶的眼泪打着转儿。而罗兰这辈子都没像现在这样想开枪杀人……起码可以用手枪抽他几下吧。他蠢得像只卡在石缝里的山羊。

这时候,趴在柜台上的女人发声了。她正仰起头看着罗兰和杰克,双手背在身后。"那是在洛弗尔,先生。距离这里大约五英里。"

一看到她的眼睛——褐色的大眼睛,虽害怕却不惊慌——罗兰就知道这才是他想要的人,不是店主。除非——

他转身对杰克说:"你可以开店主的卡车吗?开五英里?"

罗兰看到男孩很想说"是",但又意识到他无法担负这种责任,因为他这辈子从未开过车,一旦失手就全完了。

---

① 卡-霾(ka-Mai),中世界高等语,意为"卡的傻瓜"、"卡的捉弄"。

"不,"杰克答,"我觉得不行。你呢?"

罗兰以前看过埃蒂开约翰·卡伦的车。看起来不太难……但那只是他屁股的感受。罗莎就曾经说过,灼拧痛扩散得很快——就像狂风纵野火——现在他明白了她的意思。在前往卡拉·布林·斯特吉斯的铁轨上,臀部抽搐般的疼痛只是偶发。可现在呢,就像是被灌进了烧红的铅块,再用倒刺铁丝里里外外裹了个严实。疼痛不断扩散,向下蔓延到他的腿,直至右脚踝。他见过埃蒂如何踩踏刹车和油门,一会儿踩这个让汽车加速,一会儿又踩那个减速,但总是使用右脚。这也就意味着右侧臀部始终在连动状态中。

他觉得自己干不了这活儿。根本不能保证安全。

"我不行,"他说,他从店主手上接下钥匙,又看了看趴在肉类柜台外的女人,"站起来,先生。"

苔瑟宝慕太太照做了,当她站起来后,罗兰把钥匙递给了她。我总能在这里遇到有用的人,他想,如果这一个也能像约翰·卡伦那样出色,我们就会一帆风顺。

"你要开车带我和我的年轻朋友去洛弗尔。"罗兰说。

"去龟背大道。"她说。

"您说得对,说谢啦。"

"你们到了那儿之后会杀了我吗?"

"不会,除非你磨磨蹭蹭。"罗兰说。

她想了想,然后点点头:"那么,我就不会磨磨蹭蹭了。我们走吧。"

"祝你好运,苔瑟宝慕太太,"店主看着她走向门口,送上了虚弱的祝福。

"要是我回不来,"她说,"你只要记住一件事情就行:是我丈夫发明了互联网——他和他的朋友们,有时候是在卡尔电子,有时候是在他们自己的车库里。绝不是阿尔伯特·戈尔。"

罗兰的胃疼再次袭来。他伸向柜台(店主怯怯地避开他,好像在怀疑罗兰是赤疫病毒携带者),抓起这女人买下的火鸡,并扯下三片肉放进嘴里。剩下的便递给杰克,他也吃了两口,又低头看看奥伊,貉獭正抬着头兴趣十足地盯着那肉。

"我们上了卡车再分给你。"杰克向它许诺。

"阿车!"奥伊应声,接着又以更强调的口吻吠出来,"分!"

"圣人耶稣基督啊!"店主说。

4

　　店主的美式方言可能听来有趣,但他的卡车就不好玩了。这车用的是标准变速装置,这还只是问题之一。从曼哈顿来的伊伦·苔瑟宝慕自打结婚后就没再开过标准变速的车,那时候她还是伊伦·康特拉,住在纽约史坦顿岛上。而且,这车还是手动挡,而她这辈子从来没开过手动挡。

　　杰克坐在她身边,脚边就是手动杆,腿上还坐着奥伊(还在嚼火鸡肉)。罗兰坐在杰克旁边的乘客座上,强忍住腿疼没有喊出来。伊伦把钥匙插上,点火,却忘了踩离合器。"国际丰收者"猛然向前一冲又停下了。幸运的是,自打六十年代中期之后它就在缅因州西部的大路小路上奔驰,因而这一下如同老马——而非精力过盛的烈性小马驹——镇静的一跳,要不然,齐普·麦卡佛伊至少又要损失一排玻璃橱窗。奥伊在杰克腿上抓来抓去,企图保持平衡,还喷了一口火鸡肉,顺便吐出一个从埃蒂那里学来的词儿。

　　伊伦惊得瞪大眼睛,盯着貉獭说:"这只生物刚才说了声操,是不是?年轻人?"

　　"别去管他说什么。"杰克答。他的声音都打颤了。窗户上的公猪头钟显示着距离四点只有五分钟了。和罗兰一样,男孩从未感到时间是如此不受他们掌控。"用用离合器,把我们带出这地方。"

　　很幸运,换挡的标志浮凸于手排挡杆的顶端,仍隐约可见。苔瑟宝慕太太用穿着运动鞋的脚踩下了离合器,感觉到齿轮可怕地转动起来,并最终找到了倒退挡。卡车向后冲上了七号街,一路上急冲急刹好几次,半路在白线上停下不动了。她转动钥匙,心想自己又犯了一次错误,离合器踩得稍微慢了一点,因而又导致了另一串抽筋般的急冲急刹。罗兰和杰克都撑着积灰厚厚的金属仪表板,上面还粘着一张退了色的贴画,红白蓝相间地写着:**美国!爱上它或是离开它!**这一连串停停冲冲倒也是好事情,因为刚好有一辆载满原木的大卡车——罗兰不可能不想到上一次他们在这里时发生的车祸——一路开过店门口,朝北而去。要不是他们的皮卡半路熄火,停在杂货店的停车场里(急刹车时还撞到了另一辆车的前挡板),就很可能被大卡车拦腰撞上,他们很可能就死了。装着木头的大卡车猛地一转向,狠狠地摁响喇叭,后轮胎在扭转中扬起一阵路尘。

男孩腿上的小生物——在苔瑟宝慕太太看来如同狗和浣熊的混合形态——又吠叫起来。

操。她基本上可以肯定了。

店主和其他顾客们在另一侧的落地窗玻璃前站成一排,她突然明白了鱼缸里的鱼会有什么感觉。

"女士,你到底能不能开这辆车?"男孩忍不住叫起来。他的肩上挂着什么袋子。这让她想起报童的背包,只不过那是帆布的,而这男孩的包是皮质的,显出里面圆盘子似的东西。

"我可以开,年轻人,你别担心。"她很害怕,但同时又……她难道不是在享受此事吗?她几乎认定自己是在享受。在过去整整十八年中她只不过是伟大的戴维·苔瑟宝慕身边的花瓶,在他声名鹊起的生涯中只是个微不足道的配角,是在晚会上传递开胃菜时念诵"试试这个"的女配角。可现在呢,突然之间,她处在某件事情的中心位置,而且她有种感觉:这事情异乎寻常地重要。

"深呼吸。"脸上有深重晒斑的男子说道。他灼人的冰蓝眼睛紧紧盯着她的双眼,这时候,几乎很难再去想别的事情。同样,这感觉妙极了。她想,如果这就是催眠,他们真该去公立学校教书。"屏住呼吸,然后吐气。再帮我们开车,看在你父亲的分上。"

她深深吸足一口气,正如教导所言,陡然之间仿佛天光也明亮了几分——几近辉煌。她还能听见隐约歌唱的声音。可爱之极的声音。是不是卡车里的收音机在响,转到了什么歌剧节目?没时间去探究这个了。但这真美妙,不管是什么歌声。深呼吸带来了平静。

苔瑟宝慕太太踩下了离合器,重新点火。这一次她控制好了后退,几乎平顺无阻地倒入了主路。一开始,她转向前进时扳上了二挡、而不是一挡,放松离合器的时候皮卡几乎再次急顿而停。随着松弛活塞的吃力响动,车盖下传来一声狂躁的声响,他们这才朝北驶上了斯通翰姆-洛弗尔公路。

"你知道龟背大道在哪里吗?"罗兰问她。在他们前头,竖着一块"百万美元野营基地"的标志牌,就从那旁边开出来一辆蓝色的小型货车,车身磨损得很厉害。

"是的。"她说。

"你肯定吗?"枪侠当然最不想把宝贵的时间浪费在找路上。

"是的。我们有朋友住在那里。贝克哈特一家。"

一时间罗兰只觉得这名字很耳熟,但想不起来在哪里听到过。但很快,

369

他就明白了。贝克哈特,他跟埃蒂最后一次和约翰·卡伦会谈时就是在他家的别墅小屋里。一想到埃蒂,罗兰心中一阵刺痛,在那个雷声翻滚的下午他还是那么强壮,那么生机勃勃。

"好的,"他说,"我相信你。"

她隔着坐在中间的男孩瞄了罗兰一眼。"先生,您着急得很吧——像是《爱丽思漫游奇境》里的白兔子。你们这么火急火燎究竟是要赶什么样的重要约会?"

罗兰摇摇头:"别问了,开车。"他看了一眼仪表盘上的时钟,但那已经不走了,也不知停了多久,指针指向(毋庸置疑)九点十九分。"也许还不算太晚。"他说着这话,而前面那辆天蓝色小货车不知不觉地开远了。那辆车摇摇晃晃地过了白线,已经开到了朝南去的对向车道,苔瑟宝慕太太几乎又要忍不住大放厥词了——关于某些人下午五点前就开始喝酒——但天蓝色货车又被拉回了车道,向下一个山头开去,也就是奔着洛弗尔而去。

苔瑟宝慕太太不去管那辆车了。眼下的她有更有趣的事情要想。比方说——

"如果你们不愿意回答,就可以不回答我接下去要问的事情,"她说,"但我不得不承认我很好奇:你们俩,是不是时空闯客?"

5

前几个晚上,布赖恩·史密斯——带着他的两条同胞罗特韦尔犬,他给它们取名为子弹和手枪——都待在百万美元野营地,就在洛弗尔-斯通翰姆公路旁边。那里很不错,傍着河(当地人还把河上那座老木头搭起来的摇摇欲坠的桥叫做"百万美元桥",在布赖恩看来显然是个玩笑,上帝作证,真是很搞笑)。还有很多人——从瑞典丛林、哈里森,当然主要是沃特福特来的嬉皮士们——有时候也会在那里,兜售毒品。布赖恩偏爱醇货,喜欢飘飘欲仙,不用太亢奋,而这个星期六下午他已经成仙了,不亢奋……但并不算很舒服,不是他想要的那种感觉,但也不错,让他想去找盒小点心品品滋味。洛弗尔中央商店里的"老爷酒吧"里就有。没什么比那里的小点心更棒的啦。

他把车开出了野营基地,两边车辆都没瞥上一眼就开上了七号街,然后才咕哝一句"糟糕呀,又忘了!"不过,好在没什么车。再过一阵子——尤其是七月四日国庆节之后、劳动节①之前——这条路上就会有很多车来来往往,别说这儿了,就连郊区都挤满了度假车,那时候他大概就只会在自家附近转转了。他知道自己不算个好司机;只要再有一次超速记录,或是撞弯前挡板,他的驾照就会被吊销六个月。再次。

不过,这次没问题;没什么车过来,只有一辆老爷皮卡,还在他后面一英里之外呢。

"吃我的灰吧,牛仔!"他说着,一个人咯咯笑起来。他也不知道为什么要说"牛仔",脑子里明明想说的是"操你妈的,吃我的灰吧",不过现在这样听起来也不错。听起来相当正确。他眼见自己偏离了方向,跑上了对向车道,接着又更正了路线。"又回到正路上咯!"他大喊大叫之后,又尖声大笑起来。"又回到正道上了"也是句好话,他经常对着女孩们这么说。还有一句妙言,当你把轮子来回扭,让你的车前后摇摆的时候,就可以说"啊呀呀!一定是喝了太多止咳糖浆"。他还有很多这类台词,甚至有一次还想过要汇总成书,书名就叫《疯路笑话集》,那可不是说着玩的了,布赖恩·史密斯和洛弗尔小镇的大作家金先生一样写书啦!

他扭开了广播(卡车顺势歪向了柏油马路左侧路沿,搅起一番路尘,但不太会翻进沟里去),听到史提利丹的歌,"嗨,十九岁"。这歌忒不错。啊呀呀,忒他妈的好听了!跟着音乐,他的车开得更快了。他从后视镜里看到自己的两只狗,子弹和手枪,瞪着明亮的眼睛看着前面。刹那间,布赖恩认为它们是在看他自己,也许还在心里想着:这是个多好的人呀,可接着,转念就觉得自己怎能如此愚蠢。驾驶座后面有一个保丽龙保温冰格,里面放着一磅新鲜汉堡肉。那是他打算晚一点再回百万美元野营地做饭用的。是的,还有一些"老爷酒吧"的点心当饭后甜点,看在长毛的老耶稣的面子上这多好啊!老爷酒吧忒他妈的好了!

"你们知道那是我的冰箱。"布赖恩·史密斯是在对两只狗说话,他能从后视镜里看着它们。这一次,迷你卡车并不是开上了人行土道,而是在一段上坡路上越了白线,开到了反向车道,车速不知不觉就到了五十英里。幸运的是——也可以说是不幸,看你站在什么角度说了——那边车道上空空如也,什么车也没有;没有人能让布赖恩·史密斯停止北上的征途。

"你们知道那里面是汉堡,那是我的晚饭。"他将"晚饭"念成"晚房",和

---

① 美国劳动节是每年九月六日。

约翰·卡伦一个样儿,但是从后视镜里看着亮眼睛小狗的这个人却长着一张锡弥·鲁伊兹的脸孔。几乎一模一样。

锡弥可能就是布赖恩·史密斯的双胞胎兄弟。

6

现在,伊伦·苔瑟宝慕开起这辆车显得更有把握了,管它什么标准变速呢。她甚至希望自己不用右转,笔直开上一英里,否则就还得用到离合器,这一次就降速变挡吧。但是龟背大道还早着呢,而龟背大道才是这对小伙子要去的地方。

时空闯客!他们都这么说,她相信确有此事,可还有别人相信吗?齐普·麦卡佛伊,也许吧,当然还有斯通翰姆教区里那个疯癫癫的"时空闯客教堂"里的皮特森牧师,但还有别人吗?比如说,她的丈夫?才不。绝不。要是你不能在计算机芯片上雕出什么花样来,戴维·苔瑟宝慕就不会相信那是真的。她在想——最近可不是第一次动这个脑筋了——四十七岁会不会太老了,就考虑离婚而言。

她换回二挡,没有狠狠地踩放离合器,但很快,当她开上高速公路后,再换到一挡一路开下去,愚蠢的老皮卡就开始连呼带喘的了。她心想,某位乘客大概又要发表那种精辟的评论了(也许小男孩的怪胎狗还会再说一次,操),但坐在乘客席上的人却只说了一句话:"这里看起来不一样了。"

"你上次来这儿是什么时候?"伊伦·苔瑟宝慕问他。她考虑要不要再次换回二挡,马上又打消了念头,就让它维持原样吧。戴维总喜欢说:"没坏就不用修。"

"有一阵子了。"那个男人承认了。她忍不住偷偷打量他。这个人有种奇异的、外星人般的气质——尤其是他那双眼睛。仿佛它们目睹了很多她连做梦都梦不到的物事。

别瞎想了,她在心里对自己说,他可能不过是个从新罕布什尔州朴次茅斯港口来的杂货店牛仔工。

不过她自己都不相信这种推断。这男孩怪怪的——他和他那外星生物般的杂种狗——但怎么也比不上那个有着坚毅的脸廓及诡谲的蓝眼睛的男人。

"埃蒂说过,这是个环路,"男孩说,"也许上一次你们两个是从另一头进来的。"

男人想了想,点点头:"这条路的另一头是不是布里奇屯镇?"他问开车的女人。

"是的,没错。"

诡谲蓝眼睛男人又点点头:"我们要去作家的家。"

"卡拉之笑,"她立刻答上来,"那房子很漂亮。我以前在湖上看到过,但我不知道哪条车道——"

"十九。"男人说。他们正开过一条标志为27的车道。龟背大道这一头的房门号码要大一些。

"你们想要和他干什么,也许这么问太冒昧了?"

这次,回答她的是男孩:"我们想要救他的命。"

7

即便上一次是在雷声滚滚的昏暗天色中来过这里,甚而注意力都差不多集中在明亮耀目、四处飞翔的獭辛或变异种身上,现在的罗兰还是一眼认出了这条险峻的减速车道。今天,这里没有任何獭辛或任何异族兽人的踪影。下坡显露出铜红色的屋顶,似乎多年前的鱼鳞状的瓦顶已在某时重新修葺一新,原本树丛密布的地方也变成了一片草地,但车道还是老样子,左手边立着块"**卡拉之笑**"的屋牌,右手边的牌子则用大号字体标出了"**19**"。小屋后面便可见湖面,在下午的强光下亮闪闪,蓝莹莹。

草地上还有一台轰轰运转的小机器。罗兰看着杰克,竟然沮丧地看到男孩苍白的脸色,以及大大圆睁的双眼,那显然是出于害怕。

"怎么了?有什么不对劲吗?"

"他不在这儿,罗兰。他不在,他的家里人也不在。只有修理草坪的人。"

"胡说,你不能——"苔瑟宝慕太太刚想开口。

"我就是知道!"杰克冲着她大声说道,"我知道,夫人!"

罗兰凝视杰克的眼神袒露出某种惊恐的迷醉……但在这种情形下,男孩既不会注意到这一言难尽的注视,也不会全然漠视之。

*为什么你要胡说,杰克?*枪侠在想。接着,在思维领域的另一端出现了反驳声:*他不是在胡说。*

"要是事情已经发生了呢?"杰克质问着,是的,他在担心金的安危,但罗兰觉得这还不是他所担忧的所有事情,"要是他已经死了,他的家人不在家是因为警察把他们都叫去了,还——"

"还没有发生。"罗兰嘴上这么说,却并非十拿九稳。你知道什么,杰克,为什么你不愿意告诉我呢?

眼下已经没有时间去思忖这些了。

8

蓝眼睛对男孩讲话时显得很沉稳,但在伊伦·苔瑟宝慕太太看来,他并不是真的很稳得住;一点都沉不住气了。她先前在东斯通翰姆杂货店外听到的那种歌咏般的歌声也已经变化了。那歌声依然很甜美,但现在却包含着一丝绝望,是不是? 她想是的。有一种高昂的、企求般的内蕴让她太阳穴的血管剧烈悸动。

"你怎么知道没发生呢?"名叫杰克的男孩也冲着那男人——她猜想应该是他的父亲,"你怎么他妈的那么肯定呢?"

名叫罗兰的男人却没有回答这个问题,而是径直看向了她。苔瑟宝慕太太顿时感到双臂和后背起了一层鸡皮疙瘩。

"开下去,先生,愿你能照做。"

她看起来满脸狐疑地遥望着下坡车道尽头的**卡拉之笑**。"如果我开下去,可能没法再让这台大卡车开上来。"

"你必须做到。"罗兰说。

9

罗兰猜想,修剪草坪的男人应该是斯蒂芬·金的仆人,或者这个世界里对这种人有另一种称呼。他的草帽底下露出白头发,但身板却挺拔结实,一点儿看不出老态。当卡车沿着下坡路开向小屋时,这个男人停了下来,一只手搭在割草机的扶手上。当大门开启、枪侠的车驶入私宅时,他把割草机关掉了。还摘了摘帽子——看似完全下意识的举动,罗兰是这么认为的。接着,他的目光落到了罗兰佩在大腿侧的枪上,双眼瞪到了极致,简直能撑平眼角所有的皱纹。

"日安,先生。"他略带矜持地说。他认为我是个时空闯客,罗兰心想,和她一样。

事实上他和杰克确实是某种时空闯客;他们只是碰巧在这个时候到了一个时空闯客司空见惯的所在。

也是时间狂奔、与他们赛跑之所在。

罗兰抢在那男人之前问道:"他们在哪儿?他在哪儿?斯蒂芬·金?说吧,要对我说实话!"

老人手中的草帽从他指间滑下去,落在了他刚刚修整完的新草坪上。他震惊地凝视罗兰的双眸,仿佛着了魔;像只瞪着毒蛇的小鸟。

"湖对面的那家,"他说,"老辛德勒的房子,好像有什么派对,他们。斯蒂芬说他散步回来就开车过去。"说着,他指了指一辆停在车道尽头的一辆黑色小汽车,车头刚好从车库里露出来。

"他在哪里散步?你知道吗,告诉这位女士!"

老人瞥了一眼罗兰旁边的人,又拉回视线看着罗兰。"我开车送你们去会更容易些。"

罗兰思忖起来,但也只是眨眼之间。是啊,一开始可能会容易些。也许到了最后就会变麻烦了,不管能不能救出金。因为他们是在卡之路上找见这个女人的。不管她的角色将多么微不足道,但他们在光束的路径上遇到的第一个人就是她。到了最后也将如此。至于她的角色到底会有多重要?最好还是不要预先假设。要是他和埃蒂不曾信赖约翰·卡伦,不曾在距此三分钟车程的同一间路边杂货店里相遇,那卡伦怎么会在他们的故事里担负重任?无论如何,事实证明了一切并非微不足道。

这些思绪都在眨眼之间闪过他的脑际,速成了某种英明的讯息(埃蒂会说,那就是直觉)。

"不,"他说,用竖起的拇指一指身后,"告诉她,马上。"

10

男孩——杰克——又靠在坐椅背上,双手垂在两边。那只特殊的小狗一直紧张地抬头看着他的脸,但男孩却没有看着它。他双眼闭着,一开始,伊伦·苔瑟宝慕以为他昏过去了。

"孩子？……杰克？"

"我找到他了,"他依然闭着眼睛说道,"不是斯蒂芬·金——我追寻不到他——而是另一个人。我必须让他放慢速度。我怎么才能让他慢下来？"

苔瑟宝慕太太以前就听过她丈夫工作时长篇大论地自言自语,因而见到这样的情形时很知道该怎么办。同样,她也不知道男孩在说谁,但显然不是斯蒂芬·金。若站在全球范围里说,那就剩下了六十多亿种可能性。

但无论如何,她还是应答了,因为她清楚让她总是慢悠悠的原因。

"他不用上洗手间,所以太糟糕了。"她答。

11

缅因州还没草莓,尤其是这个季节,还太早,但有覆盆子。贾丝婷·安德森(纽约人,住在梅布鲁克)和埃尔薇拉·图莎艾克(她在洛弗尔的朋友)正走在七号街边(埃尔薇拉依然称这条路为"老弗莱伊博格路"),提着他们的塑料桶,里面的收获都来自于老石墙沿路一英里多的灌木丛。加勒特·麦奇在一百年前筑起了那道墙,而此时蓟犁的罗兰正在和加勒特的曾孙对话。卡是轮回之轮,你难道不懂吗。

这两个女人很享受她们这个小时的散步,不是因为她们中有谁对覆盆子情有独钟(贾丝婷认为她甚至不会吃亲手采摘的果子;这种果子的小种子总是塞牙),而是因为散步能让她们有机会聆听双方显赫家族的琐事,并一起笑谈当年刚刚结识彼此时的往事,那时候的友情很可能是她们各自少女生涯中最重要的一段经历。她们是在瓦萨大学认识的(似乎是一千年前的事了),大学毕业典礼上她们还义结金兰,一起戴上了表示友情的雏菊花环。就在她们谈论这事儿的时候,那辆蓝色小货车——一九八五年的道奇卡车,贾丝婷能辨认出品牌和型号是因为她的长子成家立业时也有这么一辆——从转弯口一闪而出,贴着梅尔德和包豪斯德国餐馆驶来。这辆车开得东倒西歪,先是开上南向的路沿,搅起一阵沙土,然后又一头栽向北向的人行道,再搅起那里的沙土。如此反复摇摆一番后,这辆车现在正朝她俩开来,又出乎意料地转了一个弯儿——贾丝婷心想,肯定得翻进沟、底儿朝天了("翻身当乌龟",四十年代时,当她和埃尔薇拉还在瓦萨读大学,人们往往会这么说),但眼看着就要开下人行道了,那司机却急刹车了。

"瞧啊,那个人大概喝醉了,要不就是有别的状况!"贾丝婷说着,提醒了女友。她把埃尔薇拉往路边拉,却发现老石墙畔缀满覆盆子的灌木丛挡住了她们的道路。细小的荆棘扎进了她们的家居长裤(感谢上帝,她俩都没有穿短裤出来,贾丝婷以后会想到这一点的……等她有时间去想的时候),钩出了小洞。

贾丝婷正在考虑要不要单臂搭住女友的肩膀,来一个后翻,跃过齐腰高的石墙——就像她俩很多年前在体育馆里练习过的那样——但还没等她下定决心,蓝色货车就擦过她们向前驶去,就在那一瞬间,车子又回到了正路上,一点儿没伤到她们。

贾丝婷目睹这辆车飞驶而过、又耳闻从中爆发出的震耳欲聋的摇滚乐声,不由得心狂跳,身体分泌出某种物质——很可能是肾上腺素——在她的舌根渗出淡淡的金属味道。前方不远处,正在山路坡道上的蓝色货车再一次扭曲了方向,越过白线开到了反向车道。司机想必是在调整方向……不,是调整得过头了。蓝色货车再次跨上了右手边的人行道,搅起的黄色尘土飘荡了足有五十码。

"天啊,我希望斯蒂芬·金能看到这个混蛋。"埃尔薇拉说。就在前一英里处她们遇到了作家,还问了好。也许镇上的每个人都在不同时间看到了他在做下午散步。

似乎那司机听到了埃尔薇拉·图莎艾克把自己骂作混蛋,卡车的刹车灯亮了一下。车子突然停在了路中间。车门一打开,两位女士就听到了一阵嘈杂的摇滚乐声。她们还听到那司机——一个男人——冲着什么人大喊大叫(埃尔薇拉和贾丝婷实在替那位乘客可惜,在这样一个美丽的六月午后,竟然不得不和那样一个男人驱车同行)。"你们别碰那个!"他喊着,"那不是你们的,听见没?"接着,那司机又钻进车里,拿出来一根手杖,并拄着它走向了石墙,又走进了灌木丛。货车没有熄火,仍然隆隆作响地停靠在松软狭窄的人行道上,驾驶室的门也开着,后面则冒着蓝色的尾气。

"他在干什么?"贾丝婷有点紧张地问道。

"我猜是在小便,"她的女友答,"不过,要是那边的金先生够走运的话,也可能是大号。这样金先生就可以慢悠悠地走下七号街,转回龟背大道了。"

突然之间,贾丝婷再也不想摘覆盆子了。她只想回家去,喝杯酽酽的浓茶。

那个男人一瘸一拐,却也很轻快地从灌木丛里走出来,再拄着拐杖回到了石墙边。

"我猜想他不需要大号了。"埃尔薇拉说着,此刻,那个坏司机又钻进了蓝色货车,两个上了年纪的女人对视一眼,突然一齐咯咯笑起来。

12

罗兰看着老人向女人解释了一番——关于抄近道、走沃灵顿路的事情——随后,杰克睁开了双眼。在罗兰看来,男孩虚弱得难以形容。

"我刚才让他停下来小便,"他说,"现在他正在整理座位后的什么东西。我不知道是什么,但总之不会折腾太久。罗兰,这很糟。我们已经很迟了。我们必须马上走。"

罗兰看着女人,满心希望自己刚才的决定——不让老人替下驾驶座的女人——是正确的。"你知道去哪里?明白怎么走了吗?"

"是的,"她说,"上沃灵顿路去七号街。有时候我们会去沃灵顿路吃饭。我认得那条路。"

"不能保证你们就能拦住他,"看门人又加了一句,"不过很有可能。"他弯下腰捡起草帽,拍了拍落在上面的、刚刚割下来的新鲜嫩草。他慢慢地拍了很久,好像被梦魇住了。"嗯哼,在我看来很有可能。"说着,仍然像梦中人一般,他将草帽夹在臂弯里,抬起一只拳头抵上前额,屈单膝,向佩着大手枪的陌生人行了礼。为什么不呢?

眼前这位陌生人周身笼罩着白蒙蒙的亮光。

13

罗兰拖着两条腿再次费力地爬上杂货店老板的车——如此简单的动作,但还是激起右臀一阵加剧蹿跳的疼痛——他的手搭在杰克的腿上,就如同他已经知道了杰克掩藏不说的心事是什么、为什么。他一直很担心,自己的这番预感会让枪侠分心。男孩感受到的不是卡-倏弥,那也不是罗兰所想的。既然他们的泰特已经破裂了,怎么还能感受得到卡-倏弥呢?他们所拥有的特殊能量——比他们所有人都要强大的能量,也许直接来自于光束本身——已经消逝了。现在他们只不过是三个朋友（算上貉獭，就是四个），因共同的目标而结合在一起。而且他们可以拯救金。杰克知道这一点。他们可以救作家的命，并朝拯救黑暗塔的目标又迈进了一步。但他们中得有人为此去死。

杰克也知道这一点。

14

罗兰想起了一句古谚——那是他父亲教给他的：听卡所言，随之而行。是啊；没错；随之而行。

漫长无涯的多年间，他一直在追踪黑衣人，枪侠誓要追到黑暗塔，全宇宙中无一事物可以阻断他的这条路；他不是亲手杀死了生母从而开启了这段可怕生涯吗？这些年来，他没有朋友，没有孩子，甚至（他不愿意承认、但却是事实）没有了感情。他始终在领受冷酷的浪漫，受其蛊惑，为了爱而犯下无爱的错。现在他有了一个儿子，因为他抓紧了第二次机会，并想令自己有所改变。明知为了拯救作家而必须牺牲他们中间的一人——他们的友情又将骤减——如此迅速地再减一分——也绝对不会减损他的决心。但他会确保这次是蓟犁的罗兰、而不是来自纽约的杰克，成为这一次的牺牲品。

男孩是否知道他已经洞悉了他心中的秘密？现在已经没时间担忧这件事情了。

罗兰重重地关上皮卡的车门，看着女人说："你叫伊伦？"

她点了头。

"开车，伊伦。快开车，就好像恶魔正挡在路上等着强暴你，我请求你快开车。开出去，上沃灵顿路。如果我们在那条路上看不到他，就回到七号街。你行吗？"

"你说得真他妈的对。"苔瑟宝慕太太说着，一边自信地将变速杆扳上了一挡。

引擎响起来，但卡车却开始往后滑动，仿佛惧怕眼前的这项重任，而宁可倒头栽进湖里。接着，她控制好了离合器，老爷车"国际丰收者"朝前冲去，一路冲上斜坡车道，在柏油路上留下一阵青烟。

加勒特·麦奇的曾孙半张着嘴，目睹他们绝尘而去。他不知道刚刚发生了什么，但又分明感觉到，太多太多事情将仰仗于接下去发生的一切。

也许是万事万物。

15

要小便,这实在很古怪,因为布赖恩·史密斯离开"百万美元野营基地"前做的最后一件事情就是小便。而且,他费力爬过那该死的石墙后,却又挤不出几滴尿来,尽管依然感觉膀胱胀得像只大气球。布赖恩希望自己别是得了什么病;肾衰竭可是他最不想要的麻烦事儿。看在长毛的老耶稣的分上,他的麻烦已经够多啦。

好吧,既然他都已经停车了,就不妨顺便整理一下座椅后面的保丽龙保温冰格——两只狗仍然眼巴巴地盯着它看,舌头吐在外面。他用尽了气力,想把冰格子塞到座位底下,可是不行——下面没有足够的空间。于是,他转而采用另一个办法,伸出一只脏手指点着两只小狗,说,这是他的小冰箱,里面的肉也是他的,是他的晚饭。这一次,他甚至考虑要不要向小狗们许诺:只要它们乖一点,下次一定在普瑞纳狗粮里掺上一点汉堡肉。这就是布赖恩·史密斯所能做的最有深度的思考了,他压根儿没想过可以把小冰箱放在没有人坐的前排副座上——那才是最便捷的权宜之计。

"你们别碰这个!"他再次警告小狗,然后单脚跳上驾驶座。他拉上了车门,匆匆地看了看后视镜,见两个老女人就在车后(他之前一直没注意到她们,因为当车与她们擦身而过时,他其实并没有看着路面),便朝她们挥挥手,但她们并不可能透过污渍深重的篷车后窗看到这个动作,接着便倒车开上了七号街。现在,收音机里在播放"土匪梦想19",由欧特-雷-贾斯演唱,布赖恩把音量再开大一点(于是,车子再次越过了路中央的白线——他就是那种不盯着收音机看就无法调音量的人)。饶舌歌!还是金属风!现在他所需的一切就是让欧特的一曲摇滚令他这一天彻底和谐——"疯狂列车"就不错。

还需要一点"老爷酒吧"的小点心。

16

苔瑟宝慕夫人将车开出了"卡拉之笑"的车道,换至二挡转上了龟背大道,老皮卡的引擎转动得极不稳定(若是仪表板上有转速标盘,指针将毫无疑问地跳在红线区),后厢里有一些小工具被颠得上下乱撞。

罗兰只能感受到一点意念的接触——非常微弱,和杰克相比——但是他以前见过斯蒂芬·金,并催眠了他。那是两人分享的强有力的联结,所以他并不意外自己可以接触到杰克所无法触及的心声。金正在想着他们——这大概不会有什么坏处。

他散步时经常想起这事儿,罗兰心里说,每当独处时,他就能听到乌龟的歌声,知道自己还有一项任务要完成。他一直在躲避的任务。好吧,我的朋友,今天就要了结了。

如果,他们今天能救下他。

他倚着杰克,看着驾驶座上的女人说:"你就不能让这个倒霉东西跑得快一点吗?"

"好的,"她说,"我相信我可以让它跑起来。"接着,她又对杰克说:"你真的会读心术吗?孩子,还是说,那不过是你和你朋友玩的小游戏?"

"准确地来说我读不出来,但我可以触及他们的意念。"杰克说。

"我希望你说的都是真的,"她说,"因为龟背大道这条路很陡,很多地方只有一条车道宽。要是你感觉到有人从对面开过来,可一定得让我先知道啊。"

"我会告诉你的。"

"好极了。"伊伦·苔瑟宝慕说着露齿一笑。千真万确,她绝不再有怀疑了:这是迄今为止她遇到过的一级棒的好事儿。最振奋她心的事儿。现在,聆听着那些美妙的歌咏,她还能看到道路两边树丛中的叶面儿,仿佛有无数人夹道旁观他们的一举一动。她还能感受到,有一股无形的、巨大无比的能量聚集起来,围拢在他们周围,因而她突然笃信起了某种荒唐的念头:只要她踩下油门,齐普·麦卡佛伊的老皮卡说不定就会跑得比光速还快。凭借身边她所能感到的巨能,也许他们就能超越时间。

好吧,让我们来瞧瞧吧,她在心中说道。她将车驶向龟背大道的路中央,再踩着离合器,猛地一拉,扳到第三挡。老皮卡并没有比光速更快,也没有超越时间,但时速指针攀升到了 50······再接着往上爬。老皮卡急急爬上了小坡路的最顶端,就当它开始下滑时,车轮轻快地腾空而起。

至少有一个人是高兴的;伊伦·苔瑟宝慕兴奋得尖叫起来。

17

斯蒂芬·金有两条散步路线，短的和长的。走短的路线，他会到沃灵顿路和七号街的交接口，然后原路返回，回到卡拉之笑，他的家。这条路线约有三英里长。走长路（这三个字碰巧是他借"巴克曼"之名发表的小说名，那时，世界还未开始转换）的话，他就会走过沃灵顿路上的岔口，继续往前，沿着七号街走到史拉博城市街，再折回来，沿着七号街走到浆果山，绕回沃灵顿路。走这条路时，他会从龟背大道北端走回家，大约共计四英里。今天，他打算走这条长路，但当他走到沃灵顿路和七号街的路口时，他停下来了，犹豫不定要不要就此折回，改成短途散步为好。走在公路旁的狭窄人行道上时，他总是很小心，尽管七号街上来往的车不多，即便到了夏季也不算多；这条路只有在弗莱伊博格集市开张时才会变得热闹，而那起码得等到十月份的第一个星期。况且，不管怎么说，视野还算开阔。要是有一个蹩脚司机开车过来（或是一个醉汉），你能在一英里之外就瞧见，因而有足够的时间避让。只有在一段路上看不到前方，刚好就在沃灵顿岔口的后面。而且，那还是一段适于有氧锻炼的小陡坡，能让一颗老心跳得怦怦怦，难道这不就是他坚持做这种愚蠢的散步的终极目的吗？响应电视节目倡导的所谓"心脏健康"，他已经戒了酒、戒了兴奋剂，甚至差一点儿就戒了烟，他还运动。还有什么来着？

有一个声音悄声对他说，反正都一样。离开小路，这声音接着说。回自己家去。去湖对面参加派对，见朋友之前，你还会有一个多小时的时间。你可以做点工作。也许，可以开始下一部《黑暗塔》；你知道故事都已经在你脑子里了。

是啊，是在脑子里了，但他最近在写另一部小说，而且自我感觉很好。回到"黑暗塔"的故事，那就好比深水潜泳。说不定会淹死在里头。但那个瞬间，他站在十字路口，突然领悟到，如果现在早点回家，他会开始写的。他会忍不住要写。他会聆听有时他称为乾神之歌，龟之歌（而有时也会称作"苏珊娜之歌"）的歌曲。他会将正在写的小说弃之不顾，转身离开安全的岛岸，毅然投身于那黑暗无边的深水里，再度巡游。之前他已纵身跃入其中四次，这一次他将不得不游到对岸为止。

游下去，或是淹死。

"不。"他说出了声。声音很大，干吗不呢？这里没有人会听到的。他觉察到——隐隐约约地——有车辆开过来的声音——一辆车还是两辆车?一辆在七号街上,另一辆在沃灵顿路上?——但也就是如此一想。

"不,"他又自言自语了,"我要继续散步,接着要去派对。今天不再写作了。尤其是,不写那个了。"

于是,将十字路口抛在身后,他走上了陡峭的斜坡,视野中只能看到向上的坡路。他渐渐走向逼近而来、轰响的道奇卡车,那也是逼近而来的他自身之死的轰鸣。理性世界的卡想要他死;而纯贞世界的卡却需要他活下来、唱着他的歌儿。因而,在这个阳光明媚的六月午后,在缅因州的西部,不可阻挡的力量猛然冲向这不可更改的对象,自纯贞世界陷落之后,这是第一次,众世界和众存在之物都倾向于矗立在坎-卡无蕊、亦即空无的红色大地最遥远尽头的黑暗塔。甚至于,血王都停消了愤怒的嘶喊。因为这是黑暗塔所执著的意愿。

"坚定需要牺牲,"金说了一句,尽管除了小鸟没有人能听见,而且他并不知道这句话到底是什么意思,但他不曾因此而感到困扰。他总是喃喃自语;就好像他的脑海里也有一个声音洞,洞内充满了机智的——却尽是些不必要的智慧——小丑。

他散着步,手臂在蓝色牛仔裤的两侧轻轻摆动,没有意识到他的心是

(不是)

在进行最后几次的跳动,他的心神也在

(不在)

进行最后一些思考,而他的声音

(不是)

发出了最后一声神谕的宣言。

"乾神之歌。"他说着,并听着自己的言语——甚而还被吸引了。他曾向他自己保证:他将不再用无法诵读的、杜撰而出(倒也不是说是混乱无章)的语言去说黑暗塔的神奇故事——就算他写了,他在纽约的编辑查克·范瑞尔也会大刀阔斧地删节——但那也没用,他脑子里仿佛被这些词句填满了:卡,卡-泰特,坎-托阿(这个词说到底是从他另一本小说《绝望》中引来的),獭辛……就算把托尔金的希瑞斯·安戈尔①、H.P.洛夫克拉夫特②的《伟大

---

① 希瑞斯·安戈尔是托尔金《魔戒》中的双塔之一。
② 霍华德·菲利普·洛夫克拉夫特(1890—1937),与爱伦·坡、安布鲁斯·布尔斯并称为美国三大恐怖小说家。

的盲人提琴手奈亚拉托提普》抛在脑后了？

他笑了，开始哼唱声音洞给他的一首歌。他想，等他最终再次接受龟的言语时，他肯定会在下一本枪侠的书里引用这首歌。"来吧来吧考玛辣，"他一边走一边哼，"年轻人带着枪来啦。爱人接过枪跑开了，年轻人失去了心爱的她。"

那个年轻人说的是埃蒂·迪恩吗？还是杰克·钱伯斯？

"埃蒂，"他大声地说出来，"埃蒂将会失去爱人。"他深深沉浸在小说情节里，因而一开始并没有看到蓝色的道奇卡车的车顶从视野中高高的地平线上露出来，也没有意识到这辆车并没有行驶在公路的正路上，而是开在他散步的软土路边。同样，他也没有听到身后另一辆逼近他的皮卡所发出的轰鸣声。

18

哪怕车里放着那些吵死人的饶舌摇滚，布赖恩还是听到了冰格盖子咔嗒咔嗒作响，他从后视镜里一看，结果沮丧又愤怒地发现，子弹，两只罗特韦尔犬中较冒失的那只，早就从车后放货品的篷车里跳进了乘客座。子弹的两条后腿撑在脏乎乎的座位上，又短又硬的尾巴乐滋滋地摇来晃去，鼻子早就伸进了布赖恩的冰格里。

在这种情况下，任何一个有理智的司机都会将车停在路边，再好好教训一通没规矩的小动物。但布赖恩·史密斯坐在方向盘后时历来没有理智可言，并有违章纪录作证。所以，他没有停车靠边，而是向右扭过身子，左手搭在方向盘上，一个劲儿地用右手徒劳地拍打着小狗扁平的脑袋。

"别碰！"他冲着子弹大吼大叫，与此同时，他座下的迷你货车先是歪向了右侧路沿，再是完全开在了人行道上，"你没听见我的话吗，子弹？你是不是笨蛋啊？别去碰它！"事实上，有那么几秒钟，他确实把小狗的脑袋从冰格里提了出来，但这种狗没什么毛，他的手指抓不住，同时子弹虽然没什么天赋，但还是很聪明，知道自己至少还有一次机会去把白纸包里的东西叼出来，那东西散发着迷人的猩红的香味。它又钻到布赖恩的手掌底下，用嘴叼住了那块纸包的汉堡肉。

"松口！"布赖恩吼道，"你给我松口……马上！"

为了赢得这块肉，为了让小狗因站立不稳而吐出他的晚餐，布赖恩狠狠地用双脚踩了刹车。但不幸的是，一只脚却踩在了油门上。货车突然加速猛冲上坡路的顶端。此时，布赖恩又激动又恼火，彻底忘了自己身在何处（七号街）、也忘了自己在干什么（开车）。他现在只关心一件事：从子弹的嘴里夺回属于他的一包肉。

"给我！"他喊着，伸手拽着。子弹的尾巴摇得前所未有地凶猛（对它而言，现在不止意味着一顿大餐，还是一场游戏），并死死往后拖。汉堡肉外面包着的纸被扯破了。现在，这辆车已经完全偏离了车道。车后是一排照耀在美好的午后阳光下的松树：炫目的绿色和金色。布赖恩的脑子里只有肉。他可不想吃一块浸在小狗口水中的汉堡肉，你最好还是相信这一点。

"把它给我！"他大喊大叫时，丝毫没有看到走在车辆前方的男人，也没有看到有辆车正紧紧跟近了这个男人，更没有看到那辆车的车门突然开了、并跳出一个瘦长的牛仔，因而也不可能注意到那人跳下来时，拔出了悬挂在腿侧枪套里的一把大口径手枪，抓住了淡黄色的粗重枪柄；布赖恩·史密斯的世界已经骤然缩小，只有一只坏狗和一包肉。抢夺中，鲜血浸染了肉铺老板专门包上的白纸，血迹就如文身一般。

19

"他在那儿！"杰克大喊一声，但伊伦·苔瑟宝慕已经不需要他的预告了。斯蒂芬·金穿着牛仔裤、格子布工装衬衫，还戴了顶棒球帽。他刚刚走过了沃灵顿路和七号街的交叉口，即这段坡路下的四分之一处。

她踩下了离合器，改换成二挡，俨然像是个全国汽车比赛协会里的资深司机看到了前方挥动的方格旗，再急急地一把向左，两手用力地扳住方向盘。齐普·麦卡佛伊的老皮卡像跷跷板似的扭向一边，但还不至于翻倒。她看到闪耀的阳光照在金属上的反光，那是从坡顶冲向金的一辆车。她听见坐在另一侧门边的男人大喊一声，"跟在他身后！"

她照做了，尽管现在她已经看到了迎面而来的小卡车偏离了车道，向他们这一边冲来。更别提那至关重要的斯蒂芬·金了，就像三明治里的肉片一样，他现在被夹在两辆车中间。

车门"砰"一声挺开了，名叫罗兰的那人半滚半跳着跃出了皮卡。

就在那之后，事情发生了，迅雷不及掩耳。

第二章

乾神之歌

1

事情其实很简单：罗兰疼痛至极的臀部背叛了他。他双膝跪在地上，撕心裂肺地痛喊一声，其间还夹杂着愤怒和失望。接着，阳光被杰克纵身跃出的身影晃了一下，那动作一气呵成。奥伊在货车里疯了一样狂叫起来："阿克—阿克！阿克—阿克！"

"杰克，不要！"罗兰也大声喊道。他已彻底看清了事实。眼看着蓝色汽车——那车子既不算小轿车，又不算大卡车，只能说介乎其中——叫嚣着刺耳的音乐马上就要冲上他们时，男孩一把环抱住作家的腰。千钧一发之际，杰克用自己的身体掩护着金，将他推向左边，因而，小货车撞上的便是杰克。枪侠仍然跪在地上，擦破的手掌深深插进尘土里，身后传来开车女人的一声尖叫。

"杰克，不要！"罗兰又怒吼了一声，但已经太迟了。在他看来和亲生儿子无异的男孩杰克消失在蓝色汽车之下。枪侠看到一只小手升了出来——他绝不会忘却此情此景——转瞬又不见了。金呢，先是被杰克推向了一边，又被已经撞上杰克的带篷小货车的惯性再撞了一下，翻身滚向路旁的树丛，距离事发地点足有十英尺远。他的身子右倾着，脑袋狠狠撞在了一块石头上，连棒球帽都磕飞了。随后他翻了个身，似乎想站起来。也可能什么都没打算做；不过是被震得眼冒金星。

那个司机抓着东摇西摆的方向盘，车子擦着罗兰的左侧而过，差了几寸没有撞到他，只有扬起的尘土蒙上罗兰的脸庞。这时候，车已经减速了，司机也许这才踩中了刹车，但一切都太迟了。伴随着尖利的刹车声，货车明显减慢了速度，但造成的破坏却还未结束。就在它完全停止之前，又撞了金一下，这一次当他倒地时，罗兰听见了骨头碎裂的脆响。紧接着，作家痛得大叫起来。而现在罗兰确定地知道自己臀部的疼痛是从何而来了，不是吗？那根本就不是灼拧痛。

他撑着地站起来，从神经末梢传来的感受分明在告诉他：疼痛消失殆尽，荡然无存。他望着蓝色小车左前车轮下斯蒂芬·金古怪曲折的身体，不曾意识到自己心中不假思索的残忍:好!好呀!要是有人必须死在这里,那就是你吧!带着乾神的肚脐眼下地狱吧,反正那故事也出自地狱,就带着黑暗塔下地狱吧,你去死吧,别让我的孩子替你死!

貂獭从罗兰身边飞快跑过,直奔小货车喷着淡蓝色尾气的后轮,就在那下面,杰克仰面躺着,尾气直直地喷向他圆睁的双眼。奥伊丝毫没有犹豫,它咬着杰克肩上装欧丽莎的背包带,将男孩拖离车轮,它一寸一寸地挪,短小粗壮的后腿使劲刨着沙土,想使上浑身的劲儿。鲜血从杰克的双耳、嘴边流淌出来。短靴的鞋跟在尘土和棕色的碎松针上划出两条平行的印痕。

罗兰蹒跚地走向杰克,在他身边跪倒。他首先想到的是:杰克总归会好起来的。男孩的四肢伸得笔直,横过鼻梁和光滑脸颊的只是油尘污渍,罗兰起先还以为是血,但感谢众神,不是血。但确实有血,从耳道里缓缓流出来,是的,还有嘴角也淌着血,但说不定只是因为脸颊上的擦伤而流下来的,或是——

"过去看看作家。"杰克说。说得那么平静,丝毫没有痛楚似的。仿佛刚才他们一直围着小营火团团坐,跋涉了一天,现在就等着吃食,埃蒂喜欢这么说……要不然,他碰巧有了更别致的幽默灵感(他总是这样的),就会说:"打牙祭的"。

"作家可以等。"罗兰简慢地说,他想:我已然领受了一份奇迹。就当那个混蛋开着卡车冲来时,由这男孩尚存一息的柔弱身躯以及他身下这片松软的土地所共同创造了奇迹。

"不,"杰克却说,"他等不了。"他动了一下,努力想撑坐起来,衬衫在前胸撑得鼓鼓的,罗兰清楚地看到男孩胸腔处一道可怕的凹痕。更多的鲜血从杰克的嘴边涌出,他刚想说话,却咳嗽起来。罗兰的心一阵绞痛,在那一刹那,他几乎怀疑自己胸腔里的心怎么还能继续跳动。

奥伊悲哀地呜咽一声,半嚎着吠出杰克的名字,令罗兰的手臂上泛起了鸡皮疙瘩。

"别说话,"罗兰说,"可能里面有骨折。一根肋骨,也许两根。"

杰克的头倾向了一边。他吐出一大口血——血丝滑落在他苍白的脸颊——并紧紧握住了罗兰的手腕。他这一握是强有力的;声音也同样,每一个吐字都清晰无比。

"一切都折了。这就是死亡——我知道,因为以前我死过。"而接下去他说的话,恰好是他们离开"卡拉之笑"时徘徊在罗兰脑海中的古谚,"听卡所言,随之而行。我们来就是为了救他,去看看!"

男孩言语和眼神中的命令意味不容反驳。事情已经结束了,现在,十九之卡的戏份到头了。也许,除了金还要继续下去。那个他们远道而来拯救的男人。他们的命运有多少出自金那飞舞不停、染着烟渍的双手?全部?部分?还是,这一次?

不管答案是什么,罗兰都该亲手杀了他,他现在就卡在撞上他的车轮下面,罗兰才不管他是不是开车人;如果他一直都在完成卡指令他去做的事情,就绝不至于落到今天这番下场,而杰克的前胸也绝不至于露出那般可怖的凹伤。这都太过分了,况且,自埃蒂被偷袭致死之后,眼前的这一切似乎也来得太快了。

而且——

"别动,"他说着站起来,"奥伊,别让他动。"

"我不会瞎动的。"吐字依然清晰得无可挑剔。但现在,罗兰眼见着鲜血渗出来,杰克的衬衫和牛仔裤腰都被染成了深红色,鲜血就似玫瑰般盛放。很久以前他死过,又复活了。但不是在这个世界。在这边的这个世界,死亡将永存。

罗兰转身走向作家。

2

布赖恩·史密斯刚想从方向盘后面转身下车,伊伦·苔瑟宝慕便重重地将他推了回去。他的两条狗叫个不停,也许是闻到了血的味道,或是奥伊的味道,或是全都闻到了,它们在他身后暴躁地跳上跳下。现在,收音机里正在播送新曲,是一首糟糕透顶的金属摇滚。她觉得自己的头都快炸裂了,但不是因为刚刚发生的事故,而只是被这种能杀人的音乐搅得头痛。她一眼看到那个男人的手枪还在地上,便蹲下去捡起来。她甚至还有一丝闪念能开开小差,惊讶于这东西竟然这么重。但不管怎么说,她举起枪来对准这个男人,再探身凑进车,一把关掉了收音机。嘈杂的电吉他声一旦消失,她就清楚地听到了鸟鸣、两只小狗的狂吠以及另一只……随便它是什么吧……它的哀嚎。

"回你的车里坐好,别靠近你撞的人,"她说,"动作慢一点。要是你敢倒车再撞到那孩子,我发誓把你的狗头轰掉。"

布赖恩·史密斯瞪着一双充血的眼睛不知所措地看着她。"什么孩子?"他问。

3

前轮慢慢地退离了作家,罗兰看到他的下半身极不自然地扭向右边,牛仔裤里还有一块突起物鼓胀出来。大腿骨,毫无悬念。除此之外,他的前额因第一次撞击时碰到石块而摔破了,整张右脸都浸在血里。他看上去比杰克更糟,更危险,但只需上下打量一眼,枪侠就能肯定他的心脏还能强健地跳动,这场车祸杀不死他,他很可能逃过此劫。杰克扑向他,环抱住他的腰、狠狠推开他,用自己那弱小的身躯去抵挡货车——这一幕又浮现于罗兰的眼前。

"又是你。"金低吟了一句。

"你记得我。"

"是的。现在记起来了,"金舔了舔嘴唇,"渴。"

罗兰身边没有喝的,而且即便有也只能让金润润唇。受伤的人若喝了水很可能引起呕吐,而呕吐则将导致窒息。于是,他说:"抱歉。"

"不,你不必,"他又舔了舔上下唇,"杰克?"

"在那儿,躺在地上。你认得他?"

金想笑一笑。"写过他。上次和你在一起的那人在哪里?埃蒂在哪儿?"

"死了,"罗兰说,"死在底凹-托阿了。"

金一皱眉。"底凹……?我不知道。"

"不。这就是我们到这里的原因,为什么必须要来的原因。我的一个朋友已经死了,另一个也生命垂危,泰特已经解体了。这一切都是因为一个懒惰、胆怯的人停止了工作,不再做卡指令他去完成的事情。"

路上没有来往车辆。除了狂吠的狗、哀嚎的貉獭和唧唧喳喳的小鸟,整个世界是安静的。他们刚刚可能在时间里凝固了。也许是凝固,罗兰想。他已经看够了,因而会相信这种事情确有可能发生。一切皆有可能。

"我失去了光束。"金躺在覆满厚厚松针的树丛边。初夏的阳光笼罩在他身边,一片炫目的金色和绿色。

罗兰将手伸到金的身下扶他坐起来。作家痛苦地喊了一声,因为右胯骨已碎裂,臀部的每个动作都牵扯着碎骨,但他没有拒绝。罗兰手指天空。

雪白肥厚的云朵——迷路的天使,眉脊泗的牧牛工这样形容它们——静静地悬挂在蓝色的天空中,但他们头顶正上方的云朵却并非如此。那些云飞快地朝天际飘去,似乎被一阵细流疾风吹跑了。

"那儿!"罗兰在作家擦出血来、尘土聚集的耳边凶狠地低语,"就在你头顶上!在你周围!你难道感觉不到吗?你难道看不见吗?"

"看见了,"金说,"现在我看见了。"

"是啊,一直都在那上面。你没有失去它,你只是移开了你那双懦夫的眼睛。我的朋友不得不救下你,让你再次看清楚。"

罗兰的左手在腰间摸索着取出一只弹壳。起先,他做不了族人那古老、灵巧的动作;因为他的手抖得太厉害。他只能不断提醒自己:要是再抖个不停,就会错失更多良机,而就在他忙于痛苦地给这个男人作解释时,杰克就会死,所以他强迫自己冷静下来。

他抬起头,看到那女人正拿着他的枪对着坐在货车里的司机。那还不错。她很不错:为什么乾神不能给黑暗塔的故事里添上像她这样的人?无论如何,他决定带上她走,这主意看来是正确的。甚至连那两只恶魔般的狗和貉獭都已经不叫了。奥伊正低头舔舔着杰克脸上的油尘,子弹和手枪则在车厢里大口大口享受汉堡肉,这下子,它们的主人再也不会来干扰它们了。

罗兰转头看着金,手指背上的弹壳跳起了那古老的小舞。金几乎是一下子醒悟了过来,大多数曾被催眠的人都会这样。他的双眼仍然睁着,但现在似乎他看穿了枪侠,看着他身后的某处。

罗兰的心尖叫着催促自己尽可能迅速地完成这一步骤,但意识却依然很清晰。你决不能失手。除非你心甘情愿让杰克无谓牺牲。

那女人正看着他,敞开的车门里,那个司机也看着他。苔瑟宝慕夫人正在与之抗争,罗兰觉察到了,但布赖恩·史密斯已经跟随金进入了沉睡状态。枪侠对此丝毫不感到惊讶。如果这个人稍有预感,知道他将在这里做什么,那他一定会逮住机会逃跑。哪怕只是暂时逃离也好。

枪侠将注意力转向了这个人,他猜想,应该说是他的传记作者。他开始催眠了,就和上次一样。在他的岁月里,那不过是数日之前。而在作家的生涯中则是二十年多前。

"斯蒂芬·金,你能看到我吗?"

"枪侠,我清楚地看见了你。"

"你上一次是什么时候看到我的?"

"是我住在布里奇屯的时候。我的泰特还很年轻。那时我刚开始学习如何写作。"他停顿了一下,又说了一句——在罗兰看来,这也许是最重要的时间标记,对每个人来说都不一样,对作家来说则是——"当我还在酗酒的时候。"

"现在你睡得很沉吗?"

"很沉。"

"你还疼吗?"

"疼,是的。谢谢你的好意。"

貉獭又哀嚎了起来。罗兰转头一看,不敢去想那意味着什么。那女人已经走向了杰克,并在他身边跪下来。当罗兰看到杰克举起一条胳膊挽住她的脖颈将她拉近,似乎想要对她说什么时,不由得深感释怀。如果他还有力气这么做——

别想了!你看到了他衬衫下的凹痕。你再也不能在无谓的希望上浪费时间。

这是个多么残酷的两难处境:因为他深爱杰克,所以他却不得不把垂死的杰克和奥伊留给一个认识还不到一个小时的女人看管。

没关系。他现在要处理金的事情。假如当他再次转身时,杰克会不会已经去往虚无之境……听卡所言,随之而行。

罗兰传达了他的意愿,并聚集精神。他将所有注意力汇聚于一个燃烧点,再次转向作家。"你是乾神吗?"他唐突地问出口,并不知道这个问题是怎样脱口而出的——但那就是该问的。

"不,"金立刻回答,从前额淌下的血流进了嘴里,他一口吐出去,却连眼睛都没眨动一下,"以前我想我是,但那只是酗酒的结果。还有骄傲,我猜想。没有哪个作家会是神——也不会是画家、雕塑家、音乐家。我们都是卡斯卡-卡甘。不是卡-甘。你明白吗?你……明了吗?"

"是的,"罗兰说,乾神的先知,或是乾神的歌咏者,"你唱的是乾神之歌。是不是?"

"哦,是的!"金说着,露出微笑,"龟之歌。对我来说这首好听的歌太难唱了,我可是五音不全。"

"我不在乎,"罗兰说,在晕眩的极限,他尽可能使劲地思考、清晰地思考,"而现在你已经受伤了。"

"我瘫痪了?"

"我不知道,"也不在乎,"我所知的一切就是,你还活着,而当你再次提笔写作时,你将聆听龟之歌,乾神之歌,和以前你所做的一样。不管瘫不瘫痪。而且这一次你要一直唱到歌谣终结。"

"好的。"

"你将——"

"还有阕思卡-甘,熊之歌,"金打断了他,接着又兀自摇摇头,似乎即便身在催眠态还是清楚地感到痛楚,"阕思卡-甘。"

熊之哭喊?熊之高喊?罗兰不知道该怎么解释。他希望那无关紧要,只不过是作家的双关语。

一辆汽车拖着一辆熄火的摩托车从车祸地点旁驶过,丝毫不曾减速,接着,又有两辆大摩托车从另一方向的车道上呼啸而过。于是,罗兰不得不别扭地承认:时间并没有停驻,但刚才是停顿了,在事发的瞬间,阴暗的时间。感受到光束以这样的方式庇护了他们,他知道,现在已经没有危险了,因而能呼救,至少能有一点儿帮助。

4

再跟他说一遍。绝不允许有半点误解。也不容许有半点退缩,他以前退缩了一次。

他弯下腰,直到自己跟金差点脸贴脸、鼻尖顶鼻尖了,才说道:"这次你要一直唱到歌谣终结,写到故事讲完。你真的明白了吗?"

"'于是,他们幸福地生活在一起,直到时日终尽,'"金恍如梦呓般说道,"我希望我可以这样写。"

"我也是。"这是他真挚无比的心声。尽管他深陷悲伤,却还没有泪;他觉得双眼像是两块火烫的石头。也许眼泪会迟一些来到,当这里发生的事情有机会消缓一些时。

"我会照你说的做,枪侠。不管当书越来越厚时故事会走到哪一步,"金的声音渐渐低弱,罗兰认为他很快就会陷入无意识了,"我为你的朋友们感到难过,真的很遗憾。"

"谢谢你。"罗兰说着,依然压抑着想张开双手扼住作家的脖子、将他的最后一口气捏出来的冲动。他起身站起来,但金说了什么,似乎拦住了他。

"你是否听过她的歌谣,我跟你说过的?聆听苏珊娜之歌?"

"我……是的。"

现在,金强迫自己用手肘撑坐起来,虽然他的气力已渐失去,但声音依然清晰有力。"她需要你。你也需要她。现在别管我了。攒下你的仇恨吧,还有人更值得你去恨。我没有创建出你的卡,如同我没有创造出乾神或是这世界,我们两个都明白这一点。抛去你的愚念吧——还有悲恸——如同你吩咐我那样,去完成你的那份使命吧,"金提高嗓门,变为粗暴的吼叫;他突然伸出手,以惊人的强悍抓住罗兰的手腕,"完成使命!"

一开始,罗兰想答些什么,却觉得脑袋一片空白。他清了清嗓子,再开口:"睡吧,先生——睡吧,忘了这里的每一个人,但除了撞你的那个。"

金的眼皮垂下了:"忘了这里的每一个人,但除了撞你的那个。"

"你正在散步,那人开车撞了你。"

"散步……那人撞了我。"

"没有别人在这里。没有我。没有杰克。没有那女人。"

"没有别人,"金应声答道,"只有我和他。他也会这样说吗?"

"是的。很快你就会沉睡过去。过后还会觉得疼痛,但你现在什么也感觉不到。"

"现在没有疼痛。沉睡。"金那扭曲的身架放松地平躺在松针厚厚的地面上。

"但你沉睡前,再听我一句话。"罗兰说。

"我在听。"

"有个女人可能会来找你——等一下,你是否梦中爱过男人?"

"你是在问,我是不是同性恋吗?也许是个潜在的同性恋?"听起来,金虽然虚弱,却还不失幽默。

"我不知道,"罗兰停顿了一下,说,"我想是的。"

"答案是:不,"金说,"有时候我会梦到女人。现在少了,我老了……但眼下也许不太会梦见了。那混蛋真是把我撞得很惨。"

还不算太惨,不像我的男孩那么惨。罗兰苦涩地默想着,但没有说出来。

"如果你只会梦想和女人相爱,那就会有一个女人来找你。"

"你说的可当真?"金似乎很有兴趣。

"是的。如果她真的来了,那会是个好女人。她会跟你说虚无之境的祥和和快乐。她也许会自称为莫菲尔，沉睡之女，或是赛伦娜，月亮之女。她会向你伸出手，保证带你到那里去。你必须拒绝。"

"我必须拒绝。"

"哪怕她用双眼和乳房来诱惑你。"

"哪怕。"金应和。

"为什么你必须拒绝，先生？"

"因为歌谣还没有终结。"

罗兰终于满意了。苔瑟宝慕太太依然跪坐在杰克身边。枪侠没有去看她和杰克，而是走向陷在驾驶座里的司机，就是他制造了这一切惨状。这人的双眼瞪得大大的，面无表情，嘴角松弛地耷拉着。一道口水挂在胡子拉碴的下巴上。

"你听得到我说话吗，先生？"

那人害怕地点点头。在他身后，两只狗都静默着。四只明亮的眼睛隔着座位盯着枪侠看。

"你的名字？"

"布赖恩，愿你满意——布赖恩·史密斯。"

不，他一点儿都不会满意。这儿还有一个他想亲手掐死的人。又有一辆车驶过去，但这一次，方向盘后的司机在与他们擦身而过时按了一下喇叭。不管保护他们的是什么，总之其势能是在不断减弱。

"史密斯先生，你开着你的汽车——或是机动马车，或不管究竟该如何称呼的车——撞了一个人。"

布赖恩·史密斯像筛子似的浑身颤抖起来。"我以前只吃过违章停车的罚单，"他可怜巴巴地说，"可现在却把这个州最有名的人撞了！我的狗和我在争——"

"你的谎话不会惹怒我，"罗兰打断他的叨唠，"但你表现出的胆怯让我很生气。闭上你的嘴吧。"

布赖恩·史密斯立刻不言语了。脸上的血色正在一点一点褪至惨白。

"撞上他的时候，只有你一个人，"罗兰说，"这里没有别人，只有你和那个作家。你明白吗？"

"只有我一个人。先生，你是闯客吗？"

"别管我是谁。你刚才下车检查了他的伤势，发现他还活着。"

"还活着，很好，"史密斯说，"我没想伤害任何人，真心话！"

"他对你说话了,所以你才知道他还活着。"

"是的!"他微笑了,接着又皱起眉头,"他说了什么?"

"你不记得了。你太激动、也太害怕了。"

"害怕,激动。激动又害怕。是的,我是的。"

"现在你开车走。开车的时候,你会醒过来,一点一点清醒过来。当你开到一座房子或一家商店的时候,你就会停车,对别人说有个人被撞伤了,倒在路上。他需要救助。把事情说一遍,而且要诚实。"

"开车,"他附和着,双手抓住方向盘,好像他巴不得立刻就走,罗兰猜想他确实如此,"醒过来,一点一点地清醒过来。等我开到谁家的房子或是商店,就告诉他们斯蒂芬·金被撞伤了,倒在路边,需要人去救。我知道他还活着,因为他对我说话了。是一次意外事故。"他停顿一下,接着说:"也许。"

我需要关心究竟是谁制造了这场混乱吗?罗兰自问。事实上他并不在乎。不管怎样,金都要继续写下去。如同罗兰几乎是希望他将为此而受到责难,因为这确实是金的过错使然;首先他就不应该出现在这个地点。

"现在,开车走吧,"他对布赖恩·史密斯说,"我不想再看到你了。"

史密斯发动了小货车,显得如释重负。罗兰不耐烦地看着他开走。他立刻回到苔瑟宝慕夫人那里,在她身边跪下。奥伊坐在杰克的脑袋旁边,现在已静默无声,明白自己为之哀嚎的朋友已经听不到哀嚎了。枪侠最害怕发生的事情已然发生。就在他和那两个他深恶痛绝的人进行催眠对话时,他最深爱的男孩——他爱他胜于此生中的任何人,甚至胜于爱苏珊·德尔伽朵——已经走了,第二次消失在他的生命里。杰克死了。

5

"他对你说了什么。"罗兰说。他将杰克抱起来,轻柔地前后摇晃着他。欧丽莎在背袋里磕碰作响。他已经感到杰克的身体在渐渐变凉。

"是的。"

"说了什么?"

"他让我回来找你,等'这里的事情都解决了之后',这是他的原话。还有,他说:'对我父亲说我爱他'。"

罗兰悲恸地哽咽起来,那几乎令他窒息。他想起在法蒂的时候,当他们跨过那扇门时,杰克曾说:嗨,父亲。那时候,罗兰也是这样紧紧拥抱他。但那时他能感觉到男孩心脏的跳动。为了能再次体会那种心跳,他愿意付出一切。

"还有别的,"她说,"但现在我们还有时间细说吗？更何况,我可以迟一些再告诉你。"

罗兰立刻领会了她的话。布赖恩·史密斯和斯蒂芬·金已被灌输了一段简单的事情经过。但故事里既没有一个配着大口径手枪、风尘仆仆的男人,也没有一个留着灰发的女人;显然,也不存在一个死去的男孩,肩上背着尖锐圆边的盘形武器,裤腰上还别着一只机动手枪。

唯一的问题是:这女人还会不会回来。她不是第一个被他吸引加入到非常规行动中来的人,但他明白,一旦她从他身边离开,这事看起来也许就不一样了。要求她许下承诺——先生,你愿意发誓说你会回来找我吗？你是否愿意以这男孩死寂不动的心发誓？——这不会有用。她可以在这里信誓旦旦,但一旦过了这个斜坡就另做打算。

但他原本该带走卡车的拥有者、杂货店老板的,他有机会,但他没有带上他。他也可以让作家庭院里割草的老人代替她,但他也没有。

"过一会儿吧,"他说,"现在,你得赶紧走。要是出于某些原因你觉得自己无法回来找我,我不会责怪你的。"

"那你自己要上哪里去?"她反问他,"你还知道有什么地方可以去吗？这不是你的世界,不是吗？"

罗兰没有理睬这个问题。"要是你第一次折回来时这里有人——维和官员、守卫兵、蓝背看守、我不知道该怎么称呼他们——那么,你就开过去,不要停。过半小时再回来。要是他们还在,那就再开过去。就这样,直到他们都走了。"

"他们会注意到我一次又一次开过去吗？"

"我不知道,"罗兰说,"会吗？"

她想了想,几乎要笑起来:"这个世界上的这个地区的警察？大概不会注意到我的。"

他点点头,接受了她的判断:"你感到安全了,就停车。你不会看到我,但我可以看到你。我会等到天黑。到时候你不在这里,我就会离开。"

"我会回来找你的,但我不会再开这辆凄惨的老爷车了,"她说,"我会开一辆梅赛德斯-奔驰 S600。"说这话时,她似乎有点沾沾自喜。

罗兰根本不知道梅赛德斯-奔驰是什么样子,但他仿佛什么都明白似的点点头,说:"走吧。我们过会儿再谈,等你回来之后。"

他心里想的是:如果你回来的话。

"我想你可能需要这个。"她说着,将他的大左轮塞进了他的枪套。

"谢谢你,先生。"

"不客气。"

他目送她走向老卡车(他认为她开始喜欢这车了,虽然她尽说些不屑的话),在驾驶座上坐直。这时,他猛然意识到他还需要一样东西,也许卡车后车厢里就会有。"等等!"

苔瑟宝慕夫人已经插入了车钥匙。听到喊声便停下来,询问地看着他。罗兰轻轻地将杰克放回地上——他即将长眠于此,正是这想法令罗兰大喊一声——他站起来,并张开手掌捂在臀部,但那并不是因为疼痛,只是习惯动作。那儿已经不疼了。

"什么事?"她看着他走过来,问道,"要是我不快点——"

即便她走了也无所谓。"是的,我懂。"

他看了看卡车的后厢。一些工具随意地摊放着,还有一块正方形的防水布。防水布的四只角上压着一些重物,以防被风吹走。罗兰将这块布拉下来时,还看到几个硬纸板箱子,埃蒂曾称其为"卡纸"。箱子被推到一起,排成一个方形组。卡纸上的图案告诉罗兰,里面装的是啤酒。但即便里面装的是高危易爆品,罗兰也无所谓。

他想要的只是防水布。

他将布夹在胳膊下,说:"现在,你可以走了。"

她再次握住了车钥匙,但没有立刻发动车子。"先生,"她说,"我很遗憾,你遭受了巨大的损失。我只是想对你说这个。我看得出来,男孩对你意味着什么。"

罗兰·德鄢沉默无语,只是点了下头。

伊伦·苔瑟宝慕又盯着他看了片刻,在心中提醒自己:有时候语言真是无用的东西,这才发动了引擎,关上了车门。他看着她开上了路(现在她控制离合器已是游刃有余),并调转头,向北而去,那是回东斯通翰姆的方向。

我很遗憾,你遭受了巨大的损失。

现在他孤独一人,面对这巨大的损失。守着杰克,孤独一人。罗兰站在那里,用片刻的光景环视公路旁的小树林,再打量被拖到这起事件中的三人

397

之二：一个失去意识的男人和一个死去的男孩。罗兰的双眼干涩而灼热,在眼眶里剧烈颤动,而他得用几分钟去确定：自己又一次失去了哭泣的能力。这想法让他深感惊恐。如果他面对这一切无法泪流——他重新拥有了他,又再次失去了——那一切还有什么意义可言？于是,当泪水终于泉涌而出时,那真是巨大的释放。从眼底深处慢慢溢出的泪水,安抚了那几乎要疯狂燃烧的蓝色眼眸。眼泪静静地流淌下来,滑过他扑满尘埃的双颊。他几乎是无声地在哭着,但却忍不住轻轻抽泣了一声,奥伊听见了。它也悲凉地仰起头,笔直地对着天空中那疾疾飘飞的云朵,短促地哀嚎了一声。接着,连奥伊也沉默了。

6

罗兰抱着杰克走入树林深处,奥伊跟在他的脚边。貂獭也在饮泣吞声,枪侠已经不再惊讶了；他之前看到貂獭哭过。很早以前,他就相信貂獭表现出了智力（以及同情心）,那绝非是模仿人类的简单行为。在这段短暂的步行路途中,罗兰思忖最多的是对死者的祈祷,他曾经在最后一次作战练习,也就是终止于界砾口山的那次跋涉时,听库斯伯特念诵过。他怀疑杰克需要一段祷告才能上路,但枪侠现在迫切需要执念于某事,因为刚才他的意念不够坚强；如果任凭思维朝错误的方向渐行渐远,他必将崩溃。也许过一阵子,他可以让自己沉沦于歇斯底里——甚而是为了治愈心理伤痛的疯狂症——但绝不是现在。现在的他不会崩溃。他决不会让男孩白死,不能眼看着死亡无所归依。

只有在密林中（并且是古老的森林,就像沙迪克之熊曾冲撞过的那片林子）才有这种炫目的金绿色夏日阳光,走得越深,这光影就越浓。阳光从树影间洒下来,被枝叶切成一束一束微尘飘扬的光柱,罗兰终于找到一块地,与其说是林中空地,倒更像是教堂的一个角落。从路边向西大约走了两百步,他将杰克轻轻放下,再仔细地环顾四周。看到了两只生锈的空啤酒罐,还有一些空弹壳,很可能是打猎的人留下的。他把这些垃圾都捡起来,扔向远处,以使这里显得更洁净。随后,他才凝神地端详起杰克,他需要抹去泪花才能看清楚。男孩的脸就和虚无之境一样洁净无污,是奥伊一下一下舔舐干净的,但杰克的一只眼睛还没有闭合,仿佛这男孩正恶作剧般的以诡异的眼神瞟着他,而他明知道这是被禁止的。罗兰用一只手指滑下了那眼盖,可它又弹了上去(罗兰默想,真像不听话的百叶窗叶),他舔了一下拇指指尖,再滑下那眼盖。这一次,它完全阖上了。

杰克的衬衫上有尘土,还有血迹。罗兰将他的衬衫脱下,又将自己的衬衫脱下给杰克穿上,他揶动着他的手臂套进袖筒,就好像摆布一个洋娃娃。他的衬衫几乎拖到杰克的膝盖上,但罗兰不打算把下摆束进腰带里;这样一来,衬衫还能遮住杰克牛仔裤上的血迹。

奥伊在一旁注视着这一切,金边环绕的双眼里亮闪闪的,噙满了泪水。

罗兰本就指望着厚厚松针下的泥土会很松软,现在看来确实如此。他开始挖起了杰克的坟墓。这时他第二次听到路边传来汽车的引擎声。他抱着杰克走进密林后已经有一辆机动车开了过去,但他听得出第二辆车一路呼啸而来的刺耳声响。开蓝色货车的人又来了。之前,他不太确定他真能听出来。

"待着,"他轻声对貉獭说,"守着你的主人。"但那么说是错的。"留下来,守卫着你的朋友。"

奥伊偶尔会以低哑的嗓音重复一遍收到的指令(姆白!他最多只能说到这个程度),但这一次他没有应答。罗兰看着他伏在杰克的脸旁,刚好有一只苍蝇想落在男孩的鼻尖上,貉獭立刻把苍蝇挥跑了。罗兰点点头,满意了,便沿着来路走出去。

7

布赖恩·史密斯从机动车里下来,当罗兰又回到能够看清他们的位置时,布赖恩已经坐上了石墙,膝盖上横放着一只箱子。(罗兰不知道那箱子是他的宝贝还是什么急需之物,不过,反正他也不在乎里面是什么。)金已经恢复了些许意识,但还是昏昏沉沉的。这两个人说起话来。

"请告诉我,只不过是扭伤。"作家以忧虑而虚弱的声音说。

"才不哩!我得说是腿断了,大概有六七处骨折吧。"既然他已经有时间坐个安稳,想必还有时间编造出一个故事吧,史密斯听来不止是冷静,甚而还有点高兴。

"干吗你不能让我开心点呢?"金答。能够看到他的脸颊极其苍白,但前额的裂口似乎已经不再流血了。"你有香烟吗？"

"没有，"史密斯同样以幸灾乐祸的口吻说下去，"别惦记啦。"

尽管罗兰和这个史密斯没有过特定的、强烈的意念探触，但仅有的一点了解就足够让罗兰知道，他在撒谎。史密斯只有三根烟了，不想分给这个人——这人足够有钱买一车皮的香烟填满他史密斯的敞篷车厢。更何况，史密斯还想——

"更何况，遭遇意外的人理论上是不能抽烟的。"史密斯这样说似乎还合乎道德。

金点点头："呼吸困难，不管怎样都是。"

"大概还断了一两根肋骨吧。我叫布赖恩·史密斯。就是我撞了你。抱歉。"他伸出手——不可思议的是——金也伸出手，两人握了握。

"我从没碰上过这种事情，"史密斯说，"顶多也就是吃过几张违章停车的罚单。"

金有可能、也可能没有觉察出这又是一句谎话，但他决定不作任何评论；他脑子里还在想别的事情。"史密斯先生——布赖恩——这里还有别人吗？"

就在不远处的树丛里，罗兰僵直了身体。

史密斯显然是动了脑筋。再伸手探入口袋，拿出了一条火星牌巧克力，撕开包装纸。接着他摇摇头，说："只有我和你。但是我打了911和急救电话，在前面的商店里打的。他们说刚好有人就在附近。还说他们眨眼间就到。你别担心了。"

"你知道我是谁。"

"上帝啊当然！"布赖恩·史密斯说着，咯咯笑起来，他大嚼着一口巧克力，含糊不清地说下去，"一眼就认出你了。我看过你所有的电影。我最喜欢的一部是讲圣伯纳德狗的。那狗叫什么来着？"

"库乔，"金答。罗兰知道这个词，苏珊·德尔伽朵和他在一起时曾用过这个词儿。在眉脊泅，库乔的意思就是"甜蜜的"。

"对对！那个太棒了！吓死人了！我很高兴那个小男孩活下来了。"

"在书里，他死了。"说完，金闭上了眼睛，向后靠着，等着。

史密斯又咬了一大口巧克力，这一次着实是"一大口"。"我也喜欢说小丑的那个电影！酷毙了！"

金没有应声。他的双眼还是微闭着，但罗兰认为作家的胸脯起伏得有力而平缓。那就很不错。

这时,一辆卡车朝他们开来,急转弯后停在史密斯的有篷货车前面。新来的机动车的大小和葬礼用车差不多,但不是黑色,而是橘红的,车顶还装有闪耀不停的红灯。罗兰注意到它在停车前刚好掩盖了杂货店老板的老皮卡留下的痕迹,他觉得这很不错。

罗兰有所期待——大概会有一个机器人从这辆车里走出来,但走出来的只是个人。这人探身猫进车里,带出一个黑色的医护包。看到这里的事情有条不紊地进行下去,罗兰满意了,便掉转身回到杰克躺着的地方,一路上他无意识地显露出古老而优雅的步态:没有踩碎哪怕一根落枝,没有惊动哪怕一只小鸟。

8

在我们共同目睹耳闻了这故事以及故事中所有秘密之后,您再看到苔瑟宝慕夫人将齐普·麦卡佛伊的老皮卡泊在她家车道上——而那恰恰是我们曾光顾过的一栋别墅时,是否会惊讶呢？大概不会了吧,因为卡是轮,它所知的一切只是要滚动。我们上一次拜访这栋小楼是在一九七七年,贴近基沃丁湖的小楼及附带的私人船坞都刷成带绿边的白色。苔瑟宝慕一家在一九九四年买下这栋别墅,并将里里外外都刷成可人的奶油色(不带边饰;根据伊伦·苔瑟宝慕的想法,只有拿不定主意的人才会选用边饰)。他们还在私家车道的起点竖了一大块醒目的标牌,上面写着"日落别墅",当然还有写给山姆大叔们看的邮寄地址,可是在当地人眼里,这栋小楼总归是老约翰·卡伦的宅子。

她将皮卡停在自己那辆暗红色的奔驰边上,接着走进屋,在脑海中演习着将如何对戴维解释:自己怎么开着当地杂货店老板的老爷皮卡回来,但是"日落别墅"里一片只有空无一人的房子才有的嗡嗡作响的那种安静;她立刻就识别了出来。她回到过太多空无一人的地方——最早是公寓,随着时间流逝,他们的家越来越大。不是因为戴维出去喝酒或是玩女人,好心的上帝不会允许的。不,他和他的朋友们总是待在这个车库、那个仓库,要不就是地下工作室,喝着从"饮料棚"买来的廉价红酒和打折啤酒,创建互联网以及辅助软件和程序,还要令终端客户享受友好界面。也许大多数人都不相信,利润,只是一方面。另一方面,就是他们的妻子们长年累月回到寂静无声的家里。安静嗡嗡地响上一阵,你就会被俘虏,甚至,会抓狂;但今天的伊伦却没有这么惨,今天的她很高兴整个房子都是她的。

你会和马歇尔·狄龙①睡觉吗,如果他想要你?

她以前甚至没想过这个问题。答案是肯定的,如果他要她,她就会和他睡;不管是侧体位还是后体位、小狗式还是站立式,只要他喜欢就行。就算他没在为他那年轻的

(先生?儿子?)

朋友的亡故而悲痛,他也不会想要和她睡觉,她和她所有的皱纹,她和她所有从发根长出来就是灰色的头发,还有即使用大牌设计师作品也难以遮掩的轮胎肚。这个想法真是太愚蠢了。

但是,答案是肯定的。只要他想要,她就会。

她看了一眼冰箱门,一块磁铁(上面有这样一圈字:我们就是电子公司,用每一块集成电路创造未来。)压着一张便条。

伊——

你想让我放松,所以我去放松了(该死!)。比方说,和索尼·艾墨森去钓鱼,一齐去把湖淘空,嗯哼,嗯哼。大概七点回来,除非鱼饵太糟糕了。要是我带条鲈鱼回来,你会弄干净、烧了吃吗?

D

备注:不晓得杂货店出什么大事了,招来了三辆警车。闯客吗,大概是?☺要是你听说了什么八卦,别忘了告诉我。

她对他说过,这天下午要去杂货店——当然,她从不会忘记买鸡蛋和牛奶——他还点了头。好的,亲爱的,好的。但他的便条里却没有丝毫担忧之意,根本不记得她跟他说过什么。好吧,难道她还能有别的指望?对戴维说话,历来是左耳朵进、右耳朵出。欢迎来到天才世界!

她将便条翻到背面,从一只塞满铅笔的茶杯里抓出一支,犹豫了片刻,接着写道:

---

① 马歇尔·狄龙,美国一九五五年至一九七五年连播的西部片电视剧《荒野大镖客》中的主人公。在此用来形容罗兰。

戴维,

　　出了点事儿,我必须离开几天。最少两天,我想大概要三四天吧。请不要为我担心,也不要告诉别人。尤其:别通知警察。不过是流浪猫之类的小事儿。

　　他会明白吗?她想他如果明白了,就会联想到他们当年是怎么认识的。那是在圣塔摩尼卡的"防止虐待动物协会",里面一排接一排、一层摞一层的都是狗笼,就在杂种小狗们狂吠不已的时候,爱情之花盛放了。在她想来,这简直像是詹姆斯·乔伊斯的小说,哦,上帝啊!他抱来一只流浪狗,是他在公寓旁的郊区大街上捡到的,他和一堆书生住在那栋公寓里。她则一直在寻觅小猫,能让自己孤独无依的生活变得有声有色。那时候他的头发都在,尚未秃顶。至于她么,她觉得女人染染头发还是蛮好玩的。时间是个贼,而它最先偷走的东西之一就是你的幽默感。

　　她迟疑了一下,再添上落款

爱你的
伊

　　这还是真的吗?算了,就这么写吧,都一样。删掉自己写的字总显得很难看。她把写好的便条放在冰箱门上,用同一块吸铁石固定好。

　　她从门后的篮子里找出梅赛德斯的车钥匙,又突然想起了小划艇——还拴在杂货店后门船坞上呢。让它在那儿待着吧。但她立刻又想起了别的事情,那个男孩对她说的事情。他没有钱的概念。

　　她走去储藏室,那里总放着一卷卷五十分币的零钱(她坚信,住在森林深处的偏远地区的人们从来没听说过有万事通信用卡),她拿了三卷。她刚想走,又一耸肩,转回头把剩下的三卷也拿上了。干吗不呢?她的今天,险象环生。

　　走出门的时候,她又停下来看了一遍便条。突然,她自己也不知道出于什么原因,或是根本没有原因,取下了印有"电子公司"的吸铁石,换上了一块薄薄的橙黄色吸铁石。然后才离去。

　　不要去管未来如何。眼下,就有够多的事儿要她去做了。

9

救护布卡已经开走了，带着作家去最近的医院或是救济院了，罗兰想。救护车一走，维和官员就到了，他们逗留了大约半个小时，和布赖恩·史密斯谈了话。枪侠从掩身之地可以听到他们的对话。蓝背官员的提问清晰而冷静，史密斯的回答则咕里咕哝地含糊不清。罗兰觉得没理由停下工作。要是蓝制服们回到这里，发现了他，他当然会好好对付他们。只需要令他们无还手之力就够了，除非他们得寸进尺；众神知道，已经有了太多杀戮。但不管怎样，他将亲手埋葬他的死者。

他会埋葬死者。

林中空旷处那可爱的金绿色光影愈加深浓。蚊子叮上了他，但他没有停下手中的活儿，因而顾不上去拍死它们，只是尽由它们吸个够，装着他的鲜血沉甸甸地嗡嗡飞走。他用双手挖好了墓穴时，听到汽车引擎发动的声响，两辆车顺畅地启动了，史密斯的货车的响动则极不平稳。他只听到两个维和官员的说话声，这就意味着，如果还有第三个官员，那他就一言未发。他们准许史密斯独自开车离去。罗兰觉得这倒很奇怪，但——就好像金到底会不会瘫痪一样——与他无关，也不会引起他的注意。唯一与他相系的只有一件事，这件他心心念念的事。

他来回走了三遭，为了捡一些石头，因为用手挖、用手填的坟墓势必又松又浅，而动物——即便在这个温顺平和的世界里，动物也总是会饥饿的。他将石头堆在坟头，地面上显露出一圈疤痕般的印痕，新翻的泥土肥沃光滑，如同黑缎。奥伊伏在杰克的脸旁，看着枪侠来来回回，一声不吭。自从世界转换了之后，它的表现就和以往的同类大相径庭；罗兰甚至猜想，正因为奥伊非同一般的饶舌才让它的泰特成员集体驱逐了它，并且，驱逐的方式很不友好。当他们遇到奥伊的时候，也就是距离河岔口小镇不远的地方，它早已饿得骨瘦如柴，腰间还有一处咬痕没有完全愈合。打一开始，貉獭就喜欢杰克，"如同大地，一望便知"。若是柯特就会这么说（罗兰的父亲也可能这么说）。也是对杰克，貉獭说的话最多。罗兰突然想到，因为杰克死了，所以貉獭才变得如此沉寂，这种想法也能界定他们失去了什么。

他想起男孩站在火炬通明的卡拉·布林·斯特吉斯的众人前，白皙的脸那么年轻,仿佛他将永远活下去。我是杰克·钱伯斯,艾默之子,艾尔德的传人,九十九卡-泰特,他曾朗声说道,哦,是啊,现在他也是九十九的泰特,墓穴已然备好,洁净地等候着他。

罗兰又开始流泪。双手捂着自己的脸,伏在膝头前前后后地摇晃,闻着松针的芳香,满心希望能早一步抽身而出,在卡、那老朽而耐心十足的魔鬼告诉他使命所需要付出的真正代价是什么之前,就能抽身退出。他愿意用任何事物去交换已经发生的一切,任何事物,只要能让地面上的这个洞穴空空如也地合上,但他偏偏是在这样一个时间一去不回头的世界。

10

等重新能够自控了,罗兰用蓝色防水布将杰克仔细地包裹好,并在凝固不动的惨白脸庞旁支出一个头罩。在他用土填满墓穴之前而不是之后,永远地告别这张年轻的脸庞。

"奥伊?"他问,"你愿意道别吗?"

奥伊看着罗兰,片刻之间,枪侠不太肯定他是否听懂了。但过后,貉獭探出了脖子,舔了舔男孩的脸颊,那便是他们最后一次拥抱。"我,阿克。"它说:再见,杰克,或是,我,心疼,发出的声音都是类似的。

枪侠将男孩抱起来,将他放在墓穴里(他多轻啊,这个和本尼·斯莱特曼一起翻身跃出谷仓,还与卡拉汉神父并肩与吸血鬼作战的,竟然只是个轻轻的小男孩;似乎无尽的力量也随着生命一起消逝了)。一些松动的碎土滚落在一边脸颊上,罗兰将其拂走。之后,他再次闭上双眼,凝神去想。终于——踟蹰不定地——他开始了。他深知将祷告转译成这个世界的通用语言会显得很拙劣,但他会尽全力做到最好。如果杰克的灵魂还在附近游弋,那只有用这样的语言,他才能听懂。

"时间飞逝,丧钟响起,生命经过,所以,请聆听我的祷告。"

"出生只是死亡的开始,别无他意,所以,请聆听我的祷告。"

"死亡沉默无语,所以,请聆听我的言语。"

词句飘荡在金绿色的灿烂阳光里。罗兰任凭话语声扩散开去,又飘然消失,还要将余下的都说完。现在,他说得更快一点了。

"这是杰克,侍奉于他的卡和他的卡-泰特。千真万确。

"愿女王的慈悲光辉治愈他的心田。我祈请。

"愿乾神的双臂将他从这个地球的黑暗中抬举而出。我祈请。

"围绕他,乾神,以光明。

"充盈他,克洛伊神,以力量。

"如果他渴,请在虚无之境给他水喝。

"如果他饿,请在虚无之境给他食物。

"愿他在这个地球上的生命、以及过往的一切痛楚都化为他明醒灵魂的梦境,让他的双眼只看到美好之景;让他找到以往失去的友人,并让他呼唤的每个人都应声呼唤他。

"这是杰克,好好地活过、亦深爱过自己的生命,现在他死了,如卡所愿。

"每个人都免不了一死。只是杰克。请赐予他安详。"

他又跪了一会儿,十指在膝上紧紧扣着,心想:直到这一瞬间,他才领悟了悲哀所真正怀有的力量,也终于明白了遗憾所能带来的痛苦。

我无法忍受让他这样走。

但这又是一番两难境地:如果他不放手,他的牺牲就将变得徒劳无果。

罗兰睁开了双眼,说:"再见,杰克。我爱你,亲爱的。"

他合拢男孩脸旁的头罩,防水布将帮他抵挡这个世界必然降落的雨水。

11

坟墓被填满了土,石头也压在了上面,之后,罗兰走回公路边,审视路面上复杂的车辙,它们能说明很多问题,但罗兰这么做仅仅因为别无他事可做。等他终于看够了这些无意义的痕迹,便在一段断木上坐下来。奥伊还留在坟墓前,罗兰想过:貉獭也许会永远留在那里。等苔瑟宝慕夫人回来时,他会唤一声奥伊,却又明白它可能不会过来;如果它不过来,就说明奥伊心意已决,要和他的挚友一起前往虚无之境。貉獭也许只是守在杰克的墓前,直到饥饿(或别的掠食者)击垮它。这念头加重了罗兰的悲伤,但无论如何他会尊重奥伊的决定。

十分钟后,貉獭独自从林子里走了出来,径直走到罗兰的左脚边坐下。"好小子。"罗兰说着,抚了抚貉獭的脑袋。奥伊决意要活下去。这事儿虽小,却是好事。

又过了十分钟,一辆深红色的汽车几乎悄无声息地驶来,停在了金被撞上、杰克被撞死的地方。罗兰打开前排副座的车门,坐了进去,腿部动作还是有点僵硬地受制于已不复存在的伤痛。奥伊也跳上车,不经询问地坐在他的两腿间,并摆出要睡觉的模样。

"你送走了你的小男孩?"苔瑟宝慕夫人问,将车开动。

"是的。谢谢你,先生。"

"我想我没法做一个标记,"她说,"但过后我可以种上一些植物。你觉得他会喜欢什么?"

罗兰抬起头,自杰克死后他第一次露出了微笑。"是的,"他说,"一朵玫瑰。"

12

他们行驶了二十多分钟,谁也没说话。刚过了布里奇屯镇她就将车停在一个小店前,加了油,罗兰则四处走动了一下,并认出一块牌子上写着"移动"。她走进屋里付钱时,他抬头看了看"迷路的天使",云朵正从容安详地飘在天穹。光束的路径,已经变得比先前强有力了,除非这只是他的想象。他想,增强与否并不要紧。因为即便现在光束还不够强大,迟早都会恢复的。他们成功地拯救了它,但罗兰对此并无半点喜悦之情。

苔瑟宝慕夫人从店里走出来了,手里抱着一件汗衫,汗衫胸前画着一辆布卡货车——真正的布卡货车——还有一圈字围绕着图案。他能认出其中有"家"这个字,但除此之外就什么都看不懂了。他问她,上面写了什么。

"**布里奇屯镇老家岁月,1999.7.27—7.30,**"她对他说,"你把它穿在身上时胸前印的是什么字无关紧要。我们早晚会想要停下来,这儿有句俗话:'没衬衫,没鞋子,没服务。'依我看,你的靴子上上下下都快散架了,但总还能让你穿着走进很多人家的大门。可是上身赤裸?呼—呼,那就没门儿了。晚一点我再给你买件像样的衬衫——带领子的——再来条有模有样的裤子。你那条牛仔裤太脏了,我打赌它自个儿就能立着。"她发动了一场短平快(但很激烈)的自我辩论,最后得出了这样的结论:"我得说,你身上起码有两百万道伤疤。这不过是我现在能看到的上身部分。"

罗兰没有作答。"你有钱吗?"他问。

"我回家取车的时候拿了三百美元,还有三四十块零钱。还有几张信用卡,但你过世的朋友对我说,尽可能使用现金。直到你自个儿上路为止,如果可能的话。他说,可能会有人在找你。他说他们叫'低等人'。"

罗兰点点头。是的,那里可能有低等人,毕竟是他和他的卡-泰特颠覆了他们主子的全盘计划,他们会以加倍的热情想取下他的脑袋——若顶在一根棍子上,放火烧出烟可能更合他们的口味。同样,还有苔瑟宝慕先生的脑袋,如果他们发现了她所做的一切。

"杰克还对你说了什么?"罗兰问。

"说我必须带你去纽约城,如果你想去的话。他说那里有扇门,会带你去一个叫费达戈的地方。"

"还说了什么?"

"是的。他说在你使用那扇门之前,可能还会想去另一个地方,"她略略瞥了他一眼,"有吗?"

他想了想,然后点了头。

"他还对那条狗说了什么。听上去像是对它……下命令?指导?"她迟疑不定地看着他,"可能吗?"

罗兰心想,这是可能的。杰克只能请求这个女人。但奥伊……好吧,这也许能解释为什么貂獭没有留守在墓前——那可能才是它真心想做的决定。

随后,他们又不发一言地开了一会儿。他们上了一条公路,交通明显繁忙起来,小汽车、大卡车在不同的车道上高速行驶。她必须得在一个收费亭前停下来,往里面塞钱,才能开过去。收费员是个机器人,一只手揽只篮子。罗兰原本以为自己会在路上睡着,但只要一闭眼睛他就看到杰克的脸。接着,又是埃蒂,额上绑着毫无用处的绷带。他不由暗想:如果我闭上眼睛他们就来,那我的梦境又该是如何啊?

他又把眼睛睁开了,看着她驶下一条光滑平整的铺砌斜坡,不带一丝停顿地融入不息的车流。他倾身向前,凑近车窗玻璃看着外面。有云,迷路的天使,在他们头顶上缓缓飘行,与他们保持一致的方向。他们依然行进在光束的路径上。

13

"先生?罗兰?"

她以为他是睁着眼睛打瞌睡。听到她的问话,他转脸看向她,双手放在膝盖上,好的那只覆盖着残缺了手指的那只,掩盖着它。她想,再也想不出有谁比他更不适宜坐在梅赛德斯车里了。或是任何别的汽车。她还想到,自己也从未见过这么疲倦不堪的人。

但他还没有精疲力竭。我甚至觉得他还算不上累垮了,尽管他自己会觉得如此。

"那只小动物……叫奥伊?"

"奥伊,是的。"貉獭听到有人叫自己,便抬头看了看,但没有像昨天那样重复一遍。

"它是狗吗? 准确地说,不是狗,对吧?"

"它,不是。对,它不是狗。"

伊伦·苔瑟宝慕张了张嘴,又闭上了。这太难了,因为沉默地做伴对她来说不太自然。而且她正和一个她觉得颇有魅力的男人在一起,尽管他悲恸又疲惫(也许在某种程度上是因为发生的那些事)。垂死的男孩曾请求她带他去纽约,并且一到那里就带他去他需要去的地方。他说,他的朋友对纽约的认知不比对金钱的更多,她相信那是事实。但是,她同样相信这个男人很危险。她很想多问一些问题,但他回答了又能怎样? 她很清楚,她知道得越少,一旦他走了,她回复到当天下午四点差一刻时的生活的机会就越大。再次融入那种生活就好像从侧路上驶入一条收费公路。那就是最好的方式。

她打开收音机,搜索到一个电台正在播放《异恩典》①。她再次转脸看着陌生的乘客时,发现他正仰望着越来越暗的天空,并且在流泪。接着,她刚好低头时,又看到了更为怪异的景象,而那恰恰震动了她的心田,仿佛过去十五年来她的心都不曾被这样打动过——那时候,她流产了,那是她唯一一次怀上孩子。

那只小动物,不是狗的动物,奥伊……它也在哭泣。

14

一过了马萨诸塞州边界,她就下了95号公路,在一家"海风旅店"办了

---

① 《异恩典》(*Amazing Grace*),著名的圣诗,原本是苏格兰民谣,至今已流传三百多年,被无数次翻唱或用于电影配乐。

入住手续,那是一个房间紧挨着一个房间的简易汽车旅馆。她没想到要戴上她的驾驶眼镜,"虫屁眼眼镜",她总这么叫它(言下之意:"一戴上这副眼镜,我连虫子屁眼都能看见"),而且,不管怎样,她都不喜欢夜间行车。不管有没有"虫屁眼眼镜",在夜里开车总让她紧张得要死,还容易导致偏头痛。一旦偏头痛犯了,她对这人也好、这动物也好就没什么用了,而她的舒马曲坦①正毫无用处地躺在东斯通翰姆家里的医药箱里。

"更何况,"她对罗兰解释说,"要是你打算去找的泰特有限公司是在商务写字楼里,不管怎样都要等到星期一才能进去。"也许不是真的;这种男人什么时候想进都能进去。你没法拦住他。她揣测着,也许某种类型的女人特别吃他的这种魅力。

无论如何,他没有反对入住汽车旅馆。不,他不会和她出去吃晚餐的,所以她找到了最近的快餐店,带回来作为晚餐的肯德基。他们在罗兰的房间里吃饭。虽然奥伊没有开口,但伊伦还是主动地给它盛了一小盘。奥伊吃了一块鸡,灵巧地用前爪拿着,随后又走进洗手间里,看样子是在浴缸前的毛巾垫上睡着了。

"为什么他们把这里叫做海风?"罗兰问。和奥伊不同,他每样都尝了一点,但没有露出任何欢喜的表情。他吃肯德基的模样就像是在干活。"我没有闻到海洋的气息。"

"好吧,等到了合适的季节,龙卷风吹来的时候,你说不定就能闻到了,"她说,"罗兰,这就是我们所说的'诗的破格②'。"

听罢,他点点头,出其不意地(至少,对她来说)说出他的理解:"漂亮的谎话。"

"是的,我猜就是。"

她打开了电视,心想这或许能转移他的心事,他的反应(尽管她告诉自己她感觉到的是愉悦)却令她震惊。他对她说他无法看,她一时间不知道该如何理解;第一个反应是因为电视里正在播放一些歪曲现实的评论。接着,她又想到,也许他的意思(以和媒体同样的歪曲事实的婉转口吻)是:他太悲伤,尚在哀悼,所以没法看电视。直到他对她说,他听到了声音,她才恍然大悟他的话应该从字面上去理解:他看不到屏幕上的画面。看不到喜剧连续剧《罗

---

① 药物名,用于偏头痛的急性治疗。
② 文学赏析术语,指诗歌不按一般语言规则行文的自由。

斯安妮》,看不到电视直销,也看不到当地新闻节目中滔滔不绝的大脑袋。她一直看完斯蒂芬·金的新闻(由直升机送往路易斯顿市的缅因中央总医院,于傍晚后接受手术,并因此保住了右腿——伤势控制住了,但还需有更多次手术,完全康复看来是长途漫漫,且不容乐观),接着便关掉了电视。

她把垃圾倒掉——吃完肯德基总有一大堆东西要扔——再向罗兰致了一声暧昧不清的晚安(他有口无心地应了一声,一副身心分离的模样让她又紧张又伤感),接着便回到隔壁她自己的房间。看了一小时老电影,尤尔·伯连纳饰演一个机器人牛仔①,等到他变成了杀人狂,她就关了电视,进了洗手间打算刷牙。这时才恍然想起——这还用说吗——忘了带自己的牙刷。于是,她尽其所能用地用手指刷了牙,之后便戴着胸罩、穿着长裤躺上床(也没有带睡袍)。她那样躺了足有一个多小时,最终明白了:她一直在侧耳聆听隔壁房间里的动静,两个房间只隔着纸片般薄薄的墙壁,并且,她担心会听到某种特殊的声响——下车走进汽车旅店时,他没有大大方方地佩戴那支枪——但她害怕听到枪响。一声震动人心的枪响,将意味着他以最直接的方式终结了自己的悲伤。

当她再也无法忍受隔壁传来的寂静时,她起身重新穿上衣服,走到外面看星星。就是在外面,她发现了罗兰的身影,就坐在路边,独自一人,不是狗的动物没有跟着他。她很想问,他如何能在她完全没听见的情况下走出了房间(毕竟,那堵墙薄得像纸,而她又是那么使劲地在听),但她没有问出口。她反而问他在这里做什么,与此同时,意识到自己毫无准备地期待他的回答、也期待他向她转过全无遮掩的脸庞。她依然期望能看到一次美妙的颔首——古铜色的皮肤映照出一丝彬彬有礼的涵养——但她什么都没看到。他诚实而坦荡,却让她害怕。

"我害怕睡着,"他说,"我害怕我死去的朋友们再次出现在我眼前,看到他们,那将足以杀死我。"

她在复杂的光影中端详着他:光线从她的房间里泄漏出来,还有停车场上的霓虹灯散发出没心没肺的万圣节般的灯光。她的心沉重地狂跳,几乎能震撼她整个的胸腔,但当她说出话时,声音却可以足够沉稳:"要是我躺在你身边,会有用吗?"

他想了想,又点点头:"我想会有用吧。"

---

① 这里说的电影是《未来世界》,出品于一九七三年,由迈克尔·克莱顿导演。

她拉上他的手,一齐走进她为他租下的房间。他脱下衣服,不带一丝尴尬,她在一旁看着——又敬又怕——看到他上身斑斑痕痕的伤疤:手臂上的深红色凹痕是刀疤,另一臂上则有乳白色的烙痕,两边肩胛骨之间、之上交叉着十字形的鞭痕,还有三个愈合的凹洞,只能是很久以前的枪伤了。而且,当然了,还要算上他右手上残缺的手指。她固然好奇,但也知道她永不敢开口问这些伤疤的来历。

她把自己的衣服也脱了,犹豫了一下,又褪下了胸罩。一对乳房向下垂着,她也有一道伤疤,就在一只乳房上,牙齿咬合一般的压痕,那当然不是子弹留下的,而是乳房肿瘤切除手术的遗留品。那又怎么样?反正她永远不会做"维多利亚的秘密"的模特,即便年轻时也不会。即便在年轻时代,她从来不认为自己可以靠乳房和屁股吃饭。也不会让别人产生这类误解——包括她的丈夫。

但是,她没有脱下裤子。如果之前她修剪过阴毛,也许有可能会脱。要是那天早上起床后她就知道会发生这些事,知道她会和一个古怪的男人躺在一家廉价的汽车旅馆房间里,其时还有一个怪异的动物在浴缸前的毛巾毯上打呼噜——她当然会好好修饰一番。当然,她也会在打包时装进牙刷和一管佳洁士牙膏。

他用双臂环抱住她,她重重地喘息,僵直了身子,接着才放松下来。但非常非常缓慢。他的臀压上了她的耻部,她感受到他胯部的重量,但显然他脑子里想要的只是安抚;阴茎是柔软的。

他托起她的左乳,拇指在肿瘤手术留下的疤洞上轻抚。"这是什么?"他问。

"唔,"她说(现在她的语气已无法平稳了),"据我的医生说,再过五年就会发展成癌症,所以他们切开它,趁它还没有……我不知道,怎么准确地说——如果癌细胞会转移,至少能让它推迟一些。"

"趁它还没有成熟?"他问。

"是。说得对。很好。"现在,她的乳头已经硬得像小石头了,显然他也一定注意到了。哦,这真是太怪了。

"为什么你的心跳得这么厉害?"他问,"我吓着你了吗?"

"我……是的。"

"别害怕,"他说,"残杀已经结束了。"黑暗中,一段长长的沉默。他们能听见从公路上传来的隐约的车行声。"就眼下而言。"他补上了一句。

"哦,"她轻轻地说,"很好。"

他的手放在她的乳房上。他的呼吸落在她的颈项间。过了一会儿——也许是一个小时,也许是五分钟——总之是漫长无止境的一会儿,他的呼吸声拉长了,她便知道他睡着了。这时,她又高兴又失望。几分钟后,她也进入了梦乡,这是多年来她睡过的最好的一觉。即便他梦见了故友,他也没有因此干扰到她的睡眠。当她醒来时,已是早上八点,而他正裸身站在窗前,手指将窗帘拨开一条缝,并从中看出去。

"你睡了吗?"她问。

"睡了一会儿。我们继续走吗?"

15

他们本可以在下午三点前到达曼哈顿,周末开车总要比周一早上的高峰时段快得多,但纽约的酒店在周末也都很昂贵,价钱甚至会提高至双倍,那样就不得不刷某张信用卡。所以,他们在康涅狄格州的哈里奇六号汽车旅店住下来。她只要了一个房间,那天晚上,他们做爱了。并不是因为他真的很想要与她做爱,她感觉到了,而是因为他明白这是她想要的。也许确实是她想要的。

那是非凡的体验,尽管她说不清有什么特殊之处;除了她双手抚过的那些伤疤——有的粗糙,有的光滑——还有一种感觉,仿佛她在和一场梦做爱。那天晚上她真的做梦了。她梦见一片长满玫瑰的旷野,还有一座黑色板岩筑成的巨型的塔矗立在遥远的尽头。沿途一路还有红灯闪耀……只是,她有另一种想法,觉得那些根本不是灯,而是眼睛。

可怕的眼睛。

她还听到许多声音在歌唱,成千上万,她明白其中一些属于他已失去的朋友。醒来时她的脸颊上沾满泪痕,即便他仍躺在身边她仍感失落。过了今天,她就再也看不到他。而这是最好的结局。可是,她愿意拿出生命中的任何物事来换取与他再次做爱,哪怕她深知他其实并非在和她做爱;哪怕他进入她时,他的思绪都飘向远方,跟随着那些声音。

那些已然失去的声音。

第三章

重返纽约（罗兰出示身份证）

1

一九九九年六月二十一日，星期一，清晨的阳光洒遍了纽约城，仿佛杰克·钱伯斯没有死于这个世界，而埃蒂·迪恩也没有死于另一个世界；仿佛斯蒂芬·金也不曾躺在路易斯顿总医院的特别监护病房里，间或苏醒一阵又昏昏而眠；仿佛苏珊娜·迪恩并没有怀着悲伤独自坐在一辆空荡荡的古旧火车上，沿着古老而颠荡的轨道横越雷劈的黑暗荒漠，朝鬼魅之镇法蒂而去。原本，他们择选出了几个断破者，可以一路陪她到法蒂，但她请求他们允许她独自上路，他们便依从了她的意愿。她知道自己如果能大声哭出来会感觉好得多，但至今为止，她还做不到——她只能让一些任性的眼泪流淌下来，仿佛洒在荒漠中的无意义的阵雨——尽管，她隐隐直觉道：事情将远比她所知的更糟糕。

操，那才不是一般的"感觉"哩，苏珊娜坐在火车上，望着黑暗崎岖的荒原，偶尔出现的村镇废墟——早在世界转换时，人们就弃之而去，这时，黛塔那鄙夷的叫嚣声从她内心深处蹿出来。你的直觉准得一塌糊涂，姑娘！你唯一无法回答的问题就是这个：到底是又高又丑的老男人还是年轻的小可爱先生现在去虚无之境和你男人会合了？

"求求你了，不要，"她喃喃自语，"不要是他们中间的一个，上帝啊，我不能忍受再失去一人。"

可是上帝仍然对她的祷告充耳不闻，杰克死了，黑暗塔也仍旧矗立在坎-卡无蕊的尽头，将阴影投在一百万多呼号的玫瑰之上，同样，热辣辣的夏日阳光普照纽约城，不管发生了什么。

你可以赐我赞美上帝的祝辞吗？

说谢啦。

现在，有人对我大声喊出一声，阿门。

2

苔瑟宝慕夫人把她的车停在六十三街的斯毕笛公园(人行道上的广告牌上有一个穿盔戴甲的武士,坐在一辆卡迪拉克的驾驶座里,手中的长矛得意洋洋地伸出了前车窗),她和戴维在这里租过两间一年起租的小屋。他们的公寓就在附近,伊伦问罗兰是否愿意去她家梳洗一番……尽管她不得不承认,这个男人并非真的迫切需要打理。她已经给他买了一条崭新的牛仔裤、一件带扣子的白衬衫——他把袖子卷到了肘弯处;她还买了梳子和一管喷发摩丝——这东西强力得很,所含分子或许更接近强力胶,而不是飞达力润滑油。当梳子把带有灰色头屑的头发从前额往后耙过一番后,她终于看清了这张混血气质、有棱有角的脸庞:有趣地融合了费拉德尔菲亚人和切罗基族人的容貌特征,但或许只是出自她的想象。装有欧丽莎的背袋再次挂在了他的肩头。他的枪,则卷在卡箍带里,也放进了背袋。他还用"老家岁月"的汗衫将它们遮盖起来。

罗兰摇摇头,说:"很感激您的邀请,但我必须尽快办完事情,再回到属于我的地方。"他黯然地望了一眼人行道上急急匆匆的人流。"如果我还能属于什么地方的话。"

"你可以在公寓里待上几天,好好休息一下,"她说,"我会留下来陪你。"你真是他妈的疯了,求求你理智些,她心里这样想着,却忍不住笑出来。"我的意思是,我知道你不会留下来的,但你需要知道我的邀请永远有效。"

他点点头:"谢谢您,但还有一个女人需要我尽快回去。"这听上去不像真的,从他嘴里冒出来就更像是古怪之极的谎言。基于发生的这一切,他认为苏珊娜·迪恩急需蓟梨的罗兰重返她的生活,好比托儿所的看守妇巴不得在孩子们睡前的药瓶里加一点老鼠药。伊伦·苔瑟宝慕接受了,不管那是不是托词。她还有半条心焦虑难耐地想回到她丈夫身边。前一天晚上,她给他打了个电话(在距离汽车旅店一英里外的付费电话亭,以防万一),看起来,她终于再次赢得了戴维·西摩·苔瑟宝慕先生的一级关注。虽然和与罗兰相遇相比,戴维的关注无疑只能位居其次,但是上帝作证,聊胜于无。罗兰·德邵很快就要从她的生命中消失,留下她一个人孤零零地开车向北,回她的家所在的新英格兰,尽她所能向丈夫解释发生的一切。还有半条心却在哀痛迫近的失落,但在刚刚过去的四十多个小时里,她已经经历了足够的冒险,足以让她品味余生,不是吗?同样,和罗兰有关的一切都似乎改变了。比方说,她似乎觉得世界比自己以往想象的更稀薄空洞。现实却变得更宽广。

"好的,"她说,"你想先去四十六街和第二大道,对吗?"

"是的。"苏珊娜没机会告诉他们米阿劫走了她们共享的婴孩之后的详情,但枪侠已经知道了有一栋高楼——埃蒂、杰克和苏珊娜都用"摩天大楼"这个词儿——正矗立在昔日的闲置地,泰特有限公司一定就在这栋大楼里面。"我们是否需要一辆出租车?"

"你和毛茸茸的小朋友能不能走上十七个短短的、再加上两三条长一点的街区呢?这取决于你,但我不会介意舒坦一下腿脚。"

罗兰不知道一个长街区有多长,或一个短街区有多短,但他乐于发现右臀的剧痛已经荡然无存了。现在轮到斯蒂芬·金来品尝那种痛楚,还有几根肋骨粉碎、脑右侧的撞伤。罗兰可不羡慕他得到了痛楚,那至少算是物归原主了。

"我们走吧。"他说。

3

十五分钟后,他站在街边,仰望对面那栋巍峨高耸的黑色建筑物笔直戳向夏日的晴空,提防着下巴掉下来,也许会径直掉在胸前。这不是黑暗塔,不是他的黑暗塔,无论如何都不是(很多人在这栋摩天巨楼里工作,他对此并不惊讶——其中很多人是罗兰历险记的读者——确切地说,这栋楼的名字是:第二哈马舍尔德①广场),但他毫不犹疑地相信:这正是黑暗塔在楔石世界里的对应象征物,正如玫瑰代表着一整片玫瑰地;他在很多场梦境中见过那片玫瑰地。

他可以听到歌声从这里发出来,甚至飘盖于交通繁忙的街道喧哗声之上。身边的女人连呼三声他的名字,最后不得不扯了扯他的袖子才让他缓过神来。他扭头看向她——不情愿地——才发现她并没有在看街对面的大楼(她的出生地离曼哈顿只有一小时的车程,才不稀罕高楼大厦呢),而是马路这边的一处袖珍公园。她显得很愉悦。"这个小地方多漂亮呀?我以前

---

① 哈马舍尔德(1905—1961),瑞典政治家,于一九五三至一九六一年任联合国秘书长,曾获一九六一年诺贝尔和平奖。

大概从这个街角走过上百次,竟然直到现在才注意到这里!你看到小喷泉了吗?还有乌龟雕像?"

他看到了。虽然苏珊娜没有告诉他们这些细节,罗兰却很清楚,她曾经来过这里——跟着米阿,无父母之女——还曾在湿漉漉的龟背旁的长凳上坐下来。他几乎能看到她坐在那里的模样。

"我想走进去,"她有点怯怯地说,"我们能进去看看吗?有时间吗?"

"可以。"他说着,跟着她走过了小铁门。

4

袖珍公园里极其祥和,但不算太安静。

"你听见有人在唱歌吗?"苔瑟宝慕夫人问他,声音轻得几乎听不见,"什么地方的合唱团?"

"赌你兜底的钱。"这话脱口而出后,罗兰当即后悔了。他是从埃蒂那里听来这句话的,如今说出口只能带来伤痛。他走向乌龟雕像,蹲下一膝,凑近了去看。乌龟嘴边脱落了一小块,留下一道缝隙,活像掉了一颗牙。龟背上有一道问号形状的刻纹,还刻上了淡淡的粉色小字。

"写了什么?"她问,"关于一只乌龟,但我只能猜出这一点。"

"'看那宽宽乌龟脊'。"他不用看就知道答案。

"什么意思?"

罗兰站起来。"说来话长。我进去之后,你可以在这里等我一下吗?"他朝那栋高楼点了点头,黑色玻璃在阳光下莹莹闪光。

"好的,"她说,"我等你。我只想坐在阳光下的长椅上,等着你。这感觉……很爽心。听上去是不是很疯狂?"

"不,"他说,"伊伦,要是有什么不可靠的人上来和你说话——我认为这不太可能,因为这是个安全的地方,但也非常可能——你记住,只要,尽你一切可能集中精神,呼唤我。"

一听这话,她的眼睛都瞪圆了:"你是说,超感觉?"

他不知道超感觉是什么东西,但这不妨碍他明白她的意思,便点了头。

"你听得见?听得见我?"

他不能保证一定能听见。这栋大楼可能装有某种屏蔽装置,就好像坎-

托阿们戴的"思想帽",那样的话,就不太可能听见她的呼唤了。

"我会的。而且,如我所说,不太会有麻烦的。这个地方很安全。"

她看了一眼乌龟雕塑,龟背溅闪着喷泉之水。"很安全,不是吗?"她笑起来,又顿住了,"你会回来的,是不是?你不会把我丢在这里,连……"她一耸单肩。这个小动作让她看来非常年轻。"连一声再见都不说?"

"此生绝无不告而别之事。而且我要在那座塔楼里办的事不会耽搁太久的。"事实上,连"办事"都谈不上……除非,目前泰特公司的经营者有事找他。"我们还有一个地方要去,到了那里我和奥伊才会和你告别。"

"好的。"说着,她在长凳上坐下来,貉獭也在她脚边坐下。长凳靠近喷泉的这头有点潮湿,而她还穿着一条新买的长裤(就是在给罗兰买新衬衫和牛仔裤的店里火速购来的),但她觉得这没关系。在这样一个温暖、灿烂的夏日,长裤很快就会干透了,而且她觉得很想靠近这只乌龟雕像。一边聆听甜美的歌声,一边研究一下它那双又小又黑、仿佛永恒般的眼睛——她想那必定非常宁静。宁静,她通常不太会把这个词儿和纽约联系在一起,但这里确实是个"非纽约"的小角落,令人感觉无尽的安详和平和。她想,以后可以带戴维来这里,也许他坐在这条长凳上听她讲述失踪三天里的奇遇记就不会觉得她疯了。或是疯过头了。

罗兰转身走了,步履轻盈——仿佛这个男人可以数日、数周这样走下去,决不会乱了步调。我可不想让他跟着我,她突然产生这样的念头,不禁打了个寒战。他出了铁门,就要走上人行道时,又折回来,走到她面前。他念了一段歌词。

看那宽宽乌龟脊!
龟壳撑起了大地。
思想迟缓却善良;
世上万人心里装。
誓言在它背上立,
洞悉世情却不帮。
爱大海也爱大地,
甚至小儿就像我。

说完他便走了,脚步轻盈利落,头也不回。她坐在长凳上,望着他和别人一样等在红绿灯前,绿灯亮了,又和他们一起穿过马路,皮质背袋挎在他肩膀上,随着脚步轻轻撞着他的臀。她看着他走上第二哈马舍尔德广场门前的台阶,随后,身影消失在里面。她往后一靠,闭上了双眼,倾听那美妙的歌咏声息。听着听着,她突然意识到,歌声中至少有两个词正是她名字里有的。

5

在罗兰看来,洪流般的乡民正源源不断地涌向这栋建筑物,但这只是常年逗留于荒无人烟的废弃之地的人才会有的想法。现在是十点三刻,若是他八点三刻、也就是人们抓紧时间准点上班时来到这里,必会惊骇之极——那才是人形洪流。可现在,大多数人都已经坐在办公室、或者说小隔板划分的小方格里,制造并交换着数据信息或文件资料。

大堂的玻璃窗透明至极,几乎有两层楼那么高、甚至三层!因而,大堂里亮堂堂的,光线充足,他步入其中时,自埃蒂在欢乐谷的街边倒下那一瞬间开始积累的悲哀终于悄然滑走了。在这里,歌咏声愈加嘹亮可辨,那不是一般合唱团、而是庞大的唱诗班所为。他放眼望去,便明白并非只有他一人听到了这歌咏。街上的人们原本都低着头急匆匆往前赶,可现在看来都掉了魂一般恍恍惚惚,仿佛他们刻意躲避,不去欣赏献给他们的这一天所显现的精巧而脆弱的美好;枪侠在此敏感地体会到惊人的兆示,欣然领受这如荒漠清泉一般沁人心脾的美好,但那些人却颇为无助地一无所知。

仿佛走在梦里,罗兰在玫瑰红色大理石地板上飘然而行,聆听到脚下的靴子踩出的清脆回音,也聆听着背袋中的欧丽莎轻叩密谈般的声响。他心想:在这里工作的人们会希望在这里生活。他们也许不曾意识到这一点,但他们的确如此期待。在这里工作的人们会找各种理由工作到很晚。他们都会享有长久而富饶的生命。

在这间高挑明亮、回荡着脚步声的大厅的正中央,昂贵的大理石地板到了尽头,让步于一小方朴实无华的深黑泥土。这方土地的四周用酒红色的丝绒绳索围绕起来,但罗兰知道,即便是这些丝绒绳子也不必存现于此。没有人会跨越边界,没有人会侵犯这方小小的花园,哪怕一个打算自取灭亡的坎-托阿也不敢为了博点声名就冒死前进。这是一片神圣的土地。有三株矮小的阔叶树,自从他离开蓟犁之后就再也不曾见过这种植物,他相信蓟犁的人给它取了名字：白火焰花；当然，在这个世界里的名字也许不一样。虽然还有一些别的植物，但只有这一种最重要。

在方形小花园的中心点，是一株玫瑰，就那么一株。

这不可能是移植过来的；罗兰一眼就看出来了。不。它的位置和一九七七年时一模一样，他现在所站立之处也正是当年的空地，堆满了垃圾和碎砖块的一片地里，只有一块大牌子标出"龟湾豪华住宅区"，由米尔斯建筑公司和索姆布拉房地产公司联合承建。可现在耸立于此处的是这栋大楼，总共一百层，并且将玫瑰围绕在其中。这里经营什么产业都无关紧要，不过是次要目的。

第二哈马舍尔德广场，是一处圣地。

6

有人拍了一下他的肩膀，罗兰猛然旋身，以警觉的眼光看去。是他自己先惊慌起来。这么多年来——也许自他十八岁之后——从没人可以如此悄无声息地走近他、还拍拍他的肩膀，而他却什么都没发现。况且，地板是大理石质的，他理当早就——

走近他身后的这位年轻（并且极其美丽）的女士显然被他突然的反应吓了一跳，但他意欲反扳来者双肩的手却停顿在空中，又顺势合拢拍了一声，声音在高高的天花板下回响，那天花板高得就像是在刺德的摇篮。这位女士有一双大大的绿眼睛，透着机警，他绝对相信眼神中毫无恶意，但这依然很令他惊诧，他竟然没有听到一丝动静——

他低头瞥一眼女士脚上的鞋子，便大约明白了一半。她穿的那种鞋他从没见过，厚厚的鞋底似乎是用泡沫做的，鞋面和鞋帮似乎都是帆布的。这双鞋走在坚硬的地面上，几乎可以和鹿皮鞋相媲美。至于这位女士——

当他端详起她的容貌，不禁产生双重的确定感：第一，用卡拉·布林·斯特吉斯人的俗语来说，他觉得"看得出她上哪条船"，意思便是：似曾相识；其次，他从她脸上看出来：在这个世界、这个特殊的楔石世界里，枪侠也是一支特殊的种族，而她正好遇上了其中一员。

还有什么地方比看得到这朵玫瑰的这地方更适于这种不期而遇呢？

"我在您的脸上看得到您的父亲，但不太确定他的名字，"罗兰低声说，"告诉我他是谁，请求您。"

女士一笑，罗兰差一点就能想起她父辈的姓氏了。可话到嘴边又不见了，这种事情经常发生：记忆是很害羞的。"您从未见过他……尽管我可以理解您为什么认为和他相识。我会告诉您的，如果您愿意，但现在我要带您上楼，德鄂先生。有人想……"她看起来很自觉，似乎有人已经指导她该使用哪个特定的词汇，而她恰好觉得那个词儿很好笑。笑容在她的嘴角泛起，碧绿的大眼睛妩媚地挑上去；这表情好像在说，要是有人对我开了个玩笑，那就不妨乐乐吧。"……有人想和你聊聊。"她说完了。

"好的。"他说。

她轻轻地碰触了一下他的肩，示意他在原地停留片刻。"我奉命确保您读过光束花园的符示，"她说，"您愿意吗？"

罗兰的回答听上去干巴巴的，却仍然带了一丝歉意。"只要能读，我当然愿意，但一直以来我都看不太懂你们的文字，虽然我一到这边就能说出话来。"

"我认为您可以读懂这个，"她说，"试试看。"接着，她又轻触他的肩头，指示他转过身，面对大堂中央的那小块方土——那可不是某些天才用小推车搬运来的泥土，他当然知道，那是这地方切实存在的泥土，也许曾被耕种过，但除此之外就没有任何别的改变。

他看着花园中挂着的一块黄铜标牌，一开始，他看不出什么门道，就和任何商店橱窗上的文字、或是"杂志"封面上的字符没啥两样。他想说明这种情况，并要求这位面善的女士替他念出来，就在这当口，字符变幻了，变成了蓟犁的高等语。于是，他能读懂上面写了什么，轻而易举。读完了之后，黄铜牌上的文字又变回了原样。

"有趣的小把戏，"他说，"它是否能对我的思绪作出反应？"

她笑了——双唇上覆盖着粉色糖果状的东西——又点点头。"是的。如果你是犹太人，你就会看到希伯来文。如果你是俄国人，看到的就会是西里尔字母。"

"当真？"

"当真。"

大堂又开始惯有的律动……除了一点，罗兰明白，这地方的律动绝不会在别的商务大楼里出现。那些住在雷劈的人饱受小病之苦，小到身上的疖子、脓包、头痛、耳鸣；到了最后，他们还会死于重患，诸如疯长的癌症，就在他们吃饭的时候，癌细胞也在吞噬神经，好像在体内发动一场局部战争。这里却恰恰相反：充满健康、和谐、善愿和宽容。准确地来说，这些乡民听不见玫瑰在歌唱，但他们也不需要听到。他们都是幸运儿，他们在某种层面上都意识到了这一点……这才是最幸运之处。他观望着他们从被称为"电梯间"的上上下下的小铁盒子里进进出出，轻快地迈着步子，手里的袋子和身上的背包也轻盈地前后摆动，他们带着各自的装备和军备从这个门进、从那个门出，但没有一个人的线路是完全笔直的。虽然只有少数几人朝这里、她所说的"光束花园"而来，但甚至那些明明不朝这里来的人们也会朝这个方向多走几步，好像被吸铁石吸引了一般。要是有人企图伤害这朵玫瑰呢？罗兰看到电梯外的小桌子旁坐着一名看守，但他又肥又老。这也不要紧。如果有人带着侵犯之意前来，这个大厅里的每个人都会听到头脑深处响起一阵警觉的尖叫声，那刺耳而带有强迫指令般的声音就像是犬类严格服从的警哨。他们会不约而同地涌向那名玫瑰刺客。他们都会毫不犹豫，对自己的安危浑然不顾。那朵玫瑰自空地垃圾和野草中生长出来，便拥有自我保护的能力（或者说，至少也能吸引来那些能够保护它的人），这一点也是从未改变过。

"德鄯先生？现在，您准备好了上楼吗？"

"是的，"他说，"请您带路。"

7

就当他们等电梯的时候，罗兰终于找到了和这位女士的面容相匹配的回忆。也许，因为他刚好看到了她的侧面、尤其是颧骨的形状。他想起埃蒂跟他描述过和凯文·塔尔的对话，那是在杰克·安多里尼和乔治·比昂迪离开曼哈顿心灵餐厅之后的事情。塔尔一直在说他老朋友的家族。他们总是吹嘘个不停，说他们拥有全纽约最独特的法定笺头，大概全美国也找不出第二家了。信头上简简单单的写着"深纽"。

"你是不是亚伦·深纽先生的女儿？"他问她，"当然不是，你这么年轻。是他的孙女？"

她的笑容消退了："亚伦膝下无子，德鄯先生。我是他哥哥的孙女，但我的父母和祖父都死得早。亚瑞才是抚养我长大的人。"

"你这么叫他吗？亚瑞？"罗兰欢喜地问。

"小时候是这么叫他，这么说不过是习惯了，"她伸出手，再次微笑起来，"南希·深纽。我真的非常高兴能见到您。有一点害怕，但很高兴。"

罗兰握住她的手,马马虎虎地摇了一下,与其说是握手倒不如说是碰了碰手掌心。接着,他采用了更有感觉的礼仪(他从小耳濡目染,能够领会的一种),握起拳头抵在前额上,并屈下一膝。"愿天长夜爽,南希·深纽。"

她的笑纹更深了,最后忍不住露齿一笑:"也愿您收成加倍,蓟犁的罗兰!愿您能双倍享受。"

电梯下来了,他们走进去,并上升至九十九层。

8

电梯门一开,露出一间宽阔的大厅。地板上铺着粉色朦胧的地毯,恰到好处地掩映着玫瑰特有的光晕。就在"电梯间"门的正对面有一道玻璃门,上面标着"泰特有限公司"的字样。门后,罗兰又看到一间小厅,一个女人坐在书桌旁,显然是在自言自语。大厅的右门附近,有两个男子穿着西装。他们正在闲聊,双手插在口袋里,貌似十分悠闲,但罗兰看出他们并非如此,而且他们带着武器。他们身上的西装剪裁精良,但一贯对寻找枪支踪影十分谙熟的人总能找到它,只要对方有枪在身。那两个男子大概在门厅前起码聊了一个多小时,或许都超过两个小时了(即便是精英强将,也很难保持更长时间的全神警惕),只要电梯门一开,他们就装作在聊天,实际上随时准备行动——只要有任何不对劲的征兆。罗兰敢打包票是这么回事儿。

但他没多看他们一眼。只要他确定他们是什么人就可以了,他一出电梯门就朝应该期待的物事望去。那是一幅黑白图片,挂在他左手边的墙上。那是一张约五英尺长、三英尺宽的照片(他原本以为这个词儿该读成:炸扁),周边围着精巧的相框,边缘完美地嵌入墙面里,仿佛探进非自然的、静止的、现实世界里的黑洞。三个男人都穿着牛仔裤、衬衫的领口敞开着,并排坐在围栏最高的一条栅栏上,靴子则抵在最低的一条栅栏上。罗兰不禁要想,自己曾看过多少次这样的景象啊!——或是牛仔、或是羊倌,就这样坐观一群烈性的野马,看着它们被烙印、被买卖、或是被阉割、被肢解?又有多少次,他也这么坐着?有时候身边还有老泰特成员的陪伴——库斯伯特、阿兰和杰米——他们会坐在他两边,就像约翰·卡伦和亚伦·深纽分坐在一个黑皮肤男人的两边,中间这人还戴着金边眼镜,留着白色小胡子。回忆只能让他疼痛,还不止是心疼,他胃里一阵痉挛,心跳加速。照片留住了这三人开怀大笑的瞬间，结果便呈现出某种永恒的完美，这样的瞬间是如此稀少而珍贵——人们乐于在那里、乐于袒露真我。

"公司创建人，"南希在一旁说道，听来既欣慰又悲伤，"这张照片拍摄于一九八六年，施工场地正在公休，那是在新墨西哥州的陶斯小镇。三个城市大男孩在牛仔乡村，不如这么说吧。是不是栩栩如生？"

"您说得很对。"罗兰说。

"三个人您都认识吗？"

罗兰点点头。他都认得，没错，但他从未见过莫斯·卡佛，也就是坐在中间的黑人。他是丹·霍姆斯的合作伙伴，也是奥黛塔·霍姆斯的教父。照片里的卡佛看似七十多岁，健康，精力充沛，但一九八六年的时候他实际上都快八十岁了。甚至可能八十五。罗兰提醒自己说，当然了，这里有一张王牌：就在这栋大楼的大厅里，他刚刚见识了那朵玫瑰。玫瑰好比活力之源，不亚于街对面的袖珍公园里的乌龟雕像象征的真正的马图林，但他有否想过这朵玫瑰含有某种福祉？是的，他觉得有。某种神奇的治愈功效？是的，他觉得有。那他是否相信自一九七七年至拍摄照片时的一九八六年间，亚伦·深纽的这九年生命意味着纯贞世界对老年人的药物理疗成果卓越？不，他不这么想。这三人——卡佛、卡伦和深纽——几乎是神奇地走到一起，在他们的老年岁月里不惜一切为捍卫玫瑰的安危而战。枪侠完全相信，他们的这段故事值得大书特书，很可能将是一部令人振奋的精彩之作。罗兰所信，其实很简单：一切只因玫瑰表露了感激之情。

"他们什么时候逝世的？"罗兰问南希·深纽。

"约翰·卡伦最先走的，是在一九八九年，"她说，"死于枪伤。他在医院里挣扎了二十个小时，时间很长，足够和每个人道别。当时他在纽约参加年会。根据纽约警方的说法，一场街头斗殴失控引发了这场悲剧。但我们相信他是被谋杀的，凶手是索姆布拉或北方电子公司雇佣的杀手。也许是个坎-托阿。以前也有过类似刺杀，但都失败了。"

"索姆布拉和北方电子都一样，"罗兰说，"他们都是血王在这个世界里的佣人。"

"我们知道，"她说着，指向照片左边的男人，她和他极其相像，"亚伦叔叔活到一九九二年。您是何时遇到他的……一九七七年？"

"是的。"

"一九七七年的时候，谁也不相信他能活那么久。"

"也是血王的手下杀了他吗?"

"不,是癌症复发。他死在自己的床上。我在他身边。他说的最后一句话就是,'告诉罗兰我们尽力了'。因此我要将这话转告给您。"

"谢谢您。"罗兰听见自己艰涩的语音,希望南希能将之误解为简慢。很多人为了他尽心到死,难道不是吗?太多人了,从苏珊·德尔伽朵开始,从那么多年前开始。

"您没事儿吧?"她轻柔地问道,言语中透露出一丝同情。

"没事的,"他答,"我很好。那么莫斯·卡佛呢?他何时去世的?"

她一扬眉,笑了。

"难道——?"

"您自己去瞧吧!"

她指向玻璃门。这时,从里面走出两个人,他们经过书桌边显然在自言自语的女人,径直向他们迎来。消瘦的老者一头蓬松欲飞的白发,连眉毛都是同样的白色。他的肤色很深,但扶着他手臂的女人的肤色则显得更黑。他很高大——若不是驼背减去了几分,差不多就有六英尺三英寸——然而那女人就更高挑了,至少六英尺六英寸。她的容貌不算美丽,但带一种野性的飒爽。这是一张勇士的脸孔。

枪侠的脸孔。

9

如果莫斯·卡佛还能挺直腰板,就能跟罗兰平视。而现在,卡佛得微微仰起头来,可他还在一个劲地点头,小鸟啄米似的。看起来,他已经无法弯下脖颈;关节病症将僵硬的脖子锁住了。眼睛的颜色是棕色,可眼白部分浑浊得很,以至于很难分清瞳孔的边界,但无论如何,他那副金边眼镜后面充盈了喜悦的笑意。他还留着那撮小白胡子。

"蓟犁的罗兰!"他说,"先生,我是多么渴望见到您呀!就为了这个我才能在约翰和亚伦死后还活了这么久。放开我,就一分钟,玛丽安,放开!有些事情我必须亲手做!"

玛丽安·卡佛松了手,并看向罗兰。他没有用意念去聆听到她的思绪,也不需要那么做;她想对他说什么早就写在脸上了:要是他摔倒了,请您一

425

定扶住他,先生!

可是这个男人,苏珊娜称之为莫斯叔叔的男人并没有跌倒。他抬起节瘤凸起、饱受关节痛折磨的老拳头,抬到前额,又弯曲了右膝,将自身重量完全托付给颤颤巍巍的右腿。"向最后的枪侠致敬,走出蓟犁的罗兰·德鄂,斯蒂文之子,亚瑟·艾尔德之嫡系传人。我,我们自称玫瑰的卡-泰特的最后一员,在此向您致敬。"

罗兰再次以拳触额,却不止是屈膝行礼,而是跪了下来。"向您致敬,莫斯叔叔,苏珊娜的教父,玫瑰的卡-泰特的首领,我全心全意向您致敬。"

"谢谢您,"老人说着,像个孩子般朗朗大笑,"我们终于在玫瑰之屋里相见了!曾经可能是玫瑰之墓呀!哈!快告诉我,我们没有把它变成玫瑰之墓!好不好?"

"绝不是玫瑰之墓,因为那么说就将是谎言。"

"说对了!"老人高声一喊,又发出那种豪爽的笑声,"可我乐得都忘礼数了,枪侠。站在我身边的这位俊美女郎,您若把她当作我的孙女也很自然,因为她出生时我都已经七十多岁了,也就是一九六九年,但事实上——"罗兰听出他那浓重的口音,但是是霎,就像是这样——"生命里的好事情总是来得晚,而孩子"——哈子——"就是其中之一,在我看来。我说了这么大一串,就为了告诉您,这是我女儿,玛丽安·奥黛塔·卡佛,自从我于一九九七年、也就是九十八岁退休之后,就由她担任泰特公司的总裁。罗兰,你说,那些乡巴佬要是知道这家价值一百亿美元的大企业是由一个黑鬼操控的,会不会吓得目瞪口呆?"老人越说越兴奋,越说越高兴,口音也就越来越重,到了最后,罗兰听到的几乎是:乡布佬么知叠家介值乙百亿美德达切斯尤果黑龟策动……

"别这样,爸爸,"他身边的高个儿女人说道,她的语气很和蔼,但有种不容反驳的威严,"要是再这样激动,你戴的心脏监控器就要报警了,而且这位先生的时间不多。"

"她都快把我管死了!"老人气呼呼地高叫一嗓子,同时,又微微扭过来,趁女儿看不见,冲着罗兰狡黠地一眨眼。

老人,就当她不知道你的小动作吧。罗兰心想着,尽管难以从悲伤中自拔,也还是被卡佛逗乐了。就当她这么多年都没看过吧——说实话吧。

这时,玛丽安·卡佛却说:"我们稍过一会儿再和您闲聊,罗兰,首先,我需要看到一些东西。"

"根本不需要！"老人打断了女儿，话里的气愤似乎都要炸开了，"压根儿不需要，你心里很清楚！难道我养大的是个大笨蛋？"

"他的话很可能完全正确，"玛丽安接着说，"但总是要以防——"

"——请不用多做解释，"枪侠说，"是啊，这是一条好规矩。你想看什么？什么才能让你相信，我自称罗兰所言属实？"

"您的枪。"她说。

罗兰当即从皮质背袋里取出那件"老家岁月"汗衫，再取出藏在下面的枪。他将裹在外面的卡箍带解开，拔出白檀木枪把的左轮手枪。他听到玛丽安倒吸一口冷气，敬畏之意溢于言表，便假装没注意到。眼角的余光还告诉他，那两个穿着笔挺西装的守卫兵也被吸引而来，眼睛都瞪圆了。

"你看见啰！"莫斯·卡佛大叫大喊，"啊，这里的每个人都看见了！哦，上帝啊！以后都能对你们的孙儿们说，你亲眼见到了石中剑，亚瑟王之剑，就是一回事儿！"

罗兰将他父亲传给他的左轮枪递给了玛丽安。他明白，她需要亲手触摸才能确认他的身份，只有这样，才会带领他通往泰特公司的腹地（若是弄错了人，后果自然不堪设想），可是，这一时刻到来时，她却好像难以胜任了。玛丽安迟疑了片刻，终于镇定下来，接过了枪，当她亲手感到它的沉重时，不由得惊讶地睁大了眼睛。她小心翼翼地，不让手指靠近扳机，再抬起枪管，凑近了去看，终于，视线落在靠近枪口的地方，正是细妙的蔓叶图案：

ᛒ

"德鄯先生，您能否告诉我，这有什么意味？"她问他。

"可以，"他说，"如果您愿意，可以叫我罗兰。"

"既然您这样请求，我当然愿意。"

"这是亚瑟的标志，"他说着，也看向这图案，"是他的墓门上唯一的图案。是他作为首领的标志，意味着：白界。"

老人也伸出颤抖不已的双手，静默无言，却透露着难耐的心焦。

"上膛了吗？"她问罗兰，却不等罗兰开口就说，"当然，当然上膛了。"

"给他吧。"罗兰说。

玛丽安似乎有点犹豫，两名守卫兵更是面露怀疑之色，但莫斯叔叔还是不依不饶地向这支寡妇制造者伸着手，罗兰点点头。女人很不情愿地将枪递给她父亲。老人接过来,两只手握着,他随后的动作让枪侠既惊骇又温暖:老人用皱痕累累的双唇亲吻了枪管。

"味道怎么样?"罗兰的问话里似有真诚的好奇。

"岁月,枪侠,"莫斯·卡佛答道,"我品尝到了。"他这才将枪递还给女人,枪把在前。

她再亲手把枪还给罗兰,能摆脱它那死气沉沉、足以致命的沉重感,她似乎很高兴,于是,罗兰再次将枪裹进子弹箍带里。

"来吧,"她说,"虽然我们时间紧张,但总该庆贺,在您的悲伤所能允许的范围内。"

"阿门!"老人说着拍拍罗兰的肩膀,"她还活着,我的奥黛塔——你大概叫她苏珊娜吧。还有她在。我想你听到这话会很高兴,先生。"

罗兰确实很高兴,他点头称谢。

"现在,请进来吧,罗兰,"玛丽安·卡佛说道,"欢迎来到我们这里,因为这也是属于您的,而且,我们都知道,您很可能不会再次光临这里了。"

10

玛丽安·卡佛的办公室在九十九层的西北角。这里的大玻璃门窗上没有一丝拼贴的痕迹,也不见任何支柱或框架,这情景让罗兰叹为观止。站在这里凭窗远眺,就好像悬在半空中,迫近天际线的感觉真是无可比拟。但有一样景物罗兰以前见过,因为他认出了那巨大的悬索桥、还有两边高高的塔楼。他当然认得出这座桥,因为他们差点儿因此死在另一个世界。那时候,杰克被绑架了,被盖舍带去见滴答老人。那是在刺德城,正是它最为活跃繁盛的时代。

"你们就把这里称为纽约吗?"他问,"你们,是吗?"

"是的。"南希·深纽答。

"那座桥,那桥下面呢?"

"乔治·华盛顿特区,"玛丽安·卡佛接口说道,"当地人会简称GWB。"

也就是说,不止是那座将他们带往刺德城的大桥、还有旁边那片地——卡拉汉神父就曾沿着那片地走出了纽约,开始了他四处流浪的岁月。罗兰都记得很清楚,非常清楚。

"你们想来点什么提神的吗?"南希问。

他先是说不，又好好反省了一下，发现自己确实头晕目眩，便改了主意。是的，当他需要提神醒脑时，确实有些东西很管用。"茶，如果你们有的话，"他说，"热的浓茶，配糖或蜜。可以吗？"

"当然。"玛丽安说着，摁下桌上的一个按键。她对着罗兰看不到的什么人说起话来，于是，他顿时明白了——外面办公室里那个明摆着在自言自语的女人在干什么。

帮罗兰点完热茶和三明治（先前罗兰总以为那叫"杀名字"）后，玛丽安倾身向前，盯住罗兰的眼睛。"罗兰，我们终于在纽约相见了，这是我所期待的，但我们在这里的时间并非……并非是至关重要的。我估计，你知道为什么。"

枪侠想了想，便点了头。一件需要谨慎对待的小事，而这些年来他已经在本性中铸就了某种程度的谨慎。还有些人——阿兰·琼斯算一个，杰米·德卡力算第二——天生就擅长此道，但罗兰的本性并非如此，而更倾向于先开枪、后提问。

"南希跟我说了，您已经读过光束花园里的饰板，"玛丽安接着说，"您——"

"光束花园，哦，我的上——帝啊！"莫斯·卡佛插了一嘴。刚才沿着过道走进女儿办公室时，他不知从哪里捡起一根拐杖，下端有仿造的大象脚，现在，他一边说着话，一边挂着它重重地往昂贵的地毯上砸，以此加重语气。玛丽安颇有忍耐之心地看着他。"得说是上帝炸弹呀！"

"我父亲最近和楼下布道的哈里根神父交上了朋友，但我的生活并不关心那份友情，"玛丽安说着，叹了口气，"不去管他啦。罗兰，你读过符示了，是吗？"

他点点头。南希用的字眼不一样——符号，或是符识——但他明白，两人说的是同一样东西。"字母变幻成了高等语，所以我可以读懂。"

"那么，它说了什么？"

"泰特有限公司谨致哀悼，追忆爱德华·堪特·迪恩，及约翰·杰克·钱伯斯，"他停了一下，再说，"接着还说'卡姆-啊-卡姆-玛，普瑞-托伊，甘-德拉'，用你们的话来说，就是：白覆红，神旨永存。"

"我们看到的是：善良压倒邪恶，这是上帝的旨意。"玛丽安说。

"赞美上帝！"莫斯·卡佛说着，又用拐杖重重杵了一下地毯，"愿纯贞世界兴起！"

敷衍的敲门声传来，外面办公室里的女人走了进来，手中端着托盘。罗兰着迷地看着她唇前悬挂着的一粒黑色小球，还连着一根细细的黑色电线，另一端消隐在她的头发里。显然是某种远距离通话工具。南希·深纽和玛丽安·卡佛帮着她端下冒着腾腾热气的茶杯和咖啡杯、盛着糖和蜜的小碗，还有一小罐奶油。盘子里还盛着三明治。罗兰登时感到饿了。他想起地面上的朋友们——他们没有"杀名字"可以吃——伊伦·苔瑟宝慕也没得吃，她一定还坐在街对面的小公园里，耐心地等着他。每个想法都理应泯灭他的食欲，但肚子再一次咕隆咕隆地发出不雅的声响。人类体内的某些部分是不讲良心道德的，他从孩提时代起就应该明白这个事实。他拿起一块"杀名字"，又往茶杯里舀了满满一勺糖，接着又倒了点蜂蜜以调味。他本可以尽快结束这里的事情，再尽可能迅速地下去找伊伦，可他却……

"愿你满意，先生，"莫斯·卡佛说着，端起咖啡杯吹了吹，"唇齿留香，精神百倍，来哦！"

"爸爸和我在蒙塔克角有一栋房子，"玛丽安说着，往咖啡杯里倒了些奶，"上个星期我们都待在那里。星期六下午五点十五分左右，我接到一个电话，是这里的保安打来的。他们受雇于哈马舍尔德广场协会，但是泰特公司向他们提供了一大笔红利，所以我们才能知道……一些有趣的事情，让我这么说吧……一旦发生了什么特殊情况，我们立刻就能知道。六月十九日前夕，我们以非同一般的兴趣密切关注底楼大堂中的符示，罗兰，关注它的每条信息。差不多就是五点差一刻的时候，它显示出的文字是：**泰特公司谨向光束家族致以崇高敬意，并深切怀念蓟犁**，您会对此感到惊讶吗？"

罗兰思忖片刻，啜饮蜜茶（又浓又烫又甜），再摇了摇头说："不会。"

她再向前凑近一点，两眼放光："为什么您会这么回答？"

"因为在星期六下午四点到五点之间，凡事都还不能确定。哪怕断破者们已经不再破坏光束，但在确保斯蒂芬·金安然无恙之前，一切都还无法定论。"他环视他们几个，接着说："你们知道断破者吗？"

玛丽安点了头："详情不太清楚，但我们知道他们一直作用于光束，但现在光束已经安全了，并且创伤程度还不至于太糟，也就是说，不至于无法修复，"她又犹豫了一下，"我们也得知了您遭受的损失。双重的损失。罗兰，我们对此非常难过。"

"那两个孩子已经安然到达耶稣的怀抱了，"玛丽安的父亲这样说，"就算他们没在那儿，也会双双在虚无之境做伴。"

罗兰点点头，很愿意相信这话，并道了谢。随后他转向玛丽安。"作家的情况很危险。他受伤了，伤得很重。杰克为了救他牺牲了自己。他将自己的身躯置于金和货车之间,明知道那辆车会夺走他的命。"

"金会活下来的,"南希说,"他也会继续写作。我们对此很有把握。"

"我们?"

玛丽安侧身向前,紧接着说道:"等一下再解释这个。罗兰,关键在于,我们相信这一点,能够确定金在未来数年间的生命安全,那将意味着,你们拯救光束的任务已经完成了:乾神之歌。"

罗兰点点头。歌声将继续。

"接下来我们有很多工作要做,"玛丽安这才继续往下说,"至少得用三十年的时间,我们算过,但是——"

"但是这是我们的任务,不是你们的。"南希接口说。

"你们对此也'很有把握'吗?"罗兰问,又抿了一口茶。尽管茶很烫,他却已经喝下大半杯了。

"是的。你的使命是挫败血王的势力,这已经获得了成功。血王本人——"

"那从来都不是这个人的使命,你明明知道的!"坐在英俊的黑皮肤女人身边那位百岁老人忍不住插上一嘴,又一次重重地杵了杵拐杖,"他的使命——"

"爸爸,行了。"她的口气可不弱,绝对可以让老人再偷偷眨巴一次眼睛。

"没事儿,让他说吧。"罗兰这么一说,他们都看着他,惊讶于(也略微有点害怕)那干鞭子似的语气,"让他说吧,因为他说的是事实。要是我们打算推心置腹,就该一吐为快。对我而言,众光束历来无异于终结。要是它们全都断裂了,黑暗塔也将倒塌。塔倒了,我就再也得不到它,再也不可能攀上塔顶了。"

"您是在说,您更在乎黑暗塔,而不是得以继续存在的宇宙,"南希这么说的语气仿佛在暗示,"我只是想确认一下我理解得没错",同时兼带惊诧和受辱的表情看着罗兰,"所有宇宙的继续存在。"

"黑暗塔就是存在,"罗兰说,"多年来我为了能抵达塔已经牺牲了很多朋友,其中还有一个男孩称我为父亲。在这场交易中我已经献出了自己的灵魂,女士,所以请您不要用冒失无礼的眼光审视我。我请求您能换一条思路,并换得又快又好。"

话说得固然彬彬有礼,但罗兰的语气却冰冷得可怕。南希·深纽登时脸色大变,端在手中的茶杯因难以遏制的颤抖而叮当作响,罗兰伸手将小杯盘从她手里撤下来,以防茶杯打翻,茶水会烫伤她。

"别认为我错了,"他又说,"请理解我,因为我们以后不会再交谈了。事实既成,不管是好是坏,在两个世界里都已无法改变,因卡不允许。众世界之外还有太多事情是您不知道也无从猜测的。我还得赶时间,所以,让我们继续吧。"

"说得好,先生!"莫斯·卡佛低喊了一句,拐杖再次戳进了地毯里。

"如有冒犯,我真的很抱歉。"南希说。

罗兰没有作答,因为他知道,她压根儿不觉得抱歉——只不过是畏惧他。在片刻尴尬的冷场之后,玛丽安·卡佛率先打破了沉默。"罗兰,我们没有什么断破者,但在陶斯镇的农场,我们确实雇用了十几个心智特异者和先知。他们拼凑出的信息有时候并不很准确,但将碎片信息综合起来就很可观。你是否听说过'美好意愿'?"

枪侠默然点点头。

"他们创造出了某种形式的美好意愿,"她接着说下去,"当然我很确信,那不像雷劈的断破者们所能制造的那般强有力。"

"因为那儿有几百人呢,"老人咕哝着插嘴,"更不用说,他们被喂进了更好的补品。"

"同样也因为血王的臣仆们最喜欢拐骗那些最独特、最强大的特异功能者,"南希接着说,"他们总能找到我们所说的'精选品'。但不管怎样,我们的人选帮了大忙。"

"这是谁的主意?让这些乡民为你们工作?"罗兰问。

"你大概会觉得很奇怪,伙计,"莫斯说,"这点子是凯文·塔尔想出来的。他历来没有太大贡献——真是没啥建树,整天懒洋洋的,就知道搜罗他那些个书,真是个狂妄自大的白脸儿混蛋——"

他的女儿警告般瞪了他一眼。罗兰不得不强忍着笑意,假装板着脸。莫斯·卡佛一百多岁了,却只用一句话把凯文·塔尔贬得一文不值。

"不管怎么说,他大概在科幻小说里读到了不少心灵感应的故事。你明白什么是科幻小说不?"

罗兰摇摇头。

"唔,没关系。大多数都是垃圾,但偶尔也会有些精彩的论调。听我说,我马上就要告诉你一则。要是你知道塔尔和你的朋友迪恩先生在大约二十二年前谈了些什么,也就是迪恩先生过来,从两个白鬼暴徒手下救出塔尔那会儿,那你就能明白了。"

"爸爸,"玛丽安终于对父亲发出了警告,"别再用黑人的腔调说话了,就从现在开始。你是老了,但不蠢。"

他看着她,混沌的老眼睛假装恶狠狠地瞪着,却流露出浓浓的笑意;他转过来又对着罗兰,狡猾地眨眨眼睛。"就是那两个白鬼黑帮恶棍!"

"埃蒂提过这事儿,没错。"罗兰说。

脏话显然从卡佛接下去的话语中消失了;他毫不含糊地说:"那你就该知道他们谈到了一本叫作《霍根》的书,本杰明·斯莱特曼写的。但这个书名印错了,作者的名字也印错了,就是这件事情让肥佬开窍了。"

"是的。"罗兰也附和道。书名本该是《道根》,后来,这个词儿对罗兰和他的泰特意味深重。

"你的朋友来过之后,凯文·塔尔对那家伙又着迷了,发现,原来他还以丹尼尔·霍姆斯之名写了四本书。这个斯莱特曼,就跟三K党的床单布那么刷白,他选用的这个笔名就是奥黛塔亲生父亲的本名。我敢打赌,你对这事儿也不会大惊小怪,是不是?"

"不奇怪。"罗兰说。这不过是卡之轮转动起来的小动静而已。

"斯莱特曼以霍姆斯之名所写的小说都是科幻奇谈,讲的是政府出钱雇用特异功能者和先知来探索真相。我们就是从这里得到了启发,"他看着罗兰,用拐杖顿了一下地板,"这个故事里有的是精彩之处,很多很多,但我估计你没时间听了。我们只能点到为止,是不是?时间,在这个世界里一去不回。"他满怀向往。"枪侠,为了能再见一眼教女,我愿意奉献更多,但估计我已经没这福分了,对吗?除非我们在虚无之境相见。"

"我想你说得没错,"罗兰回答,"但我会向她转达你的问候,告诉她您仍然精力充沛、热血沸腾——"

"哦上帝啊,炸弹上帝啊!"老人忍不住边杵着拐杖边喃喃自语,"好兄弟,要告诉她!你一定要告诉她!"

"我会的。"罗兰喝完了茶,将杯子放回玛丽安·卡佛的办公桌上后就站了起来,同时免不了将右手撑着右臀。他需要更多的时间来适应毫不疼痛的现状,很可能比适应疼痛更长久些。"现在我必须告辞了。我还要去一个地方,离这儿不太远。"

"我们知道那儿,"玛丽安说,"你到了那里就会有人接应的。您在那里可以畅通无阻,只要那扇门还在,并且还有用,您就可以过门而归。"

罗兰微微欠了欠腰。"谢谢您。"

"但请您再坐片刻,希望您愿意。我们有礼物给您,罗兰。绝不足以回报您的所有功绩——无论这是否出于您的本意——但这份礼物,您或许用得上。其一,是来自我们陶斯镇美好意愿工作者的最新消息。另一个礼物则来自更……"她斟酌了一下,"……更普通的研究者们,他们就在这栋大楼里为我们工作。他们自称为凯文派,但没有任何宗教倾向①。也许是为了表达对凯文·塔尔的小小敬意吧,他九年前因心脏病死在他的新店里。也可能,这派别的名字只是个玩笑。"

"一点儿不好笑的玩笑。"莫斯·卡佛又独自嘟囔起来。

"还有两份礼物是我……我们给您的。南希、我和我喋喋不休的父亲。您能否再稍候片刻?"

尽管罗兰很着急走,还是听从了建议,又坐了下来。自从杰克死后,和悲伤彻底无关的情绪第一次油然而生。

好奇。

11

"首先是来自新墨西哥州的消息,"玛丽安看到罗兰再次落座后说,"他们尽可能关注您的动态,虽然他们看到的在雷劈那边发生的事情都朦胧不清,但这不妨碍他们确信:埃蒂在去世之前对杰克吐露了一些事……也许是很重要的细节。很可能是在他倒下之后,还未……我不知道……"

"还未融入曙光之前?"罗兰试着帮她说完。

"是的,"南希·深纽赞同道,"我们是这样认为的。也就是说,他们这样认为。我们这里的断破者。"

玛丽安稍一皱眉,看来这是个不喜欢被打断的女人。然后她又专心地对罗兰说了下去。"从这边观望事态对我们的人来说比较容易,他们中有些人非常肯定——不能说百分百肯定,但也十拿九稳——杰克也许在去世前将这一讯息转述给了别人。"她停了一下,又说:"也就是和您一起驱车前来的那位女士,苔讷宝慕太太——"

---

① 历史上众所周知的凯文派是十六世纪宗教改革运动中的激进派。多译作加尔文派。

"苔瑟宝慕。"罗兰更正了一下。这是不假思索的反应,因为此时他的神思已全然转向了别的事情。并且,相当激动。

"苔瑟宝慕,"玛丽安也改了口,"毫无疑问,她已经将杰克所言转达给你了,但也许还有什么细节没有说。也许她不是在隐瞒什么,只是没有意识到那是相当重要的口信。您是否可以在和她正式告别前再问问她?"

"我会问的,"罗兰回答,他当然会问,但他不相信杰克会将埃蒂的临终遗言告诉苔瑟宝慕太太。不,不是告诉她。他幡然醒悟,自从他们坐上了伊伦的车后,他几乎没再留意到奥伊,当然,奥伊一直和他们在一起;现在他可能就躺在伊伦的脚边,她则坐在街对面的小公园里,晒着太阳,等着他。

"那就好,"她说,"好极了。我们继续说下去。"

玛丽安拉开书桌下正中间的抽屉。从里面取出一只鼓鼓囊囊的信封,以及一只小小的木盒子。她把信封递给了南希·深纽。盒子则放在她面前的桌上。

"接下来的这事儿请南希说明,"她说,"南希,我只请求你一点:尽量简短,因为这位男士看起来急着要走。"

"说吧。"莫斯也杵着拐杖催促。

南希瞄了一眼莫斯,又看了看罗兰……或者说,罗兰那个方位。血色渐渐重返她的脸颊,她好像在脸红。"斯蒂芬·金,"她开口了,又清了清嗓子,重复了一遍。看起来她不晓得怎么开场才最好。脸也红得更厉害了。

"深呼吸,"罗兰对她说,"屏住。"

她照做了。

"现在,呼气。"

也照做了。

"现在,南希,亚伦的侄女,请将您的话对我说。"

"斯蒂芬·金已经写了近四十部书,"她依然带着满脸的绯红(罗兰猜想,自己很快就可以知道这意味着什么),但听起来显然平静下来了,"令人惊异的是,其中很多故事、甚至包括他早期的一些作品里都以这样或那样的方式涉及到了黑暗塔。好像它一直以来都留存在他头脑中,从一开始就是。"

"你说的我都知道,都是事实,"罗兰十指相扣,对她说,"说谢啦。"

这句话似乎让她更沉稳了。"凯文派,也就是颇具学术倾向的三男两女,他们每天早上八点到下午四点精读斯蒂芬·金的作品,别的什么都不干。"

"他们不止是读他的书,"玛丽安在一旁说,"还会前后参照对比,依据情节设置、人物、主题——姑且就说有主题吧——甚至是每本书提到的流行产品的品牌名字。"

"他们工作的另一部分就是寻人,在楔石世界里生活、或过世了的人物,"南希接着说,"真实存在的人,根据人名去找。当然,是涉及黑暗塔的那些人。"她将那鼓鼓的信封递给罗兰,罗兰看到四四方方的边角,觉得里面只可能是书。"如果金曾经写过一本楔石世界的书,罗兰——我的意思是,完全摒除在'黑暗塔'系列小说之外的一本书——我们认为,只能是这本了。"

信封的舌页用一只线绳扣封住了。罗兰斜斜地看了一眼玛丽安,再是南希。她们都点点头。枪侠解开了绳扣,取出一本着实厚实的大书,封面是红白两色,没有图案,只有斯蒂芬·金的名字,和另外一个单词。

红色代表血王,白色代表亚瑟·艾尔德,他心想。白色压制了红色,因而乾神将永存。

也可能只是个巧合。

"这是什么字?"罗兰指着书名,问道。

"失眠,"南希答,"意思是——"

"我知道它的意思,"罗兰说,"为什么你们要给我这本书?"

"因为这个故事完全取意于黑暗塔,"南希说,"也因为这本书中有一个人物叫做艾德·深纽。在书里,恰好是个恶棍。"

书里的恶棍,罗兰心里说。怪不得她要脸红。

"你们家族里有人叫这个名字吗?"他问她。

"有的,"她答,"在班哥尔①,也就是书中所描写的德立镇的原型。真正的艾德·深纽死于一九四七年,也就是金出生的那一年。艾德是个书店老板,秉性温和至极。而在《失眠》②这本书里,却变成了疯子,听命于血王。他打算把飞机变成炸弹,用飞机去撞一栋楼,令千万人丧生。"

"祈祷吧,但愿永远别发生这样的事儿,"老人幽幽地说,扭头望向窗外纽约城的天际线,"上帝知道,真的可能发生。"

"在小说里,这个计划失败了,"南希继续说,"但一些人已经被杀了,这本书里的主人公是个老人,名叫拉尔夫·罗伯茨,他最终阻止了最恶劣的事情发生。"

罗兰深切地凝望着亚伦·深纽的侄女。"这本书里提到了血王?用的

---

① 班哥尔,美国缅因州中南部的城市。
② 斯蒂芬·金的这部小说出版于一九九四年。

是真名?"

"是的,"她说,"班哥尔的艾德·深纽——现实中的艾德·深纽——是我父亲的表兄弟,搬了四五次家。如果您想看的话,凯文派可以向您出示家族族谱,但亚伦叔叔确实没有多少直系亲属。我们相信,金在小说里用到这个名字也许是为了引起您——或者说是我们——的注意,但他自己却浑然不知。"

"他下意识发出的讯息。"枪侠喃喃自语。

南希两眼一亮:"他的潜意识,是的! 没错,这恰恰就是我们想到的。"

这并非恰恰是罗兰正在思忖的。枪侠回忆起一九七七年时自己如何对金施行的催眠术;又是如何叫他聆听乾神之歌、龟之歌。这是否意味着:金的潜意识始终都遵命于催眠态的指令,因而将龟之歌部分地融入了这本书中? 血王的仆从们很可能忽视这本书,因为这不属于"黑暗塔"系列? 罗兰认为很可能是这么回事儿,深纽这个名字可能就是一个符征。但是——

"我读不了这个,"他说,"大概这里、那里,能看懂个把字词,但至多如此了。"

"你读不了,但我的小女孩可以呀,"莫斯·卡佛说,"我的小女孩,奥黛塔,你叫她苏珊娜。"

罗兰缓慢地点点头。尽管他心里已经存疑,眼前却浮现出一幅鲜明的画面:他和苏珊娜两人凑近火堆——火很大,因为夜晚很冷——奥伊坐在他俩之间。寒风在他们头顶的巨石山峦间呼啸,但他们不在乎,因为他们吃得饱饱的,身子很暖和,穿着由捕获来的猎物制成的兽皮衣服,而且,还有一本小说可供他们消遣。

斯蒂芬·金所写的关于失眠的小说。

"她会在路途中读给你听,"莫斯·卡佛说,"在你们要赶的最后一程路上,上帝啊。"

是的,罗兰心想,听的最后一个故事,赶的最后一段路。一条通往坎-卡无蕊的路,通往黑暗塔的路。这样想想也不错。

南希说:"在这本书里,血王指使艾德·深纽去杀死一个小孩,名叫派屈克·丹维尔的男孩。就在袭击发生之前,派屈克和他的母亲在等待一个女人前去演讲时,这个男孩画了一幅画,你可以看出来,罗兰——显而易见,血王被囚禁在黑暗塔的顶层。"

罗兰惊得从座位里跳起来:"顶层? 囚禁在顶层?"

"别着急,"玛丽安说,"放松点,罗兰。凯文派经年累月在分析金的作品,一字一句,以及每一条相关信息,并且,他们所得到的这些结论都会传达给新墨西哥州的美好意愿者。尽管这两个团体的成员从未见过面,但你可以说,他们是完美的合作者。"

"倒不是说他们的意见总是能达成一致。"南希补充了一句。

"他们当然不一致!"玛丽安激愤的口吻似乎超出了她作为争论者之一的身份,而更像是个仲裁者,"但是,他们在某一点上达成了一致,那就是说:金在写到和黑暗塔相关的事物时几乎总要加以伪装,而有时那些伪装却什么意思也没有。"

罗兰点点头:"他提到这个,只是因为下意识地总是在想这个,但有时就会陷入无意义的胡言乱语。"

"没错。"南希应道。

"但显然你们并不认为这整个故事是在胡说八道,否则你们就不会把书送给我了。"

"我们当然不那么想了,"南希说,"但是光凭这本书,并不能确认血王本人已经被囚禁在塔顶了。不过我猜想这很有可能。"

罗兰想到自己一直都相信血王被关在了塔外,类似于阳台的什么地方。这到底是货真价实的所谓直觉,还是他的私心所愿意相信的呢?

"不管怎么说,我们认为你们应该去找找这个派屈克·丹维尔,"玛丽安说,"多数人认为他是真实存在的人物,但我们无法在这边找到他的踪迹。也许你们可以在雷劈找到他。"

"也可能得走出雷劈。"莫斯加了一句。

玛丽安听罢也直点头:"根据金在《失眠》中讲述的情节——你可以慢慢看——派屈克·丹维尔年纪轻轻就死了。但那未必是真的。您明白吗?"

"我不敢保证我能明白。"

"当你找到了派屈克·丹维尔——或者是他先找到了你——他可能还是个孩子,像这本书里描写的那样,"南希说,"也可能,老得像莫斯叔叔。"

"要是像我,那就太糟啦!"老人一边说一边得意地咯咯笑起来。

罗兰又拿起那本书,盯着封面上的红白双色,再举起来一些,以便眼光落在那个他不认识的书名上。"这肯定不只是个故事?"

"从一九七〇年起,当他在打字机上敲下第一行字:黑衣人逃进了茫茫沙漠,枪侠也跟着进入了沙漠,"玛丽安·卡佛说道,"斯蒂芬·金几乎就不再写任何'只是故事'的故事了。他自己也许不相信,但我们信。"

但是经年累月和血王打交道,会让你们欣然接受暗无天日的道路,但愿这能让你们高兴。罗兰心想。他大声地说:"如果不只是故事,那又是什么?"

回答他的是莫斯·卡佛。"我们觉得,这可能就是瓶中信。"这话从他嘴里说出来就像是——冰芯——罗兰听到了苏珊娜令人心碎的回音,刹那间,他迫切地想看到她,确定她一切平安。这个想法来势凶猛,他甚至品到了苦涩的滋味。

"——大海。"

"对不起,"枪侠说,"请您再说一遍,我走神了。"

"我说,我们相信斯蒂芬·金把他的小瓶子扔进了汪洋大海。我们称为纯贞世界的大海。满心希望瓶子能被你抓到,并且,装在瓶子里的讯息也能帮到你,还有我的奥黛塔,帮助你们早日达到目标。"

"这也就引出了我们的最后一份礼物,"玛丽安说道,"我们真心奉上的礼物。首先……"她递上了木盒子。

盒子后面有一条小铰链。他将左手张开,盖在盒盖上,打算向后旋开,又停了一下,揣测着这几个人的表情。他们都满怀期待地看着他,并带着可疑的好奇心,这种表情令他很不自在。一个疯狂(却有着惊人说服力的)念头闪过心头:这几个人才是血王真正的仆从,一旦他打开盒子,他所能看到的最后一景便是即将爆炸的飞贼,数字正一秒一秒逼近红色的终点。他所能听到的最后一声,除了将整个世界轰炸一空的巨响,还有于此之前爆发的他们的狂笑,以及"向您致敬,血王"的高喊!这并非不可能,况且,已经走到了你必须去信任对方的地步,因为即便还有选择,也只能是疯狂。

听卡所言,随之而行,他默想着,打开了盒子。

12

盒子里面有深蓝色的天鹅绒缎(他们也许知道也许不知道,这是蓟犁皇宫御用的色彩),其中端坐着一块表,还系着一根盘绕在旁的长链子。在怀表的金表面上镌刻着三种图案:一把钥匙,一朵玫瑰,还有——在它们之间略靠上的地方——一座高塔,小小的窗户排列成螺旋形上升的图案。

罗兰惊喜地发现自己已经热泪盈眶。当他再次抬头注视着这几位——两位年轻的女士和一位老人,泰特公司的首脑人物——他几乎看成了六个叠影。他赶忙眨眨眼,让泪中的幻象消失。

"打开表盖看看,"莫斯·卡佛说,"而且,在这个公司里您不必掩藏泪水,斯蒂文之子,因为我们不是另一些世界里用以取代我们的机器人,如果他们有自己的方式。"

罗兰看得出老人所言属实,因为眼泪已经滑落下来,润湿了他晒黑的脸颊。南希·深纽也一样任由泪流满面。尽管玛丽安·卡佛无疑一贯自诩为铁娘子,但她的眼角似乎也隐约泛着泪光。

他摁下表盖上端的突起物,表盖应声弹开,露出里面精细的长短两根指针,精确无误地指示时间,他对此毫无疑问。在圆形表面下端,还有一只更微小的指针读着秒数。而在表盖内面则镌刻着这样一排字:

敬赠罗兰·德鄯

莫斯·艾萨克·卡佛
玛丽安·奥黛塔·卡佛
南希·吕贝卡·深纽

致以衷心感谢

白覆红,因神旨永存

"谢谢您,"罗兰颤抖而哽咽地说道,"我感谢你们,我的朋友们也将如此,如果他们能到这里、能对你们亲口表达谢意的话。"

"在我们心中他们的确在说话,罗兰,"玛丽安说,"而且我们也能从您的神情中清楚地看到他们。"

莫斯·卡佛则在微笑。"罗兰,在我们的世界里,送人一块金表是有特殊意味的。"

"愿闻其详。"罗兰问。他拿起那块表——他这一生从未拥有过如此精妙的计时器——凑近耳边,听着机械表芯轻盈均衡的滴答声。

"意味着他的任务已经完成,是该去钓钓鱼,或是陪孙子们玩耍的时候了,"南希·深纽说,"但是我们送您一块表,意义却不一样。愿它能帮您计数还有多少时间能抵达目标,并在您接近终点时提前预告。"

"怎么能做到预告呢?"

"我们在新墨西哥州有一个特别与众不同的特异功能者,"玛丽安解释说,"他叫佛瑞德·陶恩。他能预见很多事情,并且几乎从不会出错。这块表是百达翡丽的产品,罗兰,价值一万九千美元,制造商许诺只要走慢或是走快一点,就可以全价赔偿。不需要上发条,因为它有电池——不是由北方中央电子公司或任何相关附属产业制造的电池,我可以向您担保——电力足以维持一百年。根据佛瑞德所称,当你靠近黑暗塔的时候,这块表无论如何都会停摆。"

"或是开始倒退着走,"南希补充道,"留神看看。"

莫斯·卡佛在一旁说:"我相信你会看的,是不是?"

"是啊,"罗兰赞同地应声,一边小心翼翼地把表放进了口袋(之前又看了好一会儿金表面上的镌刻图案),之后又把盒子放进了另一个口袋,"我会留神察看的。"

"您还必须留神另一件事情,"玛丽安说,"莫俊德。"

罗兰静等下文。

"我们有理由相信他已经杀死了一人,您称他为沃特,"她顿了一下,又接着说,"我注意到您对此不感惊讶。可以问问为什么吗?"

"沃特终于从我的梦境中消失了,就好像疼痛从我的臀部和头脑中消失一样,"罗兰说,"他最后一次出现在我梦里,是在卡拉·布林·斯特吉斯,就在光震发生之夜。"他不会告诉他们那噩梦有多恐怖,他在那些闪碎的梦境里游荡,迷失,孤独,沿着一条阴冷潮湿的长廊往前走,蛛网挂到他的脸上;黑暗中,还有什么东西疾走的脚步声从他身后传来(或是在头顶上),就在他即将醒来的那一刻,一对闪亮的红色眼睛出现了,同时还传来一声耳语般的、非人的呼喊:"父亲。"

他们都冷峻地看着他。最后,玛丽安先开口:"要小心他,罗兰。佛瑞德·陶恩,我刚才提到的那人说过,'莫俊德饿。'他说那就该从字面意义上去理解,是肚子饿。佛瑞德是个勇敢的人,但他却很害怕您的……您的敌人。"

我的儿子,为什么你不这么说呢?罗兰心想,也明知道答案。她在顾念他的感受。

莫斯·卡佛站了起来,将拐杖靠在他女儿的办公桌旁。"我还有一样东西要给您,"他说,"只不过它本来就是您的——您带着它,一旦您到了目的地,就会放下来。"

罗兰当真很困惑,看到老人开始慢慢地解开衬衫扣子时就越发不解了。玛丽安想去帮他,被他粗率地挡开了。西装衬衫里面,还有一件老年人穿的绑带子的贴身汗衫,枪侠以为那是扣在背后的肚兜。在那汗衫里面,露出一样东西,罗兰一眼就认出来了,他的心似乎骤然停跳了一拍。那一刹那,他似乎回到了湖边的乡间别墅——贝克哈特的小屋,埃蒂就坐在他身边——他听见自己说:把姑母的十字架戴在脖子上。等你见到卡佛先生的时候,把十字架给他看。这样能省你不少气力去说服他。但是首先……

现在,十字架挂在了一根精致的金项链上。莫斯·卡佛把项链解开,取下来后又端详了片刻,再举目望着罗兰,嘴角挂着一丝微笑,又忍不住低头看着那十字架。他对着它吹了一口气。罗兰不禁汗毛倒立,因为苏珊娜的声音正微弱地传来:

"我们把皮姆西埋在了苹果树下……"

接着便消声了。什么都没了,卡佛迟疑了片刻,皱起了眉头,又吹了一口气。已无必要了。他不能吹响十字架,但约翰·卡伦懒洋洋的美国佬腔调却被唤起,那声音似乎不是从十字架里发出的,而是从笼罩其上的空气中。

"我们尽了全力,伙计"——伙沃计——"我希望我们干得不坏。既然我一直知道这是从你那儿借来的,现在就在这儿,那就得完璧归赵。你知道它的归宿在哪里,我……"话语声自"现在就在这儿"始就渐渐消隐,罗兰再也听不见后面说了些什么。但这些就足够了。他接过泰力莎姑母的十字架,记起曾经对姑母许下的诺言,要将它放在塔脚边,罗兰再次将项链系在脖子上。它又回到了他身边,怎么会不回来呢? 卡不就是个轮吗?

"感谢您,卡佛先生,"罗兰说,"为我自己,为我的卡-泰特,也代表赠予我此物的夫人。"

"别谢我,"莫斯·卡佛说,"得谢约翰·卡伦。他临终时将它给了床边的我。那个男人坚不可摧啊。"

"我——"罗兰张嘴却不晓得说什么,愣了好一会儿,他的心里满登登、沉甸甸的,"我谢谢你们众位。"最终,他只能以这样一句来表达。他以右拳触额,双眼紧闭,并深深鞠躬。

当他再次睁开眼睛时,莫斯·卡佛已经伸出他瘦骨嶙峋的手臂。"现在,该是我们走我们的路,您走您的路的时候了。罗兰,拥抱我吧,如果您愿意,请您亲吻我的脸颊,同时在心里念想着我的奥黛塔,因为如果可以,我想和她告个别。"

罗兰依照他的请求吻别了老人,在另一个世界里,苏珊娜正在奔赴法蒂的列车上打盹,她突然用手掌抚摸自己的脸颊,似乎感觉到莫斯叔叔来了,正环着手臂拥抱她,和她吻别,祝福她好运,一路平安。

13

罗兰迈出停在大堂的电梯间,看到花园前站着一个女人,穿着灰绿色的套衫和苔藓色的宽松长裤,身旁还站着几个寡言的威武乡民,他对此丝毫不感到惊讶。一只像狗又不像狗的小动物坐在她的左脚边。罗兰径直向她走去,碰了碰她的胳膊肘。伊伦·苔瑟宝慕转过身来,惊喜的双眼瞪得大大的。

"你听到了吗?"她问道,"就像是我们在洛弗尔听到的歌唱,但这里的歌声甜蜜极了,甜上一百倍!"

"我听见了。"他答。接着,他蹲下身抱起了奥伊。他正视貂獭的金边镶绕的双眼,周围乐声缭绕。"杰克的朋友,"他说,"他留给你什么讯息了?"

奥伊努力了,但它至多发出类似"丹迪-哦"的叫声,罗兰隐约记得一首古老的酒歌里有一句:艾德琳说她是个泼妇-哦,倒是很押韵。

罗兰将前额抵在奥伊的前额上,闭上了双眼。他能闻到貂獭暖烘烘的呼吸。还有:毛皮中的干草香气,正是杰克和本尼·斯莱特曼轮流跳过的草垛所留下的,那还是不久之前的事情。在他的意识里,混杂于歌声中,罗兰听见了杰克·钱伯斯的遗言:

告诉他,埃蒂说:"小心丹底罗。"别忘了!

奥伊没有忘。

14

他们刚走下了第二哈马舍尔德广场楼外的台阶,便听到一声恭敬的呼唤,"先生?女士?"

那是个男人,穿着黑色西装,戴一顶柔软的黑色小帽。他站在一辆长之又长、漆黑一片的车旁,罗兰从来不曾见过那样的车。看着它,罗兰只觉得浑身不自在。

"谁给我们送来一辆送葬布卡?"他问。

伊伦·苔瑟宝慕笑了。玫瑰令她神清气爽了——也令她兴奋并欣愉——但她依然很乏累。她总归还要回去找戴维,后者此刻想必早已担心得快疯了。

"这不是灵车,"她说,"而是豪华轿车。坐这种车的都是特殊人物……或是,自认为特殊的人物。"说罢,她又对着司机说:"等我们上路了,是否可以让你们办公室的同事帮我查一下航班?"

"当然可以,夫人。请问您要选哪家航空公司,目的地是哪儿?"

"目的地是缅因州的波特兰。如果橡皮筋航空公司下午有飞波特兰的航班那就最好。"

豪华轿车的车窗是烟黑色的,车内光线幽暗,开着几盏小彩灯。奥伊跳上座位,饶有兴趣地观望着车窗外的街景。罗兰倒是很意外地看到长长的乘客厢一侧置有一个迷你吧台。他本想来一杯啤酒,可想到再温和的酒类也会令人昏昏沉沉,便作罢了。伊伦就无所顾忌了。她取出一只小酒瓶,倒了一杯状如威士忌的酒水递给他。

"祝你一路顺风到底,我的酷哥们。"她说。

罗兰点点头:"真是美妙的祝福。谢谢您。"

"这三天是我一生中最不可思议的经历。我想说,该谢谢你才对。因为你选择了我。"还与我同眠,她这么想着,却没有说出来。她和戴维偶尔也会缱绻片刻,但绝没有前一夜那般的体验。从来没有这样的体验。要是罗兰不曾心烦意乱呢?很可能她早就像黑猫牌爆竹般自我膨胀了。

罗兰再次点头,他看着街景——刺德城的翻版,但依然年轻,生机勃勃——匆匆流过。"你的车怎么办?"他问她。

"回纽约之前要是用得上那辆车,我们会让人把它开到缅因州。可能戴维的毕姆已经够用了。这就是有钱的好处——你为什么这么看着我?"

"你还有一辆车叫做毕姆?"

"这是俚语。真正的车名叫做BMW。是巴伐利亚汽车制造厂的缩写。"

"哦。"罗兰装着好像听懂了。

"罗兰,我可以问你一个问题吗?"

他捻弄着手指,示意她往下说。

"我们去救作家的时候,是不是同样拯救了世界?拯救了世界,我说不清是怎么回事儿,但我们做到了,是不是?"

"是的。"他答。

"这是如何发生的呢,一个称不上特别优秀的作家——我敢这么说,我读过他的四五本书——决定了整个世界的命运？或者整个宇宙的命运？"

"如果他不是特别优秀的作家,为什么你看了一本还不够呢？"

苔瑟宝慕太太笑了:"你说到点子上了！他的书很好读。我可以在这一点上给他好评——能掰出个好故事,但文笔么,就不敢恭维了。我已经回答了你的问题,现在该轮到你了。上帝做证,真是有好多作家自以为全世界的命脉都悬于他们所写的文字之上。诺曼·梅勒算一个,雪莉·海萨德和约翰·厄普代克也都是。但很显然,这一次不同,世界存亡真的维系于一个作家,问题是,这怎么可能发生呢？"

罗兰一耸肩:"他听对了话,唱对了歌。也就是,卡。"

这次便轮到伊伦·苔瑟宝慕假装听懂了。

15

豪华轿车停在一栋楼前,一个绿色的遮阳篷凸伸在外。门口站着一人,也是一身裁剪得当的西装。人行道以上的台阶被黄色带绳圈起来了。细带子上印着罗兰看不懂的字。

"上面说的是:**犯罪现场,闲人勿入,**"苔瑟宝慕太太对他说道,"但看起来有些日子了。我想他们通常拍完照片,用小刷子折腾一遍之后就会把绳子放下来。你一定有些有权有势的朋友。"

罗兰也很清楚,这圈细带子挂在这里有些日子了:三个星期,差不多。杰克和卡拉汉大约在三周前走进了迪克西匹格酒店,更准确地说,他们迈进去的同时也是迈向死亡,他们却置生死于不顾。他看到伊伦递过来的杯里还剩了些酒,便一口饮干,他不禁一皱眉一扁嘴,那只是意味着:热辣的酒精滑下了喉咙。

"感觉好点了？"她问。

"是啊,多谢。"他将装有欧丽莎的背包再次背上肩膀,这一次明显系紧了背带,再和奥伊一起走下了轿车。伊伦和司机简短地交谈几句,看来他已将她的行程安排妥当。罗兰一猫腰从警戒带下钻进去,又原地站了片刻,聆听响彻这个明爽的六月夏日、鲜明地衬托出这座城市勃勃生机的鼎沸车声。

他再也看不到这样的城市了,对此他几乎很肯定。也许同样肯定的是,他认为在纽约之后,别的所有城市都将无法望其项背。

守卫——显而易见,他也供职于泰特公司,而非这个城市的警方——跟着他走上了台阶。"先生,如果您想进去的话,需要出示某样信物。"

罗兰再次从袋子里取出枪带,再次解开箍带,拔出他父亲传给他的大口径左轮枪。这一次,他没有双手递出去,身穿西装的男子也没有要求亲手验证。他只是察看了枪把上的雕纹,尤其是枪把头上的蔓叶图案。接着,他恭敬地点点头,后退一步。"我去开门。一旦您走进去了,就没有人能陪同您了。您明白这一点,是吗?"

罗兰,大半生都无人陪伴的人,郑重地点点头。

在他迈步走进门之前,伊伦碰了碰他的手肘,转到他面前,双手环抱住他的脖颈。她也给自己买了一双低跟鞋,只需微微仰头就能和他的双目对视。

"牛仔,你要好好照顾自己,"她轻轻亲吻他的唇——朋友式的吻别——又蹲下身抚了抚奥伊,"也要照顾好这位小牛仔。"

"我会尽力的,"罗兰说,"你会记住自己的诺言吗?在杰克的坟上?"

"一朵玫瑰,"她答,"我记住了。"

"谢谢您。"他凝视她了好一会儿,在心底揣度着自己的深层本能——直觉——并得出了个结论。从装有欧丽莎的背袋里,他拿出封着砖头般的大书的大信封……那本无论如何苏珊娜都不会在路上讲给他听的书。他把信封放在伊伦的手中。

她看了看,一皱眉:"这是什么?感觉像是一本书。"

"没错。斯蒂芬·金写的一本书。《失眠》,这是书的名字。你读过这本吗?"

她轻笑一声:"没有,你也没有,是不是?"

"没读过,以后也不会读。我感觉这像个恶作剧。"

"我不明白你的意思。"

"感觉很……稀薄。"他想起了眉脊泗的爱波特大峡谷。

她掂量了一下,说:"我倒感觉很沉重呢。显然是斯蒂芬·金的书。他的货论厚度来卖,美国人就得论重量来买。"

罗兰只是摇摇头。

伊伦又说:"没关系。伊伦一向不善于告别,一直都没学会,所以我在假装潇洒。你想让我收下这本书,对吗?"

"是的。"

"好吧。也许等伟大的斯蒂芬出院了,我会找他签名。在我看来,他欠我一个签名。"

"或是一个吻。"罗兰说着,补上了自己欠她的那个。不知怎的,书一出手,他竟感到一身轻松。更自由,更安全。他把她揽进怀里,紧紧拥抱她。伊伦·苔瑟宝慕也回以用力的一抱。

之后,罗兰松开她,轻轻地以拳触额,转身走向迪克西匹格酒店的大门。他推开门走进去,没有回头。他早已发现,那总是最轻松的告别方式。

16

杰克和卡拉汉来的那晚置于门外的铬合金柱,现在出于安全的考虑已被移入大厅。罗兰差点撞到它,但他的反应一如既往的神速,它还没倒下就被他抓牢了。他慢慢地读出上面的字,听着念出的词句,发现他只能明白一个词:关门。原本照亮房间的赤橙色电烛台已经关了,只有用电池的应急灯亮着,苍白的昏暗灯光照耀着大厅和吧台。大厅以左有一个拱门,掩映着后面的餐厅。那里没有应急灯;迪克西匹格酒店的那一块漆黑如洞。主厅里的灯光似乎只能蔓延四英尺——刚好够照出一张长长的大桌子——其后便是一片黑暗。杰克提到的挂毯已经不见了。它可能躺在附近的警察局的物证室,也可能被某位怪癖收藏家收入了私藏库。罗兰能闻到微弱的烧焦的肉味,隐隐约约,令人不适。

主厅里有两三张桌子倾倒在地。罗兰看得见红色地毯上的血迹,一些深黑色的痕迹显然是鲜血,而微黄色的凝块则是……

羔羊们的上帝的下流小玩意儿,你怎么敢!快拿开!

接着便是卡拉汉的声音朦胧萦绕在罗兰的耳畔,那是毫无畏惧的高喊:我没必要为了挑战你这种东西而赌上我的信仰,先生。

神父。另一个远离他而去的朋友。

匆忙中,罗兰想起了贝雕乌龟,那一直藏在他们从空地找到的包袋夹缝里,但他不想浪费时间去找它。他想:如果它还在这里,就应该能听到它发出的呼唤声,在万籁俱寂中呼喊他。不,有人取走了吸血鬼武士们用餐地前的挂毯,不管那是谁,也可能同时带走了斯昮葩达,即便不知道它是什么,只是感觉它既神秘又完美,更像是异世界中的物事。太糟了。要是能找到它,说不定什么时候就能派上用场。

枪侠继续往里走,在桌椅之间穿梭前行,奥伊紧紧跟在他的脚边。

17

他在厨房逗留了许久,思忖着纽约治安队该如何利用这里。他敢打赌他们从未见过这种场景,不像城中那些备有洁净机器和明亮电灯的厨房。这个厨房只可能让哈可斯——他幼年记忆中的厨师(他和他最好的朋友们也曾在他的遗体前抛撒面包屑让鸟儿吃)——感到顺手自如。炉火已熄灭数周了,但浓烈而恶心的肉味依然不散——旁人只可能认为那主要是猪肉的味道。这里也留有肇事的迹象,和大厅里一样(绿色地砖上有一处团块状遗痕,炉盖上的血迹都被烧成焦黑色),罗兰想象得出来:杰克冲入这间厨房夺路而走。但没有惊惶失措;不,他绝没有惊惶。相反,他甚至停下脚步,同干活的男孩交谈。

"朋友,你叫什么名字?"

"瞿卡必穆,就是我,赫萨的儿子。"

杰克转述过部分情形,但罗兰现在听到的却不是他当时的叙述。而是死者的亡音。他已经听过太多这种余音,因而非常熟悉。

18

奥伊像上次一样,在前头带路。它依然能闻出阿克的气味,微弱,却令人悲伤。阿克已经先走一步,但还不至于太遥远;他很好,阿克总是那么好,阿克会等,等时候到了——阿克交待它的任务完成了的时候——奥伊就会追上他,和以前一样,跑到他脚边。它的嗅觉如此敏锐,等时候到了,它自然会找到比这儿更新鲜的踪迹以追随阿克。阿克曾把他从死亡边缘拯救出来,但死亡本身并不可怕。奥伊曾被自家一族的泰特抛弃,阿克把它从孤独和耻辱的绝境中拯救出来,这才是最重要的。

与此同时,使命还未履行完毕。他带着这个男人——奥兰走进了食品储藏室。通向台阶的暗门早就关闭了,但这个名叫奥兰的男人耐心十足地站在堆满罐头和盒子的食品货架旁等待,直到奥伊找出了开门的办法。一切如初,又长又暗的台阶通向深深的地下,头顶只有灯泡在散发幽暗的光亮,气味潮湿,带着浓重的霉味。他还能闻到很多老鼠在墙壁的夹缝里疾跑而过;老鼠,以及其他东西,上次他和阿克在这里时就杀了不少那种小虫子。那场歼灭战还不错,他觉得意犹未尽,就算还有更多虫子扑上来,它都将乐于迎战。奥伊希望那些小虫能再次显身,再来挑战他,可是,它们当然不会再出来了。它们害怕了,它们也应该害怕,因为它们绝不是他们的对手。

它跑下了楼梯,名叫奥兰的男人跟在他身后。

19

他们走过那间废弃已久的购票亭,发黄的告示招贴上写着:**购买纽约纪念品的最后机会**,另一张贴士上则写着:**参观二〇〇一年九月十一日!** 十五分钟后——罗兰看了看新表,确定了时间——他们来到了一处,长廊地板上满是碎玻璃碴。罗兰把奥伊抱在怀里,以防它被扎破脚掌。他还看到两边墙上都是枪击扫射后的残迹,看起来原本像是盖着玻璃的舱门,或是诸如此类的东西。他从枪洞里望进去,看到了复杂排布的机械物件。他们在这里几乎置杰克于死地,用诸如"意念陷阱"的手法困住了他。但杰克再次显示了才智和勇气,终于摆脱困境逃了出去。他躲过了每一次劫难,却躲不过一个太愚蠢又太粗心的男人,那个笨蛋甚至在一条空荡荡的公路上开不好布卡,罗兰艰涩地想到这些。还有那个人,那个迫使杰克奔赴那里的人,也是一样。这时,奥伊朝他叫了一声,罗兰方才意识到自己正沉浸在对布赖恩·史密斯(以及他自己)的恨意之中,因而无意识地把奥伊夹得太紧了。

"真是对不起,奥伊。"他说着把它放回地上。

奥伊没作回答,只是一个劲儿地往前走,不久,罗兰看到了横七竖八的尸体,就是这些人紧追不舍,跟着他的小男孩奔出了迪克西匹格。也是在这里,沉积在这条古老走道的地板的尘土上,留下了他和埃蒂路过的脚印。他又一次听到亡音,这一次却是追兵头领的喊声。

我一看你的脸就知道你的姓氏,瞧你的嘴就知道你长了谁的脸。你和你娘长了一模一样的嘴巴,她就用这张嘴兴高采烈地给约翰·法僧口交直

到他射——

　　罗兰用脚尖翻了翻这具死尸（名叫弗莱厄蒂的类人，他父亲在他心里种下对龙的恐惧，枪侠知不知道都无所谓了），低头瞅了一眼死者的面孔，那上面已经长了一层霉。他身边还有一个白鼬脑袋的獭辛，他临死前喊出的最后一句话是：那就诅咒你，小心眼的。就在这两具尸体以及成堆的死尸后面，是那扇门，能将他永远带出楔石世界的门。

　　估计这门还能用。

　　奥伊跑到门边，坐了下来，回头看着罗兰。貉獭气喘吁吁，它一贯独有的恶魔般的善意笑容却已经不见了。罗兰走到门前，双手按在纹理细密的鬼木门板上。手掌感触到一丝低沉的颤抖，也显得困涩重重。这扇门还能用，但很可能支撑不了多久。

　　他闭上双眼，想到他的母亲跪坐在他的小床前（摇篮何时晋升为了小床？他不知道，但肯定那时睡上小床并没多久），她的面容因养育室的彩色玻璃而笼上五彩斑斓的光影，佳碧艾拉·德鄀此刻轻柔爱抚的双手不久之后就要将她杀死；光明拓尔之女，斯蒂文之妻，罗兰之母，那时候正轻声哼唱着只有这个国度的孩子才听得懂的摇篮曲：

蜡烛包包，亲亲宝宝，
宝宝，带着你的草莓来这里。
阋茨，栖茨，葜茨
多带点来装满你的小篮子！

　　如今我已跋涉千万里，他将双手抚在鬼木门上，心里默想着，如今我已跋涉千万里路，沿途伤害了那么多人，伤害或是杀死，而我所拯救的也许只凭机缘巧合，也永不能救赎我的灵魂，也愿我真的有灵魂。但事已至此：我将步入最后一段行程，我亦不需要独自上路，只要苏珊娜愿意陪我同行。但愿还有足够多的草莓装满我的小篮子。

　　"葜茨。"罗兰说出了口，沉重的大门打开时，他才睁开双眼。他看到奥伊敏捷地一跃而入。他听到回旋于众世界之间的空虚中的尖啸，他也迈步而过，头也不回地关上身后的大门。

第四章

法蒂（两重视角）

1

看看这儿有多耀眼！

上次我们来到这里时，法蒂暗无天日，但那是有原因的：那并不是真正的法蒂，不过是某种隔界的替代品；一个米阿熟识、牢记的地方（正如牢记幻境城堡，在环境——体现为沃特·奥·迪姆——给予她人形之前，她经常去那座古堡）并因此得以重生之地。而今日，这座荒芜的小村镇几乎明亮得晃眼（当然，每当我们从雷劈的黑暗、迪克西匹格酒店的地下走廊这样幽暗的地方走出来时，总会觉得天光耀眼）。每片阴影都脆生生的，好像直接取材于黑暗，对比鲜明地暴露在阳光下。万里无云的天空呈现出锐利的蓝色。很冷。大风在空荡荡的楼房屋檐下呼啸，肆意地从迪斯寇迪亚古堡上的城垛间钻过，似晚秋的凉风般沉静内省。法蒂车站里停靠着一节自动操作火车头——老一代乡民会称之为"热力机"——子弹头型的车头两侧都标明了"托皮卡之魂"的字样。驾驶室的细长窗玻璃早已被一百多年来的沙砾飞卷摩挲成了暗哑屏障，几乎看不出原本是透明的质地，但透过沙尘污渍的缝隙，还可以看到外面；"托皮卡之魂"就这样成全了她最后的行程，她几乎算得上定期地往返于这条线路，但现在连带她过来的类人都不复存在了。火车头后面只有三节车厢。她最后一次离开雷劈车站时还有一打的，在她就要到达这个鬼魂萦绕的小镇时也还有一打，但是……

呃，好吧，那是苏珊娜要讲的故事，当她讲给那个她称为首领的男人听时，我们也旁听着，那时候还曾有一个卡-泰特，他曾是首领。但在这里，苏珊娜孤身一人，坐在之前我们看到过她的那个位置：杜松小狗酒吧的门前。停在铁轨上的正是她的合金坐椅，埃蒂曾授予它"苏希巡航车"的荣誉称号。现在她感到很冷，连一件可供披裹的毛衣都没有，但她的内心告诉她：等待即将结束。她真心期盼这感觉是准确的，因为这儿是鬼魅之地。在苏珊娜听来，呼啸的风声太像孩子们迷茫的哭号，他们都曾被带到这里，身体被榨干，神志被扼杀。

就在锈迹横生的匡西特活动屋旁（如果您还记得，这辆房车停靠在电弧16实验站前的街上），立着灰色的机器马群。自上次我们来过后，又有几匹马倒下了；也多了几匹马前后摇着脑袋，似乎努力想找寻会前来骑上它们的主人。但那种事情永远也不会发生了，因为断破者们都自由了，再也不需要小孩子的大脑喂养他们那些天才脑瓜了。

而现在，看看你吧！这女人今天等了一整天、还有昨天一整天以及前天一整天的人终于来了，三天前，泰德·布劳缇甘、丁克·恩肖和另外几个人（其中没有锡弥，他已经去了虚无之境，让我们遗憾地承认吧）和她道了别。通往道根的门开了，一个男人走了出来。她第一眼就瞧出来他不再跛行了，接着便注意到他一身崭新的牛仔裤和衬衫。衣服真棒，但却和她一样，在如此寒冷的天气里不足以保暖。此人的怀里还抱着一个毛茸茸的小东西，耳朵支棱着。就此而言，一切都好，但原本应该抱着这只小动物的男孩却不见了。没有什么小男孩，她的心悲凉地一沉。但她也没感到惊讶，因为她已然知道，就如从那边走来的男子曾经无缘由地知道她将是行经其道的人。

她用手从坐椅上滑下身子，以残肢立于地面；她伸手支撑着把自己的身体抬下人行道，站在了街上。接着，她高举臂膀，挥手示意。"罗兰，"她喊道，"嗨，枪侠！我在这里！"

他看到了她，也挥了挥手。随后他一弯腰将貉獭放下地。奥伊冲着她狂奔过去，低着头，两只耳朵耷拉着紧贴脑壳，它跑得飞快，像雪地上的鼬鼠般轻盈优美地跃动。在距离她还有七码远的地方，它一跃而起，身影急速地滑过街面上厚积的沙尘。她一把抱住它，像个胜算渺茫的接球手孤注一掷地接住制胜之球。它带着前冲的惯性扑进她怀里，把她吓了一跳，却转而爆发成笑声，她随之被撞倒在地，掀起一阵尘土。她笑个不停，因为它用粗短有力的前肢撑在她胸上，后肢则顶着她的肚子，耳朵精神抖擞地立着，弯曲的小尾巴摇个不停，它不断地舔着她的脸颊、她的鼻子、她的眼睛。

"悠着点！"她大叫起来，"宝贝儿，你悠着点，趁你还没把我弄死。"

她听到自己喊出了这个字眼，虽然并非是那个意思，但她的笑声骤然停止了。奥伊从她身上跳下来，仰起头来，对着空无一物的蓝色天穹悲悯地长啸一声，这使她瞬间明白了她需要知道的一切，就好像之前她一无所知、无从确定一般。奥伊不止是会说出几个含糊的字词，它还有更多富于表现力的言语方式。

她坐起身，拍掉沾在衬衫上的尘土，并看到一个人影遮住了她。她起抬头,一时间却看不见罗兰的脸。他的脑袋刚好在太阳底下,仿佛戴上了一个辉耀无比的光环。他的五官表情全都隐没在深深的阴影里。

但他伸出了手。

她有一部分不想去接住那双手,难道你不明白吗?她的一半灵魂愿意终止于此,让他一个人走进劣土。不管埃蒂有多么指望她。也不管杰克毫无疑问地想要她做什么。就是这个头顶烈日光环的黑影人,将她从最舒适最优越的生活里不由分说地死拽出来(哦,是的,她心里有魔鬼——至少有一个邪恶的魔鬼——但我们谁又没有呢?)。他先是带给她一生中最初的最爱,接着便是无穷的痛楚,最后将她领入了无限恐怖无限失落的境地。换句话说,他们之间的关系已经急转而下。就是这个风尘仆仆的云游武士,他踏着老皮靴、两腿边都挂着古老的致命武器从旧世界里走出来;也就是这双天生带来灾难的、饱含天赋的双手制造了她的悲恸。这都是些因伤感至极而顿生的冲动之念、紫色的忧郁幻象,而老奥黛塔——公益组织的资助人、全方位的酷女人——必会嘲笑他们的。但是她已经改变了,是他改变了她,因此她明白了:如果有人配得上伤感至极的冲动之念、或是紫色的忧郁幻象,那只能是苏珊娜,丹之女。

这半个她多想弃他而去啊,不去完成他的使命,伤透他的心魂(只有死亡能做到),而是接受他眼底残留的光芒,并因他鲁莽而又无意义的残忍而惩罚他。但卡是个轮,我们都捆缚于其上,当轮运转时,我们只能随之而动,先是头顶着天堂,转瞬便又旋向地狱,如此反复不休,藏于那里的头脑似乎灼热欲焚。于是,她没有转身离去——

2

她没有转身离去,只是半个她想那么做,苏珊娜接住了罗兰的双手。他把她拉起来,她并未因此用双足站立(她没有双足,尽管曾有一双腿脚可供她使用,但那无非像是借贷而来的),而是被他用双臂托起。当他企图亲吻她的脸颊时,她一扭头,他的双唇因而压迫在她的唇上。要让他明白,没有半途而废的事情,她心想,将呼吸送入他的唇间,并同样吸入他的呼吸,交换着。让他明白,只要我入伙了,我就会走到底。上帝帮助我吧,我要和他一起走到底。

3

法蒂镇上的女装店里还有些衣服,但一经触碰就四分五裂了——无数个年年月月之后,这里没什么东西还能使用了。在法蒂酒店里(提供**绝静套房,绝佳大床**),罗兰找到一个小橱,里面有些毯子,至少能帮他们挨过寒冷的下午。他俩都用毯子把自己裹起来——下午的冷空气已足以让他们的呼吸凝成白雾——接着,苏珊娜问起了杰克,无法掩饰顿时袭来的痛楚。

"又是那个作家,"他叙述完后,她苦涩不堪地抹去眼泪说,"上帝该诅咒那个人。"

"我的腿又抽搐起来,就是那时候⋯⋯杰克毫不犹豫。"罗兰差一点脱口而出的是:男孩儿,当他和艾默之子和沃特周旋时,他就已经让自己习惯于这样想了。如果能有第二次机会,他起誓,他将再也不那么干。

"是啊,他从来都不是犹犹豫豫的人,"她说着露出了微笑,"他绝不会。我们的杰克,胆量出众。你有没有好好安置他?稳妥地安置?我想听这个。"

于是他告诉了她,没有拉下伊伦·苔瑟宝慕要种上玫瑰的诺言。她点点头说:"我希望我们可以为你的朋友,锡弥,做同样的纪念。他死在列车上了。我很遗憾,罗兰。"

罗兰点了下头。他真希望手边有烟草,但显然这里什么都没有。他又有了两把枪,还有七枚欧丽莎。不管怎么说,有这些总比一无所有强。

"你们过来这一路上,他是不是又使劲了?我猜想是因为这个。先前我就知道,再来一次,他就会死。布劳缇甘先生也明白。丁克也是。"

"但不是因为那个,罗兰。是因为他脚上的伤。"

枪侠望着她,不明白。

"在蓝色天堂的混战中,一块碎玻璃扎进了他的脚底心,而这里的空气也好,尘埃也好,都是有毒的!"发出最后一个音的,是黛塔,她恶狠狠的口音那么强烈,以至于枪侠一开始都没能听懂:堵的!"该死的,脚都肿了⋯⋯脚指头肿得像香肠⋯⋯后来他的脸颊和喉咙都发黑了,好像淤青⋯⋯还发烧⋯⋯"她不禁深呼吸一次,将身上的两条毯子抓得更紧,"他不省人事,可他到死头脑还是清晰的。他提到了你,还有苏珊·德尔伽朵。他说到你们的时候是那样充满爱意和遗憾……"她顿了顿,然后脱口而出,"我们要去那里,罗兰,我们要去,如果它不值得这一切,你的塔,我们也必须让它值得!"

"我们会去的,"他答,"我们会找到黑暗塔,没什么能挡我们的路,而在我们走入塔之前,要念出他们的名字。所有逝去的人。"

"你的名单要比我的长很多,"她说,"可我的那份已经够长了。"

对此,罗兰没有作答,但机器人售货员却应答似的叫卖起来,也许是从它那长久的沉睡中被他们的谈话声惊醒了。"姑娘们,姑娘,姑娘们!"机器人的吆喝声从"快乐烧烤吧"的对开门里传出来,"有些是类人,有些是机器的,但谁管那个呀,你说不清,谁在乎呀,他们提供什么呢,你最清楚,姑娘们清楚,你也清楚……"一小段沉默后,机器人售货员终于喊出了最后的词儿——"称心如意!"——随后便回归了沉默。

"众神啊,这里真是个伤心地,"他说,"我们在这里过夜,以后就再也见不到它了。"

"至少太阳出来了,经过雷劈之后,这好歹是种解脱,但怎么这么冷啊!"

他点点头,又问了问其他人的情况。

"他们已经走了,"她说,"但有那么一瞬间,我觉得谁都玩完了,不管是谁,哪里也别想去了,只能一头栽进遥远的地洞底。"

她指了指法蒂的尽头,大街笔直通往古堡下的城墙。

"有些列车车厢里有电视屏幕,还能用,等我们快到小镇了,就能好好看一眼已经毁了的桥。可以看到铁轨延伸在大洞之上,但两头之间的距离足足有上百码。也许还不止呢。我们也能看到铁轨下的支柱。那还没有受损。快到那里时,列车慢了下来,但也没慢到可以让我们跳下车。况且那当口也没时间了。谁跳车谁就得死。我们就继续前进,哦,我说时速起码有五十公里。我们的车一开到腾空于地洞的支柱上,这该死的东西竟然嘎吱嘎吱地狂响。也可以说是鬼哭狼嚎,要是你读过詹姆斯·瑟伯的书就能明白,当然你没有读过。列车在奏乐。就好像布莱因那样,你记得吗?"

"记得。"

"但我们能听到支架准备好了让列车通过。一切都开始摇来晃去。有声音传来——十分冷静流畅——说:'我们正在经过一小段险路,请各位落座。'丁克拉着那小姑娘,丹妮。泰德也握住我的手,说:'夫人,我想告诉你的是,认识你我真的非常高兴。'接着,列车突然严重地倾斜了一下,力道太大,差点儿把我颠出座位——要不是泰德一直拉着我,我就飞出去了——所以我就想,'就这样了,我们玩完了,请求上帝让我先死去,不要等到了下面让不知道什么东西把我活生生咬死',大概过了一两秒吧,我们开始往后退。往后退,罗兰!我看得到整辆车——我们就在火车头后面的车厢——往上仰。还有难听的金属摩擦声。再后来,托皮卡之魂,这辆又老又好心的车便全速冲刺。说起那老一辈人,我知道他们做了很多大错特错的事,但他们制造的机器真是他妈的有种!

"接下去,我只知道我们滑行着开进了车站。又传来几句温柔可人的宽心话,这一次是叫我们看看座位四周有没有遗落什么,提醒我们带上所有的私人物品——就是装备,你懂了吧。就好像我们坐在该死的 TWA 飞机上,正要降落在爱德怀德机场!直到我们走出月台,才发现列车最后九节车厢都不见了。感谢上帝,车里没有人。"她冲着街道尽头恶狠狠(但心有余悸)地看上一眼,"但愿下面的那些东西嚼车皮嚼到噎死。"

说完,她似乎眼睛一亮。

"但有件事情还不错——按照时速三百公里来算,这是托皮卡之魂眉飞色舞地通告的,我们一定甩掉大蜘蛛,把他留在沙漠了。"

"我不看好。"罗兰说。

她丧气地翻了个白眼。"别对我这么说。"

"我要说。但是,到时候我们再对付莫俊德,我觉得不会是在今天。"

"好极了。"

"你们是不是又下了道根?我猜想你们一定是走了那段路,"苏珊娜的眼睛又瞪圆了,"是不是很了不起?中央公园好像变成了美国斯蒂克维勒的火车站。你花了多长时间找到出来的路?"

"要是只有我一个人,我会困在下面,直到现在也出不来,"罗兰坦诚地说,"奥伊找到路出来的。我估计它是追随着你的气味。"

苏珊娜想了想,"也许是他。杰克的气味,很可能。你有没有走过一条宽敞的走廊,墙上的标语上写着:**出示橘色通行证方能通过,拒不接受蓝色通行证?**"

罗兰点了下头,但墙上稍稍褪色的标语对他来说几乎毫无意义。罗兰在狼群一开始群攻而上时就已认出了这条走廊,因为他看到了廊尽头那两匹纹丝不动的机器马,其中一匹已面目全非,只看得见一团乱麻般的电线,他还看到了那只令他记忆犹新的软拖鞋,用橡胶切割成的粗糙制品。是泰德或是丁克的,他觉得是;锡弥·鲁伊兹显然已经穿着拖鞋下葬了。

"那么,"他问,"你们下了火车——你们有几个人?"

"五个,不算死去的锡弥,"她说,"我、泰德、丁克、丹尼卡·罗斯托夫和弗莱德·沃辛顿——你记得弗莱德吗?"

罗兰点了下头。一身西装,像银行家一样。

"我把道根的地图给了他们,"她接着说,"尽我所能吧。那些床,他们在那些床上偷走、抽走孩子们的大脑,米阿还在另一张床上生下了她的小怪物;连接法蒂和纽约迪克西匹格的单向门还能用;也跟他们说了说奈杰尔的小房间。

"泰德和他的朋友们看到满是门的圆形大厅时,都惊呆了,尤其是在看到有一扇门能直接通到一九六三年的达拉斯,也就是肯尼迪总统遇刺之地时就更吃惊了。我们在下面两层还找到另一扇门——大部分走廊都在地下二层——那扇门通往福德剧院,也就是一八六五年林肯总统遭到暗杀的地方。甚至还有剧目海报,就是布斯开枪时林肯正在看的那出戏——《我们的美国表亲》。都是些什么人呀!想去看那种事情?"

罗兰心想,应该会有很多人想去看看吧,但他知道最好不要说出来。

"都很老了,"苏珊娜说,"而且非常烫。还真他妈的吓人,要是你想听实话,我就得这么说。多数机器都不工作了,但到处可见坑坑洼洼的积满了污水、机油、还有……上帝才知道那是什么玩意儿。有些水坑还会发光,丁克说,他觉得那是放射物质。我可不想让那些东西钻到我骨子里去,眼看着头发一把一把地掉。还有些门前可以听到那种可恶的尖声……能让你牙根儿打颤。"

"隔界的钟鸣。"

"没错。门后面还有什么东西。滑溜溜的东西。是你还是米阿告诉我的?说隔界的黑暗时空里有怪物?"

"应该是我说的。"他说。上帝作证,它们就在那里。

"那个大裂洞下面也有。是米阿跟我说的,她说:'那些怪物招摇扭摆,东癫西狂地整日性交繁衍,策动逃亡。'后来,泰德、丁克、丹尼和弗莱德手拉手围成一个圈。他们来了一次所谓的'小型美好意愿'。即便我身在圈外,也能感受到那股力量,而且我非常高兴能感受到,因为下面那地方实在太鬼气了。"她又将毯子裹紧一点,"我不希望再下去了。"

"可是你明明知道,我们不得不去。"

"古堡下面很深的地方有一条通道,另一头通往迪斯寇迪亚。泰德和那几个人凭借游离的老思绪——泰德称之为鬼魂的思绪——锁定了出口的位置。弗莱德的口袋里有支粉笔，他为我划出了标记，但要再次找到那标记非常困难。下面整个就是一个大迷宫，好像希腊神话里说的公牛头怪物横冲直撞的地方。我估摸着，我们可以再找到出口……"

罗兰弯下腰，轻轻抚弄着奥伊粗硬的毛发。"我们会找到的。这位朋友会跟踪你的气味。奥伊，你会吗？"

奥伊抬起头，睁着金边镶绕的双眼看着他，但什么也没说。

"不管怎么样，"她继续说，"泰德和其他人接触到了小镇外那个大裂洞下面的生物。他们不是有意要那么做的，但就是触及到了他们的思绪。那些东西既不为血王干活，也不和血王作对，它们自成一派，但它们确实有思想。而且，它们还能进行意念交流。它们知道我们在那儿，等双方联络上了，它们还挺乐于和我们聊聊的。泰德那些人说，它们挖一条通往试验站地下墓穴的地道很久了，现在就快挖通了。一旦它们能从地下进入墓穴，就能想去哪儿就去哪儿了。"

罗兰听罢，静静地思忖片刻，抵着老靴子的烂鞋跟前后摇啊摇。他希望他和苏珊娜能在"打通成功"之前远离此地……但也许能在莫俊德追赶到这里之前发生，那样的话，蜘蛛小家伙就不得不和它们大战一场，只要他还想跟定他们。莫俊德宝宝大战地底远古怪物——想想就觉得不错。

随后，他点点头，示意苏珊娜接着说。

"我们也能在一些走廊里听到隔界的钟鸣。不止是从门里，还从没有门遮挡的走廊里！你能明白这意味着什么吗？"

罗兰很明白。如果他们选错了一条路——或是，泰德他们标出的那条走道是错的——他、苏珊娜还有奥伊就可能永远消失在时空里，永远不可能从迪斯寇迪亚那头出来。

"他们不让我下去——他们自己走下去之前，把我送到医疗室那里——我可高兴坏了。我一点儿也不想独自一人找到出路，尽管我猜想我可能找得到。"

罗兰伸出一只胳膊，紧紧抱了抱她的肩膀。"所以他们的计划是：用狼群所使用的那扇门？"

"嗯哼，写着'橘色通行证'的那条走廊，走到底就是那扇门。狼群从哪里出去，他们也将从哪里出去，然后前往外伊河，过了河就是卡拉·布林·斯特吉斯。卡拉镇上的村民会接纳他们的，是吗？"

"是的。"

"等他们听完一切事情的来龙去脉,会不会……以私刑什么的将他们处死?"

"我肯定他们不会这么干的。韩契克会明白他们说的都是实话,就算没有别人站出来,他也会坚持支持他们。"

"他们打算利用门口洞穴回到美国那边,"她叹了一口气,"我希望那门还有用,能帮到他们就好,但我真的很怀疑。"

罗兰也很怀疑。但那四人实力非凡,尤其是极端优异的主心骨泰德,他已成为众人力量的源泉。曼尼人的实力也很了不得,有其独特的途径,亦是众世界间出色的穿行者。他想到,泰德和他的朋友们可能早晚会回美国的。他想告诉苏珊娜:如果卡的意愿如此,那他们迟早都会回去,但他三思之后决定缄口不提。卡,不是她现在想听的词儿,如果她发脾气,他还可能因此责怪她。

"现在,你好好听我说,再动动脑子,苏珊娜。丹底罗,这个词儿能让你想到什么?"

奥伊顿时仰起头,两眼放光。

她想了想。"好像有点耳熟,但我想不出更多特别含义了。为什么问这个?"

罗兰把他所知的情况转述给苏珊娜:埃蒂垂死时,显然看到了什么……一个东西,或是一个地方,或是……一个人。总之是名叫丹底罗。埃蒂将这个讯息转述给了杰克,杰克转述给了奥伊,奥伊转述给了他,罗兰。

苏珊娜的眉头蹙紧了。"也许传话的次数太多了。我们小时候会玩一种类似的游戏。叫做悄悄话。第一个孩子先默想一个词,或是一个短句,然后悄悄说给第二个孩子听。你只能听一次,也不许让对方重复。第二个孩子会把他认为听到的照样传给下一个,就这样一个一个悄悄传下去。到了最后一个孩子那儿,总会传成八竿子打不着的另一个词,于是,大伙儿就会笑得前仰后合。但如果这个词传错了,我不觉得我们能笑得出来。"

"好吧,"罗兰说,"我们都留个心眼,希望我听到的这个词没传错。也可能它什么含义也没有。"话虽这么说,他实在不相信这只是个无意义的口信。

"要是这里再冷下去怎么办?我们去哪里弄衣服?"她问。

"缺什么就去找什么。我知道该怎么办。很多事情都不用今天操心。需要操心的是,得找点吃的。我觉得,如果我们不得不吃点东西,说不定能在奈杰尔的储藏室里——"

"除非是万不得已,否则我不想再走下去了,"苏珊娜说,"医疗室附近应

459

该会有厨房，因为他们总得给那些可怜的孩子们弄吃的吧。"

罗兰揣度着这种可能性，之后点点头。是个好主意。

"那现在就去吧，"她说，"等天黑了，别说地下，这鬼地方的地上我都不想多待。"

4

龟背大道。时间是二〇〇二年八月。斯蒂芬·金从身处法蒂的梦中醒来。他打下了这样一行字："别说地下，这鬼地方的地上我都不想多待。"这行字出现在他面前的电脑屏幕上。这是他所称"子章节"的结尾，但这不代表他当天的写作到此结束。是不是写完了，取决于他听到什么。或者更贴切地说，取决于他没有听到什么。他所倾听的是乾神之歌，龟之歌。这一次，他听到的是乐声，这乐声在有些日子里微弱难辨，有时又震耳欲聋，现在，这声音似乎消退了。明天还会重来。至少明天重来，事情总是如此。

他同时摁下了 Ctrl 键和 S 键。电脑轻轻嘶叫了一下，意味着今日的写作成果已被存档。接着，他站起来，因臀部的剧痛而趔趄了一下，再走到办公室的窗前。能看到窗外倾斜上坡的车道，可以通到小路上，但近来他几乎不再走那条路。（至于名为"七号街"的主路，他绝不再走。）这天早上，臀部上方疼得要命，大腿上的肌肉也灼烧般剧疼不止。他习惯性地用手掌轻轻按摩臀部，一边向外望去。

罗兰，你这个混蛋，把这疼痛还给我了，他心想。苦不堪言的疼痛像根烧红的麻绳拧着他的右腿，难道不能喊一声上帝吗？不能喊一嗓子炸弹上帝吗？这疼痛将黏着他到死。几乎令他丧生的车祸已经过去三年了，可疼痛还在。到现在自然好了许多，人类的身体拥有值得惊叹的痊愈机能（热力机，他想到这个词儿，不由得笑了），但偶尔还会疼得要命。他写作时不太去想臀腿的疼痛，写作就像是某种隔界，但他一旦在书桌后坐上几个小时，起来时都感到浑身僵硬。

他一直在想杰克。杰克死了，他为此遗憾至极，他猜想，等这最后一部书写完出版之后，读者们将会疯狂。为什么不呢？有些读者认识杰克·钱伯斯已经足足二十年了，几乎是那男孩生命的两倍长。哦，他们会疯了的，好吧，他回复读者来信时写道：他和他们一样遗憾，一样吃惊，他们会相信吗?绝对不会信,就像他爷爷曾斩钉截铁地说过的那样。他还想到了《头号书迷》①,安妮·威尔克斯把保罗·谢尔登叫作神经病,只因为他想摆脱那个傻乎乎的笨女人:米赛丽·查斯庭。安妮冲着保罗大喊大叫,说保罗是作家,而作家是笔下所有人物的上帝,如果他并不想,就不该让任何人物死去。

可是他不是上帝。至少在这件事上完全不可能是圣人。他非常清楚,杰克·钱伯斯并没有出现在他的车祸现场,罗兰·德鄹也不在场——他们在那里,哈,这想法真是太好笑了,他们都不是真实存在的人呀,看在上帝的分上——但是他同样很清楚,从某种程度上说,当他坐在神奇的苹果电脑前,他听到的乐声无疑变成了杰克的亡歌,若是漠视其存在就会彻底失去他和龟之歌的联系,而他绝对不能那么做。除非他写完了。他只有这支歌,犹如童话故事里抛在森林小路上的面包屑,要是他想从亲手制造的森林迷宫般的故事情节里活着走出来,就只能跟从这条线索,况且——

你能确定是你创造了这个故事吗?

好吧……不能。事实上,他无法确定。所以,打电话把白大褂们叫来吧。

况且,你真的能百分百地肯定那天杰克不在场吗?不管怎么说,你还记得多少车祸时的情景呢?

记住的没多少。他记得,自己看着布赖恩·史密斯的货车消失在地平线上才反应过来,车子没有开在路上,虽然理应开在路中央,这辆货车开到了路边的软泥地,那是供行人走的。那之后,他还记得史密斯坐在石墙上低头看着他,跟他说他的腿断了,至少折了六处,甚至七处。但在这两段记忆之间——先是看到车子逼近,再是撞完了——他脑海中的画面变成一片红色。

差不多是红色的。

可是,有些夜里,他从梦中醒来就不记得究竟梦到了什么……

有时候梦里……嗯……

"有时候梦里有人说话,"他说,"你干吗不承认呢?"

接着,他兀自大笑起来。"我觉得刚才我已经亲口承认了。"

这时,他听见爪子轻叩在大厅地板上的动静,眨眼的工夫,马洛的长鼻子就探进了办公室的门缝。那是条威尔士矮脚狗,四肢都很短,耳朵倒很

---

① *Misery* 是斯蒂芬·金于一九八七年出版的小说,中译为《头号书迷》。翻拍的电影通常译为《危情十日》。

大,现在已是条不折不扣的老狗了,浑身都有病痛,更不要提前一年因癌而瞎的一只眼。兽医说它可能撑不过去了,可它到底还是挺了过来。多好的狗啊。多硬朗的老狗。当它抬头看作家时,脸上挂着笑,露着牙齿。怎么样,老兄?它好像是这个意思。今天写了什么好片段?你好不好?

"我很好,"他对马洛说,"还在往下写。你呢,你怎么样?"

马洛(有时候也被称为拱鼻大王)摇摆着患有关节炎的尾巴,算是回答。

"又是你。"我是这么对他说的。然后他就问:"你记得我吗?"要不然,他说的就是:"你记得我。"我跟他说,我很渴。他说他也没啥喝的,很抱歉,所以我就叫他谎话精。我叫他谎话精是完全正确的,因为他其实一点儿也不抱歉。他才不在乎我渴不渴呢,就因为杰克死了,他还想栽赃在我头上呢,这个婊子养的混蛋打算归咎于我——

"可是那种事情根本没发生过啊。"金说,看着马洛蹒跚着走向厨房,它会先察看一下自己的饭盆,再舒舒服服地睡上一觉,它近来越睡越久。整栋房子里只有他和它,这种情况下,他总是自言自语。"我是说,你知道的,是不是?你知道那种事没有真的发生过,是吗?"

他觉得他能肯定,但杰克这样死去确实很古怪。他的笔记里记满了杰克,这并不奇怪,杰克本该留到最后的。事实上,所有人都该活到最后。没有一个作品——除了被判死刑、无药可救的劣作——能完全在作家的掌控之下,但这本书却失控到了近乎荒谬的地步。与其说他在写一本该死的虚构小说,倒不如说,他更像是在旁观,作者在旁观望什么事情的发生——或是,聆听一首歌。

他决定给自己弄一块花生酱配果冻三明治,然后把这档子事抛之脑后,好好过一天。今晚他要去看克林特·伊斯特伍德的新电影,《血腥杰作》,令他高兴的是,他还可以去别的地方,干点别的事情。明天他又要回到书桌前,电影里的某些细节也会流露在书稿里——当然啦,罗兰本来就有克林特·伊斯特伍德的影子,尤其是他在塞尔齐奥·莱翁执导的《独行侠》①中的形象。

……说到书……

正有一本书躺在咖啡桌上,就是这天早上从他班戈办公室通过联邦快

---

① 塞尔齐奥·莱翁(1929—1989)是著名的意大利导演,《独行侠》是一九六四年的西部片,克林特·伊斯特伍德在其中塑造了一个牛仔硬汉的形象,从而蜚声影坛。

递送来的《罗伯特·布朗宁诗作全集》。当然,其中也包括了《去黑暗塔的罗兰少爷归来》,正是这首诗奠定了他这套长之又长(尚未完成)的著作的基石。他突然产生了一个新想法,并因此眉开眼笑起来。马洛仿佛读懂了他的表情(也许它真的可以;金总是怀疑狗类来自了不起的"神会之地",虽流亡在地球,却总能知道你在想什么),立刻露出牙齿,像个恶魔般笑起来。

"老小子,得给这首诗留个地方,"金说着,又将那本书扔回咖啡桌上。动作很大,书落下时砰然一响。"得有个地方,只有那个地方。"说完,他深深陷进椅子里,闭上了眼睛,心想:就在这儿坐一会儿,就坐一两分钟,明知道这是自欺欺人,明知道他马上就要瞌睡了。就这样,他睡着了。

第四部

神会之地的白域

丹底罗

第一章

古堡之下的东西

1

他们果然找到一大间壮观的厨房,就在电弧16实验站的一楼,紧靠食品储藏室,距离医疗室也不远。除了吃的,他们还找到了别的:理查德·P.赛尔先生的办公室,赛尔先生曾是血王属下的运营主管,如今拜苏珊娜·迪恩右手一枪所赐,已走完旅途,升至虚无之境。赛尔的书桌上摞着厚厚的文档,令人惊诧的是,竟是罗兰一行四人的完整资料。这些,全被他俩用碎纸机销毁了。文件夹里还有杰克和埃蒂的照片,哪怕瞥上一眼都令他俩心痛如绞。回忆似乎更好一些。

赛尔办公室的墙上挂着两幅木框镶边的油画。一幅画上是一个强壮英俊的少年。他上身赤裸,光着脚,头发乱成一窝,脸上带着笑容,仅仅穿着一条牛仔裤,裤边上挂着枪带。看起来,画中男孩和杰克差不多大。但看着这幅画,只会觉得别扭。苏珊娜想,也许因为这幅画的作者,赛尔先生,也可能包括被画之人,很可能属于"熏衣草山的暴徒"①之列,以前她曾在格林威治村听同性恋者这么说过。画中男孩一头黑发,双眼碧蓝,双唇鲜红。上身体侧有一道青紫色的疤痕,左脚踝上还有一处胎记,色泽鲜红如唇。一匹雪白的高头大马躺伏于他面前。马的齿间流淌出鲜血。男孩抬起留有胎记的左脚,踩在马肚子上,嘴角泛起一丝胜利者的微笑。

"那是莱慕雷,亚瑟·艾尔德的马,"罗兰说,"它的形象被画上了蓟犁的战旗,也是内世界的符征。"

"那么,根据这幅画,血王胜利了?"她问,"如果不是他,就是莫俊德,他的儿子?"

罗兰挑动眉梢,说道:"多亏了约翰·法僧,血王的人马在很久很久以前确实打败了内世界。"他说完却笑了。这不是他惯常的表情,因而这副灿烂的笑容让苏珊娜一头雾水。"不过,我想这次是我们赢了,赢了至关重要的

---

① 《熏衣草山的暴徒》,一九五一年的美国喜剧影片。

一场战役。这幅画所显示的,不过是某个人心之所向的神话故事。"接着,他猛然挥动拳头,砸碎了画框上的玻璃,这突如其来的凶猛把苏珊娜吓了一大跳,罗兰又一把扯出画布,二话不说,从中一撕为二。还没等他将它撕成碎片,当然,他显然要这么做,苏珊娜却叫他住手,并指着画作的底部。那里有一个小巧的画家签名,字体相当花哨:派屈克·丹维尔。

另一幅画画的是黑暗塔,灰黑色的圆柱塔身高高矗立在远方,那是坎-卡无蕊、玫瑰地之尽头。在他们的梦里,塔似乎显得更高,比纽约城里最高的摩天大楼还要高(从苏珊娜的立场来说,那只能是帝国大厦)。而在这幅画里,塔看起来不会超过六百英尺,但其雄伟庄严和梦中一样不减分毫。窄小的窗户呈螺旋形上升排布,和梦中所见一致。塔的顶端有一扇外凸的小窗,窗玻璃色彩斑斓——罗兰明白,每一种颜色都对应一个巫师的玻璃球。最核心、最隐秘的一块粉色曾丢失过,被库斯的蕤藏起来了;其中心点便是黑十三的死黑木。

"那扇窗背后的房间,就是我要去的地方,"罗兰说着,捶碎了画框上的玻璃,"那就是我的使命终结之处。"他的声音不大,却让人肃然起敬。"苏珊娜,这幅画不是根据什么人的梦境而作的。我甚至感到可以亲手触摸到每一块砖石的肌理。你觉得呢?"

"是啊。"她只能如此回答。在这里、在昔日的理查德·赛尔的办公室里看到这样的情景,她只觉窒息。恍然之间,一切都变得可能了。这趟差事的终点站如此直白地呈现于眼前。

"画这画的人一定去过那里,"罗兰沉思着说,"一定就是在玫瑰丛中支起了画架。"

"派屈克·丹维尔,"她接上这话,"一样的签名,和莫俊德以及死马那幅画上的署名一模一样,你看到了吗?"

"看见了,很清楚。"

"你看见有一条路穿过玫瑰地通向塔基的台阶吗?"

"是的。十九级台阶,我对此毫不怀疑。荚茨。而且天上的云彩——"

她也看到了那些云朵。云彩在飘离塔身之前,形成漩涡状的图景,并往龟之地而去,那是迄今为止它们所追随的光束的终端。她还看到另一样东西。就在塔身之外,有一圈圈的露台,两层露台之间大约相隔五十码,并有齐腰高的铸铁扶栏。第二层露台上,有一个鲜红的小点和三个白色的小点:小到根本看不清脸孔,但可以见到一双手高高举着。

"那是血王吗?"她指着那些小点问道。她有点不太敢将手指准确地点住那个红色的小点。仿佛她期待那小点会突然活动起来,并将她拽进画中去。

"是的,"罗兰说,"被锁在外面,一直以来他只想要塔,却被关在外面。"

"那好吧,也许我们能爬着楼梯上去,超过他。再把路上捡的老覆盆子扔给他吃。"罗兰听了这话,不解地看着她,她这才将舌头耷拉在唇间,做出等着吃的怪模样。

枪侠的笑容慢慢消失了,这时他开始显得心烦意乱。"我不觉得事情会那么容易。"

苏珊娜长叹一声。"其实,我也觉得没那么容易。"

他们已经找到了需要的东西——事实上,收获远比期待的要多——但似乎还是难以离开赛尔的办公室。这张画拖住了他们。苏珊娜问罗兰,他是不是想把画带走。很显然,只要用赛尔桌上的开封刀把画从画框里裁下来、卷一卷就行了,简单至极。但罗兰想了一会儿,终于还是摇了摇头。这幅画里有一种恶毒的生命力,将会招来一些错误的关注,好比飞蛾扑火。即便不会招来别的什么物事,他觉得,他俩也会不知不觉地久久盯着这幅画看。这张画会让他们分心,更糟的是,也许会催眠他俩。

说到底,这可能是另一种意念陷阱,他想,像《失眠》。

"我们得把它留在这儿,"罗兰说,"很快——几个月之内,甚至,几个星期之内——我们就会到那里,看到真正的塔景。"

"你当真?"似乎有点难以置信,她轻轻地反问,"罗兰,你说的可当真?"

"是的。"

"我们三个?还是说,奥伊和我不得不死,也得死,为了敲开你通向塔的路?无论如何,你开始时是孤身一人,对不对?也许你也不得不孤身一人地走到终点。难道这不是一个作家最喜欢的情节吗?"

"那并不意味着他就能那么做,"罗兰说,"斯蒂芬·金不是源头活水,苏珊娜——他不过是让水流过的水管子。"

"我明白你的意思,但是我不敢说我彻头彻尾地相信这一点。"

罗兰也不敢保证自己能彻头彻尾地相信。他本想向苏珊娜指出:他开始使命之旅时,就有库斯伯特和阿兰做伴,在眉脊泅,迈上新一程,也就是离开蓟犁时,杰米·德卡力也加入了他们的行列,他们成了四人行。但使命真正始于界砾口山之战,是的,从那时候开始,他变成了孤身一人。

"开始时我是孤身奋战,但我不会那样走到终点。"他说。她一直坐在带滚轮的办公椅上利索地滑来滑去。现在,他将她抱起来,让她坐在自己的右腿上,那里一点儿都不痛了。"我攀上台阶、推门进入塔时,你和奥伊会在我身边;我走上楼梯时,你们也会在我身边;我去对付那个跳上跳下的红色小妖精,你们也会和我在一起;最后,你们要和我一起走进塔顶的那间屋子。"

尽管苏珊娜什么也没有说,但她感到这听来像是谎言。事实上,在他俩听来,都像是谎言。

2

他俩带着一些罐头食品、一只长柄煮锅、两只罐子、两只盘子和两套必要的餐具回到了法蒂酒店。罗兰还带回来一只手电筒,电池快用尽了,只能发出微弱的光亮,还有一把切肉刀、一把小巧的橡皮柄手斧。苏珊娜还找到一对网兜,能装下所有这些新找到的"装备"。在靠近医疗区厨房的食品储藏室里,她还在一个高架子上翻找出三罐果冻状的东西。

"斯坛诺罐装燃料,"她告诉枪侠,这恰是他需要的,"好东西。你可以把它点燃。这玩意儿烧得很慢,蓝色火焰,足够烧饭用了。"

"我想过了,我们会在酒店后面燃一个火堆,"他说,"所以很显然,用不着这臭烘烘的东西来生火。"他说这话时,流露出轻蔑的口气。

"没错,是可以生个火堆。但我觉得,这东西可能会很方便。"

"怎么方便了?"

"我不知道,但……"她耸耸肩。

通向大街的门边,显然是看门人的小壁橱,里面堆满了成卷的花边带。这一天,苏珊娜在道根已经待够了,因而迫不及待想出去,可罗兰想停下来看看。他全然不顾堆在角落里的好多拖把、水桶和扫帚。苏珊娜看到这些东西堆放在货架最上端的木板条上,猜想这里原本要搭一个脚手架。同时,她也很清楚罗兰想要绳带干什么,于是,她的心一沉。这多像是一切从头来过啊。

"又要骑在人肩膀上,这事儿我已经干够了。"她拿出黛塔的语气,故意刁难地说。

"我想这是唯一的办法,"罗兰说,"我只是很高兴我的腰腿不疼了,完全可以背你。"

"还要走地下的那条长廊,也是唯一的办法吗?你肯定?"

"我估计古堡下应该还有一条路——"他刚开口,苏珊娜已经狠命摇起头来。

"我和米阿上过最高处,别忘了。通往迪斯寇迪亚那边的坡路至少得有五百码高。可能还不止呢。很久以前可能有楼梯,但现在已经全没了。"

"那我们就去走地下通道,"他接口说,"那条地道也是为我们而存在的。也许等我们到了那一边,就能为你找到车骑。那里会有别的村镇。"

苏珊娜还是把头摇得像拨浪鼓一样。"罗兰,我认为文明世界终止于此。而且,我还认为,我们应该把自己裹严实点,因为这儿会变得相当寒冷。"

看来,可供暖身的衣物明显短缺,但是,食物倒不少。没人想过要把多余的毛衣、羊毛内衬的夹克装进真空罐头里储藏。有几条毯子,即便储藏在橱柜里,毯子还是变薄了、变脆了,但总还不至于一条都不能用。

"无所谓啦,"最终,她无力地说,"只要我们能离开这地方。"

"会的。"他答。

3

苏珊娜在中央公园,冷得能清楚地看到一团一团的呼气。头顶的天空是整片白色,下雪的天。她正低头看着北极熊(它在石岛上慢慢走啊走,似乎很享受这恰到好处的冰冷)时,一只手蛇行般滑上她的腰际。热唇也触上她冰凉的脸颊。她转过身去,那里,站着埃蒂和杰克。他们带着一模一样的微笑,甚至戴着一模一样的绒线帽。埃蒂说,圣诞,杰克跟上说,快乐。她张开嘴,想说"你们这两个小伙子,不可能在这里呀,你们两个都死了"。但她猛然醒悟,同时几乎要放声歌唱般舒缓下来,这一切的一切,只是一个梦。说真的,你怎能怀疑呢?没有会说话的动物,没有貉獭,根本没有,也没有长着兽鸟头的獭辛,也没有名叫法蒂或迪斯寇迪亚古堡的地方。

尤其是,没有枪侠。约翰·肯尼迪是最后一个,她的司机安德鲁说得没错。

"我给你带了热巧克力。"埃蒂说着递给了她。这真是杯完美的热巧克力,浓稠的沫子浮在上面,还撒着肉豆蔻末,点缀着鲜奶油;她闻得到那浓香,当她接过杯子时,还感受到手套里的他的手指,冬天的第一片雪花飘落在两人之间。她心想,活在朴素的老纽约城是多么幸福啊,现实就是现实,

471

多么伟大啊,他们在一起,在吾主之年——

什么吾主之年?

她皱起了眉头,因为这是个相当严肃的问题,不是吗?毕竟,埃蒂是生活在八十年代的人,而她连一九六四年都没有过完(还是六五年?)。至于杰克么,杰克·钱伯斯戴的喜庆小帽上绣着"圣诞"的字样,他不是来自七十年代吗?如果他们三人代表二十世纪后半段的三个时代,那他们之间有什么共同点?这又是哪一年?

"十九,"一个声音在空中响起(也许这是班戈·斯干克的声音,那个迷失了的重要人物),"这里是十九,是蘡茨。你所有的朋友都死了。"

一个字、一个字被说出来,世界也越来越不真实。她可以看穿埃蒂和杰克的身体。当她再低头去看北极熊时,发现它已经躺倒、死在石头小岛上了,爪子僵硬地伸向半空。热巧克力的浓香也越来越淡,直到变成一股霉味:像老石膏、旧木头。又像多年未曾有人睡过的酒店房间。

哦,不,她的灵魂在呻吟。不,我想要中央公园,我想要圣诞先生和快乐先生,我想要热巧克力的香味,还想要看到十二月初落的雪花,我已经受够了法蒂、内世界、中世界、末世界。我想要我的世界。我不在乎自己到底看不看得到黑暗塔。

埃蒂和杰克的双唇动作一模一样,仿佛他们在唱一首她听不见的歌,但那不是歌;就在梦醒的一刹那,她从他们唇间读出的话是

4

"小心丹底罗。"

她醒来时,念叨着这句话,晨曦微明之下,她不住地打颤。就算梦中所见别的一切都不是真的,白色呼气也是千真万确。她发觉脸上满是泪痕,便伸手抹去。天气还不至于冷到能让泪水冻结在她的脸颊上,但留下了白色的印痕。

她放眼望了一圈,法蒂酒店里的这个房间可谓乏味至极,她不禁希望梦中的中央公园都是真实的。其一,她不得不睡在地板上——床,早已通体锈遍,只等着解体——所以,她的背脊僵得直疼。其二,不仅是勉强垫在身下权当褥子的毯子,就连身上裹着的毯子都被拉扯得不成样子,活像几块破抹

布。空气里飘飞着毛毯屑渣,鼻子里、嗓子里都感觉又痒又呛,她觉得自己快要被全世界最恶劣的严寒打倒了。说到寒冷,她一直都在颤抖。她还想去小便,那就得用半麻的双手把半截身子一步一步拖出大堂。

其实,苏珊娜·奥黛塔·霍姆斯·迪恩在这个清晨并没什么不妥,对吗?问题只是:她刚从一个美梦里回来

(这里是十九,是葵茨。你所有的朋友都死了。)

现在她如此孤独!她觉得快要疯了。问题在于,天空如此明亮,这里却不一定是东方。问题也在于,她又乏累又悲伤,她想家,她苦恼不堪,哀恸不堪,沮丧不堪。问题就是这样,在天亮前的一小时,在这家老朽得都该进博物馆的酒店房间里,在飞扬的尘絮里,她觉得身体里最后一丁点儿勇气都已流光了。她想要那个梦回来。

她想要埃蒂。

"我看到你也起来了。"说话声传来,苏珊娜慌忙一扭头,手撑得太急,不小心扎进了木刺。

枪侠倚在房间和大堂之间的门旁。他已经把绳带编好,那状如搬运架似的东西她再熟悉不过了,现在,它就搭在他的左肩上。右肩上的背包里则是他们搜集来的新装备,以及剩下的欧丽莎。奥伊坐在罗兰的脚边,用悲戚的眼神看着她。

"你快把我吓死了,德鄂先生。"她说。

"你一直在哭。"

"我哭不哭都不关您的事儿吧。"

"只要离开这里,我们都会感觉好起来的,"他说,"法蒂已经凝固了。"

她很清楚他在说什么。整个晚上,大风暴烈地横冲直撞,从酒店和隔壁酒吧的屋檐下呼啸而过,在苏珊娜听来,那风声像极了孩子们的哭喊——迷失在时空里的小东西们,他们将永不能找到回家的路。

"好吧,但是,罗兰——在我们穿过这条街进入道根之前,我希望你答应我一件事。"

"你想要我作出什么承诺?"

"要是我们被抓住了——比如说,大怪物从魔鬼屁眼或是从隔界的黑暗里蹿出来——你要在事情发生之前让我的脑袋吃你一颗子弹。事情要是发生在你身上,那就随便你了,但是……怎么了?你把那拿出来是为什么?"

"因为这些日子以来,我有一把枪就可以过得很好。而且,因为我不想

当取你性命的那个人。不过,如果你决定亲手——"

"罗兰,你那些操蛋的陈词滥调总能让我吃一惊,"她说着,一手接过罗兰的枪,另一只手则指向他左肩头的绳编椅托,"还有一件事,如果你觉得我不到万不得已也会骑在那玩意儿上,你就是疯了。"

一丝淡淡的笑浮上他的嘴边:"只有我们两个的时候,这样比较好,不是吗?"

她叹口气,点点头:"好一丁点儿,是啊,但实在太不好了。行啦,伙计,让我们离开这鬼地方。我的屁股都冻成块儿了,还有这味儿,我都快吐了。"

5

他们一回到道根,他就将她放在办公转椅里,推着她走,直至遇到第一段楼梯。苏珊娜拎着他俩的所有装备,腿上还吊着欧丽莎背袋。枪侠背着苏珊娜,将椅子抵在台阶上,一级一级往下搬。椅子撞击台阶,巨响震出了回声,两人都被惊得缩手缩脚。

"到此为止吧!"等回声终于不再来回震响了,她忍不住喊道,"你就应该把它留在地面上,别再惦记这茬儿了,我都受够了。"

"等着瞧吧,"罗兰说着又开始往下走,"你也许会大吃一惊呢。"

"我俩都明白得很,等走到下面,这操蛋玩意儿就根本没法用了。"这是黛塔在说话。奥伊也急促地叫了一声,似乎在说:说得对。

6

不过,椅子确实能用。过了第二道楼梯还能用。但是当他们走下第三道楼梯(很长很长)后,罗兰盘腿坐下检查这把椅子时,发现一只脚轮已被颠出位了。这让他想起来经过东路狼群一战后,她所抛弃的轮椅的惨相。

"行啦,瞧瞧吧,我不是早就跟你说了吗?"她反问着,尖声大笑起来,"罗兰!接下去该用上那个破烂拖船了吧。"

他盯着她的眼睛,说:"你能让黛塔走开吗?"

她也看着他,一脸惊诧,接着,她回忆了一遍刚刚说出口的话。她脸红了。"好的,"她的声音也压低了,"很抱歉,罗兰。"

他把她抱起来,安置到绳编坐椅里。他们继续往下走。即便行走在道根的地下通道是如此令人不安——如此毛骨悚然——但苏珊娜还是很高兴已经把法蒂远远抛在了身后。因为那也意味着,他们正在远离法蒂和其残留的一切:刺德,卡拉,雷劈,厄戈锡耶托;还有纽约城和缅因州西部,也一样远去了。前头就是血王的城堡,但她认为他们无需过分担心,因为居住在那里的最负盛名的住客已经疯了,逃去了黑暗塔。

外事外物都已消逝而去。他们正在逼近漫长旅途的终点,几乎不用再担心什么了。这很好。万一她碰巧应验了自己对罗兰的成见呢?好吧,如果那一边只有无尽的黑暗(她成年之后总这么想),那也就没什么可以失去的了,只求那不是隔界般的黑暗,只求那地方不要有怪兽爬来爬去。而且,嘿!说不定真的有所谓"死后生活",有一个天堂,还要转世投胎,说不定在道路尽头的虚无之境甚至还会有复活、有重生呢。她觉得最后一个想法很棒,而且她已经目睹了很多奇迹,都让她相信那也许会是真的。也许,埃蒂和杰克会在那里等待她,都穿得暖缓和和的,冬天的第一场雪落下来,雪花掉在他俩的眼睫毛上:圣诞先生,和,快乐先生,他们递给她滚烫的热巧克力。热巧克力。

中央公园里的一杯热巧克力!与此相比,黑暗塔算什么?

7

他们穿过了圆形大厅,圆周形墙壁上处处是门。终于,他们走到了那条宽阔的走廊,墙上标示着:**出示橘色通行证方能通过,拒不接受蓝色通行证**。下面便是一条小路,尚有几盏荧光灯亮着(旁边就是那只遗落在此的橡皮拖鞋),就在微弱的亮光下,他们看到瓷砖墙壁上写着什么字,便特意绕道走下去瞧个究竟。

罗兰,苏珊娜:我们上路了! 祝我们好运!
也祝你们好运!
愿上帝赐福于你!
我们永远不会忘记你们!

在这条留言之下,他们一个一个签上了名:弗莱德·沃辛顿、丹妮卡·罗斯特夫,还有丁克·恩肖。这三个名字之下,还有两行字是不一样的笔迹。苏珊娜心想,这准是泰德写的,看到这简短的留言,她很想哭:

我们去寻找一个更美好的世界。
愿你们也能找到。

"上帝爱他们,"苏珊娜哽咽着,声音都哑了,"愿上帝永远爱护他们。"

"爱阿们。"这细小得几乎似胆怯的声音从罗兰的脚边传来。他俩低头一看。

"决定重新开口说话了,小甜饼儿?"苏珊娜问,但对于这个问题,奥伊没有应答。它再次开口说话,得再过好几个星期。

8

他们迷路了两次。一次是靠奥伊重新找对了方向,把他们从迷宫般的通道和走廊里救了出来,有的走廊阴风深远,飘来阵阵痛吟;有的走廊则传来生猛的声响,听来更迫近也更险恶;还有一次,是苏珊娜自己走回原路,发现丹妮扔下的一张猫滋牌糖果包装纸。厄戈锡耶托多年来都储备有充足糖果,那个女孩临走时随身带了很多。("可是没有一个人想到要换衣服,"苏珊娜说完,兀自大笑起来,无奈地摇摇头。)他们还路过了一道古老的硬木门,罗兰觉得它看起来颇像在海岸线上找到的那扇门,他们听见门内传来某种令人厌恶的咀嚼声。苏珊娜偷偷地想:会是怎样的东西发出这等动静,想了半天,只能幻想出一只巨型怪兽,庞大而空洞的大嘴里竖着泛黄的锋利獠牙,牙缝里积满了经年的尘土。门上画着一种无法辨识的标记。光是看上一眼也会觉得浑身不自在。

"你知道那是什么意思吗?"她问。尽管罗兰通晓近十种语言,熟悉的语种就更多了,但他被她一问,还是摇摇头。苏珊娜心里腾起一阵轻松感。她萌生了一个奇怪的念头:如果你知道门上的标志代表什么意思,你就会想说出来。也许是,不得不说出来。于是,那扇门就会应声而开。若你因此瞄见门那边空咀空嚼的是什么东西,你会想拔腿就逃吗?很可能。但你能逃得了吗?

也许不能。

走过这扇门后不久,他们就下了一条短小的阶梯。"我猜昨天我和你谈起时忘了这里,但现在我想起来了,"她说着指了指台阶上的积灰,已被踩下脚印,"瞧,这是我们的足迹。弗莱德把我背了下去,回来时是丁克背的。我们就快走到了,罗兰,我保证。"

但是当他们走到这段阶梯下面时,她又一次在曲径分叉的走道间迷失了方向,这一次是奥伊把他们带入了正确方向,一路小跑进了一条貌似隧道的幽暗小道,枪侠不得不屈背弯腰地走,苏珊娜紧紧环住他的脖子。

"我不知道——"苏珊娜刚开口,奥伊刚好将他们引入一条光亮的走廊(相对来说,光亮一些:天花板上的日光灯有一半还亮着,大部分瓷砖都从墙上跌落下来,露出墙壁背后黑漆漆的软泥)。貉獭在一片纷杂的脚印前坐下等他们,眼神似乎在说:这是你们想要的不?

"是啦!"她禁不住长舒一口气,喊出声来,"好了。瞧吧,和我说的一样。"她指着门上标识的字样:**福德剧院,1865,观赏林肯遇刺现场**。旁边,还有一张《我们的美国表亲》的海报压在玻璃板下,光鲜得仿佛昨天才印刷出来似的。"我们要找的路口就在这儿下面不远。向左拐两次,再右转一次——我想是的。不管怎么说吧,我一看到就能认出来。"

这一路上,罗兰都耐心十足地跟着她。但他内心里藏着一个阴暗的想法,没有对苏珊娜透露半点:由长短宽窄不同的通道组成的这个巨大的迷宫也许会像罗盘的指针一样摇摆不定,他甚至已经在琢磨,这儿是不是和"上面的世界"一样毫无方向感可言。如果真是这样,他们真的麻烦大了。

走到地下这里,开始变得很热,很快他们就汗流浃背了。奥伊的喘息声很重,像台小发动机,但不疾不徐,始终以均衡的速度跟在枪侠脚边。地板上一点儿积尘也没有,先前还能看到的时深时浅的脚印已经看不到了。但门背后的各种怪声却越来越响,而且,当他们走过某扇门时,里面的东西还会重重撞在门板上,力道大得连门框都被震得发颤。奥伊冲着那门狂吠不止,耳朵紧张地垂下并贴平在脑壳上,苏珊娜也不由尖叫一声。

"别慌——哦!"罗兰说,"它过不来。它们谁也不能破门而入。"

"你肯定吗?"

"是的。"枪侠坚定地回答。其实,他根本不能肯定。他还想起埃蒂的一句口头禅:没有准赢的事儿。

遇到那些泛着巫法般幽光的放射性水坑时,他们小心地绕过去,尽量不

477

碰到星星点点。接着,他们又走过一条破裂的管道,从里面幽幽冒出死气沉沉的绿色蒸汽,苏珊娜提议:他们都应该屏住呼吸地走过去。罗兰觉得这个主意实在太好了。

又走了三五十码,她让他停下来。"我不太明白,罗兰,"她说话的时候,罗兰可以听出她正竭力压制表情,不让语气泄漏出她内心的惊惶,"我看到林肯门时,还以为黑咕隆咚的也没问题,可是现在,这是……这里……"她的声音遏制不住地颤抖起来,罗兰分明听到她深深地呼吸了一次,尽力克制着情绪。"这里看来完全不一样了。还有那声音……听起来的感觉……"

他很清楚她在说什么。在他们的左边有一扇未作任何标记的门,门面已经扭曲变形,勉强地挂在铰链上,上端的门缝被扯出一条小口子,泄漏出隔界喧嚣无序的敲钟声,听来既恐怖又蛊惑。随声飘来的还有一股陈腐恶臭。罗兰心想,苏珊娜大概会提议赶紧掉头,趁来得及快撤,她甚至可能会重新考虑这番"古堡地下迷宫"的计划,因此,他开口了。"我们去看看那里是什么。无论如何,看起来有点亮光了。"

一等他们靠近了分岔口——那里,各条通道和铺着瓷砖的走廊都向四面八方延展而去——他感到她在自己背上坐直了身子。"那儿!"她大喊一声,"就是那堆碎石头!我们就是从那里走过去的!我们绕着它走了过去,罗兰,我记得!"

一小半天花板都塌了下来,掉落在分岔口的路面中间,堆攒起一些碎瓷砖、破玻璃和绊脚石般的粗电线团。就在这堆东西旁边,有很多脚印。

"就在那儿!"她激动地说个不停,"笔直往前就行了!泰德说,'我觉得这就是他们说的主干道',丁克也说是。丹妮卡·罗斯特夫还说,在很久很久以前,不管血王干了什么,总之是把雷劈变成一片漆黑的那时候,有一些人就是走这条路逃出去的。只不过他们留下了一些思绪。我还问她,感到他们残留的想法——那是什么感觉?她说,有点像你从澡盆里出来时,看到脏脏的肥皂沫粘在澡盆边上,'不太好',她这么说。弗莱德作好了标记,我们就折回去往医疗区走了。我可不想吹牛皮夸海口,但我觉得我们已经没事儿了。"

他们确实没事儿,至少眼下是如此。碎石堆过去后八十步,他们就来到了拱形的进口处。其后的天花板上吊着一些闪烁发光的白色小球,照耀出一条缓坡下行的走道。墙上还有四条粉笔笔迹,但因为墙面和瓷砖的缝隙里始终渗着潮气,笔迹已经开始模糊了,这显然是自由的断破者们留下的最后一轮讯息。

➤

他们在此歇息了片刻,吃了几把密封真空罐头里的葡萄干。连奥伊也啃了一点,不过从它咀嚼的样子来看,它显然不觉得这东西有什么滋味。等他们都吃得半饱了,罗兰再把罐头收进了皮质背包里,接着问她:"你准备好了吗?"

"是的。立马就能动身,我想,最好趁我还没——我的上帝啊,罗兰,那是什么?"

从他们身后——也许就是堆着破烂碎片的岔口后的某条通道里——传来一阵低沉震撼的闷响。听起来有种湿漉漉的感觉,仿佛一个巨人穿着灌饱水的橡胶靴子走了一步。

"我不知道。"他答。

苏珊娜神情紧张地回头看,但什么也看不到,只有黑漆漆的一片。有些"黑暗"似乎还在移动,但那有可能是因为灯光总是明明灭灭。

有可能。

"你知道的,"她说,"我当真觉得:我们最好尽快离开此地,越快越好。"

"我认为你说得很对。"他说着,单膝跪下,手指撑在地上,像是在起跑线上准备冲进跑道的选手。她刚坐进那套绳编坐椅,他就站起身来,快步走过墙上的箭头标记,脚步迅疾,仿佛是背着她在慢跑。

9

他们以接近慢跑的速度又前进了十五分钟,接着便遇见了一个骷髅,早已腐烂破裂的军装还挂在身架上。头皮上连着的一小缕死气沉沉的头发微微摇颤。骷髅的嘴巴似乎在笑,似乎在欢迎他们来到地下世界。骨盆撑在地上,旁边还有一枚戒指,显然是从死人那腐烂殆尽的右手手指上滑落下来的。苏珊娜问罗兰,她是否可以凑近了看看?他便把戒指捡起来,递给她。她仔细地看了好半天,等她先前的某个想法最终得到了确证,才将那东西扔到一旁。跌落在地的戒指发出一声轻响,之后又只有水滴声和隔界的敲钟声,虽然现在声音轻弱多了,但始终不间歇地传来。

"我在想。"她开口了。

"想什么?"他问了一句,又开始往前疾步行走。

"那家伙是个麋鹿会成员。我父亲有一枚一模一样的戒指。"

"是个麋鹿会?我不明白。"

"是个兄弟会组织。类似于老男孩卡-泰特。可是,一个麋鹿会跑到这下面来干什么呢?朝圣者,现在我只能这么想了。"说完,她放声大笑起来,略带几分狂野。

头顶上的白色小球里贮满明亮的气体,亮光一跳一跳的,并不十分均衡。苏珊娜总觉得那亮光的闪烁有什么蹊跷,没过多久她就发现了个中端倪:罗兰跑得急,头顶指示灯的跳动也跟着急;罗兰慢下来(从没停下脚步,却精力不减),小球里的亮光跳得也缓慢。她并不认为那些光亮就是在应和他的心跳,或是她的,但显然其中有关联。(如果她知道有个术语叫做"生物节律"就会恍然大悟了。)他们前头五十码开外,这条"主干道"只是一片漆黑。接着,因他们的逐渐前行,一盏盏灯会亮起来。很能蛊惑人心。她扭头回看——只看了一次,因为她不想因此扰乱他的大步疾行——没错,在他们身后五十码左右,灯又一盏接一盏地灭了。这些灯要比主干道进口处明明灭灭的充气小球亮堂一些,她猜想这两套灯使用的是不同的电源,而这里的(几乎和这个世界里的万事万物一样)能量已经快用完了。随后,她还注意到,在他们前头的一盏小光球始终都没亮起来。直到他们走到它跟前、并一闪而过时,她发现那盏灯并非完全死寂:一点微弱的亮光在球体深处挣扎着,并同样跟随他俩身体、脑体的律动而闪烁。她不禁想到,有时候我们会看到缺了字的霓虹灯招牌,"朝阳饭店"变成了"月日饭店"。又往前走了一百码左右,他们又遇到一盏不亮的灯,接着又是一盏,接着一排两个都没亮起来。

"我们很可能马上要走进黑暗了。"她怒气冲冲地说道。

"我知道。"罗兰应了一声。到这时候,他才稍稍显得有点喘。

空气变得相当潮湿,先前有过的燥热终于又被寒意取代。墙上贴着一些海报,但大都烂得看不清了。在一面略微干爽的墙上,她看到一幅海报上画了这样一幅图景:一个男子在竞技场中输给了一头猛虎。这头大猫正张着血盆大口,从痛苦尖叫的男子的肚子里扯出内脏,观众们全都看傻了。画面之下还有一句用七种语言重复的标语。英语列在第二排——"来看马克希姆马戏团呀!好玩又好笑!"

"主啊,罗兰,"苏珊娜说,"万能的主啊,这都是些什么人啊?"

罗兰没有作答,尽管他知道答案:那些都是疯了的乡民。

10

每隔百码左右会有一道小阶梯——最长的一道从上到下不过十级台阶——将他们引入地下深深的肠道。苏珊娜估摸着又走了四分之一公里,他们来到一扇大门前,门板已经被刮走,可能是什么车辆闯入后的结果,现在只是一摊碎片。这里,骷髅更多了,罗兰不得不踩在骨头上走过去。骨头在脚下发出湿乎乎的泥土受挤压后的响动,这感觉比脆响更糟糕。这堆骨头散发出的腐败气味同样很潮湿。尸骸之上,还堆积着脱落的碎瓷砖,尚在墙上的瓷砖全都布满了枪眼。显然,这是昔日的枪战现场。苏珊娜想说点什么,但嘴巴刚张开,那阵骇人的闷响又传来了。她觉得,这一次比前一次更响几分。也更逼近了一点。她再次扭头向后看,可什么也看不到。五十码之外的灯光都是暗的。

"我不想让自己听上去像是妄想狂,但是罗兰,我认为我们被跟踪了。"

"我知道,是被跟踪了。"

"你想不想让我开一枪?或是扔个盘子出去?那种声响实在太让人毛骨悚然了。"

"不想。"

"干吗不?"

"它也许不知道我们是什么。但如果你开枪了……它就知道了。"

她愣了片刻才想明白罗兰的言外之意:他根本不能肯定用几发子弹——或一枚欧丽莎——就能阻止那边的不管什么东西。或者更糟,也许他确定他们不能。

当她再开始说话时,竭力装得冷静,并自以为装得很像样。"那东西是从大裂洞里出来的,你觉得呢?"

"可能吧,"罗兰答,"也可能是经过隔界,从别的时空里来的。现在别出声了。"

枪侠走得更快了,很快变成小跑,接着又成了大步奔跑。她惊讶地发现,原来罗兰的腿脚不疼的话,竟可以有如此持久又敏捷的身手,但她听得到他的呼吸,也感觉得到他背脊一上一下的颠动——急促的吸气,紧跟着呼出一口粗气。她真愿意付出任何代价,只要能和他并肩奔跑——迈动她自己的双腿,被杰克·莫特夺走的那双腿。

前面的小球灯现在也闪动得更快了,光的闪烁能看得这么清楚完全是因为亮的灯越来越少了。他们在两排稀疏的灯之间,叠在一起的身影被拉得长长的,再一点点变短,直到跑到下一盏灯下。空气变得越来越冷;铺在地板上的瓷砖也越来越稀少了。地砖碎得东一块西一片,被扔到了一边,到处都是坑坑洼洼的,要是一个不留神,很容易被绊倒。奥伊轻松地避开这些陷阱,罗兰也能灵敏地躲开。

她差一点就要对他说:跟在他们身后的东西已经好半天没发出声音了,可就在这当口,从她后面传出一下惊人的吸气声。她感到周围的空气瞬间颠倒了方向;连她的鬈发也不可避免地蓬开,像空气一样朝后飞去。那声饱含口水翻滚的巨响让她直想尖叫。不管她身后的东西是什么,总之是个大家伙。

不。

是巨大的家伙。

11

他们又飞快地跑下一段短小的楼梯。其后五十码处,还有三盏球状小灯跳动着极不稳定的亮光,但再往前去,便只有无尽的黑暗。过道里满是烂碎的瓷砖片,坑洼不平的地面也都在经年累月的腐烂中融解了,化为一摊摊黑洞洞的、酷似活体的物质:感觉像是巨大而疏松的黑色云团。他们要跑进去,她心里想着,一开始还有动力带领他们往前冲。接着,那东西就会把他们往后狠吸一口,不管那是什么,都将轻而易举地逮住他们。她会偷偷瞥上一眼,那形象一定会让人憎恶,怪异得像外星球生物,她根本说不上来那是什么,而那反而像是某种慈悲。随后,它就会一个猛扑,那么——

罗兰丝毫不减速地跑进黑暗,显而易见,他们并没有被拽回去。一开始还有一丁点儿光亮从他们的后面、前面蔓延过来(只有极少数小球还在闪烁垂死般的光)。这就足够让他们看见短小的楼梯了,最上面的一级台阶上倒着几具尸骨,都挂着褴褛的碎布条。罗兰赶忙跑下楼梯——这一段有九级台阶——半点都不敢耽搁。奥伊跑在他一侧,双耳紧张地贴在脑壳上,浑身毛发因跑动而微微摇曳,一跳一跳地下了楼梯。此刻,他们已经跑进纯粹的黑暗中。

"叫啊,奥伊,这样我们才不会互相撞上,"罗兰突然喊了起来,"叫!"

奥伊叫了一下。大约心数三十下,罗兰又如此吩咐了一遍,奥伊又叫了一声。

"罗兰,到了下一道楼梯可怎么办?"

"我们会下去的。"他答道,又默数了九十,便果真跑到了下一条楼梯口。她感觉到他探出足尖,脚掌试探着高低。也感触到他的双肩因探出双手摸索前方而骤然紧张起来,总算,他们没有跌落下楼。苏珊娜只能惊诧于他的敏捷。那双大靴子在漆黑中毫不犹疑地迈下去。这次有十二级台阶?还是十四?她还来不及数清楚,他们已经走上了平坦的过道。所以现在她明白即便在伸手不见五指的状态下,即便以飞奔的速度,罗兰照样能在阶梯与平路的交替中游刃有余。只不过,万一他一脚踏空怎么办?踏进某个深坑里?上帝作证,这些地面已腐蚀得厉害,极有可能发生那种意外。又比如说,他们撞上一堆东倒西歪的尸骸该怎么办?他在平行过道里跑得这么快,也意味着万一摔倒,两人都会摔得很惨。又假如在某条短小的楼梯口遇到一堆人骨障碍物,那会怎样?她尽量不让自己去想象:罗兰一头栽下去,像个失手的高台跳水选手跃入黑暗之中,但她实在忍不住去想。当他们脑袋冲下撞在楼底的地面上时,他们身上的骨头到底会碎成多少块呢?操,甜心,挑个幸运数字吧,埃蒂大概会这么说吧。这种高速奔跑真是太疯狂了。

但他们别无选择。她现在已能清晰地听到身后之物的喘息声,不只是重重的吸气声,还有像在砂纸上锉磨般的声音,那必是因为它挪动身躯刮擦到了一侧的墙壁——也说不定,同时刮擦到两边的墙壁。时不时地,她还能听到瓷砖掉落在地发出的叮当咔嚓的动静。这声音实在很难让人不去想象一幅图景,苏珊娜仿佛看到了一只巨大的黑色虫子蠕动着肢节状的躯体,把这条走道从这边到那边堵塞得结结实实,早已松动的瓷砖被挤下来,并随即被它黏糊糊的身躯压碎在身下,它就这样一刻不停地往前蹭,饥肠辘辘地一步一步缩减它和他俩之间的距离。

现在,这段间距已变得很短。苏珊娜觉得自己知道原因。之前,他们仿佛奔跑在一座光照之下的移动小岛上。不管身后那东西是什么,总之它惧怕光。她想起罗兰还在装备里加入了一支手电筒,但如果已经没有电池了,那也只是个摆设。摁下长长电筒身上的开关,不出二十秒钟,那该死的微弱光亮大概就会熄灭……

除非……等一下。

长手电。

长长的电筒!

苏珊娜伸手探入颠荡在罗兰体侧的皮背囊,手指摸出了食品罐头,但那些罐头不是她想要的。最后,她总算摸到了手电筒,凭借电池盖边缘的一圈凹槽确定了这就是她需要的。没时间去琢磨黑暗中的触感为何如此敏锐熟稔;黛塔的心里藏着一些秘密,斯坛诺罐装燃料便是其中之一。她把那个罐子凑近闻了闻,确定了,紧接着,手中的罐子就猛然撞上了自己的鼻梁,因为那个当口,罗兰恰好被什么东西绊了一下——也许是一块跷起的地板,也许是一具骷髅——他努力再次保持平衡。这一次他赢了,没有跌倒,但最终他是会输的,也许下次他平衡不了而摔倒后,还来不及爬起来,后面那东西就压上来了。苏珊娜只觉得热血汩汩地从鼻孔里流下来,而身后那东西,大概是闻到了,顿时发出一声津液翻滚的巨响。她的脑海中随之出现一只巨型美洲鳄鱼,她曾在佛罗里达沼泽地里见过那种动物,此刻就仿佛仰起鳞块斑斑的脑袋对月而啸。而且,如此迫近他们。

哦!亲爱的上帝啊!请一定赐予我时间。她心里默默念叨着,我可不想这样死去,吃枪子儿是一码事,黑漆漆的被活生生吃掉可就——

又绊了一下。

"再跑快点!"她毫不客气地吼起来,用力夹紧两腿,像骑在倦马背上的骑士那样,双腿叩击着胯下的他。

罗兰果真跑得更快了。现在,他的喘息声已变得很难听,近似痛楚的嘶吼。就算把考玛辣舞跳个不休,他也决不会喘成这样。再这样跑下去,他的心就要在胸腔里着火了。可是——

"再快点儿啊!使出全身的劲儿跑啊!我大概还藏着一两招儿没使,但这个时候你必须使出你他妈的每一分劲道!"

于是,在迪斯寇迪亚古堡的地下黑暗迷宫里,罗兰跑得更快了。

12

她将另一只腾空的手也探入了背囊,手指在手电筒长长的筒身上扣紧了,再抽出来,紧紧夹在胳膊下(非常清楚:如果它滑落下去,她就将永远失去这次机会,他们也永无翻身之时),接着,她扳开了斯坛诺罐头的易拉扣,在听到真空密封口"嘶"一声裂开的那一刹那,她舒了一口气。但并不惊讶——如果这道密封之前破裂了,里面存放的果冻状燃料早就失去水分,点燃的罐头还能更亮一点。

"罗兰!"她大喊一声,"罗兰,我需要火柴!"

"衬衫……口袋!"他气喘吁吁地答道,"你自己拿!"

可是她一伸手,手电筒就掉了,好在掉在她跨骑在他后背的交叉处,趁它还没有滚落下去之前,她麻利地抓住手电筒。现在,她要好好地抓牢手电筒,再将圆柱形的筒身插入斯坛诺罐头里。她一手拿着罐头,一手握着粘满了果冻状燃料的手电筒,如果还要去取火柴,她就需要第三只手,因此她把罐头扔了。包里还有两罐,但如果这个办法不管用,她根本没机会去拿第二罐来再试一次。

那东西又怒吼了一嗓子,听起来就像是紧跟在他们身后。现在,她甚至还能闻到它的气味——在日头下腐烂的臭鱼味儿。

她挺直身子,俯在罗兰的肩头,从他口袋里摸出了一根火柴。似乎只够时间划亮一根;第二根都可能来不及用。罗兰和埃蒂都可以用大拇指把火柴擦亮,但黛塔·沃克有更出色的小把戏,以前她四处闲逛时就在小旅店里表演过,几个白种男孩(受害者)都看傻眼了。她在黑暗中咧嘴冷笑了起来,接着将双唇嘟起,再把火柴杆的一端咬紧在牙缝里。埃蒂,要是你在这儿,甜心儿,一定要助我一臂之力——助我成功。

她划着了火柴。嘴里一阵灼热,她能感到舌头上有硫磺味。火柴头骤燃起来,光亮差点儿刺瞎她的双眼,因为视力早已适应了漆黑一片的环境,但她还是能看得见,因而立刻将粘上果冻状燃料的手电筒筒身凑上来。斯坛诺燃料遇火即燃,手电筒顿时变成了一支火炬。虽然光亮微弱,但确实是黑暗中了不起的光芒。

"转过身去!"她高喊一句。

罗兰立刻一个急刹车——没有问为什么,也没有驳斥——只是立刻以脚后跟为中心,转动了方向。她毅然地将手电筒火炬伸出去,片刻之间,她和他都看到什么东西,湿漉漉的一只大脑袋,布满了白化病般的粉色眼睛。眼睛之下是一张尺寸堪比地板门的庞然大嘴,嘴里到处是蠕蠕摇摆的软腻触角。斯坛诺燃料的光亮并不强劲,但在这地狱般的深黑地穴里,那光亮已经足以让那东西畏缩着后退。在手电筒火炬熄灭之前,苏珊娜看见那东西的每只眼睛都紧紧闭上了,不禁在闪念中疑惑不解:那一定敏感至极吧?否则怎么会在如此微弱的亮光面前——

走道两边都堆着残骨。她手中的手电筒已变得烫手。奥伊狂暴地吠叫不已,毛发倒立,低头怒视前方的深重黑暗,四条短腿向后微微斜立,仿佛随时都可以全速出击。

"蹲下,罗兰,蹲低点!"

他照做了,她把临时改造的火炬递给他,那东西已经有点变形了,黄色的火苗向上蹿,但靠近不锈钢筒身的火势变蓝了。那东西躲在黑暗里又夺人魂魄地嘶吼一声,现在,她又能看出它的体态了,从这边到那边地摇来晃去。火苗越弱,它也就凑得越近。

要是这里的地面太潮,我们大概就玩完了,她心里这样想着,但手指又摸到一块大腿骨头,这意味着一切还没完。也可能是她满怀希望的感官传来的错误触觉——她能听到天花板上的什么地方传来振荡的水声——但她不认为那是错觉。

她探进背囊里,又抽出一罐斯坛诺,但拉环却不太听使唤。那东西正在靠近,现在她还能看到几条短小、畸形的腿,就从瘤块丛生的脑袋下生长出来。说到底,那不是一条大虫,而像是巨型蜈蚣。奥伊挡在她面前,依然吠叫不止,龇牙咧嘴地将暴怒展示无遗。如果她没能成功,那东西第一个攫取的猎物就会是奥伊——

她总算扳到了拉环,那玩意儿几乎死死地压平在罐头盖上。接着,"嘶"的一响。罗兰正举着手电筒来回挥动,想要制造一点风动鼓舞将熄的火苗(如果还有燃料的话,那方法或许会管用),因而,她看得见他俩的身影映照在颓败的石头墙上,近乎谵妄地摇来晃去。

腿骨太粗了,没法插进罐头里。现在的她正以一种怪异的姿势躺卧着,半个身子在绳编坐椅里,半个身子支在外面,她将罐子平放,倒出一抔果冻燃料,毫不犹豫地涂抹在骨头上,上上下下厚厚一层。如果骨头受潮了,那这一切举动不过是延迟恐惧的行为。如果它很干燥,那么,也许……只是也许……

那东西蹿得更近了。透过怪物嘴中慢摇的触角,她能看到凸起的尖牙。下一瞬间它就可能扑上奥伊,像壁虎飞快吞噬半空中的苍蝇那样消灭貉獭。此时,令人恶心得犯晕的腐鱼味愈加浓烈了。而且,后面还会有什么呢?还有什么可憎的东西在等着？

没时间琢磨那么多了。

她将骨头火炬凑近手电筒头上越来越微弱的火苗。火焰燃起来了，比她预想的更亮一些——亮多了——这一次，怪物的尖叫声更是凄厉痛苦，也似乎更为惊讶。一阵令人毛骨悚然的压挤声传来，活像在一件硬塑料雨衣里搓挤泥浆，那东西登时抽身后退。

"再给我些骨头，"罗兰扔掉了熄灭的手电筒火炬时，她大声说道，"要保证都是干透的骨头。"想到自己竟然能聪明到想起这等主意（因为没有别人会出此下策了），她兀自大笑起来，那种黛塔特有的嘶哑阴森的咯咯笑声。

罗兰仍是气喘吁吁，但遵照她所说的捡起了骨头。

13

他们重复制作骨头火炬，一路向前，苏珊娜已经调转方向扭身朝后，这姿势很别扭，但并非做不到。如果他们最终能逃离此地，她的背可能会疼上一两天。但我必将品味每阵疼痛，她对自己说。罗兰还带着伊伦·苔瑟宝慕给他买的"布里奇屯老家岁月"的汗衫。他抬手把它递给苏珊娜。她把衣服裹在骨头底部，在尚能保持平衡的情况下，她使出全力，尽可能扔得远一些。罗兰不能全速奔跑——那样的话，她很可能平衡不了自己而从绳编坐椅里翻下去——但他保持着快步疾行的速度，时不时停一下，捡一根臂骨或是腿骨。奥伊很快就明白了，也用嘴叼起合适的骨头递给枪侠。那东西还跟着他们。苏珊娜时不时地看到它泛着冷光的滑溜溜的皮肤，而且，即便它害怕这些动荡不安的火光而屡屡后退，但依然发出饱含水分的跺脚般的前进声，听起来很像是巨人的靴子里积满了泥巴。她不禁猜想那是它的尾巴发出的声音。这个念头让她不寒而栗，虽说那不过是没根没据的瞎想，但也因为触及她隐秘的恐惧而几乎强有力地遏制了她的其他思想。

它应该有一条尾巴！她的心里暴怒地吼叫道。一条听上去浸满了水、或凝胶、或乃至半结痂的血的长尾巴！耶稣啊！我的上帝！我的基督！

她还想到，也许不止是因为畏光它才不来攻击他们，确切地说应该是怕火。这东西一定早就跟上了他们，但那时候走道里的球形小灯尚且能亮，所以它就想（如果它有思维能力的话）等他们走进黑暗中再发起攻击。她甚至

487

认为，如果这东西早知道他们有办法生火，一定不会等这么久，一定会在刚才就闭上几只、或是所有的眼睛，在灯光较暗或熄灭的路段就扑上来吃掉他们。可现在它有点背运，因为地上的骨头出人意料地变成了出色的火炬（从某种角度说，这办法显然得益于光束重获健康，但她此刻并没有想到这一点）。唯一的问题在于：斯坛诺燃料会不会用完。她已经开始省着用了，大多数骨头一经点燃就能自动燃烧——除了一些受潮的骨头，她只能再点燃另一根骨头之后，把它们扔掉——但无论如何，总是要先蘸一点果冻状燃料才能点燃，而她已经开启了第三罐、也是最后一罐斯坛诺。现在她万分懊恼，心疼起最初扔掉的那第一罐，那时候怪物刚刚逼近，她不得不手忙脚乱，但现在已无计可施了。她还和刚才一样，希望罗兰走得越快越好，尽管她想就算她面向前坐好，紧紧抓住他，他现在也没法跑得和刚才一样快了。也许短暂的全力冲刺没问题，但不太可能全程全速。她能感觉到，罗兰衬衫下的每一块肌肉都在微微颤抖。他已经快到极限了。

又过了五分钟，苏珊娜掏出一把燃料涂抹在一根瘦巴巴的胫骨时，手指头触到了斯坛诺的罐底。从他们身后的无尽黑暗里，却又传来一声湿漉漉、沉甸甸的踩地声。好朋友的长尾巴，她暗自坚定着这种猜测。它慢条斯理跟着他们，亦步亦趋。就等着他们用完燃料，等着世界再次回复黑暗。那时，它就能猛扑过来。

那时，它就可以吃他们了。

14

他们需要准备掩护撤退了。她的手指刚触到罐头底，心意就已定了。再过十分钟、大概耗费三根火炬之后，苏珊娜打算让枪侠在看到——如果够走运的话——一大堆骸骨的地方停下来。他们可以生一堆骨头营火，一旦火焰生热了、亮堂了，他们就可以拼着老命往前跑。如果他们再听到那东西越过了骨头营火跟上来，罗兰就可以放下背上的她，将她留在原地，独自跑出险境。她觉得这种计划并不算什么自我牺牲，只不过是符合逻辑罢了——如果可以避免全军覆没，没理由让蜈蚣怪物吃掉他们两个。而且，直到现在她也没打算让它吃了自己。当然不能。她有他给的枪，她会开枪。五颗子弹献给蜈蚣先生；如果子弹不管用，它照样往前扑，第六颗子弹就将献给她自己。

可是,她还来不及把这些心意说出来,罗兰就用三个字打断了她的思绪。"光,"他有点上气不接下气,"头上。"

她仰头四处张望,一开始什么也看不见,也许是因为手中举着的火炬遮掩了视线。但没多久,她就看到了:一丝微弱的白光。

"还是那种小光球吗?"她问,"是不是有一些还能发亮?"

"可能吧。我觉得不太像。"

五分钟后,她明白了,凭借手中最后一柄火炬,她能够看清地面和墙壁。地上覆盖着一层未经践踏的砂土,那只能是从外面吹进来的。苏珊娜举起双手,一只手上还握着裹着衬衫、火光摇曳的骨头,她就这样胜利地高呼起来。跟在后面的那东西也应声吼了一嗓子,其高涨的愤怒和失意让她吓出了一身鸡皮疙瘩。

"再见啦,宝贝儿!"她尖声大叫着,"永别了,你个满身眼睛的混蛋操的!"

那东西又怒吼一声,全力扑来。在那个刹那,苏珊娜将它看了个一清二楚:大瘤般的一个团块,虽然横长着嘴,但那也许不算是脸;后面跟着一节一节的躯体,抽搐般缩起,移动时就会蹭上墙壁,发出刮擦之响;还有四条粗短的肢体长在两侧,有点像胳膊。这些旁肢末梢上都各有一对噼啪作响的大螯钳。她激灵灵打了一阵寒战,将手中的火炬死命向它掷去,那东西的反应则是一声挫败的嘶吼。

"你的母亲没有教过你吗?嘲笑动物是不对的。"罗兰问她,嗓音是如此干渴嘶哑,以至于苏珊娜分辨不出这是不是一句玩笑。

五分钟后,他们走了出来。

第二章

劣土大道

1

他们从一个活动棚屋旁边的岩洞拱门里走了出来，外面到处是倾颓的石块，建筑物的造型很像电弧16实验站，但要小得多。屋顶上堆满一层厚厚的锈迹。成堆成堆的残尸骸骨堆放在建筑物前，排成一个圆圈的形状。周围的岩石都变得黑漆漆的，似乎被锋利的东西砍成碎片，溅落得到处都是。有一块岩石非常庞大，差不多和断破者们住过的安妮皇后式大房屋一般大小，但已从中裂成两半，露出石头里面闪烁的矿石。天气非常寒冷，他们听得到狂风呼啸的飞旋声，好在大石头帮他们挡住了大风，因而，他们仰面望着湛蓝的天空，心中充满无以言表的感动。

"这里以前像是有过一场猛仗，是不是？"她问。

"是的，我敢说是这样。一场猛仗，很久以前。"听起来，他已精疲力竭。

活动棚屋半开半闭的大门前，有一块招牌字面朝下落在尘土里。苏珊娜执意让他放下她，以便把招牌翻过来看看。罗兰照做了，并就此背靠一块石头坐下来休息，死死瞪着迪斯寇迪亚古堡，现在，那地方已经被他们抛在了身后。两座高塔高耸入蓝天，一座尚且完整，另一座则已半塌，他觉得那是从塔尖处开始粉碎的。罗兰专注地将呼吸调整到正常。他身下的土地很冷，他早已知道穿行劣土的这一程将困苦重重。

这时候，苏珊娜已经搬起了招牌。她一只手提着它，另一只手抹去积年尘灰。露出的一行字是用英语写的，一看到这句话，苏珊娜只觉心底一阵战栗。

检查站

永远

关闭

字的下面，王的红色眼睛，似乎正在看着她。

2

活动棚屋的大房间里几乎没剩下什么东西,原有的设备都被炸成了碎片,还有满地的尸骨也没有一具全尸。但是,在旁边的储藏室里,她惊喜地找到了不少好东西:货架上放着一排排罐头食品——多到他们都没法带着走——还有很多斯坛诺。(她觉得罗兰不会再嘲笑这种罐装燃料了,事实上也是如此。)她想也没想就探头伸出储藏室的后门张望,除了会看到几段人骨之外也没指望有别的东西,事实上也确实有几段尸骸,但她这一无心之举还有意外收获:几段关节松开的骨头正跨坐在一辆双轮车上,有点像以前她和米阿在堡顶闲聊时坐过的轻便双轮车。但这一辆似乎更小巧,也更好看一点。双轮不是木制的,而是金属芯的,外面还薄薄地包了一层人工合成的物质。两侧都有可供手抓的把手,于是她明白,这根本不是什么双轮车,而是手推车。

可以来推你的小甜心啦,灰肉棒!

这是黛塔·沃克招牌式的龌龊思想,但无论怎样,她还是忍不住大笑起来。

"你找到了什么?那么好笑?"罗兰喊了一句。

"你会明白的,"她也喊道,使劲地从话语里拽走黛塔的声音,至少别现在流露出来,但这一次似乎做得不够好,"你很快就会明白喽。"

3

手推车的后端有一台小小的发动机,但他俩只需看一眼就明白:这东西早就不能用了。罗兰在储藏室里还找到一些简单的工具,包括一柄可调节的扳钳。钳子的大嘴僵硬地张开着,但只需要上点油(苏珊娜非常熟悉那种红黑两色、写着"三合一"的油罐)就可以灵活起来了。罗兰用这把钳子把发动机从手推车上卸下来,然后扔到一边去了。当罗兰和苏珊娜像莫斯叔叔说的"狠狠找"时,奥伊独自坐在拱门外大约四十码的地方,那里正对着他们刚刚出来的洞口,显然是在看守,防备那黑暗中跟了他们一路的怪物。

"最多十五磅,"罗兰说,在牛仔裤上抹擦着手心,一边看着那被丢弃的发动机,"但我很高兴能在动身之前摆脱它。"

"我们什么时候动身?"她问。

"尽可能多在背囊里放些罐头食品,只要我背得动,然后我们就走。"他说着长叹一声。罗兰脸色苍白麻木,眼圈乌青,双颊上新长出的深纹一直延伸到下颌。他的身形干瘦得像条鞭子。

"罗兰,不行!不能这么着急!你都快累垮了!"

他指了指奥伊,后者耐心地坐在洞口,又指了指奥伊身后四十码开外那黑洞洞的出口。"等天黑了,你想离那个洞这么近吗?"

"我们可以生火——"

"那东西可能还有别的朋友,"他说,"也许有不惧火光的朋友。当我们在那条暗道里时,那些东西也许不想分食我们,因为它不觉得它非吃不可。但现在,它可能不在乎吃不吃了,尤其是,假如它起了报仇的心。"

"像那样的东西是不会思考的。显而易见。"现在这么说当然很容易,因为他们逃出来了。但她知道,假如再次投身伸手不见五指的暗道里,自己很可能会改主意。

"我认为在这件事上无法心存侥幸。"罗兰说。

她很不情愿地承认,他说得完全对。

4

幸运的是,通往劣土的第一段窄路尚且平坦,当他们真的走到一条上坡道时,苏珊娜要下来自己用手走上去,罗兰没有反对,于是,他推着新找到的豪华出租车在前,她跟在后面很快上到了坡顶。就这样,迪斯寇迪亚古堡一点一点远去了。这边的岩石一直遮掩着倒塌的高塔,罗兰一直沿着这边往前走,一直到另一座高塔也消失在视野里,他指着远处路边的一座石亭说:"今晚我们就在那儿过夜,除非你反对。"

她没有反对。他们带上了很多碎骨和卡其布碎布,足够生一堆火了,但苏珊娜也很明白:这些燃料都支持不了多久。破条布料会像报纸一样飞快地燃成灰烬,即便是骨头也撑不到午夜——那时候,罗兰的手表上(他一脸敬畏地给她看过),两根指针会合并在一起,但他们却可能面对火堆熄灭的境遇。到了明晚,就可能什么燃料也没有了,别说火堆,连罐头食物也只能吃凉的。她有种直觉：情况会比她预想的更恶劣，白天的气温估计有四十五度，差不离吧，而且他们是吃过东西、补充过热量了，但她还是迫切地想有一件毛衣；哪怕有一条保暖连身裤也好。

"我们一路走走，说不定还能找到别的可以生火的东西，"点火时，她满怀希望地说（燃烧的人骨散发出恶心的气味，他们都小心翼翼地坐在上风口），"野草……灌木……还应该会有骨头吧……说不定还有枯枝呢。"

"我觉得不太可能，"他说，"在血王古堡这一边土地不太可能有那些东西了。甚至连鬼草都没有，那东西在中世界可是遍地都是。"

"你还不知道呢。别说得那么肯定。"她实在无法想象在夜以继日的酷寒之中，就他们两个，穿着一身薄衣服，好像在中央公园的春日散步似的。

"我认为，当他把雷劈封死于黑暗中的同时，也灭杀了这片土地，"罗兰思忖着说道，"也许一开始只是一次微小的震动，但现在这儿已经寸草不生了。不过，希望你的祈愿有用。"他探身摸了摸她饱满的下唇边鼓起的一个疱疹。"若是一百年前，这东西可能先变黑再扩散，让人最后骨肉分离；趁你还没死就钻进你的脑子里，让人发疯。"

"癌症？放射物质？"

罗兰一耸肩，仿佛在说，这些名称又有什么区别呢。"不知道是什么地方，但一定在血王城堡之下，我们会看到一片草原，甚至再见到森林，但我们到那里时，草地很可能被掩埋在大雪之下，因为季节不对。我可以在空气中闻到冬天的气味，你看，白天这么短，天这么快就黑下来了。"

她痛苦地呻吟起来，本想假扮得幽默一点，但嘴里发出的呻吟却夹杂着货真价实的恐惧和疲惫，她自己都不禁吓一跳。奥伊竖起耳朵，看看他们。"罗兰，为什么你不能说点让我高兴的事儿呢。"

"你需要知道真相，"他说，"苏珊娜，我们还可以撑一段日子，但日子绝不好过。那辆手推车里存放的食物够我们吃一个多月的了，如果吃完了……肯定会吃完的。当我们再次走上一片活生生的土地，哪怕有大雪也不要紧，我们会找到动物的。这就是我想要的。不只是因为到那时我们都会很饿、想吃到新鲜的肉，当然我们肯定会很想吃肉，但最主要的原因是：我们需要兽皮。我真希望我们不用这么迫切地需要衣物，也希望不要有那些东西靠在兽群的周围，但——"

"但你担心事实就是如此。"

"是啊，"他答，"我担心。生命中鲜有恒久的酷寒这等使人沮丧的事情——并非是冻死人的深度酷寒，可能，可是一直是天寒地冻，一分一秒地夺走你的能量、你的意志力，还有你体内的脂肪。恐怕我们这一程跋涉会很艰难。你会明白的。"

她当然明白。

5

生命中鲜有恒久的酷寒这等使人沮丧的事情。

日子过得还不算太糟。毕竟，他们仍然在前进，运动有利于活血。然而，这些天来她开始害怕他们走过的开阔地带，狂风咆哮着横扫过干裂的不毛之岩地，再于低矮小丘和台地之间猛烈冲出。这些岩石高台耸向经久不变的蓝色天穹，酷似被活埋的巨人伸出地表的红色手指。而在盘旋于光束的路径下的云朵之下，大风刮得更剧烈。她在脸庞前张开龟裂的双手欲以挡风，痛恨双手从未彻底失去知觉，相反，手指似乎变成晕眩之物，嗡嗡不休的沉溺之感充盈指尖。她的双眼也会涨满涩泪，泪水还会滑落在脸颊上。泪痕不会冻结——还不至于冷到滴水成冰的地步。酷寒只是让他们的生存变成一种缓慢加剧的悲苦。在这些难熬的白昼、恐怖的黑夜里，如果出卖灵魂可以换回什么，她又会想要什么呢？有时候，她觉得一件毛衣就够了；有时候，她又会想：不，亲爱的，你的自尊自爱过头了，即使现在也是。难道你会为了一件毛衣就愿意在地狱——或是隔界的无边黑暗里——永生永世耗下去吗？才不哩！

好吧，也许不会。但要是魔鬼再用一副暖和的耳罩来诱惑她，那就——

只要少许温暖，他们就可以舒服多了。她一直在想这个。他们有食物，还有水，因为每隔十五公里，他们就能在沿途找到尚可使用的水泵，从劣土深深的地下抽出冰牙冻肺、矿石味的水。

劣土。她数小时、数日，以至于数周地沉溺于对这个名字的冥想中。是什么让土地变得恶劣不堪？毒水？从地下抽上来的水不是甜丝丝的，无论如何都不算好喝，但也绝不是有毒的。那是因为缺乏食物？他们有食物，尽管她相信：如果他们找不到别的供给，食物问题迟早会爆发的。与此同时，她实在吃腻了盐渍碎牛肉，更不用说早餐吃的葡萄干了，如果你愿意，饭后甜点还是葡萄干。但，好歹有吃的。身体所需的汽油。当你拥有了食物和水源,为什么这里还是一片劣土呢?望着天空先变成金黄色,西边再泛出一片红褐;再望着天际变紫后,东方的夜空里升起亮闪闪的星星。她看着一天将尽越来越恐惧:她想到另一个无尽的长夜,星光下狂风在岩石山丘间呼啸穿梭,他们三个只能紧紧依偎在一起。手指和脚趾全冻麻时,寒冷就像是通往炼狱的无尽秘道,这时你会想:要是有一件毛衣一副手套,那该多舒服呀。这么一点就足够了,只要毛衣和手套。因为这儿还不算太冻人。

事实上,太阳下山之后究竟会变得多冷呢?从未低于华氏三十二度,她知道的,因为她倒给奥伊喝的水从未结成冰。她猜想,在子夜到黎明之间,气温大概降至华氏四十度;有些夜里,可能会降到三十多度,因为她曾经看到奥伊的食盆边上有过细小的冰晶。

她开始盯着奥伊的毛皮看。一开始,她对自己说,不过是一种特殊的练习,一种打发时间的好办法——默想着貉獭的新陈代谢将需要多少热度,而那件毛大衣(很厚实,厚实得近乎奢侈,厚得令人惊叹的大衣)又有多保暖?慢慢地,她终于辨认出了自己的这种情绪:嫉妒,以黛塔的嗓音嘟哝不止的嫉妒。就算太阳下山了,小貉獭也不觉得有啥苦,不是吗?不,他才不冷哩!你可知道用那身小兽皮足够做两副连指手套么?

她竭力甩走这些思绪,悲惨而恐怖的思绪,她在想,人类的精神堕落到卑鄙、算计、自私自利的时候是不是还有更低的底线?她不想知道答案。

寒冷一点一点深入他们的体肤灵魂,夜以继日,日以继夜。如利刺般的寒冷。睡觉的时候,他们会把貉獭搂在中间,或是再翻个身,再次面朝黑夜。真正解乏的睡眠历来长久不了,不管他们有多累。当月亮高悬在天空,像白蜡一般照亮黑夜时,他们有两星期在夜里行走,白天则用来睡觉。这样御寒似乎好一点。

他们只见到一种野生动物,那是一群大大的黑鸟,有的飞翔在东南边的地平线上,有的则挤在岩石高台上,兴许就是惯常所说的栖息地。如果风向刚好,罗兰和苏珊娜就能听到鸟群那微颤的嗓音发出的唧唧喳喳的叫声。

"你觉得那些个东西能吃吗?"苏珊娜问过枪侠一次。月亮已经不见了,所以他们这几天又是白天赶路了,这样还能发现不少潜在的危险(好几次遇到横穿小路的深深裂口,还有一次,他们在路上看到一个阴沟口,显然是个无底洞)。

"你觉得呢?"他反问她。

"大概不能吃吧,但我倒不介意尝一下,看看到底如何,"她想了想,又

495

说,"你认为它们靠吃什么为生？"

罗兰摇摇头。道路两旁只有广漠无边、难以置信的石化平原,到处可见尖峭的大岩石,毫无例外。还有百余只貌似乌鸦的黑鸟要不就在平顶的高台上盘旋,要不就坐在石头边缘,远远地盯着罗兰和苏珊娜这个方向看,活像一组瞪大眼睛的陪审员。

"也许我们应该绕道而行,"她说,"看看我们能不能找到别的路。"

"如果我们迷路了,恐怕再也找不回来了。"罗兰说。

"那纯粹是胡说八道！奥伊会——"

"苏珊娜,我再也不想听你这样说话了！"他语气中的暴怒,是苏珊娜以前从未见识过的。暴怒,是的,她看过罗兰发火的样子,很多次。但这次的火气流露出的小气和不悦却让她很担忧。也让她害怕。

随后的半小时,他们是在沉默中度过的。罗兰推着豪华出租车,苏珊娜坐在上面。接着,窄路(她已经给这条路取了名儿:劣土大道)又要上坡,她主动跳下来跟在他后面,接着便和他并排走。她早已把他那件"老家岁月"的Ｔ恤衫撕成了两半,并包在手掌上。这样不仅能避免被尖利的石块划伤,也多少能暖和一下她的手指。

他低头看了看她,又向前看着路面。注意到罗兰的下唇微微向外突,苏珊娜心想,他肯定不知道这种表情有多任性、多滑稽——像个三岁的小孩儿得知不能去海滩旅行了。他不知道,她也不会跟他讲。也许,过一阵子,等他俩能笑着回顾这段噩梦般的日子时再告诉他。准确地说,要等到那个时候,那时他们都记不得为什么一个华氏四十一度的夜晚能让人害怕,躺在那里一心想:只要一件毛衣就够了。只要一件毛衣,我就会乐得像喂食时间的马尾鹦鹉一样。甚至还会琢磨奥伊的毛皮够不够给他俩做保暖的衬裤;杀了貂獭也许正好帮了这小兽的忙;自从杰克死后,它一直都沉浸于悲伤中。

"苏珊娜,"罗兰开口了,"刚才我对你很凶,现在要请求你的原谅。"

"你不需要道歉。"她说。

"我认为有必要。我们的麻烦已经够多了,不能在彼此之间再制造事端。不能在我们之间制造怨怼。"

她很安静。抬头看着他时,他正远眺着东南方,望着那些盘旋的黑鸟。

"那些鸦。"他说道。

她还是很安静,等待着。

"在我的童年里,有时候会称呼它们为乾神的黑鸟。我告诉过你和埃蒂：那个厨师被吊死之后，我的朋友库斯伯特和我是如何撒面包屑喂鸟的，是不是？"

"是的，你说过。"

"和那边的黑鸟一模一样，有些人称呼它们为城堡鸦。但是，从来不会有人称之为皇家鸦，因为它们都是食腐鸟。你问过我，它们以何为生。答案很可能是：它们在他的城堡里的街上、后花园里吃了腐尸，因为他已经离开了。"

"拉什宫，或是红色老王魔窟，或者随便你怎么说都行。"

"没错。我不敢说很确定，但……"

罗兰没说完，也没必要说完。随后，她始终留神着那些黑鸟，没错，看起来它们一直往返于东南方。那些黑鸟也许意味着：他俩毕竟是在往正确的方向前进。这没什么大不了的，但好歹能支撑她熬过这个白天，以及随之而来的冻得发抖的夜晚。

6

第二天早上，他们又在一个没有营火的宿营地（罗兰保证过：今天晚上他们可以用一下斯坛诺，至少能吃上一口热的）里吃了一顿冷冰冰的早餐，苏珊娜问是否能看看泰特公司送给他的那块金表。罗兰非常乐意地递给了她。她长久地凝视镌刻在表盖上的三个符征，尤其是塔，塔身上的小窗口盘旋上升。接着她打开表盖，看里面的钟面。她没有抬头看他就问道："再跟我说一遍，他们是怎么对你讲的？"

"那是他们手下的美好意愿人员之一告诉他们的。据他们所说，那个人特别有天赋，但我记不得他的名字了。据他所言，这块表会在我们走近黑暗塔的时候停摆，甚至还可能倒走。"

"真难想象一块百达翡丽会倒着走，"她说，"这块怀表显示，现在是纽约时间早上或晚上八点十六分。这里看起来却像是早上六点半，但我不觉得这有什么意味，不管是站在哪个角度想都无所谓。但是，我们怎么才能知道这块小宝贝儿走得快了还是慢了？"

罗兰放下手上的活儿（把食物放回背囊里），认真思考着这个问题，又说道："你看到底下有根小针吗？自己转圈儿走的那根？"

497

"秒针,看到了。"

"秒针竖直的时候告诉我一声。"

她便盯着独自转圈儿的秒针看起来,当它转到正午的位置时,她说:"到了。"

罗兰已经盘腿坐下了,现在这个姿势对他来说毫无阻碍,臀部的疼痛消失了。他闭上双眼,双臂环抱着膝盖。每一口呼气都凝成了薄薄的白雾。苏珊娜尽量不去看,因为那仿佛是该死的冷空气愈来愈烈,以至于肆无忌惮地在他们眼前显身,虽然只是鬼头鬼脑地一闪而过,但毕竟是看得见的。

"罗兰,你在干——"

他冲她摆了一下手,手掌向外,眼睛依然闭着,于是,她不再出声。

秒针急匆匆地绕圈走,先是低头冲下,再昂头向上。就在它到达——

罗兰睁开眼睛,说:"一分钟了。真正的一分钟,因为我生存在光束下。"

她惊得目瞪口呆。"看在天堂的名义上,你究竟怎么做到的?"

罗兰摇摇头。他不知道怎么解释。他只知道柯特曾经教导他们:必须能随时随地在头脑中保持时间感,因为你无法依赖钟表,阴雨天时也无法仰仗观测日头。而半夜里更有此必要。有一年夏天,柯特把他们几个派往城堡西部的宝宝森林,度过了一个又一个难熬的晚上(而且,那里真是很吓人,至少当你独自一人时总会怕得很,不过,没有谁会公开承认的,甚至私下也不会向好友吐露),直到他们在柯特规定的时间分秒不差地回到宫殿的后花园。头脑中的计时器是如何运作的?这确实很难解释。一开始,他们怎么也做不到。做不到。做不到。做不到。只要你失败,柯特那双老茧横生的大手就会等着教训你,只要你失败,后脑勺就免不了吃一记,再听到柯特的怒吼:呃,小臭虫,明天晚上再回树林子去!你们一定很喜欢待在那儿吧!但是,一旦头脑里的时钟滴答滴答走起来,就似乎走得一直很准了。在某段时间里,罗兰几乎丧失了这种本领,就好像这世界丢失了罗盘里的准星,但现在这本领回来了,这让他非常高兴。

"你是数数吗?"她问,"密西西比一,密西西比二,这样数出来的吗?"

他摇摇头。"我就是知道。一分钟到了,或是一个小时到了。"

"绝对不可能!"她嗤笑起来,"一定是瞎猜的!"

"如果是猜的,怎么会刚好在小针走完一圈的时候说出来呢?"

"那就是运气好。"黛塔说着,眯缝着一只眼刁钻地斜睨他,罗兰很厌恶她的这种表情。(但从来没提起过;当黛塔偷偷冒出来时,这种指责只会惹毛了她。）

"你还想试一次吗?"他问。

"不了,"苏珊娜说完,叹了一口气,"我愿意承认,你的怀表走得分秒不差。但这也意味着我们还没走近黑暗塔。还早呢。"

"也许还不够靠近,所以表没受影响,但已经比我以往任何一次都要接近了,"罗兰沉静地说,"相对来说,我们现在已经处在其阴影之中了。相信我,苏珊娜——我知道。"

"可——"

一声鸦叫突兀而尖利地在他们头顶响过,其声嘶哑,却又沉闷得诡异,那不是正常的"呀呀"声,而是"咕噜咕噜"!苏珊娜抬头一看,见一只异常庞大的黑鸟——罗兰称之为"城堡鸦"的大鸟——刚刚从他们头顶上飞过,身体压得很低,因而他们都听得到翅膀沉沉的拍动声。弯钩形的鸟喙下荡着一条软绳似的东西,在苏珊娜看来,那条黄绿色的东西很像是干死的海草。只不过,并不是彻底干枯了。

她转身看着罗兰,难以掩饰兴奋的神情。

他也一点头。"鬼草。也许是带回去给它的伴侣筑窝用的。显然不是给小鸟吃的。它们不吃那东西。但当你走进无有之地时,鬼草总是踪迹全无,但你一旦走回去,就像我们这样,总能第一眼就看到它。我们终于看到了。现在,好好听我说,苏珊娜,我希望你能听好,我要你尽全力把那个讨人厌的婊子黛塔赶走,赶得越远越好。也不要浪费时间来告诉我她已经不在了,而我明明还能在你眼睛里看到她跳着考玛辣舞。"

苏珊娜似乎被惊吓住了,转而显出几分激愤,似乎自尊心受到了伤害,因而准备反唇相讥。但她扭过头去什么都没有说。当她转回来正视着罗兰时,她自己已感觉不到罗兰所说的"那个讨人厌的婊子"。罗兰也一定觉察到了:黛塔走了,因而他继续说下去。

"我想我们很快就能走出劣土了,但你要尽量做到一点:不要相信亲眼所见之物就能代表安全或是文明——可能是几栋房子,或是路面上的几块铺砌石。不久之后,我们就会进入他的古堡,拉什宫。基本上可以肯定:血王已经不在那里了,但他很可能为我们布下了陷阱。我想要你仔细听、仔细看。如果有什么需要商量的,我希望你能让我来处理。"

"你怎么能知道我做不到什么?"她问,"你在隐瞒什么?"

"没什么,"他答(对他而言,用上了难得一见的诚挚口吻),"苏珊娜,这

499

只是一种感觉而已。我们现在距离目标地已经很近了,不管那块表怎么说。我们很快就能踏上前往黑暗塔的道路。但是我的老师,范内,曾经说过一条永无例外的规则:胜利之前必遭诱惑。而且,获取的胜利越伟大,将受的诱惑也就越大。"

苏珊娜只觉一阵战栗袭遍全身,不由得用双臂抱紧自己。"我想要的一切不过是温暖,"她说,"如果没有人给我一大袋柴火和一套法兰绒工会制服,并以此要挟我放弃塔,我估摸着我们还能再撑一阵子。"

罗兰想起柯特格言中最正经的一句——决不要把最坏的事情大声说出来!——但他决定缄口,至少在眼下这个话题上如此。他小心地把怀表收好,站起来准备前行。

但苏珊娜却又独自延宕了一会儿。"我又梦到了那家伙,"她说,她觉得没必要讲出自己说的是谁,"连续三个晚上,跟在我们后面一路疾行。你觉得他真的会在那儿吗?"

"哦,是的,"罗兰答,"而且我相信,他还带着一只空空如也的肚皮。"

"饿,莫俊德很饿。"她这样说,是因为她在梦里听到了这句话。

苏珊娜又是一阵寒战。

7

他们走的这条窄路终于变宽了。那天下午,人行道边沿锈迹斑斑的镀金边渐渐显露出来。这条路越来越宽敞,天还没黑,他们就走到一个交叉口,衔接上了另一条大路(很久以前,这必定是一条正规的马路)。一根生锈的杆子竖在路边,大概以前是用来撑起路牌的,但现在杆子上方什么都没了。第二天,他们看到了法蒂这边的第一栋建筑物,却只是断壁残垣,有块路牌字面朝下躺在门廊上。小屋外面还有一间昔日的谷仓或牲口棚,现在也已夷为平地。在罗兰的帮助下,苏珊娜把那块招牌翻过来看了看,他们依稀辨认出其中的一个字:制服。字下则是他们早已熟稔的红眼符号。

"我认为我们一路走来的那条路曾经是连通迪斯寇迪亚古堡和拉什宫的四轮马车道,"他说,"这样才讲得通。"

自此,他们看到了更多的大屋小舍,更有意思的大街小巷。这显然是一座城镇或乡村的外围地域——甚而可能是血王城堡外的某个大型城市。但是，和刺德不同的是，这里昔日的光景已所剩无几。而酷寒则愈演愈烈，比先前更残酷地折磨他们的身心。在看到黑鸦后的第四夜里，他们打算在某间尚未倾塌的老屋里歇一晚，但两人都清楚地听到阴暗处传出窃窃私语。罗兰名之为"屋魑"——事实上，苏珊娜觉得这个专用名词太怪诞了——意思是：鬼魂之言，并且，他提议他们搬回大街上露宿。

"我不相信他们能把我们怎样，但有可能会伤害我们的小朋友。"罗兰说着抚了抚奥伊——它屈膝在地，慢慢往前蹭，那副胆怯的模样和平日里的奥伊判若两人。

苏珊娜巴不得快点离开这栋鬼宅。原本要作为今晚留宿地的这栋小房子总让人不寒而栗，她觉得那比天气的寒冷更折磨人。他们听到有什么东西在黑暗中低语，也许它们都很古老，但她认为，它们还很饿。于是，他们三个又挤成一团，互相取暖，身旁放着"豪华"手推车，在劣土大道上凑合了一夜，焦虑地等待黎明把气温拔升几度。他们还从那些倾倒的破房子里搬出一些木板，想燃起营火，但此举只是浪费了双倍的斯坛诺燃料。涂在烂桌椅上的燃料先自燃，但眨眼之间便熄灭了。那些木头就是拒绝燃烧。

"为什么？"苏珊娜眼睁睁看着最后一缕火苗消散，问道，"这都是为什么啊！"

"你很惊讶吗，纽约来的苏珊娜？"

"不，但我想知道原因。是不是木头太陈旧了？石化了，还是别的什么状况？"

"木头不燃烧，是因为木头痛恨我们，"罗兰回答，仿佛这对她来说本该是显而易见的，"这是他的地盘，就算他离开了也还是他的领地。这里的每一样物事都痛恨我们。但是……听着，苏珊娜。既然我们一直走在大路上，多少还是铺过路面的，我们晚上赶路怎么样？愿意试试吗？"

"当然，"她说，"干什么都比躺在外面强，冻得直发抖，活像只被塞进水桶里的可怜小猫。"

所以，就这么决定了——那一夜、后来的一夜，以及随后的两个晚上，他们都在赶路。她不停地想：我要病了，这样撑下去不可能不生病，但她确实没有病倒。两人都没有病恙。只是她左下唇的疱疹有时候会鼓起来，在结痂之前滴出一些脓血。他们唯一的病征是持续的寒冷，冰冷的气息越来越深地侵入他们的肉体。月亮又一次亮堂起来，有一天晚上她突然意识到：他们从法蒂出来后直奔东南方，已经快满一个月了。

渐渐的,一个废弃的小村落取代了满是巨形石头尖手指的奇异旷野,但苏珊娜已把罗兰的话牢记在心了:他们仍身处劣土,尽管他们偶然能看到招牌上留下的字样——证明这是一条"**国王之路**"(当然,下面还画着红眼睛;总是有这只红眼睛),她心里还是很明白:他们依然走在劣土大道上。

这个村子怪得很,她忍不住琢磨以前是些什么样的怪人住在这里呢?街道两旁铺着鹅卵石。房子的屋顶又窄又尖,门廊也很狭窄,而且高挑得反常,仿佛这些屋子、门廊是专为一些能在百乐宫的哈哈镜里看到的那种身形细长的乡民特制的。这些房子全像是从洛夫克拉夫特、克拉克·阿斯顿·史密斯、威廉姆·侯普·霍奇森的笔下跑出来的,歪歪斜斜地沿着他们所行之路所围绕的山坡而上,而镰刀式的月亮又仿佛出自插画大师李·布朗·寇乙①之手,月光罩笼着这一怪诞之境。倒塌之处比比皆是,废墟让人产生错觉,仿佛那是有机器官,仿佛那不是远古遗留下来的木板和玻璃,而是被撕扯而下、渐而腐烂的新鲜肉体。她一次又一次地感到:阴影重重的木板和死角背后藏匿着死人脸,全都在偷窥她,那些脸孔好像在碎石堆后面诡异盘桓,僵尸般的眼睛死死跟定他们的一言一行。这让她想起荷兰山的守门人,不禁打了个寒战。

在"国王之路"上度过的第四个晚上,他们走到了一个比较关键的岔路口,宽敞的主街拐了个大弯,与其说朝东而去,倒不如说更偏南向,因而渐渐偏离了光束的路径。前方大约一夜脚程(也可以说是车程,如果有谁刚好坐在豪华出租车上的话)之外,有一座高山,一座黑森森的巨型古堡就扎根在那座山上。在不安的月色下,苏珊娜只觉得那古堡隐约有股东方气质。塔楼在城堡顶端气鼓鼓地凸起,好像满心希望自己能是尖尖顶。塔楼之间,令人神迷的小径蜿蜒穿梭,在正殿前的主庭院之上构成十字形的走廊。有几段走廊已经塌陷,但大部分保留下来。她听见一阵绵延深广的低鸣。不是机械的响声。她便问罗兰。

"水。"他答。

"什么水?你知道吗?"

他摇摇头:"但只要是靠近这座城堡的水,我都不会喝的,哪怕渴死。"

---

① 这里提到的人名都是著名魔幻艺术家。洛夫克拉夫特(1890—1937)是著名的怪诞小说作家,克拉克·阿斯顿·史密斯(1893—1961)是魔幻小说家,威廉姆·侯普·霍奇森(1877—1918)是传奇的非现实主义小说家,李·布朗·寇乙(1907—1981)则是插画大师。

"这地方很恶毒,"她喃喃自语,说的不止是这古堡,还有无名小村里东倒西歪的

(恶狠狠睨视他们的)

大屋小舍,它们仿佛围拢着城堡而生,"还有,罗兰——城堡不是空的。"

"苏珊娜,如果你感觉到有魂灵叩击你的头脑并欲进入——也许是叩击,也许是噬咬——你就得命令它们远离你。"

"会有用吗?"

"我不敢保证一定有效,"他承认了,"但我以前听说过,这类魂魄需要征得同意才能进入你的心脑,但它们很狡猾,善于用诡计或谋略来骗取你的同意。"

她以前读过《吸血伯爵德拉库拉》,也听卡拉汉神父说过耶路撒冷镇的故事,因而深知罗兰此言的真谛。

他轻柔地揽着她的肩膀,令她掉转目光,不再眺望远方的古堡——它们并非本来就那么黑,她想,那只是岁月的痕迹。日光将披露一切。而现在,只有掩映在云层中的上弦月照耀着他们的路途。

他们止步之处可通往好几条小路,大多数都如断指般拗曲。罗兰想让她观望的一条路则是笔直的,当然,苏珊娜自己也能意识到:自从他们沿着默默堆砌在路边的荒芜村落一路走来,这是唯一一条真正称得上笔直向前的大路。这条路不是用鹅卵石潦草铺就的,而是铺砌得光滑而平整,并直直地指向东南方,依傍于光束的路径。在这条路的上方,镶着月光银边的云朵像是排列整齐的船队。

"有没有瞄到地平线上有模糊的影子,亲爱的?"他轻轻问道。

"是的。有道模糊的黑影,前面还有一道白条。那是什么?你知道吗?"

"我大致能猜中,但不敢肯定,"罗兰答,"我们就在这里歇息吧。很快就要天亮了,到时我们就能看清了。另外,我也不想在夜里靠近那座古堡。"

"如果血王已经走了,如果光束的路径与这条路吻合——"她指了指,"那我们到底为什么还要去那座该死的旧城堡呢?"

"去确认他真的走了,这是其一,"罗兰说,"而且,说不定还能为跟在我们身后的那家伙布下个圈套。我不能确定——他很机灵——但机会是有的。他还很年轻,年轻人难免冒失。"

"你会杀了他吗?"

月光下,罗兰的微笑骤显荒凉,残忍。"不会有半点迟疑。"他这么答。

8

清晨,苏珊娜从一场极不安稳的假寐中醒来,她靠在手推车后堆放的补给品上,一睁眼,看到罗兰站在分岔路口,目光落在上方的光束的路径上。她爬下人力车时的动作非常谨慎,因为她浑身僵硬,不想把自己摔着。她假想着藏在自己肉体里的骨头该有多冻、多脆,大概会像玻璃一样不堪一击吧。

"你看到了什么?"他问她,"现在有光了,你看到路的尽头是什么?"

白乎乎的一段,是雪,她并不因为他们眼前已是高原而骇异。令她惊讶的是——甚而难以置信地心头一喜——雪带后的一排树木。绿色的冷杉。活生生的植物。

"哦,罗兰,那些树多可爱啊!"她说,"哪怕埋在雪里,看起来也很可爱!是不是?"

"是啊。"他应了一声,接着便把她抱得高高的,再转身让她面对他们一路走来的方向。就在险峻的死屋郊野之后,她能一眼望尽他们走穿的劣土,能看到所有那些阴森如僵尸之指般的岩石,夹杂在矮小的山丘和石台之间。

"想想吧,"他说,"你看到的那遥远的一边是法蒂。法蒂之后是雷劈。雷劈之后,是卡拉镇,那片森林则标出中世界和末世界的分界线。刺德还要再远一点,河岔口就更远了;西海和墨海呐沙漠也是。就在更深更远的那一边,迷失于时空中的便是内世界之残余。领地。蓟犁。在那些地方,至今都还有人记得爱和光。"

"是的。"她说,却不太明白。

"那就是血王欲以施暴的方向,"罗兰说,"他本想走另一条路的,你必须明白这一点,他本该往黑暗塔而去,即便深陷疯狂之中,他也绝不至于要扫平经过的土地,不管是他自己还是跟从他的什么兵团都不会。"他把她放下来面对着他,并极其温柔地亲吻了她的前额,这几乎令她落泪。"我们三个将要前往他的城堡,如果我们的运气够好,而莫俊德的运气够坏,就可以下个圈套逮住他。接着我们要继续走,回到生机勃勃的土地。在那里我们会有生火的木头，有猎打，有肉吃，还会有保暖的衣物。亲爱的，你还可以继续走这一程吗？你行吗？"

"行，"她答，"谢谢你，罗兰。"

她拥抱了他，并伏在他的肩上遥望那红色的城堡。在渐明的天光中，她凝望着尽管被岁月蒙上了暗尘，最初必如溅血般的猩红的岩石。这颜色唤起了她的一段记忆，当她和米阿在迪斯寇迪亚幻境城堡上谈话时，猩红之光始终在远方天际稳固地脉动闪耀。事实上，那记忆中的红光恰是从他们现在站立的方位发出的。

赶紧过来，如果你还想过来的话，纽约的苏珊娜，米阿曾这样对她说，即使距离这么远，国王也能施魔咒。

她所谈及的正是那道脉动闪耀的猩红之光，但——

"不见了！"她对罗兰说，"从城堡发出的红光——血王的熔炉，她是这么说的！那光不见了！这一次我们从头开始就没见到过！"

"是没了，"他说，这一次露出的微笑更温暖了，"我相信在我们阻止了断破者的同时，它就不见了。血王的熔炉熄灭了，苏珊娜。永远熄灭了，如果众神为善的话。我们已经做了如许之多，尽管也付出了昂贵的代价。"

那天下午，他们进入了拉什宫，事实上，那座城堡并非全遭遗弃。

第三章

血王城堡

1

距离城堡一公里处,他们看到了幡旗和海报,也听到了那尚且看不见的河流的咆哮。幡旗由红、白、蓝三色组成,迎风飘扬——这让苏珊娜联想起某些小镇在七月四日国庆日组织的大道游行。沿街的房屋依然很窄小,有种鬼鬼祟祟的神态,一路上的店面、房门全都紧紧关闭着,从地下室到阁楼的门窗无一例外,在这样一幅街景中飘扬的幡旗,恰似腐尸脸上的红胭脂。

但海报上的面孔她都很熟悉。理查德·尼克松和亨利·凯伯特·洛奇双双摆出代表胜利的V字手势,汽车销售员还咧嘴笑着(标语是:**尼克松/洛奇,只因事业尚未完成**),约翰·肯尼迪和林登·约翰逊并排站着,相互勾着肩,还双双举起另一只手。在他们脚下写着一行粗体宣言:**我们站在新起跑线上!**

"知道是谁赢了吗?"罗兰扭头问道。苏珊娜正骑坐在豪华出租车上,打量周围的情景(并祈祷着:哪怕有件开襟羊毛衫也好啊,上帝啊!)。

"噢!我知道,"她说,心中却毫不怀疑这些海报就是贴给她看的,"肯尼迪赢了。"

"他成了你们的首领?"

"是整个美利坚合众国的首领。后来肯尼迪被枪杀了,约翰逊就接任了总统。"

"枪杀?你是这么说的吗?"罗兰突然有了兴趣。

"是啊。有一个名叫奥斯瓦尔德的胆小鬼躲在人群里朝他开了枪。"

"而你们的美利坚合众国当时是世界上最强大的国家。"

"嗯……当你拽着衣领把我强拉进中世界时,苏联正和我们较劲儿呢,不过,笼统地来说,你说得没错。"

"你们国家的乡民为自己选择首领。不是排资论辈。"

"说的没错。"她应和着,留了一点小心眼。她倒是有点希望听到罗兰抨击民主制度。要不,大笑一通也好。

可是令她吃惊的是,罗兰说:"引用小火车布莱因的话来讲,那听上去太优异了。"

"我求求你了,别引用他的话,罗兰!现在别,以后永远都别提他啦。行不?"

"如您所愿。"他说。紧接着,连一个停顿都没有地压低了声音说:"备好我的枪,请求你。"

"乐于效劳。"她立刻回应道,同样压低了嗓门。这话听来就像:乐乐效力,因为她压根儿不想挪动嘴唇。她能感觉到:他们被盯上了,簇拥于"国王之路"这一头的中世纪村落里(或是以中世纪为题材的电影布景),正有无数隐秘的眼神偷偷地从商店和酒馆里漫射而出。她不知道那些是人类还是机器人,或者不过是依然开着的摄像机,但甚至在罗兰还没说出口、还没确定之前,她就不曾误解过这种如芒在背的感觉。而她只需要看着奥伊的小脑袋就知道它也感觉到了,因为貉獭的头来回摇摆着,活像老爷爷家的钟摆。

"他是个好首领吗,那个肯尼迪?"罗兰又问,保持着正常的语调和音量。一片寂静中,这声音传得很远。苏珊娜意识到一个妙不可言的事实:她突然之间不冷了,尽管现在距离咆哮的河流这么近,空气因此变得更潮湿更阴冷。她全神贯注于身边的这个小世界,以至于无暇关心冷暖。至少,眼下是这样。

"嗯,不是每个人都觉得他好,显然那个枪杀他的傻蛋就不觉得他好,可我觉得他不错,"她接着说,"他对民众说,一旦他上台执政,就要致力于改变现状。大概不足一半的选民相信他的话,因为大多数政治家都会像猴子甩尾巴一样撒谎,原因都是为了夸口说自个儿能干。可他一被选上,就开始履行自己的诺言。有个地方叫古巴,就是在古巴问题上他彻底摊了牌,勇敢得就像……好吧,让我们这么说吧,你会乐于和他并驾齐驱。可就当老百姓刚刚瞧出来他有多较真时,那个被人雇用的王八蛋就开枪杀死了他。"

"奥兹-沃特。"

她点点头,不想费神去纠正他的发音,她想其实也没什么可以纠正的。奥兹-沃特。奥兹。历史总是在重复,不是吗?

"肯尼迪下来之后,约翰逊就接手了吗?"

"没错。"

"他干得如何?"

"就我离开那会儿而言还太早,不能下结论,但他更像是老手政客,我们以前曾说,'混下去就能混得好',这话的意思你懂不?"

"是的,我懂,"他答,"苏珊娜,我觉得我们到了。"罗兰将豪华出租车停住。他站在那里,手里还攥着人力车的推手,端详着拉什宫。

2

"国王之路"到了尽头,顺延进一方铺有圆石子的宽敞前庭,当年,这里必然列有血王手下肃穆勤苦的卫兵,就好像护卫伊丽莎白女王和白金汉宫的仪仗卫士。圆石地面上以深红色绘出那只红眼睛,略有风尘的痕迹。若是站在地面上,观者只能辨认出这是什么,但苏珊娜猜想,如果登高俯瞰,就能发现这只眼睛指向西北。

这个该死的形象也必会绘制在每一个方向上。她默想着。

露天前庭之上、延展于两座废弃高塔之间,挂有一条横幅,看起来才绘了不久。横幅(同样,也是红、白、蓝三色)上的钢印字迹这样写:

欢迎你们,罗兰和苏珊娜!
(还有,奥伊!)
来此自由世界继续折腾!

前庭(以及用作护城河的封闭式内河)之后的城堡果然是用暗红色的石砖垒成,有了年头之后,石砖的颜色越来越暗,如今都快成黑色了。塔楼和角楼从城堡正殿里耸升而立,气势逼人,似欲否定地心重力般地跋扈升腾。掩映在俗丽拱弧支柱后的城堡却显得肃穆沉稳,几乎摒弃了一切雕饰——只有主通道口上方的拱心石弧顶上刻有那只圆睁的红眼。半空走廊中有两段已塌陷,跌落的碎石堆积在正庭的地面上,但其余的六条走廊依然各就其位,在不同高度上展开,形成交叉层叠的效果,她不禁联想到复杂的立交桥,同样有许多不同的上下出入口,以使不同的高速公路在此衔接交转。至于房子的构造么,门也好、窗也好,都是怪诞的狭长造型。肥硕的黑鸦蹲栖在窗台上,或沿着半空走廊立成一排,盯着他们看。

苏珊娜从手推车上下来,罗兰的枪已处于备战态,揣在她的皮带里,触手可及。她跟上了他,站在护城河边打量着城堡大门。门是敞开的。门后,一道弯弓形的石桥横跨于河上。桥下,黑漆漆的水从四十英尺宽的水喉里湍流而出。水闻来又刺鼻又恶心,而且,流经不少利齿状的石头时,泛起的泡沫不是白的而是黄的。

"我们现在做什么?"她问。

"听听这些家伙说什么,作为开始。"他边说边冲着城堡里圆石前庭那头的大门点了下头。那扇门半开半闭,有两人从里面走了出来——完全是普通的人类,一点儿不像她非常期待的哈哈镜里的长条人。当那两人差不多走到正庭中央时,第三个人也闪身而出,小跑着跟上来。看起来这三人都没带武器,当前面的两人走近石桥时,她才看清他们几乎长得一模一样,但老实说,她看到双胞胎已经不再惊诧了。后面跟上的第三人也长着同一张脸孔:白种人,高挑的身材,长长的黑发。这是三胞胎,俗话说得好:两个孩子相见好,还有一个图运道。他们都穿着牛仔裤和双排扣厚大衣,她立刻(甚至迫切地)嫉妒起来。前面的两人各自提着一只皮条把手的柳条篮。

"要是加上胡子和眼镜,他们就像是我和埃蒂第一次看到的斯蒂芬·金的翻版。"罗兰压低了嗓音说道。

"是吗?你当真?"

"是啊。你记得我怎么跟你讲的吗?"

"你再说一遍。"

"胜利之前必遭诱惑。还要记住这一条。"

"我会牢记在心的。罗兰,你害怕他们吗?"

"我认为他们三个没什么好怕的。但要准备好随时开火。"

"他们好像没有武器。"当然啦,他们有柳条筐;什么都可能放在里面。

"无论如何,随时准备。"

"放心吧。"她说。

3

尽管桥下的护城河咆哮不止,他俩还是能清楚地听到陌生人的靴子踩踏出的稳健步伐。提着篮子的两人已经走到了桥上,并在拱形桥最高处停下了脚步。接着,他俩把手中的篮子紧挨着放在地上。第三个人则在城堡里止步,手中虽空无一物,十指优雅地相扣于身前。现在,苏珊娜闻到了熟肉的香味,显然是从其中一篮里飘出的。也不是猪肉。她觉得那是烤牛肉和烤鸡肉混杂的浓香,像是从天堂里飘来的。口水立刻泛涌在她嘴里。

"向您致敬,蓟犁的罗兰!"他们右边的黑发男子说道,"也向您致敬,纽约的苏珊娜!嘿,还有中世界的奥伊!祝天长夜爽!"

"一个丑,别的就更丑。"他身边的兄弟却这样说。

"别理他。"右边长得像斯蒂芬·金的男子说。

"'别理他'。"另一个模仿道,还挤眉弄眼地扮了个可笑的鬼脸。

"也愿您收成加倍。"罗兰对着两者中较有礼貌的那人回应道。他踮了踮脚后跟,敷衍地回了一个屈膝礼。苏珊娜则采用卡拉镇的屈膝礼,扬了扬不存在的裙边。奥伊正坐在罗兰的左脚边,只是瞪着桥上的这两位。

"我们是巫飞思,"右手边的男人说,"你知道什么是巫飞思吗?罗兰?"

"是的,"他答,转而略微倾向苏珊娜,说道,"这是个古老的词……事实上,是远古的词。他宣称他们都是变形人。"为此,他还特意压低了声音补充了一句,桥上的人应该听不见。"我怀疑是真的。"

"是的,是真的。"右边的男子立刻应道,看起来欣喜有余。

"说谎的人在哪儿都能找到同类。"左边的男子仿佛在一针见血地评说,还不屑地翻了翻白眼。就一只眼。苏珊娜以前根本不会相信有人可以只翻一只白眼。

他们身后的第三人什么也没说,只是站在那里,低头看着自己十指相扣的手。

"我们可以随心所欲地变换形体,"右边的人继续说,"但是我们得到的指令是:变成你们能一眼认出、并愿意信赖的人。"

"我可不太信任金先生,"罗兰说,"那个人,像只啃裤子的山羊,尽惹麻烦。"

"我们尽力了,"右边的斯蒂芬·金说,"我们还可以变做埃蒂·迪恩的形貌,但又惟恐会让这位女士很伤心。"

"这位'女士'看起来乐于和一根绳子干一下,只要她能让绳子在她两腿之间竖起来。"左边的斯蒂芬·金评论道,还抛了个媚眼。

"太无礼了。"后面那人开口了,他将两臂交叉抱在胸前。口气俨然像个辩论赛裁判员。苏珊娜几乎要指望他宣判坏嘴巴·金在体罚室里禁闭五分钟。其实,她并不会因为坏嘴巴·金的粗鲁笑话伤了她的心而生气;那只会让她想念埃蒂。

罗兰则对所有的插科打诨毫不在意。

"你们三个可以变换成三种形貌吗?"他问好嘴巴·金,苏珊娜清楚地听到枪侠在发问前咕噜一声咽了口水,便知自己不是唯一一个勉强不在食品篮前流口水的人,"比如说,你们是否可以同时变成金先生、肯尼迪先生和尼克松先生?"

"问得好!"右边的好嘴巴·金说。

"问得蠢!"左边的坏嘴巴·金说,"根本没问到点子上。偏题偏得太离谱了。哦好吧,哪个动作派英雄还是知识分子?"

"丹麦的哈姆雷特王子,"裁判员·金在他们身后不动声色地说,"但考虑到这是在第一时间内反应出的名字,所以他可能只是个特例,不足以证明这条规则有普遍性。"

好嘴巴和坏嘴巴同时回头看他。等他们确认他说完了,再回过头看着罗兰和苏珊娜。

"鉴于我们其实是一体,"好嘴巴说,"并且相对而言能力有限,答案是否定的。我们可以都变成肯尼迪,或者都变成尼克松,但——"

"'搅乱昨天,搅乱明天,但绝不搅乱今天。'"苏珊娜插嘴道。她也不知道这句俗语怎么突然蹿到她脑子里(也不知道又怎么突然蹿出口来),可是没想到,裁判员·金却立即应声道:"准确极了!"并朝她一点头,俨然是表扬班上最好的学生的老师。

"继续啊,看在你爹的分上,"左手边的坏嘴巴·金嚷嚷起来,"光是看一眼这几个背叛血王的叛徒,我就实在忍不住要吐了。"

"好吧,"他的同伴说,"尽管称他们为叛徒相当不公平,至少可以加上卡作为这番定名的砝码。考虑到我们给自己的名字对你们来说可能难以诵读——"

"就好像超人的死对头,迈克赛泽普特克先生。"坏嘴巴说。

"——你们也可以像洛杉矶人那样说话,也就是你们所说的血王。简而言之,我是自我,使用的名字是毕玛乐。站在我身边的是富玛乐。他是我们的本我。"

"那么站在你们身后的那位就该是飞玛乐,"苏珊娜将重音放在了"飞"字上,"他呢,你们的超我吗?"

"噢!真聪明!"富玛乐叫起来,"我打赌你还可以说是弗洛伊德呢,那样就不和淫乐押韵了。"说着,他探身向前,又冲着她摆出那副招牌式的猥琐鬼脸。"可你能拼写出来吗?纽约来的短腿小黑鸟?"

"别理他，"毕玛乐说，"他总是受到女性的威胁。"

"你们是斯蒂芬·金的自我、本我和超我？"苏珊娜问。

"问得好！"毕玛乐赞许地应道。

"问得真蠢啊！"富玛乐就立刻不以为然地反驳，"小黑鸟，你父母膝下还有别的孩子活着吗？"

"你别想和我玩什么把戏，"苏珊娜说，"我会把黛塔·沃克召出来，把你骂倒为止。"

飞玛乐·金说道："我和金先生没太多瓜葛，只不过暂时仿效他的体貌特征。而且我很明白：所谓的暂时其实是你们能拥有的所有时间。我对你们的使命不寄热望，也无打算自找麻烦助你们一臂之力——至少，不想找太多的麻烦——况且，我也很清楚：你们两个对洛杉矶人的离去负有一定的责任。由于他令我身陷囹圄，几乎把我当成宫廷小丑来耍玩——甚至是他的宠物猴子——所以看到他离去，我一点儿不伤心。我会给予你们我力所能及的帮助——至少一小点——但是，不，我绝不会为此自添麻烦。'丑话说在前头'，就像你们过世的朋友，埃蒂·迪恩会说的那样。"

苏珊娜努力不回避那个名字，但这话伤到了她。伤到了。

和刚才一样，毕玛乐和富玛乐转身去看飞玛乐，等他说完，再回头面对着罗兰和苏珊娜。

"坦白是最佳策略，"毕玛乐一副恭敬的神情，说，"语出塞万提斯。"

"说谎者诸事顺遂，"富玛乐在一旁酸溜溜地冷笑，说，"语出匿名者。"

毕玛乐接着说："他总是把我们分为六块、甚至七块，没别的原因，就因为那样很疼很疼。但我们和城堡里的其他人一样，都走不了，因为他在城墙边划下了死界。"

"我们原以为他走之前会把我们都杀了呢。"富玛乐说道，全然不像刚才那般粗鲁刻薄。一个人只有在回顾某次濒临险境的经历时，才会有那种凝重反省的神态。

毕玛乐："他是杀了很多人。还砍了内务大臣的脑袋。"

富玛乐："那家伙得了梅毒，比屠宰场里的猪聪明不了多少，倒是更多一点可怜相。"

毕玛乐："他让厨房员工排成一排，还有打杂的女工——"

富玛乐："所有这些人对他都非常忠心，真的非常忠心——"

毕玛乐："然后让他们当着他的面吞下毒药。如果他乐意，完全可以在他们熟睡时把他们杀死——"

富玛乐："君要臣死臣不得不死。"

毕玛乐："可他却决定让他们服毒。老鼠药。他们吞下那些棕色的大药片，之后就倒地抽搐一阵，而他站在王位上目睹这一切——"

富玛乐："王位是由无数骷髅做成的，你们知道——"

毕玛乐："他就坐在王位上，胳膊肘支着膝盖，拳头撑住下巴，就像陷入长久沉思的人，大概在琢磨着化圆为方的问题，或是终极素数，就那么一直看着他们在听者厅的地板上翻来滚去，一边呕吐一边抽搐。"

富玛乐（在苏珊娜看来，其热忱的姿态既淫荡又极其丑陋）："有些人死之前央求着喝口水。没错啊，那种毒药会让你口渴难耐！于是我们坚信，接下去就该轮到我们了！"

终于，毕玛乐被惹恼了，就算不是恼怒，也气得够呛。"你能不能让我把这事儿说完，接着让他们决定是走是留？"

"总是这么专横！"富玛乐说着，闷闷不乐地闭上了嘴巴。在他们头顶上，好多城堡鸦推推搡搡抢着位置，瞪着晶晶亮的小圆眼睛俯瞰。苏珊娜心想：不用问了，它们就等着把留在这里不走的人当作一顿美餐呢。

"他有六个留存的巫师的玻璃球，"毕玛乐继续说，"当你们还在卡拉·布林·斯特吉斯时，他在里面看到了什么，并因此彻底疯了。我们不知道他看到的是什么，因为我们没看到，但我们都认为，是因为你们得胜了，不仅在卡拉镇，还有随后在厄戈锡耶托。如果确实如此，那就意味着他欲图以摧毁光束从而远距离操控塔之倒塌的计划终结了。"

"当然是这么回事儿了，"飞玛乐静静地说，于是，前面两个斯蒂芬·金又一次回首观望他，"不会是什么别的了。将他逼到疯狂边缘的首要原因就是他思绪中的两种矛盾的执念：让塔倒塌，再先于你，罗兰，到达那里，并攀上塔顶。摧毁它……或是，主宰它。我不能确定，他是否在理解这件事情上走得过头了——只要抢在你之前抵达你想要之物，在你面前夺走它。他在意的就是这些。"

"得知他因你们而有多恼怒你们一定会高兴的，在他摧毁自己一切珍贵玩物之前的几周里，他不停地念叨你们的名字，诅咒你们，"富玛乐说，"他变得多么害怕你们啊！能多害怕就有多害怕。"

"不是这么回事，"毕玛乐反驳道，苏珊娜觉得他有点动怒了，"虽然这决不至于让他高兴。他赢得的荣誉不比他失去的多。"

513

飞玛乐说:"当血王眼见厄戈将败在你们手里时,他明白存活的光束必将再生,并比以前更茁壮!到最后,这两道仅存的光束将再造出其他的光束,一尺一尺、一轮一轮地重新接合它们。如果那一切发生了,最终……"

罗兰点着头。苏珊娜在他眼中观察到一种全新的神情:惊喜。也许他真的知道怎么赢得胜利,她想。"到最后,原已转换的世界也许又能恢复如初。"枪侠说道。"也许,中世界和内世界都将如此,"他停了停,"也许甚至还有蓟犁、光束、白界。"

"这种事情没有所谓也许,"飞玛乐说,"因为卡是个轮,只要轮子不裂,就会继续滚动。除非血王可以变成黑暗塔之主,或最高刽子手之主,否则一切都将会恢复如初。"

"疯狂,"富玛乐说,"而且是极具破坏力的疯狂。但显然红大哥总是乾神疯狂的那一面。"他朝苏珊娜甩去一个丑陋的痴笑,说:"黑鸟女士,那就是弗洛洛洛伊德说的。"

毕玛乐继续说道:"当玻璃球粉碎、杀戮完成之后——"

"这就是我们要让你们明白的,"富玛乐又说,"前提就是,你们的脑袋瓜还不至于太迟钝,否则可就听不懂啰。"

"等这些琐事全了结了,他就杀死了自己。"飞玛乐再次开口,前两人再次扭头去看。仿佛他们做不了别的。

"他用的是不是一柄勺子?"罗兰问,"因为我和朋友们从小就听过这样的预言。写在了一首打油诗里。"

"确实如此,"飞玛乐答,"我想,他是用勺子切开了自己的喉咙,勺子的边缘已经被磨得很锋利了(就和某些人的盘子一样,快着呢,你们清楚得很吧——卡就是个轮,从哪里开始,就会转回哪里)但他把它吞了下去。吞了下去,你能想象吗?大股大股的鲜血从他嘴里喷出来。简直是洪水猛涨!随后,他爬上灰马群中最雄壮的那匹——他给它起了名字,叫尼斯,取名于眠和梦的土地——骑上马就直奔东南面神会之地的白域而去,马背上还搭着他那一点点装备。"他笑了:"这里的食物储备非常富裕,可是他用不着了,如你们所知。国王不再吃了。"

"停一下,超时了,"苏珊娜说着伸手摆出一个T字形(这个手势她跟埃蒂学的,但此刻她并没有想到这一层),"如果他吞下了一把边缘如刀锋的勺子,从里面把自己切开了,甚至呛着血——"

"黑鸟儿女士开始开窍啰!"富玛乐雀跃道,双手都在空中挥舞。

"——那他怎么还能做别的事情呢?"

"王是死不了的,"毕玛乐说,俨然在对一个三岁孩童解释某个显而易见的道理,"而你们——"

"你们这些个傻蛋——"他的同伴来打岔,笑嘻嘻地恶言恶语。

"你们无法杀死一个已死之人,"毕玛乐总算说完了,"罗兰,若是他还像以前那样,你的两把枪就可以结果他的性命……"

罗兰颔首示意:"父子相传的枪,枪筒由亚瑟·艾尔德的长剑——石中剑改制而成。是的,古老预言也提到这一点。他肯定也知道。"

"可现在他已经脱险了。只要他将自身超脱于那些预言之外,只要他是不死之身,就行。"

"我们有理由相信,他一直羁留在塔的一层外阳台里,"罗兰说,"不管是不是不死之身,如果他没有艾尔德传下的某样圣物,就永不可能攀到塔顶;既然他知道这些预言,就肯定明白这一点。"

飞玛乐冷冷一笑:"是的,但是,正如苏珊娜世界里的一个故事中有个守桥的霍雷肖一样,现在血王把守着黑暗塔。他已经找到了进口的途径,但还不能攀到顶,这是事实。可他一夫当关,死守不放,你们也没法爬上去。"

"看起来,红色老国王倒还没有疯到骨子里。"毕玛乐说。

"疯子来啦!"富玛乐在一旁起哄。他闷声拍打自己的太阳穴……然后爆发出一阵大笑。

"可是,如果你们继续,"飞玛乐说,"等于亲手把艾尔德的圣物带去给他,而他正好需要那些东西将自己从羁留中解放出来。"

"他必须先从我这里夺过去,"罗兰说,"从我们手里。"他的语调一点不激动,似乎只是在评说天气。

"没错,"飞玛乐表示同意,"但是你要想一想,罗兰。你们不能用枪打死他,但他却有可能从你们手上夺走枪,因为他天性狡猾,诡计多端。要是他正好那么做了……那好吧!想象一下,一个死去的国王,而且疯了,站在黑暗塔的顶层,怀里揣着一对儿伟大的老枪!他可能立于塔顶统领世界,但我更倾向于——考虑到他的疯狂——他会作出相反的选择:推倒塔。他干得出来,不管有没有众光束。"

飞玛乐阴沉地观望着他们,依然站在那边的桥头。

"到了那时候,"他说,"所有一切都将在黑暗中。"

4

几人默默地站在那里，思忖着这一假设。接着，毕玛乐开口了，几乎像是在辩解。"代价也许没那么大，只要你稍微想想，自从黑暗塔存在以来的这个世界、也就是我们称之为楔石塔的地方，这儿的塔不像玫瑰那样影响很多事物；而是以塔的方式影响了譬如永生虎，譬如你们那名叫罗佛的狗，譬如至少对于一个——"

"名叫罗佛的狗？"苏珊娜惊呆了，问道，"你说的可当真？"

"女士，您的想象力不敌一根烧煳了的木棍。"富玛乐带着深深的厌恶说道。

毕玛乐不受其影响。"在这个世界里，黑暗塔就是黑暗塔。而在你们的世界里，罗兰，在你先前待过的世界里，大多数物类都在正常繁衍，大都生活得很甜蜜。能力和希望依然存在。你愿意冒着摧毁那个世界和这个世界以及金先生以想象力企及的世界的大险吗？你明知不是他创建了那个世界。能窥探乾神的奥秘并不意味着就是另一个乾神，尽管很多富有创造力的人好像都这么自以为是。你愿意拿这一切来冒险吗？"

"我们只是在询问，并不打算说服你们，"飞玛乐说，"但是，事实很明显：现在，这仅仅是你的任务了，枪侠。一切都取决于你。没什么能再迫使你前进了。只要你穿过这座城堡，走进后面的白域，你和你的朋友们就将越过卡本身。而你并不是非去不可。你先前经历了一切，你已经可以拯救众光束了，而救了光束便能确保塔继续存在，乃至永远存在，那是众世界和众生灵绕之旋转的轴心。任务已经完成。如果你现在掉头回去，死去的国王就将永远受困于他现在所在之处。"

"你说完了吧。"苏珊娜插嘴道，并无礼地看着活该挨白眼的富玛乐。

"不管你说的是真是假，"罗兰说，"我会继续推进。因为我许下了诺言。"

"你对谁许下诺言了呢？"飞玛乐喊了出来。自他站在桥上城堡这边的位置以来，第一次松开了双手，并用它们用力地抓着头发往后押。动作虽小，却有力地证明了他的极度困惑。"因为，根本没有关于诺言的预言；我告诉你！"

"不会有那样的预言。因为我是对自己许诺,也将独自信守。"

"这人和红色老大哥一样疯狂。"富玛乐不无敬意地说。

"好吧。"飞玛乐说。他长叹一声,又将两手相握于身前。"我已经尽力了。"他朝三体一位的那两者一点头,他们正转身留意着他。

毕玛乐和富玛乐各自弯下一膝:毕玛乐弯右膝,富玛乐弯左膝。他俩翻下柳条篮的盖子,再将两个篮子倾向前。(刹那间,苏珊娜想到了"价格正确"和"集中注意力"那些有奖竞猜电视节目中的模特,以及她们展示奖品的方式。)

一个篮子里是吃的:烤鸡和烤猪肉、牛腿肉、大片大片的粉色圆火腿。苏珊娜觉得她的胃在看到这一切的瞬间骤然扩张,似乎一切都准备好了,就等着吃,吃完为止,而且,她只有百般克制,才能不发出欲求的呻吟声。嘴边已经涨出了唾液,她一把抹去。他们应该知道她在擦口水,可她对此毫无办法,不过,好在她还有自控力,不会让他们瞅见饥饿在她唇上或下巴上留下任何证据。奥伊叫起来,但依然固守在枪侠左脚边。

另一个篮子里大大的粗针毛衣,一件红、一件绿:都是圣诞节的颜色。

"还有长袖保暖内衣、外套、羊毛衬里长靴,还有手套,"毕玛乐说,"神会之地在一年中的这个时段冷得要死,你们还得走上几个月呢。"

"在城郊,我们给你们留下了一副铝制雪橇,"毕玛乐说,"你们可以把它扔在小推车后面,等到了雪原,就可以拿出来装载装备,或是载上这位女士。"

"毫无疑问,你们会琢磨:既然我们不赞成你们继续前行,为什么要为你们做这些呢?"毕玛乐说,"事实上,我们庆幸于自己还能侥幸存活——"

"那时候我们真的认定自己玩完儿了,"富玛乐又插嘴,"'四分卫蔫巴了',埃蒂大概会这么说吧。"

这又令她心痛了……但不及眼巴巴看着那些美食更令她揪心。也不比在幻想中感受粗针大毛衣套上头、长长的衣摆一直能裹暖大腿更难过。

"我本打算尽可能地和你们谈清楚,让你们主动打道回府,"飞玛乐说——苏珊娜注意到,这是三人之中第一次有人用到了第一人称,"如果我说不动你们,就给你们所需要的补给品。"

"你们杀不了他!"富玛乐突然大叫起来,"难道你们不明白吗?你们这些木头脑袋的杀人机器,怎么会不明白呢?你们能做的一切不过是被他玩于股掌之间,玩得晕头转向!你们怎么会这么愚——"

"别说了，"飞玛乐温和地说，富玛乐当即闭上了嘴巴，"他心意已决。"

"你们会干什么？"罗兰问，"我们一走，你们打算怎么办？"

三个人一齐耸耸肩，一致得如同镜子的映照，但回答这个问题的只是飞玛乐——所谓巫飞思中的超我。"等在这里，"他说，"看看造物母体到底是生存还是死亡。与此同时，还要尽力复兴拉什宫，让这城堡恢复往日的荣耀。这里曾经是个美丽的地方。也会重新变得美丽的。现在，我认为我们之间已经谈完了。请带上你们的礼物，以及我们的感谢和祝福。"

"勉强的祝福。"富玛乐说着，真的微笑起来。这笑容在他脸上显得耀眼而又突兀。

苏珊娜几乎就要往前冲了。她是那么饿，那么想吃新鲜的食物（新鲜的肉），但她最迫切想要的是毛衣和保暖内衣。虽然补给品不算多（等他们走完巫飞思所说的神会之地，想必早就吃光用光了），但豪华手推车后面还有不少罐头装的豆子、鲔鱼、玉米碎牛肉，眼下他们的肚子还算半饱。是刺骨的寒冷正在折磨她。至少，感觉上是这样；寒冷由外向内地逼近她的心脏，每一刻都愈加痛苦。

但有两样事情阻止了她。其一，她意识到：如果迈出一步，她仅剩的意志力就会轰然崩塌；她会不顾一切地跑到桥顶上，双膝跪倒在装满衣服的深口篮子前，像个奔往跳蚤市场的家庭主妇般一通猛翻猛抢。如果她迈出了第一步，就再没什么能阻拦她了。然而丧志意志力还不是最糟糕的；她还会丢了奥黛塔·霍姆斯倾尽一生所追求的尊严，尽管有个可疑的家伙埋伏在她的脑海里蓄谋破坏。

然而这仍不足以遏止她的冲动。真正让她钉在原地的，是回忆，是看到黑鸟叼着貌似绿色茎干，不是"呀！呀！"地叫，而是"咕噜咕噜"地盘旋而过时的印象。只不过是鬼草，没错，但无论如何总是绿色植物。活生生的生物。就是那天，罗兰说的一番话令她无言以对——怎么说的？——胜利之前必遭诱惑。她以前绝对想不到，有生之年经受的最严酷的诱惑竟然是一件粗针渔夫毛衫，但是——

她幡然醒悟：枪侠一定早就猜到了，即便不是打一开始就胸有成竹，也是在三个斯蒂芬·金出现时明白的：这一切是场骗局。她无法精确地说出篮子里的东西究竟是什么，却万分怀疑那真的是食物和衣物。

她镇定下来。

"好吧？"飞玛乐颇有耐心地问，"你们愿意过来吗？收下我给你们的礼物?如果你们想要,就必须自己过来拿,因为我至多能走到桥中间。国王划下的死亡界线就在毕玛乐和富玛乐所站之位的前面。你和她可以来回走动,但我们不行。"

罗兰说:"谢谢您的好意,先生,但我们打算拒绝。我们有食物,前方不远处就有衣物在等待我们,就在牲口上呢。更何况,也不见得那么冷。"

"不冷,"苏珊娜表示赞同,微笑地看着三个一模一样的人——同样也是三个目瞪口呆的人,"真的不太冷。"

"我们要前行了。"罗兰说着又屈膝行了个简礼。

"说谢啦,愿你们顺利。"苏珊娜也说着客套话,再次撩了撩根本不存在的裙角。

她和罗兰掉头就想走。就在那一刹那间,毕玛乐和富玛乐依旧单腿跪在那里,伸手探入他们面前那两只敞开的篮子。

苏珊娜不需要得到罗兰的指示,根本不需要他大声喝令,就从腰带里拔出枪,射中了左边的那个——富玛乐——就在他从篮子里抽出一把长筒银枪的瞬间。枪杆上还吊着一件衣物,看似围巾。罗兰也拔出了枪,像以往一样神速地扣动扳机,一弹足矣。头顶上,黑鸦惊叫着飞起来,乱成一团,蓝色的天空在那一瞬间似乎都被黑色遮掩了。毕玛乐手中也持着一柄同样的银色长枪,慢慢地向前倒下,歪在面前盛满美食的篮子上,死前还带着一副惊讶的表情,前额正中央上多了一个弹孔。

5

飞玛乐立在原地,在另一边的桥头。双手依旧相扣在身前,但现在他已不像是斯蒂芬·金了。现在的他俨然是个濒死的老者,蜡黄的脸庞长长地耷拉着,病恹恹的。头发也不再是浓黑色,而变成了脏兮兮的灰色。整个头颅仿佛是疱疹盛开的荒芜花园。他的双颊、下巴和前额上垒满了块状小瘤,伤口裸露着,有的在流脓,有的在淌血。

"你到底是什么人?"罗兰问他。

"类人,和你差不离,"他顺从地说,"在担任血王的国务大臣的岁月里,我的名字是岚度·沉想。不过,很久以前我只是纽约北部的平头百姓老奥斯丁·康维尔。很遗憾地说,不是在楔石世界,而是在另一个世界。我曾经

519

掌管尼亚加拉商业街,此前是个成功的广告人。假如你知道我曾代理过诺兹阿拉和塔库罗精神,大概会挺好奇吧。"

无论是他这副尊荣,还是出人意料的个人简历,苏珊娜都不感兴趣,她只是说:"所以,他毕竟还是没有把手下大将的头砍下来。那三个斯蒂芬·金又是怎么回事儿?"

"不过是个小魔法,"老人说,"你们要杀了我吗?来吧。我只有一个请求:请你们动作快一点。我的状况不太好,你们一定已经看出来了。"

"你前面跟我们说的那些,有多少是真的?"苏珊娜问。

那双老朽的眼睛略带惊讶地看着她。"所有的,都是真的,"他答道,接着迈步走到桥上,另外两人——都曾是他的助手,她对此很肯定——四肢瘫软地倒伏在地,"都是真的,除了……这个。"他踢了踢篮子,里面的东西这才颠了出来。

苏珊娜下意识地惊叫一声。奥伊也立刻闪身而出,站在她跟前摆出护卫的姿态,短腿呈外八字地撑开,脑袋压低。

"没事儿,"她说了一句,但声音依然打着战,"我只是……吓了一跳。"

柳条篮里的喷香烤肉竟然都是腐烂的人肢——看上去也像是长条的猪排肉,事实上,肢体已经腐烂得几乎看不出究竟是什么了。肉质几乎都成了黑蓝色,还有一团一团的蛆蠕动于其上。

另一只篮子里也根本不是什么衣物。被飞玛乐倒出来的是纠缠成结的一堆僵死之蛇。溜圆的小眼珠子全都不动了;分叉形的蛇信子死气沉沉地滑进滑出;有些蛇已经死透不动了。

"如果你们把它们贴身穿好,说不定能让它们暖起来,重获新生呢。"飞玛乐不无遗憾地说。

"你本来没想到事情会变成这样,是吗?"罗兰问。

"没想到。"老人承认了。他坐在桥上,深深叹了口气。一条蛇打算爬上他的膝头,可他一挥手将它拨走了,动作似乎有点心不在焉,也有点厌烦。"但我要执行自己的任务,我只是听令而为。"

苏珊娜看着两具尸体,露出惶恐而惊诧的表情。毕玛乐和富玛乐,现在只是一对儿死掉的老家伙,并且同样以不自然的飞快速度腐烂着,羊皮纸一般发黄的皮肤紧缩起来,飞速地向骨头迫去,皮下也流淌出浓稠的脓浆。就在她眼睁睁瞧着时,毕玛乐的眼窝迅速凹陷下去,露出两只潜望镜一般的黑窟窿,死尸仿佛瞬间带上了惊诧的表情。一些蛇扭动着攀上这两具腐烂中的尸首。另一些蛇则爬进聚满蛆虫的断肢篮,显然是想在这堆东西之下找到些许温暖的角落。腐烂的过程中尸体会释放出短暂的热量,她心想:如果自己也能那样做,说不定也会沉溺于那份奢侈的温暖中。如果她是蛇,她就会那么做。

"你们要杀了我吗?"飞玛乐问。

"不,"罗兰答,"因为你的职责尚未完成。随后你还有别的事情要做。"

飞玛乐抬起头,干涩而老朽的双眼里透出一丝好奇:"您的儿子?"

"我的,也是你主子的儿子。你们见上面时,能不能帮我捎上一句话?"

"如果我还活着,当然可以。"

"告诉他我已经老了,而且老奸巨猾,但他很年轻。告诉他如果他愿意回头,即便是带着复仇之梦,他还能活下去……尽管我对他所做的一切足以使他欲求复仇,这我就不知道了。也要告诉他如果他还敢前行,我会杀了他,正如我要去杀了他的红色父亲。"

"你们都是把别人的话当作耳旁风,即便听进去了也不相信。"飞玛乐说。既然他的诡计现在已经曝光了(根本没什么魔法惑人的巫飞思,苏珊娜心想;不过是个来自纽约北部的拉广告的家伙改头换面干起了新活计),他显得难以言喻地虚弱。"你们无法杀死一个已经自行了断的人。你们也进不了黑暗塔,因为那里只有一个进口,羁留在阳台上的王已经控制了局面。而且他还有充足的弹药。光是飞贼就足以远距离攻击你们,甚至你们还没走完玫瑰地就被炸死了。"

"那是我们要担心的事儿,"罗兰说,而苏珊娜认为他难得地说出了一个千真万确的事实:她的确已经开始担心了,"还是说说你吧,你是否愿意在见到莫俊德的时候帮我传递口信呢?"

飞玛乐摆出一个默肯的手势。

罗兰摇摇头。"伙计,别冲着我摆手——让我亲耳听到你说出来。"

"我会帮你传递口信的,"飞玛乐说完,又加上一句,"如果我能见到他,我会和他谈谈的。"

"你会看到他的。先生,日安。"说完,罗兰转身就想走,但苏珊娜抓着他的胳膊,因而他又转回来。

"你得发誓,说你跟我们讲的事情都是真的。"她以命令的口吻对坐在桥上的丑陋老人说道,早已飞回原位的黑鸦冷冷地在半空中凝望他。从中可见什么?又能证明什么?她一点儿概念也没有。就算是现在,她能分辨出这老者在说谎吗？也许不能吧。可是她仍然坚持："我要你以父之名发誓。"

老者对着她抬起右手，手掌摊开，苏珊娜看到掌心里有一些未结痂的疱疹。"谨对纽约州北部泰奥加·斯普林斯的安德鲁·约翰·康维尔，我发誓。这座城堡的主人，血王真的疯了，真的打裂了他掠夺所得的巫师的玻璃球。他真的逼迫属下吞服毒药，并真的眼看着他们死去。"他将高举的手掌往下一挥，指着整整一篮子的碎尸块："黑鸟女士，您觉得我是从哪里搞到这些东西的呢？'我们的肢体'制造工厂吗？"

她听不懂这个'我们的肢体'，但未作任何表示。

"他真的已经去了黑暗塔。他就像一些古老寓言中的狗，想要确信：如果他得不到，别人也甭想得到。即便是关于这两个篮子里的内容，我其实也并没有撒谎，并不能算。我只是把东西展示给你们看，让你们自己拿主意。"他一脸鄙夷刻薄的笑令苏珊娜思忖：该不该至少提醒他一下，罗兰早就看穿了他的把戏。最后她决定缄口不提，不值得。

"我只对你们说了一个弥天大谎，"昔日的奥斯丁·康维尔说道，"那就是：他砍了我的头。"

"苏珊娜，你满意了吗？"罗兰问她。

"是的，"她说，尽管她并不满意，压根儿不算满意，"我们走吧。"

"上车去，上去之后就不要再回头看他了。他很狡猾。"

"回头跟我细说吧。"苏珊娜说着，照罗兰的吩咐上了手推车。

"祝您天长夜爽，"昔日的奥斯丁·康维尔坐在一堆缓缓蠕动的僵死之蛇中说道，"愿圣人耶稣关照你们以及你们的宗族部落。也愿你们不至于后知后觉，趁早明白过来，远离黑暗塔！"

6

他们原路折回，返回先前偏离光束的路径、直通血王城堡的岔路口，罗兰在那里停下来，休息了几分钟。一阵微风吹来，富有爱国情操的幡旗啪啦啪啦地拍动起来。在她眼里，那些旧旗帜都褪色了。海报也陈旧不堪，尼克松、洛奇、肯尼迪和约翰逊的面孔早已被涂鸦抹坏了。所有魔法修饰——这种蹩脚的小魔法无疑是血王不费吹灰之力就能办到的——现在全都消失殆尽。

摘下面具吧,摘下面具,她心倦神疲地想,真是场完美的派对,但现在已经结束了……而且,红色死人的影响力遍及此地万事万物。

她摸了摸嘴角的那颗疱疹,接着又看了看指尖。她以为会看到血、脓,或是两者都有。但指尖上什么也没有,这真是让人舒了一口气。

"你相信多少?"苏珊娜问他。

"倒是不少。"罗兰答。

"所以,他是在那儿了,在塔里。"

"不是在塔里。是困在了塔外,"他笑了,"这可有着天壤之别。"

"真有那么大的不同吗?那么你会怎么对付他?"

"我不知道。"

"如果他操控了你的两把枪,你觉得,他会不会回到塔里,爬到塔顶?"

"是的。"毫不迟疑地回答。

"那你又会怎样应对?"

"不让他得到枪,一把都不行。"仿佛这是不言自明的道理,苏珊娜也不禁觉得,确实不言自明。她差点儿忘了,罗兰说话历来只有字面意思。不管说什么事儿。

"刚才在城堡那会儿,你是在琢磨怎样给莫俊德下套。"

"是的,"罗兰承认了,"但考虑到我们在那里的经历——以及我们得知的一切——似乎还是启程为佳。更容易。看!"

他掏出怀表,摁开了表盖。他俩都发现秒针仍然兀自绕着圈。但是,速度还和以前一样吗?苏珊娜丝毫不能确定,但是她觉得已经不一样了。她抬头看着罗兰,眉毛一挑。

"大部分的时间里都走动如常,"罗兰说,"但并不是每时每刻。我认为它每转六七圈后就会丢失至少一秒钟。也许一天里失去三至六分钟,合计。"

"不算很多。"

"不算,"罗兰也承认,接着便把表收起来了,"但这是一个开始。让莫俊德随其心愿而为吧。黑暗塔紧跟在白域后面,而我决定去找它。"

苏珊娜可以理解他的急迫心情。她只希望他别因此而疏忽大意。如果他大意了,莫俊德的年幼冒失也就无关紧要了。如果罗兰恰好在某个重要关头犯下了重要错误,她,他还有奥伊就将永远见不到黑暗塔了。

种种思绪被她身后的一阵拍翅巨响打断了。顺风传来可辨的人声,先是哭号，紧接着变为凄惨的尖声。尽管距离削弱了哭喊声，其包含的恐怖和痛楚却是那般分明。最后，喊声消失了，仁慈地消失了。

"血王的国务大臣已进入虚无之界了。"罗兰说。

苏珊娜回头看着城堡的方向。她只看到黑红色的城墙，其他什么也看不见了。这让她很高兴。

莫俊德很饿，她想到这点。心狂跳起来，她觉得自己一辈子都不曾这么害怕过——和米阿并肩躺着等待米阿生产时也好，在迪斯寇迪亚城堡下的黑暗迷宫时也好，都没有如此恐慌过。

莫俊德很饿……但现在他有东西吃了。

7

生命开始时名叫奥斯丁·康维尔，结束时名为岚度·沉想的老者坐在城堡里的桥头上。鸦群在他头顶上等待，也许感觉到了这一天刺激的事尚未终结。沉想现在很暖和，多亏了身上的那件双排扣厚大衣，在出来见罗兰和他那黑鸟女朋友之前，他还不忘灌一口白兰地。呃……也许这么说不太确切。也许是布芮思和康普逊（也就是毕玛乐和富玛乐）喝了一口国王所藏最好的白兰地，昔日的国务大臣则灌下了瓶子里剩下的三分之一。

不管是什么原因，老者终归是昏睡过去了，红脚踝莫俊德的到来也没能吵醒他。他坐在那里，下巴歪在胸前，口水从微开的唇间淌下来，睡得活像个靠在高脚椅里的婴儿。栖息在胸墙上、过道里的鸟群更密集了，黑压压的一片。它们显然乐于在少主王子到来时飞到这里，但他抬头看看它们，在半空中挥舞出一个手势：张开的右手粗鲁地挥过脸庞，又弯成一只拳头向下拉去。那是在说：等。

莫俊德止步于石桥的另一端，用力闻了闻空气中腐肉的浓香。这香味太迷人了，即便他明知道罗兰和苏珊娜继续踏上了光束的路径，这气味还是足以把他引到这里来。让他们带着宠物貉獭回到老路上吧，这就是男孩的想法。现在还不是时候，不能这么快就拉近他们之间的距离。也许，过一会儿吧。过阵子，他的白种爹爹就会放松警惕，哪怕就一会儿，那莫俊德就能趁机逮住他了。

就当是晚餐，他如此希望，不过当作明日的午餐、早餐也不坏。

我们上一次看到这位朋友时,他只不过是

(蜡烛包包,亲亲宝宝,宝宝,带着你的草莓来这里。)

一个婴孩。但现在站在血王城堡护城河外桥头的生物,却已是个看似九岁大的男孩。不是个英俊少年;也绝对不是人们(除了她那位精神错乱的生母)所说的清秀小孩。这倒不完全该归咎于他体内的复杂基因遗传,反倒是单纯的饥饿使然。干枯的黑发下,是一张形容枯槁的小脸,而且显得极瘦。莫俊德那双枪手特有的蓝色双眼下的皮肉已成深浓而污浊的紫色眼袋。那副脸色酷似遭受了伤痛和污浊的猛烈袭击。这些都可能是穿越浸染毒质的大陆的后果,就像苏珊娜嘴边的那颗疱疹,但显然也和莫俊德的食谱有很大关系。在进入地下迷宫之前,他本可以在检查站的储藏室里囤积不少罐头食物——罗兰和苏珊娜留下了大量带不动的食物———但他不想那么做。如罗兰所知,他尚在积累生存技巧的阶段。莫俊德从检查站里带走的唯一一样东西是一件铁路工人穿的、早已酥烂的夹克衫,以及一双尚且可穿的靴子。能找到靴子实在够幸运,尽管刚开始跋涉那双靴子就快散架了。

如果他是人——或者说,哪怕稍微正常一点——莫俊德就可能死在劣土了,不管有没有外套、有没有靴子。就因为他是这样的生物,所以他一旦饿了,就可以唤来黑鸦,黑鸦别无选择,只有听命而来。那些鸟的味道恶心透了,而他从炽热(仍残留着部分放射性)的岩石下唤出来的小虫就更别提了,但是都被他勉勉强强地塞下肚去了。有一天,他触及到一只黄鼠狼的神智,便把它招来了。那只可怜的小东西骨瘦如柴,自己也混不饱肚子,可在吞够了黑鸟和爬虫的莫俊德吃来,竟像是世界上最美味的牛排。莫俊德变成另一个形体,将小黄鼠狼攥在七条腿组成的怀抱里,吸吮咀嚼着吃了个精光,只留下一张撕成碎片的毛皮。他还能兴高采烈地再吞下十几只,可只找到那么一只。

而现在,他面前放着整整一篮子的食物。是放了好久了,这没错,但那又怎么样?甚至成堆的蛆虫都会增加营养。足够让他精力充沛地走进城堡东南面的雪原森林,那里必有好戏连连上演。

但在食物之前,还有一个老头儿。

"岚度,"他叫道,"岚度·沉想。"

老者猛一抽动,迷迷糊糊地睁开眼睛。他瞪着不远处这个瘦成一把骨头的男孩,好半天都没明白过来。接着,那双老朽混浊的眼睛顿时充满了恐惧。

"莫俊德,血王之子,"他说话了,勉强挤出一个笑容,"向您致敬,未来的王。"他下意识地动动双腿想行个礼,方才意识到自己正坐在地上,屈膝礼算是失败了。他再挣扎着站起来,却没站稳,一个屁股蹲儿又跌倒了,这把小男孩逗乐了(在劣土想看到好笑的事情实在太难了,他很乐得笑笑),老者再试一次。这一次他终于站起来了。

"除了这两个死人之外,我没看到有别人,他俩看来比你还老,"莫俊德说着,以一种矫情的夸张四顾环视,"我显然没有看到死掉的枪侠,也没有长腿或断腿的女尸。"

"您说得对——我还是得说谢谢您,当然得这么说——但是我可以作出解释,这也非常容易——"

"哦,先等一等!所谓解释可以按下不表,我知道那一定相当完美!你先别说,让我来猜猜吧!你是不是从那边的城堡里把这些用作保安的又肥又长的蛇搬了出来,再用它们绑上枪侠和他的女士?"

"少主大人——"

"如果是这么回事儿,"莫俊德接着说,"那你的篮子里就该有一些神通广大的蛇啰,因为我看到还有这些个留在这里。有些蛇好像还在分享本该属于我的晚餐。"尽管篮子里的残肢断臂依然会是他的晚餐——但不管怎么说,被吃掉了一小部分——莫俊德用责备的眼光看着老者:"那么,枪侠有没有被制服呢?"

老者的恐惧表情消失了,取而代之的是一副妥协的神态。莫俊德顿感心头暴怒。他不想在沉想老先生的脸上看到恐惧,也显然不想看到妥协,而是希望——以便莫俊德得空时能够顺手掠走。他的身形晃动了一下。有那么几秒钟,老人眼见着黑沉沉的另一个躯体以及许多许多长腿在他身子下面显形、却又不完全成形。接着,这些身影不见了,莫俊德又恢复了男孩模样。至少,有过那么几秒钟的变形。

昔日的奥斯丁·康维尔不禁暗想:但愿我不要撕心裂肺地尖叫着死去。仅仅如此眷顾我吧,我的众神。愿我不要在那怪物畸形的怀里撕心裂肺地尖叫而亡。

"您知道这里刚才发生了什么,少主。都在我的脑子里,所以也会在您的脑海中重现。为什么您不收下那只篮子里的劣食——如果您喜欢,那些蛇也是您的——而留下一个老人苟活短暂的余生呢?如果不能看在您的面子上这么做,就看在您父亲的分上吧。我兢兢业业地服侍过他,甚至在最后的时刻也不例外。我完全可以盘坐在城堡里,听任他们踏上下一段行程。但我没有白白坐等。我尽了力。"

"你别无选择。"莫俊德站在他这边的桥头答道,丝毫不清楚这话是对是错。也不在乎。死人肉只不过能提供营养。可当一个人一息尚存时,那活生生的人肉和鲜血就丰腴可口得多啦……啊!那可有着天壤之别。那才是美味佳肴!"他有没有给我留话?"

"是的,您知道他留了。"

"告诉我。"

"为什么您不直接从我的意识里取走呢?"

振动中的身形转换再次一晃而过。在某个瞬间,站在那边桥头的既不是一个男孩,也不是一个人形蜘蛛,而是长着男孩身子的大蜘蛛。即便几分钟前沉想先生小睡时流下的口水还在下巴上泛光,现在他也口干舌燥了。眨眼之间,男孩形的莫俊德再次扎实地显形于那身破旧不堪的外套里。

"因为,我喜欢那些话从你口水直流的老尻洞里说出来。"他对沉想说。

老人舔了舔嘴唇。"好吧;如您所愿。他说,他已经老奸巨猾,而你尚幼稚,胸中根本无谋无略。他还说,如果你不留下来待在属于你的地方,他就会让你的脑袋搬家。他还说,他会提着您的首级去见您那位困于阳台的红色父亲。"

这并不完全是罗兰所说的(因为我们已经知道了,我们刚才就在现场),对莫俊德来说实在有点过分。

但对岚度·沉想来说,这并不为过。也许早十天说这种激将的话,就能实现老者的心愿:让男孩快点下手,结束他的性命。但是莫俊德很快就适应了现况,并克制住了冲动:他直想冲上桥,冲进城堡的前庭,像方才一样变成蜘蛛,只需一条刚毛硬硬的粗腿就能把岚度·沉想的脑袋从肩膀上扯下来。

他没有那么做,相反,他抬头凝视着鸦群——现在已经聚有数百只黑鸟了——它们也都回望着他,神情专注,一副俯首帖耳的模样活像课堂里的小学生。男孩抬手草草挥了一下,又指了指对面的老者。刹那间,数百对翅膀拍打的声音轰响起来。血王昔日的国务大臣转身就想跑,可连一步都还没迈出去,鸦群就像片墨云团降落于他身上。他抬起双臂掩护着脸孔,而黑鸦挤挤挨挨地落在他的肩头、他的头顶,老人眨眼间变成了稻草人。护脸这样下意识的动作实在没什么用处;越来越多的黑鸦停落在他的胳膊上,直到它们累积的重量生生把他的双臂压下来。尖尖的鸟嘴雨点般啄在老者的脸上,似乎在绘一幅用血为色的点彩画。

"不!"莫俊德喊起来,"把皮留给我……不过你们可以吃他的眼睛。"

就是那时,当急不可耐的黑鸦纷纷啄进活生生的眼窝、攫取岚度·沉想的双眼时,昔日的国务大臣撕心裂肺般地尖叫起来,那便是罗兰和苏珊娜在城堡镇的边境处听到的哭嚎。那些找不到地方下脚的黑鸦就盘旋在他的头顶上,像一团暴躁的雷雨云。老人脚后跟着地,被鸟群微微提起,拖向那个矮小丑陋的男孩,他现在已经走上了桥中央,蹲坐下来。快散架的靴子和早已腐烂的大衣都已脱下,扔在靠近镇子的桥头;等待沉想先生的——它撑起后腿,腾空躯体,前臂挥舞在半空中,肚皮上的鲜红印记清晰可见——是婴神,小血王。

这个浑身激颤、眼窝空洞的人就这样服从了命运。他用力伸出双臂,徒劳自卫地推挡在身前,而蜘蛛的前臂顺势揪住这对手臂,自如地将手臂及其连着的人体送入隐藏在刚毛丛间的口里,随后便像咬糖果条一般,嘎吱一声咬断了那两条胳膊。

甜美!

8

那天晚上,走过镇上最后一栋让人浑身不自在的奇窄怪屋之后,罗兰停下来,面前似乎是座小庄园。他面对着废墟,用力地嗅闻空气。

"罗兰,怎么了?什么事儿?"

"你闻得到那地方的木头味儿吗?苏珊娜?"

她仔细闻了闻。"这么说来,倒是闻得到——那又怎么了?"

他转身看着她,微笑地说:"如果我们闻得出来,就可以燃起火堆。"

事实证明罗兰说得很对。但是燃起树枝却费了不少劲,即便有罗兰纯熟的手法,还是用去了半罐斯坛诺,但好歹是燃起来了。苏珊娜尽量靠着营火而坐,隔一会儿还换个姿势,以便让身体两侧都能好好烤烤,于是,没过多久,汗水先从脸庞和胸脯上渗出来,后来连背上都是汗。她已经忘记了什么叫做温暖,因而不断地往火堆里添加柴火,星星营火很快燃成了熊熊营火。对于生活在治愈中的光束路径沿线的动物们来说,这团大火一定看似陨落地球但仍在燃烧的彗星。奥伊坐在她身边,竖着耳朵痴痴地看着火苗,像是被催眠了一样。苏珊娜指望着罗兰会表示反对——叫她住手,不要再往该死的大火里加木头了,看在她爹爹的分儿上,就让火堆渐渐安稳下来吧——但是他什么也没说。他只是坐在不远处,面前摆放着拆开的枪,他仔细地给每个零部件上油。火势太旺的时候,他就往后退几码。在营火照耀下,罗兰的身影像是在跳考玛辣舞般跃动不止。

"你还能忍受一两晚的寒冷吗?"最终,他这样问她。

她点点头。"如果非忍不可的话。"

"一旦我们攀上雪原,就会非常寒冷,"他说,"我不能向你保证我们只需要忍耐一个没有营火的夜晚,但我相信,绝对不会超过两个晚上。"

"你觉得如果我们不生火,胜算就大一点,是吗?"

罗兰点点头,开始将零部件重新组装起来。

"最晚后天,游戏就会开始吗?"

"是的。"

"你怎么能知道?"

他想了想,又摇摇头。"我说不上来为什么——但我知道。"

"你闻得到?"

"不。"

"用意念?"

"也不用那样。"

她打算不刨根问底了。"罗兰,如果莫俊德今晚就派鸟群来攻击我们呢?"

他笑了,手指着旺火。火焰之下,烧红的木炭特有的暖红光芒越来越深沉,像龙的气息般缓缓吞吐。"它们绝不会靠近你的火堆。"

"那明天呢?"

"明天我们就会离拉什宫更远了,即便有莫俊德的命令,它们也飞不了那么远。"

"你到底是怎么知道这些事的呢?"

他又摆了摆脑袋,尽管内心里明白自己明知道答案。他知道的这些,都来自于塔。他能感受到它的呼吸渐渐在他头脑中苏醒过来。仿佛一颗干巴的种子已经抽发绿枝。但现在道明这些还有点早。

"苏珊娜,躺下吧,"他说,"好好休息。我会守望到半夜再叫醒你。"

"所以现在我们要留一个人守夜了。"她说。

他点了下头。

"他正在观望我们吗?"

虽然并不肯定,但他觉得莫俊德确实在窥视。他那想象的视野中,有一个瘦骨嶙峋的男孩(只不过,现在有一只鼓得圆溜溜的肚皮,他这餐吃得很不错),赤身裸体,身上挂着裂成碎条的外套。就是这么一个男孩,躺在某间怪诞的狭长尖耸的房子里,也许是在三楼,因为那里的视野更开阔。他会坐在窗前,双膝抵在下巴下面——为了取暖,体侧的伤口或许会在刺骨的寒夜里隐隐作痛,远远望着他俩面前的这团熊熊篝火,嫉妒。同样,也嫉妒他俩可以彼此做伴。半个母亲和白色父亲,都背弃他了。

"很可能。"他说。

她准备躺下来,却突然停住,摸了摸唇边的脓包。"这不是个疱疹,罗兰。"

"不是?"他静静地坐着,看着她。

"我读大学时有个朋友也长了个这样的东西,"苏珊娜说,"会流会儿血,接着又不流了,看上去就快好了,颜色却又变深了,还会再流点儿血。到最后她去看医生——我们管那种专科大夫叫做皮肤科医生——医生说,那是个血管瘤。血里有瘤。他给她打了一针局部麻醉剂,然后动了手术,这才把它去除了。他说她的就诊可谓及时,因为多等一天,那东西就会往更深的地方长一点。到最后,他还说,那个瘤会一路蔓延到她整个上颚,甚至钻进上颚窦里。"

罗兰沉默了,等着下文。她用到的术语在他脑袋里敲出振荡回音:血里有瘤。他以为这种词儿本该是用来形容血王其人的。莫俊德,也行。

"小可爱,偶们没有局部麻醉剂,"黛塔·沃克冒了出来,"偶可明白着哩,可不是嘛!可是如果时候到了偶就会告诉伊,伊就得拔出小刀子帮偶把这个丑死人的东西弄掉。伊得动作快点儿,就像在空中拍死只苍蝇那么眼明手快。明白偶说的吗?听懂了没?"

"是的。现在你躺下吧。睡会儿。"

她躺下了。五分钟后,看起来她就快要睡着了,可黛塔·沃克张开了眼睛,冲他

(偶瞅着哩,小白脸)

瞪了一眼。罗兰朝她点点头,她便再次合上了眼睛。一两分钟后,那双眼睛又睁开了。但这次是苏珊娜,而这次她合上眼皮后就沉沉睡去了。

他说过会在半夜叫醒她，其实却让她多睡了两个钟头，他知道在这样暖得烘人的营火边，她的身体才能真正地好好休息，至少能在今晚好好休息。直到他精致的小怀表显示为夜半一点时，他才终于感到远远盯着他们的目光消失了。莫俊德熬不了夜，就和无数小孩一个样儿。不管今夜的睡房在哪里，那个孤零零的、恶毒而又没人要的小孩现在正裹着可怜巴巴的破烂衣衫，冻得把脑袋缩进怀里，睡着了。

他是否回味着残留在嘴里的沉想先生的鲜血？他的小嘴巴是不是还一抿一抿的，仿佛梦见了曾经认得的母亲的乳头，以及从未品尝到的乳汁？

罗兰不知道。也根本不想知道。他只是高兴总算可以放下心来，轻松地守在火堆前，偶尔在火焰衰落时添一根木头。他想，这火很快就要灭了。这些木头要比建造村落房舍的木头新鲜一点，但仍然是非常陈旧的老木头，硬得都快成石头了。

明天他们就能看到树林了。自从进入卡拉·布林·斯特吉斯之后，这将是第一次看到绿色植物——当然，生长在厄戈锡耶托人造阳光下的植物不能算，在斯蒂芬·金的世界里看到的森林也不算。那将很好。这时候，夜色变得更加黑沉沉了。将熄的圆形火堆之外，一阵风呜呜吹动起罗兰鬓角的头发，还带来些许甜蜜的雪花气味。他仰起头，看到天幕上密布的星图转而化作一片漆黑。

第四章

兽 皮

1

  他们不止是熬过了一两个不生火的寒夜,而是整整三夜。最后一夜成为苏珊娜一生中最漫长、最苦不堪言的十二小时。难道这一夜比埃蒂去世的那夜更难熬吗?她不禁自问,你真的会承认这比清醒地坐在那些宿舍房里、意识到自己的将来也将这样躺着死去而更难熬吗?难道要比擦洗他的脸、他的手、他的足更难熬吗?那不就是把他的这一切从大地上洗去吗?

  是的。是比那一夜更糟糕。当她敢于承认之后,不禁痛恨起自己,并决定以后绝不向外人吐露这一点,可昨夜冻彻肌骨、无休无止的天寒地冻真的远比那一夜难熬啊。每当从雪原吹来东南向的轻风,她就开始惧怕,哪怕每一丝轻若呼气的气流。认识到肉体的不适竟会如此轻而易举地控制住精神,她觉得很可怕,甚而感到出奇的羞耻;这种操控从地面上的物事开始,像毒气一样向外扩张,直至接管了你的活动场所里的万事万物。悲伤呢?失落呢?当你感到寒冷长驱直入,从你的手指和脚趾尖往体内渗透,直至冻住那该死的鼻子之后,悲伤和失落又能往哪里逃呢?往大脑,这么说您是否满意?也逃向心田。寒冷紧紧攥住一切时,悲伤和失落只不过是两个词,别的啥也不是。哦,不,甚至还不能这么说。它们只不过是声音。当你坐在星空下,浑身筛糠般颤抖不已,等待仿佛永远不会到来的清晨时,它们不过是一些无意义的噪音。

  雪上加霜的是,他们明明很清楚:生火的材料俯拾皆是,因为他们已经走到了罗兰所称的"雪下"之地,也就是长有鲜活植物的土地。一个接一个的长长缓坡上本是青草葱葱(现在,大部分草地都因积雪而亡),浅浅的小山谷里尚且可见孤零零站立的树木,还有一条条结冰的小溪。早些时候,在日光底下,罗兰指出冰面上的数个小洞,并告诉她,那都是鹿留下的。同样,他还指出小堆的动物粪便。在日光下看到这些东西还蛮有趣的,甚至令人充满希望。但在仿佛无尽的夜里,听着她自己的牙齿不住地、规律地颤抖,那些东西就什么意义都没有了。埃蒂没有意义。杰克,也没有。黑暗塔,也没有,甚至他们前几夜出了城堡小镇后点燃的熊熊篝火都毫无意义。她记得火焰的模样,但通体暖烘烘、乃至渗出一层细密汗珠子的感觉却荡然无存,无从想象。就好像有过一两次濒死体验的人,匆匆见识过死后生活的闪亮瞬间之后,她只能说:那曾是多么美妙。

罗兰将她揽在怀里,时不时干咳一阵,嗓音极其嘶哑。苏珊娜觉得他是病了,但这种念头也不过是无力之举。只有寒冷占据身心。

有一次——就在即将破晓的时分——她看到前方有橘色光芒旋舞,那是在雪原之后的方位。她问罗兰是否了解那是什么。她并不是真的感兴趣,但听到自己的声音会让她确信自己没有死。至少,还没死。

"我想应该是奇兽。"

"那、那是什、什么?"她现在说什么都结巴。

"我不知道该怎样跟你解释,"他说,"而且,其实也没必要解释。到时候你就会亲眼看到了。现在,你要是愿意听一下,就会发现有什么东西越来越近,越来越有趣。"

起先,她除了风声之外什么也听不出来。接着,风声渐弱,她的耳膜里便收听到脚下草地里传来窸窣声响,就好像有人穿行在其间。随后还有嘎吱嘎吱压碎什么的轻微声响尾随其后。苏珊娜一下子就辨认出来了:那是蹄子叩在薄冰上,冰面碎裂,活水便钻上了冰上世界。她也明白:三四天内就能穿上兽皮外套了,因为兽皮的主人们正在他们周围喝水呢;可这种想法同样显得毫无意义。时间是无用的概念,因为你正呆呆坐在天寒地冻的黑夜里,睡不着,浑身上下疼个不停。

她有没有想过以前是否被冻着过?这话太滑稽了,不是吗?

"莫俊德怎样了?"她问,"他跟来了,你说对吗?"

"是的。"

"他会和我们一样感到冷吗?"

"我不知道。"

"我快要撑不住了,罗兰——我真的不行了。"

"你不用再撑了。马上就是黎明了,我期待明天晚上可以生火过夜,"他又开始咳嗽,一只手握成空心拳头挡在嘴前,咳完了再把手臂揽回到她肩背上,"等我们起来活动活动,你就会感觉好多了。而且,无论如何我们在一起。"

2

莫俊德和他们一样冻得浑身僵硬，寒冷丝毫都不因他而减灭，但他身边没有伴侣。

他离他们近得足以听到他俩的声响，尽管还不是清楚的语句，而只是两人的说话声。他忍不住地浑身战栗，便索性将头埋在草丛里，因为他害怕罗兰那锐利的听觉会捕捉到他牙齿打架的声音。铁路工人的短夹克制服已毫无用处；衣服裂成片片条条，根本没法拢在身上，他把它扔了。离开城堡时，他的双臂上也裹着衣物，很快也从肘部开始碎成一片一片，他把两只袖筒扔进了老路旁的矮草丛里，并伴以一声恶毒的咒骂。但靴子还能穿，因为他已经会用长条草叶编成草绳，因而绑着绳子的靴子还不至于从脚掌上脱落。

他也想过转换成蜘蛛形体，心里很清楚那样就会少受一点寒冷的折磨，但他在至今尚且短暂的人生中已经尝够了幽灵般徘徊不去的饥饿滋味，因而可以断定：那种恐惧永远存在，不管手边有多少食物可以掠取。众神作证，城堡桥上的食物真不算丰盛；三条断臂，四条断腿（有两条已被蛆虫吃掉了一部分），还有一段分辨不清部位的躯干，柳条篮里就这点东西。如果他变成了蜘蛛，那些东西还不够一个白天消化呢，他一定很快又饥肠辘辘。就等这里的躲猫猫游戏结束再说吧——他听得到鹿的行踪，就和白色父亲一样听得清清楚楚——但莫俊德没太大把握能够捕获、或追到一只鹿。

所以他坐在地上冻得发抖，只是听着他们的声音，直到话语声渐渐平息。也许他们睡着了。他自己也可能打了一会儿瞌睡。克制住放弃、回去的唯一理由是他憎恶他们。因为他们好歹能够彼此做伴，而他却谁也没有。谁也没有。

莫俊德很饿，他悲凉地思忖着，莫俊德很冷。而且莫俊德谁也没有。莫俊德很孤独。

他把自己的手腕放在齿间，深深地咬下去，再吮吸着涌流出来的暖意。在自己的血液里他尝出了岚度·沉想弥留的生命……可是，仅仅剩下这么一点了！很快就要一无所有！一旦那滋味不见了，就什么都没了，除了他自己那无用的、循环无尽的血的滋味。

黑夜里，莫俊德开始哭泣。

3

　　破晓后四小时，一片灰白色的天空预示着将要下雨或雪（也许两者会同时降下），苏珊娜·迪恩躲在一根倒地的树干背后，哆嗦着低头望着一个小山谷。你会听见奥伊，枪侠曾这样对她说，也会听到我的声音。我会尽力而为，但我会把它们赶出来，让它们跑在我前头，这样就方便你开枪了。一定要弹无虚发。

　　但她的直觉却让情况显得更为恶劣，因为某种渐渐强烈的直觉告诉她：莫俊德就在附近，很近很近，只要她一转身，他随时都很可能伏击她。她一直在四顾察看，但他们挑选的捕猎地相对平坦，她身后的宽阔草地看来总是空空如也，她只见过一只棕兔悠闲地走来走去，两只长耳朵都耷拉到地上了。

　　最终，她听到了奥伊高昂的吠叫从她左侧的灌木丛里传出来。须臾之间，罗兰也喊起来，"嘿！嘿嘿！准备好了！我跟你说过，要准备好！千万别错过！要弹无虚——"接着就是剧烈咳嗽。她很不喜欢听那种咳嗽。不喜欢，打心眼里。

　　现在她看到树丛中有活动的迹象了，自从罗兰迫使她承认身体里还隐藏着另一个名叫黛塔·沃克的女人之后，她第一次呼唤她

　　我需要你。要是你想再出来暖暖身子，就快点来稳住我的手，好让我射击。

　　于是，从未间断过的浑身颤抖突然停止了。当鹿群从树丛间冲出来——可不是一小群哩！起码得有十八只鹿，领头的公鹿脚步稳健地向前冲——她的双手也不抖了。右手握着罗兰的左轮枪的白檀木枪把。

　　这时，奥伊也跑出来了，跟在最后一头跌跌撞撞的鹿后面从树林里窜出来。那是只变异种母鹿，用四条长短不一的腿奔跑（有一种怪诞的优雅），后面还拖着第五条荡来荡去的腿，看似无骨地从它腹中伸出来，像是另一只乳头。最后一个是罗兰，他不像是在真跑，而像是蹒跚举步。她顾不上他，只是将枪瞄准了领头的公鹿，等待它跑进射程。

　　"这边，"她轻轻念叨，"亲爱的孩子，向右边来一点，听话。来吧来吧考玛辣。"

公鹿竟然毫无理由地带领它的鹿群稍稍改正了方向,更准确地朝苏珊娜所在的方位跑来。现在,彻头彻尾的冷酷恰是她求之不得的。公鹿在视野里越来越清晰了,直到她可以看到漂亮的兽皮下跳动的肌肉、眨眼时眼底的月牙白,甚而它身边母鹿前腿上的一处老伤疤——那里再也没能重新长出鹿毛。有那么一个瞬间,她希望埃蒂和杰克能伏在她的左右,感受到她所感受的,看到她所看到的,但转瞬间,这念头也消失了。

我不用我的枪杀人;用枪杀人的人已经忘记了她父亲的脸。

"我用我的心杀人。"她喃喃自语之后,开了枪。

第一颗子弹射中了领头公鹿的前额,它立刻栽向左边。其他鹿跳过它的尸体继续往前奔跑。一头母鹿刚好从尸体上跳过去,苏珊娜的第二颗子弹在它腾跃到半空时射中了,母鹿倒向了右边,一条腿斜伸着,被打断了,再也无法优雅。

她听到罗兰也开了三枪,但顾不上去看他的成果;她必须专注于她的任务,并且很想出色地完成。枪里剩下四颗子弹,每一颗都射倒了一头鹿,只有一头鹿倒地时还能动弹。她一点儿没有意识到这是次了不起的捕猎,尤其要考虑到她用的是手枪;无论如何,她是个枪侠,开枪射击就是她的事业。

此外,这个早上一点儿风也没有。

底下的山谷草地里躺着近乎一半的鹿。剩下的鹿群全都向左而去,顺着溪流往山下狂奔而去,不一会儿就消失在一片柳树林里。最后一只,是刚满一岁的小公鹿,径直朝她跑来。苏珊娜也不想费事从身旁放子弹的鹿皮袋里取出新的装进枪里,而是取了一只欧丽莎,她的手自动地瞄准迟钝的小鹿的要害部位。

"丽莎!"她高呼一声,掷了出去。盘子贴着草地飞出,在滑翔中略略上升,发出特有的怪啸声。盘子切中奔跑中的小鹿的脖子中部。鲜血呈圆环状飞涌出来,黑黑的衬着白色天空。即便屠夫的快刀也不可能完成如此干脆的切口。小公鹿甚至继续跑了几步,没留意自己已经没了脑袋,随着心脏最后猛烈的五六下跳动,鹿血从脖颈里喷涌出来。接着,它才前腿抻开地冲向地面,倒地之处距离苏珊娜的藏身之地只有十码远,干枯的黄草地眨眼间就被鲜血染成了亮红色。

可悲可叹的前一夜就此被抛之脑后。麻木感终于从她的手指和脚趾间消失了。现在她的心中已无悲苦,也无失落,更没有恐惧。在那一瞬间,她恰是卡塑造出的那个苏珊娜。枪火和公鹿鲜血的气味混杂在一起有点苦涩;这也是世界上最甜美的香气。

用两条断腿站立着,罗兰的手枪还握在她的右手里,苏珊娜张开双臂,举向天空。随后她叫出声来。没有言辞,也不可能有。在最伟大的胜利时刻,我们通常不善言辞。

4

罗兰坚持他们要吃一顿盛大的早餐,她却不同意,说冰冷的玉米炖牛肉嚼起来不比冰渣子好多少。根据罗兰那块精美绝伦的怀表,那天下午两点——换句话说,也就是冷雨稳稳开始落下时——她变得高兴起来。她从未干过像这天那样繁重的体力活,一天还没结束。罗兰一直在她身边,尽管咳得越发凶了,但他还能配合她的速度。她得空时(也就是匆匆吃午餐时,烤鹿肉排美味无比)就思忖他怎么会变成这副怪样子——这样反常。一路相伴跋涉而行,经历了那么多险情,可她还是没能把他看穿。别提看穿,可能连一半都没看透。她见过他笑、他哭、他杀人、他舞蹈和熟睡的样子,甚至见过他脱下裤子蹲在灌木丛后面,屁股搁在他所称的悠闲之木上。她从未和他像女人跟男人在一起时那样睡过,但她自认为已看过他在各种情形下的样子,可是⋯⋯不。仍然没有看穿。

"在我听起来,你的咳嗽越来越像是肺炎了。"苏珊娜说这话的时候,雨才下了没多久。他们还在忙碌,用罗兰的话来说,他们这一天的活儿叫做"阿搵-钆":搬运搏杀的死鹿,并准备把它们制成别的东西。

"你不用担心我,"罗兰说,"我有可以治病的东西。"

"说真的?"她面露怀疑。

"是啊。就是这些,我从来没把它们丢了。"他伸手探进口袋,随后摊开一手掌的阿司匹林药片给她看。她认为他的表情俨然是种崇敬,难道不是吗?他把命都托付给了这些小圆片,用他的话来说就是"阿司丁"。阿司丁,头什么孢。

他俩把捕杀到的死鹿搬上豪华出租车的后厢里,再把车拉到溪流边。来回运了三次。随后,他们把鹿尸堆放起来,罗兰把一岁大的幼鹿头小心地摆放在尸堆的最上面,鹿头在那里仿佛瞪着双眼看着他们。

"你想要干什么呢?"苏珊娜问道,带着黛塔·沃克的口气。

"我们需要一切可以弄到的大脑,"罗兰答,又用拳头捂着口干咳了一通,"这活儿干起来有点脏,但很快就好,而且很有用。"

5

当他们把所有鹿尸都堆放在冰封小溪旁之后("我们至少不需要担心苍蝇乱飞了。"罗兰说),枪侠去捡死木头了。苏珊娜不禁开始期待营火,但是前夜那折磨人的渴望已经不复存在了。今天她一直干得很起劲,至少眼下如此,干活起码会让身子暖和起来,那就舒服多了。她企图去记住那份深沉的绝望,记住寒冷是怎样潜入身心、把骨头变成玻璃的,可她发现自己记不住。因为身体总有办法忘却最恶劣的体验,她斟酌后得出这样的结论,缺少肉体的配合,大脑所有的不过是像快照式的回忆。

在四处搜集木头之前,罗兰仔细勘察了冰封小溪畔的土壤,并掘下一小块石头。他把石头递给她,苏珊娜用大拇指的指肚摩挲那水滑的乳白色表面。"石英?"她问,但她自己也觉得不是。没把握。

"我不知道你说的词儿,苏珊娜。我们叫它硅石。这能制造一些原始的工具,但大多很有用:斧头、小刀、叉子、刮刀。我们就需要刮刀。至少还需要一把手锤。"

"我知道我们会用得上刮刀,但要锤子干什么?"

"我会告诉你的,但你能先和我一起在这里待一会儿吗?"罗兰双膝跪下,并握住她冰凉的一只手。他俩双双面对着鹿头。

"我们为即将索取之物感谢您。"罗兰对鹿头说,苏珊娜不禁打了个激灵。这恰恰是她父亲在盛大的全家聚餐前的开场白。

我们自己的家庭都已破裂了,她想到这里,却没有说;结束了就是结束了。她对此的反应也正是儿时经由父亲教导过的祷词:"父啊,我们感谢您。"

"指引我们的双手,指引我们的心,当我们从亡者中获得生。"罗兰说。接着,他看向她,扬了扬眉,不发一言地询问她是否还有话要说。

苏珊娜发现自己还真是有的可说。"我们的天父啊,你在天堂的圣殿中,万人都尊你的名为圣,你的王国降临。你的旨意行在地上,如同行在天上。原谅我们的过犯,如同我们原谅他人的过犯。让我们不要遇见试探,让我们远离邪恶。因为荣耀、权柄、国度全是父的,直到永远,阿门!"

"真是次美妙的祷告。"他说。

"是的,"她也说道,"我说得不够好——隔了太久了——但仍然是一次尽心尽力的祷告。现在让我们开始干活吧,趁我的手还有知觉。"

6

罗兰取下切下的幼鹿头(只要扳着外凸的鹿茸角,搬起来就很容易),放在身前,又挥起拳头大小的石头往鹿头上砸去。于是,一下又一下,骨头碎裂的闷响传来,苏珊娜只觉胃部随之收缩。罗兰抓紧了鹿角,再一拽,先拽左边的,再是右边的。当苏珊娜看见鹿角牵动着脑壳颤抖着被撕开时,她觉得胃里不止是痉挛,而是慢慢地翻倒过来。

罗兰又敲打了两次,用力挥动着硅石,其精准程度绝不亚于外科大夫。接着,他用自己的小刀在鹿头皮上切开一道口子,继而把头皮翻开来,就像摘下一顶帽子。于是,下面破裂的脑壳便显露出来。他将刀刃插进最大的一条裂缝,再把刀子一撬。鹿的脑部便露出来了,他把它整个儿取出来,小心翼翼地放在一边,然后看着苏珊娜说:"我们需要每一只死鹿的脑子,要锤子的目的就在于此。"

"哦!"她觉得呼吸困难,"脑子。"

"用来制作兽皮衣的鞣料。不过这些硅石还不够。你瞧——"他让她知道如何把两块硅石撞在一起,直到其中一块碎裂,留下的那块不过是边角上有磕痕。她知道变质岩才会那样裂开,而片岩之类通常太脆弱,不适宜做上好的工具。这东西可真够结实的。

"你会发现有些硅石的一边很坚固,可另一边却很薄弱,"罗兰又说,"那你就得把它们放到另一边。我们可以用那些石头制作刮刀。如果我们时间充裕,就可以制作把手,可没时间了。今晚睡觉前我们的手都会很酸痛。"

"你觉得,需要多少时间才能找到充足的刮刀?"

"不用太久,"罗兰说,"硅石能带来好运气,以前我听到过这种讲法。"

罗兰便进了冰封小溪畔一片长满柳树和桤木的小林子,时不时地拖出一些死木,这时候,苏珊娜便沿着堤岸仔细查看地面,寻找硅石。等她找到六七块大石头了,又发现了一大块花岗石,弧形的表面被水流冲刷得很光滑。她心想，用它来做砧台再合适不过。

硅石确实能带来好运气，等她预备了三十块未来的刮刀时，罗兰也抱出了第三捆死木。他把木头堆成小堆，苏珊娜用手臂护着木头，因为那时已经下起了雨夹雪，尽管他们身在一片尚且密实的小林子里，头顶上有些许遮掩，但她觉得木头还是很快会浸湿的。

火点着了，罗兰站开了几步，又一次跪下来，双手相握。

"又要祈祷了？"苏珊娜问着，不由得觉得好笑。

"我们儿时所学的是坚持信念的方法。"他说。他闭上双眼好一会儿，然后将相握的两手抬到嘴边亲吻了一下。她能听见他说的唯一一个词儿便是：乾神。随后他睁开眼睛，抬起双臂舒展地伸开，在她看来那个姿势相当动人，就像鸟儿在飞翔。当他重新说出话时，嗓音干干的有种踏实的感觉。"非常好，所以，"他说，"我们开始干活吧。"

7

他们也把草叶编成了绳子，恰如莫俊德所为，并吊起了第一头鹿——已被切下头颅的那头——用柳条枝捆绑住后腿。罗兰用刀把它的肚子切开，手伸进内脏四处摸索了一番，取出了两只滴血的鲜红色器官，苏珊娜觉得那应该是肾。

"这些可治发烧和咳嗽。"罗兰说着，拿起一只肾咬了一口，好像那不过是只苹果。苏珊娜"呃"了一声，赶紧转过身去，努力把注意力集中于小溪上，一直等到他吃完了，她才重新转过来，看着他沿着鹿的后腿根割出环形的切口。

"你感觉好点儿吗？"她颇为不安地问道。

"会好的，"他答，"现在，来帮我把这位伙伴的皮剥下来。我们得留第一张保留毛皮的兽皮——还需要一碗自制鞣料。现在，你好好看着。"

他将手指插进贴近厚厚的皮下脂肪和肌肉的鹿皮下面，随后，往下一拉。整张兽皮哗啦一下被拉至躯体中央。"现在，你来另一边，苏珊娜。"

把她的手指插进皮下是最艰难的一步。这一次是他和她一起拉的，一路拉到摇摆的前腿，兽皮像件衬衫似的拖在鹿身上。罗兰用刀把兽皮割了下来，旋即开始挖坑，坑的位置距离火堆很近，也在树木的遮蔽之下。她过去帮他，忙活得满身大汗。等他们挖出一个两英尺宽、十八英寸深的碗形小

540

坑后,罗兰把第一张鹿皮铺了下去。

整个下午,他们轮流操作,共剥了八张鹿皮。这个活儿要干得好,关键在于动作要快、尽可能地快,因为等候的时间长了,皮下脂肪和肌肉都会变干变硬,出手越慢就会越难剥下皮。枪侠负责添柴火,保证火焰始终又高又热,还时常让苏珊娜把灰烬耙出来。等灰烬凉透、不至于在兽皮上烧出洞之后,罗兰再把这些灰倒进挖好的坑里。到了下午五点,苏珊娜的背、手臂都酸痛得要命,但她丝毫没有抱怨。罗兰的脸、脖子和手上都沾上了一层黑灰,看起来颇有喜剧效果。

"你看来就是化装成黑人演出的歌手,"她逮到了空当对他说,"拉斯特斯·科恩。"

"他是谁?"

"不是什么大人物,不过是个白人蠢货,"她答,"照你想,莫俊德会躲在附近看我们干活吗?"这整整一天,她始终留了个心眼侦察他的动静。

"不会。"他说,正好停下来休息一下。他把头发往后拢,手在额头上留下了一个黑斑,又让她联想到圣灰节①里的忏悔者们。"我认为他已经离开去捕获自己的猎物了。"

"莫俊德很饿,"她想了想,又加上一句,"你可以读到他的意念,是不是?起码可以知道他是不是在这里,是不是走了。"

罗兰斟酌了片刻,然后简单地说:"我是他父亲。"

8

天黑时分,他们拥有了一大堆鹿皮,还有更大一堆无头无皮的鹿尸,若是在暖和一点的季节,恐怕就得被苍蝇围个水泄不通。他们吃了顿大餐,哗哗作响的烤肉排美味无比,苏珊娜还是忘不了莫俊德,猜想他一定躲在黑暗中享用着自己的生肉晚餐。他完全可以储备些火柴,但那小子并不笨;要是他俩看到黑暗中又生起一堆小营火,一定会毫不犹豫地冲杀过去。然后嘣嘣嘣几下,蜘蛛男孩拜拜吧。她发现自己竟对他抱有一丝怜悯,不禁提醒自

---

① 复活节前的第七个星期三是圣灰节。在圣灰星期三,人们会撒灰于头顶或衣服上,以表明悔改或懊悔。信徒在由此日开始的四十天封斋期内节制饮食,虔诚忏悔。

己要警惕。反过来说,显然他对她,甚至对罗兰都不会有同情心。

他们吃完了之后,罗兰把油汪汪的手指在衬衫上抹净,说道:"味道真不错。"

"你可说到点子上了。"

"现在,让我们把脑子拿出来。然后就睡觉。"

"一个一个地?"苏珊娜问。

"是的——据我所知,脑子一次只能应付一个客户。"

在那个时刻,她无比惊骇地听到了埃蒂的口头禅

(应付一个客户)

从罗兰的嘴里冒出来,旋即明白了,是他开了个玩笑。真蹩脚,没错,可确实是个善意的玩笑。于是,她配合地哈哈大笑。"很好笑,罗兰。你明白我的意思。"

罗兰点点头。"一个睡,一个守,没错。我想这样才最安全。"

时间自有其作用,不断重复同一个动作也能消灭恶感;她已经看了太多歪歪斜斜的内脏,因而看到脑子也不觉得有多恶心了。他们把鹿头的头壳砸裂,用罗兰的刀(现在都钝了边)把脑壳撬起、掰开,再把脑子移出来。他们把这些脑子谨慎地放在一边,好像端着一只只易碎的灰壳鸡蛋。直到最后一只鹿也被掏空了脑子,苏珊娜的十指酸痛地肿胀起来,简直无法弯曲。

"躺下吧,"罗兰说,"睡觉。我来站第一班岗。"

她没有争辩。吃得饱饱的、又靠着暖洋洋的火堆,她知道自己很快就会睡着。也知道早上起床后,自己必定浑身僵硬,连坐着都觉得腰酸背痛。可是,眼下的她什么也不在乎。一种无与伦比的、超然的满足感充溢于她的身心。部分原因当然是吃饱了热腾腾的肉食,但满足感显然不完全来自于此。更重要的原因是她干了一整天的重活,不多不少。他们并非悠闲度日,而是自力更生,这感觉很棒。

基督啊,她默想,我想自己到了晚年会变成共和党人。

还有一个闪念突然蹿进她的脑海:多么安静啊!除了飒飒风声、窸窸窣窣的雨雪声(此时已变成了小雨雪)、火堆的噼啪声,再无其他响动。

"罗兰?"

他从火堆边抬头看她,扬了扬眉。

"你不咳嗽了。"

他笑着点点头。她带着他的微笑进入了梦乡,但梦到的却是埃蒂。

9

他们在小溪旁扎营露宿了三天,苏珊娜在此期间学到了很多制作兽皮衣物的知识,连她自己都觉得这难以置信(其实她并不想知道那么多)。

沿着小溪走,无论往哪个方向去都能找到一些圆木,他俩每人搬了一根回来。去找木头的间歇,将就拼成的大锅里已浸满了兽皮,黑糊糊的连灰带水。他俩把搬来的圆木搭在两棵柳树的枝丫间(两根圆木贴得很近,以便他们肩并肩地工作),再用硅石刮刀刮去兽皮上的毛。这活儿耗费了他们一整天的时间。干完之后,他们把"大锅"里的灰水倒空,捞出兽皮,全部翻个身,再于其中灌满液体——但这一次不只是水,还混合有捣碎的脑浆。这种"冬季兽皮大衣"对她来说真是闻所未闻,太新鲜了。他们让鹿皮在这种特制鞣料里浸了一整夜,与此同时,苏珊娜开始利用软骨、筋腱穿针引线,罗兰则磨好了小刀,又削了六七根骨针。等他干完这档子事儿,手指上尽是流血的小口子。他把木头灰沾湿,再涂抹在手指的伤口上,就那样睡了一夜,那双手看上去像是戴了一副又笨又大的灰黑色手套。第二天,等他在小溪里把木头灰都洗去后,苏珊娜惊诧地看到那些切口都开始愈合了。她忍不住也沾了一点灰烬抹在嘴角那个始终没好起来的伤口上,可一抹上去就疼得要命,她慌忙把它们都洗去。

"我想让你把这个该死的玩意儿弄掉。"她说。

罗兰摇摇头。"我们还是再等等,让它自己好起来吧。"

"为什么?"

"切割疼痛不已的伤口,这肯定是个坏点子,除非你绝对别无选择。尤其是当我们还在这干活的时候,杰克会说这些都是'手红活儿'。"

她明白了(也不想多嘴纠正他的发音),但是等她闲下来一躺下,烦人的胡思乱想就会撑满她的整个脑袋:幻想着疱疹开始扩散,一寸地吞噬她的脸孔,直到她的脑袋变成一只黑怯怯、覆着硬痂、淌着脓血的大肿瘤。天黑之后,这种瞎想就会愈加活灵活现,变成极其恐怖的心理摧残,好在她实在太累了,没法不倒头就睡。

第二天,苏珊娜几乎要认为这是一次"兽皮野营"活动了,罗兰新点了一堆营火,火势不旺,火苗压得低低的,随后他又在火堆上支起了一个摇摇欲坠的大架子。他们在这里熏烤兽皮,两张两张并排起来,烤完了再放在一边。制完的兽皮有股好闻得不可思议的气味。她拉起一张鹿皮贴在脸上,心里说,这味道就像是皮革啊,接着又兀自大笑起来。不管怎么说,这确实是皮革。

第三天,他们把所有时间都用来"制衣",苏珊娜终于在这一局里胜过了枪侠。罗兰的针脚又宽又松,实在不算牢靠。她认为他缝制的上衣和绑腿大概一个月内还不至于散架,但估计撑不过第二个月。可这显然是她的拿手好戏。她的母亲和外祖母都传授过她女红的手艺。一开始,她发现罗兰做的骨针很难用,她磨蹭好半天才能让拇指和食指捏住小片的鹿皮,在该下针的地方下针。随后,动作就越来越娴熟了,到了"缝衣日"的中午,她已经拿起罗兰身边的那堆衣料,在他的粗松的针脚之上再缝上一道细密精致的线。她原以为罗兰会反对——男人总是自大狂——但他丝毫没有拒绝,这种态度显然很英明。要说有人对此牢骚满腹、厌烦透顶,恐怕就只有黛塔了。

到了"兽皮野营"的第三天夜里,他们每个人都有了一件贴身背心、一对绑腿,还有一件大外套。还各有一副连指手套。肥头大耳的手套看起来很滑稽,但肯定能把他们的手捂得暖暖和和。说到双手,苏珊娜曾有一天十指酸疼得难以弯曲。于是她望着剩下的兽皮,问罗兰他们是否还要花上一天的工夫在此缝衣服。

他斟酌片刻,随后摇摇头。"我们可以把剩下的皮连同一些肉存放在出租车里,再从小溪里搬些大冰块放在上面,保持冷冻。"

"一旦我们走上雪地,这辆出租车就没什么用处了,是不是?"

"是的,"他承认,"但是,到那时候,兽皮都已做成衣服,而肉也都会吃掉了。"

"也就是说你不能在此地逗留下去了,对不?你听到它在呼唤你了。黑暗塔。"

罗兰把目光投进噼啪作响的火堆里,什么也没说。也没必要说。

"到了白域,我们的装备怎么办呢?"

"做个雪橇。会很有趣的。"

她点点头,便准备躺下睡觉。他却托住她的肩膀,让她转向火堆。他的面庞凑近了她,在那个瞬间,苏珊娜以为他要亲吻她,和她道晚安。可是,他长久凝视着她嘴边的伤口,仔细看着外表结起的痂。

"怎样?"最后,她问出声来。如果她再多说几个词儿,他就会清楚地听到她在颤抖,所以她只能点到为止。

"我认为它变小了一点。一旦我们离开劣土,它应该会自动痊愈的。"

"你这么说可当真?"

枪侠却立刻摇了摇头。"我说的是:应该会。现在,苏珊娜,躺下吧。好好休息。"

"行,行,可今天别再让我多睡了。我想守夜。"

"好的。现在,躺下吧。"

她听话地照做了,眼皮还没合上就睡着了。

10

她在中央公园里,冷得可以清楚地看到呼出的白气。头顶的天空白茫茫一片,下雪的天空,但她不冷。不,穿着崭新的鹿皮大衣,裹着绑腿,穿着背心,还有滑稽可爱的毛茸茸的鹿皮手套,一点儿也不冷。她的头上还有一样东西,垂下来盖住两只耳朵,让它们像身上其他部位一样被捂得暖暖和和。她把帽子摘下来,好奇地端详起来,发现它和周身上下其他的新衣服大为不同,它不是鹿皮所制,而是红绿相间的绒线编织帽。前额部位还绣上了字:圣诞快乐。

她盯着帽子看,惊呆了。您是否在梦里有过似曾相识的体验?显然会有吧。她举目四望,看到了埃蒂和杰克,他们都咧着嘴朝她笑呢。他俩都光着头没戴帽子,她猛然意识到:她手中的帽子是他们在别的梦境中戴过的两顶帽子的结合体。一阵狂喜在她心头油然而生,仿佛她刚刚解决了一道理论上根本不可能有答案的难题:化圆为方,让我们就打这样的比方吧,或是找到了终极素数(布莱因,好好听着吧你,愿这道难题让你的脑袋想到炸开,你这个疯疯癫癫的火车)。

埃蒂穿着一件可爱的T恤,胸前写着:**我喝诺兹阿拉!**

杰克的T恤上则写着:**我开塔库罗精神!**

两人都手捧热巧克力,完美无瑕的奶油泡沫浮在上面,还撒着一些肉豆蔻末。

"这是什么世界?"她问他们,并意识到周围有欢颂的歌声在唱,"这是哪个孩子?"

545

"你必须让他独自完成使命。"埃蒂说。

"没错,而且你还得小心丹底罗。"杰克说。

"我不明白,"苏珊娜说着,把绒线帽伸向他们,"这不是你们的吗?你们不是都戴着这样的帽子吗?"

"如果你想要,它就是你的了,"埃蒂说着,把热巧克力杯递过来,"来,我给你带了热巧克力。"

"不会再有双胞胎了,"杰克说,"只有一顶帽子,你没发现吗?"

还没等她开口,空中腾然响起一个声音,梦境开始解体。"十九,"那声音说,"这里是十九,是葵茨。"

随着每个字词吐出来,这个世界变得越发不真实。她能看穿埃蒂和杰克的身体,热巧克力的芳香也褪去了,取而代之的气味是灰

(圣灰节)

和皮革。她看到埃蒂的嘴唇在翕合,她觉得他在念一个名字,就在这时

11

"该起来啦,苏珊娜,"罗兰说,"轮到你守夜了。"

她坐起身,向四周看看。营火的火势已经变弱了。

"我听见他离开那里了,"罗兰说,"不过已经走了一些时候了,苏珊娜,你没事儿吧?刚才做梦了?"

"是的,"她说,"这场梦里只有一顶帽子,而我戴着它。"

"我听不懂你的话。"

她自己也不太懂。梦境已经不太真实了,如同所有的梦。现在,她唯一有把握的就是,埃蒂的身影永远消散前,弥留在他唇间的名字是:派屈克·丹维尔。

第五章

奇之巷的乔·柯林斯

1

一顶帽子的梦过去三周后，三个身影（两个大身影，一个小身影）出现在广袤的森林高地上，慢慢地走过一大片空旷的雪野，朝向山下树木繁盛之处。一个身影正拖拉着另一个，后者坐在一片精巧的木板装置上，与其说是雪橇，倒不如说是雪地拖车。

奥伊在罗兰和苏珊娜之间来回跑动，好像始终在替双方站岗。它的毛皮因为寒冷的气候和近日不断的鹿肉大餐而变得又厚又亮。三人正行走于一片积雪五英尺深的雪野，若是在春夏，这里就会是一片绿油油的草场。拖着雪橇走很省力，因为他们终于开始下坡路了。罗兰真正担忧过的地段已经走过去了。穿越白域不算太艰难——至少，到目前为止还没有太多困境。体力活也不少，有很多木材可供他们晚上生火而眠，除了四个晚上他们没能生火，因为天气骤变，狂风旋啸不止，他们只好裹紧衣服躺在山岭上的森林里，听任暴风雪把他们吹得精疲力竭，只能干等狂风停歇才能继续往东南方跋涉。虽然狂风真正肆虐了两天两夜，但好歹他们熬到了继续上路的时候，当他们再次走向光束的路径时，发现地面的积雪又深了三英尺。在空旷的雪野上，尖声嘶吼的东北风肆无忌惮，有时候，一波一波活像海浪般袭来。高大的松柏甚至都会被这样的暴风雪掩埋殆尽。

在白域上行进到第三天时，罗兰奋力拉着她（那时候，雪就已经大约一英尺深了），苏珊娜意识到：除非罗兰有一双雪靴，否则他们可能需要数月跋涉才能穿越这片山岭上长着森林的高地雪原；于是，当天晚上她就给他做了一双。经历了反复的琢磨和返工（苏珊娜说，"靠猜，还要不断地啊呀啊呀惊叫！"），枪侠认为她做出的第三个实验品很成功。靴子的外沿是用柔软的白桦枝做成的，中心部分完全木制，交叠部分统统用鹿皮绳来连接，扎成一点一点的细密明线。在罗兰看来，这些鹿皮针脚很像泪珠。

"你怎么会懂做鞋子？"他穿上这双鞋一天后，这么问她。前方长路毫无

547

惊喜可言,尤其当他学会以一种摇来摆去、恍如在颠簸的船上大踏步的方式滑步之后,积雪被拢在靴子两边,跋涉就显得更容易了。

"看电视,"苏珊娜答,"我小时候看过那样一档节目,《育空的普雷斯顿军士》,普雷斯顿军士没有貉獭做伴,但他确实有一只忠贞的好狗,叫做金。不管怎么说吧,我闭上眼睛试图回忆那家伙脚上的雪靴是什么样的。"她指了指罗兰脚上的实验品:"我只能模仿到这一步了。"

"你干得很棒。"他说,言辞中显而易见的真诚赞誉不禁让她浑身酥麻麻的。这倒并不是苏珊娜想从罗兰那里(或者说任何别的男人,从某种意义上)赢得的感觉,不过看起来她还挺满意。她在想,这到底是天性还是后天培育的品性呢?她自己也不确定自己是否真想知道。

"这鞋子只要不散架,就会很管用。"她附和道。第一轮实验品早就散架了。

"我没感觉线绳在松动,"罗兰告诉她,"有一点拉伸,大概吧,顶多是这样。"

现在,当他们穿越了整片开阔的雪野,实验品三号之雪靴显然还是浑然一体,而且,她感到自己好歹做出了些许贡献,所以负罪感也减少了几分,多少能够心安理得地让罗兰拖着她前进了。她也时不时想起莫俊德,于是,当他们走进雪原之后的第十天晚上,她再次提及此事,要求罗兰把掌握的消息都告诉她。敦促她开这个口的原因是他宣称现在可以不用轮流守夜站岗了,至少眼下这阵子不用了;若他们的躯体真有需要,他们就能饱饱地睡上十个小时。若还需要叫醒服务,奥伊会做的。

罗兰却长叹一声,呆呆看着营火,双手环抱着膝盖、两手松松地相扣,就那样看了足有一分钟。她刚刚认定自己不会听到什么答案了,他却开口了。"还在跟,但落得越来越远了。挣扎着找食物,挣扎着追踪,但他最为挣扎之事是要取暖。"

"取暖?"苏珊娜觉得这简直不可思议。这里漫山遍野都是树木。

"他没有火柴,也没有斯坛诺之类的东西。我相信有过一个晚上——早些时候了——他跟到了我们的营地,等我们走后,灰烬下还有一些木炭没有燃尽,随后几天他就带着这个火种,晚上还生了火。以前,人们对我讲过,这就是穴居人一路保存火种的方法。"

苏珊娜点点头。她在高中的科学常识课上也听说过,尽管连老师们都得承认:关于石器时代古人类的大部分知识只能说是成体系的猜想,并不算是切实的知识。她不禁琢磨起来:罗兰跟她讲过的事情里面又有多少只是猜想呢？于是，她问了他。

"那不是猜想，但我很难解释清楚。如果说是意念沟通，苏珊娜，那也不是杰克所用的那种触及方式。不是用看、听或者做梦的办法。但是……你相信我们有时候会做一些梦，但醒来后完全不记得？"

"相信。"她想到，可以跟他说说自己在《瞭望》科学杂志上读过的文章：有关眼球快速转动、REM睡眠试验，最终她觉得这样扯下去太复杂了。于是，她只说自己很确定：其实人们每天晚上都做梦，只是他们不记得了；对这番应答，她自己尚且满意。

"也许我就是在那些记不得的梦里看到他、听到他的声音，"罗兰说，"我所知道的一切就是：他倾尽全力想要跟上来。他对于这个世界所知太少，所以，他能活到今天实在是个奇迹。"

"你为他感到难过吗？"

"不。我担负不起对他的怜悯。你也不行。"

可是当他这么说时，却避开了她的注视，因而她觉得他是在撒谎。也许他的确不想为莫俊德感到遗憾，但她很明白：他心里有那份感觉，无论怎么说都有一点。也许他希望莫俊德死在追踪途中——显然这里有各种条件会导致死亡，尤其是冷酷的低温——但苏珊娜认为罗兰做不到。他们也许已经超越了卡的边界，但她认为毕竟血浓于水。

况且，还有比血缘关联更强有力的存在。她知道，因为现在连她都可以感觉到那种存在在脑海中如心跳般一下一下撞响，不管是睡觉时还是清醒时。那便是黑暗塔。她觉得他们已经非常靠近它了。她毫无头绪：就算到了塔，又该如何处置塔外疯癫的守门人？可她觉得自己已经不在乎了。眼下，她只求能亲眼看到塔。走进塔里，现在仍是超出她想象力的情景，可是看看它呢？是的，她想象得出来。并且，她觉得看一眼足矣。

2

他们沿着宽敞的坡道缓行而下，奥伊先是急匆匆跑在罗兰的脚边，又跑回去看看苏珊娜，再一路小跑回到罗兰身边。天空中时而会有亮蓝色的大洞出现。罗兰明白这是光束在工作，将厚厚的云层持续不断地往东南方向拉。不然,天空从这边的地平线到那边的地平线就全部白茫茫一片,低得仿佛触手可及,他们都熟悉了天空的这种表情。更多的雪在聚集中,枪侠默想:这场暴风雪可能空前的凶猛。风也刮起来了,刮来的冰冷湿气足以冻僵他裸露在外的体肤(经过三周勤奋的手工劳动,现在他裸露在外的皮肤只剩下额头和鼻尖了)。大风吹出一长条晶莹剔透的冰雪飘带。这莹白的雪带越过他们身边,又像魔法变出来的幻景般顺着斜坡飘下,变幻莫测的冰雪活像摇曳多姿的芭蕾舞演员。

"真美啊,不是吗?"苏珊娜坐在后面的雪橇上,似乎满怀期冀地大声问罗兰。

来自蓟犁的罗兰,历来没有对美的判断力(只有一次例外,在眉脊泗的外领地),含糊地应了一声。他知道什么才是自己心中的美景:暴风雪袭来时,不止是遮掩一片密密的树林,而是整片大地银装素裹。所以,他几乎怀疑起刚才那阵风刮过、雪吹起时他所见的情景。他放下了手中的拖绳,从绳套里走出来,径直走到苏珊娜跟前(还有他们所有的随行装备,现在又增加了不少,统统捆绑在她身后的雪地拖车上),屈膝蹲在她身旁。鹿皮衣衫将他从头到脚地武装起来,使得他看起来不像人,倒像是大脚怪兽。

"你对此如何解释?"他问她。

风再次旋转而起,比先前更猛烈了几分,甚而模糊了他刚才所见到的那番情景。等风停落,天空中又张开了一个大洞,阳光瞬间洒下,照亮了似有无数钻石闪耀的雪野。苏珊娜举起一只手遮住阳光看下山坡。她看到雪地上刻画着一个倒写的T字。横向的一笔距离他们很近(不过,也起码在两公里之外),相对来说短一些,也许在竖笔两边各延伸有两百英尺。但那竖着的一笔却很长很长,笔直地通向地平线,消失在视野尽头。

"是路!"她说,"有人在下面犁出了一些道路,罗兰!"

他点了点头:"我也这么想,但是我想听你说出来。另外,我还看到了别的东西。"

"什么?你的眼睛一向比我的尖,尖多了!"

"等我们再走近一点,你自己看吧。"

他刚想站起来,就被她急不可耐地拽住了袖子。"别跟我玩儿了。说吧,是什么?"

"屋顶,"他没有继续吊她的胃口,"我想,山下有一些小房子。也许,甚至是个小镇。"

"有人？你是说，有人吗？"

"唔，看起来似乎有一间房子里飘出了炊烟。不过，天地一片白茫茫的，这也很难说。"

她不知道自己到底想不想见到人。显然，有人出现，事情就会变得复杂一些。"罗兰，我们必须得小心点。"

"是的。"他答道，这才走回拖绳那里。捡起绳子之前，他停下来重新整了整枪带，把枪套往前挪了挪，这样更方便他左手拔枪。

一个小时之后，他们走到了横竖两条路的交叉口。有人在路口立起一道高约十一英尺的雪堤，权当路标。苏珊娜看到平整的雪地上留有类似推土机的痕迹。从这堆夯实的雪地里竖起了一根标杆。上面的路标和其他城镇的路标绝无二致；和她在纽约城的交叉路口所见过的路牌也没啥两样。指向那条短路的标牌上写着

奇之巷

但是，真正让她胆战心惊的是另一块牌子，写着

塔路

3

散落于交叉路口周围的小屋几乎全无人烟，不少房子都半掩在积雪中，甚而被屋顶上的厚厚沉雪压塌了，只有一间小屋例外。这一间——其位置大约在奇之巷左街下行四分之三处——明显和别的房子不同。屋顶上的雪显然扫过，因而不存在被压塌的危险，门前通往小路的走道上的积雪也被铲除了。就是从这间三面环树、小巧玲珑的小屋的烟囱里飘荡出炊烟，如羽毛般洁白。一扇窗玻璃也被照成了暖黄色，但吸引苏珊娜的目光的仍然是那道炊烟。她在意的只是这将是最后一次和人类接触。她脑海中唯一一个问题是：会是什么人来应门。会不会是韩赛尔，或是他的姐姐格蕾特？（那对兄妹会不会是一对双胞胎呢？有人研究过这个课题吗？）也许会是小红帽？

551

或者歌蒂拉克①?下巴上还留着山羊胡子般的麦片粥?

"也许我们应该过门而不入,"她发现自己已经下意识地压低了嗓门,哪怕他们还站在高高的雪堤边,"就当没看见,说谢啦。"她指了指标有"塔路"的路牌,又说:"罗兰,我们的方向已经明确了——也许我们应该往这边走。"

"那么,如果我们过门不入,你觉得莫俊德会不会呢?"罗兰反问道,"你觉得他也会过门不入吗,不管是谁在那里享受天伦之乐,他会不会留下人家不管呢?"

她从未想过这个问题,显然,答案是否定的。如果莫俊德决定要杀死小屋里的人,他肯定会下手。只要里面的住户是可以吃的,他就会饱餐一顿,不过,食物倒是次要的问题。一路经过的森林里藏着不少野味,就算莫俊德没能捕获到他的晚餐(只要他变成蜘蛛形体,苏珊娜就可以肯定:抓点野味对他来说实在是小菜一碟),罗兰和她每次拔营离去时都会多少留下一点残余的食物。所以,他走出那片白雪覆盖的高地时,并不会饥肠辘辘,但……不快乐。一点儿也不快乐。不管途中偶遇什么人,他必会泄愤。

从另一方面讲,她独自寻思着……其实没什么"另一方面",无论如何,一切都太晚了。小屋的前门已经开了,一位老人走出来,站在门阶上。他脚蹬皮靴,身着牛仔裤,还披着一件翻毛领子的厚重皮大衣。在苏珊娜看来,这件大衣俨然是在纽约格林威治村的军用品商店里买来的。

老人双颊红彤彤的,看起来很健壮,但又瘦得很厉害,身子倚靠在左手下粗粗的手杖上面。从他身后那栋飘荡着童话里才有的炊烟的奇特木屋里传来一声刺耳的马啸声。

"可不是嘛,栗皮儿,我瞧见他们了!"老人转向马嘶的方向,高声喊着话,"我至少还剩下一只好眼睛,嗯?"随后,又转过身来对着他们,此刻,罗兰、苏珊娜仍然站在雪堤那儿,奥伊紧靠他们站着。老人举起手杖,摆出敬礼的手势,看起来喜不自胜,毫无畏惧。罗兰也扬手呼应。

"看来,不管我们想不想,都得去聊聊了。"罗兰说。

"我明白,"她答道,接着又对貉獭说,"奥伊,从现在开始要讲礼貌了,听见没?"

奥伊看看她,又扭头望望老人,一声没吭。看来,在礼节问题上,奥伊暂

---

① 韩赛尔和格蕾特、小红帽都是德国民间童话里的主人公,歌蒂拉克是《三只小熊》里的小女孩。

持保留意见。

老人那条瘸腿看来非常不好——"简直就是没了。"莫斯·卡佛老爹大概会这么说吧——但他很利落地使着拐杖,单足跳下台阶时步态相当灵巧,苏珊娜觉得那模样有点逗趣,也很令人钦佩。"灵巧得像只蟋蟀!"这句也是莫斯爹爹的专属俏皮话,也许这句更适合那边的老人。当然,她没发现这位靠拐杖才能单腿跳的白发老人有什么不妥或者危险(他的白头发很长很细,披在肩上的毛皮兜帽里)。而且,等他走近些后,她发现他的一只眼睛因白内障而蒙上了一层白翳。瞳孔依稀可见,却凝滞于左侧。但是,另一只眼睛却闪现着奇之巷小屋居民应该有的浓厚兴趣,正兴致勃勃地打量着这三位来客。

马匹又嘶吼了一声,老人扬起拐杖,冲着低压压、白茫茫的天空胡乱挥了几下。"闭嘴你个草肚子,你个造粪机!你个没见过世面的乡下老婆子,没见过客人来吗?你是不是生在谷仓里的啊,就知道学驴叫?(要是你不是生在谷仓里,那我就是个蓝眼睛的大狒狒,只不过压根儿没这样的玩意儿!)"

罗兰忍不住了,打鼻孔里喷出了笑声,于是,苏珊娜最后一道警戒防线也解除了。那匹马从小木屋后面的什么地方又嘶了一嗓子——你只能说,那个不起眼的地方叫做谷仓——老人又狂放地挥舞一通拐杖,自己都差点儿摔倒在雪堆上了。他的单腿跳固然有点别扭,却竟然很神速,现在已经走到半路上了。就在快要跌个狗吃屎的当口,他稳住了自己,跳出一大步的同时,拐杖也及时地斜插进雪地里,接着又拔起来,朝他们过来的方向热烈地挥动着拐杖。

"嗨!向你们致敬,几位枪侠!"老人大喊,至少,他的肺活量很让人钦羡,"去黑暗塔朝圣的枪侠们啊,就是你们几位了,一定是你们了,我不是都瞧见黄把手的大铁块了嘛!还有呢,光束也回来啰,又强又壮,我都感觉到啦,栗皮儿也感觉到啰!简直像匹小马驹似的,乐得欢蹦乱跳,自打圣诞节起就这样,或者说,自我所称的圣诞节,因为这儿没张日历,也没见到圣诞老人,我也不指望见到他,因为你瞧,我是不是好孩子呢?从来不是!我从来都不沾边儿!好孩子们上天堂,可我所有的哥们都在另一头待着呢,窝在魔鬼的洞穴里,喝着搀了威士忌的诺兹阿拉,还烤着棉花糖!呃呃,无所谓,我满嘴跑舌头,您可别见怪!向您致敬,也向另一位致敬,还有你们当中这位毛乎乎的小刺儿球,也向你致敬!有生之年我终于看到貉獭啦!嘿呦,见到你们太高兴了!我的名字是乔·柯林斯,奇之巷的乔·柯林斯,我自个儿也够奇了,瞎一只眼、瘸一条腿,不过,很愿意为你们效劳!"

他已经走到了雪堆这里,标志"塔路"终结的路牌就在他头顶上……或者,该说是这条路开始的地方?这取决于你的立场,以及你旅途的终点,苏珊娜便这样觉得。他抬头看着他们,一只眼睛明亮得像小鸟,另一只却凝视那幻景般的白色废物。

"天长夜爽,是啊,我是这么说的,说得不一样的那些人反正也不在这儿,谁他妈的在乎他们怎么说呀?"说着,他从口袋里摸出一样东西来,顺手一抛,那模样只能是水果糖。奥伊跃到半空中,轻而易举就叼住了糖果:逮住了!

看着这一幕,罗兰和苏珊娜都哈哈大笑起来。笑起来的感觉颇有几分古怪,但毕竟是一种美好的感觉,仿佛终于寻觅到了你原以为已永远失去了的无价之宝。甚至奥伊都似乎咧着嘴笑了,如果马匹的嘶吼令它心烦暴躁(当他们站在雪堤高处,低头看着柯林斯先生时,它又吹号般嘶鸣起来),那也丝毫没有表露出来。

"我有成千上万个问题等不及要问你们哪,"柯林斯说,"可是我想用这样一句问话作引子:你们这些个枪侠从雪堤上下来,好不好?"

4

于是,苏珊娜滑了下来,直接把雪地拖车当滑雪板用了。她挑中了掩埋于雪下的奇之巷西北端,因为高坝那边的积雪松软一些。这一行距离很短,她却滑得磕磕巴巴。好不容易颠过了四分之三程时,又狠狠撞上了一块冻硬的大雪块,她顿时从平板上颠下来,剩下的滑行就变成了一连串极不雅观的筋斗,她连滚带爬地哈哈大笑。雪地拖车翻了——不如说,翻身当乌龟了——他们的各式存货天女散花一般掉得到处都是。

罗兰和奥伊在她之后跳下来。罗兰立刻跑到她跟前,蹲下身关注地查看,奥伊也紧张兮兮地在她脸上使劲闻来闻去,可苏珊娜还在笑个不停。怪老头也在放声大笑,莫斯老爹一定会说他那笑声"乐颠颠儿地活像老爹帽圈上的丝带"。

"我很好,罗兰——跟你说实话吧,小时候我从儿童滑雪板上摔下来无数回,都比这个惨多啦!"

"一切都好,结局就好。"乔·柯林斯也这么说。他用那只好眼睛把她上下打量一遍,确信她真的没摔伤,随后就帮着捡拾四处散落的东西,挂着拐杖吃力地弯着腰,细长的白发垂在了红彤彤的脸庞上。

"不,不用,"罗兰说着,跑过去一把拉住他的胳膊,"我会收拾的,您会跌个屁股蹲儿的。"

听了这话,老人又爽朗地大笑起来,罗兰也真心诚意地笑了。小木屋后面的那匹马也嘹亮地吼了一嗓子,仿佛在抗议他们自个儿找乐子。

"'跌个屁股蹲儿'!伙计,这句笑话真逗!我一点儿不明白我的屁股蹲儿是什么,可还是很逗!可不是嘛!"他帮着苏珊娜拍打皮衣上下的雪,这当口,罗兰忙着捡东西,重新堆放在凑合用的拖板上。奥伊也去帮忙,叼着几包扎好的肉跑来放在拖板上。

"这小东西可真机灵啊!"乔·柯林斯由衷地赞叹。

"他可是个好旅伴。"苏珊娜也这么说。她现在心满意足了,因为他们在这岔路口停下来了;因而没有错过这么个幽默感十足的好老头儿。她伸出戴着笨重手套的右手:"我是苏珊娜·迪恩——纽约来的。丹的女儿。"

他也伸出手,并且摘了手套,两人握了握。尽管他的指关节肿大如树瘤,握手却相当有力道。"纽约,是啦是啦!嘿,我以前也是在那地儿的,我自己。还在阿克伦、奥马哈和旧金山待过。亨利和佛罗拉的儿子,如果你觉得挺在乎出身,我就得这么说啰。"

"你是从美国那边来的?"她问。

"哦上帝啊我是从那儿来的,不过那是很久很久以前的事了,"他答,"要是他来说,那就是数也数不清。"他用那只好眼睛眨了一下;坏眼睛仍旧瞪着白茫茫的荒废视野,也仍旧没一丁点儿活气儿。他转身对着罗兰说:"那么你是谁呀,我的好伙计?要是你不告诉我你叫啥,我就会像对别人一样把你叫做我的好伙计,除非有特殊情况,人数太多的时候我也会用贝希这个名儿,通常来说,我手里这根拐杖就叫作贝希。"

罗兰在笑。苏珊娜心想,他不笑也难。"罗兰·德鄯,来自蓟犁。斯蒂文之子。"

"蓟犁!蓟犁!"柯林斯惊得瞪圆了他那只好眼睛,"那可是个来自远古的名字,可不是嘛?一个该写在书本上的老名儿!圣彼得啊,你一定比上帝还老了!"

"有些人是这么说。"罗兰表示赞同,现在他不止是在笑……而是热情地展开笑颜。

"那这位小朋友呢?"他又问,弯下了腰。柯林斯从口袋里又摸出了两块水果糖,一块红的,一块绿的。圣诞节的颜色,苏珊娜顿觉似曾相识。这阵恍惚的感觉像阵风般拂过她的思绪,又悄然离去。"小朋友,你叫啥呀?他们叫你回家的时候都怎么喊你啊?"

"它不会——"

——再说话了,虽然以前它会说一点。苏珊娜刚想这么说,可还没等她开口,貉獭就喊出来:"奥伊!"这声回答清楚而坚定,就像以前它对杰克说话时那样。

"好孩子!"柯林斯说着,把水果糖扔进了奥伊的嘴里。随后,他伸出那只节瘤肿大的手,奥伊抬起前爪去蹭。他俩也握了手,在奇之巷和塔路的交叉路口进行友好会晤。

"真是没想到。"罗兰和气地说道。

"到头来我们都会遭天谴的①,我估摸是这样,不管有没有光束,"乔·柯林斯说着松开了奥伊的小爪子,"但不是今天。现在我要说的是,我们应该到暖洋洋的屋子里去,喝着咖啡聊聊天——因为我还有点咖啡呢,说真的——或者来壶淡啤酒也成。我甚至还有混合酒呢,蛋奶酒,应该就是叫这个名儿吧。我自己喝起来觉得挺来劲儿的,特别是朝里面洒几滴朗姆酒之后,可谁知道呢?大概有五年甚至更久了,我其实一点儿味觉都没有。迪斯寇迪亚的空气彻底毁了我的味蕾和鼻子。不管怎么说吧,你们意下如何?"

"我觉得那实在他妈的太棒了。"苏珊娜说。她极少这么意味深长地说话。

他乐呵呵地拍拍她的肩头。"一个好女人就是无价之宝!我也不知道这话是莎士比亚说的,还是《圣经》里头的,要不然就是他们合起来——"

"呃呃,栗皮儿,你他妈的眼睛长哪儿去了?你以为自个儿要去哪儿呀?你是想来见见这几个客人,是不是?"

他的嗓门渐渐压低下去,变成怒气冲冲的一团低语,似乎是那些孤身生活、身旁只有一两只宠物的人所特有的说话方式。他的母马跌跌撞撞地朝他们走来,柯林斯一把搂住马脖子,有点粗鲁却透着爱意地拍了拍它,但苏珊娜却打心眼里觉得:这是她有生以来见过的最丑陋的四足动物。她的好心情都

---

① 罗兰此前说的是"I'll be damned",表示对奥伊再次开口的惊讶,也有"遭天谴、下地狱"的意思,所以老者这么说。

556

因此退去了几分。栗皮儿的双眼都瞎了——不是一只好一只坏,而是双目失明——并且骨瘦如柴。这匹母马走动的时候,每根骨头的动作似乎都紧贴着长着癣瘢的皮暴露出来,苏珊娜简直担心哪根骨头就此戳出了皮毛。有那么几秒钟,迪斯寇迪亚城堡那黑漆漆的地下甬道里噩梦般的回忆在她头脑中泛起:黏腻滑动的声响紧紧跟在他们身后,还有骸骨。满地的骨头。

柯林斯似乎从她的表情里看出了些什么,因为当他再开口时,几乎是自卫般地解释。"我知道,是匹又老又丑的母马,但是当你变得和她一样老的时候,我觉得,连你也赢不了多少美貌了!"他拍着老马伤痕累累的脖子,又拉着稀疏无几的鬃毛,好像要把那些毛连根拔起(不过,栗皮儿没显出疼痛的样子),就这样牵引着它往小木屋走回去。就在这时,即将袭来的暴风雪里的第一片雪花终于飘了下来。

"来吧,栗皮儿,你个老不死的草肚子、造粪机,你个走不动路的老母马,你个迷了路的四条腿的麻风病人!你闻不到空中有雪花味儿吗?因为我可以,我的鼻子多年前就搬家去南方啦!"

他转身看着罗兰和苏珊娜,说道:"我希望你们能喜欢我煮的东西,我是说真的,因为我觉得这场风雪足足得吹上三天三夜呢。没错,要等魔鬼之月再次露脸,至少还得三天!可是我们相见很高兴,说真的,我赌上我的表和委任状!可你们甭用我的老马来评判我的好客心!嘿!"

我是不应该,苏珊娜想着打了个小寒战。老人转身走了,罗兰却饶有兴趣地看了看她。她微笑着摇摇头,好像在说——没什么,可是显然,不是没什么。她不想告诉枪侠,这匹走不动路、两眼蒙着厚厚白翳的老马那皮包骨头的模样令她胡思乱想了一番。罗兰从来没说过她是只笨鹅,所以,看在上帝的分上,她可不想让他有理由这么说——

仿佛听到了她头脑中的想法,老马向后扭了下脖子,还对着苏珊娜露出仅剩的几颗牙。栗皮儿骷髅般的脑袋上凹下一双流着脓液的瞎眼睛,可不知道为什么,她觉得母马好像在笑,吓人的笑。它对着苏珊娜呜一声尖叫,仿佛在说:小黑鸟儿,好好想想你自个儿以后的模样吧;等你们上路了、送命去了,我还会在这儿活下去哪。这时,狂风卷起旋舞的雪花打在他们脸上,压着积雪的冷杉林里传出飕飕风啸,柯林斯的小屋屋檐下也卷起几道风雪线。狂风就消停了一会儿,接着又加强力道猛烈吹来,风声尖啸,活像人类悲悯的哭声。

5

　　外屋的一侧是鸡笼,另一侧就是栗皮儿的马厩,地上铺着一层干草。"我可以爬进去,叉点干草放下来,"柯林斯说,"可是每次都得搭上我的性命,都是这条废腿闹的。喔,德鄡先生,我不能勉强你帮一个糟老头子,可是如果你不……?"

　　罗兰二话不说,就爬上靠在马厩栏杆上的木梯,用叉子挑下干草,直到柯林斯说已经够多了,哪怕暴风雪刮上四天,栗皮儿都足够吃了("你只要瞅它一眼就知道了,它可不会像波兰混蛋那样吃到撑。"他说),枪侠这才下来,跟着柯林斯走几步回了小屋。堆铲在房屋两边的积雪已高及罗兰的头顶。

　　"欢迎光临寒舍,"乔说着招呼他们进厨房。虽然厨台面板看上去是多节的松柏原木,但其实是一套塑料制品。苏珊娜走近时便看出来了。屋子里又暖和又舒服。电炉子上标着"洛斯科",她从未听说过这个牌子。冰箱则是阿玛纳牌的,拉手上面还有个特殊的小拉门。她凑近了去看,看到一行小字:**神奇冰块**。"这东西能造冰块?"她兴奋地问道。

　　"唔,不行,准确地说不是它来造,"乔回答道,"美人儿,造冰块的还是冰箱冷冻室;门上那东西不过是让冰块掉进你的饮料里。"

　　她对此颇感兴趣,乐得大笑起来。她朝下一瞥,见奥伊正扬着脑袋冲她亲昵地笑,这下子,她笑得更开怀了。身边有了现代化生活设施,这间厨房甚至让她有点儿想家——多么熟稔的居家氛围啊:有糖、香料,以及每样美好的东西。

　　罗兰则抬头关注着日光灯管,柯林斯点点头,说:"没错,是这样,我这儿有电。还有暖气炉呢,是不是挺不错的?而且,从来都没人给我寄过账单!绕到屋子另一边,你就能看到发电机啦。本田牌的,安静得像是星期天早上!就算你爬到机箱上去听也听不见啥,只有轻轻的嗡嗡嗡嗡。结巴比尔换过丙烷箱,还会在需要维修保养的时候就去维修保养,自打我到了这里之后他只去保养过两次。啊,不对不对,老乔撒谎了,老得都快死了。是三次,一共有过三次。"

　　"结巴比尔是谁?"苏珊娜问出口的时候,刚好罗兰在问:"你来这儿有多久了?"

　　乔·柯林斯大笑。"一个一个来,我的新朋友们,一个一个问!"他刚才把手杖放在旁边了,现在正费力地脱大衣,全身重心落在了瘸腿上,他低声怒骂一下,险些跌倒。差一点就跌倒了,要不是罗兰稳住他的话。

"多谢你,多谢,多谢,"乔说,"知道我要跟你说什么不?我可不止一次鼻头朝下摔在这些个硬地板上啦!不过,既然你让我免于跌倒,我就先来回答你的问题。我,奇之巷的怪老乔,到这儿得有十七年了。我不能承认这些年过得棒极了,唯一的理由就是,时间流逝得很滑稽,见他的大头鬼,你们能明白我的意思吗?"

"我们明白,"苏珊娜说,"相信我,我们都懂。"

柯林斯现在开始脱毛衣,一件脱完还有一件。苏珊娜一开始以为这是个健壮的老头儿,现在却一层一层剥成了个瘦子。她这才明白,他身上看似强健的部分都不是肌肉或脂肪,只是填料儿。他倒不至于像他的老马那样皮包骨头,但显然绝不"健壮"。

"现在,来说说结巴比尔,"老人把第二件毛衣放在一边,但嘴巴没有停,"他是个机器人。打扫房间之外,还要维护我的发电机正常运转……当然啦,铲雪筑雪堤这样的事情也都是他来做。我刚到这里时,他只不过偶尔结巴一下;可现在每说两三个词儿就开始结巴。要是有一天他倒下了,我可真不知道该如何是好。"在苏珊娜听来,他的语气有点异乎寻常,似乎根本不担心那种事情会发生。

"也许他会好起来的,毕竟,光束又回复正常了。"她说。

"他大概还能再支撑一阵子,但我真的不觉得他会好起来了,"乔说,"机器不会像生物一样痊愈。"他终于脱到了贴身的保暖汗衫,脱衣大业就此终结。苏珊娜深感欣慰。光是看看老马肋条支棱在灰色毛皮底下那副可怖的样子就足够了。她一点儿不想看到老马的主人也露出同样的光景。

"脱下你们的大衣吧,还有绑腿,"乔说道,"我去准备点蛋奶酒,或是随便什么你们会中意的东西,一两分钟就够了,不过首先我要带你们去看看我的起居室,因为那可是我的骄傲,说真的哩。"

6

起居室地板上铺着碎布地毯,看起来就像是霍姆斯奶奶家里的那种,还有一张"懒骨头"躺椅放在桌子边。桌子上堆着好多杂志和平装书,还有一副眼镜,以及一只棕色小瓶子,上帝才知道里面装着什么药水。屋子里还有一台电视机(若是埃蒂和杰克也在这里,会一眼认出电视机架下面的格子里还放着一台录像机),可苏珊娜实在想不出来:老乔怎么可能在这种地方看到电视节目。但是,令苏珊娜全神紧张的——罗兰也是——是一面墙上的照片。照片用一只大头钉钉在墙面上,歪歪斜斜的显得过于随便,但在苏珊娜看来(至少,她这么想)那简直无异于渎神。

那是一张黑暗塔的照片。

她连呼吸都急促起来。向着那照片快速挪动过去,几乎没感觉到碎布地毯上的团团结结硌得手掌生疼,随后又伸出两臂。"罗兰,举我起来!"

他将她抱起来,这时候她发现他脸色大变,几乎没了血色,只有两只眼睛在脸颊上放着光。那双眼睛熠熠闪亮。塔的背景是黄昏天色,即将坠下的夕阳将塔后的山野涂抹成橘红色,塔身上螺旋形上升的小窗户清晰可辨。有些小窗里还透出昏暗可怕的光晕。她还能看到那些阳台,每隔两三层就会有一层阳台,和塔楼相连的低矮黑暗的小门全都紧闭着。也都紧锁着,她对此毫不怀疑。塔楼之前便是一片玫瑰地,坎-卡无蕊,幽暗着,但即便在暗影中还是显得美丽迷人。大多数玫瑰都映衬在昏黑的傍晚光线里含苞欲放,只有少数几支绽开花蕾,像是昏昏欲睡的眼睛。

"乔!"她唤了一声。这一声不比耳语更响亮。她只觉得浑身无力,仿佛她已然听到歌唱的声音,遥远而依稀。"哦,乔!这照片……!"

"没错,夫人,"他显然乐于看到她这样的反应,"这张照片很不赖,是不是?所以我才把它钉起来。我还有别的照片,但就数这张最好看。恰好在夕阳西下的时候,所以那些阴影好像永远贴着光束的路径而行。也确实如此,我相信你们俩都知道。"

罗兰急促的粗声喘息就在她的右耳畔,好像他刚刚跑完一场比赛,可苏珊娜并没有真的注意到。因为这幅画上的情景令人敬畏地充斥了她的心灵。

"这是一张宝丽来快照!"

"唔……说得没错,"看到她兴奋到这个地步,他似乎有点讶异,"我认为,如果我提出要求,结巴比尔拿来一部柯达相机都没问题,可是我该怎么冲洗胶卷呢?而且,那时候我还想过弄一台摄录机——那就可以用电视机下面的那玩意儿放出来了——可我年纪大了,走不动回头路了,而我那匹老马也太老,没法驮我回来。不过如果我可以弄到,我会拍下来的,因为那地方真的很美,一个满是热心鬼的地方。我听到歌声,都是很久以前就死去的朋友;还有我妈妈和爸爸。我总是——"

一阵无力感席卷了罗兰的周身上下。她感觉到了,他的肌肉全都凝滞般的一动不动。随后,他打破僵局飞快地从照片前转过身来,动作快得让苏珊娜一阵头晕。"你去过那里?"他问,"你曾经去过黑暗塔?"

"我确实去过,"老人答道,"否则你以为是谁拍的照片?著名摄影师安塞尔·他妈的·亚当斯?"

"你什么时候拍的这照片?"

"是我最后一次去的时候拍的,"他说,"两年前的夏天——尽管那儿是低地,你们肯定知道的,所以如果雪花飘到那里,我会看到的,可我一点儿都没看到。"

"从这里过去有多远?"

乔闭上那只坏眼睛默算起来。这没花费多久,但罗兰和苏珊娜却觉得漫长至极,简直漫长得难以忍耐。窗外,狂风更猛烈了。老马又嘶叫起来,仿佛在对狂风表示愤慨。透过冻着冰花的窗玻璃,可以看到浓密的雪花在飞舞。

"唔,"他开口了,"你们已经在下坡道上了,现在,结巴比尔铲出了一条路,但就到你们刚才走到的地方为止;那个老机器人为了打发时间还能干什么别的事儿呢?当然啰,你们会等在这里,等到这场刚刚开始刮起来的东北向暴风雪止住——"

"等我们上路了,还要走多远?"罗兰问。

"等不及要走了,是不是?没错没错,心急火燎,干吗不呢,你们可是从内世界来的,一定是走了好多年才走到这里吧。真不想去琢磨到底花了你们多少年月,我真的不愿意去想。我要说的是,你们走到白域得用上六天,也许七天——"

"你把这一片称为神会之地吗?"苏珊娜问。

他眨眨眼,疑惑地看了看她。"夫人,有何不可呢——我以前只听说过这一片造物地叫白域,没别的雅号了。"

疑惑的表情显然是假装的。她几乎能肯定。老乔·柯林斯,乐颠颠的活像是儿童戏里的圣诞老人,刚才却对她撒了谎。她不太清楚原因,但她还没来得及多想,罗兰就直截了当地说:"你现在能不能别琢磨那事儿了?行吗,看在你父亲的分上。"

"是,罗兰,"她怯怯地应道,"当然可以。"

罗兰又转向乔,依然怀抱着苏珊娜。

"我猜想,得耗上你们九天,"乔手摸着下巴说道,"考虑到那条路现在会非常滑,比尔把雪铲掉之后路就会特别滑,可你们没法让他罢手。他要履行自己的职责。他的程序设置,他是那么说的。"老人看到罗兰张口要说什么,便扬了扬手打断他:"不,不,我不会把他硬拖回来的,他会被激怒的,先生,或是你们喜欢说的绅士——我只是不太习惯有人陪。

"只要你们沿着雪界线走下去,还得有十天、甚至十二天的脚程,不过在这个世界里没必要走路,除非你们特别喜欢走。走下去,你们还会看到一个北方电子的小屋,里面停着一些个小车。有点像高尔夫球场车。但电池都用光啦,不用说——明摆着的事情——不过还有一台发电机,就像我这台本田一样,那个还能用,因为我上次下去时,比尔尽可能地拾掇了一下。如果你们能给一辆小车充上电,行程就会大大缩减,最多不过四天。所以,我在想:如果你们要一路走到底,大约需要十九天。要是最后一程能够用上一辆小蜂鸟——我把那些小车叫做小蜂鸟,因为它们跑起来的声音就像蜂鸟振翅飞——那我估计十天足矣。顶多十一天。"

屋子里顿时安静下来。外面狂风呼号,雪花被斜斜地掼在小屋外壁上,苏珊娜又一次联想到人的哭声。不用问,是因为风在屋檐、林间飞旋的角度。

"就算我们不得不走的话,也用不了三周。"罗兰说。他再一次凑近去看宝丽来快照上掩映在夕阳中的灰黑色石垒高塔,但他没有伸手去摸。苏珊娜心想,要他去摸的话,他大概会害怕的。"在经历了这么些年月、这么些路程之后。"

更别提流淌的鲜血了,苏珊娜默想着,但即便此刻只有他俩,她也不会说出口的。没必要;他和她一样清楚有多少鲜血四溅的场面。可是,这里有什么事情不对劲儿,或者说,彻头彻尾地错了。而枪侠似乎并不知道错在哪里。

所谓同情,是尊重他者的感受。而神会,是货真价实地分享对方的感受。可为什么人们要把这片土地称为"神会之地"呢?

又是为什么这个可爱的老人要在这个问题上撒谎呢?

"乔·柯林斯,告诉我一些事情。"罗兰说。

"好的,枪侠,只要我说得上来。"

"你有没有再走近一点?把你的手放在它的石头上?"

一开始老人觑着罗兰,好像罗兰不过是在开玩笑。当他确定那根本不是玩笑时,他看起来颇为震惊。"不!"他说,在苏珊娜看来,这是老人第一次像美国人一样说话,"拍那张照片,是我走得最近的一次,我不敢再往前走了。就在玫瑰地的边界线上。我敢说还有两、两百五十码远呢。要是让机器人说,就是五百轮距。"

罗兰点了下头。"为什么没再往前走了?"

"因为我想过,只要走近它我就会死,但那时我停不下脚步。那些声音一直拖着我往前走。所以,那时我就不敢走下去了,真的不敢,就算今天还是一样。"

7

晚餐后——无疑,这是苏珊娜被强拽到这个异世界后享用的第一顿真正意义上的晚餐,也很可能是她一生中最美味的一顿饭——她嘴边的伤口完全裂开了。从某种角度说,这都是乔·柯林斯的错,但即便再晚些时候、当他们有更充足的理由指责他时,她也决不会因此而怪罪于奇之巷这位唯一的乡亲。显然,这会是他最不想看到的一幕。

他做了烤鸡,烤得恰到好处,特别是在他们连日以生烤野味果腹之后,烤鸡吃来更为可口。桌上的配菜还有肉汁土豆泥,切成薄片的酸果蔓果冻叠放在红色的厚盘子里,绿色的豌豆("抱歉地说一句,只有罐装的了,"他说),以及一大盘洋葱汤,上面配以罐装的甜牛奶。蛋奶酒也呈上了。罗兰和苏珊娜都喝了不少,像孩子般贪心,两人都往酒里加了"几小滴朗姆酒"。奥伊则有独享的晚餐;乔为它盛满了一碟鸡肉和土豆泥,放在暖炉边的地板上。奥伊风卷残云地吃完之后,便趴在厨房和起居室(兼做餐厅)之间的过道上,津津有味地舔着嘴巴,不想浪费每条牙缝里的肉汁肉末,一边还竖着耳朵聆听那几个人的闲聊。

"我吃不下甜点了,所以别问我了,"苏珊娜吃光盘子里的东西后说,这已经是第二整盘了,她还在用一片面包把盘子里的汁水刮干净,"我都不知道自己还能不能爬下椅子了。"

"行,行,那就不吃,"乔说着,看起来有几分失望,"说不定过一会儿就能吃下去了。我做了巧克力布丁,还有一个是奶油糖果口味的。"

罗兰用餐巾遮着嘴,打了一个饱嗝,又说:"我想我愿意尝尝这两种甜点。"

"好吧,既然如此,我大概还能吃一点。"苏珊娜也赞同。她上一次吃到奶油糖是多少个世代之前的往事了?

等他们全都吃完了布丁,苏珊娜想帮忙收拾餐具,乔却挡住了她,说他不过是把盘子碟子堆在洗碗机里,让机器刷洗完了,他再"慢慢拾掇"。当他和罗兰往返于厨房和餐桌之间时,苏珊娜觉得他的腿脚灵便多了,不太需要拐杖了。她猜想,一定是"几滴朗姆酒"(也许不只是几滴,每次都是几滴,累积起来就会是一大份朗姆酒)起了作用。

他倒来了咖啡,三杯给他们,一杯给奥伊,随后才在起居室里坐定下来。窗外夜色已经完全降临,大风比先前刮得更凶猛了。莫俊德就在外面,不知道猫在哪里,也许蜷着身子躲在雪洞或是树洞里,她想,再一次克制住对他的怜悯。要是她什么都不知道,大概心里会好受一点,不管他是不是足以让人瞬间死于非命,那毕竟还是个小孩。

"请告诉我们,你是如何来到这个地方的,乔?"罗兰发问。

乔咧嘴一笑。"那可是个让你汗毛倒立的故事,不过你要是真想听,我也不介意说说,"嘴边的微笑随即热情绽放,"这很好,有人可以说说话。栗皮儿听人说话还不错,可它自己从来不会说点什么给我听。"

最初,他想当一名教师,乔说道,但很快就发现那种生活不适合他。他喜欢孩子——事实上,很热爱他们——但讨厌所有狗屎规章制度,也看不惯只允许千篇一律、不鼓励标新立异的教学模式。他只干了三年就辞职了,转而投身演艺界。

"你会唱歌?还是跳舞?"罗兰很好奇。

"都不会,"乔答,"我表演老式的滑稽脱口秀。"

"脱口秀?"

"他的意思是,他是个喜剧演员,"苏珊娜解释说,"他会讲笑话。"

"没错!"乔开心地说道,"还真有不少人觉得很逗趣呢。当然啦,那只是少数人。"

一开始他找了个经纪人,是个打折男士服装店的老板,后来破产了。一场变故总归引发另一个开端,他说,一个钩住一个。最后,他沿着海岸线走,开着一辆东瘪西瘪、但性能还不错的福特牌老皮卡,听从经纪人夏仔的吩咐,在一间又一间二三流夜总会里打工。他几乎从不在周末演出;就算是二三流的夜总会到了周末也会请摇滚乐队。

那是六十年代末、七十年代初期,社会中不乏乔所谓的"时事元素":嬉皮士和雅皮士,烧乳罩的女权运动,黑豹党,电影明星,还有总是风云焦点的政治——不过他说自己倾向于传统型的喜剧表演,以说笑话为主。就让莫特·萨和乔治·卡林去演出时事滑稽剧吧,只要他们乐意;他还是坚持说老式俏皮话,"提及我的岳母大人"或是"他们说我们的波兰友人沉默寡言,可让我来跟你说说我遇到的这个爱尔兰姑娘"。

就在他滔滔不绝之际,一件古怪(而——至少对苏珊娜来说——令人印象深刻)的事情发生了。乔·柯林斯的中世界语汇里——满是您啦、哩啦、说真的啦——开始混杂入另一种口音,在她看来那无疑是自以为是的美国佬腔调。当他把"鸟"念成"劳"、"听"念成"汤"的时候,她寻思着是因为自己和埃蒂相处的时间长了。她认为乔·柯林斯就是那种老派的模仿高手,听到什么就能说什么,哪怕只是听到稍纵即逝的一个音儿都能模仿得惟妙惟肖。若是在布鲁克林的俱乐部里演出,大概会是"劳"和"汤";在匹兹堡大概就变成了"鸟儿"和"听儿";而在"巨鹰"超级市场就会变成"朱一"。

罗兰前面打断过他,询问喜剧是不是有点像宫廷小丑,老人开怀大笑:"你说得差不离。但不是对着国王和他的宠臣爱妃,而是在一间烟雾缭绕的屋子里,对着一群酒徒。"

罗兰点点头,也笑了。

"不过呢,在中西部当小丑,说一晚上笑话就走,也有很多好处,"他说,"要是你在迪比克喝了个烂醉,顶多在下一个村子里把四十五分钟的表演砍成二十分钟。可也许在中世界的什么地方,他们会因为你搞砸了就把你该死的脑袋砍下来!"

听到这里,枪侠爆发出一阵狂笑,尽管苏珊娜自己也在大笑,但他的高声大笑还是让她惊了一下。"你说得没错,乔。"

在一九七二年夏天,乔在克利夫兰的强狗酒吧里表演,那儿距离犹太人区不远。罗兰再次打断他,这一次问的则是"犹太人区"。

"这就是说贫民区,"苏珊娜予以解释,"在城里有这样一种区域,住的大多是黑人和穷人,那里的警察习惯于先挥警棍打一顿再提问。"

"精辟!"乔也跟着说,还用指关节敲着脑顶心,"我自己都没法这样一针见血。"

这时候,小屋前又传来婴孩哭泣般阴森的呼号,暴风雪略有减弱。苏珊娜瞥了一眼罗兰,即便枪侠听到她脑海里的默想,这次也未作示意。

是风,苏珊娜告诫自己,还能是别的什么呀?

莫俊德,她自己的神思立刻反驳了她。莫俊德就在外面,快冻成冰块了。就在我们坐在这里喝着热咖啡的时候,外面的莫俊德就要死了。

但她什么也没说。

在贫民区待了几星期,惹了不少麻烦,乔接着说,但那时候他酗酒,喝得很厉害(他的用词是:灌得很猛),所以几乎没有觉察到第二次演出时观众只有第一次的五分之一那么多。"地狱啊,我当时晕得很。谁也不认识,但我在走廊里摇摇晃晃地走不稳,撞这撞那,都快把自己撞死了。"

接着,有人从酒吧前窗外扔进来一杯莫洛托夫鸡尾酒(莫洛托夫鸡尾酒,罗兰明白这个术语),你还来不及开口说"说起我的岳母大人……"酒吧里就着火了。乔从舞台进出口跌跌撞撞冲进了后台。他差一步就逃到街上了,可三个人抓住了他("都黑得像墨,壮实得像是 NBA 中锋")。两人揪着他,另一个在身后推他。那时又有一个人扔了个瓶子进来。只听"嘭"地一响,灯光全被炸没了。醒来时,他只身躺在山腰的青草地上,根据大马路两边的空宅上的标牌来看,旁边有个小镇叫做"石头翘"。乔·柯林斯只觉得置身于西部电影的布景街上,而所有演员都回家了。

就是在这时候,苏珊娜意识到自己不相信柯林斯先生所说的大部分情节。毫无疑问这故事很有意思,并且,考虑到杰克是在上学路上被车撞死后第一次进入中世界的,这段自述并非完全不可信。可她就是觉得大部分都像是杜撰。问题在于,这重要吗?

"你没法说那地方是天堂,因为没云彩,也没天使的歌唱,"乔继续说,"但我能断言,那就是某种死后状态,都一样。"他四处转了转。他找到了食物,找到了一匹马(栗皮儿),便上了路。他还遇上了形形色色的人,有的很友好,有的就不,有的囫囵一体,有的就像怪胎。他学了不少俚语,也听闻了一些中世界的历史;显然他那时候就知道众光束和塔了。他说,有一天他想穿越劣土,可是他害怕了,皮肤开始裂出各式各样的伤口,还有怪异的斑痕,吓得他掉头往回走。

"屁股上都长疖子了,那就是最后的结果,"他说,"那是六年前或是八年前的事情。我和栗皮儿发誓不再往前走了。就是那时候,我发现了这个名叫西环的地方,结巴比尔也遇到了我。他有点医术,挑破了我屁股上的疮。"

罗兰想知道乔最后一次去黑暗塔朝圣的时候有没有见到疯狂的血王。乔说,没见到,不过在那之前六个月,曾有一场骇人的风暴("当头一杯烈酒")把他逼到地窖里躲起来。那时候,电灯全不亮了,发电机也不灵了,就在他缩头缩尾猫在黑暗中时,他突然有一种感觉:有同样骇人的生物存在于近处,随便什么时候都能触及乔的意识,并循迹而来,找到他的藏身之地。

"你们可知道我当时感觉自己像什么?"他问。

罗兰和苏珊娜都摇摇头。奥伊也一模一样地摇摇头。

"零食,"乔说,"会被一口吃掉的小吃。"

这段话是真的,苏珊娜心想。可能略有修改,但基本属实。要说理由恐怕只有一条:她觉得风暴极有可能随血王而来。

"你怎么办?"罗兰问。

"睡觉,"他说,"我一向有这份天才,模仿也是——虽然我在表演中不模仿名人的嗓音,因为那种东西在小市民面前从来不叫座。除非你是滑稽明星里奇·立顿,至少得他那个级别。很怪,可说真的很天才。我可以支配自己的睡眠,我躺在地窖里就那么睡了一觉。等我醒来,灯全都亮了,那个……那个东西反正也走了。我当然知道血王,无数次听人们谈论他——当然,大部分人都是像你们三位的流浪者。通常,当他们聊起这个话题时,会交叉手指摆出魔眼的符号,再往指缝里吐唾沫。你们觉得那时候走过去的就是他,嗯?你们认为血王当真走过了奇之巷,去了塔?"还不等他们张口回答,他就兀自说下去,"唔,为什么不可能呢?毕竟,塔路是直通黑暗塔的大路。它一路通到那里。"

你明明知道那就是他,苏珊娜心里说,乔,你到底在搞什么把戏?

依稀的哭泣声又响了起来,显然不是风声了。但她现在不再认为是莫俊德的声音。也许是乔曾经用来躲避血王的地窖所发出的声音……如果所言属实的话。现在,会有人在下面吗?会不会躲在下面,就像乔曾经做的那样,抑或,那是个囚徒,被关押在下面?

"我这一生不尽如人意,"乔说,"不是我想要的生活,不管从哪个方面说都和心愿相差甚远,但我也知道,有其规律在——那些一辈子随心所愿的人倒经常是自杀了事,不是吞安眠药就是把枪管塞进嘴里再扣动扳机。"

罗兰似乎还没有回过神来,因为他开口说:"其实你就是个宫廷小丑,小酒馆里的客人就是你面前的宫廷。"

乔微笑着,露出一排白色的牙齿。苏珊娜立刻皱起眉头。先前她看到过这排牙齿吗?他们这晚上没少开怀大笑,照理说她早该注意到,可她根本不记得自己曾见过乔露出这样一排白牙。当然他也没有像掉了大半牙齿的老人那样说话漏风(很多人都曾为此向她父亲咨询,其中大多数人都在寻求

567

适合自己的人工造牙)。如果她之前有机会猜一猜,她肯定会说:他是有牙齿,但几乎形同虚设,都是些"破牙根",可——

嘿,姑娘,你究竟怎么了?他可能在某些事情上撒了谎,但他显然不能在一顿饭的工夫里长出一口新牙!你有点放任自己的想象力啦!

是这样吗?好吧,这不是不可能。而且,那微弱的哭声也终究只能是大风从小屋前檐下飞卷而下的声音。

"我很想听你说笑话、讲故事,"罗兰说,"就像你在路上说的那些,愿你能满足我的请求。"

苏珊娜凝神端详枪侠,寻思着他的请求是否还包含什么隐蔽的寓意,但看起来他是真的兴趣十足。甚至在他们看到起居室墙上的宝丽来快照之前(当乔诉说自己的往事时,他一直回神去望那张照片),罗兰已经显出某种狂热的喜悦,甚至根本不像他自己一贯的表现。就仿佛他得了什么病,在狂乱的边缘徘徊不定。

听到枪侠的要求,乔·柯林斯似乎也吃了一惊,但没有丝毫不悦。"神啊,"他说,"感觉我有一千多年没说过笑话了……考虑到这里的时间会抻长了过去,也许真的有一千年了。我都不知道自己是不是还记得怎么开场。"

苏珊娜脱口而出,"试试吧。"这让她自己都很诧异。

8

乔沉吟片刻,站了起来,掸了掸衬衫前面的面包屑。他一瘸一拐地走到小屋中间,拐杖靠在椅子边上,他没有拿。奥伊抬头看着他,两只耳朵机灵地竖起来,笑得连利齿都露出来了,似乎迫不及待地想看到即将开始的喜剧表演。片刻间,乔似乎没什么把握。随后,他深吸一口气,又长长地呼出来,再献给他们一个微笑。"你们得保证,万一我搞砸了,可不能朝我扔番茄,"他说,"记住哦,我可有日子没干这个了。"

"既然你带我们到这儿来,还让我们吃了个饱,那就绝不会向你扔番茄,"苏珊娜说,"这辈子也不会。"

罗兰呢,一如既往地教条地说:"不管怎么说,我们也没有番茄可以扔。"

"对、对。其实还有些罐头装的番茄在食品储藏室哩……啊,就当我没说。"

苏珊娜笑了。罗兰也是。

得了这番鼓励,乔便开始了。"好吧,让我们回到那个神奇的城市里、那个神奇的强狗酒吧,有些人说那个地方是湖上的错误——也就是俄亥俄州的克里夫兰。第二场演出。我从来没演完的那一场,而且我喝了个烂醉,相信我。那就再给我一次机会……"

他闭上了双眼。似乎在屏气凝神。当他睁开眼睛时,似乎突然间年轻了十岁。这真让人震惊。而且,当他再次张口说话时,他不止是听上去像个美国佬,看上去也是活脱脱地像。苏珊娜无法用言辞表述这种变化,但她知道:这里站着的当真是乔·柯林斯,美国制造。

"嘿,女士们先生们,欢迎来到强狗酒吧,我是乔·柯林斯,你们不是。"

罗兰咯咯地笑起来,苏珊娜保持着微笑,多半是为了出于礼貌——那不过是句老掉牙的俏皮话。

"老板让我提醒各位,今天晚上啤酒买一送一。明白不?好极了。他们是为了盈利,我可是为了个人利益。因为你们喝得越多,我就会越搞笑。"

苏珊娜的笑意渐浓。这是喜剧表演的押韵句式,即便她不能在一片嘈杂的酒吧人群面前表演哪怕五分钟的脱口秀,哪怕是为了糊口也不成,她也知道有这么一手。确实有押韵的对句,在一小段凑合的开场白之后,乔找到了感觉。他的眼睛半睁半闭,她猜想,那是因为舞台上的彩色聚光灯罩在他视野里的缘故——既然她想到了这一层,不免觉得那颜色恰如巫师的彩虹般——还闻着五十根腾腾燃烧的香烟。一只手搭在合金麦克风上,另一只手则随心所欲地挥动着。乔·柯林斯正在周五晚上的强狗酒吧里演出——

不,不是周五。他说过,所有的酒吧、夜总会都会在周末邀请摇滚乐队。

"别去管什么湖上的错误,克里夫兰是个美丽的城市。"乔正在慢慢把握自己的节奏。埃蒂大概会说:要开始饶舌了。"我的朋友们生在克里夫兰,可是,一活到七十岁他们就得搬去佛罗里达。不是因为他们想搬家,可有什么办法,这就是法律。乒!"同时,乔用指关节在脑壳上敲一下,眼睛也应声闭上。罗兰又笑得前仰后合,尽管他根本不知道佛罗里达在哪里(或,是什么东西)。苏珊娜也笑得更厉害了。

"佛罗里达是个了不起的好地方,"乔说,"了不起哩!新婚夫妇和快死的人把那儿当成了家。我的祖父退休后去了佛罗里达,愿上帝安歇他的灵魂。等我死的时候,我也想平静地离去,就像弗莱德爷爷。也不用尖叫地去死,就像他车里的乘客们。"

听罢这句,罗兰爆发出一阵大笑,苏珊娜也没忍住。奥伊的尖牙齿也露得更多了。

"我的祖母,她也很了不起。她说过,有人带她去库雅荷加谷河,再把她从船上扔下去的时候,她就学会了游泳。我跟她讲:'嘿,奶奶,他们没打算教你游泳。'"

罗兰喷鼻而笑,抹了一把鼻头,又接着笑起来。他的脸颊已经涨成了猪肝色。根据"攻击或逃离"的原则①,大笑会增进新陈代谢——苏珊娜记得在哪里读到过这样的理论。也就是说,她自己的新陈代谢也在激增中,因为她也在笑。就好像一切恐惧和伤痛都从一个裂开的伤口中迸发着冲出去,像——

好吧,说出来吧,像血一样冲出去。

她听到脑海的深处响起某种微弱的警铃,随即又忽略过去。有什么值得拉响警报的呢?他们正在哈哈大笑,看在上帝的分上啊!正在欢度时光!

"我可以正经一会儿吗?不行吗?好吧,干你,也干你骑着的老马——明儿一早我醒过来,我就会冷静下来,可你还是一样的丑"

"照样秃顶。"

(罗兰笑得前仰后合)

"我会正经一点儿,好了吗?如果你不喜欢,就守着零钱包吧。我奶奶是个伟大的女士。大体来说,女人都是伟大的,你知道吗?因为她们有缺点,就和男人一样。要是让一个女人去选:接住飞球还是救下一个娃娃的小命,比方说吧,女人肯定去救娃娃,根本不去想得搭上多少个男人的命。乒!"他又瞧了一下自己的脑壳,并俏皮地紧闭眼睛,这动作又把他们逗乐了。罗兰刚想把咖啡杯放下,却洒了出来。他还捂着肚皮。听他笑得这么使劲儿——如此彻底地降服于这位讲笑话的——本身就很可笑,所以苏珊娜为此又爆发出一轮新的大笑。

"男人是一种料儿,女人是另一种料儿。把他们合在一块儿,你就能得到一种全新的口味。就像奥利奥奶油夹心饼干。也像花生酱杯。还有浇上蛋黄酱的提子蛋糕。给我一个男人和一个女人,我就让你瞧一眼《独特的制度》——但不是说黑奴制度的,而是关于婚姻!可我还得再来一次!乒!"敲

---

① 这里指的是心理学中探讨压力反应的一个原则,即"攻击或逃离"反应是对压力的生理反应。

一记头。瞪一下眼睛。这一次,两只眼珠子都快要从眼窝里跳出来了。

(他怎么能做出这种动作呢?)

苏珊娜不得不弯下腰,笑得肚子都痛了。太阳穴也一跳一跳的。是有点痛,但这种痛是好的。

"结婚就是有个老婆或是有个老公。耶!查查韦伯斯特词典吧!重婚就是有太多个老婆或有太多个老公。当然啦,那也是一夫一妻制。乓!"

要是罗兰笑得再凶一点,苏珊娜心想,他大概就要从椅子里滑下来了,咖啡也会洒了一地,而坐在咖啡里的人就将是他自己。

"接着就该说说离婚了,这是个拉丁语的专用词汇,意思就是'把男人的生殖器从钱夹里揪出来割掉!'

"可我在说克里夫兰呢,记得不?你知道克里夫兰是怎么开始的吗?一群纽约人说:'哎呀呀我都开始享受贫困和作奸犯科了,但这里不够冷。让我们往西走吧!'"

笑声,苏珊娜随后将在回想中意识到,恰如一场龙卷风:只要到达了临界点,它就自给自足了。你在笑,并不是因为笑话真的那么好笑,而是因为你自己的状态就很好笑。乔·柯林斯接下来的几句俏皮话就将他们带到了那个临界点。

"嘿,还记得在初级学校里学过的火灾常识吗?就是说着火的时候,人们应该静静地从矮到高排好队?这到底是什么逻辑呀?难道高个子烧起来比较慢?"

苏珊娜放声大笑,还随手拍了一下自己的脸蛋。就是这一下,引发了一阵突如其来、完全意料之外的剧痛,瞬间扫灭了她的笑声。她嘴边的伤口又迸开了,这之前的两三天都是好好的。就当她下意识地拍弄发烫的脸颊时,将伤口上黑红色的硬痂一拂而去。伤口不仅仅是在流血,而应该说:鲜血顿时冲了出来。

她愣了片刻,一时间不晓得发生了什么事情。她只知道:自己拍了一下脸蛋,却疼得离谱。乔也没有注意到(他的眼睛又差不多半闭着了),而且势必还没注意到,因为他饶舌的速度比刚才更快了。"嘿,说说在海洋世界的水产饭店怎么样?我吃着烤鱼汉堡吃到一半,突然琢磨起来,我是不是在吃一个笨蛋呀!乓!而且说到鱼——"

奥伊警告般吠了一声。苏珊娜这才感觉到,湿湿热热的液体已经流下她的脖子,甚而流上了肩头。

"停下来,乔。"罗兰说。听起来,他是上气不接下气了。虚弱。苏珊娜心想,那都是笑的。哦,可是她的半张脸好疼,而且——

乔睁开了眼睛,看来有点恼火。"怎么了?基督耶稣啊!是你想听,我才给你说的!"

"苏珊娜伤着自己了。"枪侠站起来凑近了看她的伤势,笑声已被关注的语气取代。

"我没伤着,罗兰,我只是拍了自己一巴掌,拍得重了点——"接着,她看到自己的手沾满鲜血,她仿佛眨眼间戴上了一副红手套。

9

奥伊又喊了一声。罗兰从手边打翻的咖啡杯旁抓过纸巾。纸巾的一端已被棕色的咖啡浸湿了,但另半边还是干燥的。他将纸巾按在鲜血喷涌的伤口上,这一按让苏珊娜下意识地缩了缩身体去躲,眼里噙满了泪花。

"不,让我先帮你止血,别的过会儿再说,"罗兰喃喃自语,并将手指插进她茂密的鬈发里,轻柔地按稳她的头,"别动。"在他的帮助下,她终于能稳住了。

透过朦胧的泪眼,苏珊娜觉得眼中的乔还气冲冲的,就因为她刚好在兴头上打断了他的滑稽表演,还是以这么鲜血淋漓的(更别提那个乱了)方式,因而她并不怪他。他的表演相当精彩,尽心尽力;她却一下子毁了场子。暂不提疼痛好了,现在疼得没刚才那么尖锐了,她此刻只觉尴尬得要死,突然想起来自己的月经是在学校里的体操课时来的——几滴鲜血顺着她的大腿流下来,全世界都看见了——至少是那些同上第三学期体育课的同学。有些女生唱起了小调:棉条塞起来!好像那是全世界最好笑的事情。

与回忆掺杂的便是钻心的疼痛。如果真是癌症怎么办?之前,她一直能够置之不理,决不让胡思乱想在头脑里成型。可这一次她做不到了。万一她在劣土之行中让自己得了癌,这怎么办?

她觉得胃在翻腾。她竭力保持着端庄的礼仪,可也许只能熬过眼下这一瞬间。

突然,她只想独自一人待着,她需要独处。如果真的要呕吐,她可不想当着罗兰和这个陌生老头儿的面。就算不要呕吐,她也希望独处片刻,能回复到自控的状态。一阵狂风撞向小屋,简直像全火力喷射机那样尽力咆哮;灯光又闪烁了一下,她看着墙上摇曳不定如处颠簸大海中的光影,腹中再次翻腾起来。

"我得……去一下……洗手间。"她好不容易说出口。片刻间,整个世界似乎都在摇晃,好半天才停歇下来。壁炉里的一节木头炸开了,喷出亮红的火星,直冲烟囱而上。

"你当真?"乔问道。他已经不再生气了(如果之前确实生气过),但看着她的眼神有一丝忧虑。

"让她去吧,"罗兰说,"她需要安定心神,我想是这样。"

苏珊娜很想感激地朝他一笑,可稍微一扯动嘴角就疼得要命,伤口也又裂涌出血来。有这么一个顽固不愈的出血口,她实在不晓得还能干点什么来改变眼下的处境,但她能确定的是:暂时是听够笑话了。她要是再笑下去,恐怕得输血了。

"我会回来的,"她说,"你们这几个老小子干吗不把我那份布丁也吃了呢。"一想到美食,她的感觉又变糟了,但无论如何这好歹是个可以说说的话题。

"说到布丁,我没有对你保证什么,"罗兰说着,等她开始转身走开,又补上一句,"要是你在那里感觉头晕,就叫我。"

"好的,"她说,"谢谢你,罗兰。"

10

尽管乔·柯林斯只身居住于此,他的洗手间却充盈着女性化的舒适感。苏珊娜一走进这间洗手间就感觉到了。粉红色墙纸上有绿色树叶——还有什么?——野玫瑰的图案。整间厕所看来相当时髦,只不过马桶圈是木头的而不是塑料的。是他亲手用木头做的吗?她觉得这是毋庸置疑的,当然也可能是机器人从某家商店的仓库里翻出来带回来的。结巴卡尔?乔是这么称呼那个机器人的吗?哦不,是比尔。结巴比尔。

厕所的一侧是马桶,另一侧是个四脚撑地的浴盆,上面还配有冲淋装置,这让她想到了希区柯克的电影《精神病人》(不过,自从她在时代广场看了那部该死的恐怖片之后,几乎每个莲蓬头都会让她神经过敏)。还有一个瓷制洗手台,安置在等腰高的木制橱柜上——她看了看,觉得那不是硬木所制,倒像是上好的橡木。洗手台上方挂着一面镜子。她寻思着,你只要把镜门打开,就能看到里面摆放着药瓶药罐。一派居家格调。

她将纸巾拉下来时,又疼得一哆嗦,"唑"的一声喊出来。纸巾黏住了干涸的血块,拉下来时自然会疼。这时她才沮丧又惊慌地发现自己的脸颊、嘴唇、下巴上竟然黏了那么多血——更别提脖子里和衬衫肩头了。她安慰自己:别为这种小事疯狂;你不过是把盖子掀翻了,所以会倒出些血来,不过如此。特别是,伤口在你这张愚不可及的脸上。

她听到起居室里传出乔的声音,她听不清他在说什么,但罗兰有所回应:间或说几个词,最后又哈哈大笑起来。她不免又暗忖:听到他这么笑真是怪透了。简直像是喝醉了。她见过罗兰喝醉吗?突然之间,她意识到自己从来没有见识过。他从来没有在她面前喝倒过、醉得一丝不挂;也从未一门心思地笑个不停……就在今天之前,从来没有。

管好自个儿的事儿吧,娘们。黛塔对她说。

"行,"她兀自叨叨,"好吧,好吧!"

想着酒醉。想着裸体。想着迷失在狂放大笑中。想到它们几乎就像是同一种东西。

也许它们刚才确实就是同一体。

接着,她爬到马桶上,旋开洗手台上的水龙头。传出的水声似乎来自另一个房间。

她捧了一抔冰凉的水,轻轻扑在脸上,再取下一块面巾——动作更轻柔地——擦拭伤口周围的皮肤。擦完之后,她再清理伤口。这时倒没有她想象中、乃至畏惧中的那般疼痛。苏珊娜觉得甚获鼓励。擦尽伤口上的血迹后,趁着血块尚未凝结,她把乔的面巾好好冲洗了一下,随后,把脸凑近镜子仔细瞧。所见之景让她舒了一口气。她是拍脸的时候不小心蹭掉血痂的,不过到头来反而会是件好事情。可以确定的是:如果乔的壁橱里有瓶过氧化氢或者一些抗生素药膏,她就决定趁着伤口裸露着,用药物来一次彻底的清理。而且,她决定不去管那会有多痛。清洁创伤显然是必要的、应当的,同样,也是一项迟到已久的工作。只要清洁完毕,她就会把伤口包覆起来,然后就只要衷心期待。

她把搓好的面巾搭在洗手台边晾着,又从旁边架子上的一堆蓬松柔软的毛巾叠里拉下一条来(和墙纸一样的粉红色)。她刚想把毛巾拉到面前,就愣住了。就在第二条毛巾上面,有一张纸条。纸眉上印着一对儿卡通天使,他们欢

天喜地地垂下一条饰有鲜花的小长椅。在其下,有一排粗体印刷字:

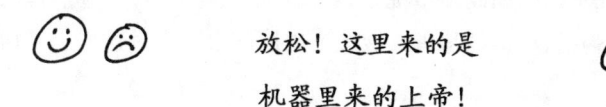

☺ ☹　　**放松！这里来的是**　　☺ ☹
　　　　机器里来的上帝！

还有一句,自来水笔的笔迹已经有点褪色了:

奇之巷

奇巷

好好想一想,再翻过来看。

苏珊娜紧锁双眉,把纸条从叠放整齐的毛巾上拿下来。谁留在这儿的?乔?她才不信呢。她把便条翻了过来。这一面上,以相同的笔迹写着:

你没有好好想！
不乖的女孩！
我给你在药橱里留了点东西,
不过,首先
＊＊好好想一想！＊＊

（提示:喜剧＋悲剧＝让你信服）

起居室里,乔又说了点什么,罗兰这次不是咯咯地笑,而是惊天动地一阵狂笑。听起来,苏珊娜觉得是乔继续表演脱口秀了。她甚而颇有几分理解和感慨——毕竟,他是在做自己热爱的事情,在如许多被押长的怪异年月之中,他根本没机会秀一下——不过,她心里有点不高兴。因为她独自在厕所里照料伤口,乔还能继续说笑话,显然罗兰已让他继续为之。就在她流血的时候,他不但听滑稽戏,还乐不可支呢。有点像男孩小圈子里那种无情无义的做法。她寻思着,可能是她太习惯和埃蒂在一起了。

你干吗不暂时忘了那几个老小子,专心致志地琢磨琢磨搁在你眼皮底下的东西呢？这说的是什么意思啊？

有一点显然很明白:有人料到她会来这里,并找到这张字条。不是罗兰,不是乔。而她呢,那人写的是:不乖的女孩。女孩。

可会是谁呢?谁会如此确信呢?她并没有一边大笑、一边拍自己巴掌的习惯(既不是胸脯、也不是膝头);她想不出以前自己有过这样忘乎所以的举动,不过——

不过她想起来了。有一次。在看迪恩·马丁和杰里·路易斯合演的电影《白痴海上行》的时候,电影名字已经记不清了,反正差不多。她当时也是笑得忘乎所以,变成了停不下来的、自给自足的笑。所有观众——她记得,是在纽约时代广场里的克拉克影厅——也都一样,前仰后合,摇来摆去,爆米花从嘴里笑颠出来,其实那些嘴巴也不太像是他们自己的了,至少有那么几分钟,那些嘴巴都属于马丁和路易斯,也就是那些海岛上的瘾君子。不过那种事情只发生过一次。

喜剧加悲剧,等于你的信服。可这里压根儿没悲剧啊,有吗?

她不希望回答这个问题,但她心中确实想到了一个——是直觉以冰冷的腔调在她心中说出的。

还没有,现在还没有。

毫无来由地,她的思绪自动转到了栗皮儿身上。歪着嘴、露着牙狞笑的可怕的栗皮儿。人们在地狱里会笑吗?不知怎的,苏珊娜相信他们会笑。他们会像"非凡老马栗皮儿"一般笑起来,因为那时候撒旦上班,会大喊

(带上我的马……劳驾)

所以他们全都会狂笑。无望的。无助的。因为一切都将永恒无尽,但愿这样说一点儿不讨好你。

嘿,娘们,你到底在想什么呢?

就在那间屋子里,罗兰再次爆笑。奥伊也在叫,听起来也像是大笑。

奇之巷,奇巷……好好想一想。

到底要想什么?一个是此处的地名,另一个词儿也一样,只不过当中没了——

"嘿嘿,等一等,"她压低了嗓门,比耳语好不了多少,可说真的,谁又会听到她的自言自语呢?乔正在滔滔不绝——听起来,简直连歇口气的工夫都没有——而罗兰在大笑。那么,她以为谁会在偷听?地窖里的人?如果下面真的有人的话。

"等一等好了,就一会儿。"

她闭上眼睛,回顾当时看到杆子上那两块路牌的模样,其实路牌比一路而

来的朝圣者略低一点,因为新来乍到的这几位一直站在九英尺高的雪台上。塔路,标在一块牌子上——指向铲出的一条大路,笔直通向天边,消失在地平线处。另一块路牌,则指向这条列着小木屋的短小巷子,写着:奇之巷,只是……

"只是它没有,"她喃喃道,握紧的拳头将字条搯进了掌心,"它没有。"

记忆清晰无比地回放出那幅情景:奇之巷,当中有个"之"字,可为什么要特意加上一个字呢?是不是因为竖牌子的人是个洁癖强迫症患者,因而无法忍受——

什么?不能忍受什么?

洗手间的门关着,罗兰的笑声隔着门传来,比之前更暴响了几分。还有什么东西掉下来、跌碎了。苏珊娜暗忖:他可不习惯这么个笑法。罗兰,你最好小心点,否则笑坏了你自己。小心笑岔气什么的。

好好想一想,匿名写信给她的人如此建议,而她也尽力而为。是不是"奇"和"巷"这两个字有什么不对劲,所以有人不想让他们一眼就看出来?如果是这样,坏蛋可真不用担心,因为她压根儿没瞧出来。她真希望埃蒂在这里。埃蒂才能搞定这些稀奇古怪的事情:脱口秀、俏皮话、谜语、还有……

她突然屏住呼吸。眼里流露出恍然大悟的惊异,同样也映照在双胞胎一般、镜中她自己的脸上。她没有铅笔可用,而且一贯很不擅长于智力游戏,可现在她不得不——

在洗手台上平衡好,苏珊娜将上半身凑近镜子呵了口气,镜面立即蒙上一层水汽。她把 ODD LANE(奇巷)写在水汽里。看着这几个字,她似乎领悟到了什么,越发感到惊恐。起居室里,罗兰笑得更疯了,而现在她意识到,宝贵的三十秒之前她就该听出来:那笑声并非出于喜悦。声音磕绊不定,几近失控,是一个挣扎着要呼吸的人才会有的笑声。罗兰的笑法正是人们通常说的——乐极生悲——的样子。在地狱里狂笑的方式。

在 ODD LANE 之下,她用指尖写上 DANDELO(丹底罗),如此简单的颠倒字母位置的把戏,若是埃蒂恐怕一眼就看出来了,显然,路牌上特意加上的"之"字就是想要扰乱他们的眼光。

隔壁房间传来的笑声戛然停止,又瞬而变成一种令人胆战心惊而非愉悦的声音。奥伊疯狂地吠叫起来,而罗兰——

罗兰呛得剧烈咳嗽起来。

577

第六章

派屈克·丹维尔

1

她身边没有枪。晚餐后他们回起居室时,乔坚持让她坐在"懒骨头"里,因而她把左轮放在了椅子边堆杂志的小桌上,并且先转轮倒出了子弹。子弹现在就在她的口袋里。

苏珊娜一把扯开洗手间的房门,用手撑着快步往起居室里赶。罗兰躺倒在电视机柜和沙发中间的地板上,脸孔已成可怕的酱紫色。他抓挠着自己的喉咙,却还在笑个不停。他们的主人正站在他身后,而她第一眼瞧见的就是他的头发——原本及肩的幼细白发——已经近乎全黑了。眼角、嘴边的皱纹也仿佛被抹去了。现在的乔·柯林斯不止是年轻了十岁,而是二十岁乃至三十岁。

狗娘养的。

狗娘养的吸血鬼混蛋。

奥伊冲上去,咬住乔的左腿膝上的肉死死不放。"二十五,六十四,十九,飞啊!"乔兴高采烈地高喊着,一脚踢出去,现在的身手活像歌舞明星弗莱德·爱斯泰尔般敏捷。奥伊被踢飞了,重重地撞在墙壁上,把一张"上帝祝福我们的家"的装饰板震落在地。乔又转身面对罗兰。

"我想的是,"他说,"女人需要性总得有个理由。"乔抬起一只脚,压在罗兰的胸上——像个得意洋洋的猎人踩着战利品,苏珊娜是这么觉得的。"男人么,从另一方面来说,只需要一个地方!乓!"他眨巴一下眼睛,"所谓性,就是说上帝给了男人一只脑袋和一根鸡巴,但得有足够的血——"

他一点儿没听到她靠近,也没注意到她奋力坐进"懒骨头"里,以便争取足够的高度;他全神贯注于自己的一言一行。苏珊娜愤怒举拳,先举至右肩高,再倾尽全力砸出去。拳头不止打中了乔的脑袋,力道之大也足以将他打倒在地。她打中了硬硬的头骨,因而自己的手也生生地疼。

乔站不稳了,跄跄往旁错步,双手挥舞着想要保持平衡,还瞪着她。这时候他的上嘴唇向上咧着,露出后面的牙齿——完全是正常人的牙齿,那又是为什么呢？他不是那类靠血而生的吸血鬼。毕竟，这里是神会之地。除了那两排牙齿，乔的整张脸孔也已发生了剧变：越来越黑暗、越来越紧缩，眨眼间不再像人类。俨然是个变态小丑的脸孔。

"你！"他刚一开口，还没来得及有下文，奥伊一个箭步冲了上去。这一次，貉獭没必要用牙去咬，因为这位好客的主人此时还在趔趔趄趄。奥伊蹲伏在这东西的脚后跟，于是，丹底罗就被绊倒了，当脑袋砸在地上时，他嘴里的所有诅咒一下子停止了。要不是舒适宜人的碎布地毯盖住了硬木，这一击恐怕就能了结了他。倒地之后，他立刻强忍着头晕目眩，逼迫自己坐起来，醉酒一般恍惚四顾。

苏珊娜跪到罗兰身边，他正想费力坐起来，但情况不妙。她一把抓住他那把左轮的枪把，但就在即将拔枪而出的前一瞬间，他攥住了她的手腕。本能，显然是，这当然是理所应当的反应，但苏珊娜看着丹底罗的身影压过来，不禁惊慌万分。

"你这个臭婆娘，我要教训教训你打断一个男人的——"

"罗兰，松手！"她尖叫起来，他才松了手。

丹底罗的身影低了下来，也就是说，他想扑向她，压住两人之间的那把枪，但苏珊娜可是个快枪手。她就地一翻，让他扑倒在罗兰身上。苏珊娜听见备受折磨的低吼，原本憋气窒息的枪侠终于又喘了上来。她用一只胳膊撑住自己，气息沉重起伏地把枪对准了那个——那个人的衣服底下正发生什么怪异的变形。丹底罗举起双手，手里空空。当然是空空的，他不习惯用双手去杀人。就在他举手的时候，面孔上的五官开始往一处聚集，变成越来越浮表的东西——根本不再是人类的容颜，而是野兽皮毛，或某种昆虫甲壳上的斑纹。

"住手！"他喊叫的声音也随之降低了音律，变成类如蝉鸣的嗡嗡叫，"我想要告诉你大主教和唱诗班女孩的事儿。"

"听到了。"她说着，连发两枪，一颗子弹紧跟着另一颗射入他的脑子，位置刚好在先前那只右眼上方。

2

罗兰挣扎着站了起来。头发乱乱地纠结在肿胀的脸侧。她想拉住他的手,却被他甩开了,独自跌跌撞撞地朝小木屋的前门走去,现在,苏珊娜发现那扇门竟是黢黑破烂。她还看到地毯上有食物的碎屑,墙上有一大摊水渍。之前的她看到这些了吗?那么,敬爱的天主啊,刚才他们吃下肚子的美餐到底是什么?她决计无论如何不要去打探清楚,只有这样才不会恶心到自己。只要那些不是毒药,就好。

蹒跚的罗兰拉开了门。狂风从指缝间肆虐闯入,随后将门板"乓"一声撞上墙。他蹒跚着走进呼啸的暴风雪里,双手搭在膝头,弯下腰吐了起来。她看着他翻江倒海般呕吐,污物又被风卷进了黑暗中。等罗兰走回屋里时,他的衬衫、脸颊上都落上了一圈雪花。屋子里热得很;丹底罗还在他们面前藏匿了什么,此时全都昭然若揭。她先前看到的自动调温器——和她纽约公寓里的霍尼韦尔牌没啥区别——仍然安在墙上。她走过去查看。温度已被旋到最大值,超过了华氏八十五度。她用指尖将温度旋钮调到七十度的位置,再转身审视整个房间。壁炉比他们刚才看到的大了两倍,里面堆满了木头,火光熊熊,活像锅炉房。眼下,她拿这堆火毫无办法,好在它最终总会弱下来的。

地毯上的死尸差不多已经把衣服撑裂。在苏珊娜看来,这东西像是变异种的虫子,很多畸形的腿脚——差不多就像是手臂和腿——从衬衫袖子和牛仔裤腿里伸出来。衬衣的后背从中间撕裂了,透过裂缝,甲壳上留有未成形的人类五官的痕迹。她本不相信还有什么会比蜘蛛形莫俊德更恶劣,可眼前的这东西显然如此。感谢上帝,它已经完蛋了。

玲珑而光明的小屋——仿佛出自童话里的小木屋,她打一开始不就是这么想的吗?——现在还原成一间烟熏火燎的昏暗棚屋。电灯还在,但看起来陈旧得很,不知道用了多少年月,很像廉价客栈里的那类照明装置。碎布地毯早已被尘土污渍蒙染得看不出本色了,食物残渣溅得到处都是斑斑点点,好几处的碎布都已纠结成团。

"罗兰,你没事儿吧?"

罗兰看着她,随后慢慢地在她面前跪了下来。她愣了一下,只当是他晕倒了,一时间惊惶起来。但很快她就反应过来,明白眼前发生的到底是何事,却因此变得更惊惶了。

"枪侠,我被迷惑了,"罗兰颤抖着嘶哑的嗓音,说道,"我像个孩童一般被蒙骗了,我请求您的原谅。"

"罗兰,不!快起来!"说话的是黛塔,苏珊娜一旦陷在巨压之下,她总会自动登场。黛塔心想,我没脱口而出"起来,白鬼子!"可真是奇了怪了,还克制住了一阵歇斯底里的狂笑的冲动。他恐怕不会理解她的心理活动。

"请您将谅解赐予我。"罗兰说话的时候,没有看着她。

她满肚子搜刮相应的客套话,好不容易找到一句,倍感轻松。她实在无法忍受看着他在自己面前长跪不起。"起身,枪侠,我真心原谅您,"她想了想,又说,"如果我再救你九次,我们俩就差不多打成平手了。"

"您的好意让我更加惭愧。"他说完站起来了。难看的脸色渐渐淡去。他端详着地毯上的这只怪物,壁炉的火光将那奇形怪状的身影投射到墙壁上。环顾四周,这不过是间布满远古设备、电灯泡明灭扑闪的简陋小棚。

"他给我们吃的东西都还好,"他说,似乎他看穿了她头脑中的思虑,因而洞悉令她恐惧的隐秘,"他绝不会在自己打算……吃的……东西里下毒。"

她把枪递给他,枪把在前。他接下来,在塞回枪套之前补填了两颗子弹进去。小屋的门依旧敞开着,雪花肆无忌惮地飞闯进来。在他们悬挂自制兽皮大衣的窄小门道上,已堆起了一个小小的雪包。现在,屋子里稍微凉快点儿了,比桑拿浴室的温度稍低一点。

"你是怎么发觉的?"他问。

她回想起米阿曾在那间酒店里留下了黑十三。后来,等她们离去后,杰克和卡拉汉之所以能进入一九一九房间,就是因为有人留给他们一张字条和

(叮叮当)

门卡。信封上以草书和印刷体两种字体写着杰克的名字,以及一句话"这就是事实"。她很肯定,如果把那份写有短小口信的信封拿来,和她在洗手间里找到的字条进行比较,一定会发现出自同一人之手。

根据杰克所言,纽约君悦酒店的前台职员曾告诉他,信封是一个自称斯蒂芬·金的人留下的。

"跟我来,"她说,"在洗手间里。"

3

和小屋别的房间一样,洗手间现在也变小了,比壁橱大不了多少。黄锈色的澡盆陈旧不堪,底部还有一层厚厚的积灰。看上去,最后一次有人使

用……

好吧,实话说,苏珊娜觉得从来没有人用过这个澡盆。莲蓬头已经完全锈结了。粉红色的墙纸又暗又脏,好几处都剥落了。也没有玫瑰花。镜子还在原处,但有一道裂缝笔直划过中部,她不禁觉得刚才在上面写字时没有划破手指简直是奇迹。她呵出来的水汽早已蒸发,但那些字迹还在,尘垢上清楚地留着:ODD LANE,下面则是 DANDELO。

"这是个字谜,"她说,"你明白吗?"

他审度半天,摇了摇头,显得有一丝惭愧。

"罗兰,这不是你的错。你不认得这些文字,不是你们国家的。记住我说的就行了,这是个字谜。埃蒂一眼就能瞧出来,我敢打赌。我不知道这是不是丹底罗的一个玩笑,或是某种他不得不依循照做的小魔法,但情况就是这样,我们及时发现了个中奥妙,当然也得益于斯蒂芬·金的些许帮助。"

"是你发现了奥妙所在,"他说,"我只顾着笑,差点儿就笑死了。"

"我俩都可能笑死,"她说,"攻击你更容易得手,只是因为你的幽默感……原谅我这么说,罗兰,但通常来说,你比较古板。"

"我知道。"他黯然地应道。接着,他猛然折回头,离开了洗手间。

苏珊娜突然产生了某种恐怖的联想,枪侠走回来似乎花去了漫长的时间。"罗兰,他是不是还……?"

他点点头,微微一笑。"还是像刚才那样,死的。苏珊娜,你的枪法不错,不过我只是突然之间想去确认一下。"

"我很高兴。"她只是这么答了一句。

"奥伊站在那里守着。如果有什么状况,我肯定它会通知我们的。"他从地板上捡起那张字条,一字一句看着,想弄明白反面写了什么。除了药橱需要她解释之外,他基本上都看懂了。"'我给你留了点东西',你知道是什么吗?"

她摇摇头,"还没来得及看。"

"这个药橱在哪里?"

她指了指墙上的镜子,他便把镜面门橱打开了。小铰链发出难听的吱嘎声。门后确实有几排架子,但和她想象中整齐排列的药片、药瓶截然不同,那里只有两个棕色的小药瓶,和起居室"懒骨头"椅子旁小桌上的那瓶一模一样,苏珊娜觉得那就像是全世界最古老的史密斯兄弟牌野樱桃咳嗽药水。不过,还有一只信封,罗兰递给她。信封上,又是那个性鲜明的半手写体半印刷体的字迹:

贵武罗兰,来自蓟犁
苏珊娜·迪恩,来自纽约

你们救我的命
我也救了你们
所有的债都已还清。

SK①

"贵武?"她问,"这对你而言有什么含意?"

他点头示意。"这个词儿专门用来说肩负使命的武士——或是,枪侠。是个相当正式的用语,也相当古老。我们自己从来不这么说,你必须要明白,因为这个称呼意味神圣,是卡的选择。我们从不会把自己套进这样的称呼,这么多年来我也没有如此自诩过。"

"但是你确实是贵武罗兰?"

"也许曾经是。我们现在已经超脱于这些物事之外了。超越了卡。"

"但仍然走在光束的路径上。"

"是啊。"他的目光落在信封上的最后一行字上:所有的债都已还清。"打开看看,苏珊娜,我想知道里面是什么。"

她照做了。

4

里面是罗伯特·布朗宁所著一首诗的影印件。金用半草半正的独特字体在正上方写下了诗歌的标题。苏珊娜在大学里曾读过一些布朗宁的独幕剧,但她对这首诗却不太熟悉。不过,她对这首诗的主题倒是再熟悉不过了;标题如是说:《去黑暗塔的罗兰少爷归来》。这是首叙事体的长诗,民谣体的韵律格式(a-b-b-a-a-b),共有三十四节。每一节头上都用罗马字母标注了节数。有人——应该就是金吧——圈注出了第一、第二、第十三、第十四

---

① SK 是斯蒂芬·金的名字 Stephen King 的缩写。

和第十六节。

"把标出来的段落念给我听,"他声音嘶哑地说,"因为我只能看懂一两个字词,可我想知道这首诗说了些什么,非常想知道。"

"第一节。"她念道,又立刻清了清嗓子。嗓子干干的。外面狂风呼卷,头顶上没有灯罩的灯泡在污点密布的灯座上摇曳不定。

> 我最初想及,他的字字句句都是谎言,
> 那个白发斑斑的瘸腿老人,用恶毒的眼
> 斜睨其谎言
> 在我身上的成果,嘴角难抑
> 窃喜的笑,皱缩的笑纹印刻
> 在他的唇边,乐于收纳新来的牺牲者。

"柯林斯,"罗兰说,"不管是谁写的这诗,他说的就是柯林斯,言辞确凿,正如金在他的故事集里谈到我们的卡-泰特。"

"不是柯林斯,"苏珊娜说,"是丹底罗。"

罗兰点点头。"丹底罗,你说得对。往下读。"

"好的;第二节。

> 他还需置备什么呢,用他的木杖?
> 再预备什么,连同谎言四伏,诱捕
> 可能遇见留居于此的他、再问问路的
> 所有旅人?我暗忖那骷髅般的笑
> 能够破灭什么,拐杖又能为我写下怎样的墓志铭
> 只因我在这尘积的坦途上荒度了欢娱时光。

"你还记得他的拐杖吗?记得他是如何挥舞的吗?"罗兰问她。

她当然记得。这条坦途早已积雪深厚,而非尘积厚厚,但不管怎么说,都是同一条路。不管怎么说,这就是描写的刚刚发生在他们身上的一切。想到这里,她战栗起来。

"这首诗来自于你的时代吗?"罗兰问,"属于你的年代?"

她摇摇头。"甚至不是我们国家的诗歌。他在我出生前六十多年就死了。"

"但他一定看到过刚刚发生的一切。也许,是相同的事件。"

"是的。而且斯蒂芬·金知道这首诗。"突然,灵光一现,耀眼的想法激得她别无他想,除了真相。她带着狂野而惊诧的眼神瞪着罗兰。"就是这首诗让金开始写作的!这就是他的灵感!"

"苏珊娜,你说得可当真?"

"确信无疑。"

"可是,这个布朗宁肯定看到了我们。"

她不知道。这实在太复杂了。就好像纠缠于鸡生蛋、蛋生鸡的问题。也活像是迷失在四面布镜的大房间里。她觉得脑子里晕乎乎的。

"读下一段吧,苏珊娜!读这个叉—我—我—我①。"

"这是第十三节,"苏珊娜更正说,

> 至于草,都长得稀疏
> 如麻风病人的头发;干裂锋利的叶缘扎入其下的泥
> 尤似浸了鲜血揉成的土。
> 一匹僵硬的盲马,骨头根根毕现,
> 自从到了那里呆立已久,已被麻痹;
> 从魔鬼的马群中遭驱逐出,不再效力!

"下面读的是第十四节。

> 活着?我只知它该是死了很久,
> 挺着荒凉贫瘠的红脖子,扯着老皮褶子,
> 也紧闭盖在稀落鬃毛下的双眼;
> 罕见这等妖形怪状之物带有如此的悲哀;
> 我从未见过一个畜生使我如此憎恨;
> 它定是千恶万邪,才活该这等凄惨痛楚。

"栗皮儿,"枪侠说,还猛地将大拇指指向身后,"拴在那边,老皮褶子的马脖子,还有所有描写都符合,只不过不是公马,而是母马。"

---

① 罗兰看不懂罗马数字Ⅷ,所以读成了"Ⅹ-Ⅰ-Ⅰ-Ⅰ",此处谐译为此。

她没有应答——不需要再做评价了。说的显然是栗皮儿:瞎子、皮包骨头,马脖子上到处是擦破老皮的伤痕。我知道,是匹又老又丑的母马,老头儿曾这么说……看上去像是老头儿的怪物。来吧,栗皮儿,你个老不死的草肚子、造粪机,你个走不动路的老母马,你个迷了路的四条腿的麻风病人!而这张影印件上白纸黑字,是一首许久以前的诗篇,也许,早在金先生出世前八十年、甚或一百年:……都长得稀疏/如麻风病人的头发。

"从魔鬼的马群中遭驱逐出,不再效力!"罗兰冷冷一笑,说,"虽然它不再是战马、也不会再成为战马,我们走之前还会看到它带着魔鬼回来。"

"不会的,"她说,"我们看不到。"她的声音听起来比刚才更干哑了。她很想来一杯,但现在绝不敢触碰这个可憎之地的任何东西,更别说水龙头里流出来的水了。再过一会儿她就会取些雪来,让雪融化。然后她就有饮料了,她决不会在那之前喝什么东西。

"你为何这么说?"

"因为栗皮儿已经走了。就在它的主人盛情款待我们时,它已经走进大风雪中了。"

"你怎么会知道的?"

苏珊娜摇摇头。"我就是知道,"她翻到下一页,这首诗共有两百行,"第十六节。

"不是这样!我忆想……"

她停下不读了。

"苏珊娜?你怎么——"接着,他的目光也落到了下一个词语上,即便是英文,他也认得这个词。"继续。"低沉的声音比耳语响不了多少。

"你肯定吗?"

"读吧,因为我想听。"

她清了清嗓子。"第十六节。

> 不是这样!我忆想库斯伯特涨红的脸
> 掩在鬈曲金发下,
> 亲爱的伙伴,几乎直到我能触感他的手
> 为了扶稳我而搭进臂弯,
> 以此表意。唉呀,一夜的耻辱!
> 刚刚腾起的心火又熄灭渐凉。

"他写的是眉脊泗。"听罢,罗兰说。他握紧了拳头,但她怀疑他是否自知。"他写的是,我们曾为了苏珊·德尔伽朵起争执,从那以后,我们之间的关系就不再亲密如初。我们尽了全力重修昔日友情,但不行,再也无法像以前那样。"

"女人投入男人的怀抱、或是男人投入女人的怀抱,我不相信过后还能保持友情,"她说着,把影印件递给他,"留着吧。我把他圈出来的段落都读了一遍。如果还有什么诗句和黑暗塔之行有关——也可能没有——你自己去解密吧。我相信,只要你尽力而为,就可以看破其中的奥秘。至于我么,我不想知道。"

似乎,罗兰确实想要独自解密。他把几张复印纸翻得哗啦哗啦响,找寻结尾。没有标注页码,但他仍轻易地找出了最后一页,因为在那一页上,第三十四节下面留下了一片空白。可还没等他开始细看,又传来了那种弱弱的哭声。此刻大风平息若静,要判断哭声的来处易如反掌。

"下面有人,在地下室里。"罗兰说。

"我知道。而且我认为我知道那是谁。"

他也点点头。

她正平静地凝视他。"全都吻合,不是吗?就好像玩拼图游戏,再有那么几块我们就拼完了。"

哭声再次响起,虚弱而怅然。在哭的这人差一步就要咽气了。他们走出了洗手间,双双拔出了手枪。但苏珊娜觉得,这次应该不需要用枪。

5

佯装老开心果乔·柯林斯的虫豸依然倒在原处,但奥伊已往后退了一两步。苏珊娜不会因此责怪它。丹底罗开始发臭了,快速腐烂的甲壳缝隙里渗出白糊糊的黏液往下滴。尽管如此,罗兰还是吩咐貉獭继续留守尸体,监视状况。

他们走到厨房时,哭声又起,这次听来更清楚了些,但一开始他们找不到下地窖的门。苏珊娜在破烂脏腻的油布毯上慢慢地摸索,想找出一扇暗门来。就在她打算告诉罗兰自己一无所获时,他开口道:"这儿。在冷箱子下面。"

冰箱也打回了原形,不再是带冰块出口的阿玛纳牌一线产品,不过是一台矮墩墩、脏兮兮的旧货,包成圆鼓形状的制冷机安置在顶端。苏珊娜很小的时候,也就是还被唤作奥黛塔时,她妈妈家也有这样一台老冰箱,不过那台冰箱要是变得有这台十分之一那么脏,她妈妈肯定甘心去死了。百分之百。

罗兰轻松地挪开了冰箱,因为丹底罗那个狡猾的恶魔早就在下面安了滚轮平台。她怀疑他一定招待了不少客人,不一定是来自末世界的乡民,但他早已做好准备,万一有人路过此地,他能很轻巧地遮掩秘密。而且她同样确信,一定会有乡民途经此处,总会有一两次。她不禁幻想:会不会有个别幸运者走进这条奇之巷,并安然无恙地走出去。

通向地窖的阶梯又窄又陡。罗兰伸手到门边摸索了一阵,找到了一个开关。两只灯泡亮了,一盏灯在楼梯中部,另一盏靠近底部。灯光一亮,哭声也仿佛应声而起。混杂着痛楚和恐惧的呜咽声里,却听不见一个语词。这哭声让她后背发凉。

"不管你是谁,快走到楼梯口来。"罗兰高声喊了一嗓子。

下面没有丝毫反应。外面狂风骤然凶猛地呼啸而来,雪花撞在屋身上,闷闷的像是沙子打在墙上。

"走到我们可以看到你的地方来,否则我们就把你留在那里!"罗兰再喊。

地窖里的藏身者没有走到昏暗不明的灯光下,相反,又哭喊起来,声音里充溢着悲凉和惊恐,还有——苏珊娜害怕地想到——还有一股子疯狂。

他看了看她。她摇摇头,轻声说:"你先走。我掩护你,说不定用得着。"

"小心阶梯,千万别摔着了。"他也压低了嗓门说。

她又默默地点点头,同时做出她的惯用手势,转动手指以示不耐烦:去吧,去吧。

枪侠一看就露出无声的笑容。他走下了楼梯,枪把抵在右肩窝里,就在那个时刻,他的背影像极了杰克·钱伯斯,她差一点就涌出了眼泪。

6

地窖仿佛一个小迷宫,到处都是杂乱无章的箱子、圆桶,还有用布遮掩的什么东西吊在大钩子上。苏珊娜一点儿不想知道那些遮布底下摇来晃去的是什么玩意儿。那人又呜咽了一声,像是抽泣,又像是尖叫。狂风在他们头顶上气势汹汹地又呼号了一阵,现在听来似乎遥远而沉闷了些。

罗兰转向左边,沿着一条之字形的走廊往里走,两边的板条箱都堆到了脑袋这么高。苏珊娜跟在他后面,保持一定的距离,始终留心自己身后的动静。如果奥伊在上面发出任何警示的叫声,她希望自己能在第一时间内作出反应。她看了一眼旁边的一摞板条箱,一只箱子上贴着"得克萨斯工具"的标签,另一只上则打着"中国豪华财宝甜饼有限公司"的钢印。看到他们抛弃已久的豪华出租车的牌子再次出现,她一点儿也不奇怪;她早已超脱于"奇怪"和"惊讶"之外了。

在她前头的罗兰停下了脚步。"以母亲的泪作证。"他兀自喃喃。以前,她曾听罗兰这么说过一次,那次,他们撞见一头小鹿坠落深谷,两条前腿和一条后腿都摔断了,忍饥挨饿,目光失焦地望着他们,因为苍蝇围着那头不幸的动物,活生生地把眼珠子蚕食一空。

她也止步不前,直到他摆了摆手让她跟上,苏珊娜才手掌撑地,快步挪到他的右侧。

丹底罗的石墙地窖最深处——是东南角,如果她的方向感没出错的话——放着一只简陋的铁笼子,权当牢狱。笼门是用十字交叉形的生铁棒铸成的。旁边还有一张焊接工作台,显然就是丹底罗亲手架构此笼时留下的……但是,从乙炔箱上厚厚的灰尘来看,那已是很久以前的事了。牢牢敲进石墙中的S形大钩子上挂着的——就在狱中人伸手可及的范围之外一丁点儿,苏珊娜毫不怀疑,这是用来嘲讽并刺激狱中人的——是一把老式样的大

(叮叮当,当当叮)

银钥匙。身份不明的狱中人站在监禁地边缘的铁栏杆旁,向他们伸出污垢重积的双手。他瘦得与骷髅无异,苏珊娜当即想到以前看过的可怕至极的集中营史料照片,那些从奥斯维辛、卑尔根-贝尔森和布痕瓦尔德集中营里侥幸生还的人们,碎布条般的囚服耷拉在身上,头上还戴着惨白色的囚徒圆帽,可怖而明亮的眼睛里投射出洞悉世事的警觉神色,他们活着(哪怕只是一息尚存),犹如对全人类罪行的控诉。那些怕人的眼睛仿佛在说:我们真希望不知道自己已被折磨成了什么样子,但不幸的是,我们都知道。

派屈克·丹维尔伸出双手、含糊不清地发出恳求的声音时,眼底的神色就有这番意味。此刻他们离得这么近,她觉得那种央求般的呜咽很像某张电影原声大碟中人为仿造的丛林鸟鸣:咿—呀、咿—呀、咿—啾、咿—啾!

589

罗兰从吊钩上取下钥匙走向了铁门。丹维尔用一只手揪住他的衬衫,枪侠拨开了那只手。这动作丝毫不含怒意,她想,可是瘦骨伶仃的狱中人却顿时向后退却,眼睛瞪得暴凸出来。他的头发很长——披散在肩头——但两颊上泛起一片依稀的青色。下巴和上唇的青色就更重一些。苏珊娜猜想他该有十七岁了,但显然也可能没那么大。

"派屈克,我无意冒犯你,"罗兰的口气完全像是和朋友亲切对谈,他把钥匙插进锁眼里,"你是派屈克吧?你是派屈克·丹维尔吗?"

牢笼里那个身穿肮脏牛仔裤、宽松灰衬衫(长得都快拖到膝盖了)的瘦东西退缩到了三角形狱地的尖角里,没做任何回答。直到背脊压到了石墙上,他又慢慢地滑落下去,坐在地上,身子靠着的东西在苏珊娜看来应该就是便桶,前襟随着他的蹲姿鼓了起来,当他屈起膝盖几乎遮掩住那张惊恐又憔悴的脸孔时,又像流水一般垂落到他的胯部。罗兰把牢门拉开,向外开到最大(没有铰链),派屈克·丹维尔又制造出鸟鸣般的号声,只不过这时嘶吼得更大声了:咿—呀、咿—呀、咿—啾、咿—啾!听得苏珊娜牙齿都打战。看着罗兰似乎要走进地牢里,男孩越发尖利地嘶叫起来,后脑勺开始不断地磕撞石墙。直到恼人的撞墙声停下来,丹维尔带着极度惊恐和不信任的眼神瞪着陌生的来客。随后,他再一次伸出污垢重积、指甲长长的双手,似乎是在求救。

罗兰看了看苏珊娜。

她以掌撑地,将自己挪进了牢门里。角落里那貌如少年的瘦小东西又含糊地咿呀一声,迅速将探出的双手缩了回去,紧紧扣在手腕上,眨眼间又转为可悲可怜的自卫。

"不,甜心儿,"这是苏珊娜闻所未闻的黛塔·沃克的声音,她完全没料到黛塔可以这样说话,"不,小甜心儿,偶们才不会伤害伊哩,要是偶们想要欺负伊,伊脑子里早就有两颗子弹啰,楼上那家伙就吃了偶们的子弹。"

她看出他眼底流露的神情——也许只是分秒之间的微妙变化,但睁大的眼底暴露出了更多血丝。她笑了,点点头,说:"是不是很过瘾?柯林斯先生,他死翘翘啰!他也不会下楼再来……唔?派屈克,他对你干了点啥坏事?"

头顶上传来的风声隔着地板,听来弱了几分。灯泡闪个不停;整栋小屋吱吱嘎嘎四处作响,呻吟般抵挡着狂风的撞击。

"孩子,他对你干了啥坏事?"

没用。他听不懂。正当她心里如此定论时,派屈克·丹维尔突然用双手捂着胃部，攥了攥，同时抽动面容，她立刻领悟道：他是在示意捧腹大笑。

"他让你笑？"

派屈克蜷缩在角落里点了下头。面容扭曲得更瘆人了。现在，双手已经握成拳头，举到了脸前，以此在自己的脸颊上摩擦，又旋拧拳头抵进眼窝里，随后看了看苏珊娜。她留意到，他的鼻梁上有一道小小的疤痕。

"他也，让你哭。"

派屈克又点了下头。他又模拟出大笑的表情，捧着肚子，装出上气不接下气的"呵—呵—呵"；再转而装扮哭泣，在看不清脸色的面颊上抹着眼泪；这一次，他又加上了第三种模仿动作，以手为勺，往嘴里铲着什么，双唇相应地哑巴、哑巴。

罗兰稍稍位于苏珊娜之后，此刻只有他高高地站立着。"他让你笑，他让你哭，他让你吃。"

派屈克却把头摇得如拨浪鼓一般，脸蛋都快撞上石墙了。

"是他在吃，"黛塔说，"侬是不是这个意思，嗯？丹底罗吃。"

派屈克迫不及待地点点头。

"他让你笑，再让你哭，然后把你笑出来、哭出来的东西吃下去。因为他就是这样的怪物！"

派屈克又点了下头，泪如雨下。他的哭号夹杂着口齿不清的啜嚅。苏珊娜慢慢地靠近去，清楚地摆出用手挪步的动作，心想：如果他再用脑袋撞墙，她就立刻往后退。但没有。等她移到角落里的男孩的跟前时，他不由得伏在她胸前大哭起来。苏珊娜扭过头，以眼神告诉罗兰：现在，他可以过来了。

等派屈克抬起头望着她时，显露出一种默然而忠实的表情，像一只惹人怜爱的小狗。

"别担心了，"苏珊娜说——黛塔又消失了，也许她受不了这种场面反而是好事，"他不会再来找你麻烦了，派屈克，他死了，像门钉一样死得透透的，又像河里的石头一样死到透心凉了。现在，我想让你为我做一件事情。我想让你张开嘴巴。"

派屈克立即又狠狠摇头。眼里的惧怕那般分明，但还有一丝别的隐情，她实在看不下去了。那是隐秘的羞耻。

"我明白，派屈克，明白。张开你的嘴。"

他狠狠地摇晃脑袋，又长又腻的头发像鞭子似的抽打着他自己的脸颊。

罗兰说："怎么——"

"嘘!"她对他说,"派屈克,张开嘴,让我们看看。然后,我们会带你离开这里,你再也不用下到这个鬼地方了。再也不用当丹底罗的晚餐了。"

派屈克定定地望着她,无言地央求,但苏珊娜只是回看着他。最后,他闭上了双眼,慢慢地张开自己的嘴巴。牙齿都在,但他的舌头不见了。应该是在某一天,丹底罗烦透了被他囚禁的少年的哭喊——要不,就是某些言语——便将那舌头拔去了。

7

二十分钟后,他俩站在厨房的走廊里,看着派屈克·丹维尔喝汤。起码有半碗汤都倒在了少年灰色衬衫的前襟上,但苏珊娜觉得这也不要紧;这里有足够的汤,小屋唯一一间卧室里还叠放着足够的干净衬衫。更不用说,乔·柯林斯的厚皮大衣还挂在门口的衣钩上,她希望派屈克此后都能穿着它。至于丹底罗的尸体——昔日的乔·柯林斯——他们包上三条毯子,扔进了雪地,没有任何葬礼仪式。

她说:"丹底罗是一个吸血鬼,但不是靠血为生,而靠吸食他人的情绪。派屈克,那个……派屈克就像是他的奶牛。榨取一头奶牛的精华,你可以用两种方式:要它的肉,或是奶。但吃肉的问题是:下刀之后就不再有第二次了,先是上等牛肉、剩下牛杂碎,之后就放进锅里炖,没了。可是,要是你要牛奶,就可以一直挤出来……只要你时不时喂它吃点东西,就能一直有奶喝。"

"你觉得他被关在下面圈养了多久?"罗兰问。

"我不知道,"但她想到了乙炔箱上厚厚的灰尘,仍是历历在目,"不管怎么说,都有很长时间了。对他来说,一定像是漫长到了无止境。"

"而且,很伤人。"

"伤害太大了。丹底罗把这个可怜孩子的舌头拔出来的时候一定疼死他了,但我敢打赌说,吸血般的情绪损失伤他更深。你看他现在的样子。"

罗兰看着,没错。他也看出有别的含义。"我们不能把他带进这场暴风雪。就算我们给他裹上三层衣服也不行,我敢说,那等于杀了他。"

苏珊娜点点头。她同样确信这一点。可是,还有另一面紧迫的真相:她无法再待在这间小屋里。那大概会杀了她。

她把这番话说出来时,罗兰也赞同。"我们要在那边的谷仓里宿营,等到暴风雪过去。会很冷,但我觉得那样可能会带来两种好处:莫俊德可能要来了,栗皮儿也会回来。"

"你会把他们两个都杀了吗?"

"是的,只要有机会。你对此有异议吗?"

她想了想,摇了摇头。

"很好。我们把要带出去的东西收拾一下,因为随后两天里,我们可能不能生火。可能不止两天,而是四天。"

8

事实证明,他们挨了两天三夜,才等到暴怒的大风雪渐渐变成阵风阵雪,直至平息下来。第二天黄昏时分,栗皮儿一瘸一拐地从风雪中显出身形,罗兰对准扁铲似的盲马脑门开了一枪。莫俊德一直没有露脸,但她在第二天夜里有一种直觉:他就潜伏在附近。也许奥伊也察觉到了,它立在谷仓门口,冲着飞旋的暴风雪猛吠不止。

在这两天三夜中,苏珊娜发现派屈克·丹维尔有许多出人意料之处。囚徒岁月严重损害了他的心灵,这一点她并不意外。让她大吃一惊的是他惊人的恢复能力,虽说不可能百分百恢复如初。她不免要想:换作自己经历了多年严酷的磨难,能否走出阴影,快速复原呢。也许这和他的天赋有关。她亲眼领略过他的天赋,在赛尔的办公室里。

丹底罗给地窖里的俘虏吃极少的食物,只能勉强维持生命,而他吸食少年的情感却颇有规律:一周两次,有时三次,还有一个星期里一连吸了四次。每一次,派屈克都坚信自己将丧生于下一次折磨,因为总会有什么人路过此地,接替他的位置。就在最近,派屈克有幸逃脱了丹底罗最凶狠的掠夺,因为"伴儿"比以前更多、也更频繁地到来。那天晚上,在干草仓里铺完床铺后,罗兰对她说,他相信最近惨遭丹底罗毒手的人大部分都来自血王城堡,要不然就是离开城堡周边小镇、背井离乡的村民。苏珊娜完全可以想象那些逃难者的心声:王已经走了,所以让我们也离开这鬼地方吧,趁现在收成还不错。毕竟,红色大王疯癫了,说不定哪一天脑筋搭错就会回来,狂人发疯,死守着一架永远不再会上升到顶的电梯。

有时候,乔还会在他的俘房面前显出丹底罗的原型,接着便可吃掉男孩顿生的恐惧。但是,若圈养的奶牛只能挤出恐惧,他也不会满足。苏珊娜暗忖,不同的情绪一定能引发不同的口味:就好比今天吃猪肉,明天吃鸡肉,后天换成鱼肉。

派屈克不能说话,但他可以做手势。况且,当罗兰在食品柜里找到奇怪的藏品之后,他们便发现他的表达能力绝不止于此。在最高的架子上,有一叠特大张的绘图纸,标着"米开朗基罗,炭笔专用"的商标。他们没找到炭笔,但这摞纸张旁边放着一把崭新的EF牌2号橡皮头铅笔。发现这些东西就够怪的了,但更为离奇的是,有人(大概是丹底罗)小心地把每支铅笔上的橡皮头都削去了。橡皮头都收纳在铅笔旁的加盖罐里,罐子里还有一些纸夹,另有一只卷笔刀,模样酷似所剩无几的卡拉·布林·斯特吉斯的欧丽莎飞盘的哨子。派屈克一瞧见画纸,原本呆滞的眼光立刻灵动起来,急切地伸出双手去接,喉咙里的声音像是猫头鹰的急促叫声。

罗兰看着苏珊娜的表态,她一耸肩,说:"就让我们瞧瞧他能画点什么吧。我已经心里有底了,你不也一样吗?"

事实证明他确实很能画。派屈克·丹维尔的绘画才能令他们叹为观止。他的画作完全弥补了没有声音的缺憾。他画得极快,也显然大感愉悦;哪怕笔下的物事无比凄惨,他的情绪也似乎不再会受到影响。一幅画上,乔·柯林斯手持短斧,站在一个毫无防备的过客身后,砍下了他的脑袋,只见乔咧着嘴狞笑。就在短斧落下之处,男孩还画了两个漫画书里常见的大气球,里面分别写着"咔嚓!""噗!"柯林斯的头上也升出一只气球,派屈克填进文字来表示他的想法:"大块头,接招!"另一幅画上画的是派屈克自己,躺在地板上,笑得有气无力,表情细节被描绘得逼真之极(其实根本不用画中他头上气球里的"哈!哈!哈!"来补证),而柯林斯又叉着腰站在他跟前观望。随后,派屈克迅速地把这幅画翻到画板后面去,又飞快地落笔,在新的画面中画下跪坐着的柯林斯,一只手插进派屈克的头发里狠狠揪着,撅起的嘴唇罩在派屈克的笑声之上,也就是派屈克苦痛不堪的嘴巴之上。接着又是一阵飞快而老练的运笔(笔尖似乎根本不曾离开过纸面),派屈克又在老人头顶上升出一个思想气球,里面填写了六个字和两个感叹号。

"说的是什么?"罗兰问道,他已经被迷住了。

"'好味道!真不错!'"苏珊娜回答,但她刻意压低了声音,难掩恶心的感觉。

抛开所画之事,苏珊娜大概可以一连几个小时看着他这样画画;事实上,她很快就着迷了。铅笔快得近乎诡异,而且,他们谁也不曾取出一只被切下的橡皮头让他擦抹,因为似乎完全没那个必要。苏珊娜看着他画到现在,派屈克既没有画错过一笔,也没有哪一笔看似含糊带过,他那洗练飞速的动作让他们——好吧,既然只能这么说,为何还要犹豫呢?——不得不承认,派屈克是个天才画家。画成的画都不是素描,不完全是,但自成一派,栩栩如生。她知道,派屈克——这个派屈克,或是沿着光束的路径的另一个世界里的派屈克——日后必能画出极品的油画,但一想到这里,她不禁心头一凉,同时又气血上头。他们在这里找到了什么?没了舌头的伦勃朗?她突然意识到,这已是他们遇见的第二个白痴天才了。也许是第三个——如果除了锡弥,你把奥伊也算上的话。

他对橡皮擦丝毫不感兴趣,这让苏珊娜只起过一次闪念,又立刻置之不理了——那想必是天才的狂妄之处吧。但她不曾哪怕想过一次——罗兰也想不到——其实这位年轻的派屈克·丹维尔很可能根本不知道:世上还有橡皮这种东西。

9

第三夜快要天亮时,苏珊娜醒来,看了一眼和她并排躺在谷仓上铺的派屈克,便轻手轻脚地下了木梯。罗兰正站在谷仓的门前小径上,望着门外,抽着烟。雪不下了。即将下沉的月亮清亮地挂在天际,月光之下,塔路上的新雪泛出银白的光芒,一片肃静的美。风也止了,空气似乎纹丝不动,但冷得吓人,她觉得鼻子上的湿气都要冻裂了。远处依稀传来一阵机动马达的响声。就在她侧耳聆听之际,那响动仿佛越来越近了。她问罗兰是否猜得到来者是谁?或是,来者将对他们意味着什么?

"我想该是他提到过的机器人,结巴比尔,暴风雪一完,他就得外出除雪,"他说,"他的头上可能有类似天线的玩意儿,就像狼群。你记得吗?"

记忆犹新。她便这样回答他。

"虽然他有可能对丹底罗死心塌地,"他说,"但我觉得不太可能,不过即便那样,也不算是我遇到的最古怪的事。你要准备好一只飞盘,以防他翻脸。我也会备枪伺候。"

"可你明明不是这样想的。"她想得到一个百分百确定的回答。

"是不想杀他,"罗兰说,"他可以捎我们一程,说不定能直接送我们抵达黑暗塔。即便不能抵达塔,也可以把我们带到白域的边境。那挺好,因为那男孩还太虚弱。"

这倒提醒了她。"我们称他为男孩,因为他看起来像个小伙子,"她说,"你认为他多大了?"

罗兰摇摇头。"显然不过十六七岁,但也可能足有三十了。在众光束遭受攻击的那些日子里,时间曾扭曲得很厉害,会有瞬间的跃进,也会反复扭曲。我可以证明这一点。"

"是不是斯蒂芬·金搞的这出戏——半路杀出个丹维尔?"

"不好说,只不过,他知道有他,这是肯定的,"他思忖一下,又说,"塔竟已这么近了!你感觉到了吗?"

她当然感觉到了,日日夜夜,每分每秒。有时候能感到它在脉动,有时候它又在歌唱,很多时候这两种感觉会并存。至少,这感觉不会是魔法所致。每个夜晚,她会在梦境里——不止一次——看到塔矗立在玫瑰地的尽头,黑灰色的石砖塔身映衬在不安的天幕上,云彩在四个方位上,沿着仅剩的两条光束汇聚。她也知道那些声音在歌唱什么——考玛辣!考玛辣!来吧来吧考玛辣!——但她想,那不是为她而唱的,那些声音不是在对她歌唱。不,决不,此生此世都不会;因为那是属于罗兰的歌声,只是罗兰一人的。但她开始希冀那并不意味着她将必须在使命终结之前死去。

她一直都怀抱着属于她自己的梦想。

10

太阳升起后不到一小时(显然那个方向就是东方,我们都得感谢老天爷),一辆橘红色的车辆——貌似卡车和推土机的合成体——出现在远远的地平线上,缓慢且平稳地朝他们开来,车头顶起一堆高高的干雪,雪顶甚至比车顶还高出好多。苏珊娜猜想,等它开到塔路和奇之巷相交的路口时,结巴比尔(几乎可以肯定,他就是驾驶铲雪车的司机)应该会掉转方向,开上另一条道路。也许,照惯例来说,他也会停靠在路口,当然不是为了下来喝杯咖啡,而是加一罐油,或是别的小事。她想着那个场景笑了,当然,她还想到了别的。车顶上架着扩音器，正播放着一首她熟知的摇滚乐。苏珊娜听到后大笑不止，非常高兴。"'加利福尼亚的阳光'！里维埃拉斯乐队！哦，听上去可真带劲！"

"你说是，那就是，"罗兰附和着说，"管好你的飞盘就行。"

"你就放一百个心吧。"她答。

派屈克也站在了他俩身边。自罗兰从食品储藏柜里找到纸和笔后，他就一刻不离这些宝贝。现在，他只写下了几个字，并递给苏珊娜看，因为他也明白了：罗兰几乎看不懂他写的文字，哪怕印刷成大号黑体字也没用。在画纸下方的两个字是：比尔。但这个名字之上，是一幅惟妙惟肖的奥伊的肖像，还有一只俏皮的气球挂在貉獭脑袋上，里面写着：汪！汪！那都是他闲来无事信笔画的，一个触目惊心的 X 形大叉划在上面，因而她知道他递给她看的目的不在于奥伊，但那不知怎的伤了她的心，因为大叉底下的奥伊是那么活灵活现。

11

铲雪车在丹底罗的小屋前停下，尽管尚未熄火，音乐却已被掐断了。从司机座位上走下来一个趾高气扬的高个子（起码有八英尺）机器人，脑袋闪闪发光，活脱脱像是电弧16实验站里的奈杰尔的翻版，也酷似卡拉镇的安迪。他折起金属手臂，金属手指搭在胯部，若是埃蒂在这里，一定会联想到乔治·卢卡斯电影里的C3PO。这个机器人说起话来颇为嘹亮，在雪野上扩散得很远：

"你好，娇—乔！你和—和—还—好吗？科科科莫诡—诡—诡—计如何了？"

罗兰迈出昔日栗皮儿的马厩。"向你问好，比尔，"他客气地说道，"祝天长夜爽！"

机器人回了礼。他那双人造蓝眼睛发出亮闪闪的蓝光。苏珊娜觉得那是惊讶的表情。她看不出来他有何翻脸的迹象，似乎根本没有警惕心，而且也不像携带了武器，但她一眼就看到从比尔头顶升出的细细天线——在清晨的阳光下一圈一圈旋转着——她也做好了准备，万一有情况，她可以随时抛出欧丽莎。埃蒂大概会说：简单简单太简单了。

"啊!"机器人说,"奇、奇、奇—枪,枪—希、希、希——"他抬起一条没有肘关节的金属手臂,敲敲自己的头。脑壳里传出一系列东扭西歪的噪音——咿咻——然后他才说出口:"枪侠!"

苏珊娜笑起来。她实在忍不住了。他们千辛万苦一路走到这里,竟然等来一个机器版的猪小弟①。白、啊白、啊白白白,就到这里,伙计们!

"我听说过好多吃、吃—吃—传闻,"机器人说着,没理会她的笑声,"您是蓟、蓟犁的了、了、罗—罗兰吗?"

"就是我,"罗兰说,"敢问你是?"

"威廉姆,D-746541-M,维修保养专用机器人,还有许多其他功能。乔·柯林斯叫我结、结巴比、比尔。我里面有条线、线路杀、杀—烧坏了。我可以修好的,但他不、不让我修。因为他是这儿附近唯一的人、人类……或许该说是,曾是……"他停下不说了。苏珊娜听到机器躯体里震出一阵稀里哗啦的声音,尽管她不曾亲眼见过,但此刻她确定面前的机器人不是C3PO那种先进型号,而更像是《惑星历险》中的罗比机器人②。

接下来,结巴比尔却让她深受感动,他将一只金属手搭在前额,深深地鞠了一躬……但既不是面对她,也不是罗兰。他说:"向您致敬,派屈克·德、丹维尔,思、思—索尼亚之子! 看到你在外面、看到你无拘无束可真好啊,真的太好了!"苏珊娜注意到结巴比尔吐露的是真情。那是由衷的喜悦。她觉得仅仅放下手中的飞盘都不足以示好。

12

他们在院子里闲聊起来。要不是比尔拥有初级嗅觉功能,他本该兴高采烈地走进小屋里去。这个类人机器人的硬件设置不错,觉悟到小屋在发臭,而且已冻得不宜居住了,因为壁炉里的火已熄灭,暖气机也停止工作了。不管怎么说,这场谈话并不会持续太久。维修养护型机器人威廉姆(还有许多其他功能)把有时自称为乔·柯林斯的生物视为主人,而这里已经不再有别人能主张他的

---

① Porky Pig,美国动画明星,是一只肥胖、口吃的波基小猪。
② 电影原名 Forbidden Planet,一九五六年出品,堪称五十年代最著名的科幻片之一。导演弗雷德.M.威尔科克斯制造出复杂的未来世界观,还有一个拟人化的机器演员罗比。

归属权了。何况,柯林斯/丹底罗还掌握了不少必要的密码指令。

"我本来不、不能告诉他密、密码指令的,"结巴比尔说,"但他问、问起我的时候,我的程、程序没能禁止提供必、必要的使用手、手册,上、上面有他需、需要的信息。"

"官僚制度真是不赖。"苏珊娜回了一句。

比尔说,他尽可能找理由离"娇、娇一乔"远远的,但是塔路需要铲雪时,他还是必须要来——这也是他的程序之一——并且每月一次带来补给品(大多是罐头食品),他说那是从"法蒂"运来的。他也很喜欢看到派屈克,有一次,男孩送给比尔一幅好看的画像,他经常会去欣赏(还制作了好多拷贝)。他吐露,每次他过来,他都以为会发现派屈克不在了——被杀死之后随意抛尸于树林里,比尔说后头山林间有个地方叫做"花、花一坏地方",有点像垃圾场。可是现在,他就在这儿,自由了,活着,所以比尔高兴极了。

"因为我确实拥有几、几一基础的情感程序。"他说,苏珊娜觉得他的口气就像是在泄露自己的某个坏习惯。

"你需要我们说出密码吗?如果要你接受我们的指令?"罗兰问。

"是的,先生。"结巴比尔说。

"妈的。"苏珊娜嘟哝了一句。他们之前已经碰到过好几次这样的难题了:为了让卡拉镇的安迪听话。

"不、不、不、不过呢,"结巴比尔接着说,"如果你们愿意以建、建议的形式提出指、指令,我保证我了、了、了——"他抬起手,又敲了敲头。咿咻,苏珊娜认定那怪响不是从他的嘴里、而是胸腔里冒出来的。"——乐于服从的。"他说完了。

"我的第一个建议是:修好你那该死的口吃,"罗兰说着,一回头,却惊呆了。派屈克跌倒在雪地上,手捂着肚子,爆发出一声嘶哑的气息,那无疑是开怀大笑。奥伊在他身边跳来跳去,叫个不停,可是奥伊丝毫没有警示;这一次,不再有人窃取派屈克的欢乐。这笑声完全属于他自己。能听到这样的笑,几人倍感幸运。

13

就在交叉路口背后的树林子里,也就是比尔说的"坏地方"附近,一个少年浑身颤抖得如同筛糠一般,身披半拉臭不可闻的兽皮,眺望着丹底罗小屋前的四人交谈。去死啊,他对他们的想法只有一个,去死吧,为什么你们不能行行好,帮我个忙,死了算了?可他们没有死,相反,欢乐的笑声像利刃般刺得他身心俱痛。

没过多久,他们攀上比尔的铲雪车驶向远方之后,莫俊德爬下了山坡,爬进了小屋。他可以在那里至少待上两天,把丹底罗食品柜里的罐头扫荡一空——也可以吃点别的东西,别的让他抱憾终生的东西。那些天里,他重新积聚着力量,因为前几天的超大暴风雪几乎要了他的命。他坚信,是恨让他活了下来。除了恨,别无他物。

或者,也许是因为塔。

因为他也感受到了——那股不息的脉动、那些歌声。但是罗兰和苏珊娜,以及派屈克听到的是大调,莫俊德听到的却是小调。而且,他们可以听到各色神妙歌声语声的时候,他只能听到唯一不变的一种声音。那是他的红色父亲的呼唤,对他说:来;也对他说:杀死哑巴少年,杀死黑鸟儿娘们,尤其,要杀死蓟犁的枪侠,那个对他不闻不问、把他丢在身后的白色父亲。(虽然他的红色父亲也显然把他留在了身后,任凭他孤苦伶仃,但这一点莫俊德却从没想到过。)

耳语般萦绕在他头脑中的那个声音还许诺:把这几个都杀了之后,他们将会摧毁黑暗塔,联手统治隔界,直到永远。

所以,莫俊德才吃,因为莫俊德很饿。莫俊德也睡觉,因为莫俊德非常虚弱。等莫俊德穿上丹底罗的暖和衣物,沿着新铲好的塔路走向远方时,他的背上还多了一点行李——大多是罐头食品——他已经变成了青年人,看起来足有二十岁,高大挺拔,像夏阳般的意气风发,苏珊娜的子弹在他的人形身躯的体侧留下了疤痕,除此之外,他全身上下便只有脚踝上的血红印记。他曾对自己发下毒誓:就是这只脚,早晚会踏断罗兰的喉咙,而且,很快了。

第五部

殷红的玫瑰地

坎-卡无蕊

第一章

痛处，与，门（再见，亲爱的人）

1

比尔——现在，已经不能说是"结巴"比尔了——载着他们到达联邦邑、即白域的边境之后，他们的漫漫长旅进入了最后几日，苏珊娜·迪恩越来越无法遏止反反复复的哭泣。每一次即将泪如雨下，她都有预感，便向其余人致歉，声称自己必须去树丛里解决一下私人事务。一旦独自走入树丛，她就坐在匍匐倒地的死树干上，而有时什么也没有，她只能坐在冷冰冰的土地上，双手捂住面孔，任由泪水倾淌。如果罗兰知道所谓的"私人事件"是这么回事儿——他势必也注意到了，每次她走回路旁都是两眼通红——他也没有声张。她觉得他一定是清楚的。

她在中世界——以及末世界——的时间就快要走到尽头了。

2

比尔开着橘红色铲雪车，把他们带到一间匡西特式活动小屋，褪色的门牌上标着：

联邦邑 19 号警戒所
塔哨
严令禁止游客逾越此界！

在她看来，联邦邑前哨在理论上依然属于神会之地的白域界内，但沿着塔路走下来，只觉得气候越来越温暖，地面上的积雪化得只剩薄薄一层了。一片又一片小树林点缀在前方的路旁，可苏珊娜觉得这片土地很快就会变得一马平川，就像美国中西部的大草原。到了春夏季，那些矮小草丛里可能会长出野莓——说不定还会有商陆果——但是，现在的草丛只是荒芜的空枝，不曾停歇的风吹得它们摇曳不止。曾有人铺过这条塔路,但现在砖石剥落殆尽,只剩了车辙印,他们在路两边看到无数长草钻出冰雪覆盖的大地。草叶似在窃窃耳语,苏珊娜也听得懂它们的歌声:来吧来吧考玛辣,旅程就要到头啦。

"我不能再往前走了,"比尔说着停下了铲雪车,并把小理查德的乐声调到中档音量,"我很抱歉,人们在弧界边境都会这样说。"

他们这一程共走了一天半,途中连连放送他说的"老歌金曲"给众人解闷。有些歌在苏珊娜听来根本不是什么老歌;比如《糖屋》和《热浪》就是她从密西西比度假回家途中的收音机里的热门流行曲。还有一些歌她甚至闻所未闻。音乐并非灌录在磁带或是黑胶唱片里,而是一张银色的漂亮小圆盘,比尔说那叫"西—迪"①。比尔把它塞进铲雪车操作盘上的一条细缝里,音乐就从至少八个音箱里播放出来。她总觉得,任何音乐在自己听来都不错,但有两首歌尤其让她心醉,她以前从未听过——一首名叫《她爱你》的轻摇滚曲带来狂喜;另一首悲伤而深沉,叫做《嘿,裘德》。罗兰显然知道第二首歌,他跟着音乐哼唱起来,虽然他嘟囔的歌词和车内音响里放出来的迥然不同。她问起比尔,他说这个乐队叫做甲壳虫。

"用这作摇滚乐队的名字可太好玩了。"苏珊娜说。

派屈克正和奥伊挤在铲雪车窄小的后座里,拍了拍她的肩膀。她一回头,看到他举起一路不曾离手的画板,画到一半的罗兰侧像之下,写着:"披头士,不是真的甲壳虫。"

"不管怎么拼写,用这个词儿做乐队名真的很有趣。"她说着,突然想起了什么。"派屈克,你有感应吗?"他皱了皱眉头,双手一摆——那是在说,我不明白你的意思——她又换了一种问法。"你能知道我脑子里在想什么吗?"

他耸耸肩笑了。这是在说我不知道,可她觉得派屈克知道。她想他心里很明白。

3

他们是晌午时分抵达"联邦邑"的,比尔在那里给他们做了一顿美餐。派屈克把他那份狼吞虎咽地吃掉之后,就坐到了一边,奥伊蜷在他脚下,他

---

① 即CD光盘。

不停地描画着餐桌旁的几人。那里曾经是个公共休息室。这个房间的四面墙全被电视屏幕覆满了——苏珊娜估计至少有三百多个屏幕。这些设备肯定是最后安装上去的,因为有不少还能工作。几个屏幕上显示出围绕匡西特小屋的起伏的小山,但大多数镜头里只是雪花一片,还有一个屏幕上只有一排又一排闪烁的波线,苏珊娜多看几秒都会觉得反胃。那些雪花屏幕,比尔说,以前专门用来放大绕着地球旋转的人造卫星传送来的影像,但卫星上的摄像头早就没用了。而那个波段闪烁的屏幕更有趣些。比尔告诉他们,就在几个月前,那个屏幕上还是黑暗塔。可是,突然有一天,图像消融了,除了起伏的波线之外,啥也不见了。

"我认为血王不太喜欢上电视,"比尔对他们说,"特别是当他知道会有人前去陪伴他的时候。你们不再来点三明治吗?还有好多呢,我向你们保证。不要了?那么,汤呢?派屈克,你还要吗?你太瘦了,你知道的——太、太、太瘦了。"

派屈克却把画板转过来,让他们看一幅新画,画里的比尔正向苏珊娜鞠躬,一只金属手上托着一盘切得齐齐的三明治,另一只手上则端着冰茶壶。和他笔下的所有画作一样,远远超出了漫画的水准,而且还是那样神速,快得堪称离奇。苏珊娜鼓起掌来。罗兰笑了笑,赞许地点点头。派屈克咧嘴一笑,牙齿抿得紧紧的,这样一来就没人看得见他嘴里的空洞了。随后,他又翻过一张纸,画起了新画。

"屋子后面有一些小车,"比尔说,"大多数都不能用了,但有一些还行。我可以给你们一辆四轮驱动的卡车,虽然不能担保它运行完好,但我相信开到黑暗塔还是没问题的,因为从这里过去只有一百二十轮距。"

苏珊娜顿感心绪不宁。一百二十轮距,也就是一百多英里,甚至还不到。那么近了!近得让人脊背发凉。

"你们不会喜欢天黑后靠近塔的,"比尔说,"至少我不会那么做,考虑到塔里的那位新住户。不过,对你们这样了不起的行者来说,何妨在路边扎营再熬一晚?不会熬多久的,我该这么说!宿营最后一夜之后(众神明鉴,你们极有可能需要抵挡偷袭),明日晌午,你们就会抵达目的地了。"

罗兰默默思忖了许久。苏珊娜必须提醒自己不要忘记呼吸,看他在深思的时候她几乎想到屏气。

我还没准备好,她的一部分这样想。还有更神秘的一个部分——记得每场梦境细微的差别的那个部分(反复而递进的梦)——却还想:我一点儿不想去呀。一点儿都不想。

最后,罗兰说道:"谢谢你,比尔——我相信,我们几人都非常感谢你——但我认为,我们只能谢谢你的好意。如果你问我为什么,我也说不上来。只是我私心里觉得,明日,未免太快了。我听从心声,决定我们步行完成余下的路程,就像我们先前一路走来那样。"他深深吸了口气,再舒缓地呼出。"我尚未准备好抵达塔。尚未准备充分。"

你也是吗,苏珊娜大吃一惊。你也一样。

"我还需要一点时间,做好心理准备,为了我的心、我的意。也许,甚至还为我的灵魂。"他伸手探入口袋,取出留放在丹底罗药橱里的罗伯特·布朗宁的诗歌影印件。"这里写了一些文字,说的是:最终决战,或是最终的痛苦来临之前,要记取曾经的岁月。说得很好。也许,这首诗所说的——早到的、快乐的前兆——才是我真正需要的。说不好。总之,我认为我们要步行前去,除非苏珊娜反对。"

"苏珊娜不反对,"她静静地说,"苏珊娜认为这才是高医妙着。苏珊娜只有一个意见:拒绝被人拖在后面,活像根排气管。"

罗兰感激(也许还包含了矛盾)地朝她一笑——这几天里,他似乎有点对她心不在焉——接着又扭头对比尔说:"我在想,你有没有可拖的人力板车?我们不得不带点装备⋯⋯况且,还有派屈克。他不能一直步行。"

派屈克露出一丝恼怒。他把手臂平举、折起,握起拳头,鼓起肌肉。结果——捏着画笔的胳膊只在上臂突起鸭蛋大小的二头肌——似乎颇令他羞愧,他立刻垂下了手臂。

苏珊娜笑着过去拍拍他的膝头。"宝贝儿,别傻了。你就像韩赛尔和格蕾特一样在巫婆的地窖里被关了那么久,上帝才知道究竟有多久,可那不是你的错。"

"可以确定,我有那样的平板车,"比尔说,"还有一辆电池驱动的可以给苏珊娜用。没有也不要紧,我可以自己做。花不了一两个钟头的。"

罗兰计算了一下。"如果我们从这里出发,到太阳下山前还有五个小时,我们可以步行十二轮距。也就是苏珊娜说的九英里,或是十英里。按照这样的速度慢慢走五天就可以到了,我耗费一生追寻不止的黑暗塔。我会在黄昏时分抵达塔,因为在无数个梦里,我所见都是那样的光景。苏珊娜,是不是?"

内在的心声——最深处的那个自己——悄悄说:四夜。尚有四夜可梦。应该足够了。也许该说,够多了。当然,卡会介入其间。如果他们真的已经逾越了卡所能影响的地界,那就不会——不可能——发生。但苏珊娜现在相信:卡能延及每一个角落,甚而影响到黑暗塔。也许,卡本就是黑暗塔所蕴生的。

"那将很好。"她答道,声音低弱。

"派屈克?"罗兰又问,"意下如何?"

派屈克一耸肩,一只手冲着他俩在半空摇摆一下,几乎都没有把头从画板上抬起来。随他们所愿,那个手势便是这个意思。苏珊娜寻思着:派屈克对于黑暗塔所知甚少,也就更不在意。话说回来,他为何要在意呢?他刚刚逃脱魔掌,肚子吃得饱饱的。对他来说,现在这样就足够好了。他失去了舌头,但他可以自在地画画,画出心声,画到心满意足。她几乎确信:对派屈克来说,这就像是一笔交易。而且……而且……

他也不太想走。他不想,奥伊不想,我也不想。那么,会有何事降临于我们呢?

她不知道,可古怪的是,她似乎毫不担忧。卡会摊牌的。卡,还有她的梦。

4

一个多小时后,三人、貂獭和机器人比尔聚拢在一辆改装小车前,看起来,那辆车就像是豪华出租车的放大版。四只轮子又高又薄,转起来悄然无声。苏珊娜心想,就算上面装满了东西,拖起来也会像羽毛一样轻松呢,起码,在罗兰生龙活虎的状态下是。但拖它上坡显然会比较吃力,好在他们有一车的备用粮食可吃。二号将会走得更轻盈快捷……而且,她觉得前头也不太会有高山险峻了。他们已经来到了平原地带,一马平川;所有冰雪覆盖、树林绵延的山头都已被抛在身后。比尔给她弄来一辆电力驱动的单座小车,比高尔夫球场车更迅捷。她被拖在罗兰身后("像根排气管")的岁月结束了。

"要是你们再给我半小时就好了,我可以把这里磨得光滑些。"比尔说着,还在切割边缘转动着三根手指的钢手掌,这辆二号车其实是从一辆旧马车上截下来的。

"我们多谢你的好意,但其实不用如此精益求精了,"罗兰说,"我们会在上面盖上兽皮,就不会刮手了。"

他等不及要上路,苏珊娜想,毕竟是时候了,为什么不呢?我自己,我也渴望离开。

"好吧,既然你这么说,那就让它去吧。"比尔说着,听来有几分失意,"我猜,其实是我不想看你们走。不知道下一次什么时候才能再见到人?"

没有人应声。谁也不知道。

"屋顶上有个超大音量的喇叭,"比尔说着指了指联盟邑,"我不知道怎样的特殊情况需要警报——也许,放射物质泄漏,或是这样那样的攻击——但是我很清楚,方圆百轮距之内都能听到这只喇叭的警报声。还能再远一点,如果风向适当的话。如果我发现了什么人、你们认为正在后面跟踪的那个人,或是功能尚存的某些动感传感器捕捉到他的踪迹,我就会打开警铃。你们应该可以听到。"

"多谢你。"罗兰说。

"要是开车走的话,你们轻而易举就能把他甩掉,"比尔一针见血地指出这一点,"你们会立刻到达黑暗塔,永远不用再见到那个人。"

"的确如此。"罗兰说道,却丝毫没有改变心意的迹象。这让苏珊娜甚为宽慰。

"你们会怎么处置那个人的红色父亲?如果他真的控制了玫瑰地,神圣的坎-卡无蕊怎么办?"

罗兰摇摇头,尽管他和苏珊娜以前曾讨论过这个话题。他想过,可以从远处包围塔,择取一个方位,也就是受困的血王视野中的盲区,再靠近目标。随后,他们就能在他所在的阳台之下走到门口。他们尚不确定这种方案是否可行,得等他们亲眼见到黑暗塔和周边地势后再说。

"好吧,船到桥头自然直,"前一天还在结结巴巴的机器人说,"古人们就是这么说的。也许我们还会相见,就算别处无望,也能在尽头的虚无之境。如果机器人也被允许进入那片死后之地的话,我很期盼,因为好多旧识都去了,我好想再会会他们。"

他说得如此凄凉,苏珊娜不由得走过去,伸出双臂等待被他抱起来,丝毫没想到这何其荒谬——她竟想要一个机器人的拥抱。但他真的抱起了她,她也拥抱了他——极其热烈。比尔补偿了卡拉镇的安迪所犯下的过错,就算比尔什么别的都没做,仅为这个也值得她献上一个拥抱。当他的金属手臂揽住她时,苏珊娜突然意识到:只要比尔愿意,他那双钛合金的臂膀可以轻松地将她掐成两半。但他没有那种恶意。他很温柔。

"比尔,天长夜爽,"她说,"愿您一切称心如意。"

"谢谢您,夫人,"他说着轻轻把她放下来,"我要西—西—西谢、西—西—咿咻,他又"乓"一声敲了敲脑壳。"谢谢您的祝福。"歇了一下,又说道:"我当真修好了口吃的那部分线路,但恰如我曾对您坦言的,我并不是完全没有情感。"

5

派屈克爬上二号豪华车休息前,在苏珊娜的电动车旁走了将近四个小时,这让大家都大吃一惊。他们留意着警报声,那将意味着比尔发现了莫俊德(或是联邦邑里的仪器发现了他),但始终没听到……而且,他们是在下风口。快到太阳下山的时候,他们已经彻底走出了雪域。大地在前方铺展,夕阳下,他们的身影又长又斜地投在路面上。

最后,他们停下来准备过夜,罗兰拣来了足够的柴火,派屈克则打起了瞌睡,等罗兰生完火之后,男孩才醒过来,起身吃了一顿维也纳香肠配烤豆子。(苏珊娜呢,看着豆子消失在派屈克空洞洞的嘴巴里,提醒自己要在疲惫不堪、倒头睡下之时,记得帮他把兽皮大衣挡在风口。)她和奥伊的胃口都很好,可罗兰却几乎没有碰过他那份晚餐。

吃完饭,派屈克抓起画板又画起来,却冲着铅笔头皱起眉头,又向苏珊娜伸出手。她知道他要什么,便从私人肩袋里拿出那只玻璃罐。她带着这个罐子只是因为里面有一个卷笔刀,而她担心交给派屈克会不小心丢了。显然,罗兰完全可以用他的随身小刀把 EF 牌铅笔削尖,但毕竟会磨损刀刃。她揭开盖子,把橡皮头、纸夹连同男孩想要的卷笔刀一起倒在合拢的手掌里,再递给派屈克。男孩捡出小刀,利索地几下就削尖了铅笔,再递还给她,二话不说地继续埋头作画。苏珊娜看了几眼粉色的橡皮头,又想起那个疑问:为什么丹底罗费工夫把橡皮头都切下来呢?是为了嘲笑男孩吗?如果是这样,那显然不见效。也许,等派屈克到了晚年,大脑和手指的协调性反应迟钝些了(当他那不容置疑的天才小世界开始"转换"之际),或许才会需要橡皮擦。因为,就现在的情形而言,即便有小小的笔误,他也能妙笔生花,变成灵感的反证。

他没画太久。当苏珊娜看到他在夕阳最后一缕金灿灿的余晖里对着画板打起瞌睡时,便从他的手中取下画板,见他没有反抗,她把他放倒在车厢后方(车子的后沿搭在一块凸出地面的大石头上,因而车板能保持水平),用兽皮盖住他,再吻了他的脸颊。

派屈克迷迷糊糊地探出手,撩到她嘴边的那个创口。她下意识往后一缩,又稳稳地停下来,让他轻柔地搭在那里。伤口又一次结了硬痂,但依然常常痛得钻心。这些天来,即使微笑都会疼。那只小手慢慢垂了下去,派屈克睡着了。

星星都出来了。罗兰聚精会神地举目远望。

"你看到什么了?"她问他。

"你看到什么了?"他问她。

她望向星光闪亮的天幕。"好吧,有古恒星和古母星,但它们好像都已经向西边偏移了。那里还有——哦,我的上帝啊!"她的手猛然从男孩胡子萌生的脸蛋上(他好像从来没有过地道的胡子,只是些扎手的小毛楂)抬起来,指着星空说道:"和我们离开西海岸的时候不一样了,我知道,不是那片夜空了。罗兰,这是我们那个世界的星空——我们称呼它为北斗七星。"

他点点头。"从前,根据我父亲图书馆里的最古老的史书记载,这也曾是我们世界的星空。莉迪亚的北斗,最早就是叫这个名称。而现在,在这里重现了。"他转身看着她,微笑了。"又一个生命和复兴的标志。血王受困之余,该是多么痛恨举目所见的天空上驰骋着这样的星斗啊。"

6

没过多久,苏珊娜睡着了。做了梦。

7

她在中央公园,又在那儿了,头顶明灰的天空,第一片雪花又从天而降,缓缓飘扬;欢唱的颂歌声响彻四周,但唱的不再是"平安夜"或是"多美的孩子",而是收割曲:"稻谷青青呦,瞧瞧收成呦,瞧瞧青青谷哦,来吧来吧考玛

辣！"她摘下帽子,惟恐它又不由分说地变了模样,但帽子上依然绣着"圣诞快乐！",于是

（这里不再有双胞胎）

她甚感快慰。

她举目四望,那边站着埃迪和杰克,展露笑颜望着她。他们双双光着头没戴帽子；她拿着他们的帽子。她已经结合了他俩的帽子。

埃迪穿着一件运动衫,上面写着"我喝诺兹阿拉！"

杰克身上的那件胸前则写着"我开塔库罗精神！"

这些情景都不是初见。她的目光落在他们身后的东西上,就在一条车道旁边,顺着那条路走下去就该是第五大道,应该是吧。那是一扇门,六英尺半高,从外表看来,是由结实的硬木制成。门把手是纯金的,细丝手工所打造的形象终于被枪侠女士认出来了：两支交叉的铅笔。EF牌2号,她对此毫不怀疑。而且,橡皮头一定被切去了。

埃迪端来一杯热巧克力。依然完美无瑕,上面浮动着鲜巧克力和奶油,装饰般地撒着一点肉豆蔻末。"来,"他说,"我给你带了热巧克力。"

她顾不上他递来的杯子。她完全被那扇门吸引住了。"这个,就像海岸上的那些门,是不是？"她问。

"是的。"埃迪说。

"不。"杰克却同时说。

"你会明白的。"他俩又异口同声地说着,笑着互看一眼,露出欣然的神情。

她从他俩身边走过。罗兰曾把他们拖进标有"囚徒"和"影子女士"和"推者"的门内,就在同样的位置,这扇门上画着" "。下面写着：

画　　家

她转回身来,可他们都不见了。

中央公园不见了。

她看到的是荒废已久的刺德,她正望着荒原。

随着一声冰凉刺骨的气息,她听见有人耳语般地低语："时间快到了……抓紧……"

8

她带着惊惶醒来,心里想着:我必须离他而去……最好尽早离开,切莫等到他看到他的黑暗塔显影于地平线上。可是我能去哪里呢?我又怎能抛下他独自面对莫俊德和血王,却只有派屈克在帮他呢?

想到这里,她不禁意识到一个苦涩的现实:坦率地说,奥伊远比派屈克有价值,更能助罗兰一臂之力。貂獭不止一次展现出非凡的勇气,如果他能佩枪、开枪,就将无愧于"枪侠"的殊荣。然而,派屈克……派屈克……好吧,照直说吧,是个"素描铅笔侠"。快枪手。下笔快如蓝色闪电,可你不能用EF铅笔杀死敌人,除非那支笔削得相当尖、相当尖。

她坐了起来。罗兰正靠在电动小车的另一边守夜,没有注意到她从梦中惊醒。而且,她也不想让他注意到。那势必会引发他的疑问。她又躺下来,把兽皮裹紧,回忆着他们的第一次捕猎。她记得很清楚,那头一岁大的小公鹿如何突然掉转方向,径直向她冲去,也记得她是如何抛出欧丽莎,削下了小鹿的脑袋。她想起尖啸声在冰寒的半空中飞驰而去,那是大风吹过圆盘下端的小附件时发出的鸣声,那个小东西很像派屈克用的卷笔刀。她分明感到,自己正在努力把这两者联系起来,但她累得精疲力竭,想不出个所以然。也许,也是她过分勉强自己了。就算有联系,她又能怎么办呢?

至少,自从她到了卡拉·布林·斯特吉斯之后,她就很清楚一件事情。那扇门上的符号,意味着**找不到**。

时间快到了。抓紧。

第二天开始,她的眼泪就再也止不住了。

9

有很多小树丛能让她"处理私人事务"(忍不住时,她得让泪流下来),可道路越走越平坦开阔。第二天中午,苏珊娜望见远方的地平线上有什么在飘移,起初她以为是一片云影,但碧蓝的天穹无论哪个方位都万里无云。接着,那片暗影开始旋动,云不会那样旋动。她屏住呼吸,停下她的电动小车。

"罗兰!"她说,"那边有一大群野牛,要不然就是水牛!千真万确!"

"是嘛,你说的当真?"罗兰问着,一副漠不关心的样子,"很久以前我们管它们叫做班诺克。很大一群啊。"

派屈克站在二号豪华车板上,正疯狂地画着。他没有紧抓着他一直用的那只铅笔,而是轻握着一支粗杆黄笔,笔头划动,画着阴影。看着他笔下浮现的画影,她几乎已能闻到牛群掀起的尘土。她觉得他的画将牛群擅自往前搬了五英里、甚至十英里,除非他的视力远远比她的好——她觉得,那是完全不可能的。不管怎么说,她再次抬头望时,发现自己也能清楚地看到牛群了。那些毛发蓬乱的巨大牛头。甚至它们黑色的眼珠子。

"在美国大概有一百年不曾有过这么一大群野牛了。"她说。

"是吗?"依然是礼貌地表现出兴趣,"可我得说,这里有很多。如果有牛跑进了左轮的射程内,我们不妨猎几只来。我挺想尝尝鲜,别再是鹿肉就最好。你说呢?"

她以微笑作答。罗兰也回以微笑。就在这时,她幡然意识到自己再也见不到他了,这个男人,若她不曾视他为卡-泰特和首领,她只可能认为他是妄想中的人物,或是魔鬼。埃迪死了,杰克死了,很快她也不再能见到蓟犁的罗兰了。他也会死吗? 那她呢?

她抬起头直视阳光,希望他将她的泪水误认为是烈日所致。随后,他们继续往东南方走,朝着那片伟岸空旷之地,走进始终不停、以致越发强烈的跳动—跳动—跳动之中,那是众世界以及时间的轴心之塔。

跳动—跳动—跳动。

来吧—来吧—考玛辣,旅程就到尽头啦。

那天晚上,她先守夜,并在午夜叫醒罗兰。

"我想,他就在那里的什么地方,"她说着,指着西北方向。没必要再说出他的名字;只可能是莫俊德。除此之外的每个人都已经不在了。"好好看守。"

"我会的,"他说,"那么,如果你听到一声枪响,好好醒来。而且要快。"

"你就放心吧。"她说着,倒身在二号车的干爽冬草堆上。一开始,她没把握自己能睡着;她的神经依然紧张,留意着不远处那恶意汹汹的另一人。可是,她的确睡着了。

还做了梦。

10

第二夜的梦既像、又不像第一夜的梦。环境和细节几乎一模一样：中央公园，灰色天空，雪花飞扬，颂歌欢唱（这一次唱的是丹尔维京乐队的主打曲《共我前行》），杰克（**我开塔库罗精神！**）和埃迪（这一次，他的汗衫上写的是：**咔嚓！这是欣纳瑞照相机！**）。埃迪端着热巧克力，却没有递给她。不止是他们的神情，甚而他俩紧绷绷的身体都让她看出一清二楚的焦灼。这便是区别于以往梦境之处：有些重要的物事需要被看出来、或是需要去做，也可能两者皆有。不管是什么物事，总之他们期盼她能当即发现、并付诸行动，而她显然已被拉在后面。

她突然意识到一个极其糟糕的问题：她是不是被故意地拖住了后腿？她是否需要在此对抗什么？会不会是黑暗塔正在扰乱他们之间的交流？显然，这是愚蠢的想法——无论如何，她所见的这一切都不过是一出臆想的虚无梦境，是因她渴盼的幻想而生；毕竟，他们都死了！埃迪被一颗子弹打死，杰克被一辆小卡车碾过——前者死于这个世界，后者死于楔石世界，在那里，玩完就是玩完（一定是彻底玩完，因为那里的时间是单向的）而且，斯蒂芬·金是他们的桂冠诗人。

可她就是无法否认他俩意味深长的神情，心乱的神情，仿佛在对她说：苏希，你知道的——你知道我们想让你看到的东西，你知道你所需要知道的事情。你想眼看着它从指缝间溜走吗？时间已经快走完一圈了。时间快走完了，而且还在滴答滴答，也将继续滴答、滴答，必须如此滴答下去，因为你的停工期已经结束了。你必须抓紧……抓紧……

11

她蓦然惊醒时还在急喘。快要天亮了。她伸手抹了把汗湿的额头。

埃蒂，你到底想让我知道什么？你想让我看出什么奥妙来？

想不出答案。该会是怎样的答案呢？

迪恩先生，他死了，她想着，又躺倒下来。她就那样躺了一个小时，再也无法入睡。

12

和一号豪华出租车一样,二号车也装上了把手。但有所不同的是,二号车的把手是可以调节的。派屈克想走路,把手就可以分开拉到两侧,他和罗兰各握一只,一起拉车。当派屈克想坐在车上时,罗兰就把两只把手合拢,独自一人拉车。

他们在中午时分停下来吃饭。吃完饭,派屈克蜷在二号车板上睡午觉。罗兰一直等到男孩(不管他究竟有多大年纪,他们始终这样看待他)的轻鼾响起,才转身面对她。

"苏珊娜,是什么事情让你烦恼?我想让你告诉我。即使泰特不复存在、即使我已不再是你的首领,我仍然希望你对我这个首领袒露心事。"他笑了一下。这凄凉的笑让她觉得心都碎了,她再也控制不住眼泪。也无法遏制吐露真相。

"如果我们看到你的塔的时候,我还和你在一起,罗兰,事情就大错特错了。"

"怎么会错?"他问她。

她摇摇头,哭得更伤心了。"应该有一扇门的。是找不到之门。可我不知道怎么找到它!埃蒂和杰克到我的梦里来,就是为了告诉我这事儿——他们是用眼神示意我的——可是我不知道呀!我发誓我真的不知道去哪里找门!"

他把她揽在怀里,拥抱她,亲吻她的鬓发。她嘴角的疮火辣辣的,还在一跳一跳。不再流血了,但它又开始生长了。

"顺其自然,"枪侠说,如同当年他的母亲曾对他说过的一样,"凡事自有定论,别哭了,让卡做主吧。"

"可你说过我们已经超越卡了。"

他把她揽在怀里摇一摇,再摇一摇,那感觉真好。那能宽慰她。"我错了,"他说,"你知道的。"

13

第三天夜里,轮到她守上半夜。就在她一直盯着来路,亦即塔路的西北

端的时候,突然有一只手扳住了她的肩膀。恐惧刹那间泛滥于她的心神,活像玩偶匣里的小人突然跳了出来,她飞快地转过身去

(他在我后面哦我的上帝啊莫俊德蹿到我的身后去了那可是只蜘蛛啊!)

同时,手也伸向腰带,拔了枪出来。

派屈克吓得往后一跳,脸上顿时写满了仓皇,还下意识地抬起一只手挡在身前。如果他叫出声来,一定会惊醒罗兰,也许事情就要更复杂了。但他太害怕了,以至于一言不发。只在嗓子眼里咕哝了一声。

她把枪收好,把空了的双手摊给他看,又把他拉进怀里。一开始,他还是浑身僵硬地抵抗着她的拥抱——还没从惊吓中缓过神来——但很快他就放松下来了。

"亲爱的,你怎么了?"她问他,声音轻柔得几乎如气息,"是什么事情让你烦恼?"她根本没意识到,这是罗兰对她说的话。

他从她怀里挺直身子,指了指北方。她好半天都没弄明白,后来,她看到橘红色的光线舞动闪旋。她目测了一下,那至少在五英里之外,但不能肯定她以前没见过。

为了不吵醒罗兰,她还是压低了声音说道:"罗兰说那些是灵光,甜心儿,没什么的——不会伤害到你的。罗兰还会说它们是奇兽呢。就像圣艾尔摩之火之类①的。"

可他似乎对圣艾尔摩之火一无所知;她可以从他惘然的神情中看出来。于是,她又重复了一遍,保证那些变幻的光绝不会伤及他,不过,这些奇兽小精灵确实从未如此靠近过他们。当她扭头回望时,发现冷光舞动远去了,很快,就几乎看不见了。也许,是她认为它们远去了吧。若是以前,她肯定会对自己这种想法嗤之以鼻,但现在她不会了。

派屈克总算松了口气。

"为什么不回去睡觉呢,宝贝儿?你需要好好休息。"她也需要好好休息,但她免不了要提着一颗心。很快她就要叫醒罗兰,换自己躺下睡觉,梦还会紧跟而来。杰克和埃迪的幽灵会来看她,比以前更忧心如焚更疯狂地

---

① "圣艾尔摩之火"是指雷雨天气里在大海中航行的船只经常会发生一种奇特的现象:桅杆的顶端发出蓝白色的光芒,形状如同火焰。其实是一种尖端放电现象。这个名称起源于三世纪意大利的海上守护神圣艾尔摩。那时的船员们在暴风雨中看到桅杆上的光芒,认为是圣艾尔摩在危急时刻显灵保佑他们。

望着她。等待她领会什么,而她始终不得要领。

派屈克摇摇头。

"不困?"

他又摇摇头。

"哦,那么,干吗不再画会儿呢?"画画总能让他变得轻松。

派屈克笑了,点点头,立刻走回二号车取出这些天来的临时画板,走回来时故意蹑手蹑脚,惟恐吵醒罗兰。看着他夸张的逗趣模样,她笑起来。派屈克总是愿意画画;她寻思着,他之所以能在丹底罗那可怖的地窖里存活下来,就是因为他知道那个腐朽的老混蛋会时不时地扔给他一张画板和一些铅笔。他对画画的迷恋活像埃迪以前犯毒瘾,她突然回想起来,只不过,派屈克的麻醉品只是石墨铅笔画出的线条。

他坐下来开始画。苏珊娜继续聚精会神地守夜,可没一会儿,她就感到浑身麻刺刺地不舒服,仿佛她正在被什么人监视着。她又想到了莫俊德,接着兀自一笑(有点疼;疮口又鼓胀起来了,现在笑起来就会疼)。不是莫俊德;派屈克。派屈克正在看着她。

派屈克在画她。

她保持姿势,坐了足有二十分钟,渐渐的,她变得很好奇。对于派屈克,二十分钟足以画出蒙娜丽莎了,也许还能画上背景中的圣保罗教堂呢。这种针刺般麻麻的感觉真是怪异,仿佛不止是心理作用,而是切实的生理反应。

她走向他,可是派屈克一开始只把画板捂在胸前,显露出反常的忸怩,不让她看。可是,他其实很想让她看到;这意思明白地写在他眼里。几乎,看似一种爱恋的表情,她不由心想:他爱上的一定是自己笔下的苏珊娜。

"让我瞧瞧,宝贝儿。"她把一只手搭在画板上。但她不会主动抽取画板,即便他想让她看也不会。他是个画家;只有他才能决定是否展示自己的作品。"求你了!"

他迟疑了片刻,始终抱着画板。然后——羞涩极了,甚至不敢看着她——递了出去。她接过来,低头去看画中的自己。随后的几秒钟里,她几乎不能呼吸,因为那是多完美的一幅画啊! 炯炯的大眼睛。高高的颧骨,她父亲总是戏称其为"埃塞俄比亚的珠宝"。饱满的双唇,那是埃迪曾满怀爱意亲吻无数遍的双唇。这就是她,简直活生生的就是她……可是她觉得,画中不止是她。她以前绝不会相信:一只细细的铅笔画出的线条可以如此生动地描绘爱,毫无遮掩的爱似乎在纸上熠熠闪光,可这确实是爱呀,哦,确凿无疑,说真的;是这个男孩对救下他生命的这个女人的爱,是她把他从阴暗恐怖的地下黑洞里解救出来,否则他必死无疑。视其为母亲的爱,视其为女性的爱。

"派屈克,太出色了!"她说。

他紧张地看着她。面露怀疑。真的?他用眼神追问,她这才意识到,只有他——藏在他内心里的那个可怜而贫瘠的派屈克,与生俱来地拥有天才禀赋,因而视其为稀疏平常之事——才会怀疑他的作品是否真的完美。画画是让他开心的事情;他只是一直坚信这一点。至于他的画能让其他人开心……他还需要一个适应的过程。她不禁又想到心中深深的疑惑:丹底罗到底把他关了多久?而最初,这个卑鄙的老东西又是如何俘获派屈克的呢?她觉得自己大概永不会得到答案了。与此同时,让他确信自己的价值,似乎又是一件极其重要的事情。

"是的,"她说,"是的!画得太出色了!你是个顶尖的画家,派屈克。看着这张画让我感觉非常美好。"

这一次,他甚至忘记要抿紧牙齿。这是个忘我的笑,不管嘴巴里有没有舌头,她都享受不尽。这个笑也让她的恐惧和焦虑都显得愚蠢而又微不足道。

"可以送给我吗?"

派屈克恳切地连连点头。他用一只手作出撕纸的动作,又指了指她。是的!撕下来吧!收下它!留着它!

她刚想动手撕,却又停住了。他的爱(以及他的铅笔)让她显得那么美。唯一破坏这份美的便是嘴边的淤黑疮口。她把画板转向他,指了指画上的伤口,又摸了摸自己脸上的伤口。又是一激灵。哪怕最轻柔的触碰都会疼。"唯一的坏东西就是它了。"她说。

他一耸肩,两只手都举到肩膀那么高了,她不得不大笑起来。当然,笑的声音不大,罗兰没有被吵醒,但声音大小没关系,她确实咧嘴大笑了。在她头脑中,还跳出一行老牌默片里的字幕:我画我所见。

不过,好在这不是油彩画,她突然意识到:他完全可以处理这颗腐败、丑陋、只会带来痛楚的坏东西。至少,当这东西存现于纸面上时。

那么,她就会是我的双胞胎姐妹,她动情地想到,比我自己更好的另一半;我那美丽的姐——

突然之间,她猛然惊觉——

一切?惊觉了一切?

是的,以后她会再好好回忆这一瞬间。思维并不是连贯的、可以写成线性公式的——如果a+b=c,那么c-b=a、c-a=b都成立——但事实的确如此,她在一瞬间彻悟了每一件事情。直觉到了一切之关联。难怪梦中的埃迪、梦中的杰克会始终对她不耐烦;事实不是很明显吗?

派屈克,在画她,把她拖进了画中①。

可她不是第一次被人家拖进另一幅画面了。

罗兰也曾把她拖进他的世界……用魔法。

埃迪还曾把她拉入了爱情,和他。

杰克也一样。

亲爱的上帝啊,难道她在此逗留了这么久,经历了千辛万苦,还不知道卡-泰特是什么、有什么含意吗?卡-泰特就是家。

卡-泰特就是爱。

所谓画,就是用一支铅笔、或炭笔,画出一幅画。

所谓拖,也同样令人神迷,是强制的,是提炼。为了把一个人拽出其自身所在。

而抽屉,就是黛塔的去处,为了实现她存在之完满。

派屈克,这个无舌天才,被幽闭于荒芜野地。被囚禁于地下的抽屉、囚于画中。那么现在呢?现在?

现在他是我的贵人,苏珊娜/奥黛塔/黛塔同时这样想到,并伸手摸出口袋里的玻璃罐,极其清楚自己将要干什么,以及为什么要这么做。

看到她的手从画板上撤回去,没有撕下画着她倩影的画纸,派屈克失望至极。

"不,哦,不,"她说着(夹杂着好几个人的声音),"只不过还有一件事情必须先让你做,然后我才可以收下这张画,它太漂亮了,珍贵无比,我会永远珍藏,以便知道我曾经在这个时间、这个世界里,知道自己曾是什么样子。"

她拿出一只粉红色的橡皮头,领悟了为什么丹底罗要把它们切下来。他自有道理。

派屈克把她递来的东西夹在手指间翻来覆去地看,皱着眉头,仿佛以前从来没见过。苏珊娜却确信他见过,问题是:那是多少年前的事情了?最后

---

① 原文中,画和拖都是用的draw,抽屉和画家则同是drawer,此处是作者刻意为之的文字游戏,如同前文中的丹底罗和奇之巷也是个文字游戏。

一次，他是否差一点就消灭了折磨自己的恶人？那么，丹底罗为什么不在那时候就索性杀了他呢？

因为他一旦切下了橡皮头，他认为自己就安全了。她想。

派屈克正看着她，一脸困惑。也渐渐变得不安。

苏珊娜在他身边坐下，指了指画面上那个疮。然后她谨慎地握住派屈克的手腕，把他的手带向画纸。开始他还有所抵触，随后便听任红色的小东西在纸面上来回擦动起来。

她想到了地平线尽头那一大群突如其来的庞大黑影，罗兰说那些巨头野牛叫做班诺克。又想起派屈克开始描画尘埃时，她如何闻到了尘土的气息。还想到，是派屈克把牛群画成近景时，牛群如何当真逼近了（艺术许可证，我们都得说谢啦），看起来，确实变成了近景。她还记得，当时自以为调整了视线才能看清，如今却讶异于自己的迟钝和愚蠢。只有在明暗交界处瞳孔才需要适应变化，可远近交替时，何尝需要调整眼力呢。

不，是派屈克把牛群拉近了。把它们画成了近景，从而把它们拉近了。

捏着橡皮的手即将触碰到纸面的时候，她挪开了自己的手——必须让派屈克自己来，说不出为什么，她只是知道要这样做。她来回移动着自己的手指，模仿出她想要他做的动作。他没明白。她又做了一遍，接着指了指画在下唇旁的疮。

"擦掉它，派屈克，"她说着，惊诧于自己平静如水的语调，"很难看，把它擦掉吧。"又做了一个擦动橡皮的姿势："擦掉。"

这一次，他明白了。她分明看到他的眼睛一亮。他把粉色的小东西举起来给她看。那只橡皮头完好无损——上面没沾染过一丁点儿炭笔的痕迹。他看着她，眉毛一挑，似乎在征询：你确定吗？

她便点了头。

派屈克放下橡皮，贴着疮口，在纸面上擦动起来，一开始只是试探性地擦，接着，他看到了效果，便一鼓作气地擦起来。

14

她再次体验到那种针刺般麻麻的感觉，但是先前他在画她的肖像时，这种感觉是遍布周身的。然而现在的麻痛感只在一个地方，下唇的右侧。当派屈克捏着橡皮头凑近纸面、开始擦动时,刺痛感顿时强烈起来,荒诞却真实地又痒又疼。她不得不用双手紧紧抓着地面的尘土,以防自己忍不住伸手去挠,一定会挠得很凶,根本不会顾忌是否会撕破伤口、让一加仑鲜血滚滚淌下来染红鹿皮衬衫。

必须在几秒之内,必须,必须快一点,哦我的上帝啊快让这事儿终止吧——

这时候,派屈克却似乎已然忘却了她的存在。他低头端详肖像,头发垂下来,挡住了大半张脸孔,显然全身心地被有趣的新玩具吸引了。他擦得很谨慎……随后用上了力(刺痛更厉害了)……接着,动作又轻柔下来。苏珊娜真想放声大叫。麻麻的刺痛感突然之间放射到每个角落。前额仿佛在灼烧,湿润的眼底仿佛在微颤,似乎有两群小飞虫蒙在眼里嗡嗡躁动;甚至乳头都一激灵,不由分说地硬挺起来。

我要叫了,我受不了啦,我必须喊出来——

就当她屏住呼吸就要喊出声的瞬间,针扎感突然消失了。疼痛也消失了。她伸手想摸摸嘴边,却迟疑了。

我不敢。

伊最好还是敢!黛塔愤慨地回了她一句。无论如何伊经受下来了——偶们都忍下来了——伊肯定还剩了点胆量吧,去摸摸自个儿该死的脸吧,伊个臭婊子!

她的手指轻轻落在了皮肤上。光滑的皮肤。自进入雷劈以来一直烦扰她的肿胀疱疹不见了。她甚至知道,如果这里有镜子或一摊水让她照照,她绝不会看到疤痕。

15

派屈克又忙活了一阵——先是用橡皮,再是动画笔,然后又用橡皮——但是,苏珊娜再也没有感到刺痛,一丝一毫都没有。似乎,一旦他越过了某个关键的临界点,之后便不会再有感觉。她暗忖,丹底罗把橡皮头都切去的时候,派屈克到底有多大呢?四岁?六岁?不管怎么说,肯定很年幼。当她递给他橡皮头的时候,他那副困惑不解的模样是真实的,她很清楚,可一旦他开始用起来,却像个老手般得心应手。

大概这就像是骑自行车吧,她想,一旦你学会了,就永远不会忘记。

她尽可能地耐心等待着,在漫长的五分钟之后,她的耐性有了回报。派屈克微笑着把画板翻转过来,让她看修改后的画作。他把那个污点完全擦干净了,并略微补上阴影,以使得那部分和脸部其余皮肤浑然一体。他还小心翼翼地扫去了每一丝橡皮屑。

"太好了。"她这样说,然而这样奉承一位天才显然不够分量,不是吗?

于是她俯身向前,环臂拥抱他,并在他唇上狠狠亲了一口。"派屈克,这画太美了!"

他的脸腾的涨得通红,她吓了一跳,猜想他不会是脑溢血了吧,虽然他还年轻?但他笑着伸手把画板递给了她,又做了一遍撕纸的动作。想让她留着。想让她收好。

苏珊娜万分小心地把这幅作品从画本上撕下来,脑海中某个阴暗的角落里却忍不住在想:万一她失手把它——把她——一撕为二,那会发生什么状况?撕的时候,她还留意到他的神情:既无惊奇也无恐惧。他肯定已经看到她嘴边的疮不见了,因为自他认识她以来,那个恶性的脓包一直占据着她面容的焦点,更何况,他还曾精确得如同照片一样逼真地描画过。现在那东西不见了——她的手指明示了这一点——但派屈克却没有任何情绪波动,像是对此毫无意识。看来,结论再明显不过了:当他把脓包从纸面上擦去的同时,他也从自己的记忆里抹去了它。

"派屈克?"

他看着她,笑盈盈的。为她的高兴而高兴。苏珊娜确实非常高兴。即便此刻她害怕得要死,也无法减损一丝真心的愉快。

"你愿意为我画点别的东西吗?"

他点点头。在画板上写了什么,再翻转给她看:

?

她盯着这个问号好半天,才抬起眼睛看着他。她看到他抓着橡皮头——完美的新工具——攥得那么紧。

苏珊娜说:"我想让你画的东西,并不存在。"

他歪了歪脑袋,困惑不解。她不得不笑了一下,尽管心在狂跳——奥伊有时候也会这样看着别人,其实他明白得很,百分百知道你在说什么。

"别担心,我会告诉你。"

于是她开始说,极其谨慎。派屈克倾听着。这期间,罗兰听到苏珊娜的说话声也醒了。他走过来,在半燃半熄的昏暗火光中凝视着她,接着又看向别处,并突然后退了一步,眼睛瞪得大大的。直到这一瞬,苏珊娜都无法确定罗兰是否看出了端倪、是否发现有什么东西不见了。她想,派屈克的魔力强大到足以抹去枪侠的记忆大概也不是不可能。

"苏珊娜,你的脸!发生了什么——"

"别说出来,罗兰,如果你爱我就别说。"

枪侠不再说。苏珊娜重新把注意力集中到派屈克身上,继续描述,语调沉静却又急迫。派屈克听着,她慢慢看到他露出心领神会的目光。

罗兰主动添了一些柴火,很快,他们的小露宿地在星光下显得更亮堂了。

派屈克写下了一句问题,巧妙地写在刚才那个问号的左边:

多高?

苏珊娜把罗兰拉过来,让他站在派屈克面前。枪侠大约有六英尺三英寸高。她让他把自己抱起来,随后把手掌升到他头上大约三英寸高的地方。派屈克点点头,笑了。

"你还要看一个图案,也必须画在上面。"她说着,从宿营地的柴火堆里抽出一根小木棍。木棍在膝盖上一敲,折成两端,她留下尖头的那段。那个图案,她记得很清楚,但最好还是不要过分执著地追想细节。她感觉到,图必须准确,否则她想让他画的那扇门要么敞向她不想去的地方,要么就索性打不开。因此,当她开始在混杂着灰烬的尘土里画下第一笔时,她就决定一蹴而就,要像派屈克那样飞速地画,绝不停顿一秒,绝不去看已经落笔的部分。只要她有所回顾,她就会反复斟酌,势必会觉得有哪一笔、哪一处看来不妥,那样一来,不确定感就会像病根一样潜入内心,挥之不去。黛塔——傲慢无礼、满嘴脏话的黛塔,不止一次作为她的救星显身——也许就会插手进来,接手这项重要的任务,但她无法指望黛塔一定会冒出来。在内心最深处,她仍然无法彻底信赖黛塔,尤其在这等关键的时刻,万一黛塔只想开开黑色玩笑而闯下大祸,那就糟透了。她也不完全信任罗兰,他想留她在身边,也许有足够多的理由,但他未必彻悟自己的心。

所以她在尘土和灰烬中画得极快,也不加以复查。于是,从飞驰而过的木棍下浮现出的图案就是这样的:

"找不到,"罗兰惊得深吸一口气,"苏珊娜,这——怎么——"
"别说话。"她又说了一句。
派屈克转过画板,画了起来。

16

她张望四周,想要找到一扇门,即便罗兰添了柴火,营火之光亮还是微弱。相对于广袤无边的黑暗平原,更是显得微乎其微。她什么都没看到。当她转向罗兰时,一眼从他眼里看出他不曾明言的疑惑,于是,看着派屈克还在埋头作画,她把男孩刚刚送给她的肖像递给罗兰。她特别指了指原来的疮口所在之处。罗兰把画纸凑到眼底仔细瞧,终于看出了橡皮擦过的痕迹。派屈克已经十分巧妙地遮掩了修改之处,因而罗兰必须要贴近了看才能瞧出些许踪影;就像是雨水连绵数日,昔日的车辙终究会留下来。

"怪不得那个老家伙要切下所有的橡皮。"他说着,把肖像还给她。
"我也是这么想的。"
就是从这个推论开始,她的直觉飞跃到另一个层次:假如派屈克能够(至少,在这个世界)用橡皮擦去画像,从而抹煞真实的存在体,那么,他应该也可以通过画画来创建不存在的物事。当她提及那群踪迹神秘的班诺克牛群能在眨眼之间靠近他们时,罗兰摩挲着额头,像是犯了头痛症。
"我应该看出来的。也该明白那种含义。苏珊娜,我老了。"
她没有应答——以前她也听他这么说过——只是对他讲了关于埃迪和杰克的梦境,讲清了他们各自汗衫上的厂牌名字,颂歌声,要给她的热巧克力;以及他们眼神中夜夜递强的慌张紧迫,同样,她还是不能彻悟这些梦要传递给她什么样的讯息。
"为什么之前你不告诉我?"罗兰问道,"为什么你不说出来,让别人帮你解梦?"

她定定地看着他,心想她没有要求他的帮助其实是正确的。是的——不管这会让他多伤心。"你已经失去两人了。你很愿意再失去我吗?"

他的脸红了。甚至在微明的火光中,她也看出来了。"你把我说得很坏,苏珊娜,也把我想得很坏。"

"大概是吧,"她说,"如果是那样,我向你道歉。我都不确定自己想要什么。有一个我想要亲眼目睹黑暗塔,你知道的。那个我迫切得很。而且,即便派屈克可以画出找不到的门,即便我可以打开那扇门,那也不会通往真实的世界。衣服上的那些牌子名字就是想说明这一点,我明白。"

"你绝不能那么想,"罗兰说,"现实世界不太会是黑白分明的,我想,有或无、是或非,都不那么清晰确定。"

派屈克发出嘶哑的叫声,他俩都转头去看。他把画板竖了起来,把正面转向他们。那真是找不到的门的完美显现,她默默赞叹着。"**画家**"的字样还没有写上去,门把手还只是闪闪发亮的金属球——没有配饰交叉的铅笔——但一切都画得很对头。她还没有费事地给派屈克讲这些细节,多少出于自己的利益和考虑。

他们做了一切却只为了给我画一张地图,她心里说。并思忖着,为什么每件事情都必须如此该死地艰难,该死的

(猜谜解密)

神秘莫测,她很清楚这个问题将永远找不到圆满的答案……然而这就是人类的状况,不是吗?至关重要的答案永远不会轻易凸显。

派屈克又嘶哑地空喊几声。这一次,带了点征询的意味。她突然意识到,这个可怜的小孩事实上都紧张死了,难道不是吗?他刚刚被任命担当他有生以来的第一次重任,因而迫切地想知道赞助人①意下如何。

"很棒,派屈克——棒极了。"

"是的。"罗兰也点头称赞,接过了画板。这扇门看来栩栩如生,恰如他自己跌跌撞撞游走在西海岸时找到的那些门,那时候他神志不清,被毒鳌虾咬得奄奄一息。可怜的无舌画家简直像是钻进他头脑里、偷窥到了那扇门的真相——炸扁(照片)。

这当口,苏珊娜仍在绝望地四顾查看。正当她双手撑地在火光和黑暗的边界大摇大摆地走来走去时,罗兰不得不喝令她回来,提醒她莫俊德随时

---

① 原文为法语。意指艺术家的赞助人。

可能冒出来,而黑暗是莫俊德的好朋友。

她焦躁地从光亮和黑暗的边界处撤回来,瞬间忆起莫俊德的生母的下场,并清楚地记得那一切发生得多么迅疾。尽管回想那些让她心疼,那种疼几乎是身体上的。罗兰曾对她说,他期待能在次日黄昏时看到黑暗塔出现在视野的尽头。如果她仍然跟着他走,如果她和他一起看到了塔,她认定塔的强势威力会牢牢攫住她。塔的魔力。而现在,她可能还有机会在门和塔之间作出选择,她知道自己会选择门。但眼看着他们越走越近、塔的威力也越来越强,它的脉动在她的内心越来越深切,越来越诱惑,歌唱的声音也益发甜美,这时候再选择门无疑难上加难。

"我看不到,"她失望之极,"也许我错了。也许根本没什么该死的门。哦,罗兰——"

"我觉得你没有错。"罗兰对她说。这么说,他显然一百个不情愿,只是一个身负苦任、或有债要还的男人必须如此坦言。对这个女人,他确实有所亏欠,他想到了这一点,难道不是他硬拖着她的后衣领、把她拽进这个世界吗?她在这里学会了杀戮,也坠入了爱河,然后被夺去了爱人。如果他不曾绑架她,她现在还会有这样深切的悲哀吗?他必须给自己找到合适的理由才能证明这一切没有做错。他渴望把她留在身边——甚至冒着牺牲她性命的危险——是纯粹的自私,配不上他所受过的训练。

更重要的是,配不上他已对她产生的那般浓厚的爱和尊敬。一想到不得不和她告别,一想到不得不失去卡-泰特最后一位古怪而又完美的伙伴,他早已破碎的心就要再碎一次;但是,如果这是她期盼的,她需要的,他就必须这么做。而且,他认为自己也做得到,因为他已经看出年轻人依据苏珊娜的口述所画的门上缺少了什么。不是该有的东西;而是理应没有的东西。

"看这儿,"他柔声说道,并把画指给她看,"苏珊娜,你看出他是多么努力想让你满意吗?"

"是的!"她答,"当然了,我当然看得出来。可是——"

"我估算着,他用了十分钟来画这张画,而他大部分的画只需要三四分钟,也可以画得一样好,你说是不是?"

"我不明白你的意思!"苏珊娜几乎忍不住大喊。

派屈克把奥伊拉过来,一条胳膊环抱着貉獭,一直瞪着大眼睛不悦地看着罗兰和苏珊娜。

"他花了大气力,画了你想要的一扇门。但只有这扇门,孤零零地占据了整张画纸。缺少……缺少……"

他搜寻着合适的字眼。范内的词典仿佛在他的耳朵里念念不休。

"缺少情境。"

苏珊娜还是一脸困惑,好半天才反应过来,眼睛里亮起一丝领悟的神色。罗兰没有等;他只是把完整无缺的左手搭上派屈克的肩头,告诉他要把门画在苏珊娜的小型电动车旁,她管那辆车叫三号豪华车。

派屈克非常乐于从命。首先,要在门前画上三号车,就势必得用到橡皮。这一次他的动作明显爽快起来——若有个旁观者,大概会说他随便地画了一通——但枪侠就坐在他身边,他不认为派屈克在描画小车时有丝毫疏忽。最后,他画完最前面的单轮,还在轮毂罩上加了一道营火的反光。随后他放下了铅笔,就在这时,空气里似乎泛起一阵波动。罗兰感觉到迎面扑来的气息。营火本来在无风的黑夜里笔直蹿烧着,这时也飞快地向两侧闪动了一下。接着,那种感觉就消失了。火焰继续向上燃烧。就在营火旁不足十英尺远的地方,电动车的后面,出现了一扇门,罗兰最后一次看到这扇门是在卡拉·布林·斯特吉斯的声音洞。

17

苏珊娜一直等到天亮,一开始靠收拾行李打发时间,然后又把东西放到了一边——回到纽约城,这个世界里的少量私人物品(更不要说他们收藏的那些小号鹿皮口袋了)对她来说还有什么用处呢?人们会笑她的。他们大概会嗤笑……或是看到她的第一眼就尖叫着逃跑了。突然出现在中央公园里的这个苏珊娜·迪恩在大多数人眼里绝不会是大学毕业生,也不像巨额遗产的继承人;甚至也不像丛林女王希娜,这么说真是遗憾。哦不,在文明城市的行人眼里,她只可能像是从搞怪秀节目中跑出来的。一旦她走过这扇门,还会有回头路吗?绝不可能。永生永世都不可能了。

所以,她把东西放在一边,就痴痴地等起来。当一线乳白色的曙光初露于地平线时,她叫来了派屈克,问他是否愿意跟她一起走。回到你以前的世界,或是另一个相像的世界,她对他说,尽管她很清楚:他已经忘了自己是从哪个世界里来——被带到这里来时也许还很小,要不就是那时受了重伤,失去了记忆。

派屈克看看她,又看看罗兰——他盘坐在地也在看着他。"孩子,不管走哪条路,"枪侠说,"你都可以到达一个世界,实话实说。虽然她要去那里,但还有更多的选择值得考虑。"

他想留下他,她想,有些生气。罗兰又看着她,久久地摇着头。她不太肯定,但觉得他的意思是——

哦不,不止是觉得,她分明知道他的意思。罗兰想要她明白:他正在派屈克面前掩饰自己真正的想法。他的渴望。以前,她就知道枪侠会撒谎(尤其是在卡拉·布林·斯特吉斯聚会那次,也就是狼群到来之前),但她从来不知道他也会对她撒谎。也许,对黛塔说过假话,但对她却从来没有。对埃迪也没有。对杰克也没有。确实有很多次,他没有把所知的一切都告诉他们,但彻底的谎话……?不。他们曾是卡-泰特,罗兰可以直来直去。平心而论是这样。

派屈克突然抓起画板,在洁净的画纸上飞快地写了什么,再竖起来给他们看:

我要留下来。害怕去新的地方。

仿佛要强调自己的心愿,他张开嘴巴,指了指无舌的空洞。

她是不是看出了罗兰有释怀的表情?如果真的有,她会因此而恨他。

"好吧,派屈克,"她说,努力不流露自己的复杂情绪。她甚至倾身过去,拍拍他的手,"我理解你的感受。有时候人们会很残酷,这是真的……残酷又卑鄙,但大多数都是好心人。你听着:天亮以后我才会走。如果你改主意了,我的邀请依然有效。"

他立刻点点头。偶没有使出浑身解数让他改主意,伊真该感谢偶,黛塔愤慨地想,白鬼子大概也该好好谢谢偶吧。

闭嘴,苏珊娜对她说。说来也怪,黛塔真的闭嘴了。

18

可是,当天光渐亮(出现了一小群吃着草的班诺克,距离他们不到两英里),她让黛塔返回她的意识。甚至,放手让黛塔接管。这样分别会更容易些,痛苦少一些。于是,是黛塔沿着宿营地又走了一圈,为她俩最后一次大口呼吸这个世界的气息,并作为回忆贮藏于心。也是黛塔走到门边,伸出厚厚老茧的巴掌,先敲敲这面,再绕过去敲敲后面。派屈克走在她的一边,罗兰跟在另一侧。绕到门后时,派屈克看到门不见了,喉咙里响起惊讶万分的气声。罗兰什么都没说。奥伊走到本该有门的位置,嗅了嗅空气……又从门前径直穿过,仿佛要从对面再看个究竟。如果偶们都在那边,黛塔心想,就会看到它从门里穿过来,变戏法似的。

她走回三号车旁,她已决定要开着这辆车走过这扇门。前提是它将敞开。如果到头来发现这扇门没法开,这番周折就会变成天大的笑话。罗兰要帮她坐上车座;黛塔却粗鲁地甩掉他的胳膊,自己爬了上去。她按下了车轮旁的红色开关,小车的电动马达立刻轻鸣着发动起来。标志剩余能量的指针转到了绿色区域。她旋动了右把手上的油门,小车朝向写着"**找不到**"的闭合的门慢慢驶动起来。就在小车子弹形的车头即将触及门板时,她停了下来。

她转向枪侠,脸上挂着复杂而虚伪的笑容。

"行啦,罗兰——那偶就跟伊说白白咯。天长夜爽。但愿伊能到达那座天杀的塔,还——"

"不。"他说。

她盯着他,黛塔的双眼里闪出狡黠的坏笑。就是要把他激怒,把事情搅和成她不想要的局面。既然她已经插手了,就要惹恼他,让他瞅明白她是何许人也。来吧,白鸡巴鬼,伊来试试吧。

"咋啦?"她问,"大小伙,伊琢磨啥呢?"

"我不会这样和你道别,这一次绝对不行。"他说。

"你这是什么意思?"只有在黛塔滑稽的怒气中,话才会说成这样:伊这嘛尼思。

"你心里清楚。"

她挑衅地摇摇头。不晓得。

"其一,"他说着,用残指的右手轻轻拉住她厚茧叠生的左手,"还有一位,也有权利选择是走是留,而且,我说的并不是派屈克。"

她愣了片刻,没领会其意。接着,她一低头,看到金边镶绕的双眼,还有一双支棱起来的耳朵,这才恍然大悟。她把奥伊忘了。

"如果是黛塔问他,他肯定想也不想就选择留下,因为奥伊历来看不惯黛塔。如果是苏珊娜来问……那么,我就不知道答案了。"

就是那么简单的一句话,黛塔不见了。她还会回来——苏珊娜明白自己永不可能彻底摆脱黛塔·沃克,但那也不要紧,因为她不想再费那番周折了——但现在,她消失了。

"奥伊?"她轻柔地喊道,"宝贝儿,你愿意跟我走吗?有可能,我们能再见到杰克。也许会和以前不太一样,但仍然是……"

奥伊,在他们穿越劣土、神会之地白域,以及开阔的草场平原这一路上都缄口不语,现在终于开口了。"阿克?"它说,但似乎困惑重重,就像不记得有过这个人,她不禁心碎欲裂。她曾向自己许诺,离别时不要哭,黛塔更是拍着胸脯保证她绝不会落泪,可现在黛塔走了,眼泪不自觉地又滑下来。

"杰克,"她说,"你是记得杰克的,甜心儿,我知道你记得。杰克和埃迪。"

"阿克?埃德?"现在的语气多了几分确定。他当然记得。

"跟我走吧。"她催促道,奥伊应声向前走了一步,好像会立刻跳到她身边坐上车座。这时,她又补上一句,完全不自知为何要这么说:"在这个世界之外还有其他世界。"

这话一出口,奥伊就止步了。它先坐下,又站起来,一时间她又充满了希望:也许,在人人开着塔库罗汽车,喝着诺兹阿拉,拿着欣纳瑞照相机互相拍照留念的纽约城里,还会有另一种翻版的卡-泰特和婴神-特特。

然而,奥伊向后走回枪侠身边,在他穿烂的靴子旁坐了下来。他们一路跋涉千万里,靴子穿破了一双又一双。脚程也好、轮距也好,都是千千万万无以计数。现在,他们的旅程就要到尽头了。

"奥兰。"奥伊说了,怪怪的低声闷语里有一种斩钉截铁的意味,这让她心痛不已。她转而苦涩地看向奥伊身边腰悬大左轮的老男人。

"嘿,"她说,"你有你的魔力,不是吗?魔力始终不减。你把埃迪推进死亡,又让杰克跟上,凑成一双。现在轮到派屈克,甚至还有貉獭。你开心吗?"

"不。"他答,她也看得出来,他真的非常不开心。她发誓,之前从未见过任何人有如此悲哀、如此孤寂的神容。"我从未如此刻这般远离快乐,纽约城的苏珊娜。你能否改变心意留下来?你能否伴我走完最后一程?那样,我才会开心。"

神思在这一瞬间狂乱起来，她觉得她真的愿意留下来。只需要轻巧掉转车头、从门前移开就行——那扇门是单向的，并且毫无保障可言——再跟着他走向黑暗塔。第二天就可以走到终点了；他们可以在次日中午扎营休息片刻，并于黄昏前抵达，如他所愿。

但她又想到了那些梦。颂歌声。手捧热腾腾的巧克力的年轻人——最上等的热巧克力，鲜奶油泛浮其上。

"不行，"她柔弱地拒绝着，"我要抓紧属于我的机会，离开。"

有那么一会儿，她觉得他会就此放弃，同意让她走。可是他的愤怒——哦不，应该说是强烈的失望——突然爆发出来。"可是你并不能确定！苏珊娜，万一那个梦是一个鬼把戏或小魔法呢？万一你从敞开的门里看到的一切都不过是一场恶毒的魔法呢？要是你走进去后坠入了隔界的无尽时空，那又怎么办呢？"

"那我就将以心头所有的爱念点亮那片黑暗。"

"也许会管用，"他用一种她闻所未闻的悲苦语调说道，"开头的十年……或是二十年……乃至一百年。然后呢？永恒无止境的余生又能何以安度？想想奥伊！你以为它是忘记了杰克吗？不！从来没忘记过！不管是你还是它，此生此世都决不会忘！它只是意识到有什么事情不对劲！苏珊娜，别，别走。我恳求你了，不要走。我愿意跪下求你，只要能帮你改变心意。"她无比骇然地看到他真的弯下身子。

"没用的，"她说，"而且，如果我现在就与你永别——我的心就是这样告诉我的——请千万不要让我看到你跪在地上。你不是下跪之人，罗兰，斯蒂文之子，你何尝是这样的人呢，我不要看到你最后告别时是这般模样。我想看到你挺胸昂首，像你当年在卡拉·布林·斯特吉斯时那样。像你和你的朋友们挺立在界砾口山上时那样。"

他站起来走向她。她先是以为他要强拉她回头，便害怕起来。但他只是将手抚在她的胳膊上，久久地搭在那里，最后他默默地松开了手。"让我再问你一遍，苏珊娜，你确定自己要走吗？"

她扪心自问，知道自己心意已决。她清楚所有的风险，但——是的，她还是要走。为什么？因为罗兰的路就是枪之路。罗兰要走的路，对于他的同伴来说，就是死亡之路。从踏上使命征程之日开始，他就一遍又一遍地证实了这一点——不，甚至更早，自从他偷听到厨子哈可斯暗策阴谋，并要亲眼看着他的脑袋套进绳索时开始。这都是为了保全善（他会称之为白界），对此她毫不怀疑,但不管怎么说,埃迪躺在这个世界的坟墓中,杰克则躺在另一个世界的泥土里。她也毫不怀疑:同样的命运正在等待奥伊,以及可怜的派屈克。

而且,死期已将近。

"我确定。"她说。

"好吧。你愿与我吻别吗?"

她拽着他的胳膊把他拉到坐椅前,并把她的嘴唇压上了他的。吸气时,她恍如吸入一口远在千年之前、万里之外的气息。唉,是的,她品尝到了死亡的滋味。

但不是你的死亡,枪侠,她在心中说,是别人的,历来都不是你。但愿我能逃离你的魔咒,祝我能成功。

是她率先抽离了吻别的唇。

"你能帮我打开门吗?"她问。

罗兰走过去,握住了门把,金属小球在他手掌里轻松无碍地转动了。

冰凉的空气迎面扑来,足以吹起派屈克的长发,顺着大风还闯进来一阵雪花。她能看到稀薄霜冻之下的草地还是绿色的,一条路,还有一排铁栅栏。圣歌班在欢唱"多美的孩子",正如在梦中一般。

可能是中央公园。是的,可能是;也可能是对称于轴心另一边的另一个世界里的中央公园,而不是她所来之处,但看来如此相像,她在此刻没有发现任何不同之处。

也许是有区别的,像他说的那样,是魔法所为。

也许,确实是隔界的黑暗区间。

"极有可能是个陷阱。"他说,似乎读出她的心声。

"生命就是陷阱,爱情就是魔法,"她答,"或许,我们还会再见的,在道路尽头的虚无之境。"

"既然你这么说,那就祝你如愿吧。"他对她说。随后,单腿弯下,向她致以最扎实的一个屈膝礼。奥伊已经开始低泣了,但它还是坚定不移地靠在枪侠的左脚边。"再见了,我亲爱的人。"

"再见,罗兰。"说完,她面向前方深吸一口气,转动了电动车的油门。车子顺畅地向前驶去。

"等一等!"罗兰高喊一声,但她再也不曾回头,更不曾扭头看他一眼。她坐在车上进入了那扇门。门在她身后砰然关闭,他太熟稔那断然的声响了,自从他忍着高烧、行走在漫长的西海岸时起就常常在梦中反复聆听。颂歌声也消失了,此刻,只有穿行于旷野的孤寂风声。

蓟犁的罗兰在门前坐下,门面已变得陈旧而微不足道。它再也不会打开了。他双手捂着脸,突然想到:如果他从来没有爱上他们,是否就不会像现在这样深感孤独。然而,在他心中的种种悔恨中,心扉重开并不是其中之一,即便是此时此刻。

19

后来——因为总是会有"后来",不是吗?——他做了早餐,强迫自己咽下去。派屈克没有迟疑,全部吃完后,还主动帮着罗兰收拾东西。

第三只盘子却仍是满满的。"奥伊?"罗兰唤了一声貉獭,指了指盘中餐。"你一口都不吃吗?"

奥伊看了看盘子,又坚定地往后退了两步。罗兰便点点头,把碰也没碰过的食物倒在了草丛里。或许,莫俊德会及时赶到,找到一些可口的东西。

中午,他们继续上路,罗兰拉着二号车,派屈克走在他身边,脑袋低低垂着。很快,塔的心跳声再次响彻枪侠的心神。现在,非常接近了。这股坚定而跃动的力量驱逐了所有关于苏珊娜的想法,他为此而欣慰。他把自己完全托付给这一下一下的振动声响,任凭它把他所有的悲伤和思虑震荡干净。

来吧来吧考玛辣,黑暗塔歌唱着,现在这歌声就近在路的前方。来吧来吧考玛辣,枪侠快点到来呀。

罗兰来呀考玛辣,旅程就要终结了。

第二章

莫俊德

1

当他们现在的旅伴、那个长头发的家伙扳住苏珊娜的肩膀,手指着远方舞动变化的橘红色闪光时,婴神在观望。莫俊德看到她旋过身去,拔出了白色父亲的大号左轮枪。在那一刹那,他手中的望远玻璃镜颤抖不已,那是他在奇之巷里找到的,他是多么希望黑鸟儿妈妈能开枪打死画家啊。罪恶感将如何噬啃她的心儿啊!没错,就像钝斧头的伤刃!说不定更有可能的是,她无法承受自己那恐怖的作为,因而把枪口对准自己的脑袋,第二次扣动扳机,如果是那样,白色父亲惊醒后又该如何是好呢?

唉,孩子们总是梦想家。

那样的场面当然没有成真,但那儿的情况似乎更有看头了。虽然,很多细节难以看清。因为致使望远镜颤抖的不止是激动。现在他穿得很暖和,里里外外裹上了丹底罗的人类衣物,但他还是感到冷得要死。除非他能兴奋得浑身发热。但不管怎么说,热也好、冷也好,他还是抖个不停,活像偎在烟囱角、牙齿掉光的糟老头。他离开乔·柯林斯的小屋之后,这种状态就越发恶化了。高烧像是另一场大风雪扫遍全身的骨头。他不再是饿饿饿不完的莫俊德了(因为食欲不再),而成了一个病病病不完的莫俊德。

说实话,他担心莫俊德可能要死了。

然而,他还是极有兴致地观望着罗兰一行人,火堆里再被填上柴火后,他看得就益发清晰了。看到了那扇门无中生有,不过他看不明白门上的画符。他一下子就理解了,是画家把这扇门画出来的,虽不晓得个中缘由——但,这简直是能与上帝媲美的天才啊!莫俊德渴望能把他吃下去,说不定那份天才还可以转移到自己身上呢!他怀疑嗜食同类所造成的精神影响是被大大高估了,但亲自试验一下又有何妨?

他观望着他们的交谈。他看到——同样,也能理解——她在恳求那个画家、那个哑巴,她声嘶力竭地恳求

（跟我走吧，那样我就不用独自一人离去，来吧，讲点义气，事实上一点儿还不够，不如来一打义气，哦来吧）

看到她的恳请遭到男孩和小畜生的连连拒绝之后，他又因她的哀愁而高兴起来；甚至明明知道这等于加重了他的负担，莫俊德还是忍不住乐开怀。（反正，任务只是多一点点而已；哑巴小孩，加上一只貉獭又能给他带来多大的麻烦呢，只要他变形、开动，不就结了？）顷刻间，他甚至还想到，她既然如此愤怒，说不定会用白色父亲的枪打死他呢？那可不是莫俊德想要的。白色老爹就该是留给他的。从黑暗塔传来的声音就是如此告知他的。他肯定是病了，说不定要死了，但白色老爹仍然该是他的腹中食，而绝不该死在黑鸟儿老妈的手下。啊！她该把大餐留下来，一口都不吃，看着它烂掉！可是她没有开枪打他。相反，她亲吻了他。莫俊德真不想看到这一幕，这让他感到前所未有的难受，于是，他把望远镜扔到了一边。他躺在草地上，身边还有几株矮小的桤木，他发着抖，又热又冷，强忍着不要呕吐出来（昨儿一整天，他上吐下泻，直到肚子被上下两方的力量拉扯得疼痛不已才罢休，没什么还能从嗓子眼里冒出来了，除了又浓又黏的胃液；也没什么还能从后门里喷出来了，除了又脏又臭的屁），当他再次拿起望远镜时，刚好看到黑鸟儿老妈驾驶的电动小车的车尾消失在门里。有什么东西从门里飞旋出来。灰尘，大概是吧，但他认为应该是雪。还有歌声。这声音恰如刚才她给白色枪侠老爹的那一吻，又让他直犯恶心。接着，门砰然闭合，歌声不见了，枪侠贴着门边坐下来，双手捂着脸，哦哦哦，哭啊哭。貉獭走过去，把长鼻子搭在他的一只靴子上，好像那样子就能安慰谁了，多甜蜜哦，多恶心人的甜蜜哦。那时候，天已经亮了，莫俊德小睡了片刻。等他醒来时，听到的是白色老爹的声音。莫俊德的藏身地是在下风口，字字句句都听得清清楚楚："奥伊？你一口都不吃吗？"貉獭不肯吃，所以呢，枪侠就把本该倒进小畜生肚子里的食物都倒掉了。后来，他们走了（白色老爹拉着机器人给他们造的车，拖着沉重的脚步，耷拉着脑袋，肩膀都削下去了，就那么顺着塔路上的车辙印往前走了），莫俊德悄悄爬到了宿营地。他确实吃了一点被扔掉的早餐——显然，如果罗兰本打算让貉獭吃，那就肯定没有下毒——但他塞下去三四口就再也不能下咽了，心里明白：要是再吃下去，肠胃又要造反了，不管是从上面还是从下面，总之会翻江倒海一点儿不留。他可不能那样。如果他不保存一丁点儿营养，就会体力不支，再也追不上他们。而他必须追上去，还要保持相近的距离。必须就在今晚追上他们。必须，因为到了明日，白色老爹就要抵达黑暗塔了,那样,一切都太晚了。他的心如此告诫他。莫俊德便和罗兰一样拖着沉重的步伐走上了塔路,不过,他走得更慢一些。腹中不时一阵痉挛,他就得拧着身子,人形之身激颤不止,皮肤下的黑色波浪浮浮沉沉,厚重的大衣也时不时地鼓起一块,因为其余的蜘蛛腿都想伸动伸动,他会让那些腿脚听话地缩回去,于是,大衣就会空荡荡地垂下来,而这一切,他都得咬牙切齿、呻吟着去做。不管是在裤子里拉了一摊黏糊糊的稀屎,或是脱下裤子再拉,他都毫不介意。没有人邀请他去收割节舞会,啊哈哈!邀请信丢在路上了,不用说!过后,等交战时刻到来,他就要把红色父亲放出来,还他自由。可是,如果决战就在眼下,他几乎很肯定:自己连变形都做不到。没力气了。若变成蜘蛛形,病态就会腾然而起,好比是一阵强风能把低低的地火瞬间鼓吹成一片森林大火。慢性杀伤力会在眨眼间变成快速杀手锏。他就这样与病痛顽固抵挡,到了下午才感觉好了一点。现在,黑暗塔传来的脉动节奏更快了几分,变得更有力、也更急迫。红色父亲的声音也一样,催促着他,以惊人的迫近感催促他。白色枪侠老爹已经连续数周每晚睡不够四个钟头了,因为他得和已经离去的黑鸟儿老妈轮流站岗。可黑鸟儿老妈从来没拖着那辆车,不是吗?不,她只会像个屎女王那样端坐在粪山上,嘿嘿!也就是说,即便有黑暗塔的脉动声支撑着他、拖着他往前走,白色老爹还是累得够呛。今天晚上,白色老爹要不就得指望哑巴画家帮着守夜,要不就得自己从头守到尾。莫俊德认为他自己还能撑一夜不眠,这纯粹是因为他知道过完这一夜,就不用再熬了。他可以蹲得近些,和上一夜一样。他可以用怪物老头儿的玻璃镜子看到远处的他们。只要等他们都睡着了,他就会变形、最后一次显出蜘蛛形,一路猛冲过去。撕人魔在此,嘿嘿!白色老爹可能再也醒不过来了,可莫俊德希望他还能看到新的一天。在最后的终结时刻。就让他醒着看到何事临头。就让他眼巴巴看着自己的亲生儿子把他抓住、扯成碎片、丢进死域,就在他抵达那珍宝般的黑暗塔的前几个钟头!莫俊德握紧了拳头,看着手指一一变黑。当蜘蛛腿渴盼着张扬而出时——七条腿,而非八条腿,真是多亏了恶心死人的黑鸟儿老妈,那时候她又怀孕、又不能算怀孕,但愿她在隔界的暗黑时空里惨叫着腐烂(或至少在潜伏着的了不起的大怪物们找到她之前),这贪吃的恶欲流遍周身,他品味着那既可怕、又愉悦的滋味。他以同等的暴戾鼓舞着又反抗着变形的热望。最终,他战胜了自己,变形的迫切感渐渐平息了。仿佛为庆祝胜利,他放了一个屁,尽管又长又臭,但却悄然无声。现在的屁眼就像个破了的六角手风琴,除了呼呼喘气之外,奏不出什么美妙乐声了。十指又恢复到正常的粉白色,身体深处躁动的恶欲消失了。他晕晕乎乎的,高烧不退;细弱的胳膊(比木棍肥不了多少)一个劲儿地寒战不止,疼得要命。红色父亲的声音时强时弱,但始终无休:到我这里来。奔向我。催促双面的你。来吧考玛辣,我的好孩子。我们要把黑暗塔推倒,我们要摧毁一切光明所在之地,再一起统领黑暗。

到我这里来。

来。

2

显然,余下的三人(四人,包括他自己)都逾越在卡的伞阔之外。并不是因为纯贞世界后退,才会出现了莫俊德·德鄂这样的怪物:一半是人,另一半却是威力强大的黏腻怪兽。显然,这等生物从来不曾预料到卡会让自己死得平凡无趣,眼看着自己陷入险境:有毒的食物导致高烧不退。

罗兰可以告诉他,吃掉掩埋在丹底罗家谷仓的干雪中的东西是多么不明智;就这一点而言,连罗伯特·布朗宁也可以警戒他。不管它是否邪恶,是不是真正的马,栗皮儿(也许它还有别名,流传更广、更久的名字,在布朗宁的诗里称它为"栗波栗劈")一直就是只病入膏肓的动物,当罗兰把一颗子弹送进它脑袋里时,恶疾早已侵骨蚀皮。可是,莫俊德是以蜘蛛形看到这东西,无论如何,那看起来终归是匹死马,而且,也没什么能阻挡他大吃一顿。直到他再换回人形,才不安地疑惑起来:怎么会在丹底罗这匹皮包骨头的老马身上吃出那么多肉来?为什么那肉又嫩又暖,并饱含尚未凝结的活血呢?毕竟,它被埋在雪堆里了,还被埋了好多天。这匹母马的尸体本该被冻得硬如磐石才对头。

接着,呕吐开始了。高烧接踵而来,眼看他险些就能将白色老爹撕成一根一根的排肋了,病况却丝毫没有好转,他依然在挣扎中。千年前的预言(主要是在曼尼人的民间传说中,总是一副骇人听闻的低声密语状)就已言中这条生命,将长成半人半兽的这条生命,欲以监视人类之灭绝、纯贞世界之回归的这条生命……待到终于降临时,成了一个天真的坏心眼小孩,而现在,因为吃了一肚子毒马肉而生命垂危。

卡也许并未插手此事。

3

  苏珊娜离去的这天,罗兰和两个旅伴没有推进太多。尽管他计划要走完数公里,好能在第二天太阳下山前到达黑暗塔,罗兰却没办法再走远了。他气馁又孤独,还累得半死。派屈克也很累,但他起码可以选择坐在车上,大约有大半天的时间他确实如此选择,有时候瞌睡,有时画画,有时到了上坡路就下来走在二号车后面,然后再睡多一会儿。

  塔的脉动声在罗兰的头脑和心田里激烈震颤,传来的歌声也一样强烈,且孤独,现在听来就像是千种声响在共鸣,但即使这般强烈的牵引也带不动他周身的骨肉。后来,就在他寻找荫庇处休憩和吃中饭时(这时其实已是下午两三点了),他看到了什么,暂时让他忘却了疲乏和哀伤。

  路旁有株野玫瑰,看来就像是闲置地那朵孪生花。罗兰觉得此时是刚破冰的早春时节,它却傲视季节兀自盛放。花瓣外缘是淡粉色,花蕊深处却是热烈的鲜红;真是这种颜色,他想,衷心渴盼的颜色。他在花朵前跪下来,贴着花瓣,侧耳倾听。

  玫瑰在歌唱。

  疲乏依然驻留在身,也永不会消失(至少,在坟墓的这一边是这样),但孤独和悲伤却离他而去了,至少,在这一刻。他朝花心看去,只见一片鲜亮的嫩黄,那般光明,以至于他无法直视。

  乾神的入口,他想,虽然不能确定那是什么,却确信自己理解正确。是啊,乾神的入口,就是这样!

  这朵玫瑰和闲置地的玫瑰还有一点至关重要的不同:病痛之感、甚或微妙的不和谐之音都消失了。这一朵康健美满,并满盛光明和爱。这一朵、加上其余的那些……它们……它们势必……

  它们喂养众光束,不是吗?用它们的歌声和香气。而众光束也滋润着它们。这是一片生机勃勃的能量场,有活跃的供给与吸收,一切都自塔旋绕而出。而这一朵只不过是第一朵而已,在最遥远的外延边。在坎-卡无蕊,还有成千上万朵,和这一朵一模一样。

  想到这里,他不禁惊讶得犯晕。可随之而来的另一番想象却让他怒惧交加:那样一整片红色花海犹如厚厚的地毯,哪怕看上一眼都会令人疯狂。

如果能放任自己自由自在，它们可能会在刹那间全部枯萎。

有人试探性地拍了下他的肩头。是派屈克，奥伊站在他的脚边。派屈克指了指玫瑰旁的草地，摆出吃饭的手势。又指了指玫瑰做出画画的动作。罗兰并不太饿，但男孩的后一个提议让他倍感愉悦。

"好的，"他说，"我们在这里吃点东西，也许你画画的时候我还能小睡片刻。派屈克，你愿意画两张玫瑰吗？"他伸出完好的那只手上的两根手指，想让派屈克听懂。

小伙子皱着眉头歪了歪脑袋，还是没明白。他的长发扎成一束，亮闪闪地搭在肩头。罗兰想到了苏珊娜，想到她是如何坚持己见、不顾派屈克笑着叫着地反抗，在小溪里洗净他那头长发。这种事情是罗兰绝不会想到去做的，但确实让这个年轻的小伙子显得精神多了。看着这把亮闪闪的头发，他又不可遏制地思念起苏珊娜，哪怕玫瑰的歌声还萦绕耳畔。她将优雅带入他的生活。直到她已离去，他才想到优雅这个词。

此时，站在这里的派屈克天分了得，但领悟力却恼人地跟不上。

罗兰指了指他的画板，再指向玫瑰。派屈克点头了——这番意思他是懂的。随后，罗兰用完好的左手摆出"二"的数字，再指了指画板。这一次，派屈克恍然大悟。他的手指先指向玫瑰，再移到画板，再移向罗兰，最后落在自己身上。

"没错，小伙子，"罗兰说，"画玫瑰的画像，一张给你一张给我。它很美，不是吗？"

派屈克兴冲冲地直点头，当罗兰做午餐时，他就画起来了。罗兰又一次将食物盛满三个盘子，而奥伊又一次拒绝进食。罗兰凝视着貉獭金边镶绕的双眼，只能看到空洞——失落——深深伤了它的心。奥伊不能再绝食下去了，它已经变得很瘦很瘦。库斯伯特若瞅见，大概会笑着说：灰溜溜的夹尾巴喽。需要补充热腾腾的黄樟树液和盐分。但枪侠在这里什么也找不到。

"你为什么要这样？"罗兰执拗地追问貉獭，"如果你想跟她一起走，你就应该在她问你的时候答应下来！为什么你现在要用这样凄楚的眼神看着我呢？"

奥伊又盯着他看了一会儿，罗兰看得出来：他刺伤了小家伙的情感；很可笑，但却是真的。奥伊走开了，弯弯的小尾巴无精打采地耷拉着。罗兰很想唤它回来，但那样的话不就显得更可笑了吗？他打算干什么？向貉獭赔礼道歉？

他不禁对自己的表现生出恼怒和不安，这番情绪是他将埃迪、苏珊娜和杰克从美国那边拖进他生命里之前从来不曾体会过的。在他们来之前，他

639

几乎没什么情绪,况且,当你生存在困境中时,那样倒也不坏;至少你不用浪费时间去琢磨:自己该不该向动物道歉,就因为口气冲了些,众神啊!

罗兰在玫瑰旁盘腿坐下,顺应从花蕊里放射出来的歌声和光芒——康健完美的光芒——那舒缓人心的力量。不一会儿,派屈克就咝咝地招呼起他,摆手示意罗兰挪开一点儿,不要挡着他画玫瑰。这又增添了罗兰心头的烦乱,但他一言不发地退后了一点。毕竟,是他让派屈克画的,不是吗?他想到,如果苏珊娜在这里,他们会如何用眼神暗暗来交流默契,正如看到小孩的滑稽举止的一双父母。但是她不在这里,当然;她是他们之中的最后一人,现在连她也去了。

"行啦,你现在能把茎干上的小刺都数得一清二楚了吧?"他问,尽管他努力装出玩笑的口吻,可听来却很暴躁——暴躁而疲惫。

好在,派屈克没有介意枪侠的粗声粗气;大概根本没明白我在说什么,罗兰心想。哑巴男孩坐在地上,脚踝叠放,画板平放在大腿上,身边放着吃到一半的午餐。

"别忙得忘记吃饭了,"罗兰说,"现在,你替我放哨吧。"得到的回答仍是一个心不在焉的点头,他放弃了。"派屈克,我要瞌睡一下。这个下午会很漫长。"还有一个更长的夜晚,他在心里加上一句……但他和莫俊德一样安慰自己:今晚可能就是最后一夜。他并不能确定自己到了玫瑰地那边的黑暗塔时,会有什么等待着他,但即便他能消灭血王,他也觉得这将是自己的最后一程。他不相信自己还能走出坎-卡无蕊,那没什么。他累极了。而且,哪怕有玫瑰的力量在支撑,他还是悲伤之极。

蓟犁的罗兰用一条手臂挡在眼前,立刻睡着了。

4

他没睡多久,派屈克就像兴致高昂的小孩子似的摇醒他,让他看画出的第一张画——太阳的位置显示出:这一觉不过才十几分钟,顶多十五分钟。

和他所有的画作无异,这幅画充溢着怪诞的魔力。派屈克几乎把玫瑰画活了,尽管手中除了铅笔外别无他物。不过,罗兰宁可再睡一个小时,也不想欣赏艺术。他好歹点点头,表示赞赏——他向自己许诺,在这样一幅美妙的物事面前,决不能再有愠怒或是抱怨——于是,派屈克笑了,得到那么一丝赞许就乐开怀了。他翻过这张画纸,又开始画。一人一张玫瑰,正如罗兰所要求的那样。

罗兰可以倒头再睡,但有什么用?哑巴男孩会在几分钟内画好第二幅玫瑰,又迫不及待地把他摇醒。因此,他起来走向奥伊,抚摸貉獭厚实的毛皮,其实他很少这样做。

"伙计,很抱歉,刚才的话说重了,"罗兰说,"你不愿意对我说点什么吗?"

奥伊还是不愿意开口。

十五分钟后,罗兰把先前从车板上搬下来的几样家什再悉数搬上去,一合掌,再攥住了车把。现在这辆车的负重变轻了,一定是轻了,但他只觉得更沉重。

当然是更重了,他想。负载了我的悲痛。我不管走到哪里都拉着它,就这样。

很快,二号车又装上了派屈克·丹维尔。他爬上车,给自己弄了个小窝,几乎立刻睡着了。罗兰继续往前拖,埋着头,身影在脚边拉得越来越长。奥伊走在他身边。

再有一个晚上,枪侠默想,再有一个晚上,再跟来一个白天,就了结了。结局非此即彼。

他听任塔的悸动和无数种歌声灌满头脑,听任脚步因此而轻飘飘⋯⋯好歹总能轻一点。现在,玫瑰越来越多了,路边两侧都散长着数十株,花朵点亮了乏味的乡间小路。还有几株就从路中间长出来,他小心地绕过去。即便他累得不行,也决不肯碾碎哪怕一朵玫瑰,甚至不能让车轮碾上哪怕一片凋落的花瓣。

5

他停下来准备宿营时,太阳还挂在天边,可他太累了,尽管还有两个小时的日光可以利用,他却再也走不动了。此处原来是条小溪,早已干涸,河床上长出一些美丽的野玫瑰。花朵的歌声没有彻底涤除他的乏累,但多少帮他恢复了些精力。他觉得派屈克和奥伊也能感觉到这力量,很好。派屈克醒来时,先是热切地四顾。接着,他的脸色沉下来,罗兰知道他一定是明白过来了:苏珊娜走了。男孩哭了一会儿,但也许这里本不该出现哭泣的。

河床上有一片三叶杨林——至少枪侠认为那些该是三叶杨——但树林的根系原本靠小溪供养,水干了,树也早死了。如今,只见干瘪的枯枝纠结着指向天空。从那些轮廓中罗兰看出了好多个十九,既有苏珊娜那个世界里的写法,也有他自己这个世界里的写法。某一处枝杈在深蓝色天幕的映衬下几乎是清晰地拼组出了"蓂茨"的字样。

生火做饭之前——这顿晚餐相对过早,他认为,光用从丹底罗食品柜里搬来的罐头食品就可以打发今夜了——罗兰走到干涸的河床地里,深嗅玫瑰,又在死木之间闲走,倾听它们的歌声。芳香和乐声都沁人心脾。

感觉好了一些,他才开始在死树林里低头拾枯木(还从低矮的枝干上掰下一些作为补充,枝杈上留下干巴巴的尖锐断面,让他想到派屈克的铅笔),然后就当地堆起来。燃火时,他用几乎轻不可闻的声音诵读起一段祷文:"点亮黑暗,心诚之至,能否安我心?能否顺我意?诚祈篝火温暖营地。"

等待火焰升起、又燃成火红的炭烬铺在最下面时,罗兰取出离开纽约后就不曾离身的怀表。就在昨天,表停了,当然,送他表的那些人许诺说,电池足够走五十年。

现在,时值黄昏,指针开始缓慢地倒走。

他拿着表看了好半天,被这奇观深深迷住了,之后他合上表盖,又看了看细刻的三种符征:钥匙、玫瑰和塔。塔身上螺旋形上升的小窗口里散发出幽蓝可怖的光。

他们不知道它还会这样,他暗想,再将怀表小心翼翼地揣进左边的前袋里,放下表之前,还先摸了摸袋底(他一向如此)以确定没有漏洞。随后,他开始做饭。他和派屈克都吃得很好。

奥伊连一口都没有动。

6

除了和黑衣人坐谈的一夜之外——也就是沃特用一副妖魅的纸牌预言凄楚未来的那一夜——栖于干涸小河旁的十二个黑暗小时是罗兰此生中最漫长的一夜。遍布周身的疲乏更深更重地侵蚀下来,直到他感觉自己被一堆巨石压住了。旧识的脸孔、逗留过的地方都在他倦极的双眼前一幕幕滑过:苏珊,义无反顾地骑着马自鲛坡而下,金色长发飞舞在身后;库斯伯特,也如此英勇地从界砾口山坡上飞奔而下,又叫又笑;阿兰·琼斯,举起酒杯高颂祝酒词;埃迪和杰克,在草地上打闹成一团,又喊又叫,奥伊围着他俩蹦蹦跳跳,叫个不停。

莫俊德就在周边,很近,可罗兰一次又一次地濒临沉睡的边缘。每一次他都要硬把自己叫醒,瞪大眼睛看着黑茫茫的四周,他知道自己就要陷入无意识的状态。每一次醒来,他都指望能看到一只蜘蛛向他俯冲过来,红色标记映现在肚腹,可他什么都没看到,除了奇兽灵光,远远的、橙色的,舞动在天边。也没有听到什么动静,只有风声飒飒。

可他一直在等候时机。他忍着。一旦我睡着——只要我睡着——他就会向我们冲来。

大约凌晨三点,他再次凭借意志力把自己从睡意中拽出来,刚才他瞌睡了,眼看就要睡沉过去。他绝望地放眼四顾,用手背狠狠擦着眼睛,直到视野里充斥着奇形怪状的视觉残留才罢休。营火烧得差不多了,火苗很低。派屈克躺在二十码开外的一棵三叶杨树下。从罗兰坐着的地方看过去,男孩不过是裹着兽皮的一个小丘。至于奥伊,他没能一眼找到。罗兰唤了几声,也没听到貉獭的回应。就当枪侠打算站起来时,他看到杰克的老朋友原来正蜷在将熄的营火所能照到的地界之外,之外一点点——也可能,他看到的只是那双金边小眼睛。那双眼睛凝视着罗兰,片刻之后又不见了,也许奥伊又把鼻头拱进前爪间了。

它也累了。罗兰心说,难道它不会累吗?

明日之后貉獭将何去何从,这个疑虑在枪侠困扰而疲惫的思绪中油然而生,罗兰决定不去想。他站起来(累极之际,他的双手下意识地滑落到他之前疼痛难忍的臀部,似乎期待着发现那儿疼痛依然),走向派屈克,把他摇醒。这费了不少工夫,但最后,男孩的眼睛好歹是睁开了。但这对罗兰来说还远远不够。他抓住派屈克的双肩,硬把他拉起来,扶他坐好。当男孩睡意沉沉地又要倒下去时,罗兰又抓着他摇晃起来。用力地。他眩晕又不解地看着罗兰。

"派屈克,帮我生生火。"

这起码让男孩醒了三分。可一旦营火再次点亮,派屈克将不得不放一会儿哨。罗兰不太喜欢这个主意,明知道让派屈克一人守夜会很危险,但由他独自撑着守完下半夜将会更危险。他需要睡眠。一两个小时就够了,显然,让派屈克醒一两个钟头还是可以的。

派屈克很乐意捡些木枝扔到火堆里去,但他的一举一动活像木头人——僵尸似的。等火燃起来了,他又退到先前睡觉的地方,胳膊支在骨节凸出的膝头,与其说被唤醒了,倒不如说更困顿了。罗兰心想,自己可能要捆他几个巴掌才能让他彻底醒过来,但这样做只会让悔恨——苦涩不堪的悔意——接踵而来。

"派屈克,听我说。"他使劲摇着男孩的上身,力道大到他的长头发前后飞动,不料几绺头发掉进了他自己的眼睛里。罗兰把头发撩开,"我需要你保持清醒,站岗放哨。一个小时就行了……只需……抬头看着我,派屈克!看着我!上帝啊,看你敢不敢当着我的面再睡着!你看到那个了吗?离我们最近的、最亮的星星?"

罗兰手指的是古母星,派屈克立即点点头。现在,他的眼里亮起一丝兴致,枪侠觉得事情有苗头了。那就是派屈克特有的"我想画"的表情。如果他能坐在树下,对着最高大的那棵三叶杨西头枝杈间闪耀的古母星画画,估计能让他保持清醒。要是他全神贯注,也许能醒着到天亮。

"这儿,派屈克。"他让男孩背靠树干坐好。硬硬的树干上还有很多节瘤——罗兰希望如此——这种不舒服的位置也能破坏睡意。这时的一切举动在罗兰的意识里都像是在水下摇曳。哦,他累垮了。累到极限了,"你还看得到星星吗?"

派屈克热切地点头回应。他似乎甩去了睡意,枪侠不由得感激众神。

"等星星移到粗树干后面去,你就看不到了,只有站起来才能接着画……那时候,你就来叫醒我。把我摇醒,不管使多大劲儿,一定要叫醒我。你明白了吗?"

派屈克当即点点头,可罗兰已经和他同路多时,非常明白这种小鸡啄米式的点头并不能担保什么。急切地想要讨好别人,这是他一贯的作风。若是你问他九加九是不是等于十九,他也会抱着同等的热忱连连点头。

"直到坐在这里再也看不到星星了……"这时,他听到自己的话语声仿佛飞到了远方。他只能满怀希望,希望派屈克这次是真的听懂了。无舌的哑巴男孩已经拿出了画板,起码这看来还不错,还取出一支削得尖尖的铅笔。

这是我的最佳保护措施,罗兰一边跌跌撞撞地走向自己的兽皮床——位于营火和二号车之间,一边在心中喃喃自语。他画画时就不会睡着了,他会吗?

他希望他不会,但又觉得自己其实并不知道。但这无关紧要,因为他,蓟犁的罗兰,无论如何都要睡一会儿。他已经竭尽全力,那就理应足够了。

"一个小时,"他含糊地念了一句,声音在他自己听来遥远而飘摇,"一个小时就叫醒我……等星星……等古母星走到后面……"

但罗兰的话说不完了。他已经不知道自己在说什么。疲惫打败了他的意志,带着他毫无阻碍地滑向无梦的深眠。

7

莫俊德从望远镜里看到了一切。高烧依然剧烈,在这份煎熬中,他自己的疲惫感至少暂时远离了。他带着热切的兴趣观望着枪侠摇醒哑巴小孩——画家——强迫他拖着脚步到处拣柴火,帮着他生火。他旁观着,期待着小哑巴干完家务事快点回去睡觉,别等到罗兰拦住他、不让他睡。可惜的是,这等美事并没发生。他们在一片干死的三叶杨林子旁扎营,罗兰让画家坐在最粗大的一棵死木下。在那儿,他扬手指着天空。虽然满天星斗密布,但莫俊德认为白色老爹所指的一定是古母星,因为那颗星最耀眼。最后,那个少根筋(至少在脑部)的画家似乎搞明白了。他拿出画板开始作画时,白色老爹刚刚摇摇晃晃地走开,嘴巴里还嘟囔着吩咐什么,可那哑巴画家根本没听进去,明摆着的事情。白色老爹突然就摔倒在地了,一时间,莫俊德还担心这婊子养的老头儿激动过度、心脏骤停呢。接着,罗兰滚在草地里安顿好自己,而莫俊德呢,伏在干涸河床九十码开外的小山包上,只觉心跳缓和下来。思忖着枪侠白色老爹估计是筋疲力尽了,无论是他所受的训练、还是血脉渊源,都能追溯到祖先艾尔德那一代,足以让他一听到哑巴画家发出无语却呲呲作响的恶魔之吼就手持古枪醒来,一秒都不会耽误。腹部的痉挛再次袭来,莫俊德强忍着扭成一团,奋力维持着人形,奋力忍住不要喊出声来,奋力支撑着活下去。他听到下身又长响一声,并感到黏稠的棕色稀液涌出,顺着大腿根流下来。他超人类的敏锐嗅觉告诉他:这一次除了排泄物的味道,还有血液。他开始相信,这种痛楚将无休无止,直到将他从里到外撕成两半为止,可到最后,腹泻终于减缓下来。他的目光落在自己的左手,并没惊诧地发现五指变黑,已融成一团。这只手再也返不回人形了,手指将不再出现;他无端地坚信:自己顶多还能变形一次。莫俊德抬起右手,抹去额头的汗珠,又举起了望远镜,并向红色父亲祈愿,愿愚蠢的哑巴小孩能快点睡着。但他睡意全无。他靠在三叶杨的树干上,抬头望着枝杈间的天空,画着古母星。莫俊德·德鄂就是在这个时刻濒临绝望的边缘。和罗兰一样,他也认为只有画画才能让这个傻孩子保持清醒。因此,为什么不趁着变形的体能几乎被毒辣高烧耗尽之前,索性变成蜘蛛冲过去呢?为什么不试试运气?他想要的是罗兰,无论如何都不是这个男孩;现在他是可以做到的,变成蜘蛛后就能迅雷不及掩耳地冲杀过去,眨眼间逮住枪侠,再把他放进蜘蛛贪婪的大嘴里去。白色老爹可能会开一枪,甚至两枪,但莫俊德觉得自己还能挺住一两颗子弹的冲击,只要小飞弹没有精确地射中背上的小白头就行;那是他这具双重躯体的大脑所在。一旦我逮住他,就决不会放他走,一口气吸到底,吸到只剩下一具干尸外壳为止,就像另一个人的下场,米阿。

他的神经放松下来,打算让全身上下彻底变形,就在这当口,脑海深处又传来另一种声音。那是他的红色父亲在说话,这位父亲被困在黑暗塔的外面,亟须莫俊德活下去,至少要再多活一天,为了能解救他于囹圄。

再等一会儿。那个声音在忠告他。再等一会儿。我可以再抖落一点儿小把戏。等着……再等一会儿……

莫俊德等下去了。片刻之后,他感到自黑暗塔发出的脉动改变了。

8

派屈克也感受到了变化。脉动渐而柔缓。还有言词夹杂其间,温柔耳语般地钝化他绘画的热切。他又画了一笔,停下来,接着把铅笔移到旁边,只是抬头望着古母星,星星也仿佛配合他脑海中所倾听着的柔声细语一闪一闪,那些言语,罗兰应该一听便知。那出自一个老男人的声音,颤抖而甜蜜:

蜡烛包包,亲亲宝宝,
又一天过去了。
愿你美梦连连,乐乐眠眠,
愿你梦见草莓田园。

蜡烛包包,亲亲宝宝,
宝宝,带着你的草莓来这里。
哦,阗茨,栖茨,蓂茨!
多带点来装满你的小篮子!

派屈克的头开始一跌一跌。眼睛闭上……又睁开……再慢慢合上。

多带点来装满你的小篮子,他想着,在营火摇曳中沉沉睡去。

9

现在,我的好儿子,冷酷的耳语声在莫俊德滚烫得快要融化的脑海里响起。就是现在。走向他吧,要小心别让他醒来。在玫瑰之中杀死他,我们就能一起统领世界。

莫俊德从藏身处探出头来,望远镜从手中滚落下去,而那只手已不再是手。当他变形时,庞然的自信心贯彻全身。顷刻间,一切就将结束。他们都睡着了,他不会失手的。

他朝宿营地和沉睡中的男人冲下去,踞于七条腿上的一个黑色噩梦,嘴巴一张一合。

10

从什么地方、千万里之外,罗兰听到了犬吠,嘹亮而急迫,暴怒又凶残。他已然竭尽气力的思绪只想将之挥去,消抹掉这噪音,继续深眠。紧接着,一声恐怖的痛吼声让他一下子惊醒了。他认得那声音,就算被痛楚扭曲得不成样子,他也认得出来。

"奥伊!"他大喊一声,跳将起来,"奥伊,你在哪里?回答我!回答——"

它就在眼前,在蜘蛛的攫取中剧烈扭动。他们两个都被营火的光亮照得清清楚楚。在他们身后的三叶杨树前,派屈克瞪着懵懂的双眼透过发帘看着,现在苏珊娜已经不在了,那头长发很快就会脏成原样。貉獭暴怒着来回扭扯,狠狠咬住蜘蛛,唾沫被甩得横飞四溅,即便莫俊德将它反拗过来,它也毫不松口,脊背反扭,那该多么痛苦。

要不是它奔出高草丛,现在在莫俊德爪子里的就该是我。罗兰心想。

奥伊将所有牙齿深深咬进蜘蛛的几条腿里。在火光中,罗兰可以看见貉獭铁钳般扣紧的下巴上有铜钱大的凹痕。怪物嗷嗷嚎叫着,爪子松了几分。那一瞬间,奥伊原本可以从松动的爪缝中逃脱,可它决心已定。它没有

647

逃脱。它没有跳下地，相反，趁莫俊德尚未再次抓紧它，奥伊纵身一跃而上，看准了时机，抻长脖子，咬住了怪物七条腿和浮肿躯体的连接处。他这一口咬得很深，一股黑红色的浆液迎面喷出。就着营火的光亮，滋溅出的血浆闪着橙色的反光。莫俊德的嚎叫更凄厉了。他完全忽略了奥伊，现在，要为此付出代价。火光中，两道翻腾撕扯的身影如同噩梦一般纠缠在一起。

毗邻的派屈克惊恐万状地嘶嘶大叫。

没用的下贱东西到底还是睡着了，罗兰叫苦不迭，只能暗自发火。可是，说到底，又是谁让他放哨的呢？

"莫俊德，放它下来！"他高声喝令，"放了它，我就让你多活一天！以我父亲的名字发誓！"

那双红眼睛，瞪得出疯狂和狠毒，越过奥伊扭曲变形的身体怒视着他。但在其上方，高出弧形的蜘蛛背，还有一双小小的蓝色眼睛，比针眼大不了多少。这双眼睛也满含恨意地瞪着罗兰，那是彻彻底底的人类的眼神。

我自己的双眼，罗兰沮丧地想着，接着便传来噼啪断裂的声响。那是奥伊的脊椎，可即便遭受这等致命的折伤，它也不曾松开口，依然死死地咬住蜘蛛腿的根部，根本不管钢针般的硬鬃毛戳进了自己的口鼻，始终狠狠咬着牙关，而那些利齿曾是多么轻柔地叼着杰克的手腕玩耍，或是拽着他走向奥伊想让男孩看到的物事跟前去。阿克！甚至在这样的情形下，它依然喊叫着男孩的名字。阿克—阿克！

罗兰的右手落在枪套上，却惊觉里面空空如也。直到这时，在她离开了数小时后，他这才意识到：苏珊娜带着他的一把枪走进了另一个世界。好极了，他想，如果她找到的只是无尽的黑暗，至少可以有五颗子弹给那些东西，剩下一颗给她自己。很好。

可是这种思虑显得晦涩而遥远。他拔出另一把枪，这时候莫俊德已稳稳蹲踞于后腿，用它仅剩的一条中腿环绕住奥伊的中腹拖来扯去，想把依然咆哮不已的貉獭从自己血流如注的断腿上拽下去。蜘蛛将那毛茸茸的小东西拼命往上折，扭成可怕的螺旋形。半空中扭曲的身影甚至一度遮掩了古母星的光辉。随后，他愤然抛出奥伊，而就在这一刹那，罗兰顿感这场景似曾相识，他幡然悟道：很久以前他已见过这一幕，在巫师的玻璃球中。营火照耀的暗夜中，奥伊飞成一道弧线，直插在三叶杨的枯枝上，恰是罗兰为生火而折断的尖利切口。貉獭疼得大喊一声——死亡前的最后痛嚎——悬空挂在枝杈间，身子软绵绵的，刚好在派屈克的头顶。

莫俊德一秒不停地向罗兰走来,但这番进攻步履缓慢而蹒跚;他的一条腿早已在出生后几分钟内被毁,现在又有一条腿被咬瘸了,拖在草地上移动时还不时抽动一下前端的螯钳。罗兰的眼神从未如此锐利,也从未感到这等逼人的寒意笼罩在身边。他看到蜘蛛背上白色的小脑袋,以及其上一双冷冰冰的蓝眼睛,那是他的眼睛啊。他还看到,自己唯一的儿子越过令人憎恶的拱背死死盯着自己,也看到第一颗子弹撕裂了那眼睛,狠毒的眼神随即溃散、迸成一股鲜血。蜘蛛暴跳而起,腿肢冲着星光密布的暗夜天空挥舞着,空空冲撞不已。罗兰的另外两颗子弹也随之而去,刺入蜘蛛暴露无遮的腹部、并射穿了身体、再从背部射出,带出一股黑色的浆液。蜘蛛扭动着倒向一边,或许是想夺路而逃,但剩下的腿肢却无力再支撑了。莫俊德·德鄱一头栽进火里,撞出四溅的火星,红红黄黄一片。他在火焰和灰烬中继续翻腾,腹上的短硬刚毛已经烧了起来,而罗兰,苦涩地咧嘴一笑,又开了一枪。垂死的蜘蛛又翻滚出来,背上已沾上了火焰,几条完好的蜘蛛腿紧缩到一起,扭成一团,接着,渐渐绵软失力,四散开来。一条腿落在了营火里燃烧起来。气味恶臭难闻。

罗兰这才迈步向前,似乎是为了踩灭草地上被四溅的灰火点燃的火星,但这时候,突然有一声悲愤的怒吼腾然猛冲进他的脑海。

我的儿子!我唯一的儿子!你把他杀了!

"他也是我的儿子,也是。"罗兰说着,看向默默焚烧中的怪物。他能够承认这一现实。是的,他还能做到这一点。

那就来吧!来呀,亲手杀死儿子的凶手,来瞧瞧你的塔呀,不过你给我记着——你会在玫瑰地边上徘徊直到老死,连碰一碰塔门的机会都不会有!我决不会让你穿过玫瑰地的!在我允许你穿过之前,连隔界空间都将消逝!杀人犯!你杀死了自己的亲生母亲、杀死了你的朋友们——啊是啊,每一个朋友,包括苏珊娜,你亲自打开门送她走,如今她已经被割断了喉咙,在门那边死翘翘了——现在可好,你还杀死了亲生儿子!

"又是谁派他来找我的?"罗兰反问头脑中的另一个声音,"是谁把那个孩子派来送死的?那只不过是个孩子,黑皮肤之下藏着的是个孩子!嗯?你这个红色混蛋?"

那个声音没有作答,罗兰便将枪入套,接着扑灭零星散火,不让火势在草地上绵延。他心想那个声音提到了苏珊娜,终于说服自己不去相信。她可能是死了,啊是啊,仅仅是可能,但他相信莫俊德的红色父亲不会比他了解更多详情。

枪侠下决心不再去想苏珊娜，接着走向了大树，那里，他最后一名卡-泰特垂挂在枝杈间，被刺穿了……但还活着。金边镶绕的眼睛以仿佛嬉耍得累过头的眼神看着罗兰。

"奥伊，"罗兰说着伸出手去，明知道有可能被貉獭轻咬一口，他一点儿也不在乎。他猜想，自己倒是有心——当然，不是小部分——很想被咬一下，"奥伊，我们都要感谢你。我要说，谢谢你，奥伊。"

貉獭没有咬，而是吐出了两个字。"奥兰。"他说，随之一声叹息，他舔了舔枪侠的手，仅此一舔，便垂下脑袋，死去了。

11

天光渐起，清晨的光线越发明爽，派屈克犹犹豫豫地来到枪侠身边，他正坐在干涸的小溪河床上，坐在玫瑰之中，奥伊的尸体摊放在他的膝上，看起来就像是毛皮围巾。年轻人轻轻地呵出一声，似在询问。

"现在不行，派屈克，"罗兰心不在焉地答道，手指抚摸在奥伊的毛皮间。那很厚实，触摸起来却极其光滑。他觉得自己实在难以相信这样美丽的毛皮下已经没有了生命，那肌肉还很结实、绷紧着，浸在毛发间的血迹早已凝固。他用手指梳理着被咬烂、被血污凝结成团的乱发，尽可能地梳理顺畅。"现在不行。我们还有一整天的时间，我们会顺利地到达那里的。"

不，不必着急；他没理由不充分哀悼最后一个亡友。老国王的声音曾经发誓说罗兰还没碰一下塔门就会死于老迈。他们要去，这是当然的，罗兰将会勘查地形，但即使当下他也明白自己所谓的计划——找到老国王视野中的盲点，从那里伺机进入塔楼——并非完美的方案，不过是一个傻瓜的希望。那个老家伙说得那般斩钉截铁；语气毋庸置疑。

就眼下而言，那都没什么要紧了。这里，又有一个朋友因他而死，如果说尚且有什么聊以安慰的话，那就是：奥伊将会是最后一位。现在，他再次成为孤家寡人，身边只有派屈克，而罗兰有种直觉，觉得派屈克不会因为枪侠所一贯携带的死亡影响力而遭受不幸，因为他打一开始就不是卡-泰特的成员。

我只会害死自己的家人，罗兰想着，手指依然抚摸着死去的貉獭。

此刻的罗兰一想到前一天自己用那种口吻对奥伊说话，便忍不住心头阵痛。如果你想跟她一起走，你就应该在她问你的时候答应下来！

它之所以留下来,该是因为它知道罗兰需要它的协助?它早就知道事到临头时,派屈克会搞砸(当然,这也是埃迪的口头禅)?

为什么你现在要用这样凄楚的眼神看着我呢?

因为它已经知道了吗?知道那将是自己的末日?知道自己将死得艰辛而痛苦?

"我想你什么都知道。"罗兰说着,闭上自己的双眼,以便更专心地感受毛皮带来的触感。"我非常抱歉,竟然对你说出那样的话——如果能收回,我情愿放弃左手上的好手指。我是真心的,每一根手指,说实在的。"

但是这里和楔石世界一样,时间单向流逝。完了就是完了。没可能收回什么。

罗兰可能会说,愤怒也没能留下,每一丝恨已被火吞噬成了灰烬,但当他分明感到周身的刺痛、分明了解那意味着什么时,又有一番暴怒冲杀翻腾在他的心海。他明白:自己这双苍老、但依然禀赋非凡的双手早已习惯了冷酷的厮杀。

派屈克一直在画他!坐在三叶杨树下——就是那棵树,曾悬挂着比他勇敢十倍,不,上百倍的小生物,貂獭为救他俩而亡。

这就是他的法子,他想起苏珊娜沉静而柔和的话语。他只有这么一个法子,别的一切都被夺走了——他的家乡、母亲、舌头,还有他的脑子,且不管那本来是个什么样的脑子。他也在哀悼,罗兰。同样,他被吓坏了。这是他用以安抚自己的唯一方法。

毫无疑问,说得都对。但他的怒火并没有因此被压下,反而更高涨了。他把仅剩的一把枪放在一旁(枪放在两朵歌唱的玫瑰中间,闪烁着喑淡的光泽),因为在目前的状态下枪留在手边并不太好。接着,他站起身来,打算把派屈克狠狠骂一通,似乎这样才能让他感觉好受些,其实这没有道理。他几乎已能听见自己的开场白:难道你很享受吗?愚蠢的小孩?画那些为了拯救你一钱不值的小命而送命的人,这能让你开心吗?

就在他要开口时,派屈克放下了铅笔,又抓来他的新玩具。橡皮头只剩一半了,而且也没有其他的橡皮头了:就和罗兰的枪一样,粉色的小玻璃罐也被苏珊娜带走了,她一直把罐子放在自己口袋里,没有什么特别的原因,只是那时候她满脑子想的都是其他更重要的事情。派屈克将橡皮头对准自己刚画好的画,又抬眼看看——大概是想最后确定一下,自己是否真的想把所有的痕迹一擦了之——便看到枪侠站在河床边,正紧锁双眉瞪着他。派屈克立刻看出罗兰在生气,尽管他大概一点儿不明白他为什么火冒三丈,刹那间,他的脸上也现出恐惧和不悦的表情。罗兰突然看出端倪:以前的丹底罗肯定无数次以这样恶狠狠的眼神恐吓过他,想到这里,愤怒登时瓦解。他不会让派屈克害怕他——即便不是为他自己,也要看在苏珊娜的分上,他不想让派屈克怕自己。

说到底,他也领悟到了,这样做也是为了他自己好。

为什么不杀了他呢?狡猾的声音又一喘一息地钻进他的脑海。要是你真想善待他,就杀了他吧,那不就是带他逃出苦海吗?他和貉獭刚好可以在尽头的虚无地汇合。他们还可以为你占一个位置,枪侠。

罗兰摇了摇脑袋,尽量挤出一个笑。"不,派屈克,索尼亚之子,"他说道(比尔就是这样称呼小男孩的),"不,是我错了——又一次错了——我不会怪你的。但是……"

他走到派屈克坐着的地方。派屈克慌忙躲开他,脸上僵硬地挂着一个小狗般讨好的假笑,这让罗兰又一次怒火顿生,但这次,他好歹克制住了。派屈克也很爱奥伊,而他只有这么一种解忧的法子。

现在对罗兰来说,没什么事儿再是至关重要的了。

他探下身去,从男孩的指间轻轻地拿走橡皮擦。派屈克疑惑不解地看着他,随即摊开自己空空的手,用双眼请求枪侠归还他心爱的新玩具。

"不行,"罗兰说,尽可能地说得轻柔,"以前那么多年——只有上帝才知道有多久——你一直都画得很好,却根本不知道这是什么东西;你今天也可以不用它来画画,我想是这样。也许还有别的东西需要你来画——然后再擦掉——迟些时候吧。你明白吗,派屈克?"

派屈克不明白,但等橡皮头一落入罗兰的口袋里,和怀表放在一起之后,他似乎就忘却了这档子事,继续埋头画起来。

"把你的画也停一下,放到旁边去。"罗兰又说。

派屈克一声不吭地照做了。他先是指了指手推车,又指向塔路,再用其特有的咝咝呵气声来表示询问。

"是啊,"罗兰说,"但首先我们要看看莫俊德带了什么行李——一定有些有用的物事——然后再埋葬我们的好朋友。你愿意帮助我送奥伊上路吗,派屈克?"

派屈克很愿意,这场葬礼没有耗费很长时间;尸体那么小,可包裹的心却那么伟岸。到了晌午,他们上路了,走完所剩的几公里,他们就将到达黑暗塔。

第三章

血王和黑暗塔

1

　　这条路和这个故事都太长了,难道你不这么想吗?漫漫长途,损失惨重……但伟大的物事历来得之不易。长长的故事正如高高的塔楼,只能一砖一石地垒造。现在,随着结局逐渐迫近,你必须更加细致地关注朝我们走来的这两位行者。年长的男子——晒得黑红的脸庞线条坚毅,胯部悬着一把枪——正拉着那辆他们称为二号豪华出租车的平板车。年轻的男子——胳膊下夹着特大号的画板,模样酷似老派的学生——正走在车边。他们在爬山,斜坡缓和而悠长,这座小山和他们之前翻过的千百座山脉并无太大区别。他们所循之路花草繁密,依附在残留的石壁两边;野玫瑰从散落各处的大小石块间生出来,迷人而又茂盛。从开阔处望去,灌木丛点缀着大地,残破石墙之后则露出样式怪异的石头建筑。有些看似城堡废墟;另有一些看似埃及方尖塔;个别几处显然是召唤魔鬼用的魔咒圈;还有一处远古遗址上留着方形基座和高大柱子,有几分像史前巨石柱。有人也许会想,在这些庞大的石圈内应该能看到身穿兜帽长袍的巫师们,他们聚集在这里,也许还念念有词,但这些祭社的保管人、这些执掌伟大祭坛的先人,早已消逝无踪。在昔日的朝圣地里,如今只有一小群班诺克在悠闲地吃草。

　　没关系。在长途将尽之时,我们要仔细端详的并非古老废墟,而是正攥着把手拉车的古老枪侠。我们站在山顶上,等待他走向我们。他近了。越来越近了。他一如既往,还是那个通晓大地之语(至少懂一些)和这个国度的传统的男子;也还是那种会把古怪旅店客房里挂画摆平整的男人。他改变了很多,但这一点却丝毫未改。他爬上了山顶,距我们近得能闻到他酸臭的汗味。他抬头看了一眼,先是快速地、近乎本能般地瞥一眼正前方,再转向山头两边——"永不忘质疑你的优势",这是柯特的金科玉律,他的最后一名学生依然牢记不忘。他抬头看时还不曾怀有期冀,继而低下头去……停了下来。他盯着脚下杂草丛生、石块破裂的路径看了一会儿,再把视线抬了起来,这一次,动作变得很慢。比前一次缓慢得多。仿佛迟疑而恐惧,生怕看到他已然瞥见的物事。

就是在这里，我们必须加入他——沉入他的身心——因为此时此刻，他此生唯一的目标终于进入了视野，再也不会有这样的时刻能让我们如此审度罗兰的心迹，讲故事的人无法说得清，也找不到任何乏力的借口来解释。有些时刻是想象力无法企及的。

2

罗兰在走到山顶时迅速抬眼四顾，并非是因为他担心会有麻烦，只不过是种习惯，根深蒂固，难以破除。永不忘质疑你的优势，柯特曾经这样说，从他们孩提时代起就把这条定律埋入他们的小脑袋里。他低头看着脚下的石路——玫瑰越来越密集，要想一朵都不碰伤也越来越难，好在到目前为止，他还可以设法做到这一点——随后，意识仿佛姗姗来迟，他这才明白自己刚才看到了什么。

你以为你看到的是什么？罗兰默默自问，眼光依然逗留在路面上。那可能只是另一座废墟，和我们上路以来路过的那些奇怪的遗址并无两样。

但即便不用再看第二眼，罗兰也很清楚，那不是。刚才所见并非塔路沿途的景象，而是前方的死域。

他再次抬头去看，几乎听得到他的颈骨嘎吱嘎吱作响，活像老朽门边的铰链在缓慢地旋动，就在那里，尚在几公里之外，却已赫然出现在地平线上，那和玫瑰花一样真实的——是黑暗塔的塔尖。他早已在千百个梦中见过，却还不曾亲眼看到。大约在前方六十或八十码之处，石路升向一座更高昂的山峰，路一边是常春藤和忍冬树缠绕中的魔咒圈，一边则是一片铁木林。在这片地平线视野的正中间，不远处的玫瑰花丛形成深密的阴影，遮掩了蓝色天空的下半段。

派屈克在罗兰身边停住脚步，嘶声喊了一嗓子。

"你看到了？"罗兰的嗓子眼里仿佛积满了灰尘，嘶哑之中不乏惊喜。还没等派屈克回答什么，枪侠就指向男孩一直挂在颈项的东西。到头来，在莫俊德的少许随身物品中，只有望远镜值得一拿。

"派，把它给我。"

派屈克摘下望远镜给他，再乐意不过的样子。罗兰将之举至齐眉，花了一会儿工夫调整凸起的调焦钮，当塔顶慢慢浮现在视野中时，他不禁屏住了呼吸,那情景突然迫近而逼真,简直触手可及。升起于地平线上的塔有多高?他正凝神观望的情景又在多远之外?二十码?也许远一点,五十码?他不知道,但他完全看清了绕在塔身上螺旋形上升的窗户,至少看到了三扇,还能看到顶楼的外凸窗玻璃,多姿多彩的玻璃在早春的阳光下熠熠闪光,其后的漆黑空间仿佛也透过望远镜偷偷回看着他,活像隔界之眼。

派屈克轻唤一声,伸出手想要望远镜。他想亲眼看看,罗兰一声不吭地递给他。他只觉头昏目眩,似乎不知身在何处。他突然想到,要和柯特一起作战前的几星期里曾有过这种感觉,如今也时不时重现,酷似在梦中或月光下迷失了现实。他有种直觉:有什么东西迫近了,某种庞然的巨变。这便是此刻他心中所感。

它就在那儿了,他默想。那里就是我的命运,我生命之路的尽头。虽然我的心还在跳动(比以前甚至跳动得更快些,没错),我的血液也仍在循环周游,毫无疑问,当我弯腰再次抓紧车把手时,背将痛,我也会叹息。什么都没有改变。

他等待着这种想法势必招致的失望和沮丧。失望却没有降临。相反,他品味出一番怪诞的光明感,似乎自头脑翱翔而出,渐而遍布周身的肌肉。自从他们晌午上路之后,对奥伊和苏珊娜的思念第一次消失了。他感觉到了自由。

派屈克放下望远镜。当他转身看向罗兰时,一脸兴奋之色。他指了指耸立于地平线上的暗影,喉咙里呵出一声。

"是的,"罗兰说,"某一天,在某个世界里,某一个你将会把它画下来,身边还有莱慕雷,亚瑟·艾尔德的马。我之所以知道,是因为我已经看到了实证。现在,那就是我们必须要去的地方。"

派屈克当即拉长面孔应了一声。他用双手指着太阳穴,又狠狠摇着头,好像犯了头痛的病人。

"是的,"罗兰又说,"我也害怕。但害怕是无济于事的。我必须去到那里。派屈克,你愿意留在这里吗?留下来,等我?如果你愿意,我就会允许你那样做。"

派屈克立刻摇头。而且,生怕罗兰没有完全领会,哑男孩又紧紧攥住他的手臂。他的右手,画画用的右手,铁钳般有力。

罗兰点点头。甚至打算笑一下。"好,"他说,"这很好。你留在我身边吧,愿意留多久就留多久。你终将明白,到最后我不得不独自离去。"

3

现在,他们每攀上一道山坡、一座山顶,黑暗塔就似乎越来越近了。围绕巨塔之身那越来越多的螺旋形上升的窗户也逐一出现在视野里。罗兰看到了塔顶上突出的两根钢柱。云朵跟随着两条完好光束,仿佛从光之顶端漂流而出,在天幕中形成X形的云迹。声音也愈加嘹亮了,罗兰这才意识到,那是在歌咏世界之名。所有的、众世界之名。他说不上来自己为何知晓这一点,但却十分确定。明快的轻盈感依然贯彻周身。最终,他们又爬上一座山之巅,看到路的左边矗立着一排巨大石人列队向北站立着(残破的石脸上留有血红色染料,似乎凝神俯瞰着他们),罗兰叫派屈克上车。派屈克看来很惊讶。他发出一连串嘶哑的声音,罗兰猜想那是在说:可是你不累吗?

"是累,但尽管如此,我还是需要一个压心锚。要是没有,我可能会开始不顾一切地跑向那边的塔,尽管我还有一半理智是清醒的。如果精疲力竭无法让我倒下,那个血王也很可能动用某个小玩具取下我的首级。上来吧,派屈克。"

派屈克照做了。他前倾着身子,蜷成一团坐在车板上,望远镜紧紧地压在双眼前。

4

三小时之后,他们来到山脚下,这座山尤其陡峭。就是它了,罗兰听到自己的心声,这里就是最后一座山。后面,就会是坎-卡无蕊。山顶上,靠右边有一堆大石块垒成的坟冢,原本该是座小小的金字塔。如今只剩下三十英尺高的石块残留在地面上。玫瑰花绕着石冢底座长出来,有点像一圈猩红色花环。罗兰将这一远景看在眼里,便开始慢慢地爬山,手抓把手拉着车。往上一走,黑暗塔的塔尖就露出来了。每爬上一步,黑暗塔就多露出一截来。现在他都能看到齐腰高的外阳台栏杆了。已经不需要借助望远镜了;空气超自然的洁净,视野里毫无阻碍。他估算自己和塔楼之间的距离最多不过五公里了。也许只有三公里。一层又一层塔楼就这么令人难以置信地出现在眼前。

即将到达山巅之际,碎裂的巨石石冢大约就在他们右前方二十码左右,罗兰停下脚步,蹲下身,放下车把手,这也将是最后一次将车停靠在路上了。浑身上下每一根神经都在预警危机。

"派屈克?跳下来。"

派屈克照做了,焦虑不安地看向罗兰的脸,又呵出了嘶哑一声。

枪侠摇摇头:"我说不上来为什么,只是不太安全。"自塔而来的声响化成一股强大的合鸣,但笼罩他俩的空气尚且宁静。头顶既无小鸟飞掠,远方也无鸟鸣传来。闲散吃草的班诺克牛群也早已拉在了他们身后。一阵微风拂过,地上的小草被吹出一阵轻浪。玫瑰也频频点头。

他俩并肩走着,这时,罗兰右手的两支手指突然被轻轻地触碰了。他看了看派屈克。哑男孩紧张地回了他一眼,企图挤出一丝笑意来。罗兰拉上他的手,他们就这样一起攀上了山巅。

山下,一片狂野的红色自四面八方铺展而开,一直延伸到地平线。一条路从中穿过,仿佛一条笔直的白线,大约十二英尺宽,尘埃厚厚。就在这片无边无际的玫瑰地的正中央,耸立着烟熏般的灰黑色高塔,恰如在他梦中那样挺立;所有的小窗都在阳光下闪烁。路在尽头处分叉,形成完美的白色圆环,环绕着高塔的基座,继而汇合在圆周的另一边,并延展下去,罗兰现在相信:那个方向不是东偏南,而是正东方。还有一条路径分叉出去,和塔路形成直角;他相信罗盘上的指针已被重新矫正了,如果他是对的,那么这条垂直的路必将是指向南和北。俯瞰,黑暗塔酷似盈满鲜血的枪之准星。

"那是——"罗兰刚一开口,一声尖狂骇人的吼叫便随风而来,根本不像来自几公里之外,那种逼近耳畔的感觉简直诡异至极。罗兰心想:那随光束而来,且由玫瑰传送。

"枪侠!"血王吼叫着,"现在你死定了!"

随即传来尖利的啸音,先是微弱难辨,继而逐渐增强,仿佛打磨钻石用的锋利飞刃,割破了高塔和玫瑰合鸣的歌声。派屈克惊呆了,面对高塔傻站着呆望;要不是有罗兰,他大概早就被炸成几截了;而罗兰的反应似乎比以前更迅捷了几分。他还拉着派屈克的手,便顺势拽着哑男孩躲在石冢背后。有一些散落的石块掩在高高的酸模草丛中;他们双双被绊倒在地。一块石头尖抵了罗兰的肋骨上。

啸叫声越来越响,终如雷鸣一般。罗兰看到半空中有样东西泛着金光一闪而过——是那种会燃烧的飞贼,击中平板车后爆开了,炸得他们的随行物品四处纷飞。大多数东西都自空中落回路面,罐头弹落得到处都是,不少

657

罐头已被点燃。

接着,传来一阵尖厉的哈哈大笑,这让罗兰火冒三丈。就在他身边,派屈克捂住了双耳。歇斯底里的笑声让人几乎无法忍受。

"出来呀!"狂笑中,远方又传来癫狂的催逼声,"过来玩几把啊!罗兰,快到你的塔里来吧!追踪了这么多年,现在你反倒不敢来了吗?"

派屈克看着他,眼里满是绝望惊恐。他把画板死死抱在前胸,好像那变成了盾牌。

罗兰循着金字塔石冢的边缘谨慎地望出去,远处,就在塔楼第二层的阳台上,他看到的一切恰如在赛尔办公室里所见的那幅画:一点红色、三点白色;一张脸孔、一双高举的手臂。但眼前之景象并非画作,一只手还在快速向前挥动,分明是投掷的姿势,果然,随即又传来仿佛来自地狱的、越来越尖厉的轰隆声。罗兰立即翻身靠在金字塔的巨石上。不过是眨眼之间,感觉却是无止境般漫长,燃烧弹冲上金字塔的正面,旋即爆炸。猛烈的冲击力迫使他们撞开、又正面弹回巨石。派屈克害怕得尖叫起来。大大小小的石块飞溅而落。几块大石头隆隆地砸在路面上,但罗兰发现燃烧弹只炸响一声,并无散弹。

男孩跌跌撞撞地跪立起来,想要逃命——看起来他只能逃回塔路上去——但罗兰一把揪住他的兽皮衣领,再次把他按下来。

"在这里我们就能安全,"他喃喃地对派屈克说道,"瞧,"他探身向前,跌落的石块形成天然的屏障,当中刚好有个洞眼可以看出去,罗兰反手用手指关节敲了敲石块内面,传出沉闷的回响,他甚至努力地咧嘴笑笑,"是钢铁的!没错!就算他再扔来一打会飞的火球,都打不垮这些。他只能炸飞外面的石头,最坏不过是露出下面的钢铁。明白吗?况且,我相信他不会笨到浪费弹药。他的装备顶多就是一头驴子能扛的分量。"

派屈克没来得及应答,罗兰又从金字塔粗糙的石头边缘望出去。他用手罩在嘴边喊道:"再试试吧,先生!我们还在这里呢,但说不定你下一次出手会瞄得准些!"

对面只有沉默,片刻之后,突然爆发出一阵疯狂的尖叫:"呃呃呃呃呃呃呃!!看你还敢不敢嘲笑我!你没这个胆子!呃呃呃呃呃呃呃!!"

呼啸声再次袭来。罗兰抓住派屈克,弯腰覆在他背上,这一次不再是靠在巨石上,而是站在其后。他害怕燃烧弹爆炸时的冲击力过大,足以把他们撞伤,或是将五脏六腑震成血浆。

只不过,这一次飞贼没有撞上金字塔。相反,它从石冢上方呼啸而过,飞到了塔路上。罗兰翻身从派屈克背上移开,立刻换成仰卧式。他的眼睛已瞄准了金色飞弹,并将射击点定位于它下端微凸的控制按钮。他一枪就把它打飞了,燃烧弹眨眼间与陶土飞盘差不离。刺眼的火光一闪,它便消失不见了。

"哦亲爱的,还在这儿呢!"罗兰喊出声来,还刻意摆弄着语气,想模仿出嘲讽口吻。当你声嘶力竭高喊时,要做到这一点可不容易。

回答他的只是新一轮疯狂的吼声——"呃呃呃呃呃呃!"令罗兰诧异的是,这样的疯吼竟然没有把血王的脑袋撕成两半。枪已打空,他重新上膛——此刻他要尽可能保证有弹可发——这一次,飞袭而来的是一对飞贼。派屈克痛苦地呻吟起来,蜷成一团,死命地把脸埋进从岩石缝里冒出的草叶间,双手紧紧地抱着脑袋。罗兰背靠岩石和钢板坐下,六弹左轮长枪平置大腿上,放松着静等良机。同时,他将所有的心神凝聚于飞来的武器上。听到那飞快迫近的高音频呼啸声,他顿觉眼睛干涩,但绝对不能让眼泪涌出来。如果说他这一生中有迫切需要他那举世闻名的敏锐眼力的时刻,那么此刻便是。

当飞贼飞至路面上方时,那双冰蓝色的双眼依然明澈。这一次,一只飞弹的按钮在左侧,另一只的则在右侧。它们在飞旋中急速变化位置,一会儿朝这儿,一会儿朝那儿。但怎么飞都一样。罗兰等着,两条长腿伸长在地,静静坐着,一双磨烂的靴子放松地摆出 V 字形,他的心跳缓慢而稳定,眼里聚满了世间所有的清澈与色彩(在这最后一天中,若还能再看得清楚些,他相信自己势必就该看到风了)。随后,他一把抓起手枪,将两只半空中的飞弹都击毁了,旋即迅速重新上膛,哪怕剧烈的爆炸在视网膜上留下的光斑尚未消却。

他倚靠着金字塔的方角边,一把抓过望远镜,把它架在近旁撑起的一块石头上,再透过镜片搜寻敌人。血王几乎立刻跳到他的眼皮底下,有生以来第一次,罗兰见到了与想象分毫不差的画面:一个老人,长着巨大而惨白的鹰钩鼻;血红的双唇仿佛绽放于茂盛的雪白密髯中;雪白的长头发披散下来,几乎一直延伸到血王那皮包骨头的臀部。激动得潮红的粉色脸庞凝望着远处的朝圣者们。国王披着一件点缀着闪电般的亮饰以及不可名状的神妙符号的殷红斗篷。对苏珊娜、埃迪和杰克来说,他大概很像圣诞老人。而在罗兰眼里,他就是他该有的形象:人形化的地狱。

"你真慢啊!"枪侠嘲讽地高喊道,"试试三个,大概一次扔三个会管用!"

从望远镜看出去,感觉就像是透过沙漏的底端在窥视。罗兰望见红色大国王气得上蹿下跳,双手举在头上,张牙舞爪得几近滑稽。罗兰似乎觉得斗篷罩住的脚踝边还摆放着一只板条箱,但阳台地板和扶手间的曲铁梯级遮掩了视线,无法完全看清楚。

肯定是他的弹药装备,他心想。一定是的。那么个箱子里能装多少飞贼呢?二十只?五十只?都无所谓。除非血王可以一次抛出十二只来,否则不管老魔鬼扔出什么,罗兰都有把握在半空中击毁它们。毕竟,他生来就是干这个的。

不幸的是,血王如罗兰自己一样深知这一点。

在阳台上暴跳如雷的家伙又声嘶力竭地吼了一声,尖厉的声音几能刺穿耳膜(派屈克慌忙用肮脏的手指塞耳朵眼),他再俯身翻找新的武器。旋即又停下来。罗兰望见他走向阳台扶栏……并直勾勾地盯着罗兰的双眼。那是猩红而炽燃的目光。罗兰立即放下了望远镜,以免被迷惑了心神。

国王的呼唤飘入罗兰的耳畔。"等一等,稍等——好好想想你能得到什么吧,罗兰!想想吧,和塔这么近了!……听啊!听听你亲爱的人咏唱的歌声!"

接着,那边陷入了沉默。不再有飞袭的呼啸声;不再有哀嚎;不再有飞贼飞来。罗兰只能听到飒飒风声……以及国王希望他听见的声音。

塔的呼唤。

来呀,罗兰,那些歌声吟唱着。歌声来自坎-卡无蕊的玫瑰花,来自头顶日益壮大的两条光束,而更多的歌声涌自塔楼——他终生追索的地方……之前许多年都将他远远摒弃在外的地方,此刻,终于只有一箭之遥了。只要他走出去,就将死在光天化日之下的玫瑰地里。然而,那呼唤声却像鱼钩般萦绕在他的脑海里,不断牵引着他。血王明白,只要他耐心等待,一切就会称心如愿。时间一分一秒地流逝,罗兰也渐渐明白了这一点。因为呼唤并非恒久不变。当他们在这一阶段时,他尚且可以忍受那番诱惑。正在忍受。但等到下午,呼唤声越来越强大。他开始领悟——带着递增的恐惧——为什么在他的梦境和幻觉里,他总会看到自己在夕阳中走近黑暗塔,漫浮在西方天际的光线恍如玫瑰地之映照,世界仿佛变了,映衬于火红地平线上的,只是午夜般漆黑一根的擎天柱,托顶着巨大一盆鲜血。

他会在梦中看到自己走向落日,就是因为塔的威慑力将在日落时分变得强悍之极,最终压倒他的意志力。他会去的。世上不再有什么势能可以阻挡他。

来呀……来呀……变成来呀……来呀……再变成:来吧!来吧!他渐觉头痛。进而难耐渴望。他一次又一次地发现自己膝盖离地准备起身,再一次又一次地强迫自己背靠巨石金字塔坐下。

派屈克凝望他的眼神变得越来越惊恐。罗兰心下明了——塔的呼唤对这孩子并无影响,也许稍有一点,也许完全失效;但这孩子很清楚正在发生什么。

5

罗兰判断他们在被压制了一个小时后,血王才又掷出一对飞贼。这一次,飞弹擦着金字塔两边呼啸而来,又同时折返,双双逼向罗兰,间隔大约二十码远。罗兰先击中右边的,然后手腕一扭,将左边的也击至空中。第二颗飞弹就在近处爆炸,一阵热浪扑上罗兰的面颊,不过好在没有碎弹片;看起来,这种飞弹一旦爆炸,就会彻底炸空。

"再试一把!"他高喊着,现在,嗓子眼里又干又哑,可他的喊话声显然传递到了那边——这地方的空气就是为这类沟通而存在的。他也清楚,一字一句都像是利刃插入老疯子的心肺。不过,罗兰自己也有难题要解。塔的呼声正在稳步增强。

"来呀,枪侠!"疯子劝诱道,"说不定我真的会三枚一起扔过去!我们不妨在这个问题上商谈一下,你说呢?"

当罗兰意识到这番话语中竟有些许诚挚的意味时,恐惧也降临他的心头。

是的,他冷冷地在心里说。我们还可以喝喝咖啡。说不定还可以来点热点心。

他从口袋里摸出怀表,启开表盖。几根指针都在轻快地往后旋转。他背靠在石壁上,闭上双眼,但那样更糟。塔的呼唤

(来呀罗兰来呀,枪侠,考玛辣——来呀——来呀,旅程到此为止啦)

太响了,较之先前,显得越发急切诚恳。他睁开双眼,举目望向碧蓝的天空,云朵翻卷成列,奔向玫瑰地尽头的高塔。

折磨仍在继续。

6

他又在煎熬中挨过了一个小时,眼看金字塔旁的灌木丛和玫瑰花都拉

长了影子,他只抱有一丝希望——希望自己能想出什么办法,希望有什么绝妙的点子能救命,不然,他将不得不寄希望于身边这个意志薄弱的小男孩,那等于把他的性命和他的命运全都托付给他。但是,当太阳渐渐偏向西方的天际线,蓝色天空渐渐暗沉时,他明白无计可施了。怀表的指针倒转得更快了。很快,指针就会旋得飞快。一旦怀表开始倒向飞旋,他就将起身。不管有没有燃烧弹(况且,谁知道老疯子的板条箱里还藏着别的什么武器呢?),他都得起身走向黑暗塔。他可以跑,可以迂回前进,如果不得不匍匐前行也没问题,不管用什么方法,他知道自己若能在身首分离之前挺进一半距离就已是万幸。

他将死在玫瑰花丛中。

"派屈克。"他唤了一声,声音嘶哑之极。

派屈克抬头看他,绝望得无以复加。罗兰注视着男孩的双手——肮脏,伤痕累累,但却和他自己的双手一样禀赋非凡——终于,让步了。他突然想到,自己是出于骄傲才熬到了现在;他想要杀死血王,而不止是把他送到什么虚无的空境。而毋庸置疑的是,派屈克能够祛除苏珊娜脸上的疱疹,同样也就能除去血王。可是,眼看着须臾之间黑暗塔的强大势能就将变得难以抵制,他心中纵有千万个念头,也只能放弃了。

"派屈克,来和我换个位置。"

派屈克听话地照做了,小心翼翼地从罗兰身上爬过去。现在,他处在最贴近塔路的金字塔基座边。

"你从看远处的工具里望出去。把它夹在那个凹口里——对,就这样——看吧。"

派屈克看了,在罗兰看来,他好像看了好久好久。此时,塔的呼唤汇成歌咏和钟鸣诱人地袭来。终于,派屈克扭头回来看他。

"现在,拿上你的画板,派屈克。把那边的男人画下来。"这倒不是说那真的是个男人,但至少看起来还像。

可是,派屈克一开始只是愣愣地盯着罗兰,咬着下嘴唇。等了好半天,他才双手捂在枪侠的头侧,往前拉、再拉,直到他俩几乎眉头贴着眉头。

很难,这声音轻轻响起在罗兰的头脑里。但那根本不是一个男孩的声音,而是一个成熟男人。一个强有力的男人。他并不是完全站在那里。他隐藏在暗中。他溶于黑暗。

曾几何时、在何处?罗兰曾经听过这样的话?

现在没时间回顾了。

"你是说,你画不了吗?"罗兰问,并(努力地)将极度失望的怀疑注入自己的语气里,"你画不了?派屈克竟然不能画了?画家不能画?"

派屈克的眼神变了。一时间,罗兰从中品出了复杂的况味,并确信那将一直伴随这男孩长大成人……赛尔办公室里的画作就是最好的证明,至少是在某一条时间轨道、某一个世界中。要是他变老,却无睿智匹配其天赋,这种眼神就将被形容成傲慢;但现在,那不过是一种傲气。这孩子的眼神是在宣称:他坚信自己身手迅如闪电,无与伦比,除此之外,什么都不用再追问。罗兰自然认得这种神情,他像派屈克这么大时,不就曾在无数镜子和池塘里看过自己同样犀利的眼光吗?

我能画,这声音传到罗兰的脑海里。我只是说画起来很难。我需要橡皮擦。

罗兰立刻摇摇头。他的手正藏在口袋里,把小半截粉红橡皮头紧紧攥在手心里。

"不行,"他说,"你必须谨慎下笔,派屈克。每一笔都要恰如其分。画完了才能用橡皮擦。"

男孩的自傲在刹那间似有动摇,但转瞬即逝。傲气一回到脸上,随之而来的表情便让枪侠无限欣慰——那是高涨的兴奋——也悄悄松了一口气。那是始终怀才不遇的天才终于等到极限挑战时才有的表情。也许,那甚至是即将突破极限时的表情。

派屈克又转过身,趴在卡在凹口里的望远镜前审度起来。就在他观望的时间里,响彻罗兰心海的呼喊声也几近逼迫。

最终,他转回身来,抓过画板,画起了他一生中最重要的画。

7

较之派屈克平素的笔法——几分钟之内完整而传神的快速勾勒,这幅画实在是精工细描。罗兰不得不一次又一次地强忍着,没有冲着男孩咆哮:快点啊!看在众神的分上,快点!难道你看不出来我在这里熬得多辛苦吗?

但派屈克真的没留意他,也无暇顾及。他完全陷在了画里,带着无以名状的贪婪全身心扑进去,偶尔停顿下来也只是为了凑近望远镜,仔细打量披

663

着红色斗篷的目标。有时他的铅笔侧卧下来,为的是扫上一片淡淡的阴影,再用指腹均匀抹开。有时他又翻白眼似的冥想着,罗兰只能看到他的眼白。似乎他在把血王的方方面面都强记在脑海中,眼看着这个形象生动浮现出来。说实在的,罗兰又怎知这不可能呢?

我不在乎那是怎么回事。就让他画吧,趁我还没被逼疯,还没拔腿跑进红色老王所说的"我亲爱的"玫瑰地里。

就这样,区区半小时却仿如三天般漫长。血王又利诱了一次,问罗兰真的不愿意到高塔下谈谈吗?他说,也许吧,如果罗兰终将把他从阳台的禁锢中释放出来,他们就可能相约放下武器,以同样的无情姿态攀上高塔的顶层。猛雨能将不共戴天的两人送入同一间旅舍;罗兰难道没听过这种说法吗?

枪侠当然是知道的。他还知道血王的利诱虽然和先前的喊话并无本质的差别,但这一次却像是经过粉饰,仿佛特意披上礼服、戴上领结。这一次,罗兰分明听出老魔王的声音里掩饰了几分忧虑。他没去费工夫应答。

血王明白自己的哄骗再次失败,又扔出一个飞贼。第一枚飞得极高,看似金字塔上方的一道小闪光,旋即飞速俯冲,像坠落的炮弹般尖啸而下。罗兰只需一枪就消灭了它,转手又填进了新子弹。事实上,他希望血王还能抛来更多飞弹,那样一来,多少可以转移他的注意力,以便把他从高塔的可怖呼唤中生拽出来。

它一直在等我,他绝望地默想,我想这才是抵制如此艰难的缘由——它尤其是在召唤我。确切来说,并非召唤罗兰,而是所有艾尔德的传人……这一族人,只不过,仅剩我一个了。

8

西沉的落日现出了第一道橙色光,罗兰觉得再也等不下去了,这时,派屈克终于放下铅笔,紧缩双眉把画板递给罗兰。他这副神情让罗兰十分担心。他从未见过哑男孩在展示画作时有过这等凝重和担忧。派屈克刚才的高傲已荡然无存。

罗兰还是接过了画板,甚至一下子被画上的情景惊得扭过头去,仿佛派屈克笔下的血王也拥有足够的魔力迷惑他;说不定会迫使他举枪自尽,子弹从太阳穴进入,轰爆他那疼痛欲裂的脑袋。画得太棒了。那张长脸充满了贪婪和逼问,脸颊和前额仿佛布满了深不见底的褶皱。那双厚唇埋在蓬张的须髯之间,模样狰狞。这张嘴俨然能在眨眼间把亲吻变成咬噬,只要他心存此意。而他的心意始终都是如此残忍。

"你到底在磨蹭什么?"疯狂至极的咆哮又响起了,"不管你在干什么,那都对你没好处!塔在我的控制之下——呃呃呃呃呃呃呃!——罗兰,这就如探囊取物!就算我爬不到顶楼,这塔也是我的!你会来的!呃呃呃呃!说真的,你一定会来!等不到塔影压上你那下贱的藏身地,你就会乖乖过来的!呃呃呃呃呃!呃呃呃呃呃!呃呃呃呃呃呃!"

派屈克双手捂着耳朵往后退着。现在画已完成,他对骇人的疯吼又失去了抵制力。

这幅画是派屈克一生中最为杰出的作品,罗兰绝不怀疑。挑战之下,男孩超水准地发挥;因而登上更高一层,无愧于天才的美名。血王的形象清晰无比,神魂流动。罗兰不禁默默惊叹:就算有望远的工具也无法解释,根本无法解释这画何以如此传神。好像他有第三只眼睛,源于他的想象力,可以看透世间一切。他翻白眼时,就是在透过第三只眼睛观望吧。竟然拥有这种天赋……还能用区区一截铅笔描绘下来!众神啊!

少许轻薄的淡影描摹出小弹簧般的静脉血管,罗兰几乎看到血管在老国王的太阳穴下跳动。在肥厚的唇角,枪侠还发现了一颗牙

(尖利的獠牙)

泄漏出一丝冷光,罗兰顿觉画中的这张嘴呼之欲出,必会露出满嘴尖牙——不过是一丝冷光(说冷光,其实只是留白:纸上一条未加落笔的细缝),却如一窥见全豹,甚至足以让人闻到其呼吸所带出的腐肉气息。派屈克的肖像巨细无遗,无论是老国王鼻孔里伸出的一道卷毛,还是右眼眉骨上隐约的细条疤痕都如实画下。这是一幅无与伦比的画作,比起哑男孩送给苏珊娜的那幅肖像出色百倍。显然,如果派屈克能擦去那幅肖像中的脓包,也就能擦去这幅画中的血王,只留下空无一物的阳台,留下通往塔楼内部紧闭的门。罗兰几乎期待画中的血王能呼吸能活动,那显然就将大功告成!显然……

但画中人没有动弹。画像不随他的"期待"、甚至也不因"需要"而复活。

是他的眼睛,罗兰想。双眼瞪得大大的,恐怖极了,长在人类躯体上的恶龙之眼。虽然画得栩栩如生,但却不太对劲。罗兰那失望而悲凉的直觉告诉他:问题一定是出在这里,他不禁从头到脚一阵战栗,连牙齿都颤得格

格作响。不完全——

派屈克抓住罗兰的手肘。枪侠的心思完全被画像吸走了,被他一拉,差点儿惊恐地喊出声来。他从画像上移开眼神。派屈克朝他点点头,又用手指点了点自己的眼睛。

是的,他的双眼。我知道!但那眼睛到底是怎么回事儿?

派屈克的手指仍然停放在眼角上。盘旋在他们头顶的云层飞驰在天穹,很快就会从蓝紫色变成深紫色,席卷那刺耳的呼声,不断念诵其所属的人名。云朵纷纷涌向黑暗塔;罗兰不由得站起来,跟着它们走,只有这样他才不能让它们得到他得不到的东西。

派屈克拽着他的兽皮衣袖,使出浑身的劲儿才把他拉回来。男孩勇猛地摇着头,这一次,又伸手指了指塔路。

"我看见了!罗兰!"那边又喊起来,"你以为对飞鸟有用的也将对你有用,不是吗?呃呃呃呃呃呃!没错,当然没错!像蜜糖般没错,像盐巴般没错,像丹铎王的天顶上的红宝石一样没错!呃呃呃呃呃,哈!刚才我就能灭了你,可干吗费那个劲儿呢?我倒更想亲眼看到你走过来,气急败坏、摇摇摆摆、不能自已!"

我会的,罗兰默想。很快我就不能自控了。也许还可以在这里撑十分钟,说不定二十分钟,但到头来……

派屈克打断他的默想,又一次指向塔路。指向他们来时的那条路。

罗兰虚弱地摇摇头,"就算我能战胜塔的吸引力——但我抵抗不了,我所能做的,只是躲在这里——撤退也没有用处。一旦我们失去了掩护,他就会使出别的招数。他还有别的武器,我很肯定。但不管那是什么玩意儿,我的左轮枪子弹大概无法抵挡。"

派屈克使劲地摇晃脑袋,长发甩来甩去。抓着罗兰手臂的那只手加大了力道,哪怕隔着三层兽皮衣物,枪侠都能感到他的长指甲嵌入了自己的皮肉。他那双始终温和而迷茫的双眼此刻变得坚定不移,他瞪着罗兰,眼神近乎暴怒。他用另一只手再次指向路边,仿佛用污秽的食指狠狠刺了三下空气。原来,他指的并不是塔路。

派屈克指着的是玫瑰花。

"它们怎么了?"罗兰问,"派屈克,它们怎么了?"

这一次,派屈克先是指了指玫瑰,又指向画中的双眼。

罗兰终于恍然大悟。

9

派屈克不想去摘花。当罗兰示意他去时,男孩当即甩起头来,长发甩打在自己的脸庞上、眼角边。牙齿缝里挤出一道嘶哑的声音,模仿着呼啸而来的飞贼。

"不管他抛来什么我都会击毁的。"罗兰说,"你刚才不是看过我是怎么做的吗?万一有个飞弹落得太近,我会亲手去捡,我会的。但不曾有一枚飞弹落下来。所以必须是你去摘玫瑰,而我得掩护你。"

可是派屈克只是缩在金字塔基座下。派屈克不愿意去。他的胆怯就好像绘画天赋一样不可小觑。罗兰估算着自己和最近一朵玫瑰的距离。那朵花在他们的藏身地后面,也不算太远。他看了看残指的右手,知道自己不得不用这只手去摘花,自问有多难。事实上,他当然无法预料这事情有多难。这些都不是普通的玫瑰花。据他所知,花茎上的刺很可能有毒,可能瞬间麻痹他,令他瘫倒在高高的草丛间,成为最易消灭的活靶子。

可是派屈克不愿意。派屈克知道罗兰曾有朋友,但现在他所有的朋友们都死了,可派屈克还是不愿意。如果罗兰还能有两个小时来做男孩的思想工作——说不定一个小时就够了——他也许还能克服惊恐之心。但罗兰根本没有时间了。落日很快就要消失了。

不过,还算近。要是我必须自己去摘,我可以做到……我必须做到。

气候早已变暖,苏珊娜亲手缝制的鹿皮手套也不需要天天戴了,但罗兰那天早上却一直带着,此刻正揣在皮带间。他取下一只来,把不分五指的上半截切去,以便仅存的两根手指可以伸出去。剩下的半截手套至少可以保护手掌心不被刺破。他戴上半截手套,剩下的那支枪则握在左手里,单腿跪坐着凝神片刻,直盯着那朵最近的玫瑰。一朵够了吗?他想,一定要够。因为下一朵远在六英尺之外。

派屈克扳着他的肩膀,疯了似的甩着脑袋。

"我必须去,"罗兰说,当然只能如此。这是他的职责,不是派屈克的,一开始他想让男孩去摘花就是不对的。如果他顺利摘到花,皆大欢喜;而如果他失手了,死在卡-无蕊边上,至少那可怕的威逼利诱之声可以就此停歇。

枪侠深吸一口气,一跃而出扑向玫瑰。就在这当口,派屈克又死命拽住他,想把他拉回来。结果,他揪住罗兰兽皮衣的一角,绊扯了他。罗兰因此一趔趄,倒在一旁。手中的枪也跌落进了高高的草丛。血王尖叫一声(枪侠听出来,那是兼具胜利希望和暴怒的咆哮),随之传来一枚飞贼升空的啸音。罗兰探出戴着半截手套的右手,把玫瑰花杆紧紧攥住。玫瑰刺穿透鹿皮,好像那不过是层蛛网,紧接着刺入了他的掌心。剧痛难忍,但玫瑰的歌声依然甜美动人。他看见了金灿灿的花蕊深处,如一轮骄阳放射光芒。甚或是一百万个太阳吧。同时,热烘烘的鲜血聚往掌心,顺着两根手指滴下来。血浸透了手套,如同另一朵玫瑰徐徐绽放在揉皱的棕色鹿皮上。可是,还有一枚夺人性命的飞贼正在飞来,呼啸声盖住了玫瑰的歌声,在他的脑海里轰鸣不止,几乎要撕开天灵盖。

花茎始终不曾被折断。花被连根带土一起掀出。罗兰攥着花翻身滚向左侧,抓过左轮,连瞄准都不用就扣动了扳机。他打心眼里知道,已经没工夫瞄准了。这次爆炸十分剧烈,热浪仿佛龙卷风般迎面扑来。

太近了。太险了,这一次。

血王因失败而怒吼——"呃呃呃呃呃呃呃呃!"——随之而来的是接连几发飞弹。派屈克埋头蜷在金字塔下。罗兰用淌血的右手紧握玫瑰,翻身仰卧着扬起左轮,等待着飞弹轮番袭来。不出所料,他消灭了一枚、两枚、三枚。

"还在这里呢!"他冲着老国王那边高喊,"还活着呢,老不死的鬼东西,愿你心满意足!"

血王气得乱叫一通,虽听来恐怖至极,却不见有更多的飞弹。

"现在你有了一朵玫瑰!"他厉声叫着,"罗兰,好好听听吧!听仔细点,因为玫瑰也在唱同一首歌!听听吧,考玛辣—来呀—来呀!"

正是那首歌如泰山压顶般震撼于罗兰的心神脑体。歌声仿佛沿着神经暴烈燃烧。他抓住派屈克,揪着他转过脸来。"来吧,"他说,"派屈克,为了我的命。为了每一个替我牺牲、让我继续的男人和女人。"

还有孩子,他心想,看到记忆中的杰克。杰克仿佛从黑暗中浮现出来,又隐去了。

他凝视着哑男孩惊恐万状的双眼,"完成你的画!让我亲眼看到,你能完成它。"

10

此刻罗兰目睹之事令人惊叹:派屈克接过玫瑰后,没有被刺伤。连一道印痕都不曾划下。罗兰用牙齿咬下被割破的手套,发现不止是自己的掌心被狠狠划出了血道子,甚至还有一根手指,被割得只剩下筋腱相连。手指如同要沉睡般垂挂下来。但派屈克却不为其所伤。那些锋利的花刺一点儿没有伤害他。而且,他眼中的惊恐也消失殆尽。他看看玫瑰再转而看着画作,带着一脸温柔来回地端详着,估算着。

"罗兰!你在磨蹭什么?过来吧,枪侠,黄昏都快变成黑夜了!"

是的,他会过去的。不管以什么方式。想到这一点,他不知为何轻松了许多,不再战栗不已地感觉备受煎熬了。右手自手腕之上已失去了知觉,罗兰怀疑自己很快又会高烧一场。那也没关系;自大鳌虾那场惨烈高烧之后,这次只能算是小伤。

此时,玫瑰还在歌唱。是的,罗兰,是的——你又会高烧一场。你也会再次痊愈。再生即来。你只需,来。

派屈克摘下一片花瓣,审度了一刻,又取下一瓣。他把两片花瓣放进了嘴里。随后的几分钟内,他的神情恍如静静沉入一场迷醉,而罗兰却想知道花瓣究竟是何滋味。天空愈加暗沉了。金字塔的阴影越来越斜长,原本只是掩映在岩石间,如今都快延伸到路面了。罗兰猜想,一旦影子漫上带领他到此的小路,无论血王是不是把守着高塔的必经之途,他都会走过去。

"你干什么呢!呃呃呃呃呃呃呃呃!你心里到底在琢磨什么恶魔邪术?"

要说恶魔邪术,你最恰当不过。罗兰心想。他拿出怀表,启开表盖。在水晶表面下,指针正在加速倒退,从五点到四点,四点到三点,三点到两点,两点到一点,一点变回午夜。

"派屈克,快点,"他说,"尽你所能地加快速度,我请求你,我快没时间了。"

派屈克用一只手掬成碗状,接在嘴下,吐出一些猩红如鲜血的口水。红得就像血王的斗篷。也正是他那对疯狂的眼睛的颜色。

派屈克,即将在画家生涯中第一次尝试用色彩,他把食指尖浸在红颜料里,又迟疑了一下。奇怪的是,罗兰幡然醒悟:这些玫瑰花只有在生根在米姆、即母亲大地时,花刺才会狠狠刺人。要是他刚才执意让派屈克去摘花,米姆必会把那双天才之手割得伤痕累累,以至于废掉。

还是卡,枪侠默想道,甚至在这里,在末——

不等他想完,派屈克拉过枪侠的右手,像个先知似的凝神看着。他接起一滴流淌到指尖的鲜血,并将之调和进自己手心的红颜料里。接着,他小心地用右手的中指轻轻蘸一点混合后的玫瑰血汁。他举手凑近画作……又迟疑……转头看看罗兰。罗兰朝他点点头,派屈克也点头回应,冷峻之态仿如重大手术中即将切下第一刀的外科医生,随后,指尖按上了纸面。指尖落下的姿态轻盈精巧,恍如蜂鸟的尖喙探入花蕊。血王的左眼先被上了色,指尖遂而提起、移开。派屈克兀自点着头,赏析着这一着色,神态之迷醉是罗兰这漫长追索的一生中都不曾见过的。看起来,这男孩酷似曼尼人中的先知,在荒漠中苦苦等待二十年后,终于得以一睹乾神的神容。

接着,男孩的脸上绽露出灿烂无比的笑容。

而自黑暗塔传来的反响则更及时——至少对罗兰来说——那是在说:非常非常的满意。囚禁在阳台上的老怪物痛苦不堪地咆哮起来。

"你干了什么?呃呃呃呃呃呃呃呃!呃呃呃呃呃呃呃呃!住手!烧得厉害啊!烧得好疼疼疼啊!呃呃呃呃呃呃呃呃呃!"

"现在来完成另一只眼。"罗兰说,"快!为了你的生命,还有我的。"

派屈克以同样精密的指尖动作为另一只眼睛上了色。现在,一双鲜亮的烈目从派屈克的黑白素描画中突兀显出,以玫瑰精油、艾尔德之血着色;被地狱之火灼烧的双眼。

画完成了。

罗兰终于掏出了橡皮擦,递给派屈克,说:"让他消失吧。让那边的邪恶魂灵从这个世界、也从每一个世界消失吧。让他彻底消失。"

11

毫无疑问,这招是有效的。从派屈克用橡皮触碰纸面的那一刻起——触碰到的是那缕弯曲的鼻毛——禁锢在远方阳台中的血王就爆发出痛不欲生的凄惨嚎叫。而且,他明白发生了什么。

派屈克犹豫起来,看着罗兰,想要得到确认,罗兰点点头。"没错,派屈克。他的死期已到,你就是他的行刑人。继续吧。"

老国王又扔来四枚飞贼,罗兰冷静有余地一一击毁。其后,他没有再扔,因为他已经没有双手可供抛掷弹药了。哀嚎越来越凄厉,已然成了口齿含糊的哭诉,罗兰想,这声音将永生永世萦绕在他耳畔。

哑男孩把埋在蓬松胡须中的厚嘴唇擦去了,这时,凄惨的哭嚎像是被捂住了,随即骤然消失。最后,派屈克擦去了一切,除了那对眼睛,橡皮擦只剩下了零星一点,甚至无法让红迹削弱一分。直到粉色橡皮头(最初是在一支铅笔上,购于康涅狄格州诺威奇市的伍尔沃斯商店举办的一九五八年八月迎开学大减价的促销活动中)擦到了头,男孩又脏又长的手指甲再也捏不住了,那双红眼睛还留在白纸上。于是,他把橡皮扔了,给枪侠看:一双恶毒、血红的怒目瞪视着,浮现在白纸的上三分之一处。

血王的其余部分已消失殆尽。

12

金字塔石冢的阴影投向了塔路;现在,西方天空已从收获季篝火般的金黄转为熔炉烈火般的血红,这情景是罗兰自小到大无数次在梦中见过的。光芒既变,塔之歌声立刻双倍袭来,接着,三倍。罗兰感到歌声似乎探出无形的手来抓住了他。他的命运也走到了尽头。

但是,还有这个男孩。这个无亲无朋的男孩。如果可以,罗兰绝不想眼看他死在这末世界的尽头。他对赎罪不感兴趣,而派屈克已经挨过了所有将他领到黑暗塔来的杀戮和背叛。罗兰的家族已经死了;最后一个死去的是他那畸类的儿子。现在,艾尔德一脉和黑暗塔相逢了。

最初,或是最后,就是现在。

"派屈克,听着,"他说道,用完好的左手和残破的右手揽住男孩的肩膀,"如果你愿意活下去,把卡贮藏在你未来的所有画面都画下来,那就一句都不要问,也不要请求我重复任何一句话。"

男孩看着他,在血红且即将消亡的光线下把眼睛睁得大大的,一言不发。此刻,塔之歌围绕着他们,汇合成辉煌的咏叹,除了考玛辣之外却别无其他。

"回到那条路上。把所有没炸坏的罐头都捡起来。那些东西能让你不饿肚子。沿着我们的来路走回去。绝对不要偏离塔路。你可以做到的。"

派屈克完全理解地点点头。罗兰看到男孩信了他的话,那很好。信念会比一支左轮枪更能保护他,即使是有白檀木把的枪。

"走回联邦邑。回去找机器人,结巴比尔。让他带你去一扇通向美国那边的门。如果门在你手里打不开,那就用你的铅笔把它画成打开的样子。你听懂了吗?"

派屈克又点点头。显然,他听懂了。

"如果卡最终把你带到苏珊娜所在的地点和时间,那就告诉她,罗兰依然爱她,全心全意地爱她,"他一把拉过派屈克,吻在他的唇上,"把这个给她。你明白吗?"

派屈克点点头。

"好了。我要走了。祝天长夜爽。但愿众世界终结时,我们能相逢在道路尽头的虚无之境。"

尽管他知道这不会发生,因为众世界永远不会终结,现在不会,而且对他来说并无虚无之境。对蓟犁的罗兰·德鄯,艾尔德最后一脉传人来说,道路的尽头就是黑暗塔。而这让他感觉很好。

他站起来。男孩瞪着迷惑的双眼仰视着他,手抓着画板。罗兰转过身去。他深深吸一口气,再高声呼喊出来。

"现在,去黑暗塔的罗兰来了!我诚意如初,依然带着父亲的枪,而你将在我手下洞开!"

派屈克望着他大步流星地走向塔路的尽头,黑色的身影映衬在血红的天际。他望着罗兰走入玫瑰地,而当罗兰开始大声呼喊朋友、爱人,以及灵伴的名姓时,男孩颤抖着在黑暗里坐下;在古怪的空气中,那些名字听来明澈无比,仿佛会永远回荡下去。

"我以斯蒂文·德鄯之名义前来,他来自蓟犁!

"我以佳碧艾拉·德鄯之名义前来,她来自蓟犁!

"我以柯特兰德·安德鲁斯之名义前来,他来自蓟犁!

"我以库斯伯特·奥古德之名义前来,他来自蓟犁!

"我以阿兰·琼斯之名义前来,他来自蓟犁!

"我以杰米·德卡力之名义前来,他来自蓟犁!

"我以智者范内之名义前来,他来自蓟犁!

"我以厨师哈可斯之名义前来,他来自蓟犁!

"我以大卫之鹰之名义前来,他来自蓟犁和天空!

"我以苏珊·德尔伽朵之名义前来,她来自眉脊泗!

"我以锡弥·鲁伊兹之名义前来,他来自眉脊泗!

"我以卡拉汉神父之名义前来,他来自耶路撒冷镇和漫长的道路!

"我以泰德·布劳缇甘之名义前来,他来自美国!

"我以丁克·恩肖之名义前来,他来自美国!

"我以泰力莎姑母之名义前来,她来自河岔口,并如其所愿,在这里留下她的十字架！

"我以斯蒂芬·金之名义前来，他来自缅因州！

"我以勇者奥伊之名义前来，它来自中世界！

"我以埃蒂·迪恩之名义前来，他来自纽约！

"我以苏珊娜·迪恩之名义前来，她来自纽约！

"我以杰克·钱伯斯之名义前来，他来自纽约，我称他为自己真正的儿子！

"我是罗兰·德鄱，来自蓟犁，我以我自身前来；你将向我洞开。"

随之而来的是一声号角。这同时也震撼了派屈克，他周身清凉，仿如醍醐灌顶。回音渐渐平息，归于寂静。接着，也许是一分钟之后，传来一声浩然、回声缭绕的轰隆：那是一扇门永远合上的声音。

此后是一片寂静。

13

派屈克坐在金字塔基座旁，颤抖不止，直到古母星和古恒星升上了夜空。玫瑰和塔的歌声并未休止，但变得越来越低沉、困顿，和低吟无异。

最终，他走回了塔路，尽可能捡起所有完好的罐头（虽然经过剧烈爆炸、从车上颠飞下来，可完好无损的罐头却惊人地多），还找到一只鹿皮口袋，把罐头装进去。他突然想起自己忘了铅笔，又折回去捡起它。

在铅笔旁边，闪烁在星光之下的，是罗兰的怀表。

男孩嘶哑地轻轻欢笑。他把表捡起来放进口袋。然后他走上塔路，小小的背囊挂在肩膀上。

我可以告诉你，他一直走到半夜，休息前还看了看怀表。我可以告诉你，那块怀表完全停摆了。我也可以告诉你，到了第二天正午时，他又看了看表，发现它又正常地转动了，指针沿着正常的方向走动，但是走得极其缓慢。但是，关于派屈克，我无法再告诉你更多，不知道他是不是走回了联邦邑，不知道他是不是找到了昔日的结巴比尔，不知道他是不是最终走入了通往美国那边的门。很抱歉，我不能告诉你这些事情。在我这个讲故事的人看来，黑暗遮住了他的声音，他必须独自走下去了。

673

结　语
苏珊娜在纽约

苏珊娜在纽约（结语）

　　一辆电动小车从无到有，滑动出来，没有人注意到它一寸寸滋生的景象，直到它完全存现于中央公园；没有人目睹，除了我们。大多数人都在仰头望天，苍白天空里飘下飞旋的雪花，这是圣诞前夕最激动人心的雪景。之后，这场雪花渐渐壮大，所有的报纸都称其为"八七年大风雪"。公园里的游客们不是在看雪，就是在欣赏从近郊来的公立学校的学生组成的颂歌班。男生们穿着深红色的短夹克，女生们则穿深红色的圆领衫。在这里歌唱的是哈莱姆学校合唱团，《纽约邮报》及其竞争对手《纽约太阳报》也称之为哈莱姆玫瑰。他们唱出古老而雅致的多声部和音，一边打着响指配合着节奏，听起来就更像是斯博、克斯特或黑钻的早期唱片。他们列队之地不远处，北极熊正在享受城市生活，而他们正在唱着的歌是"多美的孩子"。

　　仰头观雪的人群中，有一个男子是苏珊娜熟稔的，一见到他，她的心就跃上天堂。他的左手里握着一只大大的纸杯，她非常肯定那是热腾腾的巧克力，上好的巧克力奶油。

　　一时间，她不敢摆弄这辆来自另一个世界的电动小车。对罗兰和派屈克的担忧和思念也消失了。现在，她所能想到的只有埃迪——就在她眼前，就在这里，埃迪复活重生了。如果这里并非楔石世界，并不完全是的话，又该如何解释呢？如果合作城是在布鲁克林（甚至在昆斯区！）而埃迪开的车不是别克依勒克拉而是塔库罗精神，那又该如何解释呢？都没关系。只有一件事情例外，只有一个念头让她迟迟不敢驱车上前见他。

　　万一，万一他不再认得她，怎么办？

　　万一他转过身来，看到的只是个无家可归的黑女人，坐在电池即将耗尽的电动小车上；只是个没有钱、没有衣服、没有地址（在这个空间和时间中，她没有地址，说谢啦）、也没有双腿的黑女人，那怎么办？一个和他毫不相干的无家可归的黑女人？或者，他确实认得她，在意识最深处的角落里，但还是拒绝承认她，就像彼得否认耶稣的存在，只因为记念太过伤痛，那又怎么办？

　　同样糟糕的是，万一他转过身来，她看到的是一个被毒瘾毁得面目全非、眼神空洞的瘾君子呢？万一，万一……雪一直在下，很快就会把整个世界覆成茫茫一片。

　　别再胡思乱想了，去见他。罗兰对她说。在面对布莱因、蓝色天堂里的獭辛和迪斯寇迪亚城堡下的怪物时你都不曾夹着尾巴逃跑，不是吗？你当然是个胆量出众的人。

可是她不确定是否够胆量,直到她的手摸索着搭上车把手。在她启动油门之前,枪侠的声音又响起来,但是,这一次听来有点倦倦的愉悦。

苏珊娜,也许你先该扔掉什么东西吧?

她一低头,看到罗兰的武器依然别在她的腰带上,像是墨西哥电影里的土匪枪,或是海盗弯刀。她把枪拔出套,惊异于它握在手里的美好感觉……多么残酷的美妙手感。与它分离,她默想,好比是与爱人分离。其实她不是非得抛弃它,不是吗?问题不在于此,而是:她到底爱谁更多?那个男人,还是这把枪?所有的问题都源自这一质疑。

她一把转动左轮枪膛,发现弹匣内部面目沧桑,所有弹壳都锈钝不堪。

这些子弹都打不响了,她想……不明就里,也不知道有何意味:全都受潮了。

她看着枪管,带着奇妙的悲伤情绪——但并不意外——发现枪管里一丝光都不透。塞住了。看起来像是堵塞了数十年。这把枪再也不可能开火了。到头来竟已不用选择。这把枪完了。

苏珊娜一手依然握着左轮枪的白檀木枪把,另一只手则转动了油门。电动小车——她称之为三号车,尽管这些小事正从她的记忆里慢慢消隐——静静地向前滑动。小车路过一只桶身上印着"请勿乱扔垃圾!"的绿色垃圾桶。她把罗兰的左轮扔了进去。这样做让她心疼,但她没有丝毫犹豫。枪很重,砸在揉成一团的快餐包装纸、广告传单和废报纸上,如同坠河的石块般沉落到最下面。她怀着地道的枪侠之心,为这样一把来历非凡、久经历练的古枪(哪怕穿梭不同世界的最后一程彻底报废了它)扼腕叹息,但扔掉就是扔掉了,她是期待前景的女人,绝不迟疑,也绝不后顾。

就在她来到手握纸杯的男子背后时,他转过身来。他当真穿着一件印有"**我喝诺兹阿拉!**"的运动衫,但她的心思根本不在这上面。是他:他才是她全神贯注的对象。这是爱德华·堪特·迪恩。甚至这也是次要的,因为她在他双眼中看到了自己畏惧的情形——彻头彻尾的迷茫不解。他不认得她了。

接着,他试探性地微笑了,这笑容也是她记得的,她一直深爱的。而且,他没有毒瘾,她立刻就知道了。她从他的脸上看出来的。尤其是他的双眸。哈莱姆合唱团的学生们仍在高歌,他则递出一杯热腾腾的巧克力。

"感谢上帝,"他说,"我刚刚还在想大概只能我自己喝了。那些声音是没谱的事儿,是我发神经。那……好吧……"他支吾起来,看来更迷惑了。他似乎还有点怕,"听着,你来这里是为了找我,对吧?请告诉我我没有神经错乱。因为,女士,现在我的感觉就像是长尾巴小猫咪躲在椅子叠椅子的房间里。"

"你没有,"她说,"我是说,你没发神经。"她想起来,杰克曾经说过,在他脑海深处一度有两种声音争执不休,一个大喊大叫说他死了,另一个则坚称他还活着。双方都确定无疑。她大致能想象出来,那感觉一定很糟糕,因为她对于别的声音多少有所体会。奇怪的声音。

"感谢上帝,"他说,"你的名字是:苏珊娜?"

"是的。"她答,"我叫苏珊娜。"

她的嗓子眼里干涩极了,但好歹把话说出了口。她接过他递来的纸杯,抿了一口浮在热巧克力上的奶油。又甜又香,这个世界的滋味。不远处,司机们着急赶在大雪前离开拥挤的街道,汽车喇叭声此起彼伏,那也同样美妙。他咧嘴一笑,伸手轻轻抹去蹭在她鼻尖上的奶油沫。这一触碰就像是过了电,她看出他也感觉到了。她突然意识到,他将再次跟她初吻,再次与她共度初夜,再次与她共同坠入初恋的爱河。他应该也明白,因为那些声音早已对他讲了,但她更有理由明白:因为一切都已发生。卡是个轮,罗兰说过,而此时她知道这话千真万确。她记忆中

(中世界)

枪侠所在的时间和空间正在渐次朦胧,但她觉得再模糊也足以明了:这些爱的表达全都发生过了,对此,她难抑不可名状的悲凉。

但这当然也是美好的。

眼下这一切都是,该死的奇迹。

"你冷吗?"他问。

"不。我很好。为什么这么问?"

"你在发抖。"

"是因为奶油的香甜。"说话时她凝视着他,还舔了舔嘴角含肉豆蔻粉的奶油沫。

"就算你现在不冷,过会儿也会的。"他说,"WRKO电台里说,今晚气温骤降二十度。所以我给你带了点东西。"他从口袋里取出一顶绒线编织帽,是那种可以拉下来遮住耳朵的款式。她看到帽子的正前方织着红色的文字:圣诞快乐。

"在第五大道的布兰狄欧商店买的。"他说。

苏珊娜从来没听说过这个店名。也许是布兰塔诺吧——那家书店——而不是布兰狄欧。可是,即便她是土生土长的美国人,也从未听说过诺兹阿拉饮料、塔库罗精神汽车呀!"是你听到的那些声音让你买的吗?"现在,她有点打趣地对他说。

他的脸刷一下红了:"确实是的,你知道,是他们说的。戴上试试吧。"

非常合适。

"跟我说说,"她又问,"总统是谁?你不会对我说是罗纳德·里根吧,是不是?"

听罢,他露出难以置信的惊讶,接着笑了:"什么?那个老演员?主持那个《死亡谷岁月》电视节目的?你开玩笑吧!"

"不开玩笑。我总以为拿里根开玩笑的人是你,埃蒂。"

"我不明白你在说什么。"

"没关系,那就告诉我吧,现在的总统是谁?"

"加里·哈特,"他的口气就像在对小孩说话,"他是科罗拉多人。一九八〇年差点儿就退出总统竞选了——我可明白着呢——因为那些个丑闻。后来他说,要是他们揪着不放、连个玩笑都开不得,那就去他妈的吧。结果他以较大优势胜出。"①

可他看到了她的神色,笑容便一点点消失了。

"你不是在跟我开玩笑,对吗?"

"那你提到那些声音,是在开我的玩笑吗?在我们脑袋里的那些声音?半夜两点把你叫醒的那些声音?"

埃蒂一听,大吃一惊,"你怎么知道这事儿?"

"说来话长。也许有一天我会告诉你。"如果我还记得的话,她在心里说。

"不止是声音。"

"不止?"

"不止是有人在对我说话。我还一直梦到你。有好几个月了。我一直都在等你。听着,我俩素不相识……这真是够疯狂……不过,你有地方待

---

① 作者在此处暗示这个世界并非真实的美国,因为一九八一年至一九八八年的美国总统是里根,而民主党候选人加里·哈特从未在竞选中赢得胜利。

吗?无家可归,是吗?"

她摇摇头。模仿约翰·韦恩的口气(模仿得还过得去,也可能她是在模仿布莱因火车)说道:"朝圣者,在道奇这儿我是个陌生人。"

心在胸膛里沉重缓慢地跳动,但她感到喜悦涌动浮涨。一切都很顺利。她不知道事情如何变得这样,但没错,一切都好。这一次,卡在帮她的忙,而卡是势不可挡的。这可是她的切身经验。

"要是我问我是怎么认识你的……或是你从哪里来……"他停下来,平视着她的眼睛,再往下说,"或是,我怎么好像已经爱上你了……?"

她笑了。微笑的感觉真好,而且笑起来也不再有疱疹作痛,因为脸上已然光滑如初(也许会有些许疤痕——她实在记不得了)。"甜心,"她说,"正如我所说:说来话长。等有时间了我会告诉你的……把我记住的事情都告诉你。不过我们眼下可能还有些事情要做。去找一个大财团,叫作泰特公司。"她朝四周观望一下,又说:"现在是几几年?"

"一九八七年。"他说。

"你是住在布鲁克林吗?或是布朗克斯?"

被梦境和喋喋不休的声音牵引到此——手里端着热巧克力,口袋里有新买的"圣诞快乐"绒线帽——的年轻人爆发出一阵畅快的大笑。"上帝啊,才不呢!我是从怀特普林①来的!我是和我兄弟坐火车来纽约的。他就在那边。他想凑近些好好看看北极熊。"

兄弟。亨利。那个伟大的贤人,出了名的瘾君子。她的心一沉。

"我来给你介绍。"他说。

"不,真的不用,我——"

"嘿,如果我们要成为朋友,你也就是我小弟的朋友。我俩可是铁哥们。杰克!嘿,杰克!"

她没注意到那边的男孩,就站在公园一侧北极熊生活圈的扶栏旁,现在他转过身来,她高兴得心都要跳出嗓子眼了。杰克朝他们挥挥手,慢悠悠地走过来。

"杰克也一直梦见你,"埃蒂说,"这才是唯一的理由,让我相信我没有发神经。只不过比平日里疯癫些罢了。"

她拉起埃迪的手——熟悉而深爱的手。当他们的手指交叉着紧握在一

---

① 怀特普林,美国纽约州韦斯特切斯特县城市。

起时,她已觉得死而无憾。她有很多话要问——他们也是——但是眼下,她觉得只有一个问题是至关重要的。雪下得越来越大,覆盖了四野,也落在他的头发、眼睫毛、运动衫的肩膀上,这时她才发问。

"你和杰克——姓什么?"

"托仁,"他说,"是德文。"

他俩都没再说什么,杰克走到了他们中间。那么,我是否该告诉各位,他们三个从此过上了幸福的生活?我不会这样说,因为没有人能幸福到永远。但是,幸福确实是存在的。

而且,他们确实生活在一起。

跟随着黑暗塔、连接沙迪克之熊和马图林之龟的光束正在涌动不息,时不时地灵光一现,就在其光芒下的某个世界里,他们确实在生活。

就是这样。

足够了。

说谢啦。

尾声
找到

1

我把自己的故事一路说到了底,且很满意。只有好上帝才会把最好的留在最后(我放下我的表以作押注),到处都是怪物、奇迹和远航。我现在可以搁笔了,停下来,让疲倦的手休息一下(尽管,可能不会永远休息下去;这只讲故事的手拥有自己的意志,并且势头不减、永无停歇)。我可以把眼睛闭上,不再观望中世界和所有掩藏在其后的物事。但是你们中的有些人一日无新鲜事可听就会老大不情愿。你们严酷无情,目标明确,无论事实证明了多少遍,依然不肯相信过程带来的乐趣远远高于那所谓的结果。你们是不幸的人,依然孜孜不倦地求爱图欢,哪怕下贱的喷射终将终结欢爱(所谓高潮,毕竟,是上帝告知我们一切终结的方式,至少就目前而言是这样的,然后就该倒头睡去)。你们是残酷的人,否认灰港①的存在,但那是疲倦的主人公们前去休憩的地方。你们说,你们想知道事情到底怎么样了。你们说,你们想要跟着罗兰走进塔里;你们说,这才是你们掏钱买书的原因,是你们前来观赏的大戏。

我希望你们中的大部分能了解更多。需要更多。我希望你们来听这个故事,而不是一页一页把书啃光。要想知道结局,你尽可以把书翻到最后一页看看上面写了什么。但结局是无情的。一个结局就是一扇无人(哪怕是曼尼人)能打开的门。我写了很多,但大多只是出于同一个原因:早上离开卧室前要套上裤子——因为这是这个国家的风俗。

所以,我亲爱的忠实读者,我要告诉你的是:你可以在这里止步了。你可以让最后的记忆停留在埃蒂、苏珊娜和杰克重逢的场景中,他们聆听着"多美的孩子"的歌声,再一次初次相逢。你还可以因为奥伊——或许这次看来更像是狗,只不过有长长的脖子和稀罕的金边眼圈,偶尔吠叫,听来就像是古怪的言语——迟早也会融入他们中间而心满意足。那画面真美好啊,不是吗?我认为是的。美好得几近幸福,并直到永远。就像埃蒂说的那样:几乎可与官方发言媲美。

如果你继续,必将失望,也许甚至还会心碎。我的腰间挂着一把钥匙,但它也只能打开一扇门、最后那扇标着 ◑◔◐ ◗◓ 的门。门后有什么?不管是什么,都无法改善您的感情生活,也无法让你的秃顶重新生发,

---

① 灰港 Grey Havens,托尔金的《指环王》中曾经提到,指前往永生之地的中转站。

685

更无法为您延寿五年(恐怕十五分钟也不行)。没有所谓大团圆的结局。我从来没有读到过一个能与"从前哪,"这一开头相称的结局。

结局是无情的。

结局只是再见的另一种说法。

2

你还要继续吗?

很好,那就来吧。(听见我的叹息了吗?)这里就是黑暗塔,在末世界的尽头。看吧,我求你了。

好好看看。

这里是夕阳下的黑暗塔。

3

他带着奇特至极的熟悉感觉走向它;那感觉就是苏珊娜和埃蒂所说的似曾相识。

坎-卡无蕊的玫瑰花在他面前让出一条小路,径直通向黑暗塔,花杯深处金灿灿的蕊心纷纷注视着他,如同无数只眼睛。当他走向灰黑色的塔身时,罗兰感到自己开始从一生所在的世界中失足滑离。他高呼了朋友和爱人们的名姓,正如他一直以来所承诺的;在暮色中呼喊他们,全力以赴,因为他已不需要再保存体力以抵御黑暗塔的拖曳了。最终,把自身呈上是他一生中最大的解脱。

他呼唤着战友和爱人的名字,然而,尽管声声都来自他心底,却仿佛声声都和他的躯体无关。他的声音在空气中远播,飞向渐次暗红的地平线,一声接着一声,一个名姓接着一个名姓。他高喊埃迪和苏珊娜。高喊杰克,最后也呼喊出自己的名字。当最后的回响渐渐止息,犹如应答一般,威严的号角声响起来,那声音并非来自高塔,而是来自如地毯般围绕着他的玫瑰。号角声就是玫瑰的话语,如迎接君王般欢呼他的到来。

在我的梦里,号角总是我自己的,他心想。我早该明白的,因为我的号角早已遗失,那是在界砾口山和库斯伯特在一起时。

上空也传来一句耳语:本该是三秒钟就解决的事,只需弯下腰捡起号角。即便身处浓烟和死亡之中。三秒钟。时间,罗兰——它总是回到那里。

他想,那是光束的声音——他们合力救出的光束。表达感激只是白费口舌,现在说这些对他还有什么意义呢?他想起布朗宁的一句诗:品味逝去光阴,拨乱一切反正。

在距离塔基鬼木大门十步远的地方,罗兰停下了脚步,静待玫瑰之声——以示欢迎的号角声——完全平息。似曾相识的感觉依然那么强烈,好像他以前就来过这里。当然了,他当然是来过的,在千千万万个先兆般的梦中。他抬头望向阳台,血王曾羁留在那里,千方百计想要违抗卡的意志绝了他的路。就在那里,放着装有飞贼的板条箱(看来,老疯子到底是没有其他武器),他看到其上大约六英尺的半空中有一双猩红的眼睛,在暗黑的天色里孤零零悬浮着,带着永恒的仇恨俯视着他。眼底上,细索的眼神经(夕阳余晖中,血丝仿佛被染成了橙红色)的末梢戛然止于空中。枪侠揣测着,血王的双目将在那里悬浮到永远,望着无主的坎-卡无蕊;而眼睛的主人已经听随派屈克的橡皮擦以及魔力附身的画家之眼的旨意远去了。更有可能的是,那躯体已经被打发到众世界之间的空间里去了。

罗兰走到了小路的尽头,黑色鬼木制的大门镶着钢制边沿。就在门上四分之三高度的地方镌刻有一道符征,他现在已能洞彻其意了:

就在这里,他放下了两样东西,亦是剩下的所有装备:泰力莎姑母的十字架,以及剩下的那把六响左轮枪。等他起身时,他看到最前面的两个象形文字消失了:

找不到已经变成**找到**。

他抬起手刚要叩门,那门却在他的手触碰上之前自动滑开了,一道盘旋上升的楼梯显露出来,最下层的阶梯就在他的面前。一声叹息般的话语传来——欢迎你,艾尔德的罗兰。那是塔的声音。这栋高塔并非全由石头构成,尽管看起来那就是石头;这是一栋活生生的物事,乾神之本体,类似吧,

687

即使在距离此地数千里之外时,他意识深处也始终感知得到的脉动正是乾神跳动的生命能量。

考玛辣,枪侠。来呀—来呀—考玛辣。

飘来的气味像是碱腥,比泪水更苦涩。这是什么气味……什么?究竟,是什么?还没等他想出答案,那味道就消散了,留下罗兰在空想中揣测。

他走了进去,那始终不绝于耳——甚至在蓟犁也是,只不过隐匿在他母亲哼唱摇篮曲的歌声里——的塔之歌,终于消止了。又一声叹息传来。大门隆隆合上,但他发现自己并非身陷黑暗之中。光线来自于闪闪发亮的旋状上升的小窗,夹杂着落日的余晖。

石头阶梯向上盘旋,梯道狭窄仅能供一人行走。

"罗兰来了,"他呼喊一声,声音仿佛旋转着升至无限,"高高在上的你如若愿意,请聆听并迎接我的到来。如果你是我的敌人,请明白我已卸下武器,决无伤害之意。"

他开始往上走。

十九级石阶后,他来到了第一层平台(此后每一层都相隔十九级石阶)。一扇门在此敞开,其后是个圆形的小房间。石墙上雕刻着千万张交叠重现的脸孔。有很多面容都是他认得的(其一是凯文·塔尔,狡黠的视线越过一本打开的书看着他)。这些脸孔全都看向他,他听得到他们的喃喃私语。

欢迎,罗兰,你从遥远的国度跋涉而来;欢迎你,蓟犁的罗兰,艾尔德的传人。

在房间最远的那边还有一扇小腰门,深红色的门帘,金线勾边。小门之上大约六英尺高处——恰好与他的视线持平——是一扇圆形的小窗,比不怀好意的窥视洞大不了多少。这里弥漫着香甜的气味,这一次他能够辨认出来;那是母亲最先放置在摇篮里、随后放在小床上的松香袋。那些岁月的影像无比清晰地出现,正如香氛惯常的神效;若有一种感官像时光机器一样帮助我们回忆,那便是嗅觉了。

接着,就和刚才的苦涩碱味一样,香气转瞬即逝。

这间小屋里没有家具,但地板上放有一个东西。他凑过去捡起来。是一只雪松小夹子,弯头上还扎着一根纤细的蓝色丝带。很久以前他见过这东西,那是在蓟犁;一定是他自己戴过的。当接生医生剪下初生儿的脐带,将孩子和母亲正式分开时,就要用这样的小夹子夹在婴儿的肚脐上,等脐带自然脱落时,夹子也将随之掉落。(肚脐眼曾被称为泰特-卡-坎-神。)系着蓝丝带,说明这是给小男婴的。女孩的夹子将会系上粉色丝带。

是我自己的,他想,又沉迷地凝视了片刻,随后把它小心地摆在原来的位置。它属于那儿。当他再次站起身时,他看到了婴孩的小脸

(这可能是我亲爱的宝宝吗?如果你说是,那就是!)

凸显于别人的脸庞中。小脸拧曲着,仿佛对从母亲子宫出来后呼吸到的第一口空气一点儿不中意,仿佛已经沾染了死亡的污浊气息。很快,小婴孩就嚎啕大哭起来,作为对这个新环境的表态,哭声响彻斯蒂文和佳碧艾拉的房间,令亲友、仆佣都露出释怀的笑容。(只有马藤一副阴沉。)生养完成了,而且生下了生龙活虎的男婴,请对乾神和众神说谢啦。艾尔德的血脉后继有人,因而,这个世界那令人懊悔叹息的、倾向毁灭的混沌终于得到一丝扭转的希望。

罗兰离开了那间小屋,较之刚才,似曾相识之感更强烈了。还有那走入乾神身躯的感觉。

他转向石阶,再次往上攀升。

4

又是十九级台阶,他来到了第二层平台,看到了第二间小屋。圆形地板上散落着零碎布条。罗兰确信那一定是婴孩用过的垫布,某个气急败坏的人闯入这里后,将布片撕成了碎条,那人还想走上阳台回望玫瑰地的情况,结果发现自己被关在了门外。他是旷世狡诈之人,满腹邪恶的智慧⋯⋯可是到了最后,一失足成千古恨,现在他将为此付出永远的代价。

如果他只是要走到阳台上看一眼,为什么还会带着武器呢?

因为那是他唯一的装备,始终背在背上,镌刻在曲壁上的某张脸悄声说道。那是莫俊德之脸。罗兰现在看不到愤恨了,那只是个被抛弃的小孩,脸上只有孤独和悲哀,让人想到星月不见的夜晚一声凄凉的火车汽笛。莫俊德来到这个世界时,肚脐眼上没有夹子,他仅有的母亲被他当作了第一顿美餐。没有夹子,这辈子都没有,因为莫俊德从来都不是乾神-泰特的一员。不,他不是。

我的红色父亲从不会两手空空,石头里的男孩轻声说道。自他离开了自己的城堡后就不会了。他是疯了,但还不至于那么疯。

这间小屋里弥漫着爽身粉的香味,母亲曾经在洗浴之后,把赤裸的他平放在大毛巾上,玩着他那些嫩嫩的脚趾头,再给他周身上下抹上香粉,还对

怀里的他哼着歌:蜡烛包包,亲亲宝宝,宝宝,拎着你的篮子来这里!

眨眼之间,芳香飘来又逝去。

罗兰径直走向小窗,走在撕成碎条的尿布上,再望出去。失去身体的双眼感觉到了他的靠近,顿时翻转过来恶狠狠地看着他。刻毒的眼神既愤怒又失落。

出来呀,罗兰! 出来和我面对面单挑啊! 男人对男人! 以眼还眼,但愿你能!

"我想我不能,"罗兰说,"因为我还有更多的责任要履行。其实只有一些小事了。"

这是他对血王说的最后一句话。尽管疯癫国王的咆哮一路跟随着他,但那只是徒劳的空喊,因为罗兰绝不会回头看一眼。在走上塔顶之前,他还有很多石阶要攀,还有更多的小屋要审视。

5

第三段石阶之后,他从门洞里望进去,看到一套灯芯绒的衣服,那无疑是他一岁大的时候穿过的。在墙上的众多面孔中,他看到了父亲,但是年轻时的父亲。后来,这张脸将变得残酷无情——太多的事件、太多的责任导致了这种剧变。但在这里时还不是。在这里,斯蒂文·德鄯的眉目间传送着喜悦,仿佛在观赏什么让他幸福的情景,并且从此往后再无别的什么可以带来这等满足。在这里,罗兰闻到一股浓重的甜味,他知道,那是父亲剃须皂的香味。幻影无形的声音耳语道:瞧啊,佳碧,你快瞧啊! 他在笑! 朝我笑呢! 他长了颗新牙呢!

第四层的地板上放着一只项圈,那是他第一条小狗林阿雷佛的。昵称是林果儿。罗兰三岁时小狗死了。三岁的小孩为宠物的死而哭尚可以容忍,即便是流着艾尔德血脉的小男孩。在这里,枪侠闻到的气味美妙却难以言喻,他认得:那是满土的太阳洒在林果儿毛皮上的芳香。

也许在林果儿的房间之上二三层,还会有一个撒满面包屑的小房间,凋零的羽毛也落在地上,那属于名叫大卫的老鹰——不是他的宠物,而确实是朋友。在众多为了罗兰和黑暗塔而牺牲的朋友中,大卫首当其冲。在墙上的一角,罗兰看到了大卫翱翔的身影,结实的翅膀舒展在蓟犁人头攒动的宫殿之上（巫师马藤不在其中）。就在门的左边指向阳台的地方,大卫又被雕刻出来。在此,它像一颗盲弹般栽向柯特,翅膀折合起来,丝毫不顾柯特高高举起的木棍。

　　逝去的时光。

　　逝去的时光和逝去的罪孽。

　　距离柯特不远处是那个妓女的面孔,那晚男孩曾和她交欢。大卫房间里充溢着她的香水味,廉价而甜腻。当枪侠嗅闻时,他忆起抚摸妓女下体耻毛时的触感,并惊骇于当时他所记起的事情,当他的手指滑向那下体的缝隙时,他想起的是婴孩出浴时母亲的手放在自己身上的感觉。

　　成长变得越发艰难,罗兰带着恐惧逃离了那间小屋。

6

　　现在,已经没有红光照亮他脚下的台阶了,只有窗户本身蓝莹莹的冷光——玻璃眼睛也是有生命的,玻璃眼睛盯着这位卸下左轮的闯入者。黑暗塔之外,坎-卡无蕊的玫瑰花都合拢了,期待着新一天的到来。他的部分心神为自己终究抵达了这里而惊叹;他扫清所有障碍、力克万难、苦心孤诣,终于走到这里。他想:我就像老一代人用过的机器人。肩负使命而生,便不惜抵死以赴。

　　而另一部分心神却丝毫不觉惊讶。这是光束必须滋生出的梦境,他这半个黑暗的自我再次想到那只号角从库斯伯特的指间滑落——库斯伯特,笑着赴死的人。也许,直到这一天,号角仍然埋葬在界砾口的山坡下。

　　当然,我以前见过这些房间！毕竟,它们是在讲述我的生命。

　　确实如此。一层又一层走上去,一个故事连着一个故事（不用说,一场死亡连着一场死亡）,黑暗塔里盘旋上升的小房间追溯着罗兰·德都的生平和使命。每一间都有不同的回忆;每一间都弥漫着标志性的气味。经常是好几层楼用来说一年间的往事,但无论如何,每一年至少有相应的一层。登上三十八间房后（还要乘以十九级石阶,你明白吗）,他真的不希望再回顾更多。这一间里,呈现着烧焦的木桩,那是捆缚苏珊·德尔伽朵之处。他没有走进去,但望向墙上的脸孔。他欠她良多。罗兰,我爱你！苏珊·德尔伽朵高呼道,他知道那千真万确,因为只有她的爱才能让他一眼认出来。而且,不管爱还是不爱,最后她还是被烧死了。

这是死亡之地,他心想,而且不止是这一处。所有的房间都是。每一层都是。

是的,枪侠,塔之声悄声应道。但是,只是因为你的一生缔造了这些。

走完三十八层之后,罗兰越爬越快。

7

站在塔外时,罗兰曾估摸着高塔约有六百英尺高。但当他凝视第一百间房、接着是第二百间房时,他确定自己已经攀登了八个六百尺。很快,被他美国那边来的朋友们称为一公里的里程碑就要到了。虽然理应不可能有这么多层楼——不可能一座塔有一公里高!——但他依然在往上走,直到他几乎是在奔跑着往上攀登,但是他从未感到乏累。有那么一刹那,他突然想到,自己大概永远走不到顶层了;黑暗塔是无限高的,正如它在时间上意味着永恒一样。但思忖之后,他又否定了这个念头,因为高塔是在讲述他的人生,既然是一生那么长久,那也就绝不可能永无止境。既然已经有了开头(以雪松夹子上的蓝色丝带为标记),那就一定会有个终结。

很快了,一定很快就到了。

现在他眼底感觉到的光线似乎不太像蓝色了。他走过佐坦的房间,那只草棚里会诅咒人的乌鸦。他走过了驿站的原子能水泵①。他爬上更多的石阶,在一间有死鳌虾②的房间前停了一下,而这时,他感觉到的光亮已不再是蓝色,而且比先前亮堂了许多。

那是……

他非常肯定那是……

那是阳光。可能是黎明的微光,古母星和古恒星在黑暗塔的上空熠熠闪亮,可是,罗兰却非常肯定他所见到的——或是,感觉到的——是太阳的光芒。

他不再往房间里多看,只顾往上奔走,也顾不上品味昔日的气味。石阶

---

① 参见《枪侠》。
② 参见《三张牌》。

走道变窄了,他的肩膀都差点儿蹭到了弧形的墙壁。现在,没有歌声了,除非风声也在歌唱,因为他听到那飒飒的声响。

他走过了最后一扇洞开的门。小小的房间里,地板上只放着一张画,脸已被擦去。剩下的只是一双红眼睛,向上瞪视。

我已经走到了当下。我已经到达了现在。

是的,还有阳光,考玛辣的阳光映现在他眼底,等待着他。火辣辣的阳光照在他裸露的皮肤上。风声更大了,听来还很荒芜。无情之极。罗兰看着盘旋向上的石阶;现在他的肩膀已经擦在了墙壁上,因为走道窄小如棺材。十九级台阶之后,黑暗塔顶层的房间将是他的。

"我来了!"他高喊着,"如果你听得到,那就好好听着!我来了!"

他挺直背脊仰首一级一级迈上台阶。别的房间都向他敞开着。最后这扇门却是关闭的,他的路被一扇鬼木制的房门挡住了,上面只刻有两个字。那便是

罗兰

他抓住了门把手。一朵野玫瑰缠绕在左轮上,那是从他父亲那里得到的、如今却永远遗落了的枪。

它会再次成为你的。塔之音、玫瑰之音悄然响起——现在,这两种声音合而为一。

你是什么意思?

对此,没有回答,但门把手在他手心里转动起来,也许那就是一种答案。罗兰打开了黑暗塔顶层的房门。

他看到了,也立刻明白过来,答案锤击般砸落在他的心头,又炙热得如同沙漠中最无情的烈日。他究竟多少次爬上这座高塔、发现自己被揭穿了、被拽回头、再回到了起点?不能说是最初的起点(事情可能已被改变,时间的灾难加重了),而是回到墨海呐沙漠中的某个时刻,也就在那一瞬间,他终于领悟到自身背负的那容不得思虑、容不得质疑的使命必将成功?究竟有多少次啊,他周而复始在循环中跋涉,像那只曾经修整他的肚脐眼、他自己的泰特-卡-坎-神的环形小夹子?究竟还有多少次,他将要如此往复?

"哦,不!"他尖叫起来,"求你了,别再来一次!发发慈悲吧!发发善心吧!"

那些手不闻不顾地将他往前推出去。那些黑暗塔的手从来不晓得慈悲

693

为何物。

那是乾神的双手,卡的双手,都无善心可言。

他闻到了碱味,比泪水更苦涩。门后的沙漠一片白茫茫;令人目眩得没有方向;没有水;除了虚虚浮动的光影外别无生物,群山如云,把自身的轮廓投映在地平线上。掩在苦碱味之中的,是鬼草,带来美梦、噩梦和死亡的鬼草。

但不是针对你的,枪侠。从来不是对你的。你潜伏在黑暗中。你被暗色附身。我可以残忍而坦白吗?你要继续。

每一次你都将忘却上一次。对你而言,每一次都是第一次。

他使尽最后的力气想要往回走。无望。卡更强大。

蓟犁的罗兰走过了最后一扇门,他一直在寻找的门,他一直都找到了的门。门轻轻地在他身后合上。

8

枪侠愣了片刻,摇摇晃晃。他想自己快要昏过去了。因为酷热,当然了;该死的酷热。是有过一阵风,但是那么干燥,丝毫无法缓解炎热。他拿起自己的皮水袋,掂量着还剩多少水,明知道自己不该喝——还不到喝水的时机——却不管不顾地吞了一口。

片刻间,他恍如身在异处。在塔身内,也许吧。但沙漠当然是狡猾的,充满了海市蜃楼般的妄念。黑暗塔依然在千万轮距之外。爬过许多台阶、看过许多房间、里面有许多面孔在看着他,这份知觉已开始慢慢退却。

我会到的,他想着,眯着眼睛斜睨着无情的烈日。我以我父亲的名姓发誓,我会走到的。

也许,这一次如果你走到了,结局会不一样。一个声音悄然响起——显然是沙漠中人的谵语,难道曾几何时自己已经到过那里?他身在当初所在之时、所在之地,就是这样,别无其他可能,不会有别的可能。他一向缺乏幽默感,想象力也不见得丰富,但他是坚定的。他是个枪侠。在心中,他深藏不露地认定,这份使命饱含苦涩的浪漫。

你是个死性不改的主儿,柯特曾经对他这样说,罗兰敢对天发誓,他在那言语中听出了恐惧之情……可是,柯特为什么要畏惧他呢——只是个小男孩——罗兰说不上来。这将是你的诅咒,孩子。走向地狱的一路上你将穿破一百双靴。

还有范内的:不记取前车之鉴,必将重蹈覆辙。

还有他母亲说的:罗兰,你一定要总是那么严肃吗?你从不能放松点吗?

但那耳语又响起

(不一样,这一次也许不一样)

况且,罗兰确实闻到了什么气味,不是鬼草,也不是苦碱。他猜想,该是玫瑰香。

他把背囊换个肩膀,又摸了摸别在腰带上的号角,和旁边的左轮枪一起垂在右臀侧。亚瑟·艾尔德本人曾吹响这柄古老的黄铜号角,传说是这样的。罗兰在界砾口山把它给了库斯伯特·奥古德,当库斯伯特跌落时,罗兰愣了一下,却及时出手把它重新捡了回来,还把堵塞在管口里的尘土敲倒出来。

这是你的神器,渐息的耳语飘荡在玫瑰花夹杂尘土气的香甜中微微飘来,恍如夏日夜晚家里的气息——哦!失落的!——一块石头、一朵玫瑰,一扇找不到之门;一块石头,一朵玫瑰,一扇门。

罗兰,这是给你的承诺,这一次的结局或许会不同——也许,就将迎来休憩。甚或救助。

稍顿,又接着说道:

只要你坚持。只要你心诚。

他摇摇头,想要甩掉这些妄念,想要再啜饮一口,又打消了念头。今晚。当他在沃特之骨旁燃起营火时,他才会喝一口。至于现在……

现在,他要继续旅程。黑暗塔就在前方。那走近来的、越来越近的,或许将是告知他如何抵达目标的人(他是人吗?真的是人吗?)。罗兰将要追上他,等他们相逢,那个人就将与他交谈——是啊,没错,是啊,就在高山上诉说,和你在山谷中听到的传说一模一样:沃特将被追赶上,沃特将会吐露秘密。

罗兰的手再次抚上号角,那真实的触感带来一丝离奇的抚慰,仿佛他以前从未如此抚摸过它。

时间开始行进。

黑衣人逃进了茫茫沙漠,枪侠也跟着进入了沙漠。

一九七〇年六月十九至二〇〇四年四月七日

上帝,我说谢啦。

附 录

"去黑暗塔的罗兰少爷归来"

罗伯特·布朗宁

1

起初,我以为他在撒谎,字字句句都是,
那个白发斑斑的瘸腿老人,用恶毒的眼
　　　斜睨其谎言
　　在我身上的成果,嘴角难抑
　　窃喜的笑,皱缩的笑纹印刻
在他的唇边,乐于收纳又一个牺牲者。

2

手持拐杖,他还需置备什么呢?
　　谎言四伏,已待诱捕
　　会遇见留居此地的他、再问问路的
　　所有旅人?我猜那骷髅般的笑
会戛然而止,拐杖又能为我写下怎样的墓志铭
　只因我在这尘积的坦途上荒度了欢娱时光。

3

　　若听他忠告,我该避开
　　那片不祥的恶土,众所皆知,
　　黑暗塔隐身那处。虽默许,
　我依旧转向他所指的方向,既无傲,
也无重燃的希望之光,在传说中的终点,
　其确凿,如同改向它途必会欢喜连现。

4

我终生周世徘徊,
跋涉千寻熬干岁月,我的希望
幻化鬼魅,无从把握
寻到终点才能有喧嚣欢呼,
如今我忍不住责难心声所向
的早春大地,因为在那里,将找到失败。

5

当病者濒临死亡
俨然已死,哀念生之初、死之末
伤泪纵横,一一辞别友人,
听闻有声令众人离去,任由一口气
更敞快呼尽,("一切既已终结",他说
"没有忧情能挽回这气息陨落。")

6

当旁人商讨:别人的坟墓旁
是否还有足够余地留给此人,还要等
一个好天,适宜搬走尸身,
且惦念着缎带、丝巾和木杖。
这人全都听见了,唯独渴望
他不要令如此柔情爱意蒙羞,而活下去。

7

由是,为此使命我已忍辱负重良久,
时常听闻预言中的失败,甚而被记载
　　屡次见于智者书简,
　　寻觅黑暗塔的武士步步艰辛
　　——似乎也步步落空,
疑惑尽在当今——我是否该当其任?

8

　　因而,绝望的死寂中我背向他
　　那可恨的跛子,走出他门前的坦途
　　向他指点的方向而去。一整天
　　　　沉闷得无以复加,黄昏
　　即将退让于黑暗,却以冷峻的眼
斜睨旷野捕获了我这漂泊迷失的猎物。

9

　　且记!一旦迈出寥寥数步,
我了然于心,便是将自己托付给旷野,
　　那就要停下,向安逸坦途最后回望一眼
因那已然离我远去;灰色荒原将我围绕:
　　别无其他,只见苍莽伸向地平线。
　　我会走下去,再无他事可行。

10

于是我走。我想我从未见过
如此荒僻的不毛之地;什么都活不了:
花朵活不了,殊不知雪松林也想活!
但麦仙翁和云杉遵循命数
或许能无畏扎根,
你会想到:一丛芒刺就能算此处的宝藏。

11

不!以诡异的姿态
贫瘠,恹怠和苦相,便是这片土地的命运。"看,
要不就闭上你的眼。"大自然暴怒喝令,
"毫无用处:此情此景,我亦没有对策:
最后审判的烈火必将治愈此地
煅烧其土,释放我的囚徒。"

12

若有粗糙的蓟梗伸出
高过它的同伴,蓟头就被割下;梗草
也会嫉妒。粗利黝黑的短叶尖
为何有那些漏洞裂缝,累累伤痕仿佛阻止
所有青翠的希望?残忍的猛兽必须走过
走出他们的生命,带着残忍的意志。

13

至于草,都长得稀疏
如麻风病人的头发;干裂锋利的叶缘扎入其下的泥
犹似浸了鲜血揉成的土。
一匹僵硬的盲马,骨头根根毕现,
自从到了那里呆立已久,已被麻痹;
从魔鬼的马群中遭驱逐出,不再效力!

14

活着?我只知它该是死了很久,
挺着荒凉贫瘠的红脖子,扯着老皮褶子,
也紧闭着盖在稀落鬃毛下的双眼;
罕见这等妖形怪状之物带着这样的悲哀;
我从未见过一个畜生使我如此憎恨;
它定是千恶万邪,才活该这等凄惨痛楚。

15

我闭上眼睛,将它们镌刻入心,
如同武士战斗前要一杯酒,
我只求抿一口往昔快乐的时光,
在我兢兢业业履行使命之前,
先要思考,再去搏斗,那是斗士的艺术:
旧时光的滋味能令一切坦荡荡。

16

哦不！别让我幻见库斯伯特
美好的金色鬈发，涨红的脸庞，
亲爱的朋友，依然能感到他
手挽手扶助我安稳前进，
如同往昔那般动作。唉，一夜的耻辱！
心火再燃，又任其凉透。

17

基列山啊，尊荣之魂，
他挺立山峰，如十年前的初征般坦荡，
正直之士有何不敢
为善——无奈物是人非——呸！难道刽子手的双手
会将奖状钉上他的胸膛？他的缎带勋章
读一读吧。可怜的叛国者，都朝他吐唾沫、恶咒他吧！

18

眼前凄荒，也好过那般旧时光：
真不如再折回这愈加黑暗的前途！
没有声音，视野所及无有可观。
夜会派来一只枭、或蝙蝠吗？
我问道：这纯粹的凄荒中，什么东西
什么时候会来攫扣我的迷思，引入新径，
勿让我沉沦往事？

19

忽有小溪横过前路
　如毒蛇盘锁般出人意料。
没有缓流潺潺应和阴沉天地；
　泡沫泛浮间，这或许就是
魔王撒旦洗濯炙热足蹄之池
——瞧那漆黑漩涡中，邪烈怒火喷溅碎沫。

20

如此微小，竟至如此怨毒！沿着水流，
　丑陋低劣的桤木屈身跪伏；
浸湿的柳枝垂头栽下，无不哑口沉默
绝望之极，好一群自取灭亡的活物：
　虐待它们的河流，
无论究竟是何物，疾疾流逝，点滴不息。

21

徒涉浅滩——圣者在上，我多么害怕
　置足于死者的脸颊，
每一步，抑或每次瞅准空洞
掷下长枪，竟缠入他的头发或须髯！
　我刺准的或许只是水耗子，
可是，唉！听来多像婴孩的耸人哭号。

22

踏上对岸时,我是多高兴啊。
期待抵达更好的国度。又徒然落空!
奋争者是谁?发动了哪场战乱?
是谁的凶暴践踏,能让湿土
溅泼如此?毒池中的蟾蜍
或是炽红铁笼中的野猫——

23

争战必是在那陷落的盆地谷中,
平原辽阔无边,为何选择在这里将他们围剿?
没有足迹指向那可怖的囚笼,
也没有足迹走出来。疯狂的阴谋对
他们的头脑奏效了,毫无疑问,像土耳其人的船奴
消遣用的斗兽,像基督徒扼杀犹太人。

24

不止如此——一浪①之外——啊,那儿!
那机车有何骇人之用,那车轮,
或者不是轮,而是碾压台——用来折磨
人的肉身如一匹丝绸,被卷压抻裂?
毫无知觉弥留在恍如托非特人祭台特有的气味中,
抑或是在延宕,磨锐它锈蚀的钢齿。

---

① 浪,又称弗隆(furlong),测量距离的单位,等于1/8英里。

25

又走过一片残根断桩,昔日的树林,
其后似乎是一片沼泽,如今只剩依稀裂土
死气沉沉;(愚人如此寻觅欢乐,
有所得,再尽毁之,随他的心情
起落而终至离去!)一路得①间——
泥沼,黏土,碎石和沙粒,十足赤贫的黑色荒芜。

26

污斑正在溃烂,色变肆意而狰狞,
瘠土间曾生出苔藓,或冒出热泉
如今斑驳如大地补缀
颤颤橡树几株,巨大裂缝在身
犹如扭曲口唇撕裂边角
张口结舌面对死亡,畏缩时已然死去。

27

长途漫漫,不知其所终!
远方一无所有,只待黑夜,
足迹孤零,无奈再指前行!想到这里,
一头巨大黑鸟,亚玻伦②的密友啊,
滑翔而过,宽展龙翼

---

① 路得,长度单位等于5.5—8码,地积单位等于0.25英亩。
② 亚玻伦,恶魔,《圣经》中的人物,无底坑的使者。

吹走我的帽子——恐怕恰是我要寻觅的向导。

28

举目四顾,恍然发现我身形增高
纵有薄暮依稀,无边荒原让位于
群山环绕,却无法用美辞称颂
尽是丑陋的高峰、粗鄙的土堆潜入视野
怎会令我惊诧如此——你呀,给我答案!
如何领悟,是再清楚不过的问题。

29

半悟半茫间,我似乎认出些许诡秘
在我所遇的不幸之中,上帝才知何时——
或许是在噩梦里。在此终结,并
继续推进。就在放弃的
当口,再一次,响起咬合的咔嗒声
恰似陷阱合拢时的响动——
你已身在暗穴中。

30

它骤然乍现,让我火烧火燎,
就是此地!右边挺立两座山,
如两头公牛恶斗,角角缠扣,吃力伏蹲;
左边还有一山,光秃秃的……
笨蛋,年老昏聩啊,此时竟浑浑噩噩,
终了一生苦心熬炼,岂不只为此情此景!

31

正中央,除了塔,还能有什么?
蹲伏大地的圆塔,盲黑如愚人的心,
棕色砖石垒砌,举世无双。
只当船骨狠狠撞上
看不见的暗礁时,风暴中精灵
才会嗤嘲狂笑指向船上人。

32

没看见吗?或许因为暗夜?——为何
白昼重返?在留下垂死夕阳透过缝隙
燃尽余晖之前:
山峰连绵,如追猎中的巨人,躺倒,
手托着腮,望着海湾游嬉,
"刺吧!了结那生物——用尽全力!"

33

没听见吗?声音已无处不在!如响铃
钟声递强。传到我耳里的名字
所有那些迷失的探险者们,我的同族——
如此强壮、如此大胆,
如此幸运的人啊,又为何个个苍老
迷失,迷失!丧钟瞬间敲响数年悲哀。

34

他们站在那里,沿着山坡排开,相逢
目睹弥留的我,为这幅生之画卷
添多一页吧!在火舌中的纸面
我看到了他们也都认得他们。但
无畏的话语脱口而出,
喊道:"去黑暗塔的罗兰少爷归来了。"

作 者 的 话

　　有时候我想,相对于黑暗塔本身,我写得更多的是关于黑暗塔的书。相关的写作包括了始终在增长中的大纲梗概(也就是通常所说的:宗旨,这个古老的词儿真是有趣),之前五卷中,每本开头都有概述;每本结束时也都有跋(绝大多数都是完全不必要的,有时做那样的回顾还自觉尴尬)。迈克·威兰,这位杰出的艺术家专为第一卷和这最后一卷绘制了插图,他在读完第七卷的初稿之后,提议说——良言诤诤——我把相对来说轻松愉悦的结束语放在书的最末,实在有点扎眼,不合时宜;因此,也以此证明了:他可不像文学评论家那么懒散。我便又去读了一遍,意识到他之所言完全正确。

　　如今,您可以在黑暗塔系列前四卷里的序文中读到那篇用意良苦、却不幸走调的随笔的前半部分;标题是《关于十九岁》。我想过,第七卷的结尾就不要加写什么"作者的话"了;就让罗兰在高塔顶层的发现作为我就此主题的最后发言。接着,我意识到自己还有一件事情要说,事实上,确实是一件有必要交待的事。必须说说,为什么我在自己书中露面。

　　有一个矫情的术语可以专论此事——"超小说"。我讨厌这个词儿。我讨厌这个词儿所包含的自负夸张的假正经。我之所以出现在自己的小说里,只是因为:我的多部小说也扯进了罗兰的世界、罗兰的故事;(若说有意识的,则从我一九九五年写完《失眠》开始;若说无意识的,恐怕就要追溯到《撒冷地》终结时唐纳德·卡拉汉神父暂时行踪不明)。因为是我写出了这些故事,那么看起来——我也是枪侠的卡的一部分——也算符合逻辑。我的想法是:利用"黑暗塔"全系列作为某种总和,尽可能地把我之前的小说都综合起来,令其合并于某种"母题"之下。我从未企图自命不凡(而且也希望将来不要自命不凡),只是想以此为途径,向大家显示:生活是如何影响艺术创作的(反之亦然)。我猜想,如果您已经读完最后三卷《黑暗塔》,想必已经看出来:我要搁笔退休的想法在字里行间已越来越鲜明。从某种意义上说,现在已不用再多说什么了,因为罗兰已然达到了最初的目标……我也希望读者能领会到:重新找到了艾尔德之号角,枪侠这一次的旅程可能将是最后一次,走向他的坚定决心,甚至是走向救赎。一切都是关于走向黑暗塔,你懂的——罗兰如此,我也是如此——而这一切都已经完成了。也许你很

711

喜欢看到罗兰在顶层的发现，但那完全是另一回事儿。所以，也不要给我写来愤怒的信，因为我不会答复的。在这个主题上，已经没什么需要再多说的了。而且，如果你想知道真相的话，我可以告诉你，我自己对这个结尾也不见得如痴如狂，但这才是恰如其分的正确的结尾。事实上，是唯一的结局。你们必须牢记，我并非是编造出这一切，并不完全是；我只是把我所看到的写下来。

读者们肯定会猜个不休：在这本书中描写的斯蒂芬·金究竟多少部分是"属实"的？答案是：并不十分属实，尽管罗兰和埃蒂在布里奇屯（见《苏珊娜之歌》）见到的那个斯蒂芬·金和我印象中那时候的金本人非常相像。但是，至于在这最终卷中描写的斯蒂芬·金嘛……好吧，让我们摊牌吧：我太太曾请求我，是否可以不要向这一系列的书迷们详细说明：我们住在哪里、我们究竟是谁。我同意了。并不是因为我真想这么做——驱动这个故事前进的部分力量，我想，便是虚构世界闯入现实世界的意义所在——而是因为我的生活刚好也是太太的生活，而她不应该因爱我，或与我生活在一起就遭受这样的惩罚。所以，我在很大程度上改写了缅因州西部的地理位置，并相信读者依然能抓住小说的主要内容，并理解我在自己那部分所作的修饰。如果您觉得需要驱车前来和我问声好，请三思而后行。我的家庭和我本人已经缺乏应有的私密空间，我也无意再放弃更多，愿这样说能让您满意。我的书，就是我和您相识的途径。也希望这是您得以认识我的方法。这就足够了。在此，我谨代表罗兰和他所有的卡-泰特成员——抱歉地说，他们已散失各处——感谢您一路相伴，和我分享这段冒险的历程。我此生从未在一本书上如此呕心沥血，而且我也明白——再明白不过了，上帝啊——这个系列绝非尽善尽美。何谓虚构之事？但无论如何，我绝不后悔曾经在罗兰的空间和时间中度过的每一分、每一秒。在中世界和末世界里逗留的岁月是相当与众不同的。在那些时日中，我的想象力是如此明晰，甚至于能闻到尘土的气息，听见皮革之间嘎吱嘎吱的摩擦。

斯蒂芬·金
二〇〇三年八月二十一日